Henry Jaeger kam als Sohn eines Kupferschmieds am 29. Juni 1927 in Frankfurt am Main zur Welt. Das bewegte Leben, das er hinter sich hat, ist hinlänglich bekannt. »Ich habe«, sagt er, »alle Stadien der Revolte kennengelernt und habe meinen Preis dafür zahlen müssen.« Der Autor, der heute in Ascona lebt, will nicht mehr über sich reden; er will seine Bücher für sich sprechen lassen.

Vollständige Taschenbuchausgabe 1988
Droemersche Verlagsanstalt Th. Knaur Nachf., München
Lizenzausgabe mit freundlicher Genehmigung der
F. A. Herbig Verlagsbuchhandlung, München

Umschlaggestaltung Manfred Waller
Umschlagfoto Sammlung Menningen
Druck und Bindung Elsnerdruck, Berlin
Printed in Germany 5 4 3 2 1
ISBN 3-426-01698-2

Henry Jaeger

Ein Mann für eine Stunde

Das Freudenhaus

Die Festung

Drei Romane

Knaur

Henry Jaeger:
Ein Mann für eine Stunde

Roman

Im Mittelpunkt des Geschehens steht ein junger attraktiver Mann, dem der Vater – amerikanischer Besatzungssoldat in Deutschland – kaum mehr als den Vornamen James und ein reizvoll exotisches Aussehen hinterlassen hat. Gemeinsam mit einem Freund betreibt er ein Geschäft, in dem ihn Frauen als »Mann für eine Stunde« kaufen können. Damit beginnt eine Reihe abenteuerlicher Verwicklungen: Er erlebt absurde, komische Situationen und wird zu absonderlichen, traurigen Spielen genötigt. Bald ist ihm klar, daß die Dinge zwischen Mann und Frau so in Bewegung geraten sind, daß sich die üblichen Formen verschieben.
Ein lebensnahes, herausforderndes Buch, das eine Menge Zündstoff für Diskussionen liefert und den Leser bis zur letzten Seite nicht mehr losläßt.

Was ist moralisch und was unmoralisch? Niemand wird je eine befriedigende Antwort geben. Nicht, weil die Sitten sich ständig wandeln, sondern weil das Prinzip, von dem die Frage abhängt, erkünstelt ist.

HENRY MILLER

1. KAPITEL

Ehe er damit begann, seinen Lebenslauf zu Papier zu bringen, dachte er darüber nach, was ihm bisher alles mißlungen war. Er saß an seinem Tisch, hatte den Kopf auf die rechte Hand gestützt und sagte sich: Das kannst du unmöglich schreiben. Die Kunst bei einer solchen Sache besteht darin, die Niederlagen geschickt zu umgehen. Vor allem die schiefgegangene Ehe paßt da nicht hinein. Auch das Pech in den verschiedensten Jobs will niemand wissen. Ebensowenig ist es interessant, daß ich völlig passiv bin, das Gefühl habe, eigentlich gar nicht dazuzugehören. Ich verstehe diese Gesellschaft nicht. Ich kenne auch kaum jemand, der sie wirklich versteht. Sie stimmt nicht mehr, sagen alle. Aber jeder erklärt es auf andere Weise.

Das will niemand wissen. Wenn einer sein Examen als Lehrer machen möchte, dann wollen sie hören, daß du ein zuverlässiger Mensch bist; ein Gesamtbild deines Charakters wollen sie auf dem Papier sehen, und das muß positiv sein. Vor allem: Du darfst nicht aus der Reihe tanzen.

Wäre es nicht besser, man würde sich gegenübersitzen, vielleicht bei einem Glas Wein, und einer würde fragen: Nun erzähl mal, wie es dir ergangen ist... Dann wäre das viel leichter. Alles in allem war es nämlich gar nicht so schlecht. Es gab natürlich schwere Zeiten, und das fing schon mit der Geburt an.

Ich habe das besondere Pech, James Müller zu heißen. Gegen Müller habe ich nichts, auch die anderen nicht, aber mit dem James gab es schon früh Ärger. Dabei kann ich wirklich nichts dafür, daß ich James heiße; das war eine Idee meines Vaters, ehe er wieder nach Amerika zurückging. Meine Mutter hat mich von Anfang an James gerufen, vielleicht weil er auch James hieß. Eigentlich hätte sie guten Grund gehabt, diesen Namen zu vergessen. Ich will nichts Schlechtes über meinen Vater sagen, aber er hat sich aus dem Staub gemacht. So etwas ist unangenehm für ein Kind; für eine Frau auch, aber nicht so sehr wie für den Sohn.

Dabei muß er ein toller Bursche gewesen sein. Man kann das sogar noch auf den Fotografien erkennen, wenn man genau hinschaut. Er hatte ein kleines Lächeln um die Mundwinkel, und das sah so aus, als würde er denken: Ihr könnt mich alle mal...

Im Kindergarten haben sie über mich gelacht und gesagt: »Er heißt James.« – Und ich habe gesagt: »Jawohl, ich heiße James, wie mein Vater, der ist Amerikaner und kommt bald wieder nach Deutschland zurück.«

Später, in der Schule, fragte der dumme Lehrer: »Wieso heißt du eigentlich James?« – Und da gab ich die gleiche Antwort wie im Kindergarten, nur die Lüge mit der Rückkehr ließ ich weg.

Vor sechsundzwanzig Jahren war er als amerikanischer Besatzungssoldat in Frankfurt am Main stationiert gewesen. Sie hatten sich geliebt. Der Soldat hatte die Heirat versprochen und seinen Sohn noch ein Jahr hin und wieder auf den Knien geschaukelt. Dann war er verschwunden und hatte ihm nichts zurückgelassen als den Vornamen James.

Mit vier Jahren begann er nach seinem Vater zu fragen, denn er hatte die Väter der anderen Kinder gesehen. Damals entschloß sich die Mutter zu einer barmherzigen Lüge. Sie schrieb Briefe, die sie mit nach Hause brachte. Manchmal erfand sie während des Vorlesens noch ein paar Sätze hinzu. Sie schrieb alles hinein, was sich Väter von den Söhnen wünschen, und sie wußte auch, was Söhne von ihren Vätern erfahren wollen. Er konnte die Stimme des Mannes hören, spürte etwas von seinem Wesen, nahm seine Ratschläge und guten Wünsche begierig auf und schrieb dann, mit Hilfe der Mutter, Briefe, in denen er antwortete.

Die Männer, die in diesen Jahren zu ihr kamen, hießen alle Onkel.

Mit keinem von ihnen verband ihn Zuneigung, obwohl sie sich um seine Gunst bemühten. Sie brachten ihm Schokolade und kleine Spielzeugautos. Er verachtete sie dafür, weil er ihre Bestechungsversuche durchschaute.

Als er neun Jahre alt war, flog der mildtätige Schwindel mit den Briefen des Vaters auf, denn er fragte nach den Umschlägen mit den amerikanischen

Marken. Sie gestand die Wahrheit und sagte zu ihm: »Du brauchst keinen Vater, du hast mich.«

Auf seine bohrenden Fragen nach dem unbekannten Mann hatte sie vor Jahren einmal erwähnt: »Er soll von Indianern abstammen.«

Die leicht hingeworfene Bemerkung beschäftigte ihn lange Zeit. In seinen Gedanken wurde dieser Mann zum Nachfahren großer Häuptlinge, und somit war auch er, James, von besonderer Herkunft. Das waren Tatsachen, Gewißheiten. Zumal ja auch die wenigen Fotografien, die von seinem Vater existierten, einen hochgewachsenen, breitschultrigen Mann zeigten, der fremd genug aussah: schwarzhaarig, mit melancholischen, dunklen Augen in einem starkknochigen Gesicht.

Als Kind lebte James periodenweise in der Erwartung, daß sein Vater eines Tages vor der Tür stehen würde: weitgereist, müde und staubbedeckt. Ein Heimkehrer, dem der Sohn die späte Rückkehr verzieh.

Seine Mutter hatte ganz andere Vorstellungen von diesem Mann. Er wußte, daß sie noch lange an ihn gedacht hatte, aber sie sagte einige Male: »Er hat nichts getaugt. Ich bin auf hin hereingefallen, weil ich jung und dumm war. Er war nicht zuverlässig.«

Wenn er sie so sprechen hörte, hielt er sich die Ohren zu. Sie ärgerte sich darüber und warf ihm vor: »Ja, ich weiß, du hältst zu ihm. Aber er hat dich fallenlassen wie eine heiße Kartoffel.«

Etwa um diese Zeit war kein Mann mehr in die Wohnung gekommen. »Ich brauche sie nicht«, hatte die Mutter ein paarmal wegwerfend gesagt. »Ich kann mich selber ernähren.«

Sie hatte es bewiesen. Zuerst war sie angelernte Kraft in einer Armeeküche gewesen, wo sie James' Vater kennengelernt hatte. Dann besuchte sie in den Abendstunden Fachlehrgänge, und nun war sie Köchin in einem Frankfurter Krankenhaus. Sie war pünktlich und fleißig und brachte jeden Abend eine vollwertige Mahlzeit in ihrer großen schwarzen Tragtasche für ihn mit nach Hause. Von daher blieb James eine gründliche Abneigung gegen aufgewärmte Speisen.

Aber so etwas schreibt man nicht in einem Lebenslauf; auch nichts über den mühsamen, bescheidenen Aufstieg der Frau, die ohne Mann lebte.

Die tägliche Mahlzeit hatte sie ihm auch noch bringen wollen, als er längst mit Tina verheiratet gewesen war.

»Du mußt essen!« beharrte sie. »Ich weiß doch, daß die berufstätigen jungen Frauen abends nicht gern kochen.«

Darüber kam es bereits zu einem Mißton zwischen Tina und seiner Mutter. Er sagte: »Tina kocht für mich, und der Kühlschrank ist immer voll. Und außerdem, ob es Blumenkohl, Weißkraut oder ein anderes Gemüse ist: deine Sachen schmecken alle gleich. Genauso ist es mit den Saucen und dem Fleisch.«

Sie versuchte ihm zu erkären, das sei unvermeidlich bei Dampfkost. Da müsse man sich schon ganz besonders anstrengen, um ein Essen schmackhaft zu machen. Aber der Chefkoch hielt wohl nichts von großen Anstrengungen in der Küche: »Daran bin ich nicht schuld. Ich bin nur die zweite Kraft.«

»Warum?«

»Ich weiß es nicht. Das wollen sie ganz einfach so haben, weil sie denken, ein Mann kann besser kochen als eine Frau.«

An ihrem Tonfall erkannte er, daß ihre Kritik alle Männer meinte, das Männliche, die Männerwelt schlechthin.

Zu dieser Zeit etwa war es, daß er bemerkte, wie sehr sie sich verändert hatte. In ihre ehemals dunkelbraunen Haare hatten sich unübersehbar Silberfäden gemischt; die Nase trat stark hervor, und der Mund war von scharfen Falten umschlossen. Ihr Leben ist nicht leicht, dachte er. Sie hatte ihre Rolle gesucht und gefunden, und dabei hatte ihr Gesicht eine gewisse Härte angenommen. Sie ging aufrecht, hielt sich stets straff und angespannt, wobei sie die Schultern so weit vorschob, daß sie eckig aussahen. Und das schien ihm das Wesentliche ihrer Veränderung: sie war hager geworden. Es ist die Einsamkeit, dachte er. Sie war jetzt zweiundfünfzig Jahre alt und rechthaberischer als je zuvor.

Er erinnerte sich: Schon früh hatte sie versucht, ihn auf einen Beruf hinzulenken, der ihr besonders gefiel und von dem sie annahm, daß er von einer nicht zu erschütternden Stabilität wäre.

»Du mußt Lehrer werden«, hatte sie zu ihm gesagt,

noch ehe er aufs Gymnasium ging. »Als Lehrer bist du Beamter, und es kann dir nichts passieren.«

Er hatte sie verständnislos angeschaut, als sie versuchte, ihm die unschätzbaren Vorteile einer sicheren Pension zu erklären. Aber sein Widerspruch war nur schwach gewesen. Später gab er nach und war bereit, die Sicherheit zu wählen, die sie ihm pausenlos anpries.

»Ganz gleich, was geschieht, der Staat läßt seine Diener nicht im Stich!«

Wer schreibt solche Dinge schon in seinen Lebenslauf?

Kein Wort auch von der lustlos verbrachten Zeit bei der Bundeswehr. Ein verlorenes Jahr, mit mäßigem Drill und den angesichts der Atombombe lächerlich anmutenden Felddienstübungen.

Und dann: drei Jahre auf der Pädagogischen Hochschule. Was ich dort gelernt habe, kann ich vielleicht auf einem anderen Gebiet gebrauchen. Welches Gebiet? Er wußte es nicht. Da gibt es zum Beispiel Menschen, die eine Lokomotive oder eine Straßenbahn fahren können. Wie wäre es mit Feuerwehrmann? Vielleicht würde er dann dazugehören.

Er mußte sich sagen, daß er beziehungslos gelebt hatte. Seit Tina, seine Frau, auf Scheidung bestand, war ihm das vollends klar geworden.

Sie arbeitete als Medizinisch-technische Assistentin im gleichen Krankenhaus wie seine Mutter, aber dort hatten sich die beiden fast nie gesehen. Tina verdiente gut, doch sie führten eine getrennte Kasse, obwohl sie verheiratet waren.

In dem Lokal ›Zur Laterne‹, das in Zentrumsnähe Frankfurts lag, war er neben dem Studium fast ein ganzes Jahr Kellner gewesen: Aushilfskraft von acht Uhr abends bis zwölf Uhr nachts. Mit einem Einkommen von fast tausend Mark im Monat. Dort könnte er heute noch sein, wenn nicht Griebel aufgetaucht wäre.

Von Griebel sagten der Wirt und die Gäste: »Er hat Geld. Er ist steinreich.«

Wer Griebel sah, konnte das ohne weiteres glauben. Ein Biedermann: dick, jovial, mit einem roten Gesicht, meist in grüner Jägerjoppe und einem Hut mit Gamsbart. Mitunter war er ins Lokal gekommen und hatte ein Futteral mit Jagdgewehr beim Wirt abgestellt.

»Ich komme von der Jagd«, hatte er erklärt.

Er setzte sich immer an den großen Ecktisch, wo James bediente. Stammgäste, darunter auch der Gerichtsvollzieher Friedrich, den James gut kannte, weil er schon einmal zum Pfänden bei ihm erschienen war.

Friedrich hatte ihn gewarnt: »Es ist nicht alles Gold, was glänzt.«

Das war an einem Abend, nach dem großen Vortrag, den Griebel gehalten hatte: »Paß auf, James, Diskotheken sind das große Geschäft, die sind mächtig im Kommen. Ich kann da bei Oberursel eine Riesenscheune pachten. Dort machen wir unsere Diskothek auf, und du wirst Saalchef. Das klingt nämlich gut, wenn die

Leute sagen: Wir gehen zu James in die Disco. So was riecht echt ...«

Auch James war davon überzeugt gewesen. Etwa zwanzig Kilometer von Frankfurt entfernt könne es nicht ausbleiben, das große Geschäft mit den Dummen, meinte Griebel. Allerdings müsse da noch einiges getan werden: der Boden, die Spezialbeleuchtung. Die Bestuhlung ... Er zählte alles auf, hatte bereits fertige Rechnungen im Kopf, die er, Griebel, zahlen würde.

Nur drei Monate brauchte er dafür, dann war der riesige Schuppen fertig. Es sah alles fast echt aus – jedoch nicht ganz so echt wie in New York. Und dann begann das eigentliche Problem. Als die Phonstärken in die dörfliche Stille knallten, beschwerten sich die Bauern und behaupteten, die Kühe gäben weniger Milch, die Schweine könnten bei einem solchen Lärm kein Fett ansetzen, und die Hühner würden keine Eier mehr legen.

Die landwirtschaftlichen Interessen siegten, das Unternehmen mußte geschlossen werden. Und nun stellte sich heraus, daß Herr Griebel fast alles mit Krediten finanziert hatte. Mit seinem soliden Aussehen und dem vertrauenerweckenden Gamsbarthut hatte er Geldgeber und Handwerker beschwatzt.

Die wütenden Gläubiger kamen noch ein paar Tage nach der Schließung am Abend vorbei und riefen nach ihrem Schuldner. Aber sie sahen nur James Müller, der verloren in seinem neuen schwarzen Anzug in der leeren Scheune herumstand und ebenfalls auf Herrn Griebel wartete. Dort hörte er wieder einmal, was sie von ihm und seinem Namen hielten. Einer der Geprellten rief nämlich mit Donnerstimme: »Wenn einer schon James Müller heißt!«

Schlimm war jetzt für James, daß ihm Griebel für die drei Wochen Arbeitszeit keinen Lohn gezahlt, ihn aber statt dessen ein paarmal angepumpt hatte. Ganz lässig, so im Vorbeigehen, hatte er gesagt: »James, gibt mir doch mal schnell dreihundert Mark...«

In der ›Laterne‹ war er auch nicht wieder aufgetaucht. Friedrich meinte dazu: »Habe ich dich nicht gewarnt, James? Der Kerl war ein Bluffer. Vergiß ihn. Bereite dich auf dein Examen vor.« Friedrich war ein gemütlicher Mann, der sein Bier und sein Schnäpschen liebte, ein Mensch, der Wohlwollen ausstrahlte, der herzhaft lachen konnte und dem jeder ohne weiteres beträchtliche Erfahrungen glaubte, denn er war zweiundfünfzig Jahre alt und von Beruf Gerichtsvollzieher.

Das Examen vor allem schien ihm wichtig. Und da gab es jetzt keine Zeit mehr zu verlieren. Nach dem Examen sei die Beamtenlaufbahn sicher. Und hat ein Lehrer nicht ein gutes Leben? Hat er nicht Sicherheit und eine Pension im Alter?

James winkte ab: »Das Examen! Selbst wenn ich es habe, ist es noch längst nicht sicher, daß ich eine Anstellung finde.«

Tillmann, der Wirt, war an den Tisch gekommen. Er wischte seine großen Hände an der Schürze ab und sagte: »Mach die Mücken nicht scheu, Junge. Ihr habt ja alle Schiß in den Hosen.«

Friedrich nahm einen langen Schluck aus seinem Bierglas und erwiderte grinsend: »Er meint dich und Benno Steinthaler. Der ist nämlich hier aufgekreuzt und hat erzählt, wenn's mit dem Lehrer nicht klappt, würde er eine Band aufmachen. Er nimmt Geige und Baß, du sollst Flöte und Klarinette machen, die anderen, die da noch fehlen, würde er schon finden ...«

Ja, das war eine Idee, die Benno schon bei der Bundeswehr und auch während des Studiums geäußert hatte, aber James war nie davon begeistert gewesen.

»Hast du etwa Angst?« fragte Friedrich und bestellte mit einer Handbewegung ein neues Bier. »Noch nicht, aber ich weiß, daß hier etwas nicht stimmt. Sie quasseln alle von Konjunktur und Wachstum, aber die Jungen haben sie glatt vergessen. Von uns werden Tausende arbeitslos auf der Straße stehen – mit Studium.«

»Hunderttausende«, sagte Friedrich nur.

Der Wirt brachte das neue Bier und fragte: »Warum wollt ihr auch alle studieren?«

»Tillmann, das verstehst du nicht«, entgegnete Friedrich. »Die haben jetzt alle Angst. Es zieht da nämlich eine große Sauerei herauf, die Vorhut hat uns schon erreicht.«

»Was für eine Sauerei?« fragte Tillmann gedehnt.

»Das einundzwanzigste Jahrhundert.« Friedrich lächelte vielsagend. »Sie machen uns fertig. Ich meine, der einzelne wird fertiggemacht. Die Angst kriecht hier aus tausend Löchern, und ich sage dir nochmals: Vor dem einundzwanzigsten Jahrhundert ...«

Tillmann machte ein dummes Gesicht, und Friedrich lachte. Dann aber sagte er: »Laß uns einen saufen. Du, Tillmann, bring Schnaps und Bier, und du, James, setz dich hierher und trink was.«

James saß neben Friedrich, der eine Runde nach der anderen auffahren ließ. Sie tranken sich zu, und er fühlte sich besser durch diese freundliche Geste.

Tillmann kam auch hinzu und ließ sich nicht lumpen, aber dafür wollte er von Friedrich und James wissen, wie es sein würde, das einundzwanzigste Jahrhundert. Es beschäftigte ihn jetzt, bisher hatte er nie darüber nachgedacht. Friedrich war ein informierter Mensch, und James war für ihn ein Studierter.

Das Wort ›Konsumterror‹ blieb in seinem Gedächtnis haften. »Was soll daran falsch sein, wenn ich mir und meiner Frau kaufe, was uns gefällt?«

»Die Konzerne bestimmen, was dir zu gefallen hat«, klärte ihn Friedrich auf.

Das aber wollte Tillmann nicht glauben. »Niemand kann über mich bestimmen!« rief er und schlug mit der Faust auf den Tisch.

»Der Staat und die Konzerne manipulieren dich. Und dazu benutzen sie die Medien. Allen voran das Fernsehen«, konterte Friedrich, während James kaum noch hinhörte und fast wehmütig dachte, daß er hier noch recht gut Kellner sein könnte, wenn Griebel ihn nicht aufs Glatteis geführt hätte. Das Geschäft lief, alle Tische waren besetzt.

»Griebel ist ein Schweinehund«, sagte er. »Und das ist das Unglück der Welt: Es gibt zu viele Schweinehunde.«

Später, als er fast betrunken war, dachte er: Ich brauche eine Frau. Heute brauche ich eine Frau. Tina hatte ihn allein gelassen, und er war noch nicht daran gewöhnt, allein zu sein. Bei Friedrich war das etwas anderes. Er war ein Mann in reiferem Alter. Als er geschieden worden war, hatte er bereits die Fünfzig erreicht.

»Auf jeden Fall habt ihr alle Schiß!« rief Tillmann, der inzwischen reichlich besoffen war.

Wieder so ein leerer Tag, dachte James. Und er sagte zu Friedrich: »Ich brauche eine Frau.« Er erinnerte sich, im Tagebuch eines berühmten Dichters gelesen zu haben: »Eine Frau aufgegabelt...«

»Nichts ist leichter als das«, meinte Friedrich. »Du willst sie doch nicht heiraten?«

»Nein, nur so... Für etwa eine Stunde.«

»Eigentlich hätte ich gerne noch einen mit dir gesoffen. Aber wenn's nicht anders geht... Den Weg kennst du? Du gehst von hier aus zur Hauptwache, dann die Kaiserstraße hinunter... Kurz vorm Bahnhof rechts ab, das Ding heißt ›Kontakthof‹. Da stehen mindestens fünfzig Mädchen herum. Den Rest kennst du wohl selber.«

Im nächtlichen Frankfurt preschten die Autokolonnen auf der breiten Kaiserstraße an ihm vorbei. Endlos war die Reihe von illuminierten teuren Ladengeschäften, an denen er entlangging.

Das hier war Konsum in seiner höchsten Perfektion. Und er war jetzt auf dem Weg – auch zu Konsum.

Eigentlich lächerlich, dachte er. Ich bin ein Mann von fünfundzwanzig Jahren, und ich muß es mir für Geld kaufen. Da stimmt doch etwas nicht. Entweder mit mir oder mit den Umständen.

Er kam zu keinem Schluß, neigte aber dazu, den Umständen die Schuld zu geben.

Er hatte von dem Ort mit dem freundlichen Namen schon gehört, wußte aber nicht, was ihn erwartete. Er würde zahlen müssen, darüber gab es keinen Zweifel. Diese Gewißheit brachte ihn noch einmal auf gegen Tina: Sie hat mich ganz einfach sitzenlassen wegen eines anderen. Und nun stehst du plötzlich da und kannst nichts tun. Wenn du Krach schlägst und Möbel zertrümmerst, bist du der Schuldige. Du mußt zahlen. Das ist dann genauso, als wärst du mit einer Nutte zusammengewesen. Wenn du nicht sofort zahlen kannst, dann kommt sogar der Gerichtsvollzieher. Und das war in meinem Fall Friedrich.

Aber Friedrich war langmütig gewesen. Er war zu ihm in die Mansarde gekommen und hatte gesagt: »Wir kennen uns doch... Was soll ich hier pfänden? Sie haben ja nichts. Das Radio dürfen Sie behalten. Der Staat erkennt nämlich unter Umständen die Einsamkeit eines Menschen an. Und das kann ich in diesem Fall getrost unterschreiben.«

Friedrich hatte notiert: ›Pfändung fruchtlos‹. Daß James als Aushilfskellner in der ›Laterne‹ arbeitete, blieb unerwähnt, obwohl Friedrich dort Stammgast war.

James spürte von Anfang an, daß dieser Mann sich mit ihm solidarisch fühlte. Friedrich wohnte in der Nähe des Lokals und kam oft abends zu einem Schoppen vorbei. Wenn er zuviel getrunken hatte, sagte er manchmal: »James, schreib mir das an. Ich komme morgen vorbei.«

James war jetzt fast am Ziel. ›Von der Kaiserstraße rechts ab‹, hatte Friedrich gesagt. Ein Einsatzwagen der Polizei raste mit heulender Sirene die Straße entlang. Hier passiert jeden Tag was, dachte James.

Er sah den hell erleuchteten Eingang, davor standen Männer in kleinen Gruppen. Durch einen schmalen Torbogen führte der Weg zu einem überdachten Innenhof. Und dort sah er die Frauen.

Es waren mindestens dreißig, und er konnte nicht unterscheiden, ob sie schön oder häßlich, jung oder alt waren. Er nahm sie wahr in ihrer Gesamtheit, und der Eindruck war für ihn niederschmetternd. In seinen Gedanken tauchte die Vorstellung auf, dies seien eigentlich Karikaturen von Frauen. Oder waren es Gespenster, die hier standen und auf ihre Stunde warteten? Ein Umschlagplatz der Liebe, oder was die Menschen dafür hielten.

James blieb stehen. Er schaute von einer Gruppe zur anderen, aber sein Verlangen war bereits gebrochen.

Dies war kein Platz für Liebe. Eine Höhle der Verzweiflung schien es ihm plötzlich. Ich muß raus hier! dachte er. Hier werde ich nur noch elender.

Als er ging, hörte er den Ruf einer Frau: »Bleib doch mal stehen! Willst du nicht bei mir abladen?«

Dann war er draußen auf der Straße und nahm den geraden Weg nach Sachsenhausen, wo seine Mansarde lag. Ein leerer Tag, ein Tag ohne Liebe, und es gab zu viele solcher Tage...

Aber so was schreibt man nicht in seinem Lebenslauf. Überhaupt schreibt man in seinem Lebenslauf nicht von Liebe.

Als er gegen Mitternacht den Kugelschreiber aus der Hand legte, war von dem Formblatt nur abzulesen: Dieser James Müller war fünfundzwanzig Jahre alt, verheiratet, er hatte das Abitur mit der Durchschnittsnote befriedigend bestanden, ohne besondere Vorkommnisse die Pädagogische Hochschule besucht, war gesund und wollte Grundschullehrer werden. Besondere Neigungen: Deutsch, Geschichte und Musik.

2. KAPITEL

Als James am Morgen erwachte, reckte und streckte er sich, dabei gähnte er laut und schaute sich um. James liebte diese Mansarde nicht, schätzte es jedoch, daß ein bequemes Bett darin stand, ein Tisch und zwei Stühle, dazu ein alter Schrank, der von Frau Abel, der Vermieterin, als besonders wertvoll gepriesen worden war; wobei sie betont hatte, daß er niemals Nutznießer eines so seltenen Stückes geworden wäre, wenn sie dafür ausreichend Platz in ihrer Wohnung gefunden hätte.

Es war eine preiswerte Unterkunft, die sich noch wesentlich verbilligte, weil er hin und wieder Mareike, der achtzehnjährigen Tochter der Zimmerwirtin, Nachhilfestunden in Latein gab. Frau Abel sagte nach jeder dieser Lektionen: »Wir ziehen dafür wieder zehn Mark von der Miete ab.«

Mareike war ein zerbrechlich wirkendes Geschöpf mit einem zarten, geradezu seelenvollen Gesicht. Aber wenn sie zu ihm hereinkam, konnte sie zum Beispiel sagen: »Na los, James, du alte Flasche, pauk mal wieder ein bißchen Latein mit mir.«

Sie war auch gestern abend hier gewesen, doch James hatte abgewehrt. »Heute klappt es nicht. Ich gehe morgen früh ins Examen.«

James griff unter sein Bett und holte aus einem Karton seine Querflöte hervor. Er spielte ein paar Läufe, intonierte auch kurz die Melodie, die er den Prüfern vorspielen wollte. Dann sah er auf dem kleinen Wecker, daß es Zeit war, sich anzuziehen.

In der Toilette, die in dem fast dunklen Flur lag, wusch er sich sorgfältig mit kaltem Wasser. Während er sich dann vor dem Spiegel abtrocknete, betrachtete er mit großer Zufriedenheit seinen Oberkörper: die breite, gewölbte Brust, den Ansatz der Muskeln. Er wußte, daß es heute nicht mehr zählte, als Mann stark zu sein, aber als Kind war er schmächtig gewesen, und das hatte ihn angetrieben, seinen Körper zu entwickeln. Mit Leichtathletik und Schwimmen hatte er sich in Form gebracht. Er fand, es war gut, in Form und stark zu sein.

Zum dunkelblauen Blazer nahm er eine graue Hose aus dem Schrank, dann ein weißes Hemd und eine Krawatte. Sie war den Kandidaten von den Lehrern der Pädagogischen Hochschule empfohlen worden: »Es ist nicht Pflicht, aber Sie wissen ja, der Anlaß ist entsprechend...«

Er war sicher, daß seine männlichen Kollegen alle mit Krawatte kommen würden; die Unsicherheit saß ihnen in den Knochen. Ein schlechtes Examen konnte die Anstellung als Lehrer unmöglich machen, die freien Stellen wurden immer knapper. Er wußte es, das fürchteten sie alle: eine lange Ausbildung und dann keine Stelle. Seit drei Jahren redeten sie davon, und die Furcht der Kandidaten war ansteckend.

Davon hatte auch Benno Steinthaler gesprochen, als er ihn vor zwei Tagen besuchte: »Die machen einen ganz meschugge mit ihrer Durchschnittsnote von zweikommafünf. Ohne zweikommafünf ist nichts drin, dann gucken wir durch die Röhre und sind arbeitslos...«

Mit federnden, weit ausgreifenden Schritten ging James die berühmte Sachsenhauser Textorstraße entlang. Er mußte die Brücke überqueren, es war für ihn der kürzeste Weg.

Wer von Sachsenhausen aus über die Untermainbrücke nach Frankfurt geht, sieht vor sich das Elend des Fortschritts. Die Versammlung von Wolkenkratzern berührt nicht etwa die Wolken, sondern ragt in den fahlen Dunst, der immer über der Stadt liegt. Die Betontürme laden auch nicht ein zum Wohnen, sie sind eine beängstigende Drohung: Denkmäler eines über alles gepriesenen Wachstums, das sich unerbittlich Platz schafft.

Daneben steht, fast schüchtern, Frankfurts gotischer Dom, einst das höchste Bauwerk der Stadt. Die Frankfurter begannen im 13. Jahrhundert mit seinem Bau und bauten daran mindestens zweihundert Jahre.

Die rechteckigen Konstruktionen aus Stahl und Beton waren in einem Zehntel dieser Zeit hochgeschossen. Das Gesetz des Profits hatte sie mit hysterischer Eile vorangetrieben. Die Frankfurter lieben ihre Wolkenkratzer nicht, denn sie haben die Ausstrahlung ihrer männlichen Erbauer. James hatte gehört, daß hier tatsächlich nur Männer am Werk gewesen waren. Und ein gewisses Munkeln war ihm zu Ohren gekommen: Es soll sich nicht immer um feine Bauherrn gehandelt haben, sondern auch um Gauner, Schwindler, Schieber, Erpresser, Wucherer, Blender und politische Bauernfänger.

Jedenfalls behaupteten die Frankfurter, diese Herren hätten ihre Stadt zerstört.

Auf ihren alten Dom waren sie noch immer stolz. James hatte gelernt, daß dort seit 1562 die Kaiser des Heiligen Römischen Reiches Deutscher Nation gekrönt worden waren. Aber auch darunter waren Gauner, Schwindler, Erpresser und noch Schlimmeres, mit Mord und Totschlag und Steuerschraube – wofür sich einer interessieren sollte, der Schullehrer werden will, damit die Nachfahren vielleicht doch noch etwas von der Wahrheit hören.

Es war ein kühler Morgen, als James Müller über die Brücke ging, während die Stadt vom Lärm dröhnte und das Wasser des Mains bis zu ihm heraufstank.

Die feindliche Silhouette der Stadt hatte ihn zum Denken gezwungen. Er wollte sie entschuldigen, denn diese Stadt besaß ja auch noch andere Seiten.

Frankfurt hat die weltbekannte Paulskirche, einen freundlichen Palmengarten, einen Zoo, und es gibt noch viele alte Kirchen, einige wiederaufgebaute Synagogen, eine Festhalle, wo die Messen stattfinden und Sechstagerennen gefahren werden. An die erinnerte er sich besonders gern, denn dabei hatte er mit Benno Steinthaler einen guten Job als Hilfskellner gehabt.

Vor allem aber hat Frankfurt das Goethehaus. Das haben sie nach dem Krieg schnell wiederaufgebaut; sie brauchten es als Alibi. Außerdem gibt es noch einen Platz, eine Straße und die Universität: alles mit dem Namen Goethes.

Goethe: der größte Sohn der Stadt; er ist hier geboren. Ich bin auch hier geboren. Es war eine Gemeinsamkeit, an die James noch nie so intensiv gedacht hatte wie an diesem Morgen, als er über die Brücke ging: Goethe und ich kommen aus Frankfurt.

Als er vor der Tür des Konferenzzimmers ankam, sah er, daß alle ohne Ausnahme die diskret befohlenen Krawatten trugen. Die blassen Kandidaten standen in kleinen Gruppen herum und unterhielten sich gedämpft. Auf ihren Gesichtern konnte er Beklemmung erkennen, das gleiche Gefühl, das ihn beherrschte. Es war nicht zu leugnen, und es machte ihn wütend auf sich selber.

Die Mädchen schienen ihm freier, weniger zaghaft. Er schätzte ab: zehn Männer, zwölf Mädchen. Er sah auf den ersten Blick, die waren alle in Schale gekommen. Und das bin ich ja schließlich auch, dachte er.

Da hatte sich etwas geändert in den letzten Jahren. Es lag Respekt in der Luft: vor der Kommission, vor der Macht der Prüfer, die über Karriere oder Scheitern zu befinden hatten. Sie waren nicht mehr fröhlich wie früher, hatten nicht mehr die lockere Heiterkeit der Jugend. Er dachte: Sie sind schon lange nicht mehr fröhlich. Ich auch nicht, und das hatte bereits auf dem Gymnasium angefangen. Etwas hat uns alle eingeschüchtert. Aber was?

Diese Versammlung von jungen Frauen und Männern kam ihm vor wie eine wartende Trauergemeinde vor der Aussegnungshalle.

Er kannte sie fast alle, war aber mit keinem von ihnen befreundet. Gern hätte er jetzt an der Unterhaltung teilgenommen, sich einfach dazugestellt und mit ihnen gesprochen. Doch die Einladung fehlte, der mühelose Übergang.

Und dann kam endlich Benno Steinthaler die Treppe herauf, er trug seinen Geigenkasten unter dem Arm und sah tatsächlich fröhlich aus. Benno überragte alle anderen, das war schon beim Militär so gewesen, nur hatte er damals nicht solch einen wildwuchernden Lokkenkopf. Sie hatten ihn getrimmt, was er widerwillig über sich ergehen ließ. Als James zum erstenmal seine klobigen Hände gesehen hatte, wäre er nie auf die Idee gekommen, daß dieser Benno Steinthaler virtuos Geige spielen konnte.

Benno grinste James an. Er schien furchtlos, aber James merkte bald, daß er sich ein wenig Mut angetrunken hatte.

»Du hast eine Fahne«, begrüßte er ihn. »Nicht schlimm, aber man riecht es.«

»Zwei Schnäpse, Mann, und ein Bier. Die puste ich denen glatt ins Gesicht, wenn ich nach meiner Durchschnittsnote frage. Ich nehme keine Drogen, ich brauche keinen Guru, aber hin und wieder wird ein Mensch doch mal ein Glas trinken dürfen, wenn er in eine solche Scheiße wie diese hineingehen muß.«

»Was machen wir, wenn wir die richtige Durchschnittsnote nicht schaffen?« fragte James.

»Dann sind wir aufgeschmissen. Aber ich hab' ja immer noch die hier...« Er klopfte gegen den Geigenkasten. »Ich stelle mich an die Brücke, leg' einen Teller hin und geige von morgens bis abends...« Benno lachte laut, es schallte über das ganze Stockwerk. Alle schauten sich erstaunt nach ihm um.

Leise sagte er: »Wenn's bei mir nicht klappt, gehe ich als Offizier. Und du, machst du noch Aushilfskellner?«

»Nein.«

»In der Disco bist du auch nicht mehr.«

»Das Geschäft ist geplatzt.«

Steinthaler nickte. »Mit Recht. So eine amerikanische Scheiße. Wenn du da zuschaust, kommen dir plötzlich alle vor, als würden sie auf der Tanzfläche vor sich hin onanieren. Bei Plattenmusik, mit Lichteffekten. Die wissen doch überhaupt nicht mehr, ob sie Männchen oder Weibchen sind. Also, wenn's nicht klappt mit der Durchschnittsnote, gehe ich zum Barras. Das ist immer noch besser als arbeitslos. Beim Musikkorps, mein lieber Mann, da habe ich einen prima Lenz, und du weißt doch, ich bin Klasse auf der Geige. Schade, mit dir hätte ich gern eine Band angefangen, aber du wolltest ja nicht.«

»Es gibt zu viele Bands, die hungern.«

Benno murmelte vor sich hin: »Kapellmeister, das wäre was für mich, dann wäre ich was. Aber hier...« Er schnippte verächtlich mit den Fingern. »Groß gehst du rein, klein kommst du raus...«

»Wir kuschen alle«, sagte James. »Das ist unser Fehler. Es gibt Formen des Widerstands, gegen die sie machtlos sind.«

Sie wurden einzeln aufgerufen und betraten dann das Konferenzzimmer. Es war eine Art Vorstellung, merkte James, als er vor der Prüfungskommission stand: drei Männer und zwei Frauen. Sie waren freundlich, aber er mißtraute ihnen, besonders den Männern. Er fand, auch ihre Freundlichkeit konnte nicht die pedantischen Gesichter verbergen.

Der Vorsitzende las die Personalien vom Blatt ab. Der Vater wurde übergangen, denn den hatte er in seinem Lebenslauf nicht erwähnt. Der Kandidat hatte das Abitur bestanden. Hier konnte sich der Vorsitzende einen Seitenhieb nicht verkneifen: »Allerdings haben Sie beim ersten Anlauf die Reifeprüfung nicht geschafft. Das sagt jedoch nichts gegen Ihre erzieherischen Qualitäten. Auch Bismarck und Winston Churchill waren schlechte Schüler. Es ist dennoch Großes aus ihnen geworden.« Sarkastisch lächelnd schaute der Mann nach rechts und links und fuhr fort: »Im Vertrauen darauf, daß auch aus Ihnen Großes werden könnte, wollen wir mit der Prüfung beginnen.«

Ihm schien, das war ein mieser Anfang. Noch schlechter stand es eine Stunde später, als er während der Einzelprüfung nicht das Geburtsjahr des Freiherrn vom Stein nennen konnte.

»Ich weiß doch schließlich, was er getan hat«, verteidigte sich James. »Ist es so wichtig, genau sein Geburtsjahr zu kennen? Das kann ich ja nachlesen.«

Er versagte dann völlig in Sachkunde. Auf die Frage, wie ein Stromkreis geschlossen werde, stotterte er: »Also, ein Stromkreis...« Er hielt seine Flöte in der rechten Hand und klopfte damit nervös in die geöffnete linke.

»Ein Stromkreis wird geschlossen, indem...« Er wußte es nicht, hatte sich nie für Elektrizität interessiert, und wie alles, was ihn nicht fesselte, war es völlig aus seinem Gedächtnis verschwunden.

Um drei Uhr nachmittags, bei dem Gemeinschaftsgespräch über Ethik und die höheren Aufgaben des Menschen, saßen sie alle in einem Klassenzimmer, wie Schüler vor ihren Lehrern. Um diese Zeit wußte James bereits, daß er die Durchschnittsnote nicht geschafft hatte. Höchstens befriedigend, stellte er fest.

Ganz allmählich hatte sich Widerstand in ihm gesammelt. Er suchte nach einem Ventil, nach einer Möglichkeit zum handfesten Widerspruch. Seine Gelegenheit kam, als der Vorsitzende fragte: »Was ist das wesentliche Streben des Menschen?«

Unaufgefordert erhob sich James und sagte laut:

»Alle Menschen streben nach Glück. Das heißt für die einen, eine ruhige Kugel schieben... Andere richten ihr hauptsächliches Trachten auf eine Pension im Alter... Die gehen dann meistens in den Staatsdienst...« Er stand schweigend an seinem Platz und wartete. Die Teilnehmer der Prüfungskommission schauten einander an. Jeder im Raum konnte spüren, daß sich da Zündstoff sammelte.

James drehte seine Querflöte in der Hand hin und her.

Der Vorsitzende war ein paar Augenblicke unschlüssig. Dann erklärte er: »Ich muß Ihnen sagen, Herr James Müller, wir haben das Gefühl, daß es Ihnen noch an Reife fehlt.«

Die Spannung stieg noch einmal an, zwei, drei Sekunden lang, in denen James zu aller Überraschung zu grinsen begann. Er schaute umher, sah die Tür. Sie war höchstens acht Meter von ihm entfernt. Langsam öffnete er das Futteral und zog seine silberglänzende Flöte heraus.

»Wissen Sie was«, sagte er. »Ich will gar kein Lehrer werden. Dann wäre ich ja irgendwann Ihr Kollege. Und das Belehren liegt mir auch gar nicht. Ich werde zur See fahren.«

Er holte tief Luft, setzte seine Flöte an, ging auf das Kollegium zu und begann zu spielen: »Blow boys, blow, to Californio...«

Er machte eine Schwenkung nach rechts, auf die Tür zu, spielte weiter, und es war ein voller, schöner Ton, und jeder konnte sehen, wieviel Freude ihm das Lied machte. Seine Augen leuchteten.

So erreichte er die Tür. Die Gesichter der Prüfer blieben ihm zugewandt. Er setzte kurz die Flöte ab, um die Tür zu öffnen. Dann war er draußen, und alle hörten, wie sich das Lied von ihnen entfernte.

Er hinterließ eine vollkommene Stille. Die Kandidaten wagten keinen Mucks, und auch die Prüfer waren starr vor Verblüffung.

Dann aber lachte Steinthaler sein berühmtes Lachen. Schallend laut, aus tiefster Brust. Er lachte sich frei, befreite sich mit einem Riesengelächter. Und da sieht er plötzlich den rügenden Blick von vorn. Es wird augenblicklich still, versteckt sein Lachen, und es sieht so aus, als schlucke er es mühsam hinunter. Er würgt und schluckt, obwohl er doch gern noch weitergelacht hätte. Aber er wagt es nicht.

Und dafür schämt er sich ein wenig.

3. KAPITEL

James war frei, war einem Zwang entkommen, unter dem er, wie ihm nun schien, seit Jahren gelitten hatte. Jetzt ging er durch die Stadt im Gefühl eines Triumphes. Das Futteral mit der Querflöte trug er in der Hand, und er spürte fast so etwas wie Dankbarkeit für sein Instrument, ein Gefühl ähnlich dem eines Jägers für seine Büchse, wenn er einen guten Schuß getan hat. In einer Eckkneipe bestellte er sich, an der Theke lehnend, einen doppelten Korn und ein Bier. Er schüttete beides nacheinander hinunter, reckte sich und ließ ein lautes und entspanntes »Ahhh!« hören. Er war der einzige Gast im Lokal.

Die Bockenheimer Landstraße führt zur Hauptwache, eine breite, großzügige Straße, reiche Bürger haben dort einmal gewohnt. Das Pflaster war jetzt über ganze Strecken aufgerissen, Preßlufthämmer ratterten um die Wette und schüttelten die Arbeiter, die sie bedienten. Hilflos sahen die Männer aus, als hingen sie an ihrer Maschine und würden von ihr gemartert.

James blieb stehen und schaute zu, wie die Straßendecke unter den Geräten zerbrach.

Nicht weit von hier hatte er gewohnt, im Westend, das einmal eine der teuersten Wohngegenden Frankfurts gewesen war. In einer behaglichen Zweizimmerwohnung hatten sie gelebt. Tina war abends nach Hause gekommen und hatte ein kleines Essen gerichtet, so eine Sache, die in zehn Minuten zubereitet ist. Und dann waren sie ins Schlafzimmer gegangen. Er spürte noch ihre Arme um seinen Nacken, sah noch die behenden Bewegungen, mit denen sie ihr Höschen abstreifte. Beide hatten sie darauf gewartet, einen ganzen Tag, und dann war es jedesmal, als hätten sie es schon vier Wochen nicht mehr gehabt.

Sie flüsterte seinen Namen, atmete schnell und drängend. Und dann schrie sie seinen Namen laut, als hätte sie Angst, ihn zu verlieren.

James spürte, wie sich etwas in ihm zusammenzog. Verdammt! dachte er, ich muß das loswerden. Sie war halt eine tolle Nummer, und sicher hat sie mich damals auch geliebt.

Ungeheuer schnell war das vorbei gewesen. Knapp zwei Jahre hatte es gedauert. »Ich mag nicht mehr!« hatte sie erklärt. »Und überhaupt ist die Ehe heute überholt. Warum soll ich ein ganzes Leben lang deinen Kram hinter dir herräumen, nur weil wir uns einmal geliebt haben!«

Und seine Mutter hatte gesagt: »Ich wußte, daß es schiefgehen würde mit euch. Du hättest noch ein paar Jahre bei mir wohnen können, bis du eine Anstellung als Lehrer hast. Aber nein, du mußtest heiraten... Genau wie dein Vater.«

»Wieso?« fragte James. »Er hat dich doch nicht geheiratet.«

»Du bist wie er!« rief sie. »Du siehst auch aus wie er!«

Das war ein Vorwurf, das war lang gestaute Bitterkeit, die sich auf den Sohn entlud. Nach der Trennung von Tina war er nicht mehr in ihre Wohnung gezogen. Sie warf ihm vor: »Lieber haust du in so einer finsteren Bude im sechsten Stock als bei deiner alten Mutter!«

»Du bist noch nicht alt«, sagte er. »Du könntest heute noch heiraten.«

»Nein!« erwiderte sie hart. »Ich habe nicht geheiratet, weil ich ganz für dich dasein wollte.« O Gott! dachte er und erinnerte sich daran, wie sie eines Abends erkärt hatte: »Ich gehe mit meiner Bekannten zu einem Maskenball.«

Ein rotes Röckchen, äußerst kurz, hatte sie getragen, dazu Netzstrümpfe, und auf den Kopf hatte sie sich so einen lächerlichen roten Zylinder gesetzt. Sie sah aus wie eine Schießbudenfigur. Er hatte laut gelacht, war damals gerade zwölf Jahre alt, hatte aber bereits verstanden, daß es eine verzweifelte Bemühung gewesen war.

Mutter wird erfahren, was heute geschehen ist. Vielleicht wird auch Tina davon hören. Es wird ihr gleichgültig sein.

Das war heute eine schlechte Stimmung, dachte er, eine ungute Spannung zwischen Prüfern und Kandidaten. Und dann dieses Gefasel über die ethischen Verpflichtungen der Menschen. Jawohl, davon könnt ihr gut reden in euren Positionen. Hinter eurem Pult sitzt ihr sicher und warm. Der Staat deckt euch in jedem Fall. Dafür sortiert ihr uns aus, das ist die Gegenleistung. Alle Menschen streben nach Glück. Es gibt aber kein Glück, das von Bestand ist. Ihr macht euch gegenseitig fertig mit euren Durchschnittsnoten. Die Panik kommt ganz leise heran, aber plötzlich ist sie brüllend da, und niemand weiß genau, wie sie entstanden ist.

Ich werde meiner Mutter das Geld zurückzahlen, das sie für mein Studium ausgegeben hat. Nach der Scheidung, wenn ich wieder festen Boden unter den Füßen habe. In acht, nein, in zehn Tagen.

Weit vorn, wo die Bockenheimer auf die Mainzer Landstraße stößt, hatte das Palais der Rothschilds gestanden. Heute erhebt sich an dieser Stelle ein rechteckiger Turm, ein Geschäftshaus, so hoch, daß man den Kopf weit in den Nacken legen muß, um das obere Ende dieses Ungetüms aus Stahl und Beton zu erkennen.

James blieb auf der gegenüberliegenden Straßenseite stehen, schaute hinauf und dachte: Mann, da wird einem schwindlig, nur vom Hinaufsehen.

Die Rothschilds haben hier gewohnt. Er hatte gehört, daß sogar im Krieg noch einer dort gewesen war. Adolf Hitler soll sich nicht getraut haben, diesen hartnäckigen Frankfurter ins KZ zu bringen. James wußte nicht viel davon, aber die Haltung des furchtlosen Mannes hatte sich ihm unvergeßlich eingeprägt.

Seine Gedanken kamen von dem Thema nicht los: Millionen haben sie umgebracht. Das war ihre Idee, und um sie zu realisieren, erfanden sie besondere Gesetze, für die sie gleich auch eine spezielle Ethik bastelten. Sie saßen in Ämtern, in Positionen, die unangreifbar waren. Und wahrscheinlich haben auch sie über die ethischen Pflichten der Menschen geredet.

Die Millionenzahl der Opfer und die Wesensart ihrer Mörder überstiegen sein Vorstellungsvermögen.

Ich war damals noch nicht auf der Welt. Aber jetzt, jetzt bin ich da.

Er dachte daran, wie er mit Tina geschlafen hatte. Kurz bevor es bei ihr soweit war, fing sie an zu vibrieren, es war ein Zittern, das ihren ganzen Körper durchlief. Sie bebte, erschauerte – und in den letzten Sekunden das große Jubeln: Ich bin da, ich bin auf der Welt.

Wohin ich jetzt gehe? Es ist ganz klar.

Eine Hure will ich haben, eine sanfte, freudig bereite Hure. Aber – da wird es schwierig: Sie sollte zugleich eine Heilige sein.

Diesmal lief er nicht davon, sondern ging auf die Frauen zu. In dem überdachten Innenhof standen, über den Raum verteilt, vier riesige Kübel aus Zement, in denen rote Geranien blühten. Aber trotz der Blumen blieb dem Raum die Atmosphäre eines Wartesaals.

Die Frauen standen an den Wänden entlang und in kleinen Gruppen, einige saßen auf den Rändern der Geranienkübel. Dazwischen schlenderten Männer hin und her und prüften ungeniert und langsam die Ware. Es waren junge Frauen, grell geschminkt und sorgfältig frisiert. Sie rauchten Zigaretten, und Unmengen von Kippen bedeckten den Boden.

James ging zögernd, sein Gesicht hatte einen starren, fast abweisenden Ausdruck. Er schaute umher, sah eine Frau, die ihm gefiel, daneben eine andere, die ihm noch besser schien. Er war unschlüssig, wartete noch.

Die Frauen beobachteten ihn. Er war der jüngste Mann hier, die anderen waren um die Vierzig oder älter. Er spürte, daß ihn die Frauen taxierten. Da geht ein junger Mann und sucht nach einer Frau. Das ist einer, der hat es nötig. Eine richtige Hure weiß ihren Freier wohl einzuschätzen. Und der da, das war auf den ersten Blick zu erkennen, gehörte zu der Kategorie der Hilfesuchenden.

Als er sie sah, dachte er: Das ist sie. Sie war drei Schritte auf ihn zugegangen, nahe bei der hinteren Tür. Ein apartes Gesicht, kastanienbraunes Haar. Sie trug eine hauteng anliegende braune Hose und dazu eine weiße Bluse. Alle Farben paßten zueinander.

Gut, dachte er und war entschlossen.

Sie lächelte und sagte: »Willst du mitkommen?« Ihre Augen waren klar, waren nicht entstellt oder umschattet von zu starkem Make-up. Als er hinter ihr die schmale Treppe hinaufging, war er voller Erwartung.

Das Zimmer war klein, verriet jedoch einen sicheren Geschmack. Er sah das sofort. Wie alt mochte sie sein? Vielleicht zweiundzwanzig.

Er war dreimal in seinem Leben bei einer Hure gewesen. Das erstemal kurz nach dem Abitur, weil er dachte, ein Mann müsse das erlebt haben. Dann noch zweimal während seiner Militärzeit, die Geilheit hatte ihn angetrieben. Benno Steinthaler war dabeigewesen. Sie waren in der Nacht durch die stille Kleinstadt gelaufen, und Benno hatte gerufen: »Ich brauche ein Weib! Mann, brauche ich dringend ein Weib!«

Es waren leidlich erfolgreiche Besuche gewesen. Die Sache war nicht ganz aufgegangen, ein Rest war geblieben, der sich nicht auflösen ließ: Es war Ersatz.

Jetzt stand er wortlos im Zimmer. Sie bewegte sich anmutig, war völlig sicher und unbefangen. Zuerst richtete sie das Lager, eine breite Couch mit mehreren Kissen, die sie aufschüttelte. Sie kam dann dicht an ihn heran und sagte: »Fünfzig Mark, das ist der Grundpreis, das ist für das Einfache...«

Er nickte, kramte bereits in seiner Jackentasche. Noch immer wortlos, obwohl er gern gesprochen hätte: Ich bin ausgehungert nach Liebe, ich brauche dich. Außer dir ist im Augenblick nichts auf der Welt wichtig... Das kann man nicht sagen, wenn man Geld dafür bezahlt. Er reichte ihr den Fünfzigmarkschein, sie schaute ihn kurz an und sagte: »Danke.«

Dann zog sie sich aus, schlüpfte aus der Bluse, aus den engen Hosen und stand vor ihm im Slip. Ihr Körper war makellos, lange, gut geformte Beine, eine kleine, feste Brust. Er sah zu, wie sie das Nichts von einem Höschen herunterzog. Sie legte sich auf die Couch und öffnete die Beine. Er starrte sie an, erkannte den Spalt, aus dem winzig die blaßroten kleinen Lippen hervorlugten.

»Zieh dich aus«, sagte sie lächelnd.

Er gehorchte, warf seine Kleider einfach zu Boden und legte sich dann zu ihr. Sie fummelte mit dem Präservativ an ihm herum. »Ohne geht es nicht«, sagte sie. »Ich mache es nie ohne.«

»Warum?« fragte er.

»Menschenskind, die Krankheiten ... Weißt du nicht, daß der Syph wieder groß im Kommen ist?«

»Na schön«, sagte er resigniert.

Sie bemühte sich um ihn mit schnellen, routinierten Griffen. Dabei fiel ihr Blick auf das Futteral, das neben seiner Hose lag. »Was ist denn das für ein Ding?« fragte sie. »Das sieht ja aus wie ein eingepackter Schlagstock.«

»Meine Flöte ist das«, antwortete er.

Sie lachte laut, ohne ihre Versuche an ihm zu unterbrechen. »Deine Flöte? Dann hast du zwei Flöten... Bist du etwa Musiker?«

»Nein, ich wollte Lehrer werden.«

Sie ging nicht darauf ein, mühte sich weiter mit ihm ab, ihr Gesicht war jetzt nicht mehr so freundlich wie vorher.

»Was ist denn mit dem los? Hast du eine bestimmte Tour? Leg noch einen Hunderter drauf, dann können wir darüber reden.«

»Nein«, sagte er schroff und wußte bereits, daß er unter diesen Bedingungen versagen würde.

Er wollte sie zwischen den Beinen streicheln. Sie schüttelte den Kopf: »Kommt nicht in Frage mit den Händen. Auch wegen Krankheiten.«

»Ständig redest du von Krankheiten«, sagte er.

»Du machst mir aber Spaß. Kommt da herein und will für läppische fünfzig Mark eine geschlagene halbe Stunde auf Touren gebracht werden. Und dann noch Sonderwünsche...«

»Red nicht so verdammt geschäftsmäßig«, sagte er. »Es gehört auch etwas Zärtlichkeit dazu.«

»Zärtlichkeit? Für fünfzig Mark Zärtlichkeit? Daß ich nicht lache, mit diesem Schlappschwanz!«

Er setzte sich auf und schaute sie wütend an.

»Du«, sagte sie, während sie ihn mißtrauisch musterte. »Wenn du auf Ideen kommen solltest... Hier ist die Klingel, da kriegst du den Frack voll.«

Ihre Augen hatten sich verändert, ihr Mund war plötzlich hart und bitter. Es war, als hätte sie die freundliche Maske abgezogen, und darunter erschien ihr wahres kleinliches, abstoßendes Gesicht.

Er schalt sich einen Dummkopf und sagte: »Du bist auch nur so ein gemeines Luder.«

»Schlappschwanz«, antwortete sie. »Deine Zeit ist um. Glaubst du, ich habe hier etwas zu verschenken?«

Er zog sich rasch wieder an, fühlte sich elend und unglücklich. Sie war schneller als er, stand fertig angekleidet neben dem Bett, als er noch seine Krawatte band.

»Geh schon«, mahnte sie.

Als er seine Jacke überzog, sagte er: »Du bist ein Stück Dreck und kommst dir dabei noch ganz toll vor, wie?«

»Schlappschwanz«, wiederholte sie.

Er ging zur Tür, wollte etwas sagen, fand es aber nicht mehr der Mühe wert.

Dann war er auf per Treppe, ging, ohne sich noch einmal umzusehen. Ich hätte es wissen müssen, dachte er. Wer in einem solchen Laden arbeitet, kann nichts taugen. Nur eine Frau, die hart ist wie Stein, kann das aushalten. Ein Idiot bin ich, dachte er. Ein richtiger Dummkopf.

Gegen sieben Uhr abends traf er in der ›Laterne‹ ein. Er wollte Menschen sehen, mit ihnen reden, wollte auch etwas trinken und die Niederlage vergessen, die ihm eine Hure beigebracht hatte. Er war froh, als er Friedrich sah, der wie immer auf seinem Platz saß.

»Kann man gratulieren?« fragte Friedrich.

»Ja und nein. Ich werde kein Lehrer. Ich wollte es ja eigentlich auch nicht.«

Friedrich machte ein betretenes Gesicht und schwieg eine Weile. Dann fragte er: »Und was wirst du nun anfangen?«

»Ich suche mir einen Job. Ich brauche Geld, wie du weißt.«

Friedrich sagte: »Ich kann dir etwas leihen.«

James schüttelte den Kopf. »Nein, nein, ich will nichts borgen. Hundert Mark habe ich noch.«

»Na, da bist du ja noch schwer gestopft.«

Tillmann kam von der Theke herbeigeschlendert und fragte: »Wie war's mit der Prüfung?«

»Nichts war es«, antwortete James.

»Wie, bist du etwa durchgefallen?«

»Ich bin nicht durchgefallen, ich bin ausgestiegen. Ich werde überhaupt aussteigen.«

»Wie meinst du das?« fragte Friedrich.

»Ich weiß es noch nicht genau, aber ich werde etwas tun.«

Friedrich sah ihn prüfend an. Lehrer wird er nun nicht, ging es ihm durch den Kopf. Aber die Scheidung steht ihm bevor. Und dann? James ist ein Traumtänzer.

»Hörst du, James, du mußt jetzt achtgeben, sonst geht es dir an den Kragen. Kommst du erst jetzt von der Prüfung?«

»Nein, ich war bei einer Hure und bin fürchterlich auf die Fresse gefallen.«

Friedrich grinste. »Du wirst es nicht glauben, aber ich war auch bei einer Hure. Allerdings nur zum Pfänden. Und stell dir vor, die hatte doch glatt einen ganzen Zigarrenkasten voller Hundertmarkscheine.«

»War Benno Steinthaler schon hier?« fragte James.

»Nein, ich habe ihn noch nicht gesehen.«

James war sicher, daß Benno aufkreuzen würde. An einem Tag wie diesem mußte er eine Kleinigkeit trinken, so gut kannte er ihn.

James lehnte sich zurück und dachte: Ich brauche auch etwas. Er legte seine Blockflöte auf den Tisch und rief Tillmann zu: »Bring mir einen doppelten Korn und ein Bier. Ich muß die Prüfung hinunterspülen und dann noch eine Kleinigkeit.« Tillmann gegenüber erwähnte er die Frau nicht.

»Ja, stell dir vor«, sagte Friedrich, »sie hatte eine ganze Zigarrenkiste voller Hundertmarkscheine.«

Am Morgen hatte er sie gesucht, so berichtete er. Zweimal hatte sie in den letzten drei Monaten die Wohnung gewechselt. Diese Weiber, war es ihm durch den Kopf gegangen, ständig ziehen sie um.

Als er die Straße und das Haus gefunden hatte, stieg er die Treppen hinauf und schimpfte innerlich über die vielen Treppen, die er in seinem Beruf zu bewältigen hatte. Er kannte diese Kundin schon lange. Ihre finanziellen Verhältnisse waren schwankend, wie er das nannte. Mal besaß sie Geld in dicken Bündeln, das nächste Mal erzählte sie: »Ich bin stier.« Sie war abgerutscht, immer ein bißchen tiefer.

»Ach, Sie schon wieder«, empfing sie ihn. Es klang nicht ärgerlich.

Sie konnte noch immer blenden, und es war nicht schwer, sich vorzustellen, daß diese Frau einmal schön gewesen war. Mit einer Hand hielt sie ihren Morgenrock vor den Brüsten zusammen, unten jedoch klaffte er auseinander und zeigte ihre nackten Beine.

Friedrich zuckte die Achseln: »Es ist mein Beruf. Ich habe Sie in Ihrer alten Wohnung gesucht. Aber da hat ja nie jemand geöffnet. Heute habe ich zufällig Ihre neue Adresse erfahren.«

Die junge Frau machte eine Bewegung mit der Hand, unterstützte sie mit einem Kopfnicken: er solle eintreten.

Er setzte sich auf einen Stuhl, der mitten im Zimmer stand. Seine Hände hingen schlaff zwischen den Knien herunter, er sah jetzt müde aus. Interessiert betrachtete er die Frau, wie sie ihren Morgenrock auszog und sich wieder ins Bett legte. O ja, sie war noch gut in Form.

»Wie geht das Geschäft?« fragte er.

»Na ja, man nimmt mit, was man kann. Für viel Geld muß man viele auf sich nehmen...«

Friedrich lachte einmal laut auf.

Sie war zahlungswillig und fragte: »Was macht denn der Kram da auf dem Zettel?«

»Genau sechshundertsiebenundsechzig Mark und siebzig Pfennige. Mit Gebühren.«

Mit einem Griff unter ihr Bett zog sie die Zigarrenkiste hervor, die ihn so beeindruckt hatte. Sie öffnete sie und zählte das Geld ab, hielt die Scheine in der Hand, und nach einem abschätzenden Blick auf Friedrich sagte sie: »Hier sind siebenhundert. Es stimmt so. Der Rest ist für die Wege.«

»Eigentich darf ich nicht«, murmelte er. Die Annahme von Trinkgeldern war ihm untersagt. Aber da fiel ihm ein, daß er am Abend in die ›Laterne‹ gehen wollte.

»Sie dürfen nichts annehmen, weil Sie Beamter sind? Haben Sie 'ne Ahnung! Manche denken da ganz anders. Neulich war ein Beamter hier, der wollte ohne zu bezahlen gleich in mein Bett hüpfen. Das war allerdings kein Gerichtsvollzieher.« Sie lachte in sich hinein.

In ihr Bett wäre er auch ganz gern gehüpft, aber weil er sich in diesem Punkt seit mindestens zwei Jahren nicht mehr sicher war, fing er erst gar nicht davon an. Er steckte das Geld ein und sagte: »Weil Sie es sind. Jedenfalls vielen Dank.« Er stand auf, vor der Tür drehte er sich noch einmal um und fügte hinzu: »Und viel Glück beim Geschäft. Das ist es nämlich: Glück muß man haben, Fortune.«

Fortune hat James im Augenblick wirklich nicht, sinnierte Friedrich jetzt, eher eine Pechsträhne. Dabei könnte es ihm so gutgehen, wenn er nur wollte. Die Frauen mögen ihn, aber er bemerkt es nicht, weil der Schock der Trennung noch zu frisch ist. Friedrich kannte die Ehegeschichte des Paares Tina und James Müller genau.

Er fand, daß James in jedem Fall der Benachteiligte war. Ebenso wie ich, dachte Friedrich. Nur, unsere Ehe hatte damals eine andere Basis. Wir gingen noch davon aus, daß der Mann polygam und die Frau monogam wären, daß ausschließlich der Mann das Geld verdient, die Frau aber das Haus oder die Wohnung hütet.

Alles Quatsch, spann er den Faden weiter, die Dinge sind im Fluß, die Normen ändern sich. Und könnte es nicht sein, daß eines Tages die Frauen herrschen? Haben sie nicht schon damit angefangen?

»Bei den Bienen und Ameisen werden die Männer

getötet, wenn sie ihre Aufgabe erfüllt haben«, murmelte er.

»Was sagst du da?« fragte Tillmann, der sich inzwischen an den Tisch gesetzt hatte.

»Nichts, ich habe nur laut gedacht.«

»Benno wird sicher bald kommen«, sagte James.

»Da mustert dich eine«, flüsterte Friedrich James zu. »Da vorne, rechts von dir...«

James drehte sich langsam um. Sie war um die Dreißig, ein schmales, rassiges Gesicht, umrahmt von dunklen Haaren. Und sie lächelte James an. Sie verbarg nichts, es war wie ein Gruß, eine Anfrage.

»Was sagtest du eben von den Bienen und Ameisen?« fragte James.

»Die Männer haben versagt. Schau dich um, die Dogmen, Ideologien und die daraus entstandenen Kriege – das ist alles von Männern gemacht. Und daß du jetzt auf unfeine Art und Weise geschieden wirst, ist, auch wenn du es nicht glaubst, ein kleines Echo davon.«

»Du machst dir Sorgen um mich«, grinste James. »Ich werde schon nicht untergehen, schon gar nicht wegen einer Frau.«

»Es sind schon viele Männer untergegangen wegen einer Frau«, antwortete Friedrich. »Und nicht die schlechtesten.«

»Warum muß ein Mann eigentlich immer für eine Frau zahlen?« fragte Tillmann und lehnte sich weit über den Tisch.

»Was ist das Vorrecht der Frau?« griff Friedrich die Frage auf.

»Hure zu sein!« rief Tillmann laut.

»Darauf prost«, stimmte Friedrich zu. »Wißt ihr übrigens, daß es Kulturen gab, in denen die Hure hochgeehrt war?«

Sie tranken Bier und Korn, und unter dem Einfluß des Alkohols geriet ihr Gespräch etwas ins Schwimmen. Aber plötzlich waren sich alle einig, daß auch der Mann sich prostituieren könne. Wer sollte ihn daran hindern?

»Die Moral«, sagte Friedrich, fügte dann aber hinzu: »Es gibt ja eigentlich keine Moral mehr. Alles ist offen.«

»Hahaha!« lachte Tillmann. »Das wäre ein Ding, wenn die Weiber dafür zahlen müßten.«

Die Frau hatte James vom ersten Augenblick an beobachtet. Sie saß neben einem Mann, der leicht angetrunken war. Friedrich sah, daß sie noch immer zu James hinstarrte.

»Sie frißt dich mit den Augen auf«, sagte Friedrich leise.

»Sie ist nicht übel, aber der Mann gefällt mir nicht.«

»Der ist bereits wütend. Er hat etwas gemerkt. Hast du etwa Angst?« fragte Friedrich.

»Das nicht, aber ich will keinen Streit.«

Trotzdem drehte er sich noch einmal nach der jungen Frau um, war neugierig, hatte ihr Angebot recht gut verstanden. Sie schien darauf gewartet zu haben. Ihr hintergründiges Lächeln war für ihn bereit gewesen. Es löste einen Mechanismus bei ihm aus, den er nicht steuern konnte: James lächelte zurück.

Das war der Augenblick, in dem der Mann neben ihr aufstand und herüberkam. Ein vierschrötiger Kerl mit einem kantigen Schädel. Er schlug mit der Faust auf den Tisch, ließ sie auf der Platte liegen und fuhr James an: »Du willst Ärger mit mir! Den kannst du haben, wenn du nicht aufhörst...«

Friedrich griff nach dem Futteral mit der Blockflöte und schlug damit dem Kerl blitzschnell auf die Hand. Es war ein harter Schlag.

»Nehmen Sie Ihre Pfoten von unserem Tisch«, sagte er ganz ruhig.

Der Mann war erschrocken. Er hielt seine rechte Hand und knetete sie mit der linken. Friedrich hatte gut getroffen.

Der Mann holte aus zu einem mächtigen Schwinger gegen Friedrichs Kopf. Aber er traf nicht, weil Friedrich sich geistesgegenwärtig duckte. Die Faust krachte gegen die Holztäfelung.

»Aua!« schrie der Mann. Es war die gleiche Faust, die Friedrich zuvor mit der Flöte getroffen hatte.

Er wollte noch immer nicht aufgeben. James stand auf, täuschte ihn mit der linken Hand und schlug rechts voll zu, genau auf die Kinnspitze. Der Mann klatschte auf den Boden wie ein nasser Sack. Tillmann und die beiden Kellner bemühten sich um ihn. Sie hielten die Streitenden auseinander. Den Störenfried schleppten sie auf seinen Platz zurück, wo er angeschlagen neben der Frau sitzenblieb und vor sich hinstierte. Sie lächelte noch immer und schaute dabei James genau in die Augen.

Ein Kellner flüsterte: »Es ist seine Frau...«

»Das konnte ich nicht wissen«, antwortete James. »Und ich habe nichts getan, was sie oder ihn hätte kränken können.«

»Nichts«, stimmte Friedrich zu.

Und Tillmann bekräftigte: »Er hat keine Schuld. Sie steht auf ihn, ich habe es gesehen.«

Benno Steinthaler kam eine halbe Stunde später. Er trug seinen Geigenkasten unter dem Arm, was James zeigte, daß er noch nicht zu Hause gewesen war. Benno setzte sich neben Friedrich auf die Bank, und mit einem breiten Grinsen sagte er: »Mann, James, du hattest einen unheimlich starken Abgang. Die Gesichter von denen hättest du sehen sollen. Das werden die so schnell nicht vergessen.«

»Was hat er denn gemacht, der James?« fragte Friedrich.

»Ja, was hat er gemacht?« wollte auch Tillmann wissen.

Benno rief zuerst den Kellner und bestellte etwas zu trinken. Jeder konnte sehen, daß er bereits einiges genossen hatte. Mit großen Gesten und so laut, daß es fast jeder im Lokal hören konnte, beschrieb er die Abschiedsvorstellung, die James gegeben hatte. Dazu lachte er wieder unbändig, freute sich diebisch, klatschte sich mit seinen Pranken auf die Oberschenkel und rief schließlich: »Das brauchen sie! Widerstand dieser Art brauchen sie!«

»Jedenfalls hast du bestanden?« fragte James.

»Ja, ich habe bestanden, aber nur mit der Note befriedigend. Das bedeutet, daß ich vielleicht zwei oder drei Jahre auf eine Anstellung warten muß. Vorerst einmal bin ich arbeitslos. Modell Deutschland«, rief er. »Scheiße! Und weißt du denn auch, was das Schlimmste von allem ist, James?«

»Was?«

»Wir werden nicht gebraucht. Ja, wir sind eigentlich überflüssig.«

»Nicht ganz, Herr Steinthaler«, sagte Friedrich.

»Doch!« beharrte Benno. »Fast überflüssig ist so gut wie überflüssig!« Er wandte sich wieder an James: »Was hast du gemacht bis jetzt?«

»Das ist eine lange Geschichte«, antwortete James. »Und es ist keine schöne Geschichte.«

»Vor allem hat er einen verprügelt, daß dem Hören und Sehen vergangen ist«, sagte Tillmann. »Da vorne sitzt er übrigens und ist jetzt noch groggy.«

Benno reckte den Hals und betrachtete den Mann, der immer noch mit hängendem Kopf neben seiner Frau saß. »Da bin ich leider zu spät gekommen«, bedauerte er und betrachtete seine riesigen Fäuste. »Aber James schafft das auch allein. Ich habe ihn beim Barras boxen sehen, in den Sportstunden. Da hat er einigen ganz schön die Fresse poliert. Du ...« sagte er in einer plötzlichen Eingebung. »Wie wäre es denn, wenn du Boxer würdest? Wieviel Kilo hast du? Fünfundachtzig? In der Gewichtsklasse gibt's das große Geld.«

»Das ist nichts für mich«, sagte James. »Ich mag mich nicht herumschlagen.«

»Und du?« fragte Tillmann. »Du bist doch auch nicht von Pappe ...«

»Die Geige ...« sagte Benno. »Ich kann nicht wegen meiner Hände.« Er drehte sie einmal über dem Tisch hin und her. Friedrich und Tillmann lachten, als sie diese Hände sahen, und Tillmann meinte: »Ich frage mich schon die ganze Zeit, wie du mit diesen Greifern Geige spielen kannst. Ich habe ja auch nicht gerade zarte Fingerchen, aber gegen deine ...«

»Ich kann euch ja mal was fiedeln«, schlug Benno vor. »Machst du mit, James?«

James nickte. Wortlos packte Benno seine Geige aus, er klemmte sie unter das Kinn und wartete, bis James die Flöte angesetzt hatte.

Benno begann mit dem Lied ›Bei mir bist du schön‹. Er brachte es in Moll, James folgte ihm mit der Flöte, spielte Arabesken dazu. Sie wechselten sich ab in der Führung. James übernahm den Kontrapunkt, griff dann wieder die Melodie auf, und Benno brachte nun die Gegenmelodie. Sie spielten ›Yesterday‹. James ließ die Flöte träumen, Benno begleitete mit einem Vibrato. Er hatte die Augen geschlossen, seine dicken Finger tanzten geschmeidig und elegant über die Saiten.

Es war sentimentale Musik. Geige und Flöte, gespielt von zwei Männern, zu denen weder Geige noch Flöte zu passen schienen. Es war der Kontrast, der alle verblüffte.

Sie spielten einige Lieder. Die beiden Kellner standen neben dem Tisch und bedienten nicht mehr.

Einige Gäste kamen heran und bildeten einen Halbkreis.

Als Benno nach mehr als einer Viertelstunde die Geige absetzte, prasselte der Applaus los. Auch die Frau neben dem geschlagenen Mann klatschte begeistert. James packte seine Flöte ein, und Benno legte die Geige wieder in ihren Kasten.

»Menschenskind«, sagte Tillmann. »Was die alles können.«

»Ja«, sagte Benno, »musikalisch ist er, der James. Und ich auch. Aber was hilft uns das.« Nach einer Weile, die sie still auf ihren Plätzen gesessen hatten, kam Benno noch einmal auf James' Abgang während der Prüfung zurück: »Du, das heute mittag, das war wirklich Klasse. Kannst du stolz drauf sein!«

Noch später tranken Benno und Friedrich Brüderschaft, denn sie fanden, sie kannten sich nun lange genug.

»Ich heiße Gabriel mit Vornamen, aber alle nennen mich Friedrich.«

»Gabriel? Wie der Erzengel?« fragte James.

Friedrich nickte. »Ja, wie der Erzengel. Weißt du, meine Mutter war eine fromme Frau.«

4. KAPITEL

Während der Zeit, in der James mit seinen Freunden Friedrich, Tillmann und Benno Steinthaler in der ›Laterne‹ saß, waren nacheinander drei Frauen vor seiner Mansardentür erschienen. Die erste war Mareike, Frau Abels Tochter, das achtzehnjährige Mädchen, dem er Nachhilfestunden in Latein gegeben hatte. Sie war nicht dumm, aber völlig zerfahren, nicht oberflächlich, nur sprunghaft. Ihre Stimmungen wechselten ständig, und gerade vor ein paar Tagen hatte er ihr ins Gewissen geredet: »Deine Gedanken zerflattern. Du mußt dich konzentrieren! Warum bist du so zappelig? Rauchst du viel?«

»Nein.«

»Ist etwa Haschisch dabei?«

»Du spinnst.«

»Also, was ist es?«

Sie hatte ihn mit einem flackernden Blick hilflos angesehen.

»Ich weiß nicht, was es ist. Der Lärm stört mich. Wenn die Straßenbahn hier vorbeirumpelt, werde ich nervös und denke: die verdammte Tram. Wenn ein Auto vorm Haus hupt, erschrecke ich. Etwas ist nicht in Ordnung mit mir, aber ich weiß nicht was.«

»Hast du einen Freund?« Sie winkte ab. »Du

meinst, ob ich genug bumse? Nein, das tue ich nicht, du kannst mir ja mal aushelfen.« Sie lachte hysterisch – es klang verdammt unecht.

Sie war nicht eigentlich hübsch, aber reizvoll. Ein Kindergesicht mit einer kleinen Stupsnase, einem zu breiten Mund, darüber die blonden Haare, zum Pony geschnitten. Die Augen waren das Auffallendste an diesem Gesicht, zögernde, schüchterne Augen, die ihre Empfindsamkeit preisgaben.

Er wurde nicht klug aus ihr und fertigte sie in Gedanken ab, indem er sich sagte: Sie ist ein bißchen überspannt.

Sie hatte sich daran erinnert, daß er heute ins Examen gehen würde. Gegen sieben Uhr abends dachte sie: Er könnte jetzt schon wieder hier sein. Sie zog ihre Jeansjacke über und ging zur Tür. Dort begegnete sie ihrem Vater.

»Wo willst du hin?« fragte er.

»Was geht es dich an? Ein bißchen spazieren gehen in Sachsenhausen.«

Seit sie sich erwachsen fühlte, betrachtete sie ihn mit gemäßigter Verachtung. Er war grob, nicht besonders intelligent, hinkte mit dem linken Bein ein wenig, wofür er eine Rente bezog. Und dann war er auch noch Hausverwalter, konnte Lichtleitungen legen, die anfallenden kleinen Reparaturen ausführen. Außerdem durfte er die Mansarden vermieten. Das alles zusammen ergab ein ausreichendes Einkommen.

Von den Mansarden war nur eine mit einem Mieter

belegt, in den anderen lagerte ein Verlag seine Bücher.

Er könnte schon hier sein, dachte sie, als sie vor der Tür stand und anklopfte. Sie wartete, klopfte noch einmal. Es kam keine Antwort. Er könnte ein Mädchen dabeihaben. Noch einmal klopfte sie und rief leise: »James, bist du da? Ich wollte nur wissen, ob du das Examen bestanden hast.« Sie bückte sich zum Schlüsselloch, sah ein Stück des leeren Bettes. Nein, er war nicht da. Langsam ging sie die Treppen hinunter, war nicht zufrieden mit sich, hatte wieder dieses nagende Gefühl des Ungenügens, als hätte sie etwas falsch gemacht.

Als Frau Abel nach Hause kam, fragte sie ihren Mann: »Wo ist Mareike?«

»Was weiß ich«, brummte er. »Spazieren wollte sie gehen. Das hat sie zumindest gesagt. Mareike müßte mal wieder eine Ohrfeige kriegen. Sie ist frech wie Rotz.«

»Untersteh dich, das Kind zu schlagen. Sie ist immerhin achtzehn. Du verstehst sie nicht, weil du ein Hackklotz bist.«

»Ahhh!« machte er und verzog das Gesicht. »Geh doch zum Teufel. Du hast sie aufgehetzt gegen mich.«

»Ich?« rief sie. »Du hast doch eine Meise! Glaubst du, das Kind sieht nicht, wie es mit uns steht? Wie du schon hier herumläufst mit deinen Schlabberhosen. Rasiert bist du auch nicht.«

»Ich weiß schon, was dir im Kopf herumspukt. Ich verdiene dir zu wenig Geld. Große Rosinen hast du im Kopf!«

Bei dem Wort Geld hatte Frau Abel eine Idee. Sie dachte an die Mieter, und vielleicht war auch Mareike da oben. Ständig redete sie von James, aber nur, wenn sie mit ihr allein war. James hat dieses gesagt, oder James hat jenes gesagt... Ob sich da etwas abgespielt hat? Alt genug ist sie dafür. Sie hat's ja schon hinter sich, nicht mit James, sondern mit einem aus ihrer Klasse. Das Gespräch war offen gewesen, ein Gespräch zwischen Frauen.

So wußte Mareike auch, daß die Ehe ihrer Eltern nicht mehr vollzogen wurde. Frau Abel verwahrte ihren Ersatzbefriediger im Kleiderschrank, hinter Wäsche versteckt und in ein Handtuch eingewickelt. Mareike hatte den Apparat eines Tages zufällig entdeckt. Sie nahm ihn in die Hand und ließ ihn einmal schnurren.

Ein Druck auf den Knopf, und das Ding begann, in ihrer Hand zu vibrieren; ein erneuter Druck, und es war ein lebloser Gegenstand. Mit nachdenklichem Gesicht hatte sie den Vibrator wieder eingepackt und in sein Versteck zurückgelegt.

Sie hörte, wie ihre Eltern meist miteinander redeten. Die Mutter schimpfte: »Du alter Sack, du bist doch zu nichts mehr zu gebrauchen. Aber ich sage dir: Ich suche mir einen Mann fürs Bett. Da kannst du machen, was du willst!«

Er antwortete einsilbig, hatte eigentlich nur ein Wort zur Verfügung:

»Du Hure, du verdammte Hure!«

Er war fünfundfünfzig Jahre alt, müde und verbraucht; die Mutter war neun Jahre jünger, kräftig, aber wohlproportioniert, wie sie das nannte. Noch immer war sie eine attraktive Frau. Von ihren Brüsten war sie überzeugt: groß und rund. Sie hängen nicht ein bißchen, dachte sie oft, wenn sie sich nackt im Spiegel betrachtete. Ihr Rock spannte sich über einem festen Hintern – und auch auf den war sie stolz. Es war ein fast zärtliches Gefühl, das sie für ihren Körper empfand. Von daher kamen die Reste ihres Selbstvertrauens, aber ihr Körper war zugleich auch der Anlaß für wehmütige Gedanken, denn diese Herrlichkeit welkte ungenutzt dahin.

Ein wenig störte es sie, daß sie im Oberkiefer eine Zahnprothese trug, die sie sorgsam pflegte. Mundgeruch wäre ihr ein gräßliches Übel gewesen. jedesmal, wenn sie mit James Müller sprach, dachte sie: Was der für wunderschöne weiße Zähne hat.

Sie wußte, daß es Zahnersatz gab, der von echten Zähnen nicht zu unterscheiden war. Aber die Kosten! Alles ist zu teuer. Und das dachte sie auch, wenn sie mit der Familie vorm Fernseher saß, wo ihnen die schönen Dinge des Lebens vorgegaukelt wurden, als könne sie sich jeder leisten. Große Reisen, Bekleidung, Einrichtungsgegenstände, die neuesten Moden auf jedem Gebiet; dazu noch Geldanlagen und Einfamilienhäuser zu den günstigsten Bedingungen. Für sage und schreibe nur soundsoviel...

Sie konnte sich nichts leisten mit diesem Mann. Manchmal fing sie vor dem Bildschirm an zu räsonieren und hielt ihm seine Unzulänglichkeiten vor, alle Schwächen, die sie nur zu genau kannte. Und damit traf sie die im Laufe der Jahre wundgewordenen Stellen des Mannes.

Er antwortete nichts mehr, ließ aber statt einer Antwort hin und wieder einen kräftigen Furz. Dabei zeigte sich auf seinem Gesicht der bei ihm selten gewordene Anflug eines zufriedenen Lächelns.

Sie bebte dann vor Zorn, hätte ihn töten können, ohne mit der Wimper zu zucken. Aber er reagierte nicht. Vor Wut verzog sich ihr Gesicht, es sah fast aus, als wolle sie weinen, es war aber nur immer der Anfang des Weinens. Den Weinkrampf, den eigentlichen Ausbruch, konnte sie mit ihrer robusten Natur stets verdrängen. Sie beruhigte sich jedesmal rasch, aber sie wurde immer mehr von dem Gefühl beherrscht, in einem unbeschreiblichen Elend zu leben.

Als sie an diesem Abend die Treppen zur Mansarde hinaufging, überlegte sie, wie sie sich verhalten sollte, falls sie Mareike mit James im Bett antreffen würde.

Am besten mache ich nichts, dachte sie. Das Kind hat schließlich ein Recht darauf, geliebt zu werden. Sie bemerkte nicht, daß sie sich über diesen Umweg das eigene Recht auf Liebe bestätigte.

Vor der Tür blieb sie stehen. Sie klopfte an, rief leise: »Herr Müller... Herr Müller, sind Sie da?«

Sie wiederholte die Frage dreimal, dann beugte sie sich zum Schlüsselloch hinunter. Drinnen war es fast dunkel, aber sie konnte die Umrisse des Bettes erkennen, und das Bett war leer.

Seine Mutter ging langsam die Treppen hinauf. Sie dachte: Er hätte anrufen können. Dafür hatte sie sich vor zwei Jahren ein Telefon legen lassen. Sie wollte in Kontakt bleiben mit ihrem Sohn. Wenn er schon nicht zu mir kommt, dann kann er mich wenigstens anrufen, hatte sie kalkuliert. Er weiß, daß ich um sechs Uhr zu Hause bin. Warum hat er nicht angerufen? Das ist doch ein wichtiger Tag – das Examen.

Sie ging durch den langen Flur, blieb vor seiner Tür stehen und klopfte. Drinnen rührte sich nichts. »James«, sagte sie laut, ganz dicht bei der Tür. »James, ich bin's. Bist du da?«

Sie drückte die Klinke herunter, die Tür war auf. Sie betrat den dunklen Raum, blieb stehen und drehte sich einmal um die eigene Achse. Nein, er ist nicht da. Obwohl es dunkel war, erkannte sie doch die Dürftigkeit des kleinen Zimmers.

Sie sagte sich: Das ist ein schlechter Platz für ihn. Bei ihr könnte er doch recht gut wohnen. Sie hatte drei Zimmer, große helle Räume in einer guten Wohngegend. Das Haus lag an einer breiten Allee. Er brauchte keine Miete zu zahlen, und sie könnte ihm wieder das Essen mitbringen.

Aber da erinnerte sie sich, daß er ja Dampfkost nicht gerne aß.

Er hat ein schönes Zimmer bei mir gehabt. Und dort hatte er sich wohlgefühlt, bis das kleine, giftige Gesicht von Tina auftauchte. Seine Kleider hat er mitgenommen, seine Wäsche, und sie stand unten und wartete auf ihn.

Heute hatte er nicht angerufen, war nicht in seinem Zimmer, und das konnte nur bedeuten, daß er feierte. Er hat die Prüfung bestanden und wird mit seinen Freunden das Examen begießen. Ein bißchen trinkt er ja, seit er sich als Kellner noch etwas dazuverdient. Nötig hätte er das nicht. Ich habe das Studium bezahlt.

Tina hat nichts dazugegeben, und Tina verdient doch sicher nicht schlecht mit ihrer Arbeit im Labor.

Sie ging wieder hinaus, schloß die Tür und wartete vorn auf dem Treppenabsatz. Sie hoffte, daß er bald kommen würde. Aber so eine Feier konnte natürlich lange dauern. Bei einem solchen Anlaß trinken sie etwas, die jungen Leute. Sein Vater trank auch, aber nicht zuviel. Er tanzte gern.

Sie erinnerte sich: Da hatte es im Palmengarten einen amerikanischen Club gegeben. Dort ging er oft mit ihr hin.

Sie zog dann ihr bestes Kleid an und fragte: »Ist es so recht?«

Er schaute sie an und nickte: »Du siehst wunderbar aus.«

Und das war nicht übertrieben, in ihren jungen Jahren war sie eine schöne Frau gewesen. Sie hätte viele Männer haben können, aber sie wollte nur den einen. Er war einen Meter fünfundachtzig groß und ging mit hoch erhobenem Kopf. Schon dieser Gang zeichnete ihn aus. Man sah, daß Kraft in ihm war. Und genauso sieht James aus. Er geht auch wie er.

Wie konnte dieses kleine Luder einen solchen Mann einfach fallenlassen? Was ist sie denn gegen ihn? Nichts! Aber ich bin ihr auf die Schliche gekommen. Wenn sie das wüßte...

Und was ist ihr Vater? Ein Beamter, der seine Zeit in einem Büro absitzt. Sie hatte Tinas Eltern bei der Hochzeit gesehen, und das Seltsame war, daß sie auch nach der Heirat noch Sie zueinander sagten.

Ihr Vater hatte gefragt: »Wo ist der Vater von James?« Obwohl er alles wußte.

Sie hatte geantwortet: »Er ist in Amerika, wo er hingehört.«

Er hatte sich hier nie wohlgefühlt. »Es stimmt etwas nicht mit den Deutschen«, hatte er manchmal gesagt. Ihr war nicht klar, was er damit meinte. Nur einmal, sie war gerade schwanger geworden, hatte er sie eindringlich angesehen und zu ihr gesagt: »Sag mir die Wahrheit... Habt ihr wirklich nicht gewußt, daß bei euch die Juden vergast wurden? Sag die Wahrheit.«

»Nein, wir haben es nicht gewußt. Bestimmt nicht.«

Er hatte genickt: »Gut, ich glaube dir. Aber es ist schwer zu verstehen. Daran werdet ihr noch tausend Jahre zu kauen haben.«

Er konnte zornig werden, dann glühten seine dunklen Augen, und sein Gesicht sah gefährlich aus. Im Palmengarten, im amerikanischen Club, war ein Leutnant an ihren Tisch gekommen und wollte mit ihr tanzen. Sie hatte den Kopf geschüttelt, aber der Leutnant war damit nicht zufrieden gewesen. Er hatte zu dem Leutnant gesagt: »Sie sehen doch, sie möchte nicht tanzen.« Sie hatten sich gemustert, und es lag von Anfang an Feindschaft in ihren Augen. So etwas gibt es; sie konnten sich nicht ausstehen. Und dann wollte der Leutnant seinen Rang ausspielen. Er dachte, er hätte leichtes Spiel mit einem Sergeanten. Aber da kam er schlecht an bei ihm. Er stand auf und schlug ihn mit einem einzigen Hieb zu Boden. Es gab eine Schlägerei, wie sie selbst im Film noch keine gesehen hatte. Vier oder fünf Männer gingen auf ihn los, und er kämpfte mit ihnen allen. Ganz ruhig war sein Gesicht, aber seine Augen brannten wie Feuer. Er war furchtlos, wie ein Löwe hatte er gekämpft.

Das war ein Mann! Das war ein Mann!

Ich hätte es wissen müssen, dachte sie und meinte damit, daß ein solcher Mann nicht bleibt. Er kehrt ein und geht wieder. Man kann ihn nicht für sich allein haben. Als er fort war, hatte ich fünf Jahre keinen Mann.

Tina ist ein Nichts gegen James. Sie hat einen solchen Mann nicht verdient. Aber ich weiß jetzt alles. Und es ist wichtig für die Scheidung. Bald wird es ja soweit sein.

Mit unendlicher Geduld war sie an die Sache herangegangen. Sie kannte den Platz, an dem Tina arbeitete. Es war ein besonderer Flügel im Krankenhaus, wo ein Labor neben dem anderen lag. Die Küche war weit entfernt, und eine Köchin hatte dort nichts zu suchen. Wenn die Krankenpfleger mit ihren kleinen Wagen kamen und das Essen holten, fragte sie einen nach dem anderen: »Kennen Sie sich aus im Labor?« Aber die Pfleger waren ja immer nur ganz kurz im Labor, wenn sie dort Urinproben abliefern mußten.

Eines Tages sagte einer dieser Männer: »Fragen Sie doch den alten Hoffmann, der kennt es genau.«

Hoffmann war das Faktotum des klinischen Laboratoriums. Er putzte die Böden, reinigte die Reagenzgläser und holte abends um sieben Uhr eine Kanne Kaffee für den Nachtdienst.

Eine ganze Woche blieb sie abends bis sieben Uhr in der Küche, obwohl sie schon um fünf hätte gehen können. Hoffmann kam pünktlich jeden Tag. Sie steckte ihm ein Kotelett zu, ein anderes Mal ein Schnitzel. Der alte weißhaarige Mann freute sich und bedankte sich überschwenglich.

Sie verwickelte ihn bei jedem Besuch in ein kurzes Gespräch, und dabei war sie vorsichtig, erwähnte erst nach einer Woche den Namen Tina Müller. Als würde sie es nicht besonders interessieren, fragte sie: »Ich habe gehört, Frau Müller lebt in Scheidung. Mit wem geht sie denn jetzt?« Und da antwortete Hoffmann: »Mit Dr. Probst von der Inneren Medizin.«

Dr. Probst war leicht zu finden. Sie ging an seinem Zimmer vorbei und sah das Schild mit seinem Namen. Im Flur blieb sie mindestens eine Stunde stehen, sah ihn dann herauskommen. Er war ein mittelgroßer Mann, ein weicher Typ mit rosigem Gesicht und hellblonden Haaren. Er gefiel ihr nicht, und sie sagte sich sofort: Gegen James ist er eine Niete. Und James trägt auch keine Brille.

Sie fand heraus, wie die Dienststunden des Arztes lagen. Ein paar Tage später stand sie vor dem Haupteingang des Krankenhauses und wartete. Als sie ihn kommen sah, trat sie auf ihn zu: »Herr Dr. Probst, wissen Sie, was Sie sind?«

»Ja, ich bin Assistenzarzt«, antwortete er und schaute die Frau fragend an.

»Nein«, sagte sie. »Sie sind ein Schwein! Sie haben meinem Sohn die Frau weggenommen! Ich spreche von Tina Müller.«

Der Arzt lief ganz allmählich rot an. Er schaute hilflos nach rechts und links und brachte schließlich nur heraus: »Aber bitte... Ich bitte Sie...« Das wollte sie unbedingt James erzählen. Er wird bald da sein, dachte sie. Unten im Haus hörte sie hin und wieder Schritte, dann wurden Türen zugeschlagen. James kam noch immer nicht.

Sie setzte sich auf den Treppenabsatz. Warum soll ich stehen? hatte sie gedacht. Dort saß sie still, in Gedanken versunken und wartete.

Viele große Männer sind von ihren Frauen an der

Nase herumgeführt worden. Von Napoleon hatte sie gelesen, er hätte wie ein Primaner geliebt. Die Männer sind arglos, philosophierte sie, leicht zu hintergehen. Aber stolz ist er, mein James. Ich habe ihn auf die Idee gebracht, Lehrer zu werden. Da hat er sein gutes Auskommen und eine Pension im Alter.

Ein zufriedenes Lächeln huschte über ihr Gesicht. Es wird sich alles klären, dachte sie.

5. KAPITEL

Er schlief bis weit in den Morgen, war erst gegen elf Uhr nachts nach Hause gekommen. An der Art, wie seine Jacke und die Hose über dem Stuhl hingen, erkannte er den Zustand, in dem er gewesen sein mußte. Eine überflüssige Bestätigung waren die Kopfschmerzen. Ja, wir haben viel getrunken. Gestern war schließlich ein besonderer Tag. Ich bin ausgestiegen.

Er würde nicht Lehrer werden, hatte alle Sicherheiten ausgeschlagen. Aber was waren das schon für Sicherheiten? Noch einige Jahre des Wartens, bis endlich eine Stelle frei sein würde. Der Mensch muß arbeiten, um leben zu können, hatten sie festgestellt. Und das war gewiß nicht neu. Dann wäre also der nächste Schritt der Weg zum Arbeitsamt. Aber dort war nicht viel zu erhoffen. Übergangsstellen, für die sich arbeitslose Akademiker anstellten. In der freien Wirtschaft – als was? Automobilverkäufer, angelernter Arbeiter in einer Fabrik und dann wieder ein Übergang: Stempelgeld.

Er begriff: Wie immer er sich jetzt auch anstrengen würde Fuß zu fassen, er war dazu verurteilt, Angelernter zu bleiben, Hilfsarbeiter. Unter den Letzten einer der Allerletzten. Wie hatte Benno Steinthaler gesagt: »Wir werden nicht gebraucht. Wir sind eigentlich überflüssig.«

Er lag ganz still, überlegte, suchte eine Lücke, die für ihn offen wäre. Was sollte er anfangen? Auch darüber hatten sie gestern abend in der ›Laterne‹ gesprochen: Suchen muß der Mensch, um einen Weg für sich zu finden. Das eng verzahnte, rätselhafte Geschehen eines hoch industrialisierten Staates ist undurchschaubar für den Außenstehenden. Verdammt! dacht er, es sieht schlecht aus für mich. Was sage ich meiner Mutter? Sie wird es nicht verstehen, und sie hat schließlich einiges getan für mich.

Doch plötzlich schlug seine Stimmung um: Sie ist schuld daran! Mit ihrer beschränkten, kleinbürgerlichen Sicht auf das Ganze hat sie mich dazu gedrängt, Lehrer zu werden. Ihre Ängste um Altersversorgung und Pensionsberechtigung hat sie mir eingeimpft. Über viele Jahre – das war fast so etwas wie Gehirnwäsche.

Aber was hätte er werden können? Darauf wußte er keine schlüssige Antwort. Er fand, seine Begabungen waren durchschnittlich, mit einer Ausnahme: Er war musikalisch.

In der Seitentasche seiner Jacke steckte die Abendzeitung. Er holte sie ins Bett und begann zu lesen.

Eine dicke Überschrift: »Paris schockt die Welt mit dem kurzen Rock.«

»Idiotie!« murmelte er und blätterte weiter.

Mehrere Seiten Fußball. Große Bilder und der Titel: »Das Tor, das wie eine Bombe einschlug.« Ein berühmter Fußballer! Kaum zu glauben: Der verdiente mehr als eine Million im Jahr.

Alkoholismus – das Jugendproblem Nummer eins. Nicht etwa Rauschgift, das ist nur Nummer zwei. Da hockte einer auf einer Parkbank und stierte besoffen in die Kamera. Die Bildunterschrift verriet, daß der Junge erst vierzehn Jahre alt war. Warum saufen die so viel? Sie wären ohne Hoffnung und wollten vergessen, hieß es.

Aber da rollt ja auch noch die Disco-Welle. Dabei können sie vergessen, sich den Alltagsfrust vom Leib tanzen. In Amerika, wo diese Mode stellvertretend für die Protestkultur entstanden war, hat sie bereits eine Milliarden-Dollar-Industrie ins Leben gerufen. Und so soll es nun auch in der Bundesrepublik werden. Angefangen hat es ja schon. Die Disco-Mode wurde auf einigen Bildern gezeigt: nicht zu teuer, für jeden erschwinglich, Satinstoffe, alles, was glänzt.

Mit Ekel dachte er daran, daß er für Griebel in einem solchen Unternehmen gearbeitet hatte. Ein nachgemachter Illusionsschuppen war es gewesen, in dem die Jungen ihre einsamen Ausflüge in die Ekstase hoch bezahlen mußten. Sein Blick fiel auf die Heiratsanzeigen, in denen sich Männer und Frauen als großartige Persönlichkeiten priesen, so daß er sich fragte: Warum haben die bei solchen Qualitäten noch niemand gefunden.

Die eindeutigen Inserate von Modellen und Hostessen überging er. Diese Callgirls erinnerten ihn zu sehr an die Niederlage, die ihm die Hure gestern beigebracht hatte. Der Zorn darüber schwelte noch in seinen Gedanken. Einen Schlappschwanz hatte sie ihn genannt. Sie war kalt gewesen wie ein Automat und hatte sich dann noch lustig darüber gemacht, daß er ohne Erektion geblieben war. Aber das ist Geschäftsprinzip, dachte er. Sie hat das Geld kassiert für nichts.

Die Opfer von Kriegen, von Attentaten, von irgendwelchen Grenzstreitigkeiten überschlug er. Er wollte die Tragödien nicht an sich heranlassen. Schon vor längerer Zeit war er in diese Haltung geflüchtet. Das Sterben aus politischen Gründen verdrängte er, tat es ab als den Irrsinn dieser Welt.

James knüllte die Zeitung zusammen und warf sie unter das Bett.

»Scheiße!« sagte er laut. Er faßte damit Gestern und Heute zusammen, bezog auch seine Zukunft ein. Wie soll das alles weitergehen? Er dachte: Am besten schlafe ich noch eine Stunde. Bitter war der Geschmack dieses Morgens.

Frau Abel hatte das Mittagessen gerichtet. Es gab Bratkartoffeln, gebackene Blutwurst mit Zwiebeln und grünen Salat. Sie war sparsam, rechnete mit dem Pfennig. Wenn es nach ihr gegangen wäre, hätten sie erst nach zwei Uhr mittags gegessen, dann wäre Mareike aus der Schule zurück. Aber nein, er mußte sein Essen um zwölf Uhr haben.

Während der Mahlzeit hatten sie nicht gesprochen. Er hatte eine mächtige Portion in sich hineingeschaufelt, und nun würde er seinen Mittagsschlaf halten. Sie schaute ihrem Mann nach, wie er aus der Küche hinausschlurfte.

Sie war nicht müde, hatte nicht viel gegessen, achtete genau auf ihr Gewicht. Für wen? hatte sie sich schon oft gefragt. Herr Abel schied da aus. Dieser Kerl hätte es nicht einmal bemerkt, wenn sie in den letzten Jahren zwei Zentner schwer geworden wäre. Es gab nichts Körperliches mehr zwischen ihnen. Der Kitt, der diese Ehe zusammenhielt, war Gewohnheit, das gemeinsame Kind und die bescheidene finanzielle Sicherheit.

Frau Abel saß in der Stille der Küche und rauchte eine Zigarette. Sie wußte nicht recht, was sie mit sich anfangen sollte. Früher, als der Kerl, der jetzt da hinten im Schlafzimmer schnarchte, sich noch wie ein Mann benommen hatte, war sie nach dem Essen oft zu ihm ins Bett geschlüpft. Es roch noch immer nach der gebratenen Blutwurst. Von weitem hörte sie das Dröhnen des Stadtverkehrs. Das war nicht mehr lästig, sie hatte sich daran gewöhnt. Alle Städte sind laut, und sie konnte sich nicht vorstellen, an einem anderen Platz als in einer Großstadt zu leben.

Frau Abel zündete sich die zweite Zigarette an. Ich rauche zuviel, aber was bleibt mir? Die Zigarette!

Manchmal hatte sie Verlangen nach einem Schnaps, nach einem kräftigen Stoff, der im Hals kratzt. Sie hatte es ein paarmal versucht, aber es war ihr übel davon geworden. Außerdem haßte sie die Tränen, die sie jedesmal vergoß, wenn sie mehr als vier Schnäpse getrunken hatte. Das ist nichts für mich, hatte sie gedacht.

Sie wußte genau, was ihr jetzt fehlte. So fängt es immer an: das leise Pochen an der gewissen Stelle, wenn sie die Oberschenkel zusammenpreßte. Es breitete sich langsam aus über ihren ganzen Körper.

Ihr Herz begann rascher zu schlagen.

Sie überlegte ein paar Sekunden: Jetzt hilft nur aufstehen, herumgehen, etwas arbeiten. Vielleicht könnte ich die Wäsche bügeln? Aber sie blieb sitzen, in der gleichen Stellung, und spürte das langsame Anschwellen ihres Verlangens mit einer bitteren Zustimmung.

Ganz unvermittelt, wie ihr schien, dachte sie an die Miete. Sie ist längst fällig. Ich könnte hinaufgehen und ihn mahnen. Er wird jetzt wohl zu Hause sein.

Ziemlich schnell gab sie die Komödie auf, die sie vor sich selber spielte. James Müller heißt er, er wohnt in meiner Mansarde. Er war in ihren Tagträumen aufgetaucht, hatte nichts dazu getan, außer jung zu sein, einen schönen, kräftigen Körper zu haben, eine Haut, die glatt und frisch war. Die gesunden weißen Zähne spielten auch eine Rolle, weckten in ihr die Vorstellung einer raubtierhaften Stärke.

Jung, unverbraucht, stark – so wünschte sie sich den Mann. Die Miete werde ich ihm erlassen. Ihr heruntergewirtschaftetes Selbstbewußtsein fand es selbstverständlich, daß sie etwas dafür geben mußte, obwohl sie nicht dachte: Ich werde ihn bezahlen. Sie würde ihn beschenken.

Doch was wäre, wenn er ablehnte? Wie könnte sie

sich dann zurückziehen? Dann bliebe ihr nur die Möglichkeit, sich mit einem verkrampften Scherz zu retten. Aber sie wußte, es wäre eine schlimme Demütigung.

Ehe sie die Wohnung verließ, lauschte sie vor der Tür des ehelichen Schlafzimmers. Sein abscheuliches Schnarchen bewies, daß er fest schlief.

Leise ging sie die Treppen hinauf. Sie würde zuerst nach dem Examen fragen. Noch hatte sie keinen genauen Plan, war aber entschlossen, den Versuch zu wagen.

Auf das erste Klopfen reagierte er nicht. Nach dem zweiten Mal hörte sie seine verschlafen klingende Stimme: »Wer ist denn da?«

»Ich bin's, Frau Abel.«

»Kommen Sie rein«, rief er. »Aber ich liege noch im Bett«, erklärte er, als sie im Zimmer stand.

»Oh, das macht nichts«, sagte sie. Auf den ersten Blick hatte sie gesehen, daß er vermutlich nackt war.

»Ja, wir haben ein bißchen gefeiert gestern abend.«

»Das ist verständlich nach einem bestandenen Examen. Sie haben doch bestanden?«

»Ja, natürlich.«

James hatte sich in dieser Sekunde entschlossen, nicht die Wahrheit zu sagen. Es war viel bequemer zu lügen. Es wäre ihm lästig gewesen, jetzt lange Erklärungen zu geben, die niemand glauben würde. Wer würde ihm schon abnehmen, daß er angewidert aufgegeben hatte? Natürlich hätte er sagen können: Ich sah, daß es schlecht lief, daß ich meine Durchschnittsnote nicht erreicht hatte... Und deshalb habe ich den Kram hingeschmissen. Er war viel zu phlegmatisch für komplizierte Begründungen.

»Dann gratuliere ich Ihnen recht herzlich«, sagte sie.

Er dachte: Sie kommt wegen der Miete. Aber ich habe das Geld nicht zusammen.

»Ein Stuhl?« Die beiden Stühle waren belegt mit seinen Kleidern.

»Ich kann mich ja hier auf den Bettrand...« Vorsichtig nahm sie Platz, hatte vorher mit den Händen den Rock glattgestrichen. Jetzt saß sie auf der Bettkante und schaute ihn an.

»Tja«, sagte sie. »Dann werden Sie wahrscheinlich bald ausziehen?«

»Ja, wahrscheinlich.«

»Das ist eigentlich schade.« Sie war noch gehemmt, konnte jetzt nicht mehr sagen, obwohl die Sekunde vielleicht günstig gewesen wäre.

»Die Miete...« begann er vorsichtig. »Ich habe...«

»Oh, da machen Sie sich keine Sorgen. Über die Miete können wir reden...«

Sie lächelte ihn freundlich an. Die Pause, die jetzt entstand, war von ihr gewollt. Er spürte erst jetzt die Spannung, die zwischen ihnen bestand. Sie gab Signale, unmißverständliche Zeichen, und als sie sagte, woran sie schon oft gedacht hatte: »Was Sie für schöne weiße Zähne haben...«, begann er zu begreifen.

»Wir können über die Miete reden«, sagte sie leise und schaute ihm genau in die Augen.

Ein Irrtum war nicht möglich. Jetzt wußte er, was sie wollte.

Er blieb ganz ruhig liegen, als sie begann, seine nackte Brust zu streicheln. »Wie schön das ist«, murmelte sie.

Er bewegte sich nicht, schaute sie nur fragend an.

Sie war noch unsicher, wartete auf eine Regung von ihm. Sie hoffte, er würde reden, würde ihr ein Stück entgegenkommen. Aber er schwieg, und deshalb begann sie zu sprechen: »Ich brauche es, James. Ich bin ganz offen zu dir. Jede Frau will geliebt werden. Ich bin noch nicht alt, aber bald werde ich alt sein.«

Sie forschte in seinem Gesicht, erkannte ein unmerkliches Lächeln, und das wertete sie als seine Bereitschaft. Sie lag jetzt halb über ihm, schob ihre Hand über seinen Bauch, dann weiter nach unten. Noch immer war sie nicht ganz sicher. Natürlich, sie hatte sich auf ein Wagnis eingelassen. Es könnte schiefgehen, es wäre möglich, daß sie schwer gedemütigt flüchten mußte. Aber es ist ja nicht mehr wie früher: Die Frau muß nicht etwa warten, bis es dem Mann einfällt... Sie hatte in den letzten Jahren viel über die neue Freiheit der Frau gelesen und die Eindrücke für sich verarbeitet. Mit wem hätte sie darüber sprechen sollen? Es klang auch alles viel zu theoretisch. Ihre Gedanken waren einfach und zielstrebig. »Ich bin einsam, James«, sagte sie leise. Ihre Hand war angekommen. Sie umklammerte ihn, murmelte wieder: »Wie schön das ist. Wie schön...«

Er reagierte sofort. Es war das Zeichen, auf das sie

gewartet hatte. Jetzt erst war sie sicher. Sie schlug die Decke zurück, beugte sich über ihn, begann ihn zu küssen. Er spürte, wie ihre Zunge ihn streichelte.

Es war anders als bei Tina. Diese Frau hier war verzweifelt, sie brauchte es so dringend, als hinge ihr Leben davon ab.

Ich brauche es auch, dachte er. Seit Tina weg ist, hätte ich es fast jeden Tag gebraucht. Ganz plötzlich wurde er aktiv: »Zieh dich aus«, sagte er.

Mit wenigen Handgriffen streifte sie ihre Kleider ab.

Er schaute ihr zu, rückte im Bett bereits ein wenig zur Seite.

Ihre Haut war noch glatt, ihre Brüste groß, aber fest. Und das verblüffte ihn: Ihr Körper war jünger, als er nach Jahren zählte.

Während er den Druck ihrer Schenkel spürte, die ihn umschlangen, klang ihr Stöhnen fast wie das Weinen eines Kindes. Er war auf seltsame Art davon ergriffen, verstand in diesen Minuten die Leiden ihrer Einsamkeit und fühlte sich zugleich bestätigt. Es war ein Triumph für sie beide. Sie kosteten ihn aus bis zur völligen Erschöpfung.

Als sie ging, war sie eine andere Frau. Sie lächelte gelöst, schien locker und unbeschwert.

Er blieb im Bett liegen und fragte sich: War das für die Miete?

6. KAPITEL

Es gab für ihn keinen zwingenden Grund, jetzt aufzustehen. Später, dachte er, so gegen vier werde ich mich anziehen, denn dann muß ich meine Mutter besuchen. Sie will wissen, wie die Prüfung ausgegangen ist. Aber sie kommt ja erst um sechs Uhr nach Hause, überlegte er. Dann kann ich also bis fünf Uhr schlafen.

Diese Feststellung beruhigte ihn. Zum Schlafen kamm er jedoch nicht mehr, denn bald klopfte es wieder, und Mareike rief: »James, bist du da?«

»Ja«, antwortete er mißmutig. »Komm schon rein.«

»Ich wollte mal hören, wie es mit dem Examen war. Du hast ja bestanden. Aber das habe ich schon vorher gewußt.«

»So, das hast du gewußt?«

Sie setzte sich unaufgefordert auf die Bettkante und antwortete: »Klar, Mann, so was schaffst du doch mit links.«

»Ja, ja«, sagte er, »mit links«.

Mareike schaute ihn nachdenklich an. »Ich habe gehört, du willst bald ausziehen?«

»Wer hat das gesagt?«

»Meine Mutter.«

»Was hat sie gesagt?« fragte James.

»Nun ja, sie hat mir erzählt: Ich war vorhin bei James

und habe die Miete kassiert... Er wird wahrscheinlich ausziehen.«

Ganz so schnell ginge das nicht, erklärte er. »Ich muß ja schließlich warten, bis es eine freie Stelle für mich gibt.«

»Na, Mann das beruhigt mich aber. Wer hätte mir denn sonst helfen sollen in Latein? Und auch sonst...«

»Was sonst?«

»Stell dich nicht dümmer als du bist, Mann.« Sie verfiel wieder in den burschikosen Ton, der ihrem ganzen Wesen widersprach. Das war angelernt, kam nicht von innen.

»Die Sache hat nur einen Haken«, sagte sie und zupfte nervös an ihren blonden Haaren.

»Was für einen Haken?« fragte er amüsiert.

»Du bist zu alt für mich.«

Er begann zu lachen: »Du machst vielleicht Witze.«

Ein wenig schien sie gekränkt, und wenn sie es nicht war, dann spielte sie es gut.

»Wahrscheinlich willst du mich heiraten?« fragte er und grinste sie an.

Sie wußte, daß er in Scheidung lebte. Bisher hatte sie nie nach Tina gefragt. Aber jetzt griff sie das Thema auf: »Wie war sie denn, deine Frau?«

»Du wirst es nicht glauben, ihr seht aus wie Schwestern. Die gleiche Haarfarbe, allerdings trägt sie das Haar lang. Auch sonst gibt es da Ähnlichkeiten...«

Das wollte sie genau wissen: »Nun sag schon! Laß dich nicht so lange bitten.«

»Ihr seid ungefähr gleich groß, und schlank ist sie auch. Vielleicht sogar ein bißchen zu dünn...«

Sie hörte aufmerksam zu, sagte dann: »Findest du mich zu dünn?«

Er beschwichtigte sie: Nein, nein, sie wäre schon ganz richtig so.

Das schien sie zu beruhigen.

Dann fragte sie: »Warum liegst du so spät noch im Bett?«

»Wir haben gefeiert gestern abend.«

Sie nickte, sagte unvermittelt: »Du liegst nackt im Bett, nicht wahr?«

»Ich kann Schlafanzüge nicht leiden und Nachthemden schon gar nicht. Warum? Interessiert dich das?«

»Natürlich interessiert mich das. Sollte ich es etwa leugnen?«

»Nein, nein, nur...«

Sie wartete, aber statt einer Antwort zog er sie zu sich ins Bett.

»Daß du endlich draufkommst«, sagte sie lächelnd, während sie den Reißverschluß ihrer Jeans öffnete. »Ja, ich liebe dich ein bißchen«, erklärte sie und wirkte dabei wie ein altkluges Kind. »Aber nicht zuviel. Sicher bist du eingebildet. Ich weiß, daß die Frauen auf dich stehen.«

»Woher willst du das wissen?« fragte er.

»Na, zum Beispiel meine Mutter, sie sagt: ›Dieser James Müller ist ein gutaussehender Mann.‹« Sie ging rasch zur Tür, um abzuschließen. Er beobachtete sie, dachte: Was sie für einen hübschen kleinen Hintern hat...«

Sie legte sich neben ihn, nahm die Position ein, die sie für richtig hielt. Aber er drehte sie noch einmal zu sich herum. Sie wollte mit ihm spielen, betrachtete ihn genau und sagte staunend: »Oh, ist der groß.«

Danach redeten sie fast nichts mehr. Er war darauf gespannt, wie sie sein würde. Sie war bereit, hatte jedoch noch die Scheu des jungen Mädchens. Nur später, als er merkte, daß er sie zum Höhepunkt brachte, begann sie leidenschaftlich zu flüstern: »Ich liebe dich doch! Es war alles Quatsch, was ich gesagt habe. Natürlich liebe ich dich! Zieh noch nicht so bald fort.«

Er war erstaunt. Was für ein Nachmittag für sein gekränktes Selbstbewußtsein!

Er ging den ganzen Weg zu Fuß, brauchte dafür eine halbe Stunde. Die Wohnung seiner Mutter, die auch einmal sein Zuhause gewesen war, lag im Nordend Frankfurts. Er kannte noch jeden Baum der Allee, hatte dort als Kind Fußball gespielt. Und doch war sie fremd, denn er fühlte sich wie einer, der von einer langen Reise zurückkehrt.

Der Empfang war so, wie er es sich vorgestellt hatte. Seine Mutter schaute ihn an, machte wieder ihr strenges Gesicht und sagte: »Daß du dich auch mal sehen läßt... Hier warst du ja nun schon Monate nicht mehr.«

Dann fragte sie sofort nach dem Examen. Sie hätte

gestern abend lange vergeblich auf ihn gewartet. »Also, wie war es? Du hast die Prüfung bestanden?«

»Natürlich habe ich bestanden. Allerdings nicht mit Auszeichnung.«

»Aber das macht doch nichts«, sagte sie. »Dann wirst du halt warten müssen, bis sie dir eine Stelle als Lehrer geben. In der Zwischenzeit kannst du hier wohnen. Komm, schau dir dein Zimmer an. Nichts darin ist verändert.«

Sie ging voraus, es blieb ihm nichts anderes übrig, als zu folgen. »Warum hast du keinen Mantel an?« fragte sie. »Es ist Anfang April und noch nicht sehr warm.«

Obwohl es erst ein wenig dämmrig war, schaltete sie das Licht in seinem Zimmer an und sagte stolz: »Hier, schau dir das an! Warum mußt du in einer häßlichen Mansarde wohnen?«

Ihr Gesicht war jetzt freundlicher, die Nachricht von der bestandenen Prüfung hatte sie beruhigt. Ja, in diesem Zimmer war alles unverändert, es sah fast aus wie ein kleines, gediegenes Hotelzimmer. Auf den ersten Blick war zu sehen, daß dieser Raum regelmäßig gepflegt wurde. Das Bett war frisch bezogen, im Bücherregal an der Wand standen noch seine Bücher. Er hätte heute einziehen können, aber er fürchtete ihre dominierende Persönlichkeit. In alles mischte sie sich ein, alles, was ihn betraf, machte sie zu ihrer eigenen Sache.

»Was ist mit deinem Freund Steinthaler? Hat er auch bestanden?«

»Ja, er hat bestanden.«

»So. Du weißt, ich halte nicht sehr viel von ihm. Das ist ein Luftikus.« Nach einer kleinen Pause sagte sie: »Hör zu, deine Tina hat dich ganz schön hintergangen. Ich habe da was rausgekriegt. Also, paß auf, sie hat ein Verhältnis mit einem Assistenzarzt. Er heißt Dr. Probst. Alle wissen es, nur du nicht.«

Mit triumphierendem Gesichtsausdruck erzählte sie ihm, wie sie den Arzt gestellt hatte.

»Um Gottes willen, Mutter. So etwas kannst du doch nicht tun«, unterbrach er sie. »Außerdem ist es völlig sinnlos. Unsere Ehe ging kaputt, weil wir beide noch nicht reif dafür waren. Es ist sinnlos...«

Sie schnitt ihm das Wort ab: »Du läßt dir auf der Nase herumtanzen. Du warst nicht energisch genug.«

Mit gequältem Gesicht widersprach er: »Immerhin habe ich...«

»Ja, ja, ich weiß, was du hast! Einen Schrank hast du kaputtgeschlagen in deiner Wut. Das war kindisch. Und den mußtest du ja auch noch bezahlen, denn ihr hattet Gütertrennung. Schlau war sie schon immer, das kleine Luder. Ich hab's dir ja schon von Anfang an gesagt...«

O Gott, dachte er, ich hab's gewußt. Es ist immer dasselbe mit ihr. Ich bin ihr Besitz. Und so war das von jeher.

Sie redete noch eine halbe Stunde von seiner bevorstehenden Scheidung, wußte nicht, daß ein solches Verfahren nicht mehr nach Schuld gemessen, sondern nur nach dem Grad der Zerrüttung beurteilt wurde. Sie hatte ihm eine Kanne Kaffee gekocht. Er trank zwei Tassen und dachte: Ich konnte ihr nicht die Wahrheit erzählen...

Sie schloß das Thema ab: »Siehst du, so kommt alles in Ordnung. Jetzt hast du nur noch die Scheidung hinter dich zu bringen, dann sieht dein Leben ganz anders aus.«

»Ja«, sagte er, »ganz anders sieht es aus.«

In ihrem Wohnzimmer holte sie aus dem Schreibschrank eine kleine Kassette. Sie schloß sie auf und zählte Geld ab. Er wollte die Scheine nicht annehmen, wehrte ab.

Aber sie ließ sich nicht beirren: »Du wirst es brauchen. Du weißt doch, ich habe einen schönen Batzen gespart. Für Verpflegung muß ich so gut wie nichts ausgeben, denn ich esse ja im Krankenhaus. Für Kleidung brauche ich sehr wenig. Und du weißt, ich verdiene gar nicht so schlecht.«

Ja, er wußte es, sie hatte oft genug davon gesprochen.

»Eine alte Frau braucht nicht mehr viel«, sagte sie.

»Du bist noch nicht alt«, widersprach er.

Es waren fünfhundert Mark. Als er sie einsteckte, sagte er: »Du kriegst das alles wieder. Auch das andere, was du für mein Studium ausgelegt hast.«

Sie winkte ab. »Hast du eigentlich ein Mädchen?«

»Nein.«

»Sei nur nicht so dumm und binde dich. Du kannst alle Mädchen dieser Welt haben, ein junger, gutaussehender Bursche wie du mit einem Examen in der Tasche. Aber hüte dich vor den Frauen, James. Du bist zu gut für sie.«

Sie war also immer noch die alte, ihr Wesen würde sich niemals mehr ändern. Sie steckte nach wie vor tief in ihren Vorurteilen, war starrsinnig und durch nichts zu beeinflussen. Nein, sagte er sich, ich werde nicht wieder bei ihr wohnen.

Natürlich, sie war großzügig, und dafür war er ihr dankbar. Er würde ihr das Geld und alles, was sie bisher an Unkosten gehabt hatte, eines Tages zurückgeben. Mit diesem Vorsatz beschwichtigte er sein schlechtes Gewissen.

Wohin gehe ich jetzt? Da blieb eigentlich nur die ›Laterne‹. Er hatte sonst kaum Verbindungen in Frankfurt, keinen festen Freundeskreis wie früher, als er noch das Gymnasium besucht hatte. Das stimmt einfach alles nicht, ging es ihm durch den Kopf, ich liege falsch, habe keine richtige Aufgabe, etwas, für das sich der Einsatz lohnt. Wieder einmal war er sich seines Hauptproblems bewußt: Er wurde nicht gefordert.

James schlenderte durch die Straßen, streifte das unermeßliche Angebot in den Auslagen der großen Kaufhäuser nur mit einem kurzen Blick. Vor einem Reisebüro blieb er stehen, betrachtete die Bilder von fernen Inseln, von Stränden, die mit Palmen gesäumt waren. Ein leuchtendes Plakat warb für Rio de Janeiro. Die Copacabana, der Zuckerhut! Es gibt Menschen, die dorthin reisen, die unterwegs sind. Er fühlte einen Stich im Herzen: Ich sitze hier in Frankfurt und trete auf der Stelle.

Nein, er hatte seinen Weg noch nicht gefunden, es war ihm noch nicht klargeworden, wie er am Leben wirklich teilnehmen konnte – nicht die kleinste Lücke schien sich ihm zu bieten. Früher hatte es noch zahlreiche Möglichkeiten der Selbstverwirklichung für einen Mann gegeben. Aber die Zeit der Abenteuer war vorbei.

Vorhin in seinem Zimmer, war sein Blick auf die Werke von Jack London gefallen, die auf dem Bücherregal standen. Er erinnerte sich daran, daß sein Lieblingsautor in seiner Jugend Austernräuber gewesen war, daß er ein freies, wildes Leben geführt hatte.

Nein, das gibt es heute nicht mehr. Alle Schlupflöcher sind zu. Wir sind eingemauert.

7. KAPITEL

Die wenigen Tage bis zur Ehescheidung vertrödelte James. Morgens schlief er lange, obwohl er sich immer wieder sagte, eigentlich müsse er etwas tun, etwas unternehmen. Es blieb beim Vorsatz. Allmählich begriff er, daß er sich ins Abseits manövriert hatte.

Darüber konnten ihn auch die Besuche von Frau Abel und Mareike nicht hinwegtäuschen.

Frau Abel kam fast jeden Tag, kurz nach zwölf Uhr mittags. Ihr lang gestautes Verlangen nach Liebe hatte nun, einmal erfüllt, alle Dämme gebrochen. Jetzt war sie nicht mehr aufzuhalten; sie forderte oder schmeichelte ihm eine Stunde der Zärtlichkeit ab. Er dachte: Wie soll das weitergehen? Ich müßte hier meine Zelte abbrechen. Nachmittags, gegen drei Uhr, klopfte Mareike an seine Tür. Ihre Leidenschaft war weniger unbändig, entwickelte jedoch mit mädchenhafter Zartheit eine Tiefe, die er zu fürchten begann. Die beiden Frauen kosteten ihn viel Zeit. Aber was machte das schon aus? Seine Zeit war ja nichts wert. Und er war zu phlegmatisch, das parallele Verhältnis zu beenden.

Die Besuche in der ›Laterne‹ und die Gespräche mit Friedrich, Tillmann und Benno Steinthaler fehlten ihm. So rief er an einem Morgen Benno an und schlug ihm vor: »Wir sollten uns mal wieder treffen.«

Benno ging es großartig, jedenfalls behauptete er das. »Ich habe ein Geschäft aufgemacht. Ja, mit meiner Geige. Komm doch mal vorbei, ich stehe beim Karmeliterkloster unter den Arkaden, von nachmittags vier bis abends um zehn.«

»Und was machst du da?« fragte James.

»Was soll ich schon machen... Ich spiele Geige.«

»Und was sagt deine Mutter dazu?«

»Sie weiß es nicht, sie muß es auch nicht wissen«, antwortete Benno.

»Wie geht es Friedrich, ich habe ihn schon ein paar Tage nicht gesehen.«

»Ja, er hat nach dir gefragt. Hast du schon gehört, wer wieder aufgetaucht ist?«

»Nun, wer?«

»Du wirst es nicht glauben, Griebel ist wieder da. Er hat den Kopf voller Ideen. Sagt er jedenfalls. Tillmann meint, er hätte in München ein Männerbordell aufgezogen. Genaues weiß ich da allerdings nicht. Ich glaube, er schuldet dir noch Geld.«

»Ja, sogar einen ganz schönen Batzen.«

»Laß es dir geben, ich habe nämlich gesehen, daß er es hat. Eine dicke Brieftasche schleppt er mit sich herum. Schwer gestopft ist er.«

»Das ist gut zu wissen, aber ich traue ihm nicht.«

»Ein Ganeff ist er auf jeden Fall. Allerdings hat er nach dir gefragt. Vielleicht rückt er von selber die Piepen heraus. Also, wie ist das nun, kommst du mal bei mir vorbei? Du kennst doch das Karmeliterkloster?«

An diesem Nachmittag sagte er zu Mareike: »Ich hab' keine Zeit für dich. Ich muß einen Freund besuchen.«

»Kann ich nicht mitgehen?« fragte sie.

»Nein, das ist unmöglich. Er ist Konzertgeiger und hat Probe.«

»Du liebst mich nicht«, schmollte sie.

»Habe ich je gesagt, ich würde dich lieben?«

»Rede doch nicht so. Es war doch schön mit uns, oder etwa nicht?«

»Sicher, es war schön. Aber ich ziehe sowieso bald aus. Du mußt dich daran gewöhnen.«

»Wie ekelhaft du bist.«

Ja, dachte er, ich muß ekelhaft sei. Ich will das beenden. Wenn ich nicht aufpasse, habe ich unversehens wieder eine Frau.

Er meinte damit eine feste Bindung, die ganz harmlos beginnt, mit einer gewissen Leichtigkeit, und die dann plötzlich wie eine Klammer aus Stahl wird.

»Ich habe meiner Mutter gesagt, daß ich dich liebe...« Sie schaute ihm in die Augen, und er sah in ihrem Blick, wie verwundet sie bereits war.

»Menschenskind, war das nötig? Und was hat sie gesagt?«

»Nichts. Ich bin über achtzehn, und es ist doch ganz normal, daß ich mit einem Mann ins Bett gehe.«

»Ins Bett ja, aber was willst du noch? Eine Bindung mit Ring oder so?«

»Warum nicht?«

»Mareike, du spinnst.«

Als er ging, begann sie zu weinen. Es war kein heftiges Schluchzen, sondern ein leises, langsames Weinen, vor dem er flüchtete.

Auf der Treppe dachte er: Mann, das wird gefährlich hier. Jetzt weiß es auch noch die Mutter. Sie war an diesem Morgen nicht gekommen, und er war froh darüber.

Ich muß hier raus, und zwar ganz schnell!

Benno hatte einen guten Platz gewählt. Unter den Arkaden kamen Tausende von Menschen vorbei, und der Lärm der nicht abreißenden Autoschlangen klang hier ein wenig gedämpft.

»Nicht wahr«, grinste Benno. »Ein schönes Plätzchen. Und bei Regen stehe ich im Trockenen.«

»Menschenskind, du hast Nerven wie Eisendraht«, sagte James, und dabei dachte er: Wahrscheinlich ist Benno härter als ich.

Sein Geigenkasten stand neben ihm auf dem Boden, und an der Hauswand lehnte ein zusammenklappbares Pappschild, darauf stand in schwarzer Druckschrift: ›Studium beendet – Examen bestanden – arbeitslos!‹

In dem großen Filzhut zu seinen Füßen sah James einen Haufen Kleingeld, dazwischen blitzten aber auch Markstücke.

»Ja«, sagte Benno. »Es läppert sich.«

Er hatte die Geige abgesetzt und strich mit weitausholender Gebärde Kolophonium über den Geigenbogen. Sein Haar war kurz geschnitten, das veränderte sein Gesicht, so daß James dachte: Er sieht anders aus, völlig fremd.

»Woher hast du den Hut? Du hast doch nie einen Hut getragen.«

»Den habe ich noch von meinem Vater.«

James erinnerte sich, daß Bennos Vater vor drei Jahren gestorben war. Seine Mutter war nun Beamtenwitwe, ausreichend versorgt und darauf bedacht, auch aus dem Sohn einen Beamten zu machen. Sie hatten schon vor langer Zeit festgestellt, daß es Parallelen bei ihnen gab.

»Dein Haar?« fragte James.

»Ich habe es abschneiden lassen, damit die Spießer nicht denken: Auch so einer von denen... Du weißt doch, die Terroristen haben uns alles verdorben. Ich passe mich an, aber ohne ihnen in den Arsch zu kriechen. Hast du nicht einmal gesagt, es gibt Formen des Widerstandes, gegen die sie machtlos sind?«

»Ja, das habe ich gesagt.«

»Weißt du, sie hören natürlich nicht viel von meiner Musik, aber das ist auch nicht wichtig. Es geht darum, daß ich ihr Geld will und dafür zumindest so etwas wie eine Leistung bringe. Und Geld stinkt nicht. Guck mal in meinen Hut...«

»Ja, das habe ich schon getan. Was nimmst du denn so ein am Tag?«

»Gestern hatte ich zweihundert Mark. Aber der Durchschnitt liegt bei hundertachtzig. Das könnte ich als Lehrer nie verdienen. Die Frauen geben übrigens mehr als die Männer.«

»Willst du das längere Zeit machen?« fragte James.

»Quatsch, das ist nur ein Übergang. Man muß sich an die Wirklichkeit halten.«

»Mir stinkt die Wirklichkeit«, antwortete James.

»Wir könnten immer noch eine Band gründen, dann würden wir gutes Geld verdienen.«

»Ich scheiß' drauf.« James sah die Passanten, die erstaunt oder amüsiert auf den Geiger und das Schild blickten. Er sagte: »Wir könnten ja auch als Seiltänzer gehen...«

Benno lachte laut. »Vor einer Stunde kam hier einer vorbei, der blieb eine ganze Weile stehen und hörte mir zu. Dann warf er mir fünf Mark in den Hut und fragte mich: ›Können Sie sich vorstellen, daß Paganini arbeitslos geworden wäre?‹ Der war nicht dumm, ja, der war sogar wohlwollend.«

»Was hast du geantwortet?« fragte James.

»Ich bin nicht Paganini, und ich spiele auch nicht auf einer Stradivari.«

James mußte sich eingestehen, daß er Benno bewunderte. Er war auf seine Weise souverän.

»Steig dem Griebel auf den Pelz. Der Gauner soll dein Geld rausrücken. Er wäre jetzt fast jeden Abend in der ›Laterne‹ hat er gesagt.«

»Ich werde hingehen.« Er gab ihm die Hand und sagte: »Mach's gut, Benno.« Der setzte bereits wieder sein Instrument an. James hörte den Beginn der Melodie, die aber schon nach wenigen Schritten im Lärm der Straße unterging. Er drehte sich noch einmal um und winkte ihm zu. Dabei sah er, wie eine alte Frau auf den Filzhut zuging und ein Geldstück hineinwarf. Der Geiger machte die Andeutung einer Verbeugung, ohne sein Spiel zu unterbrechen.

Wie man sich in einem Gauner täuschen kann, dachte James am Abend, als er Griebel in der ›Laterne‹ begrüßte: »Ich hätte geschworen, du läßt dich nie wieder blicken.«

Friedrich, der an seinem angestammten Platz saß, lächelte nur hintergründig dazu. Er schätzte den rotgesichtigen Biedermann nicht, über den er sich einmal abfällig geäußert hatte: »Seine aufgeblasenen Gutsherrenmanieren gehen mir auf die Nerven.«

»Ich mußte verduften, Junge. Meine Gläubiger hätten mir keine Zeit gelassen. Aber ich habe alles aufgefangen. Allerdings auf meine Art.« Er lächelte selbstsicher, war nicht eine Spur verlegen.

Dann zog er eine dicke Brieftasche aus seinem grünen Lodenanzug und knallte sie auf den Tisch. Friedrich machte »Aha!«, und Tillmann reckte den Hals. Er zog sich einen Stuhl heran und schaute interessiert zu, wie Griebel begann, Hundertmarkscheine abzuzählen.

»Das wären erst mal dreitausend, James. Für deine Arbeit und für das, was du mir zwischendurch an Kleingeld geliehen hast. Ist das in Ordnung so?«

»Ja, okay.«

»Spät kommt er, doch er kommt«, bemerkte Friedrich.

»Ich hatte eine Menge Schwierigkeiten am Hals«, erklärte Griebel.

»Ich auch, und nicht zuletzt wegen dir«, murmelte James.

»Siehst du, mein Junge, deshalb bin ich gekommen. Du hattest da einen Freund, so einen Riesenkerl. Ich habe ihn vorgestern gesehen. Wo ist der jetzt?«

Ehe James antworten konnte, antwortete Tillmann: »Er steht in der Nähe des Karmeliterklosters und spielt Geige.«

»Ist das wahr?« Friedrich schien seinen Ohren nicht zu trauen, und auch Griebel schaute verdutzt.

»Ja, es ist wahr«, sagte James. »Woher weißt du es?«

»Wenn ich vom Schlachthof komme, fahre ich an dem Kloster vorbei, und da habe ich ihn gesehen.«

Friedrich schüttelte den Kopf: »Ich versteh' das nicht. Keine Generation vor euch hatte je so berechtigte Hoffnungen wie ihr... Irgend etwas ist falsch gelaufen.«

»Recht hat er, der Benno«, sagte Tillmann. »Diese Zeit hat nur einen Maßstab – nämlich Geld. Was habt ihr denn gelernt, ihr Akademiker? Wenn's ans Praktische geht, versagt ihr. Man hat euch weisgemacht, das Paradies stände euch offen. Und nun steckt ihr in der Tinte. Ich zum Beispiel habe klein angefangen. Kellner war ich zuerst, dann gab mir die Brauerei einen Kredit, und dann habe ich dieses Lokal langsam aufgezogen. Hundert Plätze hat es jetzt, und eine gute Küche...«

»Es kann doch nicht jeder Kneipenwirt werden«, unterbrach ihn Friedrich.

»Nein, das kann nicht jeder, das sagte ich doch.«

»Wenn wir schon vom Geschäft reden...« begann Griebel, aber das Gespräch von Friedrich und Tillmann ging über ihn hinweg.

James rechnete: Von den fünfhundert Mark seiner Mutter hatte er kaum etwas ausgegeben, dazu kamen nun die dreitausend. Er spürte zum erstenmal nach langer Zeit wieder das erwärmende Gefühl von Sicherheit. Eine ganze Weile würde er davon leben können, ohne den nächsten Tag fürchten zu müssen.

»Wenn wir schon vom Geschäft reden...« wiederholte Griebel unbeirrt. »Laß uns da drüben an den stillen Tisch gehen, James.«

»Paß auf, er will dich für seinen Männerpuff engagieren!« sagte Tillmann lachend, aber es klang wie Ernst.

Zögernd stand James auf und folgte Griebel. Auf dem Weg zu dem Tisch kamen sie an der Musikbox vorbei. Griebel sagte: »Ich lege was auf. Was willst du hören?«

»Nimm etwas von Ray Charles«, schlug James vor. »›Tell me how do you feel...‹ Oder: ›I got a woman...‹«

»Mach du das.« Griebel sprach nicht englisch. Als sie saßen, begann Griebel ohne Umschweife: »Du hast gemerkt, daß die Welt verrückt spielt? Die Weiber haben das Heft in die Hand genommen, die bestimmen jetzt über sich selbst...«

»Und?« fragte James.

Ja, Griebel hatte viel darüber gelesen, und dabei war ihm einiges klargeworden. Zum Beispiel: Wackelten die Frauen nicht mit dem Hintern und beschwerten sich dann, sie wären Sexualobjekte?

»Nun komm schon zur Sache«, mahnte James.

»Ich bin schon dabei. Du kannst dich übrigens darauf verlassen, daß ich einen Riecher für die Dinge habe, wenn ihr mir das auch nicht zutraut. Englisch und Latein kann ich nicht, aber ich beobachte genau.«

»Und?« fragte James.

»Ja, wir sind in einem Prozeß der Umwandlung. Alles ist in Bewegung geraten. Es wird viel darüber geschrieben, sie nennen es die Krise unserer Kultur. Und das Geschlechtliche ist das Kriterium jeder Kultur...«

»Wo hast du denn das gelesen?« fragte James und begann zu grinsen.

»Ja, ja«, sagte Griebel eifrig. »Hör mir nur zu. Es geht um die sexuelle Befreiung der Frau. Die Ehe ist im Eimer. Die traditionelle Männerrolle ist ausgespielt. Die Frauen greifen an. Und das ist ganz klar: Sie greifen dann an, wenn die Männer am schwächsten sind. In diesem Augenblick nämlich!« Griebel klopfte mit dem Zeigefinger bekräftigend auf den Tisch.

»Du hast also tatsächlich ein Männerbordell?« fragte James.

»Ja«, antwortete Griebel, »aber nur ein kleines.«

Er konnte sich nicht erklären, wie diese Tatsache bekanntgeworden war. Da müsse es Querverbindungen geben, von denen er nichts wisse. Von München nach Frankfurt seien es ja immerhin einige Kilometer.

»Hast du deine Schulden für die Diskothek bezahlt?« fragte James.

»Den größten Teil«, erklärte Griebel stolz. »bis jetzt arbeite ich nur mit vier Mann. Aber ich will vergrößern. Ich führe das Unternehmen als ›Treffpunkt für die Dame von Geschmack‹. So heißt es im Inserat. Vorn an der Tür steht einer und empfängt. Er sagt: ›Guten Tag, gnädige Frau...‹ Dann kann sie sich die Bilder der vier Männer anschauen und einen auswählen. Das Geschäft läuft prima, aber eigentlich sind die vier ja nur manierlich aussehende Tränentüten. Ich dachte an arbeitslose Akademiker.«

Griebel hatte, wie damals bei der Diskothek, genaue Vorstellungen: Das Ganze in einer schicken Villa am Stadtrand. Und alles äußerst dezent und geschmackvoll. Diese Häuser würden in der nächsten Zeit aus dem Boden schießen. »Aber wir sind bei den ersten.«

»Und du dachtest an Benno und mich?«

»Ja. Hör mir zu: Ich garantiere fünftausend im Monat, wahrscheinlich wird es aber mehr.«

James begann zu lachen. Griebel schaute ihn mit schräggelegtem Kopf an. »Na schön, na schön«, sagte er gekränkt. »Es war nur ein Vorschlag. Niemand will dich überreden. Meine Idee spricht für sich selbst.«

»Das mag sein, aber wenn ich je in ein solches Geschäft einstiege, dann würde ich das allein machen.«

»Na gut«, sagte Griebel. »Hier ist meine Karte. Anruf genügt, falls du es dir anders überlegst.« Griebel ging mit James zurück an den Tisch. Er setzte seinen Hut mit Gamsbart auf, zog die dicke Brieftasche und zahlte für alle. »Ideen muß man haben«, sagte er, ehe er sich verabschiedete. Und er ging selbstsicher, sah genauso aus wie damals, als der Wirt und die Gäste von ihm erzählten: »Er hat Geld. Er ist steinreich.«

8. KAPITEL

Kurz nach zehn Uhr klopfte Frau Abel an seine Tür. Er rief: »Ich habe keine Zeit, heute morgen ist mein Scheidungstermin!«

»James!« sagte sie beschwörend, ganz dicht am Türspalt. »Ich muß dich unbedingt sprechen! Nur zwei Minuten!«

Er wußte, was ihm bevorstand. Ihr drängender, bittender Tonfall war deutlich genug gewesen. »Gut«, sagte er, »aber wirklich nur zwei Minuten.«

Sie kam herein, ihre Augen sahen aus, als hätte sie geweint. Mit einem langen, klagenden Blick schaute sie ihn an und sagte: »James, daß du mir das angetan hast.«

»Du meinst Mareike?«

»War das nötig?« fragte sie. »Es hätte doch einige Zeit schön zwischen uns beiden sein können.« Sie setzte sich auf sein Bett, legte die Hände in den Schoß und blieb zusammengesunken sitzen. Die zwei Minuten waren bereits um.

»Ich habe euch nichts angetan«, sagte er heftig. »Ihr wolltet es so haben!«

»Das stimmt, aber es ist trotzdem sehr traurig. Kaum finde ich etwas Liebe, wird mir wieder alles genommen. Du machst mich alt, James.«

O Gott, dachte er, der Tag fängt gut an. Vor dem kleinen Wandspiegel knotete er seine Krawatte. Er hatte sich überlegt: Wenn du zu deiner Scheidung gehst, solltest du eine Krawatte tragen.

»Liebst du sie denn?« fragte sie leise.

»Liebe! Liebe! Ich mag euch beide. So etwas gibt es. Aber deshalb mußt du mir doch keine Fesseln anlegen!«

»Es ist schade, sehr schade. Für einen kurzen Augenblick habe ich mich noch einmal jung und begehrt gefühlt. Ich bitte dich nur um eines: Laß das Kind nicht leiden...«

Er schüttelte den Kopf. »Unsinn«, sagte er. »Warum sollte ich sie leiden lassen?«

Sie seufzte: »Bei mir ist es nicht so schlimm, es tut nur weh. Aber ich bin alt genug, es zu ertragen. Ich habe dich nämlich geliebt, James. Aber nun könnte ich mich dir nicht mehr hingeben.«

»Ich muß gehen«, sagte er und zog bereits seine Jacke an. »Morgen oder übermorgen werde ich ausziehen. Du wirst mich vergessen, und Mareike wird es auch tun.«

Als er sich hastig verabschiedete, sagte sie mit bebender Stimme: »James, ich werde dich nie vergessen.« Es war wie Aktschluß, ehe der Vorhang fällt.

Er ging schnell aus dem Haus, nahm kurz vor der Mainbrücke ein Taxi und wies den Fahrer an: »Zum Gericht, bitte.«

Der Termin war auf elf Uhr angesetzt. Es blieb noch genug Zeit, er würde pünktlich sein. Er überlegte:

Wenn die Richter elf Uhr für den Beginn wählen, dann wissen sie, daß die Sache kurz und schmerzlos sein wird, denn um zwölf wollen auch Richter zum Essen gehen.

Vielleicht bleibt noch Zeit für einen Schnaps und ein Bier, überlegte er. So etwas beruhigt.

In der Nähe des Gerichts entlohnte er den Fahrer, und dort fand er auch eine heruntergekommen aussehende Kneipe, in der er schnell einen doppelten Korn und ein kleines Bier trank. Dann machte er sich auf den Weg.

Schon von weitem sah er das Gerichtsgebäude. Ein alter Backsteinbau, häßlich und drohend. Eine breite Treppe führte hinauf zu dem klassizistischen Eingang. Die Halle, von der verschiedene Flure ausgingen, war halbdunkel und roch nach Reinigungsmitteln. An der Wand stand die Statue der Justitia mit den berühmten Waagschalen.

Für eine Sekunde schoß ihm die Frage durch den Kopf, warum Justitia eine Frau sein mußte. Das Abwiegen des Rechts oder des Unrechts hätte doch auch in den Händen eines Mannes liegen können.

James folgte einem endlos langen Gang. Er schaute auf die Türen, las die Anschläge und fand schließlich seinen Saal.

Ihm schien, das ganze Schicksal seiner Ehe stand da auf einem Blatt Papier, denn es hieß dort: ›Müller gegen Müller‹.

Er stellte sich in eine der Fensternischen in der Nähe

der Tür. Ganz leise, für niemand hörbar, pfiff er vor sich hin.

Dann hörte er Tina kommen, ihr harter, schneller Schritt war für ihn unverwechselbar. Sie kam auf ihn zu, und nun sah er sie. Sie war in Begleitung ihres Rechtsanwalts, einem der besten Scheidungsanwälte der Stadt.

Er schaute sie an und sagte: »Guten Tag, Tina.« Dabei versuchte er, ein freundliches Gesicht zu machen.

Sie nickte und antwortete: »Guten Tag.« Aber sie streifte ihn nur mit einem kurzen Blick.

Ihr langes blondes Haar trug sie in einem locker geschlungenen Knoten. Wie gut er dieses Gesicht kannte, das zarte, feine Profil. Und in diesem Augenblick dachte er daran, daß sie nun schon längere Zeit einem Dr. Probst gehörte. Er hatte den Namen und den Mann bisher aus seinen Gedanken verdrängt. Aber nun war er da und mit ihm das Gefühl des Bedauerns.

James hatte keinen Rechtsanwalt genommen, denn was hätte der helfen können? Sie wollte sich unbedingt scheiden lassen, und über materielle Bedingungen waren sie sich von Anfang an klar gewesen: Keiner forderte etwas vom anderen.

Ein paar Meter von James entfernt setzte sie sich mit ihrem Anwalt auf eine Bank. Sie redeten leise miteinander, und James konnte nicht hören, was sie sagten.

Es waren verspätete, überflüssige Anklagen: »Er konnte sich nie anpassen. Wie kann man mit einem solchen Menschen eine Ehe aufbauen... In unserer Wohnung hat er Möbel zertrümmert. Ich hatte die besten Absichten mit ihm. Ich habe ihm immer genau gesagt, was er machen sollte...«

Und dann rief der Gerichtsdiener die Parteien auf: »Müller gegen Müller.«

So fängt das also an, dachte er. Die drei Richter in ihren schwarzen Roben saßen hinter dem hohen Tisch. Sie hatten wichtige, amtliche Gesichter, aber die ersten Worte klangen freundlich. Sie saßen beide auf der langen Holzbank, es war ein großer Abstand zwischen ihnen. James versuchte ein paarmal, ihren Blick zu stellen, ihr Gesicht zu erfassen; aber sie wich ihm aus.

Der Vorsitzende sprach beschwichtigend, abwägend: »Beim Schlichtungsversuch war die Ehefrau nicht bereit, die Ehe mit James Müller fortzusetzen. Der Ehemann, der sich zunächst nicht scheiden lassen wollte, erklärte sich schließlich mit der Scheidung einverstanden. Beide Parteien stimmten zu, daß die Ehe als hoffnungslos zerrüttet anzusehen ist.«

Tinas Anwalt schaltete sich ein: »Meine Mandantin hielt ihren Ehemann für einen unreifen Menschen.«

Tina ergänzte: »Ich habe es mit ihm über Jahre versucht. Aber unsere Ehe hat nicht funktioniert, weil...«

Hier unterbrach James: »Weil sie glaubte, gegen das traditionelle Rollenverhalten der Frau in der Ehe opponieren zu müssen.«

Der Anwalt lächelte und erklärte: »Der Standort der Frau ist neu zu bestimmen.«

»Umformen wollte sie mich!« rief James. »Auf ihre Weise!«

»Jawohl, einen ordentlichen Menschen wollte ich aus ihm machen, der wie alle anderen seinen Pflichten nachkommt.«

»Vielleicht hatte ich nicht die Geschmeidigkeit zur Anpassung«, sagte James. »Wir können es natürlich auch soziologisch betrachten: Der moderne kapitalistische Staat braucht die Funktionierenden, die für den einen Zweck arbeiten, zu verbrauchen. Das ist Konsumterror. Dagegen habe ich mich gewehrt, denn das bedeutet, ausgebeutet zu werden, ohne es wahrzunehmen. Darüber gab es von Anfang an bei uns Streit. Was wir gekauft haben, hat uns ausgewiesen als eine intakte Familie...«

Der Vorsitzende lächelte ein wenig und sagte: »Herr Müller, hier ist nicht der Ort für soziologische Betrachtungen.«

»Aber unsere Ehe ist an diesen Fakten gescheitert«, sagte James. »Die meisten merken es gar nicht, aber mir ist das sehr bald klargeworden.« Funktionieren... dachte er und erinnerte sich: Einmal war ich mit ihr auf Urlaub in Irland. Wir gingen an einem kleinen See entlang. Sie trug ein hellblaues Sommerkleid. Er sah noch, wie ihr langes Haar im Wind wehte. Damals hatte er sie angebetet.

»Er hat Möbel zerschlagen, die wir uns mühsam angeschafft hatten«, sagte Tina.

»Es gibt einen Herrn Dr. Probst, der besser funktionieren wird als ich.« James blickte ihr in die Augen und sah, wie ihr das Blut ins Gesicht stieg.

Er bereute, es gesagt zu haben, aber sie war so selbstsicher, so arrogant und trotz aller Intelligenz so unwissend, daß er sie beschämen wollte.

James hatte sich nicht getäuscht, das Urteil erging vor zwölf Uhr mittags. Der Richter verlas es: »Die Ehe zwischen James Müller und Tina Müller, geborene Handwerk, ist hiermit rechtskräftig geschieden.«

So hört das also auf, dachte er.

Sie verließen den Saal und gingen in verschiedenen Richtungen auseinander. Auf der großen Treppe vor dem Gerichtsgebäude begegneten sie sich noch einmal. James schaute ihr in die Augen. Er wollte etwas sagen, das wie ein Lebewohl klingen sollte, fand aber ihr Gesicht so verschlossen und abweisend, daß er das Wort hinunterschluckte.

9. KAPITEL

Jetzt bin ich frisch geschieden, dachte er. Und obwohl er schon lange gewußt hatte, daß es dazu kommen würde, versetzte ihn die vollendete Tatsache doch in eine merkwürdige Stimmung. Der Schwebezustand war jetzt beendet, die endgültige Trennung herbe Wirklichkeit. Er mußte sich eingestehen, daß da noch ein Rest Liebe gewesen war.

Sie wird nun mit diesem Dr. Probst die Befreiung von einer lästigen Ehe feiern, ging es ihm durch den Kopf. Ich könnte jetzt gehen und mich lieben lassen, von Frau Abel oder ihrer Tochter Mareike. Aber was würde das helfen? »Die Ehe ist im Eimer«, hatte Griebel gesagt.

James schlenderte langsam vom Gerichtsgebäude bis zur Zeil. Die betriebsame Hauptstraße empfing ihn mit ihrem Radau; eine Baustelle mit Preßlufthämmern, Autoschlangen, Straßenbahnen: es dröhnte, rumpelte, ratterte. Der brausende Lärm trieb ihn zurück in die stillere Zone. Er dachte an die schäbige Kneipe, in der er sich vor der Verhandlung gestärkt hatte. Dorthin ging er zurück, setzte sich an einen Tisch, war der einzige Gast. Er bestellte Schnaps und ein großes Bier, nahm sich jedoch vor, sich nicht zu betrinken. Auch trinken würde nicht helfen gegen das leise Pochen der Niederlage.

Der Wirt, mit schweren Tränensäcken unter den Augen, stand schläfrig hinter seiner Theke und musterte ihn eine Weile, dann trollte er sich in einen anschließenden Raum.

»Wenn Sie noch etwas brauchen, rufen Sie. Ich bin hier nebenan.«

»Es ist gut, ich werde mich melden«, sagte James.

Wovon kann der leben? fragte er sich. Vielleicht von denen, die zerschlagen aus dem Gerichtssaal kommen.

Er trank zuerst vom Schnaps, dann vom Bier. Er wollte seine Gedanken, die Dinge klären. Es war alles folgerichtig abgelaufen. Nur einen Formfehler hatte er begangen: Ich hätte Dr. Probst nicht erwähnen dürfen. Das war kleinlich, war wie der Durchbruch von beschissener Eifersucht.

Bildhübsch hatte Tina ausgesehen. Wie die Schwester von Mareike, aber doch ganz anders. Es sind ihre Augen. Sie sind härter als die Augen von Mareike.

Es wirft mich nicht um, ich bin nur ein bißchen sentimental im Augenblick. ›Wir sind in einem Prozeß der Umwandlung.‹ Auch das hatte Griebel gesagt.

›Herr Müller, hier ist nicht der richtige Ort für soziologische Betrachtungen.‹

Nein, sie haben nicht verstanden, wovon ich gesprochen habe. Sie war unzufrieden mit mir, weil ich zuwenig verdient habe und auch später zuwenig verdienen würde. Sie hat mich ausgetauscht gegen einen, dem es besser geht. Vielleicht war sie sich dessen selbst nicht einmal bewußt. Die Liebe hat ihren Preis, es sind nicht die Frauen, die ihn festsetzen, sondern die Männer; aber sie wissen es beide nicht.

Ich müßte bei meiner Mutter anrufen, dachte er. Doch sie kommt ja erst am Abend nach Hause. Ich könnte Benno beim Karmeliterkloster besuchen. Um vier Uhr beginnt er; es ist noch nicht vier. Später in die ›Laterne‹. Friedrich wollte kommen, wir könnten zusammen essen.

Angefangen hat es damit, daß Tina immer später nach Hause kam. Überstunden, hat sie gesagt. Und dann, er erinnerte sich genau: Ich arbeitete in der ›Laterne‹ und habe telefoniert. Sie war nicht zu Hause und auch nicht im Krankenhaus. Sie kam gegen zwei Uhr nachts. Sie sagte, sie hätte gearbeitet. Es gab Streit, Ohrfeigen, eine ekelhafte Szene. Aber ich weiß nicht, ob das damals schon Dr. Probst gewesen ist. Es ist nicht mehr wichtig.

James sah eine Zeitung an der Wand hängen. Er nahm sie herunter. Auf dem Titelblatt las er die fettgedruckte Zeile: ›Meine Liebesspiele mit Alexis Corda.‹ Eine Schauspielerin hatte ein Buch geschrieben. Er hängte die Zeitung wieder an ihren Haken.

Es gibt noch viele Möglichkeiten für mich, dachte er. Griebel hat eine der kühnsten angedeutet. Was heißt da schon Moral? Wer hat die Moral gemacht? Die Bibel, der Staat? Griebel hat die Moral gemacht. Er zählt nicht. Ich mache meine Moral selber. Das hat Tina auch getan und Frau Abel und Mareike und auch die Filmschauspielerin, die ihre Liebesspiele mit Alexis Corda zu Geld macht. Griebel werde ich da raushalten, ich brauche ihn nicht.

Später könnte ich zur See fahren. Es ist nur ein Übergang. Ich muß mir das gut überlegen.

»Herr Wirt, bringen Sie mir noch einmal dasselbe!«

So fängt das also an, dachte er. Ich habe die Schnauze voll. Warum soll ich immer der Verlierer sein? Jetzt greife ich an, zu lange war ich passiv.

Aber immer wieder hatte er die Stimme des Richters im Ohr, der die hoffnungslose Zerrüttung seiner Ehe konstatierte.

James war nicht zu Benno gegangen, auch nicht in die ›Laterne‹. Er hatte sich plötzlich unsäglich müde gefühlt und war mit einem Taxi nach Sachsenhausen gefahren. In seiner Mansarde hatte er sich in Kleidern auf das Bett gelegt und war eingeschlafen.

Als es klopfte, fürchtete er, es könnte Mareike oder Frau Abel sein, aber es war Friedrich.

»Ich habe mir doch gedacht, daß du dich in deine Bude verkriechst. Ich wollte dich zum Essen einladen, und wir können auch einen Schluck trinken. Eine Scheidung muß man feiern.«

»Vielleicht hat es mich doch ein bißchen mitgenommen«, meinte James. »Ich kam hierher und bin ziemlich schnell eingeschlafen.«

»Das war bei mir damals auch so. Laß uns essen gehen«, schlug Friedrich vor.

Von Anfang an waren sie sich darüber im klaren, daß sie nicht zur ›Laterne‹ gehen würden. Ein bißchen teurer könne es schon sein, meinte Friedrich. »Qualität hat ihren Preis. Ich bin zwar nicht wohlhabend, aber ich habe ein bißchen gespart.«

Sie legten den ganzen Weg bis zur Hauptwache zu Fuß zurück. In einer der Passagen fanden sie ein Restaurant, dessen Speisekarte ihnen passend schien.

»Da gehen wir rein«, sagte Friedrich.

Sie nahmen einen Tisch, an dem sie sich ungestört fühlten. James sagte: »Zuerst brauche ich einen Schnaps und ein Bier.«

Friedrich bestellte, und nachdem sie sich zugetrunken hatten, sagte er: »Ich weiß, wie du dich fühlst. Aber ich kann dir versichern, du kommst schneller darüber weg, als du glaubst. Ich hab's ja schließlich auch mitgemacht, allerdings war es bei mir schlimmer als bei dir.«

»Warum?« fragte James.

»Wir waren viel länger verheiratet als ihr. Und dann ging's ums Geld. Ich muß heute noch zahlen. Das mußt du nicht.«

Friedrich nahm noch einen großen Schluck, wollte dann aber nicht mehr über seine Ehe sprechen. Sie erinnerte ihn zu stark an Fehler, die er gemacht hatte: zuviel Kneipe und hin und wieder auch eine andere Frau. Das viele Bier hatte seinen Körper rundlich und sein Gesicht pausbäckig gemacht, sie aber war dünn geworden aus Ärger über die fremden Frauen.

Er hatte sich ein paarmal erwischen lassen, und das konnte er sich heute noch nicht verzeihen. Eines Tages hatte sie angefangen, aus Kummer Schokolade zu essen. Innerhalb eines Jahres war sie fett geworden. Und das war der Zeitpunkt, an dem sie begonnen hatten, sich gegenseitig als feist und vollgefressen zu beschimpfen. Es war der Anfang vom Ende.

James und Friedrich bestellten Krabbencocktail, Roastbeef und Salate. Sie aßen mit großem Behagen. Und dazu immer wieder einen Schnaps und ein Bier.

»Jetzt fühle ich mich schon besser«, sagte James. »Mein größter Ärger war, daß sie mich so geschickt in die Ecke manövriert hat. Sie hatte überhaupt immer die Hosen an.«

Dazu nickte Friedrich: »Deine Frau hat in eurer Ehe die Rolle des Mannes gespielt.«

»Und vorher hat meine Mutter über mich bestimmt. Sie wollte unbedingt, daß ich Lehrer werde. Aber sie hätte wissen müssen, daß ich dafür nicht tauge.«

Nachdenklich sagte Friedrich: »Tja, zum Lehrer hättest du wahrscheinlich nicht getaugt. Ebensowenig wie ich zum Gerichtsvollzieher. Ein saudummer Job. Aber mein Vater, verstehst du, der wollte, daß ich diesen Beruf ergreife, weil er selber Gerichtsvollzieher war. Wenn du da den Kuckuck an die billigen Möbel kleben mußt... Und wenn sie so ihre Pfennige zusammenkratzen... Richtig leid können sie einem manchmal tun.« Er reckte sich auf, sein Gesicht wurde lebhaft: »Schauspieler wollte ich werden. Shakespeare! Lope de Vega!

Schiller und Goethe! Hauptrollen wollte ich spielen. Und was bin ich jetzt: Gerichtsvollzieher.«

»Und da hast du Kunden wie mich.«

Friedrich schüttelte den Kopf: »Noch ganz andere. Am besten und leichtesten zahlen die Huren, in meinem Bezirk wohnen ja eine ganze Menge.«

»Bei mir sind die Würfel heute gefallen. Ich werde jetzt etwas unternehmen.«

»Gut, gut«, sagte Friedrich.

»Etwas mit Frauen.«

»Willst du reich heiraten?«

James machte keine Umwege. »Du kennst doch Griebels Vorschlag.«

»Du meinst, als er arbeitslose Akademiker für sein Bordell suchte?«

»Ja, aber ich mache das Geschäft allein.«

»Wie willst du das anfangen?«

James ließ sich vom Kellner die Abendzeitung bringen. Er blätterte, reichte die aufgeschlagene Zeitung über den Tisch.

»Lies das.«

Friedrich sah fast eine ganze Seite mit Inseraten: Modelle, Hostessen, eindeutig oder weniger eindeutig, dazwischen auch Männer, die sich anpriesen als Begleiter, Kavaliere, Dressmen.

»Aha!« sagte Friedrich.

»Ja, ich drehe jetzt den Spieß um. Ich suche nur noch eine gute Formulierung. Kavalier, Dressman – das ist blödes Zeug.«

»Wie willst du es denn besser sagen?« fragte Friedrich.

James wußte es noch nicht. »Es sollte freundlicher sein, treffender. Das ist das Problem, seit einiger Zeit glaube ich nämlich, daß ich gar nichts von Frauen verstehe.«

Friedrich lachte. »Ich auch nicht. Aber das ist doch gar nicht nötig, die sagen dir schon, was sie wollen.« Er überlegte, prüfte. »Recht hast du. Du mußt angreifen! Was glaubst du, wie ich rangehen würde, wenn ich jünger wäre. Auch wenn man mir das heute nicht mehr ansieht: eigentlich bin ich ein Abenteurer. Mit Griebel wäre das eine schlechte Sache gewesen, der bewegt sich immer irgendwie am Rande der Kriminalität.«

Sie berieten lange und kritzelten ihre Textversuche auf einen Bierdeckel. Aber immer wieder brachen sie in Gelächter aus, verbesserten, formulierten um, suchten nach neuen Ideen und verwarfen schließlich alle Ansätze. Es wollte ihnen nichts gelingen.

»Gar nicht so leicht«, meinte Friedrich.

»Wir müssen von folgender Frage ausgehen: Um was geht es?« begann James wieder von vorne und stellte fest: »Um eine Frau und um mich.« Das war die Basis, und nach mehreren Versuchen kamen sie schließlich zu der Formulierung: »Sind Sie einsam? Junger, gutaussehender Mann bietet Ihnen fröhliche Stunden.«

»Das wär's«, sagte Friedrich. »Da ist alles drin.«

James steckte den Bierdeckel ein. Sie hatten genug getrunken, versicherten sich gegenseitig, daß es eine gelungene Feier gewesen war, und verließen schwankend das Restaurant.

Friedrich hatte die Rechnung übernommen. Er gab dem Ober zehn Mark Trinkgeld. »Für den Lärm, den wir gemacht haben. Wir haben uns amüsiert bei Ihnen. Und das Essen war sehr gut.«

Als James am nächsten Morgen in seiner Mansarde erwachte, konnte er sich zunächst an nichts erinnern. Dann aber fiel ihm ein: Gestern war die Scheidung. Auf einmal registrierte er diese Tatsache ganz sachlich, geblieben war nur noch die Erinnerung an einen vergangenen Schmerz.

Er hatte mit Friedrich die Scheidung gefeiert, und noch jetzt war er davon überzeugt, daß dies der bestmögliche Abschluß des Tages gewesen war. Friedrich war ein echter Freund, er hatte gewußt, was ihm helfen würde.

James blieb noch im Bett liegen; er wollte nachdenken. Es dauerte lange, bis in seinen Gedanken der Bierdeckel auftauchte. Er brauchte nur eine Minute, um der Idee von gestern zuzustimmen.

Ich werde Friedrich besuchen, dachte er. Sein Entschluß stand fest: Ich steige aus. Unterwegs zum Taxi beschloß er: Ich werde es riskieren, was kann mir schon passieren?

Er kannte Friedrichs Wohnung, war zweimal dort

gewesen. Friedrich hatte drei Zimmer, er lebte bescheiden.

Er mußte viermal klingeln, bis sich drinnen etwas rührte. Dann hörte er Friedrich in Pantoffeln heranschlurfen und ihn fragen: »Wer ist da? Ich bin krank, ich kann nicht öffnen.«

James antwortete: »Ich kenne deine Krankheit. Mach schon auf.«

»James, bist du es?«

»Ja, ich bin's.«

Friedrich öffnete. Im Morgenrock stand er in der Diele. Sein Gesicht war verquollen, und er ächzte: »Mensch, habe ich einen Kopf!«

Sie gingen ins Wohnzimmer, dort ließ sich Friedrich in einen Sessel fallen. »Was willst du Wahnsinniger schon so früh am Morgen?«

»Früh am Morgen? Es ist zwölf Uhr mittags.«

Friedrich sprang auf. »Um Gottes willen. Dann müßte ich ja schon längst unterwegs sein!«

»So warte doch, ich habe nämlich eine Idee. Wo willst du denn so schnell hin?«

»Das weißt du doch: pfänden!« rief Friedrich. Ja, das sah James ein. Aber es gelang ihm doch, ihn zurückzuhalten. Er reichte ihm den Bierdeckel: »Da! Erinnerst du dich? Wir haben es gestern aufgesetzt.«

Friedrich las langsam, Wort für Wort. Langsam dämmerte es ihm.

»Ja und?« fragte er. »Dann gib doch das Inserat auf.«

»Ich kann's nicht«, sagte James kleinlaut. »Was

glaubst du, wie die mich dumm angucken, wenn ich da am Schalter stehe und sage: Sind Sie einsam? Junger, gutaussehender Mann...«

Friedrich rief: »Und mich? Wie werden sie mich angucken?«

»Bei dir wissen sie doch, daß du nicht gemeint bist.«

»Aha!« rief Friedrich. »Merkt man das? Du meinst, ich sehe so mies aus?« Er fuhr sich mit der Hand über das Gesicht und klopfte dann zweimal auf seinen Bauch. »Sehr schmeichelhaft.«

»So war das doch nicht gemeint«, lenkte James ein. »Du sagst einfach, daß du diese Annonce für einen Freund aufgibst.«

Friedrich kratzte sich im Genick. Er verzog das Gesicht, erklärte dann aber: »Gut, ich werde es tun. Widerstrebend, sehr widerstrebend, das sage ich dir!«

Friedrich ging ins Badezimmer, um zu duschen. Heiß und kalt. »Sonst komme ich nicht in Form.«

James wartete im Wohnzimmer. Es wirkte etwas vernachlässigt, obwohl die Möbel ganz sicher einmal teuer gewesen waren.

Ein Mann ohne Frau, das war auf den ersten Blick zu sehen.

Als Friedrich zurückkam, sah er erfrischt aus. Er trug seinen leicht zerknautschten grauen Anzug, in dem er stets pfänden ging, aber darunter ein blütenweißes Hemd und eine neue Krawatte. Er sah vertrauenerweckend aus: ungefähr so wie ein Beamter in einer mittleren Position.

»Ich werde einen Hut aufsetzen, damit man mich nicht erkennt, wenn ich am Schalter stehe. Denn das könnte ja immerhin sein. Was glaubst du, wieviel Menschen mich kennen. Da würdest du staunen.«

Es war ein Hut mit breitem Rand. Er zog ihn tief ins Gesicht und war dann bereit zu gehen.

James stellte noch einmal fest: »Es ist ein besonderer Schritt, aber ich habe es satt, immer der Verlierer zu sein.«

»Haha!« lachte Friedrich kurz. »Es gibt eine Sorte von Männern, die bei Frauen immer verliert. Aber wenn ich es mir so überlege: Du gehörst wahrscheinlich nicht dazu. Ich schon eher. Warum wohl sitze ich fast jeden Abend in der ›Laterne‹?«

Sie einigten sich schnell, in welcher Zeitung die Anzeige erscheinen sollte. Friedrich wußte, wo die Inserate aufgegeben werden mußten. Sie wollten zu Fuß gehen, denn er hatte gesagt: »Es ist nicht sehr weit von hier.«

Auf der Treppe fügte er noch hinzu: »Ich weiß wirklich nicht, warum ich dir dabei helfe. Das hättest du recht gut allein machen können. Aber das ist meine Gutmütigkeit. Ich bin zu schwach für diese Welt. Vor allem bin ich nicht hart genug, deshalb habe ich es auch nie sehr weit gebracht.«

Vor der langen Fensterfront der Annahmestelle gingen sie erst noch ein paarmal auf und ab. Sie konnten von dort die Schalter sehen, vor denen die Kunden anstanden.

Friedrich war nervös. Er trat dicht an die Scheibe heran und spähte hinein. »Warte noch«, sagte er, »bis ein Schalter ganz leer ist, dann bringe ich es schnell hinter mich.«

Es war James anzusehen, daß er ihm dankbar war: »Das werde ich dir nicht vergessen. Weißt du, ich hätte dabei ein Gefühl, als würde ich in aller Öffentlichkeit meinen Hintern zeigen.«

»Und was ist mit meinem Hintern?« fragte Friedrich grimmig.

Aber er huschte dann schnell hinein, als er sah, daß ein Schalter frei geworden war.

Ein schwerer Gang. Er steuerte auf den Schalter zu, faßte die zuständige Dame ins Auge und sammelte sich für das erste Wort.

Die Frau war um die Vierzig, adrett, mit einem intelligenten Gesicht. Sie trug eine Hornbrille, die ihrem Blick etwas Forschendes gab. Ihre Augen richteten sich voll auf Friedrich.

Er schob sich mit dem Oberkörper ein wenig durch die Schalteröffnung und legte die Hand wie zum Flüstern an den Mund: »Ein Inserat... für einen Freund...«

Und da fiel ihm ein, daß es unhöflich wäre, den Hut auf dem Kopf zu behalten, während er mit ihr sprach. Er nahm seinen Filz schnell herunter, geriet dabei mit dem Ellenbogen in Schwierigkeiten, denn die Schalteröffnung war eng, und legte den Hut links neben dem Schalter ab.

Dann begann er leise: »Sind Sie einsam? Junger, gutaussehender Mann…«

Er stockte ein wenig, schluckte zweimal. Es entstand eine Spannung zwischen ihm und der Frau, die langsam zu lächeln begann.

Er räusperte sich und fuhr fort: »…bietet Ihnen fröhliche Stunden.«

Ihr Lächeln war freundlich. Sie schaute ihn durch ihre Hornbrille nachdenklich an.

Sie notierte den Text und wiederholte ihn leise. Noch während sie sprach, stellte sich der nächste Kunde hinter ihn. Friedrich bedankte sich hastig, und nachdem er bezahlt hatte, ging er schnell auf den Ausgang zu.

Die Frau und der Kunde riefen hinter ihm her. Friedrich zuckte zusammen. Er drehte sich um und hörte: »Ihr Hut! Sie haben Ihren Hut vergessen!«

Er lief zurück: »Vielen Dank. Herzlichen Dank.« Er nahm ihn entgegen und setzte ihn auf. Als er aus der Tür trat, hatte er Schweißtropfen auf der Stirn und fuhr James sofort an: »Nie wieder mache ich so etwas! Nie wieder!«

»War es so schlimm?«

»Schlimm? Du hättest die Frau sehen sollen, wie sie so langsam anfing zu lächeln. Und dann kam auch noch ein Kunde und hat sich hinter mich gestellt, der hat alles mitgehört.«

»Ich danke dir sehr«, sagte James.

Friedrich murmelte: »Übrigens, eine interessante Frau, reizend.«

Das Inserat würde einspaltig erscheinen, mit Chiffre-Nummer. Die Frauen mußten an die Zeitung schreiben.

Friedrich sagte: »Du gehst hin und holst die Zuschriften ab. Dann kannst du alles mit ihnen vereinbaren. Ich muß jetzt gehen. Es ist höchste Zeit. Mach's gut, wir sehen uns in der ›Laterne‹.«

Friedrich drehte sich um, war schon im Gehen.

»Wo rennst du hin?« fragte James.

Friedrich winkte mit der Hand und rief: »Ich muß pfänden, pfänden!«

10. KAPITEL

James hätte nie damit gerechnet, daß so viele Frauen antworten würden. Nachdem das Inserat erschienen war, wartete er drei Tage und konnte dann einundzwanzig Briefe in der Geschäftsstelle abholen. Er packte sie alle in eine Plastiktüte und trug sie zu Friedrich in die Wohnung. Friedrich schien nicht überrascht. Er sagte: »Was glaubst du, wieviel Einsamkeit es auf der Welt gibt? Da sind die Geschiedenen, die Witwen, solche, die einen Säufer zum Mann haben, und andere, die ganz einfach scharf sind. Sie warten alle auf die richtige Gelegenheit. War dir das etwa nicht klar?«

»Nicht so ganz«, antwortete James.

Sie sichteten gemeinsam die Briefe, die fast die gesamte Tischplatte im Wohnzimmer bedeckten.

»Hier«, sagte James. »Hier, sieh dir das einmal an.«

Friedrich las murmelnd: »›... wenn Sie mir Diskretion zusichern, würde ich Sie einmal in der Woche besuchen. Ich denke dabei an ein Honorar von einhundertfünfzig Mark...‹«

Der nächste Brief: ›Schreiben Sie mir bitte Ihre Adresse und auch, was es kostet, denn ich bin eine einsame Frau, kann aber nur einmal im Monat kommen, weil es sicher ziemlich teuer ist. Mein Mann hat eine feste Freundin, deshalb wäre ich bereit...‹

Friedrich griff wahllos Briefe heraus und sagte: »Menschenskind, das ist ja noch toller, als ich es mir vorgestellt habe. Hör dir das an: ›Das Schlimme ist, daß ich es sehr oft brauche. Ich habe mir gedacht, daß Sie mir deshalb vielleicht einen Mengenrabatt einräumen könnten ...‹ «

Sie lasen länger als eine Stunde, saßen beide am Tisch und staunten. Ja, Friedrich hatte sich nicht geirrt, als er von der Einsamkeit auf der Welt gesprochen hatte.

Da war die Rede von Sehnsucht, Verlangen, Begehren, von Gier und Lüsternheit, von Träumen, Hoffnungen und Erwartungen. Manche Briefe klangen traurig und hatten fast nichts mit Erotik zu tun.

Plötzlich aber fing Friedrich an zu lachen. Da war der Brief einer Männerfeindin: »›Du dreckiger Mistkerl, glaubst du etwa, wir Frauen würden auch noch Geld dafür bezahlen? Jede echte Frau kann sich glücklich schätzen, wenn sie von euch verschont bleibt. Seit mehr als tausend Jahren beutet ihr uns aus. Aber bald ist Schluß damit! Der Tag wird kommen, an dem wir euch nicht mehr brauchen. Dich miesen Kerl aber sollte man kastrieren, und zwar mit einer glühenden Zange ...‹ «

Friedrich lachte, daß ihm fast die Luft wegblieb. »Ist das nicht herrlich!« rief er. »So was könnte man nicht erfinden!«

James gefiel dieser Brief ganz und gar nicht. Auch diese Frau war einsam, und das, was sie geschrieben hatte, machte ihn unsicher. »Stell dir mal vor, wie sie die Männer hassen muß.«

»Du Anfänger! Hast du noch immer nicht begriffen, daß es Haß geben kann zwischen Mann und Frau? Der Kampf der Geschlechter! Und nach allem, was du mir von deiner Tina erzählt hast, muß bei ihr ja auch ein ganz solider Haß mit im Spiel gewesen sein.«

James saß im Sessel und murmelte nachdenklich vor sich hin: »Ja, ja, das ist wohl so. Aber ich kann es mir schlecht vorstellen, weil ich noch nie eine Frau gehaßt habe, nicht einmal Tina.«

Nachdem sie die Briefe gelesen hatten, begriffen sie, daß die Frauen erwarteten, eine Wohnung vorzufinden, einen neutralen Platz, wo sie sich sicher fühlen konnten. Nur zwei hatten ihre Adresse als Treffpunkt vorgeschlagen und um einen Anruf gebeten.

»Das sind wahrscheinlich Witwen«, meinte Friedrich.

»Ich brauche eine Wohnung«, sagte James. »Aus meiner Mansarde muß ich sowieso raus, denn dort habe ich Mutter und Tochter auf dem Hals. Vielleicht könntest du mitmachen...«

»Ich!« rief Friedrich. »Als was? Ich bin nicht mehr so groß in Form. Außerdem bin ich Beamter. Was glaubst du, wenn das herauskäme. Ich wäre ruiniert!«

»Es ist nicht verboten«, widersprach James. »Jeder kann mit seinem Körper machen, was er will. Ich hatte ja auch nicht daran gedacht, daß du mir die Arbeit abnehmen sollst. Ich brauche so eine Art Manager, jemand, der genau die Übersicht hat. Keine Frau darf der anderen in meiner Wohnung begegnen. Es müßte auch jemand die Tür aufmachen. Du weißt schon, was ich meine: Jemand sollte das ganze Geschäft in der Hand haben. Ich kann mich nicht darum kümmern, denn darüber bin ich mir im klaren: Das wird eine anstrengende Sache.«

»Worauf du dich verlassen kannst, mein Junge. Aber ein bißchen Vergnügen wird ja wohl auch noch dabei sein.« Friedrich feixte: »Ich bin zwar eine Abenteurernatur, aber das ist nichts für mich.«

James ging auf und ab. Er grübelte: »Wie soll ich denn das finanzieren? Die Wohnung muß eingerichtet werden.«

»Bemüh dich doch erst einmal um die beiden, die ihre Telefonnummer angegeben haben. Dabei wird ja ein bißchen was herauskommen. Außerdem ist ja auch noch das Geld von Griebel da. Wieviel hast du insgesamt?«

»Genau dreitausendvierhundert Mark.«

»Nun, das wäre ja schon was«, meinte Friedrich. »Und was noch fehlt, werde ich dir vorstrecken. Das kommt ja bald wieder rein. Ich kenne da ein Auktionshaus recht gut, wo wir die Möbel preiswert bekommen.«

»Ja, wir können es versuchen.« Es klang etwas unsicher.

Friedrich spürte das: »Hast du etwa Angst? Mann, wenn ich so alt wäre wie du... Was glaubst du, was ich da aufreißen würde! Halte dich an die Frauen, denn du bist genau der Typ, der bei ihnen sein Glück machen kann.«

»Eigentlich wollte ich zur See fahren«, sagte James, aber sein Zweifel klang durch.

»Das ist heute nicht mehr so abenteuerlich, wie du dir das vorstellst. Es ist genauso, als würdest du in einer Fabrik arbeiten, wo alles vom Computer gesteuert wird. Der einzige Unterschied ist der, daß diese Fabrik über das Meer fährt.«

Und dann stellte James eine Frage, die Friedrich sehr komisch fand: »Wie soll ich denn das machen? Die Sache mit dem Geld gefällt mir nicht. Soll ich sagen: Ich koste soundsoviel? Und was glaubst du, was ich etwa wert bin?«

»Das kann ich dir genau sagen: Für das Weib, das ihn dir mit der glühenden Zange abzwicken wollte, bist du keinen Pfennig wert. Für eine Frau, die es lange entbehrt hat und die einen kräftigen, gutaussehenden Mann zu schätzen weiß, könntest du zwischen zwei- und dreihundert Mark wert sein.«

»So viel?« James war ehrlich erstaunt.

Friedrich schüttelte nur den Kopf. »Willst du dich etwa verschenken? Ich sage dir, bei zwei- oder dreihundert, da bist du noch preiswert. Ich wette, es gibt Frauen, die würden für dich einen Tausender blechen. Ich meine, wenn sie betucht sind. Kümmere dich erst mal um die beiden, die du anrufen sollst.«

Das war überzeugend, aber James hatte noch immer

Bedenken: »Was mache ich, wenn die beiden so häßlich sind, daß ich nicht kann?«

»Das ist dein Berufsrisiko. Was immer du anfängst, bei jedem Job würdest du etwas finden, was du mit Widerwillen tust. Und in diesem Fall gibt es nur eine Methode: Licht aus, Augen zu und die Sache wie ein Mann hinter dich bringen.«

James dachte, daß er in letzter Zeit schon eine ganze Menge hinter sich gebracht hatte. Sein Lebensweg hatte plötzlich eine andere Richtung eingeschlagen. Er fragte: »Wie ist das eigentlich mit dir, Friedrich? Willst du nicht mehr heiraten?«

Friedrich wiegte den Kopf zweifelnd hin und her. »›Es ist nicht gut, daß der Mensch allein sei‹, heißt es, aber du weißt, wie das ist. So eine Sache hat ihre Tükken. Zusammenleben ja, aber heiraten nie mehr. Ich bin da einer begegnet, die würde mir gefallen.«

»Wer ist es?« fragte James.

»Das war die Frau, die hinter dem Schalter saß, als ich das Inserat aufgegeben habe.«

James hatte sie nicht gesehen, Friedrich jedoch in den letzten Tagen mehrmals an sie gedacht, und so etwas war außergewöhnlich für ihn, es beunruhigte ihn ein wenig, zeigte ihm, daß er nicht dagegen gefeit war, seine Freiheit ein zweitesmal aufzugeben.

»Ja, ja«, murmelte er. »Ich hätte ganz gern wieder einmal eine Frau, die mich beim Vornamen nennt.«

»Zwei Zimmer müßten es schon sein«, kam James wieder auf den Wohnungsplan zu sprechen.

»Ja«, sagte Friedrich. »Und da müssen hinein: eine Couch, zwei Sessel, ein Couchtisch, an die Wand gehören wenigstens zwei dekorative Bilder. Und auf den Boden kommt ein Teppich. Das Zimmer soll Behaglichkeit ausstrahlen, verstehst du? Die Frauen müssen sich wohl fühlen.«

»Vielleicht ein bißchen zu teuer«, überlegte James.

»Das kommt doch alles wieder rein. Außerdem muß es teuer aussehen, sie sollen sofort wissen, daß du etwas kostest.«

Darüber einigten sie sich schnell. Wichtig wäre jetzt vor allem der Anfang, meinte Friedrich. »Nimm die beiden Briefe und ruf an. Aber du mußt warten bis kurz nach drei Uhr.«

»Warum?« fragte James.

»Weil man vorher nicht bei einer Dame anruft.«

»Woher willst du wissen, daß es Damen sind?«

Friedrich lächelte überlegen: »Mann, das sehe ich doch an den Briefen. Schau dir das Papier an und die Formulierungen. Die beiden wollen zu Hause besucht werden. Das bedeutet, daß sie geschieden, selbständige Geschäftsfrauen oder Witwen sind. Die brauchen auf niemand Rücksicht zu nehmen. Und schau dir die Schrift an.«

»Ja, ja«, sagte James. »Sie haben beide eine gute Schrift.«

Es war alles besprochen. Friedrich würde James helfen, die Wohnung zu suchen und auch einzurichten. »Ich möchte sehen, daß du endlich auf eigenen Füßen stehen kannst. Wenn du die Wohnung hast, kann dir nichts mehr passieren.«

»Ja, ja«, sagte James.

»Man muß sich wehren«, erklärte Friedrich. »Wir leben in einer barbarischen Welt. Alle werden wir durch den Wolf gedreht. Man muß besondere Wege gehen, um sich zu behaupten. Deshalb ruf heute noch die beiden Frauen an.«

James nickte, er wirkte entschlossen, sagte dann aber leise: »Wenn das meine Mutter wüßte...«

Friedrich mußte lachen. Er sagte: »Du bist und bleibst ein Unikum. Ich muß jetzt gehen, du kannst ja am Nachmittag von einem Telefonhäuschen aus anrufen.«

James sah die Telefonzelle von weitem. Langsam ging er darauf zu. In der Brusttasche seiner Jacke trug er die Briefe der beiden Frauen. Es war kurz nach drei. So lange hatte er gewartet, denn Friedrichs Hinweis auf gutes Benehmen war überzeugend gewesen.

Was werde ich sagen? Hier spricht der Mann, dessen Inserat Sie beantwortet haben... Quatsch, dachte er.

In der Nähe des Telefonhäuschens stehend, las er noch einmal die Briefe. ›Ich habe wenig Zeit und kaum Gelegenheit für fröhliche Stunden, möchte sie aber nicht missen...‹ Mit freundlichen Grüßen unterzeichnet von Hanna Bauer. Er nahm den zweiten Brief heraus, suchte auch darin nach dem wesentlichen Punkt. Diese Frau schien ihm differenzierter als Hanna Bauer.

›Da das Wort einsam in Ihrem Inserat vorkommt, nehme ich an, Sie wissen etwas darüber. Ja, wir sind alle einsam. Auch ich. Und so habe ich mich zu dem Schritt entschlossen, auf Ihr Inserat zu antworten. Ich bin nicht unvermögend. Ich erwähne das, weil ich annehme, daß ich Sie richtig verstanden habe...‹

Diese Frau hieß Margarete Stein.

Wahrscheinlich hatte Friedrich recht: unabhängige Frauen, obere Mittelschicht. Und da er annahm, bei beiden auf intelligente Menschen zu treffen, fiel ihm der erste Satz schwer. Er fühlte sich ungelenk in dieser Situation.

Langsam ging er auf und ab, dreißig Meter hin, dreißig Meter her. Ständig hatte er die Telefonzelle im Auge, aber er betrat sie noch nicht.

Er überlegte: Mußte er sich als erstes vorstellen? Aber wenn ich sage, hier spricht James Müller, könnten sie auf die Idee kommen, daß ich ein Angeber bin. Wer heißt in Deutschland schon James?

Nachdem er sich zwanzig Minuten mit seinen Zweifeln geplagt hatte, entschloß er sich: Jetzt gehe ich hinein!

Zuerst wählte er die Nummer von Hanna Bauer, weil sie die fröhlichen Stunden besonders erwähnt hatte. Ein bißchen Fröhlichkeit täte ihm auch ganz gut, fand er.

Er drehte die Scheibe. Ganz locker, ganz natürlich werde ich sprechen. Und dann kam die Stimme: »Hier Bauer.«

Er holte tief Luft: »Mein Name ist... eh... Sie kennen

mich nicht, das heißt, Sie kennen mich von der Zeitung.« Mein Gott, was für ein Gestammel, dachte er. Aber die Stimme am anderen Ende der Leitung war ganz sicher, nicht eine Spur von Verlegenheit. Und es war eine Stimme, die gut klang.

»Ja, ich habe auf Ihr Inserat geantwortet. Sind Sie denn auch so fröhlich, wie Sie geschrieben haben?«

»Ja«, antwortete er, merkte aber, daß seine Stimme vor Unsicherheit vibrierte. Er hatte schon jetzt das Gefühl, dieser Frau nicht gewachsen zu sein.

»Sagen Sie mir, wie Sie aussehen.«

»Wie ich aussehe?«

»Ja, was haben Sie für Haare, sind Sie groß, klein, sind Sie dick oder dünn...« Er hörte ihr Lachen.

»Dick bin ich nicht. Ich bin normal, denke ich.«

»Wissen Sie nicht, wie Sie aussehen? Sie werden doch eine Beschreibung von sich geben können.«

Er spürte die Frau, ihr Wesen. Sie war mit wenigen Worten zum Kern der Sache gekommen und hatte die Oberhand gewonnen. Er kam sich wie ein Tölpel vor.

»Wissen Sie, es ist etwas ungewohnt für mich. Aber ich will es einfach machen, fangen wir oben an: Ich habe fast schwarze Haare, dunkelbraune Augen. Meine Nase ist normal, soweit ich das beurteilen kann, und neulich hat jemand zu mir gesagt, ich hätte besonders schöne Zähne...« Er grinste vor sich hin. Jetzt war die Balance für ihn hergestellt.

Zu seiner großen Verblüffung hörte er sie sagen: »Das war oben... Und unten?«

Zwei Sekunden war er sprachlos. Machte sie sich über ihn lustig? Der Doppelsinn ihrer Frage konnte ihr unmöglich verborgen geblieben sein. In diesem Augenblick beschloß er, sich seiner Haut zu wehren. Es war ihm jetzt gleichgültig, wie es enden würde. Ganz kühl fragte er: »Meinen Sie meine Schuhgröße oder das, was ich in der Hose habe?«

Da lachte sie wieder. Er hatte richtig reagiert.

»Machen Sie das zum erstenmal?« fragte sie.

»Ja, irgendwann muß man einmal anfangen. Mit allem, was man tut.«

»Jetzt gefallen Sie mir schon besser«, sagte sie. »Aber ohne Scherz: Geben Sie mir eine Beschreibung von sich. Wir müssen doch vorher wissen, ob wir einigermaßen zueinander passen, auch wenn es nur für einmal ist.«

»Gut«, sagte er. »Hören Sie genau zu: Ich bin einen Meter und zweiundachtzig groß, wiege etwas über achtzig Kilo, bin schlank, einigermaßen sportlich und brauche die fröhlichen Stunden ebenso dringend wie Sie...«

»Das klingt gut«, sagte sie.

Sie redeten noch zwei Minuten miteinander, ganz locker, ganz natürlich, wie er es sich vorgenommen hatte, ehe das erste Wort gefallen war. Sie nannte ihm die Adresse, schlug vor: »Kommen Sie heute abend um sieben Uhr. Ich mache ein paar Häppchen zu essen, und wir trinken eine schöne Flasche Sekt. Über den Preis werden wir uns einigen...«

So einfach war das. Er verließ die Telefonzelle, holte

draußen tief Luft, hatte das Gefühl, eine Prüfung bestanden zu haben. Aber für den zweiten Anruf fühlte er sich jetzt nicht stark genug. Hanna Bauer war anstrengend für ihn gewesen. Margarete Stein mußte noch ein paar Minuten warten.

Er ging einmal um den großen Häuserblock, dann erst nahm er den zweiten Anlauf.

Jetzt war er nicht mehr aufgeregt, fürchtete nicht die Begegnung mit der fremden Stimme. Wie schnell man sich an so etwas gewöhnt, stellte er fest.

Leicht gingen ihm die Worte von den Lippen. Er dankte für ihren Brief und fügte hinzu: »Ich wollte mich telefonisch bei Ihnen vorstellen.«

»Ach ja«, sagte sie, »das ist schön. Ihr Inserat hat mich angesprochen. Ich mache mir keine Illusionen mehr, denn ich bin fast fünfzig. Aber ich habe mir gedacht, wenn ein Mann von Einsamkeit spricht, wird er zumindest schon über Einsamkeit nachgedacht haben, oder aber er leidet selber darunter...«

Sie hatte eine tiefe Stimme, sprach ein wenig schleppend, klang resigniert. Aber sie fragte nicht nach seinem Aussehen. Ihr schien es wichtig, ein Gegenüber zu haben.

Während er noch dachte: Schon fünfzig..., fragte sie: »Wo befinden Sie sich jetzt?«

»Ich rufe aus einer Telefonzelle an, aus der Innenstadt.«

»Warum kommen Sie nicht jetzt zum Tee? Wir könnten ein Stündchen plaudern.«

»Zum Tee, jetzt? Aber gern. Sagen Sie mir, wo Sie wohnen.«

Sie gab ihm Straße und Hausnummer. Als hätte sie seine Gedanken erraten, erklärte sie: »Wir wollen gleich offen miteinander reden. Jede Sache hat ihren Preis. Das können Sie einkalkulieren.«

Da wurde er wieder unsicher, wußte nicht gleich eine Antwort auf diesen Hinweis. Schließlich fand er doch einen Modus, der ihm angemessen schien: »Das überlasse ich Ihnen.«

Er konnte sie jetzt nicht sehen, aber er vermutete, daß sie lächelte. »Na schön, dann kommen Sie her. Bis gleich.«

Wie unbefangen sich diese Frauen am Telefon gaben. Klar und sachlich betrachteten sie das Unternehmen, bei dem er so umständlich angefangen hatte.

Er nahm ein Taxi, nannte die Adresse, lehnte sich in die Polster zurück und wartete mit großer Spannung auf diese erste Begegnung.

Sie war eine Dame. Dies war der erste Eindruck. Groß und schlank, vielleicht ein wenig zu knochig, in einem grauen Flanellkleid, so stand sie in der Tür und lächelte ihn an.

»Kommen Sie herein«, sagte sie.

Das Haus lag in einer ruhigen Gegend, ehemals bestes Westend. Es war eines jener stattlichen Bürgerhäuser aus den Gründerjahren. Er betrat eine großzügig eingerichtete Wohnung. Gediegene Möbel, fand er.

Die Frau schien völlig gelassen, aber er begriff, daß ein Mensch viel erlebt haben mußte, um diese innere und äußere Sicherheit zu erreichen, die sie ausstrahlte.

Sie setzten sich an den kleinen Teetisch. Alles war vorbereitet. Jede ihrer Bewegungen schien ihm genau abgemessen. In den ersten fünf Minuten dachte er, daß er ihr eigentlich nichts zu bieten hatte.

»Sie sind ein schöner Mensch«, sagte sie.

Darauf wußte er keine Antwort. Er wußte überhaupt nicht, über was er mit ihr sprechen sollte. Aber diese Sorge war unnötig, denn sie übernahm die Führung.

»Ja, doch«, wiederholte sie, »als ich Sie da die Treppe heraufkommen sah, dachte ich: Ein schöner Mensch.«

Er räusperte sich verlegen, sagte noch immer nichts.

»Sicher werden Sie von vielen Frauen geliebt.«

Er schüttelte den Kopf. »Nein, das eigentlich nicht. Ich war verheiratet, bin gerade geschieden, und seit dieser Zeit habe ich...« Er zuckte mit den Achseln, was bedeuten sollte, seit dieser Zeit der Trennung sei er meist allein gewesen.

»Das wundert mich«, sagte sie. »Sie sind nämlich ein Mann, bei dem eine Frau auf bestimmte Gedanken kommt. Ich auch, ich gebe das zu, aber ich bin nicht der Typ, der das beim erstenmal kann. Dazu müßten Sie mich doch noch ein paarmal besuchen. Ich muß vertraut mit Ihnen werden.«

Sie war Witwe. Ihr Mann, der Baurat gewesen war, hatte ihr ein kleines Vermögen und zwei Mietshäuser hinterlassen. Darüber sprach sie ganz offen.

Bei dieser Begegnung wollte sie nur plaudern und Tee trinken.

Aber er spürte genau, wie sie ihn prüfte, langsam, sorgfältig, ohne einen Zentimeter ihrer Überlegenheit preiszugeben.

Wenn sie redete, wurde ihr Gesicht jünger. Besonders aber gefiel ihm ihr Lächeln. Wenn er es nicht gewußt hätte, wäre er nie auf die Idee gekommen, daß sie um die Fünfzig war.

Er fragte: »Haben Sie Kinder?«

»Ja, zwei erwachsene Söhne. Aber die haben ihre eigenen Familien. Ich sehe sie nur selten.«

Er hatte vergessen, warum er gekommen war. An Geld dachte er jetzt nicht mehr. Diese Frau beeindruckte ihn.

Während er an einem Keks knabberte und Tee trank, sagte sie: »Sie sind ein gekränkter Mann, das ist Ihre Schwäche. Aber ich glaube nicht, daß Sie sich unbedingt an den Frauen rächen wollen.«

Er blieb eineinhalb Stunden, danach begleitete sie ihn in den Flur und überreichte ihm diskret einen verschlossenen Briefumschlag. Vor der Tür lächelte sie ihn an: »Wissen Sie, was Ihr Stärke ist?«

Er blickte ihr in die Augen, wußte nichts zu antworten und fand sich in diesem Augenblick besonders einfältig.

»Ihre Naivität ist Ihre Stärke«, sagte sie. »Aber bleiben Sie, wie Sie sind.«

Nachdenklich ging er die Treppe hinunter. Er hatte

nicht gerade viel gesagt, war gehemmt gewesen. An den Briefumschlag erinnerte er sich erst viel später. Jetzt beschäftigte ihn ihr Leben, das sie völlig allein führte. Sie hatte ihren Mann geliebt, zwei Kinder großgezogen, der Mann war gestorben, die Kinder waren gegangen. Aber da blieb noch ein Rest, mit dem sie nicht fertig werden konnte. Sollte sie sich abfinden, sollte sie sich sagen: Jetzt bin ich alt?

Sie war noch nicht alt. Ihre Ausstrahlung war so stark, daß er im Gespräch mit ihr schon in der ersten Viertelstunde den Altersunterschied vergessen hatte.

Er fragte sich: Bin ich wirklich ein gekränkter Mann? Aber darauf wußte er keine Antwort. Er konnte sich nur sagen: Meine Frau war unfair zu mir. Aber rächen? Nein, das ist es nicht.

Hanna Bauer, die sich besonders von dem Hinweis auf die fröhlichen Stunden angesprochen gefühlt hatte, war von ganz anderer Art. Er schätzte sie auf höchstens fünfunddreißig. Sie war von einer attraktiven Derbheit: ein sinnliches Gesicht mit vollen, schwellenden Lippen und kecken Augen. Von Anfang an herrschte ein lockerer Ton zwischen ihnen. Sie wußte genau, was sie wollte.

»Sie haben mir gefallen«, sagte sie. »Und wissen Sie, warum?«

»Nein...«

»Weil Sie so schön gestottert haben.« Sie lachte ihn an.

»Das hat sich inzwischen gelegt«, sagte er. Sie gefiel ihm, diese Frau war unkompliziert.

Die Flasche Sekt stand im Eiskübel, daneben sah er ein silbernes Tablett mit appetitlich belegten Brötchen.

»Wollen wir erst mal ein Gläschen trinken?«

»Mit Vergnügen«, antwortete er und öffnete die Flasche.

Sie tranken sich zu. Dann schlug sie vor: »Jetzt könnten wir allmählich anfangen, du zueinander zu sagen...«

Er hatte nicht danach gefragt, aber sie erzählte von sich: »Ich bin geschieden. Schon seit drei Jahren. Und seit dieser Zeit betreibe ich eine chemische Reinigung. Ich will unabhängig bleiben. Wie kommt es, daß ein Mann wie du nicht verheiratet ist?«

Er zuckte mit den Achseln, wollte aber nicht noch einmal erzählen, daß er geschieden war.

»Doch, doch«, sagte sie. »Du siehst gut aus, und du bist ein richtiges Mannsbild, davon verstehe ich was. Aber manche sind nur Blender. Ich hoffe, du hältst, was du versprichst. Zeig mal deine Zähne...« Sie wartete nicht, bis er die Lippen schürzte, sondern griff nach seinem Mund und zog Ober- und Unterkiefer auseinander. »Schön«, sagte sie. »Du hast wirklich gute Zähne.«

»Bin ich ein Pferd?«

Sie antwortete schnippisch: »Das ist doch ganz normal. Du kennst doch das Sprichwort: Einem geschenkten Gaul guckt man nicht ins Maul. Umgekehrt geht es auch.«

Sie war sprunghaft im Gespräch, fragte plötzlich: »Gefalle ich dir? Ich bin heute nicht besonders elegant.«

Sein Magen hatte schon mehrmals geknurrt. Der Tee und die paar Kekse, die er bei der Witwe genossen hatte, waren wie ein Tropfen auf einen heißen Stein gewesen.

»Sollten wir nicht eine Kleinigkeit essen ...« hatte er sagen wollen. Aber dazu kam er nicht mehr. Sie zog ihn ins Schlafzimmer und begann sofort, sein Hemd aufzuknöpfen. Sie tanzte um ihn herum, war ständig in Bewegung. Schließlich fragte sie: »Bist du ein Deutscher?«

»Ja«, antwortete er.

»Aber da ist doch noch etwas anderes drin.« Sie strich über seine Brust. »Deine Haut ist etwas dunkler, und deine Haare sind fast schwarz.«

»Das stimmt.« Es klang stolz.

»Du bildest dir wohl etwas darauf ein?« fragte sie.

»Ja«, sagte er nur.

»Und warum?«

»Ich stamme von Indianern ab, sagt man.«

»Was!« rief sie. »Du meinst, von richtigen Indianern? Solche mit Federbusch und Tomahawk?«

»Ja«, sagte er.

»Die haben ihre Feinde skalpiert, nicht wahr?«

Er nickte: »Wahrscheinlich.«

Sie bekam fast einen Lachkrampf. »Ein Indianer!« rief sie und klatschte in die Hände. »Du, einen Indianer habe ich noch nicht gehabt. Da bin ich aber gespannt...«

In diesen Minuten nahm er sich vor, nie wieder bei einer Frau zu erwähnen, daß er möglicherweise von Indianern abstamme. Außerdem war es ja auch nicht bewiesen.

Ihre Hände zitterten, trotzdem entblätterte sie ihn schnell und mit großer Geschicklichkeit. Seine Kleider warf sie neben das Bett.

Sie war jetzt ungeduldig, war von einer verlangenden, hastigen Neugier, als müsse sie sich ganz rasch von seinen Qualitäten überzeugen. Zufrieden sagte sie: »Ich sehe schon, du bist kein Blender. So habe ich mir dich vorgestellt, aber ich war nicht sicher.«

»Du kannst sicher sein«, sagte er.

Sie wollte jetzt nicht mehr warten, wollte zur Hauptsache kommen. Er gab ihrem Drängen nach, aber dabei dachte er: Es ist, als wäre sie der Mann.

Später lagen sie nebeneinander, er sagte nichts, allmählich wurde ihr Atem wieder ruhiger.

Sein Magen knurrte so gewaltig, daß sie es nicht überhören konnte. Vorwurfsvoll sagte sie: »Du wirst doch jetzt nicht etwa an Essen denken?«

»Nein.«

»An was denkst du?« Aber das wollte sie eigentlich gar nicht wissen. Sie wartete auf das Ansteigen der Kurve, wollte alles noch einmal haben, sie nannte es: das volle Programm...

11. KAPITEL

Als James Stunden später in der ›Laterne‹ eintraf, saß Friedrich noch in der Ecke an seinem Stammplatz. Er schaute ihm erwartungsvoll entgegen und grinste breit.

»Was hast du denn da in der Tüte?«

»Belegte Brötchen.«

»Sind die etwa der Lohn für deine Mühe?«

»Nein, aber wir kamen nicht mehr dazu, sie zu essen. Wir haben eine Flasche Sekt getrunken, danach hat sie mich gleich ins Bett gezerrt. Und dann hat mein Magen so geknurrt, daß sie darauf bestand, sie für mich einzupacken.«

Friedrich war neugierig, seine Augen glänzten: »Erzähl doch mal, wie so was vor sich geht.«

»Die erste war eine Dame, mit der ich nur Tee getrunken habe. Nicht mehr ganz jung und ziemlich vereinsamt. Die zweite war ein Vulkan, sie hat mir zuviel geredet.«

Friedrich wollte Details hören. James winkte jedoch ab: »Du weißt doch, wie so etwas gemacht wird.«

Als er dann doch die Sache mit den Zähnen erzählte, gab Friedrich seinen Kommentar dazu: »Siehst du, da käme ich schon nicht mehr in Frage. Ich habe nämlich vorn zwei Stiftzähne. Für so ein Geschäft muß einer topfit sein. Ich bin nur zweite Wahl. Die Frau möchte ich sehen, die für mich noch Geld zahlt.«

Sie tranken einen Korn und ein Bier, dann fragte Friedrich nach dem Honorar. »Glaubst du mir etwa nicht?« fragte James.

»Doch, doch, aber laß mal sehen.«

Sie fanden, daß sich der Tag gelohnt hatte. Vierhundert Mark, dafür müsse er viele Wege auf sich nehmen, meinte Friedrich.

»Geschenkt wurde es mir nicht«, entgegnete James. »Dafür mußte ich auch einiges auf mich nehmen.«

»Mensch«, rief Friedrich, »wenn ich noch einmal jung wäre ... Heute ist ja alles erlaubt. Das war zu meiner Zeit noch nicht so.«

»Das Schwerste von allem war das Telefonieren«, gestand James.

Friedrich widersprach, ihm schien, der andere Teil des Geschäfts sei viel schwieriger, zumindest für ihn. Er wollte die Brötchen sehen. »Laß mal schauen, was drauf ist.« Er prüfte genau. »Lachs, Schinken und sogar Kaviar. Und jedes Brötchen hat sie einzeln eingepackt.« Er begann zu essen. »Gut«, sagte er mit vollen Backen. »Sehr gut. Sie hat sich Mühe gegeben.«

»Ich mir auch.«

James sah zu, wie Friedrich die Brötchen verschlang. Er hatte noch immer nichts gegessen. In Gedanken filterte er diesen seltsamen Tag. Er fand, es war Tempo in sein Leben gekommen. Zumindest habe ich nun etwas getan, dachte er.

Friedrich wischte sich den Mund und meinte zufrieden: »Siehst du, so komme ich auch zu was.«

»Hast du sie etwa alle aufgefressen?«

»Eines ist für dich noch übrig geblieben. Mach dir nichts draus, du wirst noch viele Brötchen verdienen.«

Dann besprachen sie die Wohnung. Am nächsten Tag wollten sie sich umschauen.

»Ja«, sagte James, »wenn ich die Wohnung habe, wird alles leichter.«

»Dann bist du unabhängig und hast dein eigenes Unternehmen. Sozusagen ein freier Unternehmer!«

Sie tranken nichts mehr an diesem Abend, denn sie wollten am nächsten Morgen schon früh mit der Suche beginnen. »Zuerst die Zweizimmerwohnung, dann die Möbel. Wir treffen uns um acht Uhr.«

»Was ich noch sagen wollte, Friedrich...«

»Ja.«

»Wir behalten das für uns, nicht wahr?«

»Ist doch ganz klar.«

James stand früh auf. Er wollte unbedingt pünktlich sein, denn dies war ein wichtiger Tag. Mit langen Schritten machte er sich auf den Weg zu Friedrichs Wohnung. Es war ein neues Gefühl in ihm: Es geschieht jetzt etwas. Endlich unternehme ich etwas.

Friedrich saß noch im Morgenrock vor seinem alten Schreibtisch. Er hatte mehrere Zeitungen vor sich liegen und begrüßte ihn: »Ich habe ein paar Wohnungen angekreuzt, die für dich geeignet sind. Zwei Zimmer mit Küche und Bad.«

Friedrich telefonierte. Nach fünf Gesprächen waren drei Wohnungen geblieben. »Die kommen für dich in Frage.«

James hatte zugehört, Friedrich war ein geschickter Geschäftsmann. Er hatte es fertiggebracht, bei zwei Wohnungen schon am Telefon die Miete ein wenig herunterzuhandeln.

Er schüttelte den Kopf.

»So etwas lerne ich nie.«

»Erfahrung, mein Lieber, nichts als Erfahrung. Das lernst du im Handumdrehen.«

Eine Viertelstunde später saßen sie im Taxi und fuhren zur ersten Adresse.

Das Haus war ein Neubau, und Friedrich stellte sofort fest: »Nein, das ist es nicht. In diesem Haus hörst du jeden Floh husten. Guck dir nur die dünnen Wände an. Da hättest du Zuhörer.«

»Warum hilfst du mir eigentlich?« fragte James plötzlich.

»Weil du sonst verloren wärst«, antwortete Friedrich. »Eine Frau hat dich fast kaputtgemacht. Aber es gibt noch viele, die so sind wie deine Tina.«

Sie fuhren zur nächsten Wohnung. Sie war unfreundlich, machte einen düsteren Eindruck, und James sagte: »Hier riecht es schlecht.«

»Ja, das ist nicht das Richtige«, pflichtete Friedrich bei.

Erst bei der dritten Adresse waren sie zufrieden. Das Haus war alt und solide. Die Wohnung hatte große

Fenster, ein schönes Bad und eine perfekte Küche. Der Preis entsprach ihren Erwartungen.

Die Vermieterin, eine alte Frau, die in Pantoffeln hinter ihnen her schlurfte, während sie von Zimmer zu Zimmer gingen, fragte mißtrauisch: »Was ist er denn von Beruf, der junge Mann?«

»Vermessungstechniker«, antwortete Friedrich.

»Und Sie, wer sind Sie?« Sie musterte Friedrich genau, wobei sie nervös mit den Augen blinzelte.

»Ich bin sein Onkel. Er ist neu in der Stadt.«

Sie krächzte: »In diesem Haus wohnen nur ruhige Mieter. Ich hoffe, daß auch Sie...«

»Aber selbstverständlich, gute Frau. Er ist sehr ruhig, überhaupt nicht zu hören. Ein lautloser Mieter, wie Sie ihn sich wünschen.«

Er schob sie sachte zur Tür hinaus, der Vertrag konnte ohnehin nicht mit ihr abgeschlossen werden, dafür war ihr Mann zuständig. Sie redete jedoch auch vor der Tür noch weiter: »Hat er denn eine feste Anstellung? Und Kaution muß er ja auch hinterlegen.«

»Er hat den sichersten Beruf, den es gibt«, sagte Friedrich durch die Tür. »Er ist absolut krisenfest.«

James hatte den Mietvertrag für die Zweizimmerwohnung unterschrieben. Der Hausverwalter, ein mürrischer Graukopf, hatte noch einmal betont, daß in diesem Haus nur ruhige Mieter lebten.

»Wir sind alte Leute«, hatte er gesagt. »Von mittags eins bis drei brauchen wir unseren Schlaf.«

Als sie wieder draußen auf der Straße standen, drängte Friedrich: »So, jetzt wollen wir das Liebesnest auch gleich einrichten. Wir fahren zu dem Auktionshaus, von dem ich dir schon erzählt habe.«

Im Taxi überlegte Friedrich: »Eine gute Lage, dicht beim Zoo, dritter Stock, schöne, helle Räume. Das ist alles prima. Siehst du, langsam kommst du voran.«

Das Auktionshaus lag in einer Nebenstraße der Zeil. Es gab zwei Ausstellungsräume: die erste Etage und einen riesigen Keller. Beide Räume waren mit Möbeln vollgestopft. Hier stand alles, was man für eine behagliche Wohnung braucht. Friedrich war ein umsichtiger Mensch. Nachdem sie sich das Lager in der ersten Etage angesehen hatten, mahnte er: »In aller Ruhe, James. Nur nichts übereilen. Wir haben hier jede Auswahl.«

Friedrich war auf der Bank gewesen und hatte fünftausend Mark abgehoben. James trug seine dreitausendvierhundert in der Brusttasche. »Mit dem Geld werden wir gerade so hinkommen«, meinte Friedrich. »Außerdem habe ich Kredit. Ich bin hier bekannt als Gerichtsvollzieher. Den alten Herrn Schneider kenne ich schon seit mindestens fünfundzwanzig Jahren.«

Wichtig war vor allem das Bett. Denn das müsse eine Menge aushalten, sagte Friedrich. Dabei ließ er sich auf ein breites französisches Bett plumpsen, prüfte die Federung und nickte zustimmend.

»Ja, das ist gut«, sagte auch James. »Das können wir nehmen.«

Sie fanden rasch die Möbel, die sie brauchten. Das Schlafzimmer war kein Problem, schwieriger wurde es beim Wohnzimmer. Sie suchten eine breite, stabile Couch, zwei Sessel, einen Couchtisch und einen Gläserschrank.

»Und jetzt fehlt noch der Teppich. Es sind die Kleinigkeiten, auf die es bei einer Wohnung ankommt, verstehst du?«

»Ja, ja«, sagte James. Er ließ sich widerspruchslos von Friedrich führen, denn ihm schien, sein Freund verstand besser als er, in welcher Umgebung Frauen sich wohl fühlen würden.

In knapp zwei Stunden hatten sie alles beisammen. Sie waren sicher, daß sie nichts vergessen hatten. Nicht einmal die Dose für den Würfelzucker, die Kaffeelöffel und die Kuchengabeln.

»Schick wird's, das Etablissement«, sagte Friedrich. »Allerdings auch ziemlich teuer. Aber ich werde handeln.«

Der Besitzer war ein alter Mann mit schneeweißen Haaren, der Friedrich sofort herzlich begrüßte: »Sie haben mich rufen lassen, Herr Friedrich ... Haben Sie etwa vor, bei mir zu kaufen?«

»Das hängt von Ihnen ab, Herr Schneider. Wir sind ja beinahe Kollegen, und da dachte ich, daß Sie mir bei Barzahlung wohl ein Stückchen entgegenkommen würden. Sagen wir ...« Friedrich legte den Kopf schief. »Sagen wir zwanzig Prozent.«

Schneider nahm Friedrichs Block, auf dem alles notiert war, setzte sich an einen Tisch und begann umständlich zu rechnen. Friedrich stand hinter ihm und blinzelte James zu.

Schneider kratzte sich am Kopf. »Also gut, Sie sollen zwanzig Prozent Rabatt haben, im Handeln sind Sie mir ja doch überlegen... Ah, Herr Friedrich, dabei fällt mir ein: In einem halben Jahr setze ich mich zur Ruhe. Sie könnten dies alles hier übernehmen. Wenn Sie Lust dazu haben, könnten wir darüber reden. Ich habe noch keinen festen Käufer.«

»So etwas will gut überlegt sein. Immerhin habe ich mein gutes Auskommen als Gerichtsvollzieher.«

Schneider schüttelte den Kopf: »Nein, nein, mein Lieber, Sie sind nicht zufrieden mit dem, was Sie tun. Ich weiß doch seit Jahren, daß Sie nicht gern den Gerichtsvollzieher spielen. Das hat Ihr Vater schon vor mehr als zwanzig Jahren gesagt. Ich habe ihn ja schließlich gut gekannt.«

Friedrich legte sich nicht fest. Er wolle die Sache überdenken, wiederholte er. Jetzt käme es ihm nur darauf an, daß schnell geliefert würde.

»Drei Tage müssen Sie rechnen«, meinte Schneider. »Wir haben eine Menge zu tun.«

Sie einigten sich auf vier Uhr nachmittags, in drei Tagen. Nachdem Friedrich an der Kasse ein dikkes Bündel Hundertmarkscheine hingeblättert hatte, war alles erledigt. James besaß jetzt noch zwanzig Mark.

Eine Kleinigkeit war noch zu regeln. »Ich muß unser

Inserat ändern. Das wird in ein paar Tagen mit deiner Telefonnummer erscheinen. Die Frauen werden dich dann anrufen, und du kannst alles mit ihnen vereinbaren.«

»Gib's zu, du willst die Frau wiedersehen«, lachte James.

»Sicher. Sie spukt mir im Kopf herum.«

Während sie über die Zeil zur Hauptwache gingen, fragte Friedrich: »Was glaubst du, wieviel Frauen du am Tag verkraften kannst?«

James war vorsichtig. »Ich denke, so vier oder fünf.«

Bewundernd schaute ihn Friedrich von der Seite her an. »Vier oder fünf? Soviel habe ich in meinen besten Zeiten nicht geschafft.«

»Ich meine, im Notfall«, lenkte James ein.

»Das ist ein Notfall, mein Lieber. Und das will alles gut arrangiert sein, gut über den Tag verteilt, denke ich. Morgens vielleicht zwei. Über die Mittagszeit bis zum Nachmittag auch zwei.«

»Und wann habe ich frei?« fragte James.

»Frei? Du hast noch gar nicht angefangen! Hat man so was schon gehört: Kriegt der Kerl Vergnügen von morgens bis abends und fragt, wann er frei hat.«

James hatte an die Erholungspausen gedacht. Es sollte einen Tag in der Woche geben, an dem er ausruhen und frische Kräfte sammeln könnte.

»Das wird sich alles regeln. Jetzt fahren wir erst mal zur Zeitung«, sagte Friedrich.

Friedrich war jetzt nicht mehr verlegen oder unsicher.

Er ging geradewegs auf den Schalter zu. Die Frau erkannte ihn wieder, lächelte ihm zu und hörte ihn aufmerksam an, als er sagte: »Nur eine kleine Änderung des Inserats. Schreiben Sie dazu: Anruf jederzeit... Hier ist die Telefonnummer.«

Kaum war er wieder draußen, sprudelte es aus ihm heraus: »Sie ist umwerfend. Eine zauberhafte Person, eine wunderbare Frau. Die würde auch vom Alter her genau zu mir passen.«

Friedrich verglich sie in Gedanken bereits mit seiner ehemaligen Frau und konnte sich nicht vorstellen, daß es ihr jemals einfallen würde, so demütigende Schimpfworte zu gebrauchen wie seine Geschiedene.

»Was ist mit Schneider?« fragte James. »Er hat dir sein Geschäft zum Kauf angeboten, du hast noch kein Wort dazu gesagt.«

»Ich denke aber schon die ganze Zeit darüber nach. Zu teuer, mein Lieber. Soviel Geld bringe ich nicht auf.«

»Es ist ein gutes Geschäft, nicht wahr?«

»Erstklassig, aber die Investition ist zu hoch für mich. Es sei denn, Schneider würde auf Rentenbasis verhandeln. In den nächsten Tagen werde ich noch einmal mit ihm reden.«

James ging in seiner Mansarde auf und ab. Er hatte nun einen Wohnungsschlüssel in der Tasche, und das war ein gutes Gefühl. Die erste Monatsmiete war bezahlt, die Kaution hinterlegt, schon bald würden die Möbel kommen. Ich werde meiner Mutter noch nichts davon sagen, dachte er. Auch nicht Frau Abel und Mareike. Es fiel ihm ein, daß er seine Mutter noch anrufen mußte, um ihr von der Scheidung zu erzählen. Sie will das wissen, ich kenne sie doch. Tina war eine Kränkung, die sie persönlich genommen hatte. Er wußte, wie ausdauernd seine Mutter hassen konnte.

Was mache ich mit Mareike und Frau Abel? Er könnte einen kleinen Brief schreiben, an jede einen kleinen Brief. Aber das schien ihm feige, und er nahm sich vor, den Abschied Auge in Auge auszutragen.

Aber dazu kam er nicht mehr, denn Mareike stand am Nachmittag vor der Tür und beklagte sich: »Du treulose Tomate, du läßt dich nicht mehr blicken. Es ist wirklich kein Verlaß auf dich.« Sie versuchte den kessen Ton, aber es klang nicht echt.

»Komm rein«, sagte James. »Ich wollte sowieso zu euch runterkommen. Übermorgen ziehe ich aus.«

»Na klar, ich weiß es. Bist froh, von hier fortzukommen, nicht wahr?«

»Besonders schön ist diese Mansarde ja nicht gerade, das mußt du doch einsehen.«

»Na klar, Mann, das sehe ich ein. Gibst du mir deine neue Adresse?«

»Nein, das hat keinen Sinn. Ich fange ein ganz neues Leben an.«

»Mit einer Frau?«

»Unsinn.«

»Kein Mann fängt ein neues Leben an ohne Frau. Fürs Bett war ich dir gut genug, aber...«

»Herrgott!« unterbrach er sie. »Du hast es doch gewollt!«

Es zuckte in ihrem blassen Gesicht, ihre Augen verengten sich, und er sah, daß sich der Zorn in ihr zusammenballte: »Dann hau doch schon ab!« sagte sie. »Ihr verdammten Scheißkerle!«

Sie ging zur Tür, lief hinaus und knallte sie von draußen zu. Aber schon nach fünf Minuten stand sie weinend wieder davor. Er ließ sie herein, sie schlang die Arme um seinen Hals und weinte an seiner Schulter. »James«, bat sie, »gib mir deine Adresse und deine Telefonnummer. Ich werde dich nicht belästigen, aber ich möchte wissen, wo du bist.«

Er nahm einen Zettel und notierte Nummer und Adresse. Sie steckte ihn ein, schneuzte sich in ihr Taschentuch, wischte die Tränen fort und fragte: »Ist es so abscheulich, daß ich dich liebe?«

Dann ging sie, und er dachte: Sicher war es falsch, daß ich ihr meine Adresse gegeben habe.

Die Möbel wurden pünktlich geliefert. James und Friedrich standen in der Wohnung und schauten zu, wie die Träger laut schnaufend die letzten Sessel heraufbrachten.

Der Teppich war ausgerollt, die Bilder hingen an der Wand, im Flur stand das Telefon auf einem kleinen antiken Tisch. Friedrich hatte gesagt: »Wenn man nicht genau hinschaut, hält man den garantiert für echt.«

Sie gingen durch die Räume und betrachteten jedes Stück.

»Wirklich«, meinte James, »die Wohnung kann sich sehen lassen.«

»Ich bin ganz deiner Meinung«, strahlte Friedrich.

Es war James anzumerken, daß er langsam nervös wurde.

Seit diesem Nachmittag war ihr Inserat mit der Telefonnummer im Blatt. Er bat Friedrich: »Kannst du nicht ein paar Stunden hierbleiben und die ersten Anrufe übernehmen?«

»Ich? Wo denkst du hin? Das läuft jetzt alles von allein. Du brauchst ihnen nur zu erklären, wie sie hierher kommen können. Straße, Hausnummer, Stockwerk...«

Da klingelte auch schon das Telefon zum erstenmal. James rührte sich nicht, er sah Friedrich flehend an: »Tu mir doch den Gefallen. Du kannst viel besser reden als ich.«

»Menschenskind, bist du denn so ein Feigling?«

»Das nicht, aber mir liegt so etwas nicht.«

Das Klingeln des Apparates mahnte nun schon zum sechstenmal. Friedrich nahm schließlich den Hörer ab. James hörte ihm zu: »Ja, Sie sind richtig... Jawohl, das stimmt. Ja, ich gebe Ihnen die genaue Adresse. Wenn Sie ein Taxi nehmen... Wer ich bin? Ich bin... ein Angestellter.«

Friedrich erklärte Straße, Hausnummer und Stockwerk. Dann legte er auf.

»Nichts kann der Kerl allein machen«, räsonierte er.

»Nur dieses eine Mal«, entschuldigte sich James. »Es ist der erste Tag, ich muß mich daran gewöhnen.«

Widerwillig sagte Friedrich: »Also gut, heute helfe ich dir, aber dann mußt du deinen Laden allein schmeißen.«

Sie warteten auf das Eintreffen der ersten Kundin. Inzwischen war die Unruhe auch auf Friedrich übergegangen. Einmal saßen sie im Wohnzimmer auf der Couch, dann wieder liefen sie in die Küche. Friedrich kochte Kaffee, um etwas zum Anbieten zu haben.

»Hast du Wein im Haus?«

»Eine Flasche. Es ist allerdings kein guter.«

Als es eine Viertelstunde später an der Tür klingelte, schickten sich beide gleichzeitig an zu öffnen. Dabei stießen sie gegeneinander. Friedrich warf James einen strafenden Blick zu, worauf der sich schnell in die Küche zurückzog. Langsam, mit eingezogenem Bauch, schritt Friedrich zur Tür.

Draußen stand ein Briefträger. Er brachte ein Einschreiben: »James!« rief Friedrich. »Das ist für dich. Du mußt unterschreiben.«

Der Postbote hatte die Gerichtskosten-Rechnung für die Ehescheidung abzuliefern. Obwohl es sich um eine ärgerliche Forderung handelte, war James erleichtert. »Ich dachte schon, das wäre sie. Wie hat sie denn geklungen, am Telefon?«

»Gut.«

James saß in einem Sessel, stützte den Kopf in die

rechte Hand und grübelte: »Was aber mache ich, wenn sie häßlich ist? Sie könnte zu alt sein. Oder sie hat ein Gebrechen... Die große Frage ist: Wie kriegst du sie wieder aus der Tür, wenn ich sie nicht verkraften kann?«

Friedrichs Antwort klang überzeugend: »Verlaß dich da ganz auf mein Urteil. Wenn sie hereinkommt, wird sie von mir begutachtet. Dazu brauche ich fünf Sekunden. Ist sie zu häßlich oder zu alt, dann erzähle ich eine Geschichte.«

»Was für eine Geschichte?«

»Todesfall in der Familie oder sonst so etwas Unvorhergesehenes. Auf jeden Fall eine glaubhafte Story. Was denkst du, was ich als Gerichtsvollzieher alles zu hören kriege.«

Es klingelte wieder an der Tür, und jetzt wußten beide, daß es die Kundin war. Friedrich öffnete, eine Frau von etwa vierzig Jahren kam herein. Ein wenig verschämt machte sie die ersten drei Schritte in den Flur. »Ach, Sie entschuldigen, bin ich hier richtig? Ich habe wohl mit Ihnen gesprochen, am Telefon?«

Friedrich beurteilte sie. Trotz des Mantels erkannte er, daß sie einen mächtigen Busen hatte. Beinahe vollschlank, aber ganz appetitlich, war sein Eindruck.

Mit Würde wies Friedrich auf die Tür zum Wohnzimmer: »Bitte, treten Sie doch näher.«

Die Frau folgte der Aufforderung, James hörte sie noch sagen: »Es ist natürlich ein außergewöhnlicher Schritt für mich...«

Dann nur noch Gemurmel, die Tür war zu.

James hielt es nicht lange in der Küche aus. Er schlich in den Flur bis in die Nähe der Wohnzimmertür. Und dort hörte er Friedrichs Stimme: »Sie können sich völlig auf ihn verlassen. Vor allem was die Diskretion betrifft...«

Sie redete leise, James konnte sie nicht verstehen.

Dann wieder Friedrich: »Aber selbstverständlich... Sie sollen ja auch etwas davon haben. Ich garantiere Ihnen... Sie werden zufrieden sein. Ich hole ihn jetzt.«

Mit drei schnellen Schritten huschte James wieder in die Küche. Sein Gesicht verriet die Aufregung, Friedrich erkannte das sofort. Tatsächlich, der Kerl hat Angst, schoß es ihm durch den Kopf.

Er flüsterte: »Es geht los! Ich habe hundertfünfzig angeschlagen. Mehr habe ich nicht über mich gebracht. Ich muß mich erst an das Fordern gewöhnen...«

James unterbrach: »Wie ist sie? Wie sieht sie aus?«

»Gut, gut. Alles in Ordnung.«

James' Gesicht entspannte sich. Aber er wollte Zeit gewinnen: »Ich sollte mit ihr vorher eine Kleinigkeit trinken. Zum Anwärmen! Ein paar Minuten muß ich mich erst an sie gewöhnen.«

»Verstehe, das ist klar.«

Friedrich verschwand noch einmal im Wohnzimmer. Er fragte die Frau: »Möchten Sie vielleicht ein Glas Wein oder eine Tasse Kaffee mit ihm trinken?«

»Wenn es möglich ist, ein Gläschen Wein. Selbstverständlich auf meine Kosten«, sagte sie. Und dann war es soweit. Friedrich kam in die Küche und winkte nur mit dem Zeigefinger. James folgte ihm.

Mit einer großartigen Handbewegung stellte Friedrich vor: »Dies ist James.«

Sie gaben sich die Hand. Die Frau musterte ihn genau. Obwohl sie ein wenig verlegen war, lächelte sie wohlwollend. James fühlte sich linkisch, als er so vor ihr stand. Friedrich ging hinaus und kam mit einer Flasche Wein und zwei Gläsern zurück. Er spielte den Angestellten perfekt.

Während er die Flasche öffnete, fragte die Frau: »James ist noch sehr jung, nicht wahr?«

»Ich bin fünfundzwanzig«, antwortete er.

Friedrich schenkte die beiden Gläser voll und zog sich langsam zurück. Vor der Tür stehend deutete er eine Verbeugung an: »Zum Wohl, sehr zum Wohl.« Dann verschwand er übertrieben dezent.

Sie saßen nebeneinander auf der Couch. Die Frau sagte: »Schön haben Sie es hier.«

»Es freut mich, daß es Ihnen gefällt.«

Sie tranken sich zu, dabei bemerkte er, daß ihre Hand leicht zitterte. Sie kam frisch vom Friseur. Ihr sorgfältiges Make-up verriet ihm, daß sie sich auf diese Begegnung vorbereitet hatte. Ihr Gesicht war energisch, aber freundlich. Er sah, daß sie heiße, hungrige Augen hatte.

Plötzlich sagte sie: »Ach Gott, ich habe ja noch meinen Mantel an.«

Er stand auf und half ihr. Danach setzte sie sich jedoch nicht wieder, sie blieb stehen und sah ihn an. Er wußte, was sie meinte: Sie brauchte Hilfe, konnte den ersten Schritt nicht ohne diese Hilfe tun.

Er öffnete einen Knopf des Rückenverschlusses nach dem anderen, bis weit über die Hüften. Sie lächelte ihm dankbar zu und setzte sich wieder auf die Couch.

Auch das war ein genauer Hinweis, den er befolgte: Nicht zuviel auf einmal. Kleine Schritte der Annäherung, und jeder Schritt mußte der Stimmung angepaßt sein. Sie tranken sich noch einmal zu. Die Frau sagte: »Sie sind sympathisch.« Sie legte ihre linke Hand auf seinen Oberschenkel, war noch schüchtern, wurde aber getrieben von ihrem Verlangen.

James spürte ihre Erregung. Er zögerte noch, wartete auf deutlichere Signale.

»Ich bin ganz normal, James.«

»Ich auch.«

»Groß und kräftig bist du... Wo findet man schon solche Männer, die groß und kräftig und jung sind. Für mich ist das nicht so einfach.«

Natürlich hatte sie Schwierigkeiten. Vielleicht war sie Witwe, vielleicht eine geschiedene Frau. Er wollte nicht danach fragen. Jetzt mußt du ran, sagte er sich. Langsam und vorsichtig strich er ihr über den Rücken. Das Kleid rutschte vorn herunter, als hätte es darauf gewartet. Er sah ihre großen Brüste, die in den Büstenhalter gezwängt waren.

Sie atmete heftig, aber noch einmal sagte sie: »Auch wenn ich es brauche, es ist ein außergewöhnlicher Schritt für eine Frau...«

Er nickte nur, wußte nicht viel zu antworten, nachdem sie ihr Geheimnis preisgegeben hatte. Er küßte sie nicht, hatte kein Verlangen danach, ihren Mund zu spüren.

Ihr Körper begann unter seinen Händen zu beben. Während er noch ihre reifen Formen bestaunte, drängte sie sich verlangend an ihn heran und flüsterte: »Nur ein bißchen Zärtlichkeit, James...«

Er begriff: Sie hatte Angst davor, ihre Würde zu verlieren.

Friedrich saß in der Küche und rührte in seiner Kaffeetasse. Manchmal lauschte er hinüber, aber vergeblich. Sein Gesicht drückte Neugier und Zweifel aus. Er konnte nichts hören, denn in der ersten Viertelstunde redeten die beiden leise.

Friedrich stand auf und öffnete den großen Kühlschrank. Er war leer. Nur eine Flasche Milch stand im Flaschenregal.

»Milch!« murmelte er abfällig.

Er zögerte noch ein paar Minuten, ging dann in den Flur und schlich bis in die Nähe der Wohnzimmertür.

Dort hörte er schließlich das Gemurmel der beiden Stimmen. Er schaute auf seine Armbanduhr.

Dann wurden die Geräusche lebhafter. Das Lachen der Frau klang gurrend. Friedrich nickte zufrieden. Er schlich in die Küche zurück. Drüben ging alles gut. Gott sei Dank, dachte er und griff nach der Kaffeetasse.

Auf dem Küchentisch lag noch immer die Zustellung

der Gerichtskasse. Sie war an James' alte Adresse geschickt worden, Mareike hatte sie umgeleitet. Friedrich dachte: Wie schnell die ihre Forderungen stellen. Unbarmherzig schlagen sie zu, ohne zu fragen, ob einer zahlen kann. Friedrich hatte Ideen. Er geriet ins Träumen, denn da gab es große Möglichkeiten. Der Auktionator Schneider hatte sie angedeutet. Ein Geschäft? Wenn wir es zu zweit führen, könnte es nicht schiefgehen. Wir brauchen eine Anzahlung, ich könnte bei der Bank Geld aufnehmen. Und wenn James... Aber das war noch nicht sicher, das würde sich erst erweisen.

Von drüben hörte er lautes Lachen. Die Frau quietschte ein paarmal. Ganz besonders lustig mußte es da zugehen.

Eine Viertelstunde später öffnete sich die Tür. Das Schäferstündchen war zu Ende. Aus dem Zimmer kam fröhlich die vollschlanke Dame. Sie zupfte noch an ihrem Kleid, zog es hier und da zurecht. Dabei strahlte sie James an, der ihr ein wenig zerzaust folgte.

Sie nickte auch Friedrich außerordentlich freundlich zu. Er fühlte sich ins Vertrauen gezogen und sagte: »Ich hoffe, Sie sind...« Das Wort zufrieden sprach er nicht aus, aber die Frau hatte ihn dennoch verstanden.

Sie wandte sich zu James: »Er ist ein Schatz. Wirklich, eine große Überraschung...«

Friedrich staunte. Schüchtern und verklemmt war sie gekommen, jetzt war sie gelöst. Fröhlich stand sie im Flur und sah aus wie eine Frau, die gerade eine besonders gute Nachricht erhalten hat.

Sie verabschiedete sich mit einem Küßchen von James, nickte Friedrich freundlich zu. »Dann auf Wiedersehen, bis zum nächstenmal. Ich melde mich per Telefon.«

Die beiden standen im Flur und hörten, wie sie die Treppe hinunterging. Sie schauten sich an und grinsten, waren wie zwei Komplizen, die gerade erfolgreich gestohlen oder sonst ein prächtiges Ding gedreht hatten.

Friedrich fragte: »Wie war sie? Bist du klargekommen?«

James sagte nur: »Na ja...«

»Was denn, was denn, sie war doch ganz in Ordnung, und lustig muß es ja auch gewesen sein. Warum habt ihr so gelacht?«

»Ich kam in Form. Im Reden, meine ich. Sie wollte wissen, was ich von Beruf bin oder war. Ich habe ihr von meiner Lehrerprüfung erzählt.«

Sie gingen ins Zimmer, auf dem Couchtisch lagen die hundertfünfzig Mark. Friedrich nahm sie in die Hand, hielt sie hoch. Dann schaute er auf seine Armbanduhr und rief mit Pathos in der Stimme: »Die ersten hundertfuffzig Mark in genau achtundfünfzig Minuten!«

James nickte zufrieden.

Friedrich malte eine rosige Zukunft aus: »Und das wird noch besser werden. Du wirst Geld machen wie Heu. Ich habe eine Bombenidee für uns beide, aber da müßtest du eisern durchhalten. Ich werde dem Schneider einen Vorschlag machen, du weißt doch, das Auktionshaus ...«

»Ich werde schon durchhalten. Aber es wäre besser, wenn du mir dabei assistieren würdest, wie heute. Ich habe mir nämlich überlegt, wenn ich mich gut einteile, schaffe ich bestimmt sechs am Tag.«

»Sechs?« fragte Friedrich, in seinem Gesicht mischten sich Neid und Bewunderung. Dann begann er zu lachen, und James lachte mit. Und das war, als wäre dieses Lachen lange schon in ihnen bereit gewesen und würde sich nun entladen – wie nach einem gelungenen Streich.

12. KAPITEL

Am Morgen ging er noch einmal durch die Wohnung und betrachtete alles genau. Noch vor einem Tag hatte er in einer häßlichen Mansarde gehaust und sich morgens mit kaltem Wasser waschen müssen. Jetzt besaß er ein gepflegtes Badezimmer, eine Küche, in der nichts fehlte, dazu Wohn- und Schlafzimmer. Alles sehr anständig, wie er sich sagte. Er war noch nicht an den Gedanken gewöhnt, daß ihm diese Wohnung gehörte. Neu war für ihn auch die Vorstellung, daß er beinahe so etwas wie eine feste Arbeit hatte.

Er erinnerte sich daran, was er als Grundlehre der antiken Philosophie auf der Pädagogischen Hochschule gelernt hatte: ›Der Feind des Glückes ist ein leidendes Verhalten zu den Dingen und Umständen...‹ Es galt, immer handelnd zur Welt zu stehen. Und jetzt war er endlich ein Handelnder.

Er hatte keine Skrupel. Ich schädige niemand – im Gegenteil.

Er dachte an gestern abend. Ein vielversprechender Anfang. Die Frau war in Not gewesen, einigermaßen zufrieden war sie dann gegangen. Und ein bißchen Sympathie war ja schließlich auch dabeigewesen.

Ich werde mich daran gewöhnen, dachte James. Wenn sie alle so freundlich und nett sind, wird es mir nicht schwerfallen. Die Anstrengungen fürchtete er nicht. Ich bin jung, bin gut in Form. Was kann mir passieren?

Danach badete er mit Genuß. In der Wanne liegend dachte er an sein Frühstück. Er wollte einkaufen gehen. Eier, Schinken, Butter, Wurst und Brot. Dazu würde er sich einen starken Kaffee machen. Er begann zu singen. Und plötzlich dachte er: So übel ist das Leben nicht.

Später steckte er einen Hundertmarkschein ein und machte sich auf den Weg. Als er wieder zu Hause war, bereitete er sich ein kräftiges Frühstück. Er hatte das Radio eingeschaltet, hörte Musik, aß langsam und mit Vergnügen.

Dann kam Friedrich. Er sah wüst aus, seine Krawatte saß schief, er hatte ein blaues Auge, das ziemlich angeschwollen war. Im Spiegel, der im Flur hing, betrachtete er sich immer wieder. Er lief hin und her.

James fragte: »Nun erzähl endlich, was passiert ist.«

»Eine Katastrophe!« ächzte Friedrich. Er blieb mitten im Zimmer stehen. »Jetzt habe ich die Schnauze endgültig voll!«

»Von was?« fragte James.

»Vom Gerichtsvollzieher! Aber das hatte ich ja eigentlich schon immer.«

»Dann kannst du ja bei mir mitmachen?«

»Vielleicht«, meinte Friedrich. »Aber nur als Manager, und auch nur für kurze Zeit, bis mein Auge abgeschwollen ist.«

James fragte: »Was ist denn passiert, zum Teufel?«

Friedrich holte weit aus. Er war am Morgen pfänden gewesen, in einer ärmlichen Gegend, in einem Haus, in dem es schon auf der Treppe nach Kohl und alten Kartoffeln stank. Und dann war da diese verwahrloste Familie gewesen...

»Als ich gerade den Kuckuck ankleben will, haut mir der Mann mit der Faust aufs Auge. Die Frau hat mich getreten. Und als ich zur Tür hinausgehen will, steht da noch der Sohn... Und was glaubst du, was der getan hat?« Friedrich schaute James fragend an.

»Nun?«

»Der Sohn hat mich in den Hintern getreten. Jawohl, in meinen Hintern hat er getreten. So etwas ist mir noch nie passiert.«

Friedrich schüttelte empört den Kopf. Er setzte sich auf die Couch und wiederholte: »Noch nie ist mir das passiert.«

James grinste, und Friedrich rief: »Das findest du wohl komisch?« Aber er wartete nicht auf eine Antwort, sondern sagte: »Jetzt brauche ich zuerst mal eine Sonnenbrille. Wenn ich bei dir einsteige, mache ich Urlaub. Und danach werden wir sehen, wie es weitergeht. Vor allem müssen wir die Sache besser organisieren. Das übernehme ich.« Friedrich beruhigte sich allmählich und legte ein nasses Handtuch auf sein geschwollenes Auge. Dabei erklärte er: »Wir müssen mehr Honorar verlangen.«

Kurz nach zehn Uhr kamen die ersten Anrufe. Friedrich sagte: »Laß mich machen. Die kriegen jetzt gleich die neuen Preise untergejubelt.«

James hörte nur zu. Er stand neben Friedrich und dachte: Mit dieser Unverfrorenheit könnte ich das nicht. Aber das ist nun mal der Unterschied: Er ist Geschäftsmann, ich bin es nicht. Friedrichs Methode war simpel. Er nannte die Straße, die Hausnummer, das Stockwerk. Und dann: »Wir müssen auch über den Preis sprechen, damit es keine Überraschungen gibt. Es könnte ja immerhin sein, daß Ihnen zweihundert Mark zuviel sind…«

Von den drei Frauen, die angerufen hatten, handelte nicht eine. Sie hörten die Forderung und akzeptierten sie. Und Friedrich teilte genau auf.

Die Damen würden um zwölf, um zwei und um vier Uhr erscheinen.

»Die Frauen dürfen sich nicht bei uns begegnen. Du weißt, wie sie sind… Sie brauchen es alle, aber sie wollen es nicht wahrhaben. Außerdem bleibt dir genug Zeit, um dich nach jeder ein bißchen zu erholen. Und der Abend ist frei, ich meine, wenn nicht weitere Geschäfte anlaufen.«

James nickte, aber er sagte nichts. Friedrich schaute ihn besorgt an: »Schaffst du das auch? Es ist ja nicht gerade wenig.«

James war ganz sicher: »Klar, das schaffe ich.«

Friedrich wollte noch einmal die Wohnung verlassen. »Ich muß mir die Sonnenbrille kaufen, denn ich kann nicht mit einem blaugeschlagenen Auge in der Tür stehen. So etwas wirkt unseriös. Die würden denken, sie wären in eine halbseidene Bude geraten.«

James überlegte, wieso die Frauen angerufen hatten, als wären sie verabredet gewesen. Zwischen viertel nach zehn und halb elf.

Für Friedrich war das ganz klar: »Das sind Frauen, bei denen Geld keine Rolle spielt. Die gehen abends spät zu Bett und wachen so um zehn Uhr herum auf. Sie liegen in ihren Betten, räkeln sich ein bißchen und lesen die Zeitung. Na ja,. dann kriegen die so ein wohliges Gefühl unter der Decke. Du weißt schon, was ich meine. Die kommen auf Gedanken. Wenn sie Männer haben, sind die im Büro. Und nun kommst du daher mit deinem Inserat...«

»Das klingt einleuchtend«, sagte James.

»Und ob das einleuchtend ist. Aber das hat es schon immer gegeben. Denk an das alte Rom, da hatten die reichen Römerinnen den bevorzugten Sklaven. Und später, in der Ritterzeit, da waren es die Pagen und die fahrenden Sänger. Was glaubst du, für welchen Preis die wohl gesungen haben?«

»Ich bin kein Sklave«, sagte James. »Wenn, dann wäre ich schon lieber der fahrende Sänger.«

»Und ich bin dein Butler, wenn eine fragen sollte. Ich gehe jetzt. Wein, Schnaps, Sekt und einm bißchen was Leckeres bringe ich auch mit. Ich bin nämlich ein perfekter Butler.« Friedrich lachte, dann aber verzog er das Gesicht, denn beim Lachen schmerzte die Stelle, wo ihn die Faust des Gepfändeten getroffen hatte.

Die erste Frau kam pünktlich um zwölf Uhr. Friedrich empfing sie mit einer Verbeugung. Sie aber schaute ihn mißtrauisch an und fragte: »Warum tragen Sie eine dunkle Brille?«

Darauf war Friedrich nicht gefaßt gewesen. Er begann zu stottern: »Ich habe... Gestoßen habe ich mich, beim Aufräumen.«

»Gibt es hier soviel aufzuräumen?«

»Ich bin der Butler und mache auch Hausarbeit.«

Mit dieser Antwort war sie zufrieden. Sie schaute sich im Flur um.

Vorsichtig war diese Frau, auf der Hut. O ja, die wußte genau, was sie wollte. Daß sie einmal hübsch gewesen war, konnte Friedrich noch jetzt erkennen, obwohl ihr kantiges, energisches Kinn ihrem Gesicht etwas Hartes, Forderndes gab.

Er führte sie bis vor die Tür des Wohnzimmers, dort klopfte er an, drinnen rief James: »Herein.«

James stand vor der Couch. Er ging ihr entgegen, nahm ihr den Mantel ab, führte sie zum Sessel. Sie fragte sofort: »Wie heißt du?«

Bei dieser Frage stockte er eine Sekunde, hatte bereits mehrmals überlegt, ob er den Frauen nicht einen anderen Namen nennen sollte. Aber er sagte dann doch: »Mein Name ist James.«

Sie ging geradewegs auf ihr Ziel los; wollte aber die Illusion, die Verführte zu sein, auch nicht ganz aufgeben: »Ein bißchen erobert möchte ich schon werden.« Dabei begann sie bereits, sich aus ihrem Kleid zu schälen. Er half ihr mit fast schüchternen Handreichungen. Sie war ihm immer um einen Schritt voraus.

»Hast du etwa Hemmungen?« fragte sie. »Du bist noch sehr jung...« Sie warf den Rest ihrer Wäsche ab, stand nackt vor ihm. Er betrachtete sie. Kräftige, aber noch straffe Formen. Sie genoß es, von ihm angeschaut zu werden.

Er redete fast nichts, das besorgte sie: »Ich sehe, du wunderst dich, daß ich zu dir komme. Ich bin achtunddreißig. Wir haben ein Geschäft, mein Mann und ich. Er arbeitet vierzehn Stunden am Tag. Jetzt ist er fünfzig. Kannst du dir vorstellen, was da noch für mich bleibt? Wir haben zwölf Jahre gebraucht, bis wir es geschafft hatten. Nun haben wir eine Villa, einen teuren Wagen und ein Segelboot. Und was ist geblieben? Das Geschäft hat uns aufgefressen. Aber jede Frau will geliebt werden. Das ist nun mal so. Weißt du, ich bin offen. Ich nenne die Dinge beim Namen. Es gibt Tausende von Frauen, die gern zu dir kämen. Das Leben hat sie abgeschliffen. Aber das hast du ja alles gewußt, sonst hättest du nie das Inserat aufgegeben.«

James sah nachdenklich aus, als er sagte: »Gewußt? So genau sicher nicht. Ich glaube nicht, daß die Männer das wissen können...«

Sie war ungeduldig, griff nach ihm, öffnete die Knöpfe seines Hemdes und auch den obersten Knopf der Hose. Das Hemd zog sie ihm über den Kopf. Dabei sagte sie: »Aber sicher hast du das gewußt. Ein hübscher Bursche bist du. Ja, du gefällst mir. Komm jetzt... Sag mal, hast du auch einen ordentlichen Pimmel?«

Er war noch immer in Gedanken. Das Hemd über dem Kopf, klang seine Stimme dumpf, als er murmelte: »So genau habe ich es nicht gewußt.«

Damit sagte er die Wahrheit. Das Wesen der Frauen war ihm nach wie vor ein Rätsel. Auch diese war nicht zart und anschmiegsam, wie er sich die Frauen früher immer vorgestellt hatte, genausowenig wie Tina. Fast riß sie ihm die Kleider vom Leib. Dann betrachtete sie ihn genau, prüfte ihn wie eine Ware, die sie kaufen wollte. Zufrieden stellte sie fest: »Ja, du bist gut gebaut.«

Sie war auch später noch zufrieden, nach einer halben Stunde, als er schwitzend neben ihr lag. Sie lachte, fuhr ihm mit der Hand durchs Haar und sagte: »Ja, ja, du stellst schon deinen Mann.«

Sie forderte noch eine halbe Stunde. Er mußte sich fügen, mußte dienen, und dabei fiel ihm Friedrichs Vergleich ein: Die Römerinnen hatten ihre bevorzugten Sklaven. Sie mußten lebenslänglich dienen. Er aber gab nur einen winzigen Bruchteil seiner Zeit, und dafür wurde er auch noch hoch bezahlt.

Sie trennten sich in bestem Einvernehmen. Unter der Tür deutete sie auf Friedrich und meinte: »Er sollte die dunkle Brille abnehmen. Das sieht nämlich aus, als wollte er sich tarnen...«

Als sie fort war, fluchte Friedrich: »Dieses verdammte blaue Auge. Ich werde kalte Umschläge machen, damit die Schwellung noch weiter zurückgeht.«

»Ich muß mich hinlegen, ein bißchen ausruhen. Wenn das so weitergeht, brauche ich auch kalte Umschläge.«

»Hahaha!« lachte Friedrich. Dann aber sagte er mit ernstem Gesicht: »Du mußt essen, kräftig mußt du essen. Ich habe schöne Steaks mitgebracht und verschiedene Salate.«

James schüttelte nur den Kopf. Friedrich ließ nicht locker. »Du mußt dein ganzes Leben darauf einstellen. Das beginnt bei der Nahrung. Und du brauchst täglich Gymnastik, wenigstens eine halbe Stunde. Sonst hältst du das nicht aus.«

»Eigentlich habe ich Gymnastik genug«, meinte James.

»Aber zu einseitig, mein Lieber, viel zu einseitig.«

James ließ sich nicht locken, nicht mit Steaks und nicht mit frischen Salaten. Er wollte jetzt wenigstens noch eine Dreiviertelstunde schlafen.

»Auch gut«, murrte Friedrich. »Wenn die Nächste da ist, werde ich dich wecken.«

Auch diese Frau war pünktlich. Als James von Friedrich aus dem Schlaf gerissen wurde, glaubte er, gerade erst zehn Minuten geruht zu haben. »Los, los, steh auf. Sie wartet schon.«

James ging rasch ins Bad, machte sich frisch, zog sich an und war dann bereit.

Er empfing sie im Wohnzimmer. Sie lächelte freundlich, war sanfter als ihre Vorgängerin. Offenbar hatte sie sogar so etwas wie Gewissensbisse, denn sie baute gleich vor: »Sie müssen mich richtig verstehen... Ich bin seit sieben Jahren Witwe. Mein Mann und ich haben uns gut verstanden, auf jedem Gebiet. Meine Tochter ist schon neunzehn. Sie macht gerade Abitur. Ich bin niemand Rechenschaft schuldig...«

Sie erinnerte ihn an eine Lehrerin, die ihm vor Jahren Unterricht in Mathematik gegeben hatte. Damals war er schwach gewesen in Algebra. Vor wieviel Jahren? Er überlegte kurz: Fast zehn Jahre müßte das her sein.

»Möchten Sie ein Glas Wein mit mir trinken?« fragte er.

Sie stimmte zu. James rief Friedrich, der dann wieder mit großen Gebärden die Flasche öffnete und den Wein einschenkte. Mit Würde sagte er: »Sehr zum Wohl...«

James beobachtete die Frau genau. Könnte es sein, daß sie... Zehn Jahre, das ist eine lange Zeit. Ein Mensch verändert sich. Vorsichtig fragte er: »Sind Sie berufstätig?«

»Ja. Im Augenblick habe ich Urlaub. Muß ich Ihnen meinen Beruf nennen?«

»Nicht unbedingt. Ich interessiere mich nur dafür. Man erfährt wenig voneinander, wenn man nur so kurz zusammen ist.«

Sie überlegte, kam schnell zu einem Ergebnis: »Eigentlich können Sie es wissen. Außerdem machen Sie auf mich den Eindruck, daß Sie ein diskreter Mensch sind.«

»Darauf können Sie sich verlassen.«

»Also gut, ich bin Lehrerin...«

Sie öffnete ihre Handtasche und betupfte mit einem winzigen Taschentuch ihre Nase. Es waren zwei, drei schnelle Bewegungen, die ihre Nervosität verrieten.

Es hätte seine ehemalige Lehrerin sein können, im Typ waren sie einander ähnlich. Er hatte damals nicht viel von ihr gewußt. Er versuchte, ihr Alter zu schätzen. Sie war schlank, hatte einen glatten Teint, kurzgeschnittene blonde Haare. Vielleicht war sie knapp über Vierzig.

Sie war unsicher, soviel konnte er sehen. Aber sie kämpfte gegen ihre Unsicherheit.

»Wissen Sie«, begann sie zaghaft, »ich habe lange allein gelebt... Jetzt wollte ich wieder einmal das Gefühl haben, daß ich eine Frau bin...« Sie lächelte hilflos. »Aber jetzt habe ich fast Angst...«

Beinahe hätte er gestanden: Ich auch. Er sagte stattdessen: »Entschuldigen Sie mich einen Augenblick. Ich hole uns eine Flasche Sekt...«

Sie wollte etwas sagen, aber er war schon draußen.

Friedrich saß in der Küche und aß gerade eines der Steaks, dazu hatte er sich Salat zubereitet. Mißtrauisch schaute er vom Teller auf, als er James' Gesicht sah.

»Was ist denn los?« fragte er.

»Ich brauche einen Schnaps. Da drin sitzt übrigens eine Lehrerin.«

»Hier, nimm einen kräftigen Schluck und bring es hinter dich. Auch Lehrerinnen brauchen es.« Friedrich füllte ein Glas mit eiskaltem Korn. Es war mindestens ein Vierfacher.

James kippte ihn hinunter. »Gib mir eine Flasche Sekt. Sie hat Hemmungen.«

»Du auch«, stellte Friedrich fest.

»Ja klar, Mann! Ich brauche auch etwas davon.«

»Na, dann wohl bekomm's!« rief Friedrich James nach, der schnell wieder im Wohnzimmer verschwand.

Als James ins Zimmer zurückkam, sagte sie freundlich: »Sie haben bemerkt, daß ich vor meiner eigenen Courage Angst bekommen habe... Sie wollen mir mit einem Glas Sekt helfen.«

»Wäre das so schlimm?« fragte er und öffnete die Flasche.

»Nein, das zeigt mir, daß Sie ein feinfühliger Mensch sind. Ich glaube, ich kann Ihnen vertrauen.«

Sie tranken sich zu. James küßte die Frau, die seine ehemalige Lehrerin hätte sein können. Sie hatte die Augen geschlossen, schmiegte sich an ihn, wartete und gab ihm die Gewißheit, bereit für ihn zu sein.

Vorsichtig begann er, die Knöpfe ihrer weißen Bluse zu öffnen. Dabei wirbelte es ihm durch den Kopf: Wenn mir das einer vor zehn Jahren gesagt hätte...

Vor zehn Jahren hatten sie noch ganz andere Dinge im Kopf gehabt. Junge Burschen waren sie gewesen, die sich mit ihren sexuellen Fantasien herumplagten. Damals mußte sie um die Dreißig gewesen sein. Eine weiße Bluse hatte sie immer getragen, dazu einen knapp sitzenden Rock, der ihre Hinterbacken perfekt modellierte. Darüber vor allem hatten sie gesprochen: Was diese Lehrerin wohl unter ihrem Rock habe, und ob sie etwa auch den Rock ausziehen, sich hinlegen würde. Zweifel hatten keine bestanden: Jawohl, sie würde den Rock ausziehen und sich hinlegen.

Sie zog sich aus, lag nackt vor ihm, aber es war eine Barriere in ihm. Es gab eine Hemmung, die er nicht ganz überwinden konnte, die seine volle Kraft dämpfte.

Sie schien es nicht zu bemerken. Aufseufzend schlang sie ihre Arme um seinen Nacken. Er war fast passiv, während sie sich unter ihm ekstatisch bewegte. Er spürte, daß sie es lange entbehrt hatte.

Er war froh, als es vorüber war, aber er konnte sie nicht gleich aus seinen Gedanken verdrängen. Kopfschüttelnd stand er bei Friedrich in der Küche und murmelte: »Sie war unsicher, schwer gehemmt. Damit hat sie mich irritiert.«

Friedrich stellte fest: »Du bist ein sentimentaler Romantiker. Alle Menschen brauchen es. Darauf beruht ja der Erfolg unserer Idee. Eines allerdings gefällt mir nicht.«

»Was?« fragte James.

»Daß du nicht genug ißt. Wir müssen einen Stundenplan aufstellen, in dem auch das Essen genau festgelegt ist. Übrigens warst du wohl zu feige, bei ihr zu kassieren?«

»Ich habe ihr gesagt, sie solle bei dir zahlen«, antwortete James. »Mir wäre es überhaupt lieber, wenn du das in Zukunft übernehmen würdest.«

»Ist gut, ich mache das. Aber jetzt wird gegessen. Hier, ich habe noch ein wunderschönes Steak. Soviel Zeit hast du noch. Die Nächste kommt erst in zwanzig Minuten. Während du mit deiner Lehrerin beschäftigt warst, kamen zwei Anrufe. Ich habe sie für morgen bestellt.«

Das Steak brutzelte in der Pfanne. Friedrich stand in einer Küchenschürze vor dem Herd. Er wendete das Fleisch, würzte es, hatte offenbar Spaß an seiner Rolle.

James aß mit Appetit, kauend sagte er: »Friedrich, das wird harte Arbeit.«

»Aber eine angenehme Arbeit.« Er mischte noch einmal den Salat fachmännisch, schmeckte ihn ab und schob die Schüssel zu James hin: »Ohne Fleiß kein Preis. Wir sind ein unschlagbares Team, James. Bisher hattest du nur gutaussehende Frauen. Sie mögen dich, sie kommen wieder.«

James nickte: »Das Steak war gut, der Salat hervorragend.«

»Und jetzt mache ich dir noch schnell ein Glas Rotwein mit Eiern und Traubenzucker. So was wirkt wahre Wunder, mein Lieber.«

James sah ihm zu, dann fragte er: »Warum nimmst du es nicht?«

»Was?«

»Ich meine das Wundermittel, Rotwein, Eier und Traubenzucker.«

Friedrich schüttelte betrübt den Kopf. »Bei mir wirkt das nicht mehr, James.«

»Könntest du mir nicht hier und da mal eine abnehmen?«

»Ich? Ich würde ja schon ganz gern noch einmal, wenn die Richtige käme. Aber ich bin nicht mehr so groß in Form. Ich würde das Unternehmen vielleicht ruinieren.«

»Na gut. Ich halte schon durch. Ich glaube nämlich auch, daß wir auf dem richtigen Weg sind.«

In diesem Augenblick klingelte es an der Tür. Friedrich legte schnell die Küchenschürze ab, trocknete sich die Hände an einem Handtuch. »Ich muß öffnen, James.«

»Noch eine«, murmelte James.

»Mensch, was murrst du? Ein Leben wie im Paradies! Hat der Kerl einen Haufen Weiber jeden Tag, verdient schwere Mengen Geld und ist noch unzufrieden!«

Es klingelte wieder, diesmal heftig und gleich dreimal hintereinander.

Friedrich sagte: »Sie scheint es eilig zu haben.« Dann ging er zur Wohnungstür, während James langsam zum Wohnzimmer hinübertrottete. Dabei fragte er sich: Ob ich die wohl noch schaffe? Aber sicher, dachte er. Ich mache die Augen zu und denke, es wäre Tina.

Da fiel ihm ein, daß er seine Mutter noch immer nicht angerufen hatte, um ihr von der Scheidung zu erzählen.

13. KAPITEL

Ihr Unternehmen spielte sich schneller ein, als sie erwartet hatten. Nach der ersten Woche bemerkte Friedrich: »Du machst im Monat leicht deine Zwanzigtausend.«

»Das mag sein, aber es frißt mich auf.«

»Nun mal langsam. Überleg doch mal: Du bist dein eigener Herr. Niemand kann dir hineinreden oder dir etwas befehlen«, gab Friedrich zu bedenken. »Und ich frage dich, bei welchem Job würdest du dieses Geld verdienen?«

Friedrich hatte nur ein paar Tage in seinem Beruf aussetzen wollen. »Bis mein blaues Auge abgeschwollen ist«, hatte er gemeint. Aber ihr gemeinsames Experiment faszinierte ihn, und so betrieb er seine Geschäfte als Gerichtsvollzieher in den Morgenstunden. Mittags um zwölf Uhr tauchte er bei James auf und war Portier, Koch und Kassierer in einer Person.

Am zehnten Tag schickte Friedrich die erste Frau weg: »Leider geht es nicht. Er mußte zu einer Beerdigung.«

Sie war so alt, daß Friedrich sie erschrocken angestarrt hatte, als sie in der Tür stand. Die Frau war ohne ein weiteres Wort gegangen, wohl wissend, was der eigentliche Grund für die Absage gewesen war.

Friedrich kam zu James ins Wohnzimmer und beschrieb ihm die Besucherin.

»Um Gottes willen!« rief James und überlegte: »Wie lange geht das wohl bei Frauen?«

»Es soll Männer geben, die mit Achtzig noch topfit sind«, antwortete Friedrich. »Dann müßte es bei Frauen etwa genausolange dauern. Aber vielleicht sind das Ausnahmen. Ich gehöre nicht dazu.«

»Das war die erste, die du wegschicken mußtest.«

»Ja, bisher hast du Glück gehabt.«

Der zweite Fall war schwieriger. Sie sah frisch aus, mit lebhaften, dunklen Augen, höchstens dreißig Jahre alt. Aber sie hatte die Peitsche gleich mitgebracht, eine Hundepeitsche aus Leder, die sie so zusammengebogen hatte, daß sie in ihre Handtasche paßte.

Als sie sie herausholte, verstand James. Er reagierte sofort:

»Nein, es tut mir leid, das kann ich nicht.«

»Wer bestimmt denn hier, wie es gemacht wird? Der Zahlende oder der Bezahlte?«

»Es geht nicht«, sagte er. »Ich habe das noch nie gemacht.«

»Dann wirst du es eben lernen.«

»Nein, bestimmt nicht.«

Sein Gesicht hatte sich in Ablehnung verhärtet, und sie erkannte, daß er wahrscheinlich nicht umzustimmen war. Trotzdem wollte sie ganz sicher sein, daß er sie richtig verstanden hatte, und fragte: »Hast du geglaubt, ich wollte dich damit vermöbeln?«

»Nein, aber ganz gleich, für wen die Peitsche bestimmt ist, bei mir läuft das nicht.«

Sie gab auf, hatte sich nah am Ziel gefühlt und war enttäuscht. Beim Hinausgehen sagte sie: »Dann eben nicht, du Trottel.«

Die Frau mit der Peitsche beschäftigte ihn noch den ganzen Tag. »Was für eine Verirrung«, meinte er Friedrich gegenüber. »Sie sah völlig normal aus, war sogar hübsch, aber halt verkorkst.«

»Du hast offenbar keine Ahnung, was es auf diesem Gebiet alles gibt. Da würdest du staunen.«

Ja, James hatte darüber gelesen, er war jedoch bisher verschont geblieben. »Ich könnte das auch gar nicht, ich bin nämlich stinknormal. Sie hat ›Du Trottel‹ zu mir gesagt...«

»Und was hast du geantwortet?«

»Nichts, aber ich habe mich wie ein Trottel gefühlt.«

»Du hättest lachen sollen«, sagte Friedrich. »Hast du eigentlich inzwischen mit deiner Mutter telefoniert?«

»Nein, immer noch nicht.« James schob diesen Anruf vor sich her. Er kannte seine Mutter genau. Nun lag die Scheidung bereits so lange zurück, daß sie wohl schon verärgert war. Morgen werde ich mit ihr reden, dachte er. Benno muß ich auch mal wieder besuchen, und in der ›Laterne‹ sind wir schon lange nicht mehr gewesen.

»Morgen mittag schaue ich mal bei Benno vorbei.«

Benno Steinthaler stand nach wie vor täglich am alten Platz und spielte auf seiner Geige. Noch immer stellte er das Schild gegen die Wand: ›Studium beendet

– Examen bestanden – arbeitslos.‹ Er verdiente jeden Tag fast zweihundert Mark. Da kommt was zusammen, kalkulierte er. Wenn das einen Monat glattgeht, dann habe ich soviel Geld wie nie zuvor.

Es ging jedoch nicht ganz glatt. Seine Mutter hatte in seinem Zimmer das Schild gesehen. Sie konnte sich einen Vers darauf machen, denn woher kam das viele Kleingeld? Unter dem Bett hatte sie eine Plastiktüte voller Zehnpfennigstücke gefunden. Der Sack war so schwer, daß sie ihn fast nicht heben konnte.

Sie war eine resolute Frau von beinahe sechzig Jahren. Eines Tages stellte sie ihren Sohn zur Rede: »Sag mir die Wahrheit! Gehst du etwa mit deiner Geige betteln?«

Er war verlegen. »Was heißt da schon betteln? Ich mache Musik, und dafür zahlen die Leute. Was kann ich denn dafür, daß ich keine Anstellung finde? Es geht noch anderen so wie mir. Auch James ist noch arbeitslos.«

»James«, sagte sie, »der war von jeher faul. Wahrscheinlich hat sich seine Frau auch deshalb von ihm scheiden lassen.«

»Jetzt redest du aber gewaltigen Unsinn. James ist schon in Ordnung, aber Tina ist es nicht. Sie hat ihn sitzenlassen.«

Sie schaute ihren Sohn bekümmert an. Er war zwei Köpfe größer als sie und glich seinem Vater.

»Wenn das dein Vater erlebt hätte... Du stellst dich wirklich mit deiner Geige auf die Straße? Schämst du dich denn überhaupt nicht? Den halben Tag sitzt du hier herum und liest Zeitung, erst am Nachmittag ziehst du los.«

Benno schüttelte den Kopf. »Warum sollte ich mich schämen. Heute zählt nur eines: Geld! Hier, du brauchst nur in die Zeitung zu schauen. Unsere Volksvertreter verordnen sich monatlich zwölftausend Mark, aber das ist längst nicht alles. Sie haben noch Jobs nebenher und eine Altersversicherung, die sie keinen Pfennig kostet! Nur uns haben sie vergessen. Ständig faseln sie von Konjunktur und Wachstum, aber wir stehen auf der Straße. Sie waren unfähig, vorausschauend zu planen. Aber eines verstehen sie prächtig: ihre Diäten ständig zu erhöhen. Und da soll ich mich schämen? Warum, um Himmels willen, habt ihr euch eigentlich in den Kopf gesetzt, daß ich Lehrer werden müßte?«

»Dein Vater wollte es so und ich auch.«

»Ja, man kann jetzt bald die Straße pflastern mit stellungslosen Lehrern. Und da wirfst du mir vor, daß ich einen Weg suche, der mich unabhängig von der Sozialhilfe macht!« Benno war in Fahrt. Er schnappte sich Geigenkasten und Schild und stürmte aus dem Zimmer. Die Wohnungstür fiel hart ins Schloß.

Frau Steinthaler war ratlos. Ein paar Sekunden kämpfte sie mit den Tränen, dann faßte sie einen Entschluß. Sie warf sich rasch einen Mantel über und folgte ihrem Sohn. Er war ihr schon hundert Meter voraus, doch es bestand keine Gefahr, ihn aus den Augen zu verlieren; er überragte die meisten Menschen.

Vom Mainufer, wo er mit der Mutter wohnte, hatte Benno nur eine Viertelstunde zu gehen. Sie blieb hinter ihm, hielt sich immer im gleichen Abstand.

Wahrscheinlich ist es falsch, daß ich ihm nachspioniere, dachte sie. Aber sie wollte Gewißheit haben.

Und dann sah sie, wie ihr Benno unter den Arkaden sein Schild aufbaute und die Geige aus dem Kasten nahm. Zu seinen Füßen lag der alte Hut.

Sie blieb stehen, sah, daß er zu spielen begann, konnte ihn aus dieser Entfernung jedoch nicht hören. Für sie war es wie eine gräßliche Pantomime, bei der sich ihr Sohn zum Narren machte. Vor Zorn begann sie beinahe zu weinen.

Welch eine Schande! Sie kam von diesem Gedanken nicht los. Dann beobachtete sie, wie eine Frau bei ihm stehenblieb und Geld in den Hut warf. Sein Dank, die angedeutete Verbeugung, während er weiterspielte, schien ihr der Gipfel der Demütigung.

Sie hielt es nicht länger aus, ging auf ihn zu. Er sah sie erst, als sie unmittelbar vor ihm stand. Ihr Gesicht war bleich, aber er unterbrach sein Spiel nicht.

»Benno!« rief sie. »Hör damit sofort auf!« Sie zog ihn am Ärmel.

Er schüttelte den Kopf und spielte weiter.

»Wenn das Leute sehen, die uns kennen, sind wir für alle Zeiten blamiert.«

»Geh nach Hause, Mutter, und laß mich in Frieden. Ich weiß genau, was ich will!«

Sie begriff, daß sie ihren Sohn nicht mehr beeinflussen konnte, daß sie ausgeschaltet war. In diesem Augenblick verwandelten sich ihr Schmerz und ihre Enttäuschung in Wut. Sie ging noch dichter an ihn heran und spuckte in seinen Hut. Und da schämte er sich doch ein wenig, aber er spielte weiter.

Das war der Nachmittag, an dem James kam. Benno erzählte ihm sofort die Geschichte. »Ja, stell dir das vor: In meinen Hut hat sie gespuckt.«

»Sie begreift die Zeit nicht mehr«, sagte James.

»Weil sie verbohrt ist. Deine Mutter ist ja wohl so ähnlich...«

Ja, dachte James. Sie würde das wahrscheinlich auch fertigbringen. Und wenn sie erst die ganze Wahrheit wüßte... Nicht auszudenken, wie sie reagieren würde.

»Und was treibst du so?« fragte Benno. »In der ›Laterne‹ laßt ihr euch nicht mehr blicken, Friedrich und du.«

»Ich mache nicht gerade viel«, sagte er. »Meine Mutter hilft mir ein bißchen, und ich suche mir Gelegenheitsjobs. Nichts Besonderes.«

Er war wütend auf sich, weil er sich vor der Wahrheit drückte, fügte nur noch hinzu: »Ich wollte dich mal wieder sehen. Mach's gut! Demnächst in der ›Laterne‹!«

Er drückte Benno die Hand und ging. Aber nach zehn Metern kehrte er um: »Alles Quatsch, was ich dir erzählt habe. Du sollst die Wahrheit wissen: Ich arbeite als Callboy und lasse mich von Frauen bezahlen.«

Benno setzte die Geige ab, schaute James verblüfft an. »Als Callboy? Mann, da machst du bestimmt mehr Kohlen als ich.« Und dann lachte er wieder sein berühmt-berüchtigtes Lachen. Es steckte James an. Sie standen lachend unter den Arkaden, Passanten schauten erstaunt zu ihnen hin. Sie achteten nicht darauf.

Ein Mann von etwa fünfzig Jahren sah sich das Schild genau an: »Dafür, daß ihr arbeitslos seid, habt ihr aber eine Bombenstimmung.«

Er warf nichts in den Hut, sondern ging wortlos davon. Seinem Gang, seiner Haltung war die Mißbilligung anzusehen.

»Er hat sich über uns geärgert«, stellte Benno fest.

»Über uns werden sich noch viele ärgern. Übrigens geht das in der ›Laterne‹ niemand etwas an... Ich habe es nur dir gesagt.«

»Ist doch ganz klar, Mann. Jeder muß heute sehen, wo er bleibt.«

Benno hatte Lust auf ein Glas Bier. »Hör zu: Ich packe meinen Laden ein, und wir könnten da vorn an der Ecke...«

James wehrte ab: »Es geht nicht, Benno. Mein Unternehmen läuft. Ich habe noch Verabredungen für heute abend.«

»Sag mal, was kostet denn die Nummer bei dir?«

»Bei zweihundert fängt es an.«

»Und wieviel schiebst du am Tag?«

»Einmal kam ich auf sechs, aber da war ich am Abend ziemlich kaputt.«

»Kunststück«, sagte Benno fachmännich. »Da wäre jeder Mann kaputt.«

»Weißt du übrigens, daß Griebel in München ein Männerbordell betreibt und vorhatte, uns dafür zu engagieren? Er wollte arbeitslose Akademiker haben.«

Benno staunte: »Dich und mich? Davon weiß ich nichts, von dem Bordell habe ich allerdings gehört. Aber mit Griebel würde ich nie was anfangen, er ist und bleibt ein Gauner. Wie hast du übrigens dein Geschäft organisiert?«

»Ich habe eine hübsche Wohnung in einem stillen Haus direkt beim Zoo. Die Frauen melden sich per Telefon an.«

»Dann hast du sie vorher nie gesehen? Es gibt doch auch Häßliche, solche, mit denen es nicht klappt.«

»Das ist selten, und wenn es mal der Fall ist, dann denke ich an etwas anderes. Nur zweimal haben wir Frauen wegschicken müssen, da ging es wirklich nicht.«

Einen Kompagnon hatte James also auch. Benno erkundigte sich jedoch nicht nach dem Namen, ihn interessierte etwas anderes: »Was treibt sie zu dir? Sind sie ganz einfach nur scharf und können sich nicht mehr helfen?«

»Viele sind einsam, leben isoliert, haben keine Möglichkeiten...« Und woran merke man, daß eine Frau einsam sei?

James überlegte, konnte es nicht auf Anhieb erklären. Dann aber erinnerte er sich an zwei, drei Frauen, die ihn mit ihrer unüberwindbaren Befangenheit verblüfft hatten: »Es kann dir zum Beispiel passieren, daß du mit einer ins Bett gehst, und sie sagt auch dann noch Sie zu dir.«

»Das ist mir noch nie passiert«, wunderte sich Benno.

»Du hast es ja auch noch nie für Geld gemacht, wenn ich mich nicht irre.«

»Nein, mich hat noch nie eine dafür bezahlt«, sagte Benno, und es klang fast bedauernd.

14. KAPITEL

Als Friedrich die Tür öffnete, erschrak er. Vor ihm stand ein riesiges Weib, das aussah wie die Urmutter aller Häßlichen. Er betrachtete sie und begann nervös zu schlucken. Sie hatte ein grobes Gesicht mit harten, unangenehmen Augen. Als sie guten Tag sagte, klang ihre Stimme tief wie die eines Mannes. Ohne daß Friedrich sie hereingebeten hätte, stand sie bereits im Flur.

»Meine Dame, es tut mir sehr leid, aber James hat einen Todesfall in der Familie.« Friedrich hatte sich auf diese Ausrede festgelegt.

Ihre Stimme dröhnte: »Was denn, was denn! Ist der Kerl etwa nicht auf seiner Bude?«

»Aber ich bitte Sie, meine Dame, er ist auf der Beerdigung.«

Sie fuchtelte mit der rechten Hand vor seinem Gesicht herum und herrschte ihn an: »Abgemacht ist abgemacht! Ich will ihn haben! Ich habe nämlich gehört, er wäre gut. Eine Begabung soll er sein...«

Friedrich wehrte sich: »Wenn ich Ihnen doch sage, er ist nicht zu Hause. Er kommt erst in fünf Tagen zurück.«

Sie schüttelte mißbilligend den Kopf: »Einen Scheißbetrieb habt ihr hier! Ich bin zwei Stunden mit dem Auto gefahren. Und jetzt soll ich unverrichteter Dinge wieder abhauen?« Sie überlegte und betrachtete Friedrich von oben bis unten. Während dieser Musterung wurde ihm mulmig. »Wie wär's denn mit dir? Der Schönste bist du ja nicht, aber in der Not frißt der Teufel Fliegen.« Friedrich hob abwehrend die rechte Hand: »Um Gottes willen! Ich bin völlig ungeeignet, völlig!« Sie überlegte kurz, nahm ihn noch einmal in Augenschein, drehte sich dann abrupt um und knurrte: »Auch so ein Mistkerl!«

Friedrich schloß erleichtert die Tür hinter ihr. Sie polterte geräuschvoll die Treppe hinunter. James kam aus seinem Zimmer, schweigend standen sie im Flur und lauschten nun beide, wie die Schwergewichtige die Stufen hinunterstampfte.

James schüttelte den Kopf: »Das hätte ich nicht ausgehalten. Ich habe sie durch das Schlüsselloch gesehen. Als ich diese Stimme hörte, wollte ich wissen, wie die Frau aussieht. Aber sie war noch schlimmer, als ich befürchtet hatte.«

»Ja«, seufzte Friedrich, »das war ein Monster.«

An diesem Nachmittag erklärte James zum erstenmal ganz konkret: »Es wird mir zuviel. Heute kann ich nicht mehr. Um ein Uhr kam dieses Ungeheuer, danach noch zwei, die allerdings nichts Besonderes waren.«

»Die waren doch leichte Arbeit.«

»Menschenskind«, stöhnte James, »jetzt erst begreife ich, was für ein ödes Leben eine Hure führen muß. Kein Wunder, daß sie hart werden wie Stein.«

Friedrich kam eine Idee. In der Nähe gab es ein Fitness-Center, dort wollten sie hingehen, denn Friedrich betonte ja immer wieder, wie wichtig es sei, körperlich auf Draht zu bleiben.

Sie machten sich zu Fuß auf den Weg zu dem Institut. Als sie nebeneinander auf einem Hometrainer saßen, meinte Friedrich: »Siehst du, wie gut dir das tut. Dadurch kommst du wieder auf Vordermann. Außerdem brauchst du auch einen Masseur, der Kreislauf ist nämlich wichtig bei so etwas.«

»Einen Masseur?« fragte James.

»Aber sicher! Und ich lasse mich gleich mit durchwalken, denn mich strengt die Sache auch an. Die Nerven, verstehst du?«

Für ein geringes Entgelt hatten sie Trainingsanzüge und Handtücher gemietet. Sie schwitzten, als sie mit kleinen Hanteln trainierten.

Friedrich kommandierte: »Eins und zwei! Und eins und zwei!«

Später lagen sie nebeneinander auf einer Holzpritsche und wurden von zwei muskulösen Masseuren durchgeknetet.

Friedrich überlegte: »Du mußt dich genau einteilen, ich meine, mit deinen Kräften mußt du haushalten. Wenn du dabei nicht nach einem Programm lebst, könnte es dich ruinieren.«

Der Masseur sagte mit heiserer Stimme: »Er hört nicht zu. Er ist eingeschlafen.«

James lag auf dem Bauch, seine Augen waren geschlossen. Er träumte davon, daß Tina mit flehenden Gebärden vor seiner Wohnungstür stand. Er blieb hart und wies sie ab.

Sie waren kaum wieder zu Hause angekommen, als es bereits an der Tür klingelte. Friedrich öffnete, James wartete im Wohnzimmer.

Die Frau war hungrig nach Zärtlichkeit. Ohne Scheu zog sie sich aus, bis auf den Slip. James saß im Sessel und schaute ihr zu. Sie war gut gewachsen, hatte einen schönen Hintern, aber er wurde dennoch nicht munter.

Sie war ungeduldig: »Willst du da sitzenbleiben? Ein hübscher Bursche bist du. Wirklich. Komm doch her.«

Und nun zog sie den Slip aus. James begann, die Knöpfe seines Hemdes zu öffnen. Aber schon an seinen Bewegungen konnte sie erkennen, daß ihm die Begeisterung fehlte. Die Frau sagte: »Weißt du, du siehst aus, als hättest du eine Menge Dampf drauf, aber in Wirklichkeit bist du müde...«

James erledigte, wofür sie bei Friedrich gezahlt hatte.

Die Frau war nicht zufrieden, ihr Gesicht verriet, was sie dachte.

Er entschuldigte sich: »Ich bin heute nicht groß in Form. Es gibt solche Tage...«

Er stockte. Ihm wurde klar, daß er auf diese Weise seinen Ruf ruinieren würde. Ich muß mehr essen, dachte er.

Das waren auch Friedrichs Gedanken, als er in der Küche für James kochte. Er trug eine Hausfrauenschürze, stand vor dem Herd und bereitete saftige Steaks. Der Salat war schon fertig.

James sagte: »Deine Steaks hängen mir allmählich zum Hals heraus...«

Friedrich lachte einmal laut auf: »Es gab eine Zeit, da hättest du dich darum gerissen. Als ich noch zum Pfänden zu dir kam, da warst du manchmal verdammt hungrig.«

»Das ist lange her.«

»So lange nun auch wieder nicht, es kommt dir nur so vor. In der Zwischenzeit ist nämlich viel geschehen. Überleg doch mal: Wie hast du früher dein Leben zugebracht? Morgens hast du lange gepennt, am Abend kellneriert und danach etwas getrunken, so daß du am nächsten Morgen wieder nicht aus den Federn kamst. Du hast nichts getan, außer ein bißchen Pädagogische Hochschule. Du warst wie gelähmt.«

James saß am Tisch und hörte sich wortlos kauend die nicht ganz berechtigten Vorwürfe an. Friedrich schaute auf seine Armbanduhr und drängte: »Beeil dich, in ein paar Minuten kommt schon die nächste.«

»Ich weiß, ich weiß«, maulte James mit vollem Mund.

Friedrich schlug wieder einmal zwei Eier in ein großes Wasserglas, goß Rotwein dazu und verrührte den Wein und die Eier mit Traubenzucker. »Trink das«, sagte er. »Du wirst es brauchen.«

»Es ist schwere Arbeit, Friedrich. So einfach ist diese Art des Geldverdienens nicht.«

»Denk an die Zukunft, an das Auktionshaus.«

»Ich halte schon noch durch«, antwortete James.

»Wir wissen ja schließlich, wofür wir arbeiten. Wenn wir das Auktionshaus hätten, könnte uns nie mehr etwas passieren. Jetzt hast du schon ein kleines Vermögen auf der Seite.«

»Ja, ja«, murmelte James. »Alles zusammengebumst.«

»Geld stinkt nicht.« Damit wiederholte Friedrich den alten Spruch, den ihm andere bald nach Ende des Krieges vorgelebt hatten. Er besaß intime Kenntnisse von Bestechungsaffären, politischen Schiebungen und Manipulationen, die in Frankfurt aufgeflogen waren, die aber keineswegs die Welt erschüttert hatten. Und so war das ja nicht nur in Frankfurt, so spielte sich das in der ganzen Welt ab. Er war überzeugt von der weltweiten Ungerechtigkeit. Manchmal entstanden aus diesen Verschiebungen des Rechts sogar Kriege. Einen hatte er als blutjunger Mann mitgemacht. Es war die Zeit seiner größten Demütigungen gewesen.

Ja, dachte er, wenn es Krieg gibt, dann hilft uns auch kein Auktionshaus. Es gab ja unüberhörbare Stimmen, die behaupteten, ein neuer Weltkrieg sei unvermeidlich. Wenn man das in der Zeitung las, klang es plausibel und hinterließ Unruhe, eine langsam wachsende Furcht vor der Unberechenbarkeit der Menschen.

Schade wäre das, sehr schade, denn sie waren ihrem Ziel nähergekommen. Friedrich hatte den alten Herrn Schneider angerufen und erst einmal sondiert, wie die

Lage war. Und Schneider gab sich gelassen, war nicht etwa geldgierig gewesen; dazu war er zu alt. Er hatte gesagt: »Ja, auf Rentenbasis wäre das schon zu machen, allerdings mit einer größeren Anzahlung.«

Seit diesem Tag rechnete Friedrich: Ich habe gespart, könnte dazu noch von der Bank Geld aufnehmen. Hunderttausend brächte ich zusammen. Wenn James noch so lange aushält, bis er ebenfalls hunderttausend gemacht hat, gehört das Geschäft uns. Schneider hat meinen Vater gut gekannt, das fällt ins Gewicht, das ist bares Geld.

Friedrich hatte James kein Wort von dem Telefongespräch erzählt. Wenn James wüßte, überlegte er, wie günstig die Zeichen stehen, würde er sein Geschäft vielleicht nicht mehr so ernst nehmen. Irgendwie fehlte ihm der Ehrgeiz, die Härte in der geistigen Zielsetzung, die Ausdauer. Seine Generation ist verweichlicht. Wir wurden härter angepackt und sind deshalb – auch wenn einer soviel säuft wie ich – doch eine ganze Portion resoluter als sie.

Ich muß ihn noch ein paar Monate führen, dann habe ich den Gerichtsvollzieher vom Hals, und er hat seine gesicherte Zukunft. Zu zweit sind und bleiben wir ein unschlagbares Team.

Die nächste Frau war einfach, aber teuer angezogen; jene Einfachheit, die mitunter ein Vermögen kostet. Entsprechend war ihre Sicherheit, die offenbar im Umgang mit vielen Menschen gewachsen war.

Ohne es zu bemerken, hatte er in der letzten Zeit bei diesem Unternehmen die Frauen in zwei große Gruppen eingeteilt: in Überlegene und Unterlegene. Und diese hier, das sah er auf den ersten Blick, war eine der Überlegenen.

Ihre Augen waren groß und still. Wenn er ihr ins Gesicht blickte, sah er nur die Augen. Sie bemerkte, daß er erstaunt war.

»Ich arbeite heute nicht«, sagte sie, »deshalb mache ich einmal den Versuch. Mein Mann weiß davon. Ich mag den heimlichen, hinterlistigen Ehebruch nicht. Wir haben keine Kinder, sind also beide frei. Es gibt zwar Frauen, die ständig hinausschreien, wie frei sie seien, in Wirklichkeit aber treten sie nur in Konkurrenz zu den Männern.«

»Ich verstehe«, sagte James.

»Ja, die Dinge haben sich geändert«, sagte sie. »Wenn Sie mir nicht gefallen hätten, wäre ich wieder gegangen. Aber ich sehe, das ist nicht nötig.«

Er öffnete eine Flasche Wein und schenkte ein. Sie tranken sich zu. James war fasziniert von ihr. »Die starren Rollen von Mann und Frau haben sich gewandelt. Ich sage das nicht als Entschuldigung. Können Sie sich vorstellen, daß es eine Zeit gab, in der die Frau in manchen Gegenden beim Essen hinter dem Stuhl des Mannes stehen mußte?«

»Nein, davon habe ich nie gehört. Es ist auch nur schwer vorstellbar.«

»Oh, es gibt so viele Dinge zwischen Mann und Frau,

die man sich nur schwer vorstellen kann. Aber die Ehe kann etwas Gutes werden, wenn sich auch der Mann emanzipiert. Allerdings wissen das die meisten Männer noch nicht.«

Er wollte erfahren, wer sie war. »Ja, erzählen Sie mir etwas von sich. Frauen wie Sie treffe ich selten.«

Sie lächelte. »Mein Name ist unwichtig. Ich habe eine Zahnarztpraxis, zusammen mit meinem Mann. Bei Ihnen besteht offenbar keine Gefahr, daß Sie unerwartet bei mir in der Praxis auftauchen. Ich habe gesehen, das ist bei Ihren Zähnen nicht nötig.« Sie lachte ihn an. »Ich will keine Verbindung, sondern eine einmalige Befriedigung, sagen wir: als Ergänzung zu meinem Mann.«

»Und damit ist er einverstanden?« fragte James.

»Ja«, sagte sie, und er wußte, daß sie die Wahrheit sprach. Er war neugierig auf sie: Wie sie sein würde im Bett, wie weit sie gehen würde. Sie erregte ihn, obwohl er müde war. Ihrer straffen Figur sah er an, daß sie Sport trieb. Er schätzte: Im Winter läuft sie Ski, im Sommer geht sie an die See, vielleicht nach Sylt oder so. Sie war höchstens achtunddreißig Jahre alt.

Nach dem zweiten Glas Wein küßte er sie und begann, sie behutsam auszuziehen. Sie war eine der Frauen, die auch im Bett Sie zu ihm sagten. Aber das war nicht ein Zeichen für Kontaktarmut, Einsamkeit oder Hemmungen, wie bei den Frauen, von denen er Benno erzählt hatte. Bei ihr war es gewollte Distanz. James dachte: So würde ein Mann eine Hure behandeln, die er gern mag, von der er aber nicht vergißt, daß sie eine Hure ist.

Sie war die erste Kundin, die sich so verhielt. Sie benutzte ihn wie ein Instrument, eine ungewohnte Situation, in die er sich zu fügen hatte. Aber das fiel ihm nicht schwer. Er hatte ja viel gelernt in der letzten Zeit. Eine Hure, so ging es ihm durch den Kopf, müßte damit zufrieden sein, wie eine Sache behandelt zu werden – vorausgesetzt, der Partner ging mit Feingefühl vor. Darin war die Zahnärztin unübertroffen.

Nach dieser Frau war ihm die nächste geradezu lästig. Sie gehörte zu der kessen Sorte und redete unaufhörlich. Sie behauptete: »Ich bin fünfunddreißig.«

Er sah ihr an, daß sie mindestens fünfundvierzig war.

Sie schimpfte pausenlos auf die Männer: »Sie verstehen nichts von der Liebe. Und was sie da über den Orgasmus zusammenfaseln, das stimmt doch auch alles nicht. Sie erzählen oder schreiben über sie, wie sie sich die Frauen vorstellen. Es paßt nie zusammen. Etwas fehlt bei jedem. Deshalb brauche ich viele Männer. Verstehst du das, James?«

Sie zerwuschelte ihm das Haar, dann lachte sie schrill und rief: »Ahhh, du verstehst das auch nicht. Du bist doch auch nur so ein kleiner Bumser.«

Er sagte nichts, dachte nur: In einer knappen Stunde habe ich sie hinter mir.

Aber diese Stunde wurde anstrengend für ihn, es ging keine Faszination von ihr aus, und ihr Körper war schlaff. Er half sich mit einer Methode, die der Autosuggestion ähnlich war. Tina spielte dabei wieder eine große Rolle, aber plötzlich schob sich das Bild von Mareike darüber. Das wunderte ihn, denn Mareike war schon längere Zeit nicht mehr in seinen Gedanken aufgetaucht. Dann saß die Frau auf dem Bettrand und zog nervös an ihrer Zigarette. Sie wollte jetzt reden, wollte zur körperlichen auch die seelische Entladung.

»Fünfmal habe ich ihn erwischt, meinen Mann! Jedesmal mit einer Jungen. Er ist nämlich ein Trottel, er läßt sich erwischen. Wir wohnen in einem Vorort, wenn er da ein Verhältnis anfängt, weiß ich es schon ein paar Tage später.«

Sie zündete sich eine neue Zigarette an.

»Ich habe auch eine Affäre begonnen. Aber der Mann ging mir auf die Nerven. Er hat Besitzansprüche geltend gemacht. Jedesmal, wenn wir zusammen waren, hat er gefragt, wann und wie oft ich mit meinem Mann Geschlechtsverkehr gehabt hätte... Nein, nein, da ist mir dies hier schon lieber. Du kriegst dein Geld, und dafür will ich reell bedient werden.«

Er dachte: Sie will sich an ihrem Mann rächen. Einmal mit mir für eine ganze Serie von Ehebrüchen, die er begangen hat.

Und dann sagte sie etwas, was ihn berührte. »Weißt du, James, meine Ehe war große Scheiße. Es gibt auch eine Einsamkeit zu zweit. Und vielleicht ist das die schlimmste von allen.«

15. KAPITEL

James setzte sich im Flur vor den kleinen antiken Tisch, der nicht ganz echt war. Er war müde, die Zahnärztin und die anderen Frauen hatten die Kraft dieses Tages verbraucht. Noch während er die Nummer seiner Mutter wählte, dachte er: Sie wird tausend Fragen stellen.

Ihre Stimme meldete sich, war fern und klein: »Hier Müller.«

»Ich bin's«, sagte er. »James.«

Sie griff sofort an. Warum er sich nicht gemeldet hätte? Immerhin sei doch inzwischen seine Scheidung über die Bühne gegangen. Was habe er überhaupt in der langen Zwischenzeit getrieben? War das eine Art, seine alte Mutter zu behandeln? »Ich bin wirklich enttäuscht, James. Ich habe doch nur dich.«

»Also, die Scheidung... Es war nichts Besonderes. Du weißt doch, wie so etwas abläuft. Die Ehe wurde als zerrüttet angesehen und ohne viel Umstände aufgelöst.«

»Aber sie ist doch schuldig!« rief sie.

»Es gibt keine Schuld mehr, Mutter.«

»Das ist falsch!« rief sie. »Es gibt eine Schuld, denn die Ehe wird doch standesamtlich und kirchlich geschlossen. Also vor Gott und den Menschen! Und wer sie bricht, hat sich, wenn nicht vor den Menschen, so doch vor Gott schuldig gemacht. Warum heißt es denn: ›Bis daß der Tod euch scheidet‹?«

»Das ist nur noch eine Formel«, antwortete er und dachte: Eigentlich hat sie recht, der Staat hat durch eine Hintertür Gott aus der Ehe hinausgeworfen.

»Der Schuldige muß die Schuld tragen«, sagte sie.

Ja, überlegte er, wenn es auch eine kirchliche Scheidung gäbe. Ihre Folgerung ist logisch. Er sagte: »Mutter, das ist nun mal so. Daran können wir nichts ändern.«

»Aber es ist ungerecht«, beharrte sie.

»Ich bin nicht daran gestorben.«

»Habt ihr euch gestritten vor Gericht?« wollte sie wissen.

»Nein«, sagte er. »Es ging alles ganz friedlich zu.«

»Was seid ihr nur für Männer heutzutage! Ihr laßt euch auch alles von den Frauen gefallen. Keinen Mucks tut ihr! Hast du ihr wenigstens die Sache mit Dr. Probst unter die Nase gerieben?«

»Ja, das habe ich leider getan.«

»Was heißt leider?« rief sie. »Das war recht!«

Er hörte ihre Freude über diesen moralischen Sieg, an dem sie entscheidend mitgewirkt hatte. Sie kann nicht umlernen, dachte er.

Er sagte: »Mutter, heute ist alles anders. Wenn du meinen Vater geheiratet hättest, wäre dir unter Umständen das gleiche passiert.«

»Nein, mir nicht. Ich wäre ihm ein ganzes Leben treu geblieben.«

»Ein ganzes Leben?«

»Jawohl, ein ganzes Leben!« sagte sie, und er konnte sie jetzt vor sich sehen, fanatisch, mit flammenden dunklen Augen im hageren Gesicht. Ob er sich schon um eine Anstellung als Lehrer beworben hätte?

»Noch nicht, aber ich tue es bald. Ich muß noch ein bißchen warten.«

»Aber etwas muß der Mensch doch tun...«

»Ja, ich tu schon etwas.«

Sie wollte es genau wissen.

»Ich mache Aushilfe. Vorübergehend, verstehst du?«

»Ist es etwas Gutes?« fragte sie.

»Ja, natürlich, sehr gut.«

»Ein Mann in deinen Jahren muß fleißig sein.«

»Ich bin fleißig.«

»Ich kenne dich, wahrscheinlich könntest du noch fleißiger sein.«

»Nein, das geht beim besten Willen nicht.«

»Du mußt mir davon erzählen, James. Mit was hat es zu tun? Doch nicht wieder mit dem Gaststättengewerbe?«

»Nein, keine Angst.«

Das wäre auch nicht das richtige für ihn gewesen: »Da hast du nämlich hin und wieder ein bißchen zuviel getrunken. Ja, da staunst du, ich weiß alles. Ich habe nur nicht viel darüber gesagt. Du trinkst doch jetzt hoffentlich nichts mehr.«

»Nein, fast nichts. Nur bei passenden Gelegenheiten ein Gläschen.«

»Was ist eine passende Gelegenheit?«

»Na, wenn man Menschen trifft, die einem gefallen, oder bei Einladungen...«

»Triffst du viele Menschen? Wirst du oft eingeladen? Nun sag mir schon, wie man das nennt, was du machst. Du bist doch hoffentlich nicht Hilfsarbeiter in der Fabrik?«

»Nein, nein«, sagte er. »Ich werde es dir erklären, wenn ich dich besuchen komme. Es hat mit Möbeln zu tun.«

»Wann kommst du?«

»Schon bald, Mutter. Bald.«

Nachdem er aufgelegt hatte, atmete er einmal tief durch. Ich habe es gewußt, ärgerte er sich. Es war ihm keine passende Lüge eingefallen, und das verstimmte ihn. Lügen ist schwierig. Mann, ich hätte doch einfach sagen können: Ich arbeite in einer Autowerkstatt. Oder: In der Markthalle fahre ich einen Elektrokarren... Aber wahrscheinlich war ich zu müde. Der Tag war anstrengend.

Am Mittag kam ein besonderer Anruf. James hörte, wie Friedrich sagte: »Selbstverständlich kann er zu Ihnen kommen. Es ist eigentlich nicht üblich, aber gegen ein angemessenes Honorar wären wir bereit... Ja, es ist gut. Ich notiere mir Straße und Hausnummer.«

Friedrich überlegte, schüttelte den Kopf.

»Was ist denn los?« fragte James.

»Sehr seltsam. Du sollst zu ihr in die Wohnung kommen. Eine hohe Bezahlung ist garantiert. Aber ich werde nicht schlau aus ihr. Sie hat da etwas erwähnt... ihr Mann wäre dabei. Ich glaube, sie ist angetrunken.«

»Was ist denn das jetzt wieder für eine Verrücktheit?« entfuhr es James, obwohl er in diesem Gewerbe inzwischen Überraschungen einkalkulierte.

»Du solltest hingehen«, sagte Friedrich.

»Natürlich werde ich hingehen«, antwortete James. »Ich bin ja auch neugierig und will mir anschauen, worum es da geht. Aussteigen kann ich dann ja immer noch.«

Kurz vor vier Uhr bestellte er ein Taxi und ließ sich zu der von Friedrich notierten Adresse fahren. Es war eine stille Straße in einem ruhigen Villenviertel. Häuser lagen zurückgesetzt in parkähnlichen Gärten. Schwere schmiedeeiserne Tore schirmten die Grundstücke ab.

Das Taxi hielt.

Wieder so ein Portal, das ein Vermögen gekostet haben mußte. James fühlte sich unsicher, aber er drückte auf den Klingelknopf und wartete.

Blechern tönte die Stimme durch die Sprechanlage: »Ja, wer ist da?«

»Ich bin um vier Uhr hierherbestellt.«

»Einen Augenblick bitte.«

Der Öffnungsmechanismus summte, James drückte gegen das Tor und betrat den Garten. Über einen Kiesweg ging er auf das Haus zu. Er hörte, wie seine Schritte knirschten.

Ein Haus mit vielen Fenstern. Er sah, wie im ersten

Stock ein Vorhang zur Seite gezogen wurde. Das Gesicht einer Frau erschien kurz. Er wurde gemustert.

Ein Dienstmädchen empfing ihn. Sie entfernte sich, ohne ein Wort zu sagen. Er kam sich verloren vor, wie er da in der riesigen Vorhalle stand. Dann öffnete sich links von ihm eine Tür, und eine Frau, die er auf achtundvierzig bis fünfzig Jahre schätzte, kam auf ihn zu. Gepflegt, elegant und intelligent, taxierte er. Ihr Gesicht wirkte streng, ein scharfer Zug hatte sich um die Mundwinkel eingegraben, der ihr den Ausdruck von Herrschsüchtigkeit gab. Nach einem langen Augenblick des Abwägens und des Betrachtens sagte die Frau: »Nun ja, Sie sehen eigentlich ganz manierlich aus. Sind Sie gesund? Damit meine ich kerngesund.«

Er antwortete: »Ja, absolut. Wenn Sie es ganz genau wissen wollen: Außer Masern habe ich nie eine Krankheit gehabt. Und die hatte ich als Kind. Wie Sie sehen, bin ich jetzt kein Kind mehr.«

Er hatte seine Sicherheit wiedergefunden.

Die Frau lächelte: »Ja, das genügt.« Sie reichte ihm die Hand und ging voraus in einen luxuriös eingerichteten Wohnraum, in dem ihn vor allem der Kamin beeindruckte. Er war mannshoch und so breit, daß ein Kleinwagen darin Platz gehabt hätte.

»Wollen wir etwas trinken? Einen Sherry?«

»Für mich vielleicht lieber einen Schnaps. Etwas Starkes.«

»So«, sagte sie, »etwas Starkes?« Dabei lächelte

sie wieder, und ihm schien, sie amüsierte sich über ihn.

Sie standen vor einer großen Couch im Salon. Darüber hing ein Ölbild an der Wand. Es stellte einen dynamisch aussehenden Herrn gesetzten Alters dar, der finster aus dem Rahmen blickte. Die Frau deutete auf das Bild: »Das ist er, mein Mann. So an die zwanzig Jahre hat er mich betrogen. Jetzt soll er dabei sein ... Ich mache mir einen Spaß daraus. Sie sind dabei unwichtig.«

James fragte: »Ist er ... ist er gestorben?«

»Ja, vor drei Wochen.«

Er murmelte: »So ist das also.«

»Ja, wir haben uns gehaßt. Oh, wie haben wir uns gehaßt. Aber wir konnten nicht auseinander. Die finanziellen Verflechtungen waren so geschickt arrangiert, daß ich keine Möglichkeit hatte. Er war ein Tyrann, ein Frauenquäler, wenn Sie wissen, was ich meine? Ein Sadist. Er hatte Lustgefühle, wenn andere weinten.« Sie kam dicht an ihn heran und schaute ihm ins Gesicht. »Verstehen Sie, was ich meine?«

Ihre Direktheit machte ihn leicht unsicher: »Ja, ich glaube, ich weiß, was Sie meinen.«

»Sie glauben? Aber Sie wissen nicht!« Sie hatte plötzlich einen hysterischen Ton in der Stimme: »Er hat mich gequält! Aber ich bin noch jung! Und ich verstehe es noch zu genießen. Und Sie?«

»Ich?«

»Hahaha!« lachte sie laut, und er begriff, daß sie sich

über ihn lustig machte. Vom Sie wechselte sie plötzlich zum Du: »Geh dorthin an den Tisch! In dem kleinen Mahagonikasten liegt das Geld für dich. Na los, mach schon.«

Langsam ging James zu dem kleinen Tisch hinüber, auf dem der Holzkasten stand. Er hob den Deckel an und erblickte einen dicken Briefumschlag, der mit Banknoten gefüllt war. James nahm ihn heraus und hielt ihn wortlos in der Hand. Er schaute fragend zu der Frau hinüber.

»Ja, steck es ein!« rief sie. »Es ist dein Honorar.« Sie stand nun genau vor der Couch, starrte triumphierend auf das Ölbild. Ihre Stimme war leise und eindringlich geworden. »Siehst du, Erich, was ich tue? Ich erniedrige dich. Und das werde ich noch oft tun. Du kannst mich nicht mehr daran hindern.«

Er fragte sich, ob sie möglicherweise verrückt war. Sie konnte natürlich auch betrunken sein, denn er sah neben der Couch zwei leere Flaschen stehen, es war Sherry.

»Ja«, wandte sie sich wieder ihm zu. »Er war ein Hund.«

Einem solchen Haß war er noch nie begegnet, einem Haß, der über das Grab hinausreichte.

»Nun komm her, setzt dich zu mir. Hier, neben mich auf die Couch.«

Der Kommandoton mißfiel ihm, aber er sagte nichts. Sie war erregt, als sie ihm die Knöpfe seiner Hose öffnete. Er hörte ihr lautes Atmen.

Nacheinander nahm sie ihm die Jacke, die Hose, dann das Hemd.

Verkrampft saß er neben ihr und fühlte sich beobachtet von dem Gesicht, das über ihm an der Wand hing.

Sie griff gierig zu, spielte mit ihm, liebkoste ihn. Dabei flüsterte sie: »Du bist jung, du hast einen straffen Körper... Er war fett und weich wie eine Qualle...« Sie hatte plötzlich einen sadistischen Gesichtsausdruck.

James fürchtete das Kommende, aber sie stellte keine perversen Forderungen an ihn. Sie wollte nur auch in dieser Situation befehlen. Er verstand, daß sie ihre Freiheit genoß. Sie war glücklich, daß ihr Mann endlich tot war. Jahrelang hatte sie gelitten und war dabei etwas verschroben geworden. Er fühlte fast Mitleid für sie.

Als es vorüber war, sagte sie: »Du hast dir die ganze Zeit den Kopf über mich zerbrochen, nicht wahr?«

Er nickte nur. Ihr Gesicht war nun gelöst. Zärtlich sagte sie: »Du bist ein guter Junge. Ich möchte, daß du wiederkommst. Woher stammst du eigentlich? Hast du spanisches oder italienisches Blut?«

»Nein«, antwortete er. »Meine gesamte Familie ist dunkelhaarig.«

»Wo ist dein Vater?« fragte sie.

»In Amerika. Ich werde ihn suchen. Eines Tages werde ich ihn finden.«

»Seltsam«, sagte sie. »Ich hatte von Anfang an irgendwie das Gefühl, daß du vaterlos bist.«

»Ich habe noch eine Mutter«, sagte er.

Sie wirkte jetzt ruhig und ausgeglichen, sogar in ihrem Gesicht erschien ein Zug von Freundlichkeit. »Wir könnten noch etwas trinken«, schlug sie vor. »Und ein bißchen Musik sollten wir machen.«

Neben der Couch war kaum sichtbar eine Schalttafel angebracht. Sie drückte auf ein paar Knöpfe, und Musik rauschte auf, schien von überall her zu kommen und füllte den Raum.

Er staunte über die Klangfülle, und sie erklärte: »Es sind acht Lautsprecher über das Zimmer verteilt.«

In der nächsten Stunde tranken sie zwei Flaschen Sherry, wovon sie allein mindestens zwei Drittel hinunterschüttete. Schon die Art, wie sie das tat, verriet ihm, daß sie Alkoholikerin war. Sie hatte unter dem Mann gelitten, der als Ölbild über der Couch hing. Wahrscheinlich war sie unter diesem Druck allmählich zur Trinkerin geworden. Er konnte die Wirkung des Alkohols schon bald an ihr erkennen. Ihre Bewegungen wurden fahrig und ungenau, das Gesicht verfiel und sah manchmal aus wie eine Maske, die in einer gehässigen Grimasse erstarrt war.

»Wenn du wüßtest«, sagte sie mit schleppender Zunge. »Ich habe mich an ihm gerächt.«

»Wie gerächt?«

»Auf die einzig richtige Art«, antwortete sie.

Er fragte nicht danach, aber sie blieb beim Thema. Manchmal lachte sie leise vor sich hin, murmelte unverständliche Sätze. Er dachte: Mir reicht's. Ich muß hier weg. Außerdem ist es höchste Zeit für mich. Aber sie nagelte ihn fest. »Wir trinken noch etwas zusammen!« Da war wieder der Kommandoton.

Sie holte eine neue Flasche Sherry aus der Bar, die in einem echten antiken Schrank gegenüber der Couch eingebaut war.

James entfernte den Verschluß und schenkte ein. Sie griff abrupt nach ihrem Glas, verschüttete dabei etwas, kümmerte sich aber nicht darum, obwohl ihr Kleid jetzt völlig befleckt war.

»Auf unser Wohl!« sagte sie und trank.

Er nippte nur an seinem Glas. Sie saß zurückgelehnt mit geschlossenen Augen und murmelte: »Ja, du wärst schon richtig. Du könntest hier bei mir leben. Ich brauche einen Beschützer. Man trachtet mir nämlich nach dem Leben. Er hat einen Stiefbruder, der von mir Geld haben will. Aber es steht ihm nichts zu. Die Familie hat ihn schon vor fünfzehn Jahren verstoßen, weil er im Gefängnis war. Gut hättest du es bei mir und würdest reich.«

James sagte nichts, dachte nur daran, daß er sich verabschieden müßte. Friedrich hatte die nächsten Kundinnen sicher schon wegschicken müssen.

»Du antwortest nicht?« Sie wurde beinahe heftig. »Vielleicht glaubst du mir nicht. Aber ich werde dir jetzt etwas erzählen, da wirst du staunen. Ja, ja, ich werde es dir sagen, denn wir haben keine Zeugen.«

Sie kicherte. »Hör zu: Ich habe meinen Mann umgebracht. Jawohl, umgebracht. Und weißt du wie? Mit Weißwein und Zucker! Er war nämlich schwer zuckerkrank. Er mußte ständig zur Überwachung, und zwischen zwei Kontrollen habe ich ihm den falschen Wein gegeben. Dazu noch Süßspeisen, von denen er glaubte, sie wären mit Saccharin gesüßt, aber ich hatte Zucker hineingetan. Dann fiel er ins Koma und ist nicht wieder aufgewacht. Das war meine Rache! Jawohl!« sagte sie. »Meine Rache!«

Ihr Kopf sank herab mit geschlossenen Augen. Es sah aus, als wäre sie eingeschlafen. Er war jedoch nicht sicher. Leise stand er auf; sie rührte sich nicht. Er schlich zur Tür, schaute sich noch einmal um. Ihre Haltung war unverändert. Dann ging er leise hinaus.

Als James in der Wohnung eintraf, war es bereits halb acht. Friedrich hatte ungeduldig auf ihn gewartet. »Wo bleibst du denn, Mann? Das Telefon hat fünfmal geklingelt, seit du weg bist. Alles Vorbestellungen. Der Laden läuft, James. Wie war es denn?«

»Seltsam«, sagte er. »Wahrscheinlich ist sie etwas verrückt. Auf jeden Fall schwerreich. Ihr Mann war tatsächlich dabei.«

Friedrich staunte: »Du meinst, er hat mitgemacht?«

»Nein, nein, er hing an der Wand – als Ölgemälde. Aber ich hatte ständig das Gefühl, er schaute mir zu und wäre besonders böse auf mich.«

Friedrich schüttelte den Kopf. »Was es alles gibt... Und das Honorar? Wie war das Honorar?«

»Ich habe es noch nicht gezählt. Hier ist es.«

James gab Friedrich das Kuvert, der sofort zu zählen

begann. Begeistert rief er: »Das sind ja tausendzweihundert Mark!«

»Stell dir vor, sie hat mir erzählt, sie hätte ihren Mann umgebracht. Und das klang sogar ziemlich wahrscheinlich. Allerdings hatte sie eine ganze Menge getrunken.«

Friedrich tat diese Bemerkung kurzerhand mit »Besoffenes Geschwätz!« ab. Dann legte er das Geld in den Küchenschrank, zu einem dicken Bündel Hunderter.

Danach machte er eine Eintragung in sein Notizbuch. »Schön, sehr schön, da kommen runde Summen zusammen.«

»Aber ich halte das nicht mehr lange aus!« rief James.

Beinahe väterlich begütigte Friedrich: »Ja, ich weiß, es ist sehr anstrengend. Soll ich dir schnell noch einen Wundertrank machen? Die nächste steht bald auf der Matte.«

»Schon wieder eine!« rief James. »Du mußt sie wegschicken!«

»James, das ist unmöglich, das ruiniert unseren Ruf. Warte, ich mixe dir schnell was zusammen.« Er war schon auf dem Sprung.

»Bleib hier! Ich will nichts haben!«

»Aber wenn es dir doch hilft...« meinte Friedrich.

»Nichts hilft mir mehr. Auch nicht die Wunderpille, die du in der Apotheke gekauft hast.«

»Die soll aber bombensicher sein. Wie hieß das da auf dem Fläschchen? Erfolg im Beruf und Glück in der

Liebe – Sanopur richtet die Männer auf mit seiner geballten Kraft. Die Hormonproduktion wird angeregt.«

»Alles Quatsch«, sagte James. »Ich werde jetzt etwas essen, und dann haue ich mich ins Bett, um einmal richtig auszuschlafen.«

Friedrich schaute ihn an. Er wußte, jetzt war nichts mehr zu machen. Er zuckte die Achseln: »Na schön, irgendwie werde ich ihr eine Geschichte erzählen und sie vertrösten. Schließlich habe ich heute abend ja schon zwei wegschicken müssen. Langsam kriege ich Übung darin.«

James antwortete nicht. Er machte sich ein paar Frankfurter Würstchen heiß und aß dazu ein Stück Brot. Nachdem er noch eine Flasche Bier getrunken hatte, ging er zu Bett.

Aber mindestens zwei Stunden lag er wach und dachte an die seltsame Frau, die er heute getroffen hatte. Ob sie wirklich ihren Mann umgebracht hat? Dieser Gedanke ließ ihn nicht los und beschäftigte ihn auch noch in seinen Träumen.

16. KAPITEL

Am Morgen spielte er, im Bett liegend, wieder einmal auf seiner Querflöte. Er stellte fest, daß seine Finger schon ein wenig ungelenk geworden waren. Wie schnell das geht, dachte er. Ein Mensch muß in der Übung bleiben, sonst verliert er seine antrainierten Fähigkeiten.

Am Mittag tauchte Friedrich auf. »Weißt du eigentlich, daß du jetzt genau zwei Monate im Geschäft bist?« war seine Begrüßung.

James rechnete nach. »Ja«, sagte er erstaunt, »hätte ich nicht gedacht, aber es stimmt.«

Friedrich legte die Zeitungen, die er jeden Tag kaufte, auf den Wohnzimmertisch.

»Es wird zu einem monotonen Geschäft«, meinte James.

»Aber du siehst, wie die Zeit dabei verfliegt? Und der Rubel rollt schön regelmäßig.«

Die letzten Wochen waren ruhig gewesen, keine Besonderheiten, keine Frauen, die ihn vor unlösbare Aufgaben gestellt hatten. Viele von ihnen waren wiedergekommen. James hatte bereits eine kleine Stammkundschaft. Und was hatte sich in diesen zwei Monaten verändert? Nichts, dachte er, außer daß ich jetzt Geld habe. An die Anstrengungen war er inzwischen gewöhnt. Ein Mann hält mehr aus, als er glaubt. Mut und ein bißchen Mumm muß er in den Knochen haben. Es gibt Athleten, die täglich trainieren müssen. Er hatte in der Zeitung von Kunstturnerinnen gelesen, die so hart trainierten, daß sie dabei ihren Körper ruinierten. Für was? Für die Ehre.

»Noch zwei Monate, James, und du kannst aufhören. Dann reicht unser Geld aus. Ich habe übrigens mit dem alten Schneider noch einmal gesprochen. Die Sache steht günstig. Eigentlich wollte ich es dir nicht sagen, weil ich fürchtete, du würdest faul werden. Aber du hast dich in den letzten Wochen gut gehalten. Alles lief reibungslos.«

James machte ein verdrossenes Gesicht. »Hat das alles überhaupt einen Sinn?«

»Aber klar, Mann. Genausogut könntest du fragen: Hat mein Leben überhaupt einen Sinn?«

»Was sind wir eigentlich?« fragte James plötzlich, über diese Frage hatte er schon lange gegrübelt.

Friedrich war nicht zu überraschen, er wußte sofort eine Antwort: »Wir sind Kleinbürger, die sich zur Wehr setzen... Auf unsere Weise, James. Allein sind wir zu schwach, aber zu zweit können wir es schaffen. Wir sind die kleinste Form der Gruppe, und nur die Gruppe hat heute noch eine Chance.«

»Eine verdammt kleine Gruppe sind wir. Ich muß sie ja alle allein bumsen. Wenn du mir mal aushelfen sollst, dann kneifst du.«

»Eigentlich habe ich von später gesprochen, wenn

wir unser Geschäft haben«, verteidigte sich Friedrich. »Im Bett bin ich kein As mehr, das habe ich dir schon ein paarmal gesagt. Und ich mache mir auch keine Illusionen über mein Aussehen. Ich bin nicht sehr groß, habe einen Bauch und...« Friedrich wollte noch weitere Minuspunkte aufzählen.

James rief: »Aber Eier hast du doch, Mann!«

Das mußte Friedrich zugeben. »Ja, schon, aber keine Übung mehr.«

»Dann mußt du halt üben!«

»Das möchte ich auch, James. Ich weiß sogar eine, aber das ist schwierig.«

»Ist es noch die Frau hinter dem Schalter?«

»Ja.«

James sah nicht ein, warum das so schwierig sein sollte. Ein Mann müsse nicht unbedingt schön sein. Was zählt bei einem Mann? Sein Auftreten, seine Intelligenz, seine Position, sein Wissen um das, was für eine Frau wichtig ist. »Also, was ist da so schwierig?«

»Menschenskind, ich kann doch nicht an den Schalter gehen und sie anquatschen.«

»Schreib ihr einen Brief«, schlug James vor. »Wenn sie dich mag, wird sie richtig reagieren.«

Friedrich nickte: »Wahrscheinlich hast du recht, aber das muß ein guter Brief sein. Wir wollten ja sowieso das Inserat nur noch zweimal in der Woche erscheinen lassen. Damit sparen wir Geld und müssen nicht mehr so viele Frauen abweisen. Ich gehe also in den nächsten

Tagen bei ihr vorbei. Aber der Brief, mein lieber Freund, der muß gut sein.«

James begriff, daß auch Friedrich darunter litt, ohne Frau leben zu müssen. »Ich beneide dich«, sagte er. »Du bist ja regelrecht verliebt.«

Friedrich seufzte: »Ja, das stimmt.«

»Ich möchte mich auch mal wieder verlieben«, sagte James. »Ich will es mal wieder ohne Geld machen, verstehst du? Wenn du nämlich die Hand aufgehalten hast, oder jemand kassiert für dich wie in unserem Fall, dann kannst du nicht richtig lieben, dann kannst du nur bumsen. Und das ist auf die Dauer zu wenig.«

Als er anrief, hatte er noch keine bestimmte Vorstellung, was er sagen würde. Der Name war plötzlich in seinen Gedanken aufgeblitzt: Mareike.

Sie war überrascht: »Du?« Dann machte sie eine lange Pause, die er mit seinen Zweifeln füllen konnte. Vielleicht war es falsch gewesen, sie anzurufen. »Ich hätte nicht damit gerechnet, daß du dich mal meldest. Und wenn du jetzt noch sagst, du hättest Sehnsucht nach mir, dann breche ich zusammen.«

Sie lachte in den Hörer. Er war verblüfft, denn soviel Sicherheit hatte er nicht erwartet.

»Vielleicht habe ich ein bißchen Sehnsucht nach dir«, sagte er. »Weißt du, damals steckte ich ziemlich in der Scheiße. Ich will damit sagen, ich war gar nicht fähig, mich zu verlieben, aber ich habe trotzdem gewußt, daß es schön mit uns war.«

»Zu gnädig, der Herr. Und das ist dir alles heute wieder eingefallen?«

Ja, dachte er, ich hätte sie nicht anrufen sollen. Nach zwei Monaten ist so was vorbei. Jetzt kannst du nur noch herumstottern.

»Steckst du denn jetzt nicht mehr in der Scheiße?« fragte sie.

»Nein, ich habe mich herausgebuddelt.«

»Das freut mich für dich.«

»Ich wollte dir mal guten Tag sagen.«

»Das ist reizend von dir, nach zwei Monaten.«

Er fand, es wäre Zeit, das Gespräch zu beenden, bei dem er den kürzeren gezogen hatte. »Dann also, mach's gut«, sagte er.

»Ist das alles, du Hornochse?«

»Wie?« fragte er.

»Ob das alles ist?«

»Ja, für heute. Aber du kannst ja auch mal anrufen.«

»Ich gehe von der Schule ab«, sagte sie.

»Warum?«

»Hab' keine Lust mehr, bin auch zu schlecht in Latein und Mathematik. Und was soll der Quatsch? Ich will ja sowieso nicht studieren.«

»Was hast du vor?«

»Interessiert dich das?«

»Ja, natürlich.«

»Mal sehen«, sagte sie. »Vielleicht komme ich dich mal besuchen, du hast mir ja deine Adresse gegeben. Wohnt eine Frau bei dir?«

»Nein.«

»Gut, dann komme ich mal vorbei. Paßt es dir besser am Morgen oder am Nachmittag?«

»Am besten morgens«, sagte er.

»Mach's gut.« Sie legte auf.

Sie hat sich geändert, dachte er. Wahrscheinlich hat sie einen festen Freund. Zwei Monate waren schließlich eine lange Zeit. Er war abrupt gegangen, denn das war zuviel für ihn gewesen: Mutter und Tochter.

Er stand noch beim Telefon und überlegte. Sein Gefühl für dieses Mädchen hatte sich gewandelt; sie war ihm auf eine unerklärliche Weise nähergerückt. Er erinnerte sich an den Abschied in der Mansarde. Sie war davongelaufen, war dann zurückgekommen, hatte geweint und zu ihm gesagt: »Ist es so abscheulich, daß ich dich liebe?«

Er war noch immer in Gedanken und starrte den abgelegten Hörer an, auf dem seine Hand ruhte.

»War was?« Friedrich war mit dem Essen fertig.

»Nein, nichts Besonderes«, sagte James.

Sie gingen beide in die Küche. »Es gibt Schweinekotelett mit Blumenkohl und Kartoffeln. Gutbürgerlich«, sagte Friedrich.

In diesem Augenblick klingelte es an der Tür.

Friedrich und James sahen sich erstaunt an. So früh war niemand bestellt.

Friedrich schlüpfte wieder in seine Butlerrolle: »Ich werde nachsehen.«

Kaum hatte er die Tür einen Spalt weit geöffnet, stürmte ein Mann herein. Er war mindestens zwei Zentner schwer, sein Doppelkinn bebte; er hatte eine gewaltige Stimme.

Er ging sofort zum Angriff über, packte Friedrich mit beiden Händen am Kragen, schüttelte ihn wild hin und her und rief: »Da bist du also, du Mistkerl! Dir werde ich helfen, mit meiner Frau zu schlafen! Alles habe ich gehört, als sie mit ihrer Freundin telefonierte. Sie wußte nicht, daß ich im Nebenzimmer war!«

Friedrich ging in die Knie, er wollte James rufen, hatte aber nicht genug Atem.

»Du alter Bock!« rief der Mann. »Sie muß an Geschmacksverirrung gelitten haben, als sie dich ihren süßen kleinen James nannte!«

James stürzte in den Flur, als der Mann gerade mit der rechten Faust ausholte. Er bekam den Arm zu pakken und konnte den Schlag aufhalten. Friedrich trat ihm mit aller Kraft gegen das Schienbein.

Der Mann hüpfte einmal hoch, hielt kurz sein Bein mit der Hand und schrie: »Au! Das wirst du büßen!«

Er war schneller und gelenkiger, als sie es ihm bei seiner Fülle zugetraut hätten. Plötzlich hatte er James im Schwitzkasten. Er drückte gewaltig zu, und Friedrich sah, wie James' Gesicht rot anlief.

Er wollte ihm helfen und sprang den Wütenden noch einmal an. Es war eine regelrechte Schlägerei, die sich über den Flur bis ins Wohnzimmer zog. Zwei Stühle krachten zusammen, wie wenn sie aus Streichhölzern wären. Der Tisch fiel um, klirrend zerbrach ein Bild auf dem Boden.

Vor dem Schlafzimmer setzte der Dicke zu einem tolpatschigen Sprung auf James an. Er drängte ihn zurück, verkrallte sich in seinem Hemd und zerriß es mit einem einzigen Ruck. Dabei brüllte er: »Aha! Du bist also der süße kleine James! Ich zerbreche dir die Knochen. Hackfleisch mache ich aus dir!«

James war für einen Augenblick in Bedrängnis, aber Friedrich ließ ihn nicht im Stich. Er hatte den Hosenbund des Mannes im Griff und zerrte daran, bis dessen blanker Bauch über der Hose erschien. Noch ein Ruck, und der gewaltige Hintern des Kolosses kam zum Vorschein. Aber er war nicht zu Fall zu bringen.

Plötzlich kam Friedrich die Erleuchtung. Er biß dem Dicken mit aller Gewalt in die Wade. Mit schmerzverzerrtem Gesicht stieß der ein brüllendes »Ahhh!« aus.

James nutzte die Chance und schlug einen genauen Leberhaken. Der Mann zuckte zusammen und wurde kreidebleich. Er hatte Mühe, Luft zu holen, aber der Zorn trieb ihn noch einmal an. Er hob drohend die Faust und rief: »Nie wieder! Nie wieder mit meiner Frau!« Dann verschwand er durch die Tür, war bereits im Treppenhaus, wo vier, fünf Bewohner zusammengelaufen waren. Er stapfte an ihnen vorbei und rief: »Eine männliche Nutte wohnt bei Ihnen im Haus! Haben Sie das schon gewußt? Er läßt sich von Frauen bezahlen!«

Dabei hielt er seine zerrissene Hose vorn und hinten fest. Die Hausbewohner traten scheu zur Seite, als er an ihnen vorbeikeuchte.

Als der Spuk vorüber war, saßen James und Friedrich wie benommen nebeneinander im Wohnzimmer auf der Couch. Sie waren beide niedergeschlagen und starrten vor sich hin.

Friedrich hatte wieder ein blaues Auge, sein Hemd war zerrissen. James betastete die Schrammen in seinem Gesicht und an seinem Hals. Die Wohnung war ein Chaos. Mindestens zwei Minuten redeten sie nichts. Es war wie die Stille nach dem Sturm.

Friedrich faßte sich als erster. »Menschenskind, was machen wir jetzt?«

»Ist mir ganz egal. Ich habe jedenfalls die Nase voll.«

Friedrich überlegte: »Ob wir einen Schreiner holen, der die beiden Stühle wieder zusammenflickt?«

James sagte nur: »Ich suche mir einen anderen Beruf.«

»So, so!« Friedrichs Stimme klang vorwurfsvoll. »Du suchst dir einen anderen Beruf? Jetzt willst du mich kurz vor dem Ziel sitzenlassen. Du hast mich dazu überredet, mit dir in dieses Geschäft einzusteigen.«

James konterte: »Der Gerichtsvollzieher hing dir ja ohnehin zum Hals heraus. Das war an dem Morgen, als sie dir beim Pfänden ein blaues Auge geschlagen hatten.«

Friedrich betastete sein Auge, das inzwischen dick

angeschwollen war. Er brauchte nicht zu fragen, er wußte, wie es jetzt aussah.

James wandte sich Friedrich zu. »Du meine Güte! Du hast ja tatsächlich wieder ein blaues Auge. Ein bildschönes Veilchen...«

Friedrich sagte wütend: »Das findest du wieder mal sehr lustig, wie? Und überhaupt: Was beschwerst du dich? Ich habe doch den größten Teil der Prügel eingesteckt.«

Ein paar Minuten stritten sie, wer von beiden mehr zu leiden gehabt hätte. Sie einigten sich, jeder habe sein Teil abgekriegt.

Friedrich nickte vor sich hin: »Du hast ihm ein Mordsding auf die Leber geknallt. Das hat gesessen. Aber der sah ja aus wie ein Riese. War fast nicht an ihn heranzukommen, und dann...« Friedrich grinste zufrieden. »Und dann habe ich ihn ins Bein gebissen. In seine fette Wade! Hahaha.«

Auch James lachte: »Wie ein Stier hat er aufgebrüllt.« Inzwischen hatte sich ihre Stimmung gehoben. Friedrich wurde unternehmungslustig: »Weißt du, was wir jetzt machen?«

»Nun, was schlägst du vor?«

»Ich tarne mich wieder mit meiner Sonnenbrille, sie muß ja noch irgendwo hier liegen, und dann gehen wir in die ›Laterne‹ und nehmen einen kräftigen Schluck.«

Ja, damit war James einverstanden. »Den können wir gebrauchen.«

»Wir haben es verdient«, sagte Friedrich.

Im Badezimmer machten sie sich frisch, zogen jeder ein neues Hemd an. Dann setzte Friedrich seine Sonnenbrille auf. »Sieht man etwas?«

»Nein, es fällt überhaupt nicht auf.«

Ehe sie aufbrachen, schrieb Friedrich auf einen Bogen Papier: »Mußte dringend verreisen. Bitte in zwei Tagen wieder anrufen.«

Mit einem Reißnagel heftete er das Blatt draußen an die Wohnungstür. »Wir können unsere Kundinnen nicht einfach vor der verschlossenen Tür stehenlassen«, erklärte er.

»Klar«, sagte James. »Die lesen das und rufen wieder an. Aber länger als zwei Tage darf der Zettel nicht an der Tür hängen.« Er dachte dabei an Mareike.

»Wir nehmen Benno mit«, hatten sie vorhin beschlossen. Es war kurz nach vier Uhr. Wahrscheinlich würde er an seinem Platz stehen und Geige spielen. »Benno hat Ausdauer«, sagte James.

»Was erzählen wir, wenn sie trotz der Brille mein blaues Auge sehen? Ich meine Benno und Tillmann?«

»Wir sagen, wir hätten gestern eine Schlägerei in einem Nuttencafé gehabt«, schlug James vor.

»Gut, das klingt glaubhaft, obwohl jeder weiß, daß ich nicht in Nuttencafés gehe.«

»Und ich? Ist von mir etwa bekannt, daß ich solche Pinten besuche?«

»Du schon eher, aber das ist nicht so wichtig. Wir können ja auch erzählen, es wäre ein ganz normales Lokal gewesen.«

James sagte: »Benno weiß übrigens, was ich mache. Allerdings hat er keine Ahnung, daß du dabei mitmischst.«

Das müsse er auch nicht wissen, sagte Friedrich. Immerhin sei er noch Beamter.

»Benno ist zuverlässig«, versicherte James. »Dafür lege ich meine Hand ins Feuer.«

»Gut, gut, wir müssen jetzt einen Wagen bestellen. Wieviel Geld hast du in der Tasche?«

Es müßten etwa fünfhundert Mark sein, überlegte James.

»Na und, ist das nichts? Konntest du je früher mit fünfhundert Mark in der Tasche ausgehen? Siehst du, wie du vorangekommen bist?«

Vor der Haustür warteten sie auf das Taxi. Im Wagen fragte James: »Du hast mir noch nichts Genaues von Schneider erzählt. Wir wurden ja unterbrochen.«

»Er kommt uns entgegen, James. Die Sache läßt sich auf Rentenbasis regeln. Wenn du achtzig Riesen bringst, bringe ich hundert. Dreißig habe ich gespart, siebzig kriege ich von der Bank. Schneider hilft mir dabei mit seinen Bilanzen. Wir teilen fifty-fifty, auch wenn du etwas weniger bringst als ich. Aber ich will fair sein, du hast mehr dafür gearbeitet als ich.«

Sie fanden, diese Abmachung war eine gesunde Basis für beide Teile, und sie gab den nächsten Stunden eine fröhliche Grundstimmung, obwohl es bisher ein harter Tag gewesen war, wie sie sich gegenseitig versicherten.

Benno Steinthaler vollführte beinahe einen Luftsprung vor Freude, nachdem der Wagen neben dem Bürgersteig gehalten und er die beiden erkannt hatte. Schnell verpackte er seine Geige im Kasten, schüttete hastig das Kleingeld aus dem Hut in seine Jackentaschen und stieg ein.

»Mann«, sagte er, »das ist Klasse, daß ihr mich mal abholen kommt. Wir fahren doch wohl zur ›Laterne‹?«

Er wohnte nicht mehr bei seiner Mutter, erzählte er. Sie hätte Ärger gemacht. Nachdem sie in den Hut gespuckt hatte, wäre es aus gewesen mit dem Frieden. »So sind sie, die alten Weiber«, sagte er lachend. »Sie verstehen nichts von der Zeit, aber sie haben ihre feste Meinung. Wie geht es deiner Mutter, James?«

»O weh.« James winkte ab.

»Und was gibt es Neues? Wie laufen deine Geschäfte?«

»Großartig.«

»Meine auch, ich hätte nie gedacht, daß ich jemals soviel Geld verdienen würde.«

Das Neueste wußten James und Friedrich noch nicht. »Griebel ist tot. Ja, kaum zu glauben, den alten Gauner hat es erwischt. Einer seiner Boys hat ihm eine Flasche über den Kopf geschlagen. Daran ist er gestorben. Sein Puff lief auf Hochtouren, aber er hat schamlose Prozente kassiert. Tillmann hat die Zeitung noch, da steht alles drin. Ich gehe fast jeden Abend zu Tillmann. Er hat schon ein paarmal nach euch gefragt.«

Und das Café Troll hatte wieder aufgemacht, schräg

gegenüber von der ›Laterne‹. Wegen einer Rauschgiftaffäre war es seit Monaten geschlossen gewesen. James kannte das Lokal, ein schmaler, langer Schlauch, hinten war eine kleine Bar mit acht Plätzen.

»Da sitzen jetzt die Nutten«, erzählte Benno. »Ganz hübsche Sachen, das Stück zu hundert Mark.«

»Ganz Frankfurt ist vernuttet«, stellte Friedrich fest.

»So, Griebel ist tot«, griff James dieses Thema wieder auf.

»Ja, er hat seine Pferdchen beschissen, daran ist er gestorben.«

»Griebel hat jeden beschissen«, sagte James.

»Vernuttet, die ganze Stadt ist vernuttet«, wiederholte Friedrich.

»Wir werden ein mächtiges Glas trinken, heute.« Benno lachte.

»Ja, wir machen ein Faß auf«, sagte James.

Friedrich hörte ihre Sprüche und dachte: Es geht ihnen trotz allem gut. In ihrem Alter war ich wesentlich schlechter dran. Es war eine andere Zeit, mit weniger Möglichkeiten. Der Kampf ist jetzt brutaler, aber die Stärksten überleben. Das ist wie in der Natur, dachte er. Wie im Dschungel: Skrupel zählen nicht.

Sie wählten den Ecktisch, an dem sie immer gesessen hatten. Tillmann kam und spendierte eine Runde Schnaps und Bier. »Das ist schön, daß ihr mal wieder hier zusammenhockt. Wie geht es euch denn? Der Benno wird ja allmählich reich mit seiner Geige. Jetzt kann er sich bald einen Wagen kaufen. Die Musik ernährt ihren Mann.«

»Klar«, sagte Benno stolz. »Ich habe mich nicht unterpflügen lassen. Es ist mir doch scheißegal, was die Leute von mir denken, wenn ich da an der Straße stehe und meinen alten Hut füllen lasse.«

»Wahrscheinlich bist du der jüngste Bettler in der Stadt«, sagte Tillmann.

»Wenn alles glatt läuft, zahle ich in einem halben Jahr eine Eigentumswohnung an. Zwei Zimmer mit Küche und Bad, das genügt für mich.«

»Hier geht es nicht so glänzend«, sagte Tillmann. »Dieses verdammte Café Troll macht mir Konkurrenz. Ist ja auch klar, gegen die Nutten kann ich nicht anstinken. Aber ich bin trotzdem zufrieden.«

Tillmann holte aus seinem Büro die Zeitung, die über den Tod Griebels berichtete. Beim Lesen nahm Friedrich die dunkle Brille ab, und jeder konnte sein blaues Auge sehen. Aber er war durch Tillmanns Fragen nicht in Verlegenheit zu bringen.

»Eine kleine Schlägerei, in einem Lokal... James hat angefangen«, sagte er grinsend.

James schluckte eine Bemerkung hinunter und staunte, wie gut Friedrich lügen konnte. Es klang verdammt echt.

Der Zeitungsbericht begann mit dem Satz: ›Was den Männern recht ist, ist den Frauen billig...‹ Und das habe Griebel für sich genutzt, in seinem noblen Bordell mit vier kräftigen Männern. Einer von ihnen hatte gesagt: »Immer wenn er kassieren kam, hat er diesen komischen Hut getragen, mit dem Gamsbart drauf. Ganz allmählich hat mich der Hut geärgert. Und dann habe ich ihm eines Tages mit der Flasche über die Rübe gehauen. Es war leider ein bißchen zu fest.«

»Der Hut hat ihn umgebracht«, sagte Tillmann.

»Prostitution trägt immer ein Päckchen Elend auf dem Rücken«, kommentierte Friedrich.

»Aber es ist das sicherste Geschäft, das es gibt. Ich meine, was den Gewinn angeht.« Tillmann deutete in die Richtung des wiedereröffneten Cafés: »Ihr solltet mal sehen, was dort hinten umgesetzt wird.«

»Bei uns wird auch eine Menge umgesetzt, nicht wahr, James?« rief Benno und lachte so laut, daß die Gäste an den Nebentischen erschrocken herumfuhren.

17. KAPITEL

Am nächsten Morgen unternahmen sie nichts; der Abend in der ›Laterne‹ steckte ihnen noch in den Knochen. James schlief lange, und Friedrich ging nicht einmal zum Pfänden. Ein guter Tag für ihn, denn was war das für ein Beruf, im Auftrag des Staates Menschen zu besuchen, um ihnen Geld abzunehmen? Darüber hatte er sich oft gegrämt: Niemand empfing ihn je freundlich. Er war ein Gespenst: Seine Person war gleichgesetzt mit Verlust und Ungerechtigkeit.

Als er um die Mittagszeit vor der Wohnungstür ankam, hing dort noch der Hinweiszettel, den er gestern angebracht hatte.

James kam schlaftrunken im Bademantel aus seinem Zimmer, er wischte sich die Augen und gähnte: »Hier sieht es noch wüst aus.«

»Ich habe eine Idee.« Friedrich war voller Energie. »Ich werde Kaltleim besorgen und die Stühle reparieren. Den Bilderrahmen können wir wegwerfen.«

Friedrich blieb für ein paar Stunden und las Zeitungen. Als das Telefon zum erstenmal klingelte, hätte er beinahe gesagt, James sei krank. Grippe oder so etwas. Aber in letzter Sekunde war ihm eingefallen, daß Krankheit geschäftsschädigend sein könnte, und so war seine Entschuldigung etwas zu fantastisch ausgefallen. »Ja, ja«, hatte er gesagt. »Er ist weit fort, in Afrika, auf Löwenjagd...«

Schon die erste Frau, der er die Löwenjagd vorgeflunkert hatte, war erst befremdet, dann aber fasziniert gewesen.

»Das ist doch sehr gefährlich«, hatte sie gesagt. »Allerdings ist es wahrscheinlich auch interessant. Hoffentlich passiert ihm nichts...«

»Er ist ein großer Jäger«, behauptete Friedrich. Nachdem er die Geschichte dreimal am Telefon erzählt hatte, glaubte er fast selber an die Löwenjagd. Es überkam ihn die Abenteuerlust. Er nahm sich vor, irgendwann tatsächlich einmal nach Afrika zu fahren. Kurz darauf allerdings fragte er sich: Wie komme ich auf Löwenjagd? Mann, ich bin ja noch besoffen.

Zwei Dinge wollte er am Spätnachmittag erledigen: Kaltleim und die Frau vom Inseratenschalter. Er sagte kein Wort davon zu James, wollte es geheimhalten, weil es ihm unpassend schien, von einer Liebe zu sprechen, die es noch gar nicht gab.

Bevor er ging, fragte er James: »Was willst du machen?«

»Ich werde schlafen, schlafen.«

»Wie kann ein Mensch nur soviel schlafen?« Friedrich schüttelte den Kopf.

»Wenn du das hinter dir hättest, was ich in den letzten Wochen hinter mich gebracht habe, dann würdest du auch schlafen«, antwortete James.

Als sich Friedrich auf den Weg machte, dachte er: James kann das Telefon getrost einmal selbst bedienen. Sehr bald hatte es auch schon geklingelt. Es war ein besonderer Anruf; James verstand nicht sofort. Die Frau sagte: »Ich hoffe, Sie sind nicht schwer von Begriff. Ich werde Ihnen alles erklären...«

Vor fünfundzwanzig Jahren hatte sie einen Mann geliebt und ihn nie wieder vergessen. Es gab Tage und Stunden, die sich tief bei ihr eingeprägt hatten: das Echo einer großen Liebe. In mehreren Jahren hatte sie Gespräche und verliebte Augenblicke niedergeschrieben. Ohne es zu bemerken, war fast so etwas wie ein Drehbuch daraus geworden. James sollte einen Teil davon mit ihr spielen.

»Aber das kann ich doch gar nicht«, war seine erste Reaktion.

Sie wußte es besser: »Aber natürlich können Sie das. Ich schicke Ihnen den genauen Ablauf eines Abends, von mir geschrieben. Es war einer unserer schönsten Abende. Wir gehen in das gleiche Lokal, es existiert nämlich noch. Ich werde denselben Tisch bestellen, und Sie müssen dann nur das tun, was ich geschrieben habe.«

»Wie?«

Nichts sei einfacher als das, meinte sie. Er könne sich doch wohl ein paar Sätze merken, zumal sie ihm jedesmal das Stichwort geben würde. Außerdem habe der Mann nicht sehr viel gesprochen.

»Das meiste hat er mit den Augen gesagt«, erzählte

sie. »Sie denken hoffentlich nicht, ich wäre übergeschnappt. Ich weiß genau, was ich will. Ich wußte immer, was ich wollte. Zwanzig Jahre habe ich meinen Betrieb geführt und ihn ganz allein hochgebracht.«

»Was für einen Betrieb?« fragte James.

»Eine Großwäscherei. Also geben Sie mir Ihre Adresse durch, ich schicke Ihnen den genauen Ablauf des Abends. Ich wende mich übrigens aus einem bestimmten Grund an Sie...«

Er wollte den Grund wissen, und sie sagte: »Eine gute Freundin von mir war bei Ihnen. Sie hat mir genau beschrieben, wie Sie aussehen, und demnach müssen Sie ihm ähnlich sein.«

Eine Freundin? Wer mochte das sein?

Sie sagte es nicht, und er fragte nicht mehr nach der Freundin. Aber etwas wollte er noch wissen: »Waren Sie mit ihm verheiratet?«

»Aber nein!« rief sie laut.

»Waren Sie nie verheiratet?«

»Doch, dreimal. Die Flaschen sind alle weggestorben. Ich hatte ein Riesenpech. Aber sie konnten sowieso keinen Vergleich mit ihm aushalten. Schwächlinge waren es! Ich hoffe, daß Sie kein Schwächling sind.«

»Ich gelte als kräftig.« Dabei dachte er: Dreimal verheiratet, wie alt mag sie sein?

»Kräftig... Das will ich hoffen. Wir werden ja sehen...«

»Ich weiß nicht...« begann er zögernd.

Sie hörte heraus, daß er absagen wollte. Aber sie war

schneller als er. »Ich zahle fünfhundert Mark für diesen Abend!« rief sie ins Telefon.

Das Angebot gab den Ausschlag. Vielleicht muß ich gar nicht... Es könnte ja sein, daß sie nur die Umgebung noch einmal erleben will. Ihre Stimme war stark und befehlsgewohnt, aber sie mußte dennoch eine Romantikerin sein.

»Es ist gut«, sagte er. »Ich nehme an. Schicken Sie mir Ihre Aufzeichnungen.«

»Sie müssen alles auswendig lernen.«

»In Ordnung, abgemacht.«

»Dann bis auf bald«, verabschiedete er sich.

Eine Verrückte? Nein, dafür war ihre Diktion zu klar gewesen. Schade, daß Friedrich das Gespräch nicht angenommen hatte. Wahrscheinlich hätte er mehr Informationen aus ihr herausgelockt. Er verstand sich auf so etwas.

Friedrich war auf der Suche nach Kaltleim gewesen. In mehreren Geschäften hatte er gefragt und auch schließlich eine Tüte mit einem ganzen Pfund gekauft.

Er fragte sich: Soll ich sie anrufen? Er wußte nicht ihren Namen, sagte sich: Es ist unmöglich, das kann ich nicht machen. Er wußte so gut wie nichts von ihr: eine Dame mit rötlichem Haar oder besser, mit rotblondem Haar. Sie trägt eine Brille...

Nein, sagte er sich, anrufen geht nicht. Er suchte ein Restaurant, um einen Korn und ein Bier zu trinken. Und dann wollte er einen Liebesbrief schreiben. Erstaunt stellte er fest, daß es der erste seines Lebens sein würde.

In dem Lokal, in dem er den Kellner nach einem Block gefragt hatte, trank er drei Schnäpse und drei Bier. Es geht nicht, dachte er, ein solcher Brief auf einem Stück vom Rechnungsblock? Er zahlte und ging auf die Suche nach einem Papiergeschäft. Dort kaufte er einen Schreibblock, bestes Papier, dazu gefütterte Briefumschläge. Ja, das sieht schon anders aus, lobte er sich.

Im nächsten Lokal trank er nur ein Bier und einen Schnaps. Er begann zu schreiben: »Verehrte Dame ...«

Korn und Bier hatten ihn mutig gemacht. Er schrieb, wie sehr er schon beim erstenmal beeindruckt gewesen war. Sie sei ihm aufgefallen zwischen all den Gesichtern, die man übersieht oder sofort wieder vergißt. Er hätte an sie gedacht, öfter, als für ihn gut gewesen wäre.

Manchmal kratzte er sich während des Schreibens am Kopf und fand, daß er gestelzt und altmodisch formulierte. Er schrieb jedoch eifrig weiter, konzipierte den Brief dreimal neu und beendete die endgültige Fassung mit großem inneren Schwung: »Ich bin ein geschiedener Mann und sehne mich nach Zuneigung. Seit langer Zeit habe ich für niemand soviel Sympathie empfunden wie für Sie. Während ich dies zu Papier bringe, wird mir bewußt, daß ich etwas Ähnliches nie einer Frau geschrieben habe ...«

Er schloß: »Ihr Gabriel Friedrich.«

Es war ihm klar, daß er den Brief selber abliefern mußte. Auf einem zweiten Bogen notierte er die Änderung des Inserats: Nur noch zweimal in der Woche – mittwochs und samstags.

Auf dem Weg zur Zeitung prüfte er sich: Schwanke ich etwa? Habe ich eine Fahne? Ich werde nicht nahe herantreten. Mit weit ausgestrecktem Arm werde ich den Brief übergeben.

Sie schaute erstaunt auf, als sie ihn vorm Schalter sah. Er zog seinen Hut, verbeugte sich und reichte ihr mit gestrecktem Arm den Umschlag. Sie lächelte, er machte eine Verbeugung, drehte sich um und ging hinaus. Die Übergabe war ihm prächtig gelungen, er war zufrieden mit sich und diesem Tag.

Am nächsten Morgen erwachte Friedrich mit einem schlechten Gewissen. Er hatte Kopfschmerzen, aber das war nicht so schlimm, quälender war der Gedanke an seinen Liebesbrief. Der Kaltleim fiel ihm ein, er sagte sich: Ich werde zu James gehen und die Stühle leimen.

James lag noch im Bett und schlief. Als er Friedrich im Wohnzimmer rumoren hörte, stand er auf, zog seinen Bademantel an und ging hinüber. Er schaute Friedrich kurz an und sagte: »Du hast gesoffen.«

»Wieso, wieso?«

»Ich sehe es an deinen Augen.«

»Meine Augen sind nicht zu sehen, denn ich trage seit drei Tagen eine Sonnenbrille.«

Friedrich ging nicht weiter darauf ein. In einer großen Glasschüssel hatte er Kaltleim angerührt. Mit dikkem Pinsel begann er, langsam und umsichtig, die Bruchstellen der zertrümmerten Stühle mit dem Leim zu bestreichen.

Dann kam der Anruf für James. Die Frau sagte: »Ich habe noch gestern mittag die Unterlagen per Eilboten an Sie abgeschickt. Sie müßten sie bald erhalten. Lernen Sie alles auswendig. Ich rufe noch einmal an. Vielleicht können wir uns schon heute abend treffen.«

James legte sich noch einmal ins Bett und wartete auf den Postboten. Er kam bereits eine Stunde später. Langsam und sorgfältig las er die Geschichte eines längst vergangenen Abends. Es war alles genau angeführt: was er gesagt hatte, und wann er ihr einen Kuß auf die Wange gehaucht hatte. Sie war tatsächlich eine Romantikerin, aber eine, die genau bestimmte, in welchem Augenblick eine Situation romantisch zu werden hatte.

Um vier Uhr nachmittags war sie wieder am Telefon: »Sind die Unterlagen angekommen?«

»Ja, ich habe alles gelesen und den größten Teil davon bereits auswendig gelernt«, antwortete James.

»Dann können wir uns heute abend treffen. Sagen wir um neun Uhr...« Sie nannte ihm das Lokal, es war ein Zigeunerkeller von der teuersten Sorte.

»Dort werden wir essen, über das Weitere sind Sie ja informiert...«

O ja, dachte er, ich bin informiert. Die Dame heißt Schmitz, und so will sie es haben: Nach drei Flaschen Wein, nach Tanz und zärtlichem Geplänkel soll ich es im Auto mit ihr machen. Den Wagen wird sie mitbringen.

»Ich werde pünktlich sein«, versprach er.

James war pünktlich. Er stand vor dem Lokal, betrachtete die Fassade, fand die Aufmachung gut und ging hinein.

Die Treppe war mit einem roten Läufer belegt. Als er den Gästeraum betrat, empfingen ihn gedämpftes Licht und ein Geschäftsführer im Smoking.

James fühlte sich etwas unsicher: »Frau Schmitz hat hier einen Tisch bestellt...«

Der Mann wußte Bescheid: »Kommen Sie bitte mit.«

Es war ein Platz in einer Nische, der Tisch war festlich gedeckt, Blumen standen darauf, und zwei rote Kerzen brannten in einem silbernen Leuchter.

James sagte: »Lassen Sie mir einen doppelten Korn und ein Glas Bier bringen.«

Kaum hatte er die Getränke hinuntergeschüttet, traf auch schon Frau Schmitz ein. Sie war über die Fünfzig, eine vollschlanke Matrone im Cocktailkleid, um die Schultern eine Nerzstola. Er sah ihr verlebtes Gesicht, den verkniffenen Mund. Jawohl, eine Geschäftsfrau.

»Das ist schön, Sie sind tatsächlich pünktlich«, begrüßte sie ihn.

»War er etwa unpünktlich?« fragte James.

Sie schüttelte den Kopf. »Es ist genau fünfundzwanzig Jahre her. Er saß, wo Sie jetzt sitzen.« Sie deutete mit dem Finger: »Dies war mein Platz. Wir haben gegessen: Schnecken, gut gewürzt, dann Chateaubriand, danach Himbeereis. Französischen Rotwein haben wir dazu getrunken. Er war ein toller Kerl...«

»Ist er tot?« fragte er zaghaft.

»Ja, er ist verunglückt. Ich hoffe, Sie haben Ihre Rolle richtig gelernt?«

Mit einer ruckartigen Bewegung streifte sie ihre Nerzstola ab und legte sie auf einen Stuhl. Er dachte: Eine Nerzstola hat sie damals bestimmt nicht getragen. Und das fand er komisch. Sie wollte einen Abend von damals wieder erleben, aber in ihrer teuren Kleidung von heute. Gewiß hatte sie damals den Kellner nicht mit einem Schnippen ihrer Finger herbeigerufen, wie sie es jetzt tat.

Sie fuhr den Kellner an: »Bringen Sie zum Aperitif einen Sherry für mich... Und für Sie?«

»Ich nehme auch einen Sherry«, sagte James.

Sie machte keine Umstände, aus ihrer Krokodilledertasche holte sie ein Kuvert hervor und reichte es ihm über den Tisch: »Hier sind die versprochenen fünfhundert Mark.«

James steckte das Kuvert wortlos ein, vergaß sogar ›Danke‹ zu sagen.

Sie tranken sich zu. Der Sherry schmeckte James diesmal nicht. Er hätte lieber etwas Stärkeres genommen und dachte: Ich hätte es wirklich nötig.

»Sie sehen ihm tatsächlich ein wenig ähnlich«, sagte sie. »Er war auch so ein dunkler Typ.«

Nach dem Sherry schnippte sie wieder nach dem Kellner und bestellte das Essen, die genaue Speisenfolge von damals. Inzwischen war die kleine Zigeunerkapelle eingetroffen, vier schwarzhaarige, schlanke Männer in hautengen Hosen und goldverschnürten kurzen Jacken. Sie saßen auf ihrem Podest und stimmten die Instrumente.

Der Kellner brachte die erste Flasche Rotwein, danach wurden die Schnecken aufgetragen, die kräftig nach Knoblauch rochen.

Sie sagte: »Wir haben schweigend gegessen. Wir haben uns nur angeschaut, über das Glas. Sehen Sie, genauso.« Sie hob das Glas und blickte James grimmig an.

Er nahm sein Glas und sagte mechanisch: »Zum Wohl.«

»Das hat er nicht gesagt.«

»Sie haben mir nicht aufgeschrieben, was er beim Trinken gesagt hat.«

»Gar nichts! Nur mit Blicken haben wir geredet. Erst beim Tanzen fing es an: In Ihren braunen Augen könnte ich ertrinken... Haben Sie das im Kopf?«

»Ja, damit beginnt es. Ich habe es im Kopf.«

Sie schlug vor, mit dem Essen anzufangen, danach wollte sie tanzen und dann... »Hahaha! Ich habe Ihnen ja alles aufgeschrieben.«

Sie aßen schweigend, und er fand, daß die Küche vorzüglich war. Aber schon jetzt dachte er mit dem Anflug einer Gänsehaut an den letzten Teil ihres Drehbuchs.

»Beim Nachtisch kam der Geiger an unseren Tisch. Er hat gespielt ›Trauriger Sonntag‹. Ich kann Ihnen sagen: herrlich, unvergeßlich.« Sie schnippte wieder den Kellner herbei: »Der Geiger kann beginnen!«

Beim Himbeereis kam der Geiger an den Tisch und spielte schmachtend das sentimentale Lied. Er war einer jener servilen Musiker, denen die Hoffnung auf ein reichliches Trinkgeld im Gesicht steht. Ölig lächelnd beugte er sich zum Tisch und führte den Bogen.

Sie stöhnte auf: »Ahhh! Das ist ein Lied! Dabei schmelze ich! Jetzt fangen wir an!«

Der Geiger verbeugte sich tief. Sie befahl: »Spielen Sie die ›Capri-Fischer‹.« Der Musiker nickte und gehorchte. James konnte das Lied nicht ausstehen, aber er befolgte das Drehbuch. Kurz nach dem Himbeereis hatte er aufzustehen und der Dame Schmitz den Arm zu bieten.

Sie richtete sich zu ihrer vollen Größe auf, vergaß aber nicht, ihre Krokodilledertasche so auf den äußeren Stuhl zu legen, daß sie das kostbare Stück jederzeit im Auge hatte.

Auf der kleinen Tanzfläche sprach er den ersten Satz nach: »Das ist die Melodie für uns.«

Sie schlug tatsächlich die Augen nieder, wie es im Drehbuch stand, und hauchte: »Wenn das meine Mutter wüßte, daß ich mit Ihnen hier bin…«

James war folgsam: »Hat Ihre Mutter etwas gegen mich?«

»Meine Mutter hat mich vor Ihnen gewarnt. Sie sagte: Das ist ein Don Juan.«

Und nun wieder James: »Sie hat sofort bemerkt, wie sehr Sie mich faszinieren.«

Zu der Melodie ›Capri-Fischer‹ schoben James und

Frau Schmitz über die kleine Tanzfläche. Ihre Nasenflügel bebten. Zweimal kamen sie aus dem Takt, weil Frau Schmitz gewalttätig führte. James verzog gequält das Gesicht.

»Na los doch«, befahl sie. »Jetzt beginnt er mit dem Intimen. Das, was er über meine Augen sagt...«

Er zwang sich dazu, in ihre verwaschenen Augen zu schauen, dachte dabei: Wahrscheinlich säuft sie heimlich.

Er begann zu stottern: »In Ihren braunen Augen... Ehhh...«

»Na los doch, hast du deinen Text nicht gelernt?«

Er seufzte: »Also, von vorn. In deinen braunen Augen könnte ich...« Er brach ab, schüttelte den Kopf und sagte heftig: »Ich kann es nicht! Ich mag auch nicht!«

James machte eine plötzliche Kehrtwendung. Er ließ die Dame stehen. Der Geiger spielte noch immer seine schmalzige Melodie. James lief davon. Vor der Tür zur Herrentoilette zögerte er, ging dann aber entschlossen hinein und verschwand in einer Kabine.

Frau Schmitz verfolgte ihn. Der Geiger blieb ihr auf den Fersen und spielte weiter. Er wollte unter allen Umständen seinen Auftrag ausführen. Etwas zu spät rief Frau Schmitz: »Halt! Hier wird geblieben!«

Sie stand nun mit dem Geiger vor der äußeren Tür der Herrentoilette. Sie riß die Tür auf und rief: »Komm heraus da!«

Der Geiger spielte noch immer. Sie marschierte resolut hinein, machte erst halt vor der Aborttür und rief:

»Komm heraus, du Feigling! Für fünfhundert Mark kann ich doch erwarten, daß du deine Rolle anständig spielst!« Dabei hämmerte sie mit der Faust dreimal gegen die Kabinentür. Der Geiger zögerte einen Augenblick, wußte nicht, ob er unter diesen Umständen noch spielen sollte, erinnerte sich aber an den energischen Befehl: »Sie müssen uns in Stimmung bringen! Ganz gleich, was geschieht, Sie müssen ununterbrochen spielen!«

Über der Tür, deren Schloß auf ›Besetzt‹ gedreht war, erschien plötzlich eine Hand mit einem Briefumschlag. Der Umschlag fiel zu Boden, ein paar Geldscheine verstreuten sich über die Fliesen. Jetzt erst hörte der Geiger auf zu spielen, er bückte sich schnell und klaubte das Geld zusammen.

Dann kam der Geschäftsführer, der Mann im Smoking, er steuerte direkt auf Frau Schmitz zu: »Aber meine Dame, das geht zu weit. Denken Sie doch an unsere Gäste...«

Frau Schmitz deutete auf die Kabinentür und rief: »Er hat mich betrogen! Ich bleibe draußen vor der Tür stehen, bis er herauskommt!«

Sie ging hinaus, der Geiger stand noch immer am selben Fleck und hielt die Geldscheine in der Hand. Dann ging auch er, hoffend, er könne die aufgesammelten Scheine auf elegante Weise zu seinem Eigentum machen.

James stand in der Kabine auf dem Toilettendeckel. Er zog sich an der Holzwand hoch und spähte in den

Raum. Sie war fort – alles leer. Aber er war sicher, daß sie draußen auf ihn lauerte.

Leise öffnete er die Tür. Er schlich am Waschbecken vorbei, entdeckte ein Fenster und wußte im gleichen Augenblick, was er tun würde.

Das Fenster führte zu einem schmalen Schacht, der knapp zwei Meter hoch war. Als er in den Schacht geklettert war, sprang er in die Höhe und zog sich über die Kante. Er befand sich in einem häßlichen grauen Hinterhof. Er schaute sich um, sah eine Lücke zwischen den Häusern und begann schnell zu laufen. Das Echo seiner Schritte fiel von den Hauswänden auf ihn zurück.

Sie ist tatsächlich eine Verrückte, dachte er. Aber das konnte ich nicht wissen. So etwas mache ich niemals wieder. Vielleicht gibt es viele Frauen, die heimlich verrückt sind – weil sie nicht mehr geliebt werden.

18. KAPITEL

Die Stühle seien prima: »Der Kaltleim hält wie Eisen.« Friedrich war stolz auf sein Werk. »Das Geschäft kann weitergehen.«

»Ja, ja«, antwortete James ohne Begeisterung. Frau Schmitz war noch wie ein Alptraum in seinen Gedanken. James hatte zwar von seinem Erlebnis erzählt, jedoch längst nicht alles. Die ganze Wahrheit schien ihm zu beschämend. »Ich mußte flüchten«, hatte er gesagt. »Sie hat mich verfolgt bis in die Herrentoilette. Eine Verrückte!«

»Geschäftsrisiko«, meinte Friedrich unbeeindruckt.

»Das wäre schon die zweite in ganz kurzer Zeit. Die Frau mit dem Ölgemälde ihres Mannes hat ja auch nicht richtig getickt. Du, ich komme allmählich von der Vorstellung nicht los, daß manche Frauen durchdrehen, wenn sie keinen Mann mehr haben.«

»Sehr richtig. Ist doch auch ganz natürlich. Der Mensch ist schließlich nicht zum Alleinsein geboren. Es gibt ja auch Männer, die dann durchdrehen.«

»Die Natur ist unbarmherzig.«

»Nein, mein Lieber«, sagte Friedrich und lächelte. »Die Natur ist weise.«

Als das Telefon klingelte, zuckten sie beide zusammen. »Schon wieder«, stöhnte James. Friedrich sagte nichts, aber er vermutete, daß ihm nun die kühle Abfuhr der Dame aus der Inseratenannahme bevorstand.

Er nahm den Hörer ab und erkannte sie sogleich an der Stimme. Ihre ersten Worte ließen ihn aufatmen. Er begann zu lächeln, sein rundes Gesicht glühte.

Sie sagte: »Sie haben mir eine große Freude gemacht. Das war schöner als Blumen. Ich habe Ihren Brief schon dreimal gelesen. Nachher werde ich ihn noch einmal lesen...«

»Oh, das freut mich. Ja, ich mußte ihn schreiben, sagen konnte ich es nicht. Wissen Sie, so am Schalter...«

»Und was Sie für einen schönen Namen haben: Gabriel...«

Er schluckte zweimal, aber sie meinte es ernst, das war ganz sicher.

»Ich hätte den Brief selbstverständlich an Ihre Privatadresse geschickt, doch ich wußte sie nicht. Vielleicht könnten Sie mir...«

»Meine Adresse? Ja, haben Sie etwas zum Schreiben zur Hand? Also: Katharina Berg...«

Katharina! dachte er. Der Name gefiel ihm. Er notierte Straße und Hausnummer, wurde dann noch mutiger: »Wenn es Ihnen paßt, würde ich Sie gerne heute abend zum Essen einladen.«

Es paßte ihr. Sie verabredeten einen Treffpunkt in der Innenstadt, nahe bei der Hauptwache, ein kleines Café, das er gut kannte. Um acht Uhr abends.

»Was war es?« fragte James.

»Oh, nichts Besonderes. Ein alter Bekannter. Ich treffe ihn heute abend.«

Dann klingelte es an der Tür, und Friedrich ging, um zu öffnen.

Es war die Frau des Hausverwalters. Die Alte hatte wieder ihr griesgrämiges Gesicht aufgesetzt, schlurfte in ihren geflickten Pantoffeln herein. »Was habe ich da gehört? Hier muß ja vor ein paar Tagen eine regelrechte Schlägerei gewesen sein. Die Leute vom Haus haben es mir erzählt...«

»Eine Schlägerei?« Friedrich machte ein erstauntes Gesicht. »James, hast du das gehört? Hier soll eine Schlägerei gewesen sein...«

»Hier war keine Schlägerei«, erklärte James mit Bestimmtheit.

»Aber wenn es die Leute doch sagen!« krähte die Alte.

James schüttelte den Kopf und Friedrich bestätigte: »Unmöglich, einfach unmöglich!«

Sie wurde unsicher: »Na ja, auf jeden Fall gab es viel Lärm. Und das wollte ich Ihnen sagen: Wenn das noch einmal passiert, muß ich Ihnen kündigen.« Sie schaute auf James. »Ich dachte, Sie seien Vermessungstechniker... Aber Sie sind ständig zu Hause. Was vermessen Sie denn? Sind Sie etwa arbeitslos geworden?«

Friedrich schaltete sich ein: »Er mißt schon noch, eine ganze Menge mißt er ab. Aber das ist doch wohl seine Sache. Also gehen Sie, liebe Frau, gehen Sie, und halten Sie uns nicht auf.«

Zögernd trat sie den Rückzug an. Aber bevor sie endgültig verschwand, schüttelte sie in der Wohnungstür noch ein paarmal mißbilligend den Kopf.

Friedrich nahm die Sache nicht ernst, doch James überlegte: »Was wird passieren, wenn es herauskommt? Ich meine, wenn wir auffallen?«

»Herauskommen wird es vielleicht. Aber es ist nicht strafbar«, beruhigte ihn Friedrich. »Es gibt kein Gesetz, das es verbietet. Die Dinge zwischen Mann und Frau haben sich verändert. Du hast es doch selber gelesen, in der Zeitung, die über Griebel schrieb: Was den Männern recht ist, ist den Frauen billig. Natürlich haben wir ein gewisses Berufsrisiko. Aber dafür kommt ja auch etwas herein. Eine ganze Menge ist es bis jetzt.«

»Ja, ja«, sagte James. »Manchmal komme ich mir vor, als würde ich träumen.«

Friedrich lachte. »Natürlich träumst du, aber du bist ein harter Träumer.«

Die Frau am Telefon wollte unbedingt James sprechen. »Nein, Sie können mir da nicht helfen. Sie sind doch nur der Butler. Sagen Sie James, es wäre ganz dringend.«

»Gut, ich werde ihn rufen«, sagte Friedrich.

Als James den Hörer nahm, kam die Frau sofort zur Sache: »James, es tut mir so leid, aber ich kann wirklich nichts dafür. Er war im Nebenzimmer...«

»Ich verstehe nicht ganz...«

»Er war doch bei euch und hat die ganze Wohnung zusammengeschlagen.«

»Ach so. Ja...«

Sie war die Frau mit der Villa, dem Segelboot und dem Geschäft, das sie und ihren Mann auffraß, so daß, wie sie geklagt hatte, nichts mehr für sie geblieben war. Sie war schon dreimal bei ihm gewesen.

»Ja, James, es ist mir wirklich peinlich. Er kam hier an und hat damit geprahlt, er hätte euch fürchterlich verprügelt, und die Wohnung wäre ein Trümmerhaufen. Das geht schon ein paar Tage so, ein Riesenkrach. Aber heute hat er angefangen, von der Polizei zu reden. Ich habe zu ihm gesagt: ›Wenn du zur Polizei gehst, lasse ich mich sofort scheiden. Außerdem ist es ja nicht verboten, aber bei einer Anzeige gibt es Vernehmungen, auch wenn die Sache nicht strafbar ist. Dann wäre ich kompromittiert. Wir sind stadtbekannt, wir haben ein großes Fuhrunternehmen. Mein Name wäre besudelt...‹ Du weißt doch, wie heuchlerisch diese Gesellschaft ist. Gut, zur Polizei wird er nun nicht gehen. Gott sei Dank.« Sie machte eine Pause, dann kam sie mit ihrem Vorschlag heraus: »James, hör zu, ich habe mir folgendes überlegt: Er hat eure Wohnung zertrümmert durch meine Schuld. Ich werde euch den Schaden ersetzen. Gib mir bitte deine Kontonummer.«

»Unsinn«, sagte James. »Es waren nur ein paar Stühle, die zu Bruch gegangen sind.«

»Trotzdem«, beharrte sie. »Gib mir deine Kontonummer. Ich habe eigenes Vermögen, und ich fühle mich in deiner Schuld.«

Er wollte es nicht annehmen, wehrte sich gegen ihre

Wiedergutmachung. Aber sie war hartnäckig: »Wenn du mir nicht die Kontonummer gibst, schicke ich dir fünftausend in bar an deine Adresse.« Er begriff, sie war nicht aufzuhalten, sie würde das Geld unter allen Umständen schicken. Er wußte die Kontonummer nicht. »Moment«, sagte er, verdeckte die Sprechmuschel mit der Hand und rief Friedrich. »Die Frau des Schlägers, du weißt doch, der Dicke...« Er übergab den Hörer.

Friedrich hatte schnell begriffen. »Ja«, sagte er. »Das ist nobel von Ihnen. Ich gebe Ihnen unsere Kontonummer. Schreiben Sie auf... Doch fünftausend sind zuviel...«

Sie war zufrieden, aber weniger als fünftausend kämen nicht in Frage. Damit wäre die Sache wieder im Lot. Kein Schaden, keine Polizei, und die Drohung ihres Mannes, sich an die Zeitung zu wenden, nahm sie nicht ernst. Was könnte die Presse schon unternehmen?

»Sagen Sie James, mir ist jetzt wieder besser.«

Friedrich legte auf und grinste: »Damit wären mein blaues Auge und deine Schrammen recht gut bezahlt... Weißt du tatsächlich nicht unsere Kontonummer?«

»Nein, du hast sie im Kopf, und das genügt.«

Friedrich sagte: »Das ist unsere Stärke. Wir haben Vertrauen zueinander. Und so wird es auch später sein. Aber jetzt bereite dich vor, in einer Viertelstunde kommt die erste Frau.«

Das Geschäft begann schon zehn Minuten später. James hörte die verbindlichen Floskeln, mit denen Friedrich jede Frau empfing.

Sie kam herein, James ging ihr im Wohnzimmer entgegen und begrüßte sie höflich. Sie gab sich resolut, begann ohne Umschweife zu fragen: »Wie heißt du? Ich hoffe, ich bin heute die erste...«

Das hatte er schon mehrmals erlebt, daß eine Frau fürchtete, sie könne nicht den vollen Gegenwert für ihr Geld bekommen.

»Keine Sorge, Sie sind die erste heute. Es ist ja noch früh am Tag.«

»Ja, das ist gut so, ich habe es am liebsten mittags.«

Als sie sich auszog, sah er, daß sie einen sportlichen, trainierten Körper hatte. Sie erriet seine Gedanken und erklärte ihm: »Ich habe früher Hockey gespielt. Auch noch in den ersten Ehejahren, aber dann wollte er es nicht mehr.«

Sie trug ihr aschblondes Haar kurz geschnitten, hatte nicht die Spur von Make-up im Gesicht, ihre hellblauen Augen beobachteten aufmerksam jede seiner Bewegungen.

»Ich bin seit neun Jahren verheiratet. Jetzt bin ich fünfunddreißig. Du kannst endlich du zu mir sagen.«

Er nickte: »Ja, ich werde du zu dir sagen.«

Sie lachte: »Irgendwie bist du ein scheuer Junge, das gefällt mir. Ich mag Männer nicht, die vollkommen ausgebufft sind.«

Sie war der sportliche Typ, sah auch die Liebe wie

eine körperliche Auseinandersetzung, bei der sie unter allen Umständen Sieger bleiben wollte. James verhielt sich passiv, und das gefiel ihr. Sie sagte es ihm ein paarmal während der leidenschaftlichen halben Stunde, die sie miteinander im Schlafzimmer verbrachten. Danach saß sie nackt auf dem Bettrand und begann, über ihren Mann und die Misere der Ehe zu sprechen, von der sie behauptete: »Sie hat abgewirtschaftet. Zeig mir eine Ehe, die funktioniert. Du mußt doch zugeben: Es ist unnatürlich, daß zwei Partner voneinander ewige Treue verlangen.«

Sie monologisierte fast noch eine halbe Stunde. Es schien James, daß sie vor sich selber Rechtfertigungen suchte. Offenbar hatte sie doch Mühe, sich an ihre Rollenverteilung zu gewöhnen. Sie spielte den Mann, konnte dabei aber nicht vergessen, daß sie eine Frau war.

James saß dabei, manchmal nickte er oder stimmte ihr einsilbig zu. Er war uninteressiert, und es fiel ihm jetzt nicht viel ein zu den Vorwürfen, die sie den Männern machte. Aber er begriff wieder einmal, daß er wenig von Frauen verstand.

Friedrich war um fünf Uhr nach Hause gegangen, lag um sechs Uhr in der Badewanne, rasierte und kämmte sich dann mit der größten Sorgfalt. Er zog seinen besten Anzug an, obwohl es noch längst nicht acht Uhr war.

Er ging in den Flur, betrachtete sich dort im großen Spiegel, zupfte am Sitz der Jacke, an der Krawatte und fand sich gar nicht so übel. Natürlich sieht man mir mein Alter an, aber ich bin noch ganz gut erhalten. Die Augen könnten klarer sein, vielleicht auch größer... Das kommt vom Trinken. Heute werde ich mich zurückhalten.

Seine Küche war unaufgeräumt. Er füllte ein Glas mit Wasser und nahm zwei Kapseln ›Sanopur... mit seiner geballten Kraft...‹ Damit hatte er vor vier Tagen angefangen, jeden Tag zwei Kapseln. Vielleicht würde es helfen. Bis jetzt hatte er allerdings noch keine Wirkung gespürt.

Bald nach sieben Uhr machte er sich auf den Weg. Er ging zu Fuß, fand, ein bißchen Bewegung wäre gut für ihn. Man muß seinen Körper in Form halten, das predigte er ja auch ständig James, aber der war nur einmal in der Woche bereit, mit ihm in das Fitness-Center zu gehen. Faul ist er schon, der James.

Als ich jung war... ich habe Fußball gespielt, und im Sommer ging ich fast jeden Tag schwimmen. Damals konnte man das noch im Main. Alles vorbei! Überhaupt war die Jugend zu schnell vorbeigegangen. Als ich dreißig, fünfunddreißig war – zum Teufel, ich habe die Jahre nicht voll genutzt. Man wächst zu schnell heraus. Jeden Tag ein bißchen, und dann ist man plötzlich über Fünfzig.

Er kam am alten Opernhaus vorbei, noch immer eine prunkvolle Ruine. Auf dem Fries über den Säulen fiel ihm Goethes Wort ›Dem Wahren, Schönen, Guten‹ in die Augen.

Es war ein milder Juniabend, er fühlte sich frisch und elastisch, sogar die stinkende, höllisch rumorende Stadt erschien ihm nun freundlich und wohlwollend.

Er kam zu früh. Natürlich, ich habe es gewußt. Warum sollte sie eine Viertelstunde früher kommen als ausgemacht? Einen Korn und ein Bier könnte er noch trinken. Danach einen Pfefferminzlikör, wegen der Fahne. Es waren nur wenige Gäste im Café.

Den Korn und das Bier schüttete er rasch hinunter. Die Kellnerin brachte das Gläschen mit dem grünen Likör. Als er zweimal daran genippt hatte, sah er Katharina Berg kommen.

Er stand auf, ging ihr entgegen. Sie lächelte, war unbefangen, sah jung aus, viel jünger als er. Das wurde ihm sofort bewußt. Sie trug einen karierten Rock und über der weißen Seidenbluse eine leichte Lederjacke. Sportlich war sie und doch elegant. Noch etwas hatte er gesehen: Sie hat ja sogar schöne Beine.

»Was darf ich für Sie bestellen?« fragte er, nachdem sie sich gegenübersaßen.

»Was haben Sie da? Das ist doch Pfefferminzlikör?«

»Ja«, sagte er. »Ich mag den Geschmack.«

»Ich auch«, sagte sie und lächelte.

Es war die gleiche Spannung, die er bei ihrer ersten Begegnung gespürt hatte. Das Herz schlug ihm bis zum Hals, dennoch registrierte er: Ein offener Mensch mit klaren blauen Augen und einer starken Ausstrahlung.

»Ja«, fuhr sie fort, »Ihr Brief war sehr schön. Ich habe mich darüber gefreut. Jede Frau ist glücklich, wenn sie einen solchen Brief erhält.«

»Es war der einzige Weg, mit Ihnen in Verbindung zu treten, denn was hätten Sie gedacht, wenn ich Ihnen das am Schalter gesagt hätte?«

Sie lachte leise. »Ich hätte mich gewundert.«

»Der Brief... Es stimmt übrigens jedes Wort, das darin steht.«

»Sie schrieben, Sie sind geschieden?«

»Ja«, sagte er. »Schon lange.«

Auch ihre Ehe war in die Brüche gegangen, seit drei Jahren lebte sie allein. »Mein Mann war Journalist. Er war oft von zu Hause weg. Es war alles ziemlich schwierig.«

Sie kamen sich schnell und mühelos näher. Friedrich erzählte ihr von seinem Beruf. »Er gefällt mir nicht. Aber ich übernehme schon bald etwas anderes...«

»Das Inserat...« Sie schaute ihn forschend an. Ja, das hatte er erwartet. »Ich hoffe, Sie haben nicht gedacht, ich wäre der Mann, der einsamen Frauen... Na, Sie wissen schon.«

»Ich habe es zuerst geglaubt. Sie hatten so etwas Verzweifeltes im Gesicht. Ich dachte, wie einsam muß er sein, daß er...«

»Verzweifelt?« fragte er.

»Ja, Ihre Augen... Man sieht es doch an den Augen, ob ein Mensch einsam ist.«

»Einsam? Und was haben Sie gedacht?«

»Wenn ich Ihnen das sage, werden Sie mich vielleicht auslachen.«

»Bestimmt nicht.«

»Ich dachte: Man sollte ihn davon abbringen, denn das ist doch nichts für einen Mann.«

Jetzt war er gezwungen, Erklärungen abzugeben. »Nein, es ist nichts für einen Mann.« Er versuchte, ihr James begreiflich zu machen: »Ich bin sein Freund. Er ist ein Träumer und käme unter die Räder. Er macht das nur noch kurze Zeit. Er hat unter den Frauen gelitten, besonders unter seiner eigenen. Ich übrigens auch.«

Sie ging darüber hinweg. »Zwischen Mann und Frau hat sich vieles verändert. Und wenn er denkt... Es ist seine Sache.«

Die große Klippe, die er gefürchtet hatte, war überwunden. Nachdem sie beide noch einen Pfefferminzlikör getrunken hatten, brachen sie auf. Friedrich führte Katharina Berg in das Restaurant, in dem er mit James nach dessen Scheidung gegessen hatte. Er schlug die gleiche Speisenfolge vor: Krabbencocktail, Roastbeef und Salate. Dazu eine Flasche Wein.

Er erzählte von seinem Leben. Eine Jugend in Frankfurt mit einem strengen Vater, der auch Gerichtsvollzieher war. Der Krieg. Während sie langsam die zweite Flasche Wein leerten, stellten sie fest, wie sehr sie in ihren Ansichten übereinstimmten.

Heiraten wollten sie beide nicht wieder, aber Freundschaft wäre schön und nötig.

Dazu nickte er eifrig.

»Man kann nicht völlig allein leben.«

Er fand es verblüffend, daß er mit ihr jetzt schon so vertraut war. Ihre Hände waren schön und zart.

»Herr Friedrich«, sagte sie. »Ich glaube, Sie haben ein wenig Angst vor den Frauen.«

»Nach meinen Erfahrungen...«

Sie brauchten nicht mehr über ihre Erfahrungen zu sprechen. Ihre Ehen waren gescheitert, waren längst vorbei. Aber sie wußten, daß sie beide noch an den bösen Erinnerungen trugen.

»Eine gewisse Scheu vor den Frauen... Vielleicht steckt das in den meisten Männern, von der Mutter her. Und James? Ist es nicht möglich, daß er sich an den Frauen rächen will?«

»Er ist in Ordnung«, sagte Friedrich. »Er braucht Hilfe. Aber James ist kein Mann, der sich rächen will. Dazu ist er zu gutmütig.«

Wie geht ein solcher Abend weiter? Unvermittelt sagte er: »Vor zehn Jahren hätte ich Sie noch zum Tanzen eingeladen. Aber heute... Ich glaube, es paßt nicht mehr zu mir.«

»Wissen Sie was? Ich lade Sie zu einem Kaffee bei mir ein. Nein, dem Tanzen kann ich auch nicht mehr viel abgewinnen. Zumindest nicht in den Bars und Lokalen, die es hier gibt. Früher war ich begeistert davon. Von der Atmosphäre. Ich konnte stundenlang zuschauen. Es ist nämlich etwas Besonderes beim Tanzen: Die Frauen finden sich schön, und die Männer denken dabei, sie wären frei.«

Sie hatte alles, was ihm an einer Frau wünschenswert schien. Und sie war klug. Das ist eigentlich mehr, als man verlangen kann, dachte er.

Seine Angst, im entscheidenden Moment zu versagen, war unnötig gewesen. Die Wunderpille, die ihm über eine eventuelle Schwäche hinweghelfen sollte, hätte er nicht gebraucht. Katharina Berg war keine Frau für den ersten Abend. Sie war souverän, hatte ihn in ihrer Wohnung bewirtet mit einem erstklassigen Kaffee, erlesenem Konfekt und mit Cognac. Spät in der Nacht gab er ihr beim Abschied einen zarten Kuß.

19. KAPITEL

Am Morgen trödelte Friedrich mißmutig in seiner Küche herum, wusch Geschirr und Töpfe ab, an denen die seit Tagen angetrockneten Speisereste hart wie Zement geworden waren. Er wußte, daß er seinen Zeitplan um eine Stunde überschritten hatte. So etwas passierte Friedrich selten. Aber, verdammt noch mal, heute gab es einen Grund. Er war in Gedanken bei Katharina.

Wie kann ein Mann nach einer solchen Begegnung ohne weiteres pfänden gehen? Das war wie ein Verstoß gegen die Stimmung dieses Tages. Das Telefon abnehmen, anrufen und ihr sagen: Ich danke dir, daß ich wieder lebendig bin. Ich war wie tot. Nicht ganz tot, aber jedenfalls war ich sehr matt. Wenn du einmal dabei wärst, wie ich den Kuckuck ankleben muß, dann wüßtest du, was ich meine.

Gestern war ein Motor in seinem Inneren angesprungen, dessen Kraft er lange nicht mehr gespürt hatte. Heute war alles wieder wie sonst, und diese Wirklichkeit erschien ihm nun besonders kläglich.

Geschirrspülen ... dafür sollte man jemand haben. Er wurde mißtrauisch gegen sich selbst: Hatte er etwa unbewußt Katharina Berg eine Rolle in seiner Küche zugewiesen? Nein, das war es nicht. Er war nur wütend geworden auf die Unmenge von Kleinigkeiten, die das Leben eines Mannes auffressen, wenn er sich um alles selber kümmern muß. Dabei hatte er zu anderen Zeiten geradezu damit vor sich geprahlt, wie gut er allein zurechtkam. Eine fast preußische Disziplin war im Haushalt sein Prinzip gewesen. Ordnung erspart Zeit, hatte er oft gedacht.

Er nahm die amtlichen Papiere für diesen Tag vom Schreibtisch und stopfte sie in seine Aktentasche. Es war bereits neun Uhr.

Bis zur ersten Adresse, die hinter dem Frankfurter Hauptbahnhof lag, hatte er eine reichliche Viertelstunde zu gehen. Er kannte die Familie: eine junge Frau mit zwei halbwüchsigen Kindern; der Mann saß im Gefängnis. Er war arbeitslos geworden und hatte demonstriert. Er und fünf seiner Kollegen hatten den teuren Wagen ihres Arbeitgebers umgeworfen. Die Polizei war gekommen, hatte die sechs Anführer gewaltig verprügelt und obendrein Anzeige erstattet: Sachbeschädigung und Widerstand gegen die Staatsgewalt.

Ein hartes Urteil war gefällt worden: Sechs Monate Gefängnis ohne Bewährung. Der Mann hatte vor Gericht nicht gekuscht, sondern angegriffen.

Friedrich hatte beim letzten Besuch zu der Frau gesagt: »Warum mußte er auch sein Maul so weit aufreißen? Hätte er geschwiegen, wäre ihm wahrscheinlich nur wenig passiert...«

»Sie meinen, er hätte heucheln sollen? Aber das kann er nicht, das konnte er noch nie.«

Sie war verzweifelt, war zu allem entschlossen. Als sie sagte: »Es gibt für mich noch eine Möglichkeit, Geld zu verdienen«, verstand er sofort.

»Ich muß den Kuckuck ankleben«, erklärte er ihr. »Aber ich lasse Ihnen dann noch etwas Zeit. Sind fünf Wochen genug?«

»Natürlich. Damit wäre mir schon geholfen«, antwortete sie. »Ich könnte mit Putzen etwas verdienen.«

Dann folgten ein paar Worte, die ihn betroffen machten: »Sie sind ein guter Mensch.«

»Ja, ja«, murmelte er, »aber ich bin ein schlechter Gerichtsvollzieher.«

Am Mittag fand er in James' Briefkasten eine Gutschrift der Bank. Die Frau des Fuhrunternehmers hatte die fünftausend Mark überwiesen. Er hatte nicht wirklich damit gerechnet, denn im Vergleich zum angerichteten Schaden waren die fünftausend ein gigantischer Betrag.

Wie die Frau glaubten auch James und Friedrich nicht, daß der Mann tatsächlich zur Zeitung gehen würde.

Die Wut des gekränkten Fuhrunternehmers war noch nicht verraucht. Er hatte ein paar Tage überlegt, wo und wie er ansetzen könne, dann hatte er von seinem Büro aus die Lokalredaktion angerufen.

Die Redakteurin hieß Jutta Kaufmann, war siebenundzwanzig Jahre alt und schon sechs Jahre bei der Zeitung.

Als er ihr die Geschichte erzählte – wobei er seine Beteiligung überging –, dachte sie: Vielleicht ist das wirklich eine Story.

Er sagte: »Ein solches Inserat ist doch schlicht und einfach eine Aufforderung zum Ehebruch. Und es ist doch ziemlich neu, daß der Mann auf diesem Gebiet die Rolle der Frau übernimmt...«

»Ich werde dem Inserat nachgehen«, beendete Jutta Kaufmann schließlich das Gespräch. Ihr Plan stand bereits fest: Zuerst schaue ich im Archiv nach, was wir da so über die Rollenverteilung aus den letzten zwei Jahren haben. Es war ihr klar, hier ging es um eine pikante, äußerst delikate Geschichte, die mit Fingerspitzengefühl angefaßt werden mußte. Aber sie konnte sich vorstellen, daß so etwas die Leser interessierte.

James und Friedrich dachten nicht mehr an den Fuhrunternehmer. Die nächsten Tage waren ruhig. James erledigte seine Pflichten bis zu fünfmal am Tag, und Friedrich kassierte.

Manchmal gingen sie abends in ihr Stammlokal. Nach ein paar Schnäpsen und Bieren bestätigten sie sich, wie nahe sie nun ihrem Ziel gekommen waren.

Friedrich versprach: »Ich bringe dir alles bei, was du für dieses Geschäft brauchst, dann bist du ein perfekter Auktionator...«

»...und wir trotzen gemeinsam jeder Krise«, fuhr James fort. »Aber wenn ich es mir richtig überlege: Wir sind auch nichts anderes als Spießer.«

»Jawohl«, bestätigte Friedrich. »Wenn du es unbedingt so sehen willst, dann sind wir wirklich Spießer. Jeder will Sicherheit, denn Krisen sind uns gewiß. Das ist die Angst der Männer, wenn sie älter werden. Spießer – das ist auch nur so ein Schlagwort. Und welche große Idee hätte diese Zeit anzubieten? Schau dich um – keine!«

Ein wenig beunruhigt war Friedrich nach wie vor von der aufdringlichen Neugier der Hausvermieterin. Er hatte sie einmal dabei ertappt, wie sie, offenbar von ihrer Tür kommend, die Treppe hinaufschlich. An einem Abend, als sie beim Essen saßen, äußerte er zum erstenmal: »Vielleicht sollten wir umziehen. Wir suchen etwas Besseres. Teuer müssen wir wohnen. In diesem Land kannst du alles in deiner Wohnung machen, wenn du nur teuer genug wohnst.«

»In anderen Ländern auch«, sagte James.

Bis zum nächsten Mittag hatten sie das Gespräch vergessen. Das Telefon klingelte dreimal hintereinander. Und kurz nach dem Mittagessen mußte James antreten.

Die erste Frau war eine Kundin, die ihn mindestens schon zehnmal besucht hatte, eine vollschlanke, fröhliche Frau. Schon im Flur begann sie zu erzählen: »Ich komme aus dem Urlaub. Wir waren auf den Bahamas. Ich bin prächtig erholt. Wunderschön ist es dort. Ein herrlicher Strand, kann ich euch sagen!«

Sie ging auf James zu, tätschelte ihm die Wange, sagte: »Mein Schätzchen, schon vierzehn Tage freue ich mich auf diesen Besuch. Komm, wir wollen keine Zeit verlieren.«

Friedrich hatte kassiert. Er legte die Hundertmarkscheine an den bestimmten Platz im Küchenschrank. Von Katharina Berg hatte er noch nichts erzählt. Es schien ihm verfrüht. Man muß sehen, wie sich das entwickelt... Er beantwortete noch zwei weitere Anrufe, schrieb die Namen auf und murmelte: »Schon wieder voll ausgebucht.«

Die Frau zog sich aus, währenddessen stand ihr Mundwerk aber nicht eine Sekunde still: »Sei lieb zu mir, James. Du weißt doch, was eine Frau will. Ein bißchen Zärtlichkeit und Wärme, ein bißchen verwöhnt werden, das ist sehr wichtig. Die Männer vergessen das nur zu leicht in der Ehe. Sie sind Egoisten. Aber das rächt sich...«

O ja, dachte James. Er wußte etwas von dieser Rache. Sie verzeihen ihren Männern nicht, daß sie alt werden, daß ihre Potenz nachläßt. Während er die nackte Frau zu sich heranzog, konnte sie nicht darauf verzichten, noch einmal ihren Mann zu schmälern: »Stell dir vor, seine falschen Zähne liegen nachts in einem Glas Wasser.«

»Ist das so schlimm?«

»Natürlich. Das Glas steht nämlich auf seinem Nachttisch. Und jedesmal, wenn ich aufwache, muß ich die falschen Zähne sehen...«

Eine Stunde später saß er bereits mit der nächsten

Frau im Zimmer. Sie trug nur noch einen Slip, hielt ein Glas Sekt in der Hand, und ihr Monolog paßte sich genau dem ihrer Vorgängerin an. Nur, sie war hübscher und jünger.

Er hörte schweigend zu, dachte: Von einem gewissen Alter an werden sie einander ähnlich. Ihre Erfahrungen verdichten sich zu Bitterkeit. »Es ist ganz natürlich, daß wir uns fremd werden, trotz der Jahre, die wir gemeinsam verbringen. Sie sind zu sehr mit ihrem Beruf beschäftigt und vergessen, daß Frauen nicht nur an Geschäfte denken. Vor allem denken Frauen an Liebe.«

»Es ist doch normal, daß ein Mann etwas erreichen will. Er will vorwärtskommen, wenn er ein richtiger Mann ist...«

Aber er wurde wieder belehrt: »Der männliche Mann ist langweilig, er verbraucht sich zu schnell. Frauen sind stärker, James.« Sie lachte. »Hast du das gewußt in deiner Unschuld? Ein Mann sollte auch ein bißchen was Weibliches haben, dann ist er elastischer.«

Das war wieder so ein Tag, an dem eine Belehrung der anderen folgte. Und wieder begriff er die tiefe Kluft, die zwischen Mann und Frau aufbricht, wenn sie sich zu nahe gekommen sind. Eine paradoxe Wahrheit, aber sie war nicht zu widerlegen. Am späten Nachmittag hörte er eine Erklärung, die einleuchtend klang.

Sie war eine Frau um die Vierzig, mit einem intelligenten, hellwachen Gesicht, Chemikerin von Beruf, und sie lebte, wie sie sagte, in besten Verhältnissen. Er hörte interessiert zu.

»Was ist schon wichtig? In zehn Jahren bin ich alt. Das ist für mich wichtig. In zehn Jahren werde ich mich ärgern über alles, was ich versäumt habe. Ich ärgere mich schon jetzt über das, was ich früher nicht getan habe. Die Zeit, James, die Zeit ist wichtig – und daß man sie nutzt. Ich habe sechs Jahre Chemie studiert. Und deshalb weiß ich, alles ist ein chemischer Vorgang. Ein paar Drüsen in mir schütten Hormone aus ... Dann gehe ich zu James und bin vielleicht zufrieden, wenn James richtig reagiert ...«

Während er sich bemühte, richtig zu reagieren, hörte er die Türklingel. Um diese Zeit war keine Kundin bestellt. Er achtete nicht weiter darauf, wußte, daß sein Kompagnon die Sache im Griff hatte.

Friedrich öffnete. Vor ihm stand eine große, hagere Frau. Er fragte: »Sind Sie um diese Zeit vorgemerkt?«

Sie schaute ihn unwillig an. »Vorgemerkt? Ich möchte zu James Müller. Er wohnt doch hier, oder etwa nicht?«

»Doch, doch, er wohnt hier.«

Ohne zu zögern betrat die Frau die Wohnung. Sie war nicht aufzuhalten.

»Wer sind Sie denn überhaupt?« fragte sie.

»Ich? Ich bin der Butler.«

»Seit wann hat James einen Butler?«

»Schon eine ganze Weile. Aber nun sagen Sie mir, in welcher Angelegenheit kommen Sie, denn Sie haben keinen Termin.«

Diesen Einwand überhörte sie offensichtlich. Sie strahlte so viel Überzeugungskraft aus, daß Friedrich unsicher wurde. Es blieb ihm nichts anderes übrig, als sie in die Küche zu komplimentieren. Dort setzte sie sich an den Tisch, schaute umher, prüfte kritisch und stellte fest: »Wenigstens eine ordentliche Küche hat er.«

»Also, wen darf ich melden?« fragte Friedrich. »Er hat Kundschaft.«

»Kundschaft? Was soll denn das wieder heißen?«

»Ich nehme an, Sie wissen...« Etwas warnte Friedrich in letzter Sekunde. Er hätte es nicht begründen können.

Sie sagte: »Ich bin seine Mutter!«

»Sie sind... Also, seine Mutter sind Sie?« Friedrich schluckte und fürchtete, daß sich eine Katastrophe anbahnte. Ein Ausweg? Was konnte er jetzt tun? Es fiel ihm nichts ein, nichts, absolut nichts. »Darf ich Ihnen vielleicht ein Glas Wein anbieten? Eine Tasse Kaffee?«

»Nein, nichts«, antwortete sie schroff.

Wenn die beiden aus der Tür kommen... dann ist alles zu spät. Augenblicklich sind sie im Schlafzimmer. Also könnte ich ins Wohnzimmer gehen und ihn warnen.

»Würden Sie mich bitte eine Sekunde entschuldigen. Ich werde James mitteilen, daß Sie zu Besuch gekommen sind.«

Sie schaute ihm nach, dachte: Etwas stimmt hier nicht!

Monatelang hatte sie auf seinen Besuch gewartet. Die seltenen Anrufe waren unbefriedigend gewesen. Und er hatte Ausflüchte benutzt. Dann hatte sie sich einen Tag freigenommen, war in das Haus gegangen, hatte die Mansarde leer gefunden. Es bestand also kein Zweifel, daß er nicht mehr dort wohnte, denn im Schrank fand sie nicht ein Kleidungsstück von ihm.

Sie ging hinunter zu Frau Abel, dieser Name war ihr wieder eingefallen. Frau Abel wußte, wo Mareike James' Adresse aufbewahrte.

Nun war Frau Müller hier. Und jetzt wollte sie wissen, was sich in der Zwischenzeit abgespielt hatte.

Friedrich war im Wohnzimmer. Er hörte James und die Frau miteinander sprechen. Leise klopfte er an die nur angelehnte Schlafzimmertür. James stieg aus dem Bett und fragte: »Was ist denn los, Menschenskind?«

»Deine Mutter ist da, James. Sie sitzt in der Küche.«

»Meine Mutter? Wie kommt denn die hierher?«

»Du mußt mit ihr reden. Erzähl ihr irgend etwas!« Friedrich hatte eine Idee. »Sag, du wärst Hellseher oder Wahrsager...«

Die Chemikerin begann zu lachen. »Ein herrlicher Witz, aber ich tue dir den Gefallen und spiele mit. Aber guck dich mal im Spiegel an, du bist schneeweiß im Gesicht!«

Hastig zog sich James an. Er strich über sein Haar, wollte es glätten, und dabei sah die Frau, daß seine Hände zitterten.

»So ein Pech«, murmelte James. Aber er wußte, daß

es seine Schuld war: Er hätte sie besuchen müssen, dann wäre ihm dies nicht passiert.

»Wahrsager ist gut«, bemerkte die Frau. »Du liest aus der Hand und deutest die Persönlichkeit deiner Kunden. Parapsychologie nennt man das. Manche Menschen können es...«

Er wartete, bis sie fertig angezogen war. Sie beschwerte sich nicht, hatte zwar nicht das volle Maß erhalten, war aber beinahe schon zufrieden gewesen, als Friedrich geklopft hatte.

James öffnete die Wohnzimmertür. Seine Mutter stand vor der Küche und musterte ihn streng.

»Einen Augenblick bitte, Mutter«, sagte er.

Er brachte die Frau bis zur Tür, gab ihr die Hand und sagte: »Machen Sie sich keine Sorgen. Eine ruhige, glückliche Periode liegt vor Ihnen. Die Einflüsse von Venus und Merkur helfen Ihnen...«

»Ich glaube Ihnen«, antwortete sie. »Was Sie mir vor drei Monaten vorausgesagt hatten, ist ziemlich genau eingetroffen.«

Er fühlte sich fast gerettet. Aber er wußte, daß ihm noch einiges bevorstand. Die Begrüßung zwischen Mutter und Sohn fiel frostig aus. Friedrich bekam in der Küche jedes Wort mit.

»Also ein Wahrsager bist du geworden, eine Art Hellseher?«

»Man kann es lernen«, sagte James. »Aus den Linien der Hand, dem Horoskop und der Persönlichkeit des Kunden kann man auf vieles schließen. Die Menschen mißtrauen ihrer Zukunft, und das ist mein Geschäft. Es ist so gut wie jedes andere. Außerdem verdiene ich dabei ungefähr zehnmal soviel wie ein Schullehrer.«

»Du willst also nicht Lehrer werden?« fragte sie, und er hörte genau die verzweifelte Bitte heraus.

»Nein, dabei habe ich keine Zukunft. Jetzt bleibe ich zunächst einmal Wahrsager.«

»Das kannst du doch gar nicht!« behauptete sie, dabei stampfte sie mit dem rechten Fuß auf und schüttelte den Kopf. »Ist das nicht fast so etwas wie Betrug?«

»Und wenn schon, heute betrügen alle. Wenn du in der Zeitung oder im Fernsehen die Werbung siehst... Das ist gezielte Manipulation. Du hast dich in den Lehrer verrannt, aber in Wahrheit hattest du in Gedanken diesen Beruf für dich reserviert. Du warst es, der Lehrer werden wollte. Das Thema ist für mich zu Ende!«

Ihr Gesicht wurde ganz schmal, für ein paar Sekunden war der Ausdruck fast demütig. Er konnte sehen, wie sie krampfhaft überlegte.

Trotz ihrer Enttäuschung plagte sie die Neugier, und plötzlich ging sie ins Wohnzimmer, sah sich dort genau um, öffnete dann die Tür zum Schlafzimmer, schaute hinein und bemerkte säuerlich: »Und um diese Zeit hast du noch nicht einmal dein Bett gemacht!«

Er fürchtete, sie würde hineingehen, könnte feststellen, daß das Bett noch warm war. Aber sie war damit zufrieden, seine vermeintliche Unordnung gesehen und sie ihm vorgeworfen zu haben. Hinter allem, was sie jetzt sagte oder dachte, stand ihre unerschütterliche

Überzeugung, er könne ohne sie kein geordnetes Leben führen. Er wollte keinen Streit mit ihr, aber diese Frau mußte er bremsen; sie würde ihn erdrücken mit dem, was sie die Liebe zu ihrem Sohn nannte.

Leise, doch mit deutlichem Verdruß in der Stimme, sagte er: »Laß mich doch in Frieden, Mutter.«

Sie stand im Flur, war beleidigt, schüttelte erneut den Kopf, hatte aber ihre alte Angriffslust schnell wiedergefunden: »Da hat man sich ein Leben lang um ihn gesorgt, hat ihn aufs Gymnasium und auf die Hochschule geschickt... Und was wird aus ihm? Ein Wahrsager!«

Sie ging entschlossen zur Tür, warf sie hart hinter sich ins Schloß und stieg schnell die Treppe hinunter.

Friedrich, der schweigend die Szene beobachtet hatte, ließ sich auf den Stuhl neben dem Telefontisch fallen und stöhnte: »Mann, o Mann! Das ging um Haaresbreite!«

James stand an der Wohnungstür. Er sagte kein Wort, aber er war noch immer schneeweiß im Gesicht.

20. KAPITEL

Noch zwei Minuten war James sprachlos, er war betroffen, als hätte ein Blitz in die Wohnung eingeschlagen. »So was«, jetzt schüttelte auch er den Kopf. »Ich kann das immer noch nicht fassen.«

»Wie konnte das passieren? Von wem hat sie nur die Adresse?« Langsam löste sich auch bei Friedrich die Spannung.

Außer Mareike hatte James niemand gesagt, wo er zu erreichen war. Sie mußte es gewesen sein. Ich werde sie anrufen, dachte er.

Dann überlegte er: Was für ein Glück, daß Friedrich diese Idee hatte. »Wie bist du nur darauf gekommen?«

»Auf was?«

»Auf den Wahrsager.«

»Das fiel mir gerade noch rechtzeitig ein. Ich habe in der Zeitung über einen gelesen. Der hat am Tag mindestens zehn Kunden, die ihn hoch bezahlen. Aber du siehst, auch das hat sie nicht akzeptiert. Sie würde überhaupt nichts akzeptieren – außer dem Lehrer. Am meisten hat es sie getroffen, daß sie keine Macht mehr über dich hat. Menschenskind, wie giftig sie ausgesehen hat.«

»Ich scheiß' drauf«, sagte James, aber er wußte, daß

er log. Sie besaß zwar keine Macht mehr über ihn, aber sie war doch noch so etwas wie eine moralische Instanz.

Und was wäre, wenn sie die Wahrheit erfahren hätte? wollte Friedrich wissen. Wie kam sie überhaupt dazu, sich als Richter aufzuspielen? War er nicht alt genug, selber über sich zu bestimmen?

»Es wäre fürchterlich peinlich gewesen.«

»Peinlich?« Friedrich lachte kurz auf. »Die ganze Welt ist peinlich. Weil sie nicht stimmt, weil ihre Moralbegriffe einander widersprechen. Es existiert eine heillose Diskrepanz zwischen der Ethik des einzelnen und der Ethik der Gesellschaft oder des Staates. Fast alles, was für den Staat gut ist, ist für den einzelnen schlecht.

Ich weiß eine Menge davon, denn ich bin Gerichtsvollzieher. Du hast einmal gesagt, wir wären Spießer ... Aber das sind wir nicht. Wir sind verzweifelte Opportunisten mit einer plausiblen Entschuldigung. Menschen wie du werden heute untergebuttert, aus denen werden Hilfsarbeiter gemacht, Handlanger, Roboter! Der Geist wird ihnen aus dem Gehirn geblasen, bis sie zu nichts anderem mehr fähig sind als zu antrainierten Handreichungen. Die Abstumpfung erreicht einen Grad, der nicht mehr zu überbieten ist. Und das ist ja auch der eigentliche Zweck. Denn wenn wir fähig bleiben, mitzuleiden, sind wir als Roboter nicht mehr zu gebrauchen.«

Später sagte James: »Ich muß unbedingt Mareike anrufen. Vor ein paar Monaten hat sie mich noch geliebt. Aber ich weiß natürlich nicht, wie das heute ist.«

»Geliebt?« fragte Friedrich. Es war das Stichwort für ihn. Warum sollte er James nicht von Katharina Berg erzählen? Sie hatte ihn aufgerüttelt, wieder wach gemacht, so daß ihm eine schreckliche Einsicht gekommen war: die Erkenntnis seiner eigenen Einsamkeit.

»Es ist da nämlich ...« begann er mit einem unsicheren Lächeln. »Also es ist etwas geschehen. Du erinnerst dich doch an die Frau von der Inseratenannahme. Ich habe mich zweimal mit ihr getroffen. Du kannst dir nicht vorstellen, was das für eine Persönlichkeit ist. Sie hat alles: Güte, Verständnis und dazu Charme.«

»Und das erzählst du mir erst jetzt?« fragte James.

»Ich war noch nicht sicher.«

»Und jetzt?«

»Jetzt weiß ich es genau. Wir verstehen uns. Das heißt natürlich nicht, daß wir heiraten, wir wollen beide eine verläßliche Freundschaft. Und die brauchen wir auch beide. Mein Leben ist ja wirklich sehr monoton ...«

»Warst du mit ihr im Bett?«

Friedrich schüttelte den Kopf. »Vielleicht wirst du lachen. Ich wollte noch warten, die Sache muß sich entwickeln, muß ganz von selbst kommen ...«

James lachte keineswegs, er sagte mit ernstem Gesicht: »Also, dann ist es soweit, du bist richtig verliebt. Ich wollte, das passierte mir auch einmal wieder. Jetzt bin ich doch fast so etwas wie ein Automat. Oben stekken sie das Geld rein, unten fängt er an zu arbeiten.«

Friedrich nickte: »Ich weiß, ich weiß. Aber du hast dich bisher tapfer geschlagen. Ich habe es dir zwar nicht gesagt, aber manchmal habe ich dich bewundert.«

Dieses Wort tat James gut, es war Anerkennung für die Arbeit, die mit keinem herkömmlichen Maßstab zu messen war, die aber dennoch alle seine seelischen und körperlichen Kräfte gefordert hatte. Mitunter war er sich dabei vorgekommen, als bestünde er aus zwei Personen, wovon die eine befahl und die andere gehorchte. Seine geistige Überbrückung war primitiv gewesen: Träume von einem anderen Leben. Er sah sich, wie er morgens zur Arbeit ging, in einem neuen Anzug mit Krawatte – nicht mit Jeans und abgetretenen Schuhen. Und diese Arbeit war nutzbringend für ihn und andere. Ein Auktionator steht vorn hinter dem großen Pult. Er hält einen Hammer in der Hand und setzt Ware um. Er ist dabei geachtet, eine Person, die Wirkungen hinterläßt.

Dabei war ihm nie ganz klar geworden, daß bei den Dingen, die er versteigern würde, auch oft der Kuckuck eine Rolle gespielt hatte. Diesen Aspekt überging er mit der milden Lüge, daß er ja nur das letzte Glied der Kette sein würde. Er würde nichts zu tun haben mit den räuberischen Vorgängen, unter denen Friedrich sein Leben lang gelitten hatte, denn Friedrich hatte der Kuckuck schon von Geburt an begleitet.

»Ruf Mareike an«, sagte Friedrich.

Als James gewählt hatte, meldete sich Frau Abel. Er gab sich nicht zu erkennen, änderte Stimme und Tonfall: »Ich bin Hans Meyer, ein Klassenkamerad von Mareike.«

Mareike klang verschnupft, wußte jedoch sofort, was passiert war. »Ja, James, ich liege mit Grippe im Bett, kann kaum aus den Augen gucken. Deine Mutter war hier, aber ich habe es nicht gemerkt. Meine Mutter hat mein Notizbuch, in dem alle wichtigen Adressen stehen, aus meiner Handtasche genommen...«

»So was Blödes!« fuhr ihm heraus, aber Mareike traf ja keine Schuld.

»Es tut mir leid, James. Ich weiß, daß dir deine Mutter auf die Nerven geht. Du hast es mir ja oft genug erzählt... Bei uns ist es nicht anders. Ich kann sie bald nicht mehr sehen. Sie weiß, daß wir zusammen geschlafen haben, und ich weiß, wie scharf sie immer noch auf dich ist. Hast du eigentlich je mit ihr gebumst?«

»Nein«, log er, »nie.«

»Gott sei Dank. Ich hatte da nämlich schon Befürchtungen. Sie quatscht mir zuviel von dir.«

War das die Rache von Frau Abel? Es könnte immerhin sein, aber er fragte nicht danach.

Mareike fuhr fort: »Ich kriege jetzt großen Ärger. Wenn ich von der Schule abgehe, wollen sie mich rausschmeißen. Der Alte und sie auch. Aber ich mach' die Schule nicht weiter. Was ich dann tue, ist mir noch nicht klar... Denkst du denn manchmal an mich? Du bist immer noch bei mir, weißt du. Ich... Ich wäre auch schon längst bei dir aufgetaucht, wenn ich nicht diese blöde Grippe gekriegt hätte.«

»Natürlich denke ich an dich«, sagte er. »Sehr oft sogar. Wenn du mich besuchst, ruf vorher an. Morgens habe ich immer Zeit für dich.«

»Und am Nachmittag?« fragte sie.

»Am Nachmittag muß ich arbeiten.«

»Arbeitest du viel? Was für einen Job hast du eigentlich?«

»Ich mache Aushilfe in einem Auktionshaus.«

Nachdem er aufgelegt hatte, stand er noch eine Weile neben dem Telefon, war unzufrieden mit sich und hatte das Gefühl, nichts von den Dingen gesagt zu haben, die er hätte sagen können. Vielleicht nur einen einzigen Satz: Ich brauche dich, ich habe dich von jeher gebraucht...

Friedrich, der von der Küche aus einen Teil des Gespräches mit angehört hatte, griff seine Stimmung auf: »Du warst nicht besonders zärtlich am Telefon. Wenn sie auf dich steht oder dich sogar liebt, hat sie bestimmt auf mehr gehofft.«

»Was denn, was denn? Ich habe ihr doch gesagt, daß ich oft an sie denke.«

»Nicht genug«, sagte Friedrich. In diesem Augenblick wurde er sich bewußt, daß ihm Katharina Berg in ganz kurzer Zeit bisher verschlossene Türen zum Verständnis der Frauen geöffnet hatte. Durch sie war ihm wieder klar geworden, was sie brauchten: ein bißchen

Güte, Offenheit und deutliche Zuwendung. Eigentlich war es ganz einfach – wenn man den richtigen Partner gefunden hatte. In der Auswahl lag das Problem, so jedenfalls schien es Friedrich jetzt.

Ihr Gespräch wurde durch ein Klingeln an der Wohnungstür unterbrochen. Diese Frau paßte nicht in das Bild, das sich Friedrich von den Kundinnen gemacht hatte.

Zaghaft war sie hereingekommen, trug einen altmodischen schwarzen Hut, den sie sorgsam herunternahm und dann vorsichtig in den Händen hielt, als sei er besonders wertvoll.

Friedrich dirigierte sie in die Küche, und dort blieb sie schweigend stehen. Vor ihrer stillen Einfalt wurde er verlegen, es fiel ihm schwer, den Preis zu verlangen.

Sie sagte leise: »Das Geld, ach so, ja, das Geld.« Dabei nahm sie ein altes Portemonnaie heraus und zählte zweihundert Mark auf den Küchentisch.

O je, dachte Friedrich, während er sie zum Zimmer führte, wo James wartete.

Sie stand in der Wohnzimmertür, hielt noch immer ihren schwarzen Hut in der Hand und schaute sich mit scheuen Augen um.

James fühlte sich plötzlich unsicher, achselzuckend sagte er nur: »Tja...«

Sie fragte: »Wo kann ich meine Kleider aufhängen?«

»Aufhängen?«

Sie nickte: »Ja, wo kann ich sie hinhängen?«

Er ging ins Schlafzimmer und brachte aus dem Kleiderschrank zwei Bügel. »Hier, bitte sehr. Kommen Sie damit zurecht?«

»Danke. Natürlich.«

James konnte sie nicht einordnen, auch ihr Alter war nicht zu schätzen. Sie konnte zwischen fünfundzwanzig und fünfunddreißig sein; auch vierzig Jahre waren möglich. Eine Geschäftsfrau war sie nicht, sicher auch keine Frau, die sich ein Vergnügen daraus machte, ihren Mann zu betrügen.

Langsam und sorgfältig hängte sie zuerst ihren Mantel auf den einen Bügel, dann das Kleid, danach die Unterwäsche, Stück für Stück. Sie tat es bedächtig, behandelte ihre Kleidung, als wäre sie von einem Wert, den nur sie verstand.

James wurde neugierig, er konnte sich die Frage nicht verkneifen: »Wer sind Sie? Woher kommen Sie?«

»Ich komme von weither«, antwortete sie leise und mit unbeweglichem Gesicht. »Wir haben einen Bauernhof. Meine Eltern sind gestorben...«

Diese Frau fiel ihm schwer. Etwas in ihrem Wesen hemmte ihn. Aber sie war offenbar fest entschlossen, denn als sie nackt im Zimmer stand, fragte sie mit Bestimmtheit: »Wo soll ich mich hinlegen?«

James seufzte: »Ach du meine Güte!«

Mit einer halben Wendung zu ihm fragte sie: »Was sagten Sie?«

Sie war kräftig, aber ihr Körper wirkte harmonisch. Er konnte sie sich vorstellen, wie sie auf einer Wiese stand und mit der Sense Gras mähte, wie sie mit Tieren umging oder auf ihre bedächtige Weise Kühe molk.

Sie wiederholte ihre Frage: »Was sagten Sie?«

»Ins Bett, sagte ich, ins Bett.«

Sie ging langsam durch die geöffnete Schlafzimmertür auf das Bett zu. »Danke«, sagte sie.

»Bitte sehr«, antwortete er.

Eine Viertelstunde später kam James mürrisch in die Küche: »Friedrich, gib ihr das Geld zurück!«

»Das Geld zurück? Bist du verrückt geworden?«

James drängte: »Los, gib ihr das Geld! Ich weiß nicht, was mit mir los ist. Vielleicht der Besuch meiner Mutter... Ich habe alles versucht, aber ich konnte nicht.«

Zaghaft kam sie aus dem Zimmer in den Flur. Dort blieb sie stehen und wußte nicht recht, was sie tun sollte. Umständlich setzte sie wieder ihren Hut auf. Noch immer stand sie unbeweglich neben der Tür.

In der Küche sagte Friedrich: »Schon gut, ich gebe ihr das Geld zurück.«

James ging zu ihr, er wollte ihr etwas Verbindliches sagen, brachte aber nur heraus: »Es tut mir leid. Ja, ich mußte Sie leider enttäuschen, aber das liegt nicht an Ihnen, sondern an mir.«

Friedrich erschien im Flur. Zögernd nahm die Frau die Geldscheine und behielt sie in der Hand. Friedrich machte ein verzweifeltes Gesicht.

Was sollten sie nur mit dieser seltsamen Frau anfangen? Sie hatten jetzt beide das Gefühl, als hätten sie ihr

Unrecht getan. Beide wollten sie höflich sein, aber es fiel ihnen nicht gleich das richtige Wort ein.

Die Frau ging mit ihrem stillen Gesicht zur Tür. Sie sagte nichts. In der Hand hielt sie noch immer die Geldscheine. Sie drehte sich noch einmal um, schaute von einem zum anderen. Es sah aus, als wolle sie etwas sagen, etwas erklären, aber es schien ihr Mühe zu machen, denn sie blieb stumm.

Bei der Tür, die er für sie öffnete, sagte Friedrich leise: »Es tut uns leid... Wir konnten nicht...«

21. KAPITEL

Die Journalistin Jutta Kaufmann war nicht faul gewesen. Angeregt von dem gehörnten Fuhrunternehmer, hatte sie Material gesammelt über Männer, die sich verkaufen. Und sie fand eine ganze Menge. In dieser offenen Form hatte es das bisher noch nie gegeben.

Für sie war das ein Symptom dafür, daß eine neue Zeit angebrochen war. Die Vorherrschaft des Mannes ging zu Ende, die jahrtausendealte Unterdrückung der Frau, lange Zeit zu festen Formen erstarrt, wurde aufgeweicht.

Jutta Kaufmann betrachtete den Fall aus dem geschichtlichen und aus dem soziologischen Blickwinkel. Sie dachte: Menschenskind, da vollzieht sich eine ungeheure Umwandlung, und kein Mensch nimmt ernstlich Notiz davon.

Sie ging zu ihrem Chefredakteur, hatte vorher den Stoff gegliedert und trug ihn überzeugend vor.

Der Mann im grauen Maßanzug hörte ihr schweigend zu, ein paarmal nickte er, denn er hatte begriffen, von welcher Tragweite diese Entwicklung sein konnte.

»Ich habe zwar ein wenig Bedenken, aber das ist ein brisantes Thema. Glauben Sie denn, dieser Witwen-

und Waisentröster würde sich überhaupt interviewen lassen?«

»Er wird nicht merken, daß ich von der Zeitung komme. Ich werde als Kundin zu ihm gehen.«

Auch das schien dem Chefredakteur ein bißchen riskant.

Sie lächelte: »Ich weiß, wie weit ich bei diesem Interview zu gehen habe. Ich möchte seine Motive hören. Wie kommt ein Mann dazu, sich zu verkaufen...«

Ihr Chef nickte. »Ja, wirklich sehr interessant. Also gut, machen Sie die Geschichte.«

Noch in der gleichen Stunde telefonierte sie mit Friedrich. Sie erhielt einen Termin, Friedrich fragte noch: »Und welchen Namen darf ich bitte notieren?«

Sie antwortete: »Notieren Sie nur den Vornamen. Ich heiße Jutta.«

Nachdem Friedrich die Eintragung gemacht hatte, dachte er fröhlich: Schon wieder ausgebucht. Aber es wurde dann doch ein schwarzer Tag für ihr Unternehmen.

Am späten Nachmittag erschien eine äußerst dicke Dame, deren Anblick James erschreckte. Sie hatte Beine wie Säulen, und als sie anfing ihre Kleidung abzulegen, sah er, daß ihr Übergangsmantel die Grundfläche eines mittleren Zeltes bedecken würde.

Er zog sich vor dem eigentlichen Akt noch einmal in die Küche zurück und beklagte sich bei Friedrich: »Ich weiß nicht, ob ich das schaffe. Das ist keine Frau, das ist ein Berg!«

Friedrich redete ihm gut zu: »Es wäre unfair, sie nicht zu bedienen, auch die Dicken brauchen es. Nimm einen doppelten Schnaps und bring es hinter dich.«

James trank den Doppelten, wischte sich den Mund ab und war bereits auf dem Weg zu ihr. »Du hast gut reden... Die Frau, die da drin sitzt, hat mindestens ihre zweihundertvierzig Pfund.«

Friedrich nickte: »Ja, das ist eine ganze Menge.« Er hatte jetzt fast Mitleid mit James.

In Gedanken lobte er seine Freundin Katharina Berg, sie war zart und schlank. Inzwischen waren sie fast ein Liebespaar geworden; es fehlte nur noch eines: die große Hingabe.

Doch wie hatte er gesagt: Das kommt von selbst, es muß sich entwickeln. Wenn er in ihrer Wohnung saß und Katharina eine sentimentale Schallplatte aufgelegt hatte, hielt er ihre Hand und streichelte sie. Beim Küssen war er zurückhaltend, denn er dachte an seine beiden Stiftzähne. Es gab auch noch andere Dinge, die ihn hemmten.

Er stellte sich vor, wie sie ihn sehen würde, mit seinem Bauch, der nicht ein Pfund verloren hatte, obwohl er regelmäßig das Fitness-Center besuchte. Von daher kam sein Mitgefühl für die Dicken.

Er lauschte einmal im Flur, hörte die beiden sprechen, es klang friedlich und angeregt. Dabei dachte er: James ist ein Kerl, der steht das durch. Aber James brauchte nach dieser Stunde noch einen doppelten Schnaps. Dabei seufzte er: »Mann, ich kann dir sagen, das war Schwerarbeit.«

Friedrich hätte gern gewußt, wie die Sache bei einer derart Korpulenten vor sich gegangen war. Aber er fragte nicht, denn er wußte, daß James nicht gern über solche Details sprach. Er war dezent von Natur, und das respektierte Friedrich.

Um fünf Uhr nachmittags protestierte James. Er hatte die Frau gesehen und sofort zu Friedrich gesagt: »Nein, das ist unmöglich.«

Sie hatte eine Gesichtshaut wie zerknittertes Pergament und dazu eine Stimme, durchdringender als eine Kreissäge.

Sie war nicht etwa beleidigt, als sich James blitzschnell zurückzog. Sie lachte meckernd: »Hähähä! Er glaubt, ich wäre zu alt. Aber da täuscht er sich.«

James wollte nichts hören, er stellte das Radio im Wohnzimmer auf höchste Lautstärke. Friedrich hätte ihn auch ohne diesen Wink verstanden. Ja, das war zuviel. Aber es gab keine Möglichkeit, sich vorher abzusichern. Er konnte unmöglich am Telefon fragen: Wie sehen Sie aus? Wie alt sind Sie?

»Der junge Spritzer hat doch tatsächlich Angst vor mir!« rief sie und streckte ihren dürren Zeigefinger Friedrich entgegen. »So was Verrücktes. Ich war Künstlerin, und bei mir stimmt noch alles! Wollen Sie sehen?«

»Ich bitte Sie...« flehte Friedrich.

Aber sie war in Fahrt gekommen, jetzt wollte sie überzeugen. Unvermittelt begann sie, im Flur zur Radiomusik zu tanzen. Dabei hob sie ihren Rock und zeigte knochige, erbarmungswürdige Knie. Sie drehte und drehte sich im Kreis, dann machte sie einen grotesken Sprung und landete im Spagat auf dem Boden.

»Aber bitte...« sagte Friedrich wieder. »Meine Dame, ich muß Sie bitten...«

Sie schnalzte nur mit den Fingern, blieb in ihrer Stellung und rief: »Das macht mir keine nach! Geh und hol den scheuen Knaben her, der soll sich das mal angukken!«

Sie war zum Aushalten entschlossen, und Friedrich dachte: In ihren jungen Jahren war die bestimmt ein toller Feger.

Mit sanfter Gewalt mußten sie schließlich zu zweit die Alte hinausbugsieren. Aber vor ihrem Abgang rief sie noch in der Tür: »Du hast keinen blassen Schimmer, was dir entgangen ist!«

»Um Gottes willen!« stöhnte James. »Wie konntest du diese Vogelscheuche hier hereinlassen?«

»Es tut mir schrecklich leid, James, am Telefon hat sie einen ganz normalen Eindruck gemacht. Ich konnte das nicht ahnen.«

»Für heute ist Schluß«, sagte James. »Das war ein schlimmer Tag, der schlimmste seit langem.«

»Ja«, stimmte Friedrich zu, »das war ein harter Tag.«

Jutta Kaufmann stand im Flur, Friedrich hatte sie auf seiner Liste abgehakt und ihr bestätigt: »Ja, Sie sind vorgemerkt.«

Sie fragte: »Wie lange... Ich meine...«

Freundlich antwortete Friedrich: »Jedenfalls zu Ihrer Zufriedenheit. Warten Sie bitte einen Augenblick.«

Friedrich ging zu James ins Zimmer, die Journalistin blieb draußen stehen. Durch die Tür hörte sie einen heftigen Wortwechsel. Vorsichtig ging sie näher heran und konnte nun alles verstehen. James sagte: »Ich kann nicht mehr, Friedrich! Das wäre die Vierte heute. Denk an das Fiasko von gestern, zuerst die Dicke, später die verrückte Alte. Ich brauche mehr Ruhetage.«

Dann Friedrichs beschwichtigende Stimme: »Schau sie dir wenigstens einmal an. Ein ganz tolles Mädchen. So etwas Apartes habe ich hier schon lange nicht mehr gesehen. Das ist ganz besondere Klasse, glaub mir.«

Sie lächelte ein wenig, hörte dann James sagen: »Ich mag nicht! Ich bin ständig müde. Das hält doch kein Stier aus, was ich hier leisten muß!«

»Ohne Fleiß kein Preis. Denk an unser Geschäft...«

Und dann wieder James: »Ich brauche eine Woche Urlaub!«

»Sollst du haben, mein Lieber. Aber denk an früher, da hast du bis zu sieben an einem Tag geschafft...«

James widersprach: »Es waren nur sechs.«

»Na ja, das ist ja auch ganz schön. Ich rufe sie jetzt herein.«

Die Antwort klang mürrisch: »Ich kann nichts versprechen.«

Als James die Frau sah, stand er langsam von seinem Sessel auf, erstaunt schaute er sie an. Friedrich hatte wirklich nicht übertrieben.

»Vielleicht ein Glas Wein? Tee, Kaffee?«

»Ein Glas Wein, bitte«, sagte sie. »Aber sonst nichts, Sie verstehen...«

»Ach, Sie wollen gar nicht?«

»Hat es das noch nie gegeben, daß eine Frau nur mit Ihnen reden wollte? Ich habe mich von meinem Mann getrennt. Er war ein schwerer Trinker, verstehen Sie? Aber ich muß einmal mit jemand reden, und Sie haben in Ihrem Inserat geschrieben, daß Sie einsamen Frauen fröhliche Stunden bereiten.«

»Ja, ja, das habe ich.«

Sie setzten sich auf die Couch, James schenkte ein. Sie nickte traurig vor sich hin. »Ja, ein schwerer Trinker. Er hat mich geschlagen.«

James war fassungslos. »Sie geschlagen? Dann muß er ein Schuft sein. Sie hatten recht, sich von ihm zu trennen. Das ist heute nicht mehr schwer. Ich habe mich auch von meiner Frau getrennt.«

Sie fragte: »Wie war denn Ihre Ehe?«

»Meine Ehe? Sie war eine Katastrophe!« Er nahm einen großen Schluck und wiederholte: »Ja, eine echte Katastrophe war meine Ehe...«

Sie schaute ihn mitfühlend an: »Erzählen Sie mir.«

Er spürte ihre Anteilnahme, und das tat ihm unendlich wohl. Es war eine neue Erfahrung für ihn. Er war bereit, über alles zu sprechen, über die Ehe, über die Frauen und über seine Einsamkeit, die ihm jetzt, angesichts dieser Frau, noch viel trauriger schien als die Einsamkeit anderer Menschen. Er war fast den Tränen nahe, aber diese weiche Regung verscheuchte er augenblicklich. Tränen? Verdammt noch mal: Nein! Was würde sie von mir denken?

Sie hatte sich ihre Aufgabe leichter vorgestellt, war der Meinung gewesen, einem abgebrühten Burschen zu begegnen, den sie unbewußt in die Nähe des Kriminellen gerückt hatte. Aber dieser Mann hier, der während des Redens manchmal aufgeregt im Zimmer hin- und herlief, schien ihr keineswegs ein skrupelloser Typ. Sicher war er ein Geschlagener, aber mit der Naivität und der ahnungslosen Offenheit eines Kindes.

Eine Stunde hatte sie bleiben wollen, aber nun war sie schon länger als zweieinhalb Stunden bei ihm und hörte sich an, was James zu sagen hatte. Und er war wie ein Mann, der angefüllt war mit Unausgesprochenem, mit Dingen, die ihn bedrängten.

Sie brachen die dritte Flasche Wein an. Er hatte nicht gemerkt, wie die Zeit vergangen war. Nur eines war für ihn wichtig: Er fühlte Zuneigung und großes Vertrauen.

Um ihre Augen war ein Lächeln. Er sah ihren großzügig geschnittenen Mund mit vollen, ausgeprägten Lippen. Alles an ihr war makellos. So stellte sich James die Frau vor, in die er sich hätte verlieben können.

Mareike war im Augenblick aus seinen Gedanken verschwunden.

Sie sagte: »Sie haben mir noch nichts von Ihrer frühen Jugend erzählt.«

Da gab es kaum etwas zu berichten. Sein Vater habe sich aus dem Staub gemacht, als er noch ein Baby war. Über seine Mutter wollte er nicht viel sagen. »Sie hat gearbeitet wie ein Pferd und war immer sehr streng. Sie hat mich durch die Schule geprügelt. Für jede schlechte Note eine kräftige Ohrfeige! Ich glaube, sie wollte meinen Willen brechen. Und später war es meine Frau. Sie hat mich herumkommandiert: James, du mußt dies tun... James, du mußt jenes tun... Mein Fehler war, daß ich einige Zeit so dumm war, ihre Befehle auszuführen.«

Sie nickte, und es sah für ihn so aus, als würde sie in allem zustimmen, als wäre sie völlig auf seiner Seite.

»Aber Sie haben mir noch immer nicht meine Frage beantwortet. Wie kommt ein Mann wie Sie zu diesem Job?«

Er fand eine Menge Gründe: das unerbittliche Konkurrenzdenken, die Aussichtslosigkeit, die ganze Verlogenheit dieser Gesellschaft, die keinen Wert mehr schätzt, außer den des Geldes. Die Schnauze habe er voll gehabt. Er faßte das alles zusammen und erklärte: »Ich bin ein Aussteiger!«

»Aber...« Jutta Kaufmann wollte Einwände vorbringen, doch James unterbrach sie.

»Es gibt tausend Motive. Außerdem war ich arbeitslos. Ich weiß, mit den Augen des Bürgers betrachtet, bin ich ein Versager. Und die Frauen...« Er machte eine hilflose Gebärde mit beiden Händen.

Sie sagte: »Die Männer sind schlimm. Sie sind die eigentlichen Kaputtmacher.«

Dazu nickte er zustimmend. »Die Frauen auch. Ich wollte frei sein von den Frauen. Keine Niederlagen mehr. Aber es ist schwer...«

Und nun stellte Jutta Kaufmann die Frage, die sie am meisten interessierte: »Sie glauben also nicht, daß ein Mann dieses Geschäft aushält?«

Er antwortete mit Überzeugung: »Nein! Kein Mann hält das aus, das können nur Frauen.«

Als sie ging, fragte er: »Werden Sie wiederkommen? Ich spreche gern mit Ihnen.«

Sie lächelte ihn an. »Ja, wahrscheinlich.«

Noch am nächsten Tag schwärmte James von ihr. Er sagte: »Friedrich, in die hätte ich mich sofort verlieben können. Das war eine Frau nach meinem Geschmack.«

Auch Friedrich war von ihr beeindruckt. »Sie muß sehr allein sein, sonst wäre sie nicht zu dir gekommen, einfach nur so zum Reden.«

»Sie wollte mir das übliche Honorar geben, aber ich habe ihr erklärt, daß sie nichts zu zahlen hätte.«

Sie waren sich nicht ganz einig gewesen, als Friedrich James dazu überredet hatte, die Frau zu empfangen. Es war selten, daß Friedrich vergaß zu kassieren.

Diesmal stimmte er zu: »Kein Geld, das war richtig. Sie wird dich in guter Erinnerung behalten. Sie wird denken: James ist ein anständiger Kerl. Und das bist du ja auch.« So etwas hörte James gern. Es war wichtig, wenigstens bei ein paar Menschen Anerkennung und ein Echo zu finden. Er sprach noch am nächsten Tag ein paarmal von dieser Frau.

22. KAPITEL

Am Montagnachmittag stand die Hausverwalterin zeternd vor der Tür: »Diese Schande! Diese Schande! In meinem guten Haus! In der Zeitung stehen Sie, fotografiert sind Sie vor meinem Haus, und jeder kann sehen, daß es mein Haus ist.«

Friedrich und James schauten sich verdutzt an. Wie aus einem Mund fragten sie: »In der Zeitung?«

»Jawohl, in der Zeitung!«

Friedrich nahm ihr das Blatt aus der Hand und legte es im Wohnzimmer so auf den Tisch, daß sie beide gleichzeitig darin lesen konnten. Die Hausverwalterin stand im Flur, demonstrierte mit verschränkten Armen Empörung und sah zu. Ins Wohnzimmer traute sie sich nicht.

Friedrich las murmelnd: ›Der Liebhaber sagt: Ich kann nicht mehr... Ich bin immer müde... Das hält kein Stier aus.‹

James setzte fort: ›Aber sein Manager sagt: Ohne Fleiß kein Preis. Denk an früher, da hast du bis zu sieben an einem Tag geschafft.‹

Und Friedrich: ›Die Frauen haben ihn herumkommandiert. Schullehrer sollte er werden...‹ James war alles klar: »Friedrich, das war sie. Du weißt doch, die nette Frau von voriger Woche mit dem Mann, der ein schwerer Trinker ist. Jetzt rächt sie sich dafür an den Männern. So sind sie, die Frauen.«

»Ja«, sagte Friedrich. »So sind sie, James.«

Die Hausverwalterin kreischte plötzlich wieder los: »Diese Schande! In meinem guten Haus!«

Das zweispaltige Bild zeigte den Hauseingang, davor standen James und Friedrich, ihre Gesichter waren durch einen schwarzen Balken verdeckt. Die Bildunterschrift: ›Der Callboy und sein Butler‹.

Ehe die Hausverwalterin zu weiterem Protestgeschrei den Mund öffnen konnte, schob Friedrich sie zur Tür hinaus. »Schon recht, schon recht, liebe Frau. Wir verlassen Ihr gutes Haus. Aber innerhalb der vereinbarten Kündigungsfrist. Und die beträgt, laut Vertrag, vier Wochen.«

»Meine Zeitung!« rief sie. »Ich will meine Zeitung!«

»Wir stecken sie Ihnen später in den Briefkasten. Eine Stunde können Sie sie doch wohl entbehren.«

»Aber nur eine Stunde. Ich gucke auf die Uhr. Diese Zeitung brauche ich, das ist nämlich der Beweis.«

Es war eine schwere Panne. Sie saßen unentschlossen im Wohnzimmer, hatten jeder die Reportage zweimal gelesen. Man hatte sie offenbar mit einem Teleobjektiv fotografiert. Nach einer Weile sagte James kopfschüttelnd: »Und dabei habe ich mich fast in sie verliebt. Du weißt, was ich meine, ich habe an sie gedacht.«

»Das ist so gut wie verliebt«, bestätigte Friedrich.

Er betrachtete kritisch das Bild. Sein Gesicht war zwar verdeckt, aber er war sich nicht sicher: »Ob man mich da erkennt? Ich meine, die Figur? Das wäre schlimm. Und ausgerechnet als Butler...«

»Wärst du lieber der Callboy?« fragte James.

»Um Gottes willen, nein.«

»Was heißt denn da um Gottes willen?« James runzelte die Stirn.

Es war ihm nur so herausgerutscht. Er versuchte, die spontane Reaktion abzuschwächen, begriff aber, daß er ein Urteil gefällt hatte, das James und auch ihn selbst getroffen hatte. Für einen Augenblick waren sie wie zwei ertappte Komplizen. Und so fühlten sie sich auch.

Später las Friedrich aus der Reportage ein paar tröstliche Stellen heraus. »Hör zu, James, hör zu: ›Ein sympathischer junger Mann – trotz allem. Ein Mann, der auf seine Weise versucht, aus unserer Gesellschaft auszubrechen, der auf die Prinzipien von Leistungsdruck und Konkurrenzdenken einen simplen Ausweg gefunden hat. Die Frauen machen es ihm leicht, und vielleicht sind wirklich die Frauen schuld. Es ist nicht verboten, und es ist nicht unsere Aufgabe zu richten. Man könnte mit Henry Miller sagen: Was ist moralisch und was unmoralisch? Niemand wird je auf diese Frage eine befriedigende Antwort geben. Nicht, weil die Sitten sich ständig wandeln, sondern weil das Prinzip, von dem die Frage abhängt, erkünstelt ist.‹«

»So«, sagte James nur.

»Ja, ja, wenn man bedenkt, was sie so alles mitgemacht hat. Mit einem schweren Trinker verheiratet, der sie fortwährend schlägt. Diese Frau muß doch einen Haß auf alle Männer gehabt haben.«

»Und dann ist sie zur Zeitung gegangen und hat mich in die Pfanne gehauen.« James klang müde.

Friedrich fand trotzdem noch etwas Versöhnliches: »Hier, lies, da steht: ›Er war ein Gentleman. Auf die Frage nach dem Honorar erwiderte er: Nein, kein Geld von Ihnen. Ich habe gern mit Ihnen gesprochen...‹«

James murmelte: »Ein Gentleman...«

»Das hört sich gut an. Das mußt du doch zugeben!«

Die eingeflochtene Abhandlung über den Rollenwechsel von Mann und Frau übergingen sie, obwohl das der Kern der Geschichte war. Die Reportage versuchte, gegen beide Geschlechter fair zu sein, sie stellte die Frage, ob nach der despotischen Herrschaft des Mannes möglicherweise die Tyrannei der Frau folgen würde.

»Was unternehmen wir?« James hatte den Kopf auf die rechte Hand gestützt und starrte ratlos vor sich hin.

Friedrich hatte sich inzwischen wieder völlig in der Gewalt: »Du nimmst das zu schwer. So etwas ist heute innerhalb von zwei Tagen vergessen. Lies doch die Zeitungen genau. Tausende kommen um bei einem Erdbeben, Unzählige werden gefoltert und hingerichtet. Überall ist Mord, der nächste Weltkrieg geistert schon durch die Zeilen. Und dazwischen stehst du, der kleine Bumser, der ein bißchen Geld macht. Nimm das doch nicht so tragisch!«

Diesen Tatsachen konnte James nicht widersprechen, aber er war noch immer niedergeschlagen, konnte es nicht fassen, daß ihn ausgerechnet diese Frau überlistet hatte.

Er rief bei der Zeitung an, und da erlebte er eine zweite, noch schlimmere Enttäuschung. Der zuständige Redakteur eröffnete ihm: »Ja, die Reportage wurde von unserer Kollegin Jutta Kaufmann geschrieben.«

»Können Sie mich mit ihr verbinden?«

Eine halbe Minute später war sie am Apparat, er erkannte sofort ihre Stimme. Jetzt erst fiel es ihm wie Schuppen von den Augen. Der trunksüchtige Mann existierte gar nicht, sie war Journalistin, hatte sich bei ihm eingeschlichen. Er war Stoff für sie gewesen.

»Hier ist James Müller.« Seine Stimme klang rauh vor Erregung. »Sie wissen doch... Ich habe gelesen, was Sie über mich geschrieben haben. Sie haben mich von Anfang an belogen. Mein Vertrauen haben Sie mißbraucht...«

»Es tut mir leid. Wenn ich gewußt hätte...« Sie zögerte, sagte dann etwas, was ihn ein wenig versöhnte, aber nur ein wenig. Ja, wenn sie gewußt hätte, daß sie einem derart sympathischen Menschen begegnen würde, hätte sie dieses Interview nicht übernommen.

Sie versuchte abzuschwächen, zu erklären. Ein Rückzieher sei nicht möglich gewesen, weil schon alles mit dem Chefredakteur besprochen war.

»Zu spät, zu spät«, sagte er pathetisch. »Ich fand Sie so nett. Jetzt habe ich eine Menge Ärger Ihretwegen. Wie kann man nur so lügen! Und nun sage ich Ihnen etwas, Sie können darüber getrost lachen, aber Sie sollen es wissen: Ich hatte mich in Sie verliebt.«

Mit beleidigtem Gesicht legte er den Hörer auf, hatte aber die kleine Befriedigung, daß er bei diesem Telefongespräch der moralische Sieger gewesen war.

Wenn er Jutta Kaufmann jetzt gesehen hätte, wäre er bestätigt worden. Sie stand neben dem Telefon, schaute zu Boden, sagte eine Weile kein Wort. Der Redakteur, der sie zum Telefon gerufen hatte, fragte: »Was ist los, Jutta?«

»Vielleicht habe ich einen Fehler gemacht. Es war ein interessanter Fall, aber menschlich war es nicht ganz in Ordnung... ich meine, von mir aus.«

James saß auf der Couch und brütete vor sich hin. Ein verkorkster Tag! Jutta Kaufmann hatte ihm eine Lektion erteilt, von der er sich nicht so bald erholen würde. Wie konnte ich nur auf sie hereinfallen? dachte er, fragte sich aber auch: Wie hätte ich sie in so kurzer Zeit durchschauen können? Er wußte zuwenig von den Frauen, die zu ihm kamen. Sie besuchten ihn eine Stunde, höchstens zwei, hatten gerade nur ihre augenblickliche Not befriedigt, gingen wieder nach Hause zu ihren Männern oder Kindern und sagten: Am Nachmittag war ich einkaufen. Bei Witwen und geschiedenen Frauen war das natürlich etwas anderes, doch auch von denen erfuhr er nicht viel. Wie lebten diese Frauen wirklich? Das war bei der flüchtigen, eindeutigen Begegnung nicht herauszufinden.

Er hörte, daß im Flur das Telefon klingelte. Friedrich nahm ab und rief schon nach ein paar Sekunden: »James, das ist für dich!«

James dachte an Mareike, aber es war die Chemikerin, die ihm geholfen hatte, seiner Mutter den Wahrsager vorzuspielen. Ein Lachen gluckste leise in ihrer Stimme: »Ich habe in der Zeitung über dich gelesen... Sie hat dich ganz schön auf den Arm genommen, nicht wahr?«

»Es war unfair.«

»Mach dir nichts draus. Du bist gar nicht so schlecht weggekommen. Immerhin hat sie doch ein paar Dinge über dich geschrieben, die sympathisch sind.«

»Na ja«, antwortete er gedehnt.

Aber was wäre mit seiner Mutter? Vielleicht würde sie ihn erkennen.

»Meine Mutter liest keine Zeitung.«

»Da hast du ja Glück, die hat nämlich Haare auf den Zähnen, das habe ich gesehen.«

Und wie es ihm sonst erginge? Man sollte sich wieder einmal sehen, denn trotz der Störung sei das ja eine schöne Stunde gewesen. Doch, doch, bestimmt.

Er antwortete einsilbig.

»Was ist los mit dir, du klingst ja geradezu depressiv?«

»Das bin ich auch«, sagte er.

»Nimm eine Beruhigungstablette, leg dich ins Bett, dann wirst du fröhlich wieder aufwachen.«

»Ich mag keine Pillen.«

»Du wirst dich noch daran gewöhnen.«

»Warum?«

»Depression ist die Krankheit dieser Zeit. Es wird so weit kommen, daß der Staat an seine Bürger Pillen austeilen muß, die es dem einzelnen ermöglichen, dieses Leben auszuhalten. Du darfst mir das glauben, denn ich bin Chemikerin und weiß etwas davon.«

Darüber dachte er lange nach. Er fand die Idee grotesk, aber irgendwie doch überzeugend. Es sind die großen Städte, in denen die Menschen kaputtgehen, ging es ihm durch den Kopf. Eine Stadt wie zum Beispiel Frankfurt.

Nur wenig später kam Friedrich aufgeregt ins Wohnzimmer. Vor Begeisterung überschlug sich seine Stimme beinahe: »James, da draußen ist eine... Ich kann dir flüstern, so was war noch nicht hier. Du wirst Augen machen. Eine richtige Schönheit!«

James zeigte wenig Interesse: »Das hast du auch von der Journalistin gesagt.«

»Du wirst sehen. Hier!«

In der Tür erschien eine Frau, die tatsächlich überraschend war. James stand auf und ging ihr entgegen.

»Hallo!« Ihre Stimme klang angenehm.

»Hallo.«

Sie war groß und herrlich gewachsen, Kleidung und Make-up signalisierten selbstsichere sportliche Eleganz. Sie besaß die souveräne Ausstrahlung einer Frau aus den sogenannten besten Kreisen. Sie lächelte. Mit einem Blick zur halb offenstehenden Schlafzimmertür sagte sie:

»Also, worauf warten wir?«

Sie schaute ihm unverwandt in die Augen, während sie auf ihn zuging. Dann fuhr sie ihm langsam durchs Haar und ergriff seine Hand.

»Komm.«

Sie zog ihn mit sanfter Gewalt ins Zimmer und schloß die Tür hinter sich. Dann befahl sie, als sei es das Selbstverständlichste von der Welt: »Zieh dich aus. Ich will sehen, ob du wirklich einen so schönen Körper hast, wie meine Freundin mir vorgeschwärmt hat.«

»Ihre Freundin? Wer könnte das sein?« fragte er, während er begann, die Kleider abzulegen. »Ist sie vielleicht Zahnärztin?«

»Ja. Wie kommst du darauf?« Sie setzte sich.

»Sie würde im Typ zu Ihnen passen. Wieso... Ich meine, eine Frau, die so aussieht wie Sie... Sie sind doch eine Schönheit, und das wissen Sie genau.«

Ihr Lächeln faszinierte ihn aufs neue. Aber jetzt lag eine Spur von Resignation darin.

»Hast du schon einmal darüber nachgedacht, daß schöne Frauen manchmal weniger geliebt werden, als man sich vorstellt, weil die Männer Feiglinge sind und sich nicht an sie herantrauen?«

»Feiglinge? Nicht herantrauen?« Das war ein völlig neuer Aspekt. Er hielt inne, hatte nur noch den Slip an und sah sie etwas ratlos an.

»Ja, so ist es. Ich kenne dich erst seit ein paar Minuten, aber ich weiß schon jetzt, daß du eine gewisse Scheu vor Frauen hast.« Lachend ermunterte sie ihn: »Nun los, mach schon!« Als er nackt vor ihr stand, musterte sie ihn ungeniert von Kopf bis Fuß.

»Ja, es ist wahr, du bist ziemlich perfekt.« Sie erhob sich, und er beobachtete mit einem gewissen Staunen, wie sie sich langsam und ohne jede Scheu auszog. Er sagte: »Du auch, du bist auch ziemlich perfekt.«

Er erlebte in der nächsten Stunde ein Feuerwerk. Sie schien ihm unersättlich, war virtuos, verstand es, ihn anzuspornen, so daß er völlig aus sich herausging und alle Scheu verlor.

Als sie dann ruhig nebeneinanderlagen, wollte er mehr über sie wissen: »Hast du einen Beruf? Was tust du?«

»Mein Vater hat mir eine kleine Fabrik hinterlassen, die ich verwalte. Ich arbeite sehr viel. Und auch das ist ein Grund, warum ich zu dir gekommen bin.«

Sie zog sich an und verließ die Wohnung. Sie war freundlich bis zum letzten Augenblick, aber er merkte doch, daß sie satt war, daß nichts mehr zwischen ihnen vibrierte.

Friedrich stand wieder mit seiner Schürze vorm Küchenherd. Er wollte etwas über diese Frau wissen.

James resümierte: »Man lernt nie aus bei den Frauen. Wenn du denkst, du kennst sie, dann kommt eine daher und schmeißt alles wieder über den Haufen.«

»Das weiß ich schon lange«, sagte Friedrich. »Ich treffe mich heute abend mit ihr, mit Katharina Berg.«

23. KAPITEL

In seinem teuersten Sommeranzug, einen leichten Panamahut auf dem Kopf, stand Friedrich in Sichtweite der Inseratenannahme. Als Katharina Berg lächelnd auf ihn zukam, ging er ihr schnell entgegen. Er zog den Hut, machte eine kleine Verbeugung. Dabei sah er aus wie ein Kavalier der alten Schule.

Er wollte Erfreuliches berichten und erklärte sofort: »James zieht bald um. Wir machen Schluß mit diesem Geschäft. Nur noch kurze Zeit, dann haben wir unsere neue Existenz.«

»Warum nicht gleich?« fragte sie.

»Was?«

»Aufhören. Ich merke doch, daß du ein schlechtes Gefühl dabei hast. Von Moral wollen wir nicht reden, aber die Sache in der Zeitung war ja nicht gerade schön.«

Er schaute zu Boden, war leicht verlegen. »Wir haben noch nicht genug Geld für das Auktionshaus.« Er sprach leise. »Für die Anzahlung fehlen immer noch an die zehntausend Mark. Es ist ein eingeführtes, erstklassiges Geschäft.«

Und da zeigte Katharina Berg, daß sie eine praktische Frau war.

Sie erklärte: »Wenn dir die Bank einen Kredit von

Siebzigtausend zugesagt hat, dann gibt sie dir auch Achtzigtausend.«

Ja, dachte Friedrich, sie hat recht. Er erinnerte sich, wie freundlich der Bankdirektor zu ihm gewesen war. Diese Bank hatte schon mit seinem Vater gearbeitet. Der Name Friedrich besaß dort einen guten Klang.

»Morgen früh versuche ich es noch einmal«, sagte er. »Und ich werde auch James erzählen, wie wir es schneller und besser machen können. Selbstverständlich wird das gehen.«

Er nahm sie bei der Hand. Gemeinsam schlenderten sie durch den Ring von Grünanlagen bis zum Main. Es war ein warmer Sommerabend, und Friedrich fühlte sich jung wie lange nicht mehr. Er hatte plötzlich sogar die Empfindung, daß Frankfurt an manchen Stellen eine schöne Stadt sei. Das war ihm seit Jahren nicht in den Sinn gekommen.

Einen Augenblick überlegte er, ob er nicht mit Katharina Berg einen Besuch bei James machen sollte. Aber dann sagte er sich: Das hat Zeit, und es ist vielleicht besser, sie begegnen sich erst in der neuen Wohnung.

»Es ist nicht schwer, in Frankfurt eine Wohnung zu finden, wenn einer genug Geld hat.«

»Ja«, sagte sie, »du gibst halt wieder ein Inserat bei mir auf: Gepflegte Dreizimmerwohnung gesucht, in bester Lage.«

»Ja, das werde ich tun, aber zwei Zimmer genügen für ihn. Er empfängt dann ja keine Besuche mehr.«

James hatte eigentlich an diesem Abend nichts trinken wollen, aber dann stand er doch an der kleinen Bar im Café Troll und bestellte Bier und Korn. Er war lange nicht mehr hier gewesen, seit der Neueröffnung noch nicht ein einziges Mal. Tillmann hatte gemeint: ›Ein Lokal, das einmal mit Rauschgift verseucht war, wird nur verdammt schwer wieder sauber.‹

Im ›Troll‹ hatten sie vor Monaten ein siebzehnjähriges Mädchen tot in der Toilette gefunden. Sie hatte sich Rauschgift gespritzt, eine Dosis, die in der Drogenszene ›Der goldene Schuß‹ genannt wurde.

Innen hatte sich nichts verändert, mit der kleinen Ausnahme, daß das ›Troll‹ jetzt ein Nuttencafé geworden war. Eine stand rechts von ihm und süffelte vor sich hin. Links sah er einen vierschrötigen Mann in Arbeitskleidung, der alle paar Minuten nach Bier und Korn rief.

Die Frau zupfte James am Ärmel und fragte: »Gibst du einen aus? Du hast doch bestimmt Kohlen in der Tasche.«

Mit einer Kopfbewegung machte er beim Wirt die Bestellung. Sie schaute James dankbar an, gab sich unterwürfig und aggressiv zugleich, auf eine Weise, die ihn anekelte. Sie kippte den Korn hinunter, schüttete ein paar Schluck Bier hinterher und fragte dann: »Willst du nicht was bei mir anlegen? Du siehst so aus, als könntest du das vertragen.«

James grinste. »Nein, danke, ich vertrag's bestimmt nicht.«

Der Arbeiter interessierte sich für ihre Preise: »Was schlägst du denn so an?«

Sie zuckte die Achseln, hob das Bierglas. »Ein Hunderter muß schon drin sein.« Es klang beinahe entschuldigend.

Der Mann schüttelte den Kopf: »Ein Hunderter? Dafür muß ich in der Fabrik eine ganze Menge Stunden abreißen. Wer kann denn schon fürs Bumsen einen ganzen Hunderter ausgeben!«

James gab ihr einen Zwanzigmarkschein. »Hier hast du noch was. Das kannst du versaufen.« Sie strahlte, war hocherfreut, klopfte ihm auf die Schulter: »Mensch, bist du aber spendabel. Ich dank' dir.«

Er schaute sie an, sah ihr verwüstetes Gesicht und fragte: »Wie hältst du das eigentlich aus?«

»Was?«

»Ich meine, die vielen Männer.«

Sie lachte laut und ordinär: »Ist doch ganz einfach, Mann. Immer nur mit halber Kraft, immer nur mit halber Kraft...«

James ging hinüber in die ›Laterne‹. Das Lokal war fast leer, er traf keinen Bekannten, außer Tillmann.

Der kam zu ihm an den Tisch und erzählte, was er an Neuigkeiten wußte:

»Der Mörder von Griebel kriegt in München gerade seinen Prozeß gemacht. Es läuft auf Totschlag hinaus. Sechs bis sieben Jahre wird er sich dafür einhandeln. Das ist gar nicht so viel, wenn du bedenkst, daß er einen kaltgemacht hat.«

James nickte: »Nein, das ist nicht zuviel.«

»Und weißt du, was Griebel verdient hat? Über zweitausend Mark hat er am Tag gemacht. Das war doch ein Mordsgeschäft...«

»Ja, ein Mordsgeschäft.«

Von Benno wußte Tillmann nicht viel. »Er hat sich einen Porsche gekauft. Stell dir vor, alles nur mit seiner Fiedelei! Jetzt geht er zur Bundeswehr. Da wird er Musikmeister oder so was. Na ja, auf der Geige ist er schon eine Wucht.«

James kam nicht in Stimmung. Er dachte: Was soll ich hier herumsaufen? Ich gehe nach Hause und nehme vielleicht doch eine Pille, wie sie gesagt hat.

Auf dem Weg zu seiner Wohnung kaufte er an einem Kiosk die Abendzeitung, am Nachtschalter einer Apotheke holte er sich Schlaftabletten. »Geben Sie mir etwas Starkes.«

Aber etwas Starkes gab es nicht ohne Rezept. »Tut mir leid«, sagte der Apotheker. »Aber die hier sind auch nicht schlecht. Auf pflanzlicher Basis, Sie verstehen?«

James dachte: Dann nehme ich halt mehr. Das tut's auch. Was ist bloß los mit mir? Ich fühle mich mies. Etwas verzehrt meine Kraft, und das sind nicht nur die Frauen. Aber ich weiß nicht, was es ist.

Zu Hause dachte er nicht weiter darüber nach, sondern nahm zwei Tabletten und legte sich ins Bett. Er blätterte in der Zeitung, fühlte sich jedoch abgestoßen von dieser Zusammenballung katastrophaler Neuigkeiten. Er wollte sie schon neben das Bett werfen, da sah er plötzlich ihr Bild. Es war die Frau mit dem in Öl gemalten Ehemann. Sie war ermordet worden.

Er konnte sich genau an sie erinnern, hatte noch den Klang ihrer Stimme im Ohr. »Ich habe mich an ihm gerächt«, hatte sie gesagt. »Ich habe ihn umgebracht. Jawohl, umgebracht. Mit Weißwein und Zucker! Er war nämlich schwer zuckerkrank...«

Unter dem einspaltigen Foto war zu lesen: »Wer kennt diese Frau? Wer hat sie zuletzt gesehen?« In dem Artikel wurde berichtet, daß sie schwerreich gewesen war, ohne Angehörige. Sie mußte ihren Mörder gekannt haben, denn sie hatte ihm selber die Tür geöffnet. An jenem Abend sei keine Angestellte im Haus gewesen, und auf dem Tisch habe eine angebrochene Flasche Sherry gestanden mit zwei Gläsern. Die Frau war erstochen worden, aber eine Tatwaffe sei nicht aufzufinden gewesen. »Mitteilungen erbeten an die Kriminalpolizei im Polizeipräsidium Frankfurt.« Die Nummer war angegeben.

Sherry! Ja, auch er hatte mit ihr Sherry getrunken. Ihre Worte kamen ihm in den Sinn: »Du wärst schon richtig. Du könntest hier bei mir leben. Ich brauche einen Beschützer...«

Sie hatte ihm nicht nahegestanden, dennoch machte ihn dieser Bericht betroffen. Kalt und sachlich war er formuliert. Scheußlich das Ganze!

Was soll ich machen? fragte er sich. Ich habe

eine wichtige Information. Eigentlich ist es meine Pflicht...

Aber was soll's, dachte er dann, was habe ich damit zu tun? In dieser Stadt werden viele Menschen ermordet.

Doch der Vorfall ging ihm nicht aus dem Kopf. Er wälzte sich noch mindestens anderthalb Stunden von einer Seite auf die andere, ohne Schlaf zu finden.

In einem plötzlichen Entschluß stand er auf, griff nach der Zeitung und wählte die angegebene Nummer im Polizeipräsidium. Die Mordkommission war auch nachts besetzt.

Eine Männerstimme hatte sich gemeldet. James sagte:

»Hören Sie mir gut zu: Ich habe eine Mitteilung zu machen über die ermordete Frau, die in der Abendzeitung abgebildet ist. Ich habe sie flüchtig gekannt und von ihr erfahren, daß ein Stiefbruder ihres verstorbenen Mannes existiert, der sie bedroht hat.«

»Wer sind Sie? Geben Sie mir Ihren Namen.«

»Der tut nichts zur Sache. Mehr als ich Ihnen jetzt gesagt habe, weiß ich nicht. Aber mir schien es wichtig, daß Sie von diesem Stiefbruder erfahren. Er hat vor fünfzehn Jahren im Gefängnis gesessen. Vielleicht hilft Ihnen das weiter. Mehr kann ich nicht sagen.«

Er legte den Hörer auf, dachte: Ich habe getan, was ich tun konnte. Was hätte ihnen mein Name genützt oder die Tatsache, unter welchen Umständen ich sie kennengelernt habe? Es geht sie nichts an. Es geht überhaupt niemand etwas an, was ich mache oder was ich gemacht habe.

Er nahm noch zwei Schlaftabletten und legte sich wieder ins Bett, aber er brauchte Stunden, bis er in einen unruhigen Schlummer fiel, in dem er sich auf unerklärliche Weise bedroht fühlte: Es herrscht Mord und Totschlag. Man muß auf der Hut sein. Sie kommen von allen Seiten. Wir sind umzingelt.

Erst gegen Morgen wurde sein Schlaf tief und fest. Die bedrückenden Bilder verließen ihn. Er konnte neue Kraft sammeln.

An diesem Nachmittag, an dem sie Herrn Schneider besuchen wollten, überdachten sie noch einmal ihre Lage.

Friedrich war auf der Bank gewesen. Ohne jede Schwierigkeit hatte der Bankdirektor den Kredit um zehntausend Mark erhöht: »Wir kennen uns doch schon lange, Herr Friedrich. Und über Ihr neues Geschäft bin ich auch informiert. Das ist eine Sache mit goldenem Boden.«

Die Hausverwalterin hatte zwar gekündigt, aber Friedrich war sich ganz sicher: »Sie muß dir eine angemessene Frist einräumen, die du brauchst, um eine neue Wohnung zu finden. Auch von dieser Seite haben wir Ruhe.«

Friedrich hatte keine neuen Termine mehr gemacht, und das Inserat erschien seit zwei Tagen nicht mehr. Aber es kamen doch noch drei Anrufe, die Friedrich beantwortete: »Tut mir leid, das Unternehmen existiert nicht mehr.«

James hörte es mit großer Genugtuung. Nach dem letzten Telefongespräch sagte er: »Endlich ist damit Schluß. Das hält kein Mann aus, Friedrich.«

»Mir war von Anfang an klar, daß es keine Sache auf Dauer sein würde. Aber wir haben zusammengehalten. Allein hätte es keiner von uns beiden geschafft. Jetzt sind wir am Ziel.«

So ganz nebenbei erwähnte Friedrich, daß er auch noch ein anderes Ziel erreicht hatte. Er meinte Katharina Berg.

»Sie war wunderbar. Wir verstehen uns blendend. Meine Sorge war unbegründet. Ich habe prächtig funktioniert.«

»Wirst du sie heiraten«? fragte James.

»Nein, heiraten wollen wir beide nicht. Wir werden das, was man heute ein ›freischwebendes Paar‹ nennt.«

Als sie im Auktionshaus ankamen, herrschte dort Hochbetrieb. In einer halben Stunde sollte die Versteigerung beginnen. Die Besucher schwärmten durch die Räume, machten Notizen, waren aufgeregt, als bekämen sie etwas geschenkt.

»Hier werden Umsätze gemacht«, flüsterte Friedrich. »Sieh dir alles genau an. Das wird ja schließlich dein Beruf.«

Sie trafen Herrn Schneider, der hinter einem großen Tisch saß und gerade Listen und Akten ordnete.

Es gab jetzt nicht mehr viel zu besprechen. Der weißhaarige Mann mit dem intelligenten Gesicht sagte: »Wir sind uns ja einig geworden. Ich übernehme die Sicherheit für Ihren Kredit, dazu kommt Ihre Einlage in bar. Wie gesagt, in den nächsten Tagen werden wir das notariell festlegen. Einverstanden, Herr Friedrich?«

Friedrichs Name war also auch hier etwas wert. Es wurde James von neuem bewußt, was für eine glückliche Fügung es war, Friedrich zum Freund zu haben.

»Darf ich Ihnen meinen Kompagnon vorstellen.« Friedrich wies mit eine verbindlichen Geste auf James.

Herr Schneider schaute nur kurz auf und nickte: »Ja ich erinnere mich. Vor ein paar Monaten waren Sie gemeinsam hier und haben eine Wohnungseinrichtung gekauft.«

Ehe die Auktion begann, sahen sie sich noch einmal in sämtlichen Räumen um. Friedrich machte seinen Freund auf dies und jenes besonders aufmerksam. Was da an Werten herumstand, beeindruckte James. Es gab eine Abteilung für jede Art von Möbeln, eine für Gemälde, eine für Teppiche und eine für Porzellan. Friedrich stupste ihn in die Seite: »Was du hier siehst, ist Hunderttausende wert.«

Sie nahmen Platz auf einer der vielen Bänke mitten im Publikum. Es begann mit Ölgemälden. Der Auktionator, ein Angestellter des Hauses, stand leicht erhöht hinter einem Pult und rief: »Ein Original-Ölgemälde ›Windjammer vor Cuxhaven‹, ca. 1910, 60 × 40 cm, der

Richtpreis, liegt bei zwölfhundert Mark. Zum ersten, zum zweiten...«

Es kamen mehrere Angebote. Der Mann hielt seinen großen Hammer in der erhobenen Rechten, und James dachte: Das werde ich auch tun, das ist ein Job für mich.

Friedrich flüsterte wieder: »Siehst du, was da für Summen umgesetzt werden?«

24. KAPITEL

Sie saßen in der Küche, aßen Steaks und genossen die Ruhe; jetzt konnte nicht mehr jede Minute das Telefon schrillen oder eine Frau an der Tür klingeln. Kauend sagte Friedrich: »Wir hatten ein gefährliches Unternehmen. Manchmal ist mir ganz mulmig dabei geworden. Aber es gab keinen anderen Weg. Heute muß ein Mensch flexibel sein, er muß durch Scheiße waten können, ohne wirklich davon berührt zu werden.« James erinnerte sich: »Benno hat es ähnlich ausgedrückt.«

»Was hat er gesagt?«

»Man muß sich anpassen können, ohne jemand dabei in den Arsch zu kriechen.«

»Die eigentliche Arbeit fängt für uns jetzt erst an«, sagte Friedrich. »Schneider wird noch einen Monat bei uns bleiben, um uns in alles einzuweisen.«

»Prima«, stimmte James zu.

Seit sechs Tagen war er ohne Frau, und nun zeigte sich, daß ihr Unternehmen ungeahnte Folgen hatte. Nachts brachte er kaum ein Auge zu, fiel er aber halbstundenweise in einen unruhigen Schlummer, so tauchten groteske Bilder vor ihm auf: Er wurde gejagt. Die Millionärin mit dem Ölbild ihres Mannes war dabei; sie trug es vor sich her und wollte ihn damit schrekken. Die Wäschereibesitzerin, unter der er im Zigeunerkeller gelitten hatte, nahm ihn in den Schwitzkasten und schleppte ihn zu der abscheulichen Alten, die im Spagat vor der Küche saß. Er sah zwanzig Frauen, dreißig, vielleicht noch mehr – und alle warteten sie auf ihn mit glänzenden, harten Augen. Während er träumte, wußte er, daß er träumte, auch als sie ihn obszön berührten. Sie zogen an seinem Penis, als wäre er es, der ihn mit ihnen verband, und tanzten hexenhaft um ihn herum, als wäre er der Mittelpunkt eines Rituals, bei dem er zum Opfer bestimmt war. Dabei quälte ihn stundenlang eine lästige Erektion. Er nahm täglich drei Beruhigungstabletten, das half jedoch nicht viel.

James erzählte Friedrich von seiner Not. Der meinte: »Das ist doch ganz klar, du bist überreizt. Du hattest dich auf Höchstleistungen getrimmt, und nun setzt du aus. Wart nur ab, in ein paar Tagen hat sich alles wieder beruhigt.«

»Hoffentlich«, sagte James und dachte: Ich hätte mehr Pausen einlegen sollen, aber wir haben ja sogar an den Sonntagen gearbeitet.

Es gab noch andere Folgen, die ihm schwerwiegender erschienen. Die Frau des Fuhrunternehmers rief diesen Nachmittag an: »James, ich bin frei. Er will die Scheidung. Weißt du, er ist nicht darüber hinweggekommen, daß ich zu dir gegangen bin. Es gab von morgens bis abends Streit. Nicht mehr auszuhalten war es. Nun haben wir uns geeinigt: Wir wollen beide die Scheidung.«

Daran bin ich schuld, ging es ihm durch den Kopf, und er sagte: »Ich finde das nicht so gut wie du. Immerhin habt ihr lange Zeit zusammen gelebt. Und was wird aus eurem Betrieb?«

»Ich habe eigenes Kapital. Außerdem wird mein Anteil ausbezahlt. Weißt du, was das bedeutet?«

»Nun?«

»Ich wäre frei für dich. Wir könnten zusammen reisen und ein herrliches, freies Leben führen.«

»Er hat es also nicht verkraftet?« wich er aus.

»Nein, er gehört zu den Männern mit dem totalen Anspruch. Ich war so etwas wie sein Eigentum.«

Er versuchte dezent, ihr zu erklären, daß die Aussicht auf ein herrliches, freies Leben mit ihr nicht in seinen Lebensplan paßte. Er brauchte fast eine halbe Stunde am Telefon, bis sie begriffen hatte und schließlich aufgab.

»Schade«, sagte sie. »Sehr schade.« Es sollte tragisch klingen. Dann legte sie zögernd auf.

Er fragte sich: Muß ich da etwa als Zeuge auftreten? Aber das gab es ja nicht mehr. Schmutzige Wäsche wurde vor Gericht nicht mehr gewaschen. Er wußte aus eigener Erfahrung: Eine Ehe wird geschieden, wenn beide Teile damit einverstanden sind, daß ihre Gemeinschaft als hoffnungslos zerrüttet anzusehen ist.

Während er noch beim Telefon stand, ging ihm plötzlich eine Idee durch den Kopf. Sie überzeugte ihn sofort, von ihr erhoffte er sich Hilfe: Mareike, dachte er. Und dann: Mann, bin ich heruntergewirtschaftet. Was wird sie sagen, wenn sie es erfährt?

Sie war sofort am Apparat. Er kam ohne Umschweife

zur Sache: »Wann kommst du endlich? Ich warte auf dich.«

»Ist das wahr, James? Weißt du, ich bin noch nicht wieder ganz okay nach meiner Grippe. Ein bißchen blaß und müde. Ich wollte noch ein paar Tage warten.«

»Komm so blaß, wie du bist, aber komm!« rief er. »Wie geht's übrigens in der Schule? Du hast doch weitergemacht?«

»Ja, aber ich kann jeden Tag aufhören. Das Abitur lohnt sich sowieso nicht mehr.«

»Quatsch!« tadelte er. »Du mußt doch was lernen. Und wie ist das mit deinen Eltern? Ich dachte, sie schmeißen dich raus, wenn du die Schule nicht zu Ende machst?«

»Tun sie auch. Aber mir ist das wurscht. Sie töten mir sowieso den Nerv. Außerdem habe ich eine prima Möglichkeit, viel Geld zu machen.« Darüber wollte er mehr wissen, fürchtete, sie könnte auf den Strich gehen.

Sie sprudelte los: »Vielleicht arbeite ich in einer Peep-Show. Ich müßte nicht viel mehr tun, als mich nackt zu zeigen. Niemand kann mich dabei anfassen. Wir haben eine in der Klasse, die macht das schon über einen Monat. Bis zu hundertfünfzig Mark schafft die am Tag. Und dabei erledigt die in den Pausen noch ihre Schularbeiten. Die Frauen haben nämlich einen Warteraum, wo sie zwischen ihren Auftritten sitzen. Da stehen Tische und Stühle, und sie kann in aller Ruhe...«

»Du spinnst wohl!« fiel er ihr ins Wort. »Das kommt

überhaupt nicht in Frage! Also, wie ist das nun, sehen wir uns morgen früh bei mir?«

»Ja, ich komme. Ich gehe nicht zur Schule und bin gegen halb neun bei dir. So long.«

Friedrich war gerade im Aufbruch: »Ich bin mit Katharina verabredet. Du warst laut am Telefon, hattest du Krach?«

»Ich habe dir doch von Mareike erzählt... Stell dir vor, sie will in einer Peep-Show auftreten. Was ist das eigentlich genau?«

»Sex auf Krücken. Etwas für Voyeure, für Schlüssellochgucker: Die Frauen zeigen sich von allen Seiten und in allen Positionen, die Männer stehen in einer kleinen Box und schauen durch ein Glasfensterchen zu. Etwas für Impotente. Eine schmierige Angelegenheit.«

»Das hätte gerade noch gefehlt«, entfuhr es James, aber schon sah er eine Chance: »Du, wir brauchen doch Hilfskräfte, fürs Büro und so. Wäre das nicht eine Möglichkeit?«

»Aber natürlich kann sie bei uns mitmachen. Maschinenschreiben wird sie wohl können?«

»Wenn nicht, dann muß sie es lernen.« James fühlte sich erleichtert. Er wußte, daß er mit Mareike auch Verantwortung übernehmen würde. Während er noch überlegte, begriff er, daß sich die Bereitschaft dazu längst in seine Gedanken geschlichen hatte.

Mareike war pünktlich, um halb neun stand sie vor der Tür und klingelte. James hörte sie nicht. In der Nacht hatte er wieder schlecht geschlafen, aber keine stärkere Dosis Tabletten genommen, weil er sich sagte: Ich will mich nicht mit diesem Zeug vollpumpen, davon kann einer süchtig werden. Statt dessen hatte er gegen drei Uhr morgens ein lauwarmes Bad genommen, das ihm endlich zu einem tiefen, traumlosen Schlaf verhalf.

Mareike war enttäuscht. Das sieht ihm ähnlich, bestellt mich hierher und ist nicht da, dachte sie. Dann fiel ihr ein, daß er am Abend etwas getrunken haben könnte. Sie gab nicht auf, drückte in Abständen von einer Minute heftig und ausdauernd auf den Klingelknopf.

Schließlich öffnete er die Tür, stand im Bademantel vor ihr, fuhr sich mit der Hand linkisch durchs Haar: »Oh, du bist schon da. Wie spät ist es denn?«

»Reichlich spät«, antwortete sie und ging an ihm vorbei in die Wohnung hinein. Er schaute ihr nach, folgte ihr. Sie stand mitten im Wohnzimmer und blickte sich um.

»Toll«, staunte sie. »Du hast wirklich eine fabelhafte Wohnung. Spitze!«

Er brüstete sich: »War auch teuer genug.« Aber im gleichen Atemzug stellte er klar: »Gebraucht gekauft. Alles, was du hier siehst.«

»Trotzdem toll«, sagte sie.

Sie standen sich gegenüber. Im hellen Tageslicht fiel ihm zum erstenmal auf, daß ihre Augen grün wie Jade waren. Warum hatte er das früher übersehen? Weil die große Bereitschaft gefehlt hatte, alles von ihr wahrzunehmen und anzuerkennen? »Wir haben uns lange nicht gesehen«, sagte er leise.

»Es war deine Schuld.« Nach einer kleinen Pause: »Natürlich hätte ich früher anrufen können... Aber eine Frau, die sich unaufgefordert meldet, gilt nicht viel.«

Sie hatte sich verändert, wirkte nicht mehr so zerbrechlich, hatte an den richtigen Stellen eine Winzigkeit zugenommen und trug das blonde Haar nun lang über die Schulter fallend.

»Ich habe oft an dich gedacht«, sagte er. »Aber ich war ziemlich im Schlamassel, deshalb wollte ich dich erst jetzt sehen.«

»Hast du es hinter dir?« fragte sie teilnehmend, fügte aber schnell hinzu: »Ich weiß nicht, ob ich dir glauben soll.«

»Du kannst mir glauben.«

»Eigentlich ist es ja egal«, sagte sie, ließ in einem schnellen Entschluß ihre Schultasche fallen und hob ihm die Arme entgegen. Eng umschlungen küßten sie sich lange und wild. Schwer atmend lösten sie sich, standen sich gegenüber in einem lautlosen, wissenden Augenblick, in dem sie sich aufeinander vorbereiteten. Ihre Bewegungen waren wie abgestimmt. Er schüttelte den Bademantel ab und war nackt; sie öffnete die Knöpfe und den Reißverschluß ihrer schwarzen Satinhose. Im Gehen verlor sie die Bluse, es sah aus, als hätte ein leichter Wind sie ihr von der Schulter geweht.

Vor dem Bett blieben sie noch einmal stehen, umarmten sich und spürten die Liebkosung ihrer Haut. Er wußte: Dies war echt, ein Augenblick, der nicht mit Geld bezahlt wurde, der mit keinem Betrag aufzuwiegen war, nach dem er lange gesucht hatte, ohne es zu wissen.

Vorsichtig und zart zog er sie zu sich heran. Einander zugekehrt lagen sie auf der Seite. Er umschlang sie mit beiden Armen, wollte ihr Gesicht sehen, ihre Augen, wollte sprechen mit leisen, heimlichen Worten, die niemand kannte, nicht einmal er selber, weil er sie nie gebraucht hatte, obwohl sie immer in ihm gewesen waren und nur darauf gewartet hatten, von der richtigen Frau gehört zu werden.

Ihre Augen ruhten ineinander, suchten die Tiefe hinter der Tiefe, versuchten das ernsthafte Spiel: noch mehr zu erkennen und noch ein wenig mehr und alles zu entdecken, was in dem anderen ist. Denn das ist wichtig, daß wir alles wissen in diesem Augenblick, daß nichts verborgen oder versteckt bleibt, sondern daß wir nackt und ohne Ausflüchte zusammenkommen.

Er streichelte und wurde gestreichelt, und in diesen Minuten, in denen sie langsam auf den großen Augenblick zutrieben, wurde ihm bewußt, daß er den zahlenden Frauen während der Liebe nie in die Augen gesehen hatte; denn es war keine Liebe gewesen. Die Augen hatten das gewußt und hätten es verraten.

Mareike begann ganz leise zu seufzen, allmählich

wurde es zu einem ansteigenden Wimmern, klang wie bei einem kleinen Kind, das im Schlaf weint. Sie lag mit geschlossenen Augen, bewegte den Kopf in einer noch verhaltenen Ekstase hin und her, langsam, nach beiden Seiten, rechts und links, dazwischen immer wieder verharrend, als lauschte sie auf etwas, das nur sie hören konnte. Er fühlte das Ansteigen ihrer Kurve. Mareike bäumte sich ihm entgegen, forderte, begann zu sprechen, atemlose, kleine Sätze, in denen sie sich völlig preisgab.

»Ich... ich habe so sehr auf dich gewartet.«

»Ja.«

»Anrufen, ich wollte immer anrufen.«

»Ja.«

»Gekämpft habe ich mit mir. Jeden Tag. Anrufen, deine Stimme hören.«

»Ja, Mareike ja.«

»Sag mir, daß du mich liebst. Auch wenn es nicht wahr ist, sag mir...«

»Ich liebe dich, Mareike.«

»Ist es wahr, wirklich wahr?«

»Ja, es ist wahr.«

»Zeig es mir. Ich will dich.«

Sie lächelte, aber während sie den Kopf zur Seite wandte, sah er die kleinen Tränen in ihren Augenwinkeln. Er spürte, sie wollte etwas sagen, war aber noch nicht bereit, würde es vielleicht niemals sagen, wenn er jetzt den Augenblick verpaßte. Und diese Möglichkeit fürchtete er plötzlich, als wären darin enthalten Trennung, Mißverständnis, endgültiger Verlust. Dagegen wollte er ankämpfen. Jetzt, jetzt mußte er es tun, sonst wäre es für alle Zeit verloren.

Er war stark und bedächtig, vorsichtig und um sie besorgt. Mit ruhiger Kraft trieb er sie durch die verschiedenen Stadien ihrer Leidenschaft. Sie bebte unter ihm, stammelte zärtliche Worte, weinte und jubelte in einem.

Dann hielt er plötzlich ein, wartete ohne Bewegung, tief in ihr. Sie schrie nach ihm, etwas zerriß, eine letzte Schicht von Scheu oder Unfreiheit ließ eine andere Art ihrer Lust durchbrechen, denn auch das war in ihr: das Verlangen nach dem Obszönen.

»Du hast mich gefickt. Du hast mich oft gefickt. Immer habe ich daran denken müssen!«

»Ja«, sagte er, »ja« und war erstaunt über die plötzliche Wendung.

»In der Schule habe ich daran gedacht. Abends, wenn ich in meinem Zimmer allein war. Immer habe ich daran gedacht!«

Und nun gebrauchte sie nacheinander die gemeinsten Worte für den Akt zwischen Mann und Frau und für sein Glied, das sie in sich spürte. Er variierte sein Tempo, wollte nicht den Beweis für perfekte Technik erbringen, sondern wollte sie erkennen aus den verschiedenen Blickwinkeln. Er wurde schneller und schneller, bis hin zu den endgültigen Sekunden, nach denen es keine Steigerung mehr gab.

Sie rief seinen Namen, wiederholte ihn immer wieder

leise und seufzend und blieb dann still und erschöpft und geborgen in seinem Arm.

Mareike lag mit geschlossenen Augen auf dem Rükken, sie war eingeschlafen, hatte ein kleines Lächeln um die Mundwinkel. Es sah aus, als wäre sie mit diesem Lächeln geboren.

Er stützte sich auf den Ellenbogen und betrachtete sie, fragte sich, warum er sie nicht früher erkannt und ernstgenommen hatte: Weil ich auf der Flucht war, weil ich Angst vor der Bindung hatte?

Er fühlte sich auf unerklärliche Weise befreit, glaubte, daß er geliebt wurde, ohne Spekulation oder selbstsüchtige Hintergedanken. Er wußte jetzt, was Mareike wert war; und das verdankte er den vielen Frauen, die durch sein Bett gegangen waren und ihm etwas von ihrem Wesen mitgeteilt hatten.

Während er sie betrachtete, überflutete ihn plötzlich eine Welle der Zärtlichkeit für sie – aber dazwischen war auch Schmerz.

Mareike war gefährdet. Auch diese Stunde barg Zweifel, aus dem die leise bohrenden Fragen hervorkrochen. Sie war ein zwiespältiges Geschöpf, zart und gemein, zu äußerster Hingabe bereit, einer Hingabe, die sie in der Ekstase mit schmutzigen Worten zu brechen suchte, um so den Genuß schmerzlich zu steigern.

Er schaute und schaute: ein unberührtes Gesicht, wie das Antlitz eines Kindes. Sie hat eine Aura, ein Charisma. Er meinte, es genau zu erkennen, das Gesicht des

Kindes und das andere, verworfene: die Heilige und die Hure.

Sein Wunsch brach mächtig auf: Er wollte, daß sie bei ihm bliebe. Als selbstverständlich betrachtete er dabei die Verpflichtung, sie zu schützen und für sie zu sorgen. Aber führten diese Gedanken nicht geradewegs in das Gefängnis der Ehe?

Wir könnten unter Umständen miteinander leben. Unter welchen Umständen? Eine Gemeinschaft auf lockerer, freiwilliger Basis, aber doch mit gewissen Regeln.

Er bemerkte, daß er auf einem Umweg zu den Prinzipien der Moral zurückgekehrt war, daß er sie für sich und Mareike in Anspruch genommen hatte.

Sie schlug die Augen auf, begrüßte ihn mit einem Lächeln. Dabei sah sie glücklich aus. »Oh, ich habe geschlafen.«

Sie umarmten sich, hatten beide den gleichen Wunsch, verstanden einander ohne Worte. Sie liebten sich in Intervallen, spielten mit ihren Möglichkeiten, wagten alles, um sich genau kennenzulernen. Dabei entdeckten sie, daß ihre Harmonie perfekt war. Gegen vier Uhr nachmittags lagen sie ermattet nebeneinander und begannen zu reden.

»Was soll ich noch auf der Schule?« fragte Mareike. »Das Abitur ist heute nicht mehr viel wert. Die Abiturienten treten sich gegenseitig auf die Füße. Heute zählen nur noch Verbindungen.«

»Die hast du ab jetzt«, sagte James. »Wenn dich

deine Eltern sowieso rausschmeißen, kannst du auch zu mir kommen.«

»Du meinst, hierher, zu dir in die Wohnung?« Sie sah ihn an mit ihrem forschenden Blick.

»Ja, das meine ich, zu mir in die Wohnung. Es wird nicht mehr lange diese sein, ich muß hier raus. Aber Friedrich hat bereits ein Inserat aufgegeben. Für sechs- bis siebenhundert Mark Miete kriegen wir eine erstklassige Wohnung.«

Sie war überrascht, für sie war das ein unerschwinglicher Betrag. »Verdienst du denn soviel?«

»Ja, und du wirst auch verdienen, du kannst nämlich bei mir mitmachen. Bei mir und Friedrich.«

»Wer ist Friedrich?«

»Das ist mein Freund und Kompagnon. Er wird auch dein Freund sein. Ich habe ihm viel zu verdanken.«

Er erzählte von dem neuen Unternehmen. Da würden Schreibarbeiten massenhaft anfallen. Es wäre ein vielseitiger Job, und sie könnte eine Menge dabei lernen über den Wert der Dinge, die uns umgeben. Er redete sich in Begeisterung. Sie lächelte, fand es großartig, daß sie auch während der Arbeit bei ihm bleiben konnte. »Mann, das ist fast zu schön, um wahr zu sein.«

»Und die Sache mit der Peep-Show vergißt du am besten. War das überhaupt dein Ernst?«

»Ich habe daran gedacht. Es ist eine Arbeit wie jede andere...«

Damit war er nicht einverstanden. »Ist das vielleicht eine normale Arbeit, wenn du deinen Hintern zeigen mußt?«

»Nicht nur den Hintern, auch die Möse wollen sie sehen.« Sie lachte, und er merkte, daß er ihr auf den Leim gegangen war. »Du hast was gegen Nutten, nicht wahr?«

»Ja, denn fast alle Nutten, die ich gekannt habe, taugten nichts. Sie verkümmern und werden steinhart. Ich weiß etwas davon.«

Sie schlang einen Arm um seinen Hals, war plötzlich ganz dicht an seinem Gesicht. »Du brauchst keine Nutten, du hast mich.«

Später fragte sie: »Du betreibst also mit deinem Freund ein richtiges Auktionshaus? Und wie wird das weitergehen? Ich meine, was kommt danach?«

»Ist das etwa nicht genug? Später, wenn wir genug Geld haben, fahre ich nach Amerika und suche meinen Vater. Ich kenne ihn nicht, habe nie einen Vater gehabt.«

Mit ernstem Gesicht sagte sie leise: »Ich habe einen, aber er ist nicht viel wert, und das ist nicht einmal seine eigene Schuld. Er ist in Frankfurt lahm geworden, in jeder Hinsicht.«

»In Frankfurt wird alles lahm, auch die Rebellen«, sagte er.

Sie zweifelte: »Du meinst, du kannst nach Amerika fahren und ganz einfach deinen Vater finden?«

»Ich muß ihn suchen.«

»Und was wirst du sagen, wenn du ihn gefunden hast?«

James brauchte nicht zu überlegen: »Ich werde zu ihm gehen und werde zu ihm sagen: Ich bin James, dein Sohn...«

Als sie im Taxi saßen, meinte Mareike: »Ich brauche nicht lange, höchstens zwanzig Minuten. Alles, was ich habe, paßt in drei Koffer.« Sie hatten sich schnell entschlossen. Warum nicht heute, warum nicht sofort?

»Ja«, hatte sie gesagt, und damit war für sie ihr bisheriges Leben beendet. Die Eltern spielten keine Rolle mehr, die Schule schon gar nicht. Jetzt war nur noch wichtig, daß sie zusammensein würden. James hatte seine beiden großen Koffer für sie mitgenommen. Einen besaß sie selbst, wie sie sagte. Damit hatte sie große Reisen machen wollen, aber es war nie dazu gekommen; sie war immer in Frankfurt geblieben.

Frau Abel blieb zunächst stumm. Sie stand in Mareikes Zimmer, hatte die kräftigen Arme in die Hüften gestemmt und sah zu, wie ihre Tochter zu packen begann. Zuerst die Wäsche, Stapel um Stapel, darauf die Kleider, Hosen. Ein Paar Schuhe, dann noch ein Paar. Einige Kleinigkeiten. Alles mit abweisendem, trotzigem Gesicht.

»Du bist total übergeschnappt«, begann Frau Abel schließlich. Sie war der Situation nicht gewachsen, fand kein vertrauliches Wort. »Hör mal«, sie wollte das Schweigen ihrer Tochter brechen, »das kannst du doch nicht machen ... einfach so abhauen. Wo willst du denn hin? Da steckt doch ein Mann dahinter?«

»Und wenn schon«, antwortete Mareike einsilbig. Ein Regenmantel, ein billiger Regenhut, der zweite Koffer war fast voll.

»Und die Schule? Du willst doch etwas Ordentliches werden?«

»Mit der Schule ist es aus«, die Antwort kam patzig. »Ich habe eine Stelle, wo ich genug verdiene.«

»Wer ist es?« In Frau Abel war ein schrecklicher Verdacht aufgetaucht. »Ist es ...« Sie glaubte es noch nicht, wollte es nicht glauben. »Ist es James?«

»Ja, es ist James. Wir lieben uns. Wir haben uns immer geliebt.«

Um die Mundwinkel von Frau Abel zuckte es. Sie wollte etwas sagen, fand das erste Wort nicht. Es war ein Schmerz und eine Brüskierung. James! dachte sie, umfaßte damit all das Gewesene, ihre letzten Gelegenheiten zur Liebe. Aber davon durfte sie nicht sprechen, sie war kaltgestellt, ohne Macht.

»Das ist der Dank!« rief sie. »Das kriegt man am Ende von seinen Kindern!«

Sie lief in die Küche, dort saß Herr Abel am Tisch und aß ein Marmeladenbrot. »Tu gefälligst etwas!« schrie sie ihn an. »Deine Tochter will abhauen! Sie packt gerade. Sie geht zu diesem James, du weißt doch, dieser Kerl, der in unserer Mansarde gewohnt hat.«

Herr Abel starrte sie an, kaute dabei noch den Bissen fertig, den er im Mund gehabt hatte. Er schluckte, schien nicht fertig werden zu wollen mit dieser verdammten Schluckerei. Frau Abel sah ihm haßerfüllt zu.

»Sie ist frech wie Rotz«, sagte Herr Abel schließlich. »Sie braucht Ohrfeigen. Du hast sie verzogen!« Als er mit seiner Frau in Mareikes Zimmer ankam, waren die drei Koffer gepackt. »Das gibt es nicht!« rief er. »Das kannst du dir aus dem Sinn schlagen!«

»Ich bin volljährig«, erklärte Mareike. »Ihr könnt mich nicht halten, wenn ihr es aber mit Gewalt versucht, macht ihr euch strafbar.«

Herr Abel schwieg, in seinem jämmerlichen Gesicht arbeitete es, er dachte nach, kam zu keinem Ergebnis, sagte: »Ich glaube, das stimmt. Sie hat recht, wir können sie nicht halten.« Diese Erkenntnis brachte ihn noch einmal gegen die Tochter auf. »Hure!« rief er. »Geh mir aus den Augen, du Hure!«

Mareike brachte die ersten beiden Koffer hinunter, wo James mit dem Taxi wartete. Er wollte ihr helfen, wollte den letzten Koffer selber holen. »Nein«, hielt sie ihn zurück. »Geh nicht hinauf, die beiden sind unerfreulich...«

Die Eltern hatten ihr mit verstörten Gesichtern nachgeschaut. Frau Abel begriff, daß unten auf der Straße ein Wagen stehen mußte. Sie ging zum Fenster, sah das wartende Taxi und rief ihrem Mann zu: »Los, zieh dich an! Du mußt mit ihm reden. Wir nehmen auch ein Taxi. Ich weiß, wo er wohnt.«

»Ein Taxi?« fragte er. »Das wird teuer.«

Als er den kalten Haß im Auge seiner Frau sah,

hinkte er ins Schlafzimmer und zog eine Jacke an. Nie zuvor war Frau Abel sein Hinken so abscheulich vorgekommen wie in diesem Augenblick.

Mareike kam, um den letzten Koffer zu holen. Sie blieb im Flur stehen, suchte nach einem versöhnlichen Abgang.

»Was regt ihr euch auf? Das ist nun mal so. Ich bin fast neunzehn und habe den Mann gefunden, den ich liebe.«

»Hure!« sagte Herr Abel.

Frau Abel schwieg, aber sie hatte das Gefühl, als blute sie aus tausend Wunden.

Im Hausflur des Mietshauses trafen sie aufeinander. James wollte gerade die beiden Koffer nach oben tragen. Mareike stand mit dem dritten neben ihm, setzte ihn wieder ab und sah verzweifelt dem Auftritt ihrer Eltern entgegen.

Herr Abel begann mit bebender Stimme: »Ich muß mit Ihnen reden, Herr Müller. Das geht nämlich nicht, daß Sie so einfach...«

Die Worte wurden zugedeckt von dem schrillen Ausruf seiner Frau: »James, du bist ein Verbrecher! Du nimmst uns unser Kind weg!«

Er setzte zur Verteidigung an: War Mareike nicht volljährig? Ging es ihr etwa schlecht bei ihm? Ich liebe sie, wollte er sagen, sie wird es gut haben bei mir...

Doch in diesem Augenblick öffnete die Hausverwalterin ihre Türe, rannte bis zum Treppenabsatz und kreischte: »Was geht hier vor in meinem Haus? Hier wohnen nur ruhige Mieter, nur anständige...« Das Wort blieb ihr im Hals stecken, sie hatte James gesehen und stutzte. In diese Pause hinein sagte Frau Abel mit weinerlicher Stimme: »Er will uns das Kind wegnehmen.«

»Ja, uns das Kind wegnehmen«, folgte Herr Abel.

Die Alte schaute mit schiefem Gesicht von einem zum anderen, dann schlurfte sie in ihren geflickten Pantoffeln zurück in die Wohnung, erschien jedoch gleich wieder und wedelte mit einer Zeitung. Dabei keifte sie: »Er hat sich von Frauen bezahlen lassen! Er ist ein Callboy! Hier ist der Beweis!«

James stand einen Augenblick unschlüssig auf der Stelle. Er war wie festgenagelt und spürte, daß ihm das Blut ins Gesicht schoß.

Er wandte sich an Mareike, die ihn mit erschreckten, weit geöffneten Augen ansah: »Nimm diesen Schlüssel, geh mit dem Koffer schon in die Wohnung. Ich komme gleich.«

James trat auf die Alte zu, er wollte die Zeitung haben, wollte den kläglichen Versuch machen, Mareikes Eltern mit einer Lüge zu beschwichtigen. Die Hausverwalterin sah ihn kommen, sie wurde still und starrte ihm mißtrauisch entgegen. Dabei blinzelte sie aufgeregt vor Angst, denn einem solchen Menschen war alles zuzutrauen. Ein Sittlichkeitsverbrecher war er für sie. Auf der Stelle machte sie kehrt und huschte in ihre offenstehende Tür hinein wie der Fuchs in seinen Bau.

Aber hinter der zugeschlagenen Tür wurde sie wieder mutig und begann von neuem zu kreischen:

»Dies ist der Beweis! Ich habe ihn hier in meinen Händen!«

Frau Abel weinte, und Herr Abel dachte: Wieso hat sie du zu ihm gesagt?

Frau Abel klammerte sich plötzlich an James, hielt ihn mit beiden Händen am Revers seiner Jacke und schluchzte: »James, daß du mir das angetan hast. James...«

Sie hielt ihn noch immer fest. Herr Abel sah zu und begriff plötzlich, daß sich zwischen seiner Frau und diesem jungen Mann Dinge abgespielt hatten, zu denen er nicht mehr fähig war. Ohne ein weiteres Wort hinkte er aus dem Haus. Er fühlte sich hundeelend, und er sah auch so aus.

Sie gingen spät zu Bett, nachdem sie noch eine Flasche Sekt getrunken hatten. In der Nacht lagen sie nebeneinander, und Mareike sagte: »Das war vielleicht ein Tag...«

»Ja, ein Riesentheater.«

Es herrschte Klarheit zwischen ihnen. Mareike hatte mit bleichem Gesicht gefragt: »Sag mir, was an dieser Geschichte dran ist. Hast du wirklich Frauen für Geld geliebt?«

»Ja. Aber ich habe sie nicht wirklich geliebt. Ich habe nur für Geld mit ihnen geschlafen. Ich war gerade an einem Punkt angelangt, an dem ich nicht weiter wußte.

Die Frauen haben mich gerettet, verstehst du das? Ja, sie haben mich gerettet und deklassiert zugleich.«

Sie war bereit, ihm zu helfen, entschied, daß ihr Verzeihen vielleicht der Preis war, den sie für ihn zahlen mußte. Er gehörte jetzt zu ihr, und es gab keine Demütigung, keine Schmach, die sie ihm nicht vergeben hätte.

»Du hast es nur für Geld getan?«

»Ja.«

»Und du bist fertig damit?«

»Ja, ja! Ich bin längst fertig damit! Verdammte Scheiße! Ich will nichts mehr davon hören. Es bringt einen Mann um, es macht ihn wahnsinnig!«

»Dann ist es gut«, sagte sie. »Aber wahnsinnig bist du noch nicht.«

Beide mußten sie lachen. Es erleichterte sie, und James dachte: Lachen ist gut. Eines Tages werde ich diese Monate vielleicht als einen grandiosen Spaß betrachten. Es wird eine Episode in meinem Leben gewesen sein, die sich auflöst in Lachen. Und dann dachte er: Das ist die einzige Möglichkeit, damit fertigzuwerden, denn wenn man nicht darüber lacht, müßte man darüber weinen. Es ist aus und vorbei mit dem Mythos Mann.

Von weitem hörte er das Dröhnen der Stadt, dieses immerwährende Rumoren von Menschen und Maschinen. Diese Stadt war böse wie alle Städte, aber er war ihrem Sog entkommen. Man muß besondere Wege gehen, um sich aus dem Schlamassel herauszuwinden. Er glaubte daran und dachte, daß er von nun an vielleicht aus den Bedrängnissen entlassen war.

Mareike war neben ihm eingeschlafen. Ein harter Tag für sie. Ihr blondes Haar trug sie nun lang, weil Tina es so getragen hatte. Mareike hat viel für mich getan.

Die Menschen glauben, sie hätten ein Recht darauf, geliebt zu werden, nur weil sie auf der Welt sind. Das ist ein entscheidender Irrtum. Er war todmüde, er spürte, daß ihm diese Nacht einen guten Schlaf bringen würde.

Aber noch einmal raffte er sich auf, ging auf Zehenspitzen leise ans Fenster und ließ den Rolladen behutsam herunter. Es war ihm eingefallen, daß die Morgensonne in ein paar Stunden grell ins Fenster scheinen würde. Die Augen schmerzten, wenn man in dieses Licht sah. Er wollte nicht, daß Mareike mit einem Schmerz erwachte.

Henry Jaeger:
Das Freudenhaus

Roman

Rosa ist eine Ehemalige, ein Mädchen, das viele Jahre lang auf den Strich ging. Leopold Grün, ein alternder Artist, den die vollbusige Hausbesitzerin zum Ehemann erwählt hat, weiß nichts von ihrer Vergangenheit. Durch Zufall erfährt er, daß sie eine Hure war.
Sie heiraten in Feindschaft, beide aus Angst vor der Zukunft, vor dem nahenden Alter, beide mit dem Vorsatz, durch den anderen den eigenen Vorteil zu erzielen.
Leopold und Rosa, die Frauen des Bordells und ihre männlichen Besucher – sie alle sind Opfer ihrer Illusionen, ihrer Habgier und Gemeinheit. In Wirklichkeit sind sie die ständig Betrogenen.
Henry Jaeger zeigt die Erfolge der jungen Dirne und die Nöte der gealterten Hure. Er macht nicht halt vor den intimen Szenen, die sich in den Zimmern abspielen – gekaufte Illusionen vom Natürlichen bis zum Abartigen.

ERSTES KAPITEL

Ehe er ging, sagte er: »Die Zeit der Liliputaner ist vorbei.«

Leopold Grün nickte.

»Auch du, als Hundemensch, hast hier keine Zukunft mehr.«

Leopold Grün nickte.

»Ich beherrsche den Salto vorwärts und halte dabei ein Tablett mit acht gefüllten Wassergläsern auf der Hand. Ohne einen Tropfen zu verschütten! Aber was hilft mir das? – Und du? Du hattest einen Hund, der rechnen konnte. Heute bist du der einzige Hundemensch der Welt – niemand kann einen Hund so gut imitieren wie du. Aber was nützt dir das? Sehr klug von dir, jetzt zu heiraten«, sagte der Liliputaner Emil.

»Sie besitzt ein Restaurant und ein Haus. Sie ist sehr vermögend«, sagte Leopold Grün und nickte wieder vor sich hin.

»Ich muß gehen. Zeit für meinen Auftritt.«

Emil war ein Lückenbüßer des Zirkus Adolfo, hatte die längeren Pausen während der Vorstellung mit seinen Späßchen zu garnieren. Dafür kassierte er das Lachen der Zuschauer, aber nur eine geringe Gage. Es gab noch einen Mann unter den Artisten, der ebensowenig verdiente wie er: der Hundemensch, mit dem Emil seit Jahren den kleinen Wohnwagen teilte.

Eine Ungerechtigkeit war es. Darüber sprachen sie oft. Lachten die Zuschauer etwa nicht sofort, wenn er auf seinen kurzen Beinchen durch die Manege wirbelte, das Sägemehl aufstäubend, mit dröhnendem Baß rufend: »Und schon ist Emil wieder da!«

Die Zuschauer lachten über die Ungerechtigkeit, fanden es erheiternd, von Beruf Liliputaner zu sein.

Von allen Kränkungen aber, die Emil in seinem Dasein als Liliputaner erfahren hatte, empfand er eine als besonders schwer, daß er nicht in der Lage war, die Rinne des Pissoirs zu erreichen. Eine Erniedrigung, die sich täglich wiederholte, die ihm auch jetzt wieder zu Bewußtsein kam, als er am Toilettenwagen des Zirkus Adolfo vorbeiging.

Hoch ragte das Zirkuszelt vor ihm auf. Er ging darauf zu, verschwand darin, als habe ihn der in die Dunkelheit hinausleuchtende Eingang verschluckt.

Wenige Minuten später erschien er in der Manege, forderte wieder die harmlose Schadenfreude aller Zuschauer heraus.

Sein Alter war nicht zu schätzen. Er trug einen grobkarierten

Anzug, zwei Nummern zu groß, eine weiße Chrysantheme aus Papier im Knopfloch, auf dem Kopf ein Tirolerhütchen, an dem eine lange Feder wippte. Statt der Knöpfe hielt eine riesige Sicherheitsnadel seine Jacke über der Brust zusammen. Es war, als trage er eine Uniform, die seine Disharmonie spaßig tarnte. Auch die Schminke war gnädig und verbarg das schrullige Mißverhältnis seines Gesichts. Nur die große Nase ragte knollig hervor. Sie blieb unmaskiert. Sie hatte ihm viele Anzüglichkeiten eingetragen. Die frivolen Witzeleien seiner Zirkuskollegen beschäftigten sich besonders gern mit der Formel: Wie die Nase des Mannes, so sein Johannes.

Sie trafen ihn damit an einer empfindlichen Stelle, von der er stets behauptete, dort könne er mit jedem anderen Mann konkurrieren. Dazu holte er mitunter Leopold und erhob ihn zu seinem Zeugen: »Erinnerst du dich an London? Nachts, in so einem gewissen Lokal? Ich wollte eine Frau haben. Ich habe sie auch gekriegt, eine große Frau. Und was sagte sie, als ich mit ihr zurückkam, Leopold?«

Es klang wie der Eid eines Entlastungszeugen, wenn Leopold bestätigte: »Er ist stark wie ein Roß, sagte sie.«

Dann lachte Emil stolz in urmännlichem Baß und sann der beglückenden Erinnerung nach.

Übertrieben die Spötter den Spaß, wurde er plötzlich zornig, griff an, wagte sich an kräftige Männer, die vor seinem tierhaften Aufbrüllen lachend davonliefen. Es gelang ihm nie, einen der Langbeinigen zu fassen. Er zog sich nach diesen Niederlagen grollend in den Wohnwagen zurück, klagte bei Leopold, den er seinen Freund nannte.

ZWEITES KAPITEL

In dem kleinen Wohnwagen gab es zwei Kojen zum Schlafen, einen Tisch, für jeden Mann einen Stuhl, und von der Decke hing eine Glühbirne. Auf dem Zeltplatz standen jedoch auch Wagen für höhere Ansprüche, den Glanznummern des Zirkus Adolfo vorbehalten, den Luftakrobaten, den Dompteuren. Aber bis zum Dompteur hatte Leopold Grün es nie gebracht, obwohl er ein paar Jahre lang von einer sensationellen Tigerschau geträumt hatte: er, mit der Peitsche knallend, der Beherrscher der gefährlichen Raubkatzen. Es war die Übersetzung eines Wunschtraumes seiner Rekrutenzeit: er sah sich damals als Oberfeldwebel, der einige Züge kommandierte. Er ließ sie auch später noch, ein Obergefreiter in Kriegsgefangenschaft, im Stechschritt an sich vorbeidefilieren.

Warum er, der gelernte Buchhalter und Sohn eines Oberbuchhalters, zum Zirkus gegangen war, war ihm selbst rätselhaft. Eine Frau hatte ihn gedemütigt. Er war der geschiedene Mann einer fröhlichen Blondine, die ihr üppiges Fleisch auch einem anderen geboten hatte. Dieser Nebenbuhler hatte es sich gemütlich gemacht in Leopolds Ehebetten. Leopold Grün entdeckte die beiden und rief: »Ertappt!« Er erwartete sie zum Verhör in der Küche, wo ihm der Liebhaber mit einer Bratpfanne auf den Kopf schlug, was Frau Grün, die einen herzhaften Spaß liebte, sehr erheiternd fand.

Er griff nicht an, gab seine Stellung auf und floh zum Zirkus – in die Rolle eines Dompteurs. Aber er wagte es nie, den Raubtierkäfig zu betreten. Wenn er es überdachte, mußte er sein Versagen auf ein Geräusch zurückführen, das er einmal, neben dem Tigerkäfig stehend, gehört hatte: das Magenknurren einer Raubkatze. Die Drohung war unüberhörbar gewesen. Und sie war schuld, daß er in diesem kleinen Wagen geblieben war.

Adolfo hatte ihn in der Buchhaltung angestellt. Und während er dort wieder Zahlenkolonnen addierte, dressierte er in seiner Freizeit einen schwarzweißen Spitz mit Fleiß und unermüdlicher Zähigkeit. Er hatte endlich das Wesen gefunden, das seinem Willen völlig untertan war. Er ließ ihn auf den Vorderpfoten über ein schmales Brett balancieren, kleidete ihn wie den gestiefelten Kater, der militärisch grüßend an ihm vorbeizog. Schließlich erlernte der Hund auch das Rechnen. »Drei mal drei? Vier und vier?« Er bellte die Ergebnisse ohne Fehler.

Die Manege war frei für die Hundenummer!

Der Hund diente ihm brav sieben Jahre. Dann starb er an Altersschwäche. Da es für Leopold Grün keine bessere Verwendung gab, mußte er selbst den Hund spielen. In einem aus Wollstoff zusammengenähten Hundefell hatte er in der Manege umherzutappen, als Einlage des Kraftaktes, den der Athlet Adolfo vorführte. Die Gage sank. Schnüffelnd, mit der Nase am Boden, das Bein hebend, wie das Hündische es verlangte, wofür ihm schließlich der starke Adolfo einen gewaltigen Tritt in den Hintern gab, mußte er sich durchschlagen.

Zu seinem Ärger erhielt er den Namen ›der Hundemensch‹. Und von einer gewissen Zeit an sagte er sich, daß er ein Mann war, der von Fußtritten lebte, die ihm zweimal täglich gegeben wurden.

Den ersten Tritt hatte er jetzt hinter sich – die Nachmittagsvorstellung. Er war hart gewesen, wie immer. Den zweiten fürchtete er bereits. Aber es blieb ihm noch etwas Zeit. Nur noch dieser letzte Tritt war zu überstehen. Wahrscheinlich würden sie noch in der Nacht abreisen. Rosa hatte geschrieben, sie wolle ihn abholen. Witwe mit Hausbesitz! Sie hatte auf seine Annonce geantwortet, in der er sich anpries: ›Artist mit Ersparnissen . . .‹ Die Reue über die Kühnheit seines Lebensplanes hatte ihm dieses Heiratsinserat diktiert, denn mit neunundvierzig Jahren kam die Angst vor dem Alter. Nicht die Furcht vor Krankheit und Gebrechen, aber das Unbehagen schlich sich heran, die Vorstellung, das Leben eines alten alleinstehenden Mannes führen zu müssen.

Sie hatten Briefe geschrieben, und darin hatten sie sich beteuert, daß sie zwar noch nicht zu alt seien für Liebe und Gefühle, sich jedoch einem Abschnitt ihres Lebens näherten, in dem es wichtig wäre, einen Vertrauten zu haben.

Auch Bilder waren getauscht worden. Eine kleine Warze auf der rechten Wange . . . Ob er sich daran störe? Aber nein, die Warze störe ihn überhaupt nicht.

Die Bilder zeigten ein kräftig gebautes Weib, vollbusig, mit Doppelkinn und kompakten Armen. Das ist etwas Solides, dachte Leopold Grün. Er hatte von jeher eine Schwäche für üppige Frauen.

Es war höchste Zeit abzuspringen, sich in die Sicherheit zu flüchten. Wenn Emil wie so oft von der Agonie des Zirkus sprach, sagte er: »Weißt du, wen sie zuerst abbauen? Mich, den Liliputaner, und dann dich, den Hundemenschen!«

Diese Bezeichnung gefiel Leopold Grün nicht, auch nicht wenn Freunde ihn so nannten. Immerhin stammte er von einer leidlich angesehenen Familie ab. Er besaß zwar keine Bilder, nichts, womit er seine solide Familie beweisen konnte. Aber war er etwa nicht der Sohn eines Oberbuchhalters? Eine Familie, eine gesunde, runde Familie waren sie gewesen. Seine Mutter: ein wenig fett, etwas asthmatisch, sein Vater: streng, aber korrekt, mit scharfem Blick und einem Kneifer auf der Nase. Und neben ihm, dem Sohn, gab es zwei Schwestern: mit Zöpfen, später mit Männern, die er nicht schätzte.

Und dann kam der Krieg, zersplitterte die Familie. Da lebten noch die Schwestern, mit Kindern, irgendwo. Aber er hatte die Verbindung nicht gesucht. Er wußte, was sie über ihn und den Zirkus gesagt hätten.

Von morgen an würde er nicht mehr in einem Wagen wohnen. Und Rosa? Sie würde neben ihm in einem weißbezogenen Bett liegen. Er dachte auch an die ehelichen Pflichten, und das veranlaßte ihn zu der Prüfung eines Körperteils, der bei jedem seiner Auftritte besonders zu leiden hatte.

Er zog seinen alten Frottiermantel aus und stand nun nackt vor dem großen Schminkspiegel, versuchte, sein Hinterteil zu betrachten. Nach einigen Verrenkungen konnte er die Spuren des Kraftmenschen darauf erkennen: blaue Flecke neben den grünlichen Malen, die ihm der Athletenfuß vor längerer Zeit beigebracht hatte.

Er überlegte, wie er diesen gedemütigten Körperteil verbergen könne. Witwe mit Hausbesitz, noch munter, mit gewissen zärtlichen Andeutungen auf pastellfarbenem Briefpapier. Sie würde Anforderungen stellen. Sie sei gesund, schrieb sie, außerdem eine Frohnatur. Und sie habe noch alle Zähne, was ja schließlich ein Beweis für Gesundheit wäre.

Der nackte Leopold Grün musterte sich im Spiegel, prüfte, ob er ebenbürtig sei. War er etwa nicht gesund? Ein wenig Haarausfall – ja. Aber da konnte man sich später ein Toupet kaufen. Das hatte er schon mehrfach erwogen, doch die Summe hatte ihn erschreckt. Fünfhundert Mark schienen ihm ein sündhaftes Geld für ein paar Haare.

Er griff sich an den Bauch, drehte sich, sah ihn von der Seite. Natürlich, etwas Bauch setze ich da schon an – aber nur ein wenig! Und unter dem Bauch? Er prüfte auch das, musterte es leicht zweifelnd, aber noch voller Hoffnung. Man würde sehen. Jedenfalls war er gesund. Er fühlte sich ebenbürtig und der Zukunft gewachsen.

DRITTES KAPITEL

Emil kam zurück. Der Schweiß rann ihm über das Gesicht. Er hatte wieder einmal für wenig Geld viel geleistet.

Die beiden ungleichen Männer bewegten sich in der Enge des Wagens wie Hanswurste auf einer schmalen Bühne. Leopold Grün trug jetzt sein rot-weiß gestreiftes Trikot mit den halblangen Beinen, das aussah wie ein Badeanzug um die Jahrhundertwende.

»Geh mir aus dem Weg!« knurrte Leopold. »Was hast du da ständig 'rumzuwuseln, wenn ich mich schminke!«

Sorgfältig zog er die Linien seines Gesichts nach, vergrößerte die Mundpartie mit Rot und Weiß, legte schwarze Dreiecke unter die Augen, die nun melancholisch wurden.

»Es ist unser letzter Abend«, seufzte Emil.

Leopold wandte sich vom Spiegel ab und blickte Emil an, der auf einer der Kojen saß. Seine krummen Beinchen baumelten im Sitzen herunter, ohne den Boden zu erreichen.

Sie warteten auf ihren Auftritt.

So hatten sie oft gesessen und gewartet. Die Glühbirne leuchtete sie an. Sie waren wie Karikaturen von Männern.

Das Hundefell lag schon bereit, und Leopold Grün würde bald sagen:

»Hilf mir in das Fell ...«

»Erinnerst du dich«, fragte Emil, »als ich zu dir in den Wagen kam? Das war in Holland. Wie hieß diese Stadt wieder? Damals war der Zirkus noch groß.«

»Ja, ich erinnere mich.«

»In Schweden war es kalt, aber Schweden war schön. Wir standen neben einem Jahrmarkt. Du gingst jeden Tag zu einer Schaubude, einem Flohzirkus. Die Flöhe hatten es dir angetan. Als dein Hund starb, hast du da nicht davon gesprochen, daß du vielleicht selbst einen Flohzirkus aufmachen würdest?«

»Ja, ich erinnere mich. Man könnte davon leben. Ich habe mit dem Schausteller manchen Aquavit getrunken. Er hat mir alles über Flöhe beigebracht.«

»Jetzt ist der Zirkus tot. Du wirst sehen, das geht nicht mehr lange. Ich bin bei den ersten, die abgetakelt werden. Und wo soll ich dann hingehen – als Liliputaner?«

»Zu mir! Glaubst du etwa, ich ließe dich im Stich? Ich werde ein

Restaurant führen. Du hast meine Adresse. Wenn es dir schlechtgeht, dann kommst du zu mir!« Leopold Grün sprach mit Pathos.

»Ich will es mir merken«, sagte Emil. »Du hast es gerade noch geschafft, noch rechtzeitig abgesprungen. Willst du sie gleich heiraten? Du kennnst sie doch gar nicht.«

»Doch, wir kennen uns, wir schreiben uns schon seit Monaten.«

»Hoffentlich geht nichts schief ... Du warst schon einmal verheiratet ...«

»Erinnere mich nicht daran!« rief Leopold.

»Ich glaube nicht, daß ich heiraten werde«, murmelte Emil.

Sie schwiegen, saßen sich gegenüber auf den Kojen. Vom Zelt her war Lachen und prasselnder Beifall zu hören.

Sie waren schon beklommen vom Abschied. Emil, der Liliputaner, erwog seine Heiratsmöglichkeiten, dachte daran, daß ihm vielleicht eine hübsche Liliputanerin über den Weg laufen könne, dämpfte jedoch diese Hoffnung mit der Erkenntnis: Leider gibt es nur wenige hübsche Liliputanerinnen.

Die Kapelle schmetterte den Tusch. Dann rief der Ansager durch das Mikrophon: »Jetzt kommt der große Adolfo!«

Hereinmarschiert kam dieses Muskelbündel mit dem lockigen Blondhaar, mit wehendem Seidenmantel über dem Trikot, mit herausgedrücktem Brustkorb, mit wichtigem Gesicht, aufgeplustert in dem Bewußtsein, ein starker Mann zu sein. Und dazu spielte die Kapelle den Einzugsmarsch der Gladiatoren.

Eilfertige Diener nahmen dem stolz Umherblickenden den Seidenmantel von der Schulter. Dann stand er inmitten der Manege, breitete die Arme aus zum Gruß an alle. Er spreizte sich wie ein Pfau, zeigte seine Muskeln in der Bewegung, ließ sie schwellen, daß die Muskelstränge aussahen wie Schlangen, die sich um seine Glieder ringelten.

Alles an diesem Mann mißfiel Leopold Grün, der sich im Hundefell hinter dem Vorhang am Eingang der Manege herumdrückte und auf sein Stichwort wartete.

Aber noch blieb etwas Zeit. Der Sprecher deutete auf den Athleten und rief: »Sie sehen den großen Adolfo in seiner einmaligen Nummer, wie er Eisenstangen und Hufeisen biegt, als wären sie aus dünnem Draht! Sodann hantiert Adolfo mit Zentnergewichten – einarmig und beidarmig! Er stößt, stemmt und reißt! Sodann fängt er mit dem Genick Granaten und Bomben auf, die mittels eines Schleuderbrettes hochgeschnellt werden! Im vorigen Jahr hat in England einer der stärksten Männer der Welt diese Nummer nachmachen wollen. Die Bombe zerschmetterte ihm das Genick! Meine Damen und Herren: Sie sehen den großen Adolfo in seinem Spiel mit dem Tode!«

Danach kamen die Helfer und rollten unter Grimassen die Bomben und Granaten in die Manege. Jeder konnte sehen, welche Gewichte dort transportiert wurden. Die Bomben fielen einige Male um, rissen auch zwei oder drei der Helfer mit zu Boden. Stolz lächelte der große Adolfo.

Leopold Grün kannte diese einstudierte Vorstellung. Er nannte das Theater, und es gefiel ihm nicht. Außerdem schien ihm seine Nummer völlig sinnlos. Sie war eingefügt worden, paßte nicht in den Kraftakt. Der große Adolfo brauchte Atempausen. Er war in den letzten zwei Jahren kurzatmig geworden, denn der große Adolfo soff. Er schüttete beträchtliche Mengen von Bier, Wein und Schnaps in sich hinein und hatte sich mit dieser Lebensweise auch schon einen Bauch angesoffen. Unter dem Trikot mußte er deshalb ein Korsett tragen. Er war der Bruder des Inhabers, und oft polterte es in dem Wagen der Brüder, wenn sie sich schlugen, weil der Besitzer keinen Schnaps, kein Bier und kein Geld spendieren wollte.

»Wir sind ruiniert!« warnte der Bruder.

»Du kannst mich am Arsch lecken! Ich brauche Bier!« rief der große Adolfo.

So ging das seit zwei Jahren. Es war ein Zirkus auf Abruf, ein gefährdetes Unternehmen, das sich von heute auf morgen in ein Nichts auflösen konnte.

Adolfo bog Eisenstangen. Seine Muskeln hüpften. Tusch der Kapelle! Beifall! Ein lächelnder Athlet. Und nun wurden die zentnerschweren Gewichte gehoben, gestemmt, gerissen. Beifall! Das Schleuderbrett wurde vorbereitet. Und diese Vorbereitung war das Stichwort für Leopold Grün.

In die Manege trottete ein Hund – schwarz-weiß gefleckt, mit hängenden Ohren, mit einem traurigen Hundegesicht. Und dies war der erste Teil seiner Nummer. Er wedelte mit dem Schweif, schnupperte an den Granaten, hob auch das Bein. Der große Adolfo scheuchte das Tier entrüstet fort. Hundegeschnupper, Hundsgebaren, das hatte er gelernt, der Hundemensch. Jahre hatte er damit verbracht, seinen Hund zu belauschen, die Seele seines Hundes zu erkennen. Und nun war jeder Schritt echt.

Es war eine Anstrengung. Der Mann in dem Hundefell keuchte

bereits nach wenigen Sprüngen. Die Zuschauer lachten. Aus zwei Löchern im Fell konnte er sie sehen. Sein Auftritt hatte Nuancen. Jetzt mußte er an den Rand der Manege hoppeln und einige der Frauen beschnuppern, nur in der Andeutung. Das Bein heben! Die Zuschauer kreischten auf. Ein komischer Tapser mit der rechten Vorderpfote, alles einstudiert, tausendmal vorgeführt, dem Hundeleben nachgeahmt.

Adolfo schnaufte. Die Eisenstangen und Gewichte hatten ihn angestrengt. Er stand mit verschränkten Armen, musterte mit gemäßigter Verachtung die Mühen der Manegehelfer. Er stand jetzt im Scheinwerferlicht wie sein eigenes Denkmal.

Leopold Grün lief seine Kreise. Vier Minuten lang mußte er die Lücke füllen, sie zum Lachen bringen, seine Pflicht erfüllen. Auf dem Manegenrand kreiste er, trieb seine Hundespäße.

Und plötzlich, die Zuschauer fanden es komisch, stutzte der Hund, hielt wie erschreckt mitten in der Bewegung inne, ließ die aufgehobene Vorderpfote wie erstarrt eine Sekunde oben und sprang dann mit einem Satz zurück in die Manege.

Auf allen vieren hatte er vor Rosa gekauert. Mit einem Silberfuchs um die wuchtigen Schultern saß sie in der Loge, lachte und hieb sich mit der rechten Hand auf den Schenkel. Sie war bereit gewesen, auf den Spaß des Hundes einzugehen, lachte noch immer schallend, während der Hund hinaustrottete und sich noch einmal furchtsam nach ihr umwandte, als sei er beleidigt worden.

Adolfo fing die Granaten auf. Sie landeten in seinem Genick. Die Zuschauerrunde spendete Beifall. Leopold Grün stand wieder hinter dem Vorhang. Er schnaufte nicht weniger als der große Adolfo. Der Schreck steckte ihm noch in den Gliedern. Um Gottes willen! dachte er. Um Gottes willen!

Und jetzt kam die erste Bombe, der Stahlmantel einer Bombe, immerhin noch schwer genug, einem Mann das Genick zu zerschmettern.

Aufgefangen und Bravo!

Der Athlet lächelte. Ein Sieger, der für den Applaus dankte, der aber eine Pause brauchte.

Nun begann der letzte Teil der Hundenummer, vor der schweren Bombe, der Krönung des Kraftakts.

Leopold Grün trottete herein. Er äugte hinüber nach der Loge. Ja, da saß sie: eine markante Erscheinung im Pelz. Und während er seine Späßchen wiederholte, dachte er: etwas Solides!

Jetzt mußte er sich heranpirschen an den Fußtritt, der seine

Nummer beendete. Adolfo wartete, bis die letzte, die schwerste Bombe, auf das Schleuderbrett gerollt wurde. Der Hund hob das Bein, schien den Athleten anzupissen. Dies war der Höhepunkt der Hundenummer: der empörte Adolfo trat zu. Der Hund überkugelte sich. Und während er ins Sägemehl kullerte, riß Leopold Grün die Druckknöpfe des Hundefells auf. Heraus kam ein Clown in einem rot-weißen Badetrikot, heraus kam die Maske, ein plärrender Hanswurst, der, sich den Hintern reibend, mit seinem Geplärre davonstob, aus der Manege hinaus. Die Zuschauer brüllten vor Lachen. Leopold Grün war fertig mit dem Zirkus, fertig mit dem Hundeleben. Dies war der letzte Tritt, den er in seinem Leben hinnehmen mußte.

VIERTES KAPITEL

Langsam dämmerte ihr die Erkenntnis, daß sie sich begegnet waren. Auge in Auge, wie sie verblüfft feststellte. Und dabei hatte sie sich diese erste Begegnung ganz anders gedacht.

Sie war in der Stadt angekommen, hatte ein Taxi genommen und war zum Zirkus gefahren. Der beste Logenplatz mußte es sein. Aber ehe sie sich dort auf die Samtpolster setzte, fragte sie nach dem Artisten Leopold Grün. Irgendwer hatte ihr gesagt, das sei der Hundemensch. Aber sie dürfe jetzt nicht stören.

Nein, das schien ihr auch nicht klug. Sie wollte keine Fehler machen. Schließlich würde sie ihn während der Vorstellung sehen. Sie hoffte, daß auch er sie erkennen, daß er ihre Erscheinung und den teuren Logenplatz würdigen würde.

Sie rückte ihren Pelz zurecht, stellte die Krokodilledertasche auf die Knie — jeder konnte sehen, daß es tatsächlich Krokodilleder war. Sie hielt beide Hände so auf die Tasche gestützt, daß ihre zwei Brillantringe in Richtung der Manege funkelten. Sie war aufgeregt, aber entschlossen. Die Warze auf der rechten Wange war überpudert, das Korsett saß stramm. Die Lippen geschminkt, die Haare frisch onduliert, so wartete sie, daß ihr Athlet erscheinen würde. Aber sie sah ihn nicht. Als die Vorstellung zu Ende war, begriff sie, daß ihr Leopold in dem schäbigen Hundefell gesteckt hatte.

Sie hatte sich durchgefragt, war über Pflöcke und Halteseile weggestiegen, war vor einem Schild ›Vorsicht Löwen!‹ kurz erschrokken, hatte aber nicht aufgegeben und kam an, als Leopold gerade die Reste seiner Maske abwischte. Er stand über eine Waschschüssel gebeugt.

Die beiden Männer erstarrten, als sie plötzlich erschien. Sie füllte den Rahmen der Wagentür aus. Der Liliputaner hopste erschrocken von der Koje herunter. Leopold Grün regte sich nicht. Er stand in seinem rot-weißen Badetrikot und fühlte sich wie ertappt.

Noch atemlos von der Suche nach ihm sagte sie: »Aber Leopold, du bist ja gar kein Artist! Du bist ja nur . . .« Sie war enttäuscht, fürchtete aber bei der ersten Begegnung einen Fehler zu machen.

Und dabei hatte sie schon mit ihm geprahlt. Es gab da einige Menschen, denen sie von ihrem Glück erzählt hatte. Ein Artist!

Man hatte an verschiedene Möglichkeiten gedacht – Elefanten, Löwen, Tiger, Akrobat.

»Einen Augenblick«, entschuldigte er sich und trocknete sein Gesicht ab. Er wandte ihr den Rücken zu, begann nun, seine Hände zu waschen, war verlegen, hatte ihre Enttäuschung nicht übersehen können. Er wollte Zeit gewinnen, wollte retten, was vielleicht noch zu retten war. Aber ganz gegen seinen Willen griff er an: »Ich bin dir wohl nicht gut genug, wie?«

Und da dachte Rosa: Seine Stimme ist nicht schlecht. Sie war zufrieden, etwas gefunden zu haben, das ihr gefiel. Außerdem mußte man abwarten, wie er aussehen würde, wenn er aus diesem lächerlichen Trikot herausgestiegen wäre.

»Du hast wohl gedacht, ich mache in meinem Alter noch den Salto mortale oder so etwas?«

Ob er wohl schon gepackt hatte? Wie lange dauerte das hier noch? Und es roch schlecht in diesem Wagen.

Nein, an den Salto mortale habe sie nicht gedacht. Sie suchte nach Worten. Aus den halblangen Trikotbeinen sah sie seine behaarten Waden hervorlugen. Emil, der Liliputaner, drehte sein Hütchen in den Händen. Er wäre gern zur Tür hinausgeschlüpft, aber da stand dieses einschüchternde Weib und versperrte den Weg.

Leopold wusch noch immer seine Hände, sprach in die entgegengesetzte Richtung, mit dem Rücken zu ihr: »Ich denke, meine Nummer war so gut wie viele andere.«

Er hatte ruhig gesprochen, ein wenig unsicher, noch zögernd. Aber jetzt hob er plötzlich die Stimme: Was denke sie wohl! Sie solle doch mal hineinsteigen in so ein Hundefell! Da würde sie staunen, wie schwierig das wäre. Und dann immer so hopp-hopp-hopp durch die Manege, auf allen vieren. Da würde ihr sehr bald die Luft ausgehen!

»Jawohl!« sagte der Liliputaner.

Noch immer stand er mit dem Rücken zu ihr. Und nun setzte er an zu seiner großen Verteidigungsrede — in die verkehrte Richtung. Er hielt ein Plädoyer zur Ehrenrettung seines Lebens. Jawohl! In diesem Hundefell sei er jahrelang durch die Manege gehopst. Aber was mache das schon aus, daß er einer der Kleinen sei? Sie solle doch gefälligst mal nachdenken: die Kleinen wären es, die ein großes Unternehmen hochhielten. Das wäre genauso wie im Staat. Die Großen ständen auf den Schultern der Kleinen.

Und dann sprach er über den Fußtritt. Ob sie sich etwa einbilde, das sei ein Vergnügen? Und dabei müsse er einen Salto nach vorn machen und sich während des Fallens aus dem Hundefell herauspellen. Ob das wohl gar nichts wäre! Das sehe so ungefährlich aus, aber oho, da täusche sie sich! Spuren könne er zeigen, Spuren seiner Artistentätigkeit: die blauen Flecke aus der Hundenummer ...

Er hielt mitten in seiner Verteidigungsrede ein. Es schien ihm doch zu lächerlich, bereits jetzt sein Hinterteil zu erwähnen. Er faßte seine Ansprache zusammen, rief, ihr noch immer den Rücken zukehrend: »Ich habe die Welt gesehen! Und die Welt hat mich gesehen und hat über mich gelacht!«

»Jawohl!« bekräftigte der Liliputaner.

Sie hatte Atem geholt und den Mund geöffnet, aber seine Rechtfertigung lief ab wie eine Grammophonplatte. Sie war nicht dazu gekommen, ihn für ihren ersten Fehler zu entschädigen.

»Aber Leopold«, sagte sie jetzt, »ich habe das doch gar nicht so gemeint. Und die Nummer war ja wirklich sehr lustig. Hast du nicht gesehen, wie ich gelacht habe? Und wie du das gemacht hast ... wie ein richtiger Hund. Und dann der Salto, wie du da im Sägemehl herumgerollt bist. Man hätte meinen können, er hätte dich wirklich so getreten ...«

»Aber das hat er doch auch!« rief Leopold Grün. »Schon seit Monaten sage ich diesem Schwein, er solle nicht so hart treten. Aber es macht ihm Spaß ...«

Sie sah ihn einen Augenblick verdutzt an, dann sagte sie leise: »Ach Gottchen ...«

Er machte zwei Schritte auf sie zu. Sie wollte ihm erst die Hände entgegenstrecken, war eine Sekunde verlegen, faßte sich aber resolut und breitete die Arme aus. Leopold Grün, etwas steif noch, ließ sich von ihr umfangen.

»Leopold!« flüsterte sie, »Leopold.«

Er sagte: »Guten Tag, Rosa! Guten Tag.«

Dann schauten sie sich an, nur kurz, machten kleine Abstriche, einer beim andern, waren aber doch noch zufrieden, einer mit dem andern.

»Darf ich bekannt machen«, sagte Leopold mit Würde. »Mein Freund Emil. Meine Braut: Sie heißt Rosa.«

Drei Koffer waren gepackt. Rosa war vor die Tür gegangen, während Leopold sich umzog. Als er herauskam, im Anzug, im leichten Mantel, mit den Koffern, betrachtete sie ihn wohlwollend und sagte: »Jetzt siehst du wirklich aus, wie ich es mir vorgestellt habe.«

Er räusperte sich gewichtig, in Haltung und Gesichtsausdruck ein veränderter Mann.

Emil schleppte einen der Koffer. Er hatte ihn an sich gerissen, war unerschütterlich in dem Vorsatz, sich nützlich zu machen. Er trug ihn auf dem Rücken. Von hinten sah es aus, als ginge da ein Koffer auf zwei kurzen Beinen. Auch Rosa hatte darauf bestanden, einen Koffer zu tragen. Und so zogen sie aus, zu dritt, an dem Zelt vorbei, dann kamen die Wagen der elektrischen Anlage, wo die Generatoren summten. Sie gingen vorbei an den Eisbären, die hinter den Gittern träge zu ihnen hinblickten. Eines der riesenhaften, stinkenden Tiere wiegte seinen Kopf hin und her, hin und her.

»Vorsicht, Gorilla!« Und wieder der scharfe Raubtiergeruch. Dann waren sie fast draußen. Die Scheinwerfer erloschen, einer nach dem anderen.

Emil stand vor ihnen. Er sagte zweimal: »Es ist schade, daß er fortgeht.« Er fuhr Rosa plötzlich an: »Er ist ein guter Mensch. Jawohl! Vergessen Sie das nie!«

Sie sahen, daß er um Fassung rang. Ehe sie etwas sagen konnten, rannte er unvermittelt davon — eine Winzigkeit von Mann. Aber er blieb noch einmal stehen, zog sein Tirolerhütchen und winkte ihnen von weitem zu. Dann verschwand er hinter einem Wagen.

Da sagte Rosa zum zweitenmal seufzend: »Ach Gottchen.«

Sie gingen schweigend nebeneinander und waren fast wieder Fremde. Sie wußte nicht, worüber sie sprechen sollte. Er dachte daran, Fragen zu stellen. Aber er fand keine mühelose Einleitung.

Die Straße führte leicht bergan. Sie setzten die Koffer ab, machten eine Verschnaufpause und schauten zurück.

»Bleib mal stehen«, sagte er. »Siehst du, jetzt bauen sie ab.«

Kleine Trecker zogen die Wagen an die Straße. Kommandorufe schallten bis zu ihnen her. Dann kam Pferdegetrappel die Straße entlang. Stallknechte führten die Tiere, die nervös schnaubten, unruhig tänzelten und mit den langen Schweifen peitschten.

»Siehst du«, erklärte Leopold, »die Pferde werden jetzt zum Verladen gebracht.«

Aus dem Dunkel tauchten mächtige Schatten auf, nahmen Gestalt an — Elefanten. Wie eine Prozession lautloser Fabelwesen kamen die gewaltigen Tierleiber an. Und dann sahen sie, wie das große Zelt schlaff in sich zusammensank. Die vier Masten ragten spitz in die Höhe, als hätten sie das Zeltdach durchstochen.

Leopold Grün und Rosa gingen weiter. Sie schleppten die Koffer, sprachen davon, daß sie ein Taxi nehmen wollten, und standen unversehens vor der Frage, wo sie diese Nacht verbringen würden.

Sie sprachen nicht darüber, waren befangen und fürchteten, diese ersten Stunden mit Fehlern zu beladen.

Als sie schließlich einen Taxistand gefunden hatten und im Wagen saßen, schauten sie sich zögernd an. Sie einigten sich: Sie wollten ins Zentrum der Stadt fahren und dort in einem Lokal essen.

»In einem gepflegten Lokal«, sagte Rosa.

»In einem erstklassigen!« ergänzte Leopold wichtig, als er dem Fahrer Anweisungen gab.

Sie nahmen die Koffer mit in das Lokal, das sie wirklich erstklassig und gepflegt fanden. Der Kellner im Frack wartete dezent neben ihrem Tisch. Rosa sagte: »Ich bin die Hausfrau. Ich lade dich zum Essen ein.«

Nein, dagegen sträubte sich Leopold. Schließlich sei er der Mann. Und er wisse nun mal, was sich gehöre. Er habe zwar noch nie davon in seinen Briefen geschrieben, aber er habe immerhin die Welt gesehen und auch eine anständige Erziehung genossen. Er hielt die Gelegenheit für günstig, jetzt von seinem Herkommen zu reden.

Der Kellner zog sich wieder zurück, beobachtete den Mann und die Frau von weitem.

Leopold sagte: »Ich komme aus dem Mittelstand. Mein Vater war Oberbuchhalter.«

Und warum er zum Zirkus gegangen sei, fragte sie.

»Aus Abenteuerlust. Früher war ich Dompteur. Ich hatte eine Tigernummer ...« Er räusperte sich bedeutsam. »Mit sechs Tigern. Sie sprangen durch Feuerreifen.«

»Und dann?« fragte sie interessiert.

»Wie? Und dann?«

»Was geschah dann mit den Tigern?«

»Sie starben. In Schweden, in einem sehr kalten Winter. Ich glaube, es war damals an die vierzig Grad kalt. Das hielten sie nicht aus.«

Sie bestellten ein reichhaltiges Essen: Fisch, Fleisch, Gemüse, Käse und Wein.

»Den besten!« betonte Leopold. Das gefiel Rosa. Sie dachte: Er hat Auftreten.

Wohlgelaunt sagte sie: »Jetzt muß ich erst einen Schnaps haben.«

Danach erschrak sie leicht. Es war ihr herausgerutscht, und sie fürchtete, die Probestunde mit diesem alkoholischen Wunsch belastet zu haben. Aber Leopold sagte nichts. Er schien es selbstverständlich zu finden, daß sie nach einem Schnaps verlangte.

Sie sagte: »Ich komme auch aus dem Mittelstand.« Dazu kicherte sie verlegen, ergänzte: »So weit wäre das dann wohl recht.«

»Ja, soweit wäre das in Ordnung«, stimmte er zu.

Er staunte über ihren Appetit. Sie aß und trank wie ein Mann, der schwer gearbeitet hatte. »Es geht nichts über gutes Essen und Trinken«, sagte sie und legte sich noch Fleisch, Gemüse und Kartoffeln auf. Er konnte sehen, wie fröhlich sie das Essen und Trinken machte. Sie lachte auch wieder über seine Hundenummer, was ihm wenig gefiel. Aber sie tätschelte herzhaft seinen Unterarm und erklärte: »Also, wenn du mich fragst ... Mir hat deine Nummer gefallen.«

Später, als sie wieder draußen standen, vor der Frage, wohin sie jetzt gehen würden, zögerten sie.

Sie schleppten die Koffer in eine kleine Bar, wo sie gemeinsam einen Schnaps nahmen, von dem sie sich Auflockerung erhofften. Sie fanden auch noch ein Tanzlokal, wagten aber nicht den ersten Tanz miteinander. In diesem Lokal wurden sie zutraulicher.

Bei der dritten Flasche Wein sagte Leopold: »Und wo gehen wir jetzt hin?«

Natürlich könnte man noch in der Nacht fahren, aber das wäre doch umständlich. Schließlich gingen sie in ein Hotel. Er trug sich ein — ›mit Ehefrau‹. Und so gingen sie auf ein Zimmer: ein Ehepaar in reiferen Jahren, auf Reisen, das sich dann in der Stille des Zimmers noch immer wie fremd gegenüberstand.

Sie schauten auf die Betten. Zwei waren es, nebeneinanderstehend, ein eheliches Schlafzimmer, den Beischlaf herausfordernd.

Noch einmal prüften sie sich. Derb war sie, stramm, ein vollsaftiges Weib, das Lachen liebend, den Genüssen zugetan. Und das alles war ihr anzusehen. Ihr gesundes Fett verriet die Neigung zu gutem Essen und Trinken. Vielleicht war sie zu jugendlich herausgeputzt. Aber das nahm er in Kauf. Das Übermaß an Schminke und Lippenstift, den unübersehbaren Fuchspelz, die roten Fingernägel waren für ihn die Beweise, daß sie noch lange versuchen würde, für ihn jung zu sein.

Er war zufrieden, wußte, daß er nicht darben würde bei ihr. Sie sah so aus, als gebe es bei ihr immer große Fleischportionen. Die Frage nach dem Haus lag ihm auf der Zunge, aber er wartete noch. Morgen, dachte er.

Sie fand ihn zu zögernd, aber sie schob es auf seine Anständigkeit, die, wie sie dachte, auch durch den Zirkus nicht beeinträchtigt worden war.

Natürlich war er kein Kraftmensch wie dieser Adolfo, bei dessen Kraftakt sie ins Schnaufen geraten war, aber er schien ihr noch ganz passabel. Allerdings sah sie auch, daß die Glatze in einigen Jahren unvermeidlich sein würde. Die Schultern waren etwas zu schmal. Sein Gesicht schien ihr etwas mürrisch. Kein ganz leichtes Leben mußte er gehabt haben. Sie würde ihn hätscheln. Sie würde ihn auf Trab bringen, wie sie jetzt dachte. Sie würde die Überlegene sein an Vitalität, an Durchschlagskraft. Und das schienen ihr gute Voraussetzungen für eine haltbare Ehe, in die sie sich beide retten würden.

Das Haus wartete, das kleine Restaurant brauchte den Mann, sie brauchte ihn auch. Es war noch nicht zu spät. Sie dachte, daß sie beide noch rechtzeitig die entscheidenden Weichen gestellt hatten.

Sie sagte: »Ja, ja, Leopold, jetzt fängt die Ordnung an!«

Er applaudierte diesem Satz im stillen, aber er lief noch einmal aus dem Zimmer hinaus.

Sie rief bestürzt hinter ihm her: »Leopold! Wohin gehst du?«

»Ich bin sofort wieder da!«

Er ging hinunter und bestellte sich zwei doppelte Schnäpse. Der Nachtkellner schaute ihn verwundert an, als Leopold in der halbdunklen Halle saß und die beiden Gläser schnell hintereinander hinunterschüttete.

»Es ist wegen meines Magens«, sagte er. »Eine Magenverstimmung ...«

Danach hastete er wieder hinauf, war jetzt entschlossen, hatte sich genug Mut angetrunken.

Sie lag schon im Bett und erwartete ihn. Sie fragte nicht, schaltete mit einem leisen Lachen das Licht aus. Er zog sich im Dunkeln aus. Dann stieg er ins Bett, und es war so erregend für ihn, daß er zu zittern begann.

Sie lag bereitwillig, als er zu ihr kam. Er tastete mit den Händen über ihren Leib, über diese Hügel und Mulden, die sie ihm bot.

Später, als sie schwer zu atmen begann unter seinen Händen, brüstete er sich: Jawohl, er war noch in der Lage, sich als Mann zu zeigen. Er war noch fähig dazu. Und nun hatte er das Gefühl, daß er von jeher bei Frauen kräftig gewesen war. Ein paar Erinnerungen gaben ihm Zutrauen.

Die Nacht war leidlich erfolgreich.

FÜNFTES KAPITEL

Die Straße war nicht lang. Es gab da sechs, acht neue Mietshäuser, Bretterzäune, Garagen, ein Stück freies Feld bis zum Bahndamm hin. Und dieser Bahndamm hatte verhindert, daß die Straße gewachsen war. Auf dem Hinweisschild, oben an der Ecke, wo sie in die Hauptstraße mündete, war sie amtlich erklärt: ›Sackgasse‹.

Die rote Backsteinfront einer kleinen Seifenfabrik war häßlich. Danach kam ein Bretterzaun, auf dem mit großen Buchstaben gemalt war: Baumann – Altmetall – Lumpen – Papier – Baumann. Daneben stand das Haus. Von dort bis zum Bahndamm waren es kaum fünfzig Meter.

Im Jahr 1913 hatte ein pensionierter Rangiermeister das Grundstück von der Bahnverwaltung gekauft. Es war ihm zu einem günstigen Preis überlassen worden. Zum Bauen war er allerdings nicht mehr gekommen, denn der Krieg brach aus.

Ein Sohn des Rangiermeisters erbte das Grundstück nach dem Krieg und hatte die feste Absicht, bald mit dem Bau zu beginnen. Die Inflation hinderte ihn daran. Er mußte verkaufen und schlug den bereits ausgeschachteten Platz für zwölf Milliarden los. Da er aber unschlüssig war, schrumpfte sein Kapital so schnell, daß er schließlich noch fünf Pfund Butter und einen Kleiderschrank für den Grundstückspreis erstehen konnte.

Im Jahr 1930 wurde endlich gebaut. Ein Gastwirt ließ vier Stockwerke hochziehen, richtete im Parterre einen Schankraum mit einer Dreizimmerwohnung ein und lebte dort fast zehn Jahre. Dann brach wieder Krieg aus.

Der Gastwirt wurde Soldat.

Vier Jahre später traf eine Brandbombe, das Haus brannte, war aber nicht ganz zerstört. Im Jahr 1947 verkaufte der Erbe des Gastwirts. Der Preis war dreißigtausend Reichsmark, zwanzig Stangen amerikanische Zigaretten und ein Leichtmotorrad. Der neue Besitzer war wiederum Gastwirt, aber der Kaufpreis hatte seine Reserven aufgebraucht. Er war nicht in der Lage, das Haus renovieren zu lassen, in dem er, wie er Freunden klagte, nicht leben und nicht sterben konnte.

Im Jahr 1960 verkaufte er an eine Frau mit dem Vornamen Rosa, die ihr langsam dahinsiechendes Vermögen für ihr Alter retten wollte. Sie zahlte dreißigtausend Mark in bar, nahm noch eine Hypothek auf und wurde Besitzerin dieses Außenseiters unter den Häusern.

Sie war gezwungen, eine zweite Hypothek aufzunehmen, die aber auch noch nicht ausreichte. Die Bank war skeptisch, besaß jedoch Sicherheiten der Dame, die sich als Geschäftsfrau vorgestellt hatte. Ihre Legitimation waren die dreißigtausend Mark in bar.

Sie hatte Hoffnungen. Ging diese Straße nicht von einer der verkehrsreichsten Hauptstraßen ab? Hatte sie nicht davon gehört, daß man eine Unterführung durch den Bahndamm bauen wolle? Das Haus verschlang ihre Mittel, aber noch immer war es kein vollständiges Haus. Die Mansarden im obersten Stockwerk waren noch nicht ausgebaut, noch keine der kleinen Wohnungen war vermietet. Sie träumte von einem intimen Restaurant, aber im Schankraum fehlten noch die Stühle und Tische. Sie war allein, und sie war einsam. Da hatte sie in der Zeitung gelesen: ›Artist mit Ersparnissen . . . Zwecks späterer Heirat.‹

Als Leopold Grün dieses Haus sah, sagte er kein Wort. Er schaute hinauf bis zum Dach und wieder hinunter. Dann musterte er die Straße. Seine Augen blieben am Bahndamm hängen. Er sah den Eingang zur Gaststätte und schwieg noch immer.

»Komm nur erst herein«, sagte Rosa aufmunternd. »Drinnen wird es dir schon gefallen.«

Sie stapfte vor ihm her durch den halbdunklen Hausflur, schloß die Wohnungstür auf und machte eine einladende Bewegung mit der Hand. Sie erklärte, sie war stolz: »Hier, das ist die Dreizimmerwohnung. Alles komplett eingerichtet! Da ist das Schlafzimmer!«

Er sah die zwei Betten, die den Raum fast ausfüllten, den Kleiderschrank, einen Spiegel an der Wand. Und da war ein kleines Bad nebenan. »Das habe ich neu machen lassen«, erklärte sie. Dann öffnete sie das Wohnzimmer. »Alles komplett eingerichtet!«

Ja, da war die Couch, ein kleiner Rauchtisch, zwei Sessel, eine Vitrine, ein Ölgemälde: weidende Kühe auf der Alm.

Sie war stolz: »Schau dir den Teppich an!«

Leopold Grün schwieg noch immer.

»Nun?« Sie sah ihn herausfordernd an, wartete auf ein Zeichen seiner Begeisterung.

Zögernd erklärte er: »Ja, das ist alles recht hübsch.« Er fand dies alles tatsächlich nicht so übel, aber er hatte mehr erwartet: eine Laufgegend, hatte er gedacht, ein großes Haus, hatte er gehofft, und darin würde eine Wohnung sein, angefüllt mit dem Wohlstand eines seit Jahren florierenden Restaurants.

»Nun?« fragte sie. »Vermißt du etwas? Ist etwa nicht alles da, was wir brauchen? Und hier, da ist noch ein kleines Zimmer. Drei Zimmer haben wir . . .«

»Ja, ja, doch.« Er nickte zustimmend.

Sie betrachtete ihn argwöhnisch von der Seite, hoffte noch immer, ihn zu überzeugen. »So!« sagte sie, »jetzt zeige ich dir das Restaurant!«

Sie war überzeugt. Sie hatte dies alles erworben, sie besaß, und sie wollte eine Anerkennung.

Die Tür schwang auf. Es war noch kein Restaurant. Der Raum war nackt. Eine Theke stand da, die in eine kurze Bar auslief. Es roch nach Tapetenkleister, nach Renovierung. Rosa begann zu reden, und ihre Stimme schallte zwischen den leeren Wänden.

»Und die Küche?« unterbrach er. »Wo ist die Küche?«

»Hier!« sie wies auf eine Tür hinter der Theke. Von dort war ein Durchgang zur Dreizimmerwohnung.

»Die Küche ist komplett eingerichtet!« erklärte sie.

Er stand wortlos vor dem elektrischen Herd, öffnete den Kühlschrank, sah das Spülbecken, den Tisch zum Anrichten, die Töpfe, Teller, Pfannen, Schöpfkellen und Fleischmesser. Es war alles da, aber die Küche schien ihm zu klein.

Er erinnerte sich an seine Träume der letzten Wochen, Meister über gewaltige Braten, klare Fleischsuppen und alle möglichen Beilagen zu werden. Mindestens zwei Köchen hatte er Befehle gegeben, Serviererinnen schleppten die dampfenden Platten, Gäste bestellten, Weine wurden aus dem Keller geholt, Sekt stand in Eiskübeln – und das Geräusch der sich täglich füllenden Registrierkasse war bereits zu einer vertrauten Melodie für ihn geworden.

»Zu klein!« sagte er.

»So!« wiederholte sie. »Zu klein, sagst du?«

Er ging aus der Küche hinaus, um die Theke herum und stand im Gastzimmer. Sie folgte ihm langsam. Immer den Blick auf ihn gerichtet, blieb sie hinter der Theke stehen. Sie stützte ihre schweren Arme auf. Sie begann zu sprechen, fühlte sich nun auch gezwungen, eine Verteidigungsrede zu halten, aber sie sprach zu ihm, während er ihr in Scham den Rücken zugekehrt hatte.

Was glaube er wohl! In diesem Haus stecke ein Vermögen. Was habe er eigentlich erwartet? O ja, das sehe sie jetzt ganz deutlich: in ein gemachtes Nest habe er sich setzen wollen! Den großen

Mann spielen und nichts dafür leisten, das kenne man zur Genüge. Und hier, er solle sich das Lokal gefälligst einmal ansehen! »Da kommen Tische und Stühle hin, an die Wände Polsterbänke. Dazu einige Sessel. Ein intimes kleines Lokal wird es werden«, rief sie.

Sie mußte Atem schöpfen, wartete auf seine Reaktion.

Sie sehe schon, er sei nicht der richtige Mann dafür. Keinen Unternehmungsgeist habe er, keinen Wagemut! Und was bilde er sich ein? Sei das etwa keine Leistung für eine alleinstehende Frau? Dieses Haus mit fünf Wohnungen und ausbaufähigen Mansarden habe sie allein erworben, aus eigener Kraft!

Sie stand hinter der Theke, als wäre es ein Rednerpult.

»Hier!« rief sie und machte eine umfassende Gebärde mit der Hand, »das ist, was ich zu bieten habe! Und dazu noch mich!« Sie schlug sich dabei an die Brust. »Und jetzt kommst du und stehst da herum und stotterst vor dich hin. Was hast du denn zu bieten? Ich frage nur mal, wieviel bringst du denn?«

»Ich?« sagte er, »ich bringe neuntausend.«

»Hahahaha!« lachte sie auf. »Nun hör sich das mal einer an — neuntausend! Zu wenig, sage ich! Viel zu wenig!« rief sie.

Er zuckte verlegen mit den Schultern.

»Mit neuntausend, da kann ich gerade ein paar Stühle und Tische kaufen!«

Er nickte betrübt mit dem Kopf. »Dann kann ich ja wieder gehen«, murmelte er und wollte sich bereits abwenden.

»Halt!« rief sie. »Hiergeblieben wird! Laß uns überlegen! Wir könnten uns einteilen, wir könnten anbezahlen und dann abstottern. So werden heute alle großen Geschäfte angekurbelt! Es ist alles nur Anzahlung, alles nur Abstottern, wo du hier hinguckst! Außerdem: haben wir uns nicht die Ehe versprochen, Leopold?«

Ihr Ton wurde sanfter. Sie beschwor die Hoffnungen herauf, die sie beide in ihren Briefen geäußert hatten.

»Wenn du meinst«, sagte er kleinlaut. »Wir können es ja einmal versuchen.«

»Wir werden es versuchen!« rief sie. »Du wirst sehen, an diesem Haus haben wir noch viel Freude!«

Er nickte. Sie schwieg, seufzte laut und sagte dann: »Jetzt muß ich einen Schnaps haben.«

Diesen Schnaps nahmen sie gemeinsam. Sie hoben die Gläser hoch und prosteten sich zu. Dann holte Rosa zwei Biergläser vom Regal und füllte sie aus dem zischenden Zapfhahn.

Das gefiel ihm sehr. Schon dachte er, wie dieser Hahn immer

für ihn fließen würde. Außerdem interessierten ihn die fünf Wohnungen und die ausbaufähigen Mansarden. Davon konnte man zur Not leben. Es schien also doch ein sicherer Hafen zu sein.

Er nahm einen Schluck Bier, sagte, um etwas Freundliches zu sagen: »Ein gutes Bier hast du!«

»Nicht wahr!« rief sie. »Es ist ein erstklassiges Bier, und du sollst sehen, wie wir das Geschäft ankurbeln! Diese Stadt hat fast eine Million Einwohner. Glaubst du nicht, daß da auch genug für uns hängenbleibt? Und hinten der Bahndamm soll durchbrochen werden. Dann haben wir hier Durchgangsverkehr. Und von vorn, wo die Hauptstraße läuft, da kommen ja schließlich auch Gäste.«

O ja, er glaubte das auch. Sie schenkte die beiden Schnapsgläser voll. Und dann Prost! Und dann noch ein Bierchen und wieder ein Schnäpschen.

»Neuntausend«, überlegte sie. »Damit können wir die gesamte Bestuhlung kaufen. Wir zahlen ein Drittel an...« Sie rechnete: »Zwanzig Sitzplätze auf den gepolsterten Sitzbänken und Sesseln. Das ist etwas für die Intimen, weißt du? Dann hier, in der Mitte, noch drei Tische mit einfachen Stühlen – das sind zwölf Sitzplätze für die Durchgehenden.«

Sie schritt die Gruppierung ab. Er folgte ihr, rechnete mit: »Das sind schon zweiunddreißig Plätze.«

»Und hier, an der Bar, stellen wir fünf Barhocker hin. Hier wird Sekt gesoffen, du wirst es sehen. Außerdem stehen da immer noch ein paar an der Theke 'rum. Also alles in allem haben wir Platz für fünfzig Gäste. Ist das etwa nichts?«

»Doch, das ist schon was«, sagte er.

Sie schenkte wieder Schnaps nach.

»Hier kommt die Musikbox hin!« Sie deutete auf die Stelle. Es war ein Platz zwischen zwei Fenstern in der Nähe der Theke.

»Gut«, sagte er.

»Die Toiletten sind neu installiert und leicht sauberzuhalten.« Sie schritt voran, zeigte ihm Damen- und Herrenabort, drückte auch auf die Knöpfe, beeindruckte ihn mit der Wasserspülung und der gekachelten Sauberkeit. »Bei mir muß alles blitzen!« erklärte sie.

»Bei mir auch. Blitzen muß es«, stimmte er zu.

»Reinlichkeit ist die Visitenkarte eines Lokals!«

»Das ist wahr«, sagte er.

Und dann wieder ein Schnäpschen und ein Bierchen. Sie sprachen über die Eröffnung. Sie würden Freibier geben. Das müsse man schon anlegen. Außerdem hielt sie eine Notiz in der Zeitung für zweckmäßig. Die Lampen, die Vorhänge – sie besprachen, diskutierten, legten den äußeren Rahmen fest.

»Prost!« sagten sie.

Dann stiegen sie hinauf, betrachteten die Wohnungen. Sie waren klein, und die Tapeten fehlten noch. Sie überlegten, was sie als Mietzins fordern könnten. Diese Summe multiplizierten sie mit der Anzahl der Wohnungen. Ja, davon könnte man leben. Natürlich nicht zu üppig, wie sie sich sagten, aber zur Not doch ausreichend. Sie gingen wieder hinunter, überzeugt von ihrer kommenden Sicherheit.

Er begann jetzt, das Haus zu besitzen, sah es größer, schöner, sah sich bereits die Geschäfte führen. Nur die Mansarden hatten ihm mißfallen. Die tapetenlosen Wände waren trist. Am Dach mußte noch etwas repariert werden. Hier und da waren neue Türen und Fensterrahmen nötig. Aber das alles hatte noch Zeit.

Im Gastzimmer sagte sie: »Wir haben auch Radio.« Das Gerät stand auf dem untersten Brett des Gläserschrankes. Sie schaltete es ein, suchte einen Sender. Das Glas in der Hand, wiegte sie sich im Rhythmus der Tanzmusik, die jetzt im leeren Raum schallte.

Ein Tänzchen? Ja, dagegen hatte er nichts einzuwenden. Sie lachte, sagte: »Komm Leopold, tanzen wir mal.«

Er nahm sie in die Arme, tanzte mit ihr durch das leere Gastzimmer. Sie lachte dazu, sang auch einmal mit, trällerte, verlor aber die Melodie und blieb, hochbusig atmend, wieder an der Theke stehen.

»Prost!« sagten sie.

Sie steigerten sich in eine leuchtende gemeinsame Zukunft hinein, ihre eigenen Gäste, im Rohbau ihres Gastzimmers.

Einmal sagte sie: »Hast du es in bar?«

»Was?« fragte er.

»Ich meine deine neuntausend Mark.«

Er griff in seine Brusttasche, zog ein Sparbuch hervor: »Hier ist es.«

Sie schlug es auf, las die Zahl, nickte und steckte dann das Sparbuch in ihre Handtasche. Er sah, wie es darin verschwand, hörte den Verschluß zuschnappen und schaute noch eine Weile auf diese Tasche, die sein Kapital geschluckt hatte.

Sie patschte ihm mit der Hand derb auf die Schulter, lachte laut und rief: »Es wird dir Zinsen bringen! Darauf kannst du dich verlassen. Das wirst du schon bald merken, Rosa ist im Geschäft ein As!«

Mit zunehmender Trunkenheit steigerten sie ihre Aussichten ins Gigantische. Sie prosteten sich zu, von hier aus wollten sie die großen Geschäfte einleiten.

»Ein Wohnblock!« rief sie. »Drei, vier Wohnblocks mit je dreißig« – sie berichtigte sich –, »nein, mit je fünfzig Wohnungen!«

»Jawohl, mehrere Wohnblocks«, bekräftigte er mit lallender Zunge.

Lange genug wären sie die Dummen gewesen, erklärte sie. Das leuchtete ihm sofort ein. Er sagte schleppend: »Zwanzig Jahre habe ich versucht, auf einen grünen Zweig zu kommen ...«

»Und?« unterbrach sie. »Hast du es geschafft?«

Er schüttelte trübsinnig den Kopf.

»Aber mit mir!« Sie schlug sich wieder an die Brust. »Mit mir wirst du es schaffen!«

Danach torkelten sie in ihr Bett, wo Rosa leise lachend, gurrend von der Heirat sprechend, ihn mit derben Liebkosungen weiter in die Zukunft einführte.

SECHSTES KAPITEL

Baumann saß in seiner Baracke. Er sah die beiden kommen, wunderte sich, was sie zu so früher Stunde von ihm wollten.

Leopold gefielen die beiden Baracken gar nicht. Er dachte, daß diese Bretterbuden schlecht zu seinem Restaurant paßten. Aber Rosa klärte ihn auf.

»Das ist ein schwerreicher Mann«, sagte sie. »Und geizig ist der. Ich kann dir sagen ...«

Baumanns Hauptgeschäft bestand längst nicht mehr aus dem An- und Verkauf von Altmetall. Damals, als der Koreakrieg die Kupfer- und Zinnpreise in die Höhe jagte, hatte er die Basis zu seinem Vermögen gelegt. Als die Geschäfte mit dem Metall zurückgingen, paßte er sich der Zeit an. Er eröffnete ein Entrümpelungsinstitut. Jeden Samstag stand sein Inserat in den zwei führenden Zeitungen der Stadt: ›Baumann entrümpelt für Sie Ihre Wohnung, Ihr Haus, Ihren Speicher!‹

Dieses Unternehmen war vom ersten Tag an ein Erfolg. Er beschäftigte sechs Männer, besaß zwei kleine Lieferwagen, die alte Schränke, Sessel, Federbetten, Tische, Stühle, hundertjährige Standuhren, verrottete Ölgemälde, Kerzenleuchter, verstaubte Kinderwagen, Vogelkäfige und alle möglichen Requisiten einer vergangenen Wohnkultur bei ihm anschleppten. Der neue Wohlstand spülte diese Dinge in seine zweite Baracke. Dort wurden sie aufgearbeitet, geputzt, neu bemalt, gebeizt, zusammengesetzt und schließlich auf großen Auktionen versteigert. Dazu kam jedoch noch, daß er für das Entrümpeln gepfefferte Preise nahm. Man munkelte in der Umgebung, Baumann habe bereits zwei Wohnblocks bei diesem Geschäft verdient.

Rosa bewunderte diesen Geschäftssinn. Er war ein Vorbild für sie geworden, und die Wohnblocks dieses Mannes hatten sie angeregt zu ihren Wunschträumen.

Leopold war überrascht, wie ärmlich das Büro eingerichtet war, mit alten Sesseln und einem wackligen Schreibtisch. Aber ein Blick in die offenstehende Tür zum Wohnzimmer zeigte ihm, daß die Baracke und das Büro eine scheinheilige Fassade waren, hinter der sich Wohlhabenheit verbarg.

Baumann war weit über die Fünfzig, in einem abgetragenen Anzug, leicht gebeugt, dürr, mit scharfen Falten um die Augen, die ihm etwas listig Lauerndes gaben, stand er vor dem Schreibtisch.

»Baumann«, sagte Rosa in befehlendem Ton, »gib mal deine zwei Leitern her und das große Brett. Wir wollen tapezieren.«

»Aha«, sagte Baumann und blickte auf Leopold, »das ist wohl dein Mann?« Er rieb sich die Hände und lachte leise.

»Natürlich ist es mein Mann. Darf ich bekannt machen . . .«

Sie gaben sich die Hand. Dann kniff Baumann den Mund zusammen: »Hm, die Leitern willst du haben. Und das große Brett . . . für wie lange?«

»Zwei oder drei Tage.«

»Gut«, sagte Baumann, »für zwei oder drei Tage, das kostet . . .« Er begann zu überlegen.

»Ich glaube, du spinnst wohl!« sagte Rosa. »Für deine dreckigen Leitern kriegst du von mir keinen Heller!«

Baumanns Gesicht stieß raubvogelartig vor: »Wieviel Bier? Ich meine in Gläsern?«

»Du Geizhals! Du kannst dich bei der Eröffnung gratis vollsaufen. Deine Entrümpler kannst du auch mitbringen. Dabei bleibt's. Jetzt gib die Leitern her. Mach schon!«

Baumann lachte, aber er ging voran. Die Leitern und das große Brett lagen unter einer Plane. Rosa sah zu, wie Leopold sich die Last auflud. Baumann stand dabei und grinste: »Na, dann viel Erfolg.«

Sie trieb ihn an: »Was stehst du herum? Steige auf das Brett und halte die Tapetenrolle!«

Leopold hatte noch nie eine Wohnung tapeziert. Die Arbeit gefiel ihm nicht. »Wie wär's mit einem Bierchen?« fragte er.

»Nix Bierchen! Jetzt wird gearbeitet!« befahl sie. »Was denkst du dir eigentlich? Meinst du, von nix kommt etwas? Von nix kommt nie etwas!«

Er rührte Kleister, rollte Tapeten auf, stand auf dem Brett, diesem schmalen Steg zwischen den Leitern. Rosa arbeitete mit unbarmherzigem Tempo. Sie war jetzt durch nichts aufzuhalten, zwang ihn, zu gehorchen, und das zahlte er ihr heim mit gehässigen Ausfällen. Von dem Brett herunter brüllte er sie an: »Verfluchtes Weib! Was schikanierst du mich herum!« Er hob den schweren Kleisterpinsel, als wolle er nach ihr werfen.

»Leopold!« rief sie, »laß den Quatsch!« Und dann, wieder versöhnlich und werbend: »Nachher gibt's auch ein Bierchen, und ich brate dir ein schönes Schnitzelchen mit Kartoffeln und grünem Salat. Und vorher kriegst du noch eine kräftige Fleischbrühe ... Aber jetzt geh 'ran, an die Tapeten!«

Ah! dachte er, das ist schlimmer als die Hundenummer!

»Bald haben wir's geschafft, Leopold. Dann kommen die ersten Mieter. Das erste Geld wird eingehen.«

Danach ging sie hinunter in die Küche, stand vor den dampfenden Kochtöpfen, in der Pfanne brutzelte das Fleisch. Salat wurde angerichtet, Soßen abgeschmeckt und legiert. Die Gewürze dosierte sie meisterlich. Sie servierte im Wohnzimmer, legte alles zurecht, vergaß auch die Servietten nicht. Durch das leere Haus rief sie nach oben: »Leopold! Das Essen ist fertig!«

Vorher und nachher gab's einen Schnaps. Sie belohnte ihn mit großen Fleischportionen, die sie jedesmal in kürzester Zeit zubereitete.

Er knurrte, nur noch halbverärgert, vor sich hin: »Einen Sklaven machst du aus mir ...« Aber nie zuvor war er so üppig verpflegt worden.

Die Züge donnerten über den Bahndamm. Sie kannte sie fast alle, sagte mitunter: »Das ist der Schnellzug nach Paris ...« Sie nannte Namen: »Bern, Basel, Mailand, Lissabon, Madrid ...«

Er sagte: »Die Bahn geht mir auf die Nerven. Vielleicht schreckt das die Mieter ab.«

»Daran gewöhnt man sich«, widersprach sie. »Du wirst es bald merken.«

Und dann wieder Kleister gerührt, Tapeten aufgerollt, mit großem Pinsel, mit Kleisterbrühe an die Wände geklatscht. Rosa immer hinter ihm, antreibend, nie zufrieden: »Leg Zeitungen auf den Boden! Du verschmierst ja hier alles!«

Sie brachte Stöße von Zeitungen, breitete sie aus, bepflasterte damit den Boden. In den Arbeitspausen hob er das eine oder andere Blatt auf. Er achtete nicht auf das Datum. Ihm schien, es war doch immer das gleiche. Die Preise stiegen wieder. Soweit er sich erinnern konnte: Die Preise waren immer gestiegen.

Draußen rollten die Züge über die Schienen des Bahndamms. Von hier fuhren sie ab, hier kamen sie an.

Rosa scheuchte ihn auf: »Los, du Faulpelz! Wir müssen tapezieren!«

»Die Sache macht sich«, sagte sie und schaute sich zufrieden um.

»Ja«, stimmte er, ein wenig säuerlich, zu.

»Wir können in der Zeitung unsere Wohnungen anbieten«, schlug sie vor.

Sie standen im Gastzimmer. Die Möbel waren gekommen: Sessel und Polsterbänke, Tische und Stühle. An den Fenstern hingen Gardinen, Lampen waren angebracht worden. Sie lobten ihr Werk. Rosa schlug vor: »In fünf Tagen ist Eröffnung.«

Sie legten die Schnäpse fest, die in ihrem Lokal ausgeschenkt würden — mindestens zwölf Sorten. Es müsse auch Sekt im Haus sein. Welche Gerichte? Einfache Sachen. Da wären: Schweinerippchen mit Kraut, Gulasch mit Spaghetti, Schnitzel und Koteletts mit Beilage, Frikadellen und warme Würstchen mit Kartoffelsalat — je nach Wunsch. An Suppen würde man anbieten: Gulaschsuppe, Fleischsuppe, klar oder mit Nudeln — je nach Wunsch.

»Brauchen wir nicht einen Kellner?« fragte er.

»Wo denkst du hin?« sagte sie. »Du bist der Kellner! Ich mache die Küche, du stehst hinter der Theke und bedienst auch die Gäste. Das ist doch nicht zuviel verlangt, oder?«

»Wenn es aber zu viele Gäste sind?« zweifelte er.

»Dann mußt du ein bißchen flott machen«, erklärte sie. »Bist du nicht flink auf den Beinen? Du warst doch schließlich Artist.«

»Wie soll das Lokal heißen?«

Sie sagte: »Bei Rosa.«

»Nein«, sagte er, »da muß auch mein Name mit 'rein.«

»Was denn!« rief sie unmutig. »Hör mal, wie das klingt: Bei Rosa und Leopold.«

Es war nicht leicht. Sie suchten etwas Zugkräftiges. Auch als er vorschlug: »Beim Artisten-Leo«, waren sie beide nicht befriedigt. Und dann hatte er den überzeugenden Einfall. Er sagte: »Artistenklause!«

»Jawohl«, rief sie, »das ist richtig.«

Sie hatte zwar Bedenken, denn in diesem Namen gewann er wieder Übergewicht. Aber schließlich würde es ja noch notarielle Absicherungen geben: schwarz auf weiß mit Stempel und Unterschriften.

»Wir müssen zum Anwalt«, bestimmte sie.

Ihm eilte es nicht so sehr. Warum auch? Habe sie etwa kein Vertrauen zu ihm?

»Es muß alles seine Ordnung haben.«

Sie gingen schon in den nächsten Tagen, saßen nebeneinander vor dem Schreibtisch des Notars und legten die Gewinnanteile an ihrem Unternehmen fest.

Drei Stunden brauchten sie dazu. Sie rechneten, pochten jeder auf die eingebrachte Summe. Sie verlangte mehr, er verlangte mehr – der Anwalt glich aus. Im Vertrag war festgelegt, daß sie erst nach der Heirat zu gleichberechtigten Partnern werden würden.

Als sie endlich gingen, jeder mit der größtmöglichen Sicherheit versehen, waren sie wie zwei Prozeßgegner nach der Verhandlung. Sie sprachen den Rest des Tages kaum ein Wort miteinander.

Am späten Abend, als sie nebeneinander in ihren Betten lagen, sagte sie unvermittelt: »Du bist habgierig, Leopold. Das hätte ich nicht von dir gedacht.«

»Und du bist geizig«, antwortete er. »Das hätte ich auch nicht von dir gedacht.« Und überhaupt, habe er es nötig? »Ich kann jederzeit wieder als Dompteur gehen, vergiß das nicht!«

»Daß ich nicht lache!« rief sie. »Herumgehopst bist du als Hundemensch!«

Sie hatten in ihren Nachthemden bis jetzt friedlich nebeneinander gelegen. Nun aber setzten sie sich gleichzeitig in ihren Betten auf und begannen sich anzuschreien.

»Alles, was mir fehlt, sind die Tiger!« rief er.

»Das ist der Dank!« rief sie. »Aufgenommen habe ich dich. Die größten Chancen biete ich dir!«

»Einen Dummen suchst du! Glaubst du, das habe ich nicht gemerkt? Als Kellner willst du mich herumjagen!«

»Immer noch besser, als in einem schmutzigen Hundefell herumgejagt zu werden!«

»Weib!« rief er und ballte drohend die Faust. »Weib! Ich warne dich!«

»Was!« kreischte sie auf, »eine wehrlose Frau bedrohst du mit der Faust! Das soll ich mir bieten lassen? Hinaus!« keifte sie. »Auf der Stelle hinaus!« Sie sprang aus dem Bett, stand in ihrem Nachthemd von beträchtlichem Umfang da, deutete auf die Tür und blieb schließlich mit verschränkten Armen daneben stehen.

»Gut!« rief er. »Ich gehe auf der Stelle!« stieg aus dem Bett, tappte auf bloßen Füßen durch das Zimmer. Er packte seine Koffer.

Wie ein Berg stand sie neben der Tür und ächzte: »Mit der Faust hast du mich bedroht ... Was habe ich dir nicht alles geboten? Und wie bist du hier angekommen? Ich habe doch die Löcher in deinen Socken gesehen, deine schlechte Wäsche ... Daran sieht man doch, wie es dir früher ergangen ist.«

»Früher!« rief er. »Und was war mit dir früher? Es wäre an der Zeit, daß du endlich sagen würdest, wie es früher mit dir war. Was sollte das eigentlich heißen: Wir wollen nicht von der Vergangenheit reden, sondern erst prüfen, ob wir miteinander leben können . . . Aber das ist jetzt nicht mehr wichtig!«

Er ging hinunter, trug seine Kleider über dem Arm, die Koffer in der Hand. Sie stand oben und rief: »Leopold! Komm herauf. Das hat doch keinen Sinn. Wo willst du denn jetzt hin?«

»Nein!« rief er hinauf, »ich gehe!« Er klopfte an die Brust: »Ich habe auch meinen Stolz!«

»Leopold!« klagte sie, »ausgerechnet jetzt, wo unser Geschäft so schön anlaufen wird . . .«

»Erst nimmst du alles zurück!« schrie er.

»Gut«, sagte sie. »Ich nehme alles zurück. Aber jetzt komm!«

Er patschte auf seinen bloßen Füßen, noch immer im Nachthemd, wieder die Treppen hinauf, sah sie drohend an. Er trug seine Koffer an ihr vorbei und stieg zurück in das warme Ehebett. Er dachte: Kalte Füße habe ich. Das ist nicht gesund.

In befehlendem Ton sagte er: »Morgen wirst du die Karten aufdecken und mir deine Vergangenheit erzählen. Ich muß schließlich wissen, mit wem ich es zu tun habe!«

Der Nachtschnellzug nach Paris rumpelte draußen über den Bahndamm.

SIEBENTES KAPITEL

Baumann kam herüber. Er stellte sich an die Theke und sagte: »Ziemlich viel Lärm macht ihr nachts. Ich wollte euch nur sagen, man hört es. Es ist nämlich sehr still hier nachts, wenn gerade kein Zug kommt.«

Leopold schwieg verdrossen.

Baumann überlegte: Wie hieß dieser Mann wieder? »Leopold? – Ja, dann gib mir ein Bier, Leopold.«

Sie duzten sich von Anfang an. Ihr Mißtrauen füreinander war gleichwertig, die gegenseitige Geringschätzung ausgewogen. Sie waren wie aus dem gleichen Nest, wie aus ähnlichem Material gemacht.

»Hast du uns nachts gehört? Und was geht es dich an?« fragte Leopold.

»Nichts. Nur, es macht sich nicht gut für euch, das wollte ich sagen.«

Er zapfte Bier, ließ es sich setzen im Glas, goß nach, zeigte Baumann, wie man ein Bier richtig ausschenkt. Das hatte ihm Rosa beigebracht, nachdem sie ihn angeschrien hatte: »Der Kerl kann noch nicht mal ein Faß Bier anstecken! Weißt du überhaupt, wie ein Glas Bier ausgeschenkt wird?«

Er hatte es gelernt. Es machte ihm Spaß, und dies war der erste Gast, dem er zeigen konnte, wie gut er es erlernt hatte. Baumann griff nach dem Glas Bier und betrachtete es. »Hm!« grunzte er zufrieden. Dann nahm er einen Schluck. Das Glas in der Hand haltend, noch am Nachgeschmack des ersten Schluckes schmatzend, ging er ein paar Schritte im Lokal umher: »Artistenklause – gar nicht so schlecht. Ich komme heute abend 'rüber mit meinen Leuten. Es gibt doch Freibier, oder?«

»Natürlich gibt es Freibier«, sagte Rosa, die gerade aus der Küche kam. »Aber das will ich dir sagen, am Abend sollen sich deine Entrümpler was Anständiges anziehen. In der blauen Montur kommt hier keiner 'rein. Wir haben in der Zeitung ein Eröffnungsinserat. Da werden Leute zu uns kommen.«

»Ihr macht auf vornehm . . .«, grinste Baumann.

»Jawohl!« sagte Rosa mit Nachdruck.

»Früher warst du aber nicht so fürs Vornehme.«

»Früher ist vorbei«, erklärte sie.

Mißtrauisch hörte Leopold zu. »Was heißt das – früher? Habt ihr euch schon früher gekannt?«

»Oh«, sagte Baumann gedehnt, »wir kennen uns schon ein paar Jährchen.«

»Und woher?« fragte Leopold.

»Ich habe doch schon gesagt, daß ich Kellnerin war. Dann hatte ich kurze Zeit ein Lokal gepachtet, aber das war kein Erfolg. Und von daher kennen wir uns.«

»Ja, ja«, sagte Baumann, »von daher kennen wir uns. – Ich muß 'rüber. Da kommt gerade mein Wagen.«

Sie sahen durchs Fenster. Der blaue Lieferwagen war beladen mit Schränken und Polstermöbeln.

»Wie geht es mit euren Wohnungen? Habt ihr schon vermietet?« fragte Baumann, bereits an der Tür stehend.

Sie hatten einen Makler beauftragt. Interessenten waren gekommen. Ein junges Ehepaar sagte: »Es ist uns zu klein. Wir erwarten ein Kind.« Und dann der alleinstehende Herr, ihm gefiel die Gegend nicht. »Nicht gerade schön«, murmelte er und ging. Dann kamen wieder zwei: Mann und Frau. Sie sagten: »Es ist uns zu teuer. Die Miete ist zu hoch für die kleinen Wohnungen.«

Sie waren nicht zufrieden mit dem Makler, riefen ihn an, und Rosa sagte: »Wenn Sie uns nur arme Leute schicken, werden wir die Wohnungen nie vermieten! Wir haben schließlich nichts zu verschenken!«

Ja, das sei gar nicht so einfach, erklärte der Mann. Ob sie je daran gedacht hätte, daß der Bahndamm abschrecke? Die Leute wollten nachts ruhig schlafen. Und die Gegend sei auch nicht besonders attraktiv. Rosa empörte sich. Der Makler sagte beschwichtigend, er hätte Anfragen aus einer Blindenanstalt und auch aus dem Institut für Taubstumme. Sie solle sich da mal keine Sorgen machen, die könnten schon bezahlen.

»Nein!« rief sie in den Apparat. »Ich will das Haus nicht voller Blinder und Taubstummer haben!«

Davon könne gar keine Rede sein. Zwei Familien, daran hätte er gedacht.

Baumann bot seine Dienste an: er kenne ziemlich viele Leute. Vielleicht könne er Mieter vermitteln.

»Nein«, wehrte Leopold ab. »Wir haben Zeit. Wir suchen uns die Richtigen aus.«

Leopold stand hinter dem Fenster und schaute zum Lagerplatz hinüber. Er sah, wie der hagere Mann mit seinen Arbeitern sprach und das Entrümpelte besichtigte. Dieser Mann hatte ein Geschäft aus dem Nichts aufgezogen. Und der vertrauliche Umgangston gegenüber Rosa irritierte Leopold. Was der sich einbildete! Weil ich keine Lieferwagen habe, keine zwei Baracken, keine Arbeiter. Als wenn das was wäre, der alte Kram, mit dem er handelt. Da sind doch garantiert die Wanzen drin!

»Woher kennst du den Baumann?« rief er durch das leere Gastzimmer. »Das habe ich dir gerade erklärt«, antwortete sie aus der Küche.

Erklärt? Nichts war klar. Am Ende hatte sie noch ein Verhältnis mit diesem Burschen. Er nahm sich vor, scharf aufzupassen. Sie hat allerlei hinter sich und zu verbergen. Wenn man genau hinsieht, erkennt man es auch in ihrem Gesicht. Warum hätte sie sonst gesagt: »Wir wollen erst einmal ein paar Wochen miteinander leben, um zu sehen, ob wir zusammenpassen. Kein Wort über die Vergangenheit ...«

Er ging in die Küche, sagte dort: »Ich will jetzt alles über dich wissen!«

Sie hörte seine Entschlossenheit. In der Küche, bei dampfenden Schweinerippen in Kraut, bei kochenden Suppen und vorbereiteten Gemüsen, bedrängte er sie: »Alles will ich wissen!«

Man kann nicht so nebendran leben und gar nichts wissen, dachte er. Was da wohl alles 'rauskommt? Vielleicht ist sie schon ein paarmal geschieden.

Sie rührte in den Töpfen. »Mein Vater war Gastwirt ...«, begann sie. Zögernd gestand sie, sie sei ein Kind der Liebe. »Mein Vater hat mich vor der Ehe gemacht ...«

Das war ihm nicht so wichtig. Nur was später war, das zählte.

»Ich war einmal so gut wie verheiratet. Mein Mann fiel 1944. Eine Tochter habe ich ...«

Aha! Ein Kind war auch da. Warum hatte sie das nicht gleich gesagt?

»Sie ist ein braves Mädchen«, betonte sie. »In einer Klosterschule ist sie jetzt. Das ist wie ein Internat. Sie ist fünfzehn.«

»Dann kann sie ja gar nicht von dem Mann sein!« Er rechnete, benutzte die Finger seiner linken Hand, hielt ihr diese Hand unter die Nase und bewies ihr, daß der gefallene Krieger nicht der Vater sein konnte.

»So? Er ist nicht der Vater? Moment«, sagte sie, und dann begann sie selbst zu rechnen, obwohl sie wußte, welches Ergebnis dabei herauskommen würde. Sie führte ihre Rechnung nicht zu

Ende. Stockend gestand sie ein, daß der Vater ihrer Tochter nur kurz zu Besuch gewesen sei. »Er hat mir die Ehe versprochen. Und das habe ich ihm geglaubt ...«

»So!« rief er. »Und da hat er dir schnell ein Kind gemacht? Ein Besuch – ein Kind! Wieviel solcher Besuche hast du denn gehabt?«

Er trieb sie in die Enge. Und dann seufzte sie auf, erzählte stokkend vom schweren Leben einer alleinstehenden Frau. Und die Männer ... Nun, er wisse ja wohl Bescheid. »Aber ich habe mich immer proper gehalten.« Als Kellnerin habe sie gearbeitet. Und später war sie Pächterin eines Lokals. »Ich konnte ein bißchen Geld auf die Seite legen.«

»Und die Männer?« fragte er. »Was war mit den Männern?«

Sie rührte im Kochtopf. »Die Männer? Was soll mit ihnen gewesen sein?« Sie schaute nicht auf, seufzte wieder: »Manchmal kommt dann einer, und man denkt, das könnte er sein. Und dabei wird man alt und merkt plötzlich, daß man doch nicht den Richtigen gefunden hat.«

»So«, sagte er scharf, »manchmal kommt einer ...«

»Aber das ist doch ganz natürlich«, sagte sie. »Du wirst auch deine Erfahrungen haben. Das bleibt uns doch nicht erspart.«

Erfahrungen? O ja! Aber er verschwieg einen Teil dieser Erfahrungen, sprach nicht von der Bratpfanne, die ihm der überraschte Liebhaber seiner Frau auf den Kopf geschlagen hatte. Auch sonst gab es da noch einige Dinge zu verschweigen, die sein Leben entscheidend beeinflußt hatten.

Er drängte weiter, wollte jetzt alles wissen, wollte alles aus ihr herausholen: »Es muß mehr sein! Du mußt es mir erzählen!«

»Herrgott«, sagte sie gequält, »es ist doch auch mehr, aber wenn man es erzählen will, merkt man, daß man es nicht zusammenkriegt. Jetzt hör schon auf damit!« Sie stampfte mit dem Fuß auf. »Willst du mir etwa alle Därme im Leib zählen?«

Er schwieg, war unschlüssig und jetzt davon überzeugt, daß er niemals alles über sie wissen würde. Er starrte sie feindlich an, er fixierte einen Punkt in ihrem Gesicht, diese Warze auf der rechten Wange.

»Was hast du denn? Warum guckst du so?«

Er deutete darauf und rief: »Die Warze muß weg!«

Sie hatte gesagt: »Zur Eröffnung lade ich eine ehemalige Freundin von mir ein.«

Diese Freundin war der erste Gast. Sie kam abends um sieben Uhr, ging im Lokal umher, betrachtete alles interessiert, schlug Rosa auf die Schulter und rief: »Menschenskind! Eine richtige feine Kneipe hast du aufgemacht! – Und der da?« Sie deutete mit dem Finger auf Leopold. »Das ist wohl dein Dompteur? Du, wie ein Dompteur sieht der aber nicht aus, na hör mal.« Sie lachte rauh.

Mißtrauisch betrachtete Leopold dieses massive Weib. Sie sah aus, als wäre sie eine um zehn Jahre jüngere Schwester von Rosa. Nachdem sie ihren Pelzmantel an die Garderobe gehängt hatte, ging sie auf Leopold zu und schüttelte ihm die Hand.

»Ich bin Dodo. Noch nie von mir gehört? Wo warst du denn Dompteur? Aber nicht flunkern. Du solltest mal meinen sehen. Ein Kerl sage ich dir, solche Schultern!« Sie zeigte die Schulterbreite mit den Händen. »Ein bißchen blaß siehst du aus. Gibst du dem auch ordentlich zu essen, Rosa? Den mußt du noch ein bißchen aufpäppeln.« Sie schlug Leopold auf die Schulter, lachte und sagte, aufschnaufend: »Na hör mal.«

»Das ist Dodo«, erklärte Rosa. »Sie macht viel Wind, aber das Mädchen ist in Ordnung. Darauf kannst du dich verlassen, Leopold.«

»Na hör mal«, sagte Dodo.

»Wir sind Freundinnen seit mindestens fünfzehn Jahren.«

»Jawohl«, sagte Dodo. »Was trinkt ihr denn hier?«

»Wollen Sie ein Bier oder einen Schnaps?« fragte Leopold.

»Zu mir kannst du getrost du sagen. Nur nicht so steif, das mag ich nicht. Gib mir einen Schnaps und ein Bier.« Sie blickte sich wieder um, musterte alles anerkennend und sagte: »Hier werde ich Stammgast!«

»Leopold«, bat Rosa, »geh doch mal in die Küche und sieh nach den Rippchen. Das Kraut mußt du umrühren. Und schmecke die Gulaschsuppe ab.«

Er ging folgsam in die Küche, schlich aber sofort wieder an die Tür, legte auch die Hand ans Ohr, konnte aber nur hören, daß sie flüsterten, wollte die beiden ertappen: Was habt ihr da über mich zu flüstern! Aber er hatte Angst, sich lächerlich zu machen, ging an die Töpfe und rührte mißmutig darin herum.

Was will die eigentlich hier? Kommt da herein und drückt einen glatt an die Wand, als wäre ich gar nichts!

Vor den Töpfen stehend, nahm er sich vor, von der ersten Stunde an energisch aufzutreten. Er blieb noch eine Weile in der Küche und wartete, bis er gerufen wurde. Dann faßte er sich, ging ins Gastzimmer und sagte herrisch: »Die Küche ist dein Revier! Los, sieh nach, ob alles in Ordnung ist!«

»Was der einen Ton anschlägt. Hör dir das an, Dodo.«

»Willst du etwa einen Hampelmann aus mir machen!« rief er.

»Siehst du, was habe ich dir gesagt: Er ist doch ein Dompteur«, erklärte Rosa.

Sie ging brav in die Küche, lächelte ihm zu, war fast dankbar, daß er Kraft gezeigt hatte. Er begriff jetzt zum erstenmal, daß sie unter gewissen Umständen für Demütigungen dankbar sein würde.

»Was mußte ich da hören«, begann Dodo. »Du forschst sie aus, wühlst in der Vergangenheit 'rum wie ein kleiner dreckiger Spießer. Tränen hatte sie in den Augen, weil sie dir sagen mußte, daß sie ein uneheliches Kind ist. Dabei weiß doch jeder, daß diese Kinder besser gemacht werden als die anderen. Da ist noch Saft dahinter, mein lieber Mann! – Gib noch 'nen Schnaps her.«

Er tippte sich an die Brust und sagte: »Zuerst komme ich mal an die Reihe!« Er schenkte sich ein, ließ sie warten, genehmigte sich noch einen zweiten. Dann bediente er sie. Barsch fragte er: »Und du? Wo kommst du denn her?«

»Ich bin Kellnerin. Aber Rosa hat das nicht mehr nötig. Mit der hast du einen Mordsfang gemacht – treu, ehrlich, fleißig! Was glaubst du, wie viele auf die scharf waren? Aber du hast sie gekriegt. Da gab es so ein paar mit Geld, die hätten sie gern gehabt. Nix zu machen bei Rosa. Nebenan der Baumann, der hat auch die Augen nach ihr verdreht. Dieser alte Geizkragen, dem wünsche ich die Gürtelrose an den Hals.«

»Wieso?« fragte Leopold interessiert.

Nachdenklich an ihrem Schnaps nippend, sagte sie: »Das ist ein mieser Freier. Wenn der hereinkommt, mache ich ihn gleich fertig. Rosa hat mir gesagt, der käme heute abend, weil es Freibier gibt.«

Baumann kam bereits eine Viertelstunde später. Grinsend stand er an der Tür und schnupperte wie ein Hund, der Fleischtöpfe riecht.

»Na, du alter Speckjäger!« rief Dodo ihm zu. »Komm her, setz dich und gib einen aus!«

»Wenn du mich so empfängst, werde ich keinen ausgeben«, knurrte Baumann. Aber er spendierte dann doch eine Runde, unterließ es aber nicht, auf die Zeiten hinzuweisen, die schlechter würden: »Das Geld wird knapp, man muß sich darauf einstellen ...«

Die sechs Entrümpler kamen. Rosa musterte sie. Man konnte

ihrer Kleidung ansehen, daß sie bei Baumann keine hohen Gehälter empfingen.

Danach kamen noch vier oder fünf Durchgangsgäste – kleine Münzen, kleine Drinks, von Leopold ausgeschenkt, nicht zu reichlich, aber ausreichend mit freundlichem Prost versehen.

Um ein Uhr nachts war Polizeistunde. Um diese Zeit war das Lokal mit Gästen überfüllt. Rosa gab Leopold einen Wink. Er ließ die Rolläden herunterrasseln. Dann stellte er sich wieder hinter die Theke. Leopold begann zu schwitzen. Dutzende von Getränken wurden bestellt, fünf, sechs, sieben Essen, jetzt klingelte die Registrierkasse, wie er sich das gewünscht hatte.

Baumann versuchte, Dodo unter den Rock zu fassen. Rosa lachte kreischend dazu. Dodo hatte ihren Spaß an der geilen Mühe des alten Mannes. Sie forderte eine Flasche Sekt, die Baumann zähneknirschend ausgab. Danach durfte er ihren Oberschenkel streicheln.

Von draußen polterte es gegen den Rolladen. Erschreckt gab Leopold Zeichen mit der Hand. Aber niemand achtete auf ihn. Er zog den Laden hoch, fürchtete, Polizei zu sehen. Aber es waren nur zwei verspätete Gäste.

»Es ist eigentlich schon Polizeistunde«, sagte Rosa, bereits mit schwerer Zunge.

Draußen witzelte eine Frau. Sie war angeheitert, hatte keine Bedenken, schob ihren Begleiter, einen weißhaarigen Mann, vor sich her in das Gastzimmer. Der Mann trug eine Baskenmütze, lächelte freundlich und sagte: »Frau Muhme, sie versteht mir schlecht die Zeiten: getan, geschehen! Geschehen, getan! Verleg Sie sich auf Neuigkeiten! Nur Neuigkeiten ziehen uns an.«

»Rosa, du kennst mich wohl nicht mehr?« sagte die Frau.

»Bei Gott, die Tilly! Dich habe ich schon zwei Jahre nicht mehr gesehen. Wo kommt ihr denn so spät noch her?«

»Ich komme vom Theater, von der Vorstellung. Ich bin Schauspieler«, erwiderte der ältere Herr.

Ah! Das war gut. Schauspieler, dachte Rosa, der würde bald noch mehr Gäste mitbringen. Leopold mußte Bier heranschaffen. Der Schauspieler ließ noch ein paar Verse los, stand schwankend neben der Theke: »Will keiner trinken? Keiner lachen? Ich will euch lehren, Gesichter machen! Ihr seid ja heute wie nasses Stroh . . .«

Die meisten der Gäste waren betrunken. Es war eine ergiebige Nacht, die erst um drei Uhr morgens endete. So lange hatten sie gebraucht, um ihre Gäste hinauszukomplimentieren. Sie hatten einen zähen Widerstand geleistet, die Nacht schien ihnen zu kurz.

Auch mit dem Schauspieler gab es einige Mühe. Er war eingeschlafen, saß auf einer Polsterbank und schnarchte laut. Tilly gab ihm eine Ohrfeige. Da wachte er auf und trollte sich brav.

Noch einmal staute sich der Lärm vor der Tür. Baumann wollte sich in das Taxi hineindrängen, das Dodo bestellt hatte. Aber Dodo trat ihm gegen das Schienbein und fuhr lachend davon. Baumann drohte mit der geballten Faust und rief: »Dieses Lokal betrete ich nie wieder!« Danach torkelte er zu seinem Platz, gestützt von den betrunkenen Entrümplern.

Dann kam die Stille. Leopold stand im leeren Gastzimmer vor der Registrierkasse. Die Gier zuckte in seinen Fingern, aber er beherrschte sich.

Nachdem Rosa die Gläser weggeräumt hatte, kam sie zu ihm. Draußen hörten sie die Züge auf dem Bahndamm.

Sie begannen zu zählen. Langsam, Markstück um Markstück, Banknote um Banknote pickten sie das Geld aus der Kasse. Sie wiederholten das Zeremoniell, genossen sogar, daß sie sich wiederholt verzählten. Dann feierten sie die endgültige Summe mit einem leisen, trunkenen Kichern.

ACHTES KAPITEL

Der erste Gast kam gegen zwölf Uhr mittags. Leopold stand seit einer Stunde hinter der blankgeputzten Theke. So war das jeden Tag: Schläfrige Morgenstunden in einem leeren Gastzimmer, nur unterbrochen von einem Schnaps und einem Bier, kleine Gläser, die er sich dann und wann genehmigte.

Der Gast hatte seinen Mantel an einen Haken gehängt und sagte: »Herr Wirt, bringen Sie mir ein paar Würstchen mit Kraut. Dazu ein Bier.«

Übellaunig gehorchte Leopold. Pfennigskram, viele Schritte für wenig Geld. Die Hoffnungen der ersten Nacht hatten getrogen. So ging das schon seit zwei Wochen: vier oder fünf Gäste am Tag, am Abend belebte sich das Geschäft nur wenig. Baumann kam herüber, seine Entrümpler tranken ihr Bier, der Schauspieler kam mit Tilly, seiner ohrfeigenden Begleiterin. Ein paar Gesichter waren bekannt geworden: Stammgäste. Aber das Kraut, die Würstchen und das Fleisch wurden fast immer drei Tage alt.

»Ich kann es nicht mehr riechen!« hatte Leopold eines Abends gerufen. »Ich will frisches Fleisch, frische Kartoffeln, frisches Gemüse!«

Der Gast aß langsam. Leopold hörte ihn schmatzen. Es ärgerte ihn. Das war wie eine Feindschaft zwischen ihm und seinem Gast. Und der Gast bewies seine Nichtachtung, indem er schmatzte. Aber der Wirt rächte sich mit drei Tage alten Würstchen.

Der Mantel, der schlaff am Haken hing, erinnerte ihn an seinen Plan, ein Schild an die Wand zu kleben: ›Die werten Gäste werden gebeten, auf ihre Garderobe zu achten, da wir keine Haftung übernehmen!‹

Aber Rosa hatte sich gewehrt. »Nicht in meinen vier Wänden!« hatte sie gerufen.

Und das Schild kommt doch hin! dachte er jetzt. Und außerdem konnte man mit den Toiletten noch ein paar Pfennige schinden. Da werden Automaten eingebaut. Jawohl! Pro Besuch zehn Pfennige. Das macht bei hundertmal ... bei tausendmal ... Er rechnete langsam und freute sich.

Am Nachmittag übernahm Rosa die Theke. Jetzt hatte er Freizeit und durfte spazierengehen, am Bahndamm entlang, vorbei an den ruppigen Kleingärten, wo Krautstrünke in der Erde staken und dürre Brombeerhecken allmählich wieder grün wurden.

Das geht nicht gut aus, und wo bleiben dann meine Pfennige? Mein sauer Erspartes! Weg wird es sein, aufgefressen von Hypotheken, von diesem Haus und dieser Kneipe. Und mit den Wohnungen, das ist auch kein Geschäft. Zwei Wohnungen sind belegt. Ein blindes Ehepaar mit einem Sohn, ein taubstummes Ehepaar – kinderlos. Die wollte niemand haben. Aber wir mußten sie nehmen, weil wir niemand sonst kriegen. Und wie die da ankamen, mit ihren Stöcken und den toten Augen. Und die zwei Taubstummen, wie sie mit den Händen sprachen und ihr Gegurgel daherstammelten. Das sind feine Mieter! Ich habe ja gar nichts gegen diese Menschen. Nein, nein, die sind ja zu bedauern, aber müssen sie ausgerechnet in unserem Haus wohnen?

Es war ihm fast unheimlich geworden, als die beiden Blinden, mit ihren nachdenklichen, nach innen gekehrten Gesichtern, vor ihm standen. Sie wurden geführt von ihrem Sohn, einem etwa fünfzehnjährigen Burschen, der Leopold keck gemustert hatte.

»Wie sieht das Haus aus?« fragte der blinde Mann.

Der Junge grinste Leopold an und sagte dann: »Es geht, aber es könnte noch besser sein. Da hinten ist ein Bahndamm, hört ihr den Zug?«

Die blinde Frau und ihr Mann wandten die Gesichter. Sie hörten den Zug.

»So, ein Bahndamm ist dort?« Nachdenklich nickte der Mann mit dem Kopf. Die Frau schwieg unschlüssig. Dann kam Rosa ins Gastzimmer und führte das Ehepaar zur Wohnung.

Die Blinden zogen ein. Er, ein Chorleiter, wie er sagte. »Ein berühmter Blindenchor«, ergänzte seine Frau. Sie zogen in eine der Wohnungen im obersten Stockwerk.

Aber die anderen, die waren ja noch schlimmer gewesen – die Taubstummen. Auf die Nerven sind mir die gefallen.

Sie hatten ihn mit ihrer Gestik bedrängt, mit den gaumigen Lauten verlegen gemacht. Er konnte nicht verstehen, was aus ihren Kehlen kam. Er hatte Rosa gerufen: »Übernimm du das. Ich kann es nicht.«

Sie hatte es nur zu gern getan, aber als sie zurückkam, sagte sie: »Jetzt muß ich einen Schnaps haben.«

Die Taubstummen waren eingezogen und wohnten nun neben den Blinden.

Trübsinnig hatte er Rosa zustimmen müssen, daß diese Mieter

zumindest ein festes Einkommen bringen würden. Ihr mache das gar nichts aus, hatte sie gesagt. Und wie hartherzig die Menschen seien. Man wisse doch, niemand wolle diese Leute haben. Aber sie habe ein gutes Herz, und außerdem habe sie für einen recht anständigen Preis vermietet. Und dann hatte sie wieder davon gesprochen, daß sie nun die Heirat vorbereiten müßten, denn jetzt sei die Grundlage geschaffen worden: immerhin fließe auch in der Gaststätte einiges in die Kasse. Zwar nicht viel, wie sie zugab, aber das Geschäft würde sich schon machen.

Heiraten will sie mich. Sofort heiraten! Aber ich weiß schon, was die will. Sie will mich als Sicherheit für ihr Alter. Und wenn wir Pleite machen, dann werde ich arbeiten müssen. Dann habe ich sie auf dem Buckel und muß sie ernähren. Und was die frißt ... Das kann ja kein Mann bezahlen. Und erst ihr Durst ... Das war schon von Anfang an verdächtig – heiraten! Und jetzt soll ich auch noch mit ihr die Tochter besuchen. In einem Kloster. Und dort soll ich lügen vor den Betschwestern, daß ich ihr Mann wäre. Und diese Dodo? Die sieht doch aus wie eine Hure. Und Rosa? Gar nichts weiß ich von ihr! Und jetzt stehen immer noch vier Wohnungen leer. Und oben die Mansarden. Aber es ist kein Geld da für die Reparaturen. Und das Bier muß sofort bezahlt werden, das Fleisch, die Würste, die Schnäpse – und jeder will Geld haben. Sie will die Tochter holen. Fünfzehn Jahre alt. Die habe ich dann auch noch auf dem Hals.

Er ging wieder zurück, wieder vorbei an den Kleingärten, sah mißmutig das Haus, ging hinein und sagte als erstes: »Wie war's? Haben wir wieder Geschäfte gemacht? Haben wir wieder zwei Gläser Bier verkauft?«

Sie schüttelte den Kopf und ging in die Küche.

Er rief hinter ihr her: »Ha! Das habe ich mir doch gedacht! Däumchen drehen, hinter der Theke!«

»Du armer Schlucker! Was willst du denn eigentlich? Mit deinen paar Mark, die du eingebracht hast ...«, rief sie aus der Küche. »Du lächerlicher Hanswurst, der du bist!«

»Was!« schrie er. »Du nennst mich einen ... Du fettes, vollgefressenes Bierfaß!«

Sie warf ein Glas nach ihm, das klirrend an der Wand zerbrach. Er hatte sich rechtzeitig geduckt, war noch in Deckung vor der Theke, als Baumann hereinkam.

»Was machst du denn da?« fragte Baumann und grinste.

Finster sagte Leopold: »Sie wirft nach mir mit Gläsern.«
»Immer lustig. Immer schön lustig«, höhnte Baumann.

Die Blinden hießen Silberstein. Herr Silberstein mußte oft an Sonntagen verreisen, weil sein Chor in anderen Städten ein Gastspiel gab. Zum Bahnhof benutzte er immer ein Taxi und bat den Fahrer, ihn an den Zug zu bringen. Sonst aber ließ er sich von Egon, seinem Stiefsohn, führen. Den Blindenstock in der Hand, den Knauf des Stockes mehr oder weniger heftig seinem Sohn in den Rücken puffend, befahl er: »Los, Bengel, führe mich!«

Widerwillig gehorchte der Sohn. Seit Jahren hatte er den Blindenhund spielen müssen für einen Fremden.

Vor zehn Jahren war dieser Kriegsblinde plötzlich als sein Vater aufgetreten. Der leibliche Vater hatte sich aus dem Staub gemacht, weil er die leeren Augen seiner Frau auf die Dauer nicht ertragen konnte. Sie waren beide Sehende gewesen. Und beide hatten sie ihre Augen im Krieg verloren – er an der Front, sie in einer Bombennacht.

Herr Silberstein war ein verschlossener Mann, den die Blindheit verbittert hatte. Er war heftig gegen seine Frau, unduldsam gegen den Sohn, besessen von seiner Neigung zur Musik. Sie war zum Mittel geworden, mit dem er gegen seine Blindheit kämpfte. Der vielbeachtete Blindenchor war sein Werk. Er war ein Künstler, aber nur er wußte das, und nur er glaubte daran.

An den Abenden der Wochentage ging er oft noch als Pianist in ein Konzertcafé der Stadt. Sie hätten ein gutes Auskommen gehabt, wenn nicht die vielen Taxifahrten einen Teil ihres Einkommens aufgezehrt hätten. Deshalb war Silberstein in dieses Haus und die billige Wohnung gezogen.

Mit dem untrüglichen Instinkt des Blinden wußte er, wo er wohnte. Er hatte das Haus gespürt, die kleinen Räume. Und er hatte barsch befohlen: »Wir nehmen die Wohnung!«

Der Stiefsohn hieß Egon. Er hatte sich mitunter an diesem Mann gerächt. Er führte ihn stets auf Umwegen zu dem Konzertcafé. Argwöhnisch hatte Silberstein manchmal gefragt: »So weit kann das doch gar nicht sein?«

»Du gehst sehr langsam«, hatte Egon geantwortet. »Da brauchen wir etwas länger ...«

Sie waren auf ihn angewiesen, und das gab ihm ein Gefühl der Überlegenheit. Sie sahen ihn nicht, aber er konnte alle ihre Schwächen beobachten, und er konnte sich ihnen entziehen, wann immer er es wollte.

Sie sahen auch nicht, wenn er seine kleinen Revanchen nahm: Griffe in das elterliche Portemonnaie, kleine Geldstücke. Bis zu zwei Mark. Sie saßen am Tisch, und er bestahl sie. In Reichweite von ihnen sitzend, sie ständig beobachtend, nahm er sich seine winzigen Anteile am Familieneinkommen. Er pickte ihnen die Fleischbrocken aus dem Gulasch, schmierte sich die Butter fingerdick aufs Brot. Im Sommer, wenn er durstig war, trank er ihnen die Bierflaschen aus. Wenn sie fragten, sagte er: »Das habt ihr getrunken«, und sie konnten ihn nicht widerlegen. Sie lebten wie Feinde, die aufeinander angewiesen waren.

Wenn Herr Silberstein auf Reisen war, gab es auch lohnende Aufträge für Egon. Seine Mutter schickte ihn zu einem Mann. Silberstein vernachlässigte sie seit Jahren. Ihre Not war so groß, daß sie sich nicht gescheut hatte, den Sohn zum Komplicen zu machen. Sie baute auf seinen Haß, und sie täuschte sich nicht. Er brachte den Mann ins Haus: einen Blinden, der ihm jedesmal fünf Mark gab und ihm sagte, wo in der Stadt ein Film gespielt wurde, den er sich ansehen solle.

Egon dachte an die zahllosen Püffe, die er empfangen hatte, und ging ins Kino. Von dem Rest des Geldes kaufte er sich Micky-Maus-Hefte, die er mit Vorliebe las.

Knorr hießen die Taubstummen. Sie waren beide an die Fünfzig. Man hörte sie nicht, und sie hörten weder die Bewohner des Hauses noch die vorüberfahrenden Züge. Nur wenn sie sich um das Haushaltsgeld stritten, schallten ihre gutturalen Laute über die Treppe. Dann schlich Egon an die Tür der Nachbarn. Er schaute durch das Schlüsselloch, und dort sah er, wie sie gestikulierten, wie sich ihre Münder verzogen, aus denen die seltsamen Töne drangen. Er fand es spaßig und sagte: »Sie streiten wieder.«

Seine Mutter wies ihn zurecht: »Das geht dich nichts an! Alle Menschen streiten!«

Der taubstumme Mann war Wagenwäscher in einer Garage. Er verdiente nicht schlecht, aber die Preise stiegen. Und das fanden sie beide ungerecht. Sie empfanden es geradezu als eine Kränkung, die ausgerechnet ihnen, den Taubstummen, angetan wurde. Sie lebten ihr lautloses Dasein, kümmerten sich um nichts, als um die Dinge, die sie unmittelbar angingen.

Wenn die Blinden die Taubstummen trafen, im Treppenhaus oder vor der Tür, grüßten sie einander nicht. Die Blinden sahen nicht, und die Taubstummen hörten nicht. Sie machten nicht einmal den Versuch eines Grußes, aber sie wußten, daß sie nebeneinander lebten. Nur Egon grüßte, und er wurde wiedergegrüßt, mit einem scheuen Lächeln, ohne Worte.

»Wir müssen etwas unternehmen!« sagte Leopold.

»Aber was?« fragte Rosa.

Er dachte an einen Alleinunterhalter, einen, der Musik machen würde — eine Stimmungskanone.

Sie entschlossen sich, eine Agentur anzurufen. Sie sagten sich: »Wir haben keine Gäste. Wir müssen uns Gäste ziehen.«

Es war schwer, einen solchen Künstler zu finden. Schließlich kam eines Morgens ein Mann ins Gastzimmer, der gleich sein Schifferklavier mitgebracht hatte. Die Agentur hatte ihn geschickt. Er sagte: »Ich kann Tierstimmen nachmachen, Katzen, Hunde, Löwen im Zoo, Amseln, Drosseln und die Nachtigall ... Hören Sie, hören Sie: die Nachtigall!«

Er zwitscherte zwei Minuten lang, bis Leopold ihn unterbrach.

»Ich kann nachmachen: ein Rennauto, eine Lokomotive und eine Dampfschiffsirene. Außerdem singe ich. Ich habe da einige lustige Lieder. Und natürlich spiele ich auf dem Schifferklavier ... Halt«, unterbrach er sich, »ich habe etwas vergessen: Ich kann auch noch die Posaune imitieren. Dafür will ich ein warmes Essen, vier Glas Bier pro Abend und fünfhundert Mark im Monat ...«

»Gut«, sagte Leopold, »Sie sind eingestellt. Fangen Sie morgen abend an.«

Die Stimmungskanone kam pünktlich am nächsten Abend, aber ehe der Mann begann, Stimmung zu machen, verlangte er sein warmes Essen.

»Was gibt's denn heute?« fragte er und schnupperte nach der Küche hin.

Leopold sagte zu Rosa: »Gib ihm die Schweinerippchen mit Kraut, die von vorgestern.« Sie führten nur noch dieses Gericht.

Der Mann begann zu essen. Mit vollem Mund sagte er: »Im letzten Engagement gab es Vorspeis', Hauptspeis' und Nachspeis'.«

»Bei uns gibt es nur Hauptspeis'!« sagte Leopold.

»Hm, na ja«, kauend, mampfend, »ich meine, wenn es gut ist ...«

Und dann begann er sein Schifferklavier auszupacken, aber er spielte nicht, sondern verlangte sein zweites Bier. Leopold stand hinter der Theke und wartete. Der Mann las in der Zeitung.

»Hören Sie, jetzt müssen Sie aber anfangen.«

»Warum denn? Es sind doch keine Gäste im Lokal. Ein Künstler muß schließlich sein Publikum haben.«

Rosa kam aus der Küche. »Mit Ihnen haben wir ja einen Fang gemacht. Los, anfangen!«

Eingeschüchtert begann der Musiker zu spielen. Und dann trug er seine Tierstimmen vor: Hunde und Katzen, Amseln und Drosseln.

»Und? Ist das etwa alles?« fragte Leopold.

Er könne noch weit mehr, beteuerte der Künstler. Es folgten die Löwen im Zoo und dann die Nachtigall. »Hören Sie«, sagte er, »hören Sie.« Danach die Lokomotive und die Dampfschiffsirene. Seine Glanznummer war die Reportage eines Autorennens: ». . . und wer kommt um die große Schleife? Ist es nicht der südamerikanische Meister auf seinem Ferrari, der Meister aller Klassen? Jawohl, er ist es! Uuuaanggg!« Und der nächste Wagen, und wieder ein Wagen. Es klang fast echt, aber Leopold war nicht begeistert.

»Machen Sie Musik«, befahl er.

Der Mann gehorchte. Er spielte Schlager und Märsche. Leopold verlangte: »Spielen Sie den Zarewitsch! Was, den kennen Sie nicht? ›Hast du dort oben vergessen auch mich, es sehnet mein Herz nach Liebe sich . . .‹ Oder so ähnlich. Das müssen Sie kennen.«

Aber natürlich, der Mann entschuldigte sich, ihm war nur der Titel entfallen. Dann spielte er den ›Zarewitsch‹. Leopold hörte andächtig zu. Dieses Lied liebte er. Er erinnerte sich, daß es Zeiten gegeben hatte, da waren ihm beim ›Zarewitsch‹ jedesmal die Tränen gekommen. Im Soldatensender hatte er es oft gehört. Dann hatte er jedesmal gedacht, er müsse ein ganz besonders weiches und für die Kunst empfängliches Gemüt haben.

Der Alleinunterhalter war kein Erfolg. Es kamen nicht mehr Gäste als vorher. Nach einer Woche wurde der Mann müde, seine Pausen verlängerten sich. Rosa fuhr ihn an: »Das haben wir gerne, der Herr Künstler frißt sich hier durch und legt sich auf die faule Haut.«

»Wissen Sie«, antwortete der Mann, »es macht hier keinen

Spaß. Es sind ja kaum Leute da. Das Essen ist auch nicht gut ... Jeden Tag Schweinefleisch und Kraut.«

»Unverschämtheit!« rief Leopold hinter der Theke hervor. »Sie sind entlassen!«

»Schön«, sagte der Mann, »Sie haben mich aber für einen vollen Monat eingestellt. Das müssen Sie zahlen. Sie können ja mal bei der Agentur anfragen. Es gibt so etwas wie ein Arbeitsgericht ... Sie verstehen.«

Leopold überlegte, und in diesem Augenblick öffnete sich die Tür, drei Männer traten ein: Gäste. Leise sagte Leopold: »Sie sind wieder eingestellt.«

In den folgenden Wochen wurde der Mann noch dreimal entlassen und dreimal wieder eingestellt. Sie fanden ihren Alleinunterhalter langweilig, aber Leopold bestand darauf, daß der Mann sein Pensum an Unterhaltung lieferte. Mitunter allein in dem leeren Gastzimmer sitzend, sein eigener Gast, verlangte Leopold allabendlich den gesamten Vortrag. Er hörte sich die Kalauer an, die Amseln, Drosseln, Nachtigallen, die Löwen, die Dampfschiffsirene und das Autorennen. Er kontrollierte die Pausen, befahl dreimal pro Abend den ›Zarewitsch‹. Wenn er sich zu viele Schnäpse genehmigt hatte, wurde er melancholisch. Hier saß er, gefesselt an ein Unternehmen, dessen Mißerfolg jedem sichtbar war.

»Sie hören jetzt die Reportage vom Autorennen ... Hier Nürburgring, hier Nürburgring ...«

Und zu saufen habe ich auch wieder angefangen. Das ist nicht gut. Ich muß etwas unternehmen. Ein Flohzirkus, das wäre nicht übel.

»Hier Schwalbenschwanz! Hier Schwalbenschwanz! Soeben passierte der südamerikanische Meister die Kurve. Uuuanggg ...«

Noch ein Bierchen kann ich trinken. Das macht ja nichts, so ein Bierchen noch. Früher vertrug ich natürlich mehr. Noch so ein kleines, so ein Gläschen.

»Und das Essen ist auch nicht gut!« maulte der Alleinunterhalter.

»Ruhe!« rief Leopold. »Spielen Sie den ›Zarewitsch‹!«

Als der Alleinunterhalter seinen letzten Abend abgedient hatte, packte er sein Schifferklavier ein und sagte unter der Tür: »Ich bin froh, hier fertig zu sein. Ein mieses Engagement.« — Sie blickten ihm nach.

»Hast du gehört«, murmelte Leopold, »ein mieses Engagement ...«

»Kümmere dich nicht darum«, sagte Rosa. »Es gibt Dinge, die wichtiger sind. Wann heiraten wir?«

»Wir müssen etwas unternehmen«, sagte er.

»Jawohl«, stimmte sie zu, »und ich habe eine Idee! Wir müssen Frauen in das Lokal bringen. Verstehst du, Frauen . . .«

NEUNTES KAPITEL

Sie hatten plötzlich Mitleid füreinander. Das Unternehmen war ihnen über den Kopf gewachsen – die Schulden, die unnachgiebigen Forderungen, geschrieben, beglaubigt, unwiderruflich. Er dachte daran, daß sie auch früher viel gelitten haben mußte; sie erkannte alle seine enttäuschten Hoffnungen.

Die Züge fuhren draußen vorbei, die Züge nach überallhin. Sie erinnerten ihn an die großen Städte der Welt, in denen er als Hund aufgetreten war. Er dachte an die Wanderungen mit dem Zirkus.

Sie waren nun voller Rücksicht. Sie schrien sich nicht an. Sie aßen schweigend, tranken, seufzten, wußten nun, daß ihr Unternehmen scheitern würde, wenn sie nicht eine rettende Idee fanden.

An einem dieser Tage sagte Rosa im leeren Gastzimmer: »Wir stellen uns um!« In ihren Worten lag die Härte eines Entschlusses. »Weiber müssen her! Dann läuft das Geschäft, du wirst es erleben!«

»Eher gehe ich wieder als Hundemensch!« sagte er. Aber als Dodo kam und dreitausend Mark auf den Tisch legte, – wagte er keinen Widerspruch. Dodo sagte: »Hier ist der Baukostenzuschuß. Ich nehme die Wohnung im ersten Stock rechts, zusammen mit einer Freundin.«

Aus dem gegenseitigen Mitleid wurde wieder Mißtrauen. Er wehrte sich noch, sprach es jedoch nie aus, daß er dachte: Das ist eine Hure, und ihre Freundin ist auch eine Hure. Aber was – was war Rosa?

Mit leicht vergrämtem Gesicht stand er hinter der Theke, füllte die Gläser und sagte sich, es wäre wirklich besser, wieder zum Zirkus zu gehen.

»Hör mal«, fragte er mit zusammengekniffenen Augen, »woher kennst du die beiden?«

»Was denn?« verteidigte sie sich, »ich kenne doch nur Dodo.«

»Da stimmt etwas nicht!« sagte er. »Wenn die mir hier Kerle anschleppen, werde ich sie beide hinauswerfen!«

»Ich bestimme hier!« Sie schlug mit der Faust auf den Tisch. »Wenn dir das nicht paßt, kannst du gehen!«

»Gut, ich gehe.«

»Sei nicht blöde. Was geht es uns an, ob sie mal dann und wann einen mitbringen. Das sind alleinstehende Frauen, die können machen, was sie wollen. Ach Gottchen«, seufzte sie, »kein Wunder, daß du nie auf einen grünen Zweig gekommen bist ...«

Dann sprach sie ausdauernd vom Bankrott. Sie beschrieb minuziös, überzeugte ihn, malte das Elend in grellen Farben. Er hörte schweigend zu.

Die Frauen kamen allein oder zu zweit, erklärten ihm, welche Wohnung sie gemietet hätten und daß alles bereits abgemachte Sache wäre.

Sie waren hochmütig oder plump vertraulich. Durch beides machten sie ihn verlegen, denn er fand nicht den richtigen Ton mit ihnen. Wenn er nach dem Beruf fragte, hieß es: »Ich bin Geschäftsfrau ...« Diese Berufsbezeichnung hatte ihnen Rosa empfohlen.

»Sie sind alle Geschäftsfrauen!« erklärte sie ihm und rechnete vor, was an Baukostenzuschüssen bis jetzt hereingekommen war.

Im Pelz, auf hochhackigen Schuhen, mit teuren Handtaschen und schweinsledernen Koffern kamen sie an. Ihre Wagen, zwei davon neueste Modelle, parkten sie vor der Tür.

Alle Fäden liefen in Rosas Hand zusammen. Er war ausgeschaltet, war nur Diener, der stumm die Gläser füllte. Diese Frauen waren für ihn zweifelhafte Wesen, die er ablehnte, und Rosa erschien ihm fast unheimlich, von einer bösen Aktivität geladen.

Sie hatte sich einen Befehlston angewöhnt, den sie gegenüber ihren Mieterinnen immer wieder hervorkehrte. Sie schien ihm gewachsen, größer und wuchtiger als früher.

Die Wohnungen waren besetzt. Er hatte jetzt neun Frauen im Haus.

Sie waren noch nicht eingerichtet, ihre Wohnungen sollten erst zu richtigen Wohnungen werden, aber sie brachten bereits Gäste mit. Sie bestellten Essen, Biere, hin und wieder Sekt. Die Musikbox schepperte ihre Schlager herunter. Die Markstücke rasselten in die verchromten Geldschlitze. Möbellieferanten waren gekommen. Sie hatten aber nicht viele Möbelstücke gebracht — hauptsächlich Betten waren geliefert worden.

Leopold stand stumm hinter der Theke und bediente.

Erst allmählich konnte er sie unterscheiden. Da war Dodo, die eine Frau mitgebracht hatte, die alle Sonja nannten. Eine etwas ältere, magere Frau sagte an einem Abend: »Ich schlage jeder die Fresse ein, die mich ›Oma‹ nennt, wenn ich einen Freier dabei habe!« Und Oma hatte eine Frau eingeführt, die sich mit den Worten vorstellte: »Ich bin die Blonde Inge.«

Die Blonde Inge war die Schönste. Sie war am besten gewachsen, am besten gekleidet, sie fuhr den teuersten Wagen — die Jüngste, höchstens einundzwanzig Jahre alt.

Die Rote Else war unangenehm. Sie war laut und meist etwas angetrunken. An einem Abend schrie sie Leopold an: »Los, noch einen Schnaps auf den Tisch, du Lahmarsch!« Sie bezahlte jeden Schnaps mit einem Fünfmarkstück. Er nahm dieses Geld an, steckte es ein, ohne sich zu bedanken.

Tilly kam und mietete zwei Mansarden, eine für sich und eine für den Schauspieler.

»Ist der Alte dein Loddel?« fragte Dodo.

»Du spinnst! Er liebt mich, und ich habe Mitleid mit ihm.«

»Woher kennst du die alle?« fragte Leopold mißtrauisch.

Rosa beruhigte ihn: »Wenn du jahrelang kellneriert hast, dann kennst du diese Weiber. Das kann gar nicht ausbleiben. Aber sie bringen Geld in die Kasse. Merkst du nicht, wie es pinkepinke macht?« Sie schnaufte wohlig auf, dann rempelte sie ihn freundschaftlich mit dem Ellbogen an: »Hör zu, du mußt dir einen anderen Ton zulegen. Du mußt jetzt durchgreifen. Mich kannst du auch mal anfahren, wenn es die anderen sehen. Verstehst du? Das macht Respekt, denn vor mir haben die Manschetten. Die wissen genau, mit der Rosa kann man keine Rasselböcke fangen ... Kapiert?« Sie lachte ihr Baßgelächter, goß sich dann einen Schnaps ein, trank ihn aus, in einem Zug, seufzte zufrieden auf: »Ach Gottchen ...«

Er blickte ihr nach, wie sie in die Küche ging. Die großen Töpfe dampften auf dem Herd. Rosa bereitete sich auf den Abend vor.

Die Rote Else saß schon im Lokal und rief: »Rosa! Bring mir was zu fressen!«

Er überlegte fast eine halbe Minute, dann ging er zu ihr an den Tisch und sagte: »Passen Sie mal auf, wenn Sie hier so herumbrüllen, dann werfe ich Sie 'raus!«

Erstaunt blickte ihn die Frau an: »Was denn, was denn? Jetzt mach doch hier mal keinen Ärger. Ich mein's doch gar nicht so.«

Rosa gab ihm einen Wink. Er ging in die Küche, wo sie ihm zuflüsterte: »Jetzt mußt du nachstoßen. Jetzt mußt du ihr sagen, daß du ihr die Zähne in den Hals schlägst, wenn sie noch einmal Lahmarsch zu dir sagt.«

Gestärkt von ihrem Zuspruch kam er wieder hinter der Theke

hervor: »Und wenn Sie noch mal Lahmarsch zu mir sagen, dann schlage ich Ihnen mal ein paar Zähne ein! Damit Sie Bescheid wissen: Ich war Dompteur! Ich habe mit Tigern gearbeitet!«

Er ging wieder hinter seine Theke, sie war jetzt fast so etwas wie ein Bollwerk für ihn, aber er zitterte. Es war eine große Anstrengung für ihn gewesen. Rosa kam aus der Küche und strahlte ihn an: »Recht so, Leopold, recht so.«

Die Rote Else maulte etwas vor sich hin, als Rosa ihr das Essen brachte. Da reckte sich Leopold hinter der Theke auf und brüllte: »Ruhe! Sonst ist meine Geduld gleich zu Ende!« Es war wie sein erster Versuch, damals mit den Tigern. Aber diesmal war er erfolgreicher.

»Tja«, sagte Rosa zu Else, »das werdet ihr noch merken. Mit meinem Mann ist nicht gut Kirschen essen. Eine Seele von Mensch, kann ich dir sagen, aber wehe, wenn ihn jemand für dumm verkaufen will . . .«

Baumann kam herüber, kriecherisch ihn zum Bier einladend. »Ja, ja. Es macht sich . . . Das hat die Rosa eingefädelt, wie?« Er reckte seinen mageren Kopf vor wie ein Schwerhöriger: »Hör zu, Leopold, hör zu. Ich habe da eine Idee . . . Mach doch den Weibern mal so einen kleinen Vorschlag. Bei mir können sie sich preiswert einrichten. Ein bißchen Gemütlichkeit, du verstehst. Zu kleinen Preisen, du verstehst. Ich habe gute Sachen auf Lager: hübsche Kommoden, Bettcouchs, Betten und Sessel, Lampen, Tische, Stühle. Alles zu kleinen Preisen . . .«

Keine schlechte Idee, fand Rosa, und so schickte sie als erste Dodo und Sonja hinüber, die in der Baracke kramten und dort auch Dinge hinaustragen ließen, die ihnen zu ihrer Behaglichkeit brauchbar schienen. Als alles vor der Barackentür stand, begannen sie, über den Preis zu reden.

Rosa und Leopold standen hinter dem Fenster und sahen zu.

Baumann führte Gemütlichkeit vor. Er legte sich auf eine der Couchs, räkelte sich in einem Sessel, gestikulierte, pries seine Ware an. Dodo und Sonja schüttelten verneinend den Kopf.

Baumann begann wieder zu reden. Und dann wurde er vertraulich, grinste, blinzelte; die beiden Frauen grinsten zurück, gewannen Vertrauen zu den Preisen.

»Nun sieh' mal einer den alten Bock«, sagte Dodo mit einem Unterton von Wohlwollen.

Und Baumann redete wieder. Er begann sich ein paar erfreuliche Stunden zu sichern. Er nannte den Barpreis für eine Couch, dazu kam: zweimal mit Dodo.

Sonja wollte drei Sessel erstehen.

»Gut«, sagte Baumann, nannte den Preis und hielt dabei noch drei Finger seiner rechten Hand hoch.

»Schön«, sagte Sonja, »du darfst dreimal.«

Da war noch eine recht hübsche Kommode, die Dodo gefiel. Die Kommode ging bargeldlos in ihren Besitz über. Baumann hatte zwei Finger gehoben.

»Nix!« sagte Dodo und hielt ihm energisch ihren aufgereckten Daumen unter die Nase.

»Gut«, sagte Baumann, »dann eben nur einmal. Aber ich muß mir das aufschreiben, sonst bescheißt ihr mich noch.« Er zog einen Block hervor und notierte: »Das macht bis jetzt dreimal mit Dodo und dreimal mit Sonja. – Wollt ihr noch was haben?«

Es gab ein paar hübsche Teppiche; ein Spiegelschrank war auch noch passabel. Natürlich müßten sie auch Küchenmöbel haben, meinte Sonja. Einen Tisch zum Frühstücken, zwei aufgearbeitete Stühle. Sie teilten sich den Preis. Baumann machte eine Eintragung auf seinen Block: einen Strich für Dodo, einen für Sonja.

»Und wie kriegen wir das Zeug jetzt 'rüber?«

Baumann rief zwei seiner Entrümpler, die ohnehin schon wartend bereitstanden. Sie sahen da unverhoffte Möglichkeiten. Als Dodo nach dem Preis für den Transport fragte, blinzelte einer der beiden und hob unauffällig den Daumen an.

Dodo überlegte. Da konnte man Bargeld einsparen. Mehr als zwei Stunden Arbeit, rechnete sie. Zu dieser nicht kleinlichen Rechnung kalkulierte sie auch noch das Trinkgeld. Sie kam auf dreißig Mark pro Entrümpler. Die beiden Männer sahen die Frauen hungrig an. Die Frauen nickten.

Baumann sah nichts von den privaten Geschäften seiner Angestellten. Er hatte jetzt zu tun: das Geld war wegzuschließen. Seine Arbeiter sagten: »Wir machen das nach Feierabend. Dann bringen wir das Zeug 'rüber.«

»Natürlich«, sagte Baumann, »laßt euch nur was Ordentliches dafür geben. Ich habe sowieso wieder mit Verlust verkauft . . .«

»Das sind Huren«, sagte Leopold verächtlich. »Und du hast es von Anfang an gewußt.«

»Na und? Was ist dabei? Wir leben davon. Wir müssen leben! Siehst du eine andere Möglichkeit?«

Er wehrte sich noch. »Sie können hier wohnen, aber müssen sie hier auch huren?«

»Quatschkopf!« sagte sie. »Überlaß das mir. Bleib du hinter der Theke und füll die Gläser. Du hast mit der ganzen Sache nichts zu tun. Ich bin die Besitzerin des Hauses.«

Er wollte sagen: Ich gehe wieder zum Zirkus! Aber er schwieg verbissen, wollte den Vorwurf nicht wieder hören, er sei ja nur der Hundemensch gewesen, denn dagegen gab es für ihn keinen Widerspruch.

»Wir haben also ein Bordell«, murmelte er.

»Geld stinkt nicht«, widersprach sie.

Das war zu der Stunde, als die beiden Entrümpler kassierten – oben in der Wohnung des ersten Stocks, wo die Betten quietschten, als die Löhne großzügig spendiert wurden.

Rosa sagte am Abend: »Wir müssen das Licht etwas dämpfen. Das macht sich besser.«

Nachdem er zwei Lampen ausgeschaltet hatte, schien ihr tatsächlich, das Lokal wirke jetzt diskreter. Rosa war eingeladen. Ein Herr saß bei Dodo und Sonja. Die Rote Else schaute neidisch nach dem Tisch. Die Oma saß auch noch allein. Tilly las in der Zeitung. Die Blonde Inge war mit dem Wagen unterwegs. Sie hatte gesagt: »Ich hole mir die Freier lieber mit dem Wagen.«

Der Herr war ein Kunde. Dodo hatte ihn angerufen.

»Was ist er denn?« flüsterte Rosa neugierig.

»Er hat große Geschäfte.«

Geschmeichelt lächelte der Herr und sagte: »Stellen Sie die nächste Flasche Sekt kalt.«

»Leopold!« rief Rosa und gab ihm die Bestellung weiter. Essen wollte er nicht, der Herr. Er lächelte amüsiert. Rosa wagte es nicht, ihm Rippchen mit Kraut anzubieten. Ein Austernfresser! dachte sie.

Sie ging und holte die nächste Flasche. Sie bediente den Herrn, trug die leere Flasche zur Theke und flüsterte: »Das ist ein Geldmann! Siehst du, was der verzehrt? Solche Gäste brauchen wir!«

Das Lokal füllte sich allmählich. Der Schauspieler kam zu seiner Tilly. Sie setzten sich an die kurze Bar. Die Rote Else trank Schnaps mit einem der Entrümpler. Die Blonde Inge kam mit einem jungen Mann, der sich schüchtern neben sie setzte und eine Flasche Wein bestellte. Sonja war bereits zum zweiten Male oben gewesen – Viertelstundengeschäfte, keine hohen Summen, aber glatte, schnelle Sachen, wie sie sagte.

Leopold stand hinter der Theke. Er sah seine Frau, wie sie lachend das Glas hob, schwer den fetten Arm auf den Tisch stützte, sah, wie sie lachte, sich auf die Schenkel schlug und wie ihre Augen zu kleinen, verschmitzten Schlitzen wurden. Der Herr machte Witze besonderer Art. Er redete über die gewissen Vorteile, die man mit drei Frauen habe.

Rosa lachte schallend: »Mein Mann, dort steht er. Verstehen Sie, es ist mein Mann . . .«

Dann kam Baumann. Er stellte sich an die Theke und bestellte ein Bier. Er äugte zu Dodo herüber, suchte die Gelegenheit, um mit erhobenem Daumen den ersten Teil seiner Forderungen zu reklamieren.

Dodo lachte schallend, als sie diesen Daumen sah. »Morgen«, rief sie. »Mach, daß du in deine Baracke kommst, du alter Bock!«

Inge stand mit dem schüchternen jungen Mann auf. »Eine halbe Stunde«, sagte sie. Der Mann nickte nur. Es war ihm anzusehen, daß er froh war, aus dem Lokal hinauszukommen.

»Diese Weiber!« ergiftete sich Baumann. »Sie haben mich aufs Kreuz gelegt! Was hältst du davon, Leopold?«

Ein Schnaps, ein Bier! Leopold schenkte aus. Ein Essen, drei Bier!

Es waren Frauen da, die er nicht kannte – einige waren hübsch, von anderen dachte er: mies. Männer kamen herein, die er nicht kannte. Es war Arbeit, sie alle zu bedienen.

»Stell die nächste Flasche Sekt kalt!« befahl Rosa.

Er blickte sie mißtrauisch an. Sie ging, ohne auf seinen Blick zu reagieren, wieder an den Tisch, mit schweren Hüften, schweren Beinen, an die er jetzt dachte. Er haßte und begehrte sie. »Diese Weiber!« murmelte er leise Baumann zu. Baumann nickte. Er klügelte bereits an einem System. Er wollte den vollen Preis in bar verlangen für seine Möbel, wollte aber die Klausel einbringen, daß bei gewährter Gunst jeweils ein Teil dieses Preises von ihm zurückgezahlt wurde.

Der Schauspieler wollte aus dem ›Faust‹ vortragen. »Halt's Maul!« sagte Tilly. Der Schauspieler schwieg. Es gab keine Rollen mehr für ihn, schon lange nicht mehr. Aber er sagte noch immer: »Ich bin Schauspieler.« Er verkaufte eine Abendzeitung. »Das Abendecho!« rief er an verschiedenen Plätzen der Stadt. Jeden Abend ging er mit seinen Zeitungen los – mit Fixum. Darauf war er im geheimen stolz, denn das Fixum erschien ihm immerhin als eine Anerkennung.

Huren! dachte Leopold hinter der Theke. Er bezog sie alle ein, verschonte auch Rosa nicht, hegte wieder seinen Verdacht, wehrte sich noch, nahm sich aber vor, sie peinlich zu befragen, in der Nacht, im Bett. Jawohl! Ich werde sie stellen!

Während seine Hände die Gläser und Flaschen bewegten, wuchs seine Eifersucht. Wenn das möglich wäre, wenn sie auch eine Hure gewesen wäre ... Was dann? Die Vorstellung, es könnte wahr sein, machte ihn wütend.

»Rosa!« rief er laut durch das Lokal.

Sie erkannte sofort den Ruf. Sie kam, kicherte ihn an, tätschelte ihm die Wange: »Was ist, mein Schätzchen? Was ist? Ach Gottchen ...«

»Jetzt ist es genug! Geh in die Küche und tu was!« Er befahl und sie gehorchte.

»Ja, mein Schätzchen. Ja, ja.«

Er spürte wieder, daß sie darüber beglückt war, gehorchen zu dürfen. Das stärkte seinen Stolz und schwächte seine Eifersucht. In der Nacht wollte er den Dingen auf die Spur kommen. Er ging in die Küche, griff Rosa am Arm und drehte sie zu sich herum. »Weib!« knurrte er. »Bist du auch eine Hure?«

Sie schaute ihn einen Augenblick fragend und erschreckt an.

»Leopold!« flüsterte sie. »Wir schaffen es! Sieh in die Kasse! Sieh hinein. Und wir müssen es schaffen!«

Noch einmal ging sie zum Tisch, nahm das Sektglas und trank. In der Küche dachte sie dann in seliger Trunkenheit: die Männer! Sie fühlte fast zärtliches Mitleid mit den Männern, während sie die Speisen zubereitete: Die Männer, diese Kinderchen! Ach Gottchen, ja!

Sie liebte jetzt ihren Leopold. Sie nahm sich vor, ihn heute nacht noch zu verwöhnen, ihm noch niemals gespendete Freuden zu bereiten. Und dann sollte er schlafen an ihrer Brust, sollte schlafen, ihr kleiner Dompteur, der es niemals bis zum Dompteur gebracht hatte. Ihre plötzlich aufwallende Zärtlichkeit trieb ihr die Tränen in die Augen. Sie wollte sich an ihn verschenken. Sie wollte ausfließen für ihn und ihn lieben, lieben! Sie wischte sich mit dem Geschirrtuch über die Augen: Nur eines zählte – die Liebe, die Liebe – natürlich auch ein bißchen Geld.

»Mach etwas schneller mit dem Essen!« rief Leopold in die Küche.

Ach ja, und wie hatte sie sich immer nach Liebe gesehnt! Und Kinderchen, sechs Kinderchen hatte sie haben wollen. Und die Vorstellung, daß sie alle sechs an ihrem Busen genährt hätte, ließ sie lächeln. Sie, die Wärmespenderin, die Glucke, die sich Ängstigende um die Kinderchen. Aber es waren nur zwei. Und Otto, ach Gottchen, Otto, ihr Sohn, war ja ein guter Mensch. Aber er war schwachsinnig und lebte in einem Heim. Das muß ich Leopold noch erklären. Er tut keinem Menschen etwas, und immer ist er zufrieden. Und mein Engelchen! Wir werden sie besuchen im Kloster. Wir werden sie heimholen. Aber von Otto darf ich ihm noch nichts erzählen. Vielleicht würde er erschrecken, weil er nicht so ganz richtig ist. Aber so brav, so brav, mein Otto. Und wie er so lacht, wenn ich zu ihm komme. Mama, sagt er, Mama.

»Zweimal Gulasch mit Spaghetti! Dreimal Würstchen mit Kraut!« rief Leopold.

Noch ein Gläschen, dachte sie, noch eines. Bin ich etwa schlimm? Er weiß es nicht! Aber er muß es nicht wissen. Ich will noch die paar Jahre mit Leopold. Und es war Krieg. Ja, Krieg. Ich sehe ihn noch wie heute. Unteroffizier war er. Darauf war er stolz. Ich war auch stolz auf ihn. Wie das so alles kommt. Man merkt es gar nicht. Erst, wenn es vorbei ist, dann merkt man es.

Es ging auf ein Uhr nachts. Die Musikbox spielte laut. Der Nachtschnellzug nach Paris dröhnte über den Bahndamm.

»Polizeistunde!« rief Leopold. Er war erstaunt, wie schnell die Zeit vergangen war. Es war ihm, als hätte er nur zwei oder drei Stunden hinter der Theke gestanden. Die Gäste brachen auf, zögerten, wollten noch ein Glas.

»Polizeistunde!« rief Leopold.

Dodo, Sonja und der Herr brachen auf. Sie hatten nicht weit zu gehen. Oben im Zimmer war der Herr plötzlich kein Herr mehr.

»Du Sau!« sagte Sonja zu ihm. »Nein, das mache ich nicht!«

Aber der Herr überzeugte mit seiner Brieftasche. Er legte die Scheine auf den Tisch. Sie hatten keine Möglichkeit, ihm zu widersprechen. Sie verachteten ihn dabei, hörten sein Stöhnen, sahen sein weißes schlaffes Fleisch und dachten an das Geld.

Unten rang Leopold noch immer mit seinen Gästen.

Schließlich hatte sich das Lokal geleert. Sie waren gegangen. Die Rote Else mit einem Entrümpler, der ihr eine komplette Wohnungseinrichtung versprach und auch eine Anzahlung in bar leistete; die Blonde Inge mit einem zweiten Freier, der tief in die Tasche griff. Und dann noch einige Frauen, deren Namen Leopold sich nicht gemerkt hatte, die mit Männern gekommen und mit Männern gegangen waren. Zuletzt ging der ehemalige Schauspieler mit seiner Tilly.

Er lauschte dem Murmeln nach, hörte die verwehenden Geräusche, die davonfahrenden Taxis.

Im wattigen Gefühl seiner Müdigkeit kam das Unbehagen, so als hätte er sein Leben nicht gelebt, sondern sei betäubt worden von Schlägen, die er empfangen hatte.

Er zählte das Geld. Es war mehr, als er geglaubt hatte. Er dachte nicht viel darüber nach. Er schlich sich in sein Bett, in die Wärme seiner Frau, die noch nicht seine Frau war. Sie tröstete ihn, und er fragte nichts mehr.

ZEHNTES KAPITEL

Die Blonde Inge lehnte es ab, ihre Zimmereinrichtung von Baumann zu beziehen. Einmal ging sie hinüber, um sich das Entrümpelte und Wiederaufgearbeitete anzusehen. Sie trug einen leichten Pelz, war beflissen, nirgends zu streifen oder anzustoßen.

Baumann sagte: »Sie brauchen keine Angst zu haben. Hier machen Sie sich nicht schmutzig ... Wir können natürlich ... Sie wissen, wie bei den anderen Damen ...« Er reckte zaghaft seinen Daumen auf und schaute sie lüstern an.

Sie lachte ihn aus. Er wurde eifrig, aber sie tippte nur kurz mit dem Finger an ihre Schläfe.

Baumann war zu seinem Recht gekommen, hatte aber immer noch ein stattliches Guthaben auf seinem Block, das er sich einteilen wollte. In den Mittagsstunden wurde er empfangen und zufriedengestellt. Dodo, die Rote Else, die Oma, Tilly und eine Neue waren ihm noch verpflichtet. Sonja hatte bereits ihre Schulden abgedient. Zwei weitere Frauen lehnten ab, die vorher ein weit besseres Logis gehabt hatten, sich aber dort nicht sicher fühlten, weil von ihrem beachtlichen Bankkonto geredet wurde. In Rosas Haus fühlten sie sich sicher. Bei Gefahr brauchten sie nur die Zimmertür zu öffnen und um Hilfe zu rufen. Inge war einmal von einem Freier gewürgt worden. Seit dieser Zeit war sie vorsichtig.

»Was denken Sie wohl, wer ich bin?« sagte sie zu Baumann. »Ich kann Ihren ganzen Kramladen da aufkaufen, wenn ich es wollte. Mit diesem Zeug richte ich mich nicht ein. Und wie steht es überhaupt mit den Wanzen?«

Baumann fuhr auf. Wanzen? Bei ihm nicht! Nein, das sei ausgeschlossen. Alle Möbelstücke seien präpariert mit Wanzenvernichtungsmitteln. Darauf könne sie sich verlassen.

»Tausendprozentig!« sagte er.

»Nichts zu machen«, erklärte Inge, ironisch lächelnd stelzte sie auf ihren hohen Absätzen ohne Gruß aus der Baracke hinaus. Baumann sah ihr betrübt nach. Schade. Teuer, sehr teuer! dachte er.

Es war Nachmittag. Inge blickte auf ihre Armbanduhr. Sie hatte zwei Verabredungen. Als sie vor die Tür der Artistenklause ging, fuhr gerade das Taxi vor. Er war pünktlich wie immer. Ein untersetzter Mann mit Doppelkinn und Brille stieg aus. Sie empfing ihn vor der Tür. Er war ein Kunde, der jede Woche einmal kam.

»Ich bin noch nicht eingerichtet«, erklärte sie auf der Treppe. Aber sie hatte mit Oma ausgemacht, daß sie deren Zimmer benutzen würde.

»Weißt du, ich brauche Zeit, um mein Zimmer einzurichten. Die Teppiche, die Vorhänge, die seidenen Tapeten, das alles muß gut ausgewählt werden.«

»Hast du das Schachspiel aufgestellt?« fragte der Mann. Er schaute sich mißbilligend im Treppenhaus um.

»Keine Angst«, beschwichtigte sie. »Es wird dir gefallen. Hier wohnen nur Kontrollfrauen. Du brauchst keine Angst zu haben.«

»Ich meine nur, wenn mich jemand sehen würde, hier . . .«

Der Besucher war glücklich verheiratet. Er war Vater von drei Kindern, von denen der älteste Sohn bereits studierte. Ein angesehener Geschäftsmann, der ein vorbildliches Eheleben führte und nur einmal wöchentlich seiner besonderen Neigung nachgab. An einem weiteren Wochentag erfüllte er seine ehelichen Verpflichtungen. Seine Frau vertraute ihm. Es gab fast nie Streit in ihrer Ehe.

In Omas Zimmer stand das Schachbrett auf dem Tisch. Inge nannte ihn den Schachfreier. Das Spiel hatte besondere Regeln: Er war ein vorzüglicher Spieler und setzte sie meist schon nach kurzer Zeit matt. Dann kam seine Belohnung. Und diese Belohnung spornte ihn zu scharfsinnigen Zügen an.

»Matt!« sagte er und lehnte sich lächelnd zurück.

Sie ging tänzelnd auf und ab. Er beobachtete sie: ihre langen Beine, die schmalen Fesseln, die schlanken Hüften, das wohlproportionierte Becken. Er liebte ihren Hintern, sagte: »Du Schönhintrige.«

Das war der Beginn des Spiels, das Gelobte mußte gezeigt werden — langsam, mit Grazie.

»Ah!« sagte der Mann anerkennend.

Sie führte sich vor, die Tochter eines städtischen Beamten, einmal verheiratet und geschieden. Aus der Ehe hatte sie ein Kind, für das sie monatlich fünfhundert Mark an die Pflegeeltern zahlte, ein Ehepaar: reinliche Kleinbürger, brav und kinderlos. Sie überhäufte sie mit Geschenken, und dafür wurde sie von ihnen ›unser Kindchen‹ genannt. Sie hörte das gern und nahm sich jeden Monat vier oder fünf Tage frei, in denen sie sich von den Männern erholte – als das ›Kindchen‹.

»Du Schönbrüstige«, sagte der Mann und wiegte das Gelobte in den Händen, bestreichelte es, bestaunte es.

Ihr Kind war erst zwei Jahre alt, ein blonder Junge, von dem sie sagte, er habe die schönsten Augen, die sie je gesehen hätte. Sie hatte errechnet, wenn sie weiterhin solche Summen verdiente, würde sie bei seiner Volljährigkeit längst Millionärin sein. Sie dachte an Immobilien, Häuser und andere lohnende Objekte. Sie würde ihrem Sohn die beste Erziehung geben lassen: in einer anderen Stadt, mit einem Ehemann. Und auch diesen Ehemann würde sie sich aussuchen können. Ein paar Heiratsanträge waren ihr schon gemacht worden. Es schien ihr jedoch zu früh, sich schon jetzt zu binden.

Der Mann lobte nun ihre Beine, strich daran hoch. Sie mußte sich legen, sich öffnen, und er lobte diese Öffnung mit einem Wort, das er erfunden hatte. Seine Finger unterstrichen die Bewunderung, inspizierten, drangen ein. Er kniete jetzt neben dem Bett. Es war, als bete er ihren Schoß an.

»Ah!« sagte der Mann anerkennend.

Und dann kam das Ende. Sie wußte, daß er wie immer das kleine, harmlose Instrument in der Tasche trug – die Nachbildung. Dann sah sie es, fühlte es in sich und spielte ihm die Ekstase vor. Es war ihr nicht unangenehm, aber sie dachte an den anderen, der bald kommen würde, den sie dazu bestimmt hatte, ihren vom Schachspiel erregten Leib zu befriedigen.

»Und das ist schön!« sagte der Mann.

»Ja.«

»Und das ist noch schöner!« sagte der Mann.

»Ja.«

»Und immer schöner!«

»Jajaja.«

Er spielte mit ihr, und sie spielte die Zuckende, die völlig Entzückte, bis zum großen Ausatmen.

»Schachmatt«, sagte der Mann und lehnte sich lächelnd zurück. Ehe er ging, ließ er drei Hundertmarkscheine auf sie herunterflattern. Auch das gehörte zum Spiel.

Eine Stunde später kam ein junger Mann. Sie kannte ihn seit ein paar Monaten. Sie hatte ein Gefühl für ihn. Und das hatte sie auch zu Oma gesagt: »Ab und zu muß man Gefühle haben dabei. Immer ohne geht's nicht.«

Er hatte nicht viel Geld, war kaufmännischer Angestellter in einer Lebensmittelgroßhandlung. Sie fand, er sah gut aus. Er hatte einmal von Liebe gesprochen, dazu hatte sie gelächelt und ihm gesagt: »Laß das sein. Reden wir nicht davon. Komm zu mir und streng dich an.«

Von da an durfte er kommen, zu ermäßigten Preisen. Sie hatte ihre Adresse bei der früheren Vermieterin hinterlassen, ihren bevorzugten Kunden wurde sie mitgeteilt. Das waren etwa fünfzehn Männer. Unter diesen hielt sie sich den kaufmännischen Angestellten zum Vergnügen.

Sie entlud sich an ihm, begann von der Liebe zu stammeln, aber sie meinte etwas anderes als er. Sie sagte, dies sei das Schönste – diese Liebe. Sie wollte frei sein von sentimentalen Vorstellungen, während er über ihr war. Er spürte den zuckenden Körper, der jetzt nicht mehr spielte, sondern der Notwendigkeit gehorchte.

Jetzt war sie wirklich eine Besessene, eine völlig Verzückte, jetzt wollte sie es sein. Die vielen hatten sie kalt gelassen, dann und wann tauchte einer auf, den sie gnädig heraushob aus der Masse ihrer Käufer. Das stärkte ihr Selbstbewußtsein, gab ihr das Gefühl, noch lieben zu können. Sie wollte sich aufsparen für einen, der kommen würde – vielleicht in drei oder vier Jahren.

»Du!« sagte sie. »Du! Du darfst es! Jetzt!« sagte sie. »Jetzt!«

Sie erreichten gemeinsam die große Sekunde, klangen aus, lagen still noch zusammen. Sie hatte die Augen geschlossen, öffnete sie, lächelte ihn an.

Er blickte auf sie hinunter, dachte wieder, daß sie schön sei.

»Willst du mit mir essen?« fragte sie später. »Hier unten im Lokal. Danach habe ich keine Zeit mehr. Ich muß meinen Wagen holen. Er steht in einer Garage.«

Sie gingen zusammen hinunter. Im Gastzimmer saßen die Rote Else und Sonja. Ein paar Männer standen beim Bier an der Theke. Leopold bediente, schwatzte auch mitunter ein wenig mit seinen Gästen, während Rosa in der Küche hantierte.

Sie hatte gesagt: »Das Essen muß besser werden.« Das war ihre ernste Absicht. Sie wollte die Speisekarte erweitern, dachte auch an einen Hilfskoch und an einen Kellner.

Leopold hatte sich ohnehin beschwert: »Ich schaffe das nicht mehr allein!« Die Blonde Inge und der kaufmännische Angestellte aßen ein Steak mit Pommes frites, dazu grünen Salat.

»Schmeckt es?« fragte Rosa, als sie einmal kurz an den Tisch kam. Sie wollte reell sein, sie wollte Qualität bieten. Niemand sollte sagen können, von Rosa würde man schlecht bedient.

Der junge Mann mußte gehen. Er wäre gern noch geblieben, aber Inge sagte zu ihm: »Jetzt mußt du verschwinden.« Die Zeit der Gnade war vorbei. Er ging sofort, gab ihr die Hand und sah ihr dabei ins Gesicht, als wolle er noch etwas sagen.

Ihr Abschiedsgruß enthielt einen kleinen Trost. »Auf bald«, sagte sie.

Sie ging zu Fuß zu ihrer Garage, ließ den Wagen, auf den sie stolz war, auftanken und gab ein großzügiges Trinkgeld. Sie genoß es, als Dame behandelt zu werden.

Sie fuhr in die Innenstadt. Sie würde sich jetzt vielleicht einen Film ansehen, sie würde vielleicht zu ihrem Modesalon gehen, eine Handtasche kaufen, einen Pelz besichtigen, vielleicht jemanden treffen und mit ihm wieder zur Artistenklause zurückkehren. Sie würde vielleicht ... vielleicht ... Es war nicht wichtig, was sie jetzt vielleicht unternehmen würde. Sie hatte Zeit, sie hatte gut verdient, sie hatte das Gefühl, auf dem Weg zu einer unvergleichlichen Karriere zu sein. Und das alles vollzog sich gänzlich mühelos, wie ihr schien.

Die Oma verdiente nicht mehr gut. Sie war in den letzten fünf Jahren mager geworden. Ihr Körper hatte sie im Stich gelassen. Sie nahm diese Kränkung hin mit einer schweigsamen Entrüstung, die sich zur Empörung steigerte, als sie schließlich noch ein Gebiß tragen mußte. Dieses Gebiß hatte ihr den Namen Oma eingetragen, denn es hatte ihre Kiefer zu greisenhaften Formen reduziert.

Nachdem der junge Angestellte, der die Blonde Inge besucht hatte, gegangen war, fand sich einer, der mit Oma zufrieden sein würde, wenn der Preis angemessen wäre. Er sah das Problem rein sanitär. Es war eine Sache, zu der nun mal ein Schoß nötig war. — Eine unkomplizierte Angelegenheit, die an jedem Frauenkörper erledigt werden konnte.

Sie saßen im Gastzimmer der Artistenklause. Der Mann sagte: »Paß auf, trink noch ein Bier, dann gehen wir. Ich lege dreißig Mark für dich an. Ich will kein großes Theater, ich will nur mal die Sache loswerden ...«

»Dreißig Mark! Du hast wohl eine Meise!« erwiderte die Oma. Aber sie erwog bereits das Angebot.

»Nun mach aber einen Punkt, Mädchen. In einer knappen halben Stunde ist die Sache erledigt. Einmal hinlegen und dafür dreißig Mark kassieren ... Ist das etwa nix?«

Sie erkannte, daß er ein Mann war, mit dem sich nicht handeln ließ. Widerstrebend gab sie nach und sagte: »Es ist eine Schande, daß ich mich für so wenig Geld verschenken muß. Aber du sollst heute Glück haben. Gib noch ein Bier und einen Schnaps aus, dann gehen wir aufs Zimmer.«

Sie war beinahe fünfzig – die Tochter einer Köchin und eines Kesselschmieds. Zweimal hatte sie geheiratet, zweimal war sie geschieden worden, jedesmal schuldig. Sie hätte aus diesen Ehen fünf Kinder, wenn sie nicht alle abgetrieben hätte. Es gab keine Höhepunkte mehr in ihrem Leben. Oma hatte sich immer in den Niederungen aufgehalten. Von den Männern war sie schlecht behandelt worden. Sie hatte im Laufe der Jahre ihren Haß gegen die Männer gefestigt. Selbst im Bett, während ihr Körper zum Gefäß des Männlichen wurde und gezwungen war, Lust zu empfinden, haßte sie unerbittlich. Sie haßte das männliche Prinzip, sah darin das Vergewaltigende, dem sie ein ganzes Leben lang ausgeliefert war.

Und dieser da, dieser dürftige Spendierer, das war auch so einer. Oben im Zimmer wollte er auch noch ihre Brüste sehen, aber da sagte sie: »Was willst du denn mit den alten Schläuchen? Nichts gibt's! Los, mach deine Sache fertig und dann verschwinde!«

Dann lag sie unter ihm, spürte hassend die Stärke des Mannes, wurde wieder gezwungen, etwas zu fühlen unter der Heftigkeit der sich steigernden Bewegung. Sie erreichte die Höhepunkte nicht mehr, wollte das auch nicht mehr.

»Los! Mach deinen Kram fertig.«

Er erregte sich über ihr. Sie spürte kalt: Jetzt ist er soweit. Sie dachte bereits daran, sich zu waschen, sich wieder anzuziehen, noch ein Bier zu trinken.

Als der Mann langsam aufstand, zufrieden ächzte und seine Hosen hochzog, betrachtete er sie. Es war ein kühler Blick, abschätzend, verwerfend. Der Mann sagte grinsend: »Mit dir darf man in der Eisenbahn nicht erster Klasse fahren . . .«

»Wieso?« fragte sie erstaunt.

»Weil deine spitzen Knochen die Polster zerreißen.«

»Saukerl! Mach, daß du hier 'rauskommst. Du stinkst . . .«

Der Mann ging grußlos. Sie dachte hinter ihm her: Das Schwein! Die Drecksau!

Manchmal kam die Angst vor dem Alter. Aber es gab noch Möglichkeiten für sie. Die Blonde Inge ließ sie etwas verdienen. Für jeden Kunden, den sie ihr besorgte, erhielt sie zehn Prozent des Gewinns. Mitunter sagte einer: »Dich nicht, aber wenn du eine andere hast . . .«

Sie trug ein Bild in ihrer Handtasche: die Blonde Inge nackt auf einem Stuhl. Oma liebte dieses Mädchen. Es war die letzte Liebe ihres Lebens. Sie hatte dreimal zeigen dürfen, wie die Liebe zwischen Frauen sein würde.

Inge hatte Omas Zärtlichkeiten passiv hingenommen. Ein wenig neugierig, ein wenig abgestoßen ließ sie es über sich ergehen. Der Höhepunkt schien ihr schwächer. Als sie vom Bett aufstand, sagte sie: »Es ist nicht so übel.« Aber sie dachte: Mit Männern ist es besser, es bringt auch mehr ein.

Herr Silberstein ließ sich von Egon zu Leopold Grün führen. Im Gastzimmer wurde es still, als der blinde Mann mit seinem Sohn plötzlich mitten im Raum stand. Die Frauen schwiegen, starrten mitleidig und neugierig. Die Männer wandten sich gleich wieder ab und setzten ihre Gespräche fort.

Leopold sah bereits am Gesicht des Mannes, daß ein unangenehmes Gespräch auf ihn zukam. Herr Silberstein, von seinem Sohn herangeführt, sagte: »Ich möchte Sie einen Augenblick sprechen.«

»Kommen Sie ins Zimmer.«

Dort sagte Silberstein: »Herr Grün, ich täusche mich wohl nicht, wenn ich annehme, daß ich in einer Absteige oder etwas Ähnlichem wohne. — Geh mal vor die Tür«, sagte er zu Egon.

»Erlauben Sie mal!« Leopold wurde ärgerlich, hatte aber sofort die Idee, diesen Angriff auf Rosa zu lenken: »Sie müssen mit meiner Frau sprechen, ich bin hier nur für die Gaststätte verantwortlich. — Rosa!« rief er, »komm einmal her! Herr Silberstein will dich sprechen!«

Rosa fing den Angriff auf. Sie scheute die Wahrheit nicht, sagte: »Dieses Haus ist keine Absteige, aber es wohnen einige Frauen darin. Ich kann den Damen nicht verbieten, wenn sie Männer mit in ihre Wohnung bringen.«

»So«, sagte der Blinde nachdenklich. »Aber ich denke, ich bin getäuscht worden. Das hätten Sie mir gleich beim Einzug in die Wohnung sagen müssen.«

»Sie können ja ausziehen, wenn es Ihnen hier nicht paßt. Ihre Nachbarn beschweren sich ja auch nicht.«

»Das ist kein Wunder«, antwortete Silberstein. »Die Leute sind taubstumm. Es ist hier ein ständiges Kommen und Gehen bis spät in die Nacht.«

Der Blinde kündigte nicht. Er ließ sich wieder hinaufführen, war schon fast an der Treppe, da kam Rosa hinter ihm her, getrieben von einem Vorwurf. »Hören Sie mal, Herr Silberstein. Ich mache

Ihnen einen Vorschlag: Ich erlasse Ihnen zwanzig Prozent der Miete. Ist das ein Vorschlag oder nicht?«

»Ich will es mir überlegen«, sagte der Blinde und wandte sich zum Gehen.

Betroffen darüber, daß Herr Silberstein dieses großzügige Angebot nicht sofort angenommen hatte, blickte sie ihm nach. Sie stemmte ihre Arme in die Hüften, schnaufte einmal zornig auf, sagte aber kein Wort. Sie fühlte sich gekränkt und verachtet.

Das hat man von seiner Gutmütigkeit, dachte sie und nahm sich vor, so bald nicht wieder gutmütig zu sein. Dabei war sie bemüht gewesen, einmal nicht hart zu sein, eine gute Tat zu vollbringen. Es brachte sicher kein Glück, wenn man diese armen Blinden da ausbeutete.

Noch immer an der Treppe stehend, faßte sie einen Entschluß. Gut! sagte sie sich. Für die Blinden und die Taubstummen gibt es am nächsten Ersten einen Mietnachlaß von dreißig Prozent! Während sie das festsetzte, duldete sie in Gedanken keinen Widerspruch. Ihre Güte würde in der Form eines Befehls ausgesprochen werden. Jawohl! dachte sie. Und dann: Jetzt muß ich einen Schnaps haben!

Die Huren sagten: »Die gehen morgen ihre Tochter besuchen – im Kloster. Morgen ist geschlossen!«

Sie hatten beide ihre besten Kleider angezogen. Rosa ging im Blaufuchs, Leopold mit Hut und leichtem Übergangsmantel, darunter den blauen Anzug. In ihrer Krokodilledertasche trug Rosa fünf Tafeln Schokolade und zwei Schachteln Pralinen. Mit einem Reißnagel befestigte Leopold ein Schild an der Außentür: ›Heute geschlossen!‹

Rosa sagte: »Ach Gottchen, was wird sich mein Engelchen freuen!«

Es war etwa zehn Uhr morgens – Sonntag. Leopold Grün sah an der grauen Fassade des Hauses empor und dachte: Die Huren schlafen noch. Es geht sie nichts an, die Weiber, dachte er.

Als das Taxi vorfuhr, wurden oben jedoch einige Fenster geöffnet: Egon, die Oma, Dodo, Sonja und Tilly schauten heraus. Die Blonde Inge hörte nur das Taxi, aber sie hatte jetzt kein Interesse, es war noch ein Mann bei ihr. Einer von denen, die die ganze Nacht den Atem einer Frau neben sich spüren wollen.

Egon sagte: »Die fahren Taxi. Die haben was vor . . .«

»Es geht uns nichts an«, sagte die blinde Frau.

Die Huren gingen wieder in ihre Betten. Sie wußten, wohin die Reise führte. Rosa hatte schon drei Tage lang aufgeregt von diesem Besuch geschwatzt.

Die einzigen, die nichts von der Ausfahrt hörten oder wußten, waren die Taubstummen. Am Sonntagmorgen schlief das Ehepaar ausgiebig. Danach stritten sie meist. Auch an diesem Morgen waren sie in eine heftige Diskussion geraten. Er hatte gefragt, was es zum Mittagessen gebe. Sie hatte geantwortet, das Haushaltsgeld sei zu knapp, sie habe nur Specksoße mit Kartoffelklößen vorbereitet. Er wollte ein richtiges Stück Fleisch haben. Sie widersprach ihm, er könne nicht so oft Fleisch verlangen. Und als das Taxi vorfuhr, waren sie gerade dabei angekommen, ihr Schicksal wieder stumm zu beklagen – mit beschwörenden Gesten, traurigem Mienenspiel und dem gegen alle Welt gerichteten und für alle Welt unhörbaren Vorwurf der Ungerechtigkeit.

Leopold fühlte sich während der Bahnfahrt beklommen. »Ich hätte nicht mitgehen sollen. Außerdem müssen wir einen ganzen Tag schließen. Was haben wir da für einen Verlust. Überlege dir das mal!«

»Laß das Maulen sein!« befahl Rosa in dem leeren Abteil des Wagens. »Du sollst Vaterstelle an dem Kind vertreten! Also mußt du es schon vorher kennenlernen, damit es Vertrauen zu dir fassen kann.«

Sie saßen nebeneinander in den Polstern, wurden nebeneinander im Rhythmus der Fahrt hin und her geschüttelt – erster Klasse. Leopold schwieg verdrossen, Rosa wies unmißverständlich auf die Heirat hin.

»Ja, ja«, murmelte er und schaute aus dem Fenster.

Sie fuhren drei Stunden, stiegen in einem kleinen Städtchen aus, sahen vom Bahnhof aus das Kloster hoch oben auf einem Hügel liegen. Auf Leopold wirkte es düster, als würden dort Gefangene leben in Zellen, hinter Gittern, mit erzwungenen Gebeten – ein karges Dasein.

»Hör mal«, fragte er vor der Pforte, »muß ich ein Kreuz schlagen, wenn wir da hineingehen?«

»Sei nicht so blöde!« wies sie ihn zurecht. »Wenn du hineinkommst, dann sagst du ›Grüß Gott‹. Und wenn du mit einer Nonne sprichst, dann sagst du ›Schwester‹ zu ihr. Das ist alles. Moment«, fügte sie noch hinzu, »wenn wir der Äbtissin begegnen, dann mußt du natürlich ›Ehrwürdige Mutter‹ zu ihr sagen, sonst sind wir blamiert.«

Von all seinen Befürchtungen traf keine ein. Er mußte weder ein Kreuz schlagen, noch begegnete er der Ehrwürdigen Mutter. Er sagte »Grüß Gott«, als sie durch die Pforte gingen, wappnete sich mit Würde, befahl sich Anstand und dachte dabei, er sei schließlich ein Mann, der die Welt gesehen hatte.

Rosa war nervös. Hochbusig atmend, wie immer, wenn sie in Erregung war, ging sie neben ihm her. Vor diesem Kind fühlte sie sich jedesmal verlegen, vor diesem Kind wurde sie demütig. Aber sie hatte ja den Blinden und den Taubstummen ein Geschenk gemacht. Das stärkte sie. In diesen Hallen nahm sie sich vor, später noch mehr Menschen zu beschenken.

Im Besuchszimmer war ein Gitter. Aber das habe nichts zu sagen, erklärte die freundliche, sich lautlos bewegende Nonne, die über den Boden zu schweben schien.

Nein, im Gegenteil, sie könnten mit der Tochter im Hof spazieren, sich auf eine der Bänke setzen. Sie könnten aber auch im Raum bleiben, ganz wie es ihnen beliebte. Das Gitter sei nur für die Schwestern.

Leopold Grün räusperte sich verlegen.

Und dann kam die Tochter. Sie war blond, in einem einfachen blauen Kleid mit weißem Kragen. Leopold starrte dieses Wesen sprachlos an. Eine solche Tochter hatte er nicht erwartet. Er konnte nicht erkennen, ob ihre großen Augen blau oder grün waren. Ihm schien, sie waren seltsam hell. Sie bewegte sich langsam, fast träge, ihr Blick war zögernd.

»Mein Engelchen!« jubelte Rosa und sprang auf das Kind zu, bedrängte es mit Zärtlichkeiten, preßte es, drückte es. »Ach Gottchen, mein Engelchen!« Tränen quollen aus ihren Augen, zogen Rinnsale durch die Schminke. Die Tochter ließ die Umarmungen und den Redeschwall der Mutter wortlos und gleichgültig über sich ergehen.

»Ein braves Kind, unsere Walburga«, sagte die Nonne mit einem milden Lächeln. »Ein sehr braves Kind.«

Leopold räusperte sich wieder verlegen.

»Sie können hierbleiben oder im Garten verweilen«, sagte die Nonne. »Sie können auch hinuntergehen in das Städtchen. Ganz wie es Ihnen beliebt.«

Die Nonne ging. Rosa packte die Schokolade aus, legte die Schachteln mit den Pralinen dazu, erwartete Dankbarkeit. Aber Walburgas Blick auf die Schokolade war kurz. Sie deutete mit dem

Finger auf Leopold und fragte mit leiser Stimme: »Soll der da mein Vater werden?«

»Aber ja, mein Engelchen! Aber ja. Also gebt euch mal die Hand! Also das ist . . . Weißt du, was er war? Er war . . .«

»Er hat nur noch wenig Haare auf dem Kopf«, sagte das Kind.

Ich werde mir doch ein Toupet kaufen, dachte Leopold.

»Das darfst du nicht sagen. Er war ein großer Dompteur! Weißt du, er hat mit Tigern die ganze Welt bereist«, sagte Rosa.

»So, mit Tigern? Und wann war das?« Sie sah ihn abschätzend an, wartete auf Antwort.

»Das war vor einigen Jahren, mein Kind«, sagte Leopold und spürte, wie ihm das Blut zu Kopf stieg.

»Und jetzt? Wann werdet ihr mich holen?«

»Ach, schon bald, mein Engelchen! Ja, schon bald. Sowie du hier aus der Schule kommst, dann holen wir dich. Du weißt ja, wir haben jetzt ein Restaurant. Und es hat sich alles gut entwickelt. Du wirst staunen, kann ich dir sagen. Nicht wahr, Leopold, staunen wird das Kind!«

»Ich bin jetzt fünfzehn. In ein paar Monaten komme ich aus der Schule. Ich möchte nach Hause.«

»Bald, mein Kind, bald!«

Eine Glocke läutete. Leopold und Rosa reckten die Hälse.

»Was ist das?«

»Beten . . .«, sagte das Kind mit einem Schulterzucken.

»Betet ihr viel hier?« fragte Leopold.

»Morgens fängt es an mit dem Morgengebet, dem Morgenlob, dann kommt die Prim, dann, um halb acht, die Terz. Um zwölf ist die Sext. Das ist das Mittagsgebet.«

Sie zählte alle Gebete auf, und Rosa seufzte: »Ach, Gott, was muß das Kind viel beten. Aber schlecht ist das nicht, das darfst du mir glauben.«

Auf dem Weg zum Bahnhof, mit milden Grüßen von den betenden Schwestern verabschiedet, redeten sie vom Klosterleben und den vielen Gebeten.

»Schlecht ist es nicht«, sagte Leopold. »Das hilft manchmal. Dir hätte es auch nicht geschadet.«

»Mir!« rief sie.

»Natürlich«, sagte er mit Nachdruck. »Ich habe da so einiges gehört.«

Sie blieb stehen und sagte empört: »So! Gehört hast du einiges?

Und jetzt wirfst du mir auch noch vor, ich würde nicht beten! Ich will dir mal was sagen: Ich bete jeden Tag!«

»Du?« Verblüfft schaute er sie an. »Was betest du denn da?«

»Wir kämpfen um unsere Existenz, und ich bete, daß wir nicht vor die Hunde gehen!«

ELFTES KAPITEL

Der Briefträger kam. Leopold schwenkte eine Karte in der Hand. Rosa war noch im Morgenrock.

»Emil hat geschrieben!« rief er in die Küche. Emil, der Liliputaner, hatte aus Spanien Grüße geschickt, aber bei den Grüßen gab es auch Klagen: der Zirkus war am Ende. Adolfo, der große Adolfo, sei übergeschnappt – Delirium. Die Elefanten würden weggegeben an irgendwelche Tiergärten. Und viele Grüße, viele Grüße: »Dein Freund Emil.«

Die Karte regte ihn auf, er nahm einen doppelten Schnaps, danach noch einen Doppelten, dann ein Bier, zum Nachspülen.

Rosa reagierte nicht. Auch sie hatte Post, von dem Heim, in dem ihr Sohn Otto untergebracht war. Und das Heim teilte ihr mit, daß auf Grund der gestiegenen Lebenshaltungskosten nunmehr der Preis pro Monat um hundert Mark erhöht werden müsse. Mit einer verbindlichen Floskel schließend, bat das Schreiben um Verständnis.

»Hör mal«, sagte sie, »ich muß was mit dir besprechen ...« Aber dann sah sie sein verzücktes Gesicht. Die Nachricht vom Zirkus erregte ihn immer noch. Kein günstiger Augenblick, aber sie mußte ihn aufklären. Noch ein kleiner Aufschub. Im Morgenrock vor dem Küchenherd nahm sie sich fest vor, schon bald von Otto, ihrem schwachsinnigen Sohn, zu sprechen.

Sie sagte: »Wann heiraten wir, Leopold?«

Er sagte: »Er hat geschrieben. Stell dir vor, in Spanien sind sie jetzt. Aber mit dem Zirkus geht es nicht gut.«

»Wann heiraten wir?«

»Das hat doch noch Zeit. – Sie mußten die Elefanten weggeben.«

Die Maler und Anstreicher kamen und belagerten ihn mit ihrem Geschwätz. Seit drei Tagen arbeiteten sie in den Mansarden, die nun auch vermietet werden sollten. Rosa hatte gesagt: »Eine bleibt frei für unsere Wally. Und eine ... da muß ich erst noch sehen.«

Sie hatte sagen wollen: Und eine für Otto.

Nachdem die Anstreicher ihr Freibier getrunken hatten, begannen sie mit der Arbeit. Rosa hatte ein bißchen nachgeholfen: »Los! In die Hände gespuckt und nicht herumgestanden!«

Die Bierkutscher kamen, rollten die Fässer in den Keller, standen dann in ihren Lederschürzen vor der Theke, kräftige Männer mit aufgeschwemmten Gesichtern: Freibier und noch ein Freibier, wie es der Brauch war.

Der Metzger kam und brachte mit seinem Lehrjungen das bestellte Fleisch. Zwei Entrümpler tranken je einen Schnaps und ein Bier. Sie alle schauten prüfend durch das Lokal, suchten die Frauen: Hier könnten sie Frauen haben, wenn sie es darauf anlegten.

Es hatte sich herumgesprochen. In der Stadt ging der Name ›Artistenklause‹ bei vielen nächtlichen Gesprächen von Mund zu Mund.

Die Taxifahrer kannten das Lokal und brachten Gäste, die gewisse Wünsche andeuteten.

Es kamen jedoch auch Frauen, die vertraulich taten und Leopold fragten: »Wo ist Rosa? Ich hätte da was mit ihr zu besprechen!«

Während alle diese Besucher zu ihm kamen, ihn musterten, abwägten, kam er sich als Aushängeschild einer unsauberen Firma vor. Der grämliche Zug erschien wieder in seinem Gesicht.

Er sah verblüfft, wie die Frauen kamen, wie sie wieder gingen. Die Miete war wöchentlich zu zahlen – im voraus. Die Damen gaben sich mitunter die Türklinke in die Hand. Und bei all diesen Unternehmungen war er ausgeschaltet.

Er sah, daß sich eine Rangordnung gebildet hatte. An der Spitze kam Rosa, dann die Frauen, je nach Preis gestaffelt. Am Ende dieser Stufenleiter: die Oma. Es war wie in einem Hühnerhof, wo alle auf dem ruppigen Huhn herumpicken. Oma war dieses ruppige Huhn.

Die einzige, die ihr half, war die Blonde Inge. Die anderen verjagten sie vom Tisch, sagten: »Hau ab, du verscheuchst uns die Freier, du alte Spinatwachtel!«

Manchmal betrachtete Leopold seine zukünftige Frau und dachte: die Puffmutter! Woher hat sie das? Wieso kann sie eine solche Sache aufziehen, und ich merke gar nicht, wie sie das macht?

Sie entzog sich diesen forschenden Blicken, die sie genau erkannte. Er aber schlich hinter ihr her. In der Wohnung, in der Küche, überfiel er sie dann mit der Frage: »Sag mir die Wahrheit. Du warst auch eine von diesen Weibern! Los, sag die Wahrheit. Warst du eine Hure oder nicht?«

Er überlegte lange, dann wählte er die Schwächste aus: Oma. Er machte ihr Versprechungen, klärte sie flüsternd auf über die Vorteile, die sie bei ihm hätte: dann und wann ein Essen frei, Bier frei, wenn Rosa nicht in der Nähe wäre.

»Ist das ein Angebot oder nicht? Nun sag schon ... sag die Wahrheit! War sie eine Hure oder nicht?«

Die magere Frau war durch diesen Vorschlag verwirrt. Sie überlegte, schlug sich jedoch auf die Seite von Rosa, dachte: Sie hat die Hosen an. Sie spielt hier die erste Geige.

Sie näherte sich ihr, flüsterte hinter der vorgehaltenen Hand erste Andeutungen: »Wenn du mal Zeit hast, wenn niemand in der Nähe ist ...«

In einer ruhigen Stunde erzählte sie ihr von seinen peinlichen Nachforschungen, fand eine gnädig gestimmte Rosa: »Jedenfalls hast du von jetzt an bei mir einen Stein im Brett. Wenn du mich brauchst, kannst du auf mich zählen. Dein Bier ist ab heute frei.«

Oma empfand diese Gunst als eine Altersversicherung. Jetzt hatte sie wieder das Gefühl, daß sie gestützt lebte in diesem Haus, dessen Bewohner sie so unfreundlich behandelten.

»Das ist ein Wort, Rosa«, sagte sie. »Du weißt natürlich, was ich damit riskiere, denn mit deinem Mann ist ja wirklich nicht gut Kirschen essen, der kann saugrob werden.«

»Natürlich, ich weiß, wie brutal er sein kann. Man glaubt es gar nicht, wenn man ihn so sieht. Aber ich sage dir, er hat Haare auf den Zähnen.«

Bestens gestimmt über Omas Treue und über den Respekt, den ihr Mann genoß, geriet sie in Spendierlaune, brachte Schnäpse an den Tisch, zapfte Bier für sich und Oma. Die beiden Frauen gerieten ins Schwatzen. Rosa sprach wieder von ihrem Engelchen, das nun bald kommen würde. Selbstverständlich war sie bei den frommen Schwestern gut aufgehoben, aber auch hier würde ihr nichts fehlen.

»Und schön ist das Kind! Ich kann dir sagen, so etwas Reines, weißt du. Sie ist viel zu schade für einen Mann. Da werde ich die Hand drüberhalten. Umbringen werde ich das Schwein, das sich an sie heranmacht mit seinem Dingsda! Du, zu einer Hyäne werde ich! Glaubst du mir das?«

»Selbstverständlich.« Oma glaubte es. Sie bestärkte Rosa auch in ihrem Haß gegen den ersten Mann, der dieses liebliche Geschöpf zu irgendeiner Stunde schänden würde. Sie sprachen jetzt darüber, als würde es keiner Frau erspart bleiben, zur Schlachtbank geführt zu werden. Ihr Mitleid erstreckte sich von dieser Tochter auf alle Töchter, die das früher oder später erleiden müßten.

»Eine böse Einrichtung«, sagte Rosa.

»Sehr böse!« stimmte Oma zu. Sie wollte auch noch ihre ersten ekelhaften Begegnungen mit den Männern schildern, aber Rosa wehrte ab. »Brauchst du mir gar nicht zu sagen, über dieses Pack weiß ich alles. Habe ich nicht genug erlebt und mitgemacht? Ah. Ich will das alles vergessen! Ein paar Jahre noch mit Leopold, verstehst du, diese paar Jahre, die will ich noch haben. Na ja, und dann . . .«

»Und dann?«

»Ja, dann ist sowieso alles vorbei.«

Aber die Erziehung, die mache viel aus, bestätigten sie sich. Und das Engelchen sei ja schließlich fromm erzogen worden. Sie gerieten allmählich in Rührung, schlossen ein Bündnis, in dem sie festlegten, daß sie gemeinsam über das Kind wachen wollten. Vor allem aber müsse es weiterhin im Sinne der Schwestern erzogen werden. Schließlich gestanden sie sich, daß sie beide wieder beteten, zwei alte Frauen, die in der Dunkelheit ihrer Schlafzimmer ganz einfach ihr Leben leugneten, die Hände falteten, sich kindlich machten: Ich bin wieder da, rein wie ein Kind.

Sie erörterten das nicht genau, denn Oma hätte dann erklären müssen, daß sie mit dem, was sie als Herrgott empfand, so sprach, als wäre es ein Freier, dem sie mitunter sogar vorhielt: »Ich habe ja nichts anderes gelernt, als zu huren.«

Leopold traf die beiden, als er von seinem Spaziergang zurückkam, seinem Weg entlang am Bahndamm.

»Ihr seid ja beide besoffen!« rief er. »Das hört mir auf! Los, marsch in die Küche!«

Rosa stand auf, Tränen in den Augen, maulte sie: »Siehst du, wie brutal er mit mir ist? Jetzt siehst du es wieder mal.«

»Umbringen . . .«, lallte die Oma. »Alle Männer umbringen.«

Sie torkelte aus dem Gastzimmer und schleppte sich nach oben, wo der Haß sie zu Tränen trieb und die Angst vor der Zukunft ihr wieder Gebete aufzwang, in denen sie sich dem Wesen Gott unterwarf, ihn anbettelte, mit ihm feilschte, als wäre er der Erzvater aller Zuhälter. Dabei erkannte sie bitter, daß sie gezwungen war, auch dieses Wesen als Mann zu sehen.

»Heute kommt er!« jubelte Dodo. »Heute kommt er von der Reise zurück.«

Sie saßen im Gastzimmer und tranken Bier. Leopold stand schläfrig hinter der Theke und brütete über einem Unternehmen, das er demnächst in Angriff nehmen würde: der Flohzirkus. Vielleicht würde er damit Erfolg haben. Dann würde er die Weiber hinauswerfen, und das Lokal wäre wieder sauber.

»Wie weit ging denn diese Reise?« fragte die Rote Else spitz.

»Halt's Maul!« drohte Dodo. Aber dann sah sie das Grinsen in den Gesichtern von Oma, Inge, Tilly und Sonja. Ihre Freude war so groß, daß sie jetzt freigiebig die Wahrheit verschenkte: »Na schön, er war im Gefängnis. Eine kleine Sache, die schon lange zurückliegt. Wir haben es immer wieder aufgeschoben. Aber jetzt hat er es hinter sich.«

»Das ist doch nicht schlimm!« sagte Tilly. »Ein richtiger Kerl muß auch mal im Knast gewesen sein. Ich werde meinen Schauspieler bald abservieren und mir etwas Handfestes suchen. Was soll ich denn mit dem alten Knacker?«

»Hast du auch ordentlich angeschafft?« fragte die Rote Else mißgünstig. »Er will doch Kohlen sehen, wenn er jetzt 'rauskommt. Also ich, ich würde mich nicht von so einem ausnehmen lassen. Sag doch selbst, was macht so ein Kerl? Der steht an der Theke und säuft sich voll, dann schläft er bis in die Puppen, danach hebt er seinen faulen Arsch aus dem Bett und sagt als erstes: Wieviel? Und wenn du nicht genug gemacht hast in der Nacht, dann kriegst du noch eine in die Fresse.«

»Da hast du wohl oft eine in die Fresse gekriegt«, sagte Dodo grinsend.

»Ich? Von wegen! 'rausgeschmissen habe ich das Schwein. Das ist schon fast ein Jahr her. Kommt doch der Dreckskerl morgens besoffen nach Hause und sagt: Los, Alte, geh 'runter und bezahle das Taxi. Ich hatte nicht mehr genug Geld in der Tasche. – Was! sage ich. Du Mistkrücke, dein Taxi soll ich bezahlen? Du kannst mir mal den Buckel 'runterrutschen! Und klatsch, da hatte ich eine. Hier ...« Sie deutete auf einen ihrer Schneidezähne. »Hier, da habe ich jetzt einen Stiftzahn. Den hat er mir damals 'rausgeschlagen. Also, da war es bei mir alle! Ich griff nach unserer blauen Vase, so eine richtige schöne Kristallvase war das, und die hau' ich ihm über den Schädel. Ich kann euch sagen, da ist der aber in die Knie gegangen. Am Boden hat er gelegen und ich immer so mit dem Absatz, versteht ihr, immer so mit dem Absatz ...«

»Das hättest du mit meinem nicht machen können«, sagte Dodo stolz. »Der hätte dir sämtliche Gräten im Leib gebrochen.«

»Und weiter?« fragte die Blonde Inge interessiert. »Wie ging es weiter?«

»Na, was soll schon gewesen sein? Ins Krankenhaus ist er gekommen. Da bin ich hingegangen und habe zu ihm gesagt: Jetzt paß auf. Hier hast du noch fünfhundert Mark. Damit ist es alle zwischen uns. Wenn du dich wieder bei mir blicken läßt, marschierst du in den Kasten. Du weißt doch, Zuhälterei ... Nicht unter zwei Jahren Zuchthaus.«

»Und weiter?«

»Nichts weiter. Er ist nie wiederaufgetaucht.«

»Und jetzt machst du es ganz ohne?« fragte Tilly. »Menschenskind, das geht doch nicht. Man muß doch einen zum Lieben haben, so 'n Kerl, wo man mal den Kopf anlegen kann. Meinen habe ich bis jetzt behalten – aus Mitleid. Aber so geht das nicht weiter. Ich muß mir was Handfestes suchen.«

Tilly und der Schauspieler hatten nebeneinanderliegende Mansarden gemietet. In der einen schlief der Schauspieler, wenn er gegen ein Uhr morgens vom Zeitungsverkauf zurückkam. In der anderen Mansarde ging Tilly ihrem Gewerbe nach.

Der Schauspieler schlief schlecht, und wenn er hörte, wie nebenan die Tür ging, dann setzte er sich im Bett auf und legte das Ohr an die Wand. Es bereitete ihm giftige Lust, wenn er das Bett knacken hörte. Und er wußte genau, konnte es sich vorstellen, wie Tilly jetzt drüben unter einem anderen lag. Das Echo des Beischlafs erhitzte ihn, aber es war zugleich wie ein Schmerz. Ich bin zu alt, resignierte er.

Am späten Morgen tat er jedesmal, als wisse er nichts. Er sagte dann: »Wie war's?«

Sie antwortete: »Wie immer.«

Karl, Dodos Galan, kam erst am Nachmittag, obwohl sie ihn schon früher erwartet hatte. Er kam herein, im gutgeschnittenen grauen Anzug, einen Lederkoffer in der Hand, und rief, unter der Tür: »Dodo! Mein Mäuschen!«

Sie sprang auf ihn zu, hatte Tränen in den Augen, küßte ihn, tätschelte ihm die Wange, lachte und weinte und rief: »Das ist er! Das ist mein Karl!«

Er grinste, rückte seinen Anzug wieder zurecht. Die Damen prüften ihn interessiert. Dieser Mann gefiel ihnen. Er war breitschultrig, hatte ein grobes, männliches Gesicht und zeigte beim Lachen seine gesunden Zähne.

Ein Mannstier! dachte Oma gehässig.

»Du hast getrunken, Karl«, sagte Dodo vorwurfsvoll. »Und warum kommst du erst jetzt?«

»Aber Schätzchen, Mäuschen ... Du weißt doch, ich kenne hier so viele Leute.« Er schaute sich um, sagte dann lachend: »Na, das ist ja hier ein recht vornehmer Puff geworden ...«

»Hören Sie mal!« protestierte Leopold hinter der Theke.

»Sei still!« zischelte Rosa. »Der hat doch schon was gesoffen. Siehst du das nicht?«

Karl drehte sich zu Leopold um, musterte ihn kurz und sagte dann gut gelaunt: »Was denn, Mann, das Lokal gefällt mir. Und jetzt eine Runde Schnaps und eine Runde Bier für die Damen!« rief er.

»Na Mensch, das ist doch mal ein Mann«, sagte Tilly anerkennend.

»Los, laßt die Puppen tanzen!« rief Karl.

Leopold brachte die Schnäpse und das Bier. »Mann, für dich auch einen und einen für die Rosa! Komm mal her, Mädchen, wir kennen uns doch auch oder etwa nicht?«

Rosa kicherte, war fast verlegen. Leopold sah es mit düsterer Miene. Er wollte ihr schon wieder die Küche zuweisen, aber der Spendierer wandte sich wieder von Rosa ab, prüfte nun die Frauen, die am Tisch saßen, nickte ihnen zu, hob das Glas und sagte: »Na, dann Prost!« Sie nahmen die Schnäpse, schütteten sie mit zurückgelegten Köpfen hinunter, und ihre Kehlen zuckten bei jedem Schluck.

»So, und jetzt stell mal ein paar Flaschen Sekt kalt! Und was gibt es hier zu fressen? Ich habe einen Mordshunger!«

»Also, wir haben ...«, begann Rosa. Und dann zählte sie die Speisenfolge auf. Großzügig lud Karl zum Essen ein. Es beteiligten sich Dodo, Inge, Tilly, Sonja, die Rote Else, auch Rosa ließ es sich gefallen, daß sie zu ihrem Selbstgekochten eingeladen wurde. Oma lehnte ab und schlich sich in einer unbewachten Sekunde hinaus. Niemand vermißte sie.

Dodo flüsterte Rosa zu: »Alles aufschreiben, ich bezahle morgen.«

Karl hatte seinen Koffer noch nicht ausgepackt. Er stand neben der Theke. Er war nicht wichtig, der Koffer. Jetzt wollte Karl das Glas heben, wollte sich und aller Welt zeigen, daß er entlassen war, entkommen der Mühle des Strafens. Und für diese Strafe wollte er sich sogleich entschädigen.

»Prost!« rief er. Es war wie ein Befehl, dem alle willig folgten. Die leeren Sektflaschen mehrten sich. Dodo blickte ihn glücklich an. Er war ungebrochen, unwiderstehlich schien er ihr.

Einmal neigte er sich zu ihr und sagte leise: »Warst du mir auch treu?«

»Ich schwöre es, Karl!« Und sie erzählte ihm unter heiligsten Beteuerungen, daß kein Freier ihr den Gipfel der Wollust beschert hatte. »Darauf habe ich schon geachtet. Weißt du, wenn mal so einer da war, wo ich merkte, es könnte bei dem passieren, weil ich ja lange nichts hatte, da habe ich gleich die Bremse gezogen.«

»Das ist brav, mein Mäuschen. Und wie steht's damit? Warst du schön fleißig?« Er rieb Daumen und Zeigefinger gegeneinander.

»Du wirst zufrieden sein. Ich habe das meiste gleich auf die Bank getragen.«

»Ist ein Wagen drin? Ich meine einen neuen.«

»Na hör mal. Sicher ist ein Wagen drin.«

»Ein paar Anzüge brauche ich wieder. Weißt du, jetzt wird mehr Taille getragen.«

»Na hör mal«, sagte sie. »Ganz klar, daß du Anzüge brauchst.«

»Und mein Brillantring, der ist noch immer im Pfandhaus, den muß ich holen.«

»Na klar«, stimmte sie zu.

Oma kam wieder herein, ging zu Rosa und flüsterte mit ihr: »Die Blinden da oben, die machen einen Heidenspektakel. Ich glaube, die schlagen sich. Die Türen knallen, und der Silberstein brüllt: ›Wo ist dieser Dieb! Ein Dieb ist er!‹«

Rosa ging ins Treppenhaus und lauschte nach oben. Der blinde Mann schrie: »Ich weiß, daß er mich bestiehlt! Das habe ich schon immer gewußt, aber jetzt habe ich ihn erwischt!«

»Nein!« rief die Frau in schrillem Ton, »schlag ihn nicht! Du siehst nicht, wo du hintriffst!«

Vor einer Stunde hatte Silberstein sein Portemonnaie auf den Tisch gelegt. Egon hatte sich mit schnellen Fingern über den Inhalt informiert, hatte aber nur ein Fünfmarkstück gefunden und Scheine, an die er sich nicht heranwagte. Er hatte gezögert, doch die Gier trieb ihn an. Obwohl er sich sagte, ein einzelnes Geldstück könnte leicht vermißt werden, griff er zu.

Als Silberstein sein Portemonnaie öffnete, um nachzusehen, ob er noch genug Kleingeld für ein Taxi habe, stutzte er, das Fach für Kleingeld war leer. Er erinnerte sich genau an das Fünfmarkstück.

»Egon!« rief er. »Komm hierher!«

Egon antwortete nicht. Er sah, wie der Blinde nach seinem Stock griff. Egon schlich sich in eine Zimmerecke, wagte kaum zu atmen. Silberstein suchte ihn, tappte um den Tisch herum, blieb dann plötzlich stehen, hob wie lauschend den Kopf und ortete ihn in wenigen Sekunden. Es war, als würde er durch die dunklen Gläser den verängstigten Egon erkennen: »Komm her! Ich muß dich verprügeln. Du hast mich bestohlen!«

Sie standen sich fast gegenüber. Der Blinde hob den Stock. In den schwarzen Brillengläsern spiegelte sich das Lampenlicht. Egon suchte ängstlich nach einer Ausrede, nach einer rettenden Lüge, fand aber kein Wort. Er suchte nach einem Ausweg. Er legte sich auf den Boden und kroch lautlos an dem Blinden vorbei, der jetzt in die leere Zimmerecke hineindrohte: »Du Dieb! Ich werde dich verprügeln, daß du daran denkst!«

Er holte mit dem Stock aus, schlug einen sausenden Hieb ins Leere. Vor Wut brüllte er auf, als er sich gefoppt sah. Frau Silberstein begann zu zetern, klammerte sich an ihren Mann, wollte den Stock festhalten.

In diesen Sekunden schlüpfte Egon unter den Tisch. Von da aus sah er die Beine der beiden Erwachsenen, die den Tisch zu umtanzen schienen: vorweg die Hosenbeine und schlecht gepflegten Schuhe seines Stiefvaters, hinterher die Beine seiner Mutter, zwei Männerbeine, zwei Frauenbeine, immer um den Tisch herum, ein hilfloser Tanz.

»Er ist hier!« brüllte Silberstein. »Ich weiß, daß er hier ist!«

»Hör auf!« sagte seine Frau. »Das hat doch keinen Sinn. Ich werde dir die fünf Mark ersetzen.« Sie blieben neben dem Tisch stehen.

Unendlich vorsichtig kroch Egon hervor. Er tastete sich aus dem Zimmer hinaus. Sie hörten, wie die Wohnungstür ins Schloß fiel. Egon hatte sie geräuschlos schließen wollen, aber seine Hände hatten gezittert: die Tür schnappte laut zu.

Er horchte ins Treppenhaus. Die Haustür war bereits geschlossen, es gab keinen anderen Weg als den durch das Gastzimmer. Von oben kam Silberstein. Sein Stock tappte tastend auf jede Stufe. Egon blieb vor der Tür des Gastzimmers stehen: Musikbox und Weiberlachen, Männerstimmen, Bocksgelächter.

Verschüchtert wartete er vor der Tür. Der Stock kam schon um die Biegung der Treppe. Tock! Tock! Der suchende, tappende Stock. Es war, als ziehe er den wütenden Silberstein hinter sich her. Zuerst erschienen wieder die unsicheren Beine, dann der ganze Mann mit den dunklen Gläsern, die fast die Hälfte des Gesichts unkenntlich machten, darunter der verkniffene Mund.

Egon erkannte jetzt: der Blinde nahm ihn für einen vollwertigen

Gegner. Er würde ihn nicht schonen, weil er, Silberstein, auch niemals geschont worden war.

Egon stieß die Tür auf. Die erste Sekunde war wie ein andauerndes Blitzlicht, in das er hineinblickte.

»He, du!« rief eine Frau.

Sie sahen ihn alle an. Er gab keine Antwort, ging wortlos bis zur Tür, im gleichen Augenblick, in dem Silberstein zur anderen Tür hereinkam.

»Wo ist er? Der Lümmel!« rief Silberstein in das Lokal.

Die Gespräche verstummten, die Musikbox plärrte noch immer.

Karl ging auf ihn zu: »Na Mann, hör mal, was ist denn los?«

»Mein Sohn . . .«, stammelte der Blinde. »Er hat mich bestohlen!«

»Jetzt reg dich mal ab, Mann. Das kommt doch in jeder Familie vor«, sagte Karl und wollte den Blinden am Arm zur Theke hinführen, wo jetzt Dodo, Rosa und einige der Frauen mit Freiern versammelt waren.

»Lassen Sie meinen Arm los!« befahl Silberstein.

»Komm und trink einen Schnaps! Das wird dir guttun!« sagte Karl.

Rosa kam heran: »Machen Sie doch nicht so ein Theater! Sie stören ja meinen Gastbetrieb!« sagte sie vorwurfsvoll. »Ist das der Lohn, den ich kriege für meine Mietermäßigung?«

»Ich störe den Gastbetrieb?« Silberstein wurde fast verlegen: »Dann entschuldigen Sie. Es war nicht meine Absicht.«

»Trinken Sie etwas mit uns«, befahl Rosa und winkte Leopold. Sie führte Silberstein heran. Er war noch unschlüssig, wagte aber keine heftige Widerrede. Er spürte die vielen Menschen um sich, die ihn verwirrten. Dann fühlte er eine Hand, die seine Hand zu einem Glas hinführte. Er nahm das Glas, hob es an, hörte die Prostrufe und trank es aus, als alle anderen ebenfalls ihre Gläser leerten. Er weigerte sich nicht mehr, weder beim zweiten noch beim dritten Glas. Allmählich gewann er das Gefühl, daß hier keine Feindschaft drohte. Er blieb an der Theke stehen, sagte steif: »Meine Damen und Herren, ich danke Ihnen.«

Sie nahmen diese Anrede ernst und antworteten höflich: »Keine Ursache, es ist uns eine Freude, Herr Silberstein.«

»Jawohl«, bestätigte Rosa, »es ist uns ein Vergnügen. Was darf ich Ihnen noch anbieten?«

Karl ging hinaus und suchte nach Egon. Als er sich an die Dunkelheit gewöhnt hatte, sah er ihn auf der anderen Straßenseite stehen. Er spähte nach dem Hauseingang herüber.

»Komm mal her!« rief Karl.

Egon kam bis auf drei Schritte heran, dann blieb er mißtrauisch stehen.

»Jetzt auf Ehre und Gewissen ... Hast du deinen Alten beklaut?«

»Ja.«

»Wieviel?«

»Fünf Mark.«

»Dann bin ich größer als du. In deinem Alter habe ich auch geklaut. Aber das waren meistens Hunderter.« Er lachte stolz, schwankte ein wenig dabei. Dann überlegte er: »Hör zu, geh jetzt nach oben und leg die fünf Mark wieder ins Portemonnaie zurück. Du bist erwischt, da gibt es nichts anderes als klein beigeben. Geh hier durchs Gastzimmer. Dein Alter steht an der Theke, der kommt nicht so bald nach. Ich werde dafür sorgen, daß er nicht so bald kommt. Los jetzt, lauf nach oben.«

Egon gehorchte. Er ging durch das Gastzimmer, sah seinen Stiefvater an der Theke, hörte ihn gerade sagen: »Vierzig geschulte Stimmen! Das ist mein Ziel. Damit erreiche ich eine fast instrumentale Wirkung des Chorgesangs. Sie verstehen?«

Der Schauspieler war auch da. Er war bereits angeheitert gekommen. Drei weitere Schnäpse hatten genügt. Er sagte: »Ich bin ebenfalls Künstler, mein Herr.« Danach breitete er die Arme aus und begann zu deklamieren: »Vom Eise befreit sind Strom und Bäche durch des Frühlings holden, belebenden Blick ...«

»Halts Maul!« befahl Tilly.

Da sank er widerspruchslos in sich zusammen, murmelte aber weiter vor sich hin.

»Was?« drohte Tilly. »Hast du mich eben beschimpft?«

»Nein«, sagte der Schauspieler. »Es waren Verse.«

Leopold stand hinter der Theke und bediente. »Morgen kommt endlich der Kellner«, sagte er. »Das wird aber auch Zeit. Ich arbeite mich hier ja zu Tode!«

»Daß ich nicht lache!« rief Rosa.

»Ab in die Küche!« befahl er. Sie gehorchte wieder, blickte stolz umher, als wollte sie sagen: Habt ihr gesehen, wie er hier das Kommando führt?

Der Blinde sprach weiter von seinem Chor, nahm bereitwillig die gebotenen Getränke. Jetzt fühlte er sich den Menschen verbunden, und seine Zunge lockerte sich. »Der größte Blindenchor der Welt! Das ist mein Ziel!« rief er.

»Mephisto!« sagte der Schauspieler, »als ich den Mephisto spielte . . .«

»Zwei Gulasch mit Spaghetti!« Leopold gab die Bestellung an die Küche weiter.

»Und dann ins Bettchen!« grölte Karl und patschte Dodo zärtlich auf den Hintern.

»Brüll doch nicht so laut, du Untier«, flüsterte Dodo. »Du kannst doch den Blinden nicht so erschrecken.«

»So«, sagte Karl, »glaubst du, ich habe ihn erschreckt?« Er wandte sich an Silberstein: »Hallo, Sie! Habe ich Sie erschreckt?«

»Wieso?« fragte Silberstein. »Mit was erschreckt?«

»Von Ihrem Chor habe ich gelesen«, sagte der Schauspieler. »Der ist ja schon sehr bekannt. Haben Sie nicht Einladungen nach England?«

»Jawohl«, sagte Silberstein stolz.

»Das habe ich in der Zeitung gelesen. Mich kennen Sie wahrscheinlich nicht, haben Sie noch nie von mir gehört? Mein Name ist . . . Oder warten Sie, ich habe da ein Bild . . .« Er wollte wieder das abgegriffene Bild zeigen, das er in der Brieftasche mit sich herumtrug und das ihn darstellte in seinen besten Zeiten.

»Du Schafskopf!« sagte Tilly zu ihm. Da begriff er und schwieg eingeschüchtert.

Rosa kam zurück aus der Küche, mischte sich wieder ins Gespräch, behielt aber das Lokal im Auge. Inge ging mit einem Mann aufs Zimmer. Sonja war bereits dreimal oben gewesen. Sie hätte auch noch ein viertesmal gehen können, aber sie war träge geworden, sie wollte noch etwas trinken.

Der Blinde hatte den Arm um eine Hüfte gelegt. Er wußte nicht, wer es war, aber er fühlte den Körper einer fremden Frau. Es war Jahre her, daß er so nach einer Frau gegriffen hatte. Er fragte leise: »Kennen Sie meine Frau? Haben Sie meine Frau schon gesehen? Sagen Sie mir, wie sie aussieht? Sie ist jetzt weit über vierzig. Wir haben uns auseinandergelebt – in allem.«

»Ihre Frau?« fragte Oma, um deren Hüften sein Arm lag, »ja, ich glaube, sie sieht noch ganz gut aus für ihr Alter.«

»Es ist lange her, daß ich gefragt habe. Vor ein paar Jahren, da sagte man mir, sie sei schön. Aber ich spüre, Sie sind jünger, Sie sind schöner als meine Frau.« Seine Stimme wurde drängend. »Sagen Sie nichts, lassen Sie mich schätzen. Sie sind . . . Sie sind höchstens dreißig.« Sein Griff wurde fester. Er fragte an mit den Händen, war jetzt trunken und kühn, wie er es schon lange nicht mehr gewesen war.

Oma schwieg, aber sie spürte die Erregung des Mannes, sein Vibrieren – und das war etwas, was sie ebenfalls lange nicht mehr erfahren hatte.

»Sie dürfen mir glauben ... ich habe nie andere Frauen ...« Seine Zunge war schwer.

Sie stellten ihm Bier und Schnaps hin. Er trank und sagte: »Meine Damen und Herren, ich ... ich danke Ihnen. Vielleicht kann ich einmal meinen Chor mit hierher bringen, und wir machen eine Vorführung – einen Liederabend. Der größte Blindenchor der Welt ... Sie müssen verstehen ... So etwas gibt es nicht noch einmal. Es ist mein Werk!« Er rief: »Mein Werk!«

Eine Viertelstunde später weinte der Blinde an der Theke. Er hatte noch nie so viel getrunken. Sie sahen alle, daß er keine Tränen hatte. Rosa wischte mit einem Lappen über die Glasscheibe, und dabei versuchte sie von unten unauffällig unter die dunklen Gläser zu spähen. Sie sah nur die Narben seiner zerstörten Augen. Und da dachte sie seufzend an den Krieg. Sie alle dachten an den Krieg: Oma, Sonja, die manchmal mit einem Amputierten schlief, Leopold und die Frauen. Der Krieg war keine Tatsache mehr. Er war nur das Gegenteil von dem, was sie erstrebten. Der Blinde hatte sie daran erinnert: Er war die Verkörperung dieses Gegenteils. Deshalb waren sie sentimental: Sie gaben ihm zu trinken und nahmen ihn auf.

Der Blinde hörte die Frau sagen: »Willst du mitkommen auf mein Zimmer?« Sie hatte es an seinem Ohr geflüstert. Er wußte, niemand hatte es gehört. Einen Augenblick überlegte er und sagte dann: »Sie müssen mich führen. Ich kann jetzt nicht allein gehen.«

Die Oma sagte laut: »Ich bringe den Herrn nach oben. Ich verdufte dann auch.«

Sie gaben ihm die Hand: Rosa, Leopold, Karl, ein paar Frauen und auch der Schauspieler. Der Blinde sagte: »Vielen Dank für den Abend. Vielen Dank ...«

Sie gingen durch das Lokal, wo ein halbes Dutzend jüngere Männer auf Chancen warteten. Die Männer blickten hinter dem Paar her: eine ältliche Frau, die einen betrunkenen Blinden durch das Lokal bugsierte. Unter der Tür sagte Silberstein leise: »Sie dürfen mir glauben. Ich gehe nie mit anderen Frauen. Meine Frau und ich, wir haben uns auseinandergelebt. Wir lieben uns nicht mehr... Glauben Sie mir ...«

»Natürlich, ich glaube dir alles.«

Als sie draußen waren, sagte Tilly: »Ein Glück, daß die fort sind! Menschenskind, es kam ja keine Stimmung mehr auf!«

»Mit Invaliden, da wird es immer ein bißchen traurig«, erklärte Sonja. »Also ich mag das gar nicht.«

»Was denn!« widersprach Dodo, »du gehst doch manchmal mit so einem Krüppel ins Bett!«

»Na ja, aber ich habe eine Zeitlang gebraucht, bis ich mich daran gewöhnt hatte. Stellt euch vor, der kam da eines Tages und sagte: ›Du, ich habe ein Holzbein. Ich hoffe, das stört dich nicht.‹ – Na ja, ich gehe mit ihm aufs Zimmer, und wie er sich auszieht, da läßt er glatt sein Holzbein mitten im Zimmer stehen. Die Hose hing noch daran. Und dann hoppelt der so zu mir ins Bett. Na Mann, ich kann euch sagen: immer so hopp, hopp, hopp, auf einem Bein. Aber jetzt habe ich mich daran gewöhnt.«

»Also, als ich den Mephisto spielte . . .«, begann der Schauspieler und fiel im gleichen Augenblick vom Barhocker.

Sie lachten, nur Tilly rief wütend: »Das ist ja ekelhaft! Dieser alte Dreckskerl! Ich habe jetzt genug von dir!« Sie bückte sich zu ihm hinunter, wo er auf dem Boden herumkroch und nicht mehr aufstehen konnte: »Genug habe ich von dir, es ist aus! Du verschwindest!«

»Tilly«, lallte der Mann.

»Aus!« rief sie. »Und was will der denn überhaupt noch von mir? Er kann doch gar nicht mehr. Und ich habe das jetzt satt! Sauereien will er immer mit mir machen!«

Sie riß ihren Mantel vom Haken und ging zur Tür. »Ich will endlich einen richtigen Kerl haben! Aus, sage ich!« Sie wollte schon gehen, aber noch einmal faßte sie ihren ganzen Groll zusammen: »Du Sau!«

»Tilly«, stammelte der Mann und kroch auf allen vieren mühsam hinter ihr her, kroch auf die Tür zu, die Tilly von draußen zugeschlagen hatte. Der Mann schleppte sich hinter ihr her und murmelte ihren Namen. An der Tür aber fiel er wieder um.

»Den müssen wir nach oben bringen«, befahl Rosa.

Karl und Leopold halfen. Sie schleppten den Trunkenen durch das leere Treppenhaus. Er lallte: »Das Abendecho! Das Abendecho!«

Und als sie ihn auf das Bett in der Mansarde warfen, lallte er noch immer. Dabei war er selig in trunkenem Traum, denn die

Käufer rissen ihm die Zeitung aus den Händen, immer mehr Käufer, immer mehr Zeitungen: »Das Abendecho!« Und dazu lächelte er und dachte an sein Fixum, denn das schien ihm noch immer ein Zeichen von Qualität.

ZWÖLFTES KAPITEL

Die Mittagssonne schien durch den halbgeöffneten Vorhang auf den Zimmerboden. Achtlos hingeworfene Kleider, Damenunterwäsche, mit Spitzen besetzt, Männerhosen, Männerhemd, das Kleid der Frau, die Damenstrümpfe. Vor dem Bett standen zwei Paar Schuhe freundschaftlich auf- und nebeneinander.

Dodo und Karl hatten ihr Wiedersehen gefeiert. Sie lagen nackt im Bett. Dodos Brüste hoben und senkten sich. Ein haariges Bein lugte unter der Decke hervor. Sie schliefen beide mit offenem Mund, und ihre Gesichter zeigten jenen leicht blöden Ausdruck der völligen Entspanntheit. Karl schnarchte leise.

Der Fernschnellzug nach Antwerpen donnerte draußen über den Bahndamm. Dodo hob den Kopf, sie schätzte die Uhrzeit, dachte dann gleich an die großen Ausgaben des Vorabends und nahm sich vor, diesen Verlust an einem Tag auszugleichen. Dann schaute sie hinüber zu Karl.

Sie betrachtete ihn und dachte: Jetzt wird er gleich sein großes Maul aufreißen und gähnen. Es war zärtliche Kritik. Ehe sie nach diesem Gedanken noch Luft geholt hatte, begann er sich zu regen.

»Uuuaah!« gähnte er.

»Du Nußknacker«, sagte sie und kicherte.

Er schaute sie einmal an, schloß dann die Augen wieder. Ohne sie zu öffnen, sagte er: »Dodo, wie alt bist du jetzt?«

»Siebenunddreißig.«

»Dann ist es gut, dann haben wir noch Zeit ...« Er gähnte wieder, legte sich auf die Seite und schnarchte weiter.

Dodo stand leise auf und schlüpfte in ihren Morgenmantel. Während sie zur Toilette ging, dachte sie: Ich will doch mal sehen, ob ich nichts anschaffen kann, bis er ausgeschlafen hat. Aber noch ein Stündchen wollte sie ausruhen. Schlaf erhält jung, dachte sie.

Um die gleiche Zeit stand Leopold bereits hinter seiner Theke, putzte Gläser und Zapfhähne, sah der Putzfrau zu, ermahnte sie gähnend, die Toiletten mit höchster Akkuratesse zu behandeln.

»Das muß blitzen!« sagte er.

Dann nahm er den ersten Schnaps. Aber während er ihn hinunterschüttete, machte er sich wieder Vorwürfe: Ich darf nicht saufen! Er begann dieses Selbstgespräch mit Rede und Gegenrede: Aber was soll ich machen? Morgens komme ich mit dem Rest eines

Katers ins Gastzimmer. Nur ein Schnaps konnte da helfen. Aber das bleibt ja nie bei dem einen. Wie viele werden es bis zum Mittag? Also, sagte er sich, gib schon zu: Es werden bis zum Mittag doch fünf Schnäpse und vier Biere. Das ist zu viel! wies er sich zurecht. Warum saufen sie hier alle so schrecklich? Ständig sind sie am Saufen. Entweder sie huren, oder sie saufen. Und ich mache da mit, ich Schafskopf!

Er musterte das Flaschenregal mit gehässigen Blicken. Es war, als würden die Flaschen zurückstarren: kleine dicke und lange schmale, runde und eckige, hochmütige Namen, wie ihm schien: Martell, Hennessy, Bols, Queen Anne, John Haig, Doornkaat, Steinhäger. Eine ganze Versammlung von Flaschen, mit Charakter im Aussehen, mit Gesichtern, wie er manchmal dachte, wenn er betrunken war. Lächelnde Versuchungen oder arrogante Einladungen – man brauchte nur zu öffnen, und dann gluckerten sie leise, gaben ihren Stoff ab in ein Glas, wühlten ihren Geist hinein in sein Denken. Unbeteiligte Verführer, maliziöse Halunken – jetzt haßte er sie, diese Flaschen.

Dann faßte er einen harten Entschluß: Bis mittags zwölf Uhr wird nichts getrunken. Das hatte er sich schon mehrfach befohlen. Er beschimpfte sich wegen seiner Schwäche. Ah! In diesem Haus war er bisher nur schwach gewesen. Rosa ist schuld! Er schob alles auf sie. Dieses Weib! Diese feiste Tonne, die hier herrschte wie ein General. Dagegen mußte er sich genauso wehren wie gegen das Trinken. Da kam ihm eine Idee.

Er war außer Atem, als er drüben bei Baumann ankam. »Hör zu«, sagte er. »Deine Leiter! Ich kaufe dir deine Leiter ab. Jawohl, sag schon, was sie kosten soll.«

Baumann blickte ihn abwägend an. Er brauchte die Leiter selber. Und eine gute Leiter sei das außerdem. Er wartete auf ein Angebot.

»Nun sag schon, was soll das Ding kosten? Ich brauche sie sofort!«

»Dreißig Mark«, sagte Baumann. »Da habe ich sie dir aber geschenkt.«

»Du bist verrückt! Hier, da sind zwanzig Mark!«

»Was!« sagte Baumann. »Willst du mich bestehlen?«

Für fünfundzwanzig Mark fiel ihm die Leiter zu. Er trug sie zur Artistenklause und stellte sie sofort an das Regal. Dann stieg er hinauf. Er war besessen von seiner Idee, lachte leise, war glücklich, sich selbst und die Flaschen zu überlisten.

In einer Viertelstunde hatte er das untere Regal ausgeräumt.

Die Flaschen standen nun hoch oben. Auch ein größerer Mann als Leopold hätte sie nicht mit der Hand erreichen können. Befriedigt schaute er hinauf. Da standen sie in mehreren Reihen. Sie waren unschädlich gemacht.

Bis zwölf Uhr mittags! befahl er sich. Gutgelaunt polierte er die Chromteile der Theke. Die Leiter stellte er hinter die Küchentür.

Die Putzfrau kam aus der Toilette zurück, sah die Veränderung und sagte: »Sie, was haben Sie denn da gemacht?«

»Sind die Toiletten sauber?« fragte er streng. »Liegen auch keine Zigarettenkippen mehr in den Pissoirs? – Was ich da gemacht habe? Ich werde jetzt jeden Morgen die Regale putzen, deshalb kommen die Flaschen nach oben. Bei mir muß es blitzen! So, und jetzt in die Küche. Da sieht es nämlich auch nicht gut aus.«

Er lächelte hinauf zu den Besiegten und war stolz auf seine Stärke.

Die drei Männer gaben sich keine Mühe, ihren Auftrag zu verbergen. Sie sagten gleich unter der Tür: »Sittenpolizei!« Erst danach grüßten sie.

»So?« fragte Leopold. »Von der Sittenpolizei sind Sie? Und was wollen Sie hier?«

»Gesundheitskontrolle! Sie beherbergen doch mindestens ein Dutzend Kontrollfrauen hier im Haus.«

»Moment«, winkte Leopold ab, »damit habe ich nichts zu tun. Das erledigt alles meine Frau. Einen Moment.« Er verschwand durch die Küche, noch ehe die Polizisten etwas sagen konnten. Jetzt war er froh, daß er Rosa vorschieben konnte, jetzt hoffte er auf ihre Durchschlagskraft.

Aufgeregt rüttelte er sie wach. »Rosa!« rief er. »Rosa! Du mußt aufstehen, die Polizei ist da! Sie wollen dich sprechen.«

Sie gähnte, setzte sich im Bett auf und fragte schläfrig: »Na und?«

Im Morgenrock kam sie, versuchte während des Gehens ihr wirres Haar zu ordnen. Freundlich war sie, rief jovial: »Guten Tag, die Herren!«

Die Herren grüßten freundlich zurück, aber übersahen die Hand, die sie ihnen entgegenstreckte.

»Wir müssen Ihre Mädchen überprüfen.«

»Na, da staunt ihr, was! Wie ich mich gemausert habe. Ein eigenes Haus ... Hahahaha!« Sie lachte, daß sich ihr Busen zu schütteln schien. »Alles legal, meine Herren, hier gibt's nichts mit doppeltem Boden. Die Mädchen haben die Wohnungen gemietet, sie benehmen sich anständig und gehen durch den Hausflur mit ihren Freiern nach oben. Dagegen ist nichts zu sagen, nicht wahr? So, und jetzt ein kleiner Schnaps und ein Bier gefällig?«

Die Herren sträubten sich, blickten auf Leopold. »Nein, nein. Wir können wirklich nicht.«

»Aber natürlich nicht hier«, sagte Rosa und lachte wieder unmotiviert. »Bei uns, in der guten Stube, seid ihr zu Gast. Das macht der Rosa Freude. Das könnt ihr mir glauben.«

Sie gingen nicht auf ihren Ton ein. »Wir müssen hinauf und die Mädchen prüfen.«

»Na dann los, tut eure Pflicht. Rosa ist die letzte, die euch davon abhalten will. Wenn eine nicht zur Kontrolle geht, dann nehmt ihr sie mit. Das ist doch ganz klar. Aber dann, meine Herren«, bettelte sie, »werde ich Ihnen doch ein Schnäpschen anbieten dürfen, weil Sie heute das erstemal in meinem Etablissement sind . . .«

»Stell die Flaschen schon mal hin.« Leopold ging hinter die Küchentür und brachte die Leiter. Er legte sie an. Rosa stemmte ihre Arme in die Hüften und rief: »Was machst du denn mit der Leiter? Du Schafskopf!«

»Das geht dich einen Dreck an!« rief er wütend von oben. »Jetzt habe ich auch noch mit der Polizei zu tun! Das hat mir gerade noch gefehlt. Kein Mensch in unserer Familie hat jemals mit der Polizei . . .«

»Du Narr, du hast ja sämtliche Flaschen nach oben gestellt!« rief sie.

»Ich wollte die Regale putzen. Sie sind schmutzig.«

»Ach so«, sagte sie, und jetzt war Anerkennung in ihrer Stimme. »Hast du gesehen, wie man das macht, man muß die einwickeln. Mal klappt's, mal klappt's nicht. Siehst du, Leopold«, sagte sie und gähnte herzhaft, »es ist immer gut, wenn man etwas über seine Mitmenschen weiß. Mit denen da kriegen wir jetzt zu tun. Ich muß mal sehen, ob ich nichts über sie erfahren kann.«

»Woher kennst du die so genau?« fragte er, während er mit drei Flaschen im Arm von der Leiter stieg.

»Das ist ganz einfach, ich kenne die Weiber, mit denen sie zu tun hatten, verstehst du. Und mancher von diesen Kerlen macht mal so ein kleines Abstecherchen in der Morgenstunde. Da gibt es ein schweigendes Abkommen: einmal lassen sie dann so ein Weib ungeschoren, wenn sie nicht zur Kontrolle war und ihre Karte nicht stimmt. Natürlich nicht alle, nur die gehobeneren Weiber. Aber bei denen da«, sie deutete mit einem Kopfnicken nach oben, »von denen weiß ich noch nichts.«

Mißtrauisch schaute er sie an. »Wieso kennst du alle diese Schliche? Du bist eine von denen, aber ich komme noch dahinter.«

»Red keinen Stuß und gib die Flaschen her. Aber mach ein bißchen fix!«

Die Polizisten klopften an die Türen im ersten Stock. Der alarmierende Ruf: »Polizei!« weckte die Schläferinnen. Im Morgenrock, mit mißmutigen Gesichtern, erschienen die Frauen vor der Tür. »Ach, die Sitte«, maulte Oma und zog gleich die Karte aus ihrer Tasche. »Nächstens kommt ihr schon morgens um sechs.«

Sie streckte die Hand aus, wartete, daß man ihr den Beweis eines ordnungsgemäß geführten Hurenlebens wieder aushändigen würde. »Na bitte«, sagte sie schnippisch. »Na bitte, alles in Ordnung — oder?«

Die Blonde Inge sagte nicht viel. Sie hielt ihre Karte hin, nahm sie schweigend wieder in Empfang. Die Männer und Frauen kannten sich, aber sie machten keinen Gebrauch davon. Inge war nackt unter dem kaum geschlossenen Morgenmantel. Sie gab sich nicht die Mühe, ihre Blöße zu bedecken. Verächtlich stellte sie fest, daß die Blicke der drei Männer nach unten zu ihren Schamhaaren gingen. Mit Genugtuung dachte sie daran, daß sie ein Vielfaches von dem verdiente, was diese drei Kontrolleure als Gehalt nach Hause trugen.

Die Polizisten stiegen zum zweiten Stock hinauf. Sonja und Dodo zeigten ihre Karten. »So, seid ihr jetzt auch hier?« fragte Dodo. »Ich dachte schon, man hätte mal ein bißchen Ruhe vor euch.«

Sie durchkämmten das gesamte Haus, fanden, daß alle Frauen unter ärztlicher Aufsicht standen. Schließlich gerieten sie an die Wohnungen der Familien Silberstein und Knorr.

»Sittenpolizei!« sagten sie.

Frau Silberstein begann sofort zu schreien: »Was wollen Sie sehen? Meine Kontrollkarte! Ich!« rief sie schrill, »ich wäre eine Kontrollfrau! Eine blinde Ehefrau bin ich!«

Die Polizisten blickten verdutzt auf die erregte Frau. Dann entschuldigten sie sich. Nebenan gestikulierte die Taubstumme. Schleunigst gingen die Männer wieder nach unten.

»Warum haben Sie denn nicht gleich gesagt, daß da oben noch

zwei Ehepaare wohnen?« Vorwurfsvoll fragte der Inspektor, und auch seine beiden Gehilfen blickten Rosa ärgerlich an.

Während Rosa in Geschäftigkeit aufblühte, stand Leopold verstört hinter der Theke. Was da vor sich ging, das war ja fast ein Verhör.

»Wir wollen Ihnen keine Unannehmlichkeiten machen, aber wir müssen wissen, was hier vorgeht.«

»Nun kommen Sie doch zu einem Glas Bier ins Zimmer«, bat Rosa. »Das macht sich nicht gut, wissen Sie, wenn Gäste kommen . . .«

Widerstrebend folgten die Polizisten, nahmen dann doch die Schnäpse und Biere zu sich.

Mit der Schankkonzession war alles in Ordnung. »O ja!« sagte Rosa. »Und auch sonst. Passen Sie auf, die Mädchen sind unter einem Dach, da sind sie von der Straße weg. Ich habe mich genau erkundigt: das ist alles legal. Sie können hier mit ihren Freiern essen und auch etwas trinken. Was sie sonst machen, geht mich nichts an.«

Die Polizisten wurden nach dem dritten Schnaps und den wiederholt gefüllten Biergläsern freundlicher. Um die Auswüchse ginge es ihnen, das müsse sie verstehen. Sie sei ja selbst . . .

»Psst!« Rosa legte den Finger auf die Lippen. Verschämt sagte sie: »Verstehen Sie, mein Mann, er muß es ja nicht unbedingt wissen . . .«

»Ach, Sie haben geheiratet?«

»Nein, nicht direkt. Das heißt, ich werde heiraten. Ja, mein Mann war Artist, ein berühmter Dompteur. Wir haben zusammengelegt. Wir wollen ja auch gar nicht viel Wind machen. So ein paar Frauen, die uns ab und zu Gäste bringen. Ganz bescheiden, Sie verstehen?«

Dann sprach sie vom Alter, von schweren Zeiten. Ja, natürlich, man kenne sich ja auch noch von früher — und früher da sei ja nicht alles so geordnet gewesen, hier und da habe es mal einen kleinen Ärger gegeben mit der Polizei.

»Noch ein Gläschen?«

Ach, und der kleine Kommissar — wie hieß er noch — der Chef der Sittenpolizei, der war gestorben? Ein Herzschlag.

»Nein, so was«, trauerte Rosa, »das tut mir aber leid.« Bekümmert schüttelte sie den Kopf. »Aber das hier, ich kann Ihnen sagen, das ist ein anständiges Haus. Darauf können Sie sich verlassen: Ich achte darauf, daß die Mädchen zur Kontrolle gehen!«

Leopold wartete, fürchtete für das Unternehmen, obwohl Rosa ihm immer wieder versichert hatte: »Es ist nicht gegen das Gesetz.« Da hineinheiraten? Wo kann das noch hinführen? Und sie immer die erste Geige! Nichts mehr bin ich. Früher hatte ich wenigstens noch Applaus. Er dachte an seinen Vater, fand es seltsam, daß ihm dieses strenge Gesicht gerade jetzt einfiel. Huren und Zuhälter – die muß ich jetzt bedienen. Und dann diese Freier – bedienen. Beim Zirkus, da machte ich meine Nummer, und dann hatte ich meine Ruhe. Das hier hört nie auf!

Er nahm die Leiter, griff in die Sprossen, trug sie wie ein Schornsteinfeger, mit durchgestecktem Arm, wollte sie wegtragen, aber vor der Küchentür blieb er stehen. Nur ein paar Sekunden rang er mit sich, dann gab er sich nach, trug die Leiter wieder zurück, stellte sie an, stieg hinauf.

Oben zögerte er noch, dachte aber: einen winzigen Schluck, nur einen winzigen!

Hastig entkorkte er eine Cognacflasche, setzte sie an: ein Schluck und noch ein großer Schluck. Dann hörte er Rosa und die Polizisten kommen. Auf dem Weg die Sprossen hinunter hatte er noch den Mund voll Cognac. Er verschluckte sich und mußte husten.

Die Polizisten grüßten freundlich. Rosa brachte sie zur Tür, war beflissen – noch immer ungekämmt, ungewaschen, im seidenen Morgenmantel.

Als die Männer draußen waren, rief er: »Jetzt ist Schluß mit den Weibern! Ich mache hier einen Flohzirkus auf, dann haben wir eine Attraktion, die uns Gäste bringt.«

»Du spinnst!« sagte sie und pflanzte sich protestierend vor ihm auf, die Arme in die Hüften gestemmt. »Ich rackere mich mit der Polente ab, und du spinnst hier 'rum und willst einen Flohzirkus aus diesem blühenden Unternehmen machen. Noch ein Wort, und ich werfe dich hinaus!«

»Einen Puff hast du gemacht aus diesem Lokal. Eine alte Puffmutter bist du! Aber dafür bin ich mir zu schade!«

»Was!« kreischte sie auf. »Du nennst mich eine Puffmutter!« Sie sprang auf ihn zu, schlug nach ihm. Er packte sie an ihrem Hausmantel. Er zerrte daran, hatte auch ein Stück Nachthemd in den Händen. Der Stoff riß, plötzlich erschienen ihre gewaltigen Brüste, bibberten, als wären sie selbständige Lebewesen.

Die Putzfrau kam aus der Küche und rief: »Um Gottes willen! Sie schlagen sich!«

Aber das Gefecht war bereits vorüber. Schweratmend standen

sie sich gegenüber. Rosa zog die Stoffetzen vor ihrer Brust zusammen. Jetzt weinte sie, war häßlich in diesem Weinen. Sie sagte: »Das sollst du mir büßen! Daran wirst du denken!«

Leopold antwortete nicht. Er ging zur Leiter, stieg hinauf, nahm die Flasche wieder und trank. Mit der offenen Flasche in der Hand sprach er von oben herab: »Eine Hure warst du. Ich habe dich durchschaut! Von Anfang an wolltest du ein Hurenhaus, das war dein schmutziges Ziel! Einen Dummen hast du dazu gesucht. Aber ich war außer Dompteur auch noch Buchhalter.« Er spielte diese Kombination aus, als sei sie die Verkörperung von Intelligenz und Kraft.

Sie rief hinauf: »Gar nichts warst du! Ein Hundemensch warst du. Du wirst niemals etwas anderes sein! Du bist und bleibst ein Hundemensch!«

Er wollte schon auffahren, aber er besann sich, nahm einen langen Schluck aus der Flasche und sagte würdevoll: »Ich stehe haushoch über dir.«

Danach spuckte er verächtlich aus.

Rosa stürzte auf die Leiter zu, rüttelte unten, als wolle sie ihn herabschütteln.

»Vorsicht! Vorsicht!« rief die Putzfrau. »Wenn er da herunterfällt!«

Rosa besann sich. Oben klammerte sich Leopold an die Sprossen. »Jawohl! Das ist ein Anschlag auf mein Leben! Und Sie sind Zeuge!« rief er der Putzfrau zu. »Sie werden vor Gericht aussagen müssen.«

Am Morgen hatte er gelitten unter der Erkenntnis, daß er dieses Leben nicht würde aufhalten können. Wie sollte das weitergehen? Eingesperrt würde er in diesem Gastzimmer leben. Dann hatten ihm die Flaschen wieder eine Niederlage eingebracht – den Suff. Das kann nicht so weitergehen! Danach kam die Polizei. Auch das war eine Demütigung. Eine Kränkung war das ... Und der Abschluß ... Ah, dieser Gipfel der Entwürdigung. Da hatte dieses feiste Weib gestanden und gerufen: »Du bist und bleibst ein Hundemensch!«

Sollte er seine Koffer packen? Aber wohin sollte er gehen? Als Buchhalter, als ungelernter Arbeiter? Er fürchtete die kreditlose Zukunft. Das sichtbare Zeichen des Erfolges war das Geld. Aber er hatte keinen Ehrgeiz. Er wollte nur Sicherheit, und wenn er an ein gesichertes Alter dachte, war er gezwungen, an Geld zu denken. Und hier ging Geld ein. Die Kasse stimmte, wie er sich sagte.

An diesem Tag nahm er sich vor, von jetzt an jede Nacht zehn Mark aus der Kasse als einen Sonderbonus für sich zu beanspruchen. Dieses Geld wollte er sparen. Der Diebstahl schien ihm gering im Vergleich zu dem Betrug, den Rosa an ihm begangen hatte. Sie hatte von Anfang an gewußt, daß sie ein Bordell eröffnen würde.

Er begann zu rechnen: jeden Tag zehn Mark, das ergab im Jahr ... das machte in drei Jahren, in fünf Jahren ... Die Summe befriedigte ihn, denn dazu kam noch seine Einlage, das Geld, das in Rosas Tasche verschwunden war. Damit würde er eine neue Existenz beginnen. Er zimmerte sich seine Zukunft zurecht und wurde sogar fröhlich dabei.

Sie schwiegen an diesem Tag. Wenn sie etwas sagten, dann waren es belanglose Dinge. Aber jeder für sich allein rechnete und kalkulierte an dieser unbestimmbaren Zukunft.

Rosa betrachtete ihn manchmal von der Seite, sein verschlossenes Gesicht warnte sie, verriet ihr, daß er an einem ernsthaften Entschluß herumgrübelte. Wollte er sie verlassen?

Dabei habe ich mich doch schon so an ihn gewöhnt.

Nie hatte sie einen Mann lange besessen, nie hatte sie das Gefühl genossen, von einem Mann beschützt zu werden. Zweimal hatte sie es mit einem Zuhälter versucht, aber ihre angeborene Schlauheit hatte sie bald den wahren Charakter dieser Verbindung erkennen lassen. Und früher? Der Unteroffizier, der den schwachsinnigen Otto gezeugt hatte ...

Ja, der hätte mich geheiratet. Aber warum mußte dieser Narr auch tapfer sein. Hatte nicht der Kommandeur geschrieben, er sei einer der tapfersten Soldaten der Kompanie gewesen? Na ja, da konnte es nicht ausbleiben, daß er eines Tages weggeputzt wurde. Tapfer war er, ja, ja. Aber im Hirnkasten, da hat es ihm gefehlt. Leopold dagegen schien ihr die richtige Mischung von Feigheit und Schläue und sogar von Mut — wenn er gereizt wurde. Dem hatte man die Flügel gestutzt. Der würde nicht mehr gern fortfliegen. Das wußte sie. Mit dem ließe sich ein geruhsames Alter verbringen.

An was der Kerl nur denkt? Dabei hat er doch hier Amerika entdeckt. Er kann essen und saufen, was er will. Er hat mich im Bett und er hat Beschäftigung hinter der Theke.

»Hör mal«, begann sie. »Das wollte ich noch sagen. Hier sitzt du sicher und warm. Vergiß das nie.«

Er füllte Biergläser, gab keine Antwort auf das Geflüster, mit dem sie sich an ihn herangeschlichen hatte. Das Lokal war dicht besetzt. Es war Nachmittag. Die Frauen warteten auf den Abend. Sie stärkten sich jetzt mit einer kräftigen Mahlzeit. Seit Rosa ihren Küchenzettel aufgebessert hatte, aßen sie alle im Haus.

Später brachte die Blonde Inge einen Gast, der unbedingt an der Theke auf den Barhockern sitzen wollte. Er bestellte Sekt. Er war jung, höchstens fünfundzwanzig. Inge ging zu Rosa in die Küche und sagte stolz: »Ein Diplomatensohn, das darfst du mir glauben, auch wenn er besoffen ist.«

Sie war ihrer Sache jedoch nicht ganz sicher. Er kam ihr arrogant vor. Vielleicht langweilte er sich.

»Ich kenne das Lokal nicht«, sagte er. »Es kann noch nicht lange existieren.«

Sie dachte: als ob er jedes Lokal kennt, in dem Frauen zu haben sind.

»Es macht wohl keinen Unterschied. Es ist überall das gleiche.«

»Für dich gibt es keine Überraschungen mehr, was?« sagte Inge spitz.

»Nicht sehr viele.«

Sie blickte auf die Armbanduhr, rechnete mit ihrer Zeit: »Ich muß sichergehen. Willst du aufs Zimmer oder nicht?«

»Warum denn so hastig? Weißt du, der Ton paßt gar nicht zu dir.« Er zeigte jetzt Interesse, fragte nach ihrem Alter, sagte dann: »Natürlich bist du wegen einer unglücklichen Liebe hier gelandet.«

»Was geht es dich an.«

»Eigentlich nichts.«

»Na bitte! Ich mag diese Sorte Männer nicht, die hierherkommen und dann anfangen: Du gehörst nicht hierher, du bist doch viel zu schade, und all dieser Quatsch ...«

»Ich habe nicht gesagt, du wärst zu schade dafür. Es hätte mich interessiert, wieso du hierhergekommen bist.«

Sie winkte ab. »Dafür gibt es viele Gründe. Jede, die hier sitzt, hat ihre Gründe. Paß auf! Morgens mußte ich mit dem Bus zur Arbeit fahren. Dieser Bus war ständig überfüllt, morgens und abends. Da standen sie alle. Und weißt du was, sie stanken! Jawohl, drei Jahre lang mußte ich in der stinkenden Menge mit dem Omnibus fahren. Ist das allein nicht schon ein Grund, auf den Strich zu gehen?«

Sie lachte, betrachtete ihn amüsiert und hob ihr Glas.

»Du meinst, es war demütigend, im Gestank zu stehen? Da hast du vielleicht recht. Aber dies hier ...«

»Ich habe mich dazu entschlossen. Ich kann mich nach jedem Mann baden, verstehst du? Ich kann mir Luxus und Sauberkeit und all das leisten, was schön ist im Leben.«

»Jeder gibt seinem Affen Zucker, so gut er kann.« Er nippte am Glas.

»Also, wie ist das jetzt? Willst du mit mir gehen, oder willst du weitersaufen und große Sprüche machen?«

Er griff in seine Brusttasche, holte einige Geldscheine hervor, betrachtete sie, wählte aus und gab ihr das, was er für angemessen hielt. Es waren dreihundert Mark. »Ich heiße Jonathan«, sagte er, deutete auf Leopold und befahl: »Für ihn auch ein Glas.«

Sie lächelte ihn an. »So übel scheinst du nicht zu sein.«

Der Schauspieler kam zur Theke. Er reichte Leopold die Hand. »Ja, ich ziehe aus. Ich habe ein neues Zimmer gefunden. Wissen Sie, für mich war das ja alles nur ein Übergang bis zum nächsten Engagement.«

Er nahm seinen Koffer auf, grüßte nach allen Seiten und ging zur Tür hinaus.

Dann erschien der Kellner. Er kam eine Stunde zu spät. Ein langaufgeschossener, schmalbrüstiger Mann: »Sie müssen entschuldigen. Ich habe es nicht gleich gefunden. Dann habe ich einen Taxifahrer gefragt. Der hat mich hergefahren.«

Der Mann wirkte nervös. Die Rote Else kam heran, sie kreischte vor Vergnügen auf: »Mann, fängst du hier an? Ich lache mich tot!« Sie wandte sich zum Tisch, wo Tilly, Oma und Anita saßen. Sie sagte laut: »Habt ihr gesehen? Der schwule Willi fängt hier an als Kellner!«

Der Mann lächelte zuerst unsicher, dann aber wurde er zornig. »D-d-du kannst mich am Arsch lecken!« sagte er. Und zu Leopold: »Entschuldigen Sie, ich habe so meine Erfahrungen mit diesen Weibern.« Dabei wurde sein Gesicht rot, weil er gestottert hatte.

»D-d-das passiert mir nur, wenn ich mich ärgere.«

Leopold fand diesen Mann von Anfang an sympathisch. »Willi heißt du?« fragte er. »Hier in der Küche kannst du deine Jacke hinhängen. Da ist ein Haken, und da ist ein kleines Schränkchen.« Rosa griff sofort an: »Reichlich spät kommen Sie, mein Herr! Das fängt ja gut an!«

»Laß den Mann in Ruhe!« sagte Leopold. »Kümmere dich um deinen Fraß. Der Kellner ist meine Sache!«

Sie schwieg. Willi dankte Leopold mit einem Blick.

Er war flink. Leopold sah sofort, daß dieser Mann gutwillig war. Das gefiel ihm, er fühlte sich entlastet. Leicht nach vorn gebeugt, empfing Willi die Bestellungen am Tisch. Er servierte geschickt, redete nicht viel.

Ein perfekter Kellner, dachte Leopold. Der Junge hat was von der Welt gesehen.

»Zwei Schnitzel mit Beilage! Drei Bier! Zwei Cognac!« rief Willi in die Küche.

Der junge Mann, der bei Inge saß, fragte: »Wollen wir noch ein Fläschchen Sekt trinken, Leopold?«

Als Leopold die Toilette seines Lokals aufsuchte, erschrak er plötzlich. Das plätschernde Geräusch unter sich, blickten seine Augen auf die Wand in Gesichtshöhe. Da hatte doch jemand einen Mann und eine Frau hingemalt: eine Stellung. Und aus dem Mund der Frau kamen die geschriebenen Worte: ›Stoß zu, Geliebter!‹ Ah! Und da waren ja noch mehr von diesen Schweinereien! Er vergaß fast, seine Hose zu schließen, ging ganz nah heran, mußte den Kopf schiefhalten, um die Inschriften lesen zu können: ein schmutziger Vers, dann ein Mann mit einem gewaltigen Geschlechtsteil und daneben die überdimensionale Mitte einer Frau, die weit gespreizten Schenkel von ungeübter Hand gezeichnet, Schimpfworte für die männlichen und weiblichen Geschlechtsteile.

»Die Schweine!« schimpfte er leise vor sich hin. »Diese verdammten Säue!«

Er musterte die Becken, öffnete die Tür des Wasserklosetts, sah das alles mit Ekel und Zorn, dieser Raum war wie ein Platz, wo Krankheit und Gestank herrschten. Hierher trugen sie ihren Urin und ihren Kot, die gierigen Männer, vergifteten den Raum mit ihrem Dreck und zeichneten ihre kranken Lüste auch noch an die Wände. Eine Kloake! dachte er voll Zorn.

»Hier muß Ordnung geschaffen werden!« sagte er laut. Dann ging er hinaus. Draußen sagte er zu Rosa: »Guck dir heute nacht mal die Schweinerei an, die sie draußen gemacht haben!« Er schimpfte in der Küche über die beschmierten Wände, als seien sie eine Kränkung, die man eigens für ihn erdacht habe und an der Rosa nicht unschuldig sei.

»Was willst du?« fragte sie. »Die malen nun mal ihre Männchen dahin. Das gehört mit zum Geschäft. Morgen früh wird die Putzfrau die Wände scheuern. Und damit basta!«

Mit zusammengekniffenen Augen stand Leopold hinter der

Theke und prüfte seine Gäste. Er musterte sie alle eingehend. Sein Zorn richtete sich gegen jeden. Aber es war keinem anzusehen, ob er heimlich schmutzige Verse und Geschlechtsteile an fremde Wände schmierte.

Er stützte die Hände auf die Theke, blickte noch immer ins Lokal, sagte leise, aber bereits verzagend: »Wer war die Sau?«

Die Blonde Inge und ihr Freier gingen aufs Zimmer. Die Weiber verschwanden – mit oder ohne Mann.

»Polizeistunde!« rief Leopold.

Willi räumte die Tische ab. Sie machten die Abrechnung. Dann sagte Leopold: »Du kannst gehen, Willi.«

Leopold nahm einen Besen und kehrte das Lokal. Es war ein Haufen Dreck, den er mit dem Besen zusammenfegte, der Müll eines Tages: Zigarrenstummel, Zigarettenstummel, Zigarettenschachteln, Streichhölzer, Papierfetzen, zerrissene Bierdeckel, ein Lippenstift, ein Zweimarkstück und viel Staub.

Oben lagen die Blonde Inge und Jonathan. Sie führten ein ernsthaftes Gespräch. Bisher waren alle Bemühungen Inges gescheitert. Er hatte sie angefaßt, mit ihr gespielt. Dann hatte sie nach einer halben Stunde gesagt: »Menschenskind, du bist ja impotent.«

Sie gaben auf. »Laß es sein«, bat er. »Ich habe keine Lust heute.«

»So jung und schon impotent.« Ungläubig schaute sie ihn an.

Der junge Mann lächelte und sagte: »Impotenz ist die Rache der Männer.«

»Hat dich eine enttäuscht? Hat dich eine sitzenlassen, wie? So eine Vornehme aus deinen Kreisen? Und jetzt macht das kleine Ding da schlapp ...«

Von unten kam das Geräusch der herunterrasselnden Rolläden. Leopold stand vor der Kasse und rechnete. Dann stahl er den ersten Zehnmarkschein. Er steckte ihn in die Tasche – seinen Sonderbonus für alle Kränkungen, die er in diesem Raum hatte erleiden müssen.

DREIZEHNTES KAPITEL

»Mein Engelchen kommt«, sagte Rosa, lächelte still und glücklich, und ihr Gesicht hatte einen zärtlichen Ausdruck.

Sie ging hinüber zu Baumann und sagte: »Für mein Töchterchen. Ich will ihr eine Mansarde hübsch einrichten.« Sie hob drohend den Finger: »Aber nur erste Ware!«

»Selbstverständlich, Rosa!« beteuerte Baumann.

»Ich brauche ein Tischchen, ein Bettchen, zwei Sesselchen ...« Sie zählte alles auf, wählte bedächtig, feilschte dann um den Preis und sagte zufrieden: »Das wird ein hübsches Zimmerchen!«

Sie kam zurück ins Gastzimmer und erklärte Leopold: »Ich habe für die Kleine eine Zimmereinrichtung gekauft.« Sie wartete auf seine Antwort. Er sagte nichts. »Hör mal, Leopold«, warb sie, »wir müssen uns wieder vertragen. So geht es doch nicht. Einen kleinen Streit gibt es ja schließlich in jeder Ehe mal ...«

»Noch sind wir nicht verheiratet!« sagte er.

»Ich weiß«, erwiderte sie nachdenklich. »Du mußt dich bald entscheiden. Ich kann nicht vor meinen Kindern mit dir in wilder Ehe leben!«

»Wieso Kinder? Hast du denn noch mehrere?« fuhr er auf.

Sie erschrak, stotterte: »Nein, nein, natürlich nicht. Ich habe nur ...« — »Was hast du nur?« bohrte er.

»Nichts!« Sie ging schweigend in die Küche.

Die ersten Frauen kamen, legten ihre Schlüssel vor sich auf den Tisch und bestellten Essen. Der Kellner Willi hängte seine Jacke in der Küche auf, zog sein weißes Kellnerjackett an. Die Oma bestellte sich ein Schnitzel. Tilly und Anita lachten über einen Freier, den sie gemeinsam gehabt hatten. »Also, das war einer. Ich kann euch sagen, zum Totlachen! Was der alles verlangt hat ... Ich kann euch sagen! Und wir immer: Da mußt du noch was drauflegen! — Dreimal hat er die Brieftasche zücken müssen. Wir haben ihn ganz flott abgezogen.« Sie aßen mit Genuß.

»Meiner war impotent«, sagte die Blonde Inge, während sie auf der Speisekarte suchte.

»Also du!« rief Tilly mit vollem Mund, »das sind die Schlimmsten!«

»Nee«, sagte Inge, »der war harmlos. Der hatte einen Knacks. Der war mit einer verlobt. Wißt ihr, so was Vornehmes. Die hat ihm einen Tritt gegeben. Und mit seinem Vater ist er verkracht.

Da stimmt's überall nicht, aber mit der Brieftasche, da stimmt's. Stellt euch vor, im Bett, da sagt der mir Gedichte her. Na, ich denke, Gedichte sind ja auch ganz hübsch, wenn sie ordentlich bezahlt werden. So was Französisches war das. Ich glaube, einmal kommt was vor, das heißt so ähnlich wie: Ihr, meine barmherzigen Schwestern ... Er sagte, damit wären wir gemeint. – Willi! Bring mir ein Hühnerfrikassee auf Reis!«

Leopold ging in die Küche. Gehässig sagte er: »Hörst du das? Hörst du das Geschwätz da draußen? Und was wird dein Engelchen wohl dazu sagen, wie?« Er äffte sie nach: »Dein Engelchen! Was glaubst du wohl, was die von ihrer Mutter denkt, wie? Und ich!« rief er plötzlich laut, »was wird sie wohl von mir denken?«

»Tja ...«, sagte Rosa. »Die Weiber müssen sich anständig benehmen, wenn Wally hier ist.« Sie wurde plötzlich hart, sagte: »Wer sich nicht anständig benimmt, der fliegt 'raus!« Sie ging ins Gastzimmer und herrschte die Frauen an: »Hört mal her! Ihr wißt alle, daß mein Töchterchen kommt. Ich kann euch sagen, wenn das Kind hier ist und ihr reißt eure Lästermäuler so auf, dann schmeiße ich euch alle 'raus!«

»Jawohl!« stimmte Oma zu. Tilly, Inge, die Rote Else, Anita und Dodo waren auch sofort einverstanden.

»Das ist doch ganz klar!« rief Dodo. »Wenn das Kind hier unten ist, müssen wir uns zusammennehmen. Also ich, ich schlage jeder auf die Fresse, die sich unanständig benimmt, während das Kind hier ist!«

»Ich auch!« rief Oma.

»Was?« fragte Rosa.

»Auf die Fresse!«

Rosa war fast gerührt. »Hast du gehört?« sagte sie in der Küche. »Die werden sich zusammennehmen. Die parieren. Na, ich habe ja auch nur vernünftige Frauen ausgesucht.«

»Du hast sie ausgesucht?« fragte er verwundert.

»Ja natürlich! Ich habe ein paar fortgeschickt, und nur die Vernünftigen durften hier einziehen. Ist das etwa nicht in Ordnung?« Er brummelte nur so vor sich hin.

»Du!« sagte sie plötzlich. »Die Mansarden! Wir müssen die eine Seite frei machen. Tilly muß 'rüber. Das ist nicht schlimm. Da sind ja zwei Vorplatztüren. Da hört das Kind nichts.«

Sie bereiteten alles vor. Und während sie die Gefahren beseitigten, litt Rosa an der Furcht, ihr Kind könne doch begreifen, welche Geschäfte die Frauen hier betrieben. Sie seufzte, rechnete, wie lange es wohl dauern würde, bis genug Kapital da war. Einen kleinen Wohnblock, so an die zwanzig Wohnungen, dachte sie. Und dieses Haus könnte man verpachten. Wenn es so weitergeht, wenn das Geschäft dauert. Es hat sich ja schon was angesammelt. So ein paar Tausender liegen schon auf der Bank. Es mehrt sich, dachte sie zufrieden. Wenn nur Leopold durchhält. Ach! Da war noch diese Geschichte mit Otto. Wie soll ich ihm das nur beibringen? Sie seufzte oft an diesem Tag.

Um die Mittagszeit käme der Zug, sagte sie. »Ich richte alles vor. Du wirst doch ein paar Schnitzel und Koteletts braten können. Vielleicht kann Willi dir helfen.«

»Ich kann kochen«, sagte Willi. »Ich habe immer für meine Freunde gekocht.«

»Das ist ja prima!« rief Rosa und tätschelte dem Kellner die Wange. »Ich muß gehen! Kinder, ich muß mich umziehen. Ich will doch rechtzeitig am Bahnhof sein! Also macht hier alles schön!« Sie zitterte vor Aufregung. »Leopold! Zieh dir ein anderes Hemd an! Das Hemd ist am Kragen schmutzig. Also, ich muß mich schnell umziehen!«

Sie ging in die Wohnung, wählte aus ihrem Schrank Kleidungsstücke, die ihr respektabel schienen: der Pelz, die Krokodillledertasche, ein schwarzes Kostüm. Es war zwar schon zu warm für den Pelz, aber wenn sie ihn trug, war sie eine Frau von Solidität.

Aus ihrem Geheimfach nahm sie ein paar Hundertmarkscheine. In einer alten Bibel, die oben im Kleiderschrank lag, hatte sie Banknoten versteckt. Es war wichtig, daß man genug Geld in der Tasche trug. So ausgestattet mit Geld und gut gekleidet, fühlte sie größere Sicherheit. Sie war davon überzeugt, daß sie etwas darstellte. Sie war eine Besitzende, dieses Gefühl erschien auf ihrem Gesicht, als sie draußen dem wartenden Taxifahrer befahl: »Fahrer! Bringen Sie mich zum Hauptbahnhof!«

Als sie auf dem Bahnsteig stand, inmitten des dröhnenden Lärms, wurde sie wieder zaghaft, als hätte sie vor Zeiten einen Frevel begangen, zum Nachteil dieser Tochter.

Der Zug fuhr ein. Rosa sah ihre Tochter. Sie stand am falschen Platz, mußte dem Wagen nachlaufen: eine dicke Frau, die plötzlich einen schwerfälligen Dauerlauf begann, die mit hochrotem Gesicht, nach Luft schnappend, vor der Wagentür ankam. Und dann trat sie heraus, langsam, etwas schüchtern, den Koffer anmutig in der Hand tragend. Eine Stufe, noch eine Stufe. Blond war sie, hübsch war sie, und zart war sie.

»Ach Gott, mein Engelchen!« Sie drückte das Mädchen an ihre Brust, hielt sie von sich ab, um sie zu betrachten, staunte wieder, eine solche Tochter zu haben.

Wally lächelte. Ihr Mantel gefiel Rosa nicht: »Nein!« sagte sie. »Da kaufen wir sofort einen anderen. Das da, nein, das ist nichts. Komm, gib mir deinen Koffer her. Ach, ist der schwer. Den hast du die ganze Zeit tragen müssen? Nein, natürlich nicht die ganze Zeit, aber zum Bahnhof. Also, komm hier heraus. Wir gehen jetzt in ein Modegeschäft, und da kaufe ich dir ein Mäntelchen. Willst du auch ein Kleidchen haben?«

»Nein. Warum? Ich habe doch einen Mantel und ein Kleid. Zwei habe ich noch im Koffer.«

»Ach Gottchen, was bist du weltfremd. Ja, mein Kind, das bist du noch. Na, das wird sich ändern.«

»Der Mantel ist nicht nötig«, sagte Wally.

»Aber doch!«

Aufgeregt schwatzend lief Rosa neben ihrer Tochter her, trug den Koffer, kam wieder außer Atem. Auf einer der Hauptstraßen schubste sie Wally in ein Modegeschäft. Dort sagte sie: »Einen Mantel. Einen Frühjahrsmantel für das Kind. Und ein Kleid. Etwas Geschmackvolles, wenn ich bitten darf.«

Sie lehnte drei Modelle ab, kaufte das vierte: »Der ist richtig. Schick siehst du aus. Todschick, mein Kind.«

Wally drehte sich hölzern vor dem Spiegel.

Das Kleid war ein Pariser Modell.

»Aber Wally! Sieht das Kind nicht schick darin aus?« fragte Rosa die Verkäuferin. Die Verkäuferin machte gemeinsame Sache: »Selbstverständlich, sehr schick! Sehr schick!«

»Nenn mich nicht immer das ›Kind‹ bei fremden Leuten. Ich mag das nicht.« Wally sagte es leise, ohne jede Erregung, aber sie brachte Rosa damit völlig aus der Fassung.

»Aber ... Aber ...«, stammelte sie. »Das sagt man doch als Mutter.«

»Sag: meine Tochter. Das andere klingt, als wäre ich zwölf Jahre alt.«

Nachdenklich blickte sie Wally an, faßte sich schnell und lächelte: »Du hast recht. Ja, natürlich hast du recht. Das klingt wirklich, als wärst du noch ein Baby. Aber siehst du, ich sehe dich immer noch so groß vor mir.« Sie zeigte, vom Boden gemessen, die Kindergröße. »Die Jahre«, seufzte sie. »Die Jahre ...«

Rosa kaufte das Pariser Modell. Sie ließ es mit dem Mantel einpacken. Wally zeigte keine Freude. Sie nahm es an, als wäre es etwas Lästiges, das man ihr aufdrängte.

»Ein Taxi«, sagte Rosa.

»Warum?« fragte Wally. »Können wir nicht laufen?«

»Es ist zu weit, mein Engelchen.«

Sie hatte das Haus noch nicht gesehen. Vor zwei Jahren, an Weihnachten, da war die Tochter für fünf Tage in ihrer Wohnung gewesen. Damals war es schwergefallen, die Wohnung sauberzuhalten: die Anrufe, die Besucher. Nein, das ging nicht. Jetzt war das etwas anderes, das Kind würde in der Wohnung sein, würde in seinem eigenen Zimmerchen schlafen. Ja, und einen Beruf mußte Wally natürlich auch erlernen.

Als sie in die Straße einbogen, erschrak Rosa. Sie sah vom Taxi aus, wie Leopold und Willi einen Gast aus der Tür auf den Bürgersteig drängten. Der Gast wollte wieder hinein. Leopold und Willi schoben ihn wieder hinaus. Vor der Tür stand der Gast schwankend, schien mühsam zu überlegen und torkelte dann davon.

»Was ist da los?« fragte Wally. »Ist es hier?«

»Ja, hier ist es. Weißt du, wir achten darauf, daß wir ein sauberes Lokal haben. Betrunkene werden bei uns nicht geduldet.«

Der Schreck saß ihr noch in den Gliedern. Ausgerechnet jetzt! dachte sie. Sie fuhren an dem schwankenden Mann vorbei, hielten vor dem Lokal. Wally schaute auf das Schild: ›Artistenklause‹, las sie langsam.

Sie gingen hinein. Da saßen sie alle und starrten sie an. Die Blicke der Frauen machten Wally wieder befangen. Leopold kam eilig hinter der Theke hervor. »Guten Tag, mein Kind. Guten Tag.« Er reichte ihr die Hand, fragte sie nach der Reise, hatte, wie von Rosa angeordnet, ein frisches Hemd angezogen. »Willst du etwas zu essen haben?« fragte er. »Bist du nicht hungrig?«

Dodo kam heran und streckte Wally die Hand hin. »Also, das ist Wally, deine Tochter? Hübsch ist das Kind. Weißt du, ich bin eine gute Freundin von deiner Mutter.«

»Ja, ja«, sagte Rosa zerstreut. »Nun komm erst mal in die Wohnung.« Sie warf Leopold einen wütenden Blick zu und schob Wally durch die Küche in die Wohnung. Sie kam bald zurück und fragte hart: »Was war da los?«

Ein Gast war betrunken ins Lokal gestolpert, hatte sich vor den

Tisch der Frauen gestellt und gelallt: »Wer ist die Vornehmste unter euch? Ich gehe nämlich nur mit vornehmen Nutten schlafen!«

Willi hatte den Mann zur Tür hinausschieben wollen, aber der Gast hatte sich vor ihm aufgebaut und drohend gesagt: »Mann, Würstchen! Ich puste dich um, wenn du einen Finger an mich legst.«

Das hatte Willi eingeschüchtert. Hilfesuchend blickte er sich nach Leopold um. Zu zweit schafften sie ihn hinaus. Willi hatte geächzt: »Ach Gott, diese betrunkenen Männer. Es ist schrecklich!«

Auf dem Weg durch das Treppenhaus begegneten sie Silberstein, der sich von Egon hinunterführen ließ. Egon schaute Wally neugierig an.

»Guten Tag, Herr Silberstein«, grüßte Rosa freundlich.

Oben fragte Wally: »War das ein Blinder?«

»Ja, ein Blinder.«

»Und der ihn geführt hat?«

»Das war sein Sohn.«

»Muß er ihn immer führen?«

»Ja.«

Rosa schloß die Flurtür auf, hinter der die Mansarden lagen.

»Nun komm und sieh dir dein Zimmerchen an.«

Sie hatte Vorhänge nähen lassen, hatte sie selbst angebracht. Ein Bett, zwei Sessel, eine Couch und ein schmaler Kleiderschrank füllten den Raum.

»Viel Platz ist natürlich nicht, aber ist es nicht hübsch eingerichtet? Nun sag schon? Es macht dir doch Freude?«

Wally prüfte den Raum. Rosa forschte im Gesicht ihrer Tochter, aber sie sah nicht die Spur einer Reaktion.

»Hattest du es schöner bei den Schwestern?« fragte sie besorgt.

»Nein, aber ich war dort nicht allein. Hier ist niemand außer mir. In der Klosterschule waren wir zu viert in einem Zimmer.«

»Aber es ist doch schön, wenn man sein eigenes Zimmerchen hat.«

»Nein, ich war lange genug allein, früher, als ich noch bei diesen schrecklichen Familien in Pflege war.«

»Wieso?« fragte Rosa erschrocken. »Hast du das immer noch nicht vergessen? Ich habe doch alles für dich getan. Auf die schöne Klosterschule habe ich dich geschickt . . .«

»Nein«, sagte Wally, »du hast nicht alles für mich getan. Du hättest mich nicht zu Fremden schicken sollen.«

»Aber du warst doch nicht allein!« sagte sie.

»Doch, bei den Familien. Die gingen weg und ließen mich allein in ihren Wohnungen.«

»Gefällt es dir hier gar nicht? Ach Gottchen, ich habe mir soviel Mühe gemacht mit deinem Zimmerchen.«

»Es gefällt mir schon, aber was soll ich hier machen? Ich kann nicht immer hier sitzen.«

»Aber nein, mein Engelchen! Das sollst du doch auch nicht. Du mußt ja auch etwas lernen. Was möchtest du denn werden? Willst du nicht vielleicht einen kaufmännischen Beruf erlernen? Weißt du, da kann es dir nie schlechtgehen. Und das ist gut für später, denn wenn ich mal tot bin, dann erbst du ja alles. Dann hast du eine Ahnung, wie das gemacht wird, mit der Verwaltung, mit dem Geld, mit der Steuer und allem.«

»Ich will nichts erben.«

Rosa blickte ihre Tochter bekümmert an. »Willst du nicht deinen Koffer auspacken und deinen neuen Mantel und das neue Kleid in den Schrank hängen?«

»Später«, sagte Wally.

»Ich arbeite doch nur für dich. Das viele Geld, das wirst du einmal besitzen. Willst du dir das nicht überlegen mit dem kaufmännischen Beruf?«

»Später«, sagte Wally.

Sie setzte sich auf einen Sessel, achtete nicht weiter auf ihre Mutter, die verzagt im Zimmer stand. Die robuste Frau seufzte und sagte dann: »Ich muß wieder hinunter. Überleg dir, was du machen willst. Aber es hat Zeit. Niemand drängt dich. Ich sorge schon für dich.«

Wie soll es nun weitergehen? fragte Rosa. Wann gedenke er zu heiraten?

Bald, ja, schon bald.

Der Streit glomm noch unter der Oberfläche, aber die täglichen Notwendigkeiten zwangen sie zum Gespräch: Kalkulationen und Kostenaufstellungen, Rechnungen und Zahlungstermine. Durch das gemeinsame Interesse am Profit waren sie wie zwei Komplicen aufeinander angewiesen. Er hatte das oft gedacht, und es hatte ihn bedrückt. Aber es gab nur zwei Wege für ihn: einer führte aus diesem Haus hinaus, der andere in die Ehe mit Rosa. So weit waren seine Überlegungen gediehen, doch er suchte noch Ausflüchte, wollte Zeit gewinnen.

»Was heißt bald?« fragte Rosa.

»In ein paar Wochen«, erklärte er.

»Gut«, sagte sie. Dann berieten sie, wieviel Fleisch sie heute vom Metzger bestellen müßten. Sie standen in der Küche, das Lokal war noch leer.

»Das Bier ist für morgen bestellt?«

»Ja, für morgen.«

»Tilly ist in die andere Mansardenwohnung gezogen«, sagte Rosa. Sie begann Kartoffeln zu schälen.

Er pellte ein Stück Hartwurst ab, schnitt die Scheibe mit einem großen Messer herunter und biß hinein. Kauend sagte er: »Wer ist die Neue, die alle die Russin nennen?«

»Sie heißt Olga. Sie ist keine Russin. Aus Litauen kommt sie, deshalb spricht sie so holprig.«

»Eine schöne Frau ...«

»Sie gefällt dir, wie?«

»Sie sieht gut aus.«

»Hast du Lust auf andere?« Sie fragte ohne Schärfe.

Er schüttelte den Kopf: »Nein.«

»Bist du mit mir zufrieden?«

»Ja, schon ...«

»Ich tue, was ich kann – im Geschäft und auch im Bett. Mehr ist nicht drin. Wenn es nicht langt ...« Sie schwieg.

»Es langt«, sagte er.

»Aber?«

»Was aber?«

»Dir paßt allerhand nicht. Habe ich recht?« Sie sah von ihrer Arbeit auf.

»Das Geschäft ... Die Sache mit den Weibern.«

»Nur ein paar Jahre, dann verpachten wir.«

»Es ist ein Bordell«, sagte er.

»Ja, es ist ein Bordell. Das läßt sich besonders gut verpachten.«

Er begann wieder vom Flohzirkus zu reden, wollte sie nicht herausfordern, sondern bat um Verständnis. Dazu wäre nötig: eine flache Holzkiste, nicht größer als die Sitzfläche eines Sessels, darüber eine Glasplatte zum Abheben, das Ganze auf vier Beinen. Natürlich mindestens ein Dutzend Flöhe.

»Wenn du meinst«, sagte sie. Dann begann sie vorsichtig von Wally zu sprechen: »Das Kind«, sagte sie, »was glaubst du, ist mit ihr?«

»Das Kind ist gut erzogen«, sagte er.

»Ja, bei den Schwestern wurde sie gut behandelt.«

»Wo war sie denn früher?«

»Tja«, sagte sie langsam und versuchte sich an die Stationen ihres Kindes zu erinnern. Das war schwierig, das verschob und verwischte sich, wurde ein Wirrwarr von fremden Menschen, die alle Geld kassiert hatten dafür, daß sie ein Kind in ihre Familie aufnahmen. Sie wußten, daß ein Kind lästig sein kann. Sie hatten begriffen, diese Fremden. Sie waren bereit gewesen, der Mutter die Last abzunehmen, aber dafür hatten sie die Hände aufgehalten. Später hatte sich dann manchmal herausgestellt, daß es an Sorgfalt und liebevoller Pflege gefehlt hatte. Immer wieder gab es einen Wechsel: Tränen und Auszug, Einzug in ein anderes Haus. Das Kind war bei mehr als einem halben Dutzend Familien Gast gewesen.

Wie hießen die wieder, wo wohnten die noch, wie sahen sie aus? Aber was hätte sie tun sollen? Bei den Schwestern, da war es gut. Sie nannten sie Walburga.

Jetzt mußte sie auf die Frage Leopolds antworten. Er wiederholte: »Wo war sie denn früher?«

»In Pflege. Sie hatte es gut. Dafür habe ich gesorgt.«

Aber während sie es sagte, glaubte sie es schon selbst nicht mehr, und sie hatte Angst.

Rosas Gesicht wurde schlaff, hilflos: fünfzehn Jahre Versäumnis. Sie hatte die Tochter den Fremden ausgeliefert.

Leopold sah plötzlich Tränen. Es war nicht ihr unbeherrschtes, zorniges Weinen. Sie weinte lautlos: Tränen in einem demütigen Gesicht.

»Na, na . . .«, sagte Leopold unbeholfen.

Sie sah ihn an, war einen Augenblick unschlüssig, dann aber sammelte sie ihre Kraft.

»Leopold!« sagte sie drängend, »Leopold, halt doch noch ein paar Jahre aus. Laß mich nicht im Stich! Wir machen das Haus zu einem Erfolg, dann ziehen wir uns zurück.«

Sie beobachtete sein Gesicht, das jetzt keine Ablehnung zeigte. Das machte sie wieder sicher. Sie überredete sich: Das Kind wird alles erben. Ich werde Wally ein Vermögen hinterlassen!

Das schien ihr die Wiedergutmachung des Versäumten. Damit baute sie ihre Verteidigung gegen die Anklagen, die mit diesem Kind gewachsen waren.

VIERZEHNTES KAPITEL

Um zehn Uhr morgens hatte er die Leiter angestellt und die Flaschen nach oben geräumt. Eine Stunde später schielte er zum erstenmal hinauf. Er fuhr mit der Hand nachdenklich über sein stoppelbärtiges Kinn, erwog einen Schluck, einen winzigen nur.

»Nimm dich zusammen! Noch ist es nicht zwölf Uhr!« befahl er sich laut und gehorchte.

Es war jetzt elf Uhr. Noch eine Stunde, dachte er. Dieses leere Lokal ist schuld! Ich stehe hier morgens, kein Mensch außer der Putzfrau ist da. So ein leeres Lokal, das schlägt aufs Gemüt. Richtig krank fühlt man sich dann. Immerhin ist es ja schon nach elf Uhr. Außerdem bin ich etwas erkältet. Natürlich nicht viel, aber ich habe heute nacht gehustet. Ich kann mich genau daran erinnern, daß ich gehustet habe. So ein Schlückchen schadet nichts, gesund ist es, darüber sind sich sogar die Wissenschaftler einig.

Er ging hinter die Küchentür, griff nach der Leiter. Die Putzfrau war in den Toiletten. Er äugte hinauf, überlegte noch. Dann stellte er die Leiter an.

Wo ich doch heute nacht gehustet habe . . .

Auf der untersten Sprosse blieb er stehen. Der Rückfall gab ihm noch einen Aufschub. Noch eine Sprosse und noch eine Sprosse.

Außerdem ist es gesund . . .

Noch eine Sprosse. Lächerlichkeiten, wegen eines einzigen Schluckes. Jetzt muß es doch schon fast halb zwölf sein. Er kam oben an, zögerte noch eine Sekunde. Dann war die Flasche geöffnet. Die Flüssigkeit glitt bereits über seine Zunge, teilte ihre Schärfe mit. Sein Adamsapfel hüpfte. Jetzt spürte er sie im Magen. Ah!

Er schloß die Flasche, stellte sie zurück, wischte mit der Zunge über seine Lippen.

In diesem Augenblick erschien Wally in der Küchentür. Er begann zu trällern: »La, lala, lala«, zählte dann die Flaschen: »Eins, zwei, drei . . .« Er deutete auch mit dem Finger darauf, als wollte er sich genau vergewissern.

»Was machst du denn da?«

»Ich? Oh, ich habe gerade das Regal sauber gemacht . . .«

Wally war fort. Jetzt frühstückte sie mit Rosa im Zimmer. Langsam stieg er herab, schaute gehässig hinauf, packte die Leiter und trug sie hinter die Küchentür.

Das leere Lokal ist schuld, das leere, dieses verdammte, dieses ... diese Leere!

Sie redete wenig. Dodo sagte von ihr: »Sie läuft hier herum wie eine Traumwandlerin.«

Als wäre sie ein Gast, der nur ein paar Tage bleibt.

Am Mittagstisch beobachtete Wally, wie ihre pausbäckige Mutter beträchtliche Portionen verzehrte und sagte kühl: »Du bist zu dick. Du ißt zu viel.«

Rosa erschrak. Mitten im Kauen erstarrte sie, hatte das Vorgekaute noch im Mund und brachte keinen Ton hervor. Dann schluckte sie, schluckte, schluckte: »Zu dick ...« Sie stammelte.

Wally kicherte nur und fühlte ihre Überlegenheit gegenüber der Schwäche der Mutter und des zukünftigen Vaters. Leopold wollte sagen: Sie ist nicht zu dick. Er hätte aber auch sagen müssen, daß er sie so mochte. Aber er sagte nichts, und auch Rosa sagte nichts weiter, aber sie hatten beide das Gefühl, als müßten sie sich vor ihr verteidigen. Rosa verlegte sich auf die Darstellung ihrer gastronomischen Erfolge: »Siehst du, ich habe am Tag mindestens sechzig Essen. Die kommen hier ins Lokal und wollen etwas Gutes. Sie wissen, hier wird ihnen etwas geboten ...«

»Siehst du, mein Kind«, sagte Leopold, »ich muß hier hinter der Theke stehen und muß Bier ausschenken, dazu die Schnäpse. Stell dir vor, zwölf Stunden am Tag. Dabei wirst du müde, das kann ich dir sagen ...«

»Und die Frauen?« fragte Wally, »was tun die Frauen hier?«

»Ja, das sind die Mieter unserer Wohnungen«, erklärte Leopold. »Sie kommen hierher und essen und trinken und bringen ihre Freunde mit.«

Wally dachte: Sie haben die Schlüssel vor sich auf dem Tisch liegen. Sie sah sie alle, prüfte sie, dachte: Dodo, was für dicke Brüste sie hat. Ich habe nicht so dicke Brüste, meine sind klein. Die Alte da, sie heißt Oma. Sie hat auch den Schlüssel vor sich auf dem Tisch liegen. Die da ist schön. Sie heißt Inge, die Blonde Inge. Sie mag mich nicht. Sie sieht nicht her zu mir. Sie ist blond.

Wally dachte an ihre blonde Freundin vom Kloster. Die hatte manchmal geweint. Sie sagte: »Meine Eltern, weißt du, die haben mich abgeschoben. Drei Tankstellen haben sie. Aber ich bin ihnen im Weg.« Sie kam und legte sich in der Nacht neben sie und sagte: »Komm, wir wollen uns liebhaben. Laß mich dich anfassen. Komm, ich will dir etwas zeigen.«

»Nein! Hör auf, faß mich nicht so an!« sagte Wally.

Sie wollte sich wehren, aber sie ließ sich wegtragen von diesen Wogen des Wohlempfindens.

Und dann mußte sie schwer atmen. »Ich will nicht, ich kann nicht.«

»Spürst du es?« sagte die Freundin.

Sie hatte sich gegen das Gefühl gewehrt, aber der Finger war stärker gewesen.

»Was ist das?« hatte sie gefragt.

»Warte noch«, sagte die Freundin. »Warte noch. Noch einen Augenblick, gleich wirst du es merken.«

Dann hatte sie es erfahren. Zuerst war es wie ein Zusammenziehen all ihrer Nerven gewesen. Es fuhr über sie hin wie eine zuckende Flamme. »Nein«, keuchte sie leise. »Nein, was machst du mit mir?« Aber sie war bereits preisgegeben. Sie hätte ihre Beine jetzt nicht mehr schließen können. Unermüdlich die zwei Finger, zwei tanzende Teufel. Ihr Atmen war wie Weinen.

Dann faßte sie die Freundin an, ließ sich führen von ihr, war erschreckt durch das, was sie sich als eine verschlossene Pforte dachte.

»Es hat einer mit mir gemacht, nach der Turnstunde«, sagte die Freundin. »Aber es war nicht gut. Es hat weh getan. So ist es viel besser. Ja, so ...«

Sie hatten sich geliebt, hatten sich versprochen, sich nie mehr zu trennen.

Dann hatte sie gesagt: »Es fließt bei mir.«

»Was?«

»Das Blut.«

»Jetzt kannst du Kinder kriegen.«

Sie saßen am Tisch: Rosa, Dodo, Oma, Tilly, Anita, die Blonde Inge und Olga, die alle die Russin nannten.

»Hast du es ihm noch nicht gesagt?« fragte Oma.

»Warum hast du es ihm noch nicht gesagt?« fragte Tilly.

»Du mußt es ihm sagen!« bestimmte Dodo.

Rosa war hilflos. »Wie soll ich es ihm nur sagen?«

Dodo sagte: »Paß auf, du sagst: Ich war von Mutter und Vater verlassen. Eine schwere Jugend ...« Sie überlegte: »Eine schwere Jugend macht sich immer gut.«

»Ich weiß nicht«, zweifelte Rosa.

»Du willst ihn doch bald heiraten? Das ist ein Scheidungsgrund, wenn du es ihm nicht vorher gesagt hast«, warnte Tilly.

»Eine schwere Jugend«, wiederholte Dodo, »und dann wurdest du verführt. Das macht sich auch gut.«

»Ich muß mir die Warze wegmachen lassen«, murmelte Rosa vor sich hin.

»Dieser Sache werde ich aus dem Wege gehen«, erklärte die Blonde Inge. »Ich werde in eine andere Stadt verduften, wo mich niemand kennt. Ich meine, wenn ich den Richtigen gefunden habe. Aber vorerst gehe ich noch zwei oder drei Jahre auf die Anschaffe!«

»Du wirst länger gehen! Verlaß dich drauf!« sagte Anita.

»Was soll ich denn jetzt machen?« fragte Rosa.

»Wie lange bist du gegangen?«

»Achtzehn Jahre.«

»Also, haltet mal die Klappe!« befahl Dodo. »Wir müssen uns was ausdenken für das Mädchen. Mich kannst du als Zeugin nehmen. Ich beschwöre, daß alles so war, wie du gesagt hast.«

»Aber was?«

»Von Mutter und Vater verstoßen. Dann fielst du einem in die Hände, der dich dauernd geschlagen hat . . .«

»Alles Quatsch!« unterbrach Tilly. »Es war doch Krieg! Du sagst ihm, daß du alles verloren hast. Du warst allein, ohne Unterkunft, ohne Mittel . . .«

»Natürlich!« Sie jubelten fast: Es war Krieg. Darauf ließ sich alles schieben.

»Es stimmt ja auch«, sagte Rosa. »Erst nach dem Krieg habe ich angefangen. Früher habe ich immer gearbeitet als Kellnerin.«

Baumann kam herein, Rosa ging zur Theke. Sie sagte forsch: »Wie geht's Geschäft? Ein Bierchen?«

Baumann schlenderte an den Tisch. Er hatte noch ein Guthaben, Striche auf seinem Block. Er sah Dodo an und hob den Daumen. »Mensch, jetzt hör auf, du alter Bock. Heute nicht!« sagte sie schroff.

»Schulden sind Schulden«, beharrte Baumann. Er sah Anita an: »Wie ist es mit dir? Willst du auch nicht bezahlen? Ich kann ja meine Sachen wieder abholen lassen.«

Anita stand auf: »Also, in Gottes Namen, komm! Man kriegt dich ja doch nicht los!«

Baumann kicherte und folgte Anita aus dem Gastzimmer. Während sie die Treppe hinaufgingen, blickte er lüstern auf die Hinterbacken der Frau, die sich unter dem straffen Rock abzeichneten.

»Wieviel habe ich denn noch zu zahlen?« fragte Anita im Zimmer.

»Noch dreimal.«

»Was? So viel?«

»Tja, ich teile mir eben die Sache ein«, sagte Baumann bedächtig. »Man kann ja schließlich nicht sein Geld zum Fenster hinauswerfen.«

Er kam nach einer halben Stunde, bestens gelaunt, wieder in das Gastzimmer, rieb sich die Hände und sagte: »Noch ein Bierchen, Rosa.«

Oma und Tilly befragten ihn: »Wie war's denn? Ging es noch?« Sie lachten ihn aus. »Eines Tages stirbst du noch auf einer. Der Schlag trifft dich beim Vögeln.«

»Och, es ging noch ganz gut. Es wird noch lange gehen. Ich teile mich nämlich ein.«

Anita kam herein, sie sagte mit wohlwollender Verachtung: »Du geiler Bock.«

Baumann lachte stolz. Seine listigen Augen sprühten vor Vergnügen.

»Wenn ihr was braucht. Ich habe Reserven. Kommt nur, ihr Täubchen. Baumann hat noch Appetit.«

Er lachte leise, zufrieden mit sich und der Einteilung seines Lebens. Die Rechnung war aufgegangen. Er hatte sich nie verschwendet. Alles nach Plan, sogar das Essen, Trinken und Lieben.

Als er gegangen war, sprachen sie von ihm: »Erstaunlich, der Mann, in diesem Alter.«

»Er macht seine Sache noch ganz brav«, erklärte Anita.

»Wem erzählst du das? Er hat doch schon eine ganze Wohnungseinrichtung bei mir abgevögelt«, sagte Dodo.

»Hast du noch Schulden bei ihm?« fragte Rosa.

»Ich habe vor ein paar Tagen einen Teppich gekauft.«

»Pervers ist er nicht, wie die meisten Alten. Er will nur auf gerade Tour seinen Schuß loswerden. Ein unkomplizierter Kunde«, urteilte Anita.

»Da hatte ich mal einen . . .«, begann Dodo und schwatzte von ihren besonderen Kunden. Es war eines ihrer Vergnügen, über die Kunden zu reden, die Sadisten, die Masochisten und die Fetischisten. Sie sprachen von den potentiellen Lustmördern, von den verschiedensten Komplexen der Männer. Es war für sie selbstverständlich, daß sie den Abartigen dienen mußten. Fast wie Krankenschwestern fühlten sie sich dabei, waren stolz, berichten zu können, daß sie einen schwierigen Fall besonders gut zufriedengestellt hatten.

»Nur schlagen lasse ich mich nicht gern«, bemerkte Dodo.

»Jeder Schlag mit der Peitsche ein Hunderter! Dafür mache ich es!« sagte Tilly.

»Ich bin schon für viel weniger geschlagen worden«, murmelte die Oma.

»Ich habe da einen, der will geschlagen werden. Er bringt immer die Reitpeitsche mit«, sagte Anita. »Ich muß ihn über das Knie legen, ihm die Hose 'runterziehen, und dann muß ich fragen: Hast du wieder Schweinerei mit deiner Schwester gemacht? Hast du es ihr wieder 'reingesteckt? – Dann wimmert er und strampelt mit den Beinen, alles auf meinen Knien, und greint: ›Ja, aber nur dreimal habe ich es gemacht.‹ Dann muß ich ihm jedesmal das Fell versohlen. Immer feste auf den nackten Hintern. So richtig glücklich ist er danach.«

»Die haben es im Kopf, die haben es nicht zwischen den Beinen«, erklärte Dodo.

»Das sind die Wickelkinder«, sagte die Blonde Inge. »So was hatte ich auch schon. Da kam einer zu mir, der wollte den Hintern gepudert haben. Dann mußte ich ihn in Windeln wickeln und ihm ein Milchfläschchen reichen. Dabei passierte es dem. Danach schlief er genau eine Stunde, stieg aus dem Bett und war wieder ganz Distanz. Dann hab' ich sein Bild in einer Zeitung gesehen. Da war der doch tatsächlich ein hohes Tier, im Stadtparlament oder so etwas bei einer Partei. Ich habe es vergessen. Was geht es mich auch an. Auf jeden Fall habe ich einen Fehler gemacht: Als er wieder bei mir erscheint, sage ich zu ihm: Du, sage ich zu ihm, ich habe dein Bild in der Zeitung gesehen ... Von da an kam er nicht mehr.«

»Und meiner!« rief die Oma und begann zu lachen, »habe ich euch schon von meinem erzählt? Dem muß ich einen heißen Pfannkuchen auflegen. ›Schön heiß muß er sein!‹ sagte er immer.«

Sie beschrieb die Einzelheiten. Da kam dieser Mann – gut gekleidet, mit Geld in der Tasche, ein Mann, dem niemand ansehen konnte, was hinter seiner Stirn vorging – kam und verlangte seinen Pfannkuchen. »Aber ein Döschen Brandsalbe hat er immer dabei. Damit muß ich ihm dann den Hintern einreiben!«

Sie wollte sich gerade weiter mit ihrem Spezialistentum brüsten, da kam Wally in das Lokal.

Sofort wechselten die Frauen das Gespräch. Oma rief: »Wally, komm her, mein Schätzchen! Man sieht dich ja fast nie. Willst du eine Tafel Schokolade haben?«

»Ja, komm her, mein Kind«, sagte Dodo. »Such dir eine Schachtel Pralinen aus – was, Pralinen magst du nicht? Sieh dir nur mal an, was Rosa da in der Vitrine hat!«

»Nein, keine Pralinen«, antwortete Wally. »Ich nehme lieber Schokolade.«

Rosa tätschelte Wallys Wange: »Mein Engelchen.« Sie lächelte stolz, fühlte sich geehrt, wenn die Huren ihr Kind mit Süßigkeiten und mit Geldgeschenken verwöhnten. Sie buhlten um Wallys Gunst, auch weil sie wußten, daß Wally eines Tages alles über sie wissen würde.

»Was macht ihr denn hier?« fragte Wally. »Immer sitzt ihr hier und habt eure Schlüssel auf dem Tisch liegen.« Sie wickelte langsam die Schokolade aus.

»Wir?« sagte Dodo gedehnt. »Oh, wir warten auf unsere Männer. Wir sind nun mal Freundinnen und warten hier.«

»Auf unsere Freunde!« ergänzte Anita.

»Geben euch eure Freunde Geld?« fragte Wally völlig unbefangen.

»Aber Kind!« rief Rosa erschrocken.

Ihre verwirrten Gesichter belustigten Wally. Es gab keine Verteidigung. Auf die Frage des Kindes wußten sie nichts zu sagen. Sie saßen nur da mit betretenen Gesichtern.

Wally musterte sie. Sie aß Schokolade, sah das spitze Gesicht Omas, das jetzt noch spitzer schien. Dodo puderte ihre Nase. Wally dachte, sie braucht Puder, weil sie so viele Falten hat. Dunkelhaarig ist Tilly, mit scharf nachgezogenen Brauen. Sie klopfte nervös mit den Fingern auf den Tisch. Anita ist nicht schön. Olga und die Blonde Inge, die sind schön. Sie verurteilte nicht, teilte nicht ein in Gut und Böse, hatte von solchen Frauen gehört, ahnte, daß sie es waren, daß sie mit ihnen in einem Haus lebte. Es beunruhigte sie nicht.

Dodo faßte sich zuerst. Sie sagte: »Na hör mal, Kindchen ... Weißt du, es gibt Dinge, für die bist du noch zu jung.«

»Geh nach oben«, empfahl Rosa und klopfte ihr zärtlich auf die Schulter.

»Warte!« bat Inge. »Ich habe etwas Hübsches für dich zum Anziehen. Das paßt mir nicht mehr so richtig, aber für dich ist es wie nach Maß gemacht.«

Sie war interessiert, hatte nur wenige Tage gebraucht, um Gefallen an schönen Kleidern zu finden. Zwar war es nicht wichtig, aber seit sie einen Spiegel besaß, in dem sie sich ganz sehen konnte, stand sie oft davor und prüfte sich. Sie fand sich schön und war in sich selbst verliebt.

Als Wally mit Inge gegangen war, saßen die Huren im Gastzimmer und berieten. Natürlich war es möglich, daß das Kind von einer älteren Klosterschülerin aufgeklärt worden war.

»Von so einer Verderbten!« ereiferte sich Oma. »Wißt ihr, so ein fauler Apfel steckt alle anderen an . . .«

»Sie ist doch erst fünfzehn«, jammerte Rosa.

»Fünfzehn? Da weiß sie sicher, wie es gemacht wird . . .«, überlegte Dodo.

»Willst du etwa damit sagen, sie wäre schon mit einem Kerl im Bett gewesen!« Rosa hatte die Stimme gehoben.

»Quatsch! Das nicht, aber die reden doch in der Klosterschule über das, was sie zwischen den Beinen haben. Die wissen doch genau, da habe ich es, und da muß das Ding 'rein . . .«

»Also jetzt hört auf!« befahl Rosa und stampfte mit dem Fuß auf. »Ich will das nicht mehr hören. Ich wette meine Augen, daß mein Engelchen noch unschuldig ist!«

Das glaubten sie alle. Jawohl! Das bestätigten sie sich, und wenn möglich solle das Kind noch recht lange unschuldig bleiben, obwohl Oma geiferte, daß doch eines Tages so ein säuischer Kerl versuchen würde, ihr mit seiner Erbärmlichkeit zwischen den Beinen herumzufummeln.

»Die Augen werde ich ihm auskratzen!« rief Rosa.

Die Frauen am Tisch halfen ihr und zerrissen schon jetzt den Mann, der das versuchen sollte. Rosa war gerührt.

Dann kam Leopold. Er trug einen Kasten, den er beim Schreiner bestellt hatte — für den Flohzirkus.

»Wo ist Wally?« fragte er. Den ganzen Weg über hatte er daran gedacht, ihr müsse er es gleich erzählen, wie er diese Sache anpacken würde.

Wally war noch oben bei Inge. Sie hatte ein Kleid probiert, fand, daß es schöner war als das, was ihre Mutter gekauft hatte.

»Das darfst du behalten«, sagte Inge.

Staunend betrachtete Wally die Garderobe der Kontrollfrau. Ein Schrank voll von Kleidern, Mänteln, Kostümen. »Haben dir das die Männer geschenkt?« fragte sie.

»Natürlich! Männer sind dumm, das mußt du dir merken.«

Später stand Wally in ihrem Zimmer vor dem Spiegel. Sie war mit sich zufrieden und blieb fast eine Stunde vor dem Spiegel — in sich selbst vertieft, in sich selbst verliebt.

FÜNFZEHNTES KAPITEL

Als die Wahrheit ihn überfiel, war es, als habe er nie geglaubt, daß sie so hart sein würde. Dabei hatte er geahnt, wer Rosa war und wie ihr Leben ausgesehen hatte.

Er kniete hinter der Theke und säuberte das untere Kühlfach. Die beiden Frauen, Tilly und Anita, sahen ihn nicht, als sie zur Tür hereinkamen.

Er konnte sich später nicht daran erinnern, wer von beiden es ausgesprochen hatte: »Sie hat es ihm immer noch nicht gesagt. Wenn er es aber nach der Heirat erfährt, daß Rosa so lange auf den Strich gegangen ist, hat er einen Scheidungsgrund . . .«

Der Rest war nicht mehr wichtig. Es war jetzt nicht mehr von Bedeutung, daß Anita sagte: »Sie macht da einen Fehler. Rosa muß ihm die Wahrheit sagen. Ich glaube, Leopold wird das schlucken. Er ist ganz richtig.«

»Nicht so laut.«

»Er hört das doch nicht. Er ist in der Küche.«

Dann gingen beide zur Musikbox.

Sie konnten ihn jetzt nicht sehen. Auf den Knien rutschte er in die Küche. Dort setzte er sich auf einen Stuhl und blieb so lange sitzen, bis ihn die Frauen riefen.

»Zwei Bier? Ja, natürlich, zwei Bier.«

Er stellte die Gläser auf die Theke. Tilly kam heran, auf hohen Absätzen, lässig, noch müde, die Zigarette in der Hand. Sie trug die Gläser zum Tisch.

War es Liebe? Nein! sagte er sich, aber es war schon Gewöhnung, und es war auch Sympathie. Hatte er nicht aufgehört, die Zehnmarkscheine zu stehlen? Hatte er sich nicht allmählich an den Gedanken gewöhnt, nun doch bald zu heiraten? Sie hatte ihn angebettelt: »Leopold! Halte noch ein paar Jahre aus!« Dazu wäre er bereit gewesen. Er empfand die Wahrheit als eine Kränkung. Er fühlte sich nachträglich beraubt von den Scharen der Männer, die Rosa besessen hatten. Er stellte sich das vor: ein paar hundert Männer, ein paar tausend!

Eine Hure! dachte er. Eine dreckige, gemeine Hure! Allerdings verläßlich, ausdauernd, das muß man sagen. Aber das reicht nicht aus, das ist keine Entschädigung. Und das schwerste ihrer Vergehen: Sie hat versucht, mich zu täuschen! Alle haben es gewußt, und ich habe hier gestanden, hinter der Theke. Nichts gewußt habe ich.

Jetzt in die Wohnung stürmen und mit der Wahrheit dieses Weib demütigen. Und dann die Koffer packen. Jawohl! Ausziehen, auszahlen meinen Anteil! Abreisen! Nichts gewußt habe ich! Aber vielleicht ... Abwarten! Er hatte Angst, vor ihr zu stehen, die Wahrheit noch einmal hören zu müssen: die Erniedrigung in allen Einzelheiten. Er schob es auf, dosierte sich das Elend in erträglichen Portionen.

Er ging zur Theke, füllte ein Glas mit Schnaps und ein Glas mit Bier.

»Na, ihr Weiber«, sagte er so leichthin zu den beiden Frauen. »Der alte Hurenleopold muß mal einen Schnaps haben.« Dabei grinste er müde, grinste ihnen seine Verachtung ins Gesicht, hob das Glas und trank.

Die Frauen lachten. Tilly sagte: »Manchmal hat er wirklich Humor ...«

Er wartete einen Tag, dann stellte er sie. Es war am Morgen. Er stand vor ihrem Bett: »Steh auf! Ich muß mit dir reden!«

Sie drehte sich aber nur auf die andere Seite und schlief noch eine Stunde. Er hätte in der Nacht schon fragen können, aber er wollte sie aufrecht der Wahrheit gegenüberstellen. Auge in Auge, wie er sich sagte.

Sie hatte noch nicht gefrühstückt, war aber bereits sorgfältig gekämmt und geschminkt. »Was ist denn los?« fragte sie.

»Du hast mich belogen und betrogen!«

»Ich!« rief sie, ihre Stimme kippte um.

»Jawohl! Ich weiß jetzt, daß du auf den Strich gegangen bist. Halt!« unterbrach er sie mit einer Handbewegung, als sie bereits die Arme in die Hüften stemmte und sich im Atemholen aufplusterte. »Kein Wort! Keine Lügen mehr! Ich habe es gehört, als sich zwei Frauen darüber unterhalten haben, während ich hinter der Theke das untere Kühlfach saubergemacht habe.«

»Wer war das? Was haben diese Weiber gesagt?«

»Sie haben gesagt, du hättest es mir immer noch nicht erzählt. Das wäre ein Scheidungsgrund. Du müßtest es mir sagen ...«

Sie prüfte das Gehörte, sortierte es, hörte in Sekundenschnelle die Wahrheit heraus. Ja, da hatten so ein paar Weiber geschwatzt. Sie war in die Enge getrieben. Da nützte kein Herumreden mehr.

Sie duckte sich. Sie sammelte sich zum Angriff. Ihr Schrei war ein Sprung nach vorn: »Wer war es?«

»Das sage ich nicht. Sie haben es nicht mit Absicht getan. Sie dachten, ich wäre in der Küche.«

»Du glaubst es?«

»Ja, natürlich.«

Sie setzte sich auf einen Stuhl. Schweratmend schien sie nachzudenken. Er beobachtete sie genau, dachte: Jetzt hat es sie getroffen.

Sie seufzte: »Wer hat mir das angetan?«

»Du selbst!« rief er. »Niemand anders als du selbst!«

Sie lachte einmal leise: »Haha! Das klingt, als wäre ich angeklagt ... Von wem, wieso?«

»Du hast einen Trottel aus mir machen wollen«, sagte er.

»Und wenn ich dich liebe? Was würde es ändern, wenn die ganze Geschichte wahr ist?« Sie schrie ihn an, stand vom Stuhl auf, zog ihren Morgenmantel auseinander, griff in die Knopfleiste und riß sie mit einem Ruck auseinander, riß das Nachtgewand bis zum Saum auf, stand nackt vor ihm. »Schau her!« rief sie. »Das bin ich. Und das gehört dir! Was noch? Was kann ich dir noch geben?«

Es war, als würde sie sich ihm anbieten, sich vor ihm auf den Boden werfen. Aber es war zugleich die Bitte um Schonung.

»Die Wahrheit!« verlangte er.

Sie schloß den Morgenrock vor dem zerrissenen Nachthemd. »Gut«, sagte sie. »Die Wahrheit! Wie wahr soll sie denn sein?« Ihre Stimme zitterte, aber schon bebte ihr Zorn in diesen Worten.

»Wie war's? Was hast du mit mir vorgehabt? Welche Rolle sollte ich spielen? Hast du nie daran gedacht, daß man mich nicht hinters Licht führen kann? Ich war Buchhalter und Dompteur. Ich habe die Welt gesehen! Du hast geglaubt, man könnte einen Dummkopf aus mir machen! Aber ich bin klug! Ich habe Lebenserfahrung.« Er schlug sich an die Brust. Er war ganz oben, noch nie in seinem Leben hatte er einen solchen Vorsprung gehabt. »Wie fing das alles an? Das will ich wissen!«

»Wie das anfing?« Sie kicherte wie irr. »Ich will es dir sagen. Das fängt an mit einem dicken Bauch. Verstehst du? So fing das an, vor mehr als zwanzig Jahren. Da war nämlich einer, der mir gefiel. Dann war er nicht mehr da, aber mein Bauch, verstehst du, mein Bauch wurde immer dicker. Stell dir vor, der, der nicht mehr da war, den habe ich geliebt. Jajajaja, stell dir das mal vor. Ich habe einen Sohn. Verstehst du, einen Sohn, einen schwachsinnigen

Sohn, deshalb ist er in einem Heim. Aber ich werde ihn holen. Ich will meine Kinder um mich haben.«

»Einen Sohn?« fragte er.

»Ja, von einem deutschen Unteroffizier, den haben sie totgeschossen. Danach war mir alles egal. Es war gleichgültig, verstehst du?« Sie stapfte ins leere Gastzimmer und schrie: »Es war völlig gleichgültig! Und auch jetzt spielt es keine Rolle!« Sie griff nach einem Glas, warf es in den Gläserschrank. Klirrend fielen die Scherben zu Boden.

»Rosa!« rief er.

Sie sah ihn kurz an, schweratmend, bebend vor Zorn, zur Strecke gebracht. »Es ist egal!« rief sie und warf ein zweites Glas.

Sie tobte im Gastzimmer umher. Das geduldige, getretene, vielfach verachtete Stück Fleisch, das sie war, hatte gelogen und betrogen, war listig und verschlagen, war nahe am Ziel gewesen, und nun war sie über einen Zufall gestolpert, über einen lächerlichen kleinen Zufall. Jetzt war nichts mehr zu korrigieren.

Sie warf insgesamt fünfzehn Gläser, bewarf auch zwei Frauen, die hereinkommen wollten, schrie: »Hinaus! Ihr Weiber! Ihr habt mir das angetan!«

Die beiden Frauen flüchteten: die Blonde Inge und Olga, die Russin. Sie gingen hinauf und berichteten atemlos. Alle kamen sie und stellten sich vor das Gastzimmer und lauschten nach drinnen, wo es polterte und klirrte, bis dieser Tanz des Zorns Rosa so erschöpft hatte, daß sie sich auf einen Stuhl fallen ließ und keuchend sagte: »Gut! Du kennst die Wahrheit. Du hast zwei Möglichkeiten: Du kannst mich heiraten, oder du kannst gehen. Ich geb dir deine Einlage zurück, wenn du willst. Sag mir in den nächsten Tagen Bescheid.«

Als Wally ins Gastzimmer kam, sagte Rosa theatralisch und mit ersterbender Stimme: »Komm her, mein Engelchen. Komm her . . .«

Aber Wally blieb drei Schritte vor ihrer Mutter stehen und sagte: »Was machst du denn? Vor der Tür stehen die Frauen und trauen sich nicht 'rein. Du hast Gläser geworfen. Hier liegt ja alles voller Scherben. Wie kann man denn so spinnen?«

»Was?« fuhr Rosa auf und wollte ihre Tochter zum erstenmal zurechtweisen. Aber der Versuch fiel in sich zusammen. Es kam nur ein Ächzen und dann eine verlegene Handbewegung. So sind die Dinge eben. Man kann es nicht ändern.

Leopold stand blaß hinter der Theke. Er sagte kein Wort.

Er war wie betäubt. Die Frauen musterten ihn scheu, wie er hinter der Theke stand. Sie kannten das Ultimatum: Er hat sich zu entscheiden. Sie hatten hinter der Tür gelauscht. Es gab Gesprächsstoff. Der Konflikt ging sie alle an. Würde er sich für Rosa entscheiden? Dann gehörte er zu ihnen. Wenn er Rosa ablehnte, war er auch gegen sie.

Später, als die Tische im Gastzimmer fast alle besetzt waren, flaute das Interesse der Frauen ab. Jetzt gab es Arbeit, jetzt mußten sie sich konzentrieren.

»Zeit ist Geld!« hatte Karl zu Dodo gesagt. »Sieh zu, daß du ordentlich anschaffst. In den letzten Tagen war es nicht so toll.«

»Was willst du? Es war kurz vor Ultimo! Da ist das Geschäft nie so zügig.«

Das sehe er ein, hatte Karl gesagt. Aber jetzt wären doch die Beamten dran, die Gehaltsempfänger, die um den Monatsersten kämen. »Jeder eine halbe Stunde. Von denen schaffst du mindestens vier bis um zehn Uhr abends.«

Sie hatte es ihm versprochen. Natürlich wollte sie ihr Bestes tun. Sie kannte diese Männer. Sie kamen mit Aktentaschen. Sie sahen genauso aus, als hätten sie vor einer Stunde Büroschluß gehabt. Sie saßen meist bei einem Bier, machten karge Bestellungen, schauten sich suchend um, waren hastig, hatten meist vorher ihre Frauen angerufen: noch eine wichtige Besprechung ...

»Wenn du dich anstrengst, schaffst du auch fünf oder sechs von denen. Das sind immerhin an die dreihundert Mark«, sagte Karl. »Wenn ich komme, will ich Kohlen sehen. Hast du verstanden?«

»Und wo gehst du hin?«

»Ich mache mal einen kleinen Abstecher. Freunde besuchen.«

»Trinken?«

»Oh, so ein paar kleine. Ich bin um vier Uhr wieder zurück. Wenn einer für die Nacht will, nimmst du ihn an. Ich komme dann und klopfe gegen die Tür. Dann schmeißt du ihn 'raus. Wenn er nicht will, rufst du mich. – Da drüben, da sitzt einer und bepeilt dich. Den mit der Brille meine ich. Ich mache mich mal auf die Socken.«

Karl war noch keine fünf Minuten aus der Tür, da saß Dodo bei dem Brillenträger. Sie hatte einmal gelächelt, er hatte zurückgelächelt. Sie ging an den Tisch, legte die Schlüssel auf die Tischplatte, sagte: »Auf ein Bierchen?«

»Bitte sehr«, sagte der Mann. »War das Ihr Freund?«

»Wen meinen Sie?« fragte Dodo unschuldsvoll.

»Ich meine den kräftigen jungen Mann, der vor ein paar Minuten ging.«

»Ach der! Aber wo denken Sie hin! Wissen Sie, was der wollte? Sehen Sie, da kommt der an meinen Tisch und sagt: ›Ich habe nur fünfzig Mark.‹ Aber einen solchen Kuhhandel mag ich nicht. Sechzig Mark und die Rechnung für ein paar Biere und vielleicht noch ein paar Schnäpschen. Das macht siebzig Mark.«

»Das ist ziemlich teuer. Ich dachte auch an fünfzig Mark ...«, sagte der Mann zögernd.

»Na, wissen Sie, Sie sind doch kein Arbeiter! Sie sind doch ein Mann von Intelligenz. Das sieht man Ihnen sofort an. Stellen Sie sich mal vor, was ich alles zu bezahlen habe. Das Zimmer ist teuer, die Wäsche geht extra. Dann muß ich mit dem Taxi zurückfahren. Ich wohne zwanzig Kilometer von hier ...«

»Schön, schön«, wehrte der Mann ab. »Also sagen wir sechzig Mark und die Rechnung fürs Bier.«

»In Ordnung«, erklärte Dodo.

Sie verließen das Gastzimmer, begegneten auf der Treppe Tilly mit einem Mann, kamen oben an: Schlüssel im Schloß, die sich öffnende Tür, der Griff nach dem Lichtschalter, prüfende Blicke des Mannes.

Dodo sagte: »Wärst du so freundlich, es mir gleich zu geben.«

Wortlos blätterte der Mann die Scheine auf den Tisch.

Sie war zwanzig Minuten später wieder im Lokal, setzte sich an den gleichen Tisch, legte wieder die Schlüssel vor sich hin und bestellte bei Willi ein Bier.

Leopold stand schweigend hinter der Theke. Es gab keinen freien Platz mehr im Lokal. Die Registrierkasse klingelte ihre ertragreiche Melodie. Rosa blieb in der Küche. Sie ließ sich nicht im Lokal sehen. Bei jeder Gelegenheit ging er zu ihr. Er fuhr sie an: »Zweimal Huhn auf Reis!« Und dann: »Wie lange bist du auf den Strich gegangen?«

Sie wiederholte: »Zweimal Huhn auf Reis.« Und dann: »Achtzehn Jahre.«

Das traf ihn. Er begann zu rechnen. Wenn sie jeden Abend nur zwei Männer gehabt hatte, dann ergaben das ...

Neue Bestellungen: »Drei Gulaschsuppen!«

Sie wiederholte: »Drei Gulaschsuppen!«

Er sagte: »Achtzehn Jahre! Da hast du so viele Männer gehabt, daß sie alle zusammen nicht einmal in die große Halle des Hauptbahnhofs passen würden!« Er warf ihr einen verächtlichen Blick zu und ging wieder aus der Küche.

Seine wilde, verbissene Neugier trieb ihn immer wieder in die Küche zu den dampfenden Töpfen und brutzelnden Pfannen, wo er sie überfiel mit Vorhaltungen, mit Fragen, die er exakt beantwortet haben wollte. Ob sie etwa auch Perversitäten mitgemacht habe?

»Nein!« rief sie. »Ich habe die Schweine fortgejagt!«

»So, du hast sie fortgejagt. Warum?«

»Weil sie Schweine sind!«

»Das ist gut!« sagte er. »Aber es bleibt noch immer schlimm genug!«

Er stellte seine Fragen so, daß sie alle Männer beschimpfen konnte: »Du kannst doch von diesen Schweinen keinen geliebt haben!«

»Nein! Das habe ich auch nicht. Sie haben mich angeekelt!«

»Zwei Hühnersuppen!« rief Willi.

Er wurde von Männern gegrüßt, an die er sich nicht erinnern konnte. Vielleicht hatten sie mit ihm an der Theke getrunken, irgendwann. »Servus, Leopold. Trinkst du einen mit?«

»Servus«, sagte er. »Sicher trinke ich einen mit.«

In dieser Anrede fühlte er, daß er bereits jemand war, um dessen Gunst man sich bemühte. Aber es war, als habe er genug Namen und Gesichter kennenlernen müssen, und nun wäre kein Platz mehr in seinem Hirn für die anderen. Auch die Namen der Frauen entfielen ihm manchmal. Es gab da die alte Stammclique, aber dazu kamen Neue, die bald wieder gingen, ausgetauscht oder hinauskomplimentiert wurden. Auch zwei verheiratete Frauen erschienen am Wochenende und traten, ausgerüstet mit der Genehmigung der Ehemänner, von Freitagabend bis Samstagnacht ihren Dienst an, zur Aufbesserung des Lebensstandards.

Gutaussehende Frauen waren es, wie Leopold fand. Er hatte ihren Gesprächen zugehört. Sie redeten von neuen Wohnungseinrichtungen, von einem Kleinwagen, von Anzahlungsgeschäften. Also gingen sie hier auf den Strich für ein paar neue Schränke, für ein Auto, geschickt von ihren Männern, von der Habgier, der Gemeinheit ihrer Männer und von der eigenen Dummheit genasführt.

Während er sie verurteilte, alle, die da saßen, mußte er auch über sich Gericht halten. War er nicht der zuhälterische Leopold für alle, die ihn hier sahen? Er wußte, wie dieses Unternehmen gewachsen war. Was nutzte da der schwächliche Versuch einer

Rechtfertigung? Dieses Haus hatte sich entwickelt, befehligt und geordnet von der Schläue einer ausgedienten Hure zu hurerischen Zwecken, und nun war es ein richtiges dickes, fettes Bordell.

»Dreimal Würstchen mit Kraut!« rief Willi.

Leopold ging in die Küche, gab die Bestellung weiter, blieb neben Rosa stehen, überhörte die Rufe nach Bier und anderen Getränken, blieb noch stehen und fragte langsam: »Und wie ist es mit diesem Sohn? Wie schwachsinnig ist er?«

Sie warf die Würste in das heiße Wasser, rührte das Kraut um und sagte, ohne ihn anzusehen: »Er ist harmlos. Er tut niemand etwas, aber er ist etwas zurückgeblieben.«

»Kann er sprechen?«

»Natürlich kann er sprechen.«

»Hat er einen Wasserkopf?«

»Er hat keinen Wasserkopf!« sagte sie entrüstet. »Er sieht fast normal aus.« Sie suchte nach Worten, fand auch die treffende Erklärung: »Er ist ein Kind! Verstehst du, ein Kind von vierundzwanzig Jahren.«

»Du willst ihn hier haben?«

»Ja.«

»Dann mußt du ihn jeden Tag sehen. Vielleicht verjagt er die Gäste.«

»Ich kann ihn ertragen. Meine Gäste werden ihn nicht oft sehen. Es war ohnehin ein Fehler, ihn ins Heim zu schicken. Wally hätte ich auch schon früher holen müssen. Glaubst du, ich merke nicht, was mit ihr los ist! Sieh sie dir an, wie sie hier herumgeht wie eine Schlafwandlerin, die Augen nach innen ... Die Nestwärme hat ihr gefehlt. Das ist meine Schuld!« Sie wischte sich mit dem Schürzenzipfel über die Augen, wischte damit die Schwäche, die tränennahe Rührseligkeit fort. »Ich weiß, was ich will!« sagte sie. »Jawohl! Rosa ist nicht dumm, darauf kannst du dich verlassen! Wenn du hart genug bist, mit mir Schritt zu halten, werden wir es schaffen. Wenn nicht ... Ich bin allein stark genug! – Jetzt geh 'raus an die Theke. Hörst du nicht, daß Willi nach dir ruft?«

Nachdenklich stand er an seinem Platz, bediente den Zapfhahn und dachte an den schwachsinnigen Otto: Den muß ich auch noch ertragen, wenn ich Rosa heirate.

Und all die Männer, die sie gehabt hatte: eine ganze Bahnhofshalle voll Männer, die Rosa bekrochen hatten.

Später kam der Diplomatensohn zur Theke und lud Leopold zum Trinken ein.

»Hör mal«, sagte Leopold, »bist du ein Diplomatensohn?«

»Quatsch!« sagte der junge Mann. »Mein Vater ist Syndikus, und ich versuche, Bildhauer zu werden.«

»Hast du nichts gelernt?«

»Ich habe Jura studiert, das gefiel mir nicht.«

»Mit Hammer und Meißel?«

»Und was hämmerst du da?«

»Frauen. Frauen in allen Lagen, immer nur Frauen. – Ich heiße Jonathan. Prost!«

»Immer nur Frauen?« murmelte Leopold und trank. »Jonathan ist ein seltener Name.«

»Man hat dir ein Ultimatum gestellt?«

»Woher weißt du das?«

»Die Blonde Inge hat es mir gesagt.«

»Weibergeschwätz!« zischelte Leopold ärgerlich.

»Ich weiß alles über dich. Die Weiber reden.«

»So! Alles weißt du über mich?«

»Ich bin besoffen, deshalb sage ich die Wahrheit. Man erzählt hier, von Beruf wärst du Buchhalter, wärst dann etliche Jahre beim Zirkus gewesen. Man munkelt etwas von Tigern. Ich glaube nicht ganz an die Tiger. – Schenk noch einen aus.«

»Man glaubt nicht an die Tiger? Ich könnte Bilder zeigen!«

»Sag mir, Leopold, warum bist du zum Zirkus gegangen?«

»Es hat mich alles angeekelt! Morgens, die Lochkarten stechen! Jeden Tag den gleichen Dreck machen . . .«

»Sich abrichten lassen zu einer Maschine«, ergänzte Jonathan.

»Jawohl!« begeisterte sich Leopold. Ja, das war es: Er hatte sich dagegen gewehrt, sich zu einer Maschine abrichten zu lassen. Die privaten Rückschläge waren dabei nicht von Bedeutung gewesen.

»Ich dachte es mir doch, daß du ein Eigenleben beansprucht hast. Deshalb wirkst du so komisch.«

»Ich wirke komisch?« Leopold zog verstimmt die Brauen hoch. »Was geht dich überhaupt mein Leben an?«

»Du interessierst mich, du bist der geborene Spießer, Leopold. Und das Ulkige an deiner Geschichte ist, daß ausgerechnet du, der Spießer, ausgebrochen bist, daß du Widerstand geleistet hast gegen eine Ordnung, die dich in eine Kategorie hineinmanipulierte. Du bist zum Zirkus gegangen. Dort bist du eine komische Figur geworden, wie konnte es anders sein. Alle, die heute aus der Ordnung ausbrechen, werden komische Figuren.«

»Und du?«

»Ich meißele in Stein. Ich bin auch eine komische Figur. Obwohl ich eine Karriere vor mir gehabt hätte, habe ich alles im Stich gelassen. Aber der Stein kann mich nicht bescheißen. Ich meißele hinein, was ich sehe. Es bleibt. Aber hier seid ihr alle beschissen, weil ihr an Illusionen glaubt. Ihr verkauft einer den anderen. Du verkaufst die Zeit der Frauen, du bist an ihrem Gewinn beteiligt. Sie bringen dir ihre Gewinne in deine Kasse. Du bist aber auch am Verkauf deiner Rosa beteiligt, denn aus den Erträgen, die sie machte, als sie noch auf den Strich ging, hat sie dieses Haus gekauft. Du hast Anteil an diesem Haus. Jetzt bist du vor ein Ultimatum gestellt worden. Du hast jetzt gar keine Wahl mehr. Du mußt annehmen. Du wirst Rosa heiraten.«

»So, du weißt schon alles im voraus? Und was soll das heißen: Jeder verkauft hier jeden?«

»Das soll heißen, daß ihr hier aufeinander angewiesen seid. Jeder ist hier an jedem beteiligt. Auch du wirst hier verkauft. Das solltest du wissen. Hier entwickelt sich ganz automatisch eine Ordnung, die euch voneinander abhängig macht, während ihr in Illusionen investiert und Illusionen verkauft.«

Sie tranken sich zu. Leopold füllte die Gläser.

»Du bist fast fünfzig, du solltest nicht mehr aus dieser Ordnung ausbrechen. Du bist jetzt schon zu müde, Leopold. Deshalb sage ich: Du wirst Rosa heiraten.« Er hatte die Stimme gehoben, sprach mit der Hartnäckigkeit der Trunkenen.

»Du bist auch müde. Außerdem bist du besoffen«, wehrte sich Leopold.

Die Blonde Inge kam zur Bar. Sie hatte gerade ein Geschäft hinter sich gebracht: eine schnelle Sache zu einem mittleren Preis. Sie war damit nicht zufrieden, witterte eine Möglichkeit bei dem Mann, der mit seiner überzeugenden Brieftasche seit dem ersten Besuch schon einige Male nachts an der Bar herumgelümmelt hatte, ohne ein Zeichen seines Verlangens zu geben.

»Wie geht es, Jonathan?« sagte sie. »Was habt ihr denn da so heimlich zu mauscheln?«

»Er erzählt Blödsinn«, erklärte Leopold überlegen.

»Ist er wieder sauer auf seinen Vater?« fragte sie.

»Warum? Was ist mit deinem Vater?« Leopolds Neugierde regte sich.

»Mein Vater ist einer von denen, die überall die Finger mit im Brei haben.«

»Was macht er?«

»Er verkauft die Zeit anderer Menschen ...«

»Dann ist er ein verdammt kluger Bursche, dein Alter«, erklärte Inge. »Du lebst doch recht gut von ihm, oder etwa nicht? Er gibt dir die Möglichkeiten, so zu leben, wie du willst, ein Bildhauer zu werden – vielleicht. Aber er ist sauer auf ihn und auf alles.«

»Ein Mann, der seinen Vater verachtet, muß alle Welt verachten!« erklärte Jonathan pathetisch. Sein Kopf sank vornüber. Die Blonde Inge hielt den Mann, legte den Arm um seine Schultern.

»Verräter«, sagte sie. »Einmal warst du bei mir. Jetzt treibst du dich hier 'rum und suchst dir andere aus. Komm mit mir aufs Zimmer, mein Schatz. Ich werde dir mal die Engelchen im Himmel zeigen ...« Sie schlug jenen Ton an, der für die Betrunkenen mütterlich klingt, aber zugleich das Mütterliche ironisiert.

»Leopold«, sagte Jonathan, »gib mir ein Zimmer hier. Ich möchte hier ein Zimmer haben.«

»Das kannst du kriegen: eine Mansarde. Du mußt Rosa fragen.«

»Jetzt nicht«, wehrte die Blonde Inge ab. »Jetzt geht er mit mir. – Hat er schon bezahlt?« fragte sie leise. »Hat er noch Geld dabei? – Hör mal!« wandte sie sich laut an Jonathan. »Hast du noch Geld in der Tasche?«

»Geld! Immer nur Geld!« murmelte Jonathan. »Glaubst du, ich bliebe dir was schuldig?«

»Ich weiß ja, mein Schatz. Komm jetzt. Komm, die Engelchen warten ...«

Sie führte ihn hinaus. Er folgte willig. Leopold schaute hinter ihnen her, hatte jetzt plötzlich das Gefühl, allein zu sein. Er dachte an das Ultimatum.

SECHZEHNTES KAPITEL

Herr Silberstein ging. Unter der Tür gab er seiner Frau die Hand, fand noch schnell ein unfreundliches Wort für Egon: »Daß du dich benimmst, Bengel!« Dann hörten sie ihn mit seinem Reisebegleiter die Treppe hinuntertappen. Fünf Tage würde er auf Reisen sein. Der Blindenchor war von verschiedenen Großstädten eingeladen worden. Die Zeitungen hatten darüber berichtet. Es war die erste längere Reise des Chors, großzügig finanziert für vierzig blinde Männer. Es würde der Auftakt sein für kommende Auslandstourneen, hatte Silberstein stolz verkündet. »Jetzt geht es aufwärts!«

Die Zeitungen hatten ihm geschmeichelt: ›Berufen zum Chorleiter — durch Begabung und Ausdauer.‹ Das Repertoire dieses Blindenchors reiche vom Volkslied bis zum Oratorium.

Egon saß mit seiner Mutter in dem kleinen Wohnzimmer. Als wolle sie sich vergewissern, sagte Frau Silberstein: »Er ist fort.«

»Ja, er ist fort«, sagte Egon.

Er kannte den Wechsel im Wesen seiner Mutter. Immer wenn dieser Mann die Wohnung verlassen hatte, wurde sie lebhaft, fragte nach Dingen, denen sie sonst nicht nachging. Sie benutzte dann die Augen ihres Sohnes, schien durch sie Gehörtes aufzuarbeiten und sich ein vollständiges Bild verschaffen zu wollen.

»Wie sieht das Mädchen aus?«

»Blond ist sie. Und sie hat ein schönes Gesicht.«

»Und ihre Mutter? Ist sie häßlich?«

»Schön ist sie nicht.«

»Der Mann? Wie sieht er eigentlich aus?«

»Nicht besonders.«

»Was heißt denn das?«

Egon versuchte, Leopold Grün zu beschreiben. Es fiel ihm schwer, denn da war nichts, was besonders ins Auge gefallen wäre. »Er sieht aus wie ... wie ein Mann, wie hundert andere Männer ...«

»Und mein Mann? Hat er sich verändert in den letzten Wochen?«

»Nein. Er ist genau wie immer.«

»Ist mein Haar in Ordnung?«

»Was meinst du: in Ordnung?«

»Liegt es richtig? Habe ich keine Flecke auf dem Kleid?«

Er schaute sie an, während er antwortete: »Dein Haar liegt richtig. Du hast keine Flecke auf dem Kleid.«

Es war mühevoll, schon seit Jahren. Entweder war er der Blindenhund für Silberstein, oder aber die Mutter machte ihn zum Medium, durch das sie die Außenwelt erkennen wollte. Äußerst peinlich war ihm jedoch, wenn sie ihn mit ihren Händen betastete, ihm mit den Fingerspitzen durch das Gesicht fuhr, um sein Aussehen zu prüfen.

»Hast du ein sauberes Hemd an? Bist du ordentlich gewaschen?«

»Jaja! Natürlich!« Er entzog sich diesen Prüfungen meist, flüchtete aus dem Bereich der tastenden Hände und nahm ihr damit die Möglichkeit, ihn zu erkennen.

»Es ist langweilig«, murmelte sie. Er wußte genau, was sie nun bald sagen würde. Der andere Mann, der Tröster, war lange nicht mehr in dieser Wohnung gewesen.

Er beobachtete seine Mutter, wie sie dasaß, mit ihrem ungepflegten Haar, das im Zwischenstadium von grau und braun eine fast schmutzig aussehende Färbung angenommen hatte. Es waren doch Flecke auf ihrem Kleid. Jetzt sah er es. Aber sie war selbst schuld daran. Warum wollte sie auch unbedingt die Suppe abschmecken? Sie kochte blind, wog die Zutaten in der Hand ab, konnte winzige Mengen von Salz, Pfeffer oder anderen Gewürzen dem Gewicht nach in ihrer Wirkung dosieren.

Sie hatte den Kopf geneigt. Er wußte, daß sie jetzt nach ihm tastete, mit dem Gehör, mit all den unerklärlichen Wahrnehmungen ihrer geschärften Sinne. Auch das war ihm lästig, denn es zwang zum Meitleid. Dieses Mitleid hatte er jahrelang empfinden müssen, bis es eines Tages — er wußte nicht wann — fast aufgebraucht war. Etwas in ihm wehrte sich gegen die Blinden. Sie zwangen ihn, an ihrem reduzierten Leben teilzunehmen. Es war, als würden sie sein Leben in ihre Dienste stellen und es als selbstverständliches Opfer von ihm fordern. Dazu war er nicht bereit.

»Herr von Weber war lange nicht mehr hier«, sagte er und beobachtete ihr Gesicht. Er sah die leichte Erregung. Jede Gemütsbewegung konnte er von ihrem beweglichen Gesicht ablesen, während Silberstein starr war wie eine Maske. Jetzt hatte er dieses Aufleuchten der Freude über ihr Gesicht huschen sehen.

»Ja, es ist wahr. Du könntest ihn holen«, sagte sie. »Es ist wirklich zu langweilig hier.«

Er kannte diese seltsame Geschichte: Ihr Mann und Herr von Weber waren früher Freunde gewesen. Silberstein war zu nachtragend. Sie hatten Streit, weil Herr von Weber erster Tenor im

Chor sein wollte, aber Silberstein hatte es nicht zugelassen, hatte einen anderen gewählt.

»Er kann wirklich gut singen. Meinst du nicht auch?«

»Ja, ja. Er singt sehr schön.« Und dachte: Überall will er vorsingen. Sogar wenn er hierher kommt, singt er. Damit auch alle richtig hören, es ist ein Mann im Haus, der nicht hingehört.

Sie gab ihm zwei Mark für die Straßenbahn. »Beeil dich«, bat sie.

»Und wenn er nicht daheim ist?«

»Herr von Weber geht selten aus«, sagte sie und gab ihm einen freundlichen Schubs. Sie dachte bereits daran, ins Badezimmer zu gehen, die Wäsche zu wechseln, ein anderes Kleid anzuziehen. Das alles würde ungefähr eine halbe Stunde dauern. Bis dahin würde Egon Herrn von Weber hier abliefern.

In der Straßenbahn machte er ihnen wieder Vorwürfe: immer muß ich für die beiden unterwegs sein. Aber jetzt bin ich aus der Schule. Etwas lernen will ich. Ja, das hat Zeit, das eilt dem Silberstein nicht. Aber er muß mich etwas lernen lassen. Als Page in einem Hotel . . . Da verdiene ich sofort, da kann ich Hoteldirektor werden. Außerdem kriege ich eine Uniform. Jeder, der mit mir im Aufzug fährt, gibt mir ein Trinkgeld. Sie können sich ein Dienstmädchen nehmen. Ich gebe was dazu. Dann brauchen sie mich nicht mehr. Etwas schon, aber nicht zuviel gebe ich dazu.

Er war sich noch nicht schlüssig geworden, wieviel er für das Dienstmädchen anlegen würde, als er bei Herrn von Weber ankam, der ihn erfreut empfing, ihn in die unaufgeräumte Zweizimmerwohnung bat und erklärte, er wolle sich nur schnell umziehen.

Er hörte Wasser plätschern, im Bad, hörte er den Blinden wieder singen, eine vibrierende Tenorstimme, die Egon in den Ohren schmerzte. Dann hörte er, wie der Mann mit der Zahnbürste fuhrwerkte, schließlich gurgelte, ins Schlafzimmer ging, Schranktüren öffnete: hastig klang das alles, wie auf der Flucht.

Dann stand er vor ihm, im Anzug, mit Krawatte, die ein wenig schief saß, stand vor ihm mit Stock und Hut und dunkler Brille, ein Blinder von vierzig Jahren, der davon geträumt hatte, ein großer Sänger zu werden.

»Komm«, sagte er und faßte nach Egons Hand. Aber das liebte er nicht. Seine Finger schlüpften aus der Hand heraus, griffen den Jackenärmel des Mannes und lotsten ihn die Treppe hinunter. Am Jackenärmel führte er den Mann seiner Mutter zu.

»Guten Tag, Herr von Weber!« strahlte sie. Das mißfiel Egon, ehebrecherisches Getue. Hatte er nicht schon mehrfach gehört, daß sie sich duzten? Für wie dumm hielten die ihn wohl? Und immer diese Betonung ›von‹. Dabei war doch der Vater dieses Mannes ein Schneidermeister und nicht etwa General oder Minister.

Egon beobachtete sie, spürte die Ungeduld, die erhöhte Intensität, mit der sich die beiden Blinden in ihrer Dunkelheit entgegenkamen.

Im Wohnzimmer sitzend, sprachen sie über ihn, wollten ihn abschieben, mit großer Freundlichkeit und der Versicherung, daß er ihnen außerordentlich wichtig wäre.

»Was will er denn werden, unser Egon?« fragte der Mann.

»Page in einem Hotel. Er will sich von der Pike an hinaufarbeiten«, erklärte sie.

»Das ist keine schlechte Idee. Wie bist du darauf gekommen?«

»Es gefällt mir«, sagte er und wagte zugleich eine leise Mahnung an seine Entlohnung für den Weg. »Man verdient dabei gut, habe ich gehört. Als Page kriegt man viele Trinkgelder ...«

»Ja, das ist richtig«, stimmte Herr von Weber zu und hielt bereits seine Geldbörse in der Hand.

Egon beugte sich vor, prüfte den Inhalt, sah Silbergeld und auch Scheine. Als die Hand auf ihn zufuhr, die das Fünfmarkstück hielt, saß er wieder, brav zurückgelehnt, auf seinem Stuhl. Er bedankte sich und sagte, wie sie es erwarteten: »Ich gehe ins Kino.«

»Ja«, stimmte die Mutter zu, »sieh dir einen schönen Film an.«

»Im Hotelfach kann er es zu was bringen: Kellner, Oberkellner ...« Herr von Weber kam seiner Verpflichtung nach, das Gespräch wenigstens noch eine Minute in Gang zu halten. Aber er stand bereits vom Stuhl auf, zeigte die Bereitschaft, Egon bis an die Tür zu bringen, worauf auch Frau Silberstein sich erhob. Von freundlichen Worten geleitet, wurde ihm die Tür geöffnet.

»Amüsier dich gut, mein Junge«, sagte Herr von Weber.

»Einen schönen Film ansehen«, hörte er seine Mutter sagen.

Er ging die Treppe hinunter, wußte alles über sie. Für wie dumm die ihn hielten, sagte er sich und verachtete seine Mutter und diesen Mann. Er war über sie weit besser informiert als sie über ihn. Er schlich sich wieder die Treppe hinauf und beugte sich zum Schlüsselloch.

Sie standen noch immer im Flur. Nicht einmal Zeit hatten sie sich genommen, ins Zimmer zu gehen. Da standen sie eng aneinandergepreßt, waren übereinander hergefallen. Aus der Küche fiel

Licht. Er konnte alles sehen: die Gier ihrer atemlosen Liebkosungen, das Streicheln und Suchen ihrer Hände. Es sah aus, als ob ihre Hände hungrig wären. Die Männerhand fuhr unter den Rock der Mutter. Es waren ungeduldige Griffe: zerrend, entblößend. Erschreckt wandte Egon sich ab und schlich die Treppe hinunter.

Er ging zu ihr in die Küche, sah keine Notwendigkeit, seinen Entschluß noch einen weiteren Tag aufzuschieben. Vierundzwanzig Stunden habe ich gewartet. Es gibt keinen Ausweg. Wo soll ich hin? Was soll ich arbeiten? Wieder Buchhalter? Nein!

Er sagte: »Hör zu! Wir heiraten! Ich habe mir die Sache überlegt.« Er hob die Stimme: »Aber glaube ja nicht, daß ich dich aus Liebe heirate.«

»Dann laß es bleiben!« erwiderte sie schroff. »Ich will aus Liebe geheiratet werden!«

Er lenkte ein: »Es ist immerhin Sympathie.« Theatralisch verkündete er ihr: »Meine Liebe hast du getötet. Jawohl.«

»Wenn du mich liebst, kommst du über alles weg.«

»Aber nicht darüber, daß du mich belogen und betrogen hast.«

»Das wird sich geben, Leopold. Das wird sich geben. Sieh mal, ich wollte schlau sein für uns beide. Ich wollte das allein auf meine Schultern nehmen. Natürlich hätte ich dir irgendwann die Wahrheit gesagt. Warum jetzt noch darüber reden. Leopold«, bat sie, »sag mir doch was Nettes. Das ist doch eigentlich unsere Verlobung. Da muß man seiner Verlobten etwas ... etwas Zärtlichkeit zeigen.«

»Es ist immerhin Sympathie«, sagte er steif. »Du mußt bedenken, daß ich aus einer angesehenen Familie stamme.«

»Natürlich, das weiß ich«, gab sie kleinlaut zu.

»Du hast wirklich keine Perversitäten mitgemacht?«

»Leopold! Ich schwöre es dir!« Sie hob auch gleich die drei Finger ihrer rechten Hand. Er nahm diese Gelegenheit wahr und bestimmte: »Halt! Sag: Ich schwöre, daß ich nie Perversitäten mitgemacht habe! Und dann: Ich schwöre dir, daß ich dir immer treu sein werde! – Also los!«

Sie stand neben dem Küchenherd, hatte ihre Schwurhand noch immer erhoben und wiederholte: »Ich schwöre, daß ich nie Perversitäten mitgemacht habe und daß ich dir immer treu sein werde.«

»Jetzt mußt du noch dazu sagen: So wahr mir Gott helfe.«

»So wahr mir Gott helfe!«

»So«, sagte er befriedigt, als habe er sie nun für immer gebunden, als sei nun die Grundlage zu einer gültigen Ehe geschaffen. »Jetzt mußt du dich ordentlich führen, dann kommt alles ins Lot.«

»Aber sicher, Leopold. Alles kommt ins Lot.« Sie dachte: Ich habe ihn! Jetzt werde ich geheiratet! Und das konnte sie nicht für sich behalten. Sie huschte hinaus, traf Oma, die Blonde Inge, Olga und Tilly, Anita und eine der verheirateten Frauen. Sie saßen alle an einem Tisch zusammen. Sie näherte sich ihnen mit bedeutungsvollem Gesicht und flüsterte ihnen zu: »Wir heiraten. Es ist alles in Ordnung ...«

»Da mußt du einen ausgeben«, erklärte die Oma und schüttelte ihr die Hände, und alle beglückwünschten sie.

»Klug genug muß man sein«, sagte eine der Frauen. Und das bestätigten sie Rosa: »Du bist doch ein cleveres Mädchen.« »O ja, die Rosa, die hat's im Köpfchen ...«

Geschmeichelt lächelte sie, ging zur Theke und flüsterte Leopold zu: »Ich gebe einen kleinen aus für die Mädchen. Nur einen kleinen.«

»Nicht zu üppig«, erklärte er streng. »Nur nicht zuviel Aufhebens.«

Er war nicht versöhnt, nicht befriedigt mit der Lösung, die, wie er sich einredete, ihm die Umstände aufgezwungen hatten. Auch bezweifelte er bereits den fünf Minuten alten Schwur, dem Ehemann einen Meineid zu leisten, — das war sicher strafbar. Er zwang sich zum Glauben an die heilige Formel des Eides, entlastete damit Rosa und sich selbst. Er wurde melancholisch, als habe er soeben ein großes Opfer gebracht.

Rosa lächelte ihn glücklich an, wenn er die Bestellungen in die Küche rief. Sie tranken sich auch zu, wobei Rosa sagte: »Auf unser Glück, Leopold. Auf unser Glück.«

Später erzählten die Frauen, der Silberstein sei kaum aus dem Haus gewesen, da habe die Blinde schon einen anderen empfangen. Faul am Fenster sitzend, hatten zwei Frauen gesehen, wie der blinde Mann gekommen war, geführt von dem Sohn, der auch gleich verduftet sei. Diesen Mann habe man ja schon ein paarmal hier auftauchen sehen — immer dann, wenn Silberstein nicht im Haus war.

»Das ist unerhört!« entrüstete sich Rosa.

»Die hintergeht den braven Kerl ganz hübsch«, erklärte Oma, die sich besonders gut an den Blinden erinnern konnte.

Nein, sie fanden das nicht schön von dieser Frau im oberen Stockwerk. Sie kritisierten auch, daß der Blinde am späten Nachmittag besonders laut gesungen habe. Was sich wohl der Sohn dabei denke?

»Es ist Liebe. Ich verstehe«, sagte Olga mit ihrer dunklen Stimme. »Es ist alles Liebe.«

An diesem Abend ohrfeigte der Schöne Karl Dodo im Lokal. Sie hatte sich einen Mantel und ein Kostüm gekauft. Er war noch betrunken vom Vortag und hatte getobt: »Ausgerechnet jetzt mußt du diese teuren Klamotten kaufen! So toll war es ja nicht mit deiner Anschaffe in den letzten Tagen!«

Sie floh in das Lokal hinunter, und das erhöhte seinen Zorn. Schnell zog er sich an, er mußte ihr zeigen, wer in diesem Verhältnis der Stärkere sei.

Er ging an den Tisch, klatschte ihr zwei Ohrfeigen ins Gesicht und rief: »Damit du dir merkst, wer hier zu bestimmen hat!«

Die Frauen drängten die beiden auseinander. Ein Wirrwarr von Stimmen füllte plötzlich das Lokal. Rosa rief in höchstem Diskant: »Leopold! Greif ein!«

Er stürzte hinter der Theke hervor und rief: »Auseinander! Sage ich, sofort auseinander! Wenn das noch einmal vorkommt, greife ich durch!«

Der Zuhälter lenkte ein, sah sich von Gegnern umgeben: »Ist ja schon gut«, erklärte er. »Also mach keinen Wirbel. Mir ist mal der Gaul durchgegangen . . .«

»Und besoffen bist du auch noch!« schrie die Oma.

»Jajaja, ist ja schon gut.«

»Ich will Ordnung in meinem Lokal!« rief Leopold. »Wer nicht pariert, der fliegt hinaus!«

»Brav, Leopold, brav«, flüsterte Rosa, aber sie setzte hinzu: »Unser Lokal, Leopold.«

»Es ist alles Liebe«, sagte Olga, die Russin. Dodo saß weinend am Tisch, vielfach getröstet von den Frauen, beraten und gestützt in der Not. Warum auch lege man sich überhaupt so einen Loddel zu?

»Früher war das was anderes«, erklärte die Oma. »Da war der Strich auf der Straße. Da hattest du nicht jeden Abend Lust 'rauszugehen. Wenn es regnete oder schneite, da hast du in einem Hauseingang gestanden und hast dir Frostbeulen geholt. Da war es schon ganz gut, wenn du so einen Antreiber hattest, der dich auf die Straße prügelte, wenn du ums Verrecken nicht 'raus wolltest.«

Jonathan, der von Rosa eine Mansarde gemietet hatte, schlenderte zur Theke, sagte leichthin: »Gib uns was zu trinken, Leopold. Nun, was habe ich dir gesagt? Du wirst Rosa heiraten.«

»Ist das etwa unvernünftig von mir?«

»Im Gegenteil. Ich hoffe nur, ihr heiratet nicht in Feindschaft.«

Darüber dachte Leopold lange nach. Heiraten in Feindschaft? O ja, er hatte seine kleinen Vorsichtsmaßnahmen bereits erwogen. Da wäre wieder der Sonderbonus: eine Art Strafe für Rosas Täuschungsmanöver. Außerdem wäre noch notariell festzulegen, daß sie nach der Heirat gleichberechtigte Partner sein würden. Für jeden die Hälfte, dachte er. Aber er war entschlossen, diese Hälfte reichlich für sich ausfallen zu lassen. Immer hatten ihn die Umstände auf die Seite der Betrogenen gedrängt. Dieses Defizit wollte er nun ausgleichen. Diesmal saß er an der Krippe. Sicher, es war ein Bordell, aber war es nicht die große Chance vor dem Altwerden, auf die er jahrelang gehofft hatte?

Sinnend stand er an seinem Platz, die Hände arbeiteten mechanisch. Er trank ein paar Gläser, blickte hinein in dieses Gewimmel, das sein Lokal, seine Kasse füllte. Er sah die Gier, die unterwürfige Brunst, sah die Blicke der Männer, die, von Geilheit getrieben, hier hereinkamen und unter den Frauen wählten. Alles dreht sich um das eine, dachte er. Da unten zwischen den Beinen ...

»Gib noch einen aus, dann gehen wir aufs Zimmer«, sagte Sonja.

»Das wird zu teuer, Mädchen.«

Die Worte des Feilschens wehten zu ihm her, leise gesprochene Werbungen, brutale Forderungen. Er hörte viele Sätze zu gleicher Zeit. Und die Frauen: Hinterteile, wippende Hinterbacken, raffinierte Verlockungen, im tiefen Ausschnitt der Brustansatz, übereinandergeschlagene Beine, das Stück Haut über den Strümpfen.

»Die ganze Nacht kostet dreihundert.«

»Du verstehst«, sagte die Russin. Und es klang, als empfinde sie Mitleid mit den Männern, daß sie eine solche Forderung stellen müsse.

Da gingen zwei aufs Zimmer, die Frauen kamen bald zurück. Wieder zwei. Wer war's? Tilly oder die Blonde Inge? Er sah sie nicht mehr einzeln, sah nur noch die Kategorien, sah das Männliche in den Fängen des Weiblichen. Hier waren die Männer die Unterlegenen, waren ausgeliefert dem Übel-Weiblichen, dem Listig-Verschlagen-Weiblichen, dem Weibsgeruch und Weibsgekeife. Hier war die Welt weiblich, eine Weibsverschwörung.

Da unten, da unten zwischen den Beinen ... dachte Leopold.

»Es wird fast immer drei Uhr nachts, bis diese Weiber aus dem Lokal verschwinden!« sagte Leopold unwillig. »Und was tun sie? Sie trinken noch ein Bier und höchstens zwei Schnäpse. Damit wärmen sie das Besäufnis vom Abend noch einmal auf. Aber für uns ist das nicht rentabel.«

Rosa zuckte mit den Schultern: »Laß sie. Wir können sie nicht sofort hinausschmeißen. Es sind doch nur noch zwei im Lokal.«

Oma und Dodo, die beiden Verbliebenen, wollten sich noch bei einem Bierchen entspannen, wie sie sagten. Der Lärm war verebbt, das große Feilschen hatte die beiden übriggelassen. Dodo hatte sich in dieser Nacht fünfmal an- und ausgezogen, aber sie hatte jeden der fünf Männer fühlen lassen, daß sie verstimmt war. Sie hatten alle unter Karl leiden müssen und nicht gerade viel für ihr Geld empfangen. Omas Geschäfte waren weniger ertragreich gewesen. »Einmal für vierzig Mark«, sagte sie mit schleppender Zunge.

»Auf ihr Weiber!« rief Leopold von der Theke her und wedelte mit der Hand, als wollte er sie verscheuchen. »Ihr könnt auch schlafen gehen. Die anderen sind ja auch schon in der Falle.«

»Die anderen werden jetzt ja auch gevögelt«, lallte Oma. Sie lachte: »Hähähä! Immer hineingesteckt! Immer hineingesteckt!«

»Du bist besoffen!« sagte Leopold. »Mußt du immer die dreckigsten Worte gebrauchen!«

»Siehst du!« rief Oma, als habe sie eine Entdeckung gemacht, »sie haben nicht mal ein anständiges Wort dafür! Wie soll man denn sagen: He du, wie denn? Soll ich vielleicht sagen: die anderen haben jetzt in ihren Betten Geschlechtsverkehr. Hähähä!«

»Laß den Quatsch«, knurrte Leopold und goß sich noch einen Schnaps ein.

Oma kniff listig die Augen zusammen: »Soll ich sagen: die anderen, die machen jetzt hübsch die Beine auseinander?« Sie lachte wieder scheppernd: »Nicht mal ein anständiges Wort haben sie dafür! Ist das nicht eine beschissene Welt? Für das Wichtigste haben sie nichts, was sie sagen können! Kein Wort, kein Wort!« sagte sie und schüttelte betrübt den Kopf.

»Was du für Sachen denkst«, staunte Dodo. »Aber es ist wahr, es gibt kein Wort dafür.«

»Nicht wahr!« rief die Oma durch das leere Lokal, »da seid ihr von den Socken, über was ich mir Gedanken mache. Aber glaubt ihr denn, ich wäre doof! Überleg mal, wie wir heißen! Wir heißen Nutten, Schneppen, Huren ... Warum denn so dreckig, frage ich euch? Sind wir denn so dreckig, frage ich euch? Leisten wir nicht ehrliche Arbeit für das Geld, das wir kriegen? Wir nehmen ihnen dafür die Lustmörder ab, die Sadisten und all die anderen Schweine. Eines Tages werde ich euch mal erzählen von der Nacht der weißen Häschen ... Da werdet ihr staunen, da floß das Blut! Auf den Knien müßten sie uns danken, die anderen Weiber. Aber sie müssen uns dreckig machen, sie müssen das Vögeln dreckig machen — alles machen sie dreckig!«

»Na, beruhige dich doch«, sagte Rosa gutmütig von der Theke her. »Nimm noch einen Schnaps und geh schlafen.«

»Ich mich beruhigen? Nee, heute nacht bin ich in Form! Und der da«, sie deutete auf Leopold, »hat mich darauf gebracht: die drekkigsten Worte! hat er gesagt. Ist das vielleicht meine Schuld? Sagt mir doch mal, wie nennt ihr denn euer Ding, Rosa, Dodo? Wie denn? Und du, Leopold? Wie nennst du denn deinen Schwanz? Kein anständiges Wort gibt es dafür. Äh! Heuchler! Schmutzige Spießer. Da staunt ihr, was? Vor fünfundzwanzig Jahren hättet ihr mich sehen sollen, da hättet ihr noch ganz anders die Glotzaugen aufgerissen! In der Schule war ich immer bei den Besten! Das Kind ist intelligent, hat mein Lehrer immer gesagt. Jawohl!«

»Denkst du etwa, ich wäre dumm gewesen?« begehrte Dodo auf. »Aber mein Lehrer konnte mich nicht leiden. Weißt du, in der Religionsstunde, da bin ich ins Fettnäpfchen getreten. Ich habe nicht geglaubt, daß Adam und Eva die ersten Menschen waren, und Kain und Abel ihre Söhne. Nein, das habe ich nicht geglaubt. Und schon war ich notiert! Überhaupt müßt ihr wissen, daß ich aus einer guten Familie bin.« Oma hob wie belehrend den Zeigefinger: »Eine sehr, sehr gute Familie! Aber die Männer«, seufzte sie. »Die Männer, die ich hatte ...« Sie schrie es laut: »Das waren Arschlöcher! Jawohl, dumme Arschlöcher waren es!« Sie winkte mit der Hand ab, schmatzte verächtlich mit den Lippen. Ihre Kiefer schoben sich zusammen, gaben ihr das greisenhafte Aussehen der Gebißträger. »Ist ja egal. Ist egal! Jawohl!«

Sie ließ den Kopf sinken, tief, bis fast auf die Tischplatte, schien auf den Tisch zu starren und nickte mit dem Kopf, brabbelte vor sich hin.

»Jawohl«, murmelte sie. »Jawohl.«

Dodo und Rosa sprachen über Unterleibskrankheiten. Ein Gespräch, das Leopold außerordentlich mißfiel, in dem Dodo feststellte: »Also, wenn es bei mir anfängt mit den Eierstöcken, ich mache kurzen Prozeß! 'raus mit den Dingern. Dann ist Ruhe!«

Rosa ging schlafen. Dodo packte Oma unter dem Arm und zog sie vom Tisch hoch, wo sie eingeschlummert war.

»Was denn?« wehrte sich Oma. »Ich kann allein gehen!« Dann schaute sie sich suchend um: »Wo ist denn mein Schätzchen? Wo ist denn . . .?«

»Wer?«

»Inge«, sagte sie, besann sich dann: »Ach so, die hat ja einen Kerl mitgenommen.«

Von Dodo gestützt, torkelte sie hinaus. Leopold hörte die schlurfenden Schritte noch ein paar Sekunden. Dann kam wieder die Stille, die ihn jedesmal überraschte, wenn der letzte Gast gegangen war. Aber das Echo aller Stimmen dieser Nacht lebte noch in seinen Ohren.

Er fühlte sich besiegt. Er war von der Niederlage nicht ausgenommen. Minister, Bankbeamte, Polizisten und Straßenkehrer – alle Welt! Keiner ist ausgenommen!

Er schenkte sich noch ein letztes Glas ein, hielt es in der Hand, sagte laut: »Alle!«

Vielleicht würde auch er in dieser Nacht zu ihr hinkriechen und mit ihr flüstern: »Komm . . . komm.« Er rätselte herum an seiner Bestandsaufnahme des Menschlichen, verstand es nicht, aber erkannte doch, daß er in ein Geschäft verwickelt war, ein miserables Geschäft. Die Niederlage des Männlichen! Das Fieber der Brunst, der verirrte Zeugungstrieb – die grausamen Gegebenheiten. In dieses unverständliche Muster war er jetzt verwoben.

Er schob das von sich, trank aus seinem Glas, schob das von sich mit einem Auflachen. In seinem Gesicht blieb ein verlegenes Grinsen. Er ging, hatte sein Gewissen bezwungen. Nicht dienen würde er in diesem Haus – er würde herrschen.

SIEBZEHNTES KAPITEL

Das Taxi hielt in der dunklen Straße. Die Tür schwang auf, und heraus kam Karl, der auf unsicheren Beinen zur Haustür ging. Sie war verschlossen. »Verdammt!« murmelte er und suchte in seinen Taschen, aber er fand den Schlüssel nicht. Er trat zurück, musterte die Hausfront, sah oben noch in zwei Fenstern Licht. »He!« rief er. »Macht auf! Es ist Besuch für euch da!«

Niemand antwortete. Er ging zum Taxi, beugte sich hinein, sprach zu einem Mann, der im Fond des Wagens saß. »Das haben wir gleich. Sollst du mal sehen, wie die parieren, wenn ich mal anständig gegen die Tür trete. Nein, das kommt nicht in Frage, du fährst nicht zurück. Ich hab' es dir versprochen, du kannst dir hier unter zehn Frauen die beste aussuchen. Klassefrauen, sage ich dir. Am besten ist die, die Dodo heißt ... Wenn du die siehst, da fällst du um! Die ganze Affäre kostet dich nicht mehr als zwei läppische Hunderter ...«

Nachdem er mit dem Fuß und den Fäusten gegen die Tür gebollert und dabei »Aufmachen! Aufmachen!« gebrüllt hatte, öffnete sich oben ein Fenster. Die Rote Else streckte ihren Kopf heraus und rief: »Verdammter Penner! Jetzt ist Nachtruhe! Geh heim zu deiner Alten und tu ihr mal was Gutes!«

»Else! Elschen!« flehte er hinauf. »Sei doch so gut und mach mir auf! Ich bin's, Karl!«

»Besoffenes Schwein! Dir mache ich noch viel weniger auf als jedem anderen!«

»Was? Wieso?« fragte er verblüfft. »Na komm, Elschen, gib deinem Herzen einen Stoß!«

Sie sprudelte einen Sturzbach von Schimpfworten auf ihn herab, der unten stand und zu ihr hinaufredete, eine nie gewesene Freundschaft beschwor, ihr erklärte, daß sie sich doch immer auf ihn hatte verlassen können, und jetzt, wo er sie mal brauche, da lasse sie ihn im Stich.

Als er erkannte, daß sie ihm unter keinen Umständen helfen würde, begann er zurückzugeben, was sie vorher auf ihn hatte herabregnen lassen: »Du verdammte Drecksnutte!« rief er. »Du bist doch das Häßlichste, was in diesem Bunker angeboten wird! Du bist ja vollgepackt mit Syphilis bis an die Halskrause! Jawohl! Reg dich nur auf! Jeder weiß über dich Bescheid!«

Er wandte sich um nach dem Taxi, erhob den Fahrer und den

Fahrgast zu Zeugen: »Sogar einen Hund hat die neulich drangelassen!«

Dann kam von oben ein Guß Wasser. Es platschte auf ihn herunter, schnitt seine Tirade ab. Der Wagen fuhr an, wendete in der Straße, fuhr an ihm vorbei, der schimpfend vor der Tür stand: »Du verdammte Rote Else! Die Zähne schlage ich dir einzeln aus! Den Hals werde ich dir umdrehen!«

»Noch ein Wort, und ich lasse dich morgen früh hochgehen!«

Das beeindruckte ihn, er schwieg, klopfte sich ab, stand unschlüssig und begossen vor der Tür, grölte: »Nicht mal eine Klingel hat das Dreckhaus!«

Er setzte sich auf die beiden Stufen vor dem Eingang, wollte überlegen, was er jetzt tun könne und schlief ein. Eine halbe Stunde später wurde er von einer Polizeistreife aufgeweckt und zur Ausnüchterung auf die Wache gebracht, obwohl er ständig beteuerte: »Aber meine Herren, ich bin herzkrank! Ich habe mich nur mal kurz ausruhen wollen!«

Zur gleichen Stunde kroch Oma in ihr Bett. Sie hatte noch vor der Zimmertür der Blonden Inge gestanden und ein Gespräch führen wollen, aber das Echo von drinnen war spärlich gewesen. »Geh in dein Bett. Laß uns in Ruhe!« rief Inge.

Da hatte Oma langsam begriffen, daß sie unerwünscht war.

»Schmeiß den Kerl 'raus!« rief sie durch die Tür. »Er hat dich jetzt lange genug gefoltert. Soll ich dir mal erzählen von der Nacht der weißen Häschen?« Sie wartete, aber es kam keine Antwort. »Dann eben nicht«, murmelte sie und ging in ihr Zimmer.

Sie sah das zerwühlte Bett und begann leise vor sich hinzuschimpfen, als sei es eine unverzeihliche Gemeinheit des Mannes gewesen, ihr Bett in Unordnung zu bringen. »Dieses verdammte Pack!«

Sie ließ sich in ihr Bett fallen, bedauerte, während sie die Männer noch in Gedanken beschimpfte, daß sie allein darin liegen mußte. Sie hatte keine religiöse Anwandlung in dieser Nacht, war nicht gut zu sprechen auf ihn, der sie wieder einmal benachteiligt hatte. Jawohl! Das schlechteste Geschäft des Hauses habe ich gemacht! Einmal für vierzig Mark. Als ob das was wäre. Die anderen, ja, die streichen Scheine ein. Ich? Zwei lumpige Zwanziger. Und meine Schwester, die habe ich ja auch noch auf dem Hals, die hast du mir aufgeladen. Ernähren — jawohl. Auch noch kleiden. Und krank. Alles, was es gibt. Kein Glück gehabt. Wir nicht, nein.

Vor fünfundzwanzig Jahren. Ich! Rosa – die ja! Und wie – immer in die Kasse. All die Scheinchen. Ganze Bündel, auf die Bank. Gesammelt – immer mehr, immer mehr! Mein Schätzchen nebenan, mit so einem Kerl. Zu schade. Viel zu schade, das Kind!

Sie schluchzte zwei-, dreimal, setzte an zu einem Weinen, aus Mitgefühl mit den Frauen, in Selbstmitleid und Müdigkeit. Sie belud jetzt alle Welt mit Vorwürfen, gab aller Welt die Schuld, daß sie hier in ihrem hurerischen Bett allein lag.

Im Halbschlaf begann sie wieder mit ihrem Traumspiel: der erlösende Freier, die Möglichkeit, ausgelöst zu werden, denn das wußte auch noch ihr Traum, daß sie sich nach all den nächtlichen Jahren des Verkaufens nicht mehr aus eigener Kraft befreien konnte. Da kam er, der einzige Mann, den sie akzeptierte: mit Reichtum gesegnet und einem Körperfehler ausgezeichnet. Zumindest fehlte ihm ein Arm oder ein Bein, oder er hatte Brandnarben im Gesicht, er war an einen Rollstuhl gefesselt, bedurfte der ständigen Pflege. Er erwählte sie zu seiner Betreuerin. »Zu niemand habe ich Vertrauen«, sagte er. »Aber dich will ich immer an meiner Seite haben.« Dann sprach er von der Ehe. Sie schlossen den Bund ihrer Notgemeinschaft. Sie wohnten in einem Haus mit Garten, hatten einen Wagen mit Chauffeur. Abends, nach dem Essen, als das Dienstmädchen das Geschirr abgeräumt hatte, sagte er: »Ich habe dich zu meiner Alleinerbin eingesetzt, für deine Treue und deine ... deine ... deine ...« Die Oma seufzte im Schlaf.

Die Blonde Inge war zufrieden. Sie hatte vier Kunden bedient an diesem Tag, und jeder hatte eine größere Summe angelegt. Dieser hier war der letzte, danach wollte sie schlafen. Sie schätzte seine Ausdauer ab, während er über ihr war: gleich ist er fertig. Das war nun schon das drittemal. Er hat Reserven. Auf Reisen ist er. Ein Vertreter. Da hat er lange nichts gehabt. Ein Bulle ist das, aber von Feinheiten hat der keine Ahnung. Dem seine Frau möchte ich nicht sein. Der kommt jeden Abend und schmeißt sich drauf. Dann geht das so holterdipolter, in einem Zug durch: 'rein und nichts wie los, wie ein Wettrennen macht der das. Ich muß ihn mal ein bißchen ... Herrgott noch mal, wie der schwitzt! Ich muß ihn mal so ein bißchen ... Ja, das mußte ich! Das glaubt er mir sofort. Ja natürlich, das schmeichelt ihm, wenn ich ihm zeige, daß er mich schafft. Das glauben sie alle. Aber jetzt braucht er länger. Keine Ahnung hat der von Frauen. Nee, mit dem möchte ich nicht verheiratet sein. Aber die Tasche hat er voll Geld. Immerhin, der verdient gut. In der Textilindustrie, hat er gesagt. Oberbekleidung. Ich muß am Mittag — Modesalon. Der Mantel aus Schlangenhaut. Das hat hier keine. Das sieht man sehr selten, denn wer kann sich das schon leisten — Mantel aus Schlangenhaut. Damit steche ich sie alle wieder aus. Ich steche sie sowieso alle aus hier. Mein Auto — das beste! Meine Kleider — die teuersten! Noch zwei Jahre, dann müßte die erste Million voll sein. Dann kann mir nichts mehr passieren! Aha! Jetzt bist du fertig, was? So habe ich es mir vorgestellt: fällt jetzt 'runter wie abgeschossen. Die Oma, das arme Luder. Übermorgen fahre ich. Mein Sohn. Vier Tage. So, und jetzt wird geschlafen. Jetzt habe ich die Schnauze voll. Die Olga, die macht mir hier den ersten Platz streitig. Aber sie ist dumm. Sie geht für wenig Geld, weil sie es gern macht. Mit jedem macht die es gern. Die wird schon sehen, wo das hinführt.

Der Mann, ein kräftiger Mann von etwa fünfunddreißig Jahren, lag mit geschlossenen Augen. Sein Körper glänzte schweißnaß. Seit zehn Tagen war er unterwegs. Er würde noch fünf Tage auf Reisen bleiben. Jeden Abend rief er seine Frau vom Hotel aus an. Er liebte seine Frau, aber er haßte die lautlosen Hotelzimmer. Ein Taxifahrer hatte ihn zur Artistenklause befördert. Er wollte das Beste haben — wie immer. Olga war bereits engagiert. Er nahm Inge.

Sie wusch sich im Badezimmer. Er hörte sie, konnte sich vorstellen, wie und wo sie sich wusch. Er fühlte sich jetzt abgestoßen, war satt und angewidert. Es war genug. In diesem Jahr nicht mehr — bei einer Nutte. Sie sieht nicht schlecht aus. Ich sollte in mein Hotel fahren, aber ich bin müde. Er drehte sich auf die Seite, sah nicht auf, als Inge hereinkam, sich ins Bett legte und wohlig aufseufzend sagte: »So, mein Schätzchen, jetzt wird geschlafen.«

Er sagte kein Wort. Sie verstand genau.

Ehe Dodo einschlief, dachte sie an Karl und an den Buckligen. Sie war mit Tränen eingeschlafen. Die Angst vor der Zukunft hatte sie wieder gequält: Jeden Tag ist er besoffen. Jeden Tag gibt er einen oder zwei Hunderter aus. Ich verdiene nicht mehr so gut wie früher. Jetzt sieht man schon die siebenunddreißig Jahre. Und dann bin ich bald vierzig. Das dauert nicht mehr lange. Und was dann? Ich habe kein Geld zurückgelegt. Die paar tausend Mark, die zählen nicht. Das reicht gerade für ein Auto. Mit der Olga und der Blonden Inge kann ich schon lange nicht mehr mit. Wenn er vernünftig wäre, könnten wir jeden Monat fünf Tausender sparen. Das wäre in drei Jahren auch eine ganz hübsche Summe. Und dann ein Lokal, genau wie Rosa. Die macht es richtig. Bin ich denn dümmer als die? Es ist wahr! Wozu brauche ich den überhaupt? Aber ich liebe ihn. Ist das nicht zum Kotzen, ich liebe ihn! Und dafür schlägt er mich und tritt mir in den Hintern. Ich habe es schließlich auch bald satt. Ich will mich nicht ewig für jeden hinlegen müssen.

Heute habe ich es sogar mit einem gemacht, der einen Buckel hatte. Da steht er vor der Haustür, der Buckel. Traut sich nicht ins Lokal. Ich gehe gerade mal so auf und ab. Und da kommt er aus dem Schatten heraus, der Buckel, und sagt: »Hör mal ...« Wie der hier im Zimmer stand und sagte: »Du, ich bin nicht reich. Ich habe jetzt zwei Monate gespart, daß ich mal herkommen kann ...« Aber ich hatte keine Lust. Das hat er gemerkt. Nur einmal so hinlegen. Dann stand er auf und sagte: »Scheiße!« Und ging hinaus, und das letzte, was ich von ihm sah, war sein Buckel. Ein armer Hund. Aber die Buckligen brauchen es auch. Sie brauchen es alle! Aber wie soll das weitergehen? Ich habe doch mal wieder was zum Anziehen gebraucht. Er läßt sich teure Anzüge machen – gleich drei auf einmal. Und seine Hemden, da muß das Monogramm drin sein. Und Schuhe, da sagt er: »Meine Schuhe müssen das Paar einhundert Mark kosten. Was denkst du denn! Die anderen Luden sehen mich in der Stadt und sagen: Der Karl, der muß eine schöne Ziege laufen haben, der trägt Schuhe, das Paar für dreißig Mark. Willst du etwa, daß sie das von mir sagen?« – Nein, das will ich natürlich nicht, aber er muß doch nicht jeden Tag saufen. Ich müßte wieder einmal zu meinen Eltern fahren. Sie sind jetzt schon alt. Weihnachten, da fahre ich bestimmt. Und vorher kaufe ich für sie ein. Da werden sie staunen, wie ich da zu Tür 'reinkomme und bin beladen mit Paketen. Er hat ja eine Rente. Fünfundvierzig Jahre bei der Eisenbahn. Davon können sie leben. Und ich? Schicke ich ihnen etwa nicht alle Vierteljahre ein paar schöne Hunderter? Nie unter fünfhundert. Da lasse ich mich nicht lumpen. Und Weihnachten, wenn ich da so komme, mit den Paketen. Und ich komme da 'rein, mit den Paketen ...

Sie sah sich bereits, wie sie die große Bescherung überbrachte, fühlte sich weihnachtlich, ein Weihnachtsengel. Vom Himmel hoch, da komm' ich her ... Stille Nacht, heilige Nacht ... Oh, du fröhliche, oh, du selige ...

Es war, als nähme sie sich vor, Weihnachten von einem ganzen Leben auszuruhen.

Sonja, die mit Dodo die Wohnung teilte, lag im anderen Zimmer. Sie schlief, und auch der Mann war schon längst eingeschlafen. Sie hatten nicht viel miteinander gesprochen. Er war nicht gekommen, um lange Unterhaltungen mit ihr zu führen. Reden war auch nicht ihre Stärke, das beeinträchtigte jedoch nicht ihre Erfolge bei den Männern. Einmal jedoch hatte sie sich sehr über ein Urteil geärgert, das ein Mann fällte, der drei Stunden mit ihr verbracht hatte. Er sagte: »Du hast einen hinreißenden Körper, aber du bist dumm wie Stroh.«

Es war nicht das einzige Urteil, über das sie sich geärgert hatte. Da gab es noch ein anderes. Als sie wegen gewerbsmäßiger Unzucht verurteilt wurde, hatte der Richter zur Person vorgelesen: »Sie hat das Ziel der Klasse zweimal nicht erreicht...« Sie konnte sich noch genau an diese Peinlichkeit erinnern und dann an die Sätze: ›Wer gewohnheitsmäßig zum Erwerb Unzucht treibt und diesem Erwerb in der Nähe von Kirchen oder in einer Wohnung nachgeht, in der Kinder zwischen drei und achtzehn Jahren...‹ Drei Monate Gefängnis hatte der Staatsanwalt beantragt.

Sie hatte es in der Nähe einer Kirche getrieben.

»Herr Richter«, hatte sie gesagt, »Sie wissen doch, wie das so geht. In der Nacht, da achtet man doch nicht darauf, ob eine Kirche oder ein Friedhof in der Nähe ist ... Können Sie mir nicht vielleicht die Hälfte geben? Ich meine, das mwürde auch genügen...«

Sie schlief jetzt fest, mit offenem Mund, und wenn der Mann, ein Werkmeister auf Montage, das Licht eingeschaltet hätte, wäre er erstaunt gewesen, wie dumm und unschuldig dieses Gesicht aussah, ein Kindergesicht.

Im Stockwerk darüber lagen zur gleichen Stunde vier Frauen und drei Männer: verteilt auf zwei Zweizimmerwohnungen. Tilly hatte vor ein paar Tagen die Mansarden verlassen und war zu Olga in die Wohnung gezogen. Die Rote Else und Anita lebten schon einige Wochen zusammen.

Olga lag mit einem Mann, der nicht viel hatte zahlen können. Aber er war die letzte Chance der Nacht gewesen. Sie hatte gedacht: Besser diesen als gar keinen für die Nacht. Sie liebte es nicht, allein zu schlafen. Sie hatte zwei Jahre in Gefängnissen zugebracht. Schuldlos – sie wußte bis heute noch nicht warum. Mit einem Offizier hatte sie geschlafen, der angeblich Staatsgeheimnisse verraten hatte. Sie war in die Mühle der staatlichen Ermittlungen geraten, war nach ihrer Freilassung aus dem Land geflüchtet, das sie so schlecht behandelt hatte. An die verlorenen, einsamen Nächte im Gefängnis erinnerte sie sich mit Grauen.

Vor ein paar Tagen hatte sie sich einen Angorakater gekauft. Ein anhängliches Tier, das sie verwöhnte, mit dem sie spielte, das am Fußende des Bettes schlief, wenn kein Mann dieses Bett belegte.

Aber der Kater war nicht einverstanden mit den Männern. Er kam in den unpassendsten Augenblicken und beschnupperte die Männer mißbilligend. Olga scheuchte ihn dann fort, sagte: »Geh, Pussy! Geh! Geh! Du verstehst!« Und das klang, als wolle sie der Katze erläutern, daß die Männer wichtiger seien – zumindest in gewissen Augenblicken.

Ihr Vater war Arzt. Sie hatte eine wohlbehütete Kindheit genossen, aber sie prahlte nie damit, erwähnte auch nicht das Grauen des Krieges, der die größte Zäsur in ihrem Leben war. Nur von ihren Anfängen im Westen sprach sie: »Dann habe ich angefangen als Putzfrau in einem Lokal. Der Mann hat mich gesehen und hat zu mir gesagt: Dich brauche ich! – Du verstehst, es war eine Bar, wo Frauen laufen über einen Steg und zeigen Brüste. Ich hatte einen Freund. Der hat zu mir gesagt: Mit solche Körper kannst du viel Geld verdienen. Dann wußte ich, was er wollte, und ich habe ihn geschlagen und fortgeschickt. Dann bin ich doch gelaufen über Steg in Höschen und habe Brüste gezeigt. Da hatte ich viele Freunde, du verstehst? Und ein Mann hat gestanden vor Mikrophon und hat gesagt: Jetzt kommt Miß Soldat. Und da mußte ich gehen mit Stiefel und Eisernes Kreuz auf jede Brustwarze geklebt mit Silberpapier. Du verstehst ... Und dann ging eine mit ganz wenige Brust, und der Mann vor Mikrophon sagte: Miß Magermilch. Und dann ging ich, und der Mann sagte: Miß Vollmilch. Da habe ich gesagt: Verdammter Dreck! Ich bin für mich selbst gegangen mit Männern. Ich liebe das. Ich habe das gern – jeden Tag. Du verstehst ...«

Sie betrachtete ihn von der Seite, dachte daran, daß er nicht viel Geld gezahlt hatte, nahm das nicht wichtig. Er war ein verheirateter Journalist, der nach dem Umbruch noch ein paar Schnäpse getrunken hatte und schließlich in der ›Artistenklause‹ angekommen war.

Sie schmiegte ihre nackten Glieder an, lächelte mit verhangenen Augen und vollen Lippen. »Du verstehst«, sagte sie mit ihrer tiefen, warmen Stimme. Sie zog ihn zu sich heran. Sie war ein heißer, nasser Schoß. »Du verstehst«, sagte sie mit geschlossenen Augen.

Tillys Besucher hatte sich wieder angezogen. Er stand vor dem Spiegel und knüpfte sich die Krawatte. Ein Bankdirektor von vierundfünfzig Jahren, der heimlich kam und heimlich gehen wollte. »Vorsicht!« hatte er am Telefon befohlen. Er kam seit einigen Wochen, rief an, verlangte nach Tilly und legte jedesmal genau den Treffpunkt fest: »Vor der Tür warten, nach oben gehen, die Wohnungstür öffnen, warten, bis ich komme, dann sofort die Tür schließen . . .«

Bisher hatte er es mit seinen Dienstmädchen getrieben, aber dann war er an eine geraten, die ihn erpreßte. Sie war faul geworden, arbeitete nicht mehr viel und lachte ihn aus, wenn er etwas sagte. Dann verlangte sie Geld, aber immer dann, wenn seine Frau im nächsten Zimmer war. Er gab, und das kam ihn teurer als der Besuch bei einer Hure einmal in der Woche. Außerdem fand er, die Befriedigung war perfekter. Er wollte das Objekt seiner Lust erniedrigen. Und das ließ sich am besten an einer Hure vollziehen. Während des Aktes belegte er Tilly mit ausgeklügelten, hundsgemeinen Schimpfworten, die seine Lüste steigerten. Sie dachte: Das Schwein! Aber sie ließ ihn für jedes Schimpfwort bezahlen. »Hör zu«, sagte sie vorher, »du willst mich beschimpfen und anspucken, während du es mit mir machst. Dafür mußt du was anlegen. Das ist ganz klar . . .«

Sie gab ihm die Illusion des Geschlechterhasses, beschimpfte ihn ebenfalls mit ausgesuchten Schmähungen, die er wie Zärtlichkeiten hinnahm. Dabei dachte sie an das große Geld, das sie bei ihm verdiente. Hatte sie nicht die anderen ausgestochen? Hatten die einen solchen Freier? Nein! Den habe ich, und den halte ich mir!

Der Herr Direktor hatte seine Toilette beendet. Ein Mann im untadeligen Anzug, dezentes Muster, genau passende Krawatte, weißhaarig. Sie lag noch auf dem Bett, betrachtete ihn, dachte an eine der Phrasen, nach denen sie Männer in Kategorien einteilte: ein Mann von Welt! Sie grinste und sagte: »Und du bist doch eine Sau!«

Er bedankte sich für diese Zugabe, deutete lächelnd eine Verbeugung an. Dann schlichen sie durch das Haus. Sie machte ihm die Tür auf. Er schlüpfte hinaus, verschwand im Dunkel der Straße.

Anita lag zur gleichen Stunde mit einem Entrümpler, der spät in der Nacht gekommen war, und ein Paket unter dem Arm getragen hatte. Es war ein Kerzenleuchter aus Bronze: für drei Kerzen. »Das ist etwas ganz Besonderes!« sagte er und machte geheimnisvolle

Anspielungen. »Was würdest du sagen, wenn ich dir erzählte, der Leuchter stand im Schloß des Zaren von Rußland?«

»Stand er denn dort?«

»Das weiß ich nicht, aber es ist gut möglich. Das ist ein Wertstück ...« Er drehte es, ließ sie das Wertstück von allen Seiten betrachten.

»Aber du mußt noch etwas drauflegen!« bestimmte sie.

Er legte seufzend noch zu: einen Fünfzigmarkschein.

»Gut«, sagte sie und begann bereits, sich auszuziehen.

Nach der ersten Sättigung schwatzten sie eine halbe Stunde und tranken Bier. Er erzählte ihr von seinem interessanten Beruf: »Was glaubst du, in was für Häuser ich komme? Da kommen wir 'rein, und ein Diener mit weißen Handschuhen empfängt uns. Der sagt uns aber nicht, was wir machen sollen. Nein, da kommt noch einer. Und der eine sagt dem anderen, er solle uns sagen, was wir zu tun hätten. Häuser, kann ich dir sagen, mit vierundzwanzig Zimmern.«

»Tja, die Reichen ...«, seufzte sie.

»Ich war schon in Häusern mit dreißig und mehr Zimmern. Die haben Feuer im Kamin brennen und silberne Türgriffe. Und Räume haben die, so groß, da kannst du, ich will nicht übertreiben, da kannst du die ganze Artistenklause fünfmal 'reinstellen.«

»Wie können die nur so viel verdienen?« fragte Anita.

»Ganz einfach ist das, die kennen die Schliche. Das sind die oberen Zehntausend.«

Er sprach lange und ausführlich über die Reichen, lenkte damit auch ein wenig Glanz auf sich, als einen Mann, der in solchen Häusern geschäftlich zu tun hatte. Er wurde reichlich bedient für seine fünfzig Mark und den Leuchter, den er bei Baumann gestohlen hatte.

Als sie endlich bereit waren zu schlafen, dachte Anita noch lange über die Reichen nach. Solche Kunden müßte man haben. Was würde es denen schon ausmachen, einen Tausender auf den Tisch zu legen? Gar nichts. Nicht einmal merken würden sie den Tausender. Viel zu billig geben wir uns weg. Es ist eine Schande, was wir dafür kriegen. Sie nahm sich vor, in Zukunft ihren Preis zu erhöhen, ihn anzupassen an einen Lebensstandard, von dem der Entrümpler zu seinem Schaden lange geredet hatte. Sie sagte zu ihm: »Und übrigens, für fünfzig Mark und so einen komischen Leuchter ist demnächst nichts mehr drin. Das war mal eine Ausnahme ...«

Nebenan schlief die Rote Else. Mißgünstige Gedanken hatten sie wieder gequält, ehe der Schlaf kam. Dann war sie auch noch gestört worden, von diesem betrunkenen Zuhälter. Aber dem hatte sie die Meinung gesagt. Kleingemacht hatte sie ihn. Das war eine ihrer großen Freuden, die anderen kleinzumachen oder klein zu sehen. Die sollten sich nur nicht so aufs hohe Roß setzen, die Rosa und dieser Leopold. Was die sich einbildeten. Die bleiben auch nicht so groß! Als ob ich Dreck wäre! Und die Blonde Inge . . . Die wird sich noch wundern mit ihrem Hochmut. Eines Tages fahre ich das gleiche Auto, darauf kann sie sich verlassen. Damit fahre ich mal durch die Straße, wo meine Eltern wohnen. Ich gehe ja nicht mehr zu ihnen, aber ich klingele unten, bleibe im Wagen sitzen und rufe hinauf: Wie geht's euch denn? Da werden die aus dem Fenster fallen. Dann fahre ich wieder so ganz langsam an . . . Hier, da werden sie auch blaß, wenn ich mit meinem neuen Wagen komme. Ich muß mir nur ein paar richtige Freier ziehen. Die bilden sich hier ein, zu mir käme keiner, der 'ne anständige Marie in der Tasche hat. Noch eine Weile, dann ist es soweit. Mit denen kann ich noch lange konkurrieren. Die steche ich alle aus. Jetzt lasse ich mir wieder ein paar Modellkleider machen . . .

Ihr Gesicht blieb häßlich und verbittert. Es sah aus, als grübele sie sogar im Schlaf darüber nach, wie sie die anderen kleinmachen könne.

Leopold wachte auf, hatte das Gefühl, etwas versäumt zu haben. Vielleicht waren die Bierhähne nicht richtig abgedreht, und das Bier tröpfelte. Das gäbe Verluste. Pfennig um Pfennig würde das Bier rieseln. Mit dem halben Pfennig muß man kalkulieren! Es war fünf Uhr morgens. Die Nacht war jetzt verbraucht in seinem Haus. Es gab keinen Beginn mehr. Was bis jetzt nicht geschehen war, würde nicht geschehen. Er dachte: Sie schlafen alle. Sie sind jetzt müde. Vielleicht tröpfelt das Bier.

Das Verantwortungsgefühl – ein neues Bewußtsein von Besitz und der Pflicht, diesen Besitz zu mehren – trieb ihn aus dem Bett. Im Nachthemd schlich er hinaus. Er stand in seinem Lokal. Das Licht flammte auf. Jetzt war das Gastzimmer wie eine verlassene Bühne. Die Leere gähnte ihn an.

Die Bierhähne waren dicht. Er hatte sie zugedreht. Wie hätte es anders sein können? Es gab jetzt keine Nachlässigkeiten mehr. Dies war sein Lokal, sein Haus. Mein! dachte er, seit er die Wahrheit über Rosa wußte. Er nannte es die Entlarvung. Er war jetzt der Stärkere. Sein moralisches Gewicht war eine erdrückende Übermacht geworden. Deshalb würde er sie beherrschen, würde mit buchhalterischer Sorgsamkeit dieses Haus verwalten, ordnen und befehligen.

Wie, um seinen Besitz zu prüfen, schlich er in das Treppenhaus, stieg eine Treppe empor, stand dort auf einer Stufe und lauschte hinein in die Stille. Er hörte die Wasserspülung eines Klosetts. Das weckte in ihm die Vorstellung einer Frau, die eine seiner Toiletten benutzt hatte. Auch die Frau gehörte ihm. Alle Frauen in diesem Hause arbeiteten für ihn. Alles war ihm dienstbar, dieses Geschwärm von Weibern und Männern arbeitete für ihn. Die Geilheit und die Habgier – seine Angestellten. Die katzenhaften Geschlechtsakte, die Frauen mit den geöffneten Beinen – in seinen Diensten.

Er stand im Nachthemd auf der Stufe, war sicher, es war das Höchste, was er je erreicht hatte. Er war stolz, es gab für ihn keinen Zweifel: Die Zukunft war nun wie ein zahmes Tierchen, das ihm aus der Hand fraß. Den richtigen Beruf hatte er erlernt: Buchhalter. Mit Schärfe würde er regieren, mit Genauigkeit handeln. Er war der Meister über die suchenden Männer, die schluchzenden Trinker. Er würde der Herrscher sein über die käuflichen Schöße, er, Leopold Grün, hatte ein großes Amt.

ACHTZEHNTES KAPITEL

Schon in den nächsten Tagen begann er mit seinen Überlegungen. Er könnte die kurzen Getränke um zehn Pfennig erhöhen. Das Bier sollte ebenfalls um mindestens zehn Pfennig teurer werden. Das Essen? Fünfzig Pfennig pro Portion! dachte er. Dafür gab es eine gute Erklärung: ein Hilfskoch war eingestellt worden, ein zärtlicher Freund von Willi. Man konnte nichts dagegen einwenden, und Rosa hatte gesagt: »Das ist gar nicht schlecht, daß die beiden schwul sind. Da kriegen sie wenigstens hier keine Scherereien mit den Weibern.«

Leopold setzte fest: Die Schnäpse würden um zwanzig Pfennig aufschlagen. Das Bier: zehn Pfennig. Das Essen: eine Mark! Er rechnete die Mehreinnahmen aus.

Rosa schüttelte zweifelnd den Kopf: »Und wenn die Gäste ausbleiben?«

Er sprach im Befehlston: »Wir erhöhen! Unsere Leistungen sind gestiegen, aber unsere Preise nicht. Jetzt ziehen wir nach! Ich habe da noch ein paar Ideen. Laß mich nur erst richtig in Fahrt kommen!« sagte er stolz.

»Und ich? Ich habe wohl gar nichts mehr zu sagen hier?«

»Wir heiraten. Damit werde ich zu deinem gleichberechtigten Partner. Hast du mir nicht geschworen, du wolltest dich ordentlich führen?«

»Das habe ich nicht!« rief sie. »Ich habe nur geschworen, ich würde dir immer treu sein ...« Die Perversitäten wollte sie nicht noch einmal erwähnen.

»Na und? Das ist doch das gleiche! Ich will das Geschäft groß aufziehen, du aber fällst mir in den Rücken.«

Und überhaupt, er könne ja seinen Entschluß, sie zu heiraten, wieder rückgängig machen. Habe ihm die Entwicklung nicht recht gegeben? Jetzt kämen sogar vornehme Leute nachts und würden hier essen und trinken. Ein Abstecher in die Artistenklause, das gehöre ja schon fast zum guten Ton in dieser Stadt.

»Berühmt ist das Lokal geworden!« erklärte er. »Und deshalb müssen wir auch Preise nehmen, die für eine berühmte Gaststätte angemessen sind.«

»Also gut.« Sie gab sich geschlagen, musterte ihn aber mißtrauisch, war von seinem hektischen Geschäftssinn beunruhigt. »Du!« sagte sie warnend, »betrügst du mich auch nicht?«

»Das ist ja unerhört!« rief er, »mir das! Mir, einem Mann von Ehre, von dir ...« Er dachte dabei, er müsse nun bald ein gutes Versteck für dieses Geld finden, das er allnächtlich aus der Kasse nahm. Es hatte sich gesammelt, es würde weiter wachsen zu beachtlichen Summen, die ihm das erwärmende Gefühl von Sicherheit gaben.

»Ich bringe dieses Geschäft hoch. Und so etwas muß ich von dir hören als Dank!«

Sie war bereits auf dem Rückzug, wollte in der Küche dem Hilfskoch auch kein Schauspiel liefern. »Lassen wir das«, bat sie. »Es ist gut, wir erhöhen die Preise.«

Leopold triumphierte, war stolz auf seine Intelligenz, war überhaupt empfänglich geworden für die Schmeicheleien, die ihm aus Zuhälter- und Dirnenkreisen reichlich gespendet wurden. Er war zu Ruhm gelangt. Da erschien doch gestern einer im feinen Anzug mit seinem Mädchen und sagte zu ihm an der Theke: »Hör mal, bist du der Dompteur? Wie ist es, nimmst du meine Alte hier auf? Die schafft an, sage ich dir. Die bringt was in die Kasse. Hier, komm mal her!« wandte er sich an die junge Hure, die lässig herbeischlenderte und abwartend stehenblieb. »Zeig mal deine Beine! Hör mal, da kannst du mal dranfassen, das ist festes Fleisch. Sie ist gewachsen wie eine Göttin. Wenn das die Freier sehen, schnappen sie gleich über. Na los, faß mal an ...«

»Ich will das nicht anfassen«, distanzierte sich Leopold, aber er sah sich die Beine des Mädchens an, das gewachsen war wie eine Göttin.

»Wir haben nichts frei«, erklärte er. »Du kannst ja später noch mal fragen. Ich will dir aber gleich sagen: bei mir herrscht Ordnung. Ich greife hart durch, wenn jemand hier nicht pariert.«

»Das weiß ich, das habe ich schon gehört. Aber das ist doch genau, was ich suche. Dann habe ich ja hier nicht mehr soviel Arbeit. Was denkst du, was für eine Mühe das ist, seiner Alten auf dem Strich nachzulaufen.«

»So, du hast von mir gehört? Was denn?« forschte er.

»Na ja, daß der Laden stimmt bei dir, das habe ich gehört. Das ist ja schon in kurzer Zeit stadtbekannt geworden.«

»Aus dem Nichts habe ich aufgebaut!« prahlte Leopold, fügte dann, sich freundlich herablassend, hinzu: »Frag in vier Wochen nochmal nach. Ich will sehen, was ich für dich tun kann.«

Die Frau stand dabei, ohne ein Wort zu reden.

Rosa fühlte sich noch immer solidarisch mit den Frauen, daß sie ihnen lange Erklärungen gab: »Wir müssen erhöhen. Das müßt ihr verstehen. Jetzt haben wir auch noch einen Hilfskoch eingestellt. Und die Qualität des Essens ist ja wohl nicht zu schlagen. Aber das kostet Geld. Deshalb müssen wir auch das Bier und die Schnäpse teurer verkaufen. Die Preise steigen ja ständig. Was glaubt ihr, was für Rechnungen ich zu zahlen habe.«

Die Frauen nahmen das schweigend hin, zahlten die neuen Preise. Nur die Rote Else sagte: »Wir machen euch reich, was? Aber mit Huren kann man's machen. Die halten immer das Maul.«

Rosa drohte mit ihrem dicken Zeigefinger: »Laß die Unverschämtheiten, das sage ich dir!«

Leopold mischte sich ein: »Was wollen Sie schon wieder? Sie fliegen bei mir noch 'raus. Ich sehe nicht mehr lange zu! Hier wird durchgegriffen. Wem es nicht paßt, der kann gehen!«

Am Abend stand er vor der Kasse. Nach der Preiserhöhung durfte er auch seinen geheimen Anteil erhöhen. Er entschied sich für einen Zwanzigmarkschein. Das gleiche hatte auch Rosa gedacht, als sie eine Stunde vorher ihren Anteil gesichert hatte.

Sie bestahlen sich von diesem Tag an regelmäßig. Wenn sie abrechneten, gab es mitunter kleine Fehlbeträge. Sie hatten beide ihren Verdacht, wagten aber nicht zu reklamieren, weil sie beide ihren Sonderbonus einrechneten.

Außer der Roten Else hatte niemand den Preisaufschlag als ungerecht empfunden. Das Lokal war jede Nacht überfüllt. Die Männer kamen und wußten im voraus, daß sie an einem solchen Platz zu zahlen hatten. Auf ein paar Mark mehr kam es ihnen zu vorgerückter Stunde nicht an. Leopold hätte zufrieden sein können, aber sein Ehrgeiz war erwacht. Er tummelte sich im Kaufmännischen, sagte sich, hier habe von jeher seine Begabung gelegen, sei aber nie zur Entfaltung gekommen.

Da war noch seine alte Idee mit den Groschenautomaten vor den Toiletten. Jeder Besuch zwei Groschen. Das ergab . . . Wieder stand er vor ihr, rechnete aus, gestikulierte, überraschte sie mit beweiskräftigen Zahlen. »Dreißig Besuche pro Tag auf jeder Toilette! Das sind sechs Mark für Damen und sechs Mark für Herren. Das sind zwölf Mark pro Tag oder im Monat dreihundertsechzig Mark, die wir zusätzlich einnehmen!« Er wartete ab, ließ seine Worte wirken. »Nun? Was sagst du?«

Sie war auf dem Rückzug. Widerwillig begann sie, ihn zu bewundern, fürchtete jedoch, seine Leistungen könnten ihn noch herrischer machen, als er in der letzten Zeit schon geworden war.

Die Automaten wurden von einer Firma angebracht. Er ließ die Monteure früh am Morgen kommen. Dann stand er hinter der Theke und lauerte. Tilly war die erste. Sie ging hinaus, kam wieder und sagte: »Wechsle mir mal eine Mark. Ihr habt da Automaten hingemacht ...«

Kein Wort der Kritik – aus keinem Mund. »Siehst du!« sagte er zu Rosa. »Siehst du!« Er ging jede Nacht hinaus, leerte die klappernden Zehnpfennigstücke in die hohle Hand und hatte daran tagelang eine größere Freude als an den ungleich höheren Einnahmen, die in der Kasse lagen.

Er war rastlos, wurde zappelig unter der anfeuernden Energie seiner Raffgier. Einige Male sah ihn Rosa noch spät nachts vor der Kasse stehen. Er addierte Zahlen, grübelte, rechnete, zeigte triumphierend auf die Geldscheine: »Wir haben unseren Umsatz fast verdoppelt!« Und dann sagte er: »Wir könnten auch am Essen etwas sparen ...«

»Wie meinst du das?« fragte sie, und ihr Gesicht wurde dumm vor Erstaunen.

»Ich meine, die Fleischportionen etwas kleiner. Und auch unsere Portionen müssen nicht immer so üppig sein. Du ißt viel zuviel.«

»Willst du mir etwa jeden Bissen vorzählen? Du bist wohl schon im Delirium?« rief sie wütend.

»Im Delirium, ich? O nein! Hast du nicht bemerkt, wie wenig ich trinke in letzter Zeit?«

Die neue Leidenschaft des Raffens hatte die alte Leidenschaft totgeschlagen. Er wartete auf Einladungen, trank fast nur noch spendierte Biere und Schnäpse. Die Leiter war jetzt nicht mehr nötig. Seit einer Woche hatte er die Flaschen nicht mehr nach oben geräumt. Er konnte ihnen widerstehen, fühlte sich siegreich.

Es blieb noch ein Problem, das ihn erregte: die Mieterhöhung für die Frauen. Sie durften nicht das Gefühl haben, sie würden ausgebeutet. Sie müßten die Maßnahme einsehen, sollten erkennen, daß er gezwungen war, höhere Forderungen zu stellen.

Rosa hatte gesagt: »Ich hole Otto. Ich fahre übermorgen.«

So lange wartete er. An diesem Tag rief er sie alle zusammen. Die Frauen kamen mit neugierigen Gesichtern. Karl fragte: »Was ist denn los? Mußt du die Bude dichtmachen?«

»Nein, das ist es nicht. Paßt mal auf, ich muß euch was sagen: Vor ein paar Tagen war ich auf der Bank. Wir wollten auf dieses Haus Geld aufnehmen, weil wir in ein Geschäft einsteigen wollten. Und da habe ich von der Bank erfahren, daß unser Haus im Wert gefallen ist. Stellt euch vor, da steht dieser Bankmensch und sagt mir: Ihr Haus ist ein stadtbekanntes Bordell. Es hat nicht mehr seinen alten Wert. – Wenn ich euch sagen würde, was der Wertverlust ausmacht, da würdet ihr die Augen verdrehen. Also gut, habe ich mir gesagt, da muß ich den Mädchen höhere Mieten abnehmen. Das ist doch logisch – oder? Paßt auf, das mache ich aber nicht. Wir machen es in Zukunft so: von jedem Freier, den ihr mit aufs Zimmer nehmt, laßt ihr euch fünf Mark fürs Zimmer extra geben. Die bringt ihr mir an die Kasse, und damit ist der Fall erledigt. Auf diese Weise spürt ihr nichts davon, und ich brauche euch keine höheren Mieten abzunehmen.«

Diesmal murrten sie. Sonja sagte: »Mensch, wenn ich in der Nacht fünf Freier habe, dann muß ich dir ja fünfundzwanzig Mark zahlen!«

»Es ist die einzige Art, bei der ihr es nicht am Geldbeutel merkt«, versuchte Leopold zu überzeugen.

Anita, die zwei Jahre in einem öffentlichen Haus abgedient hatte, sagte: »Ich mußte jeden Tag dreißig Mark für mein Zimmer zahlen. Das waren im Monat auch neunhundert.«

»Na seht ihr!« rief Leopold. »Ihr zahlt noch nicht mal die Hälfte an Miete bei mir! Ihr müßt doch zugeben, ich bin anständig.«

»Ein bißchen happig ist das schon«, räsonierte Karl.

»Es ist beschlossene Sache!« bestimmte Leopold. »Wer nicht will, kann gehen. Ich habe genug Anwärter auf die Zimmer. Sie drängeln sich, das kann ich euch sagen. Und das wißt ihr auch genau. Wir sind jetzt ein eingeführtes Haus. Wir haben Kunden, mehr als ihr verkraften könnt ...«

Er sah an ihren Gesichtern, daß er gewonnen hatte. Sie verteilten sich an die Tische, redeten noch eine Weile über die Forderungen, erwogen auch, dieses Haus könne tatsächlich eine Wertminderung erfahren haben. Wurde ein Haus etwa schlechter, weil darin gehurt worden war? Was wäre, wenn sie nicht mehr hier arbeiteten? Es kämen neue Tapeten an die Wände, und es wäre ein Haus wie jedes andere.

»Aber so sind die Menschen!« geiferte Oma. »Nur weil wir es sind!«

Damit kamen sie vom Thema ab, verloren sich in Beschimpfungen und Anklagen, während Leopold hinter der Theke stand und sicher war, daß jede der Frauen ihm in jeder kommenden Nacht mindestens viermal ein Fünfmarkstück in die Kasse bringen würde.

Das ergab bei zehn Frauen ... In einer Woche ... In einem Monat ... In einem Jahr ...

Rosa hatte ihn im Heim abgeholt. Er trottete hinter ihr her, als führe sie ihn an einem Strick. In ihrer Handtasche steckte ein Gutachten, ausgestellt vom leitenden Psychiater des Heims. Sie hatte es während der Bahnfahrt gelesen, war über jeden medizinischen Fachausdruck gestolpert, begriff aber — was sie schon lange wußte –, daß dieses Gutachten Otto zum Idioten erklärte.

Die medizinische Feststellung wäre nicht nötig gewesen. Die Blicke der Mitreisenden bestätigten ihr, daß Otto von jedem erkannt wurde. Zwar versuchte sie, ein wenig abzuschwächen, sagte sich: Er ist groß, kräftig und gerade gewachsen. Wenn nur nicht die Glotzaugen wären und nicht die abstehenden Ohren ... Und den Mund läßt er immer offenstehen.

»Mach den Mund zu!« fuhr sie ihn einmal an. »Putz dir die Nase!«

Er gehorchte. Sie sah die Mitreisenden streng an, verbat sich die Einmischung ihrer Blicke, fühlte sich stark genug, der Welt zu trotzen und diesen Schwachsinnigen als ihr Kind anzuerkennen. Ihr Gesichtsausdruck war eine Zurechtweisung für jeden. Das hätte euch auch passieren können! schien sie zu sagen. Was geht es euch an? Guckt weg mit euren dummen unverschämten Augen!

Auf jeden Fall war er harmlos. Das hatte ihr der Arzt bestätigt. Nein, er tue niemand etwas zuleide.

»Die Intelligenz umfaßt alle geistigen Funktionen, die den Menschen befähigen, sein Leben zu bewältigen«, sagte der Mann im weißen Kittel. Sie hörte andächtig zu. »Die Vernunft ist die harmonische Verbindung des Verstandes mit dem Affekt- und Triebleben. Nur bei vernunftgemäßem Verhalten ist der Mensch zur Vorsorge für die Zukunft fähig ...«

Sie erfuhr noch Einzelheiten: Otto habe vor allem keinen Willen. Er würde jedem gehorchen, sei nicht in der Lage, einen eigenen Entschluß zu fassen, sei jedoch befähigt, leichte Aufgaben zu lösen. »Er wäscht sich, er rasiert sich, wenn man es ihm sagt. Von allein tut er es nicht. Er meldet auch sein Hungergefühl an ...« Ja, er sei ein starker Esser. Und dann gebe es da noch eine Triebäußerung: das Sexuelle.

»Um Gottes willen!« sagte Rosa.

»Alles nicht so schlimm.« Und noch etwas: »Er gibt Erinnerungsinhalte ungeordnet wieder. Verstehen Sie! Er plappert Gehörtes und Gesehenes einfach so heraus, ohne es zu koordinieren...«

Wesentlich war, daß er völlig harmlos sei. Und das war auch an seinen Augen zu erkennen. Er hatte den mild-glotzenden Blick einer Kuh. Er folgte ihr willig, saß brav neben ihr im Abteil, sagte nur einmal laut: »Mama! Mama! Ich will Schokolade haben!«

»Sei still!« zischelte sie. »Du hast doch schon zwei Tafeln Schokolade gegessen heute. Es gibt jetzt keine Schokolade!«

Er war still, fragte nichts mehr. Sie bugsierte ihn durch die Bahnhofshalle, als sie angekommen waren, wo er stehenblieb und alles beglotzte – die Geschäfte, die Menschen, die riesenhaften Reklameschilder. Sie konnte seinem Gesicht ansehen, daß er sich in einer märchenhaften Welt befand. Alles war ein Wunder für ihn.

»Komm, Otto! Komm!« kommandierte sie und zog ihn hinter sich her, gequält von der Furcht, sie könne ihn hier im Gedränge verlieren.

Sie atmete auf, als sie endlich mit ihm im Taxi saß: »Zur Artistenklause!« befahl sie dem Fahrer. Alle Taxifahrer der Stadt kannten das Lokal.

Und dann kam ein schwerer Weg für sie. Ein peinlicher Auftritt. Sie mußte ihn in der Artistenklause zeigen. Natürlich saßen sie alle im Lokal. Sie wußten, warum sie früh am Morgen zum Bahnhof gefahren war. Die Frauen blickten nach der Tür. Leopold kam hinter der Theke hervor. Jonathan, der neben der Blonden Inge und der Oma saß, sagte leise: »O weh.«

Rosa atmete schwer. Jeder konnte ihre Erregung sehen. Sie ging auf die Tische zu, blieb davor stehen, kaute an der Unterlippe, suchte nach Worten: »Also, daß ihr Bescheid wißt: Das ist Otto, mein Sohn. Ja, mein Sohn ist das. Er kann ja nichts dafür. Ich kann auch nichts dafür. Das gibt es manchmal. Das wißt ihr ja. Da kann man nichts machen. Und tut mir einen Gefallen, laßt ihn in Ruhe! Er ist gutmütig. Er tut keinem was. Und füttert ihn nicht soviel. Er ißt nämlich gern. Besonders Schokolade. Das macht ihn aber zu dick, wenn er zu viel Schokolade ißt. Laßt ihn in Ruhe...«

Sie wartete auf eine Entgegnung. Die Frauen schwiegen betreten.

»Und das will ich noch sagen. Wer ihn nicht in Ruhe läßt, der lernt Rosa kennen! Immerhin!« schnaufte sie. »Immerhin ist es mein Kind. Und wir können ja nichts dafür!«

»Ist doch klar«, sagte Oma. »Was regst du dich denn so auf?«

»Ich meine ja nur«, lenkte Rosa ein. »Es wäre nicht schön, wenn ihr euch auf seine Kosten lustig macht.« Sie wandte sich ihrem

Sohn zu: »Komm, Otto.« Sie schob ihn zur Theke, wo Leopold stand, sagte mit verlegenem Gesicht, ohne ihn dabei anzusehen: »Das ist er, Leopold. Er kann ja nichts dafür ...«

Leopold nickte, gab Otto die Hand und sagte: »Nee, dafür kann er nichts. Wollen wir ihm etwas zu essen geben?«

Sie gab Willi ein Zeichen: »Bring ihm Fleisch, Gemüse und viel Kartoffeln.« Sie stellte ihm den Teller auf einen unbesetzten Tisch. Rosa versuchte, Otto mit dem Rücken zum Lokal zu plazieren. Aber auch so war es unmöglich. Leopold fuhr sie leise an: »Bist du verrückt? Marsch, in die Küche mit ihm! Der frißt ja wie ein Schwein.«

»Ja, ja!« Rosa versuchte, ihn zu besänftigen, nahm hastig den Teller weg, dem Otto verblüfft nachstarrte. Ihre Hand zitterte.

»Komm, Otto, komm in die Küche.«

Er trottete hinter ihr her. Sie folgten alle mit den Augen. Jonathan fragte: »Wo bringen sie ihn denn hin, unseren Froschkönig? – Dieses stoppelbärtige Ungeheuer wird ihr noch das Geschäft kaputtmachen.«

»Halts Maul!« befahl Oma. »Das sagst du nicht noch einmal Denkst du, weil du hier die Spendierhosen anhast, kannst du dir alles erlauben?«

»Nein, das denke ich nicht«, antwortete Jonathan. »Aber ich denke, so was sollte man in einem Heim lassen, das wäre barmherziger.«

Oma widersprach: »Das muß man ihr doch hoch anrechnen, daß sie das auf sich nehmen will!«

»Es ist Eigensinn«, beharrte Jonathan. »Sie will mit Gewalt ihrem Schicksal trotzen, nachdem ihr Schicksal sie längst geschlagen hat ...«

Das Aufgebot war bestellt. Rosa bestand darauf, daß Leopold sich einen schwarzen Anzug machen lasse. »Das kommt mir nicht in Frage, daß du im blauen Anzug mit mir aufs Standesamt gehst!«

Sie war in einem der ersten Modesalons der Stadt bereits zur Anprobe gewesen, ein schwarzes Kostüm – mit Nerzbesatz. »Du trägst einen schwarzen Anzug, dazu eine graue Weste und eine silbergraue Krawatte. So will ich das haben. – Wir sind ja schließlich nicht irgendwer!« setzte sie hinzu.

»Nur kein Aufhebens! Nur kein Aufhebens!« wehrte Leopold ab.

»Jetzt können wir uns doch alles leisten, was wir wollen«, sagte sie und dachte an die zusätzlichen Gelder, die er geschunden hatte. Zwar hatte sie Einwendungen gemacht: »Warum hast du mich nicht gefragt?« Aber sie hatte sich doch überzeugen lassen von den Summen, die er ihr vorrechnen konnte.

Raffiniert!« hatte sie bewundernd gerufen. »Leopold, du bist ja ein Gangster ...«

»Nein«, grinste er. »Ich bin ein Buchhalter.«

Er achtete streng darauf, daß die Aussicht auf Reichtum sie nicht zu üppig werden ließ. Sie war jetzt einige Zeit seine Schülerin, ließ sich belehren, wenn er ihr Fehler nachwies.

An einem Nachmittag sagte sie zu Baumann, der an der Theke sein Bier trank: »Baumann, jetzt können wir dich bald aufkaufen ...«

»Ja.«

Baumann sah sie an, hatte die Arroganz der arrivierten Hure nicht überhören können.

Leopold holte sie in die Küche und fuhr sie an: »Hältst du die Schnauze! Man darf nie zeigen, daß man viel Geld verdient! Klagen mußt du, immer klagen!«

Das sah sie ein. Sie klagte mit Überzeugung, während sie die Geldscheine gebündelt zur Bank schleppte. Es fiel nicht ins Gewicht, daß sie sich beide noch regelmäßig bestahlen. Das Geschäft war eingeführt. Es hatte seinen Namen, seine Kunden. Auch in den zwei Verstecken der Wohnung sammelten sich die Zwanzigmarkscheine zu Bündeln. Rosa und Leopold hatten beide große Sorgen, ob ihr Versteck wohl vor dem anderen sicher sei, zumal sie sich beide scheuten, ein Konto anzulegen.

»Nur kein Aufhebens«, sagte Leopold abwehrend, während sie mit ihm in der Maßschneiderei stand, wo ihm der schwarze Anzug angemessen wurde, den er bei der Trauung tragen sollte. Sie prüfte genau, gab dem Schneidermeister Anweisungen: »Also hier, die Schultern, die sitzen nicht so richtig. Etwas breiter müssen sie sein ...«

»Natürlich, gnädige Frau«, erwiderte der Geschäftsinhaber.

»Nur kein Aufhebens«, sagte Leopold mit verdrießlichem Gesicht.

»Ich will eine große Hochzeit haben. Wir schließen das Lokal. Und dann wird gefeiert!« rief sie in der Küche. Lorenz, der Hilfskoch, grinste. Sie fuhr ihn an: »Was hast du zu grinsen, du schwules Paket? Du wirst an diesem Tag ein Festessen machen, daß die Heide wackelt!«

»Aber Frau Grün«, stammelte der Mann, beleidigt und ruckte mit den Schultern zum Protest, »ich habe doch gar nicht gegrinst.«

Und da hatte sie es zum erstenmal gehört: Frau Grün. Es klang gut in ihren Ohren. Zum erstenmal wurde sie als Frau angeredet: eine Bestätigung, ein Titel, den ihr das Leben bisher vorenthalten hatte. Sie war gerührt, war milde gestimmt, noch nach Stunden. Als Otto zu ihr kam und sie anglotzte, gab sie ihm zwei Tafeln Schokolade, die er sogleich vor ihren Augen auffraß. Für Wally hatte sie zärtliche Worte: »Mein Engelchen, wann willst du denn anfangen mit deiner Lehre? Aber es eilt ja nicht. Ich bin ja noch da und sorge für dich.« Und zu Jonathan sagte sie: »Weißt du, man soll seine Angelegenheiten in Ordnung bringen. Das Familienleben, das Familiäre meine ich. Es geht nichts über die Familie. Du sitzt hier herum und säufst und zeichnest Frauen, weil du ein Bildhauer werden willst. Geh zu deinem Vater, halt ihm die Hand hin und sag: Vater, wir wollen den alten Streit begraben. – Er ist doch anständig zu dir. Er läßt dir doch viel Geld zukommen. Das mußt du schätzen. Ob Bildhauer das Richtige ist ... Also, wenn du mich fragst, ich weiß es nicht ... Du bist auch eingeladen zu unserer Hochzeit. Du kommst doch hoffentlich?«

Sie waren alle eingeladen, die Frauen, Karl und ein zweiter Zuhälter, den alle Zwieback nannten, weil er als Magenkranker ständig dieses Gebäck aß. Eines Tages hatte ihn Tilly mitgebracht und hatte gesagt: »Das ist mein Neuer, der ist magenkrank, da kann er nicht saufen, nicht zuviel fressen, und untreu kann er mir auch nicht werden, weil ich alles aus ihm heraushole. Mit dem komme ich zu etwas.«

Er war ein Mann von etwa fünfzig Jahren, überschlank, mit eingefallenen Wangen und den faltigen, durch viele Schmerzen herabgezogenen Mundwinkeln der Magenkranken. Einige der Frauen kannten ihn. Sie sagten: »Das war mal ein As als Falschspieler ...«

»Na, jedenfalls trägt er sich elegant«, sagte Tilly stolz. Allerdings störte sie, daß Zwieback immer ein Kartenspiel in der Tasche trug. Er mischte auf kunstvolle Weise, führte mit seinen schnellen hageren Fingern die verschiedensten Kartenkunststücke vor und fragte dann und wann einen Besucher: »Na, wie wär's, ein Spielchen?«

»Du, daß du mir hier ja keine Sachen machst mit den Karten!« warnte Leopold und drohte mit dem Finger.

Aber daran dachte Zwieback nicht mehr. Er hatte sein gutes

Auskommen bei Tilly, spielte mit den Karten nur zur Übung, wie er sagte. »Es ist meine Leidenschaft«, erklärte er.

Er war der einzige, der sich oft mit Otto befaßte. Er zeigte ihm die Karten, ließ sie auf blitzschnelle Art vor den Augen des verblüfften Idioten verschwinden, holte sie wieder aus dessen Jacken- und Hosentaschen hervor und hatte seine Freude daran, einen dankbaren Zuschauer gefunden zu haben. Zwei- oder dreimal am Tag verzog sich sein Gesicht schmerzhaft. Dann griff er rasch in die Tasche, holte ein Glasröhrchen hervor und schluckte kleine weiße Tabletten.

»Der Magen«, klärte er Otto auf. Otto wiederholte mit ernstem Gesicht und glotzendem Blick: »Der Magen.«

»Hör mal«, fragte Rosa einmal, »du nimmst ihn doch nicht auf den Arm?«

»Aber wieso denn? Er ist mein Freund. Weißt du was, das ist ein Heiliger. Soviel Unschuld gibt es gar nicht mehr auf der Welt.«

»Weißt du, woher das kommt?« fragte Jonathan, der in der Nähe an der Theke stand. »Er besitzt keine Vernunft. Wenn man ihn betrachtet, könnte man glauben, die Unschuld sei mit der Vernunft verlorengegangen.« Er grinste und trank.

Rosa dachte über Zwiebacks Ausspruch nach. Sie fand, die Unschuld war das, was man an Otto lieben konnte. Von diesem Tage an fragte sie Zwieback oft: »Soll ich dir eine Tasse Kamillentee machen? Du wirst sehen, das hilft. Nur schade, daß du bei unserem Hochzeitsessen nicht richtig hinlangen kannst. Ich habe mir da was Feines einfallen lassen: Es gibt Schildkrötensuppe, Forellen mit Sahnemeerrettich, Rehrücken mit Kartoffelklößchen, Geflügelleber auf Ananas ... Als Nachtisch Pfirsich-Melba und Käse. Ist das etwa nichts?«

Die bevorstehende Hochzeit beschäftigte bereits die Frauen.

Wenn sie zusammensaßen, beratschlagten sie über ein Geschenk. Sie dachten an ein Eßservice, an Mokkatassen, an Porzellanfiguren, einigten sich aber auf ein Ölgemälde. Sie sammelten. Zwieback übernahm dieses Geschäft. Er war genau, legte eine Liste an: »So, da kann sich jeder eintragen. Tilly, du fünfzig und ich fünfzig.« Damit legte er die Höhe der Spende fest. Niemand wollte mehr, niemand aber weniger geben. Es kamen an die achthundert Mark zusammen.

»Soll ich dann morgen das Gemälde kaufen?« fragte Zwieback.

Aber damit war keine der Frauen einverstanden. Oma sagte:

»Da will ich dabeisein. Vielleicht kaufst du etwas, was mir gar nicht gefällt.«

Die Blonde Inge, Olga, Tilly, die Rote Else, Sonja, Anita, Dodo und auch Karl waren der gleichen Ansicht. Sie beschlossen, gemeinsam das Gemälde zu kaufen. Jonathan grinste und sagte: »Da gehe ich nicht mit. Ihr würdet mich doch niederschreien, wenn ich einen Vorschlag für ein Gemälde machen würde.«

»Wieso?« fragten die Frauen. Glaube er etwa nicht, sie hätten Geschmack? Sie würden ein schönes Bild auswählen, etwas Wertbeständiges. »Etwas fürs Wohnzimmer!« bestimmte Sonja. Dazu nickten sie alle.

Sie fuhren am frühen Nachmittag des nächsten Tages in die Innenstadt. Vier Taxi beförderten sie zu einem Kunsthändler, der erstaunt aufblickte, als er die Versammlung von Frauen, deren Gewerbe er sehr bald erkannte, in seinem Geschäft sah.

»Ein Hochzeitsgeschenk? Wie alt ist das Ehepaar? Welche Geschmacksrichtung?«

Drei Räume waren mit Bildern angefüllt. Sie lagen, hingen oder standen: gewaltige Blumensträuße, stille Seen, Abendstimmung, Fischerhäfen, Gebirge mit schneebedeckten Gipfeln. Die Schönheiten der Natur – ganz echt, wie sie alle fanden.

»Welche Preislage?« Damit hatte der Händler nicht gerechnet. »Für achthundert Mark, da können Sie immerhin schon ...« Er führte die Damen zu einer Wand: nackte Frauen, Akte im Sitzen, im Liegen, im Stehen. Nein, das fanden sie unpassend, das wäre doch anstößig, ein nacktes Weib für ein Hochzeitsgeschenk ...

Sie einigten sich auf Gebirge. Als Gegenstück, wie sie sagten, denn in Rosas Wohnzimmer hinge ja bereits eine Landschaft. Sie wählten ein großes Gemälde, verlangten dazu einen Goldrahmen, obwohl Karl murrte: »Ein Riesenschinken!«

Nein, dieses Bild war schön! War es nicht schön? Diese Berge, davor der blaue See. In ihren Herzen erwachte die Sehnsucht nach Natur. Fast andächtig bestaunten sie es, bestätigten sich gegenseitig, wie schön dieses Bild sei, dachten auch daran, wieviel sie dafür angelegt hatten.

Dann blätterte Zwieback das Geld in die Hand des Kunsthändlers. Alle sahen dabei zu, alle zählten mit.

NEUNZEHNTES KAPITEL

Am Tag vor der Hochzeit wollten sie ihr Lokal eine Stunde früher schließen. Zuerst hatten sie an zwei Stunden gedacht, aber Leopold befahl: »Eine Stunde genügt. Denk an den Ausfall.«

Auch die Frauen dachten daran, aber sie hatten sich dazu entschlossen, morgen jeden Freier abzuweisen. »Das kommt nicht in Frage«, sagte Oma. »Morgen sind wir eisern.«

Es war alles besprochen: die Frauen wollten das Geleit geben. Nur die Oma würde im Lokal bleiben, um Willi und Lorenz, dem Hilfskoch, zu helfen. »Wißt ihr«, sagte sie, »ich kann da nicht mitgehen. Bei so etwas kommen mir die Tränen. Wenn dann eine von euch über mich lacht, dann könnte es passieren, daß ich ihr auf dem Standesamt in die Fresse haue. Nein, das ist nix für mich. Dazu habe ich ein zu weiches Gemüt.«

Das Ölgemälde hatten sie bei Baumann untergestellt. Es war mit dem Goldrahmen so schwer geworden, daß niemand außer Karl es tragen konnte. Ja, und vor dem Essen sollte es dann geholt und feierlich überreicht werden. Das würde Karl machen. Er würde sagen: »Von uns allen für euch! Ein Geschenk für das Heim und zur Erinnerung an diesen Glückstag. Wir wünschen dem neuvermählten Paar Glück und Segen, Gesundheit, langes Leben und Erfolg im Geschäft . . .« Dann sollten die Gläser gehoben werden: dem Brautpaar ein dreifaches Hoch! Hoch! Hoch!

Baumann und Jonathan würden die Trauzeugen sein. Rosa hatte mit Leopold überlegt, aber da gab es keine Verwandtschaft mehr, niemand, der als Blutsverwandter diesen Dienst hätte übernehmen können. Auch Zwieback, den Leopold vorgeschlagen hatte: »Er sieht nach was aus . . .«, kam nicht in Frage. Sein Familienname gefiel ihnen nicht. Er hieß Leisegang. Nein, solch eine Name auf der Heiratsurkunde schied von vornherein aus.

»Wir sind allein«, hatte Rosa festgestellt. »Ohne Verwandte.« Dazu nickte Leopold, sagte aber fröhlich: »Egal! Die Hauptsache, das Geschäft floriert.«

Um ein Uhr nachts begann er zu rufen: »Es ist Feierabend! Morgen ist Hochzeit. Wir müssen schließen!«, dann leise zu den Männern, die er kannte, die bei seinen Frauen saßen: »Stellt euch doch mal vor, was wir noch alles arbeiten müssen. Das Essen, die Weine . . . Ihr habt ja keine Ahnung, was das für Mühe macht.« Und wieder laut: »Es wird geschlossen! Feierabend!«

Als nur noch einige Frauen mit bekannten guten Gästen, denen man nicht die Tür weisen konnte, im Lokal waren, tranken sie noch ein paar Gläser an der Theke und sprachen von morgen, vom großen Fest der Eheschließung, sahen sich an: »Morgen . . .«

Rosa war in weinerlicher Stimmung. Sie hatte sich zwar immer vorgestellt, sie würde in Weiß heiraten, eine strahlende Braut, mit Glockengeläute und Orgelmusik, aber das teure Kostüm mit Nerzbesatz tröstete sie über den Brautschleier weg. »Was das gekostet hat, kann ich euch sagen . . .«

Sie empfing den warnenden Blick Leopolds und schwieg.

Oma sagte: »Zweimal war ich verheiratet.« Sie winkte mit der Hand ab: »Ah! Arschlöcher waren es! Der Leopold, der ist richtig, den kann man heiraten. Der stellt seinen Mann im Geschäft. Und wie ist es?« Sie knuffte ihn freundschaftlich in die Rippen. »Stellt er auch sonst noch seinen Mann? Hähähä!«

»Laß das«, sagte Leopold.

Er war den direkten Angriffen der Frauen noch immer nicht gewachsen, wurde noch immer verlegen, was ihn gegen sich selbst aufbrachte, weil er glaubte, er würde damit Schwäche zeigen.

»Mein Leopold«, Rosa lächelte ihn zärtlich an, »mein Leopold ist ein Klassemann. Auf jedem Gebiet, sage ich euch!«

Er räusperte sich stolz, atmete einmal hörbar durch die Nase, hörte gern, daß seine Potenz anerkannt wurde, obwohl er schon gedacht hatte: »Ob ich nicht vielleicht mit Pillen . . . Oder da gibt es Hormonspritzen. Das könnte ich mir jetzt leisten . . .«

»Ich war einmal verheiratet«, sagte die Blonde Inge und gähnte. »Mir hat es gereicht.«

»Nur nicht miesmachen!« rief Rosa. »Hier, Willi, nimm noch ein Gläschen.«

»Wir würden ja auch gern heiraten«, sagte Willi leise und schaute dabei zu Lorenz hinüber. »Aber wir dürfen nicht. – Was denn?« rief er ins Gelächter der anderen. »Ihr werdet sehen, das kommt eines Tages. Warum auch nicht, frage ich euch? Wo wir uns doch gut verstehen!«

»Wie ist das jetzt?« fragte Karl. »Gebt ihr noch einen aus? Ihr habt heute Hochzeitstag.«

»Schade, daß ich nicht mehr saufen kann«, klagte Zwieback.

»Das ist gar nicht so schlecht«, belehrte ihn Tilly giftig. »Du hast früher viel gesoffen, deshalb hast du jetzt nur noch einen halben Magen. – Ihr müßt wissen, die eine Hälfte haben sie ihm 'rausgenommen.«

»Hör auf!« rief Zwieback. »Laß diesen Krampf. Ich kann sowieso nicht hören, wenn jemand von meinem Magen spricht.«

»Dann los, ins Bett! Du mußt überhaupt mehr schlafen!« ordnete Tilly an. Sie griff nach seinem Jackenärmel, zupfte daran, und Zwieback folgte ihr brav. Sie sagte gähnend: »Leute, ich bin müde ... Dann gute Nacht.« Die beiden gingen, vorneweg Tilly, mit strammen Beinen und wippenden Gesäßbacken, hinterher der dürre Zwieback, von dem Rosa immer sagte: »Stellt euch vor, der heißt Leisegang.«

»Wir müssen schließen! Wir sind morgen total kaputt!« bat Leopold. »Einmal muß man sich ja ausschlafen. Die Trauung ist um zwölf.«

Er wartete, bis sie alle gegangen waren, dann trat er an die Kasse, ließ einen Zwanzigmarkschein in der Tasche verschwinden und kontrollierte danach die Toiletten und die Türen. Während dieser Minute sicherte auch Rosa ihren Anteil.

Sie gingen ins Bett, waren müde, hörten noch Lorenz und Willi in der Küche rumoren. »Verläßlich sind die beiden«, lobte Rosa.

Leopold stimmte zu: »Schwule sind gar keine schlechten Menschen.«

Dann seufzten sie beide zur gleichen Zeit, dieses letzte Aufseufzen vor dem Einschlafen.

»Morgen«, sagte sie leise, berichtigte sich: »Nein, heute, Leopold.« Sie lächelte.

»Na ja«, sagte er. »Einmal muß es ja sein...«

Schon um sieben Uhr waren sie hellwach. Rosa stand zuerst auf. Sie ging sofort zum Kleiderschrank und hängte das Kostüm heraus. Dann erst schlüpfte sie in ihren Morgenmantel.

»Leopold?« fragte sie. »Schläfst du noch?«

»Wie kann ich schlafen, wenn du hier herumtobst!« antwortete er mißmutig.

Sie kam auf den Zehenspitzen, ein schweres Weib, das jetzt graziös zu tänzeln versuchte, kam an sein Bett heran, beugte sich herab und küßte ihn zart auf den Mund. »Guten Morgen, mein Liebling«, warb sie.

»Nicht küssen morgens!« wehrte er ab. »Es ist wegen des schlechten Geschmacks!«

Sie verzog das Gesicht, aber ihre Freude war an diesem Tag nicht zu zerstören. Gleich lächelte sie wieder, sagte: »Jetzt muß ich schnell in die Küche gehen. Ich will mal sehen, ob die beiden alles richtig gemacht haben.« Sie kam schon nach wenigen Minuten zurück, noch strahlender, war voll der guten Nachrichten. »Leopold!« rief sie. »Das solltest du sehen. Wunderbar haben sie alles vorbereitet. Die Forellen . . .« Sie schnalzte mit den Fingern. »Der Braten, die Vorspeisen . . . Du, das sieht jeder, daß wir uns nicht lumpen lassen. Da werden sie Augen machen.«

»So? Ist das so wichtig, daß jeder sieht, wie wir mit dem Geld herumschmeißen?« Er kroch aus dem Bett, kratzte sich am Kopf, patschte auf bloßen Füßen im Nachthemd an ihr vorbei, verschwand im Badezimmer, wo sie ihn gurgeln und plätschern hörte.

Sie hatten keinen Appetit, konnten gerade eine Tasse Kaffee trinken und zwangen sich, ein Ei zu essen. Sie spürten, wie der Moment herankam, unaufhaltsam, der große Augenblick des Ja-Sagens.

Um elf Uhr begannen sie sich anzuziehen. Es war wie die Probe zu einer Szene, in der sie die Hauptrollen spielen würden. Leopold stand in seiner grauen Weste vor dem Spiegel, band die Krawatte dreimal, war erst dann zufrieden. Rosa probte das schwarze Kostüm.

Und so sahen sie sich im Spiegel: ein Mann, schon grau, aber noch nicht alt, in einem Anzug von Meisterhand gearbeitet — ein Bräutigam von besonderer Klasse mit einer unbestreitbaren Zukunft. Und sie: natürlich mütterlich, mit den ausladenden Formen einer Mutter, aber noch immer elegant. Geschmackvoll! Der Nerz war schlicht, jedoch nicht zu übersehen. Eine Braut mit Lebenserfahrung und gerade deshalb eine Braut von besonderem Wert, bereit, sich einem Mann zu unterwerfen — mit kleinen Einschränkungen.

»Wir sehen nach was aus«, stellte sie fest. Es war nicht schwer, ihn davon zu überzeugen.

»Jawohl«, sagte er und genoß sein Bildnis im Spiegel. So hatte er aussehen wollen, sein ganzes Leben lang. Und sie: Ich bin Frau Grün. Frau Grün trägt sich teuer. Jeder wird sehen, was das gekostet hat. Ich stelle etwas vor! Ich sehe nach was aus. Ach Gottchen, ich heirate heute.

»Leopold, komm, wir wollen uns noch einmal betrachten.«

Sie standen nebeneinander vor dem Spiegel. »Donnerwetter! Donnerwetter!« sagte er.

Sie lobten ihr Spiegelbild, waren überzeugt, daß ihr Leben in Zukunft so sein würde, wie sie es jetzt sahen: festlich, auf einer gehobenen Ebene der finanziellen Sicherheit.

Als Wally zu ihnen in die Wohnung kam, im Modellkleid, das Rosa für sie gekauft hatte, brachen sie auf. Stolz betraten sie nebeneinander ihr Lokal. Sie wurden empfangen von einem bewundernden »Ah!« der Frauen, die in ihren besten Garderoben auf das Brautpaar gewartet hatten. Teuer waren sie angezogen, die Damen. Echte und unechte Brillanten funkelten. Sie waren geschminkt und gepudert, ihre Gesichter zeigten Feststimmung. Sie lächelten alle, waren ohne Neid, waren Beteiligte, fühlten sich so sehr beteiligt, als hätten sie diese Ehe gestiftet.

Baumann, Karl, Zwieback und Jonathan trugen dunkle Anzüge. Otto hatte sich gewaschen und rasiert, aber sein Schlips saß schief, sein Hemd schien nicht zu passen. Der Anzug hätte besser sein können, dachte Rosa. Sie seufzte einmal unhörbar auf, als sie ihn sah. Dann aber strahlte sie wieder die Versammlung an und sagte feierlich: »Freunde, wir trinken ein Glas Sekt, ehe wir aufs Standesamt fahren.«

Willi und Lorenz hatten einige Flaschen kaltgestellt. Sie hatten die Blumen arrangiert, die Tische geordnet: eine lange, weißgedeckte Tafel für mindestens zwanzig Personen.

Sie hielten die Sektgläser in der Hand, hoben sie an, ließen sie klingen im Anstoßen: »Auf das Brautpaar! Auf das Brautpaar!«

Rosa flüsterte ihrem Mann zu: »Ist das nicht schön, Leopold?«

Da plärrte Otto los: »Ich will Schokolade haben!«

Karl stieß ihn an und sagte: »Halt's Maul! Kapierst du denn nicht, daß deine Eltern heiraten? Nachher kannst du fressen, bis du platzt!«

»Ich habe Hunger«, sagte Otto eingeschüchtert.

Karl mahnte Wally: »Kümmere dich ein bißchen um deinen Bruder.«

Sie verzog den Mund, antwortete: »Das ist nicht mein Bruder. Das ist doch ein Idiot.« Aber sie ging trotzdem zu Otto hin, zog ihn am Arm auf eine Bank und sagte: »Da bleibst du sitzen, bis wir zurückkommen! Hast du verstanden?«

»Ja«, sagte Otto und blieb auf der Bank sitzen.

»Sei schön brav, Otto«, sagte Rosa, ehe die ganze Versammlung sich anschickte, die Wagen zu besteigen.

»Sei schön brav«, wiederholte Otto.

Es gab noch einen kleinen Zwischenfall. Von draußen pochte ein Mann gegen den Rolladen. Er war hartnäckig, benutzte seine Fäuste. Karl ging, um nachzusehen. Er erkannte einen Kunden und redete beschwichtigend auf ihn ein: »Nun mach keinen Ärger.

Heute ist zu. Dann versteh doch endlich. Du kannst Tilly heute nicht haben. Also paß auf: Heute ist Hochzeit, heute wird nicht gevögelt! Und damit basta!«

Er ließ den Rolladen wieder herunterrasseln.

Oma sagte: »Heute gibt's nichts. Heute sind wir eisern.«

»Wir müssen ein Schild draußen hinhängen«, riet Karl, »sonst kommen noch ein paar und wollen 'rein.«

Willi holte ein Stück Karton und schrieb darauf mit großen Buchstaben: ›Heute wegen Hochzeit geschlossen!‹ Leopold befestigte es mit einem Reißnagel am Rolladen. Dann stiegen sie in die Wagen.

Vornweg fuhr die Blonde Inge. Rosa, Leopold, Wally und der Trauzeuge Jonathan waren bei ihr zugestiegen. »Es ist das schönste Auto«, hatte Rosa gesagt. »Damit fahren wir.« Dann folgte in drei weiteren Wagen die Hochzeitsgesellschaft.

Oma, Willi und Lorenz standen an der Haustür und winkten der Kolonne nach. Otto saß auf seiner Bank. Er wagte nicht aufzustehen, schnupperte nach der Küche und schmatzte traurig vor sich hin. Er dachte an Essen und murmelte: »Heute sind wir eisern . . .«

Sie kamen zurück als Mann und Frau. Der Standesbeamte hatte von der Reife gesprochen, mit der diese beiden Menschen ihren Bund schlossen. Ein paar Worte über die Ehe folgten, als eine staatserhaltende Institution. Dann nahmen sie nacheinander den Federhalter, beugten sich über die Urkunde und schrieben ihre Namen. Nur das Kratzen der Feder war zu hören.

Als sie vor dem Standesamt erschienen, wurden Rosa und Leopold mit gewaltigen Blumensträußen empfangen. Die Frauen traten eine nach der anderen heran und küßten Rosa auf die Wange. Sie hatte Tränen in den Augen, nahm die Glückwünsche gerührt entgegen. Passanten blieben stehen, schauten zu, gingen weiter, sich noch einmal nach dem Brautpaar umsehend.

»Ach Gottchen«, seufzte Rosa. »Ist das nicht ein herrlicher Tag?«

Das Stammbuch in der Hand haltend, stieg Leopold als erster in den Wagen. Mit Blumensträußen beladen folgte ihm Rosa. Er hatte ihr nicht galant in den Wagen geholfen, aber dieses kleine Versehen konnte ihre Hochstimmung nicht trüben.

»Fahr zu, Inge!« rief sie. »Jetzt wird gefeiert!«

Die Tafel war geschmückt, die Weine kaltgestellt, die Düfte aus der Küche weckten schon die Freude auf das Essen. Otto saß noch immer auf seiner Bank und blickte kläglich in die Runde. Die Angst quälte ihn, er könne übersehen werden – sie würden ohne ihn essen.

»Ich habe Hunger!« rief er.

Rosa befreite ihn von seinem Sitzplatz. »Komm Ottochen! Komm, jetzt gibt es gleich was Gutes zu essen.«

»Halt!« rief Karl. »Vor dem Essen gibt es erst noch eine Überraschung!« Er wandte sich an Baumann: »Wo hast du es stehen?«

Karl ging schnell hinüber zu Baumanns Baracke, kam keuchend zurück, trug das mächtige Bild zur Tür herein und stieß dabei mit dem Rahmen gegen die Türfüllung.

»Vorsichtig! Vorsichtig!« laut gellten die Schreckensrufe von zwei oder drei Frauen.

Dann stellte er das Bild vor die Eheleute auf den Boden und sagte seinen Spruch: »Von uns allen für euch ...« Vergaß auch nicht: »Glück und Segen, Gesundheit und Erfolg im Geschäft!«

Jetzt blickten sie alle auf Rosa und Leopold. Sie wollten die Wirkung ihres Geschenkes genießen, sich an der Freude erfreuen.

Rosa stammelte: »Also, das ist ja ... Das ist ...« Sie wandte sich befehlend an Leopold: »Leopold, bedanke dich!«

Leopold räusperte sich. Er begann mit Würde: »Meine Damen, ich bedanke mich für das schöne Geschenk. Es ist wirklich ein schönes Geschenk und eine Überraschung. Wir werden dieses Bild in unserem Wohnzimmer an die Wand hängen. Es soll uns immer an diesen Tag erinnern, den wir ... den wir ...«

»Den wir hier im trauten Kreis feiern!« rief Rosa dazwischen.

»Jawohl!« sagte Leopold abschließend.

Alle klatschten Beifall, für den Leopold mit einer angedeuteten Verbeugung dankte, aber gleich danach äußerte er leise Zweifel zu Karl: »Es ist ein bißchen groß.«

Rosa fragte: »Was hat es denn gekostet?«

Die Frage ging unter im Scharren der Stühle, als alle Platz nahmen. Sie wurde nicht wiederholt. Leopold hatte Rosa mit dem Ellbogen angestoßen: »Wie kannst du nur so taktlos fragen!«

Sie erkannte ihren Fehler, errötete sogar, wollte sofort ausgleichen und rief: »Willi und Lorenz! Tragt das Essen auf!«

Sie begannen mit der Schildkrötensuppe, lobten alle die Forellen und den Sahnemeerrettich, brachten noch einmal einen Trinkspruch auf das Brautpaar aus. Karl erinnerte daran, daß man die Hochrufe vergessen hatte, und das wurde nun nachgeholt: »Dem Brautpaar ein dreifaches Hoch! Hoch! Hoch!«

Sie saßen im Geklapper ihrer Messer und Gabeln, plauderten,

tranken sich wieder zu und erwarteten den Rehrücken mit Kartoffelklößchen: drei Platten, drei gewaltige Braten, in Scheiben geschnitten.

Als eine dieser Platten in Ottos Nähe gestellt wurde, konnte er nicht widerstehen. Er griff mit den Händen nach einer Bratenscheibe, hatte sie schon erfaßt. Zwieback, der neben ihm saß, schlug ihm auf die Finger und sagte: »Willst du wohl deine Pfoten da weglassen!«

Als Antwort gab das defekte Gehirn des Idioten eine Wiederholung von sich: »Ich bedanke mich für das schöne Geschenk ...«

Sie duldeten ihn bis zur Geflügelleber. Danach führte Zwieback Otto in die Küche. Dort fraß er den Nachtisch: Pfirsich-Melba und Käse, goß vier Tassen Kaffee hinterher, wurde lustig, lachte und redete: »Guck mal, wie ich mit den Augen rollen kann ...« Dann nestelte er an seiner Hose und wollte onanieren, worauf die beiden Homosexuellen in laute Schreckensrufe ausbrachen. Leopold führte Otto ab. Er mußte sich ins Bett legen, weinte im Bett wie ein Kind, mit aufgerissenem plärrendem Mund.

Lorenz und Willi verteidigten ihre Ehre: »Herr Grün, Sie dürfen uns glauben, wir haben damit nichts zu tun! Nein, so etwas machen wir nicht ... Außerdem lieben wir uns ja. Da machen wir kein Hehl draus.«

»Schon gut«, sagte Leopold. »Ich habe ihn in seine Mansarde gebracht.«

Als er gegangen war, sagte Lorenz leise: »Hast du gesehen, was der da unten gehabt hat? Also nein, so etwas! Das ist ja ein Elefant. Man könnte direkt neidisch werden. Jetzt frage ich dich, warum muß ausgerechnet ein Vollidiot mit so was gesegnet sein ...«

Sie hatten gegessen, hatten die Speisen fast eine Stunde lang gelobt, gingen vom Kaffee zum Cognac über.

»Ach, war das gut!« stöhnte Oma wohlig und griff sich verstohlen an den Bauch, war nicht beunruhigt, fühlte sich noch mager genug.

»Nicht wahr, Kinder, das war doch große Klasse?« rief Rosa über den Tisch.

Sie nickten, applaudierten mit herben Schmeicheleien: »Bist 'ne Mordstante, Rosa! – Toll gemacht, Menschenskind! – Wißt ihr, das ist eine der schönsten Hochzeiten, die ich je erlebt habe!«

Rosa kassierte diese Sprüche wie ein Honorar. Es war für sie eine Art Resumé über die erste Etappe der Hochzeit. »Was machen wir jetzt, Kinderchen?« fragte sie.

»Musik!« rief die Rote Else.

»Tanzen!« ergänzte Tilly und fütterte die Musikbox mit Geldstücken.

Rosa und Leopold eröffneten den Tanz. Karl folgte mit Dodo, Zwieback führte Tilly, Jonathan blickte suchend umher.

»Hast du keine Lust, mit mir zu tanzen?« fragte die Blonde Inge.

Er schüttelte den Kopf. Die Nächte mit Inge waren erfolgreich geworden, allmähliche Steigerungen waren es, bis er dachte: Jetzt bin ich wieder gesund. Aber er war satt von ihr. In ein paar Wochen wollte er die Artistenklause und seine Mansarde wieder verlassen. Er hatte genügend gezeichnet.

Er schaute den Tanzenden zu. Dann sah er Wally. Sie saß allein am anderen Ende der Tafel. In diesem Augenblick war es, als sehe er sie zum erstenmal bewußt: ein junges Weib, blond, zart, mit seltsamen hellen Augen, in denen er Neugier erkannte. Er beobachtete sie, wurde unsicher, ob er sie vielleicht überschätzte. Sie spürte seinen Blick, schaute zu ihm her und lächelte kurz. Er ging zu ihr hin: »Willst du tanzen?«

»Ja, aber ich kann es nicht sehr gut. Im Kloster durften wir nicht tanzen.«

»Wo hast du es dann gelernt?«

»Im Kloster. Ein Mädchen hatte einen Kofferapparat. Nachts haben wir miteinander getanzt, aber es war verboten.«

»Das Verbotene hat euch gereizt?«

»Vielleicht«, sagte sie. Es klang kokett, trotz ihrer unübersehbaren Schüchternheit.

Sie tanzten zwischen den anderen. Leopold gab sich Mühe: nur jetzt keine schlechte Figur machen!

»Nicht so schnell!« schnaufte Rosa.

»Hast du wieder zuviel gegessen? Konntest du wieder den Hals nicht voll genug kriegen?«

Karl und Dodo tanzten innig umschlungen, wollten jedem hier beweisen, wie gut sie aufeinander eingetanzt waren: jawohl, wir verstehen uns. Was macht es schon aus, wenn er mir dann und wann mal in den Hintern tritt? Leisegang mit seiner Tilly beherrschte als einziger den Modetanz. Sie fanden alle, er war der unbestrittene Meister auf dem Parkett. Das machte Tilly stolz: »Er kennt alle Tänze!« rief sie den Sitzenden zu. »Das hier ist ein Shake!«

»So'n Quatsch!« nörgelte Oma. »Das sieht ja richtig unanständig aus.«

Jonathan fragte: »Und was war noch verboten im Kloster?«

»Vieles.«

»Und das habt ihr dann beichten müssen?«

»Ja, aber ich habe nicht alles gebeichtet.«

»Es gab Dinge, die du nicht sagen wolltest?«

Sie zögerte, sagte dann leise: »Ja.«

»Mit Mädchen?«

Sie schwieg, ihr Gesicht war unbeweglich, nachdenklich, als wäre sie allein inmitten dieses lärmerfüllten Gastzimmers. Vorsichtig prüfte er sie, zog sie zu sich heran. Sie zeigte nicht die Andeutung von Abwehr. Er wurde deutlicher, noch deutlicher. Jetzt war es, als lausche dieses unbewegliche Gesicht vor ihm auf seine Prüfung, die längst schon Werbung war. Sie fesselte ihn. Was war das für eine Mischung? Apathie und Neugier, bei normaler Intelligenz. Der Tanz war vorbei. Er wiederholte, mit dem Unterton des Verstehens: »Mit Mädchen?«

Sie sagte leise: »Ja.«

Er war nicht auf ihre Offenheit gefaßt. Verblüfft erkannte er, daß sie völlig schutzlos war. Jeder Mann mit Erfahrung, der ihre Sympathie erringen würde, könnte ihr die große Falle stellen. Sie würde traumwandlerisch ihren Neigungen folgen, würde vorher drei oder vier kesse Antworten geben, um ihre Schüchternheit zu überspielen.

»Nie mit einem Mann?« fragte er.

»Nein, aber ich weiß alles. Ich weiß auch, was hier vorgeht.«

»Was sagst du dazu?«

»Nichts.«

Sie setzten sich an die Tafel, waren wieder getrennt. Er wunderte sich jetzt, daß er so weit gegangen war. Aber schließlich erinnerte er sich daran, wo er sich befand und welche Vollmachten sie ihm beim Tanzen gegeben hatte.

Draußen klopfte jemand gegen den Rolladen: »Aufmachen ... 'reinkommen ... Verabredet!«

»Das ist doch unerhört!« rief Rosa und marschierte nach draußen, wo sie in kräftiger Tonart den Störenfried verscheuchte. »Da standen noch ein paar«, sagte sie, als sie wieder hereinkam.

»Ein paar Männer wären schon gut zum Tanzen. Du verstehst?« sagte Olga.

»Was denn, nachher kommen die Entrümpler, die haben wir

zum kalten Buffet eingeladen. Mit denen könnt ihr tanzen, soviel ihr wollt.«

Sie überlegte, wandte sich an Leopold:

»Übrigens hätten wir Silbersteins auch einladen können. Er stand wieder in der Zeitung mit seinem berühmten Chor. Das ist ein reputierlicher Mensch. Schließlich wohnen sie in unserem Haus.«

Leopold stimmte sofort zu. Silberstein war wiederholt in den Zeitungen als eine Persönlichkeit von hohem Können gepriesen worden. Dieser Mann wäre ein Schmuck für die Hochzeitstafel. Rosa schickte Willi hinauf. Aber Willi kam allein zurück.

»Herr Silberstein ist auf Reisen. Aber es war ein anderer bei ihr. Der Blinde, der manchmal mit dem Taxi kommt, wenn ihr Alter nicht da ist. Ich kenne seinen Hut und seinen Stock mit dem Silbergriff. Der Hut hing in der Garderobe, und der Stock stand auch da.«

Alle lauschten Willis Bericht. Rosa dröhnte: »Da seht ihr, wie diese Weiber die Ehe halten! Eine Unverschämtheit, wie die es treibt!« Sie sah Wally an und sagte leise zu Baumann und Leopold: »Jetzt ist der Junge als Lehrling in einem Hotel, jetzt kommt er mit dem Taxi. Früher hat ihn Egon immer herführen müssen, wenn Herr Silberstein verreist war ... So treiben sie es, die anständigen Weiber!«

Als die Entrümpler kamen, füllte sich die Tanzfläche, das kalte Buffet war vorbereitet. Willi und Lorenz schwitzten in der Küche, aber sie hatten zur Entschädigung eine Flasche Sekt im Kühler stehen.

»Diese Weiber«, seufzte Willi. »Hör nur, Lorenz, was sie für einen Lärm machen.«

»Ja, es ist schrecklich. Und alles nur, weil endlich wieder eine unter die Haube gekommen ist.« Sie nickten sich zu, lächelten, fühlten sich den Frauen weit überlegen.

Als das kalte Buffet genug bestaunt, gelobt und schließlich geplündert war, sagte Sonja zur Roten Else: »Du, da draußen stehen ein paar. Wollen wir uns die teilen?«

»Du bist aber eine miese Tülle! Menschenskind, wo wir doch heute zur Hochzeit geladen sind.« Die Rote Else empörte sich: »Daß du ja niemand davon was sagst. Was glaubst du denn, was die hier dann von dir halten?«

Sonja zeigte ihr dümmstes Gesicht, zerknirscht ging sie zur Bar und wandte sich einem Entrümpler zu.

Die Rote Else fiel nicht auf, als sie aus der Tür schlich. In der Dunkelheit standen sie: schweigende, wartende Männer. Sie kannte diese Sorte. Untere Preisklasse, solche Herumsteher, die an ihrer Geilheit klebten wie die Fliege am Leim: Schüchterne, mit Sprachfehler, Klumpfuß, Leistenbruch, Pickel auf dem Bauch, Verbrennungen im Gesicht. Fünf Männer waren es, die sich mieden, die einen Zwischenraum von mindestens zwei Metern von Mann zu Mann ließen.

»Was wollt ihr?« fragte die Rote Else. »Hier feiert eine geschlossene Gesellschaft. Nur ich habe hier Dienst. Mich könnt ihr haben, aber macht die Sache kurz. Siebzig Mark für jeden. Also, wie ist es?«

Der erste trat vor. Sie ging mit ihm hinauf, nahm ihm das Geld ab, legte sich hin und befahl: »Mach schnell. Schließlich haben wir eine Hochzeit heute . . .«

Nach einer Stunde wartete niemand mehr vor der Tür. Sie kam, schon bereit, auch dieses Geschäft noch abzuwickeln, aber der fünfte war gegangen. »Verdammter Esel!« schimpfte sie.

Rosa und Leopold waren betrunken. Leopold wollte eine Rede halten, woran ihn aber seine Frau hinderte. Er setzte immer wieder an: »Und dann will ich noch sagen! Wir bedanken uns von ganzem Herzen für euer schönes Geschenk, das ihr . . .«

Sie riß ihn jedesmal wieder auf den Stuhl zurück. Er gab auf, begann nun, von den Tigern zu erzählen: »Als ich mit meinen Tigern in Schweden war . . .« Tilly kam und küßte ihn auf die Wange. Rosa hob drohend den Finger.

»Durch einen Reifen sind sie gesprungen. Die Reifen aber brannten. Versteht ihr, wie ich das meine? Ich halte den brennenden Reifen hoch, und der Tiger . . .«

Dann waren sie alle fort, tanzten. Er bemerkte, daß nur noch Rosa neben ihm saß. Er blickte sie an, schaukelte auf seinem Stuhl hin und her, schaute sie prüfend an, als müsse er feststellen, wer sie sei. »Und der Tiger, der springt . . . Na ja!« Er schloß mit einem abrupten Abwinken. Für Rosa lohnte es nicht.

»Komm, wir tanzen.«

Wally hatte einige Male mit Jonathan getanzt. Rosa hatte schon gemahnt: »Kindchen, du mußt ins Bett! Es ist spät!«

Jonathan sagte: »Das ist unser letzter Tanz. Ich würde dich gern malen und dir mein Atelier zeigen.«

»Malen?«

»Ja.«

»Wie?«

»Ich weiß es noch nicht. Ich muß dich kennenlernen, dann weiß ich es. Willst du mein Atelier sehen?«

»Aber jetzt muß sie ins Bett!« befahl Rosa und stand mit Leopold plötzlich neben ihnen.

»Jawohl, ins Bett!« ergänzte Leopold. »Weißt du übrigens, was Otto gemacht hat? Na, das werde ich dir nachher erzählen ... Ins Bett mußt du jetzt, mein Kind.«

Sie sagte nichts, nickte Jonathan zu und ging. Betroffen starrte ihr Rosa nach. Sie wollte schon etwas rufen, wollte noch einmal diesen herrlichen Tag bei ihrem Kind aufwärmen, aber Wally war schon fort.

»Da geht sie«, sagte Rosa traurig und wischte sich über die Augen.

Sie feierten bis um sechs Uhr morgens. Um diese Zeit waren sie alle betrunken. Die Frauen zeigten sich gnädig. Oma sagte zu dem Mann, der sich um sie bemühte: »Heute darfst du umsonst. Nicht wahr!« rief sie. »Heute war Hochzeit, heute dürfen sie alle umsonst!«

Leopold torkelte mit Rosa ins Schlafzimmer. »War das nicht eine schöne Hochzeit, Leopold? War das nicht eine schöne ...«

»Die Hochzeit ist 'rum!« unterbrach er mit erhobenem Zeigefinger, stand schwankend vor ihr: »Ab morgen wird wieder gespart!«

ZWANZIGSTES KAPITEL

Leopold wachte von einem schallenden Geschimpfe im Treppenhaus auf. Es war Baumann, der seine Leute zusammentrommelte, die noch in den Betten der Frauen lagen.

»Was fällt euch ein? Es ist schon zehn Uhr. Drüben wartet die Arbeit! Hochzeit hin – Hochzeit her, jetzt ist Arbeitszeit!«

Die Frauen murrten, standen im Morgenrock an den Türen, gähnten und reckten sich – mit vom Rausch schweren Gesichtern. Baumann lief treppauf, treppab.

»Wo sind sie denn, meine Leute! Die sind doch noch bei euch!«

Anita rief: »Baumann, halt's Maul! Du hast es doch auch umsonst gehabt heute nacht!«

Rosa stampfte eine Treppe hinauf: »Baumann! Bist du verrückt geworden, das ganze Haus rebellisch zu machen! Los, verschwinde!«

Er kam herunter und sagte in ruhigerem Ton: »Stell dir das mal vor, die Faulenzer denken gar nicht daran, zur Arbeit zu kommen!«

»Ich will am ersten Tag meiner Ehe Ruhe im Haus haben! Verstanden?«

»Ja, schon gut, Rosa. Aber denk mal an meine Verluste . . .«

Seine Arbeiter kamen einer nach dem anderen aus den Wohnungstüren heraus, gingen hastig die Treppe hinunter, drückten sich an Baumann vorbei, grüßten sehr höflich: »Guten Morgen, Herr Baumann.«

»Guten Morgen, die Herren«, sagte Baumann, verbeugte sich zwei-, dreimal. »Guten Morgen. Wünsche wohl geruht zu haben.«

Als Rosa wieder im Schlafzimmer stand, knurrte Leopold: »Gleich greife ich ein. Gleich wird da Ordnung geschaffen.«

»Du Waschlappen«, wies sie ihn zurecht. »Im Bett räkelst du dich herum, während hier fremde Leute unser Haus auf den Kopf stellen.«

»Darf ich mich nicht auch mal ausschlafen, nach allem, was ich in der letzten Zeit geleistet habe? Das will ich doch hoffen!« Er erhob die Stimme: »Das will ich doch annehmen! Außerdem war es ja nur Baumann – komm ins Bett.«

Sie bemühten sich beide, die eheliche Harmonie wiederherzustellen, lösten den Ansatz zum Konflikt auf altbewährte Weise und schliefen nach ihren atemlosen Bemühungen noch einmal ein.

Zwei Stunden später sagte Rosa: »Jetzt wird anständig gefrühstückt. Was willst du denn haben, mein Schatz?«

»Eier mit Speck!« sagte er. »Und dazu einen starken Kaffee!«

»Kriegst du, mein Schatz, kriegst du alles. Soll ich es ans Bett bringen?« Sie war dankbar für die Freuden des Morgens, und wurde strahlender Laune, als sie in der Küche von Lorenz und Willi empfangen wurde: »Guten Morgen, Frau Grün.«

Leopold verdaute noch an den gestrigen Ereignissen: verheiratet! Eine große Hochzeit – ein gelungenes Fest! Er griff hinüber nach dem Nachttisch. Da lag das Dokument, in Leder gebunden: ›Stammbuch der Familie‹, beglaubigt und abgestempelt. Er öffnete es, las nachdenklich die Heiratsurkunde, blätterte weiter: Geburtsurkunde, noch leere Formulare für Kinder, die Rosa nicht mehr gebären würde. Dann, auch noch nicht ausgefüllt: Sterbeurkunde des Ehemanns, wohnhaft in ... gestorben am ... um ... Uhr ... in ... Der Verstorbene war ...

Er blickte auf die leeren Zeilen, wendete einen kurzen, aber schmerzlichen Gedanken an die unausweichliche Tatsache seines Todes. Diese Zeilen würden eines Tages ausgefüllt sein: die kirchliche Bestattung fand statt am ...

Wann? Sie findet statt! dachte er und klappte das Stammbuch zu. Als Rosa mit dem Tablett mit dampfendem Kaffee und duftenden Spiegeleiern ins Zimmer kam, sagte er feierlich: »Rosa, wir wollen eine gute Ehe führen, denn eines Tages sind wir tot. Und bis dahin ist es gar nicht mehr so lange.«

Sie blieb erstaunt stehen, hatte das Tablett noch in den Händen, sah ihn fragend an.

»Ja«, sagte er, »da drin steht's.«

Ehe sie frühstückten, schaute auch sie noch einmal in das Buch hinein.

Als Wally aufwachte, dachte sie an ihn. Es gab keine Möglichkeit für sie, diesem Gedanken auszuweichen. Er war der erste Mann, der mit ihr getanzt hatte. Sie zählte zusammen, was sie über ihn wußte. Sie hatte aufgeschnappt: Er sei der Sohn eines unerhört reichen Vaters. Ein wenig verkommen sei er, aber doch anständig. Er trinke zuviel. Maler oder Bildhauer wolle er werden. Aber das nahm niemand ernst. Davon könne man nicht leben. Eines Tages würde er sich mit seinem Vater versöhnen, würde eine reiche Frau heiraten und die Artistenklause vergessen. Das sagten die Frauen und fühlten sich doch geschmeichelt, wenn Jonathan sie vertraulich anredete, ihnen Essen und Biere bezahlte, ihre Sorgen anhörte und in einer vorsichtigen Weise Ratschläge gab.

Wally dachte daran, bei Inge einen Morgenbesuch zu machen. Es war noch früh, aber Inge hatte zu ihr gesagt: »Komm, wann immer du willst.«

Sie war ein paarmal hinuntergegangen, hatte stundenlang bei Inge gesessen. Sie hatten zuerst über Kleider gesprochen, über die Wirkung von Make-up auf Männer. »Siehst du, eine Nase, die einen breiten Ansatz hat, muß an den Seiten dunkel geschminkt werden. Dadurch wirkt sie schmaler.«

Später waren ihre Gespräche massiver geworden. Wally wollte anderes wissen.

»Wie ist das? Was geben sie dir? Was mußt du dafür tun?«

»Bist du wirklich noch unschuldig?« fragte an einem Morgen die Blonde Inge.

»Ja, ganz bestimmt«, sagte Wally.

»Das möchte ich mal sehen. Laß mich sehen.«

»Wo denn – hier?« Sie schaute sich um, war bereit, sich zu zeigen, bezweifelte die Sicherheit des Raumes.

»Natürlich hier. Warte, ich schließe die Tür ab.« Sie drehte den Schlüssel im Schloß, wandte sich dann Wally zu, die im Morgenmantel vor ihr stand. Sie konnte sehen, wie das Blut langsam in das Gesicht des Mädchens hinaufstieg.

»Na komm«, sagte sie lächelnd und öffnete ihr den Morgenrock. Sie schob sie sanft zum Bett, legte sie darauf. Sie beugte sich über sie, öffnete den kleinen Schoß weit, sagte bewundernd: »Tatsächlich. Es ist ganz zu.« Sie strich mit zwei Fingern zärtlich darüber hin, dachte daran, daß sie es verloren hatte, vor – wie ihr schien – unendlich langer Zeit.

Wally verlangte Aufklärung: »Wie wird es gemacht? Wie sieht das aus vom Mann?«

Sie hörte zu, ließ sich genau den Vorgang beschreiben: die Funktion des Männlichen und Weiblichen, das Abenteuer des Körpers. Die Gefahren: ein Kind, eine Krankheit.

»Darüber haben sie uns im Kloster nichts gesagt. Nur immer drumherum geredet haben sie, als wäre es das Fürchterlichste, was einem Mädchen passieren könnte.«

»Wie alt bist du jetzt?«

»Ich werde sechzehn.«

»Da hast du noch lange Zeit für so was. Du mußt nur aufpassen, daß es dir keiner 'reinspritzt.«

»So«, sagte Wally nachdenklich.

»Ich habe da Pillen, hast du davon schon gehört? Es sind Verhütungspillen. Wenn du die schluckst, kannst du keine Kinder kriegen.«

Sie streckte spontan die Hand aus: »Gib mir so eine Pille.«

Inge lachte sie aus, sagte dann: »Na ja, eine kannst du haben.«

Wally legte die Pille auf ihre geöffnete Hand. Sie schaute sie prüfend an, aber es war ganz einfach nur eine weiße Pille. Sie wikkelte sie vorsichtig in ihr Taschentuch.

»Die willst du dir wohl gut aufheben, was?«

»Ja«, sagte Wally mit ernstem Gesicht.

Dann hörten sie Baumann, wie er auf der Treppe seine Leute zusammentrieb. Rosas Stimme keifte vor der Tür.

»Du kannst jetzt nicht 'raus«, sagte die Blonde Inge.

Sie warteten, standen hinter der Tür und lauschten, bis es still wurde im Treppenhaus. Dann schob Inge sie hinaus.

»So, jetzt kannst du gehen.«

Oben stand Jonathan auf dem Treppenabsatz. Er sah verkatert aus, trug nur Hose und Unterhemd. »Wo kommst du denn her?« fragte er.

»Wo soll ich schon herkommen ...«, wich sie aus.

»Verkehrst du mit denen?« Er deutete nach unten.

Sie zuckte nur mit den Schultern. Er hätte nach links, sie nach rechts in die Tür gehen müssen, aber sie blieb stehen.

»Warum wohnst du eigentlich hier?« fragte Wally. »Die Frauen sagen, du wärst reich.«

»So, sagen sie das?«

»Ja, und du würdest eines Tages wieder so plötzlich verschwinden, wie du gekommen bist. Und ...« Sie strich über das Treppengeländer, wiederholte diese kindliche, verlegene Bewegung. »Dann würdest du uns alle vergessen.«

»So, so«, grinste er. »Was die da alles erzählen ...«

»Du siehst nicht sehr schön aus heute morgen. – Gehst du auch da hin?« Sie wies mit dem Kopf nach dem Treppenhaus.

»Ich? O nein, nie! Wie kommst du darauf?«

»Alle gehen hin. Ich habe gehört, wie Baumann seine Arbeiter suchte. Die lagen fast alle im Bett bei den Frauen.«

»Ich bin nicht rasiert. Stört dich das?«

»Nein!«

»Komm mit, ich zeige dir, warum ich hier bin.«

»Warum?« fragte sie, während sie ohne zu zögern hinter ihm herging.

In seiner Mansarde deutete er auf das Bett und sagte: »Setz dich dahin.«

Sie schaute sich um, fand den Raum karg. Er war mit Baumanns Entrümpeltem ausgestattet: ein Bett, ein Tisch mit zwei Stühlen, ein Kleiderschrank. Neben dem Fenster war das Waschbecken. Sie setzte sich auf das Bett.

Er sagte: »Es gab Maler, die zeigten den Menschen nur die Schönheit.«

»Ich weiß«, sagte sie. »Aber warum bist du in dieses Haus gezogen?«

»Weil ich hier alles fand, was ich darstellen wollte. Verstehst du das? Du bist ein Kind, du mußt es verstehen.«

»Und du?« fragte sie, »wie bist du?«

Er ging zum Tisch, nahm eine der großen Mappen. »Die Dummheit der Menschen ist zum Lachen, deshalb kann man auch ihre Tragödien nicht ganz tragisch nehmen. Wenn ich der liebe Gott wäre, ich würde platzen vor Lachen.«

»Würdest du ihnen nicht helfen?«

»Doch, ich würde meine Schöpfung zerstören. Sie hebt sich ohnehin auf. Sie wird sich von allein auflösen. Aber das verstehst du nicht.«

»Nein«, sagte Wally, »das verstehe ich nicht.«

Er schlug die Mappe auf, zeigte die erste Skizze in Kohle, blätterte weiter. Sie waren alle versammelt. Da war Oma: nackt, mit hängenden Brüsten, eckigen Schultern, dem spitzen Gesicht der Habgier, den Augen der List, aber die Haltung dieses weiblichen Skeletts war demütig, fast flehend. Die Blonde Inge grinste vom Papier, mit Zigarette, ein verschlagenes Grinsen. Ihre Brüste waren eine Herausforderung, die Glieder schwellend, die Lüsternheit gierte aus ihrer Haltung und der Partie des Schoßes. Dodo: die Reife, schon fett um die Hüften, eine Mischung von Furcht und Gemeinheit im Gesicht. Dann Sonja: die Dummheit, nackt und angezogen, am Tisch, im Bett. Olga mit der schwarzen Mähne und den großen müden Augen, eine lässige Genießerin. Anita, Tilly, die Rote Else, viele Frauen, die Wally nicht kannte. Frauen in Gruppen, Frauen allein: im Gehen, Sitzen, Stehen, Liegen.

»Du machst dich lustig über sie?«

»Nicht nur«, sagte er.

»Ich habe nie gesehen, daß du im Lokal gezeichnet hast.«

»Sie mögen das nicht, wenn man sie zeichnet.«

»Sie sehen in Wirklichkeit doch ganz anders aus.«

»Ja, aber was du hier gesehen hast, ist ihr Wesentliches.«

»Und was machst du damit?«

»Vielleicht ein paar Bilder, sicher etwas in Stein. Ich weiß noch nicht genau, ob ich ein Maler oder ein Bildhauer bin.«

Er blätterte schnell weiter, nahm eine neue Mappe. Sie sah ein gewaltiges Weib mit Kugelbrüsten, Speckfalten am Bauch, auf allen vieren, lauernd, zum Sprung ansetzend wie eine fette Kröte. Es war Rosa.

Sie lehnte ab: »Das ist häßlich! Sieh mal, was für ein Gesicht. Wenn sie das sehen würde, wäre sie sehr zornig.«

»Ich weiß, sie mögen es nicht, wenn man ihre Schwächen darstellt.«

Eine neue Mappe, nur Hinterteile: dünne, dicke, breite, schmale, ausdrucksvoll, fast wie Gesichter, sprechende Hinterbacken, eine Versammlung von Gesäßen.

Jonathan lächelte, blätterte weiter, sagte: »Das Urteil des Paris.«

Da hockte ihr Bruder, der Idiot mit den abstehenden Ohren und dem offenstehenden Maul, hockte glotzend vor drei Weibern, die sich vor ihm spreizten. Es war, als habe Jonathan alle Häßlichkeit, die er in seinen Mappen aufbewahrte, auf diese drei verteilt. Ihre Körper waren Karikaturen auf das Weibliche. Davor aber hockte der Idiot, den Apfel in den Händen.

»Das alles sind nur Entwürfe«, erklärte er.

»Sie sehen nicht so aus.«

»Sie sind aber so«, sagte er und schlug die Mappe zu.

Sie saßen nebeneinander auf dem Bett. Er blickte sie an, prüfte sie wieder, war entschlossen, sie zu schonen, strich über ihr Haar und sagte langsam: »Aus dem Kloster kommt das Mädchen.«

»Würdest du die Nonnen auch so malen?« fragte sie.

»Genauso.«

»Und die Frau vom Bürgermeister?«

»Auch.«

»Aber die Frauen von Ministern nicht?«

»Genauso«, sagte er.

»Würdest du alle Frauen der Welt so malen?«

»Alle Frauen der Welt.«

Sie dachte nach, schaute ihn an, blickte wieder weg, sah zu Boden: »Und mich?«

»Dich nicht. Du bist ein Kind.«

»Ich bin kein Kind mehr!« widersprach sie heftig. Danach holte sie ihr Taschentuch hervor, wickelte eine kleine weiße Pille heraus, die sie schluckte. »Die muß ich nehmen«, klärte sie ihn auf. »Gegen Erkältung.« Sie sagte es mit wichtigem Gesicht, schluckte noch ein paarmal hinterher.

Er legte den Arm um sie, zog sie sachte zu sich heran. Er sah verblüfft, wie sie die Augen schloß, wie ihr Mund wartete. Zart küßte er sie auf die Lippen. »Du bist zu jung«, warnte er.

Sie hielt die Augen noch immer geschlossen: »Nein! Ich bin nicht zu jung.«

Während er sie auf das Bett legte, mahnte seine Vernunft. Als er ihren Morgenrock geöffnet, ihr Nachthemd hochgeschoben hatte, sagte er sich: Du bist verrückt! Aber er entschuldigte sich mit dem Vorsatz, sie zu malen. Sie duldete still seine Hand. Er sah, daß sie bereit war. Sie war entschlossen, es jetzt zu erleben: das Eine, wovor die Nonnen so wortreich gemahnt hatten, ohne es je richtig beim Namen zu nennen; das Eine, über das von jeher in ihrer Umgebung geflüstert worden war, so daß sie schon vor Jahren gedacht hatte, es müsse etwas ganz Besonderes sein; das Eine, dem dieses Haus und die Frauen dienten.

»Nein!« sagte er. »Wir wollen vernünftig sein. Du mußt jetzt gehen.«

Sie wurde böse, auf eine lautlose Art. Er sah es an ihren Bewegungen. Hastig zog sie das Nachthemd wieder herunter, schloß den Mantel, stand schon an der Tür und sagte: »Mich darfst du nicht malen! Ich will niemals von dir gemalt werden!«

Die Tür fiel zu. Zuerst lächelte er amüsiert, dann aber wurde sein Gesicht nachdenklich. Warum hatte er gezögert? Ihre Bereitschaft war hinreißend gewesen. Das würde bald von irgendeinem genutzt werden. Er stand auf, ging zum Fenster, schaute auf die trübselige Gegend, ein Bahndamm mit vielen Geleisen. Güterwagen wurden rangiert. Auf der anderen Seite des Dammes protzten die Fassaden einiger Hochhäuser. Hatte er tatsächlich so etwas wie Verantwortung gefühlt? Die Unschuld nehmen . . . ein bißchen Blut, nicht angenehm. Was für ein blödsinniger Ausdruck: die Unschuld nehmen.

Er legte eine neue Klinge in seinen Rasierapparat, rasierte sich mißmutig, kleidete sich an und ging die Treppe hinunter. Er wollte etwas essen, etwas trinken.

Aus der Küche tönten drei erregte Stimmen. Die erdrückende Resonanz ließ die Verteidigung der beiden zu unrecht Angeklagten wie ein Winseln klingen.

»Nein! Wir haben damit nichts zu tun!« zirpten Willi und Lorenz.

»Es ist unmöglich, daß mein Otto so etwas getan hat, wenn er nicht dazu herausgefordert wurde!«

»Frau Grün, wir müssen kündigen, wenn wir so verdächtigt werden. Das lassen wir uns nicht gefallen!« — »Nein!« flötete auch Lorenz, »nicht gefallen lassen wir uns das!«

»Warum habt ihr mir davon nichts gesagt, als es passiert sein soll?«

»Bitte schön, wir haben Ihrem Mann Bescheid gesagt. Außerdem haben wir ja ziemlich laut gerufen, bitte schön!« sagte Lorenz.

»Ich muß kündigen!« wiederholte Willi.

»Jawohl, da werden Sie mal merken, wie fleißig wir waren. Suchen Sie sich nur mal zwei, die so gut aufeinander eingespielt sind, bitte schön!«

Leopold stand hinter der Theke und lauschte mit angespanntem Gesicht. Fünf Frauen saßen an einem Tisch, hatten die Hälse gereckt, wollten sich nichts entgehen lassen von diesem Streit.

»Was ist denn da los?« fragte Jonathan, als er das Gastzimmer betrat. »Pscht!« winkte Leopold und mahnte zur Ruhe. Die Einzelheiten dieser Diskussion waren wichtig. Er wollte keine davon verlieren.

Die Frauen grinsten. Anita erklärte: »Weißt du denn nicht, was Otto gemacht hat während der Hochzeit? Er wollte auch mal seine Sache loswerden, mit der Hand, ausgerechnet in der Küche . . .«

»Jetzt schiebt Rosa es auf den schwulen Willi und auf Lorenz. Aber die beiden sind unschuldig«, flüsterte Sonja.

Anita feixte: »Ein Mordsding soll sich der Otto aus der Hose gefummelt haben. Willi war noch ganz blaß vor Schreck, als er es mir erzählte.«

Dodo lachte: »Was ist denn dabei? Der arme Otto muß halt auch mal Schnucki haben . . . Nur daß er es ausgerechnet in der Küche macht, dagegen habe ich was.«

Aus der Küche dröhnte das Urteil: »Ihr seid entlassen! Auf der Stelle entlassen!«

»Das ist der Dank! Das ist der Dank!« quengelten die beiden Unschuldigen. »Dafür haben wir uns abgerackert!«

»Niemals!« schrie Rosa. »Niemals hat das mein Otto getan!«

Die beiden Verurteilten marschierten aus der Küche hinaus, kamen ins Gastzimmer. Lorenz, der Koch, mit weißer Schürze, Kochhosen, Kochmütze; Willi im Kellnerjackett und schwarzen Hosen, beide mit beleidigten Gesichtern, vorwurfsvollen Blicken, entschlossen, den Dienst in der Artistenklause aufzugeben.

Alle Augen richteten sich auf Leopold, warteten auf seinen Entscheid. Er fühlte sich gedrängt von dieser Hoffnung auf Gerechtigkeit, obwohl er lieber dem Streit aus dem Weg gegangen wäre. Aber wie die ihn alle ansahen, die beiden Entlassenen, die Frauen und auch Jonathan. Wie die sein Machtwort herausforderten. Es gab jetzt kein Ausweichen. Es ging um sein Prestige, das zeigten ihm ihre Blicke. Er straffte sich, holte tief Luft und schrie: »Halt! Jetzt greife ich ein! Ihr seid nicht entlassen. Ihr geht in die Küche zurück!«

Er stieß die Küchentür auf, daß sie scheppernd gegen die Wand krachte, ging auf Rosa zu: »Was fällt dir ein!«

Sie stemmte schon die Hände in die Hüften, wollte angreifen. Er schlug mit einer Suppenkelle auf einen Kochtopf, schlug sofort mit der Kelle noch drei, vier Teller in Scherben, dachte: Nur nicht schwach werden. Jetzt durchhalten! Jetzt geht es um mein Ansehen!

Sie schlug nach ihm. Er holte aus, traf sie mit der Kelle genau auf den Kopf. Sie heulte auf, hielt die Hand sofort auf die getroffene Stelle und ließ sich auf einen Stuhl fallen. »Jetzt greife ich durch!« schrie er, hoffte, daß es alle hören würden, verstärkte seinen Sieg, indem er noch zwei Teller zu Scherben schlug. Dann kam er heraus, ging hinter seine Theke und sagte: »Alles wieder in Ordnung! Willi, Lorenz, geht an eure Arbeit!«

Die Knie zitterten ihm, und als er sich einen Schnaps zur Stärkung einschenken wollte, zitterten auch seine Hände so stark, daß er allen den Rücken zukehrte und schnell das Glas hinuntergoß. Danach holte er befriedigt Atem, sah sich im Lokal um, strich die Bewunderung der Frauen ein und genoß das königliche Gefühl, der Gerechtigkeit und sich selbst zum Sieg verholfen zu haben.

Willi und Lorenz gaben Leopold die Hand und bedankten sich. Aber sie gingen vorsichtig in die Küche, spähten durch den Türspalt, rechneten mit fliegenden Tellern und gehässigen Angriffen. Die Küche war leer.

Rosa lag auf ihrem Bett. Sie hatte sich ein nasses Handtuch auf die Stelle gelegt, wo die Suppenkelle getroffen hatte und wo schon nach wenigen Minuten eine Beule hervorwuchs.

Als Otto in das Gastzimmer kam, blöd vor sich hinbrabbelnd, nicht gewaschen und auch nicht gekämmt, erschien ein Grinsen auf den Gesichtern der Frauen. Sie sahen ihn als den komischen Übeltäter, als das Menschentier, dessen Unschuld plötzlich zu einer Schuld geworden war. Sie musterten ihn, fingen oben an, wandten die Augen von diesem Gesicht schnell nach unten, blieben mit ihren Blicken an seiner Hose hängen, an der Stelle des Ärgernisses. Eine stramme Hose, wie sie fanden. Sie schauten sich vielsagend an, nickten sich zu und sahen bestätigt, daß Willi nicht übertrieben hatte.

Danach flüsterten sie, besprachen die seltsamen Launen der Natur, die auch sie noch verblüffen konnten, obwohl sie sich in jahrelanger Praxis Spezialkenntnisse erworben hatten, die sie, sich selber überschätzend, für fast lückenlos hielten. Aber gerade auf diese winzigen Lücken des Nichtwissens kam es an.

»Einer von zehntausend«, erklärte die Oma und nickte fachmännisch.

»Naturbegabungen«, sagte Tilly.

»Also, so achtzehn bis zwanzig Zentimeter, das ist schon ganz anständig. Aber es kommt natürlich auch auf die Technik an«, meinte Dodo. »Mein Karl...« Sie vollendete diesen Satz nicht, fürchtete, mit einer genauen Beschreibung den Appetit der Frauen anzuregen.

Sie tauschten nun ihre Erfahrungen aus. »Da hatte ich mal einen...« – »Da kam mal einer zu mir...«

Olgas Augen glänzten, die Blonde Inge sagte nichts. Aber die anderen sprachen lange, diskutierten auch noch über das Thema, als Leisegang sich zu ihnen setzte, an seinem Zwieback knabberte, dazu Kamillentee trank und neiderfüllt von dem Wunder hörte. Karl kam ein paar Minuten danach, setzte sich, hörte zu und sagte schließlich: »Jetzt langt's mir aber! Ich finde diesen Kerl zum Kotzen!«

Die Frauen widersprachen, äußerten plötzlich Muttergefühle für Otto. Nein, man müsse ihm ein bißchen helfen. Damit würde man Rosa und Leopold sicherlich einen Gefallen erweisen. Da saß er, allein, von Leopold mit argwöhnischen Blicken bewacht. Anita, Sonja und die Rote Else setzten sich an seinen Tisch. Zu dritt nahmen sie die Stühle auf der anderen Tischseite ein.

»Was willst du denn essen, Otto?« fragte Anita. »Willst du Schweinekotelett?«

»Otto, willst du Sauerkraut?« fragte Sonja.

»Otto, hast du Lust auf Huhn mit Reis?« fragte die Rote Else.

Otto schaute sie eine nach der anderen an: Anita, Sonja, die Rote Else, begann wieder von vorn, blinzelnd, mit glotzenden Augen, prüfend. Er entschied sich für Sonja.

»Sauerkraut!« jubelte er. »Ich will Sauerkraut!«

Sonja stand auf, ging zu Leopold und bestellte. »Wir müssen ihm mal beibringen, richtig zu essen«, erklärte sie.

Jonathan lachte.

»Warum lachst du denn so blöde?« fuhr ihn Oma an.

»Wenn ich dir das sage, verstehst du es doch nicht«, winkte Jonathan mit einer Handbewegung ab. Er dachte: Das Urteil des Paris.

Nachdem Otto gefüttert worden war, von Sonja, die ihm beibringen wollte, wie er die Gabel, das Messer halten solle, was Leopold mißbilligend beobachtete, kam der erste Gast. Leopold kannte ihn. »Trinkst du einen mit, Leopold?«

»Sicher trinke ich einen mit.«

Dann sagte der Gast: »Es ist eine umgebracht worden.«

»Wer ist umgebracht worden?«

»Eine von euch. Hier steht es in der Zeitung.«

Sie scharten sich um das Blatt, lasen die dicken Schlagzeilen: ›Lebedame ermordet aufgefunden!‹

Sie stritten fast um die Zeitung, einigten sich aber darauf, daß Oma vorlesen solle. Sie begann jedoch nicht sofort, betrachtete das Bild und rief: »Die kenne ich! Das ist die Griechin!«

Tilly und Dodo kannten die Tote ebenfalls. Sie sprachen mit Respekt von ihr, überboten sich in Schätzungen der Hinterlassenschaft. Nur erstklassige Kunden, Industrielle, schwerreiche Geschäftsleute, sogar Professoren – Geld! Geld! Eine Königin des Gewerbes.

»Jetzt isse tot«, murmelte Oma bewegt.

Dann las sie vor. In den Morgenstunden hatte die Hausangestellte die Ermordete gefunden – erdrosselt. Die Leichenstarre sei bereits eingetreten gewesen. Der Mord müsse, nach dem Gutachten des Sachverständigen, bald nach Mitternacht verübt worden sein. Keine Spur vom Täter, wahrscheinlich ein Raubmord. Dann folgte eine kurze Beschreibung der Lebensgewohnheiten. Die Zeitung bestätigte die Tüchtigkeit und die enormen Einnahmen dieser Kollegin: Geld! Geld!

Sie erschauerten. Mit angespannten Gesichtern lauschten sie dem Bericht, stellten sich die Erdrosselung vor, verfluchten in Gedanken die gemeine Todesart, die diese geachtete Kollegin hingerafft hatte. Es war, als dächten sie an Pestilenz oder an Krebs, von dem man nie wissen konnte, ob er nicht schon im Unterleib nistete. Die tükkischen Möglichkeiten ängstigten sie. Ihre Furcht lockerte sich jedoch durch die Gewißheit, daß sie zwar auch von Mörderhand belauert sein könnten, daß aber ihr Leben in der Bordellgemeinschaft sicherer sei als das der großen Einzelgängerin.

Warum diese Frau die Griechin genannt würde, fragte Anita.

Nein, sie war keine Griechin, aber sie empfing ihre Kunden in wallenden, durchsichtigen Gewändern. Das war etwas für Gebildete, die das Klassische zu schätzen wußten. Sie gestaltete den Beischlaf zu einer kultischen Handlung, eine Hetäre war sie – ihr Gott der Phallus. Oma versuchte, das zu erklären: »Also, die hat immer so ein Brimborium drum gemacht. Versteht ihr, Wein hat sie mit ihren Freiern gesoffen, während sie auf dem Boden auf solchen Kissen lagen. Davor aber mußte jeder Kunde baden und wurde auch in so ein Bettuch gehüllt. Ihr wißt doch, so ein Laken, wie das die alten Griechen trugen, oben an der Schulter mit einem Knoten drin, damit es hält. Was glaubt ihr, was die für eine Wäscherechnung hatte. Denn jeder Freier kriegte ja so ein neues Dingsda umgehängt. Immer frisch. Deshalb wurde sie die Griechin genannt.«

Sie brachten den späten Nachmittag damit zu, über diesen Fall zu diskutieren. Dabei steigerten sie die männliche Gefahr zu einer Tatsache, der auch sie ständig ausgeliefert waren. Gegen Abend fühlten sie sich bereits als Opfer ihres Berufes, sprachen davon, wie Seeleute vom Ertrinken, wie Ärzte von der möglichen Ansteckung oder wie Elektriker vom elektrischen Schlag. Sie hatten Gefahren zu trotzen, und jedes Berufsrisiko müsse gebührend honoriert werden. Sie beschlossen einstimmig, von diesem Tag an die Preise zu erhöhen.

EINUNDZWANZIGSTES KAPITEL

Von der Eingangstür her dröhnte eine Baßstimme, die Leopold aufhorchen ließ. Noch war der Mann nicht zu sehen, aber er zerteilte die Menge wie Halme eines Ährenfeldes. Leopold sah die Gasse, die er sich bahnte, fragte sich, ob es eine Täuschung sein könne, aber da tauchte er schon vor der Theke auf: winzig, mit großem Kopf und Knollennase. Er hatte sich nicht verändert.

»Emil!« rief Leopold und kam hinter der Theke hervor.

Sie schüttelten sich lange die Hand. »Leopold! Was für eine Freude, dich zu sehen!« Dann senkte Emil betrübt den Kopf und sagte: »Der Zirkus ist tot. Alles kaputt, verkauft, versteigert.«

Leopold schob den Liliputaner hinter die Theke. »Komm hierher, da können wir uns besser unterhalten. Was willst du trinken? Hast du Hunger? Wo ist dein Gepäck?« Er rief: »Willi! Bring einen Hocker aus der Küche!«

Emil saß auf dem Hocker hinter der Theke. Er blieb unsichtbar für die Gäste, wenn Leopold mit ihm sprach, sah es aus, als führe er Selbstgespräche.

»Was für eine Freude, dich zu sehen!« wiederholte Emil, als sie das erste Glas Schnaps anhoben und austranken.

Es folgte die traurige Geschichte des Zirkus', während Leopold Gläser füllte, den Befehlen gehorchte: »Drei Bier! Fünf Cognac! Zwei Gulaschsuppen!« Immer kleiner war er geworden, der Zirkus. »Dann war es aus«, sagte Emil. »Ich sehe, es geht dir gut. Das freut mich, Leopold.« Sie hoben die Biergläser, tranken. Emil wischte sich mit dem Handrücken über die Lippen. »Doch, das freut mich. Aber sag mir, Leopold, was ist das für ein Lokal? Da sitzen so viele Frauen . . .«

»Ja also . . .«, begann Leopold unsicher, »Emil, du weißt ja, das Leben ist hart, nicht wahr? Wir hatten es am Anfang gar nicht so leicht. Die Frauen da? Ja, die warten hier. Auf was, das kannst du dir ja denken. Weißt du, man muß großzügig werden.« Er sprach wie zu sich selbst, schielte dabei ein paarmal zu Emil hin, der nichts sagte. »Es ist ein ausgezeichnetes Geschäft, das darfst du mir glauben. Ich bin so viele Jahre mit dem Zirkus herumgezogen . . . Jetzt sage ich mir: Bleibe im Lande und nähre dich redlich. Und wenn ich es nicht tue, dann macht ein anderer das Geschäft. Also sage ich mir: Besser, wenn ich es mache.«

Emil erwiderte eine Weile nichts, dann begann er zu lachen. Er lachte so laut, daß alle Gäste zur Theke blickten und Rosa aus der Küche kam. »Ein Bordellbesitzer bist du geworden! Das ist zu ulkig! Das ist zum Totlachen! Du«, schnaufte er, sich vom Lachen erholend, »da kannst du mir ja gleich eine vermitteln.«

Leopold wehrte ab: »In allen Ehren, verstehst du? Bei mir gibt es nichts Unsauberes. Es ist ein Geschäft wie jedes andere. Mit dem Weiberkram habe ich nichts zu tun.«

Rosa stand in der Küchentür und folgte mißbilligend diesem Gespräch.

»Ah, da ist ja meine Frau. – Stell dir vor, Emil ist gekommen.«

»Ist etwa der Zirkus in der Stadt?« fragte sie mißtrauisch. Als sie hörte, daß es keinen Zirkus mehr gäbe, hellte sich ihre Miene wieder auf. Sie begrüßte Emil, nicht unfreundlich, aber auch nicht sehr begeistert. Sie wandte sich wieder der Küche zu und sagte: »Ich habe zu tun.«

Emil saß auf seinem Hocker und blickte dem massigen Weib nach. Er hörte den Lärm im Lokal, sah Leopolds flinke Hände, zog den Geruch der Speisen schnuppernd ein, wenn sie an ihm vorbeigereicht wurden.

»Du bist also regelrecht verheiratet?« fragte er.

»Ja, regelrecht, mit Stempel und allem.«

»Ist sie böse?«

»Rosa? Wo denkst du hin! Sie frißt mir aus der Hand. Ich habe mich durchgesetzt. Gestern, da habe ich ihr . . .« Er wollte sich brüsten mit dem Sieg der Suppenkelle, vollendete aber den Satz nicht, fand diese Beschreibung seines Ehelebens zu peinlich.

»Was hast du ihr?«

»Na ja, die Meinung habe ich ihr gesagt. Aber sonst verstehen wir uns ganz ausgezeichnet.«

Während sie sich zutranken, vom Zirkus sprachen, alte Geschehnisse aufwärmten, schnupperte Emil dann und wann einem vollen Teller nach, der aus der Küche kam, an seinen Augen vorbeigereicht und in das Lokal getragen wurde.

Leopold sah es. Ein Essen für Emil war nicht zu vermeiden. Aus Freundschaft war er bereit, diese Ausgabe auf sich zu nehmen, aber wieviel solcher Gratisessen würden wohl in den nächsten Tagen anfallen? Und wenn man damit erst anfing, dann kämen auch noch andere. Schon sah er sie sitzen: mittellose Zirkusleute, in seinem Lokal: ein Freitisch für den Zirkus. In Scharen würden sie kommen.

»Sind denn noch mehr vom Zirkus hier?«

»Ja«, sagte Emil. »Der große Adolfo ist auch in der Stadt. Er will dich einmal besuchen, hat er gesagt.«

»Was!« fuhr Leopold auf, »dieser Mistkerl, der mich immer so getreten hat! Wie oft habe ich ihm gesagt, es ginge auch ein bißchen weniger hart, aber da hat er mich ausgelacht und hat mir noch fester in den Hintern getreten.«

»Jeden Tag zweimal«, sann Emil, während Leopold schnell addierte, eine beängstigende Summe von Fußtritten errechnete.

»Stell dir vor, Emil, mindestens viertausendmal hat der mir in den Hintern getreten.«

»Das ist zuviel«, stimmte Emil zu. »Aber er will dich besuchen. Laß ihn doch kommen. Jetzt bist du groß, und er ist klein.«

»Ein Furz ist er gegen mich!« ereiferte sich Leopold. Die Misere seiner getretenen Tage war vorüber. Er triumphierte: »Wenn er hierherkommt, ich kann ihm sagen: Hinaus mit dir! Jeden kann ich hier hinauswerfen!« Er musterte seine Gäste, fühlte sich ihnen überlegen, weil sie ihn bezahlen mußten. Er kehrte das Verhältnis um: nicht er bediente sie, nein: sie bedienten ihn, indem sie ihr Geld zu ihm trugen. In seiner Kasse sammelte es sich.

»Was willst du essen, Emil? Such dir auf der Speisekarte aus, was du haben willst.«

Emil saß in der Küche. Er liebte es nicht, in einem überfüllten Lokal zu essen. Da würde ihn jeder anstarren, sagte er. Aber auch in der Küche blieb er nicht von Blicken verschont. Rosa und Lorenz musterten ihn verstohlen, staunten über seinen Appetit. Nachdem er zwei Portionen Fleisch mit Beilage verschlungen hatte, wurde Emil müde. Sein Gepäck stehe in einem kleinen Hotel, sagte er. Dann flüsterte er Leopold zu: »Du, ich habe fast keinen Pfennig mehr . . .«

Aha! Das habe ich gewußt, dachte Leopold und sagte: »Emil, wir sind Freunde. Das Essen brauchst du nicht zu bezahlen.«

»Ich spreche nicht vom Essen, Leopold, ich meinte . . .«

Oh, ich wußte es doch! Und sagte: »Oben ist noch eine Mansarde frei, die kannst du haben. Es sind Möbel drin. – Was willst du denn nun anfangen?«

»Ich weiß es nicht. Ich bin Liliputaner. Das war bisher mein Beruf.«

»Leg dich erst einmal schlafen. Morgen sehen wir weiter. – Willi! Zeig Emil die Mansarde!«

Ehe er ging, sagte Emil: »Was für eine Freude, dich wieder einmal gesehen zu haben.«

»Doch, doch, ich freu mich auch«, sagte Leopold.

Rosa kam wenig später zu ihm und höhnte: »Den hast du jetzt auf dem Hals! Willi hat den Mansardenschlüssel geholt. Der frißt, säuft und schläft hier gratis ... Tu mir den Gefallen und schaff mir diesen Gnom aus dem Haus. Und was der für eine Stimme hat, wie ein Brummbär.«

Er antwortete nicht, dachte: Ich bin Geschäftsmann. Freundschaft? Natürlich! Aber man kann deshalb sein Geld nicht zum Fenster hinauswerfen. Er sagte zu Rosa: »Ich habe eine Idee. Vielleicht können wir ihn einstellen, als Hilfskellner. Er wäre eine Attraktion.«

»Hier ist kein Zirkus!« unterbrach sie schroff.

»Nimm du die Theke!« Er wartete nicht ab, was sie antworten würde, ging eilig aus dem Lokal, die Treppen hinauf, kam vor der Mansardentür an, klopfte und rief: »Emil! Willst du Hilfskellner bei mir werden?«

»Ja!« rief Emil begeistert durch die Tür. Er lag bereits im Bett, setzte sich auf und erinnerte Leopold an die Glanznummer: ein Salto vorwärts, dabei ein Tablett auf der rechten Hand balancierend, mit acht gefüllten Gläsern. »Ohne einen Tropfen zu verschütten! Wäre das nichts?«

»Emil!« rief Leopold. »Du bist ab morgen eingestellt!«

Er ging hinunter, sagte zu Rosa: »Ich bin ein Schafskopf! Emil ist für uns Gold wert. Weißt du, was der kann? Der macht einen Salto vorwärts und hält dabei ein Tablett auf der Hand mit acht gefüllten Gläsern, ohne einen Tropfen zu verschütten! Wenn wir den einstellen ...«, bedachte er langsam, »als Hilfskellner einstellen, und er führt jeden Abend drei- oder viermal seinen Salto vor. Mit den vollen Gläsern, verstehst du?« Er steigerte sich, wurde sicher: »Da hätte ich von selbst drauf kommen müssen! Das ist eine Attraktion ersten Ranges! Ich habe ihn eingestellt. Keine Widerrede!«

Sie wagte keinen Widerspruch, ging in die Küche und nahm eine Tablette gegen die Kopfschmerzen, die er ihr mit der Suppenkelle beigebracht hatte. Es war die dritte Tablette an diesem Tag.

Er hatte einen Schreibblock auf der Theke liegen, nicht sichtbar für seine Gäste, aber für ihn leicht zu erreichen mit dem bereitliegenden Bleistift. Die Namen der Frauen hatte er darauf notiert, hatte senkrechte und waagerechte Linien gezogen.

Er stand hinter seiner Theke und lauerte. Ja! Da muß ich aufpassen! Ich kenne sie doch, diese Weiber. Die Rote Else hat schon wieder dreimal versucht, mit einem Freier zu verschwinden, ohne zu bezahlen. Oma liefert immer ab. Sie ist anständig, aber sie hat nicht mehr viel abzuliefern. Anita wollte auch schon beschummeln. Das gibt jedesmal ein Kreuz hinter den Namen. Olga ist verläßlich: Sie hat nur Häkchen hinter dem Namen. Immer bezahlt. Es sind allerdings, wie ich sehe, es sind doch ziemlich viele Kreuzchen. Da muß ich durchgreifen! Das ist ja glatter Betrug. Fünf Mark sind ausgemacht für jeden Freier. Dagegen läßt sich nichts sagen. Anständig ist das von mir. Die Mieten hätte ich erhöhen können. Inge, Tilly, Sonja ... Halt, auch Sonja hat ein Kreuzchen, von gestern noch. Dodo hat nur Häkchen – immer bezahlt. Dann noch ein paar Frauen: nur Häkchen. Na ja, die sind neu, die wagen das nicht. Die wissen genau, mit Leopold ist nicht zu spaßen.

Das System war gut, fand er, aber es funktionierte nicht perfekt. Es wurde beeinträchtigt durch diese gewissen menschlichen Unzulänglichkeiten wie Neigung zu Betrug und zu Unterschlagung. Lässigkeit, Schlampigkeit, Trunkenheit — das alles waren Gegner der Perfektion, die er auf seiner Tabelle sehen wollte.

Nachdem er Emil vor der Mansardentür zum Hilfskellner gemacht hatte, prüfte er seinen Block noch einmal genau. Zehn Frauen waren im Haus. Natürlich waren die Häkchen in der Überzahl, aber da waren auch zwei Kreuzchen heute. Die Rote Else: schon wieder! Aha! Und Olga? Nur ein Häkchen heute? Das ist unmöglich. Bei Olga sind es immer fünf oder sechs Häkchen pro Nacht. Die Blonde Inge: kein Freier? Das muß ich überprüfen. Das ist ausgeschlossen. Vielleicht ist sie außer Haus. Man muß durchgreifen. Wenn ich einmal Nachsicht zeige, dann ist es aus mit der Disziplin. Weiß ich doch, wie die Menschen sind.

Während er dort stand, Bier zapfte, mit den Augen seinen Kellner, die Gäste und die Frauen überwachend, eine Autorität des Gewerbes, grübelte er darüber nach, wie er sie lückenlos erfassen könne, alle: die Gäste, die Frauen, alle! Und in seinen Gedanken erschien die Vorstellung eines Laufkäfigs, wie er ihn für Raubkatzen vom Zirkus her kannte. Eine Kontrolle, so übersichtlich wie ein solcher Laufkäfig, die müßte er erfinden können, aber unsichtbar müßte sie sein. Nur er würde es wissen.

Karl und Dodo saßen an der Bar. Er hörte ihn sagen: »Da drüben sitzt einer allein. Los, Alte, schleich dich an!«

Sie rutschte wortlos vom Barhocker, wiegte sich lässig in den

Hüften, während sie auf den wartenden Mann zuging, der bereits einen Stuhl für sie zurechtrückte.

Sie brauchte nicht lange. Eine Viertelstunde später war das Geschäft abgeschlossen. Sie hatten sich dreimal zugetrunken, hatten über den Preis gesprochen, zwei ebenbürtige Partner, die etwas von solchen Abschlüssen verstanden. Dodo ging voraus, der Mann folgte.

Leopold hatte zu tun. Sechs Schnapsgläser füllte er in Sekundenschnelle, ließ die Flasche in seiner Hand sechsmal nach unten nikken, hatte das Maß genau in der Hand, schien ganz beschäftigt. Aber er sah das Paar und sagte nur: »Dodo!« Er war nicht laut, aber Dodo hörte ihn sofort. Sie lächelte entschuldigend, kam zur Theke, öffnete bereits ihre Handtasche. Er warnte sie nur mit den Augen, sagte: »Fünf Mark!«

Dann buchte er die Einnahme. Es war das fünfte Häkchen hinter Dodos Namen an diesem Tag.

Um zwei Uhr nachts rechnete Karl im Zimmer mit Dodo ab. »Du hattest fünf Freier, das sind zumindest zweihundertfünfzig Mark. Was darüber ist, darfst du behalten. Na los, hast du mir nichts zu sagen!« Er hielt die Hand auf. Sie blätterte die Scheine hinein. Er zählte nach, nickte, gab ihr einen Zwanzigmarkschein: »Hier, dein Taschengeld ...«

Um zwei Uhr nachts machte Leopold Bilanz. Er war jetzt allein im Lokal, war nicht zufrieden, fand drei Kreuzchen, rechnete: Das sind fünfzehn Mark! Das sind in einer Woche ... In einem Monat ... In einem Jahr ... Das war ja ungeheuerlich, um welche Summen ihn diese Frauen betrogen. Er begann leise vor sich hinzureden, Rede und Gegenrede. Da sollten die sich getäuscht haben! Ich kriege sie alle. Die sind nicht schlau genug, um mich zu betrügen. Ich habe sie alle an der Leine. Alle stecke ich sie in die Tasche. Wartet nur! Jajajaja, wartet nur ab, wie ich euch ertappe. Hier, auf meinem Block, da seid ihr notiert. Ihr glaubt wohl, ihr könntet mir entgehen? Hahaha! Irrtum, meine Damen! Gehorchen müßt ihr mir! Ich bin euer Chef. Ich habe hier zu bestimmen. Niemand als ich! Und ich werde euch kontrollieren. Jawohl. Kontrollen werde ich machen.

Er ging in die Küche, holte die Schlüssel zu den Wohnungen, griff nach seinem Block, nach dem Bleistift. Leise verließ er das Gastzimmer, schlich durch das Treppenhaus, begann seine Kontrolle, deren Ergebnis er sofort auf die Tabelle übertragen wollte. Ich bin für Ordnung, jawohl!

Wie ein Dieb schlich er durch sein Haus, den Bleistift hinter dem Ohr, seinen Block in der linken, die Schlüssel für die Wohnungstüren in der rechten Hand. Zuerst die Blonde Inge. Es schien ihm ausgeschlossen, daß sie heute nichts gearbeitet hatte. Während er vorsichtig den Schlüssel in das Schloß steckte, bestätigte er sich noch einmal fanatisch das Recht zu dieser Kontrolle. Machte der Staat es nicht genauso? Prüfte der Staat etwa seine Steuerzahler nicht auch, als wären alle Staatsbürger abgefeimte Betrüger? Jawohl! Hier war schon der Beweis, wie rech er gehabt hatte: eine Männerstimme hinter der Tür. Es war Inges Zimmer. Auf den Zehenspitzen setzte er Fuß vor Fuß. Er sah jetzt aus wie ein Seiltänzer, der mit abgewinkelten Armen die Balance hält.

Er bückte sich, schaute durch das Schlüsselloch. Aha! Da waren vier Beine. Es war sicher, daß zwei davon Inge gehörten. Er versuchte mehr zu sehen, legte den Kopf schief, aber das Schlüsselloch schnitt die Beine in der Hälfte der Oberschenkel ab. Sie bewegten sich, waren wie Wesen, die ein eigenes Leben hatten. Sie formierten sich, und jetzt waren die Beine des Mannes ausgestreckt, die Beine der Frau aber angewinkelt. Er leckte sich die Lippen, blieb vor dem Schlüsselloch stehen, versuchte, sich zu überreden, er müsse auch prüfen, ob dies tatsächlich Inge sei. Er konnte es nicht. Die beiden Körper blieben halbiert, obwohl die Beine ihm Einzelheiten mitteilten. Er schlich zur Tür zurück, sagte sich: Ich bin geschäftlich hier.

Draußen nahm er seinen Bleistift vom Ohr und setzte ein Kreuz hinter Inges Namen. Dabei erschien der Anflug eines Grinsens in seinem Gesicht. Triumphierend flüsterte er: »Ertappt!«

Olga war die nächste. Nur ein Häkchen heute? Unmöglich. Er hatte den ersten Kunden gesehen. Es würde genügen, wenn sie jetzt einen anderen Kunden hatte. Diese Aufgabe löste er spielend. Das Schlüsselloch wurde der Rahmen zu einem Schauspiel, das ihn heftiger atmen ließ und ihm den Schweiß auf die Stirn trieb. Zwei Minuten gönnte er sich, hätte auch noch einige Minuten zugelegt, entlastet von der Entschuldigung, daß er genau kontrollieren müsse. Aber von drinnen, aus diesem Knäuel der beiden ineinander verschlungenen Leiber, tönte Olgas Lustgejammer und vertrieb ihn von der Tür.

Keine Zurückhaltung! Kein Schamgefühl! Diese kleinen spitzen Schreie, die hörte man ja sicher im ganzen Haus. Während er sein Kreuzchen hinter Olgas Namen setzte, war er noch so erregt, daß ihm die Hände zitterten. Jedoch konnte er sich nicht verkneifen, auch jetzt sein »Ertappt!« zu murmeln.

Und wieder eine Treppe: leise, leise. Was das für Beträge ergibt. Zwei erfolgreiche Kontrollen. Jetzt noch eine dritte. Diese Weiber bestehlen mich. Die Treppe knarrt. Die Beleuchtung ist auch nicht gut im Haus. Aber sie genügt, die genügt noch lange! dachte er.

Die dritte Kontrolle war ein Mißerfolg. Verärgert blickte er durch das Schlüsselloch in die Dunkelheit des Zimmers. Die Rote Else schnarchte laut. Sie ist besoffen, dachte er. Er arbeitete nun mit dem Ohr, legte es an die Tür, versuchte herauszuhören, ob dieses gewaltige Schnarchen nicht vielleicht ein Duett war. Nach einer Minute war er sicher: es kam aus einer Kehle.

Er ging wieder in das Treppenhaus, malte mißmutig ein Fragezeichen hinter den Namen.

Er hatte seine Pflicht erfüllt, er wurde plötzlich müde, aber jetzt war sein Ehrgeiz des Prüfens zu äußerster Leistung angestachelt. War es nicht seine Pflicht, sich von Zeit zu Zeit über die intimen Vorgänge in diesem Haus zu informieren? Was konnte da alles geschehen! Und die Griechin war ja auch ermordet worden.

Er schlich sich in zwei weitere Wohnungen, aber die Schlüssellöcher verweigerten ihm die Einblicke in die intimen Vorgänge. Verdrossen ging er nach oben, kam vorbei an den Türen der Taubstummen und der Blinden, verschwendete keine Zeit für diese Schlüssellöcher. Auch die Mansarden waren unergiebig. Verdrossen beschloß er den Rückzug, kam vorbei an der Tür, hinter der Emil schlief, dachte an die große Attraktion, die er aus dem kleinen Mann herausschinden würde. Das wog den Mißerfolg des letzten Teiles seiner Prüfung auf. Seine Stimmung besserte sich.

Auf dem Weg zurück nahm er auch die Blinden nicht von der Kontrolle aus. Bei den Taubstummen versuchte er es nicht, war von ihrer Lautlosigkeit überzeugt.

Sein Ohr, sein riesengroßes Ohr, wie er es jetzt empfand, teilte ihm das Summen seines Blutes mit, aber da waren auch gedämpfte Worte. Leider nicht zu verstehen, ein langsames, temperamentloses Gespräch wurde drinnen geführt. Es war nicht Silbersteins Stimme. Aha! Der andere war wieder da. Zweimal kam sie heute, kam mit ihrem Stock an die Küchentür, vom Hinterhof her, und verlangte jedesmal eine Flasche Schnaps. Zwei Flaschen an einem Tag. Sie müssen betrunken sein. Das war in der letzten Zeit mehrmals geschehen, daß sie kam und fast ein wenig hochmütig sagte: »Ich möchte eine Flasche Schnaps haben.« Und ziemlich ungepflegt sah sie aus. Das graue Wirrhaar ließ sie alt erscheinen.

»Du«, hatte Rosa zu ihm gesagt, »die verkommt. Jedesmal, wenn der andere da ist, trinken sie.« Dann hatte sie geseufzt: »Ach Gottchen, wenn man so geschlagen ist wie die, was soll man dann auch anderes machen.«

Herr Silberstein war jetzt oft auf Reisen. Leopold fragte sich, ob hier nicht ein Grund zum Eingreifen vorlag. Er würde sich das überlegen. Schließlich war er berechtigt, mit allen Vollmachten ausgestattet, diesen ehebrecherischen Verkehr der Blinden in seinem Haus zu untersagen. Außerdem konnte man den Blinden kündigen. Hier wären noch recht gut zwei Frauen unterzubringen. Das ergäbe in einer Woche ... In einem Monat ... In einem Jahr ...

Um zwei Uhr nachts begannen die Blinden mit ihrer Bilanz. Es ging nicht um Geld.

Frau Silberstein hatte bis mittags geschlafen. Dann war Herr von Weber gekommen. Seit Egon nicht mehr im Haus war, verbrachte sie den größten Teil des Tages im Bett. Silberstein hatte wieder einmal gesagt: »Ich bleibe sieben Tage fort. Wir geben sechs Vorstellungen.«

Er sprach am Tag der Abreise nur noch vom Chor, vom Erfolg. Sie dachte: Jajaja! Ich weiß! In ihrer Stimme erklang die Ablehnung, er hörte es, gab erbittert zurück: »Ich weiß, daß dich meine Lebensaufgabe nicht interessiert!«

»Nein! Es interessiert mich nicht!« rief sie und tastete sich aus dem Zimmer hinaus. Er nahm seinen Stock, versuchte, ihr zu folgen, erspürte mit der ausgestreckten Hand und dem sichernd vorgeschobenen Stock seinen Weg aus dem Zimmer. Er fühlte den Drang, nach ihr zu schlagen. Auf dem Flur stießen sie gegeneinander, hatten in zorniger Hast die Empfindlichkeit ihres Tastsinns verringert. Der Zusammenstoß verbitterte sie noch mehr gegeneinander.

»Du weißt, daß ich dich nicht mehr liebe!«

»O ja, ich weiß! Du liebst deinen Chor! Ich kann nichts mehr davon hören!«

»Es ärgert dich, daß ich Erfolg habe. Du neidest mir das, weil du zu schwach bist, dein Schicksal zu ertragen!«

»Ach, hör auf damit! Ich kann nichts mehr davon hören! Alles verdrängst du mit diesem Chor. Auch mich hast du damit verdrängt!«

Sie mieden jede Berührung. Sie waren zwei Stimmen, die miteinander rangen, körperlos, aus Dunkelheiten aufsteigend. Sie schrien sich an, beschimpften sich. Ohne es zu wissen, verachteten sie das eigene Gebrechen im anderen, machten sich gegenseitig zum Schuldigen an ihrer Blindheit, weil sie niemanden sonst hatten, den sie mit ihrer Anklage erreichen konnten.

Sie fühlte sich befreit, wenn er auf Reisen war, liebte die Stunden nach dem Erwachen, den Halbschlaf, die Hingebung an erdachte Glückseligkeiten, die sie wie Filme vor ihrem inneren Auge ablaufen ließ. Sie konnte sehen im Träumen, erinnerte sich an die hellen Jahre ihres Lebens.

Am Nachmittag kam Herr von Weber. Sie waren bald in das noch warme Bett gegangen, hatten sich geliebt mit der verzweifelten Gier, ihr unvollständiges Leben vollständig und lebenswert zu machen. Danach tranken sie, versuchten, mit den vollen Gläsern ihre schwindende Euphorie zu retten, hatten Angst, aus den Umarmungen in die leeren Augenblicke der traurigen Sattheit zu sinken.

Am Abend kaufte Frau Silberstein die zweite Flasche. Um Mitternacht waren sie beide betrunken. Der Alkohol hatte sie nicht heiter gemacht. Frau Silberstein war im Zimmer hingefallen. Herr von Weber wollte ihr helfen, aber er fand seinen Stock mit dem Silbergriff nicht, stieß gegen einen Stuhl, verlor das Gleichgewicht und stürzte neben der Frau zu Boden. Sie krochen hintereinander durch das Zimmer, fanden das rettende Bett.

Während sie nebeneinander lagen, addierten sie an den Summen ihres Lebens, errechneten sich ihre spärlichen Möglichkeiten, verrechneten sich im Halbrausch, verwarfen trotzig auch nun das Wenige, das ihre Bilanz aufzuweisen hatte.

Sie wußten beide, daß sie an das gleiche gedacht hatten, denn als Herr von Weber zu sprechen begann, von einer todsicheren Möglichkeit, die ihnen offenstände, sagte sie:

»Ich habe schon manchmal daran gedacht. Aber wie?«

»Mit Schlaftabletten«, sagte er.

Danach waren sie wieder lange Zeit still. Und aus dieser Stille kamen die Worte auf ihn zu: »Morgen kommt er zurück. Du kannst dann vierzehn Tage nicht mehr kommen.«

Er streckte seine suchende Hand nach ihr aus, rückte zu ihr heran, streichelte mit seiner Hand über ihr Gesicht, über ihr Haar. »Ist es noch braun, dein Haar?«

»Ja, man sagt mir, es wäre noch braun, ohne ein graues Haar.«

»Man sagt mir, ich würde jetzt grau an den Schläfen.«

Danach schliefen sie ein, wachten wieder auf. »Du mußt jetzt gehen«, warnte sie.

»Noch eine halbe Stunde«, bat er.

Als sie wieder erwachten, tastete sie angstvoll nach dem Wecker auf dem Nachttisch. Sie hatten das Glas abnehmen lassen. Die Zeiger mit den Fingerspitzen prüfend, alarmierte sie ihn: »Du mußt gehen, um Gottes willen, wir haben verschlafen!«

Hastig zog sich Herr von Weber an. Er verließ die Wohnung, ging die Treppe hinunter, als vor der Artistenklause ein Taxi hielt, in dem Herr Silberstein saß. Es war kurz nach Mittag.

Leopold, Emil, Willi und auch Oma schauten neugierig durch die Fensterscheiben, dachten an einen Gast.

Herr Silberstein bezahlte, der Fahrer stellte seinen Koffer neben ihn, wollte ihn zur Tür bringen. Aber Silberstein lehnte ab. In der linken Hand seinen Koffer tragend, sich mit dem Stock in der rechten Hand sichernd, ging er an der Hauswand entlang.

In diesem Augenblick kam Herr von Weber aus der Tür. Die beiden Blinden gingen aufeinander zu, begegneten einer dem Geräusch des anderen, wichen vorsichtig aus und setzten unwissend ihren Weg fort.

Hinter dem Fenster wurden die Gesichter der Neugierigen dumm vor Erstaunen.

ZWEIUNDZWANZIGSTES KAPITEL

Am frühen Nachmittag hielt er seine Ansprache. Die Frauen waren im Lokal versammelt. Leopold stand vor ihnen, seinen Block in der Hand, und las die Namen der Angekreuzten vor, streng wie ein Feldwebel.

»Und daß ihr es wißt«, sagte er, »ich greife jetzt durch. Jede, die auf meinem Block fünf Kreuze hat, fliegt 'raus! Ihr wißt genau, daß genug darauf warten, hier arbeiten zu dürfen. Wir sind ein angesehenes Unternehmen in dieser Stadt. Ich sehe alles!« brüstete er sich. »Ihr seid hier alle notiert.«

Die Frauen murrten. So was könne doch mal vorkommen, ohne böse Absicht. »Ich habe immer bezahlt!« rief Oma.

»Ich auch! Ich auch!« riefen sie empört. Sogar die Rote Else stimmte ein in den Chor der Zahlungswilligen: »Ich auch!«

Ja, ja, einmal könne das schon passieren, gab Leopold zu. »Aber ihr müßt einsehen, daß ich niemand mehr vertrauen kann, dem es fünfmal passiert.« Er schaute sie eine nach der anderen an, schickte auch einen befehlshaberischen Blick zu Rosa, die in der Küchentür stand und seinem Appell schweigend zuhörte. »Vertrauen gegen Vertrauen!« schloß er pathetisch seine Ansprache. Er ging hinter die Theke und sagte: »Und jetzt zur Kasse!« Er las die Namen vor. Sie kamen eine nach der anderen, suchten in ihren Handtaschen, legten die Fünfmarkstücke hin. Leopold ließ sie in die Kasse fallen. Er verbuchte die Einnahmen. Alle sahen, wie er auf seinem gefürchteten Block die Bilanz ausglich.

Sie murmelten, jede mit der ihr Vertrauten, vorsichtig, daß eine weniger Befreundete nichts von der Kritik hören konnte. Mißtrauisch blickten sie einander an. Wer war die Spionin? Denn das war ihnen klar: Unter ihnen war eine — vielleicht waren es auch zwei –, die ihm genaue Informationen gab. Wie hätte er sonst ihre Nächte mit dieser Genauigkeit auf seinen Block eintragen können?

Die meisten der Frauen dachten: Das war Oma! Oma aber sagte sich: Das kann nur die Rote Else gewesen sein! Die Rote Else war sicher, nur die Blonde Inge oder Olga kämen in Frage. Es war plötzlich, als zerfiele die Gruppe der Frauen in mehrere Parteien, die sich nun mit schweigender Gehässigkeit den Kampf ansagten, aus dem Hinterhalt, mit Tücke geführt.

Eine Stimme ragte heraus. Die Blonde Inge, neben sich einen schwarzen Königspudel, den sie sich vor zwei Tagen gekauft hatte, sagte laut: »Das wird mir hier zu dumm! Was bildet der sich ein, dieser kleine Hitler! Habe ich es nötig, so wie ich aussehe? Daß ich nicht lache! Mich kann der nicht einschüchtern. Ihr seid ja schwachsinnig, ihr blöden Ziegen, daß ihr euch das bieten laßt. Ich gehe!«

Sie erstarrten, blickten zu Leopold, der hinter der Theke hervorgeschossen kam: »Was hast du da eben gesagt?«

»Du hast es doch gehört!«

»Was!« schrie er, »du wagst dich ...« Er suchte nach Worten, fühlte sich in seiner Ehre gekränkt, sah die Ordnung bedroht, sich selbst gefährdet von diesem unerwarteten Widerstand, der ihn aus der Fassung brachte. Das alles sammelte sich in dem Entschluß: Jetzt durchgreifen! Er rief: »Du bist entlassen! Du fliegst!«

Ihr Lachen war unverletzlich. Es schwebte in der angstvollen Stille des Raumes und degradierte ihn.

»Entlassen!« schnaufte er.

Rosa stand jetzt vor der Theke. Sie beobachtete ihn mit gehässigen Blicken. Sie addierte an der Summe ihrer Demütigungen. Jetzt brachte er auch noch Feindschaft unter die Frauen. Das alles wegen der fünf Mark! Sie rechnete großzügig: Wir haben genug. Wir verdienen mehr, als wir je verleben können ... Schon näherte sich das Bankkonto den ersten Hunderttausend. Schon wurden die Bankbeamten freundlicher, unterwürfiger, wenn sie ihre Geldbündel auf den Schalter legte.

Er rief: »Es ist endgültig! Du gehst noch heute!«

Die Blonde Inge tippte sich nur mit dem Finger an die Stirn.

Langsam schob sich Rosa heran. »Hör auf, du Tyrann! Hier habe ich auch noch ein Wort mitzureden!«

»Was denn?« sagte er verblüfft über diesen Angriff.

»Was willst du denn mit deinem Zettelkram? Du bringst nur Unfrieden damit ins Haus. Jedes meiner Mädchen hat in der Nacht mindestens vier oder fünf Kunden. Sagen wir drei. Das sind fünfzehn Mark fürs Zimmer, außer der Miete. Seid ihr damit einverstanden?«

»Das kommt nicht in Frage!« rief er.

»Jetzt rede ich!« dröhnte sie, hatte ihre alte Lautstärke wieder gefunden, die unüberwindliche Stimme, die er einige Zeit leise gemacht hatte. »Schluß jetzt mit deiner Gewaltherrschaft! Mich schlägt er, der Sadist!« Sie wandte sich an die Frauen, weckte ihre Solidarität: »Euch schikaniert er, wo er kann! Dabei seid ihr alle fleißig und anständig! Die besten Mädchen in der ganzen Stadt habe ich! Ein Sadist ist er! Ein Geizhals ist er!« schrie sie, während schon die Tränen der Wut aus ihren Augen quollen.

»Jawohl!« keifte die Rote Else. »Wir lassen uns nichts mehr gefallen von ihm!«

Es war wie ein Signal. Sie sammelten sich um Rosa wie Küken um die Glucke. Ihr vielstimmiges Protestgeschrei gellte ihm in den Ohren. Sie waren jetzt wie eine Mauer aus hysterischem Geschimpfe, der er allein gegenüberstand. Mitten darin, mit drohend erhobener Faust – Rosa. Sie war die Anführerin. Sie betrog ihn um die Früchte seiner Arbeit und seiner exakten Kalkulationen.

Der Königspudel bellte nervös, sprang wild hin und her, erkannte, daß alle Front gegen einen machten, beteiligte sich mit wütendem Gekläff, rückte zähnefletschend gegen Leopold vor, der sich langsam zurückzog, den Hund im Auge behaltend.

»Nimm den Köter weg!« rief er.

Da lachte Rosa schallend: »Seht ihn nur, den Dompteur, der mit Tigern gearbeitet hat!« Sie ließ sich auf einen Stuhl fallen, lachte ihr unbändiges Gelächter, hieb sich vor Vergnügen mit der rechten Hand auf den Oberschenkel und deutete auf ihren Mann: »Wißt ihr, was er war? Der Hundemensch war er! In einem Hundefell mußte er immer in der Manege umherhoppeln. Und dann ...« Sie wischte sich die Lachtränen aus den Augen, die sich mit den Tränen ihrer Wut gemischt hatten. »Und dann ... Es ist zu lustig ... Und dann trat ihn der große Adolfo in den Hintern, daß er drei Meter weit flog.«

Sie konnte nicht weitersprechen, gluckste nur noch atemlos. Jetzt lachten sie alle. Aus aufgerissenen Mündern schlug ihm ihr Lachen entgegen, war wie eine Salve, die ihn niederstreckte.

Das war die Niederlage! Das war der vollkommene Treuebruch! Niemals werde ich ihr das vergessen! Sein Werk hatte sie vernichtet mit dieser Revolte, die jetzt in einem Gebrüll der Heiterkeit unterging.

Er verschwand hinter seiner Theke, musterte die Siegreichen mit einem fast irren Ausdruck des Hasses, der in seinen Augen flakkerte. Er war bleich, und seine Lippen zitterten.

Rosa setzte ihm nach. Sie marschierte resolut bis vor die Theke, lehnte sich darüber und sagte, nahe vor seinem Gesicht: »Du bist und bleibst der Hundemensch!«

Seine Antwort hörte sich an wie ein Knurren, war ein unartikuliertes Geräusch des Hasses. Er entwich in die Küche. Und dort lagen die tödlichen Versuchungen: große Fleischmesser, das Fleischbeil. Seine Gedankenblitze vollzogen Exekutionen, blutige Hinrichtungen, die seinen Haß streichelten. Ah! Er könnte zum Beil greifen, er könnte mit den großen Messern zustechen, und der spitze Stahl würde das hurerische Fleisch zerfetzen! Er würde den Frauen chemische Mittel in das Bier schütten, Sklavinnen aus ihnen machen. Allen voran die Körpermächtige, mit der er einen Ehekontrakt geschlossen hatte. Als Putzfrau würde er sie verwenden. Auf den Knien liegend, die Toiletten scheuernd.

Seine Bitterkeit erfand gedungene Mörder, die nächtlich für ihn töteten. Er würde sein Reich erweitern, drei Lokale, zehn Lokale: Hunderte von Frauen unter seiner totalen Gewalt. Er vollzog die Rache des Männlichen, sah sich heldenhaft grausame Befehle erteilen: er das Hirn, alle anderen seine Diener.

Lorenz, der Koch, und Willi, der Kellner, beobachteten ihn verstohlen von der Seite.

Er brauchte fünf Minuten, bis sein Zorn sich so weit gelegt hatte, daß er wieder ruhig nachdenken konnte. Ein Glück, daß Emil diese Schweinerei nicht gesehen hat, dachte er. Emil hatte einen Tag Aufschub verlangt. Es wäre da noch einiges zu regeln, hatte er gesagt.

Noch immer bleich, ging Leopold in das Lokal, schenkte sich einen Schnaps ein, trank ihn aus und sagte danach: »Rosa! Du kannst von jetzt ab deinen Dreck allein machen!«

»Mach ich! Mach ich!« rief sie fröhlich.

»Wir sind fertig miteinander!« Er wandte sich an die Frauen: »Was ihr hier erlebt habt, das war die Ehescheidung! Morgen früh gehe ich zum Anwalt. Ihr alle seid Zeugen!«

Er ging durch die Küche hinaus, begegnete im Hausflur Frau Silberstein, die sich mit ihrem Stock die ersten Stufen hinauftastete. An dieser Frau konnte er sich rächen. Er sagte: »Ich muß Ihnen leider mitteilen, daß ich in meinem Haus keine ehebrecherischen Beziehungen dulde!«

Die Blinde blieb stehen, ohne eine Antwort, ihm den Rücken zukehrend.

»Ich kündige Ihnen hiermit den Mietvertrag!«

Sie machte einen langsamen Schritt nach vorn, nahm eine Stufe. Dann blieb sie wieder stehen, bewegungslos, auf ihren Stock gestützt. Sie hob den Kopf, als lausche sie nach hinten. In diesem Augenblick wurde ihm unbehaglich. Die Kündigung war ihm entschlüpft, war nicht Absicht gewesen. Warum diese – die Blinde? Sie war unschuldig. Hilflos wollte er dämpfen: »Ich meine, Sie müssen nicht sofort ausziehen ... Sie haben drei Monate Zeit. Gegenüber Ihrem Mann werde ich natürlich nichts ...«

Es klang müde, als sie sagte: »Sie müssen ein großes Schwein sein.«

Langsam setzte sie ihren Weg fort, sicherte sich mit dem Stock, hielt sich mit einer Hand am Treppengeländer. Zerknirscht blickte er ihr nach, stammelte vor sich hin: »Sie haben ein Vierteljahr Zeit ... Ich wollte natürlich nicht ... Ich ...«

Sie stieg wortlos Stufe um Stufe hinauf. Auch dies war eine Niederlage, an der Rosa die Schuld trug. Sein Haß züngelte wieder hoch. »Diese Hure!« murmelte er, suchte wieder nach Gelegenheiten zur Rache, wurde ruhiger, als er sich plötzlich an die geheimen Einnahmen aus der Kasse erinnerte. Er wertete sie als einen Vorschuß an Rache, den er genommen hatte.

In dieser Nacht stand er nicht hinter der Theke. Lorenz, Willi und Rosa halfen einander, aber schließlich befahl Rosa: »Wir schaffen es nicht. Holt Zwieback. Er muß heute nacht die Theke machen.«

Zwieback war sofort bereit. Er erwog schon eine dauernde Nebeneinnahme, hatte damit den gleichen Gedanken wie Dodo, die zu Karl später sagte: »Siehst du! Da ist dir Zwieback zuvorgekommen. Das wäre auch was für dich gewesen. Aber du warst ja nicht da. Jede Nacht hättest du glatt einen Fünfziger für dich einstecken können. Wer weiß, eines Tages hätten wir mit Rosa Halbe-Halbe gemacht ...«

Karl ging zu Zwieback an die Theke und sagte: »Hör mal, laß mich da 'ran. Du kannst doch gar nicht so lange stehen. Du bist doch magenkrank.«

»Hau ab!« antwortete Zwieback. »Du willst dir wohl ein feines Pöstchen unter den Nagel reißen?«

»Und du? – Du weißt doch, ich haue dich zu Klump, wenn ich mit dir anfange.«

»Vielleicht aber guckst du dir vorher mal dieses Stilett hier an. Damit kann ich dich ja mal ein wenig kitzeln ...«

Zwieback grinste und schob seine Hand langsam vor. Sein Arm glitt wie eine Schlange über die Theke. Niemand außer Karl sah die stählerne Spitze.

»Na ja, wir werden sehen«, sagte Karl und ging zu Dodo zurück.

Tilly kam einmal heran und flüsterte: »Zwieback! Jetzt kräftig hingelangt! Ist das klar?«

»Alles klar«, grinste er.

Leopold mied das Schlafzimmer. Er hatte sich ein Bett auf der Couch gemacht, schlief schon längst, als Rosa müde in die Wohnung kam, die Einnahmen in der Hand haltend, die in dieser Nacht nicht gut gewesen waren. Sie erkannte das verärgert, nahm es aber fatalistisch hin, dachte: Jeder bescheißt hier jeden ...

Am nächsten Morgen erschienen nacheinander Tilly und Dodo bei ihr.

»Wie hat er sich denn gemacht, mein Zwieback? Das ist ja ein tüchtiger Kerl. Und was der für flinke Finger hat. Das glaubst du gar nicht.« Tilly tätschelte ihr freundschaftlich die massive Schulter. »Du brauchst ja nun Hilfe, wenn Leopold sich scheiden läßt. Auf uns kannst du zählen, wir lassen dich nicht im Stich. Eines rate ich dir: Laß den Karl aus dem Spiel. Auf den ist kein Verlaß. Mit Zwieback bist du nicht angeschmiert.«

Dodo erschien ein wenig später: »Tja, wer hätte gedacht, daß eure Ehe so schnell in die Binsen ginge ... So eine schöne Hochzeit. Aber da kann man nichts machen. Übrigens, den Zwieback kannst du nicht hinter der Theke lassen. Der ist doch magenkrank. Weißt du, das wirkt unappetitlich auf die Gäste. Das könnte deinem Geschäft schaden, wenn sie es erfahren. Karl wird dir ein bißchen unter die Arme greifen. Weißt du, was er gesagt hat: Die Rosa und du, ihr seid doch schon lange befreundet. Ganz klar, daß wir ihr aushelfen.«

»Wo ist denn Leopold?«

»Ich weiß es nicht.« Rosa starrte vor sich hin. »Glaubst du, er ist beim Anwalt?«

»Leopold? Der ist eisern. Ganz sicher ist er beim Anwalt.«

»Glaubst du wirklich, er würde sich scheiden lassen?« Rosas angstvolle Augen waren auf Dodos Mund gerichtet.

»Ja, der läßt sich scheiden. Du hast ihn doch so blamiert, daß er sich hier gar nicht mehr blicken lassen kann.«

»Habe ich ihn wirklich so ...«

»Na hör mal! Du hast ihn total fertiggemacht. Der hat hier nichts mehr zu bestellen.«

»Wie? Wie?« Rosa wackelte nervös mit dem Kopf, ihre Wangen schlotterten.

»Na hör mal, die Geschichte ist erledigt. Das ist aus. Du hast doch schon ganz andere Rückschläge ertragen. Jetzt nur nicht schwach werden.«

»Aus! sagst du? Erledigt?«

»Na hör mal ...«

»So, so«, stieß Rosa hervor. »Du, ich hab' zu tun! Ich muß jetzt ...«

»Du weißt Bescheid, Rosa: Karl ist der Richtige für die Theke!«

Die Antwort flatterte zusammenhanglos aus ihrem Mund: »Ja, ich weiß nicht ... Ich muß jetzt ... Beim Anwalt, glaubst du? Ja, dann ... Ich habe keine Zeit, Dodo ...«

In der Küche fragte Lorenz: »Frau Grün, wie machen wir die Karte heute? Ich schlage als erstes vor: Rouladen mit grünen Bohnen und Kartoffeln, Vorsuppe wie immer, Dessert: Sauerkirschen mit Schlagsahne.«

»Ja, ja«, sagte sie.

»Frau Grün«, fragte Willi, »sind die Handtücher von der Wäscherei da?«

»Frau Grün«, sagte Lorenz. »Frau Grün«, fragte Willi. Sie ging hinaus, ließ die beiden stehen, traf im Treppenhaus den Briefträger: »Guten Tag, Frau Grün. Auch etwas für Sie, Frau Grün.« Er übergab ihr einen Brief. Sie dankte. »Auf Wiedersehen, Frau Grün ...«

Ja, sie war Frau Grün. Noch war sie es. Aber wurde nicht schon jetzt in einem Anwaltsbüro besprochen, daß sie es bald nicht mehr sein würde? Die schöne Hochzeit. Die Unterschrift auf dem Standesamt. Wie wir vor dem Spiegel standen und uns betrachteten. So richtig vornehm sahen wir aus. Zum Mittag gab es ... Und abends, das kalte Buffet. Ach! Und der Unteroffizier. Und Otto, und Wally. Ein Vater, ein tüchtiger, ein fleißiger ... Und dann in der Küche, wie ich es zum erstenmal hörte: Frau Grün. Sie war ein Stück die Straße hinaufgelaufen, als wolle sie ihm entgegengehen.

Als sie schon fast am Schild ›Sackgasse‹ angekommen war, kehrte sie um. Ihn auf der Straße zu sprechen, hier um Verzeihung zu bitten, war doch nicht passend.

»Guten Tag, Frau Grün«, sagte ein Entrümpler, der aus Baumanns Tor herauskam.

»Ja, guten Tag«, murmelte sie, ohne den Mann zu erkennen.

Leopold erschien eine Stunde später. Er verlangte von Willi ein Mittagessen, setzte sich in das Gastzimmer, sprach kein Wort mit den Frauen, keine Silbe mit Rosa. Er schien sie alle zu übersehen.

»Willst du nicht im Zimmer essen?« bat Rosa.

Er antwortete nicht.

»Rosa!« rief Oma. »Komm mal her.«

Sie wisperten zusammen, nickten mit den Köpfen, während die Frauen zusahen, Willi neugierig vor der Küchentür stand und dann seinem Freund Lorenz die Entwicklung berichtete. Oma setzte sich Leopold gegenüber.

»Leopold«, sagte sie leise, »hör mal auf den Rat einer alten Hure, die es gut mit euch meint.« Sie sprach lange und eindringlich, und ihr abschließender Appell war: »Geht in eure Wohnung und besprecht euch.«

Er antwortete nicht, stand aber auf und ging ins Wohnzimmer. Rosa folgte ihm mit sorgenvollem Gesicht.

»Leopold«, begann sie. »Warst du beim Rechtsanwalt?«

»Ja.«

»Und was . . .«

»Es wird dir schriftlich mitgeteilt. Ich habe die Scheidung eingereicht.«

»Du hast also wirklich . . . Aber warum denn? Wegen so einem kleinen Streit?«

»Das war kein kleiner Streit, das war das Ende!«

»Weil ich gesagt habe . . .« Sie wagte nicht, die Kränkung noch einmal zu erwähnen. »Leopold!« flehte sie. »Ich mache es wieder gut. Ich gehe hinaus und erzähle ihnen, daß du ein großer Dompteur warst.«

»Es ist endgültig!« sagte er.

»Und der Anwalt? Was hat er gesagt?«

Er antwortete nicht, hatte noch keinen Anwalt besucht, hatte nur während eines langen Spaziergangs darüber nachgedacht, daß er vielleicht morgen oder übermorgen bei einem Anwalt anfragen könnte, wie nach einer Scheidung das Vermögen aufgeteilt würde. Jeden weiteren Schritt wollte er davon abhängig machen, ob sein Anteil ihm solche geruhsamen Spaziergänge für die Jahre des Alters ermöglichen konnte.

Sie war davon überzeugt, daß er leicht eine Ehescheidung durchsetzen würde, da das Recht ausnahmslos auf seiner Seite wäre, wie es in ihrem Leben immer auf der Seite der anderen gewesen war.

Ganz plötzlich begann sie schluchzend zu flehen: »Leopold! Verlaß mich nicht!« Nein, sie könne es jetzt nicht mehr ertragen, allein zu sein. Auf der Stelle wolle sie alles wieder einrenken. Sie war gewaltig im Flehen, versuchte, mit ihren Tränen und den Beteuerungen ihrer Liebe Leopolds Entschluß aufzuweichen. Sie fiel vor ihm auf die Knie, demütigte sich, wäre jetzt bereit gewesen, sich selbst zu verstümmeln, wenn er es verlangt hätte.

Er erkannte in ihrem Gestammel doch noch ihre Not, aber wartete ab, addierte ihre Hilferufe, bis ihm schien, ihre Demütigung wöge die Kränkung auf, die sie ihm angetan hatte. Dabei fühlte er sich als Fanatiker der Gerechtigkeit, der hier einen Ausgleich vollzog, auf dem die Ordnung der Welt beruhte.

»Denn darauf kommt es vor allem an, daß man gerecht ist«, sagte er. Dann fragte er: »Und was hast du gestern eingenommen?«

Sie legten die neue Regelung fest. Er ließ sich darin von ihr bestätigen. Sein Gesetz galt wieder in diesem Haus. Noch im Wohnzimmer zog er neue Linien auf seinem Block. Er hatte sie vorher hinausgeschickt. Sie mußte seine Rückkehr vorbereiten, war gezwungen, sich der lügnerischen Verleumdung und anderer Niederträchtigkeiten anzuklagen. Dabei errötete sie bis unter die Haarwurzeln.

»Ihr müßt verstehen, ich habe ihn schwer gekränkt. Er war niemals der Hundemensch, sondern ein großer Dompteur . . .«

Die Frauen hörten sie schweigend an. Sie widersprachen nicht, aber von diesem Tag an nannten sie ihn Hundemensch. Jedoch nur, wenn Rosa und Leopold nicht in der Nähe waren.

DREIUNDZWANZIGSTES KAPITEL

Er hatte es ihr beteuern müssen: »Jawohl, den Antrag auf Ehescheidung habe ich zurückgezogen. Per Telefon.« Aber noch sei nicht alles beim alten. Jetzt müsse sie sich mindestens ein halbes Jahr gut führen, dann sei er geneigt, die Revolte zu vergessen. »Immerhin ist es erst zwei Tage her. So schnell kann ich das nicht verwinden.«

»Ja, ja.« Sie war überzeugt von ihrer Schuld, wagte jedoch einen Vorschlag: »Morgen ist Karfreitag. Da müssen wir schließen. Wir könnten dann so ein bißchen was zu essen machen für die Mädchen und freie Getränke geben ...«

»Was das wieder kostet!« sagte er scharf.

»Andere Betriebe machen einmal jährlich ihren Betriebsausflug. Da gehen die im Wald spazieren, und jeder freut sich. Weißt du, es ist auch wegen der Stimmung«, kalkulierte sie. »Die Mädchen zahlen wieder fünf Mark für jeden Freier. Aber die Stimmung ist nicht gut. Sie denken, da ist eine, die sie bespitzelt, denn du hast schon wieder drei Kreuze auf dem Block gehabt. So richtig gemütlich wollen wir es uns mal machen. Und Emil kann dann zum erstenmal bedienen. Wo ist er jetzt?«

»Er trainiert seinen Salto im Hof.«

»Morgen, das wäre seine Generalprobe. Er ist ja ziemlich fix. Schnell hat er das gelernt von Willi.«

Leopold überlegte. »Tja, die Idee ist vielleicht nicht so schlecht. Du kannst immerhin den Weibern schon Bescheid sagen. – Aber ein einfaches Essen machen wir, nichts Teures!«

»Leopold!« bat sie und blickte ihn zärtlich an, die besondere Qualität der Speisen beschwörend. Er knurrte seine Zustimmung, ließ sich umschmeicheln von ihr, ließ sie noch immer bezahlen für ihr Glück, das darin bestand, ihn noch Ehemann nennen zu dürfen. Sie hüpfte fast vor Vergnügen, als sie mit seiner Genehmigung aus der Wohnung lief, um ihren Mädchen den erfreulichen Karfreitag mitzuteilen.

Nachdenklich strich er sich über sein stoppelbärtiges Kinn, sah da eine Gelegenheit, sein Prestige wieder völlig herzustellen. Er faßte einen Entschluß, ging in den Hinterhof.

Emil, der Liliputaner, begrüßte ihn mit dem Freudenruf: »Es geht, Leopold! Ich schaffe den Salto mit acht Gläsern!« Sein Gesicht glänzte vor Schweiß. Seit zwei Stunden trainierte er. Er atmete schwer, setzte sich ausgepumpt auf die Treppenstufen der Haustür. »Ja, im Anfang bin ich ein paarmal auf die Schnauze gefallen, aber jetzt kriege ich es wieder hin.«

Leopold setzte sich neben ihn, begann vorsichtig: »Emil, die sind hier gegen dich ... Sie sagen: Wir haben doch hier keinen Zirkus. Ich muß dir das sagen. Du weißt ja, wie es dir oft im Leben ergangen ist. Aber ich bin dein Freund, ich lasse dich nicht verkommen. Jetzt habe ich was ganz Raffiniertes ausgetüftelt. Morgen gebe ich Freibier, alle Getränke und das Essen frei. Extra für dich arrangiert, aber die Weiber wissen das nicht. Das wird deine Generalprobe. Du führst den Salto vor. Später, wenn wir so richtig in Stimmung sind, erzählst du ihnen eine Geschichte. Du verstehst? Aus dem Zirkus. Du bist mein Lebensretter. Hör zu, diese Geschichte erzählst du ihnen, dann werden sie dich anerkennen. Eine große Nummer bist du dann bei denen ...«

Emil hörte lange zu. »Eine großartige Idee!« begeisterte er sich. Tränen der Dankbarkeit in den Augen, griff er nach Leopolds Hand. Er drückte sie und sagte mit seiner tiefen Stimme, die jetzt vor Rührung bebte: »Leopold! Du bist mein einziger Freund!«

»Schon gut, schon gut«, wehrte Leopold ab. »Jetzt trainiere deinen Salto, damit du morgen vor denen bestehen kannst. Als mein Lebensretter wirst du hier eine große Nummer sein.«

»Ah!« rief Emil und schnellte hoch. »Ich werde trainieren bis heute abend. Bis ich umfalle, Leopold. Ich werde den Salto mit zehn Gläsern machen! Ich werde ihnen die Geschichte erzählen, daß sie Maul und Ohren aufsperren!«

Er zappelte vor Eifer, wollte gleich beginnen mit den zehn Gläsern. »Bis ich umfalle, Leopold«, erklärte er und stellte bereits die Gläser auf das Tablett.

Sie versammelten sich um die Mittagszeit, die Einladung schmeichelte ihnen. Sie hatten sorgfältig ihre Garderobe gewählt. »Es ist ja schließlich unser Betriebsausflug«, kicherte Dodo.

Nur Oma fiel etwas aus dem Rahmen. »Wie die wieder aussieht!« kritisierte die Rote Else. »Die macht uns die Freier sauer.« Überhaupt passe die nicht mehr so richtig dazu, meinten auch Sonja und Anita.

»Aber ihr seid schön, was? Eine schöner als die andere. Und besonders die Rote Else mit ihrer eckigen Fresse ... Wartet nur mal, ihr jungen Schicksen, wie euch schon bald die Jährchen massakrieren! Glaubt ihr, das bliebe in den Kleidern stecken — das Huren und das Saufen? Wenn ihr fuffzig seid, sieht man euch jede Nacht an.«

»Was schwätzt du da für blödes Zeug!« rief die Rote Else. »Und wenn du mich noch mal beleidigst, dann schütte ich dir ein Glas Bier in den Ausschnitt!«

Dann kam die Blonde Inge. Die Frauen musterten sie neidisch, fanden sich aber damit ab, daß sie von dieser Frau übertroffen wurden. Wie die da hereinkommt, dieser Gang, diese Figur, das Haar. Das Kleid – was das kostet! dachte Oma und spürte, wie aussichtslos ihre Neigung für Inge war.

Emil stand in weißer Kellnerjacke neben der Theke. Karl gab ihm die Hand und sagte: »Ah! Da ist ja unser Goliath!«

Emil reckte sich stolz auf. Sein Baß grollte: »Was willst du? Unter den Liliputanern bin ich ein Riese!«

Rosa klatschte in die Hände, ihr Gesicht strahlte. Es war die Eröffnung: »Also, Kinderchen, wir machen uns mal einen schönen Tag! Essen und Trinken – alles frei! Das hat euch Leopold spendiert.« Sie lächelte zur Theke hin, wo Jonathan mit Leopold einen Schnaps nach dem anderen hinunterkippte.

»Warum hat er uns das spendiert?« fragte Anita und blickte mit dummen Augen in die Runde.

»Saure Wochen – frohe Feste!« rief Jonathan und lachte. »Hast du das schon mal gehört?«

»Nein«, sagte Anita, »das habe ich noch nie gehört.«

Zwieback kam heran und bat Leopold um einen Magenbitter. Während Leopold ausschenkte, fragte er ironisch: »Wie war es denn hinter der Theke? Ein feiner Posten, wie?«

»Och«, antwortete Zwieback gedehnt, »ganz nett war es. Ja doch.«

Emil servierte. Willi hatte seinen freien Tag, was dem Koch Lorenz nicht gefiel. »Du!« hatte er gesagt, »daß du dich nicht herumtreibst ohne mich . . .«

Eine Frau bemerkte: »Da kommt wieder der Blinde, mit dem die Silberstein ihren Alten betrügt.«

Sie schauten flüchtig hin, wie Herr von Weber aus dem Taxi stieg.

»Herr Silberstein ist über Ostern wieder mit seinem Chor unterwegs«, erklärte Rosa. »In der Zeitung hat es gestanden.«

»Ganz flott, wie die es treibt«, tadelte Oma.

Sie aßen länger als eine Stunde. Ihre Gesichter wurden dabei zufrieden. Leopold sah ihnen zu. Er verbarg das Grinsen, das ihn anflog. Sie waren alle wieder in seiner Hand. Während er sie beobachtete, spürte er fast so etwas wie streng-väterliche Gefühle für sie. Seine Stimmung wurde nur getrübt von Schmerzen, die er auf der rechten Seite, unterhalb der Rippen, spürte. Das ist die Galle, dachte er. Das kommt vom vielen Ärger, den ich hier 'runterschlucken muß. Und dann sah er das Grinsen, das er unterdrückt hatte, in Jonathans Gesicht. Es war der mimische Hinweis eines Mitwissers.

Jonathan sagte langsam: »Wie steht's? Hast du dir wieder die Macht erschlichen?«

Leopold wurde frostig: »Du bist besoffen!«

»Ich weiß alles.«

»Schon als du zum erstenmal kamst, warst du besoffen. — Seither aber fast jeden Tag.«

»Trotzdem weiß ich alles.«

»Hör doch auf zu grinsen.«

»Was willst du, Leopold? Ich bin dein Freund. Du bist ein Meister. Als Künstler muß ich die Meisterschaft anerkennen.«

»Und warum mußt du so unverschämt grinsen?«

»Du machst mir Spaß, Leopold. Das Ulkige an dir ist nämlich, daß du richtig reagierst.«

Leopolds Gesicht war eine Ablehnung.

»Paß auf: in einer Welt, die sauber und ehrlich wäre, sollte man natürlich auch sauber und ehrlich sein. Der Lohn wäre gewiß. In einer völlig korrupten Welt aber muß man die List und die Tücke gebrauchen, sonst ist man bei den Schwachen. Diese Gesellschaft ist unerbittlich auf Raffen eingestellt. Jeder will jeden ausbeuten. Genau wie in diesem Haus. Wenn es gelingt, nennt man es Erfolg. Die Schwachen werden für die Zwecke der Starken abgerichtet, du verstehst? Der Arme ist heute, was in Urzeiten der Schwache war. Das hattest du begriffen, ohne es zu wissen. Das Gesetz von Habgier und Lüge lag in dir. Du hast einen langen Umweg gemacht. Aber du warst immer bei den Schwachen – bis du hierherkamst. Hier konntest du dich entfalten. Du spielst virtuos mit den Schwächen. Und jetzt hast du, was du immer angestrebt hast: Macht über Menschen.«

»Das alles ist Quatsch, was du da sagst! Ich will ein gesichertes Alter.«

»Habe ich das bestritten? Natürlich willst du Sicherheit. Zwei Dinge treiben dich an: das Streben nach Macht und die Angst. Ich werde dich malen, Leopold.«

»Du bist schon wieder besoffen!«

»Aber sicher, Leopold. Dann schenke uns noch einen aus. Prost, Leopold!«

»Soll ich jetzt den Salto machen?« fragte Emil eifrig.

»Ja«, sagte Leopold, dankbar für die Ablenkung. »Gib Rosa einen Wink. Warte, ich fülle die Gläser.«

»Jetzt werdet ihr staunen!« rief Rosa. »Unser Emil zeigt euch etwas, das euch Kunden bringen wird!«

Alle Gesichter waren auf ihn gerichtet. Stolz blähte sich der Liliputaner auf, genoß das Interesse, wie im Zirkus den Applaus. Er stand an der Theke, hielt das Tablett auf der rechten Hand. Er lief an, überschlug sich. Seine Sohlen knallten hart auf den Boden. Die Gläser standen, kein Tropfen war verschüttet. Glücklich lachte er auf, servierte flink die Schnäpse, während alle Huren begeistert Beifall klatschten. Selbst Rosa war beeindruckt: »Donnerwetter!« sagte sie, ging zu Leopold an die Theke und flüsterte: »Das wird uns garantiert Kunden bringen.«

Emil mußte sein Kunststück gleich dreimal vorführen. Otto war auch gekommen, Rosa hatte ihm gesagt: »Setz dich brav dahin und bleib sitzen!« Er gehorchte, setzte sich auf die Bank, brach aber in ein derartiges Freudengebrüll über Emils Künste aus, daß Rosa ihn in die Küche schicken mußte.

»Es ist schrecklich«, seufzte sie leise.

Die Anerkennung der Frauen beschwingte Emil. Das körperliche Minus wurde in solchen Augenblicken des Applauses ausgeglichen.

»Alles beim Zirkus gelernt!« rief er. »Die Welt haben wir gesehen – Leopold und ich!« Zwischen den Tischen der Frauen stehend, setzte er leise hinzu: »Ich war einige Jahre sein Assistent.« Dabei schielte er zu Leopold hinüber, als wolle er sicher sein, daß er nicht zuhörte. Er hielt seine kleine Hand schalldämpfend an den Mund, demonstrierte, daß jetzt eine bedeutungsvolle Wahrheit aus diesen Lippen herausschlüpfen würde.

Die Frauen sahen ihn erwartungsvoll an.

»Ich bin sein Lebensretter!« flüsterte er. »Im Tigerkäfig habe ich ihn gerettet.«

Leopold verließ die Theke, ging in die Küche.

»Also, das war so: Leopold hatte den berühmten Dressurakt mit sieben Tigern. Und an diesem Tag war es schwül. Ein Gewitter lag in der Luft. Unruhig waren die Tiger. Und ich sage zu ihm: ›Leopold, steck heute lieber nicht den Kopf in den Rachen der Simba.‹ – ›Ein Artist muß riskieren, sonst ist er kein Artist mehr‹, sagte er.«

»Was?« rief Dodo. »Hat er wirklich seinen Kopf da 'reingesteckt? Das muß doch stinken?«

»Und wie!« bekräftigte Emil mit ernstem Kopfnicken.

Und nun wurde Emil lebhaft. Er führte die Tigernummer vor, ein kleiner Mann wie auf einer kleinen Bühne, der Tiger und Dompteur zugleich darstellte: die geschmeidigen, lässigen Bewegungen der Raubkatzen, das herrische, selbstsichere Auftreten des Dompteurs. Die Peitsche knallte, die Tiger duckten sich, sprangen durch Reifen. Er hüpfte, gestikulierte, führte ihnen das Drama vor, in dem Simba, der Königstiger, Leopold anfiel, als er einmal stolperte und für eine Sekunde Schwäche zeigte.

»Ihr müßt wissen, es lag ein Gewitter in der Luft.«

Dann sprang Emil, war jetzt Simba, der Königstiger. Und war über Leopold, dem Dompteur. Und nun rannte Emil, richtete den Strahl des immer bereitliegenden Wasserschlauchs auf das mörderische Tier, trieb es davon, trieb alle Tiger aus dem Käfig hinaus, war der Besieger der Raubkatzen, der Retter des Berühmten, der Held der Manege, der Umjubelte, Gepriesene, der die Pranken und reißenden Zähne bezwungen hatte.

»Sie trugen Leopold hinaus. Drei Rippen hatte ihm Simba bereits gebrochen.«

Es blieb einige Sekunden still. Es war die Stille der Ergriffenheit. Hingerissen waren sie von Emils Darbietung. Selbst Karl und Zwieback waren beeindruckt und sagten kein Wort. Rosa aber nutzte die Gunst des Augenblicks und erklärte: »Das hat mir Leopold schon einmal erzählt. Es waren nicht drei Rippen, sondern fünf. Und außerdem hatte er noch Quetschungen.«

Emil dachte nach, sagte dann: »Ja, du hast recht. Es waren fünf. Er lag eine Woche im Krankenhaus.«

Dann stob er davon, war beflissen, die neuen Getränke heranzuschaffen, grölte durch das Lokal: »Jaha! Das waren Zeiten!«

Leopold erschien wieder aus der Küche, goß die Gläser voll. Emil nahm das Tablett, lief von der Theke aus an, machte seinen Salto, stand vor den Frauen und rief: »Schon ist Emil wieder da! Hahahaha!«

»Du bist schon eine Mordsnummer, Emil«, sagte Dodo.

»Ein kleiner Mann mit großem Herz«, bekräftigte Olga, die Russin.

Emil empfing das Lob. Das war süßer als Applaus, es war, als hätten ihn die Frauen gestreichelt. Fast wäre er der Versuchung erlegen, ihnen zu erklären, daß er auch sonst mit jedem Mann konkurrieren könne. Aber er erkannte noch rechtzeitig, daß vom Heldischen der Weg hinab in die unteren Regionen etwas uneben wäre.

»Was haben wir denn heute für einen Feiertag?« fragte Anita.

»Karfreitag ist, du blöde Kuh!« antwortete Oma.

»Eßt und trinkt, Kinderchen!« rief Rosa.

Sie aß länger als die anderen, hatte mächtige Portionen verzehrt, fand aber noch Gefallen an einem Käsesoufflé, erwog auch Vanille- und Himbeereis nach einer kleinen Pause des Verdauens.

Während ihre Kiefer kauten, ihre Freude am Essen noch ungebrochen war, hörte sie aufmerksam zu, wie Tilly, Dodo und die Rote Else über Skandale sprachen. Gleich ein ganzes Bündel von Sittenwidrigkeiten beschwatzten sie. In Zeitungen und Illustrierten hatten sie davon gelesen.

»Das ist ja unglaublich«, mampfte Rosa mit vollem Mund.

Drei Ehepaare hatten getauscht – jeden Samstagabend, in einer Kleinstadt. Verbotene Spiele hatten sie getrieben, ein Kaufhausprokurist, dessen Frau, weitere acht Angestellte, Männer und Frauen, Verheiratete, Verlobte und auch fremde Interessenten, die gleichgesinnt zu dem Kreis gestoßen waren. Dann hatten in einer anderen Stadt sehr ehrenwerte Herren für ihre erholsamen Stunden junge Mädchen eingestellt: fünfzehn, sechzehn und siebzehn Jahre alt, gute Bezahlung, Diskretion erwünscht. Und da ein Skandal und dort ein Skandälchen.

»Die treiben es ganz flott«, meldete sich Oma.

»Wo soll denn das noch hinführen? Die ganze Ordnung fällt ja auseinander!« stellte Rosa fest, noch immer beschäftigt mit dem Käseauflauf.

Das fanden sie alle. Sie bestätigten die Ordnung, bestanden darauf, daß solche Gesellschaftsspiele in den dafür bestimmten Häusern stattzufinden hätten.

»Ihr werdet bald Arbeitslosenunterstützung beziehen müssen«, grinste Jonathan.

»Oho! Noch nie ist es uns so gut gegangen wie heute!« rief Tilly. »Was glaubst du wohl, was Frauen wie Inge oder Olga verdienen? Auch wir verdienen nicht schlecht. Seht euch die Rote Else an, die hat sich wieder ein Auto gekauft, das mehr als zwanzigtausend Mark gekostet hat. Da draußen steht es. Guckt es euch nur an.«

Rosa und ein paar Frauen öffneten die Fenster, um den Wagen zu bewundern.

»Sportkabriolett«, triumphierte die Rote Else. »Bar bezahlt!«

Rosa ging zur Theke und flüsterte: »Leopold, wir kaufen uns auch so ein Auto!«

»Trotzdem ist eure Zeit vorbei!« beharrte Jonathan. »Vielleicht gibt es euch schon in fünfzig Jahren nicht mehr. Vielleicht wird die Frau dem Mann begegnen und ihn offen fragen: Hast du Lust auf mich? Du gefällst mir. Der Mann wird sich im Café zu einer Frau setzen und ihr nach der ersten Tasse sagen, er würde gerne mit ihr ins Bett gehen.«

Sie entrüsteten sich, protestierten laut, hielten an der Ordnung fest, die auch sie schützte.

»Was du da sagst, das macht ja nicht mal 'ne anständige Hure!« rief Tilly. »Das wäre ja . . . Eine Verwahrlosung wäre das!«

»Unsinn!« widersprach Jonathan. »Die Menschen werden einfach natürlich. Sie werden nicht mehr heucheln, wenn sie miteinander schlafen wollen. Wieso ist diese Geschichte eigentlich mit Schuld gekoppelt?«

»Weil es eine Sauerei ist!« krähte Oma.

»Quatsch nicht so dusselig dazwischen!« fuhr Karl sie an. »Laß ihn mal erzählen, der hat doch studiert.«

»Die Unschuld nehmen! Was für ein Blödsinn!« rief Jonathan. »Als wäre ein Mädchen von da ab eine Schuldige! Das hat uns der heilige Augustin eingebrockt. Und was glaubt ihr, wieviel Schindluder mit dieser Schuld und Unschuld getrieben worden ist! Millionen von Frauen sind daran krepiert! Das uneheliche Kind . . . Wieviel Tode sind deshalb gestorben worden! Wieviel Pfaffen konnten sich an der Beichte der Unkeuschheit aufgeilen. Wieviel Heuchelei, Verdruß, Niedertracht und Sadismus entstanden aus dem Schuldkomplex! Die Menschen sind dabei, sich davon zu befreien. Und wenn das geschehen ist, wird es euch nicht mehr geben.«

»Und was wird aus den Kinderchen? Hähähä!«

Jonathan äffte Oma nach: »Aus den Kinderchen? Hähähähä! Wird gar nichts, denn es wird keine Kinderchen geben. Eine kleine weiße Pille wird den heiligen Augustin vertreiben! Wenn es aber doch welche gäbe, dann müßten die Menschen nach der Wandlung ihrer Bettgewohnheiten auch ihren Egoismus etwas wandeln. Sie müßten die fremden Kinder wie ihre eigenen lieben, wie das bei Indianerstämmen noch heute ist. Das wäre eine Erfüllung des Gebotes: Liebe deinen Nächsten wie dich selbst.«

»Alle wären unschuldig! Und wir hätten wieder das Paradies!« Die Blonde Inge lachte auf.

»Stellt euch vor, ohne Geld würden es die anständigen Weiber mit jedem machen. Und kein Mann käme mehr zu uns!« entrüstete sich Sonja.

»Nie wird das kommen!« sagte Tilly.

»Es muß nicht so kommen, aber es könnte so ähnlich sein. – Das Paradies, sagtest du. Natürlich hätten die Menschen die Möglichkeit, das Paradies zu verwirklichen. Wir sind in einer Zeit des Umbruchs, ein Äon geht zu Ende, aber es hat kaum jemand begriffen. Die Ordnungen, die wir uns gegeben haben, haben versagt. Also waren es Ordnungen wider die Natur des Menschen! Stellt euch vor, was möglich gewesen wäre. Wir hatten in diesem Zeitalter, das jetzt zu Ende geht: von den Griechen die Schönheit, von den Römern das Recht, vom Christentum die Nächstenliebe. Was für eine grandiose Mischung. Aber sie hat nicht funktioniert, weil die Menschen einen Murks daraus gemacht haben! Mit der Atombombe und mit der kleinen weißen Pille ist dieses Zeitalter zu Ende. Ich will's euch verraten: Wir sind am Ende angelangt. Die Menschheit wächst, platzt aus den Nähten. Und nun, genau zur rechten Zeit, tauchen die beiden großen Lösungen auf: die Bombe oder die Pille!«

»Er ist besoffen«, sagte Zwieback geringschätzig.

»Natürlich bin ich besoffen, du Vogelscheuche. Deshalb erzähle ich euch auch Dinge, die ihr sowieso nicht kapiert.«

»Ich verstehe«, sagte die weiche Stimme Olgas. »Willst du mit mir gehen?« fragte sie ungeniert.

Er überhörte das Angebot, murmelte: »Ich glaube übrigens an die Bombe. Ihr seid zu dumm. Alle seid ihr zu dumm!«

Draußen gingen die beiden Taubstummen vorbei, Arm in Arm: Er mit Hut, sie mit Hut. »Ah! Guckt nur mal die Taubstummen!« rief die Rote Else. »Wie feierlich! An Feiertagen gehen die mit Hut.«

Rosa schaute sich kurz ihre Mieter an, die selten zu sehen waren. Ein würdiges Ehepaar, gingen sie gemessenen Schrittes die Straße entlang. Rosa sah, daß sie sich mit den Händen etwas erklärten. Er hatte zu ihr gesagt: »Am Karfreitag ist das Bordell geschlossen.«

»Immerhin haben wir es doch ganz gut. Eßt und trinkt, Kinderchen!« rief Rosa.

»Zu dumm seid ihr alle!« knurrte Jonathan. »Alle zu dumm.«

»Du hast schon zu viel getrunken«, tadelte Rosa. Sie blickte auch hinüber zu Oma, sagte nichts, wußte, daß sie in spätestens einer Stunde davonschleichen und ihren Rausch ausschlafen würde. Aber noch war sie redselig, versuchte, sich durchzusetzen mit einer Geschichte, die niemand hören wollte. »Ich erzähle euch von der Nacht der weißen Kaninchen!« Nach rechts und links mit dem Kopf nickend, wollte sie ihre Zuhörer zur Aufmerksamkeit zwingen. »Die Nacht der weißen Kaninchen . . .«

»Ach, halts Maul, Oma!« sagte Karl.

»Wieso? Das müßt ihr hören! Das ist eine Geschichte, sage ich euch.«

»Es will aber niemand wissen«, sagte Zwieback.

Sie winkte nur mit der Hand ab. »Also, die Nacht der weißen Kaninchen, das war so: Da kam einer und hatte im Koffer zwei weiße Kaninchen, und außerdem hatte er noch darin ein großes Messer. Und wie er anfängt, mir zu erklären, was ich tun soll, da kriege ich das Bibbern und sage: Niemals! Er aber grinst nur so ein ganz kleines bißchen und sagt, wißt ihr, so ganz leise sagt er: Ich kann ja das Messer auch für dich gebrauchen . . . Wenn du richtig spurst, kriegst du eine Menge Geld, wenn nicht, dann . . . Also mache ich alles, was er sagt. Der nimmt das erste Kaninchen. Nackt mußte ich mich hinlegen. Nimmt das erste Kaninchen und das Messer und schwupp! Das Blut schoß nur so heraus . . .«

»Jetzt halte deine Klappe!« rief Inge verärgert. »Müssen wir uns deinen Dreck unbedingt anhören!«

Rosa sagte: »Schluß jetzt mit dieser Geschichte!«

»Aber«, sagte Oma, »aber, ich bin ja noch gar nicht fertig – na schön, wenn ihr es nicht wissen wollt.«

Sie brabbelte noch eine Weile vor sich hin, wie immer, wenn sie betrunken war.

»Und was haben wir denn jetzt für einen Feiertag?« fragte wieder Anita.

»Weil sie ihn gekreuzigt haben!« lallte Oma. Dann stand sie plötzlich auf, torkelte in die Mitte des Raumes, riß ihren mageren Arm hoch und schrie: »Wo Jesu Liebe leuchtet, kann's niemals wieder dunkel sein!«

»Also jetzt ist es Zeit, daß wir die abservieren«, schlug Karl vor. Er und Zwieback brachten Oma zur Tür, stellten sie vor die Treppe, gaben ihr einen kleinen Schubs und sagten: »Los, Oma! Da hinaus geht's!«

»Jajajaja!« Sie zog sich am Treppengeländer hinauf. Die beiden Männer gingen zurück, hörten noch, wie sie vor sich hinmurmelte: »Die Nacht der weißen Kaninchen! Da hat er mit dem Messer . . .«

»Los Oma! Marsch ins Bett!«

Auch Otto mußte abtransportiert werden. Er hatte sich in der Küche überfressen. Lorenz ließ ihn gewähren, er musterte ihn mit bösen Blicken, hatte noch nicht vergessen, welchen Ärger er seinetwegen mit Rosa gehabt hatte. »Friß nur, du Ungeheuer!« flüsterte er. »Hier ist noch Braten, da sind noch Klöße, noch Sauerkraut, noch Bratwürste. Auf! Hier, du Scheusal, stopf das auch noch in dich hinein.«

Er frohlockte, als er Rosa melden konnte: »Frau Grün, Otto hat sich die Hosen vollgemacht.«

»Was!« schrie sie auf. »Was hat er denn gemacht, mein Otto: groß oder klein?«

»Beides!« lächelte Lorenz. »Aber ich bin nicht schuld daran.«

»Ach Gottchen!« seufzte sie. »Was soll ich denn nur mit ihm machen?«

»Er muß zurück ins Heim!« zischelte Leopold zornig. »Das ist kein Mensch, das ist ein Vieh!«

Otto saß brav in der Küche, sagte kein Wort, zeigte keine Schuldgefühle.

»Wir binden ihm unten die Hosen zu. Die Hosenbeine«, schlug Zwieback vor. »Dann bringen wir ihn hinauf.«

»Jetzt muß er ins Bad. Die Hosen werfe ich weg«, sagte Rosa. »Ist das nicht schrecklich?« Sie beklagte ihr Schicksal, dachte kummervoll an ihre Kinder und an das, was sie von ihnen erntete: Apathie und Schwachsinn.

»Der Kerl muß aus dem Haus!« befahl Leopold. »Die Galle läuft mir über, wenn ich ihn nur sehe!« Er griff sich mit der rechten Hand an die schmerzende Stelle. Ich muß einmal zum Arzt gehen, dachte er. Ein paar Pillen für die Galle. Das kommt vom Ärger. Er war überzeugt, die Pillen würden seine Galle für allen zukünftigen Ärger stärken.

Jonathan ging die Treppe hinauf. Leopold hatte ihn gewarnt: »Du hast jetzt genug. Es gibt nichts mehr zu trinken.« Die Gesellschaft zerbröckelte ohnehin. Der Betriebsausflug war vorüber.

»Das war einmal ein schöner Karfreitag«, lobten einige Frauen und bedankten sich für Essen und Trinken. Jonathan hatte sich von niemand verabschiedet. Als er fast auf dem letzten Treppenabsatz angekommen war, begegnete er Wally.

»Wo willst du denn hin?«

»Ich hole mir Essen«, antwortete sie.

»Warum warst du nicht im Lokal?«

»Meine Mutter hat gesagt, ich sollte nicht kommen.«

»Und was hast du gemacht?«

»Ich habe gelesen.«

Sie standen sich gegenüber. »Komm mit«, sagte Jonathan plötzlich. Sie zögerte. Er griff nach ihrem Arm, hatte nicht viel Widerstand zu überwinden. »Komm mit. Ich weiß, daß du neugierig bist.«

Er gab sich keine große Mühe. In einer Minute war sie nackt und lag auf seinem Bett. Drei Minuten später war er über ihr, sah, wie ihr Gesicht zuckte, den Schmerz verriet, den er ihr bereitete. Eine Viertelstunde später stand sie auf und kleidete sich an. Ihr Gesicht war verschlossen. Sie sagte nur einmal verächtlich: »Und das war alles?«

»Ja«, sagte er. »Das ist das ganze Geheimnis. Nicht überwältigend, was?«

Sie antwortete nicht, schlüpfte schweigend aus der Tür, als sei die Offenbarung zugleich eine Kränkung ihrer Neugier gewesen.

VIERUNDZWANZIGSTES KAPITEL

Am Abend des Ostersonntags traf er ein. Einen auffällig karierten Anzug trug er, dazu eine bunte Krawatte. Seine blonden Locken waren gepflegt wie zu seinen besten Zeiten, aber das Gesicht war schwammiger geworden und verriet den Trinker. Er blieb unter der Tür stehen, blickte sich um, musterte die Frauen und ihre Gäste anmaßend, ging dann breitspurig auf die Theke zu: der große Adolfo!

Leopold lächelte süßsauer, als der Athlet ihm die Hand schüttelte: »Endlich sehen wir uns wieder! Ich habe mir gedacht: Heute ist Ostern, da werde ich Leopold besuchen. Er wird sich freuen, den großen Adolfo wiederzusehen! – Hast du etwas zu trinken für deinen Freund?«

»Jaja, natürlich. Was willst du denn haben?«

»Schnaps und Bier. – Ah! Da ist ja auch Emil. Komm her und drücke Adolfo die Hand.«

Emil flüsterte etwas, Adolfo beugte sich herab, verstand nicht sofort. Leopold entschloß sich zum Angriff, zog Adolfo heran. »Paß auf, sie wollten Emil nicht im Lokal haben. Da erfanden wir eine Geschichte. Er ist mein Lebensretter. Jetzt respektieren sie ihn ...«

Es dauerte eine Weile, dann hatte Adolfo begriffen. Jawohl, Tigerkäfig: Leopold Dompteur, Emil der Lebensretter.

»Ich habe es für Emil getan. Er hat jetzt sein gutes Auskommen bei mir.«

Das gefiel dem Athleten. Er bezog sich sofort ein in den Kreis der Freundschaft, war gewiß, herzlichst empfangen zu werden, genau wie Emil. Er glaubte, daß alle Menschen, die ihm jemals begegnet waren, diese stolze Erinnerung zu schätzen wüßten. Als eine Selbstverständlichkeit genoß er die gebotenen Getränke, sagte, überzeugt davon, Leopold einen Gefallen zu erweisen: »Wenn du mir jetzt drei schöne Steaks servieren würdest, hätte ich nichts dagegen. Innen rot. Das ist wichtig!«

Leopold und Emil blickten sich ratlos an, während Adolfo zwei Pfund Fleisch verzehrte. Emil zeigte die Gebärde des Trinkens, nickte dann mit dem Kopf zur Tür hin. Ja, das war keine schlechte Idee, fand Leopold. Er würde ihn betrunken machen und dann hinausbugsieren.

Adolfo wischte sich mit der Serviette den Mund ab und sagte:

»Das war nicht schlecht. Aber jetzt wollen wir uns einen fröhlichen Abend machen.«

Er trank eine Flasche Korn, dazu zehn Biere, schwankte nicht um einen Zentimeter, als er begann, die Frauen im Lokal zu belästigen.

Olga ließ ihn stehen und sagte: »Leopold, was hast du für komische Gast!«

»Was!« rief Adolfo. »Sage ihr, wer ich bin! Auf der Stelle sagst du ihr, wer ich bin!« Er blähte seinen breiten Brustkorb auf, erwartete die Ankündigung Leopolds.

»Ein Bekannter von früher, Olga. Vom Zirkus.«

»Das ist nicht alles! Sofort sagst du ihr, wer ich bin!«

Leopold schwieg, kämpfte mit seinem Ärger, ließ sich aber von der Vorsicht beraten und erklärte, einen winzigen Profit aus der Situation für sich einstreichend: »Er war ein berühmter Kraftakt. Ihr begegnet hier nur berühmten Leuten vom Zirkus.«

»Jawohl!« bekräftigte Adolfo.

Er begann mit der zweiten Flasche Korn, achtete in seiner Selbstherrlichkeit nicht darauf, daß Leopold und Emil sich zurückhielten. Seine Augen wurden glasig, die Bewegungen unkontrolliert.

»Der hat uns gerade noch gefehlt!« flüsterte Rosa in der Küche. »Sieh zu, wie du ihn für immer hier hinauskriegst!«

Adolfo fand Gefallen an Inge. Er stützte sich schwer auf den Tisch, ignorierte den Mann, der neben ihr saß. »Was hältst du von uns beiden, Schätzchen? Du gefällst mir. Du bist wirklich ... Also, wenn ich dir sage, wirklich hübsch bist du.«

»Ich halte nichts von uns beiden!« sagte sie kühl, wandte sich dann ihrem Kunden zu: »Komm, wir gehen!«

Verdutzt schaute Adolfo ihnen nach. »Ah! Aber wer wird denn gleich ... Nein, so etwas. Leopold!« rief er. »Weiß sie, wer ich bin?« Von der Mitte des Lokals torkelte er zu Leopold heran. »Hast du ihr gesagt ...«

»Jetzt laß schon meine Gäste in Ruhe!« Es war höchste Zeit. Hatte dieser Koloß ihn nicht bereits lächerlich gemacht?

»Ich soll was ...?«

»Die Gäste sollst du in Frieden lassen, sonst mußt du gehen!« Schnell setzte er hinzu: »Hier, trink noch einen!«

»So!« Adolfo schob sich heran, seine stierenden Augen suchten in Leopolds Gesicht. »So gehst du mit dem großen Adolfo um?«

»Prost!« sagte Leopold und hob das Glas. Seine Hand zitterte.

»Na ja.« Adolfo trank, schnell füllte Leopold nach. Es war still geworden im Lokal. Die Kraftprobe der ungleichen Männer war für die Frauen ein fesselndes Schauspiel.

Er torkelte wieder zu den Tischen, stützte sich wieder darauf, sprach viertelstundenlang auf Sonja, Anita und die Oma ein.

»Was soll ich machen?« flüsterte Leopold Emil zu.

»Am besten schlägst du ihm von hinten etwas über den Kopf.«

»Bringe ihm noch ein Glas.« Er füllte ein Bierglas mit Korn.

Emil lieferte es ab. »Für den großen Adolfo!« rief er laut und bat augenzwinkernd die Frauen, mit dem Athleten anzustoßen. Zufrieden grunzte der Störenfried: »Danke. Ja, danke.« Er richtete sich auf, leerte das Glas. Und dabei knickten ihm zum erstenmal die Beine ein. Verwundert blickte er an sich herab, tadelnd, als wollte er sogar seine Beine zum nötigen Respekt vor dem großen Adolfo zwingen.

Emil feixte hinter seinem Rücken, winkelte den Arm an und prüfte seine Muskeln, drohte, der Zwerg dem Riesen, mit gewaltigen Faustschlägen, die er demonstrierte. Die Frauen und Männer an den Tischen begannen zu lachen. Und nun ließ Emil nicht mehr von ihm ab. Er drängte ihm die Gläser auf, brach in Begeisterungsrufe für den Athleten aus: »Ein Prost für den großen Adolfo!« Dann schlug er ihm kräftig mit der Hand auf den Hintern, als sich Adolfo wieder über einen Tisch beugte. Wütend fuhr der Kraftprotz herum, wandte sich an Emil, der flink den toten Winkel genutzt hatte und neben ihm auftauchte: »Emil, wer war das?«

Leopold sah dem Spiel zu, in dem der Liliputaner den Kraftmenschen zum Narren machte, aber zugleich ihn, Leopold, dazu anstachelte, dem torkelnden Ungetüm eine Art Gnadenstoß zu geben.

Von hinten mit der Flasche? Nein! Mit einem Stuhlbein? – Da könnte dem was passieren, und ich hätte nachher die Unkosten. Wenn der Hundemensch sagt, schlage ich doch mit der Flasche zu. Mehr als viertausend Mal hat der mich getreten. Das Schwein! Und was der mich jetzt schon gekostet hat!

Dann begann ihm allmählich einzuleuchten, daß sich diese Unkosten lohnen würden. Ein täppischer Fleischberg war er jetzt, der große Adolfo. Stammelnd warb er um Omas Gunst, die ihm von Glas zu Glas begehrenswerter erschien. Mit dem Oberkörper lag er fast auf dem Tisch. Leopold stierte fasziniert auf das breite Hinterteil, über dem sich die Hose straff spannte. Die Verlockung zu einer späten Rache wölbte sich ihm entgegen. Ungestraft hatte ihn dieses Monstrum von Mann jahrelang gedemütigt. Er konnte die Augen nicht davon abwenden. Hinter der Theke kam er hervor, langsam, vorsichtig. Ein großer Augenblick in seinem Leben würde es sein, die ausgleichende Gerechtigkeit. Er kostete ihn im voraus.

»Viertausendmal!« murmelte er.

Er wagte den Anlauf, trat mit aller Kraft zu. Sein Fuß traf diesen runden Hintern, fällte den großen Adolfo.

Die Frauen klatschten vor Begeisterung in die Hände. Die Männer lachten. Der Athlet lag am Boden, versuchte sich wieder aufzurichten, stützte sich auf alle viere. Aber da trat Emil noch einmal in das athletische Gesäß. Er kam nicht mehr vom Boden hoch.

Die Frauen beteiligten sich, auch Karl und Zwieback wagten sich nun heran. Vier Männer und sechs Frauen, so zerrten sie den Widerstandslosen bis vor die Tür. Dort ließen sie ihn im Vollrausch liegen.

»So«, sagte Leopold stolz, »jetzt rufe ich die Polizei und lasse ihn abholen.«

Am frühen Abend des Ostersonntags entkorkte Herr von Weber die Sektflasche. Er füllte die beiden Gläser, aber versuchte nicht, mit Frau Silberstein anzustoßen. Er sagte: »Zum Wohlsein!«

Dabei dachte er daran, wie endgültig das gemeint war: wohl sein . . .

Er öffnete die kleine Schachtel, schüttete die Tabletten auf den Tisch. »Gib mir einen Löffel, wir zerdrücken sie.«

Für jeden zwanzig Tabletten, verteilt auf mehrere Gläser Sekt. Er begann zu murmeln, während seine Hände die Dosis abmaßen: ». . . fünf, sechs, sieben.« Aber dann zählte er schweigend, wollte ihr die Vorbereitungen ersparen. Sie hörten das Knirschen der Tabletten unter dem Löffel, waren nicht aufgeregt, nicht wehleidig. Sie sahen ihr Unternehmen sachlich: eine Notwendigkeit, die endgültige Bereinigung, für die sie beide müde genug waren.

Sie hörte, wie er Sekt nachfüllte und in den Gläsern rührte. Sie erwartete das erste Glas. Sie dachte an einige Menschen, die sie gesehen und gekannt hatte: alte Menschen, die waren krank geworden, hatten demütig in den Kissen gelegen und waren ohne Getue ganz bescheiden gestorben. So wollte sie es auch machen: sich nicht mehr zur Wehr setzen.

Sie hoben die Gläser an, sieben Tabletten waren darin, zu Pulver zerstoßen. »Trink aus«, sagte Herr von Weber. Sie hörten ihre kleinen Schlucklaute.

Von Karfreitag bis Ostersonntag hatten sie gebraucht für diesen Entschluß, den zwanzig Jahre vorbereitet hatten.

Sie hatten am Karfreitag das Fest mit angehört: die trunkenen Stimmen schallten durch das Haus, Gelächter, Gekeife von irgendwo.

»Ein schreckliches Haus«, flüsterte Frau Silberstein neben Herrn von Weber. Sie hatte ihren Kopf auf seinen Arm gelegt. Schon bald nach seinem Eintreffen waren sie ins Bett gegangen. Die Drohungen aus der Dunkelheit erreichten sie hier nicht mehr. Sie konnten ihre Vorsicht ablegen, die ständige Alarmbereitschaft ihrer Sinne aufheben.

»Kannst du nicht ausziehen?« fragte er.

»Du meinst ohne ihn?«

»Ja.«

»Meinst du die Scheidung?«

»Ja.«

»Ich habe kein Geld. Ich weiß nicht, wie man das macht, an wen man sich wenden muß. Ich habe auch Angst davor. Es ist so verwirrend. Die Ämter und Fragen und eine Gerichtsverhandlung...«

»Du fürchtest dich davor.«

»Ich will das alles nicht. Es ekelt mich davor. Es ist so deprimierend. Man steht vor Menschen, die man nicht sieht, muß ihre Fragen beantworten. Und man weiß genau, sie sehen dich, sie fressen dich auf mit den Augen. Und du antwortest auf ihre Stimmen...«

»Aber wie soll es weitergehen?« fragte Herr von Weber.

Nur in den ersten Stunden ihres Zusammentreffens dachten sie daran nicht. Sie fielen sich jedesmal entgegen, fast rissen sie sich die Kleider vom Leib, kamen an in dem Bett, dem Ort ihrer Geborgenheit, erlöst für kurze Zeit. Aber diese Frist lief ab. Dann wartete die unerbittliche Frage.

»Wie es weitergehen soll? Ich weiß es nicht«, antwortete Frau Silberstein.

»Und wenn du einfach mit mir kommst? Alles hier zurückläßt?«

»Das geht nicht«, seufzte sie müde. »Warum sprechen wir davon? Wir haben diesen Tag und noch zwei Ostertage. Spät abends, am Ostermontag, kommt er zurück.«

Sie schliefen ein, erwachten, suchten sich mit den Händen, bestätigten ihre Liebe, fielen wieder in die Ermattung. Als ihre Körper satt waren, wollten sie trinken. Sie wußten nicht, ob es Samstagmittag oder schon Samstagnacht war.

»Ich glaube, es ist erst Mittag«, sagte er.

»Dann haben wir noch zwei Tage für uns«, flüsterte sie.

Später zog er seine Kleider an. Sie hatte ihm von der Kündigung des Herrn Grün erzählt. Nein! Bei diesem Mann wollten sie keine Getränke kaufen. »Ich nehme ein Taxi und kaufe an einem Kiosk.«

»Ob er ihm etwas sagt?« fragte sie.

»Und wenn!« rief Herr von Weber. »Er muß es bald wissen!«

»Er hat etwas gemerkt. Als er kam, sagte er: Ist hier etwas verändert?«

»Fragte er nach einem Mann?«

»Nein, aber sein Ton war so, daß ich dachte, er meinte einen Mann.«

Herr von Weber kaufte zwei Flaschen Cognac und eine Flasche Sekt. Am Kiosk fragte er den erstaunten Verkäufer: »Wieviel Uhr ist es jetzt?«

Samstagnachmittag, fünfzehn Uhr: noch zwei Tage, wie sie gesagt hatte. Immer nur Tage – dazwischen aber lagen Wochen und Monate, die sie allein sein würden. Sie war zermürbt, schon zu schwach zum Kämpfen. Es war aussichtslos. Er fand, es lohnte nicht, für einige Tage des Zusammenlebens so viel leere Zeit ertragen zu müssen.

Darüber sprachen sie in der Nacht, während sie Cognac tranken. Sie addierten wieder ihre spärlichen Möglichkeiten, redeten sich ein, sie seien zu stolz, eine solche Erbärmlichkeit auch noch wie ein Geschenk hinzunehmen. In starrköpfiger Verachtung fällten sie das Urteil über ihr Leben.

Herr von Weber bereitete das zweite Glas vor. Frau Silberstein lag auf dem Bett. Sie sagte: »Es ist seltsam, ich fühle nicht die Spur von Reue. Egon geht es gut. Er ist sehr tüchtig, hat der Hoteldirektor gesagt. Er braucht mich nicht. Ich habe ihn mehr gebraucht als er mich.«

»Er wird sich durchsetzen«, sagte er und legte sich zu ihr.

Sie rückten näher zusammen, wußten, daß sie sich jetzt noch einmal lieben konnten mit einer fast schon vom Körper befreiten Liebe.

»Wie lange noch?« fragte sie.

»Wenn wir das zweite Glas getrunken haben, vielleicht noch eine halbe Stunde.«

Sie hielten dieses Glas in der Hand, aber sie tranken es nicht mehr. Beide hörten zu gleicher Zeit, wie ein Schlüssel in der Wohnungstür gedreht wurde. Erschreckt fuhren sie auf, fürchteten in dieser Sekunde Silberstein mehr als den Tod, in dem sie bereits einen vertrauenswürdigen Partner gesehen hatten.

Herr Silberstein tastete mit seinem Stock durch den Flur. In der Wohnzimmertür blieb er stehen. Er lauschte in die Wohnung hinein. »Bist du da?« fragte er. »Ich weiß, daß du hier bist!«

Sie antwortete nicht.

»Du bist in der Wohnung!« rief er. Er machte einen Schritt in das Zimmer.

»Ja, ich bin da«, antwortete sie mürrisch, stand geräuschvoll vom Bett auf, war laut, um flüstern zu können: »Stell dich hier in die Ecke. Komm.« Zitternd führte sie den Mann in die Ecke neben dem Schlafzimmerfenster. Sie ging zurück, trat mit den bloßen Füßen auf den Stock mit dem Silbergriff, hob ihn auf und sagte: »Was schreist du so herum. Ich habe im Bett gelegen und geschlafen.« Sie streckte Herr von Weber den Stock hin, suchte seine Kleider zusammen, mit unsicheren Händen. »Natürlich mußt du wieder brüllend hier hereinkommen!« Die Kleider des Mannes, und dann ihre Kleider, die auf dem Boden lagen.

»Es riecht hier nach Alkohol«, stellte Herr Silberstein fest.

»Ich habe etwas getrunken. Es war nicht zum Aushalten hier!«

Sie schlug die Schlafzimmertür laut zu, kam in das Wohnzimmer, zog ihre Kleider an, während sie hastig redete: »Du wolltest am Montag kommen. Ich war nicht auf dich vorbereitet — was ist daran so besonderes, daß ich einmal früh schlafen gehe?« Sie merkte, daß ihr das Sprechen schwerfiel, spürte bereits die Wirkung der Tabletten.

»Bist du etwa betrunken?«

Sie standen sich jetzt gegenüber. Zwei Meter waren zwischen ihnen. Sie sprachen wie durch eine Wand.

Er ging zum Tisch, setzte sich auf einen Stuhl. Mit der Hand stieß er gegen ein Glas. Seine Hände begannen zu suchen, tasteten, fanden eine Flasche, mehrere Gläser, noch eine Flasche. Langsam stemmte er sich aus dem Stuhl hoch und hob den Kopf lauschend.

»Es ist jemand in der Wohnung!« rief er. »Wer ist hier?«

»Niemand ist in der Wohnung! Setz dich! Willst du etwas essen?«

»Wer ist hier?«

Er tappte durch das Zimmer. Sie folgte ihm, wollte ihn festhalten, aber er war bereits im Schlafzimmer. Er tastete das große Doppelbett ab, ging um das Bett herum, dicht an Herrn von Weber vorbei, kam wieder zurück in das Wohnzimmer. Dort blieb er stehen, unterdrückte seine Erregung, sammelte sich.

Langsam ging Herr Silberstein in das Schlafzimmer zurück, blieb vor dem Bett stehen. Zentimeter um Zentimeter, seltsam steif, wie die Bewegung eines Roboters, drehte sich sein Gesicht der Ecke neben dem Fenster zu. Es war, als blicke er den bewegungslosen Mann an, als könne er ihn sehen. Fast eine Minute standen sie sich gegenüber. Dann ging Herr Silberstein auf die Ecke zu. Schritt für Schritt, sich mit der vorgestreckten linken Hand vergewissernd.

Seine Hand berührte ein Gesicht, zuckte zurück. »Ah!« schrie Silberstein.

Er schlug mit seinem Stock zu, spürte, daß er getroffen hatte, holte wieder aus, vollendete den Hieb nicht. Es war wie ein Blitz: die große Helligkeit einer Explosion. Noch während Herr Silberstein zu Boden sank, hörte er das fremde Echo des Schlages, der ihn getroffen hatte.

Am frühen Abend des Ostersonntags wollte die Blonde Inge mit ihrem Königspudel einen kleinen Spaziergang am Bahndamm machen. Freudig wedelte der Hund mit seinem Stummelschwanz, als sie mit ihm die Treppe hinunterging. Er war anhänglich, dafür liebte sie ihn, achtete mehr auf die Äußerungen des hündischen Gemütes als auf die Temperamentsausbrüche der Männer, die zu ihr kamen.

Im Hausflur begegnete sie Olga, die ihren Angorakater auf dem Arm trug. Im Hinterhof hatte er gescharrt, hatte den Schwanz in die Luft gestreckt und sein Geschäft erledigt.

»Brav«, sagte Olga. »Brav, meine kleine Pussy.«

Als der Kater den Hund sah, ängstigte er sich, sprang plötzlich von Olgas Arm herunter, auf den Pudel los und hieb ihm mit der Kralle über die Nase. Sekunden nur waren sie ein wildes Knäuel, grau, schwarz. Dann stoben die beiden Tiere in verschiedene Richtungen davon.

Das Geheul des Pudels und das Kreischen der Katze wurden dann überboten von den Schreien der beiden Frauen, die aufeinander losgingen, sich in ihre Haare verkrallten, ohne eine Sekunde zu zögern oder die Reaktion von Hund und Katze zu bedenken.

»Du bist schuld!« rief die Blonde Inge.

»Er hat meinen Kater gebissen!« jammerte Olga.

Karl, Zwieback, Dodo, Tilly und fast alle anderen Frauen hasteten in das Treppenhaus. Sie zerrten die beiden auseinander. Olga und Inge standen sich gegenüber mit aufgelösten Haaren, die ihnen strähnig um den Kopf hingen. Olgas Kleid war zerrissen. Die Blonde Inge hatte eine Kratzspur auf der linken Wange. Karl hielt die Blonde Inge zurück. Zwieback, Tilly und Dodo versuchten Olga zu halten.

»Diese billige Schickse!« kreischte die Blonde Inge. »Die macht uns sowieso die Preise kaputt, weil sie fürs Vergnügen vögelt!«

»Oh!« grollte Olga. »Laßt mich los, ich mache sie kaputt!«

Leopold und Rosa erschienen als letzte. »Was geht hier vor?« rief er. »Das dulde ich nicht in meinem Haus. Hier herrscht Ordnung, dafür sorge ich!«

Sie deuteten mit Fingern, waren wie greinende Schulmädchen, die sich gegenseitig beschuldigten.

»Gebissen?« fragte Leopold und erkannte die Möglichkeit, die Blonde Inge zu strafen. Er fällte sein Urteil: »Gebissen, das ist schlimmer als gekratzt!«

Sie schnatterten alle durcheinander, ergriffen Partei. Oma sah Inge bedroht und begann zu keifen: »Eine Ungerechtigkeit ist das! Ein böswilliges Biest ist dieser verdammte Kater!«

»Ruhe!« rief Leopold. »Ich dulde keine Krakeelerei in diesem Haus! Was sollen die Leute von uns denken! Eine Räuberhöhle!«

»Du nimmst sie in Schutz!« rief die Blonde Inge. »Ich weiß schon lange, daß du mich gefressen hast. Aber damit du es mal weißt: Du kotzt mich schon längst an!«

»Genug!« rief Leopold. »Ich greife jetzt durch!« Er war der Richter, verurteilte noch einmal: »Inge, du bist entlassen! Du gehst!«

»Noch heute!« lachte sie. »Mit Vergnügen! Da kannst du lange suchen, du kleiner Scheißer, bis du mal wieder so 'ne Klassefrau in deinen Puff kriegst wie mich!«

Sie ging die Treppe hinauf, rief nach ihrem Pudel, der vor der Tür saß. Aber noch einmal drehte sie sich um: »Hol dir nur so eine miese Zicke wie die, die du schon hast! Da kannst du Umsatz machen, du schäbiger Fünfmarkloddel!«

Darüber entrüsteten sich die Frauen. Nein, das hätte sie nun auch nicht zu sagen brauchen! Nur Oma verteidigte: »Sie ist sauer! Was sagt ihr nicht alles, wenn ihr wütend seid?«

Auch Rosa bestätigte das Urteil: »Das war zuviel. Leopold mußte sie entlassen.«

»Jawohl!« sagte er, als habe er soeben eine leidige Pflicht erfüllt. »Sie hat die Ordnung in diesem Haus gestört!« Er dachte: Schon einmal hat sie Widerstand geleistet. Ausgelacht hat sie mich, mit dem Finger an die Stirn getippt, die Weiber aufgebracht, Rosa angestachelt. Jetzt habe ich sie erwischt. Jeder Widerstand muß sofort gebrochen werden!

FÜNFUNDZWANZIGSTES KAPITEL

»Das Geschäft war mies am Ostersonntag«, sagte Rosa zu Dodo. Sie saßen im Gastzimmer neben dem Fenster.

»Feiertagsruhe«, erklärte Dodo. »An Ostern, da gehen die Männer mit ihren Familien ins Grüne. Am Abend bleiben sie dann daheim.«

»Die Ruhe tut auch mal gut«, gähnte Rosa. »Leopold liegt noch immer im Bett.«

Die Frauen waren fast alle früh schlafen gegangen. Einige räkelten sich an den Fenstern. Karl, im seidenen Morgenmantel, den ihm Dodo zum Geburtstag geschenkt hatte, döste am Fenster vor sich hin. Schlechte Geschäfte waren das gestern, dachte er mißmutig. Er war nicht zufrieden mit Dodo.

Drüben hatte Baumann einen Liegestuhl vor seine Baracke gestellt. Während er dort lag, erwachten lüsterne Gedanken in ihm. Allerdings war sein Konto für fröhliche Stunden verbraucht. Man müßte wieder einmal ... Er erwog neue Geschäfte, bohrte dabei nachdenklich in der Nase, unterbrach diese Beschäftigung, als er einige Gesichter in den Fenstern des schräg gegenüberliegenden Wohnhauses sah.

Baumann fröstelte. Das Wetter hatte sich verschlechtert. Es wird bald Regen geben, dachte er und stand vom Liegestuhl auf. Er wollte einen kleinen Spaziergang zum Bahndamm machen, wo eine Lokomotive Tankwagen rangierte. Ein Güterzug rollte vorbei. Er weckte alle, die im Haus noch geschlafen hatten. Auch Herr von Weber hörte das Dröhnen der Waggons, er konnte sich das Geräusch jedoch nicht erklären.

Wie aus einem schweren Rausch wachte er auf. Hatte er getrunken? Geträumt? Ein Alptraum? Scheußliches, Ungeheuerliches im Traum? Angst überflutete ihn plötzlich vor etwas, an das er sich nicht erinnern konnte.

Er lag auf dem Bett, neben ihm Frau Silberstein. Als er sich bewegte, zuckte er vor Schmerz zusammen. Am Arm! Was ist das? Ich habe ... Noch eine stumpfe Sekunde, torkelnde Gedanken, die sich widerwillig sammelten. Dann zerriß der schützende Schlaf, die Mattigkeit, und lieferte ihn aus dem Erschrecken, das jäh über ihn herfiel.

Er sagte laut: »Mein Gott!«

Silberstein! Der Schlag auf seinen Arm. Dann die Abwehr mit

dem Stock. Silberstein fiel. Die Tabletten wirkten bereits! Was sollen wir tun? Was ist mit ihm? Ist er bewußtlos? Müde! Müde! Die große Ratlosigkeit, die unüberwindliche Müdigkeit. Er lag, er rührte sich nicht. Er muß jetzt noch liegen.

Auf das Bett hatten sie sich geschleppt, waren eingeschlafen, hatten nichts mehr gedacht. Auf dem Tisch standen noch die unberührten Gläser mit der zweiten Dosis.

»Silberstein!« rief Herr von Weber und tappte schwankend durch das Zimmer. »Silberstein!« murmelte er. Seine Hände suchten, befühlten Wände, Tisch und Stühle. »Silberstein!« Er schwankte, hatte Schmerzen im Arm, quälende Stiche hinter seiner Stirn. Die Schwäche zwang ihn, in die Hocke zu gehen. Er ließ sich auf die Knie nieder. Dann kroch er durch das Zimmer. »Silberstein!« ächzte er. Früher waren sie fast Freunde. Er versuchte, sich zu orientieren, mußte sich übergeben. Da war das Bett. In dieser Ecke stand ich. Er kroch auf die Ecke zu. Seine Hand faßte einen Schuh, das Bein, über den Rumpf glitt sie, fand das Gesicht.

»Silberstein!« schrie er auf.

Die Kälte der Erstarrung hatte er mit seiner Hand gespürt. Herr von Weber ließ sich fallen. Mit dem Gesicht am Boden schluchzte er zwei-, dreimal auf. Eine Viertelstunde blieb er auf dem Boden neben dem Toten liegen, ohne sich zu bewegen.

Wenn er nur bewußtlos wäre – eine tiefe Bewußtlosigkeit? Er richtete sich auf, klagte sich an: Warum habe ich so fest zugeschlagen? Hatte er sich rächen wollen für die Demütigung, ein Ertappter zu sein, für alle Demütigungen? War es Abwehr, Notwehr? Das Gesicht war kalt. Er rüttelte den Toten, suchte am Handgelenk nach dem Puls, erhielt tödliche Gewißheit.

Jetzt erst dachte er an Frau Silberstein. Sie lag noch auf dem Bett. Er schüttelte sie, aber sie erwachte nicht. »Du mußt aufwachen!« rief er. »Hörst du mich?«

Fast zehn Minuten brauchte er, bis sie eine schwache Antwort gab. Wasser! dachte er. Wasser! Auch für mich.

Sie lallte, als er das Wasser über sie goß. Er tappte noch einmal in die Küche, hielt seinen Kopf unter den Wasserhahn. Dann versuchte er, Frau Silberstein aufzurichten. Nach einer Stunde war sie wach. Er sagte ihr die Wahrheit ohne Schonung: »Er ist tot. Ich habe ihn erschlagen. Aber das wollte ich nicht.«

»Tot?« fragte sie.

»Ja.«

Sie klagte nicht, saß apathisch auf dem Bettrand, noch betäubt, unfähig, etwas anderes zu denken als dieses eine Wort: tot! Sie schwiegen minutenlang, waren ausgeliefert, fühlten sich an das Unglück geschmiedet. Hier im Zimmer fing es an. Von hier würde es sich ausbreiten, die Nachricht einer Katastrophe. Das Verhängnis würde wachsen. Die Drohungen türmten sich vor ihnen auf wie ein Berg. Schuldig – angeklagt, verurteilt, bestraft, vernichtet. Noch einmal die Reihenfolge des Entsetzlichen.

Diese Gedanken zwangen Herrn von Weber zu einem Protest: Ich habe das nicht gewollt. Es war Notwehr. Ich bin nicht schuldig! Aber wer würde das glauben? Dieser erste Versuch, die Schuld abzuschütteln, weckte seine Widerstandskraft. Er dachte jetzt nicht mehr an Tabletten, er wollte leben.

»Wir müssen etwas unternehmen!« sagte er.

»Was?«

»Er muß fort von hier. Wir müssen ihn wegschaffen! Vielleicht haben wir eine Chance. Wir müssen es versuchen! Die Polizei! Gerichtsverhandlung!« Er sprach hastig: »Durch alle Zeitungen werden wir geschmiert. Über uns herfallen werden sie. Nicht glauben werden sie uns. Mord! werden sie sagen. Du verstehst?«

»Ich kann nicht mehr«, stöhnte sie. »Ich möchte tot sein.«

»Nein!« schrie er sie an. »Nimm dich zusammen! Du mußt mir helfen!«

»Ich bin krank.«

»Das ist das Gift der Tabletten. Auch mir ist noch schlecht. Aber wir müssen durchhalten.«

»Wie?«

Herr von Weber atmete schwer. Er dachte nach, hetzte seine Gedanken. Ein Unfall, ein Überfall, aber nicht hier in der Wohnung. Sie mußten ihn draußen finden, ein Getöteter. Noch unter dem Einfluß der Droge und angetrieben von Angst, plante er, verwarf Ansätze, zwang sich aber, an eine rettende Möglichkeit zu glauben.

Über den Bahndamm fuhr ein Zug. Herr von Weber hob den Kopf. In einer Sekunde hatte er den endgültigen Plan entworfen. Ja! Der Bahndamm: ein Zug!

»Hör zu«, sagte er. »Es ist schrecklich, aber wir müssen es tun! Warte. Wieviel Uhr ist es? Ich werde dir erklären ...«

Sie erschrak, aber folgte ihm willenlos. Die Uhrzeit? Sie tastete nach dem Wecker. »Es ist ein Uhr.«

Sie öffnete das Fenster, horchte hinaus. Kein Geräusch. »Es ist Nacht«, flüsterte er. »Ein Uhr nachts. Wir haben sieben Stunden geschlafen. Die Tabletten sind nicht sehr stark.« Er spürte die kühle Luft draußen, war überzeugt von der Dunkelheit. »Gestern schien die Sonne. Das Wetter war beständig. Wenn es Tag wäre, müßte es wärmer sein.«

»Aber wenn man uns sieht?«

»Wir müssen es riskieren. Vorsichtig müssen wir sein. Bis zum Bahndamm ist es nicht weit. Es wird aussehen, als hätte ihn ein Zug überfahren.«

»Es ist schrecklich!« schluchzte sie plötzlich. »Auf ein Gleis ...«

»Wir haben keine Wahl. Es geht um unser Leben.«

»Unser Leben?« fragte sie verwundert. »Wir wollten doch ...«

»Ja, aber jetzt nicht mehr!«

»Warum?«

Darauf fand Herr von Weber keine Antwort.

»Ich kann nicht! Gib mir die Tabletten!«

»Nein!« schrie er und schüttelte sie am Arm. »Du mußt jetzt durchhalten!«

Sie gehorchte, faßte die Beine ihres toten Mannes und hob an. Herr von Weber packte den Körper unter den Achseln, nahm den schwersten Teil der Arbeit. Silberstein war kein kräftiger Mann gewesen. Sie konnten ihn tragen, brachten ihn bis in den Flur.

»Vorsichtig die Treppe hinunter«, flüsterte Herr von Weber.

Als er die Wohnungstür öffnete, sich dann bückte, um wieder anzuheben, kam Herr Knorr aus seiner Wohnung. Herr von Weber erschrak. Er zog die Tür zu, stellte sich vor den Spalt. Er machte den kläglichen Versuch, einen Verdacht zu entkräftigen. Er sagte freundlich: »Guten Tag.«

Der Taubstumme blickte ihn nur kurz an und zog den Hut. Dann ging er die Treppe hinunter.

Nichts hat er gesehen, nichts wahrgenommen. Am Schritt hörte er es. Das war der Gang eines Mannes, der ganz einfach die Treppe hinunterging, ohne den Verdacht, ein Zeuge geworden zu sein.

»Langsam! Vorsichtig!« flüsterte Herr von Weber. Sie mußten auf jedem Treppenabsatz anhalten. Zwar hatten sie Stimmen gehört in den Wohnungen der Frauen, aber das Treppenhaus blieb leer. Sie brauchten zehn Minuten bis ins Freie.

Baumann entdeckte sie zuerst. Starr vor Verwunderung blieb er stehen. Er war am Bahndamm gewesen, hatte den Rangierarbeiten zugesehen. Jetzt kamen sie ihm entgegen.

Karl war der zweite. Er schaute hinunter. Dann Dodo, dann Rosa. Drüben im Wohnblock sammelten sich die Gesichter an den

Fenstern. Anita packte Sonja erschreckt am Arm, zog sie zum Fenster, deutete nur hinunter – wortlos, mit vor Schreck offenstehendem Mund. Das Entsetzen machte alle Zeugen stumm.

Unendlich vorsichtig trugen sie den Toten. Herr von Weber flüsterte: »Leise! Leise!« Er glaubte an die schützende Nacht, war sicher, daß sie niemand begegnet waren. Noch fünf Minuten, dann wäre der Bahndamm erreicht. »Vorsichtig!« Sie torkelten unsicher mit ihrer Last: vorn die Frau, hinten der Mann, dazwischen der erschlaffte Körper.

Sie mußten einmal absetzen. Die Frau sagte etwas, schüttelte den Kopf. Er redete auf sie ein, trieb zur Eile. Der stille Mann lag auf dem Pflaster. Sie hoben ihn wieder auf.

Es war eine Stunde nach Mittag. Allen Augen preisgegeben, schleppten die Blinden den Beweis ihrer Schuld zum Bahndamm.

Die Artistenklause war geschlossen. Die Mordkommission hatte es befohlen. Mit einem großen grünen Wagen waren sie gekommen.

Verstört standen die Frauen im Lokal. Sie schwatzten durcheinander, waren sich der Wichtigkeit bewußt, Zeugen einer Tragödie geworden zu sein. Dabei aber scharten sie sich um die Männer, als wären Notzeiten angebrochen. Emil, Karl, Zwieback, Leopold und Jonathan waren der Mittelpunkt all der Sprüche, die sie wie altkluge Kinder von sich gaben.

»Das Schicksal hat zugeschlagen.«

»Wie hätte man so etwas denken können?«

»Der stille Herr Silberstein ...«

»Ein richtiges Verbrechen ist das ja ...«

»Scheußlich, wie sie ihn weggetragen haben. Genau wie Mörder haben die ausgesehen ...«

»Und da sitzt man hier am Ostermontag und denkt nichts Böses ... und da ...«

»Da könnt ihr mal sehen, wo Ehebruch hinführt!« ergiftete sich Oma.

»Sie haben sich geliebt«, sagte Olga, die Russin. »Die Liebe ist schuld.«

Fast feierlich sagte die dumme Anita: »Da hat das Schicksal zugeschlagen ...«

»Quatscht doch nicht so pathetisch!« rügte Jonathan.

»Ich habe einen Artisten gekannt, der sagte immer: Der große

Hammer hat zugeschlagen.« Emil übertönte sie alle mit seiner tiefen Stimme. »Wir kommen alle dran – der große Hammer.«

Leopold hörte das, stimmte in Gedanken zu: Jawohl, der große Hammer hatte zugeschlagen, hatte auch ihn getroffen, schon einige Male. Mein Lokal wird in Verruf geraten. Das Haus: einen schlechten Leumund wird es kriegen. Die Gäste werden fortbleiben. Mord! werden sie sagen. Um Gottes willen! Dabei bin ich doch völlig unschuldig. Einmal habe ich sie verwarnt, habe sogar gekündigt, aber es wieder vergessen.

Draußen fuhren noch zwei Personenwagen vor. Noch mehr Polizisten. Das Wohnzimmer des Ehepaars Grün war zu einem Vernehmungsbüro geworden. Dort saßen die Polizisten und fragten.

Baumann, dann Rosa, danach alle Frauen.

»Was haben Sie gesehen? Erzählen Sie der Reihe nach . . .«

Schriftlich wurde das gleich gemacht. Leopold zitterte, als er vernommen wurde. »Nein!« sagte er. »Damit habe ich nichts zu tun! Nichts habe ich gehört.« In diesem Augenblick wappnete er sich für alle zukünftigen Verhängnisse, sicherte seine Schuldlosigkeit: »Ich bin nämlich schwerhörig! Ich höre nichts. Fragen Sie nur meine Kellner. Laut müssen sie mir die Bestellungen zurufen. – Rosa! Ist es so? Bin ich nicht . . .«

»Ja doch, er ist schwerhörig«, sagte sie.

»Und was kann ich dafür?« brabbelte er. »Ich bin für Ordnung. Noch nie in meinem Leben habe ich mit der Polizei . . . Der große Hammer . . .«

»Wie?« fragte der Kommissar.

»Ich meine, er hat wieder zugeschlagen . . .«

Im Lokal gackerten noch die Frauen. Alle Bewohner des Hauses sollten noch kurz verhört werden. Auch Otto ließ sich von Sonja in das Vernehmungszimmer führen. Die Beamten sagten nur: »Der kann gehen.«

»Was tut denn das Kind hier?« fragte der Kommissar, als er Wally sah.

»Meine Tochter!« erklärte Rosa stolz.

»Glauben Sie, das ist der richtige Ort für Ihre Tochter?«

»Aber das Kind ist doch schon sechzehn. Außerdem hat sie nichts damit zu tun. Sie wohnt oben. Sie kommt nur zum Essen hier herunter.«

Der Kommissar winkte ab. Wally durfte gehen. Sie interessierte sich nicht übermäßig für den Mord. »So«, sagte sie, »der Silberstein ist totgeschlagen worden.«

»Wo ist er denn? Wo ist er denn?« fragten gleich ein paar Frauen.

Der Arzt hatte ihn untersucht. Schädelbruch. Aber er hatte noch gelebt, wäre zu retten gewesen. Erst drei oder vier Stunden sei er tot. Das war amtlich, war bereits beurkundet.

»Und der andere? Und die Frau?«

Ja, die wären bereits verhaftet. Der Mann schrie: »Es war ein Unfall! Es war Notwehr!« Die Frau sagte gar nichts.

»Komm, Otto, geh wieder in deine Mansarde«, flüsterte Sonja. Sie war erregt vom Mord, hatte an diesem Tag noch keinen Mann gehabt.

»Komm, Otto, ich bring dich hin.«

Auf der Treppe sagte Otto: »Und dann gibt es wieder Sauerkraut.«

»Natürlich, mein Schatz. Komm, geh schon 'rein.«

Sie horchte in das Treppenhaus. Alle Bewohner waren im Gastzimmer. Sie gingen in die dürftige Mansarde. Leise schloß sie die Tür hinter sich, drehte den Schlüssel im Schloß.

»Ich will Schokolade haben!«

»Ja, ja, mein Schätzchen. Komm, zieh dich brav aus. Was viel Besseres als Schokolade kriegst du.« Dann fuhr sie ihn an: »Ganz still mußt du sein! Kein Wort darfst du sagen! Hast du mich verstanden?«

Der Idiot blickte sie furchtsam an, wagte kein Wort mehr. Im Hemd stand er vor ihr.

»Oh!« staunte sie. »Du bist ja schön, Otto.« Sie faßte ihn an, streichelte ihn, war verliebt in das, was sie sah. »Du schlägst sie alle, Otto.« Nein, die beiden Schwulen hatten nicht übertrieben. »Das ist ja sensationell, Ottochen. So, und jetzt leg dich brav ins Bettchen.«

Der Idiot gehorchte. Schnell zog sie ihr Kleid aus, streifte das Höschen ab. Dann legte sie sich zu ihm, flüsterte: »Willst du Schnucki haben? Ja, ja, mein Schätzchen, jetzt kriegst du Schnucki. Komm, ich zeige es dir. So wird das gemacht ...«

Otto begann zu grunzen. Obwohl Sonja sich bemühte, diesen Diebstahl leise zu begehen, mußte sie doch laut jubeln.

»O du! Mein Ottochen. Mein Held! Du bist ja ... Alle schlägst du! Mein kleiner Spinner mit dem großen König! Der König bist du. Jajaja ...«

Am Abend fragte Emil: »Leopold, soll ich heute wieder den Salto machen?«

Er war unsicher, fürchtete, pietätlos zu sein. Auch Leopold hatte ähnliche Gedanken. Nein, es schien ihm doch besser, heute ohne Salto bedienen zu lassen. Ein Toter im Haus. Auch wenn er nicht mehr da war, heute war ein Todestag.

Mißtrauisch stand Leopold hinter der Theke. Er achtete sorgfältig auf die Blicke der Gäste, aber die Gäste waren wie immer. Seine Empfindlichkeit hatte sich bereits gerüstet, war gefaßt auf große Reden, mit denen er seine Unschuld beteuern wollte. In den Abendblättern war die Sensation gemeldet worden: »Mord unter Blinden!« — »Blinder Liebhaber erschlägt blinden Ehemann!«

»Wo war das?« fragten ein paar Gäste.

»Oben«, sagte Leopold ernst.

Die Männer nickten nur, waren befriedigt von dieser Auskunft. Die Rote Else meldete, daß ein Fotograf das Haus aufgenommen hatte.

Es war schon vorüber, obwohl die Erinnerung daran noch wie ein leichter Frost in ihnen saß.

Leopold trank ein paar Schnäpse mit Emil. »Weißt du«, sagte er, »ich hatte einen Flohzirkus geplant, aber das zieht heute nicht mehr. Den Kasten hat mir schon ein Schreiner zusammengenagelt. Ich wollte auch Wally eine Freude damit machen. Sie interessiert sich aber nicht dafür.«

»Sie interessiert sich für nichts«, sagte Emil.

Leopold nickte: »Ja, leider. Du darfst mir glauben, ein sehr schwieriges Kind. Was sollen wir nur mit ihr anfangen?«

»Die Oma säuft wieder.«

»Wie hast du das mit dem großen Hammer gemeint?« fragte Leopold.

»Oh, das ist schon lange her, da war eine Hochseiltruppe. Es gab einen Todessturz. Da sagte ein Mann: Wir kommen alle dran, auch die, die keine Artisten sind. Der große Hammer schlägt bei jedem zu.«

»Ja, ja«, sagte Leopold.

Spät in der Nacht kam eine fröhliche Gesellschaft, angetrunkene Männer, begleitet von ihren nicht angetrunkenen Frauen. Es war leicht zu sehen, daß sie diesen Besuch als den Abschluß des geselligen Abends betrachteten. Eine Steigerung, kühn wollten sie einmal hier schnuppern, mit der Sünde kokettieren. Am nächsten Tag würden sie sagen: Wir haben eine Flasche Sekt in der Artistenklause getrunken.

Oma krakeelte zur Freude der Damen und Herren auch schon bald los. »Erschlagen haben sie ihn! Jetzt isser tot! Jawoll!«

Jonathan versuchte, sie zu dämpfen: »Mach doch nicht so einen Spektakel.«

»Was willst du, du Jüngling? Du gehörst nicht zu uns. Du hast hier nichts verloren! Aber«, setzte sie listig hinzu, »wenn du einen ausgibst, dann darfst du dich zu Oma an den Tisch setzen.«

Jonathan winkte Willi heran.

Eine Ehefrau sagte zu ihrem Mann: »Laß uns gehen. Es ist doch schrecklich – diese Huren.«

Oma hatte es gehört. Auch Jonathan drehte den Kopf und betrachtete die Frau. Er sagte lächelnd: »Und was, gnädige Frau, berechtigt Sie zu der Annahme, daß Sie nicht eines Tages zur Hure werden könnten?«

Darüber empörten sie sich, die Herren und Damen. Das war zuviel. Unerhört! Das Schauspiel der Sünde hatten sie sehen wollen, im gehörigen Abstand, von den Akteuren mit dem schuldigen Respekt beachtet.

Sie rückten die Stühle, die Männer nahmen eine drohende Haltung an. Aber ihre Drohungen mündeten im Rückzug: »Ober! Zahlen!«

Oma lachte kreischend. »Jawoll!« rief sie einem der Herren zu. »Hat sie dir das Häutchen unbeschädigt mit in die Ehe gebracht? Hähähä! Hat sie es dir gezeigt? Weißt du, warum sie das getan hat? Sie hat es für dich aufbewahrt, um dich ein ganzes Leben lang dafür zahlen zu lassen! Hähähähä!«

SECHSUNDZWANZIGSTES KAPITEL

Die Frauen musterten ihn interessiert. Er war ein Herr, hatte die kühle Gelassenheit eines Mannes, der gewohnt ist, Befehle zu erteilen. Er ging zur Theke und sagte: »Ich habe in Erfahrung gebracht, daß mein Sohn in Ihrem Haus lebt. Er heißt Jonathan. Führen Sie mich zu ihm.«

»Aber ja!« antwortete Rosa beflissen. »Er ist hier. Er wohnt . . .«

»Sei still«, unterbrach Leopold.

»Führen Sie mich zu ihm«, sagte der Herr.

Er war mindestens sechzig Jahre alt, schien alle Menschen im Gastzimmer zu übersehen, ein Mann, der keine Minute verschwendete. Leopold fühlte sich gedemütigt von ihm, hätte gern gesagt: Gehen Sie doch zu ihm. Was brauchen Sie mich dazu. – Aber er sagte nichts, er gehorchte.

»Wer ist denn das?« fragte Sonja.

»Ist das sein Vater?« forschte Oma. »Menschenskind, das ist ja ein toller Mann. Ob der wohl mal was anlegen würde . . .«

»Du spinnst«, erklärte Dodo. »Das ist ein General! Die legen fürs Vögeln nichts an.« Sie hatte eine Kategorie erfunden, für ältere Herren, die nicht zu haben waren: Generäle!

Der Herr blieb nur zehn Minuten. Neugierig sahen die Frauen aus den Fenstern, als er in seinen Wagen stieg, den er mindestens fünfzig Meter von der Artistenklause geparkt hatte.

»Das war was Ernsthaftes. Aber was?« überlegte Rosa.

Sie bediente Jonathan selber, stellte ihm das Bier auf den Tisch, setzte sich neben ihn und fragte: »Was war? Was hat er denn gewollt, dein Alter?«

»Den Brotkorb hat er mir höher gehängt. Ich werde hier ausziehen müssen. Verstehst du, er sitzt am längeren Hebel.«

»Und was wirst du anfangen?«

»Ich habe sein Angebot akzeptiert. Ich werde arbeiten.«

»Als was?«

»Kaufmann.« Er zuckte mit den Schultern. »Früher oder später werden wir doch gezwungen, unser Leben zu verkaufen.«

»Aber warum ist er gerade jetzt gekommen?«

»Der Mord hat ihn aufgestört. Er hat die Geschichte in allen Zeitungen gelesen.«

»Siehst du, Leopold«, sagte sie später an der Theke, »der Mord hat uns doch geschadet. Jetzt haben wir einen schlechten Ruf.«

»Was kann ich denn dafür! Ich habe alles getan, damit wir einen guten Ruf kriegen!«

»Er geht schon morgen. – Ja, wer hätte das gedacht. Diese Blinden!«

Sie seufzte, erinnerte sich wieder an den Tag. Treppauf, treppab waren die Polizisten durch das Haus getrampelt. Und diese Verhöre! So richtig schuldig hatte man sich dabei gefühlt. Jawohl, als wären wir schuld daran, so haben sie mit mir geredet.

»Bei der Gerichtsverhandlung sind wir alle Zeugen. Das hat mir gerade noch gefehlt«, klagte Leopold. »Aber ich bin schwerhörig. Ich habe nichts gehört!«

»Aber sonst hörst du doch jeden Furz, der hier gelassen wird.«

»Emil«, rief Leopold, »komm mal her! Bin ich schwerhörig oder nicht?«

»Sehr schwerhörig«, sagte Emil mit Bestimmtheit.

Ein paar Frauen saßen an den Tischen. Es war Mittagszeit. Wally kam ins Gastzimmer und sagte: »Ich habe Hunger. Was gibt es heute?«

»Was willst du denn haben, mein Engelchen?« fragte Rosa und beeilte sich, ihr die Speisenfolge des Tages zu erklären.

»Und was hast du denn gemacht, heute morgen?«

»Gelesen«, sagte Wally kurz. Sie beauftragte Willi mit der Bestellung, aß dann wortlos, ließ die Hälfte des Essens stehen und ging wieder in ihre Mansarde.

»Was sollen wir nur mit ihr machen?« jammerte Rosa.

»Leopold, du mußt da eingreifen.«

»Es ist deine Tochter.«

»Und mit Otto? Was fangen wir mit ihm nur an?«

»Zurück ins Heim!«

»Der wird hier viel zu fett. Immer wieder erwische ich die Mädchen dabei, daß sie ihn füttern. Die Sonja, die gibt ihm das Sauerkraut pfundweise. Das muß aufhören.«

Am Abend erschien Inge mit einem Freier. Sie hatte eine Woche im Hotel gewohnt, dann hatte sie eine möblierte Luxuswohnung gemietet.

»Mit seidenen Tapeten, wie ich das liebe!« erzählte sie. »Die teuersten Teppiche! Und das Bad müßtet ihr sehen: alles Marmor!«

Die Frauen saßen bewundernd um sie herum.

Oma sagte: »Du hast noch Schuhe im Zimmer stehen. Mäntel hängen auch noch im Schrank. Und da liegt auch noch ein Schlüsselbund.«

»Das werde ich alles mal holen. Aber nicht heute. Hier, Oma, bezahl meine Miete. Der Rest ist für dich.«

»Danke, mein Schatz, danke!« Oma steckte hastig das Bündelchen Hundertmarkscheine in ihre Tasche.

Inge befahl ihrem Begleiter: »Mein lieber Friedhelm, jetzt werfen wir mal ein paar Dutzend Flaschen Sekt für die Damen. Alles meine Freundinnen.« Sie rief zur Theke: »Sekt für alle!«

Der Mann lächelte zustimmend, ohne etwas zu sagen.

»Mein Friedhelm ist reich. Nicht wahr, Friedhelm? Ihr habt Geld zum Fressen. »Ja«, sagte er und lächelte einfältig.

»Und wißt ihr, was das Tollste ist? Seine Mutter hat mich für ihn aufgegabelt. Und was hat sie gesagt, deine Mama?«

»Meine Mama hat gesagt: Friedhelm, für dich ist gesorgt. Dein Vater hat dir soviel hinterlassen, daß du . . .«

»Nein, das meine ich nicht!« unterbrach die Blonde Inge. »Was hat deine Mama noch gesagt?«

»Ach so, meine Mama hat gesagt: Inge ist für dich. Das schönste Mädchen habe ich für dich ausgesucht . . .«

»Er ist schon fast dreißig, aber das sieht man ihm nicht an.« Sie blinzelte den Frauen zu.

»Aha!« sagten die Mädchen und nickten verstehend.

»Ja, und der Friedhelm ist schön. – Ist er nicht schön? Und reich ist er, unser Friedhelm . . .«

»Er hatte einen Autounfall vor ein paar Jahren«, flüsterte Inge.

Emil führte wieder seinen Salto vor. Das Gastzimmer war überfüllt. Leopold sah es mit Genugtuung. Der Mord hatte dem Geschäft nicht geschadet. Eine Woche war es her. Man würde es vergessen. Nur die Gerichtsverhandlung war noch zu überstehen.

Emil lief bei der Theke an, überschlug sich, acht Gläser auf dem Tablett. »Und schon ist Emil wieder da!« dröhnte seine Stimme. Die Gäste klatschten Beifall. Ja, das war eine Attraktion. Leopold hatte sich nicht getäuscht. Das wollten sie sehen.

Habe ich mich in diesem Geschäft überhaupt je getäuscht? Nein! Meine Rechnung geht auf, trotz des Mordes.

Die Frauen lobten ihre großzügige Kollegin. »Ja, die Inge, die ist die Beste. Die hat uns nicht verlassen. Die kommt hierher und schmeißt Sekt für uns . . .«

Auch Karl und Zwieback genossen von der Sektspende. Karl musterte seine Dodo, war nicht zufrieden. Vor der Toilette fing er Inge ab. »Hör mal«, sagte er. »Ich habe dir einen Vorschlag zu machen. Du lebst doch jetzt allein in deinem Luxuskäfig. Du brauchst mal Hilfe und Schutz . . .«

»Was willst du?« fragte sie kühl.

»Dodo hat kein Talent. Das bißchen Brust und Speck, was sie noch anbieten kann, das langt nicht. Sie kann sich nicht verkaufen . . .«

»Nein, du bist nicht mein Fall«, sagte sie.

»Wieso? Was fehlt?«

»Du hast nicht genug Intelligenz«, erklärte sie hochmütig.

»Ah! Nicht genug . . . Du hast gar keine Ahnung, wie intelligent ich bin!«

»Hau ab!« befahl sie.

»Dann eben nicht«, resignierte er. »Es war nur ein Angebot.«

»Jawohl!« grinste Oma. »Unsere Inge läßt uns was zukommen! Die vergißt uns nicht.« Eifrig stimmten die Frauen zu, lobten, schmeichelten, tranken und aßen auf die Kosten der Erfolgreichen.

Als sie, Stunden später, mit ihrem lächelnden Friedhelm gegangen war, sagten fast alle: »Was die für eine Welle angibt. Was die sich einbildet.«

Ein Herr, der allein an der Theke stand, winkte Oma. Sie begrüßte ihn überschwenglich, ging mit ihm ins Zimmer. Schon wenige Minuten später kam sie in die Küche und rief: »Rosa! Back schnell 'nen Pfannkuchen, mein Freier ist da!«

Mit dem Pfannkuchen in der Pfanne eilte sie hinauf, kam bald zurück, die Freude über ein lohnendes Geschäft war ihr anzusehen. Sie lachte, sprach von einem Glückstag und erzählte: »Die Brandsalbe hat er auch wieder dabei gehabt.«

Jonathan wollte sich von Wally verabschieden. Aber sie öffnete ihre Tür nur einen Spalt. Sie zwang ihn durch diese Öffnung zu sprechen. Er hatte nie wieder versucht, mit ihr zu schlafen. Eine Zeitlang hatte er die lieblose Deflorierung bedauert, sie dann aber als unwichtig und doch irgendwie unvermeidlich abgetan.

Als er seine Koffer packte, dachte er wieder daran. »Ich gebe dir den Rat, geh von hier fort. Du mußt etwas lernen. Mach's gut. Willst du meine Adresse haben?«

Sie schüttelte den Kopf. »Du gehst? Na ja, dann gehst du eben . . .« – »Willst du mir nicht auf Wiedersehen sagen?«

»Nein«, sagte sie und schloß ihre Tür.

Im Lokal trank er noch ein Glas Bier. Rosa und Leopold schüttelten ihm die Hand. Ein paar Frauen kamen, Emil, Willi und Lorenz. »Ja, er geht. Er darf nicht hierbleiben. Es ist ja auch besser für ihn. Weißt du, mit dem Malen kann man sich nicht ernähren«, riet ihm Rosa. »Einen ordentlichen Beruf muß man lernen, wenn man es zu was bringen will.«

Leopold war zerstreut. Er sagte fast nichts. Seine Gedanken kreisten um die Vorladung zur Hauptverhandlung gegen Herrn von Weber und Frau Silberstein. Er fühlte sich bereits in die Enge getrieben – als Zeuge. Sie alle hatten diesen gerichtlichen Bescheid erhalten. »Schon in vierzehn Tagen. Mein Gott, haben die es eilig! Für was quäle ich mich eigentlich? Jeden Tag stehe ich hier. Von morgens bis abends. Nichts leisten wir uns. Nicht einmal Urlaub machen wir.«

Rosa sprach von einem Auto. »Wir können es uns leisten. So einen richtigen schicken Wagen, wie ihn die Rote Else und auch Inge fahren.«

»Wo denkst du hin! Das ist viel zu teuer!« rief er. Aber in der Nacht schmeichelte sie ihm die Zustimmung ab. »Stell dir vor, wie wir da fahren«, säuselte sie. »Und in so einem Wagen, wenn wir da am Hotel vorfahren, da halten uns die Portiers schon den Wagenschlag auf. Leopold«, warf sie ihm vor, »wir müssen auch zeigen, wer wir sind. Die Leute müssen sagen: Aha! Die haben's!«

Er knurrte nur noch, aber er war doch bereit, an einem Morgen mit ihr zu einer Firma zu gehen. »Aber nur ansehen!« warnte er sie. »Es wird nicht sofort gekauft. Wieviel haben wir jetzt auf der Bank?«

»Und wenn wir dann in Urlaub fahren, und du kommst so richtig braungebrannt zurück . . .«

»Hm!« Ja, das gefiel ihm, wenn es nur nicht soviel kosten würde! überlegte er. Allerdings hatte sie nicht unrecht, als sie sagte: Wir können es uns leisten. Überhaupt schien ihm, daß er außer seinen heimlichen Einnahmen nie etwas von dem Geld sah, das er verdiente. Nur die Zahlen konnte er lesen, die auf den Kontoauszügen standen. Er hätte sich das Geld als Besitz gewünscht, gestapelt in einem Geldschrank – meßbar, sichtbar. Jetzt lag es auf der Bank. Es war nicht möglich, dort hinzugehen und zu sagen: Hören Sie, ich möchte mein Geld einmal sehen.

Er überlegte: Warum eigentlich nicht? Schon in den nächsten Tagen kaufte er sich eine Aktentasche. Rosa fragte. Er sagte: »Ein Mann braucht eine Aktentasche.«

»Aber wozu?«

Er lächelte überlegen, dachte: Einmal will ich es sehen, auf einem Haufen.

Als er morgens zur Bank kam, mußte er warten. Das Geld müsse natürlich zweimal gezählt werden. Und das könne er doch verstehen, daß man hunderttausend Mark nicht so schnell zählen könne.

»Ja, ja«, sagte er. »Ich habe ein Geschäft vor, für das ich das Geld in bar brauche.«

Zwanzig Minuten später wurde er aufgerufen. Und da lag es vor ihm. Schwere Bündel, die ihm seine Macht bestätigten. Ja, da lag es, in Vertretung des Goldes, mit dem auch sein Besitz abgesichert war. Er weidete sich an diesem Anblick, packte es sehr langsam in seine Tasche – Bündel um Bündel.

Wenn ich jetzt in einen Zug nach Paris oder Stockholm einstiege? Wenn ich jetzt eine Flugkarte nähme? Er ging durch Straßen, neben Menschen, die er nicht kannte, er fühlte sich ihnen überlegen. Er war mächtiger als sie alle. Ein Nichts waren sie gegen ihn. Wenn ich jetzt in eines dieser Kaufhäuser hineinginge? Kaufen! Kaufen! Oder ich würde im ersten Hotel der Stadt absteigen und befehlen: Geben Sie mir die Fürstenzimmer! Ein ganzes Heer von Angestellten könnte er zum Traben bringen.

Aber dann dachte er: Wenn jetzt einer wüßte, daß ich hier gehe und Hunderttausend in der Tasche trage. Vielleicht der, der da neben mir läuft. Er schaute sich mißtrauisch um. Immerhin passiert ja einiges in dieser Stadt. Da ein Mord und dort ein Mord. Und auch bei mir, ein Mord ...

Er brachte die Aktentasche wieder zur Bank zurück, war eine Stunde in der Stadt umhergelaufen, in der er sein Geld genossen, zugleich aber dafür gefürchtet hatte.

Er sagte am Schalter: »Das Geschäft hat sich zerschlagen. Ich brauche das Geld nicht mehr.«

Sie kauften das Auto, bezahlten den hohen Betrag mit einem Scheck. Dabei stritten sie, wer unterschreiben solle. Im Autosalon stehend, knurrten sie sich an, ein Kampf unter der Oberfläche, nicht sichtbar für den Verkäufer. Sie unterschrieben beide.

Der Wagen wird in drei Tagen geliefert, erklärte man ihnen. Der Verkäufer brachte die beiden bis zur Tür, verbeugte sich vor Rosa, verbeugte sich vor Leopold. »Hast du gesehen«, flüsterte sie draußen, »der hat sofort bemerkt, daß wir jemand sind.«

»Nur nicht protzen, nur nicht protzen!« warnte er, war aber doch versessen auf die Verbeugungen, die seine Kaufkraft honorierten.

Als der Wagen gebracht wurde, kam Baumann gelaufen und sagte: »Das ist ja allerhand. Wenn ich noch daran denke, wie ihr angefangen habt ...«

Die Frauen ließen ihr Bier stehen, kamen auf die Straße und umringten das Fahrzeug. Auch Emil, Willi und Lorenz staunten. Karl blieb am Fenster stehen. Als Dodo zurückkam, fuhr er sie an: »Mit dir kann ich mir natürlich einen solchen Wagen nicht leisten! Wenn du in der nächsten Zeit nicht ein bißchen mehr Dampf vorlegst, dann ist Schluß mit uns beiden!«

»Würdest du nicht jeden Tag so viel saufen, dann hätten wir schon längst so einen Wagen«, schrie sie und weinte, wurde getröstet von ihren Kolleginnen, die ihr Mut zusprachen. Aber schon während sie ihre Tränen trocknete, beschloß sie, noch mehr für Karl zu arbeiten als bisher.

»Mit dem Wagen fahren wir bei Gericht vor«, erklärte Rosa.

»Du bist wohl übergeschnappt«, wies er sie zurecht. »Kein Aufsehen wird gemacht!«

»Aber wir müssen doch auch darin fahren!« beharrte sie.

»Natürlich, wir werden jetzt gleich fahren. Es sind keine Gäste da. Komm.«

Sie gingen hinaus. Die Frauen drängten sich am Fenster, wollten die erste Ausfahrt sehen. Beide gingen sie auf die Seite des Fahrersitzes.

»Moment!« sagte er und hielt ihr die ausgestreckte Hand verbietend entgegen.

»Nein, ich fahre!« bestimmte sie.

Sie bedrängten sich, wollten sich nebeneinander in das Auto hinein und auf den Fahrersitz zwängen.

Die Frauen lachten über dieses Schauspiel. Leopold verzichtete. Wütend warf er die Wagentür zu und ging wieder hinter seine Theke.

In den nächsten Tagen fuhren sie zweimal mit dem Wagen, waren beide keine sicheren Autofahrer. Außerdem saßen auch noch Otto und Wally hinten. Otto plärrte vor Vergnügen los, patschte in die Hände und rief: »Autofahren! Autofahren!«

Leopold verging die Lust an diesem Wagen. Er hatte sich von seinem kaufmännischen Prinzip abbringen lassen. Das war Rosas Schuld! Er stand hinter dem Fenster der Artistenklause, betrachtete grimmig das chromglänzende Ungetüm, das dort völlig nutzlos stand.

»Wir werden die Preise erhöhen«, erklärte er in der Küche. »Seit wir Emil als Attraktion haben, können wir uns das erlauben. Du siehst doch, wie sie sich bei uns drängen. Wir könnten anbauen!«

»Nicht vor der Gerichtsverhandlung«, mahnte sie. »Das könnte einen schlechten Eindruck machen.«

Er überlegte. Man konnte nie wissen. Vielleicht käme da alles mögliche zur Sprache. Noch niemals im Leben habe ich vor Gericht gestanden — auch nicht als Zeuge. Was soll ich da überhaupt sagen? Nach den Preiserhöhungen in der Artistenklause würde der Richter wohl nicht fragen. Aber Leopold entschloß sich, mit dem Aufschlag zu warten, bis dieser Schrecken vorüber wäre.

»In drei Tagen«, murmelte er. »Wir sind Zeugen . . .«

SIEBENUNDZWANZIGSTES KAPITEL

Wie zu einem Fest richtete sich Rosa her. Nur das Hochzeitskostüm kam in Frage für den bedeutenden Anlaß. Sie wollte wieder das gemeinsame Spiegelbild beschwören, sich damit bestätigen vor den Richtern, vor den richtenden Augen der Menschen im Saal.

»Nein!« sagte Leopold. »Mein Hochzeitsanzug bleibt im Schrank hängen. Ich ziehe einen anderen Anzug an.«

Immer unauffällig bleiben bei so etwas, dachte er. Denn wenn ich einen besseren Anzug trage als mein Richter, da wird mein Richter neidisch, und schon habe ich verspielt.

Die Verhandlung war für neun Uhr morgens angesetzt. Die Zeitungen hatten wieder berichtet. Die Verdienste Silbersteins um den berühmten Blindenchor waren herausgestellt worden. In der Zeitung war er ein erbarmungswürdiges Opfer. Die Artistenklause war erwähnt worden. »Das Bordell am Bahndamm« hatten sie es genannt. »Nichts gehört habe ich!« rief Leopold wütend, als er das las. »Ich kümmere mich überhaupt nicht um den Weiberkram. Das ist alles deine Sache.«

Im Lokal versammelten sie sich: zehn Kontrollfrauen, zwei Zuhälter, Leopold und Rosa. In ihren besten Garderoben waren die Frauen erschienen, sogar Oma hatte sich herausgeputzt und versucht, ihr faltiges Gesicht hinter einer Schicht Schminke zu verbergen. Es war fast wie bei der Hochzeit. Aber die Stimmung war nicht hochzeitsmäßig. Sie schnatterten aufgeregt. In Gedanken fühlten sie sich bereits als Angeklagte, herausgerissen aus ihrem verborgenen Leben – öffentlich verhört und verurteilt. Sie würden nur sagen, was sie gesehen hatten, aber sie waren gewiß, auch dafür verachtet zu werden.

»Zeuge sein ist immer eine undankbare Aufgabe«, erklärte Zwieback.

»Manchmal wird man auch dafür verurteilt, was man gesehen hat«, sagte Dodo tiefsinnig.

Sonja zeterte: »Dann werden sie auch wieder alte Geschichten ausgraben. Ich bin vorbestraft wegen gewerbsmäßiger Unzucht! Das kommt dann wieder in die Zeitungen!«

»Fürs Unternehmen ist die Sache nicht gut«, überlegte Rosa.

»Was denn! Von jetzt an muß Emil jeden Abend ein paar Saltos mehr machen. Dann läuft der Laden!« bestimmte Leopold.

»Quatschkopf!« schimpfte Rosa. »Als ob die paar Saltos einen Mord ausbügeln könnten.«

»Ich muß mich mit einem doppelten Schnaps stärken«, sagte die Rote Else.

Alle wollten sie sich stärken. Rosa sagte: »Das spendiere ich.«

»Man könnte fast glauben, ihr schämt euch!« rief Karl und lachte. »Die Hosen habt ihr voll!«

»Halt's Maul, du verdammter Loddel!« schrie die Rote Else.

»Ruhe!« befahl Leopold. »Vor der Gerichtsverhandlung wird nicht gestritten. Das könnt ihr nachher machen!«

Ehe sie den gefürchteten Weg zum Gerichtsgebäude antraten, kamen auch Wally und Otto ins Gastzimmer. Rosa bat: »Kindchen, kümmere dich ein bißchen um Otto. Geh mit ihm spazieren, am Bahndamm entlang. Er ist immerhin dein Bruder.«

»Ich mag ihn nicht«, sagte Wally. »Das ist ein Idiot!«

»Aber Kind«, klagte Rosa. »Wie kannst du nur so herzlos sein.«

Alle Augen waren vorwurfsvoll auf Wally gerichtet. Widerwillig gehorchte sie. »Komm«, sagte sie. »Wir gehen zum Bahndamm.« Otto folgte ihr gehorsam.

Wieder hing ein Schild am Rolladen der Artistenklause: »Heute geschlossen!«

Die ersten beiden Bankreihen im Zuhörerraum des Schwurgerichts waren reserviert. Mit einer Bittschrift hatte der Blindenchor sein berechtigtes Interesse an diesem Prozeß angemeldet und die beiden Reihen verlangt.

Schon um sechs Uhr morgens hatten die ersten Neugierigen vor dem Gerichtsgebäude gestanden. Als der Zuhörerraum geöffnet wurde, zwängte sich die Menschenmenge durch die Saaltür. Sie behinderten sich, schoben, drängten, stritten miteinander, rannten zu den vorderen Plätzen. Eine Frau wurde im Gedränge ohnmächtig, aber sie fiel nicht, wurde mitgeschoben, sank erst dann zu Boden, als sich im Saal der Menschenhaufe lockerte.

Um neun Uhr wurden die beiden Angeklagten hereingeführt. Sie waren blaß, trugen dunkle Brillen, saßen fast unbeweglich nebeneinander. Die Gespräche im Saal wurden leise. Da saßen sie, nicht sehend, aber allen sichtbar. Das Schauspiel hatte begonnen. Es war wie der erregende Augenblick im Theater, wenn der große Vorhang sich öffnet.

Der Blindenchor kam herein. Mit den vorsichtigen Bewegungen der Augenlosen tasteten sich vierzig Männer an den Sitzreihen entlang. Die vierzig Stöcke klopften auf den Boden, trafen die Holzbänke, suchten den Weg. Es klang wie das Prasseln eines leichten Regens, der im Saal niederging. Die Zuschauer beobachteten diesen hilflosen Zug und wagten kaum noch zu flüstern.

Alle Mitglieder des Chors nahmen die Brillen ab. Sie hatten sich zu dieser Demonstration entschlossen. Sie verurteilten bereits unerbittlich, fühlten sich von den Angeklagten beraubt. Silberstein war nicht zu ersetzen. Ohne seine fanatische Willenskraft würde sich der Chor auflösen.

Der Vorsitzende, die Beisitzer, die Geschworenen betraten mit sicheren Schritten den Saal. Die Verhandlung wurde eröffnet. Der Richter schlug die große Akte auf. Er lehnte sich im Sessel zurück. »Es sind angeklagt wegen Totschlags und Beihilfe zum Totschlag ...«

Er stockte, fühlte sich plötzlich wie erfaßt von den toten Augen, die aus vierzig Gesichtern anzuklagen schienen, eine erdrückende Übermacht der Blindheit, die ihn frösteln ließ.

Vor der Tür saßen die Zeugen und warteten. Sie schwatzten wieder durcheinander, waren noch immer erregt über die Rolle, die sie vor Gericht spielen sollten. Sie wurden noch nicht aufgerufen. Es dauerte Stunden, und allmählich gewöhnten sie sich daran, in dem hallenden Flur vor dem Gerichtssaal zu sitzen.

Leopold sagte: »Was mich das kostet. Ein ganzer Tag geht da verloren.«

Die Rote Else schlich ans Schlüsselloch des Saales, kam zurück und sagte: »Der Richter hat gerade gefragt: Wann haben Sie die Beziehungen zu Herrn von Weber aufgenommen?«

»Was hat sie gesagt?« drängten die Frauen. »Wie hat sie geantwortet?«

»Sie hat gesagt: Als ich meinen Mann nicht mehr liebte.«

»Jaja«, nickte Oma. »Das kommt alles vom Ehebruch.«

»Wenn sich so ein Verhältnis hinschleppt, versteht ihr, über Jahre, dann kommt nie was Gutes dabei heraus«, erklärte Tilly.

»Ein Bier möchte ich jetzt haben. Verdammt noch mal!« beklagte sich Karl.

»Ich hatte einen Freier bestellt«, seufzte Anita.

»Und stell dir vor, Dodo«, erzählte Sonja. »Da kam gestern nacht so ein Kerl und brachte ein Jüngelchen mit, weil er selber impotent war. Er wollte zusehen. Schön, sage ich: Fürs Zusehen extra und fürs Machen extra. Der Alte bezahlte. Der Junge sah ganz hübsch aus, aber er konnte nix. Aus Gnade und Barmherzigkeit habe ich so ein bißchen Theater vorgespielt. Dem Alten quollen die Augen fast aus dem Kopf. Und ich immer feste, verstehst du? Zu dem Jungen flüstere ich: Wir machen den Trick weiter. Bei dem war's nämlich schon losgegangen. Wir aber immer weiter, bis ich sage: Jetzt langt es aber. Das ist ja ein Bulle, den du da gebracht hast. – Paß auf, jetzt kommt's, warum ich dir die Geschichte erzähle: Wir waren wieder angezogen, und da sagt das alte Schwein doch glatt: Schämst du dich eigentlich nie, wenn du so was machst und es guckt dir einer dabei zu? – Ich! sage ich. Das ist doch mein Beruf. Du bist es, der sich schämen sollte . . .«

»Was sagt sie?« fragte Rosa die Rote Else, die wieder am Schlüsselloch des Schwurgerichtsaales gelauscht hatte.

»Geh da weg!« befahl Leopold. »Wenn das jemand sieht, sind wir schwer blamiert.«

»Na los, was sagt sie!« drängte Rosa.

»Nichts. Sie weint.«

Dann schwang die große Tür auf. Der Gerichtsdiener rief: »Der Zeuge Leopold Grün!«

Der Ruf hallte durch den langen Flur, traf ihn so hart, daß er erschreckt zusammenfuhr. »Das bin ich«, sagte er und schnellte von der Bank hoch.

»Leopold«, schnaufte Rosa, »halt dich tapfer.«

Wie eine gleißende Helligkeit kam ihm der Saal vor, Tausende von Gesichtern schienen ihre Augen auf ihn zu richten.

Dabei habe ich in meinem Leben nie . . . Ich bin völlig unschuldig!

Die Fragen zur Person waren gestellt. Dann kam der Satz: »Sie betreiben ein Bordell, in dem auch die Familie Silberstein wohnte?«

Leopold fuchtelte mit den Händen: »Nein! Kein Bordell! Ich führe eine Gaststätte.«

»Es wohnen aber zehn Kontrollfrauen in Ihrem Haus, das ist aktenkundig, Herr Grün.«

»Aber ich habe nichts damit zu tun, das macht alles meine Frau.«

»Erzählen Sie, was Sie gesehen haben.«

»Also, das war so . . . Aber ich muß noch sagen: Ich bin schwerhörig. Ich habe nichts gehört.«

»Sie haben jedenfalls gesehen, daß Herr von Weber ständig zu Frau Silberstein kam?«

»Ja, das habe ich gesehen, aber ich habe mir nichts dabei gedacht. Man denkt ja nicht gleich was Böses. Ich bin immer darauf bedacht gewesen . . .«

Er stammelte, wich vor den Fragen des Richters zurück, fühlte sich angegriffen, zeigte sich gekränkt, zu unrecht verdächtigt.

»Erzählen Sie, was Sie gesehen haben. Sonst nichts«, sagte der Richter unwillig.

Leopold faßte sich, beschrieb den Weg der Blinden zum Bahndamm. Er durfte sich setzen.

Der Anwalt Frau Silbersteins meldete sich: »Der Zeuge hat noch etwas vergessen. Er hat Frau Silberstein gekündigt. Und damit hat er die Depression hervorgerufen, die wiederum den versuchten Selbstmord zur Folge hatte.«

Wie? Was? Leopold fuhr von der Bank hoch, setzte sich wieder.

»Jawohl!« rief der Anwalt. »Der Hauswirt, Herr Grün, hat ihr gekündigt!«

Der Richter bestätigte: »Das ist in den Akten. Aber weiter.«

»Nur die Tatsache der Kündigung steht in den Akten, nicht aber die Art und die Umstände ...«

Der Anwalt beschwor die endlose Qual dieser trostlosen Ehe herauf: »An einen herrischen, selbstsüchtigen Mann gefesselt ...« Der Anwalt hob die Stimme: »Und da war noch ein einziger Mensch, eine einzige menschliche Stimme in der Dunkelheit – Herr von Weber! Hören Sie nun, wie die Kündigung ausgesprochen wurde!«

Frau Silbersteins Stimme klang matt: »Er sagte: Ich muß Ihnen mitteilen, daß ich in meinem Hause keine ehebrecherischen Beziehungen dulde!«

Es blieb ein paar Sekunden still im Saal. Dann kam aus dem Zuhörerraum das Urteil über Leopold Grün: »Pfui!«

Ein einzelner Rufer, von Empörung getrieben. Ein Wort, das den Raum ausfüllte.

Es war, als schliche sich die Stimme des Anwalts an. Er begann leise: »Das war an einem Tag, an dem das betrunkene Gejohle und Gelächter der Dirnen durch das Haus schallte. Der Besitzer eines Bordells nannte den letzten Trost dieser Frau ehebrecherische Beziehungen. Die Demütigung war ungeheuerlich. Dieses letzte winzige Glück war damit vergiftet. Die Kündigung hatte Frau Silberstein bereit gemacht für den Selbstmordversuch, aber der Selbstmordversuch war der Beginn der entsetzlichen Entwicklung ...«

Und nun schlug die Stimme zu: »Dort sitzt der Schuldige! Auf der Anklagebank aber sehen Sie nur die Opfer!« Der Anwalt setzte sich.

Was war das? Dieser Mann mit der scharfen Nase, den schlanken Händen, an denen Brillanten funkelten, dieser Geschniegelte da mit seiner tückischen Stimme, der hatte eine Rechnung vorgelegt, deren Summe die Schuld Leopold Grüns ergab.

»Das ist nicht wahr!« rief er. »Ich habe die Frau nur gewarnt!«

»Setzen Sie sich!« befahl der Richter hart.

»Außerdem bin ich ein kranker Mann! Ich kann ein Attest vorlegen!«

Er wurde nicht mehr gehört. Jetzt marschierten sie auf, die Frauen seines Hauses. Rosa als erste: »Was soll ich da noch sagen, Herr Richter?« Gewichtig war sie hereingekommen, mit festem Schritt. Aber jetzt räusperte sie sich verlegen: »Ja, der Silberstein war tot, und die Silberstein trug ihn mit ihrem Freund zum Bahndamm. Mehr habe ich ja nicht gesehen, Herr Richter.«

Sie durfte sich setzen.

Sie wurden nach ihrem Beruf gefragt. »Geschäftsfrau«, sagte Dodo. Der Richter nickte angewidert. Sie kamen eine nach der anderen, waren hochmütig, hilflos, verlegen. Sie nannten ihren Beruf nicht, obwohl jeder im Saal wußte, welchen Geschäften sie nachgingen.

Nur Oma reckte ihr spitzes Kinn vor und sagte: »Ich bin Kontrollfrau.«

Mit den ruckartigen Bewegungen eines Huhns drehte sie ihren Kopf nach rechts und links, schaute die Menschen herausfordernd an.

Um Gottes willen! dachte Leopold. Sie ist wieder besoffen.

»Sagen Sie, was Sie gesehen haben!«

»Ich will Ihnen mal was sagen«, begann Oma. »Das kommt nämlich alles vom Ehebruch, Herr Richter. Wenn es den Ehebruch nicht gäbe, dann würden solche Geschichten nicht passieren. Die nehmen das alles zu wichtig. Das können Sie mir glauben, Herr Richter: Als alte Kontrollfrau hat man schließlich seine Erfahrungen. Die Männer, die können ja alle nicht treu sein. Die meisten Frauen auch nicht. Und das passiert jeden Tag ... Man kennt sich da ja aus in meinem Beruf. Und ich habe immer gesagt: Die Silberstein, die treibt es ja ganz schön mit dem andern. Und der Silberstein, das war ein ganz patenter Mann. Aber das kann ja schließlich nicht ausbleiben, weil er immer unterwegs war. Und mir hat er einmal gesagt, er hätte schon lange nichts mehr mit seiner Frau. Da ist es ja ganz klar, daß da was passieren muß ...«

Hier wurde Oma unterbrochen, die gerade die Unvermeidlichkeit des Ehebruchs ausspinnen wollte, um daraus zu schließen: Wenn er unvermeidlich sei, hätten sich die Menschen damit abzufinden. Sie war ungehalten darüber, an dieser Stelle unterbrochen zu werden, denn ihr schien, sie sei im Begriff, der Menschheit neue Aspekte über das Thema Ehebruch zu bieten.

Sie konnte nichts Neues erzählen, beschrieb den jammervollen Weg der Blinden zum Bahndamm, wo die beiden von der alarmierten Polizei festgenommen worden waren.

Karl und Zwieback wurden nur ganz kurz befragt.

Sie waren alle gehört worden, saßen nebeneinander auf der Bank, wie aufgefädelt in der Reihenfolge ihres Ranges, den sie im Bordell einnahmen: Leopold, Rosa, dann die Frauen, als letzte Oma. Dann noch Zwieback und Karl.

Es erschien als Zeuge Herr Knorr. Ein Übersetzer war geholt worden.

Der Richter fragte: »Was haben Sie gesehen? Was haben Sie getan?«

»Gesehen? Ja, da stand ein Mann. Getan? Ich zog den Hut.«

Noch einmal folgte die Darstellung des blinden Lebens. Eine Frau und ein Mann in einer kleinen Wohnung. Sie tasteten einer nach dem andern, wurden müde, ungerecht, böse.

Während der Pause sah Leopold die Blicke. Auf den Gängen standen die Zuhörer und musterten ihn feindlich. Das Urteil klang nach in seinem Ohr: Pfui! Wieso eigentlich? Was habe ich getan? Er schaute sich um, ob er sich davonschleichen könne. Sie standen überall, bis zur Treppe, versperrten den Weg.

Bald nach der großen Pause begann Herr von Weber schluchzend zu schreien:

»Ich habe ihn nicht töten wollen! Er schlug nach mir, traf mich am Arm. Ich schlug zurück ... Wir waren betäubt von den Tabletten ...« Er wollte noch etwas sagen, aber seine Stimme versagte. Im Zuhörerraum begannen Frauen laut zu weinen.

Leopold spürte, wie der Schweiß auf seinem Körper kalt wurde. Er zitterte, fühlte sich krank.

Herr von Weber wurde hinausgeführt. Der Richter erhob sich und sagte: »Die Verhandlung wird auf übermorgen vertagt.«

Leopold wollte noch am gleichen Abend einen Arzt besuchen, aber Rosa sagte: »Du bist verrückt! Jetzt hat kein Arzt mehr seinen Laden auf! Was willst du überhaupt? Du bist kerngesund!«

Er schwieg, stand hinter der Theke und fühlte sich gekränkt.

»Nicht viel los«, sagten die Frauen und süffelten beklommen vor sich hin. Es war, als wären sie von einem Begräbnis zurückgekommen und der Tod belaste sie noch jetzt.

»Eine undankbare Sache ist es, den Zeugen spielen zu müssen«, sagte Zwieback. »Warum müssen wir überhaupt noch einmal zur Verhandlung? Wir haben doch alles gesagt, was wir wissen.«

Emil führte keinen Salto vor an diesem Abend.

Morgen früh gehe ich zum Arzt, dachte Leopold. Und dann werde ich ein Attest vorlegen. Ich sage zum Doktor: »Ich bin erschöpft. Mit den Nerven bin ich fertig . . .«

»Wo ist denn mein Otto?« fragte Rosa.

Niemand hatte ihn gesehen. Als Rosa zu Wally hinaufging, sagte Wally schläfrig: »Vielleicht sitzt er noch am Bahndamm. Ich habe zu ihm gesagt: Setz dich da hin und schau dir die Züge an. Dann ging ich etwas essen. Nachher war ich müde und habe mich ins Bett gelegt.«

Jammernd kam Rosa ins Gastzimmer zurück: »Kein Verlaß ist auf das Mädchen! Was sollen wir nur mit der anfangen?«

Die Frauen schwärmten aus, suchten den dunklen Bahndamm ab. Auch Karl und Zwieback beteiligten sich. Sie fanden Otto nach einer halben Stunde. Er saß noch am Bahndamm.

»Seine Hosen sind natürlich voll«, sagte Zwieback und rümpfte die Nase.

Otto ließ sich willig abführen. Vergnügt wollte er ins Gastzimmer tappen. »Ich will Sauerkraut!« sagte er. Dann ging er auf Sonja zu, wollte sie anfassen und äußerte den Wunsch: »Ich will wieder Schnucki haben!«

Sie hörten es alle, blickten Sonja prüfend an, die sich sofort zur Wehr setzte: »Was der nur von mir will! Ihr glaubt doch nicht etwa, daß ich mit Otto . . .«

»Der Kerl kommt zurück ins Heim!« rief Leopold.

»Ach Gott, was für Aufregungen!« klagte Rosa.

Leopold dachte: Pfui! haben sie gesagt. Mich wollen sie zum Schuldigen machen. Als ob ich etwas dafür könnte, wenn sich die Blinden totschlagen. Er musterte alle Frauen gehässig, nahm auch Rosa nicht aus, verübelte allen, daß er vor Gericht auf einer Bank mit ihnen hatte sitzen müssen.

Um ein Uhr nachts sagte er zu Rosa: »Jetzt ist Schluß! Ich gehe ins Bett!« In dieser Nacht vergaß er sogar, sich aus der Kasse zu bedienen.

Am Morgen empörten sich alle über die Berichte in den Zeitungen. »Der Aufmarsch der Dirnen und Zuhälter . . .« nannte ein Reporter die Zeugenvernehmung. Andere Blätter schrieben von zweifelhaften Gestalten, die in diesem Prozeß ausgesagt hätten. Der Besitzer des Bordells sei eine Schlüsselfigur. Von seiner Hartherzigkeit wurde berichtet. Man stelle sich vor: Er, eine Art Zuhälter, habe Frau Silberstein gekündigt. Lebe er etwa nicht vom verwerflichen Treiben dieser Frauen? Aber ihr, der Blinden, habe er nicht zubilligen wollen, daß sie Trost bei einem Mann gesucht hatte.

Silberstein war jetzt ein fanatischer Tyrann. Herr von Weber und Frau Silberstein waren Opfer — die These des Anwalts war fast wörtlich übernommen worden. Leopold Grüns Schuld war jedem klar. Ein jammervoller Prozeß, in dem der Richter bedauert wurde, der vielleicht aus formellen Gründen richten müsse. Aber sei es notwendig, die Schläge eines unerbittlichen Schicksals noch durch die Rutenstreiche der Justiz zu verschlimmern?

›Das Bordell am Bahndamm‹ müsse geschlossen werden, forderte eine andere Zeitung.

Leopold saß blaß in seinem Lokal und blätterte in den Zeitungen. Er sah die hämischen Blicke der Frauen, die ihm die Lektion gönnten — für die Buchführung auf dem gefürchteten Block. Fettgedruckt las er seinen Namen. Seine Schande schien ihm offenkundig. Und wie winzig war doch der Anlaß gewesen, der sie an die Öffentlichkeit gezerrt hatte. Ich habe doch nur ... In meinem Zorn, damals ... Daran war Rosa schuld und die Weiber. Als sie mich verhöhnten. Und das konnte ich mir nicht bieten lassen. Er dachte wieder: Der große Hammer hat zugeschlagen.

Sie lasen sich ihre Beurteilungen gegenseitig vor. Oma stand mitten im Raum, eine Zeitung in der Hand: »... und eine der Dirnen wollte vor dem Richter sogar die Grundpfeiler der Moral stürzen, indem sie den Ehebruch als unvermeidlich darstellte. Aber der Richter wies die reichlich bejahrte Dame in die Schranken ...«

Sie überlegte: »Na, immerhin hat er mich Dame genannt.« Der Zorn behielt die Oberhand. »Die verdammten Heuchler!« rief sie. »Die hecken doch wie die Wilden durcheinander. Man weiß doch genau, wie sie es mit der Moral halten! Die studierten Scheinheiligen, das sind die schlimmsten! Wenn die kommen, dann muß man schwer herhalten. Von denen kommt mir keiner mehr an die Figur! Die schreiben nämlich das Zeug von der Moral.«

»Die zahlen aber am besten«, kicherte Dodo.

»Das ist mir egal!« rief Oma. »Wenn ich keinen kriege für zweihundert Mark, dann nehme ich zehn für zwanzig!«

»Den Leopold, den haben sie fertiggemacht«, stichelte die Rote Else. »Von dem nimmt doch kein Hund mehr ein Stück Brot.«

»Er ist erledigt«, erklärte Olga.

»Die Verachtung der Zuhörer äußerte sich in lauten Pfuirufen! – Hier steht's drin«, ergänzte Anita.

»Ihr Weiber!« rief Leopold, »Ihr seid schuld an meinem Zorn gewesen!«

»Die Schuld nimmt dir niemand mehr ab!« sagte Sonja.

»Niemand mehr«, sagte Oma.

»Kein Mensch!« sagte Tilly.

»Laßt mich in Frieden mit eurem Geschwätz. Ich gehe jetzt zum Arzt«, sagte Leopold erschöpft.

Er liebte den Geruch des Wartezimmers nicht. Er dachte: Es riecht nach Krankheit. Kleinmütig überlegte er, was er dem Arzt erzählen würde, sagte, als er schließlich dem Mann im weißen Kittel gegenüberstand: »Ich fühle mich nicht wohl.«

Und dann: Ausziehen, Hinlegen, Abhorchen, Abklopfen, mit dem Uringlas in der Hand mußte er zur Toilette gehen, Blutprobe – die Nadel im Arm. Noch einmal mußte er sich hinlegen. Leopold forschte im Gesicht des Arztes, aber dieses Gesicht verriet nichts. »Auf der rechten Seite ...«, sagte Leopold und dachte: Ich wollte doch nur ein Attest haben ...

»Wir müssen noch eine Blutprobe machen«, sagte der Arzt. »Tut das weh? Ihre Leber ...«, sagte der Arzt. »Sie verstehen, mit der Perkussion kann ich nur den von der Lunge nicht überlagerten Teil der Leber mit Sicherheit abgrenzen.«

»Davon verstehe ich nichts, Herr Doktor«, sagte Leopold.

»Bleiben Sie ruhig liegen!« befahl der Arzt und beendete seine Untersuchung.

In vier oder fünf Tagen könne er das Ergebnis der Untersuchung abholen. Er vergaß, nach den Pillen ›für den Ärger‹ zu fragen, wagte nicht mehr, ein Attest zu verlangen, würde am nächsten Tag nicht beweisen können, daß er ein erschöpfter Mann sei. Da hätte ich mir das Geld für den Doktor auch sparen können, dachte er. Die wissen sowieso nichts. Man kennt das ja: Scharf aufs Geld sind die. Aber so sind sie alle heute. Nur wenn ich darauf bedacht bin, mein Geschäft korrekt zu führen, dann fallen alle über mich her.

Die Angst vor dem nächsten Gerichtstag beflügelte sein Selbstmitleid. Während des Weges vom Arzt zur Artistenklause rechnete er in Gedanken mit allen seinen Widersachern ab. Er sah sich vor

Gericht, eine Rede haltend zu seiner Ehrenrettung: Ich bin das Opfer!

Aber am nächsten Tag wurde er nicht mehr gebraucht. Er und die Frauen saßen einige Stunden auf den Bänken vor dem Saal. Dann wurden sie entlassen. Der Gerichtsdiener rief: »Die Zeugen können gehen. Die Beweisaufnahme ist abgeschlossen!«

Erleichtert zogen sie ab, ereiferten sich aber auf der Treppe noch darüber, daß sie so lange warten mußten. Und wie stand es mit der Entschädigung der Zeugen? Aber darauf verzichteten sie schließlich alle, weil sie nicht länger in diesem muffig riechenden Haus bleiben wollten, das sie als feindlich empfanden.

Aufseufzend ließ sich Rosa in die Polster des Taxis fallen: »Das hätten wir hinter uns, Leopold.«

Er sagte nichts, aber jetzt, nachdem alles vorüber war, bedauerte er, nicht mehr gehört worden zu sein, dachte mit Gewißheit an die Anklage, die er in den Saal geschmettert hätte: Ich, Leopold Grün, bin das Opfer der Menschen!

Ein wenig später verbesserte er sich: Ich bin ein Opfer der Frauen.

Am Abend führte Emil wieder den Salto vor. Das Lokal war überfüllt.

Ein Gast fragte Emil: »Wer ist denn dieser Misthund, dieser Leopold Grün, von dem ich in der Zeitung gelesen habe? Ist es der an der Theke?«

Emil erschrak. Er ging zu Leopold und flüsterte: »Du, da hat dich eben einer Misthund genannt. Was sollen wir mit dem machen?«

»Nichts!« sagte Leopold. »Nichts! Nichts! Nur nicht daran rühren!«

Die Gäste sprachen über das Urteil. Freispruch. Sie fanden es gerecht – unter dem Einfluß von Alkohol und Drogen begangenes Unrecht wog nicht schwer. Der Tote? Na ja ...

In den Abendblättern war der Ausgang des Prozesses zu lesen. Jetzt war nicht mehr die Rede vom ›Bordell am Bahndamm‹.

Rosa sagte: »Verstehst du, Leopold, wenn die streng bestraft worden wären, dann wären sie alle gegen uns gewesen. Aber so: der Richter hat's bestätigt, daß sie unschuldig sind. Ganz automatisch werden wir damit auch unschuldig.«

»Wir ja«, grinste Oma. »Aber an Leopold bleibt was hängen.«

ACHTUNDZWANZIGSTES KAPITEL

»Jetzt haben wir ihn!« jubelte Oma. »Habt ihr gesehen, wie er geduckt hinter der Theke steht? Wie das schlechte Gewissen in Person!«

Sie saßen in Omas Zimmer. Sie hatte diese Versammlung der Frauen einberufen, und sie fand offene Ohren. Zuerst waren sie nur zu zweit gewesen: Oma und Tilly. Dann hatten die beiden alle anderen Frauen gerufen.

»Wir machen ihn fertig!« setzte Oma fest.

»Aber wie?« fragte Sonja.

»Dusseltier!« rügte Oma. »Dem wurde in allen Zeitungen die Schuld an dem Mord bestätigt. Daran zappelt der jetzt. Merkt ihr das nicht? Was glaubt ihr denn, als was der sich fühlt? Das ist ein Spießer, wie es ihn schlimmer nicht gibt. Der zählt sich zu den geachteten Bürgern. Wir aber sind für den nur die Kühe, die er melken kann. Wenn die genug Geld gescheffelt haben, dann machen sie den Laden dicht, kaufen ein Mietshaus und spielen die Bürgerlichen. Davon träumen die beiden. Die Rosa so gut wie er.«

»Aber er ist doch nicht wirklich schuld an dem Mord«, warf Anita ein.

»Natürlich ist er das nicht. Er ist nur mitschuldig. Aber der Rechtsanwalt – das war ein ganz Abgefeimter –, der hat es so hingedreht, daß jeder glaubte, wenn dieser Leopold Grün nicht so hundsgemein gekündigt hätte, dann hätten sich die beiden nicht umbringen wollen, und nichts wäre passiert.«

»Da mache ich nicht mit«, sagte Dodo. »Dabei kommt sowieso nichts heraus.«

»Wenn ihr mir folgt, kommt was dabei heraus!« sagte Oma. »Wollt ihr ewig Tausende an den abliefern? Seit der seinen Block eingeführt hat, verdient er sich dumm und dämlich an uns. Aber wir machen da nicht mit: Wir vertreiben ihn!«

»Nee«, sagte Dodo.

»Jaja! Ich weiß, was von mir kommt, taugt nichts. Ich gefalle euch ja schon lange nicht mehr. Nicht schön genug bin ich euch. Ich weiß selber, daß ich nach nichts mehr aussehe, aber ich habe mehr Grütze im Kopf als ihr alle zusammen!«

Omas Begeisterung war überzeugend. Ein Paradies der Kontrollfrauen wollte sie in diesem Haus schaffen. Nicht länger würden sie regiert sein von einem geldgierigen Spießer. Und die Methode war einfach: Jede der Frauen sollte wöchentlich zwei-, dreimal einen Kunden beauftragen, bei Emil nach Leopold Grün zu fragen – dem Schuldigen.

»Emil aber rennt sofort zu ihm hin und meldet ihm das. Ich habe es ausprobiert.«

Nein, auf die Dauer würde Leopold das nicht aushalten. Rosa müsse von dem Plan ausgeschlossen werden. Sie sei zwar stark ihnen gegenüber, aber bei Leopold werde sie jedesmal schwach.

»Die müssen wir beharken. Jeden Tag sagt ihr eine von uns: Da hat wieder einer nach dem Mörder gefragt ... Versteht ihr: Blut an den Händen ... Sollt ihr mal sehen, wie das wirkt. Die kann ihn eines Tages nicht mehr sehen. Das braucht natürlich seine Zeit bei ihr. Aber wir werden sie von diesem Scheißkerl befreien.«

Darin stimmten sie überein: Es war ein Verdienst, Rosa vor Leopold zu bewahren. Wie hatte dieser Hundemensch sie doch schon gedemütigt. Mit Systematik wollten sie vorgehen, waren sich einig, daß man das Haus vom Tyrannen befreien müsse. Rosa würde ihr gutes Auskommen haben: für die Nacht zehn Mark, außer der Miete. Das wären hübsche Summen, die sie da einstreichen würde.

»Jawohl«, sagte Tilly und sah bereits Zwieback auf dem einträglichen Posten hinter der Theke.

»Ich mache mit«, erklärte Dodo und war sicher, daß Karl Zwieback vom Zapfhahn vertreiben würde.

»Wir machen ihn fertig!« rief die Rote Else.

»Jawohl! Er muß büßen!« rief Tilly.

»Büßen für den Block, mit dem er uns schikaniert und ausgebeutet hat!« sagte Anita.

»Vernichten werden wir ihn!« begeisterte sich Olga.

»Hähähähähähähähähähä!« lachte Oma.

Sie genossen im voraus ihre Rache. Sie waren entschlossen, ihm das Leben zur Hölle zu machen. Sie legten das Urteil fest. Es gab keine mildernden Umstände in dieser Gerichtsverhandlung.

Oma beugte sich über das Treppengeländer. Sie war aus der Tür gekommen, hatte Schritte gehört. Sie sah einen Fremden unten im Treppenhaus, sah Wally, die hastig mit ihm flüsterte und nach oben deutete. Leise schlich Oma in ihre Wohnung zurück. Sie stellte sich hinter die Tür, hörte Wally, die schnell vorbeiging. Dann kam der Mann. Er tappte hinauf, noch höher hinauf. Da waren keine Wohnungen mehr. Das waren die Mansarden.

Wally? Sie hatte sie einmal spät am Abend vor dem Haus gesehen. »Was machst du denn hier?« Mit einem Mann hatte sie gesprochen, hatte gesagt: »Er hat mich etwas gefragt.« Der Mann war wortlos davongegangen. Oma hatte überlegt, aber ihr Verdacht war geschrumpft. Wally? Nein, das war nicht möglich.

Oma zog ihre Schuhe aus, hielt sie in der Hand, als sie lautlos nach oben schlich. Die Flurtür zu den Mansarden war nie verschlossen. Leise! Leise! Das spitze Gesicht vorgereckt, die böse Vermutung fast schon als eine Gewißheit erkennend, näherte sie sich der Tür. Sie hörte die Stimmen. Ein winziger Lichtpunkt aus dem Schlüsselloch stach in die Dunkelheit. Oma beugte sich herab. Drinnen zog sich einer aus, legte seine Hose sorgfältig über einen Stuhl, knüpfte seine Krawatte auf, hatte keine Eile. Wally saß in Unterwäsche auf dem Bettrand und wartete.

Rosa glaubte es nicht. Oma fuchtelte wild mit den Händen: »Komm mit! Komm sofort mit und überzeuge dich! Sie hat einen Kerl im Bett. Das ist nicht der erste, sage ich dir. Sie staubt vorm Haus die Freier ab, da habe ich sie selber schon gesehen, habe aber nichts dabei gedacht.«

»Das kann nicht sein«, stammelte Rosa. »Das ist unmöglich!«

»Was ist da los?« fragte Leopold und stellte schnell den Zapfhahn ab.

Anita und Sonja sahen zuerst Oma und Rosa aus dem Gastzimmer hasten, Leopold folgte ihnen, fürchtete neues Unheil.

Vornweg schnaufte Rosa, gefolgt von Oma, dann Leopold, danach Sonja und Anita.

Auf diesem Weg hinauf durchlitt sie bereits die volle Gewißheit, daß sie, Rosa, die Schuldige war, ihr Kind aber ein Opfer.

Oben hämmerte Rosa gegen die Mansardentür: »Aufmachen! Sofort aufmachen!«

»Das Schwein!« zischelte Oma. »Die Augen werden wir ihm auskratzen!«

»Was ist da los? Was ist da los?« rief Leopold.

Von drinnen antwortete die Männerstimme: »Was wollen Sie? Ich habe bezahlt!«

»Oh, mein Gott!« stöhnte Rosa.

Sie mußten einige Minuten warten, dann wurde die Tür aufgeschlossen. Sie waren beide angezogen. Mit wenigen Worten hatte Wally ihren Besucher aufgeklärt, aber er war nicht gewillt, sie zu schonen.

»Ich habe bezahlt!« verteidigte er sich. »Sie hat sich mir angeboten, unten vor der Haustür!«

»Mein Kind!« rief Rosa. »Mein Kind!«

»Polizei!« drohte der Mann. Er sagte noch etwas, aber Rosa hörte nicht mehr auf ihn. Sie ließen ihn gehen.

Zu fünft standen sie vor der offenen Mansardentür. Es war, als blickten sie in einen Käfig hinein, in dem Wally gefangensaß. Weder Rosa noch Leopold wagten, das Zimmer zu betreten.

»Mein Kind!« schluchzte Rosa. Sie jammerte in die Türöffnung hinein.

»Du warst auch eine Hure!« sagte Wally kalt.

»Ich war eine ...« Rosa redete nicht weiter, starrte nur ihre Tochter an.

»Glaubst du, ich höre nichts? Ich weiß alles!« sagte Wally. »Genug habe ich gesehen und gehört in diesem Haus.«

Rosa ließ den Kopf mutlos sinken, sah die Tochter nicht an.

»Laß«, riet Oma und streichelte Rosas Schulter. »Daran änderst du nichts mehr. Die ist hart wie Eisen.«

»Warum hast du das getan?« fragte Rosa. Sie richtete ihre Klage theatralisch an die Zuschauenden: »Mein eigen Fleisch und Blut muß ich in diesem Haus als Hure sehen!« Und während sie das sagte, wurde ihr bewußt, mit welcher Verachtung sie ihr eigenes Leben und das Leben aller Huren verurteilte. Es machte sie fassungslos, brachte ihre Wertordnung durcheinander, entlarvte den lügnerischen Kompromiß, den sie vor Jahren geschlossen hatte.

Wally zuckte mit den Schultern: »Aus Langeweile habe ich es getan.«

»Aus Langeweile?« wiederholte Rosa.

»Aus Langeweile?« sagten Leopold, Sonja und Anita.

»Aber das ist doch nicht möglich!« widersprach Leopold.

»Er soll mich in Ruhe lassen. Er ist scheußlich.«

»Ich bin was? Ich habe dir noch nie etwas getan ...« Leopold begann zu stottern.

»Ich habe alles über dich gelesen in den Zeitungen!« rief Wally.

»Gelesen? Das war alles gelogen!«

Rosa seufzte: »Mein Gott, wie muß ich bezahlen!« Sie fand keine Worte, wußte, daß niemals ein Wort von ihr bis zu diesem Kind gedrungen war. Auf eine täppische, unduldsame Art wurde sie verlegen vor Wally, wandte sich brüsk ab. Sie gingen schweigend hintereinander die Treppe hinunter.

Im Wohnzimmer, vor dem gewaltigen Hochzeitsgeschenk, dem

Bild mit der Berglandschaft, sagte Leopold zu Rosa: »Eine feine Familie: Der Sohn ist ein Idiot und die Tochter eine Hure. Sie müssen aus dem Haus!«

Sie griff an: »Niemals!« rief sie. »Das sind meine Kinder, auch wenn sie nicht so sind, wie sie sein sollten! Eher gehst du!«

»Ich?«

»Jawohl, du! Weißt du, wie sie dich nennen? Einen Mörder nennen sie dich!« Sie kam dicht zu ihm heran, starrte ihm feindselig in die Augen: »Mörder!«

»Ich habe damit nichts zu tun!« brüllte er auf. »Nichts! Nichts! Das ist Zeitungsgeschwätz, verdrehte Tatsachen! Ich werde jeden verklagen! Ich werde dafür sorgen, daß die Wahrheit an den Tag kommt!«

Sie sah, wie er den Vorwurf annahm und daran zappelte wie ein Fisch am Haken. Alle Bewohner des Hauses wußten es. Sie jagten ihn, am meisten aber Emil, der es als Freundespflicht betrachtete, ihm täglich die finsteren Urteilssprüche zu melden. In diesen Tagen begann Leopold, seinen gefürchteten Block und die Kontrollen vor den Schlüssellöchern zu vergessen. Er gab die Buchhaltung der Nächte auf.

Spät in der Nacht stand er allein in der Artistenklause. Rosa war grußlos gegangen. Und auch alle anderen, wie ihm schien, hatten den Gruß unterlassen. Und ihre Augen: Er konnte genau daran sehen, was sie dachten. Beleidigungen waren ihre Blicke, versteckte Anklagen, bösartige Vorwürfe, elende Verleumdungen.

»Alles Feinde!« murmelte er in der Stille des nächtlichen Gastzimmers. »Alles meine Feinde!«

Und er nahm auch Rosa nicht aus. Die alte Feindschaft war wieder aufgebrochen. Rosa war müde. Sie beachtete ihn kaum noch. Aber nachts, er hatte es genau gehört, hatte sie geweint. Und einmal hatte sie gesagt: »Ich bin das alles so satt!« Er hatte nicht gefragt, aber er hatte herausgehört, daß sie sich vor ihrem Unternehmen fürchtete. Jawohl, dieses Haus frißt uns auf. Es verschlingt uns mit Haut und Haar. Es hat Wally geschluckt. Es hat mich aufgefressen. Jawohl, geopfert habe ich mich!

Er stand bewegungslos in der Mitte des Gastzimmers. Wie ein jäher Überfall kam die Angst, alle noch ungeformten Möglichkeiten dieses Hauses schreckten ihn. Er dachte an Mord, Totschlag, an tückische Überraschungen, die schon lauernd in diesen Mauern nisteten.

Er ging zur Theke und trank. Ich muß zum Arzt, dachte er. Mein Befund ist längst fällig. Schon seit Tagen wollte ich gehen. Er trank. Mörder nennen sie mich. Blut an den Händen. Die Kündigung, das war ein Versehen! Er schüttelte den Kopf, war noch jetzt verwundert, daß dieses winzigste seiner Vergehen plötzlich so riesengroß geworden war. Jawohl, es war gewachsen, gewachsen. Zu einer Lawine war es geworden, die ihn überall einholte.

Er begann hin und her zu gehen, murmelte leise, redete mit unsichtbaren Gegnern, gestikulierte manchmal mit den Händen. »Jawohl!« sagte er. »In jedem Prozeß muß es einen Schuldigen geben. Die Schuld muß gefunden werden, deshalb gibt es den Prozeß.« Er ging zur Theke und trank.

Später stand er nachdenklich vor einem Tisch. Dahinter sah er drei Stühle, an den Schmalseiten zwei Stühle. Er hatte plötzlich das irre Gefühl, hierhergeführt worden zu sein. Da saßen sie, da wuchsen sie aus den Stühlen – die Richter, die Anklagenden, die Verurteilenden. Und wie mächtig sie waren hinter dem Tisch. Allein ihre Anwesenheit genügte. Das Schweigen auf den Stühlen reichte aus, war ein fertig formuliertes Urteil. Er spürte ihre Strenge, denn sie vertraten die Gerechtigkeit im Auftrag aller, die »Pfui!« gerufen oder gesagt hatten. Und er mußte hier stehen, vor der Schranke, hervorgeholt zur großen Gegenüberstellung. Zur Schau gestellt als ein Verächtlicher.

Er hörte die Worte, die seit Tagen zu ihm getragen wurden, hier sammelten sie sich zu einer Spitze, die auf ihn gerichtet war.

»Ich bin unschuldig!« brüllte er plötzlich auf. »Ich bin ein Buchhalter! Ich habe mich gewehrt!«

Am Morgen ging er zum Arzt. Er ließ den teuren Wagen stehen, sah ihn nicht einmal an, als er daran vorbeiging. Er sah aus wie ein Kranker, ging langsam, ganz mit sich selbst beschäftigt.

Der Arzt war grob: »Sie hätten schon längst vorbeikommen müssen!« Er saß hinter seinem Schreibtisch, blickte Leopold an, mit ernsten, prüfenden Augen. »Es gibt Ärzte, die ihre Patienten belügen. Ich tue das nicht. Sie sind krank, Herr Grün.«

»Krank?«

»Ja, Sie sind sehr krank.«

»Sehr krank?«

»Ihre Leber. Wahrscheinlich Zirrhose. Der linke Leberlappen ist verkleinert, geringer Ikterus, erheblich vergrößerte Milz.«

»Sehr krank?« fragte Leopold noch einmal und schluckte.

»Ich gebe Ihnen hier einen Brief. Damit gehen Sie zu einem Kollegen. Er ist Spezialist. Die Adresse steht auf dem Brief. Er wird etwas Lebergewebe entnehmen.«

»Die Krankheit – ist sie tödlich?«

»Sie werden wahrscheinlich an dieser Krankheit sterben.«

»Wann?«

»Das weiß ich nicht. Wenn Sie vernünftig sind, können Sie noch etliche Jahre leben. Sie sind jetzt fünfzig. Sie können ein normales Alter erreichen. – Was sind Sie von Beruf?«

»Artist war ich. Buchhalter – nein: jetzt bin ich Gastwirt.«

»Gastwirt?« Der Arzt schüttelte den Kopf. »Das müssen Sie aufgeben, wenn Sie noch lange leben wollen. Viele Menschen sind kränker als Sie und wissen es nicht.«

»Sehr krank. Wie krank?«

»Es ist so: Sie tragen den Keim des Todes in sich, sozusagen. Alle Menschen tragen ihn in sich. Aber die wenigsten wissen es. Sie sind nun informiert und können danach leben. Deshalb sage ich Ihnen die volle Wahrheit.«

Die volle Wahrheit! dachte er auf dem Weg zurück. Der Keim des Todes, hatte der Arzt gesagt. Es war sinnlos, alles. Ich hätte Buchhalter bleiben können, der Hundemensch. Ich wäre immer der gleiche geblieben. Und nun schien ihm, die Worte des Arztes waren eine Fortsetzung der Verhandlung, die in der Nacht vor leeren Stühlen stattgefunden hatte – die Urteilsverkündung.

Auf diesem Weg dachte er nur daran, daß er sterben würde.

Er las den Brief nicht, obwohl er unverschlossen war. Er ging nicht zu dem Spezialisten. Einige Tage trug er sein Todesurteil in der Tasche, dann legte er den Brief in eine Schublade. Er sprach wenig, hörte nicht mehr auf die Angriffe, die jetzt seltener wurden, weil die Frauen in ihrem Eifer nachließen. Er arbeitete hinter der Theke, er aß, er schlief, trug in sich die stete Erinnerung daran, daß er sterben würde. Er fand es seltsam, daß er das schon immer gewußt hatte, ohne sein Leben danach einzurichten.

Niemand war im Gastzimmer. Rosa fiel so plötzlich über ihn her, daß ihm keine Möglichkeit zur Verteidigung blieb.

»Ah!« schrie sie. »Du Dieb! Du Betrüger!« In den Händen hielt sie Geld: Zwanzigmarkscheine. Er hatte sie mit Klebestreifen zu je tausend Mark gebündelt. In einem der alten Koffer, die er mit in die Ehe gebracht hatte, war das Versteck gewesen. Sie hatte es gefunden, als sie nach einem neuen sicheren Plätzchen suchte, weil ihr Zusammengerafftes sich gemehrt hatte.

Ihre Empörung war echt. Sie war überzeugt, daß nur ihr dieses Recht der Sondereinnahme zustand: ihr gehörte das Haus, ihr das Lokal.

»Du Verbrecher!« schrie sie und warf das erste Bündel nach ihm. Sie traf ihn am Kopf. Er duckte sich vor den fliegenden Geldbündeln. »Du Lumpenhund!« Und wieder ein Päckchen Zwanzigmarkscheine. »Hier hast du dein Geld! Dein dreckiges, zusammengestohlenes Geld!«

»Rosa!« bat er. »Rosa . . .«

Aber sie ließ ihn nicht ausreden. Nachdem sie das Geld Bündel um Bündel geworfen hatte, ging sie zum Gläserschrank.

Er duckte sich unter die Tische. Sie jagte ihn durch das Lokal, warf mit Gläsern nach ihm, die klirrend an den Wänden, den Tischen und Stühlen zersprangen.

Er tauchte unter einem Tisch auf. »Rosa!« rief er. »Laß das sein! Wie leicht kann da was passieren!«

Zwieback, Karl, Dodo, Tilly und Oma waren von oben gekommen. Sie standen in der Tür und lachten.

»Bestohlen hat er mich, der Lump!« rief Rosa und warf das nächste Glas.

Leopold kroch unter den Tischen herum. Er rief: »Sie ist verrückt geworden!«

»Leopold«, spottete Karl, »hast du geklaut?«

Vor Wut bebend stand Rosa beim Gläserschrank. »Bestohlen! Dieser Lump!« Sie deutete auf ihn: »Da krabbelt er, der feige Lump!«

Leopold wehrte sich nicht. Er fühlte sich überführt, wußte, daß er endgültig besiegt war.

Sie hörten alle die Explosion, hoben erschreckt die Köpfe. Auf dem Bahndamm war es: ein dumpfer Knall, bösartig. Sie rannten vor die Tür, sahen auf den Gleisen eine Feuersäule über einem Kesselwagen.

Als die Feuerwehr mit gellender Sirene an der Artistenklause vorbeifuhr, hatte Leopold bereits alle Geldbündel vom Boden zusammengesucht. Er leerte die Kasse, ging in das Schlafzimmer, zog eine Krawatte an, nahm sein Jackett vom Haken und verließ das Haus.

Auf der Straße drängten sich die Neugierigen, Polizeiwagen trafen ein. Im Weitergehen hörte er, daß die Menschen sich zuriefen, ein Kesselwagen sei beim Rangieren entgleist und gegen einen anderen Wagen geprallt. Das Benzin habe sich entzündet.

Es interessierte ihn nicht. Er überlegte bereits, wieviel Geld er von der Bank abheben könne. Er entschied sich für die Hälfte, glaubte damit gerecht zu sein. Als er jedoch vor dem Schalter stand, sagte er: »Siebzigtausend.« Das war mehr als die Hälfte.

Ich habe mehr geleistet als sie, dachte er, bestätigte sich sein Recht zu der Mehreinnahme.

Er ließ es sich in großen Scheinen auszahlen, hatte alle Taschen voll Geld. Er wußte nicht, wohin er gehen würde.

Am Abend war er betrunken, hatte Lokale besucht, fremde Menschen zum Trinken eingeladen, hatte große Trinkgelder gegeben. Um Mitternacht schwankte er bereits. Er stand da in einer Kneipe an der Theke und führte gewaltige Reden vor Männern, denen er das Zuhören mit Bier und Schnaps bezahlte. Sie grinsten, als er rief: »Wissen Sie, wer ich bin? Ich habe mit Tigern gearbeitet!«

»Prost!« sagten die Männer.

»Mit sieben Tigern! Sie sind alle tot. Ich habe alle meine Tiger überlebt! Was! – Sie lachen wohl über mich? Hier! Wollen Sie Geld sehen? Hier ist Geld! Hier ist Geld!« Er zog die Bündel aus allen seinen Taschen hervor, steckte sie triumphierend wieder zurück, sah, wie sie fast ehrfürchtig wurden vor seinem Geld.

Dann wurde er traurig, wiederholte leise: »Sie sind tot. Ich habe meine Tiger überlebt. – Alles geht auf meine Rechnung!« befahl er dem Kellner. Der Wirt stand hinter der Theke und beobachtete ihn mißtrauisch.

Ehe Leopold Grün ging, blieb er noch einmal vor der Tür stehen, riß den rechten Arm hoch, es war wie eine grüßende Gebärde, und rief: »Der große Hammer hat zugeschlagen!« Dann torkelte er hinaus. Alle sahen ihm nach.

Der Wirt fragte seinen Kellner: »Hat er bezahlt?«

»Er hat bezahlt.«

Rosa suchte ihn nicht. Nur Emil war jeden Tag unterwegs gewesen und hatte nach ihm gefragt in verschiedenen Lokalen. Er hatte auch eine Spur gefunden. Ein Wirt sagte: »Ja, da war so ein Verrückter hier und erzählte etwas von Tigern . . .«

Nachdem er drei Tage fort war, sagte Rosa am Morgen zu Dodo und Karl: »Ich gebe hier auf. Wenn ihr wollt, könnt ihr das Haus von mir pachten. Ich werde mit meinen Kindern irgendwohin ziehen und in Ruhe leben. Wartet, ich werde bei meiner Bank anrufen, morgen werde ich mal den Direktor sprechen. Ich will mein Geld anlegen . . .«

Sie ging zum Telefon. Die Frauen waren fast alle im Gastzimmer. Sie hatten das Gespräch mit angehört.

»Sie will aufgeben . . .«, flüsterten sie sich zu.

Und dann hörten sie, wie sie laut am Telefon sagte: »Was! Er hat abgehoben? Siebzigtausend?« — Sie schwieg einige Sekunden, sagte nur: »Danke« und legte den Hörer auf.

»Anzeigen!« rief Oma.

»Ein Lump!« sagte Karl.

Rosa hörte ihnen nicht zu. Sie blickte starr geradeaus, hatte noch diesen abwesenden Blick, als sie sich wie erschöpft auf einen Stuhl setzte.

Ganz plötzlich begann sie zu lachen, ein unbändiges Gelächter, das alle mitriß. Sie hieb sich wieder mit der Hand auf den Oberschenkel, lachte, lachte, machte den Versuch, ihren Kummer aufzulösen. Es gelang ihr fast, aber dann kippte ihr Lachen und wurde zum Weinen, von dem sie geschüttelt wurde.

Ein Lacher nach dem anderen wurde stumm. Sie wagten nicht zu reden, achteten dieses Schluchzen, das laut aus dem mächtigen Körper hervorbrach, erkannten darin die Klage um mehr als nur Geld.

Rosa sprach in den nächsten Tagen nicht mehr von Leopold. Nur einmal, am Morgen, als sie die Zeitung las, sagte sie plötzlich: »Emil! Emil! Komm mal her.«

Sie reichte ihm die Zeitung. Da war ein kleiner Artikel. Es wurde berichtet von einer Frau, die spät in der Nacht aus einem Lokal der Innenstadt gekommen war. In der Dunkelheit hatte sich ihr ein Wesen genähert, auf allen vieren kriechend, knurrend wie ein Hund. Sie hatte um Hilfe geschrien, als sie in dem seltsamen Geschöpf einen Mann erkannte. Es wurde berichtet: Die Polizei habe eingegriffen und den Mann festgenommen. Offenbar habe er sich als Hund gefühlt.

Henry Jaeger
Die Festung

Roman

Dieser Roman über eine Zeit, die noch voller Hoffnung war, macht betroffen, weil er uns alle betrifft. Auch wenn seine Helden zu den Randgruppen der bürgerlichen Gesellschaft gehören. Die alte Festung dient als Unterkunft für Menschen, die aus verschiedenen Gründen auf engem Raum hier zusammengepfercht leben müssen und hoffen und warten – auf ein bißchen Glück und auf einen langsamen Aufstieg. Manche warten nicht nur, sie handeln. Manche handeln in der falschen Richtung.
Hugo Starosta handelt wenig und oft im falschen Augenblick. Er hofft und träumt vom Glück. Seine Tochter erkaufte es sich durch den Einsatz ihres einzigen Besitzes – ihres Körpers. Seine Söhne gehen verschiedene Wege, um aus der Festung auszubrechen: denn Freuden hat die Festung wenig zu bieten…
Henry Jaeger will die Dinge aufzeigen, sichtbar machen und enthüllen. Sichtbar machen und enthüllen aber bedeutet betroffen machen, erschüttern. Er hat dennoch ein Buch voller Hoffnung geschrieben, das zum Handeln ermutigt, zum Zupacken auffordert.

Für Margot

ERSTES KAPITEL

An einem Abend im Spätherbst, es waren jetzt fast zwei Jahre darüber vergangen, legte Albert Starosta den Brand an die Baracke. Sechzig Menschen wohnten darin. Sie waren zu verschiedenen Zeiten angekommen und hatten sich in der Baracke eingerichtet. Aber Albert Starosta dachte nicht an die Menschen, dachte weder an seine Eltern und Geschwister noch daran, daß in diesem Feuer auch seine eigene Bleibe verglühen würde.

An jenem Abend ging er in die Besenkammer, suchte darin herum und fand einen leeren Jutesack. Damit bedeckte er die große Petroleumkanne. Sieben oder acht Liter waren noch darin. Er trug den Behälter aus der Besenkammer hinaus, ging mitten durch die Baracke, durch das Gewimmel; Kinder plärrten, Erwachsene schimpften, andere saßen ruhig beim Essen, als hätte es nie den Streit gegeben, bei dem Alberts Vater vor den Augen seiner Kinder verprügelt worden war. Es schien alles wie jeden Abend um diese Zeit. Niemand beachtete ihn.

Er ging durch die Tür hinaus ins Freie, ging an der fensterlosen Hinterwand der Baracke entlang, ließ den dünnen, lautlosen Strahl aus der Kanne fließen und tränkte das Holz mit der Flüssigkeit. Dann zündete er mit einem Streichholz ein Stück zusammengeknülltes Papier an, das er dicht an die Wand warf. Er hörte seine Atemzüge, wartete, sah das Papier auflodern und die Flamme zur Wand überspringen. Sie zögerte, züngelte wie unschlüssig, schnellte dann auf und wuchs mit einem bösen Fauchen unwiderstehlich empor.

Damals war Albert Starosta zwölf Jahre alt und besessen von Haß gegen die Baracke, die er vernichten, zu einem Nichts machen wollte, getrieben von der unklaren, kindlichen Vorstellung, die Flamme würde dann auch die Not mit verzehren, den Dreck, die Roheit, die Gemeinheit, das ganze fleckige, schmierige Elend.

Später kam die Angst. Zwei Jahre lang schleppte er jetzt schon diese heimliche Angst mit sich herum, die ihn auch heute, als das Fräulein vom Amt gekommen war, aus dem Zimmer in den Hof hinuntergetrieben hatte. Er war in die Dunkelheit des Festungshofes geflüchtet. Seine Schwester, die sich oben gelangweilt hatte, war zu ihm heruntergekommen. Sie hörten die Schritte, die durch den Torbogen gingen.

Albert hoffte auf seinen Vater, hoffte, daß der das Fräulein vertreiben würde. Aber Hugo kam noch nicht. Zuerst kam Viktor. Albert und Mi-Mo kannten seinen Schritt. Er war unverwechselbar.

Viktor ging wie ein Herr. Er besaß nicht mehr als die anderen, hatte von seinem Besitz und von dem, was ihm noch hätte zufallen sollen, nichts gerettet – nur dieser Gang war ihm noch eigen, dieses selbstsichere Auftreten.

Der Vater setzte die Füße anders: manchmal hastig, dann wieder langsam und zögernd. War er angetrunken, dann stolperte er über die ungleich gebuckelten Steine des Hofes. Aber das Stolpern war in der letzten Zeit selten geworden, denn er hatte jetzt nicht mehr genug Geld für Bier.

Viktor war mit dem Sechsuhrzug von der Arbeit gekommen. Er kam jeden Abend um die gleiche Zeit. Schon damals, als sie noch in der Himmelsgasse gewohnt hatten – in ihrer Erinnerung lebten noch einige matte Bilder aus dieser Zeit –, war auf Viktor Verlaß gewesen. Pünktlichkeit gehörte zu seinem Charakter. Er war auch pünktlich in den Krieg gezogen, war pünktlich wieder daraus entlassen worden und blieb weiter pünktlich, unter allen Umständen, in schweigender Entschlossenheit.

Viktor blieb bei ihnen stehen, und Albert sagte: »Wir warten auf Hugo, das Fräulein vom Amt ist wieder da.«

Was die wolle, fragte Viktor, ob sie wegen Albert oder wegen Mi-Mo gekommen sei.

»Sie will zu Hugo«, sagte Albert. »Wir haben ihr gesagt, daß er arbeitet, aber das hat sie nicht geglaubt.«

Eliese hatte im Zimmer gerade den großen Topf mit Wäsche auf dem Herd stehen, als das Fräulein hereingekommen war. In dem dampferfüllten Raum war ihre Brille angelaufen, so daß man die Augen dahinter nicht sehen konnte. Als sie die Brille abnahm, fand Albert die nun seltsam nackten Augen, die ihn ansahen, erschreckend. Wie blind kamen sie ihm vor, unheimlich. Er war fortgelaufen.

Im Zimmer saß jetzt die Fürsorgerin auf einem Stuhl, mit einem Ausdruck ermüdeten Wohlwollens, das ihr niemand glaubte.

Viktor war einer der wenigen Menschen, vor denen Albert einen gewissen Respekt empfand. Die meisten Erwachsenen betrachtete er mit gemäßigter Verachtung. Sein Vater war da keine Ausnahme, die Mutter auch nicht, höchstens die Großmutter, aber die nahm nicht mehr ganz den Platz einer Erwachsenen ein. Sie redete nicht viel, und wenn sie etwas sagte, dann achtete niemand darauf. So plapperte sie ihre Selbstgespräche ins Leere. Sie war weit über Achtzig und hatte ihren Mann nun um mehr als zehn Jahre überlebt. Aber zuweilen redete sie noch mit ihm; dann lachten sie oben im Zimmer, und Hugo sagte: »Jetzt spricht sie wieder mit August –«

Von seinem Großvater wußte Albert noch, daß er Pfeife geraucht, daß sein Atem nach Tabak gerochen hatte und daß seine Hand härter und wärmer gewesen war als die seines Vaters. Es schien ihm, als sei er aus einem anderen, besseren Stoff gewesen als sein Vater, den er wie einen zweifelhaften älteren Bruder betrachtete, dessen körperliche Überlegenheit er einstweilen noch anerkennen mußte.

Sie hörten Viktor langsam die Treppe zur Galerie hinaufsteigen, die in diesem Flügel der Festung an einer endlos scheinenden Reihe von Türen entlangführte. Ein halbierter Gefängniskorridor, wie ein Mann gesagt hatte, der genau wußte, wie es im Gefängnis aussah. Es gab hier Männer, die das wußten. In einem anderen Flügel der Festung war noch einmal die gleiche Anzahl Räume zum Wohnen hergerichtet. Zwei Flügel standen leer, weil es da statt der Fenster nur Schießscharten gab. Es war nicht sicher, ob dort jemals Fenster in das Mauerwerk gebrochen würden. Man hatte früher davon gesprochen, daß nun bald die Maurer erscheinen würden und daß noch mindestens dreihundert Leute hier untergebracht werden müßten. Aber die Maurer waren nicht gekommen, und seit einem halben Jahr sprach niemand mehr davon. Damals hatten sie gefürchtet, sie müßten noch enger zusammenrücken, die sanitären Anlagen würden nicht ausreichen, das Wasser würde knapp werden und es käme dann wieder zu den täglichen Streitigkeiten. Das wäre kein Leben, hatten sie gesagt. Das wäre dann genau wie im Lager. Schließlich sei es genug, wenn sechshundert Leute in diesem Gemäuer lebten.

Die Festung, so hatte man ihnen auf den Ämtern gesagt, sollte nur eine Durchgangsstation sein. Nach und nach würden sie alle in Wohnungen untergebracht werden. Aber es gab Familien, die schon länger als vier Jahre in der Festung lebten.

Wer sich dafür interessierte, konnte vom Verwalter erfahren, daß die Festung am Anfang des 18. Jahrhunderts erbaut worden war. Sie war jedoch nie zu einem Schauplatz kriegerischer Handlungen geworden und wohl mehr eine selbstherrliche Spielerei des damaligen Landesfürsten gewesen. Einige Male hatte sie in der Gefahr geschwebt, geschleift zu werden, und zwei-, dreimal war sie kampflos irgendeiner Gegenpartei übergeben worden. Einmal war auch ein junger Soldat hier erschossen worden. Das war in einem jener kleinen Kriege gewesen, die in den Geschichtsbüchern nur nebenher behandelt werden und deren Ursachen, wenn man es heute nachprüfen könnte, sich möglicherweise auf ein Streitgespräch zweier erlauchter Herren über eine goldene Schnupftabaksdose zurückführen ließen – in den Geschichtsbüchern werden natürlich ganz andere Ursachen angegeben. Jedenfalls war der junge Soldat erschossen worden, weil er versucht hatte zu desertieren. Die Trommeln hatten ihren Wirbel heruntergerasselt: Legt an! Gebt Feuer! Vielleicht hatte er sich aus dem Staub machen wollen, weil er Heimweh hatte? Vielleicht hatte ihn das Heimweh getötet? Aber das lag weit zurück. Sein Name war vergessen.

Es gab viele Jahre, in denen die Festung mit verschlossenen Türen still vor sich hingedämmert hatte, ein Quadrat aus Stein, das einen weiten Hof umschloß und aus dessen Westflügel ein runder Turm die Mauern um die Höhe eines Stockwerkes überragte. Im Ersten Weltkrieg hatte sie gefangenen Russen als Aufenthaltsort gedient; zwanzig Jahre später waren entwaffnete Franzosen eingezogen und hatten sich über die zähen russischen Wanzen beschwert, die dort immer noch lebten. Es wurde jedoch nichts Entscheidendes gegen sie unternommen. Dann kamen Engländer, die es fertigbrachten, über das Rote Kreuz Insektenpulver zu erhalten, das die Wanzen vertrieb. Als sich das Blatt gewendet hatte und aus den britischen Gefangenen die Sieger geworden waren, marschierten Kriegsverbrecher ein, mittlere und kleine. Sie mußten dort etliche Wochen verbringen, bis man ihnen den Prozeß machte oder sie wieder laufenließ, wenn sie die richtigen Fürsprecher hatten. Aber auch das lag schon länger als ein Jahrzehnt zurück; das Blatt hatte sich wiederum gewendet.

In den fast zweihundertfünfzig Jahren, die nun der Mörtel das steinerne Geviert zusammenhielt, hatte sich niemand darin wohl gefühlt, niemand hatte freiwillig dort gehaust. Auch die Menschen, die jetzt dort lebten, waren nicht freiwillig eingezogen, und auch sie fühlten sich nicht wohl. Immerhin verbanden sie mit der Festung die Vorstellung einer bescheidenen Sicherheit, die sie lange entbehrt hatten. Man lebte in einem festgefügten Haus, man hatte seinen eigenen Raum, und es gab eine Tür, die verschließbar war und an deren Außenseite man sein Namensschild festnageln konnte.

ZWEITES KAPITEL

Wenn Albert den Festungshof bei Dunkelheit betrat, hatte er immer das drängende Gefühl, er müsse auf der Hut sein. Diese riesenhafte Ruhe, vor allen Winden abgeschirmt, machte ihn mißtrauisch. In den Ecken brütete das Dunkel – und man konnte nicht sehen, was sonst noch dort nistete. Die Lampe in der Mitte des Hofes leuchtete die Winkel nicht aus; es war möglich, daß sich dort Knäuel von schwarzen Schlangen ringelten, absonderliches Gewürm, Nachtschlangen; und vielleicht strichen dort Fledermäuse durch die Finsternis, mit lautlosen Schwingen.

Er war vor dem Fräulein davongelaufen, denn er hatte gedacht, daß sie seinetwegen da sei, daß sie durch geheimnisvolle Verkettungen die Wahrheit erfahren habe und daß nun Unheil auf ihn zukomme. Man mußte sich vorsehen.

Im Hof erhoffte er sich die Gesellschaft der Geräusche, die von oben kamen. Jemand ließ Wasser in einen Topf laufen; eine Tür wurde aufgerissen und wieder zugeschlagen; Schritte auf der Galerie; ein Radio spielte. Aber das war ihm alles viel zu leise. Er hätte jetzt gewünscht, daß hundert Trompeten die Stille zerrissen. Die Vorstellung seiner Absonderung überfiel ihn: Er fühlte sich allein, wie ein Stück Treibholz auf dem Meer.

Dann kam Mi-Mo herunter. Sie fragte: »Was machst du denn hier?«

Er erklärte, er warte auf einen Nachbarn, von dem er sich ein Fahrrad leihen könne – für morgen.

»Wo willst du denn morgen hin mit dem Fahrrad?«

»Frag' ich dich etwa, wo du morgen hinwillst?«

»Nein, aber ich will ja auch morgen nirgends hin. Du kannst doch das Fahrrad von Hugo nehmen.«

»Das ist platt.«

Aber er könne es doch aufpumpen, sagte sie. Der Kainrath habe eine Luftpumpe, und der Schulz auch. Von Schulz könne man sich gut was ausleihen, denn mit dem habe Hugo noch nicht Streit gehabt.

»Menschenskind!« rief er. »Wir haben doch selber eine Pumpe! Aber das Rad ist platt, weil ein Loch im Schlauch ist – da geht die Luft raus!«

»Ach so«, sagte sie.

Albert fragte: »Was hat sie gesagt?«

»Wer?«

»Das Fräulein!« Er blickte sie an. »Sie wartet auf Hugo. Sie ist wegen ihm gekommen, nicht wahr?«

»Nein«, erwiderte sie. »Wegen dir ist sie gekommen.«

»Was hat sie gesagt? Weiß sie etwas? Hast du etwas verraten?«

»Ich, nein!«

»Aber sie weiß etwas?«

»Aua!« sagte Mi-Mo. »Laß doch meinen Arm los!«

Er lockerte seinen Griff. Sie stand vor ihm mit gekränktem Gesicht und rieb mit der Hand über ihren Arm. »Ich weiß nicht, ob sie etwas weiß. Sie hat wegen der Schule gefragt. Und von einer Lehrstelle hat sie gesprochen.«

»Wegen der Schule?«

»Ja, du würdest zu oft fehlen. Sie hat mit dem Lehrer gesprochen!«

»So«, sagte er, »ich fehle zu oft. Na, dann ist es gut. Dann weiß sie nichts.«

Über die Sache mit der Lehrstelle dachte er nicht weiter nach. Das hatte noch Zeit. Schließlich würden sie doch über ihn bestimmen, und er würde machen, was sie ihm sagten. Aber wenn er alt genug wäre, dann würde er tun, was er wollte. Das war einer seiner heimlichen Grundsätze.

»Sie weiß nichts«, sagte er und grinste sie an. Er kniff dabei das linke Auge zu und zog jenes Gesicht, das ihm von allen Gesichtern, die er zeigen konnte, das unvergleichlichste schien: Wenn er dieses listige Gesicht aufsetzte, mit dem zugekniffenen Auge, fühlte er sich den anderen überlegen. Er leistete sich diesen bescheidenen Hochmut jedoch nur bei Menschen, bei denen er sicher zu sein glaubte, daß sie damit zu beeindrucken waren.

»Es ist jetzt zwei Jahre her«, sagte er. »Noch einmal zwei Jahre und dann noch einmal, dann wird es niemand mehr erfahren. Du wirst es doch auch vergessen, oder?«

»Du wartest gar nicht wegen dem Fahrrad. Wer ist denn das, von dem du es borgen willst?«

Er sagte langsam: »Ob jetzt noch jemand daran denkt? Viktor hat es miterlebt, Kainrath, Schulz, ja, und Dora und Herbert. Aber viele, die damals dabei waren, wohnen jetzt nicht mehr hier. Das Fahrrad? Natürlich warte ich wegen dem Fahrrad! Hör mal – wie lange wirst du noch brauchen, um es zu vergessen?«

»Das weiß ich doch nicht«, erwiderte sie. »Ich habe jetzt schon lange nicht mehr daran gedacht.«

»Du wirst nicht hingehen und mich verraten, das weiß ich, aber wirst du auch nie darüber sprechen?«

»Ich? Nein, ich werde nie darüber sprechen.«

Er hatte damals einen Teil seiner Schuld auf Mi-Mo abgeladen. Er war damit umhergegangen, hatte es getragen, und es war zu schwer für seine zwölf Jahre gewesen. Dann hatte er angefangen, alle Menschen seiner Umgebung zu prüfen, einen nach dem andern; und schließlich hatte er sich für Mi-Mo entschieden und ihr alles gesagt. Danach fühlte er sich erleichtert durch die Vorstellung, er habe die Hälfte der Last einem anderen auferlegt.

Er erinnerte sich daran, wie er zwischen den Leuten gestanden und mit ihnen hinaufgestarrt hatte zu der Flamme, die gegen den Nachthimmel züngelte. Auch an die Sirene der Feuerwehr erinnerte er sich, an die Kommandos und an den wilden, einsamen Triumph, der in ihm wuchs.

Das war am Abend des Tages, an dem er sich unter den Kränkungen der anderen gekrümmt hatte.

Er mußte zur Schule. Er wollte es nicht, aber das war

Pflicht. Sie hatten ›Barackenfloh‹ zu ihm gesagt. Er wußte sofort, daß er diesen Namen nicht wieder loswerden würde. Während des Unterrichts hatte er darüber nachgedacht. In der letzten Stunde sagte der Lehrer, er sei dumm – halt ein wenig zurückgeblieben, da könne man nichts machen. Es klang nicht böse, es lag sogar Nachsicht darin. Aber gerade diese Nachsicht erschütterte Albert, stieß ihn aus dem Kreis der anderen Schüler hinaus. Barackenfloh! Dumm! Nichts zu machen!

Und was war noch an diesem Tag? Am frühen Abend dieses Tages war sein Vater verprügelt worden. Er war damals gerade erst heimgekehrt – oder vielmehr: er war entlassen worden, in das Land, zu dem seine Heimat gerechnet wurde. Man hatte ihm Geld ausbezahlt, Entschädigungen. Es gab in der Baracke noch einige von dieser Sorte, die gekommen waren, als schon niemand mehr mit ihnen gerechnet hatte. Unter ihnen waren Männer, die arbeiteten, und Männer, die Karten spielten. Hugo spielte Karten. Sie spielten um Geld. Albert hörte, wie die anderen Männer plötzlich laut riefen: »Du willst betrügen!«

Jemand hatte seinen Vater ins Gesicht geschlagen, und dieser Schlag hatte ihn vom Stuhl auf den Boden gefegt wie einen nassen Lappen. Dann war er aufgestanden und hatte die lahme Geste eines Angriffs gezeigt, eine müde Ehrenrettung.

Aber die anderen waren stärker. Sie schüttelten ihn, daß ihm der Kopf hin und her flog. Sie schlugen auf ihn ein, wie auf ein altes Bündel Kleider. Viktor trat dazwischen, auch die beiden älteren Brüder Alberts. Noch zwei, drei Männer mischten sich ein. Sie schrien und fluchten und schlugen sich klatschend ins Gesicht. Albert war bei jedem Hieb zusammengezuckt.

Sein Vater lag ganz unten. Als er hervorkroch, hing ihm die Hose in Fetzen vom Leib. Auch seine Unterwäsche war zerrissen. Eine Frau rief, er solle sich seinen dreckigen Hintern bedecken. Da griff er nach hinten und zog die Lappen seiner Unterhose über sein Hinterteil. Auf allen vieren war er herangekrochen, während Viktor Ordnung gestiftet hatte.

Niemand hatte an Albert gedacht, nachdem die Baracke abgebrannt war. Die Männer und Frauen wurden verhört. Nach den Petroleumlampen war gefragt worden. Es gab mindestens zehn dieser Lampen aus der Zeit, als das elektrische Licht noch nicht gelegt war. Die Kinder wurden kurz befragt, ob sie nichts gesehen hätten. Niemand hatte etwas gesehen. Ein paar Tage später wurde darüber gesprochen, daß es Brandstiftung gewesen sei.

Die Zeitungen hatten darüber geschrieben. Sechzig Personen waren für ein paar Tage obdachlos geworden. Aber hatten sie nicht alle davon profitiert? Die anderen Baracken waren überfüllt gewesen und so waren sie in die Festung eingewiesen worden. Sie hätten ihm dankbar sein müssen.

Doch er hörte die Männer sagen, wenn sie den Brandstifter erwischten, würden sie ihn totschlagen. Von da an begann sein Triumph zu schrumpfen, und die Angst wuchs. Nachträglich kam ihm seine Tat so vor, als habe er gedankenlos an einem Hebel gespielt und dabei ein Unglück ausgelöst. Und er war ja tatsächlich zu einer Art Hebel geworden, der dem Weg etlicher Familien die Weiche gestellt hatte. Aber nun hatte er vollauf zu tun mit seiner Angst, von der er die Hälfte auf Mi-Mo abgeladen hatte.

An einem Abend hatte er sie zur Seite genommen und leise auf sie eingesprochen. Alles, was Mi-Mo erwiderte, war: »Ach, das bist du gewesen! Warum denn nur?«

»Du darfst nicht darüber reden, sonst komme ich ins Gefängnis!«

»Dazu bist du noch zu jung. Du bist noch ein Kind.«

»Ich komme ins Kindergefängnis.«

»Gibt es das überhaupt?«

»Natürlich gibt es das! Ich weiß es ganz bestimmt!«

»Wie geht es denn da zu?«

»Im Kindergefängnis gibt es jeden Tag Hiebe. Gleich nach

dem Essen werden die Schläge ausgeteilt. Dann geht das Licht aus und man muß ins Bett.«

Mi-Mo war nicht klug, dafür aber verläßlich. Sie war fünf Jahre älter als er, doch er fühlte sich ihr überlegen. Jeder wußte, daß Mi-Mo nicht klug war, und sie wußte es selber. Deshalb redete sie nicht viel bei Fremden, und je mehr irgendwo geredet wurde, desto einsilbiger wurde sie. Sie befürchtete immer, etwas Dummes zu sagen. Oft genug hatte sie früher dummes Zeug geschwatzt, bis sie begriff, daß man nur zu schweigen brauchte, um seine Mängel zu verbergen. Im Schweigen war sie beständig, und sie vermochte damit Fremde zu täuschen. Aber wer sie länger kannte, erfaßte dann doch ihre Schwächen.

Eigentlich hieß sie Maria; den Namen Mi-Mo hatte sie sich selbst gegeben, als sie noch am Boden herumkroch. Bis zu ihrem vierten Lebensjahr hatte sie nichts anderes sagen können als ›Mi-Mo‹. Sie hatte diese Silben von dem Wort ›Milch‹ abgeleitet und sie zunächst nur gerufen, wenn sie Milch haben wollte. Das wollte sie allerdings immerfort, ihr Hunger schien unstillbar. Schließlich begann sie mit diesem einzigen Wort alles mögliche auszudrücken; jedes sonstige Sprechen schien ihr offenbar überflüssig. Sie hörte auch nur auf ›Mi-Mo‹; auf ›Maria‹ hatte sie nie reagiert. So nötigte sie allen das Wort Mi-Mo auf.

Für Menschen gab sie wenig Interesse zu erkennen. Doch sie rief jedesmal mit Begeisterung ›Mi-Mo‹, wenn sie mit der Mutter am Milchladen vorüberging und darin den Milchhändler in seinem weißen Kittel sah. Der weiße Kittel war für sie gleichbedeutend mit Milch. So war sie eines Tages vor einem Ladengeschäft gefunden worden, in dessen Auslage eine weißbekleidete Schaufensterpuppe ausgestellt war. Sie stand vor der Scheibe und bettelte zu der Schaufensterpuppe hinauf: »Mi-Mo – Mi-Mo.«

Damals war sie vier Jahre alt gewesen. Später, als sie endlich sprechen konnte, gab es noch immer eine Menge Worte, die sie nicht richtig über die Zunge brachte. ›Straßenbahnhaltestelle‹, ›Eisenbahnzug‹ oder ›Metzgermesser‹ konnte sie erst sagen, als sie zehn war. Als die Mutter mit ihr zum Lagerarzt ging, sagte er: »Sie ist halt ein bißchen maulfaul. Das tut niemandem weh – ihr selbst jedenfalls bestimmt nicht.«

Das war der Mutter ein Trost gewesen. Man sah ja auch Mi-Mo nichts an. Sie sah aus wie andere junge Mädchen, nur daß ihre körperliche Reife sehr früh eingesetzt hatte. Aber niemand sah darin einen Nachteil. Hugo behauptete sogar, die frühe Blüte seiner Tochter sei ein Beweis für ihre Gesundheit.

Manchmal prahlte er geradezu mit ihr; wenn dann die Rede auf sie kam, rief er: »Das Mädchen ist gesund, mein lieber Mann, die ist gesund!« Dabei zeigte er eine Miene, als sei es seine persönliche Leistung, daß Mi-Mo gewachsen und früh gereift war.

DRITTES KAPITEL

Hugo Starosta wußte, daß er etwas unternehmen mußte. Und da es vorerst bei diesem Vorsatz blieb, hatte er ein schlechtes Gewissen. Mindestens zweimal in der Woche raffte er sich auf und stellte fest, daß nun bald etwas geschehen müsse. Sein Wahlspruch war: Das Leben will gemeistert sein!

Er hielt dann lange Vorträge darüber, was er alles versuchen könnte, aber mitten in seinen Ausführungen überfiel ihn mitunter die Erkenntnis, daß er es wahrscheinlich nicht mehr zu dieser Meisterschaft bringen würde, die er seinen Söhnen ans Herz legte. Dann ging er fort und blieb oft lange aus. Er brachte an solchen Tagen immer etwas mit nach Hause, und sei es nur ein Knopf, den er auf der Straße gefunden hatte.

An diesem Nachmittag war er zum Sägewerk gegangen, das fünf Minuten von der Festung entfernt auf dem halben Weg zur Stadt lag. Er hatte sich dort herumgedrückt und diesen und jenen etwas gefragt, aber ins Büro war er nicht gegangen. Dann hatte er in der Stadt die Unterstützung für sich und seine Familie abgeholt.

Die Sachbearbeiter kannten ihn schon gut. »Nun, Herr Starosta, noch immer krank?« hatte einer gefragt. Da hatte er sich an den Leib gegriffen, dorthin, wo sich ungefähr die Leber befinden mußte. Es war eine Geste, die er von seiner Mutter übernommen hatte. »Da sitzt es«, sagte er. »Manchmal ist es nicht zu spüren. Aber dann auf einmal... Oh, ich kann Ihnen sagen...«

»Das ist die Galle«, sagte der Mann.

»Ja, ja«, rief Hugo, »die Galle, die Leber und die Milz! In Rußland hat es angefangen. Erst ist es immer so ein Stich, und dann fängt es an. Ich kann Ihnen sagen!«

Danach war er mit dem Geld in der Tasche in ein Wirtshaus gegangen und hatte sich ein kräftiges Essen und ein Bier bestellt. Ein einziges Bier! hatte er sich vorgenommen. Als er beim dritten Glas war, stand er auf und verspielte fünf Groschen in einem Automaten, der Gewinne bis zu einer Mark auszahlte. Aber ihm zahlte der Automat nichts aus, er schluckte nur seine Groschen.

Schließlich war er in ein Kino gegangen. Auf dem Weg nach Hause, den er zu Fuß ging, um das Geld für die Straßenbahn zu sparen, rechnete er an der Summe herum, die er ausgegeben hatte. Die sechs Mark ärgerten ihn, denn jetzt schien ihm, er habe so gut wie nichts davon gehabt. Er tröstete sich damit, daß er immerhin nicht über die Stränge geschlagen hatte. Außerdem konnte er nun auf das Nachtessen verzichten. Er würde sagen, heute ginge es ihm wieder nicht gut. Nein, nein, Eliese, ich kann nichts essen, gib es den Kindern.

Im Hof traf er auf Mi-Mo und Albert und erfuhr, daß das Fräulein von der Behörde oben saß. »So«, sagte er, »die kommt mir gerade recht!« Er stapfte vor seinen Kindern die Treppe hinauf, in der Haltung eines Mannes, der gewillt ist, Fraktur zu reden. »Den ganzen Tag bin ich herumgelaufen«, sagte er, »um eine passende Arbeit zu finden. Das ist nun mal nicht leicht, denn ich kann schließlich nicht jede Arbeit leisten. Und abends kommt man dann zerschlagen nach Hause, und da sitzt so ein Weibsbild im Zimmer. Die kommt mir gerade recht!«

Es roch nach Küche, als er die Tür aufmachte. Aber so roch es hier immer. Der Raum wirkte auch wie eine Küche. Die Wände waren weiß gekalkt. Ein weißer Herd stand darin. Dann waren da noch der große Tisch mit den Stühlen, zwei Schränke und dreimal zwei Betten, die übereinanderstanden und die ganze linke Wandseite einnahmen.

Ohne zu grüßen, trat Hugo ein, ließ sich auf einen Stuhl fallen und sagte: »Es war nichts. Der Betriebsleiter hätte mich gern genommen, aber ich müßte da zentnerschwere Balken schleppen. Genau das, was ich in Rußland machen mußte. Das kann ich nicht mehr. Ah«, sagte er aufblickend, »das Fräulein ist auch da? Sie kommen aber oft.«

»Herr Starosta«, sagte die Fürsorgerin, »Sie haben doch genau gewußt, daß ich hier bin!«

»Was!« rief er. »Ich will auf der Stelle tot umfallen, wenn ich das gewußt habe!«

»Na ja«, sagte sie. »Es ist ja nicht wichtig, also lassen wir das.«

Eliese, seine Frau, stand mit vor der Brust verschränkten Armen am Küchenherd. Bruno, der Jüngste, hockte auf einem Schemel. Die Großmutter humpelte vom Tisch weg, wo das Fräulein saß, ließ sich auf das hinterste Bett nieder und mampfte irgend etwas zwischen ihren zahnlosen Kiefern. Albert und Mi-Mo waren an der Tür stehengeblieben. Sie blickten alle auf Hugo und das Fräulein und warteten.

»Ich komme wegen Albert.«

»Eliese«, unterbrach Hugo, »biete doch Fräulein Leisle eine Tasse Kaffee an.«

»Nein, nein, danke«, wehrte sie ab. »Herr Starosta, wir wollen gleich zur Sache kommen. Ihr Junge fehlt zu oft in der Schule. Er geht ja ohnehin nicht mehr lange hin, aber es liegt in Ihrem Interesse, wenn der Junge ein Rüstzeug für sein Leben mitbekommt.«

»Natürlich!« rief Hugo. »Das sage ich auch immer. Das Leben will gemeistert sein!«

»Sehen Sie mal hier. Ich habe hier eine von Ihnen geschriebene Entschuldigung: ›Mein Sohn Albert kann leider die Schule nicht besuchen, da er an Masern erkrankt ist.‹ Das haben Sie geschrieben. Zwei Tage später wurde Ihr Junge gesehen, und drei Tage später war er wieder in der Schule. Masern dauern aber mindestens drei bis vier Wochen.«

»Ja«, sagte Hugo, »das habe ich geschrieben.« Er kratzte sich am Kopf. »Aber das war doch, als wir den Schrank aus der Stadt holen mußten! Meine beiden Ältesten sind doch nicht mehr im Haus, und wer sollte mir helfen, den schweren Schrank mit dem Drückkarren hierherzufahren? Und dann wurde er auch wirklich krank. Er hatte so rote Flecken im Gesicht. Ganz rote Backen hat er gehabt, und da dachte ich mir, das sind die Masern! War es so oder war es nicht so, Eliese?«

»Ja, so war's«, sagte seine Frau.

»Sehen Sie, Fräulein! Und dann, wissen Sie so genau, ob es nicht vielleicht doch Masern gibt, die nicht so lange dauern?«

Befriedigt lehnte er sich im Stuhl zurück. Dann wurde er kühn und sagte, es wäre besser, wenn das Fräulein sich etwas mehr um das Unrecht kümmerte, das man seinem Sohn angetan habe. Er war sitzengeblieben; und das sei eine himmelschreiende Ungerechtigkeit. Er wisse genau, daß der Lehrer seinen Sohn nicht habe leiden können, und das habe er dem Lehrer auch gesagt. Danach sei es dann noch schlimmer geworden. Dabei könne Albert ohne Fehler schreiben, und das große Einmaleins beherrsche er vorwärts und rückwärts. Und viel mehr könne einer ja sowieso nicht in der Schule lernen. Nein, man könne ihm nichts vormachen. Um diese Ungerechtigkeit also habe sich das Fräulein nicht im geringsten gekümmert. Das habe er ihr schon längst mal unter die Nase reiben wollen.

»Aber, Herr Starosta, alle Ihre Kinder sind doch sitzengeblieben! Das ist nun mal eine Schwäche, die in der Familie liegt. Aber das ist nicht schlimm; auch aus weniger begabten Kindern können schließlich vollwertige Staatsbürger werden.«

»Was?« fragte Hugo und kniff die Augen zusammen, und nun wirkte er mit seinen abstehenden Ohren wie das gealterte Ebenbild von Albert. »Eine Schwäche, die in der Familie liegt?« Er betrachtete seine Familie prüfend. Dann geriet er in Zorn: »Was wollen Sie damit sagen? Meine Frau ist ein bißchen schwach, aber das kommt von den vielen Kindern. Sieben Kinder – das war ein bißchen viel. Und dann die Flucht im Winter. Sie haben gut reden! Und ich war in Rußland. Neun Jahre war ich in Rußland, und während dieser

Zeit haben die Kinder Dreck gefressen. Hast du Gras gefressen oder nicht, Mi-Mo?«

»Ja«, sagte Mi-Mo, »einmal hab' ich vor Hunger Gras gegessen, aber das ist schon lange her.«

»Sie hat eben einen guten Appetit, meine Tochter. Die ist gesund, Fräulein Leisle, darauf können Sie sich verlassen, das Mädchen ist gesund! Aber was glauben Sie, was meine Frau und die Kinder mitgemacht haben? Ich hab's Ihnen ja schon oft genug erzählt, aber Sie haben eben keine Ahnung! Und ich erst! Das kann man gar nicht erzählen, was ich alles durchgemacht habe. Nein, nein, das darf man niemandem erzählen. Aber schwach«, fuhr er auf, »schwach sind wir deshalb noch lange nicht!«

»Warum haben Sie denn auch so viele Kinder, wenn Sie wußten, daß Ihre Frau nicht sehr robust ist. Hätten Sie da nicht ein bißchen Rücksicht nehmen können?«

»Wie? Warum ich...? Wegen der Liebe, verstehen Sie, wegen der Liebe!« Er blickte sich um und rief:

»Eliese! Hast du die Kinder gewollt oder nicht?«

»Natürlich habe ich sie gewollt.« Sie stand noch immer mit verschränkten Armen neben dem Küchenherd.

»Sehen Sie«, sagte er, »sehen Sie! Sie haben ja keine Kinder. Aber ich... Das mit meinem Ältesten, das war nach dem Einmarsch ins Rheinland. Das ist der Adolf! Dann kam ich aus Polen zurück, das war der Hermann! Dann kam ich aus Frankreich«, er deutete auf Mi-Mo, »das ist sie! Und als ich das letztemal kam, das war der Albert! Und der da –«, er deutete auf Bruno, der vom Schemel zu ihm aufsah, hielt dann aber mitten im Satz inne und bemerkte: »Reden wir nicht drüber.«

Er hatte damals ein Kind zuviel wiedergefunden. »So«, hatte er gesagt, »du bist von einem andern. Ich sage dir, pariere, sonst...« Er hatte vor dem noch nicht vierjährigen Bruno gestanden und ihn finster gemustert. Bruno hatte sich an den Rock seiner Mutter geklammert und gefragt: »Ist das der Vater?« Da hatte sich Hugo aufs Bett gesetzt und gesagt:

»Ach, Gott, ja. Jaja, ich bin der Vater.« Und dabei hatte er, wie dem Jungen schien, eine recht eigentümliche Grimasse geschnitten und dann sein Gesicht mit den Händen bedeckt.

Und jetzt, vor dem Fräulein sitzend, sagte er: »Reden wir nicht drüber! Und sehen Sie, Eliese hat die Kinder alle gewollt!« Er lächelte und lehnte sich wieder zurück.

Fräulein Leisle schwieg einen Augenblick, dann sagte sie zögernd: »Aber Sie haben doch von sieben Kindern gesprochen?«

»Ach so, ja, zweie sind gestorben. Aber die waren ohnehin nix. Als das letzte zur Welt kam, da war es ganz gelb, und ich sagte zu Eliese: Du, paß auf, der taugt nichts. Und er war ja auch dann bald tot. Das andere war gleich tot. Nicht einen Muckser hat das getan.«

»Ach«, sagte Fräulein Leisle.

»Jaja«, nickte Hugo, »das war sehr traurig.«

Eliese stand neben dem Herd und sah schweigend zu Boden. Sie hatte die beiden nicht vergessen. Ihr Tod war in ihrer Vorstellung die Strafe für das zärtlichste ihrer Kinder, für Bruno. Seit dieser Zeit las sie oft in der Bibel, was sie früher nie getan hatte. Auch fromme Reden waren ihr früher nicht so leicht über die Lippen gegangen wie heute. Die älteren ihrer Kinder fanden, daß sie etwas sonderbar geworden sei. Adolf und Hermann sagten es, und auch Hugo fand mitunter, sie habe sich verändert.

Fräulein Leisle schaute auf ihre goldene Armbanduhr und sagte, man müsse darauf sehen, daß der Junge von jetzt an regelmäßig zur Schule ginge. Und wie es mit einer Lehrstelle sei? Aber vielleicht wäre es besser, sie käme wegen der Lehrstelle ein andermal. Und wie das mit Mi-Mo wäre, ob die nicht bald wieder arbeiten wolle.

»Mi-Mo geht schon wieder arbeiten, in den nächsten Tagen«, sagte Hugo.

Das Fräulein sagte: »Und Sie, Herr Starosta? Gearbeitet haben Sie ja auch nicht gerade viel.«

»Was!« Er sprang vom Stuhl auf, setzte sich aber gleich wieder hin. »Ich bin ein kranker Mann!«

Er legte die Hand auf seine Stelle, nahm sie aber gleich wieder weg, als ihm einfiel, daß in der Festung diese Geste das Vorrecht seiner Mutter war und daß ihn Frau und Kinder verdächtigen könnten, er kopiere sie.

Eliese setzte sich auf einen Stuhl. Und Albert ging zu seinem Bett und setzte sich. Sie wußten, jetzt würde er erst richtig zu reden anfangen: Das Fräulein hatte seinen Punkt getroffen. Und in der Tat erzählte er von Rußland, und wie schwach und elend er zurückgekommen sei. Ja, Arbeit gebe es in Menge, aber ein kranker Mann würde eben von den Jungen und Gesunden an die Wand gedrückt.

»Herr Starosta«, sagte Fräulein Leisle, »Sie könnten doch als Hilfsarbeiter gehen. Wissen Sie, Ihr Leben hat kein Gesicht. Was haben Sie bisher getan, um Ihr Leben zu verbessern?«

»Ich habe nichts tun können, man hat mich ja nicht gelassen!«

Sie war müde, sie hatte einen Tag hinter sich, der mit Gesprächen angefüllt war, und immer wieder war es so gekommen, daß man an ihre guten Absichten nicht glaubte. Sekundenlang dachte sie an ihr möbliertes Zimmer. Heute abend wollte sie Wäsche bügeln – aber sie wußte, daß sie zu müde dafür sein würde.

»Ja«, sagte sie, »als Hilfsarbeiter würden Sie leicht unterkommen.«

»Natürlich«, stimmte er zu. »In den nächsten Tagen fange ich ja auch an.«

»Ach, das haben Sie schon so oft gesagt.«

»Was denn, ich habe doch auch angefangen! Aber was die mir so zumuteten. Ich bin ein Mann, der mit Pferden zu tun hatte. Ich fühle mich nicht wohl, wenn ich nicht mit Pferden zu tun habe. Ich war Gespannführer. Eliese hatte ein Stückchen Land geerbt, und ich hatte auch was mitgebracht. Ein schönes Stück Weizen hatten wir, dann noch ein Stück für

Kartoffeln und Rüben. Und immer hatte ich mit Pferden zu tun, sogar im Feld, aber dann haben sie mir die Pferde kaputtgeschossen. Ein Jammer, die vielen schönen Pferde, die da umgekommen sind. Aber auf dem Gut ging's den Pferden prima. Da war überhaupt alles in Ordnung. Auf dem Gut hatten wir ein kleines Häuschen, das wissen Sie ja. Und abends ging ich noch hausieren, im Winter. Ja, früher ist es uns gutgegangen!«

»Es gibt jetzt nicht mehr viele Pferde. Sie könnten Traktor fahren.«

»Was, Traktor? Das schüttelt mich durcheinander, daß mir die Zähne wackeln!«

»Aber, aber, Sie haben doch nicht mehr so viele Zähne«, bemerkte das Fräulein mit einem schüchternen Lächeln.

»Oho! Ich habe noch genug Zähne! Dahinten habe ich noch zwei. Und da oben...« Er steckte den Finger in den Mund. »Da oben habe ich auch noch zwei.«

»Ach bitte«, sagte sie mit gequältem Gesicht. »Das war doch nicht so gemeint. Na, es ist ja nicht wichtig.«

»Was ist nicht wichtig? Sie haben doch gesagt...«

»Hör auf!« rief Eliese, »laß doch das Fräulein auch mal was sagen!«

»Was denn, sie redet doch schon die ganze Zeit.«

Nachdem sie gegangen war, saß er eine Weile still am Tisch und überlegte. Er dachte darüber nach, ob er sie überzeugt hatte, ob das, was er vorgebracht hatte, auch einleuchtend gewesen war. Und das schien ihm in der Tat der Fall zu sein, denn sie war fast wortlos hinausgegangen; ganz klein und ratlos hatte sie gewirkt. Das stärkte sein Selbstbewußtsein. Aber er dachte auch daran, daß sie gesagt hatte, sein Leben habe kein Gesicht. Er schüttelte den Kopf. Kein Gesicht!

Eliese wollte ihm etwas zu essen hinstellen; als sie jedoch den Teller vor ihn auf den Tisch setzte, sagte er: »Heute geht es mir wieder nicht gut. Nein, nein, Eliese, ich kann nichts essen, gib es den Kindern.«

Sie nahm den Teller, schlurfte damit zum Schrank und sagte: »Du wirst in der Stadt schon was gegessen haben. Es geht dir immer dann nicht gut, wenn du in der Stadt warst, um das Geld zu holen. Dann hast du abends keinen Hunger mehr.«

Er wollte etwas sagen, aber sie winkte ab. »Gib mir das Geld«, sagte sie. »Ich habe schon den ganzen Tag darauf gewartet.«

»Waren Adolf und Hermann nicht da?« fragte er. »Die wollten doch auch was bringen.«

»Sie waren nicht da. Gib mir das Geld.«

Albert und Mi-Mo kamen zum Tisch. Die Großmutter stand vom Bett auf und kam herbei. Und Bruno, der mit seinem Kopf gerade über die Tischkante reichte, stand auch da. Sie schauten auf den Tisch und warteten auf das Geld. Hugo zählte es langsam hin. Zuerst die Scheine, dann das Silbergeld und daneben die Groschen und Pfennige. Sie standen um den Tisch und zählten alle mit.

»Das ist nicht alles!« sagte Eliese.

»Aber wieso, Eliese? Natürlich, das ist alles, was ich in der Tasche habe.«

»Es ist nicht alles!« rief sie. »Sieh in deinen Taschen nach!«

»Ach, ja«, sagte er. »Da ist ja noch ein Fünfmarkstück. Ich habe es glatt übersehen.«

Aber auch das war noch nicht alles, und er fand noch etwas, das er ebenfalls glatt übersehen hatte. Dann besaß er nur noch Pfennige und dachte, er würde in dieser Woche nicht viel rauchen können. Er dachte es, während das Geld auf dem Tisch lag und alle darauf niederblickten und Eliese gerade sagte: »Den Rest kannst du behalten, das ist für Tabak.«

Er schob ihr das Geld zu, mit einer Miene, als habe er schwer dafür gearbeitet und gebe es jetzt gerne hin. Aber bevor Eliese es einstecken konnte, griff die dürre Hand der Alten zu. Ihre Hand machte einen Sprung und zog sich blitzschnell wieder zurück. Die Großmutter redete bei diesem Manöver kein Wort, aber sie zeigte ein Gesicht, als rechne sie damit, ihre Beute verteidigen zu müssen.

»Halt!« rief Hugo und packte das Handgelenk seiner Mutter. »Zeig her! Wieviel hast du da weggenommen?«

Sie hatte ihre Faust geschlossen und er versuchte, ihre Finger zu öffnen. Sie wehrte sich und biß die zahnlosen Kiefer zusammen, daß sich ihr Kinn bis unter die Nase hinaufschob. Albert und Mi-Mo begannen zu lachen. Dann öffnete sie die Hand. Er hielt noch immer ihr Handgelenk und schaute auf das Silberstück.

Er wiegte unschlüssig den Kopf: »Zwei Mark, na ja, zwei Mark. Du brauchst doch eigentlich gar kein Geld mehr?«

»Für meinen Sarg«, sagte sie. »Für meinen Sarg!«

»Laß ihr die zwei Mark«, sagte Eliese.

»Von mir aus«, sagte er. »Von mir aus. Du willst wohl einen ganz besonders schönen Sarg haben, daß du so lange darauf sparst? Davon hast du doch gar nichts!«

Seine Mutter antwortete nicht, ging zu ihrem Bett und legte sich darauf nieder. Sie wartete, daß das Licht ausgeschaltet würde. Sie wartete jeden Abend geduldig und kleidete sich erst aus, wenn es im Zimmer dunkel war. Sie bewachte ihre Sachen und zog die beiden Hocker, auf denen ihre Schuhe standen und ihre Kleider lagen, in Griffnähe an das Bett heran. Hugo vermutete, daß sie das Geld in ihren Kleidern versteckt hatte. Sie lag auf ihrem Bett und atmete schwer.

Mi-Mo sagte: »Ich brauche auch Geld. Ich habe keine Strümpfe.«

»Was!« rief Hugo, »Strümpfe genug hast du! Du willst dich nur herausputzen und wieder mit einem Kerl losgehen! Wie neulich, als du mit einem im Gras lagst und euch jeder von oben sehen konnte!«

»Hugo!« rief Eliese.

Mi-Mos Gesicht glühte. Sie sagte: »Das ist gar nicht wahr!«

»Was denn, oben vom Turm aus konnte man euch sehen, wie ihr im Gras hinter den Büschen lagt! Genug Leute haben gesehen, daß er dir unterm Rock herumgefummelt hat!«

»Hör mit dem unzüchtigen Geschwätz auf!« sagte Eliese.

»Ich hab's von mehreren Leuten gehört«, beharrte er. »Sie haben uns alle ausgelacht!«

»Ich brauche Strümpfe«, sagte Mi-Mo.

»Strümpfe gibt's keine!« erwiderte Hugo. »Sie soll wieder arbeiten gehen, dann kann sie sich welche kaufen!« Er wandte sich an Albert, der am Radio herumdrehte. »Albert«, sagte Hugo, »hol mir einen Zehner-Stumpen beim Kainrath.«

»Da hast du noch Schulden«, sagte Eliese vorwurfsvoll.

»Sag dem Kainrath, in den nächsten Tage würde ich bezahlen.«

»Nein«, erwiderte Albert.

Hugo schlug mit der Faust auf den Tisch und schrie: »Holst du jetzt deinem Vater einen Zehner-Stumpen oder nicht?«

»Nein«, wiederholte Albert. »Er gibt dir doch keinen mehr, weil du nie deine Schulden bezahlst. Er weiß genau, daß du heute Geld in der Tasche hast.«

»Er hat ganz recht«, sagte Eliese. »Damals wußte Kainrath genau, daß du genug Geld hattest, aber du hast trotzdem nicht alles bezahlt. Wenn du wieder regelmäßig arbeiten würdest wie früher, dann brauchtest du wegen ein paar Zehner-Stumpen nicht zu betteln.«

»Früher«, sagte Hugo, »früher war alles anders.«

»So geht es nicht weiter«, sagte Eliese. »Eines Tages stelle ich dir nichts mehr zu essen hin.«

»Wir haben noch das Geld zu kriegen, das muß bald fällig sein.«

Er ging hinaus, lief den Gang hinunter, an den vielen Türen vorbei, um bei Kainrath den Stumpen zu holen. Aber er kam schon bald wieder zurück, setzte sich an den Tisch und schwieg.

Er rauchte nicht an diesem Abend. Er saß da, spähte hinüber zu seiner Mutter, die noch immer in Kleidern auf dem Bett lag, und dachte an das Geld, das sie haben mußte – ziemlich viel mußte es schon sein. Er wollte herausbekommen, welches Kleidungsstück sie besonders nahe zu sich heranziehen oder gar mit ins Bett nehmen würde. Aber die Alte rührte sich nicht. Sie wartete.

Eliese und die anderen lagen schon in ihren Betten. Eliese beobachtete Hugo. So ginge es wirklich nicht weiter, sagte sie. Wann er endlich mit einer richtigen Arbeit anzufangen gedenke?

»In den nächsten Tagen fange ich an«, sagte er.

VIERTES KAPITEL

Kainrath war klug. Hugo hatte das schon damals in der Baracke gedacht, als er sah, wie der den kleinen Handel mit Tabakwaren und Flaschenbier anfing. Später waren dann noch Süßwaren, Spiritousen und Zeitungen und Illustrierte hinzugekommen. Dieses Geschäft machte ihm nicht sehr viel Arbeit. Die Leute kamen zu ihm und holten sich, was sie brauchten. Kainrath hatte eben Glück. Er hatte seinen Holzfuß und sein Geschäft, und beides war ihm gut angeschlagen. Für den Holzfuß bekam er eine Rente, und das Geschäft hatte sich mehr und mehr vergrößert.

Man erzählte zwar, er habe seinem Glück ein wenig nachgeholfen, damals, als die Baracke abgebrannt war, aber beweisen konnte das niemand. Es blieb zweifelhaft, ob er tatsächlich der Versicherung eine zu hohe Summe angegeben hatte. Dieses Gerücht stützte sich hauptsächlich auf seine Äußerung, ihm sei es ganz recht gewesen, daß die Baracke abgebrannt war.

In der Festung hatte sein Laden einen unerwarteten Aufschwung genommen. Er war nun der Lebensmittelhändler für alle, die hier wohnten. Von der Verwaltung war ihm ein kleiner Raum zugestanden worden, der neben seinem Zimmer lag. Ein paar Regale, eine Klingel an der Ladentür und ein Durchbruch von seinem Wohnraum zu seinem Geschäft – das alles hatte sich in ein paar Wochen einrichten lassen. Früher hatte er den Pappkarton mit den Zigaretten unter dem Bett hervorziehen müssen, aber jetzt war er Besitzer eines regelrechten Ladengeschäfts. Seine Frau und sein Sohn halfen ihm, und wenn es klingelte, brauchte nur jemand die zwei Schritte hinüberzugehen. Ein Kinderspiel. Dem wurde das Geld ins Haus getragen, sagten die Leute, er brauche nur die Hand aufzuhalten.

In diesem improvisierten Laden hatte Hugo gestanden und

war abgewiesen worden, ehe er überhaupt seinen Wunsch geäußert hatte. Kainraths Frau und sein Sohn hatten die Köpfe durch die Tür gesteckt und das kurze Gespräch mit angehört.

Hugos Schulden betrugen etwas mehr als zwanzig Mark. Kainrath sagte, so ginge das jetzt schon länger als ein Jahr: Er bezahle die Hälfte seiner Rechnung und zwei Tage später kaufe er für den gleichen Betrag wieder ein, ohne Geld. Hugo scheute sich, einen Stumpen zu verlangen. Er drehte seine wenigen Groschen unschlüssig in der Tasche, aber er zog die Hand nicht hervor.

»Heute hast du doch die Unterstützung geholt oder nicht?« Kainrath blinzelte ihn mit seinen kleinen Augen an. »Und warum bezahlst du nicht?«

»Eliese«, sagte Hugo. »Eliese braucht das ganze Geld.«

Nach dieser Absage ging er ein paar Tage umher und war gekränkt. Er dachte an Möglichkeiten, die sich ihm geboten und die er nicht genutzt hatte, wie er jetzt rückblickend feststellte. Er hätte auch einen Laden aufmachen können, wenn ihm Kainrath nicht zuvorgekommen wäre. Und noch früher... Er dachte daran, was er alles hatte werden wollen. Zuerst Kapitän auf einem großen Schiff. Das Schiff war weiß und schön. Dann Steuermann. Danach kam eine Zeit, da wäre er auch als Matrose zufrieden gewesen. Später dachte er, Handwerksmeister sei das Richtige. Damals war er zwanzig Jahre alt gewesen, und das Wort Meister hatte einen bedeutsamen Klang für ihn. Dann wieder schien ihm, er würde sich auch als Schlossergeselle recht gut machen. Und dazwischen lagen seine Wunschträume als Großgrundbesitzer. Er sah sich in den Wagen sitzen, die er sonntags kutschierte, sah sich mit Doppelkinn und feistem Genick in die Polster geräkelt. Und in seine Westentasche träumte er die schwergoldene Uhr mit Sprungdeckel, die der Gutsherr jahrelang trug.

In dieser ganzen Zeit war er Gespannführer gewesen,

nichts als Gespannführer, der sich immer von seiner Lage fortdachte, in eine andere, gehobene Position hinein, die er nicht hätte ausfüllen können. Dabei war er im Grunde als Gespannführer ganz zufrieden gewesen; nur seine Gedanken hatten mit den anderen, schöneren Möglichkeiten gespielt. Er hatte seine kleinen, närrischen Träume gewoben, hatte geheiratet, hatte die meisten seiner Kinder im Krieg gezeugt, der ihn auch nicht entließ, als schon längst wieder Frieden gewesen war. Im Krieg und in der Zeit danach war er geschlagen worden, bis seine Gedanken nicht mehr auf Abenteuer gingen. Diese Jahre hatten ihn zermürbt. Sie hatten ihn zu einem halben Mann gemacht. Er wußte das alles ganz gut. Er gestand es sich zwar nicht ein, aber die Erkenntnis der Wahrheit schwamm auf dem Grunde seiner Gedanken wie ein schleimiges Untier, das er nicht anzufassen wagte.

Kainrath – das war ein Mann, dem das Glück nachlief wie ein treuer Hund. Und es gab auch noch andere, die nur kurze Zeit in der Baracke oder der Festung gelebt hatten, dann in eine Wohnung eingezogen waren und nun gutbezahlte Stellungen hatten, als wären sie nie etwas anderes gewesen. Das waren alles Leute, die eine Idee gehabt hatten. Hugo Starosta glaubte an die Idee: Es kam darauf an, einen guten Einfall zu haben, mit dem man Geld verdienen konnte.

In diesen Tagen ging er oft mit Bruno spazieren. Er nahm den Jungen an der Hand und schlenderte mit ihm um die Festungswälle. Er sprach von alten Zeiten, erinnerte sich der großen Momente seines Lebens und vergrößerte sie um ein Vielfaches. Er hielt den Jungen an der Hand, fühlte sich ganz als sein Vater und hörte dieses Wort mit Behagen: Vater. Die anderen sagten ja nur noch Hugo zu ihm; aber Bruno sagte Vater. Und das verpflichtete ihn zu Entschuldigungen. In die Vorstellungen des Kindes legte er das Fundament zu einer soliden Entschuldigung. Er bereitete den Boden, auf dem ihm – wie er hoffte – später noch ein wenig Achtung und Zuneigung erwachsen würde.

»Du mußt nicht denken, Bruno, daß dein Vater immer so

gewesen ist. Aber der Krieg... Sie haben mich fast verhungern lassen. Oh«, sagte er, »früher, da fuhr ich vierspännig, und weißt du, was der Gutsbesitzer sagte? Er sagte: Keiner hat die Gäule so im Gefühl wie der Starosta!«

»Haben die Soldaten denn nichts zu essen bekommen?«

»Die Soldaten schon, wenn auch nicht immer – aber nachher waren sie ja nur Gefangene, und da gab's nichts mehr. Ich wäre bestimmt noch Feldwebel geworden. Du weißt doch, der Feldwebel ist der, der kommandiert. Er hat an sich so einen Säbel hängen; natürlich nur, wenn kein Krieg ist. Im Krieg trägt er eine Pistole.«

»Hattest du auch eine Pistole?«

»Nein, ich hatte ein Gewehr.«

»Hast du immer getroffen mit dem Gewehr?«

»Immer«, sagte Hugo. »Deshalb war ich bei den Spähtrupps. Wir sind dann an die Russen herangeschlichen. Bis hinter die Linien habe ich mich gewagt. Einmal traf ich auf zwölf Russen. Ich war ganz allein. Da haben wir miteinander gekämpft. Ja, das waren Zeiten!«

»Und die zwölf Russen? Wer hat gewonnen?«

»Ich«, sagte Hugo. »Ich habe sie alle besiegt!«

Wenn sie so nebeneinander durch das freie Gelände um die Festung liefen, war ihre Harmonie unverkennbar: ein mittelgroßer Mann, der einen kleinen Jungen an der Hand hielt, mit dem er ernsthaft sprach, wobei er manchmal stehenblieb und lebhaft mit den Händen zu fuchteln begann, während der Junge zu ihm aufsah und zuhörte. Bruno war ein dankbarer Zuhörer, der ohne Vorurteil ein Vaterwort zu schätzen wußte – ja, Bruno war angenehmer als die anderen, die doch immer etwas zu maulen hatten. Und gegen wen murrten sie? Gegen ihn, den Vater, den sie am liebsten zum Dienstmann erniedrigt hätten, oder zum Laufburschen, ja, das hätten die wohl gern gesehen, aber da konnten sie lange warten.

Hatte sich Adolf, sein Ältester, nicht vor zwei Tagen verleugnen lassen? Dabei war Hugo den weiten Weg zu Fuß gegangen. Während er Bruno an der Hand hielt, dachte er daran.

STAROSTA stand an der Tür. Ganz hübsches Haus. Die Treppe frisch gebohnert. Bohnerwachs habe ich immer gern gerochen. Und da machte sie die Tür auf: »Adolf ist nicht da, und ich muß auch gleich weg, einkaufen, die Läden machen zu.« Einen grünen Mantel hatte sie an. Guter Stoff. »Du willst doch sicher nicht so lange warten? Ich komme erst in einer Stunde wieder zurück.« Warum er die geheiratet hat? Das Geld will sie, das Geld! Seit der Heirat gibt er nichts mehr her. Wenn die kein Geld kriegt, ist nix mehr mit der Liebe. Paß auf! Dabei hätten wir so nötig was gebraucht. »Nein, so lange will ich nicht warten. Dann gehe ich eben wieder.« Na ja. Das Fahrrad muß geflickt werden. Die Zinkbütte voll Wasser. Morgen. Drinnen hat das Radio gespielt. Vielleicht war er doch da? Hat in der Wohnung gesessen? Wenn mein Vater kommt, sag ihm, ich bin nicht da.

»Bruno, morgen zeige ich dir, wie ein Fahrrad geflickt wird.«

Man kann nicht immer zu Fuß laufen. Der linke Ballen. Das ist Hornhaut. Abschneiden. Schon drei Tage tut das weh.

»Nein, es nicht schwer. Dein Vater wird es dir zeigen. Man füllt eine Wanne mit Wasser, und dann hält man den Schlauch hinein, und wo die Luft so rausblubbert, da wird der Gummifleck draufgepappt. Ich zeige es dir.«

Am nächsten Tag wachte er gegen sechs Uhr morgens auf. Sie lagen noch alle in den Betten, und es war dunkel, und er hörte sie atmen.

Er sagte laut: »Heute muß ich das Fahrrad flicken.«

Er lag im ersten Bett oben. Unten schlief Eliese. Dann kam das Bett von Mi-Mo und Albert. Das von Bruno und der Großmutter stand schon nahe beim Fenster. Die Frauen schliefen unten.

Niemand antwortete Hugo, und das dämpfte seine Stimmung. So, dachte er, es interessiert sie nicht. Wenn's Geld gibt, dann stehen sie um den Tisch und gucken. Das Flickzeug ist in der Satteltasche. Ich kann dann noch mal zu Adolf und Hermann fahren. Gerade jetzt könnten wir's so gut gebrauchen. Hermann ist auf Montage, das gibt Spesen. Ganz schön verdienen muß der. Schweißen, das hat der schnell gelernt. Das könnte ich auch lernen. Aber auf Montage, das geht nicht, wegen der Familie; der Ernährer muß im Haus sein. Immerhin besser als Traktor fahren. Schweißen. Alles Kleinbauern hier in der Gegend. Die Erde ist hier nicht schwarz, und keine Pferde... Wenigstens eine Karte hätte Hermann schicken können. Aber das kommt dem nicht in den Sinn. Und was das kostet! Möbliert wohnen! Dabei ist er gar nicht oft daheim. Hier hätte es ihn nichts gekostet, und dann hätte er uns was abgegeben, jetzt gibt er es lieber anderen. Die Kerle, die bei ihm saßen. Der grinste und sagt: »Ist das dein Alter?« – »Ja, das ist mein Alter.« Was für ein Ton. Das dritte Bett oben hat ihn gestört. Adolf hat's auch gestört. Deshalb hat er geheiratet! Ganz bestimmt. Aber das war nicht nötig, deshalb wegzugehen. Ich hätte mit dem Verwalter gesprochen. Meine Söhne brauchen einen Raum! Schön, hätte der gesagt. Kommt Zeit, kommt Rat. Als der Wernecke und seine Frau auszogen, wäre schon ein Zimmer frei gewesen. Und der Jescheck, der Offizier, der verrückte Briefmarkensammler – der hält es nicht mehr lange aus. Da gibt's auch ein Zimmer. Die Tochter vom Schulz. Edeltraut... Hinter dem Hermann hergelaufen ist sie. Mit der hat er's gemacht. Bestimmt. Warum hat die geheult? So ein Affe, der Schulz – sagt: »Mir ist das gar nicht recht mit deinem Hermann und meiner Edeltraut.« – »Mir ist das egal, Schulz. Willst du denn bei deiner Tochter immer die Hand drauf halten?« Hahaha! Das Gesicht von dem. Der ist auch nix Besseres als wir. Die Söhne sind auch nur Hilfsarbeiter. Was dem einfällt! »Jedenfalls soll sie nicht werden wie deine Mi-Mo. Man hört so allerhand und man sieht es ja auch!« Was hat der gehört? Bei der muß ich aufpassen. Vielleicht kriegt die gar schon ein Kind? Neulich mit dem Kerl im Gras, den sie mir nicht nennen wollte. Wer weiß ... Was die für Waden hat, und die Brust. Mein lieber Mann ...

Er lag eine Zeitlang und döste mit offenen Augen. Schließlich griff er nach der Unterhose, die am Fußende lag, und schlüpfte hinein. Vom oberen Bett heruntersteigend, suchte er seine Latschen und ging aus dem Raum. Auf der Galerie war es still. Nur eine Lampe brannte. Er schlurfte fröstelnd durch das unbewegt brütende Halbdunkel zum Waschraum.

Als er zurückkam, blieb er vor seinem Bett stehen und wollte schon rufen, es sei Zeit, aufzustehen. Höchste Zeit! Aber dann erinnerte er sich, wie er draußen gefroren hatte, und er verzichtete darauf, seine Familie aufzuscheuchen. Er schickte sich gerade an, wieder in sein Bett hinaufzuklettern, als Eliese rief: »Nichts da! Aufgestanden wird jetzt!«

»Was denn«, sagte er. »Ich wollte nur meine Socken herunterholen. Ich muß heute das Fahrrad flicken.«

Eliese stand auf, zog sich an und schaltete das Licht ein. Hugo sah, daß seine Mutter schon völlig angekleidet auf ihrem Bett saß. Mi-Mo, Bruno und Albert schliefen noch.

»Aufstehen!« rief Eliese. »Ihr müßt zur Schule!«

Albert und Bruno drehten sich um, setzten sich dann im Bett auf. Mi-Mo lag und rührte sich nicht. Die Großmutter und Eliese hantierten am Herd. Draußen auf dem Gang war es jetzt laut geworden. Als die Brüder vom Waschraum zurückkamen, lag Mi-Mo noch immer im Bett und bewegte sich nicht.

»Sag deiner Tochter, sie soll aufstehen!« rief Eliese.

Hugo saß noch in Unterhosen auf dem Bett seiner Frau und hielt die Socken in der Hand, als wolle er darüber nachdenken, ob er sie anziehen oder wieder weglegen sollte.

»Mi-Mo«, murmelte er. »Deine Mutter sagt, du sollst aufstehen.«

Die Alte humpelte plötzlich vom Herd weg neben das Bett Mi-Mos. Sie rüttelte die Schlafende heftig an den Schultern. Sie sagte kein Wort, aber sie starrte giftig und schob den Unterkiefer wieder bis zur Nase hinauf, wie sie es immer tat, wenn ihre wortlose Wut über sie kam.

»Was denn«, sagte Mi-Mo schläfrig. »Laß mich. Ich muß doch nicht zur Schule!«

»Aber aufs Arbeitsamt mußt du!« rief Eliese.

»Warum denn ausgerechnet heute?«

Eliese hob drohend den Finger. »Merke dir: ›Des Faulen Weg ist dornig!‹«

»Ach, laß doch diese Sprüche«, sagte Hugo.

»Gerade du sollst sie hören«, rief Eliese. »Du weißt, daß geschrieben steht: ›Ein fauler Baum bringt arge Früchte!‹«

»Hör auf, du Betschwester!« rief er. »Du bist auch nicht ohne Sünden!«

Sie schwieg und wandte sich wieder dem Herd zu.

»Und was ist denn das?« rief er. »Hier, meine Hosenträger! Die Lederschlaufe ist schon drei Tage abgerissen. Wie oft habe ich dir gesagt: Näh die Lederschlaufe an meine Hosenträger!«

Albert und Bruno gingen ein wenig später zur Schule. Mi-Mo trödelte noch herum. Sie hatte jetzt zwei Monate mit der Arbeit ausgesetzt, und nun wollte man sie schon wieder aufs Arbeitsamt treiben. Dabei hatte sie sich doch beim Nähen durch den Finger gestochen. Sie war in einer Wäschefabrik als Näherin angelernt worden und hatte da ein Jahr gearbeitet. Aber die Nadel der elektrischen Maschine war ihr durch den Finger gefahren. Durch und durch war sie gegangen.

»Da hat sie wieder gedöst«, sagte Eliese. Aber niemand machte Einwendungen, als Mi-Mo nicht mehr in die Fabrik ging. Aber jetzt wurde es langsam Zeit, daß sie sich wieder nach einer Arbeit umsah.

Hugo und Eliese redeten ihr zu, und schließlich ging sie, eine Stunde nach ihren Brüdern, durch den Torbogen der Festung zur Stadt hinunter.

Nachdem Hugo sich auf dem Herd warmes Wasser gemacht und eine Rasierklinge sorgfältig auf der Hand abgezogen hatte, rasierte er sich mit aufreizender Langsamkeit, die jedesmal den Zorn seiner Frau herausforderte. Danach ging er ein paar Türen weiter, horchte einen Augenblick und klopfte an. Herr Jescheck saß wie jeden Tag über seinen Briefmarkenalben. Seine Frau stand am Fenster und fütterte einen Wellensittich, der dort in einem Vogelbauer umherflatterte.

»Guten Morgen«, sagte Hugo. »Herr Jescheck, ich wollte mal fragen, ob Sie mir die Zeitung leihen können.«

»Gib ihm die Zeitung«, sagte Herr Jescheck zu seiner Frau, ohne von der Briefmarke aufzusehen, die er gerade mit der Lupe betrachtete.

Das Zimmer war einfach eingerichtet, aber es strahlte gepflegte Ordnung aus. Die Jeschecks nahmen hier eine Sonderstellung ein. Man sagte von ihm, er sei Offizier gewesen, aber niemand wußte das genau, denn Herr Jescheck ließ sich auf keine Unterhaltung ein. Er grüßte und ging vorbei. Seine Frau grüßte um einige Grade freundlicher, aber auch sie blieb nie stehen, um zu schwätzen. Sie waren seit zwei Jahren hier und warteten auf eine Wohnung.

Hugo empfing die Zeitung, bedankte sich und schloß die Tür leise von draußen. Drüben blätterte er nachdenklich die Seiten um, las zuerst alle Bildunterschriften und begann dann, die Artikel und Annoncen zu überfliegen. Als er las, daß unmittelbar nach einem Festessen ein bekannter Bankier an einem Herzinfarkt gestorben sei, sagte er: »Da hat sich einer überfressen und ist daran gestorben. Stellt euch das vor.« Diese Vorstellung beschäftigte ihn eine Weile, es schien ihm eine grandiose Dummheit in dieser Art des Sterbens zu liegen. Plötzlich tauchte der Gedanke auf, es sei ein Zufall, daß man selbst noch nicht gestorben war. Ein reiner Zufall. Aber wahrscheinlich hatte der Bankier den Hals nicht voll genug kriegen können. So etwas rächt sich, dachte er.

Dann las er ein paar Annoncen, murmelte vor sich hin: »Hier eine Kippbettcouch, die kostet sechshundertfünfundneunzig Mark! Wer kann denn das bezahlen?«

Er hielt ein, überlegte, daß man ihm für die verlorenen Jahre und vieles andere, das genauso unwiederbringlich war, bisher den Gegenwert von drei Kippbettcouches gezahlt hatte.

Ein Minister, ein ehemaliger, kriegt jetzt eintausendfünfhundert Mark im Monat, aber er will fast dreitausend Mark haben. Eine Gerichtsverhandlung! Aha! Nein, er kriegt nur eintausendfünfhundert, weil die Sache noch nicht geklärt ist und weil er über vierhundert Menschen zum Tode verurteilt hat. Er hatte ein Begnadigungsrecht, hat aber nie davon Gebrauch gemacht. Die wurden alle geköpft! Deshalb kriegt er nur eintausendfünfhundert im Monat. »Seit vielen Jahren!« rief Hugo. »Und es ist immer noch nicht geklärt!«

»Was ist denn?« fragte Eliese.

»Die wurden alle geköppt! Dafür kriegt er jetzt noch eintausendfünfhundert Mark im Monat!« rief Hugo.

»Ich dachte, du wolltest das Fahrrad flicken?«

»Später«, sagte er, »wenn Bruno von der Schule zurück ist. Es ist auch noch etwas kühl draußen.«

»Ausreden«, sagte sie. »Ausreden! ›Der Faule spricht: Es ist ein Löwe draußen...‹«

FÜNFTES KAPITEL

Dieses Fahrrad war eines der beiden Stücke, die er aus sciner Entschädigung im Werte von drei Kippbettcouches gerettet hatte. Das andere war ein Radioapparat, den er eines Tages in einem riesigen Karton angeschleppt hatte: das beste Gerät, das er in dem Fachgeschäft hatte finden können. Es war sündhaft teuer gewesen, aber der Verkäufer hatte gesagt: »Was nichts kostet, ist auch nichts wert!«

Wegen des Radios hatte es zwischen ihm und Eliese tagelang Streit gegeben. Er hatte gedroht, sie zu schlagen, und sie hatte mit einem Teller nach ihm gworfen. Ihr Gekreisch war in der ganzen Festung zu hören gewesen. Sie hatte so lange geschrien, bis sie fast den gesamten Rest des Geldes aus Hugos Taschen geholt hatte. Hermann hatte bei diesen Szenen jedesmal das Gerät eingeschaltet und irgendein Konzert auf höchste Lautstärke gestellt. Dabei hatte er gesungen: »Und die Musik spielt dazu. Und die Musik spielt dazu.«

Schließlich hatte sich Eliese an den Gedanken gewöhnt, daß man soviel Geld für das Radio ausgegeben hatte. Hugo sagte: »Wir haben das beste Radio im ganzen Bau!«

Viktor und seine Frau hatten es bewundert. Kainrath und seine Frau, Dora und Herbert, später auch noch Johann, Kainraths Sohn, hatten davorgestanden, und Hugo hatte es vorgeführt. Es war der Brillant der Wohnzelle, der in dieser ärmlichen Fassung um so heller strahlte.

Das Fahrrad hatte er günstig erwerben können. Eine der Familien war in die Stadt gezogen. Hugo hatte im Hof dabeigestanden, wie die Leute ihre wenigen Möbel auf einen Lastwagen verluden. Schließlich stand nur noch das Fahrrad da. Hugo hatte ein wenig drumherumgeredet, bis der Besitzer, der sich vor einiger Zeit ein Leichtmotorrad gekauft hatte, sagte: »Eigentlich brauche ich es nicht mehr.«

Hugo sagte, für seinen Albert müsse er in einem oder in zwei Jahren ein Fahrrad kaufen, aber das eile nicht. Er hatte es dann für die Hälfte des Preises bekommen. Danach hatte er drei Tage darüber gesprochen, wie er sich an dieses Geschäft herangeschlichen und dann im richtigen Augenblick zugestoßen hätte. Das sei die allein richtige Methode: anschleichen und zustoßen! Man könne diese Methode von Fahrrädern auch auf Motorräder ausdehnen, auf Autos und auf Häuser. Nur ein wenig Geld müsse man haben, um anfangen zu können.

»Das hast du aber nicht, und du wirst es nie haben!« hatte Eliese gerufen und damit seine Begeisterung gedämpft.

Das Fahrrad stand in einem der ehemaligen Pferdeställe, die zu ebener Erde einen ganzen Flügel der Festung einnahmen. Hugo hatte die Zinkbütte mitgebracht. In der Satteltasche fand er die Gummilösung, kleine Gummiflecke zum Aufkleben und eine Rolle Isolierband. Aber der Schraubenschlüssel fehlte. Gestohlen! dachte er und ging wieder hinauf, um irgendwo einen Schraubenschlüssel zu leihen. Kainrath half ihm aus.

Während Hugo wieder hinunterging, betrachtete er den Schlüssel und dachte, er komme ihm bekannt vor. An einer Stelle war das Metall angerostet – und genauso war das bei seinem Schlüssel gewesen. Er konnte nichts beweisen und nahm sich vor, kein Wort darüber zu verlieren. Aber eigentümlich war es doch, daß Kainrath gesagt hatte: »Wo ist denn der Schraubenschlüssel, Johann hatte da mal so ein Ding rumliegen.« Nun, sein Sohn hatte wahrscheinlich an der Satteltasche herumgefingert. Aber beweisen konnte man nichts. Das konnte Hugo auch nicht, als er das Fahrrad auf der Galerie abgestellt und es eines Morgens mit platten Reifen gefunden hatte. Das Loch im Vorderreifen hatte er selber hineingefahren – aber hinten, da hatte jemand hineingestochen.

Als Bruno aus der Schule zurückkam, hielt Hugo die beiden luftleeren Schläuche in der Hand und betrachtete sie. Er schickte Bruno mit der Bütte nach Wasser. In einem der Ställe müsse ein Wasserhahn sein.

Später sagte Hugo: »Siehst du, wie's blubbert, da ist das Loch.« Als er den Schlauch des Hinterrades ins Wasser hielt, rief Bruno: »Da blubbert es ja an drei Stellen!«

»Ja«, sagte Hugo, »das ist hineingestochen.«

Hugo hatte die Schere vergessen und schickte Bruno hinauf, sie zu holen. Er schnippelte dann an den Gummiflecken herum, während Bruno zusah. Als er nach dem Aufkleben seinen Handballen fest auf die reparierte Stelle drückte, sagte Bruno: »Da hinten, wo ich das Wasser geholt habe, steht ein Wagen.«

»Was für ein Wagen?«

»Ein Pferdewagen, aber viel kleiner als die, von denen du erzählt hast.«

»So?« sagte Hugo und klebte das Loch zu. »Da muß ich doch mal gucken.« Er legte die Schläuche zur Seite, nahm sich nicht Zeit, den letzten Flicken anzupressen, und ging hinüber.

Es war ein richtiger Wagen, mit vier Rädern, einer Deichsel und zwei Radbremsen für die Hinterräder. Er war klein, nicht viel mehr als eine Ladefläche über den Rädern, aber es war ein Wagen. Hugo ging um das Fahrzeug herum, bückte sich, prüfte, packte zu und rüttelte daran. »Noch ganz gut«, sagte er. »Ja, noch ganz gut.« Er schätzte ab, was man laden könnte, und fragte sich, wem wohl der Wagen gehörte, der hier schon einige Jahre stehen mußte. Dann ging er wieder mit Bruno zurück zu seinem Fahrrad.

Der Wagen beschäftigte ihn. Er pumpte den Hinterradschlauch auf und hielt ihn ins Wasser.

»Da blubbert's aber noch!« rief Bruno.

»Jaja«, sagte er nachdenklich.

Er begann, einfach einen größeren Flicken über den alten zu kleben. Er hatte eine Idee – und je mehr er darüber nachdachte, desto langsamer wurden seine Bewegungen. Diese Idee war wie ein Licht, das in ihm flackerte, ein Fünkchen, das ihn anblinzelte und in seinen Gedanken bereits eine Sonne zu werden begann.

Beim Mittagessen war er schweigsam. Albert kam erst, als alle schon am Tisch saßen. Eliese fragte, wo sich Albert herumgetrieben habe, aber Hugo schwieg. Mi-Mo war kurz vor dem Essen zurückgekommen. Sie war nicht auf dem Arbeitsamt gewesen. Vor den Schaufenstern hatte sie gestanden und sich die Auslagen angesehen: Kleider, Mäntel, Schuhe und die dazu passenden Handtaschen.

»Jaja«, sagte sie, »Arbeit war genug da, aber es war nicht das Richtige. Eine Stelle als Verkäuferin hätte ich kriegen können. Und zum Putzen wäre ich auch untergekommen.«

»Verkäuferin?« sagte Eliese und hielt mit dem Essen ein. »Das wäre doch gut gewesen!«

»Sie kann doch nicht rechnen«, grinste Albert. »Hör mal, Mi-Mo, wieviel ist dreißig und dreißig und dreißig, und dazu noch fünfundzwanzig und fünfundzwanzig?«

»Laß mich in Ruhe!« rief Mi-Mo.

»Wieviel ist das denn?« fragte Bruno.

»Ich soll in den nächsten Tagen wiederkommen«, murmelte Mi-Mo. »Aber nicht vor nächster Woche.«

Die Großmutter sagte: »Einhundertvierzig.«

»Warum erst nächste Woche?« fragte Eliese.

»Ich will in die Fabrik«, erklärte Mi-Mo. »Ich will was, wo ich bei sitzen kann. Und das gibt's nicht jeden Tag.«

Albert hatte nicht weitergegessen. Er hatte gerechnet, und das fiel ihm von jeher schwer. Jetzt rief er: »Tatsächlich, das macht einhundertvierzig!«

Nach dem Essen lief die Großmutter hin und her. Sie preßte eine Hand gegen den Leib, in der Gegend der Leber oder Galle. Aber das half nicht viel.

»Leg dich doch hin, Mutter«, sagte Eliese.

Die Alte antwortete nicht. Sie lief weiter, gleichmäßig, wortlos. Das war der Weg ihrer Pein: von der Tür zum Fenster, vom Fenster zur Tür. Der Arzt hatte gesagt, sie müsse Diät halten. Aber es gab keine Diät. Man aß Erbsen, Linsen,

Bohnen und Kraut, und sonntags gab es fettes Fleisch. Nach den schweren Mahlzeiten begann sie jedesmal ihren Lauf. Aber niemand achtete mehr darauf. Nur Eliese sagte manchmal ohne Überzeugung: »Leg dich doch hin, Mutter.«

Hugo hatte sich hingelegt. Er hatte den obersten Knopf seiner Hose geöffnet und lag still auf dem Bett seiner Frau, die Schuhe noch an den Füßen. Eliese hatte es schon lange aufgegeben, ihm zu sagen, daß er die Schuhe ausziehen solle. Er lag da und hörte die Stimmen seiner Kinder, die ihn nicht schlafen ließen. Er nahm sich vor, nur ein Weilchen so zu liegen. Doch dann glitt er in einen Halbschlummer, aus dem ihn bald Albert und Bruno wieder aufschreckten. Ihm war, als habe er etwas versäumt in den Minuten, als ihm die Augen zugefallen waren. Aber schließlich hatte der Wagen ja schon ein paar Jahre dort gestanden, nun kam es auf ein paar Minuten auch nicht mehr an. Noch heute wollte er den Verwalter nach dem Wagen fragen. Aber er mußte sich seine Fragen noch genau zurechtlegen; der Verwalter sollte nicht gleich seine Absicht erkennen.

Am Nachmittag stand er auf, nachdem er doch noch einmal eingeschlafen war. Er schloß den obersten Knopf seiner Hose. Mi-Mo, Albert und Bruno spielten Karten. »Was denn, habt ihr nichts zu tun!« rief er. »Was ist mit euren Schularbeiten?«

»Ich hab' nix auf«, sagte Bruno.

»Und du, du fauler Sack?« fuhr er Albert an.

»Reg dich nur nicht auf, Hugo«, sagte Albert und mischte die Karten. »Ich wollte schon längst meine Rechenaufgaben machen, aber die Mutter kann sie ja nicht!«

»Gib die Karten her!« Hugo riß ihm das Blatt aus den Händen. »Geh zu Johann mit deinen Aufgaben, der kann sie bestimmt!«

»Und du?« grinste Albert. »Warum willst du mir nicht helfen?«

»Ich habe jetzt keine Zeit. Ich muß zum Verwalter!«

Johann war zwei Jahre älter als Albert. Er besuchte eine höhere Schule, und Kainrath war sehr stolz auf ihn. Er pflegte zu sagen: »Mein Johann rechnet im Kopf doppelt so schnell wie ich auf dem Papier.«

»Los!« sagte Hugo. »Geh zu Johann!«

Albert ging mit seinem Heft hinaus. Mi-Mo und Bruno folgten ihm. Sie wollten sehen, wie Johann rechnete. Hugo wartete, bis sie alle verschwunden waren, und ging dann die Treppe hinunter, um den Verwalter aufzusuchen.

Johann hatte keine Zeit, jedenfalls sagte er das. Er habe lateinische und englische Vokabeln zu lernen, morgen sei eine Klassenarbeit fällig. Außerdem habe er noch einige Aufgaben in Geometrie zu lösen. Nicht in der einfachen, sondern in der Analytischen Geometrie.

Was Vokabeln seien, wollte Mi-Mo wissen.

Johann erklärte es. Er saß an einem kleinen Tisch im Laden und drückte zwei Finger gegen seine ermüdeten Augen, eine Geste, die ihre Wirkung nicht verfehlte. Die drei standen vor der Theke und lauschten. Ja, da seien zum Beispiel die unregelmäßigen Verben in Englisch und anderen Sprachen. Die müsse man alle auswendig lernen. Ob sie etwa dächten, das sei eine Kleinigkeit. Während er sprach, schaute er auf Mi-Mo. Er redete nur für sie.

»Stellt euch vor«, sagte er, »die Erde wäre so groß wie ein Kinderkopf und ihre Diametralachse wäre...«

Er redete eine Weile, kassierte die Hochachtung seiner Zuhörer und hatte dann doch Zeit für Albert. Kleinigkeiten seien das, sagte er und erklärte. Er hielt Alberts Heft in der Hand, sagte etwas von der Zinszahl, vom Zinssatz und vom Ansatz und fragte: »Verstehst du das?«

»Ja«, sagte Albert.

»Gut, dann rechne jetzt diese Aufgaben.«

Albert nahm das Heft und schaute auf das Blatt. Sein Gesicht lief langsam rot an. Sie blickten ihn jetzt alle an, aber Albert sagte keinen Ton.

»Mühlsteine!« sagte Johann. »Er hat Mühlsteine im Kopf.« Er sah auf Mi-Mo und meinte dann, es sei besser, sie gingen zum Turm. Sein Vater sehe es nicht gern, wenn sie hier im Laden herumfuhrwerkten. »Geht nur vor«, sagte er. »Ich sage meiner Mutter Bescheid, daß sie auf den Laden aufpaßt. Es ist ja ohnehin ruhig jetzt.«

Später saßen sie auf den breiten Steintreppen vor der Tür zum Turm. Dort kam selten jemand hin. Draußen dämmerte es schon. Johann rechnete sämtliche Aufgaben auf einem Stück Papier.

»So«, sagte er, »jetzt brauchst du das bloß abzuschreiben. Geh und schreib es ab.«

Albert nahm das Papier und ging wortlos davon. Er dachte nicht daran, sich zu bedanken.

»Willst du nicht auch mit Albert gehen?« fragte Johann.

»Nein«, sagte Bruno. »Ich bleibe hier.«

Johann flüsterte etwas zu Mi-Mo hinüber. Sie saßen dicht nebeneinander auf der Treppe.

»Was hat er gesagt?« fragte Bruno. »Er hat etwas über mich gesagt, nicht wahr?«

»Hör mal«, sagte Mi-Mo. »Habt ihr noch von der Nußschokolade?«

»Ja.« Johann wisperte ihr wieder etwas ins Ohr, und sein Gesicht war so rot wie vorhin das von Albert, als er die Aufgabe nicht rechnen konnte.

Mi-Mo lachte leise und flüsterte: »Hol erst die Nußschokolade.«

»Warte«, sagte Johann. »Ich will sehen, ob es jetzt geht. Aber hältst du auch dein Wort?«

Sie flüsterten wieder und sahen dann Bruno an, der jetzt genau zu wissen glaubte, daß sie über ihn redeten. Er spürte das veränderte Wesen der beiden und sagte gekränkt: »Ihr wollt mich nur nicht dabei haben, wenn ihr die Nußschokolade eßt!«

»Unsinn«, sagte Johann. »Mi-Mo gibt dir auch ein Stück Schokolade. Gehst du aber dann auch?«

»Und wo geht ihr hin?«

»Wir gehen in den Turm hinauf und werden die Sterne betrachten.«

»Laßt mich mitgehen, die Sterne betrachten!«

Er hatte noch nie so sehr gewünscht, die Sterne zu betrachten, wie gerade jetzt. Ihm schien, Johann wisse über die Sterne mehr als andere Menschen. Er hatte das sicher auf der höheren Schule gelernt.

Sie ließen ihm die Wahl, ob er lieber die Sterne sehen oder ein Stück Schokolade haben wollte. Es war ihm nicht ganz klar, warum diese Bedingung gestellt wurde. Er entschied sich für die Schokolade, stellte jedoch seinerseits eine Bedingung: Er wollte auf sie warten, und sie sollten ihm von den Sternen erzählen. Er würde solange vor der Treppe sitzen.

Als Johann zurückkam, standen sie eine Weile zu dritt vor der Tür.

»Komm doch«, sagte er.

»Warte, ich will erst die Schokolade versuchen.« Sie wikkelte sie aus, reichte Bruno ein beträchtliches Stück und steckte selbst eine Rippe davon in den Mund.

»Komm jetzt«, sagte Johann.

Sie schaute sich um, zögerte und ging dann hinein. Johann redete noch mit Bruno. Er könne hier vor der Treppe sitzen, aber er dürfe niemandem sagen, daß sie oben im Turm seien. Sie kämen auch bald zurück. Höchstens zehn Minuten wollten sie die Sterne betrachten. Dann folgte er Mi-Mo.

Bruno horchte noch eine Weile in die dunkle Türöffnung hinein. Er hörte sie langsam hinaufgehen, aber sie sprachen nicht. Dann setzte er sich vor die Tür und lutschte an seiner Schokolade.

Sie sind leise. Auf der Steinbank liegen sie, wo sie schon einmal gelegen haben. Er tastet an hier herum mit seinen zittrigen Händen. »Nein«, sagt sie einmal. »Doch nicht so.«

Er ist ungeschickt, täppisch. Sie steht noch einmal auf, streift etwas herunter, merkt sich aber genau, wo sie es hinlegt. Dann spürt sie sein Gewicht, führt ihn. Sie sprechen hastig, kleine Flüstersätze, die wie ängstlich flüchtende Wesen durch die Dunkelheit huschen.

Ihr Atem beginnt zu jagen. »Mach schnell!« haucht sie. Sie fürchtet die Entdeckung, will jedoch nicht auf das volle Maß verzichten. Sie will alles in fünf Minuten zusammendrängen. »Mach schnell!« Aber die Ausdauer seiner Lust ist ohnehin zerbrechlich. Er ist dünnhäutig und empfindlich wie ein Springkraut, das bei der ersten Berührung seine Aufgabe erfüllt.

Sie liegt still und ist enttäuscht. Sie spürt, er will gehen. Aber sie will ihn behalten und beginnt, mit kleinen Bewegungen um ihn zu kämpfen. Er hat Angst, aber sie fühlt, wie er nachgibt, wie sie ihn beherrscht.

Und mitten im Triumph ihres Leibes, im großen Aufleuchten, auf das sie gewartet hat, hört sie von unten die Stimme ihres Bruders, der zu ihnen hinaufruft: »Kommt ihr denn nicht bald runter? Ihr betrachtet die Sterne aber länger als zehn Minuten!«

SECHSTES KAPITEL

Hugo führte ein langes Gespräch mit dem Verwalter, der ein Zimmer über dem Torbogen bewohnte. Als Hugo nach zwei Stunden wieder in den Hof hinaustrat und beim Gehen ein bißchen mit den Fingern schnippte, wie er es früher, als er jünger war, oft getan hatte, begegneten ihm einige Männer, die von der Arbeit heimkehrten.

»Guten Abend, Hugo. Bist du auch schon von der Arbeit zurück?«

Es war einer aus dieser Gruppe von fünf, sechs Männern. Hugo hörte, wie sie im Weitergehen lachten. Er blieb stehen und schaute ihnen nach. Diesen Schwätzer wollte er sich merken. Bei passender Gelegenheit sollte der sich noch wundern. Und es gab genug passende Gelegenheiten, wenn man nur geduldig wartete.

Bei der Tür begegnete ihm Edeltraut. Sie hatte ihn stehen sehen und auf ihn gewartet. Sie grüßte freundlich, und das versöhnte ihn augenblicklich.

Sie sprachen über das Wetter, dann über seine Krankheit und über die Krankheit der Großmutter. Bei den Schulzes gab es keine Krankheiten, über die man hätte sprechen können. Nein, sie waren alle gesund. Ja, sie arbeitete noch immer in der Stadt im Büro. Sie standen vor der Tür und redeten, als hätten sie sich wochenlang nicht gesehen; dabei war es höchstens drei Tage her, daß sie sich auf der Galerie getroffen hatten.

»Ich habe Hermann gesehen«, sagte sie unvermittelt.

»So«, fragte er, »wo hast du ihn denn gesehen?«

In der Stadt hätte sie ihn getroffen, und es seien noch zwei Kerle bei ihm gewesen. Ganz zufällig sei sie ihm begegnet.

»Wissen Sie, die zwei, die da mit ihm waren, die haben mir schon gar nicht gefallen.«

»Wieso?« fragte er.

»Sie haben sich lustig gemacht über mich. Wissen Sie genau, daß er auf Montage arbeitet?«

Aber natürlich! Hermann habe es doch selbst gesagt. Das Zimmer koste eine Stange Geld. Und wovon solle er das bezahlen? Ganz sicher arbeitet er auf Montage, seine Vermieterin habe es ja auch gesagt, als er Hermann vor ein paar Wochen besuchte. Das sei ein Zimmerchen – mit Teppich und Rauchtisch und Bildern an den Wänden.

»Jaja«, sagte sie leise. »Ich weiß, es ist ein sehr schönes Zimmer.«

»Wieso, warst du denn schon dort?«

»Ich? Wieso, nein. Ach natürlich nicht.« Sie wurde fahrig, und er erinnerte sich, daß er sie einmal hatte weinen sehen. Da war etwas mit Hermann und ihr. Er dachte: Am Ende kriegt sie ein Kind von ihm? Er wollte sie das gerne fragen, aber dann gingen sie hinein, und er konnte gerade noch sagen: »Ja, man hat nichts von seinen Söhnen. Kaum haben sie den ersten Hut auf dem Kopf, schon fliegen sie aus dem Nest. Und wie gut könnte ich Hermann gebrauchen, jetzt, wo ich ein Geschäft aufmache.«

Als er nach dem Essen noch mit seiner Familie am Tisch vor den leeren Tellern saß, sagte er kein Wort von dem Geschäft, aber er fragte Eliese: »Hast du nicht ein bißchen Geld? Du hast mir doch mal hundert Mark abgenommen, damals, als ich das Radio brachte.«

Eliese lachte ihn aus. »Verrückt bist du!«

Um sie zu beschwichtigen, sagte er: »Vielleicht kriege ich bald noch etwas ausgezahlt. Fällig wäre es ja längst!«

Eliese tippte sich mit dem Zeigefinger auf die Brust: »Diesmal wird das Geld bei mir abgeliefert, bei mir! Du hast genug Blödsinn angestellt, als du das Geld in den Fingern hattest!«

»Ja, ja, ja«, sagte er und schnitt ihr das Wort ab. Er saß eine Weile und brütete vor sich hin. Dann wandte er sich an Bruno: »Hol mir einen Zehner-Stumpen beim Kainrath. Sag, dein Vater würde in den nächsten Tagen bezahlen.«

»Jetzt schickt er immer Bruno, weil ich nicht mehr gehe«, sagte Albert und grinste.

»Halt die Schnauze, sonst kriegst du was drauf!« rief Hugo.

»Du wirst dich unterstehen, den Jungen zu schlagen!« drohte Eliese.

»Laß ihn nur kommen!« rief Albert und wagte die zaghafte Andeutung einer geballten Faust.

»Was!« schrie Hugo. »Du erhebst die Faust gegen deinen Vater!« Er sprang auf, setzte sich aber gleich wieder hin.

Mi-Mo beschwerte sich: Immer sei hier Krach, maulte sie. Man könne nicht einmal einen Roman in Ruhe lesen.

Es war nicht das erstemal, daß Albert seinen Vater herausforderte. Er wußte aus Erfahrung, wie weit er dabei gehen durfte, wenn die Mutter auf seiner Seite war.

»Bruno, geh und hol deinem Vater einen Stumpen«, bat Hugo.

Bruno ging. Er kannte die Geschichte mit den ewigen Schulden. Er wollte seinem Vater helfen, und er war sicher, daß er allein ihm helfen konnte. Er ging nicht in Kainraths Laden, sondern gleich in die Wohnung. Er war jetzt in dem Alter, in dem die Leute ihm noch kindliche Freiheiten einräumten, obwohl er schon zur Schule ging. Manche fanden seine aufgeweckte Art niedlich. Er wußte das genau.

Kainrath saß da und hielt die Zeitung vor sein breites Gesicht. Er ließ sie sinken, um Bruno zuzuhören. Johann las in einem Buch und rutschte unruhig hin und her.

»Johann«, sagte Bruno, »darf ich das nächste Mal auch mitgehen, die Sterne betrachten?«

Und dann fragte er, was sie Besonderes gesehen hätten. Denn vorhin habe er zum Fenster hinausgeschaut und nicht einen einzigen Stern entdeckt.

Johann stotterte und sagte, vorher seien die Sterne aber gut zu sehen gewesen – ja, sie hätten geleuchtet. Er duckte sich bereits vor der nächsten Frage in sein Buch. Er fühlt sie kommen, sie scheint ihm so sicher wie die Entdeckung zu sein.

Wenn er jetzt mit Nachdruck gefragt würde, war alles verloren. Aber Bruno sagte nur, Johann habe seinem Bruder bei den Schularbeiten geholfen. Wie nichts habe er das aufs Papier gerechnet, und Albert habe es abgeschrieben.

»Was habt ihr denn heute abend gegessen?« fragte Frau Kainrath.

»Suppe«, sagte Bruno. »Und was habt ihr gegessen?«

Er schwätzte ein bißchen, und dann zog er ein Fünfpfennigstück hervor und sagte: »Ich will meinem Vater zwei Stumpen kaufen. Die restlichen drei Fünfer bringe ich bald.«

»Hat dich dein Alter geschickt?« fragte Kainrath.

»Nein, er hat kein Geld.«

»Bestimmt hat der Hugo den Jungen geschickt!« rief Frau Kainrath.

»Nein«, sagte Bruno. »Aber ihr braucht mir keine zwei Stumpen zu geben. Schneidet von einem die Hälfte ab, die andere Hälfte hole ich dann, wenn ich den nächsten Fünfer geschenkt kriege.«

»Wo hast du die fünf Pfennige her?« fragte Kainrath.

»Alwina hat sie mir geschenkt, weil ich einen Brief für sie eingeworfen habe. Das war vorgestern. Könnt ihr mir jetzt von dem Stumpen für fünf Pfennig abschneiden? Ich muß wieder gehen.«

Später genoß Bruno das Lob seines Vaters. »Ah, der Bruno«, sagte er, »der hat ein Herz für seinen Vater. Jaja, mein Bruno.« Er zündete einen der beiden Stumpen an, paffte eine Wolke gegen die Decke und hoffte, seine Frau und Albert würden sich ärgern. Er schaute herausfordernd durchs Zimmer. Aber niemand hatte etwas einzuwenden.

Seine Mutter saß auf ihrem Bett und hatte schon ihre beiden Hocker neben das Kopfende gestellt, den für ihre Kleider und den für die Schuhe: zwei Paar, die sie sorgfältig pflegte. Mi-Mo las ihren Roman und Eliese die Bibel. Albert knabberte an den Fingernägeln, und Bruno zog sich aus. Er mußte ins Bett.

Später kam Viktor herüber und lud Hugo zum Skatspielen

ein. Viktor und Alwina leisteten sich manchmal dieses Vergnügen und holten dann Hugo als den dritten Mann.

»Was war das bei euch für ein Krach?« fragte Viktor.

»Nichts war!« sagte Eliese.

»Hugo machte wieder mal Theater«, sagte Albert spöttisch.

»Nichts war!« beharrte Eliese.

»Was! Nichts?« rief Hugo. »Mein Sohn, hier der Albert, ballt die Faust gegen seinen Vater! Aber das tut er nur, weil seine Mutter zu ihm hält, gegen mich!«

»So?« sagte Viktor. »Na ja, dann komm rüber.« Er ging aus dem Zimmer, war ganz sicher, daß Hugo folgen würde.

Alwina und Viktor redeten nicht viel beim Spiel. Viktor saß auf seinem Stuhl, seine schweren Hände lagen auf dem Tisch wie zwei Erdklumpen, in die Spielkarten hineingesteckt worden waren. Er arbeitete als Kabelleger. Das war eine harte Arbeit; Viktor leistete sie langsam, verläßlich und pünktlich.

»Ich soll Vorarbeiter werden«, sagte er beim Kartengeben. Und nach dem nächsten Spiel ergänzte er: »Da bin ich eine Woche fort. Von Montag bis Samstag.«

Aber das Geld, warf Hugo ein, das Geld, das er mehr verdienen würde... Er sprach noch eine Weile über das Geld, doch als niemand antwortete, schwieg er und konzentrierte sich auf seine Karten.

Alwina spielte besser als die beiden Männer. Früher hatte sie sich gesträubt, Skatspielen zu lernen, aber eines Tages hatte Viktor mit der Faust auf den Tisch geschlagen und gerufen: »Wenn du schon keine Kinder kriegst, dann lerne wenigstens Skatspielen!«

Sie war etliche Jahre jünger als Viktor. Ihr Vater war Schullehrer gewesen. Er hatte sie im Lager getroffen, und sie waren zusammengeblieben. Als die Baracke abgebrannt war, hatte Viktor sie mit in die Festung genommen und hier geheiratet. Es war die einzige Ehe, die bisher in der Festung geschlossen worden war.

Alwina war kräftig und wohlgebaut. Ihr Gesicht erhielt durch die vorstehenden Backenknochen und die stillen, nachdenklichen Augen einen eigentümlichen herben Reiz. Es war ein Gesicht, das sich einprägte.

Einmal hatte Viktor zu Hugo gesagt: »Sie ist eiskalt. Sie muß da was mitgemacht haben auf der Flucht – seit damals ist sie kalt wie ein Fisch. Sie hat wohl auch einen anderen als mich erhofft.«

Sie hatte nie genau erzählt, was sie erlebt hatte. Aus Andeutungen hatte Viktor entnommen, daß es ihr schlimm genug ergangen war. Einige Zeit hatte er versucht, die ganze Wahrheit zu erfahren, aber sie hatte geschwiegen. Alwina und Viktor sprachen überhaupt selten von früher. Sie hatten sich an ihre Gemeinsamkeit und an die Eigenheiten des andern gewöhnt, aber die Last der Erinnerung trug jeder für sich allein. Zu Stein erstarrt, unbeweglich und stumm wie eine Statue stand die Vergangenheit in ihren heimlichen Gedanken.

»Ja«, hatte Viktor gesagt, »im Bett ist sie kalt wie ein Fisch, deshalb kriegt sie wohl auch keine Kinder.«

Hugo dachte nur noch selten ans Bett. Er und Eliese waren durch die Umstände an ihre getrennten Betten gewöhnt worden. Nach den beiden toten Kindern waren ihre ohnehin spärlichen Zärtlichkeiten ganz ausgeblieben. Er legte Eliese wohl einmal die Hand auf die Hüfte, aber sie schüttelte ihn dann ab. Keineswegs widerwillig, doch mit einer unmißverständlichen Geste, die bedeutete, er solle doch nicht versuchen, so zu tun, als brauchten sie noch das gemeinsame Bett. Sie wußten beide, daß sie es nicht mehr brauchten.

Er dachte nicht oft an all die Entwöhnungen, in die sie hineingewachsen waren. Diese Gedanken wurden begraben unter den zahllosen Widerwärtigkeiten, die fühlbarer waren und die, wie ihm schien, sich alle mit Geld hätten beheben lassen.

Jetzt spukte das Geld in seinem Hirn, das Viktor mehr verdienen würde. Er dachte daran, daß Viktor jetzt noch mehr

Geld sparen könnte als bisher. Er war sicher, daß der schon einiges auf der Kante liegen hatte. Er rechnete: Zwanzig und zwanzig und zwanzig und zwanzig... Mit den Jahren ergab das eine Menge Geld.

Hugo spielte schlecht. Alwina kräuselte verächtlich die Lippen, aber sie sagte nichts. Viktor murrte: »Paß doch auf, Mann!« Hugo hing noch an seiner Idee, an diesem Ableger einer Idee, von dem er hoffte, daß er richtige Wurzeln treiben und wachsen würde.

»Hör mal«, sagte er während des Spiels. »Was hältst du von einem Pferd und einem Wagen?«

»Wieso?« fragte Viktor.

»Ich habe einen Wagen in Aussicht. Wenn ich noch das Pferd dazu hätte, wäre ich ein gemachter Mann. Ich könnte hier einen Stall kriegen. Wenn ich erst ein Pferd hätte, käme bald auch das zweite Pferd und der zweite Wagen.« Er hatte die Karten sinken lassen, sah Viktor abwartend an. »Den Dung könnte ich auch verkaufen. Umzüge könnte ich machen, wo doch hier jeden Tag einige kommen und gehen. Im Herbst gibt es viele Umzüge. Da sind die Wohnungen für die Bezieher fertig. Könntest du mir dafür nicht etwas Geld leihen?«

»Nein«, sagte sie und nichts weiter.

Viktor ging über die Frage hinweg. Er nahm seine Karten hoch und schwieg. Aha! dachte Hugo, sie hat das Geld. Er hat nichts zu sagen! Er darf nur arbeiten gehen und das Geld heimbringen!

Erst nach dem dritten oder vierten Spiel sagte Viktor: »Du solltest wieder arbeiten wie früher in der Himmelsgasse! Da warst du doch ganz tüchtig. Aber du hast keine Lust mehr!«

Hugo fuhr auf: »Ich und keine Lust zum Arbeiten! Da kennst du mich aber schlecht. In den nächsten Tagen fange ich an!« Das Spiel hatte seinen Reiz verloren, Hugos Unlust übertrug sich. Sie ließen die Karten sinken. »Nach diesem Spiel hören wir auf«, sagte Viktor.

Sie saßen dann noch eine halbe Stunde und sprachen über

das Kabellegen. Hugo hörte nur zu. Die Zeiten seiner regelmäßigen Arbeitstage dämmerten in ihm herauf. Er war morgens gegangen und abends gekommen. Speck hatte er auf dem Brot gehabt. Dazu hatte er Bier getrunken. Er hatte zwei Arbeitsjoppen und zwei Arbeitshosen und für den Sonntag einen blauen Anzug aus gutem Tuch gehabt. Der Schneider hatte... Aber er hatte den Namen des Schneiders vergessen, der seinen blauen Anzug gemacht hatte. Ein Pferd hatte Max geheißen. Hugo saß und glitt in seine paradiesischen Erinnerungen an den Platz, der Himmelsgasse hieß. Man ging da um eine Ecke, wo das Gut anfing, vorbei am Brunnen. Himmelsgasse.

Später schlurfte Hugo hinüber und zog sich langsam aus. Er war verärgert und aufgestachelt von dieser Nachricht über Geld, das ein anderer verdienen würde.

Er steht eine Weile und überlegt. Sie schlafen alle. Er erkennt sie am Atmen. Er weiß: es ist das vollständige Konzert ihres Schlafes; er ist sicher, daß darin keine Stimme fehlt. Das Geld, denkt er, sie hat es irgendwo zwischen ihren Kleidern.

Unendlich behutsam schleicht er auf Strümpfen durch das dunkle Zimmer, zum Bett der Großmutter. Er hält den Atem an, tastet mit den Händen den Boden vor sich ab, kriecht auf allen vieren und erreicht den Stuhl mit den Kleidern. Sachte beginnt er, die Kleider abzufühlen, greift etwas Hartes, das durch Stoff verdeckt ist, aber es ist nur ein Knopf. Es müßte ja auch mehr sein, denkt er und beginnt vorsichtig, das Kleid vom Stuhl hochzuheben. Er glaubt, dem Geld nahe zu sein, streckt seine linke Hand aus, während er mit der rechten das Kleid vom Stuhl nimmt. Aber jetzt hört er neben sich ein kurzes Geräusch. Er erstarrt, lauscht mit offenem Mund, will sich ein wenig zurückziehen, will abwarten. Und in diesem Augenblick schlägt ihm die Großmutter mit einem ihrer sorgsam gepflegten Schuhe zweimal auf den Kopf.

SIEBENTES KAPITEL

Edeltraut hatte vor der Schule gewartet. Sie hatte nicht genau gewußt, wann die Schule aus sein würde, deshalb war sie frühzeitig gekommen und hatte länger als eine Stunde vor dem Tor gestanden. Albert entdeckte sie gleich, als er mit einigen Klassenkameraden aus dem offenen Tor auf die Straße hinaustrat. Er wäre nie auf den Gedanken gekommen, daß sie auf ihn wartete. Er grinste verlegen und wollte vorübergehen.

»Albert«, sagte sie, »da ich dich gerade treffe, könntest du mir nicht eine kleine Gefälligkeit tun?«

Er stand vor ihr und sah sie an.

»Hier«, sagte sie und gab ihm eine Mark. »Du bist doch ein vernünftiger Mensch, nicht wahr?«

»Ich? Jaja«, sagte er und steckte die Mark ein.

»Albert, es darf niemand erfahren! Ich muß deinen Bruder sprechen. Ich will aber nicht hinaufgehen, wegen der Wirtin. Kannst du ihn nicht herunterholen? Aber du darfst es niemandem erzählen!«

Während sie nebeneinander durch die Straßen gingen, fragte er: »Wegen der Wirtin?«

»Ja, wir haben uns gestritten, Hermann und ich. Es gab Krach mit der Wirtin.«

»Was willst du denn mit ihm besprechen?«

»Ach, das ist etwas zwischen Hermann und mir. Du weißt doch, ich war mit ihm befreundet.«

Davon wußte er zwar nichts, aber er sagte, ja, das wisse er schon lange. Das habe ihm Hermann selber erzählt.

»So, was hat er dir denn erzählt? Hat er oft von mir gesprochen?«

»Alles hat er mir erzählt.«

»Alles?« fragte sie und ihre Stimme wurde unsicher.

Er spürte, das war ihr nicht angenehm. Er sagte, er würde

das niemals weitererzählen, da brauche sie keine Angst zu haben. Und es wäre doch nicht schlimm, wenn er es wüßte, er wäre doch Hermanns Bruder.

»Jaja«, sagte sie. »Ich wußte, daß du vernünftig bist.«

Sie hatten eine Viertelstunde zu gehen. Als sie in die Nähe des Hauses kamen, gab sie ihm Anweisungen, was er sagen solle. »... Und er soll nicht etwa denken, ich laufe ihm nach. Ich hätte ihm nur etwas Wichtiges zu sagen. Deshalb müßte ich ihn sprechen. Und überhaupt, warum er denn fortgegangen wäre? Sein Vater könne ihn jedoch jetzt so gut gebrauchen, wo er ein Geschäft aufmacht. Sag ihm, ich hätte mir extra im Betrieb freigeben lassen. Du redest ihm doch zu, nicht wahr? – Albert«, sagte sie, »guck dich mal im Zimmer um, ob er da vielleicht ein Bild stehen hat von jemandem.«

Albert ging die Treppe hinauf, die er noch nie vorher betreten hatte. Die besondere Mission stärkte seine Selbstachtung. Er war jetzt in eine große Sache verstrickt, war zum Zwischenträger einer verbotenen Liebe geworden. Er fühlte sich erwachsen, zumal er über die Liebe einiges wußte.

Er hatte die Liebe gesehen in allen möglichen Situationen, und er wußte mehr darüber als über Multiplikationen von Dezimalbrüchen. Zuerst hatte er erkannt, daß zur Liebe zwei gehören. Zwei, die sich absondern, die alle Vorsicht vergessen, die sich versteckt fühlen, während sie doch allen Blicken preisgegeben sind. Er hatte die Liebe beschlichen. Die Frau und den Mann, die in der Dunkelheit standen und sich seltsam bewegt hatten. Das war die Liebe! Und die Frau und der Mann in einem Winkel der Baracke. Der Mann über der Frau, wie Gewalttat. Und die Frau, die sich vor dem Manne bückte, der Mann hinter ihr, als peinige er sie... Das hatte er gesehen und noch einiges mehr. Das war die Liebe! Sie hatte von jeher seine Neugier gereizt. Später begann sie, auch seine Fantasie zu beschäftigen. Das war, als er durch ein Loch in der Barackenwand in den Waschraum der Frauen hineinspähen konnte. Er hatte noch anderes gesehen im Lager, und es hatte nicht an Erklärungen gefehlt von Älteren, die mit ihren versteckten und zum Teil auch offenen Reden eine noch schüchterne, unfähige Lüsternheit in ihm geweckt hatten. Diese Lüsternheit war im letzten Jahr gewachsen. Er träumte jetzt manchmal davon, einer jungen schönen Frau unter die Röcke zu fassen und genau zu fühlen, wie sie da beschaffen war.

Aber er spürte auch andere Regungen. Da war die Heldentat, die er für ein Mädchen vollbringen würde: Ein Löwe hat sich losgerissen und verfolgte sie. Er, Albert, kommt im letzten Augenblick dazu und kämpft mit dem Raubtier. Als todwunder Sieger fällt er in die streichelnden Hände des Mädchens, das zärtliche Worte flüstert: Wir haben ihn alle verkannt. Er ist der Beste, der Stärkste, der Schönste.

Nicht ganz so edel waren seine Gedanken, als er die Treppe hinaufging. Er dachte an die Mark, die er mit diesem Auftrag bereits verdient hatte, obwohl damit keinerlei Gefahr oder Mühe verbunden war. Eine Botschaft für eine Mark, das schien ihm ein gutes Geschäft.

Er klingelte, und eine Frau öffnete die Tür. »Ich möchte zu meinem Bruder«, sagte er.

Die Frau war noch jung. Sie sagte, Hermann sei nicht zu Hause. Sie betrachtete Albert mit Interesse, lächelte ihn an. Nein, sie wisse auch nicht, wann er zurückkommen würde. Jedenfalls in den nächsten Tagen.

Edeltraut war enttäuscht. »Warst du wirklich oben?«

»Glaubst du denn, ich würde dich anlügen?« Er fühlte sich gekränkt.

»Nein, nein«, sagte sie. »Natürlich nicht!« Sie legte versöhnlich ihre Hand auf seinen Arm. »Vielleicht sollte ich es in den nächsten Tagen noch einmal versuchen. Was meinst du?«

Ganz sicher sollte sie es noch einmal versuchen. Ja, er würde wieder für sie hinaufgehen, darauf könne sie sich verlassen. Sie ging nachdenklich neben ihm. »Schade«, sagte sie. »Schade.«

Sie dachte an die köstlichen Stunden in der Festung. Hermann kannte die Festung besser als jeder andere. Alle verborgenen Winkel kannte er, wo nie jemand hinkam. Er hatte sie getroffen, als sie bereit dafür war, von einem Mann an einen verborgenen Winkel gelockt zu werden. Sie hatte keine Auswahl, und sie hätte einen schlechteren als Hermann finden können. Einen viel schlechteren. Natürlich hätte sie auch einen besseren finden können, aber daran dachte sie nicht mehr, nachdem sie ein Jahr lang Hermann in die stillen Winkel gefolgt war, wo nie jemand hinkam. Und das war schwer, plötzlich an den Abenden allein durch die Festung zu gehen.

»Sag mal, was macht dein Vater eigentlich für ein Geschäft auf?«

»Der Hugo? Gar keins. Der hat ja nicht mal das Geld für einen Zehner-Stumpen.«

»Aber er hat mir doch vor drei Wochen gesagt...«

»Vor drei Wochen? Ja, da wollte er nachts das Geld meiner Großmutter stehlen. Aber sie hat ihn erwischt und ihm zwei Beulen an den Kopf geschlagen. Weißt du, was er am Morgen gesagt hat? Er hat gesagt: ›Albert, du wolltest dich heute nacht am Geld deiner Großmutter vergreifen!‹ Dabei hat jeder die Beule auf seiner Stirn gesehen, und meine Mutter hat die zweite Beule unter seinem Haar gefunden. Da hat er keinen Ton mehr gesagt. Er wollte das Geld, um ein Pferd zu kaufen – zu dem Wagen, den er da haben kann. Aber das Geld von meiner Großmutter hätte gar nicht gereicht. Sie spart für ihren Sarg. Nachher hat er natürlich gesagt, er wollte es leihen. Sofort, wenn er sein Geld bekäme, hätte er es zurückgezahlt. Jetzt kriegt er ja sein Geld, aber das reicht auch nicht für ein Pferd.«

Auf diesem Weg zur Festung erfuhr Edeltraut, daß Hugo zwei Wochen lang tatsächlich als Packer gearbeitet habe, aber am Ende der zweiten Woche sei er schon mittags nach Hause gekommen und habe von seinen Schmerzen erzählt, die ihn wieder geplagt hätten.

Am Abend dieses Tages hatte Hugo jedoch schon wieder Skat spielen können. Und am nächsten Tag war er fortgegangen, als wolle er zur Arbeit, doch er war nur eine Stunde oder auch zwei spazierengegangen. Dann hatte er bei Kainrath im Laden herumgesessen und war danach zur Straßenbahnhaltestelle gegangen, um Bruno abzuholen, der um diese Zeit von der Schule heimkam. Auf dem Weg hatte er ein Stück Gummischlauch gefunden, und das hatte er aufgehoben und nach Hause getragen, als sei er eigens deshalb unterwegs gewesen. Aber Eliese hatte das Stück Schlauch genommen und es ihm an den Kopf geworfen.

»Jetzt reden sie seit ein paar Tagen nichts mehr miteinander«, sagte Albert.

Diese erzwungene Schweigsamkeit war Hugo nicht unlieb, denn nun konnte er in Ruhe sitzen und die Zeitung lesen. Er hatte sich jetzt angewöhnt, jeden Satz darin zu lesen. Er begann damit am späten Morgen und brauchte nach dem Mittagessen meist noch eine Stunde. Dann hatte er sie vollständig ausgenutzt. Danach brachte er sie wieder hinüber zu Herrn Jescheck und legte sich anschließend ein Stündchen oder auch zwei schlafen.

Als Albert nach Hause kam, saß Hugo noch über der Zeitung. Er war gerade bei den Annoncen. *Der elegante Herr trägt den Fipo-Mack-Regenschirm.* Ja, den wollte er sich kaufen, wenn er wieder obenauf wäre.

»Hör mal«, sagte er zu Eliese, »habe ich eigentlich noch einen Regenschirm?« Ach so, dachte er, als keine Antwort kam, wir reden ja nichts.

Augengymnastik, außerordentlich wohltuende Wirkung! Scharf sehen ohne Brille! Er las weiter und war enttäuscht, daß die Augengymnastik nicht beschrieben war. Da stand nach einleitenden Worten nur der Preis der Broschüre von zehn Mark und fünfzig Pfennig. Aber Augengymnastik schien ihm doch sehr sinnvoll, zumal er bald eine Brille brauchen würde. Und mit Augengymnastik konnte er die Brille sparen.

Für alle jungen Hausfrauen, die sich den Glanz ihrer neuen Wohnung erhalten wollen: Glanzolin! Er schaut auf den Zementboden des Zimmers. Na ja – außerdem war Eliese ja auch nicht mehr jung. *Bronchialtee! Bei Husten, Heiserkeit und asthmatischen Beschwerden.*

Ah, der Mordprozeß! Die Sachverständigen haben ein belastendes Gutachten abgegeben. Der Mörder Klingenpiehl muß lebenslang ins Zuchthaus!

Hugo saß auf seinem Stuhl und fühlte sich wohl bei dieser Nachricht. Er dachte: Was für ein Glück, daß ich nicht lebenslang ins Zuchthaus muß!

Sie ärgern ihn. Eliese läßt, wenn sie mit der Großmutter spricht, immer wieder einmal einen giftigen Brocken fallen, der ihn treffen soll. Die Großmutter antwortet nicht, humpelt umher und macht ihr bitterböses Gesicht. Mi-Mo ist nicht daheim, sie arbeitet jetzt in einer Sauerkrautfabrik, aber es ist auch nichts zum Sitzen. Albert soll einen Aufsatz schreiben, sitzt am Tisch und wartet, bis ihm ein Satz einfällt. Er wundert sich immer wieder, daß ihm so wenig einfällt. Er kann sich nicht auf solche Sachen konzentrieren. Außerdem hört er auch auf die Musik im Radio. Und schließlich denkt er noch an die Verabredung mit Edeltraut für übermorgen.

Sie wollen diesmal nicht am Tag, sondern abends zu ihm gehen. Albert soll sie vom Geschäft abholen. Sie bezahlt die Straßenbahn für ihn, und von einer weiteren Mark hat sie auch gesprochen.

Am folgenden Abend strich er so lange draußen herum, bis er sie kommen sah. Sie blieb bei ihm stehen und redete mit ihm wie mit einem Gleichaltrigen. Er genoß diese Vertrautheit. Er sagte: »Ich denke, morgen wird er da sein.«

»Meinst du wirklich?« antwortete sie.

Sie redeten noch miteinander, als Mi-Mo von der Arbeit zurückkam. Edeltraut erkundigte sich nach der neuen Stelle, und Mi-Mo sagte müde: »Ich muß Kraut schneiden. Den ganzen Tag muß ich Kraut schneiden!«

Der nächste Tag verging ihm nur langsam. Er schwelgte in seinen kleinen verbotenen Gedanken. Die Frauen aus dem

Waschraum kehrten darin wieder, und er verdiente sich ihre Gunst durch unschätzbare Dienste. Er verbrauchte einige Löwen, denn er war sicher, daß die Gunst der Frauen erarbeitet werden mußte. Sein Aufsatz war der schlechteste, der in der Schule abgegeben wurde. Aber das hatte er auch nicht anders erwartet. Er würde froh sein, wenn diese Sitzerei in der Schule endgültig vorbei wäre. Er war nie warm geworden in diesen Klassenzimmern, die er so oft gewechselt hatte. Von einer Dorfschule in die Stadtschule, von einer Stadt zur anderen. Und dann war er sitzengeblieben, und nun war er schon fünfzehn und mußte noch immer in der Bank hocken bei den Jüngeren, die bessere Aufsätze schrieben als er, aber nichts erlebt hatten und nicht viel wußten von den Dingen, hinter deren Kulissen er bereits gespäht hatte.

Am Abend wünschte Albert im stillen, daß sie umsonst zu Hermann gingen, damit eine weitere Verabredung notwendig würde. Als er läutete, öffnete niemand die Tür. Nirgendwo brannte Licht. Sie kamen an zwei anderen Tagen wieder – genauso vergeblich.

Edeltraut hatte ihre Zurückhaltung abgelegt. Die wiederholten Enttäuschungen machten sie redselig. Und Albert war der einzige, mit dem sie von Hermann reden konnte. Alles wollte sie über seinen Bruder wissen, den er selber nicht gut kannte und dessen hervorstechendste Eigenschaft ihm eine abweisende Verschlossenheit zu sein schien. Dieser Bruder war hart. Er hatte als Kind noch mehr gesehen und auch mehr verstanden als Albert. Edeltraut wollte immer mehr wissen, und so begann Albert Äußerungen seines Bruders zu erfinden. Ja, Hermann habe sie sehr gern, er habe oft gesagt, daß sie ihm gefiele.

»Gefielen ihm meine Beine, hat er nichts davon gesagt? Du weißt doch, die Männer sehen immer nach den Beinen.«

Sie fand ihre Knie zu dick im Verhältnis zu ihren Beinen, und das bekümmerte sie ein wenig. Albert hörte das heraus und wagte den Vorstoß: »Ja, deine Beine gefielen ihm. Er hat gesagt: Sie hat so schöne Oberschenkel!«

»Wirklich? Ja, ich denke, sie sind schön. Ich dachte nur, meine Knie wären vielleicht ein bißchen dick. Hat er davon nichts gesagt?«

»Nein, im Gegenteil.«

»Was im Gegenteil?«

»Er meinte, es wäre schon alles richtig.«

»Er hat also nie etwas an mir auszusetzen gehabt?«

»Nein, davon hat er nie etwas gesagt.«

»Hör mal«, sagte sie und faßte seinen Arm. »Du bist ja schon so vernünftig. Glaubst du, er hat eine andere? Glaubst du, er könnte das, was er mit mir getan hat, mit einer anderen machen? Könnte er das fertigbringen?«

Diese Frage erschütterte ihn, als habe sie gesagt, von jetzt an gehöre sie ihm. Er spürte, wie weit sie sich in seine Hand gab. Sie fragte ihn alles – und sie würde ihm alles beantworten, wenn er fragte. Diese Erkenntnis weckte das Gefühl seiner Macht über sie und zugleich etwas wie Verantwortung. Er sagte: »Ich weiß es nicht. Man kann das doch nicht sicher wissen.«

»So«, sagte sie. »So, du weißt es nicht.«

Er begann, etwas von ihrem Schmerz zu ahnen, obwohl er ihm rätselhaft blieb. Liebesschmerz fand er lächerlich. Aber nun wußte er, daß er sich ihren Schmerz nutzbar machen konnte.

An einem Sonntag traf er seinen Bruder an. Albert hatte nicht gehen wollen, weil er keine guten Kleider besaß, aber Edeltraut hatte gesagt, sie würde ihm eine neue Hose kaufen, wenn er mitginge; am Sonntag sei Hermann ganz sicher daheim. Sie trug einen feinen, schwarzen Mantel und roch nach Parfüm. Sie schien ihm unvergleichlich, als er in der Straßenbahn neben ihr stand und sich seiner Kleider schämte. Für den Werktag waren die Hose und die Jacke noch passabel, darauf achtete Eliese, aber für den Sonntag reichten sie nicht mehr aus, und wenn sie noch soviel ausgebürstet wurden.

Hermann war nicht allein. Es waren noch zwei Burschen seines Alters und die Vermieterin im Zimmer.

»Ah!« rief Hermann. »Komm her, du Bankert! – Das ist mein Bruder«, sagte er zu den beiden Männern. Dann wandte er sich an die Frau: »Du kennst ihn ja schon, nicht wahr?«

Sie tranken Bier und rauchten Zigaretten. Die beiden Männer saßen am Tisch, Hermann und die Frau nebeneinander auf der Couch. Sie hielt die Zigarette in der Hand und hatte die Beine übereinandergeschlagen. Albert sah ihre Waden und die Knie, und er dachte sofort, ihre Knie seien doch ziemlich breit und viel stärker als die von Edeltraut.

Das Zimmer war nur spärlich möbliert, aber die große Couch, der Rauchtisch, der Teppich und das Bild mit der Gebirgslandschaft imponierten Albert. Er saß auf der Stuhlkante und kam nicht zu Wort. Sein Gefühl warnte ihn, sofort von Edeltraut zu sprechen.

Wie es dem Alten ginge? Und der Mutter, und der Großmutter? Ja, und ob Mi-Mo sich nicht schon einen Kerl angelacht habe? Sein Bruder fragte, aber er schien gar nicht auf eine Antwort zu warten.

»Mein Alter«, rief er, »das ist ein Lebenskünstler! – Ja, ich muß euch mal besuchen. Hier, trink ein Glas Bier!«

Hermann trug ein weißes Hemd und hatte, wie Albert fand, den Schlips auf eine unnachahmliche Art lose umhängen. Seine Hose und auch die Schuhe waren neu.

»Sag mal, ist was Besonderes? – Du warst doch schon einmal hier?«

»Nein, nichts Besonderes. Willst du nicht mehr zu uns kommen? In der Festung werden jetzt viele Zimmer frei.«

Die beiden Männer lachten und Hermann sagte: »Du spinnst wohl! Ich bin froh, daß ich aus dem Dreckloch raus bin! Und dann – Hugo ging mir schwer auf die Nerven.«

»Ich soll dich grüßen von Edeltraut.« Er erkannte, daß es ein Fehler gewesen war, sie jetzt zu nennen, aber er hatte nichts zu sagen gewußt, womit er den leeren Raum zwischen sich und seinem Bruder hätte ausfüllen können.

»Ah!« rief einer der Männer, den Hermann Felix nannte. »Sie läuft wohl noch immer hinter dir her!«

»So?« sagte Hermann geschmeichelt. »Du sollst mich grüßen? Sie denkt noch an mich?«

»Paß auf, du!« sagte die Frau, und ihre Nasenflügel zitterten.

»Was denn«, grinste Hermann. »Das Mädchen kann doch nicht mit dir konkurrieren.« Er kniff sie in die Seite.

»Au!« sagte sie laut dann leiser und mit einer gewissen Anerkennung: »Du brutaler Hund.«

»Also, daß da keine Unklarheiten herrschen«, sagte Hermann. »Die Sache ist aus und vorbei. Das machst du ihr klar, kapiert?«

»Ja«, sagte Albert.

»Ich dachte, das hättest du ihr schon klargemacht?« warf die Frau ein.

»Natürlich habe ich das, aber du siehst, die Frauen vergessen mich nicht so schnell.«

Er räkelte sich neben ihr auf der Couch, und seine Freunde lachten.

Später fragte Albert: »Bist du noch auf Montage?«

»Quatsch!« erwiderte Hermann. »Ich bin jetzt bei der Schiffschaukel. Mit denen hier zusammen.«

»Bei der Schiffschaukel? Als was?«

»Na, als Schiffschaukler! Übrigens hast du Glück gehabt, daß ich gerade mal zu Hause bin. Wir sind meistens unterwegs. Das ist ein Leben, mein lieber Mann!«

»Was muß man denn da können, als Schiffschaukler?« fragte Albert.

»Anschieben und Bremsen und die Hand aufhalten für das Trinkgeld.«

»Sonst nichts?«

»Nein. Während die schaukeln, stehst du unten und guckst den Weibern unter die Röcke.«

Edeltraut hatte lange gewartet. Als Albert endlich kam, redete er mit Begeisterung vom Schiffschaukeln.

»Was hat er denn gesagt?« fragte sie. »Wollte er nicht herunterkommen? Warum denn nicht?«

»Es waren Leute bei ihm, da konnte er nicht kommen.«

»Er wollte nicht?«

»Heute nicht – aber du sollst mal wiederkommen. Ja, und er läßt dich grüßen. Er konnte wirklich nicht kommen, er hatte doch Besuch.«

Sie sagte nichts und ging neben ihm, und er redete davon, daß ihm sein Bruder zwei Mark geschenkt habe. Eine neue Hose und neue Schuhe habe Hermann auch getragen.

Er sah diesen Bruder jetzt mit anderen Augen. Er war sich darüber im klaren, daß er auch Schiffschaukler werden wollte. Die Sache mit dem Trinkgeld gefiel ihm. Geld bekommen und den Weibern unter die Röcke gucken!

Zuerst begriff sie nicht, dann sagte sie plötzlich: »Schiffschaukler? – Ach Gott.« Sie spürte ihre Hoffnungen abbröckeln.

In der Straßenbahn konnten sie nicht miteinander reden. Später sagte Edeltraut: »Was machst du jetzt?«

»Nichts«, erwiderte Albert. »Und du?«

»Auch nichts.«

Sie stehen im Festungshof. Sie will jetzt nicht allein sein. Es hört sich an wie eine Werbung, als sie ihn fragt, ob er mit ihr dahin gehen wolle, wo sie immer mit Hermann gewesen war. Hier würden sie auffallen, wenn sie länger zusammenblieben, aber dort, in dem kleinen Zimmerchen, würden sie von niemandem gesehen werden. Da könnten sie sich ungestört über Hermann aussprechen. Sie hält seine Hand und sagt: »Ich glaube, es ist vorbei. Aber mit wem soll ich davon reden? Wir treffen uns nachher am Turm. Kommst du, ja?«

Er will sie bitten lassen, will sich von ihr bestätigt sehen. Er spürt, daß er es jetzt wagen kann, zu zögern und scheinbar zu überlegen, ob er zusagen soll. Jetzt ist er ihr ebenbürtig, die Altersgrenze hat sich verwischt. Sie ist fast krank vor Enttäuschung. Sie will nicht allein sein, mit den Trümmern ihrer Hoffnungen. Und er ist ja schon so vernünftig.

ACHTES KAPITEL

Eliese stand am Herd und wärmte ihre schlecht durchbluteten Hände über der Ofenplatte. Sie fror jetzt mitunter, obwohl der Herbst nicht sonderlich kühl war. Es hatte Aufregung gegeben in der Festung. Ein Mann war von der Polizei verhaftet worden. Er hatte sich gewehrt, aber vier Polizisten hatten ihn überwältigt und in Handschellen abgeführt. Die Leute waren auf den Gang hinausgelaufen, um zu gaffen. Niemand wußte, warum er verhaftet worden war. Eliese hatte bald ihre Tür wieder zugemacht, aber Hugo stand noch mit anderen vor Kainraths Laden und erwog mit ihnen, was die Ursache dieser Verhaftung gewesen sein könnte. Der Mann war nicht gut bekannt gewesen. Er war noch nicht lange hier. Aber Vermutungen gab es genug.

Eliese war nur ein paar Minuten draußen gewesen.

»Auf dem Gang zieht es schrecklich«, sagte sie zur Großmutter, die im Bett lag. Sie war seit einigen Tagen krank. Sie redete jetzt noch weniger als sonst, lag mit offenen Augen und bewegte sich kaum.

Gestern hatte sie den ganzen Nachmittag so gelegen: stumm und ohne Bewegung. Hugo hatte immer wieder hinübergeschaut. Ein Verdacht war in ihm aufgestiegen.

»Eliese«, flüsterte er. »Sieh doch mal. Die Mutter sieht aus wie tot. Willst du nicht mal nachschauen?«

»Geh doch selbst«, hatte Eliese geantwortet.

Er hatte die Großmutter angerufen und keine Antwort erhalten. Schließlich hatte ihn sein unheimlicher Verdacht, der ihm vom Gesicht abzulesen war, auf das Bett zugetrieben. Als er nahe herangekommen war, hatte sich die Großmutter aufgerichtet und ihm ins Gesicht gespuckt. Vor Schreck hatte er einen kleinen Luftsprung gemacht, den alle sehr lustig fanden. Eliese war zu Alwina hinübergelaufen, um es ihr gleich zu erzählen.

Hugo hatte zu Albert und Bruno gesagt: »Sie fantasiert. Ja, eure Großmutter hat jetzt gerade fantasiert!« Er war bleich gewesen.

Jetzt war niemand außer Eliese und der Alten im Raum. »Eliese«, sagte die Großmutter plötzlich. »Wenn ich tot bin, hörst du, dürft ihr den Sarg nicht zunageln oder zuschrauben. Und nicht sofort unter die Erde, hörst du? Und einen schönen Sarg will ich haben. Ich habe alles aufgeschrieben. Offen lassen, hörst du?«

Sie lag auf dem Rücken, wie eine Mumie, die unerwartet zu flüstern begann.

In ihrer Jugend hatte sie von einem Fall gehört, der sie jetzt beschäftigte. Da war ein Mann eingesargt worden, der nur scheintot gewesen war. Von allen Vorstellungen über den Tod war für sie am unerbittlichsten die des Sargdeckels, der über ihr zugenagelt würde: der Deckel, der sie mit dem ihr zugemessenen Teil an Dukelheit für immer einsperrte. Ihre ganze Sorge war auf das stumme Leben gerichtet, das sie dann führen würde.

»Du stirbst noch lange nicht«, sagte Eliese.

»Doch, bald. Ich weiß es. Hast du gehört, was ich gesagt habe?«

»Jaja, aber soweit ist es doch noch nicht.«

»Doch, doch, doch!« beharrte die Großmutter störrisch.

Danach kam Hugo zurück und sagte: »Wahrscheinlich hat er etwas gestohlen, aber was?«

»Hast du sonst keine Sorgen?« rief Eliese. »Sieh nur zu, daß von deinen Kindern keins stiehlt! Wo hat denn Albert die neue Hose her? Glaubst du das etwa: er hätte das Geld gefunden und sich davon die neue Hose gekauft?«

»Nein«, sagte Hugo, »und das gefällt mir gar nicht.« Er strich sich mit der Hand über das Kinn. »Nein«, sagte er, »gefunden – das glaube ich nicht. Ich habe mein Lebtag auf den Boden geguckt, um einmal etwas zu finden, aber ich habe nie das Geld für eine neue Hose auf der Straße gefunden. Einmal fand ich eine Mark und später einen goldenen Manschettenknopf. Aber eine Hose kostet wenigstens zwanzig Mark.«

»Jedenfalls hast du die Wahrheit nicht aus ihm herausgebracht.«

»Was soll ich machen? Du hast ihn verzogen, er gehorcht mir nicht mehr. Das ist deine Schuld!«

»Schwächling«, sagte sie. »Als er dir eine Packung Zehner-Stumpen geschenkt hat, da hattest du plötzlich nichts mehr an der Hose auszusetzen!«

»Was denn!« rief er. »An der Hose ist ja auch nichts auszusetzen. Das ist eine gute, eine prima Hose!«

»Aber sagen muß er, woher er sie hat!«

»Jawohl«, stimmte er zu, »das muß er sagen!«

Mitten in dieses Gespräch hinein platzte der Geldbriefträger.

Sie hatten zwar gewußt, daß das Geld nun bald kommen würde, aber gerade jetzt hatten sie nicht damit gerechnet. Der Gedanke an dieses Geld war ein fester Bestandteil ihrer Hoffnungen gewesen. Sie hatten sich an die Erwartung gewöhnt, sie war ihnen lieb geworden.

Der Briefträger in der blauen Uniform blätterte die neuen Fünfzigmarkscheine auf den Tisch. Hugo mußte unterschreiben. Die Großmutter richtete sich im Bett auf und blickte herüber. Eliese stand neben ihrem Mann, und als er unterschrieben hatte, strich sie das Geld ein. Der stumme Protest, der in Hugos Gesicht stand, beeindruckte Eliese nicht.

Die Großmutter streckte die dürre Hand aus, lamentierte, und wollte Geld für ihren Sarg.

»Nein«, sagte Eliese, »das Geld wird nicht angebrochen, das ist unser Notpfennig.«

»Ich habe es verdient«, sagte Hugo. »Ich habe es verdient. Meine Schuhe. Und ein Paar neue Hosenträger.«

»Nein«, sagte Eliese und legte das Geld in das einzige verschließbare Fach des Schrankes.

Albert blieb an diesem Tag ungeschoren. Das Geld lenkte

die Gedanken seiner Eltern in andere Richtungen. Für Eliese bedeutete es das heimlich wärmende Gefühl von Sicherheit, für Hugo wurde es zum Anreiz endloser Grübeleien, die sich um den Wagen und ein Pferd drehten. Noch immer pflegte er seine Idee, aber sie war nicht so gewachsen, wie er gehofft hatte. Er rechnete: Wenn ihm Adolf etwas leihen würde, und wenn Hermann auch dazu beitrüge, und wenn er selbst noch dazusparte, und wenn Eliese und Mi-Mo ihm etwas geben würden, und wenn der Händler mit einer Anzahlung zufrieden wäre – dann könnte er ein Pferd kaufen.

Albert war sehr zufrieden, daß dieses Geld gekommen war, denn nun würden sie ihn einige Tage in Frieden lassen. Hugos Fragen fürchtete er nicht, wohl aber die bohrende Hartnäckigkeit seiner Mutter. Sie sollen mich doch in Ruhe lassen, dachte er. Hätten sie ihm etwa die Hose gekauft, die er schon so lange nötig hatte? Und jetzt wollten sie sich einmischen. Dabei würde sich an der Sache gar nichts ändern. Die Hose hing im Schrank und gehörte ihm. Edeltraut war mit ihm in die Stadt gefahren, und sie hatte einunddreißig Mark fünfzig für ihn angelegt. Niemand wußte davon, ebenso wenig wie von ihren heimlichen Zusammenkünften, die an jenem Sonntagabend begonnen hatten.

Sie waren durch etliche Türen gegangen. Sie hatte Schlösser aufgeschlossen, mit einem Sperrhaken, den Hermann gemacht und in ein Versteck zwischen Mauerritzen gelegt hatte. Sie hatten im Dunkeln geflüstert und waren zu dem kleinen Zimmer gekommen.

Edeltraut sagte: »Hier ist es. Hier bin ich immer mit Hermann gewesen.«

Er stand und schaute sich um, nachdem sie eine Petroleumlampe angezündet hatte. »Das Bett war schon hier, als wir kamen«, sagte sie.

Sie saßen dann nebeneinander auf der Bettkante, und sie fragte nach Hermann und was für Leute bei ihm gewesen seien. Er hatte sich noch nicht an den Raum gewöhnt. Er dachte darüber nach, wozu er früher wohl gedient hatte und warum es hier keine Fenster gab. Auf den Gedanken, sich in einer der ehemaligen Pulverkammern zu befinden, kam er nicht. Er kannte manchen versteckten Platz in der Festung, aber bis hierher war er noch nicht gekommen. Nun war er sicher, daß Hermann noch manches andere in der Festung aufgespürt hatte, ohne es ihm mitzuteilen. Und während er auf diesem Bett saß, erinnerte er sich, daß in der Festung einmal ein Bett gestohlen worden war, mit Matratzen und Sprungrahmen. Es gehörte Leuten, die ausgezogen waren und in der Nacht vorher schon einen Teil ihrer Möbel auf der Galerie abgestellt hatten. Ein dunkelbraunes Holzbett wie dieses, auf der Bettlade sei die Jahreszahl 1900 eingeschnitzt gewesen, hatten die Leute damals gesagt. Er stand auf, suchte und fand die Jahreszahl.

»War die Frau auch da?« fragte Edeltraut.

»Wir können in ein paar Tagen noch einmal zu ihm gehen«, sagte Albert. »Ich rede mit ihm, und dann kommt er herunter. Ja, die Frau war auch da.«

Sie wollte alles wissen: Was Hermann für ein Gesicht gemacht hatte, als Albert die Botschaft überbrachte, was er gesagt hatte. »Sag mir genau seine Worte.«

Er erfand wieder einige Tröstungen, und sie lauschte seinen Lügen mit verklärtem Gesicht. Ihm schien, sie lächle jetzt vor sich hin wie eine Irre. Später aber verschwand dieses Lächeln, und sie wurde von Weinen geschüttelt. Er saß neben ihr und wartete. Als sie schließlich ihre Tränen aus den Augen wischte und wieder ruhig mit ihm sprach, griff sie plötzlich nach seinen Händen und drückte sie gegen ihre Augen. Er ließ es verwundert geschehen, aber es war ihm nicht angenehm.

»Du bist ja sein Bruder«, sagte sie. »Du bist sein Bruder, und mit dir kann ich darüber reden. Du verstehst das alles, du bist schon so vernünftig.«

»Hör mal«, sagte er, »hier ist es aber ziemlich kühl, habt ihr hier nicht gefroren?«

»Nein«, erwiderte sie, ließ seine Hand los und sah ihn an

mit tränenumflortem Blick. »Wir haben doch Decken hier. Kühl ist es schon, aber es ist trocken in dieser Kammer.«

»Ja«, sagte er, »es ist nicht feucht, aber kühl ist es.«

Schließlich sagte sie: »Nimm doch eine Decke.«

Sie saß, und er lag neben ihr. Sie fand Gefallen daran, ihn richtig einzupacken. »Ist dir noch kühl?« fragte sie.

»Nein, aber dir ist doch sicher kalt?«

Ja, schon, aber sie habe ihr gutes Kleid an, und wenn das zerkrumpelt wäre, würde es ihrem Vater auffallen. »Ich müßte das Kleid ausziehen«, sagte sie zögernd. Er erwiderte nichts und sah zu, wie sie, noch immer zögernd, den ersten Knopf zu öffnen begann. Dann lagen sie nebeneinander und redeten über Hermann. In den Pausen ihres Gesprächs wagte er kaum zu atmen. Er dachte an nichts anderes, als daß sie ohne Kleid neben ihm lag.

Sie trafen sich hin und wieder an diesem Platz. Sie gingen zum Haus, wo sein Bruder wohnte, der wieder nicht anzutreffen war. Sie weinte wieder einmal, als sie zusammenlagen und sagte: »Ich bin ja verrückt! Es ist schon längst aus! Bin ich verrückt?«

An einem Sonntag, als sie wieder ihr Kleid schonen wollte und an seiner Schulter geweint hatte, preßte er sie plötzlich an sich. Er umklammerte sie wie ein Ringkämpfer und preßte sie mit aller Gewalt gegen seinen Körper. »Oh«, sagte sie da. »Das darfst du nicht, Albert.«

»Nur noch einmal«, bat er.

»Aber nur noch einmal und nicht so fest«, sagte sie.

Bevor sie an diesem Tag gingen, sagte er: »Noch einmal...« Er griff nach ihr und holte sie heran. Sie hatte die Augen geschlossen und öffnete sie nicht gleich, als er seine Umschlingung lockerte. Er wiederholte das Spiel. »Oh«, sagte sie wieder. »Das darfst du nicht.«

In diesen Tagen dachte er nur an sie und an das, was unter ihren Kleidern verborgen war, und daß er ihr von diesen Hüllen die oberste bereits abgewonnen hatte. In der Schule war seine Lage hoffnungslos. Der Lehrer sagte: »Der Kerl ist wie vernagelt. Ich gebe es auf! Du hast ja ein Brett vorm Hirn!«

Oh! hatte sie gesagt, oh! Und er hatte das heimliche Entzücken herausgehört, das er durch ihren Körper gejagt hatte mit seiner Kraft. Es kümmerte ihn nicht, was der Lehrer sagte. Er grinste dazu und fühlte sich den anderen überlegen mit all seinen Listen, von denen sie nichts wußten.

Zu Hause konnten ihn die täglichen Reibereien jetzt nicht mehr aufregen. Er saß auf dem Sprung und wartete, daß sie draußen den Schlager pfiff, der ihn rief. Sie waren vorsichtig und verabredeten immer wieder eine neue Melodie.

Sie hatte kein Ziel, keine bestimmten Vorstellungen von diesem Verhältnis. Ihr Glück gipfelte darin, vergangene Freuden und Erinnerungen noch einmal aufzuwärmen. Wenn sie ihn neben sich fühlte, dachte sie: Hermann. Er war zielsicher, hoffte, daß er ihr in Etappen Gunst um Gunst abbetteln könne, bis sie sich ihm entfalten würde. Er glaubte daran, ohne je den entscheidenden Angriff zu wagen.

Er saß im Zimmer zwischen den anderen, und seine kleinen verbotenen Träume, in denen er bisher allerlei Frauen beschlichen hatte, zielten nun schnurgerade auf die Stunde, in der sie ihm alles gewähren würde.

Es regte ihn nicht sonderlich auf, als Hugo eines Mittags, die Zeitung in der Hand, vom Stuhl aufsprang und rief: »Hier steht es! Ein Island-Pony, Wallach, Rotscheck, sieben Jahre alt, billig abzugeben!« Albert sah nur kurz auf. »Das ist es!« rief Hugo. »Eliese, du mußt mir das Geld geben! Das ist Fügung. Ich habe mir immer eingebildet, es müßte ein Muli sein, aber die gibt es hier ja nicht. An ein Island-Pony habe ich gar nicht gedacht! Das ist ein Pferdchen! Ausdauernd, sparsam und stark! Eliese, ich sage dir, das frißt nicht mehr als ein Kätzchen, und es zieht wie ein Ochse! Du weißt doch, daß ich was von Pferden verstehe!«

Sie kannten alle seine leeren Erregungen, die gewichtlos waren, aber jetzt war es echt. Eliese begann, ernstlich zu überlegen. Von Umzügen redete er. Ja, wohin zögen denn die meisten, die hier weggingen? Eine Stunde weit zu Fuß, oder höchstens zwei Stunden weit! Und dafür müßten sie einen Lastwagen nehmen und das koste ein Heidengeld. Und ginge es etwa so sehr viel schneller mit dem Auto? Teurer sei es – und das sei entscheidend. Daß es ein bißchen schneller ginge, darauf käme es doch nicht an bei diesen Entfernungen. Ja, wenn die Leute in eine andere Stadt zögen, dann mache sich der Lastwagen bezahlt! Aber so...

»Ist ein Pony nicht zu schwach?« fragte Eliese.

»Ein Island-Pony«, rief er. »Das ist kein normales Pony, das ist größer und stärker, das ist so stark wie ein Maultier und doppelt so stark wie ein Esel! Und so gewaltig sind die Umzüge hier doch auch nicht! Die Betten, die Schränke, Tische und Stühle. Und es kommen doch auch Neue, denen kann ich das Zeug vom Bahnhof herfahren. Jetzt ist es Herbst, jeden Tag ziehen hier Leute aus und andere kommen. Denk an das Geld, das wir verdienen könnten!«

Sie dachte an das Geld, aber ganz besonders an das, das sie einsetzen würden. »Bestimmt ist es falsch, daß ich es dir gebe.«

Sie seufzte, schloß das Schrankfach auf und zählte ihm die Scheine hin.

Der Verwalter hatte damals, als Hugo mit ihm gesprochen hatte, keine Einwendungen gemacht. Wem wäre auch nicht auf Anhieb klargewesen, daß es sich hier um ein sicheres Geschäft handelte? dachte Hugo, während er auf seinem Fahrrad der Stadt entgegenstrampelte. Er fuhr schneller als er jemals in den letzten Jahren gefahren war. Die Zeitungsannonce trug er in der Hosentasche. Das Pony wurde von einem Kohlenhändler angeboten. Da war es wohl sicher, daß es vor dem Wagen gegangen war. Den Dung wollte er säuberlich im Stall aufschichten und ihn jeden Monat an einen Interessenten verkaufen. Es gab Pilzzüchter, die waren scharf auf Pferdemist. Er bedauerte jetzt, daß die Pony-Äpfel nicht besonders groß sein würden. Aber das war auch alles, was er an dem Pony auszusetzen hatte.

Mitunter mußte er anhalten und das Hinterrad aufpumpen, das die Luft nur etwa fünf Minuten hielt, weil er damals zwei Flicken übereinandergeklebt hatte, ohne den letzten sorgfältig mit dem Handballen anzupressen. Er rechnete, daß er mindestens jeden Tag einen Umzug haben würde. Das Holz und die Kohlen würde er heranfahren, für fünfhundert Menschen, und wer konnte wissen, welche Möglichkeiten sich da noch boten. Er trieb das Fahrrad mächtig vorwärts, sprang nach ein paar Minuten immer wieder ab und pumpte das Hinterrad auf. Während der weiteren Fahrt plante er, auch etwas für die Reklame zu tun. Ein Schild würde er über der Stalltür weithin sichtbar anbringen: *Hugo Starosta, Transportunternehmen.*

Stroh müßte besorgt werden und auch Hafer, aber das Pony konnte getrost auch Reste fressen. Ein Island-Pony fraß sogar Kartoffelschalen. Bruno und Albert würden ihm helfen.

Das Zaumzeug? Das mußte er dem Kohlenhändler abschwatzen! Nur nicht mit der Tür ins Haus fallen. Langsam anschleichen und dann zustoßen!

Das Schild müßte schwarz sein. Der Name weiß, auf schwarzem Grund! Aber Transportunternehmen, schrieb sich das mit hartem p oder mit weichem b? Er geriet außer Atem, hatte sich lange nicht so angestrengt. Doch die einzige größere Pause auf diesem Weg legte er ein, als er wieder einmal nach dem Aufpumpen neben dem Fahrrad stand und überlegte, ob sich Transportunternehmen hart oder weich schrieb.

NEUNTES KAPITEL

Es gab einige Leute in der Festung, die lachten, als Hugo mit dem Pony zurückkam, das munter mit dem Kopf nickend hinter ihm herlief. Die gleichen Leute lachten auch noch, als er das Schild über der Stalltür aufhing: *Hugo Starosta, Transportunternehmen.* Als ihm aber der erste Umzug aufgetragen wurde und Pferd und Wagen unten im Hof standen, sagten sie: »Ah, das war eine Idee!«

Es kamen etliche und betrachteten das Pony: Leute, die viel, wenig oder nichts von Pferden verstanden. »Es hat eine breite Brust«, pflegte er ihnen zu erklären und gab langatmige Belehrungen über die besonderen Merkmale dieses Ponys; zwischendurch wies er Albert und Bruno an, wie sie die Möbel auf den Wagen zu stellen hatten.

Vom esten Tag an nannte Hugo das Pony Max. Er hatte es günstig eingekauft und sogar noch Geld mit nach Hause gebracht, das aber dann doch ins Geschäft sickerte. Der Kohlenhändler war froh gewesen, einen Käufer gefunden zu haben, der etwas von Pferden verstand. Max hatte bei ihm zwei Jahre gedient; doch nun sollte die Kohlenhandlung aufgelöst werden.

»Früher war es beim Zirkus«, hatte der Mann gesagt. »Es trat in einer komischen Nummer auf. Der Zirkus hat Pleite gemacht. Wenn man sich draufsetzen will, muß man es von rechts besteigen. Wer von links kommt, wird abgeworfen. Aber Sie wollen es ja nicht zum Reiten haben.«

Es hatte kein langes Feilschen gegeben; das behauptete nur Hugo, wenn er Eliese von dem Kauf erzählte und dabei haarklein beschrieb, wie geschickt er sich dabei angeschlichen und wie er dann aufgetrumpft hätte.

Der Verwalter kam auch einmal zum Stall hinunter. Vor Max blieb er stehen und strich ihm über die Flanke. »Ja«, sagte der Verwalter, »das ist ein ganz lustiges Pferdchen.«

»Ein Spaßvogel ist das«, erwiderte Hugo. »Wenn ich Ihnen sage, der hat einen guten Charakter. Auf den neuen Namen hat er sofort gehört. Es gibt ja Pferde, die sind freundlich, und andere, die sind unfreundlich, aber der da ist immer gut gelaunt.«

Der Verwalter gab Hugo einen Hinweis. Er wußte schon Wochen vorher, wer ausziehen oder kommen würde. Hugo könnte das von ihm erfahren und die Leute aufsuchen, ehe sie sich einen Lastwagen bestellten. Sie hatten ja alle nicht viele Möbel, aber für einen Nahtransport mußten sie schon über zehn Mark allein für die Anfahrt auf den Tisch legen, ehe überhaupt ein Stuhl aufgeladen war. Dazu käme dann der Arbeitslohn und wer weiß was für Kosten.

Jedenfalls blieb es bei keinem unter siebzig Mark, bei den meisten gehe es sogar nahe an den Hunderter; das habe er oft gesehen.

Diese Unterhaltung war für Hugo außerordentlich wertvoll. Sein Geschäft schien unter einem guten Stern zu stehen, vom zweiten Tag an. Da hatte er gleich am Morgen einen Umzug, der bis zum Mittagessen unter Dach war. Fünf Stunden Arbeit, davon eine Stunde Anfahrt: er kassierte einen Fünfzigmarkschein. Am Nachmittag erschien ein Mann bei Eliese und fragte, ob der Transportunternehmer zu Hause sei. Hugo lag oben in seinem Bett und rief herunter, ja, der Transportunternehmer sei daheim. Es waren einige Möbelstücke vom Bahnhof abzuholen: ein Kleiderschrank, ein Kinderbett, ein Gasherd, drei Stühle und ein Tisch. Was das koste, fragte der Mann.

»Sie sind erst neu gekommen?« fragte Hugo. »Also, sagen wir, zwanzig Mark.«

»Ja«, sagte der Mann, »das geht. Ich habe gestern in der Stadt nachgefragt, die wollten für alles zusammen vierzig Mark haben. Das war mir zu teuer.«

Hugo stieg gleich vom Bett herunter und ging zum Stall. Beim Gehen schnippte er ein wenig mit den Fingern. Er überlegte, daß Max jetzt über zwei Stunden Ruhe gehabt hatte, daß er gefüttert und getränkt worden war und ein bißchen Arbeit noch gut vertragen würde.

Der Stall war leer. Hugo wurde blaß, lief in den Hof, blieb dort wieder stehen und überlegte. Dann wandte er sich zum Torbogen und lief aus dem Hof ins Freie.

Max sprang draußen herum, inmitten einer Schar von Kindern. Als Hugo herauskam, war Johann Kainrath gerade in einem kleinen Bogen vom Rücken des Ponys heruntergeschnellt worden. Bruno saß nun von der richtigen Seite auf und ritt ohne Sattel eine Runde, während die Kinder noch lachten, weil der Sohn des Lebensmittelhändlers sich mit einem verlegenen Gesicht vom Boden erhob.

Hugo pfiff schrill durch die Finger. Max wieherte und kam heran, nickte mit dem Kopf und scharrte mit dem Vorderhuf. »Das gibt es nicht!« rief Hugo und griff nach seinem Sohn. Nachdem er Bruno verprügelt hatte, ging er, Max hinter sich herführend, durch den Torbogen. Bruno folgte ihm heulend, und dahinter kamen in einigem Abstand die Kinder. Johann Kainrath hatte es vorgezogen, davonzuschlendern.

Johann war es nie ganz wohl, wenn er Mi-Mos Vater sah. Er dachte dann jedesmal daran, daß er nun schon wiederholt mit Mi-Mo die Sterne betrachtet hatte. Sie nannten es jetzt immer so.

Wenn sie sich trafen und niemand in der Nähe war, fragte er: »Gehen wir heute? Hast du Lust?«

»Hol erst die Nußschokolade«, pflegte sie dann zu sagen. »Nachher gehen wir die Sterne betrachten.« Sie hatte immer Lust, auf beides. Sie hatte ihren festen Preis, den er durchaus angemessen fand und willig zahlte. Er hätte auch den doppelten Preis angelegt, wenn sie es verlangt hätte, zumal er sich von einem Schulfreund hatte sagen lassen, davon gingen die Pickel weg, die er im Gesicht habe.

Hugo legte an diesem Tag, an dem er Bruno zum erstenmal gezüchtigt hatte, siebzig Mark auf den Familientisch. Er ließ sie jedoch nur so lange dort liegen, bis jeder die zwei Scheine gesehen hatte. Dann steckte er den größeren in die Tasche und sagte: »Das ist für unvorhergesehene Fälle.« Eliese war mit dem kleineren Schein zufrieden, nötigte Hugo aber das Versprechen ab, von dem Geld, das er in Zukunft verdienen würde, als erstes wieder den Notpfennig zurückzulegen.

Bei Kainrath kaufte er eine Packung Zehner-Stumpen, drei Flaschen Bier und fünf Tafeln Schokolade für seine Familie. Er hielt Kainrath den Schein unter die Nase und sagte: »Kannst du wechseln? Ich habe es nicht kleiner!«

»Du hast es schon bedeutend kleiner gehabt.«

»Zieh auch gleich den Rest meiner Schulden davon ab!«

»Warte«, sagte Kainrath, »ich lade dich zu einem Schnaps ein.«

Er brachte zwei kleine Gläser und füllte sie. Sie hoben an, schütteten das wasserklare Zeug in die Kehlen, schmatzten ein wenig, wischten mit dem Handrücken über den Mund und standen sich gegenüber, als solle jetzt zur Sprache gebracht werden, daß sie einander schon lange kannten und ihre Sympathie von jeher eine feststehende Tatsache sei.

»Hugo«, sagte Kainrath, »jetzt bist du dick drin. Das freut mich, bestimmt. Weißt du, daß ich so ein Transportunternehmen auch vorhatte? Aber du warst schneller als ich. Wie wär's, wenn ich bei dir einstiege? Wir könnten das Geschäft vergrößern, einen kleinen Lastwagen anschaffen. Dazu reicht dein Geld nicht aus, aber du weißt doch, daß ich was auf der Seite habe.«

»Nee«, sagte Hugo. »Das Geschäft ist gerade groß genug für mich.«

»Ich könnte es ja auch allein aufziehen«, erwog Kainrath. »Schließlich hatte ich es ja schon immer vor.«

»Wenn du ein Transportunternehmen hier anfängst, mache ich ein Lebensmittelgeschäft direkt neben deinem Laden auf. Dazu habe ich bereits genug in der Tasche. Du kannst dich darauf verlassen!«

Nachdem Hugo gegangen war, stand Kainrath noch eine Weile vor den leeren Gläsern.

Seine Frau kam herein. »Was war?« fragte sie.

»Nichts war«, brummte Kainrath, »gar nichts!«

Hugo Starosta brauchte für die Erfüllung seines Versprechens eine Woche, dann lag der Notpfennig wieder in Elieses Schrankfach.

»Nun«, fragte er, »was sagst du jetzt?«

Sie war beeindruckt, aber sie sagte nicht viel. »›Das Flehen der Armen dringt durch die Wolken und ruht nicht, bis es zum Ziele kommt...‹ Das steht bei Sirach.«

Er winkte ab. »Eine Idee muß man haben, das ist alles.« Er saß am Tisch und erklärte, was nun als nächstes geschehen müsse. Die Großmutter lief wieder auf und ab und hielt die Hand an ihren Leib. Eines Morgens war sie wieder aufgestanden und hatte verkündet, daß es mit dem Sterben noch eine Weile Zeit habe. Sie hatte dazu gelacht: »Hihihihi! Hat noch Zeit! Hat noch Zeit!«

Hugo saß am Tisch und seine Familie war um ihn versammelt. Sie stimmten alle zu, als er erklärte, jetzt müsse vor allem für anständige Kleidung gesorgt werden. Ja, wenn er zu den Kunden ginge, müsse er einen richtigen Anzug tragen. Deshalb wolle er zuerst sich selber einkleiden. Dann sollten der Reihe nach Eliese, Bruno und Albert folgen. Daß er auch daran dachte, den Regenschirm für den eleganten Herrn und die Broschüre über Augengymnastik zu erwerben, verriet er ihnen nicht.

Einen einfachen, derben Anzug wollte er sich zulegen, etwas Biedermännisches, Pfeffer und Salz oder sonst ein kräftiges Muster. Dazu feste Schuhe. Dies für den Werktag. Für sonntags plante er einen dunklen Anzug aus bestem Tuch.

Das Geschäft spielte sich ein. Er hatte Vorbestellungen, fuhr auch andere Sachen heran, nicht nur Möbel. Beim Verwalter im Büro hing jetzt ein Schild, das von den Neuen gelesen wurde und sie auf die preiswerten Möglichkeiten hinwies, die Hugo ihnen bot. Sie machten Gebrauch davon, zumal sich herumgesprochen hatte, daß er nicht auf den Pfennig aus war. Er hatte jetzt schon da und dort kleine Schuldner. Die Beträge waren nicht hoch, aber addiert ergaben sie immerhin eine Summe von mehr als hundert Mark. Er war zwar davon überzeugt, daß er ein unerbittlicher Geschäftsmann sei, aber von Fall zu Fall wurde er dann doch weich und gewährte einen kleinen Kredit. Dabei lag er jedesmal in bitterem Kampf mit sich selber und machte sich Vorwürfe, denn außer Kainrath hatte ihm nie jemand Kredit gegeben. Schließlich aber sagte er sich dann, man könne doch nicht so sein, und es brächte einem kein Glück, wenn man so wäre.

Es gab jetzt nicht mehr so oft Streit. Die besseren Mahlzeiten und das Gefühl einer neuen Sicherheit dämpfte die altgewohnten Reibereien zu harmlosen Diskussionen. Seine Familie begann, ihn zu respektieren. Er war jetzt wieder der Mann, der er in der Himmelsgasse gewesen war. Wenn seine Kinder stritten, brauchte er nur mit der Faust auf den Tisch zu schlagen und zu rufen: Ruhe! Das wirkte. Er sah es mit Wohlgefallen und erinnerte sich an den Vorwurf, den die Leisle gegen ihn erhoben hatte: Kein Gesicht... Er dachte: Ich habe mir ein Gesicht zugelegt!

Albert grinste zwar noch über ihn, aber er erkannte an, daß Hugo gehandelt hatte. Mi-Mo war die einzige, die sich beklagte. Sie verdiente selber und war deshalb bei der allgemeinen Neueinkleidung übergangen worden.

»Von dem, was du verdienst«, sagte Hugo, »brauchst du doch nur die Hälfte abzugeben – was machst du eigentlich mit deinem Geld?«

Aber das wußte sie selber nicht genau. Sie aß gern Schokolade, sie kaufte auch oft Strümpfe, weil sie zu faul war, die zerrissenen zu stopfen, und dann Unterwäsche: diese modernen Unterröcke, die den Rock so schön glockig machten. Aber dazu brauchte man die entsprechenden Röcke. Das trugen doch alle jungen Frauen, und sie wollte auch schön glockig gehen. Ins Kino ging sie auch sehr gern, und schließlich kaufte sie sich Illustrierte, fünf oder sechs Stück jede Woche. Da sah sie dann, was ihr alles noch fehlte. Und der

Friseur, der Nagellack, der Lippenstift... Neulich war sie bei Adolf gewesen und hatte von ihm fünfzig Mark geliehen. Sie hatte versprochen, es in einem Monat zurückzuzahlen. Ein Jackenkleid hatte sie gekauft. Und jetzt fehlte ihr die passende Handtasche.

»Nein«, sagte Hugo, »du verdienst selber genug!«

Albert und Bruno halfen ihm fast jeden Tag. Sie hatten sich verdient, was er ihnen gab. Und die Arbeit war gewiß nicht immer leicht. Albert hatte hin und wieder die Schule versäumt, um ihm zu helfen. Bruno wurde noch geschont. Er half nur nachmittags. Er durfte das Pony führen und die kleineren Möbelstücke bei Umzügen in die Wohnungen hinauftragen. Abends, wenn der Wagen leer war, wurde ihm auch erlaubt, zu kutschieren. Er saß dann auf dem Wagen und rief: »Hüott!«, während Hugo und Albert nebenhergingen. Hugo sah das gern. Sein Glück rieselte ihm warm durch die Adern, wenn er mit dem verdienten Geld in der Tasche neben dem Wagen herlief und Bruno das Pony lenkte, das mit schnellen Tritten unermüdlich vor dem Wagen ging und munter mit dem Kopf nickte.

Der erste schwarze Tag kam für die Firma Starosta, als sie mit vollbeladenem Wagen auf dem Weg zur Stadt von einem langanhaltenden, prasselnden Regenguß überrascht wurden. Es hatte natürlich schon mehrmals geregnet, und Hugo hatte dann auch immer daran gedacht, daß er sich eine Plane anschaffen müsse, aber der Regen war nie besonders schlimm gewesen, und so hatte er es immer wieder verzögert. An nassen, regnerischen Tagen waren die Möbel mit Tüchern und alten Zeltbahnen geschützt worden.

Diesmal sahen die Möbel nicht gut aus, als sie abgeliefert wurden. Es fielen harte Worte, und Hugo erklärte sich bereit, auf die Häfte seines Lohnes zu verzichten.

»Ja, das tut mir leid«, sagte er.

»Wenn das Holz jetzt quillt«, rief sein Auftraggeber, »dann sind die Möbel ruiniert!«

»Ja, das tut mir wirklich leid«, sagte Hugo und half, die Möbel mit einem weichen Lappen trockenzureiben.

Danach ging er langsam die Treppen hinunter. Im derben Anzug, Pfeffer und Salz, in festen Schuhen – biedermännisch. Er war naß bis auf die Haut und dachte, daß er die Anschaffung des gepflegten dunklen Anzugs aus gutem Tuch noch aufschieben und erst eine Plane und Spriegel für den Wagen beschaffen mußte. Das würde einiges kosten. Max stand triefend vorm Haus.

»Los, Max, jetzt fahren wir heim«, sagte Hugo.

Im Stall rieben sie das Pony trocken. Dann kaufte Hugo ein halbes Pfund Würfelzucker, setzte sich neben Max und fütterte ihn damit.

»Nein, das bißchen Regen macht ihm nichts«, erwiderte Hugo auf Brunos Frage. »Das verträgt er wie nichts. In Island, da müssen die mit den Hufen das Eis wegkratzen, um an das Gras zu kommen.«

»Wo liegt Island?« fragte Bruno.

»Oh, das ist irgendwo am Nordpol oder nicht weit davon.«

Am Abend saß Hugo im Zimmer und brütete vor sich hin. Zweifel plagten ihn, ob er die Möbel würde bezahlen müssen, wenn das Holz nun aufquoll. Aber schließlich hatte sich ja der Auftraggeber mit der Art und Weise des Transportes einverstanden erklärt, hatte gesehen, daß es sich bei dem Fahrzeug um einen offenen Wagen handelte. Sie hatten die weichen Lappen benutzt. Es war nichts mehr zu sehen gewesen.

»Wo ist Albert?« fragte er plötzlich.

»Er hat seine nassen Kleider ausgezogen und ist fortgegangen. Jetzt hat er seinen guten Anzug an«, sagte Eliese.

»So, er hat es wohl nicht mehr nötig, seinen Vater zu fragen, ob er noch fortgehen darf!«

»Das ist aber das erstemal, daß du daran denkst... Es ist ein Brief da.« Zögernd legte sie den Brief auf den Tisch. »Hugo«, sagte sie, »die haben uns gedroht, mit der Polizei.«

»Was!« rief er, »gedroht haben die?« Er nahm ihr den Brief aus der Hand und begann zu lesen.

Albert hatte in der letzten Zeit wiederholt unentschuldigt gefehlt. Man sei bisher nachsichtig gewesen, aber es bestehe eine Schulpflicht und man würde in Zukunft dafür sorgen, daß Albert Starosta regelmäßig zum Unterricht käme. Zunächst habe man es durch Vermittlung einer Fürsorgerin auf dem gütlichen Wege versucht. Sicher sei ihm aber bekannt, daß die Teilnahme am Schulunterricht, wenn nötig, mit Hilfe der Polizei erzwungen werden könne.

Hugo war beeindruckt. »Albert muß in die Schule«, sagte er. »Die kommen mir mit der Polizei. So eine Frechheit. Hör mal: Mit vorzüglicher Hochachtung! Das ist die Leisle, die alte Blindschleiche! Wenn die noch mal wiederkommt, dann werde ich ihr die Meinung geigen! Was kann er denn jetzt noch in der Schule lernen? Was er bis jetzt nicht gelernt hat, lernt er auch in den nächsten Monaten nicht mehr! Ich mußte meinem Vater auch helfen, wenn Not am Mann war. Aber er muß hin«, setzte er nachdenklich hinzu. »Die schicken mir die Polizei ins Haus.«

Er überlegte, wie gut er jetzt Hermann hätte gebrauchen können. Aber der war ja Schiffschaukler. Hat man so was schon mal gehört: Geht zur Schiffschaukel und läßt hier alle im Stich! Da wollte er in den nächsten Tagen mal mit dem Fahrrad hinfahren und ihm auch die Meinung geigen.

Schließlich ging er hinaus auf die Galerie und rief lauf nach Albert. Aber es kam von nirgendwo eine Antwort. Verdrossen ging er wieder hinein.

Albert hatte das Rufen seines Vaters nicht gehört. Er lag mit Edeltraut auf dem Bett. Heute war er in Sorge um seinen guten Anzug gewesen, den er hatte anziehen müssen, weil die anderen Kleider naß waren. So hatte er ihn ausgezogen und zu dem Kleid gelegt, das das Mädchen bereits abgestreift hatte – obwohl es diesmal nicht das beste Kleid war.

In der gleichen Viertelstunde, in der sein Vater nach ihm

gerufen hatte, war es geschehen. Er hatte sie wieder zu sich herangezogen und dann auf die übliche Zurechtweisung gewartet. Aber Edeltraut hatte nichts gesagt. Nur laut geatmet hatte sie. Und das war ihm doch seltsam vorgekommen, wie sie dalag und atmete und die Augen geschlossen hielt.

Er griff nach ihrem Arm, faßte die Schulter, und sie sagte nichts. Er legte die Hand wieder auf ihren Arm, und von da übersprang er die kleine Spanne bis zu ihrer Brust. Er wartete, und sie sagte nichts. Ganz allmählich begriff er, daß er angenommen war, daß er jetzt genug gebettelt hatte. Doch während er sich in kleinen Etappen zaghaft zu ihr hintastete, erwartete er immer noch, daß sie etwas sagen oder die Augen öffnen würde. Aber ihre Lippen blieben so unbewegt wie ihre Lider. Und nun verstand er, daß sie ihn wortlos über die Grenze schleichen ließ, die sie vorher so streng bewacht hatte.

Als er spät zurückkam und sich ins Bett legen wollte, begegnete er der üblen Laune Hugos. Wo er sich herumtriebe, und was das für neue Moden wären, am Werktag den guten Anzug zu tragen, der vom sauer verdienten Geld seines Vaters gekauft wäre. Und mit der Schule. Das würde von morgen an wieder anders!

Albert antwortete nicht. Sie war in seinen Gedanken. Ihre Wärme war noch auf seiner Haut. Morgen würden sie sich sehen. Sie hatte es gesagt, später, als sie wieder zu reden angefangen hatte. Er dürfe nie darüber sprechen, hatte sie gesagt. Und er hatte geantwortet, eher ließe er sich die Zunge herausreißen, als daß auch nur ein Wort davon über seine Lippen käme. Sie hatte gelächelt und ihn noch einmal belohnt.

»Also – wo treibst du dich herum!« rief Hugo.

»Laß mich in Ruhe«, sagte Albert. »Das fragst du doch sonst auch nicht.«

»Was!« rief Hugo. »Das wagst du deinem Vater zu sagen!«

»Kaum hast du mal was verdient, schon schnappst du über. Ich bin müde und will ins Bett.«

»Wo du gewesen bist, will ich wissen! Und wo ist die neue Hose her? Erzähl mir nicht noch einmal, du hättest das Geld gefunden!«

»Jetzt fängt er auch wieder mit der Hose an.«

Vielleicht hätte Hugo nicht mehr nach der Hose geforscht, aber Alberts Widerstand reizte ihn. Das neuerwachte Gefühl seiner Würde duldete es nicht, wieder in die alte Machtlosigkeit zurückgejagt zu werden.

»Woher hast du diese Hose!« schrie Hugo. Er ging auf Albert zu.

»Blas dich nur nicht so auf«, sagte Albert. »Das will ich nicht sagen, und was ich nicht sagen will, das sage ich nicht!«

Hugo wollte nach ihm schlagen, aber Albert stieß ihn heftig zurück. Hugo setzte sich auf den Boden und saß da mit erstauntem Gesicht. Er bewegte den Mund, als kaue er auf etwas herum. Dann griff er nach seinem Gesicht und hielt plötzlich einen langen gelben Vorderzahn in der Hand.

»Ah!« rief er. »Deinem Vater einen Zahn auszuschlagen!«

»Oh! Oh!« schrie Eliese. »Daß ich das erleben muß! Verdorren soll die Hand, die sich gegen Vater und Mutter erhebt!«

Hugo saß am Boden und betrachtete seinen Zahn. »Den hebe ich auf!« rief er. »Den hebe ich auf! Hat man das schon gehört, sein eigen Fleisch und Blut schlägt einem die Zähne aus!«

Albert stand verblüfft. »Was denn, ich habe dich doch nur weggestoßen! Diesen Zahn hättest du doch bald von selbst verloren.«

»Das ist ganz egal«, sagte Hugo, noch immer am Boden sitzend. »Das gehört sich nicht, seinem Vater einen Zahn auszuschlagen!«

ZEHNTES KAPITEL

Sie hatten schon längst ihren ältesten Sohn besuchen wollen. Eliese bestand darauf. »Ich will meine Kinder nicht aus den Augen verlieren«, hatte sie zu Hugo gesagt. Aber der Besuch bei Adolf war immer wieder aufgeschoben worden.

»Man müßte vorher eine Karte schreiben«, sagte Hugo. »Sonst geht es uns, wie mir neulich, als ich hinkam: Er war nicht da, und seine Frau wollte auch gerade fortgehen. Ob es ihnen überhaupt recht ist, wenn wir alle zu Besuch kommen?« Er wiegte zweifelnd den Kopf.

»Aber natürlich ist es ihm recht!« rief Eliese gekränkt. »Ich bin seine Mutter!«

»Jaja«, sagte Hugo. »Ich meinte nur ... Hör mal, wir können ja mit dem Wagen fahren. Ich kann ihm dann gleich den Max vorführen.«

»Du spinnst ja«, sagte Eliese.

Auf dem Wagen sei für alle Platz, sagte er. Da könne sogar die Großmutter noch mitfahren. Er bemühte sich einige Tage lang, ihr klarzumachen, daß es einen mächtigen Eindruck hinterlassen würde, wenn sie mit dem Wagen kämen.

»Sie werden denken, wir sind verrückt, wenn wir am Sonntag mit dem Fuhrwerk dahergefahren kommen. Und die Leute würden sich totlachen.«

»Aber die Mutter«, sagte er. »Für sie wäre es das einzig Richtige. Sie steigt auf den Wagen und wird bis vors Haus gefahren.«

»Nein«, erwiderte Eliese. »Ich will nicht zum Gespött der Leute werden. Und die Mutter kann das Stückchen von der Straßenbahn ohne weiteres laufen, sie ist noch gut zu Fuß.«

Am Sonntagmorgen regelte sich diese Frage von selbst. Die Großmutter stand nicht auf. Sie lag im Bett und redete mit August, ihrem Mann.

»Die können wir jetzt nicht mitnehmen«, sagte Hugo.

»Wenn wir in der Straßenbahn sitzen und sie fängt an, mit August zu schimpfen, lachen alle Leute. Auf dem Wagen hätte sie ruhig schimpfen können.«

»Nein«, sagte Eliese. »Wir fahren mit der Straßenbahn, und sie bleibt hier.« Dann rief sie: »Mutter! Was hast du denn wieder mit ihm! August ist doch schon zehn Jahre tot!«

»Nix, nix, nix«, zischelte die Großmutter. »...die Schuhe nicht abgeputzt, als er vom Stall hereinkam. Die Magda, hat sie nicht geschrieben? Er soll sie aus der Stadt zurückholen.«

Albert, Mi-Mo und Bruno saßen am Tisch und grinsten. Magda war eine jüngere Schwester der Großmutter, die vor langen Jahren in eine Stadt gezogen und nie wieder aufgetaucht war. Sie hatte auch nie geschrieben, soweit sich Hugo erinnern konnte, und das war bis zu seinem vierten Lebensjahr.

Aber die Großmutter hoffte immer noch auf einen Brief von ihrer Schwester. Jeden Brief, der bei den Starostas einging, riß sie an sich und buchstabierte erst den Absender, ehe sie ihn wieder hergab.

Sie ließen sie daheim im Bett liegen, und auf dem Weg zu Adolf versicherten sich Hugo und Eliese gegenseitig, daß es ja nicht schlimm wäre, wenn die Mutter mal allein im Zimmer liege. Sie könne sich selber helfen, wenn sie etwas brauche. Sie sprachen noch davon, als sie bereits vor der Wohnungstür ihres ältesten Sohnes standen und darauf warteten, daß sie geöffnet wurde.

Adolf arbeitete in einer Fabrik. Nach den ersten lauten Begrüßungsworten, nach Fragen und Antworten, die sich kreuzten, redeten Hugo und Adolf von Akkordlöhnen und den Aussichten, Vorarbeiter zu werden, während Eliese und die junge Frau über ihre Männer sprachen. Dabei erklärte Eliese, daß Adolf ganz ihrem Vater nachschlage. Mi-Mo und Albert langweilten sich, aber Bruno genoß diesen Besuch mit einer aufgeregten Freude. Er versuchte, die Gespräche seiner Mutter und seines Vaters gleichzeitig zu hören. Bruno war noch nie irgendwo zu Besuch gewesen.

Später liefen sie alle durch die zwei Zimmer der Wohnung, und Adolf führte jedes Möbelstück vor. Er verdiente gut, und es gefiel ihm, zu zeigen, wie gut er verdiente.

»Ja«, sagte Eliese. »Der weiß, was er will, mit dem ist eine Frau nicht angeschmiert.«

Bruno öffnete in der Küche den Kühlschrank und rief: »Steck mal die Hand da rein, wie kühl es da drin ist!«

»Das Pferd ist stark wie ein Traktor«, sagte Hugo zu Adolf. »Und der Wagen kostete mich gar nichts!«

»Jaja, der Sessel ist schön«, sagte Eliese. »Was hat der gekostet?«

»Vielleicht werden wir uns ein Haus bauen«, sagte Hugo. »Ein Haus – das war die ganzen Jahre mein Ziel.«

»Er redet nicht viel, nicht wahr?« fragte Eliese. »Aber auf ihn ist Verlaß. Wir wollten ja schon längst mal zu euch kommen, aber jetzt, wo mein Mann das Geschäft eröffnet hat, kam natürlich immer was dazwischen.«

»Wann läßt du dir endlich ein Gebiß machen?« fragte Adolf.

»Du wirst es nicht glauben, aber ich hatte noch keine Zeit. Wenn ich nicht spreche, fällt es ja gar nicht auf. Du solltest die Zähne von Max sehen. Als ich die Zähne sah, wußte ich sofort – das ist ein Pferd!«

»Was redest du da von Zähnen?« fragte Eliese. »Stell dir vor, Adolf, Albert hat Hugo den letzten Vorderzahn ausgeschlagen.«

Später sprach Hugo nur noch von seinem Geschäft. Der Kuchen war gegessen, und der Rest des Kaffees in der Kanne auf dem weißgedeckten Tisch war kalt geworden.

»Sollte mir etwas zustoßen«, sagte Hugo, »dann ist für meine Familie gesorgt. Albert könnte das Geschäft übernehmen. Und das Geld, das ich bis dahin gespart habe, das wird geteilt.«

»Einen guten Anzug könntest du dir wohl mal kaufen«, sagte Adolf.

»Also, das Geld wird geteilt. Eine Hälfte kriegt eure Mutter, und das andere wird unter euch aufgeteilt, so daß es keinen Streit gibt.«

»Und die Krawatte paßt doch auch nicht zu dem Hemd.«

»Das kommt alles zu seiner Zeit«, antwortete Hugo. »Ich hätte mir schon längst einen Anzug leisten können, und auch Krawatten, aber ein Geschäftsmann muß ein bißchen was auf der Seite liegen haben. Doch das Geschäft, das hat sich entwickelt! Großartig hat sich das entwickelt! In den letzten Jahren ist es uns nicht sehr gut gegangen, aber du weißt ja, was dein Vater von jeher gesagt hat: Das Leben will gemeistert sein!«

Sie sprachen noch am nächsten Tag von diesem Ereignis. Eliese schien der Besuch ein Gipfel in der Niederung der letzten zehn Jahre: Wie sie da alle am weißgedeckten Tisch gesessen hatten! Ihr Sohn, der es im Leben zu was gebracht hatte, der einen Kühlschrank besaß, eine gesunde Frau und eine saubere Wohnung mit Möbeln, die alle bezahlt waren. Und Hugo, der zwar noch nicht gut gekleidet war, aber jedenfalls ein gutgehendes Transportunternehmen gegründet hatte. Und sie selber in ihrem neuen Kleid, das vor ein paar Tagen gekauft worden war. Und die Kinder, waren die nicht auch tadellos angezogen gewesen? Nur einer hatte gefehlt, der Schiffschaukler. Bei Kaffee und Kuchen hatte sie kaum an Hermann gedacht, aber am nächsten Tag schien es ihr, sie habe unter seiner Abwesenheit gelitten.

Nicht nur Eliese und Hugo, auch Mi-Mo und Albert sprachen an diesem Tag vom Besuch beim älteren Bruder. Mi-Mo wurde in der Straßenbahn, auf dem Weg zur Sauerkrautfabrik, von Dora, die auch dort arbeitete, gefragt, wo sie denn am Sonntagnachmittag gewesen seien. Sie habe niemand außer der Großmutter angetroffen.

»Wir waren zu Besuch bei meinem ältesten Bruder«, erzählte sie. »Adolf hat eine reiche Frau geheiratet. Dora, diese Wohnung hättest du sehen müssen.«

Dora lebte mit Herbert, ihrem Mann, genauso lange in der Festung wie die Starostas. Sie hatten den Brand in der Baracke mitgemacht und waren danach hierhergekommen. Herbert hatte eine gute Stellung in einer Brotfabrik. Da sie beide arbeiteten, hatten sie eine Wohnung anzahlen können. Nun wollten sie bald ausziehen. Hugo sollte den Umzug übernehmen.

Dora war am Sonntagnachmittag in das Zimmer gekommen und hatte aus der Großmutter kein vernünftiges Wort herausgebracht.

»Stell dir vor, sie hat nach mir gespuckt. Wenn ich das gewußt hätte, wäre ich nicht gekommen. Die ist ja verrückt!«

»Nur ein bißchen«, sagte Mi-Mo. »Sie spuckt manchmal, aber meistens ist sie ganz klar im Kopf.«

Man redete in der Fabrik über Dora. Da war eine Geschichte mit einem Mann, der zuweilen anrief und mitunter auch abends am Tor stand, um sie abzuholen. Sie machte kein Hehl daraus. Sie blickte den Leuten herausfordernd ins Gesicht, und wenn jemand eine Andeutung machte, drehte sie sich um und klopfte sich mit der Hand auf ihren kräftigen Hintern.

Auch über Mi-Mo wurde geredet in der Fabrik. Es gab da zwei Männer, die sich um sie bemühten. Einer davon war verheiratet.

»Du machst das falsch«, hatte Dora gesagt. »Ein Verheirateter und ein Lediger, das geht nie gut! Entweder zwei Verheiratete oder einen Ledigen.«

»Ich habe doch gar nichts mit denen«, sagte Mi-Mo. »Ist deiner denn verheiratet?«

»Natürlich.«

»Und dein richtiger?«

»Das ist ein Langweiler, das weißt du ja! Wenn der seine Mucken kriegt, dann sitzt er da und glotzt vor sich hin und redet kein Wort. Manchmal säuft er auch. Und wenn er richtig voll ist, fängt er an zu heulen.«

»Schlägt er dich?«

»Wo denkst du hin, Mi-Mo! Seh' ich so aus, als ob ich mich schlagen ließe? Da würde es dem aber schlecht gehen. Ich habe ihn zweimal anständig verprügelt, das hat er sich gemerkt.«

»Weiß er von dem andern?«

»Natürlich weiß er es! Aber der kann ja froh sein, daß ich bei ihm bleibe. Er ist nur eine halbe Portion. Ich wollte schon ein paarmal von ihm weg, aber da hat er sich angestellt wie ein Kind, so daß ich aus Mitleid geblieben bin. Das ist eben meine Gutmütigkeit. Aber ich brauche eine ganze Portion Mann! Ich habe Rasse. Das sieht man mir doch an! Oder, was meinst du? Jaja, Herbert hat natürlich auch seine guten Seiten. Für mich tut er alles. Und das bißchen Saufen kostet ja auch nicht viel. Er nimmt den Billigsten und von einer halben Flasche ist er schon ganz schön voll. Aber es ist nicht sicher, daß ich bei ihm bleibe. Wir wollen erst mal aus der Festung raus!«

Am Abend lagen Albert und Edeltraut in der Pulverkammer, und Albert sagte: »Eine schöne Wohnung haben sie! Das kommt, weil sie beide arbeiten gehen. Da können sie die teure Wohnung bezahlen.«

»Ich kann mich an Adolf gar nicht mehr richtig erinnern. Man hat ihn ja kaum gesehen. Das war so ein Stiller, nicht wahr?«

»Zuerst haben sie in einer Mansarde gewohnt. Nichts gegönnt haben sie sich. Hugo war wütend, denn Adolf gab nichts mehr her. Eine Zeitlang ist niemand von uns hingegangen.«

»Sie arbeiten nur für die Wohnung und so ein paar Möbel«, sagte Edeltraut. »Ist das nicht furchtbar? Stell dir vor, die kriegen ein Kind. Das wäre ein Unglück für sie, oder?«

»Ja«, sagte er, »das wäre ein Unglück. Dann könnte sie nicht mehr arbeiten gehen. Sie müßten sparsam leben.«

»Jaja«, sagte sie nachdenklich. Sie lagen nebeneinander und sahen zu der grauen Decke hinauf, die sich im Licht der Petroleumlampe zu bewegen schien wie eine atmende Haut.

»Hör mal«, sagte Edeltraut. »Wenn ich nun ein Kind bekäme?«

»Dann würden wir heiraten! Ich würde hingehen und sagen, daß das Kind von mir ist, da müßten sie uns heiraten lassen!«

»Wem würdest du es sagen?«

»Allen!«

»Du bist aber doch erst fünfzehn, und ich bin schon einundzwanzig. Wie das überhaupt gekommen ist?« sagte sie.

»Was?« fragte er und richtete sich auf.

»Das mit uns«, sagte sie. »Wirst du es jemals Hermann erzählen?«

Die Frage alarmierte ihn, und zum erstenmal fragte er sich, ob er bei ihr nicht vielleicht nur Hermanns Ersatz sei.

»Tut es dir leid, daß es so gekommen ist?«

Sie schwieg und sah nachdenklich zur Decke hinauf. Er fühlte in diesem Augenblick, daß er aus ihren Gedanken gestrichen war, aus diesen Erwägungen, die sie für sich allein anstellte.

»Du«, sagte er. »Du weißt nicht alles von Hermann.«

»Was meinst du?« fragte sie und sah ihn an.

»Er will dich nicht mehr. Er hat eine andere! Das ist die, bei der er wohnt. Er hat sie gekniffen, als ich damals oben war. Er hat gesagt, ich sollte dir klarmachen, daß es mit euch beiden nichts mehr wäre.«

»Ich weiß das«, sagte sie. Ihre Stimme zitterte: »Schon längst weiß ich das! Du hast mich also belogen!«

»Was hätte ich dir denn sagen sollen?« rief er. »Aber das mit Hermann und dir ist doch vorbei. Was hast du denn heute abend? Bin ich dir zu klein? Hermann ist ein Stück größer als ich. Und ich habe abstehende Ohren. Und hinten am Kopf, der Wirbel, da legt sich mein Haar nicht richtig, wenn ich keine Pomade oder Haaröl draufmache. Das gefällt dir wohl nicht?« Er litt zum erstenmal an der Angst, sie zu verlieren. »Wenn ich achtzehn bin, dann bist du vierundzwanzig. Könnten wir da nicht heiraten?«

»Warum hast du mich belogen?«

»Sag doch, könnten wir dann nicht heiraten? Aber du willst mich nicht! Ich werde fortgehen und nie wieder hierherkommen. Heute nacht werde ich leise aufstehen und fortgehen!«

»So«, sagte sie. »Er hat es dir gesagt, als die andere dabei war!«

»Ja. – Ich werde fortgehen. Heute nacht noch.«

»Wo willst du denn hin?«

»Ich gehe nach Japan, da sind sie alle nicht größer als ich!«

»Ach, Unsinn!« sagte sie. »Es war gemein von ihm, das zu sagen. Ein ganz gemeiner Kerl ist er. Aber das habe ich schon immer gewußt!«

Er überlegte einen Augenblick, wie er am besten nach Japan käme. Er würde ihr von Japan aus schreiben. Aber dann fiel ihm ein, daß er ja nicht Japanisch konnte. Und daß dieses Land irgendwo im Meer lag. Es war bestimmt schwer, über das Meer zu kommen. Er lag neben ihr und kämpfte mit seinen Tränen, fühlte sich gekränkt und aus seiner gerade erst erkämpften Männlichkeit vertrieben. Nun erinnerte er sich, daß er ihr alles abbettelte, daß sie schweigend seine Versuche erlaubt hatte. Er dachte, zu viele Worte seien nicht gut. Es sei nie gut, seine Ratlosigkeit einzugestehen. Er näherte sich zaghaft, wurde dann kühner. Sie lag still wie ein Berg und duldete seine atemlosen Mühen.

Später sagte sie: »Wenn du achtzehn bist und ich vierundzwanzig, vielleicht werden wir dann wirklich heiraten.«

Sie lachten wieder, und er sagte: »Das mit Japan, das war natürlich nur Spaß. Aber meine abstehenden Ohren, die könnte ich später mal richten lassen. Ja, wenn ich achtzehn bin und du bist vierundzwanzig, dann heiraten wir!«

»Glaubst du, Hermann wird sich dann ärgern? Aber wo werden wir dann sein? Hier nicht mehr! Ich habe gehört, die Festung soll geräumt werden.«

Man hatte in der Stadt davon gesprochen. Auch Dora wußte davon. Allerdings nichts Genaues. Es stand auch noch nicht fest, bis wann die Bewohner der Festung eingebürgert werden sollten.

Dora erzählte es am Abend, als sie mit Herbert ins Zimmer kam, um den Umzug zu besprechen. Hugo wollte es nicht glauben. Niemals, meinte er, werde die Festung geräumt! Jedenfalls nicht in den nächsten fünf Jahren – das räumte er ein, nachdem er überschlagen hatte, daß er in etwa fünf Jahren ein gemachter Mann sein würde, wenn das Geschäft so anhielt wie bisher.

Mi-Mo hatte Hugo vorbereitet, daß Dora und Herbert kommen würden. Sie hatte nicht vergessen, fünf Mark aus diesem Geschäft für sich abzuzweigen.

»Ja«, sagte sie. »Das steht mir zu, das nennt man Prozente!«

»So«, erwiderte Hugo. »Woher weißt du das? Da hat dich jemand aufgehetzt!«

Dora bestätigte, daß Mi-Mo diesen Auftrag vermittelt hatte. Herbert saß dabei und nickte. Er war immer einer Meinung mit seiner Frau.

»Schön«, sagte Hugo und setzte eine andere Miene auf, das Gesicht des Geschäftsmannes; die vorgeschobene Unterlippe und die ein wenig zusammengekniffenen Augen. »Reden wir vom Geschäft!« Er zog seine Hosenträger hoch, die er im Sitzen immer über die Hüften herunterbaumeln ließ.

Während Hugo vom Geschäft redete, sprachen Albert und Edeltraut über ihre Hochzeit in drei Jahren. Nebenan gab es um die gleiche Zeit zwischen Viktor und Alwina die erste heftige Auseinandersetzung. Viktor war unerwartet gekommen; er litt an einer leichten Grippe und hatte sich freigenommen, um sich auszukurieren. Und da fand er das Silberbesteck.

Zur gleichen Zeit stand Bruno im Hof. Er hatte zum Stall

gehen wollen, war aber von Johann Kainrath aufgehalten worden. Bruno ging oft noch abends zum Stall, in den guten Pferdegeruch. Er stand dann neben Max, der im Stroh raschelte und leise schnaubte.

Johann hatte wissen wollen, wo Mi-Mo sei.

»Oben ist sie. Aber es ist jemand da. Nein, sie hat keine Zeit. Ich kann sie nicht rufen. Was willst du denn von ihr? Nichts? Dann brauche ich sie auch nicht zu holen.«

Beim Verwalter oben im Bürozimmer brannte Licht. Leute gingen durch den Torbogen und redeten. Draußen war es windig, aber bis in den abgeschirmten Hof kam nur noch die Ahnung des Windes. Sanft schwang die Lampe in der Mitte des Innenraumes hin und her. Die Schatten schaukelten sich ins Licht, glitten wie Wellen über die Mauern. Das Spiel des Lichtes weckte in Bruno die Vorstellung, er stehe auf dem Grunde eines Bassins, dessen Wasser gegen die Wände schwappte.

Johann, der draußen gestanden hatte und nun durch den Torbogen wieder hereinschlenderte, sah Bruno vor dem Stall stehen und dann wie besessen quer über den Hof rennen, zur Tür hin.

Bruno sprang in langen Sätzen die Treppe hinauf, rannte über die Galerie und stürmte in das Zimmer, wo Hugo mit Dora und Herbert verhandelte.

»Es ist einer im Stall!« schrie Bruno.

Sie starrten ihn an. Dora grinste amüsiert. Was er daherrede? fragte Hugo. Was denn? Wer denn? Wie denn?

Hugo dachte an den Sack Hafer, der dort stand, aber das war kein Objekt für einen Diebstahl. Dann erinnerte er sich an den Neid. Er hatte viel Neid gesehen und gespürt, und nun dachte er, daß der Mann im Stall vielleicht sein Island-Pony vergiften wollte.

»Eliese!« brüllte er. »Wo hast du den dicken Wäscheknüppel?«

Hinter dem Schrank stand er, der armdicke Prügel, mit dem Eliese die Wäsche aus dem Kessel zu heben pflegte.

»Hier«, sagte Eliese. »Hier! Hugo, mach dich nicht unglücklich! Schlag nicht zu fest!«

»Laß mich!« sagte er und eilte aus dem Zimmer, kam aber noch einmal zurück und befahl Bruno, Viktor zu holen.

Den Prügel in der Hand, hastete Hugo über den Hof. Ihm folgten Eliese, Mi-Mo, Dora und Herbert. Dann kam die Großmutter. Sie hatte, ehe sie aus dem Zimmer ging, noch schnell die Kohlenschaufel ergriffen. Und nun humpelte sie hinter den anderen her und hoffte, noch zur rechten Zeit zu kommen.

Viktor und Bruno erschienen eine Minute später, als Hugo vor der Stalltür stand und nach drinnen lauschte. Als sie kommen, hört er gerade das Husten, von dem Bruno erzählt hat. Er schlug mit dem Knüttel gegen die Tür. Komm raus!« brüllte er und sah sich nach Viktor um.

Drinnen rührte sich nichts. Sie standen und horchten. Es stießen noch ein paar Männer zu ihnen. »Komm raus!« rief Hugo. »Du bist gefangen!«

Es rührte sich nichts. Und während sie alle auf die Tür blickten und darauf warteten, daß sie langsam aufgeschoben würde und ein Mann heraustrat, hörten sie wieder das Husten.

»Es ist ein Mann«, sagte Viktor.

»Komm heraus, du feiger Hund!« rief Hugo. »Dein Husten hat dich verraten!« Er öffnete die Stalltür.

»Hugo!« schrie Eliese. »Sei vorsichtig!«

Sie gingen hinein, fünf, sechs Männer und als einzige Frau die Großmutter mit der zum Schlag erhobenen Kohlenschaufel. Sie stocherten im Stroh herum, kippten die vier Preßballen um und fanden nichts. Plötzlich, während sie erstarrt vor Verblüffung dastanden, hob Max das Pferd, den Kopf und hustete wie ein Mensch.

Sie lachten alle, nur Hugo schwieg betroffen. Max scharrte und hustete: Prrrrch! Prrrrch!

Hugo grämte sich den Rest des Abends. Er war ein Pferdekenner und hatte sich narren lassen. Er biß auf seinem Stumpen herum. Viktor saß neben ihm. Die Großmutter lachte von Zeit zu Zeit hämisch auf.

»Hör auf mit deinem blöden Lachen!« schrie er. Da verstummte sie und mümmelte nur noch vor sich hin.

»Reg dich nicht auf«, sagte Viktor. »Mir ist was viel Schlimmeres passiert.«

»Etwas Schlimmeres?«

»Alwina hat sich von einem Vertreter ein Silberbesteck aufschwatzen lassen. Vierundzwanzig Löffel und Messer und Gabeln und kleine Löffel und eine Geflügelschere und ein Salatbesteck und Saucenlöffel und wer weiß was noch. Sie hat's bezahlt. Da ist nichts mehr zu machen.«

»So was. Und was hast du gesagt?« fragte Hugo.

»Ich habe sie verdroschen. Sie hat nicht gesagt, was das gekostet hat. Sie hat gesagt: Es sieht so schön aus, wie das Silber in den schwarzen Samtpolstern liegt.«

ELFTES KAPITEL

Alwina war jetzt oft allein. Manchmal ging sie hinüber zu Eliese, aber sie blieb nie lange, denn Eliese begann jedesmal, über irgend etwas zu lamentieren. Ihr neuester Gesprächsstoff war der Weltuntergang. Sie hatte einmal im vergangenen Monat einen Zirkel seltsamer Sektiererinnen besucht, der aus fünfzehn bis zwanzig alten Frauen bestand. Sie versammelten sich im Hinterzimmer einer Gastwirtschaft, und Eliese hatte eine Tasse Kaffee trinken müssen, die vierzig Pfennig kostete. Wenn diese vierzig Pfennig nicht gewesen wären, hätte Eliese sicherlich auch an der nächsten Versammlung teilgenommen.

Man hatte über den drohenden Weltuntergang gesprochen. Am Ende der Sitzung hatte sich die Wortführerin erhoben und gesagt: »Wir beten jetzt für den Weltuntergang...«

Eliese konnte seither aus verschiedenen Bibelstellen genau belegen, daß die Welt bald untergehen werde: »Die Kräfte des Himmels und der Erde werden sich bewegen...«, rief sie. Ihr mageres Gesicht rötete sich dabei wie bei einer Schwindsüchtigen.

»Na ja«, sagte Alwina. »Und wenn es so wäre, was könnte man dagegen tun?«

»Buße«, sagte Eliese. »Der Sünde abschwören.«

Diese Gespräche verstimmten Alwina. Sie dachte an die Vergangenheit, und es schien ihr, sie habe gerade genug gebüßt.

Sie saß in ihrem Zimmer neben dem Radiogerät und hörte Musik und Nachrichten und Kommentare und Reklamesendungen. Sie hörte nicht immer mit Interesse, ließ die Gespräche oft außerhalb ihrer Gedanken. Wichtig war für sie, daß es Stimmen waren: das menschliche Geräusch in ihrer Nähe.

Als Viktor noch jeden Abend nach Hause gekommen war, hatte sie die Stille nicht so sehr empfunden. Sie wußte genau, wann er kommen, wie er am Tisch sitzen und essen und reden würde. Auf seinem Gesicht würde der blaue Schatten seines Bartes zu sehen sein. Und später würde er sich ausziehen, im Bett würde er gähnen und sich strecken und ein wenig nach Schweiß riechen. Jetzt kam er nur noch samstags und blieb bis zum Montagmorgen.

Samstags, am Abend, badete er. Und wenn er dann zu ihr ins Bett kam, roch er nach Seife.

Er machte keine großen Umstände. Sie lagen schweigend nebeneinander, bis er aufseufzte: »Ach ja.« Dann zog er sie heran, legte ihr die Hand auf den Leib und blieb so liegen. Sie bewegte sich nicht und wartete, bis er sagte: »Na komm schon.« Dann nahm er sie ohne ein weiteres Wort. Später schlief er ein, und sie stand auf und wusch sich im Dunkeln.

Er behandelte sie mit derbem, bäuerischem Besitzerstolz, auch im Bett. Es war die gleiche Art, die er beim Essen zeigte, wenn er mit aufgestützten Ellbogen schweigend aß und danach rülpste, als habe er sich die Berechtigung zum Rülpsen verdient.

Als der Vertreter kam, sagte sie nicht wie sonst: »Ich kaufe nichts.« Sie ließ ihn hereinkommen und beobachtete ihn. Er schien ihr vornehmer als die anderen Vertreter, die vor ihm hiergewesen waren. Sie dachte, er sieht aus wie ein Doktor.

Sie sprach fast nichts. Sie hörte es gern, wie der Vertreter redete. Er hatte die Beine übereinandergeschlagen, und sie sah, daß er zu dem grauen Anzug feine hellblaue Socken trug, in die ein dunkles Zopfmuster eingeflochten war. Aus seiner Brusttasche ragte ein weißes Seidentuch. Er war groß und schlank, ein Mann, an dem alles stimmte. Er nahm seine Kataloge und Prospekte aus der Aktentasche und erklärte alles ohne Aufdringlichkeit. Er war unbedingt glaubwürdig.

Als Kind war sie von einem Arzt untersucht worden, der ihm ähnelte: die gleiche Stimme und fast die gleichen Hände! Die Stimme war nicht zu tief und nicht zu hell – die vertrauenswürdige Mischung von milder Stärke und männlicher

Zartheit. Die Hände waren schmal und vornehm, nicht wie die Hände von Viktor, die aussahen, als hätten sie ein Leben lang gelitten.

Er saß neben ihr. Sie lächelte ein wenig einfältig vor sich hin. Sie wollte nicht eigentlich etwas kaufen, aber sie hätte es bedauert, wenn er aufgestanden und zur Tür hinausgegangen wäre.

Sie sagte: »Ich weiß nicht, es gefällt mir schon, was Sie mir gezeigt haben. Aber ich weiß nicht...«

»Soll ich noch einmal vorbeikommen?«

»Ja, vielleicht.«

»Wann würde es Ihnen passen?«

»Vielleicht morgen?«

In der Nacht hatte sie sich wieder an den Arzt erinnert und an das Wohlbehagen respektvoller Zuneigung. Am Morgen zog sie eines ihrer besseren Kleider an und wartete. Als er kam, hatte sie gerade Wasser für Kaffee aufgesetzt. Sie fragte, ob er eine Tasse Kaffee trinken möge.

»Ja, danke, sehr gern«, sagte er und sah sie an.

Ihre Hand zitterte ein wenig, als sie die Tasse vor ihn auf den Tisch stellte. Sie saß wieder neben ihm und lächelte vor sich hin und ließ ihn reden. Sie kaufte nichts. Er stand auf, um zu gehen. Sie sagte: »Vielleicht ein anderes Mal.«

Sie standen bei der Tür, und er sah sie aufmerksam an. Plötzlich lächelte er und sagte: »Eine verwunschene Prinzessin in einem alten Spukgemäuer.«

»Nein«, sagte sie. »Ich kaufe doch nichts! Ich habe es mir überlegt.«

»Das macht nichts«, sagte er leise. »Ich bin trotzdem gern gekommen. Ich habe viele Kunden hier.«

»Sagen Sie denen auch, sie wären Prinzessinnen?«

»Nein. Das sage ich nur Ihnen.«

»Das sind Kindereien«, sagte sie wegwerfend.

Er wurde ernst. Sie war wieder die Patientin und er der Arzt. Es war die gleiche schüchterne Beklommenheit und die gleiche spontan empfundene Sympathie.

»Sie erinnern mich an eine Polin, die ich einmal gesehen habe. Sie war in Lumpen, aber ihr Gesicht war unzerstörbar schön... Sie passen nicht hierher. Sie haben sich verirrt in dieses Gemäuer. Und nun sind Sie hier eingesperrt.«

Sie stand vor ihm und sagte nichts. Dann verabschiedete er sich und öffnete die Tür. Er war unbedingt glaubwürdig.

»Moment«, sagte sie. »Ich kaufe ein komplettes Silberbesteck. Ich habe es mir überlegt.«

»Ich will Sie nicht überreden.«

»Nein, das weiß ich. Aber wir brauchen das für später.«

»Vierteilig?«

»Nein.«

»Sechsteilig?«

»Nein.«

»Zwölfteilig?«

»Nein«, sagte sie. »Vierundzwanzigteilig.«

Als Viktor ein paar Tage später unerwartet kam, ging er zum Schrank, um dort ein frisches Taschentuch hervorzuholen. Er fand die Besteckkästen und fragte: »Wo ist das her?«

»Ich habe es gekauft«, antwortete Alwina.

»Gekauft? Aber warum? Wir haben doch Messer und Gabeln und Löffel genug!«

»Ich habe es gekauft«, sagte sie und nichts weiter.

Er drehte die Löffel in der Hand und sah, daß sie gestempelt waren. »Das ist echtes Silber«, sagte er. »Was hat das gekostet?«

»Ich habe es gekauft«, sagte sie. »Von einem Vertreter. Es sieht so schön aus, wie das Silber in den schwarzen Samtpolstern liegt.«

»Von dem Geld, für das ich mich abgeschunden habe, hast du es gekauft! – Was hat das gekostet?«

Sie sagte nichts, und während er auf sie zuging, dachte er an die Monate und Jahre, die er gearbeitet hatte. Er war anspruchslos gewesen, hatte sich nur dann und wann ein Glas

Bier gegönnt, er rauchte Pfeife und gab nicht viel Geld für seine Kleidung aus. Er hatte ihr immer mehr Geld in die Hand gegeben, als sie brauchten. Sie hatten es gespart. Alwina hatte die Scheine in den Schrank zwischen die Wäsche gelegt.

»Was hat das gekostet?« fragte er. Aber sie schwieg.

Er schlug sie zweimal mit der flachen Hand ins Gesicht. Sie fiel auf den Boden und stand nach einigen Sekunden wieder auf, ohne zu weinen oder etwas zu sagen. Sie dachte an ihre kleine Schuld und daß sie hart dafür bestraft wurde, daß sie von jeher hart bestraft worden war. Und sie dachte mit Haß an seine Hand, an diese häßliche borkige Hand mit den abgearbeiteten Fingernägeln.

Er wühlte das Wäschefach durcheinander und fand das Geld nicht mehr dort. »Wo hast du das Geld?« schrie er.

»Ich habe es weggelegt«, sagte sie. »Ich wußte, daß du es mir abnehmen würdest. Aber ich habe auch mein Teil zu diesem Geld getan! Es gehört so gut mir wie dir!«

»Wo ist es?«

»Ich hebe es auf«, sagte sie. »Aber du kannst mich totschlagen, ich sage dir nicht, wo ich es hingelegt habe!«

Das kam plötzlich, das schien ihm der Ausbruch einer Abneigung, die sich gegen ihn zusammengeballt hatte. Das kam von irgendwo aus ihrem versteckten Wesen und traf ihn wie Treuebruch. Er schlug sie, aber als sie vor ihm lag, ließ er die erhobene Hand wieder sinken. Er wußte, es war sinnlos. Sie würde nichts sagen.

»Gut!« sagte er langsam. »Von heute an kriegst du nur das Geld, das wir unbedingt für die Woche brauchen! Keinen Pfennig mehr!«

Danach wurde er von Bruno gerufen und ging hinunter zum Stall, wo er mit Hugo feststellte, daß Max gehustet hatte.

Viktor ging am nächsten Morgen wieder zur Arbeit und kam am Samstag zurück.

Am Samstag sprach er nicht mehr von dem Besteck, aber er gab ihr nur einen Teil seines Wochenverdienstes.

Wie üblich ging er am Abend baden. Nach dem Bad aß er und legte sich ins Bett. Später kam auch Alwina. Er wollte sie nehmen, wie jeden Samstagabend, aber sie sperrte sich.

»Mach keine Geschichten«, sagte er.

»Ich will nicht!«

»Das wollen wir doch mal sehen«, sagte er und griff nach ihr. Sie wehrte sich, aber er riß ihr das Hemd in Fetzen. Und da waren sie wieder, diese Hände, wie Zangen waren sie, und sie brachen mühelos ihren Widerstand. Sie lag still und ließ alles über sich ergehen. Es war fast wie damals, als die Soldaten sie auf den Boden geworfen hatten. Sie wußte, daß sie ihm das nicht vergessen würde.

Die Kästen mit dem Tafelsilber legte sie hinter die Wäsche, so daß sie Viktor nicht oft zu Gesicht kamen. Sie nahm sie nur noch einmal hervor, als Eliese mit Mi-Mo herüberkam und die silbernen Bestecke sehen wollte.

»Oh,sind die schön!« Eliese war begeistert. »Was haben die denn gekostet?«

»Schläge haben sie gekostet«, sagte Alwina schroff.

»Dafür ließe ich mir von Hugo auch ein paar herunterhauen!« rief Eliese. »Das sind Bestecke, was Mi-Mo?«

»Jaja«, sagte Mi-Mo und wog einen Löffel in der Hand. »Es gibt schöne Sachen.«

Mi-Mo sagte oft, es gebe schöne Sachen. Irene, Mi-Mos neue Freundin, fand das auch. Sie waren durch den Einkauf von Illustrierten zu Freundinnen geworden. Die beiden Krautschneiderinnen teilten sich die Kosten, indem sie sich gegenseitig die Hefte ausliehen. Oft aber betrachteten sie die Zeitschriften gemeinsam. In den Mittagspausen saßen sie zusammen, und Mi-Mo hielt das Heft auf ihren Knien und blätterte: Finger naß, Seite, Finger naß, Seite... Büstenhalter, Strick- und Wildlederjacken, handbedruckte Pullover, Nachthemden und Morgenröcke, kleine Schachteln mit

Creme und Dosen und Flakons... Was trägt die elegante Frau? Sie lasen, wie diese Dinge waren: sportlich, elegant, modisch, duftig, gediegen... Sie waren apart und dezent und fullyfashioned. »Es gibt schöne Sachen!« sagten sie dann und seufzten.

Dora arbeitete nicht mehr in der Sauerkrautfabrik. Einige Tage nach dem Umzug hatte sie aufgehört. Sie hatte sich von Mi-Mo herzlich verabschiedet und war gegangen. Dann war Mi-Mo mit Irene bekannt geworden.

Irene hatte ihr zu verstehen gegeben, daß sie die Arbeit eigentlich nicht nötig hätte und daß sie andere Erwerbsquellen wisse. Die Arbeit war für sie ein Vorwand gegenüber ihren Eltern, wie sie sagte.

»Ich hätte eine bessere Stellung haben können. Maschinenschreiben und Stenographie, das hätte ich mit Leichtigkeit geschafft. Aber ich hab's nicht gelernt – ich hatte einfach keine Lust.«

»Ich hatte auch keine Lust«, sagte Mi-Mo. »Aber wenn ich gewollt hätte...«

Irene hatte Mannequin werden wollen. »Die Figur dazu habe ich«, sagte sie. »Vor zwei Jahren war ich Miß Bockbierfest. Es gab zweiundzwanzig Bewerberinnen. Aber die Jury entschied sich für mich.«

Mi-Mo wollte Näheres wissen. Der Gedanke, Miß Bockbierfest werden zu können, war aufregend. Wo man sich dafür anmelden müsse und was das eigentlich sei: Miß Bockbierfest?

»Das ist ganz einfach: in jede Hand kriegst du einen Bierkrug, und damit läufst du über den Steg. Natürlich im Badeanzug. Als ich gewonnen hatte, wurde auch gleich jemand auf mich aufmerksam. Ich sollte Mannequin werden, aber als ich ein paar Tage später dort hinkam, da wollte der Schweinereien mit mir anstellen. Da habe ich gesagt: ›Mein Lieber, wenn du nicht so fett wärst und ein bißchen jünger... Aber so – nein.‹ Es war alles nur ein Vorwand.«

»Was für Schweinereien denn?« fragte Mi-Mo. Sie rückten enger zusammen und sprachen einige Zeit über die Schweinereien. Sie entrüsteten sich mit Behagen über die schmutzige Fantasie der Männer. Und wie könnten Frauen so etwas mitmachen! Irene war für das Normale – wenn auch, wie sie sagte, mit kleinen Variationen. Und nun sprachen sie über die kleinen Variationen. Dann gellte die Sirene, und sie mußten wieder Kraut schneiden.

Irene befriedigte Mi-Mos Neugier, sie wußte Dinge, von denen Mi-Mo keine Ahnung hatte. Sie gab ihr Ratschläge, und Mi-Mo war dankbar dafür. Nur einmal fühlte sie sich beleidigt, als Irene von Unterwäsche sprach und dabei bemerkte, daß sich in dieser Beziehung noch einiges bei Mi-Mo ändern müsse.

»Wieso?« fragte Mi-Mo in gekränktem Ton. »Meine Wäsche ist immer sauber!«

»Ich habe beim Baden gesehen, daß du deine Wäsche nur wöchentlich wechselst. Eine Frau, die was auf sich hält, wechselt jeden zweiten Tag.«

Das tägliche Brausebad war in der Sauerkrautfabrik Pflicht. Jetzt machte es Mi-Mo keinen Spaß mehr. Sie konnte nicht jeden zweiten Tag wechseln, so viel Wäsche besaß sie nicht.

Aber Irene hatte ihr noch einen Stich versetzt. »Du trägst Hosen. Aber ein Mann will Höschen sehen. Duftig, verstehst du, hauchzart.«

Mi-Mo sparte nun für Höschen, doch darunter litten andere Dinge, die sichtbar waren. Es bedrückte sie jetzt manchmal, daß sie nur eine Krautschneiderin war.

An dem Samstagabend, als Irene Mi-Mo zum Tenniscafé mitnahm, durfte sie einen Rock und eine Bluse von Irene anziehen.

Sie hatten sich in der Stadt verabredet und waren dann zu Irene gegangen, die gesagt hatte: »Jetzt machen wir dich erst mal richtig schick!«

»Sagen deine Eltern nichts, wenn du mir etwas zum Anziehen leihst?«

»Wo denkst du hin, das sind meine Sachen. Und außerdem bin ich volljährig. Was ich mache, geht meine Eltern nichts an!«

Mi-Mo durfte alle Schubfächer und Schranktüren öffnen. Irene erwartete ihre Bewunderung. Dann lieh sie ihr einen Rock und eine Bluse, die ziemlich weit hinten im Schrank hingen.

»Es paßt«, sagte Irene. »Wir haben fast die gleiche Figur. Nur deine Beine sind etwas dicker. Und hintenrum hast du mehr als ich.«

Sie ging voller Erwartung neben Irene durch die Straßen. »Warum wollen wir ins Tenniscafé?« fragte sie.

»Ich kenne einige Männer, die da verkehren. Du, die haben Geld, das sind keine armen Schlucker! Du wirst sehen, der Abend kostet uns nichts.«

»Ich habe auch nicht viel dabei«, sagte Mi-Mo. Sie hatte in ihrer Handtasche drei Mark, ein sauberes Taschentuch und einen abgenutzten Lippenstift.

»Kannst du über Nacht wegbleiben?« fragte Irene.

»Über Nacht? Nein, das gäbe einen bösen Zirkus bei uns daheim.«

»Schade, ich hätte dir sonst vielleicht einen Mann vermachen können, der dich mal richtig einkleidet. Studenten verkehren auch da, sogar ausländische, aber nur Studenten, die reiche Eltern haben, die armen gehen da erst gar nicht hin. Ja, die Studenten sind am lustigsten. Hör mal, wenn jemand fragt, was wir von Beruf sind, dann sagst du, wir sind Schneiderinnen, verstehst du?«

»Schneiderinnen?« fragte Mi-Mo verblüfft.

»Stimmt das etwa nicht? Wir lassen nur das ›Kraut‹ weg. Schließlich müssen wir ja nicht sagen, was für Schneiderinnen wir sind!«

Das Lokal schien vollbesetzt. Hier und da gab es jedoch noch einen Platz, aber das war an Tischen, wo schon Gäste saßen. Mi-Mo hatte geglaubt, sie würden einen Tisch finden und dort allein sitzen, und Irene würde ihr alles erklären können, und erst später würden zwei Männer an diesen Tisch kommen und die Rechnung bezahlen.

Sie waren kaum eingetreten, als schon ein junger Mann auf Irene zulief und sie mit sich führte an einen Tisch, wo noch mehrere Männer saßen – eine Runde von klugen Gesichtern, wie Mi-Mo fand. Sie hörte ihr Lachen und einige Worte der scherzhaften Begrüßung. Sie war stehengeblieben und dachte: Das sind bestimmt die Studenten. Die Kapelle setzte ein, Paare gingen an ihr vorbei, wichen aus. Sie stieß mit einem Mann zusammen, der sich entschuldigte. Sie stand plötzlich zwischen Tanzenden, war eingeschlossen und hoffte auf eine Lücke. Als sie sich schließlich einen Ausgang erkämpft hatte, fand sie sich draußen bei den Toiletten. Sie ging hinein und schloß eine der Türen hinter sich zu. Sie saß auf der Brille, als bestehe tatsächlich die Notwendigkeit zu diesem Gang, und fühlte sich selbst hier noch unsicher.

Nach zehn Minuten kam Irene und rief leise ihren Namen. Da ordnete sie schnell ihre Kleider und öffnete die Tür. »Na endlich«, sagte Irene. »Ich habe dich überall gesucht, und eben kam mir der Gedanke, du könntest vielleicht hier sein.«

»Du bist doch einfach weggelaufen, und ich stand da so herum. Sind das die Studenten? Ich glaube, ich gehe wieder heim.«

»Mach nur keine Geschichten«, sagte Irene streng. »Ich habe dich bereits angekündigt.«

»Mich angekündigt? Was soll ich denn da sagen?«

»Gar nichts! Was die wollen, wirst du schon verstehen. Die machen erst ein bißchen auf geistig. Aber nachher gibt sich das schon ganz von selbst.«

»Auf geistig? Aber ich muß doch auch was sagen?«

»Sag ganz einfach: Ach, sind Sie klug – kluge Männer sind so selten. Oder sage: Interessant, interessant. Das paßt immer. Jetzt komm schon!«

Sie trugen unter den Anzügen schneeweiße Hemden, und am Handgelenk hatten sie goldene Armbanduhren. Sie rauchten teure Zigaretten, und Mi-Mo fand die Zigarettenpackungen wunderschön.

»Gnädiges Fräulein, aber bitte, rauchen Sie doch eine von diesen. Die sind so leicht, daß sogar Kinder sie vertragen!«

Was die für eine Haut haben, dachte sie. Frauenhaut. Aber die Gesichter waren Männergesichter. Johann hatte Pickel um die Nase, und Albert auch, und Hugo hatte Löcher in der Haut. Überhaupt waren die meisten Männer, die sie kannte, in irgendeiner Weise fleckig, wie leicht angestoßene Äpfel. Aber die hier waren makellos. Das war beste Sorte.

»Zum Wohl, gnädiges Fräulein!«

Sie tanzte nicht gut. Aber früher, im Lager, hatten sie oft getanzt. Als noch nicht genug Männer dort gewesen waren, hatten die Mädchen manchmal auch miteinander getanzt. Da war eine gewesen, die hatte immer mit Mi-Mo tanzen wollen. »Los!« hatte die gesagt, »Jetzt tanz mal mit mir wie ein Mann. Drück mich ruhig ein bißchen fester.« Dann hatte sie gesagt: »Jetzt tanz' ich mal mit dir wie ein Mann.« Aber das hatte Mi-Mo nicht gern gehabt, von einer Frau so fest gedrückt zu werden...

»Amüsierst du dich? Na, das ist recht«, sagte Irene. »Hör mal, der Blonde neben dir – dessen Vater hat schweres Geld!«

Die Männer sprachen überhaupt viel von ihren Vätern. Das klang, als lebten sie nur aus der Machtvollkommenheit ihrer Väter, über die sie sich jetzt auch noch lustig machten.

»Mein Alter Herr hat den Auftrag für das neue Theater bekommen. Das hat er wieder fein gemacht, der alte Fuchs.«

»Wieviel Kubikmeter Erde werden bewegt, was schätzt du?«

»So an die fünfundachtzigtausend.«

»Na, dann wißt ihr hoffentlich, wo wir wohnen.«

»Transport- und Fuhrunternehmen Wagger wird bei uns nie vergessen.«

Jetzt glaubte Mi-Mo, etwas sagen zu können: »Mein Vater hat auch ein Transportunternehmen.«

»Ah, das ist interessant! Vielleicht ergeben sich geschäftliche Verbindungen?«

»Er hat aber nur einen kleinen Wagen. Und Max kann nicht sehr viel ziehen. Er ist ein gutes Pferd, sagt mein Vater, aber wenn er den Wagen vollgeladen hat, muß er nebenherlaufen.«

Sie lachten schallend. Dann tranken sie sich zu, und Mi-Mo war froh, ihr Gesicht über das Glas beugen zu können.

»Wißt ihr übrigens, daß Eberhard seine Dissertation über die Gefühlskälte in der modernen Literatur abgeliefert hat?« rief der Mann, der neben Irene saß und einen Arm um ihre Schultern gelegt hatte.

»Und wie ist sie? Hast du sie gelesen, Thomas?«

»Nun, ihr kennt ja seine dialektische Begabung«, erwiderte Thomas und strich mit dem Zeigefinger über sein dunkles Bärtchen.

»Zum Wohl«, sagte der Blonde zu Mi-Mo.

Sie tanzten. Mi-Mo sagte: »Ach, Sie sind so klug, und kluge Männer sind so selten.«

»Aber, was«, wehrte der Blonde ab. »Meine Intelligenz ist Veranlagung, nicht Verdienst.«

Er war liebenswürdig, lobte ihr Tanzen. Mi-Mo hatte das Gefühl, dieser Mann mit den hellen Haaren würde nie älter werden. Er würde sich stets auf dieser Höhe seiner guten Manieren und seiner jugendlichen Blondheit halten. Sie begann, sich ein wenig heimisch in diesem Kreis zu fühlen.

Der Mann, der Thomas hieß, beugte sich zu Irene herüber und flüsterte etwas in ihr Ohr. »Hör zu«, sagte er, »wärst du mir böse, wenn ich die Kleine heute mitnähme? Du weißt doch, ich habe eine Schwäche fürs Derbe – sie ist so herzlich dumm und schüchtern.«

»Und ich soll leer ausgehen?«

»Na, schön«, resignierte Thomas. »Vielleicht ein andermal. Könntest du das für mich arrangieren?«

»Natürlich. Sie gehorcht mir aufs Wort.«

»Deshalb ist sie wohl auch deine Freundin.«

»Sei nicht immer so ironisch. Schenkst du ihr auch was?«

»Natürlich«, sagte er.

»Und was schenkst du mir?«

»Du wirst dich nicht zu beklagen haben. Aber ich nehme dich beim Wort – du arrangierst das mit der Kleinen!«

»Ja, aber nicht heute«, sagte sie und griff nach seiner Hand.

ZWÖLFTES KAPITEL

Der Blonde hatte sie in einer schwarzen Limousine bis in die Nähe der Festung gefahren. Dann hatte er gehalten, und Mi-Mo war mit ihm auf die hinteren Polster gekrochen. Sie hatte nicht die Andeutung eines Widerstandes gewagt.

Er ist stark, dachte sie, stark und ausdauernd, und nicht so zittrig wie Johann. Vor allem aber fand sie ihn schöner als jeden anderen Mann, den sie vorher gehabt hatte. Sie hätte ihm das fast gesagt, aber sie wagte es nicht; sie war nicht sicher, ob es nicht eine Dummheit war, so etwas zu sagen. Er wollte sie zurückhalten, als sie ihm sagte, jetzt müsse sie gehen.

»Die vorletzte Straßenbahn geht um ein Uhr bis hierher«, sagte sie. »Ich muß daheim erzählen, die hätte ich genommen, sonst kriege ich Ärger.«

»Und wann geht die letzte?« fragte er.

»Um zwei.«

»Kannst du nicht sagen...«

»Nein, mein Vater... Ich muß jetzt wirklich.« Vielleicht wäre sie noch geblieben, aber sie war gesättigt.

Während sie durch den Torbogen geht, denkt sie daran, wie sehr sie auf ihre Kosten gekommen ist, in jeder Hinsicht. Der Abend hat sie nichts gekostet, der Blonde hat ihr sogar noch etwas in die Handtasche gesteckt. Im Festungshof, im Licht der matten Lampe öffnet sie die Tasche und findet einen Fünfzigmarkschein. Und nun denkt sie noch einmal zärtlich an ihn, schickt einen herzenswarmen Gedanken hinter ihm her. Und jetzt bereut sie fast, daß sie nicht auf die letzte Straßenbahn gewartet hat. Ihr scheint, sie ist nie besser behandelt worden.

Als sie in das dunkle Zimmer trat, waren Hugo und Eliese noch wach. Auch Albert schlief noch nicht. Aber der sagte nichts, während Eliese und Hugo aufgebracht im Dunkeln nörgelten. Hugo war mit Viktor in der Wirtschaft gewesen und hatte sich voll Bier laufen lassen. Und über diesen Rückfall hatte Eliese eine Menge zu sagen.

»Es riecht hier nicht gut«, sagte Mi-Mo. »Kann man nicht das Fenster aufmachen?«

»Was, daß wir uns den Tod holen!« lallte Hugo. »Wir sind sowieso nicht mehr gesund, und wer weiß, was das...«

»Wo bist du gewesen?« fragte Eliese.

»Ja, wo bist du eigentlich gewesen?« raffte sich Hugo auf.

»Ich war in der Stadt mit einer Freundin«, sagte Mi-Mo. »Was wollt ihr denn – ich bin volljährig!« Jetzt erst fiel ihr ein, daß sie noch die fremden Kleider trug, aber schließlich ging das niemand etwas an.

Die Stimmen der Eltern kamen aus der Finsternis, von den Betten her. Hugos Stimme von oben, Elieses von unten.

»Es riecht wirklich nicht gut hier«, sagte Mi-Mo und begann, sich im Dunkeln zu entkleiden. »Hugo hat wieder getrunken, nicht wahr?«

»Was! So ein freches Maul!« rief Hugo. Es hörte sich an, als wollte er von oben heruntersteigen.

Aber Eliese rief: »Daß du mir oben bleibst, das sage ich dir! Es hat uns genug Mühe gekostet, dich hinaufzuschaffen!«

Zu dritt hatten sie ihn hinaufgeschoben: Viktor, Albert und Eliese. Aber er wäre wieder heruntergerutscht, wenn Viktor ihn nicht noch einmal mit der Schulter hochgewuchtet hätte. Hugo hatte ihre Bemühungen wenig unterstützt. Er hatte sich, auf dem Bett sitzend, nicht entkleiden wollen, sondern wie von einem Thron herunter zu ihnen gesprochen, bis die Großmutter wütend aus ihrem Bett gesprungen war und dreimal vor ihm ausgespuckt hatte: »Pui! Pui! Pui!«

Da hatte er jedoch erst richtig zu krakeelen angefangen. »In meine Wohnung auf den Boden... Das verbiete ich! In meine Wohnung auf den Boden gespuckt! Ich verbiete das!«

Schließlich war Eliese hinaufgestiegen und hatte oben mit

ihm gerungen, bis sie ihn in die Horizontale gelegt und ihm die Kleider heruntergezogen hatte.

Mi-Mo hörte nicht auf sein Geplapper, nur die schlechte Luft im Zimmer störte sie noch eine Weile. Als sie sich jedoch daran gewöhnt hatte, lag sie wohlig eingelullt in ihrer sanften Sattheit und dachte an den Blonden. Ja, bei ihm stimmten auf eine perfekte Weise alle Annehmlichkeiten überein: Reichtum, Sauberkeit, Gesundheit, Kraft und Leichtigkeit des Umgangs. Sie empfand es als Vorzug, von einem solchen Mann berührt worden zu sein. Fünfzig Mark, dachte sie, das sind fünfzig Tafeln Schokolade! Das ist fünfzigmal soviel, wie mir Johann gegeben hat. Und bei Johann hatte ich nicht mal immer was davon, der ist viel zu jung für mich. Ein richtiger Mann – der muß über Zwanzig sein, am besten über Fünfundzwanzig. Aber ich habe mich ganz gut benommen. Sie haben nur einmal über mich gelacht, als ich von Hugo erzählte. Nein, von Hugo sollte man nichts erzählen. Und zu Johann werde ich sagen: Deine Schokolade brauche ich nicht. Ich hab's sowieso nicht wegen der Schokolade getan. Das war nur so was nebenbei. Immer hat er so gezittert und geschnauft. Einmal habe ich gedacht, jetzt kriegt er einen Herzschlag. Und nachher sah er immer aus, daß es ihm jeder anmerken konnte. Das würde noch fehlen, daß sie es hier in der Festung erfahren! Es ist ein Glück, daß Irene meine Freundin ist. Sie kennt sich aus. Dora war längst nicht so gescheit. Vielleicht kann ich doch über Nacht fortbleiben, dann werde ich eingekleidet. Sie kann mir einen Mann verschaffen, der das macht. Wenn ich die richtigen Kleider habe, bin ich fast so schön wie Irene. Ob er gedacht hat, sie ist schön? Aber gefallen habe ich ihm. So was merkt man doch. Hätte er das sonst zweimal gemacht? Und dann war's ihm ja noch nicht genug. Ich sollte auf die letzte Straßenbahn warten. Ja, jetzt würde ich gern noch mal auf die Straßenbahn warten. Aber zweimal, das genügt. Zu oft ist auch nicht gesund. Aber zweimal, das ist gesund. Gnädiges Fräulein! Ich werde mir mein Haar anders machen. Hinten hoch und vorne runter. Die Brauen kann ich höher ziehen. Irene zieht die Brauen auch höher. Gnädiges Fräulein haben sie gesagt. Danke sehr, bitte sehr, das klingt immer gut. Oh, vielen Dank, das klingt auch gut. Eine Frau, die was auf sich hält, wechselt jeden zweiten Tag. Musik mit Saxophon. Wie der mich auf die Tanzfläche führte. Er hat ja schon so ein bißchen gedrückt. Nicht viel, aber so ein bißchen hat er mich schon rangezogen. Heiraten würde der mich nie. Das kann man auch nicht verlangen. Aber zufrieden war er mit mir. Ich habe ihm gefallen. So was merkt man doch. Tenniscafé, am nächsten Samstag, mit meinem neuen Haar. Fünf Tafeln Schokolade. Sechs Höschen und einen Büstenhalter. Einen Rock und eine Bluse und eine Halskette. Es gibt Geld. Vielleicht kaufe ich mir auch etwas noch Besseres. Guten Tag, sage ich, danke sehr, bitte sehr. Ja, oh, vielen Dank, es geht mir gut. Geht es Ihnen auch gut? Ja, natürlich, wir kennen uns. Vom vorigen Samstag. Ich bin gerade ganz zufällig hier. Daß ich mal mit solchen Leuten verkehren würde... Es ist ein Glück, daß Irene meine Freundin ist. Aber heiraten? Nein! Ja, wenn ich nicht die Tochter vom Hugo wäre. Und wenn wir nicht in der Festung wohnten. Überhaupt, wen soll ich heiraten! Ich kann doch niemanden hierherbringen, wo die Betten übereinanderstehen und die Großmutter jeden anspuckt, der hereinkommt. Aber wahrscheinlich bin ich schöner, als ich glaube, warum wären die sonst alle hinter mir her.

Das war, als die letzte Straßenbahn fuhr.

Albert lag im nächsten Bett über ihr. Er dachte an Edeltraut. Warum sprach sie bloß immer vom Ende. Ja, wenn ich schon achtzehn wäre... Aber ich werde doch in ein paar Jahren achtzehn sein. Und so wie es jetzt ist, ist es doch auch ganz schön. Wenn sie nicht mehr kommt, gehe ich zu Hermann. Er muß mich mitnehmen, als Schiffschaukler. Da können sie mich hier suchen! »Vielleicht ist er gestorben«, werden sie denken, ja, vielleicht ist er tot. Und das wäre überhaupt am besten. Wenn sie nicht mehr kommt, wäre es am besten. Aber vorher würde ich noch einen Brief schreiben und ihnen sagen, daß ich die Baracke angezündet habe. Und daß Edeltraut schuld ist an meinem Tod. Dann wird sie heulen. Aber nein, das wäre schön blöd von mir. Hermann hat sie ja auch vergessen. Die ganzen Wochen hat sie nicht mehr von ihm geredet.

Er schlief ein mit langsamen Tränen. Das war, als die letzte Straßenbahn fuhr.

Hugo hatte Durst. Wie Blasen stiegen die Gedanken aus seinem besoffenen Halbschlummer. Sein ganzes Leben lang hatte er großen Durst gehabt. Aber habe ich nicht dagegen angekämpft? ... ein Mann muß zehn Glas Bier vertragen können! Wo man schwer gearbeitet hat. Die ganzen Wochen schwere Arbeit. Ohne Gehilfen habe ich das gemacht in der letzten Zeit. Wenn Albert aus der Schule wäre, dann wäre es gut. Albert kommt zu mir in die Lehre als Transportunternehmerlehrling. Er wird Transportunternehmer. Ich bestimme das und sonst niemand! Ja, sie macht mich bei den Kindern schlecht. Aber wo ist das Kind her? Wo, wenn ich fragen darf? Aber das frage ich gar nicht, dazu bin ich viel zu vornehm. Bruno hat ein Talent zum Kaufmännischen. Kann besser rechnen als alle anderen! Ob er jetzt auch schlecht von seinem Vater denkt? Bruno, dein Vater arbeitet schwer, aber deine Mutter gönnt ihm nichts, und deshalb gibt's das Theater! Hör nur nicht auf die Sprüche von deiner Mutter. Morgen... Na, Bruno, sage ich, na, Bruno. Dein Vater muß schwer arbeiten! Wenn sie die Festung zumachen, das wäre schlimm. Wo sollten wir dann hin? Und mein Max! Aber die wissen ja gar nichts Genaues. Wie damals, als sie alle sagten, jetzt kommen noch ein paar Hundert. Aber es ist niemand mehr gekommen. Da müßten sie mich dann wieder unterstützen. Das steht mir zu, wo sie mich doch auch kaputtgemacht haben! Ach Gott, was war ich für ein Kerl. Ein Kerl war ich, ich war einer – ein Kerl. Mein lieber Mann! Das war nicht gerecht, daß du es so mit mir gemacht hast! Man ist ja gar kein Mensch mehr. Nicht mal das bißchen Bier wird einem gegönnt. Aber die andern, mein lieber Mann, die saufen und fressen. Und ich darf das nicht, was? Ich mache ein Lebensmittelgeschäft auf, wenn der Kainrath ein Transportunternehmen... Max hat gehustet! Armer Max. Wer von der falschen Seite kommt, wird abgeworfen! Haha! Menschenskind, als Schiffschaukler, da wird einem doch ganz schwindelig. Anhalten! Anhalten! Das könnte denen so passen, daß ich mich mit der Schiffschaukel blamiere. Morgen muß ich zur Entlausung. Aber nein, morgen ist Sonntag, und es gibt keine Läuse mehr, und am Sonntag wird nicht umgezogen. Die Läuse übertragen die Krankheiten. Aber jetzt ist bald Winter, und da zieht niemand mehr in ein neues Haus.

Eliese dachte an ihre Sünde. Und ihre Sünde wuchs wie ein Buckel aus ihr hervor, und sie deutete mit dem Finger darauf. Dann betete sie: Herrgott, vergib mir meine Sünden und hilf, daß Hugo nicht mehr säuft und die Kinder gesund bleiben und daß wir nicht hungern und frieren, denn wir haben jetzt doch wohl genug gehungert und gefroren; aber wenn du willst, daß wir hungern und frieren sollen, dann müssen wir es eben auf uns nehmen. Aber vielleicht wäre es möglich, daß es uns weiter so gutgeht wie gerade jetzt, denn eigentlich bin ich ganz zufrieden. Ich weiß ja, daß ich es gar nicht wert bin, denn ich habe schwere Sünden begangen, als ich jung war. Und wenn der Bruno nicht gekommen wäre, dann hätte Hugo nie etwas gemerkt. Aber ich habe trotzdem den Hugo immer lieber als die andern gehabt, er war nur zu lange bei den Soldaten. Aber ich weiß natürlich, es war eine große Sünde. Seitdem war ich ihm aber treu. Wenn der Hugo nur nicht wieder so säuft wie vor zwei Jahren und auch sonst nichts passiert. Und Mi-Mo, die kommt auch immer so spät heim. Wo die nur wieder gewesen ist? Die ist genauso, wie ich früher war. Ja, ich weiß, das hat sie von mir. Bitte, gib, daß ihr nichts zustößt und sie nicht in die Hände von Menschen fällt, die schlimme Sachen mit ihr machen.

Viktor hörte seine Frau. Er kannte ihr Atmen und wußte, daß es noch nicht der Schlaf war, den sie atmete. Sie hatte ihm nicht gesagt, was die Bestecke gekostet hatten. Er war am Abend mit Hugo hinuntergegangen in die Wirtschaft. Nicht, daß ihm das eine Freude gewesen wäre, aber Alwina war stumm um ihn herumgegangen. Ihr schweigender Widerstand hatte ihn einfach aus dem Haus getrieben. Viktor und Alwina lagen in einem Bett, und Viktor dachte: es ist nichts mit uns. Es hatte immer etwas gefehlt. Aber was? Sie ist zu störrisch, sie ist von einer Art, die eher bricht als nachgibt. Das ist Dummheit. Das ist auf irgendeine Art Dummheit. Ich glaube, sie haßt alle Menschen. Auch mich. Warum sagt sie mir nicht, was das gekostet hat. Sie wollte das Silber haben, und weil es zu teuer war, sagt sie es mir nicht; aber damit beweist sie doch nur, daß es zu teuer war. Das ist Dummheit.

»Es ist nichts mit uns«, sagte er plötzlich laut.

»Ja, ich weiß«, antwortete sie.

Ich bin achtzehn Jahre älter als sie. Vielleicht macht das etwas aus. Vielleicht hat sie sich alles anders vorgestellt. Aber ich bin für glatte Sachen. Entweder oder! Sie hat ja gesagt, wir haben geheiratet, und weiter braucht man darüber nicht mehr zu reden. Gelacht hat sie ja fast nie. Aber ich habe eigentlich auch selten gelacht. Wahrhaftig, das ist wahr! Wann habe ich das letztemal gelacht?

»Alwina«, sagte er, »ich habe wohl immer zuwenig gelacht? Aber ich sage dir, es gibt nicht viel zum Lachen!«

Sie haben bei uns daheim auch nicht oft gelacht. Ich bin ja schon länger als zwanzig Jahre fort von daheim. Aber es hat alles mir gehört, ich war der Sohn. Ich war früh allein. Ich habe niemanden gebraucht. Aber nein, das ist falsch. Ich hätte doch jemanden gebraucht, von Anfang an und jeden Tag. Sie geht nicht aus sich heraus, und ich auch nicht. Vielleicht bei einem anderen? Ein anderer Mann? Nein, von der Art ist Alwina nicht.

Er sagte: »Denkst du an einen anderen?«

Aber sie antwortete nicht.

Nein, dachte sie, ich denke nicht an einen anderen. Aber es ist nichts mit uns. Mit niemandem! Er kommt nicht mehr. Ich habe ihm ja gesagt, daß er nicht mehr kommen soll. Prinzessin, die schöne Polin, verirrt in einem alten Gemäuer. Das ist doch alles Unsinn! Viktor ist fleißig und verläßlich. Aber er hätte mich niemals so schlagen dürfen! Und das andere... Warum muß er alles wissen? Seine Hände sind zu hart. Sein Griff ist zu hart. Ich habe jetzt noch Schmerzen im Kopf. Er hat Hände wie damals die Soldaten. Und er macht es ja nicht anders. Sie sind alle so. Gibt es einen Mann, der das so will wie ich? Der letzte hat mir einen Apfel geschenkt. Er half mir vom Boden auf, und dann holte er den Apfel aus seiner Tasche und war verlegen dabei. Ich weiß nicht, warum ich den Apfel genommen habe. Er kommt nicht mehr. Was soll ich nur hier den ganzen Tag. Ich will hier heraus. Man kann hier nicht atmen. Vielleicht gehe ich arbeiten. Das wäre das beste. Seltsam, daß ich nie Kinder bekommen habe. Ich will das nicht, vielleicht deshalb? Da ist wahrscheinlich etwas nicht in Ordnung bei mir. Ja, es fehlt etwas. Wen hätte ich sonst heiraten sollen? Zuwenig gelacht? Nein, er hat kaum jemals gelacht. Aber ich auch nicht. Wir können nicht lachen, wir können auch nicht weinen. Die Festung soll geräumt werden. Wo werden wir dann hingehen? Ich kenne hier fast niemanden. Woanders auch nicht. Morgen ist Sonntag. Ich werde das grüne Kleid anziehen. Den Braten werde ich richten. Viktor wird hier sitzen. Aber ich kann nicht mit ihm reden. Ich kann nicht mit ihm reden...

Es war jetzt still in der Festung. Die Lampe brannte im Hof, über der Galerie lag das Schweigen vieler Jahre. Im Waschraum tropfte ein Wasserhahn. Die Tropfen fielen in die Stille, waren ihr Pulsschlag, ungehört, in den lautlos zerrinnenden Sekunden.

Das war, als die letzte Straßenbahn fuhr.

DREIZEHNTES KAPITEL

Irene hatte die Sache arrangiert. Morgen, sagte sie zu Mi-Mo, hole er sie mit dem Wagen ab.

»Du gehst nicht zur Arbeit, sondern wartest an der Ecke, bei der Straßenbahnhaltestelle, wo wir am Samstag ausgestiegen sind. Du weißt doch noch, wo das ist? Da wartest du um zehn Uhr morgens.«

»Wo geht er dann mit mir hin?« fragte Mi-Mo.

»Ins Hotel oder in seine Wohnung. Er hat noch eine Wohnung für besondere Zwecke, verstehst du? Ich gehe immer mit ihm dorthin. Zu seinen Eltern kann er dich natürlich nicht mitnehmen, das ist klar.«

»Und soll ich etwas sagen wegen...«

»Nein, das habe ich schon alles geklärt. Ich habe gesagt: Die Kleine will was zum Anziehen haben. Aber was Gutes, die speist du mir nicht mit einem Fähnchen ab! Das ist meine Freundin!«

»Redet er viel?« fragte Mi-Mo nachdenklich.

»Keine Angst, bei dem kannst du den größten Blödsinn reden. Der ist wie ein Vater zu dir. Am besten machst du ein bißchen auf schüchtern, verstehst du? Du genierst dich. Das gefällt ihm, da wird er ganz verrückt. Er will was Unschuldiges. Ich habe ihm gesagt: Die Kleine hat noch kaum was mit Männern gehabt.«

»Aber ich bin doch nicht mehr...«

»Kapier doch! *Kaum* was, hab' ich gesagt.«

»Hat er das geglaubt?«

»Natürlich. Er hat gesagt: ›Ich werde ganz zart mit ihr umgehen.‹«

Morgen würde also ein Mann zart mit ihr umgehen. Sie war schon jetzt gerührt von seinem Anstand und seiner noblen Art. Zart mit ihr umgehen – dieser leicht hingeworfene Satz hatte sie getroffen, war in tiefere, unberührte Schichten eingedrungen, die noch kein Mann erreicht hatte. Das war fast, als habe er verkündet, er wolle sie morgen anbeten. Als ginge sie einer Zeremonie entgegen, bei der sie Opfer und Fetisch zugleich sein würde.

Am Abend, als Eliese ihr aus der Bratpfanne ein Ei auf den Teller legte, aß sie mit Messer und Gabel. Albert grinste, und Hugo sagte: »Da haben wir ja an unserem Tisch ein ganz feines Fräulein sitzen. Wo lernst du das, so mit Messer und Gabel herumzusäbeln? Demnächst muß ich mir wohl noch so einen Schlabberlatz – oder wie man das nennt – um den Hals binden, wenn meine Tochter an unserem Tisch sitzt?«

»Das nennt man eine Serviette«, sagte Eliese, »und schaden würde das gar nichts. Du bekleckerst deine Jacke doch immer, daß es eine Schande ist!«

»Gib noch ein Ei her!« rief er. »Und mach nicht so ein langes Geschwätz!« Er wandte sich freundlich an Bruno und sagte: »Dein Vater hat heute schwer gearbeitet, deshalb muß er drei Eier essen. Wer viel arbeitet, der muß viel essen, Bruno.«

»Aber Max arbeitet doch auch schwer, und du hast gesagt, er frißt kaum etwas«, erwiderte Bruno.

»Ja, das ist etwas anderes«, sagte Hugo. »Max hat einen kleinen Magen, da geht nicht viel hinein. Er kann arbeiten soviel er will, wenn sein Magen voll ist, kann er nicht mehr fressen. Aber mein Magen – sieh her – reicht von diesem Knopf bis zu diesem Knopf.« Er zeigte auf den obersten und den untersten Knopf seiner Jacke. »Von den paar Kartoffeln und den drei Eiern ist er noch nicht mal halb voll.«

Mi-Mo aß jetzt nur noch mit der Gabel. Das Messer hatte sie weggelegt. Sie starrte auf ihren Teller, wollte nicht diese Gesichter sehen, die da um den Tisch herumsaßen: die Großmutter, die so unappetitlich aß, mit einer Hast, als befürchte sie, jemand könne ihr den Bissen von der Gabel stehlen; die Mutter, die ihre Kummermiene auch während des Essens nicht ablegte und ihre Augen immer wieder, fast ängstlich prüfend, in die Runde schickte; Hugo, bei dem Essen aussah wie Arbeit; Albert, für den sie eine unbestimmte Zuneigung empfand, der aber beim Essen ebenfalls unmanierlich war. Nur Bruno war zu ertragen: Er aß bescheiden, lautlos und mit dankbarem Eifer.

Mi-Mo fand es ungerecht, sie daran zu hindern, gute Manieren zu pflegen. Man hatte ja gesehen, daß Hugo es lange zu nichts gebracht hatte. Warum? Weil er keine Manieren hatte. Die leitenden Positionen in den Betrieben, die sie kannte, hatten immer Männer mit guten Manieren eingenommen. Die hatten sich in der Kantine an den Tisch gesetzt, hatten das Messer in die rechte und die Gabel in die linke Hand genommen und man hatte ihnen gleich angesehen, daß sie jemand waren. Hugo verstand das nicht. Und sie würde nicht versuchen, ihm das zu erklären. Er wußte ohnehin alles besser.

Vor ein paar Tagen hatte er sich einen Regenschirm gekauft. Eliese hatte ihn damit aufgezogen, und auch Albert hatte gelacht.

»Davon versteht ihr nichts!« hatte Hugo gerufen. Er hatte Viktor geholt und gesagt: »Erkläre denen mal, was das für ein Schirm ist!«

Viktor hatte das Lederfutteral langsam abgezogen und dann den Schirm aufgespannt. »Na ja«, hatte Viktor gesagt. »Na ja, willst du denn im Regen spazierengehen? Wenn es am Werktag regnet, hilft dir der Schirm nichts, und am Sonntag bleibst du bei Regenwetter daheim.«

»Jedenfalls ist es der Schirm für den eleganten Herrn«, hatte Hugo darauf gesagt. »Hier steht's doch drauf.«

»Du hättest dir für das Geld ein Gebiß kaufen können«, entgegnete Viktor. »Ohne Zähne siehst du nicht aus wie ein eleganter Herr.«

So ist er, dachte Mi-Mo, da will er mit diesem Schirm den eleganten Herrn spielen, aber wenn sie versuchte, Manieren einzuführen, hatte er etwas daran auszusetzen. Sie wußte, was den eleganten Herrn ausmachte. In den nächsten Tagen würde sie sich ein Buch über das gute Benehmen in jeder Lebenslage kaufen, und dann würde sie bestimmt alles wissen. Später würde sie dann hier ausziehen und sicher auch bald dem richtigen Mann begegnen.

Den werde ich niemals zu meinen Eltern bringen, dachte sie. Ich werde sagen: Meine Eltern sind tot.

Sie dachte noch am nächsten Morgen, auf dem Weg zur Haltestelle, darüber nach, was sie auf die Frage nach Herkommen und Familie antworten solle. Der Wagen glitt heran, sie stieg ein und sagte: »Guten Morgen.« Er fragte nichts. Er sagte nur, nachdem die Wagentür zugefallen war: »Es ist nett, daß Sie gekommen sind.« Und sogleich lösten sich ihre kleinen Ängste. Nein, er fragte gar nichts.

»Reizend sehen Sie heute aus. Braun kleidet Sie, es paßt zu Ihrer Haarfarbe.«

Er war vollkommen. Er war noch vollkommener als der Blonde. Sie fühlte sich von ihm an die Hand genommen, und er führte sie sacht. Thomas heißt er, dachte sie, Thomas. Sie hoffte, daß der Blonde nichts Nachteiliges über sie erzählt hatte. Das wäre nicht schön von ihm gewesen, wenn er erzählt hätte: ich habe das und das mit ihr gemacht. Dabei hatte sie sich ihm doch das letztemal glatt versagt. Und wenn er davon erzählt hatte, so hoffte sie, daß dieses Nein zur Sprache gekommen und gebührend beachtet worden war.

Sie war neugierig auf seine Wohnung und hoffte, daß er sie dorthin fahren würde. In einem Hotel war sie noch nie gewesen.

Die Wohnung war nicht groß, aber sie hatte das Gefühl, daß diese Möbel für höhere Menschen gemacht waren: die Sessel und der Tisch und die tiefe, mit Kissen beladene Couch und die kleinen seltsamen Schränke und alles, was da stand. Aus einem Wandschrank nahm er zwei Gläser und eine Flasche und stellte sie auf den Tisch. »Gefällt es Ihnen hier?«

Sie saß auf der Sesselkante. »Ja«, sagte sie, »ja.« Sie schaute zu, wie er die Gläser füllte. Dann tranken sie. Mi-Mo beschäftigte noch immer dieses Mobiliar. Was das gekostet hat, dachte sie. Sie hatte ähnliche Wohnungen schon in Illustrierten oder im Film gesehen. Da war es nichts Besonderes. Vielmehr wurde dort der Eindruck erweckt, dies sei das Selbstverständliche für den verdienenden Mann. Sie hat solche Männer bisher noch nicht getroffen und das auch nicht zu hoffen gewagt, aber sie schienen doch zu existieren. Nicht in Fülle, sondern verteilt, wie Rosinen in einem Kuchen.

Er war achtundzwanzig Jahre alt und redete von Kunst. Er sprach erst über Malerei, dann über Architektur und schließlich über indische Kupfergefäße. Daß er sich auch in Geschäften auskannte und daß sein Vater Teilhaber eines Bankhauses war, deutete er nur kurz an, mit einem leichten Lächeln. Dann zeigte er ihr eine indische Kupferschale mit sonderbaren Abbildungen darauf.

»Das hier nennt man Blütensprache«, sagte er. »Und dies sind die Zeichen für Rosenwind.«

Sie spürte, wie ihr Blut in den Schläfen pochte. Sie verstand kein Wort.

»Der Mann, der diese Schale aus Kupfer getrieben hat, war ein Spaßvogel. Ich habe noch mehrere von diesen Schalen. Wollen Sie die auch sehen?«

»Ich weiß nicht«, sagte sie.

»Passen Sie auf, ich nehme jetzt die hier.« Er griff nach einer Schale, die auf einem der orientalischen Schränke stand. »Ich setze die Schale auf diesen Drahtstift. Jetzt bringe ich sie wie einen Kreisel zum Drehen.«

»Oh«, sagte sie erschrocken. Sie sah drei Figuren, zwei Frauen und einen Mann, in bewegtem Liebesspiel.

»Dreihundert Jahre alt. Das ist große Kunst«, sagte er. »Wollen Sie die anderen Schalen auch sehen?«

»Ich weiß nicht«, sagte sie wieder. Sie war verwirrt.

Er lachte, zog sie zu dem Lager aus Kissen und sagte: »Komm, erzähl mir von deinen Sünden. Aber ein paar schöne Sünden will ich hören. – Wie alt warst du? Und du hast dich gar nicht ein bißchen geschämt? Das finde ich aber unerhört, daß du dich nicht geschämt hast!«

»Aber ich habe mich doch geschämt!« sagte sie.

»So, dann erzähle mir, wie du dich geschämt hast.«

Er spielte einige Stunden mit ihr wie eine Katze mit der gefangenen Maus. Sie fand ihre Rolle. Sie gab sich rein, beinahe unschuldig. Er bedrängte sie, entlockte ihr demütigende Wahrheiten und war dann zart zu ihr.

Einmal war sie dem Weinen nahe, aber er enthob sie dieser Gefahr. Dafür liebte sie ihn und betete seine Überlegenheit an.

»Rosenwind«, sagte er, »Blütensprache.« Sie zitterte vor Scham und folgte ihm in allem.

Später lag sie still in seinem Arm und wartete, was er nun unternehmen würde. Er rauchte eine Zigarette, lächelte vor sich hin und sagte nichts. Sie wartete und sagte dann zaghaft: »Darf ich mich jetzt anziehen?«

Er schaute sie an. »Ah«, sagte er. »Wie keusch du bist. Aber du kannst dich nicht wehren.«

»Warum sagen Sie so etwas?«

»Du kannst nicht nein sagen, wirst es niemals können. Du bist ausgeliefert.«

»Darf ich mich jetzt anziehen?«

Er lächelte, betrachtete sie mit der fast kränkenden Distanz des Kenners. Es amüsierte ihn, sie zu betrachten wie eines der Kunstwerke aus seiner Sammlung.

»Ganz sicher bist du dumm, aber in deinen Augen ist eine zärtliche Neugier.«

»Es tut mir so leid, daß ich dumm bin.«

»Es tut dir leid? Dann bist du ehrgeizig. Aber es sollte dir nicht leid tun. Du hast die sanfte Dummheit der Kuh, mein verschämtes Kälbchen, du bist groß im Stillhalten.«

Am späten Nachmittag kauften sie ein. »Du brauchst einen netten Mantel«, sagte er, »und vielleicht ein Kostüm.«

Sie standen in einem Modesalon vor einer Reihe von Mänteln, die auf Bügeln hingen. Sie streifte mit der Hand an der

Reihe entlang. Dann sah sie ihn an: »Der da. Darf ich den haben?«

»Sicher, mein Kälbchen.« Es machte ihm Vergnügen.

Als sie aus dem Geschäft traten, sagte sie: »Ich danke Ihnen sehr.«

»Warum traust du dich nicht, mich zu duzen?«

»Ich weiß nicht.«

»Du findest mich eigenartig, nicht wahr? Du kannst ruhig du zu mir sagen.«

Aber nachdem sie das Kostüm gekauft hatten, sagte sie wieder: »Ich danke Ihnen sehr!«

Sie ging mit ihren Paketen. Er hatte sich in seinen Wagen gesetzt und war winkend davongefahren.

Auf dem Weg zur Festung fiel ihr ein, daß Hugo und Eliese eine Erklärung fordern würden. Sie entfernte die Preisschilder, deren Zahlen addiert eine höhere Summe ergaben, als Mi-Mo in drei Monaten verdiente.

»Wo hast du das Zeug her?« fragte Hugo.

»Ich habe es auf Teilzahlung gekauft.«

»Zeig mal die Quittung!«

»Das geht euch gar nichts an! Ich gebe die Hälfte meines Lohnes ab – alles andere geht euch nichts an!«

Eliese sagte nichts, aber sie befühlte die Stoffe und sah Mi-Mo mit einem schrägen Blick an. Nach dem Abendessen sagte sie unvermittelt: »Es gibt Geschenke, die kommen einen teuer zu stehen.« Dieser Ausspruch verriet Mi-Mo, daß ihre Mutter die ganze Zeit nachgedacht hatte und daß sie einen bestimmten Verdacht hegte.

Mi-Mo ging nicht darauf ein. Sie plante bereits ihren Auftritt für Samstag. Vorher wollte sie noch ihr Haar machen lassen. Dann würde sie sich an der Garderobe des Tenniscafés aus diesem Mantel schälen und das neue Kostüm durch den Saal tragen. Wie geht es Ihnen? würde sie sagen, ich bin ganz zufällig hier.

In der Mittagspause des nächsten Tages besprach sie alles mit Irene. Am Freitag ließ sich Mi-Mo das Haar neu frisieren, in einem Salon mit Voranmeldung. Und als sie am Samstag das Kostüm und den Mantel angezogen hatte, ging sie hinüber zu Kainraths Laden. Johann bediente.

»Gib mir eine Tafel Schokolade«, sagte sie und legte das Geld auf die Theke.

Johann bewegte sich nicht und starrte sie an.

»Was guckst du mich so an?«

»Du bist verändert.«

»Und wie findest du mich?«

»Toll, einfach toll«, sagte er. »Du siehst ja fast aus wie eine Filmschauspielerin. Hör mal, du brauchst die Tafel nicht zu bezahlen. Wollen wir nicht...«

»Was fällt dir ein!«

»Aber warum denn nicht?«

»Sterne betrachten und so – das ist vorbei!«

»Du hast jetzt einen andern! Ich weiß Bescheid! Als du noch schlampig warst, war ich dir recht, aber jetzt bist du elegant, und sofort tust du hochnäsig.«

»Johann«, sagte sie, »bin ich wirklich elegant?«

Er zog sie in ein langes Gespräch über ihre Vorzüge, die nun so deutlich geworden waren, und kam auf diesem Umweg zu seiner alten Frage zurück.

»Nächste Woche«, sagte sie. »Jetzt habe ich keine Zeit. Ich bin verabredet. Nächste Woche, wir sehen uns ja noch.«

Die Schokolade verteilte Mi-Mo an Bruno, Eliese und Albert. Hugo war jedoch nicht zu besänftigen. »Gepudert hat sie sich!« schrie er. »Stellt sich hin und pudert sich und beschmiert sich den Schnabel! Da ist doch was faul! Warum hätte die sich sonst gepudert?«

»Das machen heute alle jungen Frauen«, sagte Mi-Mo.

»Du wirst doch nichts Unrechtes tun?« fragte Eliese.

»Was ihr immer gleich denkt«, sagte Mi-Mo vorwurfsvoll.

»Jawohl!« rief Hugo von seinem Bett herunter. »Deine Eltern wissen, wie der Hase läuft!«

Er hatte erst vorgehabt, ihr das Ausgehen zu verbieten,

aber dann war er sich über die Mühen klargeworden, die das kosten würde, und hatte darauf verzichtet.

Thomas war nicht im Tenniscafé, aber der Blonde war dort. Er saß in Begleitung einiger junger Männer, begrüßte Irene und Mi-Mo und lud sie ein, an seinem Tisch Platz zu nehmen.

»Wie geht es Ihnen?« fragte Mi-Mo. »Ich bin ganz zufällig hier.«

»Ich auch«, sagte er. »Ich bin immer zufällig hier.« Er lachte und stellte sie den Tischgenossen vor, die manierliche Verbeugungen machten.

»Sag mal«, fragte er, als sie neben ihm saß, »bist du bei Thomas gewesen?«

»Bei Thomas?« wiederholte sie und fiel aus ihrer festlichen Stimmung. Die Kapelle spielte, der Ober kam und brachte Gläser, Irene wurde bereits zum Tanzen aufgefordert.

»Sag schon«, flüsterte der Blonde.

»Bei Thomas? Ja, ich bin bei ihm gewesen.«

»Oh, du kleine Mistsau, wie du meine Eitelkeit kränkst.«

»Aber warum denn?« Das Schimpfwort brachte sie noch mehr außer Fassung, und nun bereute sie, die Wahrheit gesagt zu haben.

»Ich hatte Pläne mit dir. Was hättest du zum Beispiel von einer netten, kleinen Wohnung gehalten? Aus und vorbei! Bei Thomas! Und was habt ihr dort gemacht?«

»Nichts.«

»So, nichts. Na schön, ich dachte, du würdest es mir sagen. Aber es ist nicht schlimm.«

»Ist es wirklich nicht schlimm?« fragte sie und war sehr beruhigt, als er noch einmal bestätigte, daß es wirklich nicht schlimm sei.

Die jungen Männer waren fröhlich. Sie sangen ein Lied, das aus mehreren Strophen bestand, die mit dem Refrain endeten: »Und Morpheus haut ihr seinen Sandsack unters Kinn, und da war sie hin!« Einige Gäste schauten unwillig herüber. Aber die Kellner lächelten, in der Gewißheit eines beachtlichen Trinkgeldes.

Später am Abend kamen noch einige Studenten; sie umschwärmten eine Frau, die sofort alle Blicke auf sich zog. In dieser Gesellschaft befand sich ein afrikanischer Student, der hinter den anderen herlief und freundlich lächelte. Mi-Mo sah nur diese Frau. Wie schön sie ist, dachte sie. Wenn ich so aussähe, würde ich von allen geliebt.

Die Dame sei eine Kunstmalerin, erfuhr Mi-Mo. Stühle wurden herbeigerückt, und die Malerin kam neben Mi-Mo zu sitzen. Die Ausgelassenheit der Runde erstarb. Wie eine Bildsäule ihrer Schönheit saß die Dame da. Sie war von einer gelassenen Freundlichkeit. Mi-Mo spürte, wie sie ausgelöscht wurde von dieser Frau: Neben ihr schrumpfte sie zu einem Nichts zusammen. Sie sehnte sich danach, aus dem Tenniscafé hinauszukommen.

Irene war blaß geworden. Sie zeigte jetzt einen frettchenhaften Zug um Mund und Nase. »Mi-Mo«, sagte sie, als die Dame tanzte. »Wenn hier nichts los ist, können wir uns draußen einen aufgabeln.«

Die Unterhaltung ging über Mi-Mo weg, und auch Irene hatte nicht mehr viel zu sagen. Nur einmal fragte die Dame Mi-Mo, ob sie auch studiere. Mi-Mo konnte vor Verlegenheit kaum eine Antwort stammeln. Sie war froh, als die Malerin einen anderen Platz einnahm. Jedes Wort war an sie gerichtet, und sie beherrschte die Runde, ohne selber viel zu reden.

Der Afrikaner hatte sich neben Mi-Mo niedergelassen und lächelte liebenswürdig. Sie waren beide stumm und bewegungslos wie Steine und begegneten sich in ihrem anhaltenden Schweigen. Als er sie viel später einmal zum Tanzen aufforderte, sagte er: »Ich nix Deutsch...«

»Ja«, sagte Mi-Mo, »das sehe ich.«

Er sprach nur Englisch, und mit Hilfe seines Nachbarn versuchte er, Mi-Mo zu einer Verabredung für den Sonntagnachmittag zu bewegen. Er nannte Zeit und Ort und bat flehentlich, wobei er von dem übersetzenden Studenten unterstützt wurde: Man solle ihm das doch nicht abschlagen, schließlich bäte er nur darum, mit der Stadt bekannt zu werden. Außerdem sei er der Sohn eines großen Häuptlings. Mi-Mo ließ sich überreden, und während sie zusagte, dachte sie: Niemals bringe ich es fertig, nein zu sagen!

Irene drängte zum Aufbruch. Mi-Mo reichte allen die Hand und lief dann hinter Irene aus dem Tenniscafé hinaus.

»Da ist heute nichts für uns drin«, sagte Irene draußen. »Die gebildete Ziege hat uns alles vermasselt. Hör mal, du wirst dich doch nicht mit dem Kaffer treffen wollen?«

»Er ist der Sohn eines großen Häuptlings.«

»Na, wenn schon!« Irene hatte es eilig, sie überfiel Mi-Mo mit ihrem plötzlichen, rückhaltlosen Vertrauen. »Es ist nichts dabei«, sagte sie. »Wir gehen zur Hauptstraße und laufen dicht am Randstein. Natürlich hintereinander, ich gehe so an die zwanzig Meter vor dir her. Wenn ein Wagen hält, guckst du dir erst den Fahrer richtig an und wartest, was er dir sagt. Wenn er in Ordnung ist, fragst du nach der Kleinigkeit, die er dir schenken will. Ich muß vor Weihnachten noch einen Pelzmantel haben, chinesisch Lamm, achthundert Mark! Es ist ganz einfach.«

Sie liefen hintereinander. Aber Mi-Mo ging nicht dicht am Randstein. Sie trottete hinter Irene her, ohne sich entschieden zu haben. Sie sah einen großen dunklen Wagen neben Irene halten, sah, wie sie sich zu dem Fenster herabbeugte. Dann war sie fort. Die lautlose Plötzlichkeit, mit der das geschah, weckte in Mi-Mo die Vorstellung, der Wagen hätte Irene geschluckt wie ein Insekt: Das große Maul hatte sich geöffnet und geschlossen. Sie fühlte sich jetzt allein auf der Straße.

Mi-Mo stand einen Augenblick unschlüssig. Die Lichter der Autos krochen über die Straße. Hinter den Scheiben der Schaufenster und in den Läden bewegte sich nichts. Es war spät. Sie fröstelte, erinnerte sich, daß sie den neuen Mantel und das neue Kostüm trug und daß Johann gesagt hatte, sie sehe fast aus wie eine Filmschauspielerin.

VIERZEHNTES KAPITEL

Edeltraut hatte sich gewehrt. Sie hatte die Gewißheit einige Tage mit sich herumgetragen, ohne sie anzuerkennen. Ihr Widerstand hatte zwei Wochen gedauert. Dann erbrach sie sich eines Abends und gab die Hoffnung auf. Das Zeichen war deutlich, sie hatte nie vorher erbrochen. Es war unabänderlich! Es war in ihr, und es würde wachsen, Tag um Tag; es würde sichtbar werden in einigen Monaten, und eines Tages würde es aus ihrem Leib gerissen werden und in die Welt hineinschreien, daß es lebte. Jeder würde es hören. Jeder würde wissen, daß sie Mutter war. Aber den Vater, diesen Schuljungen von einem Vater, den würde sie den andern unterschlagen.

Ihre Verzweiflung war nicht so langlebig wie ihre Hoffnung. Sie weinte einen einzigen Abend lang ihre Scham und ihren Zorn in die Kissen hinein, und noch während sie weinte, wog sie bereits zwei, drei Auswege gegeneinander ab und entschied sich.

Sie durfte Albert nicht mißtrauisch machen. Sie hatte seinen Charakter abgeschätzt, hatte alle Gefahren, die ihr von da erwachsen konnten, genau abgewogen. Nein, er würde nie etwas erfahren.

Sie sagte: »Es geht jetzt nicht. Du weißt doch, die Tage. Sie haben sich verspätet.«

Sie kaufte Zeitungen und las die Heiratsannoncen. Es war jetzt keine Zeit mehr zu verlieren.

»Suche die Gärtnerin meines Lebens.« Das gefiel ihr. Ein einfacher Mann von einunddreißig Jahren suchte ein reizendes, bescheidenes Frauchen, mindestens einen Meter sechzig groß, mit Herz, Humor und Freude am Wandern.

Sie schrieb sofort, sie sei das reizende Frauchen, und Wandern sei von jeher ihre große Liebe gewesen. Sie sei zwar nur einsneunundfünfzig groß, aber an dem einen Zentimeter würde die Sache ja wohl nicht scheitern. Sie fühle sich jedoch verpflichtet, ihm dies mitzuteilen, da er einssechzig verlangt habe; sie sei von jeher für Ordnung und Offenheit gewesen, und es wäre besser, er wüßte das mit dem fehlenden Zentimeter gleich jetzt. Seine Annonce habe sie angesprochen: »Gärtnerin seines Lebens«, ja, das möchte sie gerne werden. Sie sei bescheiden und sparsam und aufrichtig, vor allem aufrichtig, und fühle sich einsam. Postlagernd.

Ein einfacher Handwerker mit gesicherter Zukunft suchte eine ebenso einfache Frau zwischen einundzwanzig und fünfundzwanzig Jahren, die gesund und munter sei und ein wenig erspart habe. Sie schrieb, daß sie ein einfacher Mensch wäre und daß sie gut kochen könne. Gesund und munter sei sie auch. Postlagernd.

Sie schrieb sechs Briefe. Sie war nett und fleißig und bescheiden und tüchtig im Haushalt; sie liebte Musik, Dichtung und Malerei; sie schwamm, wanderte, tanzte mit Begeisterung; sie liebte es, auszugehen und blieb mit Leidenschaft zu Hause; sie war das treusorgende Mütterchen und die Frau mit Esprit; sie war temperamentvoll, warmherzig, natürlich und einfühlend. Sie war in sechs Briefen, was in sechs Annoncen verlangt wurde, und noch einiges, was sie aus anderen Annoncen herausgelesen hatte.

Der ›Gärtner‹ antwortete zuerst. Sie las den Brief und rechnete, daß die Geburt nur um einige Wochen zu früh kommen würde.

Sie trafen sich in einem kleinen Restaurant. Er hielt wie verabredet eine zusammengerollte Zeitung in der rechten Hand. Sie lächelten beide ein wenig linkisch, und er erklärte sofort, sie solle nicht über seine Glatze erschrecken, Glatzen seien ja wieder modern. Nein, nein, sagte sie, Glatzen habe sie seit jeher gern gemocht. Das mache einen Mann erst richtig männlich.

Seine Augenlider sind rot, dachte sie, und die Augen quellen ein wenig hervor. Aber die Zeit drängte.

»Ich bin Rohkostler«, sagte er. »Essen Sie Fleisch?«

»Ja«, sagte sie zögernd. »Aber nicht viel.«

»Ah, das ist schade. Ich bin ein einsamer Mensch.« Seine Froschaugen schienen sich mit Wasser zu füllen und noch weiter hervorzuquellen.

»Ja, einsam bin ich auch«, erwiderte sie.

»Alle essen Fleisch«, sagte er und seufzte. »Und dabei ist es so ungesund. Außerdem geht die tierische Ausstrahlung in den Körper über und erzeugt Begierden.«

»Davon habe ich noch gar nichts gehört.«

»Ja, wenn Sie Fleisch essen, sind Sie den Begierden ausgeliefert. Warum soll man nicht darüber sprechen? Sie können ganz offen sein.«

»Nein, ich weiß nicht, ich habe vom Fleischessen noch nie besondere Begierden gespürt.«

»Aber Sie haben sie gespürt, nicht wahr?«

Sie schaute auf das Tischtuch, folgte mit den Augen den Stoffmustern, die sie gleich wieder vergaß.

»Ihre Offenheit nimmt mich für Sie ein.« Er griff nach ihrer Hand. Seine Hände waren feucht. Es lief ihr eine kleine Gänsehaut über den Rücken. Sie zog sacht ihre Hand unter der seinen hervor. Später hatte sie das Verlangen, ihre Hand schnell irgendwo zu waschen.

Der einfache Handwerker war der zweite. Er empfing sie in seiner Wohnung. Er stand vor der Tür und sagte: »Ja, gesund und munter sehen Sie aus. Hahaha! Kommen Sie rein!« Er zog sie in ein Zimmer und begann: »Also, das ist so: Diese Wohnung gehört ja eigentlich meiner Mutter. Aber wenn meine Mutter stirbt, dann gehört die Wohnung mit allem, was drin ist, mir. Ich bin kerngesund, das kann ich Ihnen sagen. Seit ich arbeite, habe ich noch nicht einen Tag gefehlt! So ein kleines Fieberchen mal, Sie wissen, im Winter, mal im Hals und so. Aber da gibt's bei mir nichts, da wird geschafft! Hahaha!« Er riß die Tür auf und rief: »Mutter, bring mal Kaffee!«

Eine kleine ältliche Frau kam herein. Sie trug ein Tablett mit einer Kanne und Tassen und schaute schüchtern auf Edeltraut. Sie gaben sich die Hand.

»Also, jetzt laß uns mal allein, Mutter«, sagte er und schob sie zur Tür hinaus.

Sie nahm eine Tasse Kaffee. Die Uhr an der Wand hinter ihr begann zu schlagen. Es war so nah, daß sie erschrak. Er lachte und sagte: »Da brauchen Sie nicht zu erschrecken! Das Ding ist ein bißchen laut – aber das schlag' ich noch mal kurz und klein! – Also, Mädchen, jetzt schütte mal dein Herz aus. Was hast du denn gespart?«

»Gespart?« fragte sie. Sie erinnerte sich, daß in seiner Annonce gestanden hatte, er suche eine Frau, die ein wenig erspart habe – aber das hatte sie nicht weiter wichtig genommen.

»Na ja, was hast du so auf der Seite liegen?«

»Auf der Seite... dreihundert Mark.«

»Au Backe, mein Zahn, da wird nix draus! Ich bringe fünftausend mit, und wenn meine Frau so an die zehntausend mitbringt, mache ich mich sofort selbständig. Nein. Aber du gefällst mir ganz gut. Sag mal, wir brauchen ja nicht unbedingt zu heiraten, wir können uns doch auch so ein bißchen amüsieren. Na, was meinst du? Hahaha! Du bist doch auch nicht von gestern, sonst hättest du doch nicht auf die Annonce geantwortet.«

Der dritte sagte: »Das ist ein außerordentlicher, ein ganz außerordentlicher Schritt. Wenn auch unsere Neigungen bis zu einem gewissen Grade übereinstimmen, was für die spätere Freizeitgestaltung notwendigerweise von nicht zu unterschätzender Bedeutung ist, so bleibt doch noch genau festzustellen, ob auch in keinem anderen Punkt einer eventuellen Verbindung etwas hindernd im Wege steht. Wo sind Sie aufgewachsen? Wo zur Schule gegangen? Ah, Ihre Eltern leben noch! Ja, das ist schön, das ist schön. Es gibt ein Sprichwort: Die gute Familie ist das heilige Gefäß, aus dem die bessere Nachwelt hervorgeht. Die Familie ist wichtig. Meine verstorbene Frau war aus bester Familie... Ich habe noch eine Grammophonplatte von meiner lieben Frau, die haben wir einmal aufnehmen lassen. Ich bin sehr glücklich darüber. Jetzt kann ich die Platte auflegen und ihre Stimme hören, wann immer ich will. Das ist, als wäre sie leibhaftig im Zimmer. Wollen Sie die Platte hören?«

Nein, sie wollte die Platte nicht hören. Sie wollte nichts mehr hören. Sie rechnete. Ein Achtmonatskind, dachte sie.

Der vierte trug eine weiße Nelke im Knopfloch. Er war groß und schlank, war gut gewachsen und hatte welliges Haar. Aber er hatte einen Sprachfehler.

»Is bin ein leidenschaftlicher Tänzer«, sagte er und ging sofort mit ihr tanzen. »Is tanze Boogie, Tsa-Tsa, Walser, Swing. Das ist schön, daß Sie auch leidenschaftlich gern tanzen. Is finde, das verbindet mehr als alles andere, nist wahr? Übrigens muß is Ihnen gestehen, daß is einen kleinen Sprachfehler habe. Sie haben es vielleicht noch gar nist bemerkt, aber wenn Sie genau hinhören. Is habe im Amateurtanzen son zwei Meistersaften geholt. Aber was ist denn? Sie haben Tränen in den Augen? Kommen Sie, wir tanzen, da sind wir gleis in unserm Element. Dabei braucht man nist viel zu reden, dabei kommt man sich von ganz allein näher. Aber was ist denn? Sie können das ja gar nist tanzen.«

Der fünfte und der sechste waren ohne jede Besonderheit, aber gerade das machte sie mißtrauisch. Sie rechnete mit verborgenen Fehlern, die später herauskommen würden. Sie zerriß alle Briefe in winzige Fetzen und warf sie heimlich zum Fenster der Festung hinaus. Danach gab sie selber eine Annonce auf. ›Junge Frau ohne Vermögen, aber gesund und arbeitsam, sucht passenden Lebenskameraden. Bild erwünscht. Witwer mit Kleinkind oder Kriegsinvalide angenehm.‹ Sie wollte gerecht sein, wollte später nicht mit dem Vorwurf leben, ihn zu stark übervorteilt zu haben.

Auf diese Annonce holte sie vierzehn Zuschriften von der

Zeitung ab. Sie verkroch sich mit den Briefen in eine Gastwirtschaft und begann zu lesen – von den fremden Einsamkeiten und von schweren Schicksalsschlägen, von mangelnden Gelegenheiten, von quälenden Sehnsüchten und von der Bereitschaft, sie auf Händen zu tragen. Es waren vierzehn verschiedene Berufe, vierzehn verschiedene Handschriften und neun verschiedene Gesichter. Fünf Männer hatten kein Bild beigelegt.

Sie betrachtete jeweils erst das Bild, las dann den Brief und prüfte danach wieder das Gesicht, ob man ihm vertrauen könne. Da war einer, dem war die Frau überfahren worden. Ein anderer suchte das liebende Herz, das er bis jetzt noch nie gefunden hatte. Ein dritter schloß mit der selbstgedichteten Strophe: ›Warum soll ich einsam sein, besser ist's zu zwein.‹

Beim siebenten Bild und Brief stutzte sie. Sie kannte das Gesicht. Das war ein Mann, der in ihrer Firma arbeitete. Sie hatte ihn oft gesehen. Er arbeitete in der Versandabteilung, war gehbehindert und ging an einem Stock, wie Kainrath. Er war nicht mehr ganz jung, ruhig, bescheiden und, wie ihr schien, von einer vornehmen Zurückhaltung.

Sie fand es seltsam, daß da einer, den sie jeden Tag hätte kennenlernen können, nun auf dem Umweg über die Zeitung um sie warb.

An diesen Mann schrieb sie, daß sein Bild und seine schlichten Zeilen sie beeindruckt hätten.

Sie trafen sich und fanden es beide seltsam, daß sie erst die Annonce gebraucht hatten, um sich zu treffen. Am dritten Abend ging sie mit ihm auf sein Zimmer. Sie lehnte sich an seine Schulter, als sie dort saßen und er von seiner Einsamkeit erzählte. Sie sagte ihm, er sei genau das, was sie sich unter ihrem Ehemann vorgestellt hätte – und das habe sie schon immer gedacht, jedesmal, wenn sie ihm in der Versandabteilung begegnet wäre.

Als sie sehr spät in der Nacht die Treppen hinunterging,

dachte sie: Es wird ein Siebenmonatskind! Er bringt dieses Bein mit sich und ich das Kind. Sie fand, bei diesem Tausch hebe sich Vor- und Nachteil auf. Es war gerecht! Es würde ein ganzes Leben gerecht bleiben!

Jetzt war nur noch Alberts Anhänglichkeit im Wege. Das war das letzte Hindernis. Sie fürchtete seine Schwatzhaftigkeit, seinen Zorn, seine Enttäuschung und die Unberechenbarkeit seiner fünfzehn Jahre. Wenn es nicht anders ging, mußte sie seine Liebe töten, mußte er gedemütigt, erschreckt oder abgestoßen aus der Pulverkammer hinausgehen dieses letzte Mal.

Für dieses Vorhaben setzte sie zwei Stunden an. Mehr Zeit blieb nicht, denn später war sie mit ihrem Verlobten in der Nähe der Festung verabredet.

Zuerst versuchte sie eine gütliche Einigung.

»Du mußt jetzt ganz vernünftig sein«, begann sie. Behutsam brachte sie ihm bei, daß sie einen Mann gefunden habe, der sie liebe und den sie auch liebe und heiraten wolle. Dieser Vortrag dauerte eine halbe Stunde. So ginge es ohnehin nicht weiter, sagte sie. Sie lebe ständig in Angst, daß jemand von der Sache erführe. »Das ist sicher – du kommst in eine Erziehungsanstalt, wenn ein Sterbenswörtchen davon bekannt wird.«

»Aber wieso denn?« sagte er. »Wir wollen doch heiraten, wenn ich achtzehn bin.«

»Nein«, sagte sie.

Sie saß auf dem Bettrand und er stand vor ihr. Das Licht flackerte. Er stand vor ihr, sah auf sie herunter und überlegte. »Nein«, sagte er. »Nein, das geht nicht.«

»Doch! Du mußt vernünftig sein.«

»Aber ich bin doch vernünftig!«

»Heute abend bringe ich ihn mit und stelle ihn meinen Eltern vor.«

»Nein!« sagte er. »Nein, tu das nicht!« Er begann ohne jeden Übergang, heftig zu weinen, warf sich an ihre Brust, war ganz und gar aus seiner männlichen Rolle herausgefallen, die sie ihm erlaubt hatte und mit der sie bisher schonend umgegangen war. Er hing an ihrem Hals und schluchzte. Sie war aufgestanden und hatte ihn mit hochgezogen, begann zu überlegen, ob eine abschließende Hingabe, eine Art Abfindung, ihn nicht den Schmerz leichter ertragen ließe.

Er bettelte und weinte und plötzlich begann er mit den Fäusten auf sie einzuschlagen. »Nein! Nein! Nein!« schrie er.

Er traf nur ihre Arme, die sie schützend erhoben hatte. Aber sie sah sofort, daß dies ihre Chance war.

»So, du dreckiger Kerl!« rief sie. »Du schlägst mich!«

»Nein!« greinte er. »Ich schlage dich doch gar nicht.« Er putzte seine Nase, wurde etwas ruhiger. »Was ist denn das für ein Mann?«

»Du hast mich geschlagen!« rief sie. Es war ihr klar, daß sie von dieser harten Linie nicht mehr abweichen durfte. »Du gemeiner Kerl – ich kann meinen Arm fast nicht mehr bewegen.«

»Was ist es für ein Mann? – Du«, sagte er, »ich mache dich tot!«

»Pah, wenn ich ihm das erzähle, schlägt er dich kurz und klein! Mit seinem Stock! Ja, daß du es weißt, er geht am Stock. Er wurde im Krieg verwundet. Wenn du ihm in die Quere kommst, schlägt er dich schwarz und blau!«

»Ich mache dich tot!« sagte er. »Und hinterher mache ich mich selbst tot!«

»Du bist ja verrückt!«

»Du wirst dich wundern! Du denkst, ich mache das nicht. Ich wäre ein dummer Junge, denkst du! Aber ich habe schon ganz andere Sachen gemacht! Damals, als die Baracke abbrannte, das war ich! Ich habe sie angezündet! Ich! Ich!«

»Was? – Das hast du... Dafür mußt du ins Gefängnis! Das hast du getan? Die Leute haben ihre Sachen verloren. Du gemeiner Dreckfink! Ich werde dafür sorgen, daß du ins Gefängnis kommst!«

Sie holte aus und versetzte ihm eine schallende Ohrfeige. Sie war vollkommen kühl. Es war nicht wichtig, was er jemals getan hatte und noch tun würde. Und während sie ihm ihre Entrüstung über die Brandstiftung vorspielte, triumphierte sie schon.

Sie hatte ihn überwunden. Sie hatte den Keil in sein Herz getrieben, und nun würde seine Liebe welken wie die Blätter an einem gefällten Baum.

»Du bist ein Verbrecher!« sagte sie im Tone grenzenloser Verachtung. »Aber man sieht es dir an. Du hast ein häßliches Verbrechergesicht!«

»Die andern...«, sagte er stockend, »die andern waren doch schuld...«

»Ich werde es meinem Mann sagen! Er wird dich durchhauen mit seinem Stock, daß du nicht mehr stehen kannst, du häßlicher Vogel mit deinen Schlappohren!«

Verblüfft stand er vor ihr. Er war wie betäubt von dem plötzlichen Ausbruch ihres Widerwillens. Er war gebrochen.

»Ich weiß es«, sagte er niedergeschlagen. »Jetzt hast du einen richtigen Mann. Aber es ist alles nur wegen meinen abstehenden Ohren.«

Am Abend strich er in den dunklen Ecken des Innenhofes umher und wartete. Sie kamen um acht Uhr abends. Er hörte, wie der Mann den Stock aufsetzte, sah die beiden nebeneinander auf die Tür zugehen und darin verschwinden. Er war ein richtiger Mann, mit dem er nicht konkurrieren konnte, auch wenn der andere ein steifes Bein mit sich herumschleppte.

Albert folgte ihnen. Er stand auf der Treppe und horchte. Und als er ihre Schritte auf der Galerie hörte, rief er laut:

»Hinkefuß! Hinkefuß!«

Dann rannte er die Treppe hinunter über den Hof und aus dem Torbogen hinaus. Draußen lauerte er, ob man ihn verfolgen würde. Aber es kam niemand. Das verdroß ihn, denn er hatte sich gewünscht, der andere würde mit seinem steifen Bein vergeblich hinter ihm herrennen. Er blieb fast eine Stunde draußen, traute sich erst dann wieder in den Hof. Er gestand es sich nicht ein, aber es war noch immer der Stock, der ihn in den Stall zu Max trieb, wo er lange Zeit auf einem Strohballen saß und in der Dunkelheit leise vor sich hinweinte.

In der Nacht schlief er unruhig. Er träumte, er werde in ein Gefängnis eingeliefert und dort mit einem Stock geschlagen. Später wurde er dazu verurteilt, sein ganzes Leben lang zur Schule zu gehen. Der Mann, der das Urteil aussprach, hinkte. Er zog Albert am Ohr.

Irgendwo wurde in dieser Nacht geschrien. Am Morgen erinnerte sich Albert daran und dachte, auch das habe er geträumt. Später hörte er jedoch Hugo und Eliese darüber reden, daß Viktor und Alwina sich in der Nacht gestritten hätten.

»Um was denn?« fragte Mi-Mo.

»Das geht dich nichts an«, sagte Hugo.

»Hast du es nicht gehört?« fragte Eliese. »Es war doch laut genug.«

»Nein«, sagte Mi-Mo. »Ich habe geschlafen.«

Die Großmutter saß am Tisch und stippte ihr Brot in den Kaffee.

Bruno rief: »Darf ich jetzt Max umherführen? Er muß doch Bewegung haben.«

Hugo schnitt die Krusten von seinen Brotscheiben ab und legte sie auf den Tisch. »Laß dir doch endlich ein Gebiß machen«, sagte Eliese. »Dann kannst du wieder alles kauen.«

»Das geht jetzt nicht«, sagte Hugo. »Das Geschäft läßt nach.«

»Aber eine Höhensonne konntest du gestern von einem Vertreter kaufen!«

»Sie war preiswert!«

»Preiswert oder nicht – wir brauchen keine Höhensonne!«

»Sie war wirklich preiswert!« sagte Hugo. »Außerdem ist die Bestrahlung mit Höhensonne sehr gesund!«

Am Nachmittag schlenderte Albert umher, die Hände in den Taschen, und beobachtete die Tür und den Torbogen mit unbestimmten Hoffnungen. Er sah, daß Mi-Mo über den Hof daherkam. Sie trug ihren neuen Mantel.

»Wo gehst du hin?« fragte er.

»Ich bin verabredet.«

»So«, murmelte er.

Danach saß er im Stall auf den Strohballen und brütete vor sich hin. Als Bruno mit zwei gleichaltrigen Jungen hinzukam, stand Albert auf und ging wieder hinauf.

Um drei Uhr nachmittags stand Albert Starosta im Waschraum und versuchte, sich das rechte Ohr abzuschneiden.

Es war plötzlich über ihn gekommen. Er war im Waschraum gewesen, hatte wieder hinausgehen wollen, da war sein Blick in den Spiel gefallen. Er sah hinein und prüfte sich unnachgiebig. Er fand nichts, was ihn mit diesem Gesicht versöhnt hätte. Sie hatte auch nichts darin gefunden. Er war ein häßlicher Vogel mit Schlappohren.

Er sah eine benutzte Rasierklinge liegen. Sie glänzte, und er starrte sie an. Sie war kalt und naß, und er wischte sie an seiner Hose ab.

Und dann überfiel es ihn: Er würde sich rächen an diesen Ohren und sie abschneiden.

Der Schnitt war tief. Er hatte dicht am Kopf angesetzt und leise vor Schmerz gestöhnt. Das Blut schoß hervor, er spürte es warm den Hals hinunterrieseln. Dann zwang ihn aufquellende Übelkeit, sich zu erbrechen. Er ließ die Klinge fallen und hetzte hinüber nach dem Zimmer. Er klapperte mit den Zähnen, als er dort ankam.

Eliese schrie auf, und Hugo wurde blaß um die Nasenspitze.

»Blutstiller!« rief er. »Blutstiller!«

Sie rannten um ihn herum, legten ihm einen riesigen Verband an. Die Großmutter deckte, auf einem Stuhl stehend, bereits sein Bett auf.

»Ins Bett!« rief Eliese. »Gleich ins Bett!«

»Ich habe mich gerissen, im Waschraum«, sagte Albert. »Ich habe mich gebückt und beim Aufrichten bin ich mit dem Ohr an einem Waschbecken hängengeblieben.«

Später lag er oben in seinem Bett, hatte einen Turban von weißem Stoff und Handtüchern um den Kopf und fühlte eine wohlige Genugtuung. Ihm schien nun, er habe sich nicht nur an seinem Ohr, sondern auch an Edeltraut gerächt.

»Das halbe Ohr hat er sich abgerissen«, sagte Hugo.

Eliese sagte: »Wenn Mi-Mo jetzt da wäre, könnte sie einen Arzt holen.«

Mi-Mo war unterwegs. Um drei Uhr nachmittags hatte sie den Sohn des Häuptlings getroffen. Sie hatte erst nicht zu dieser Verabredung gehen wollen, aber dann war ihr sein freundliches Lächeln eingefallen, und sie erinnerte sich, daß es sonst nichts Freundliches gegeben hatte an diesem Abend im Tenniscafé.

Sie gingen nebeneinander. Der Afrikaner trug ein Paket unter dem linken Arm. In der rechten Hand hielt er ein Wörterbuch. Wenn er ein Wort suchte, gab er Mi-Mo das Paket und blätterte hastig in seinem Sprachführer. Die Passanten schauten sich um.

Er sagte: »Du Papa und Mama?«

»Ja, ich habe Papa und Mama«, sagte sie.

Er wollte ihre Eltern begrüßen. Sie versuchte, ihm das auszureden, aber er bestand darauf. Sie konnte ihn nicht überzeugen mit all den atemlosen Worten, die sie zusammensuchte und die er nicht verstand.

»Sagen Mama und Papa guten Tag.« Er klopfte mit der Hand an das Paket und lachte.

»Ach Gott«, sagte sie verzweifelt, »das geht doch nicht!«

»Ja, ja, ja, ja«, sagte er.

Sie brauchten lange zu dem Weg, auf dem er ihr immer

wieder das Paket reichte, um in seinem Büchlein zu blättern und mit dem Zeigefinger suchend über die Seiten zu fahren.

Als sie in der Nähe der Festung angekommen waren, die düster von dem Hügel herunterdrohte, blieb er verblüfft stehen. Seine Augen waren groß und rund. Er deutete hinauf und fragte: »Papa?«

»Ja«, sagte Mi-Mo.

»Oh, Papa Chief, Chef, Häuptling?«

Sie mußte ihn zurückhalten. Er wollte noch einmal in die Stadt gehen und ein größeres Paket als Gastgeschenk mitbringen. Er ließ sich nur schwer überzeugen. Langsam gingen sie auf die Mauern zu, die ihn stark beeindruckten.

Hugo saß am Tisch und hatte die Hosenträger herunterhängen. Albert und die Großmutter lagen in ihren Betten. Eliese bügelte auf einem Brett, das sie über einen Stuhl und die Tischkante gelegt hatte. Bruno mußte auf diesem Stuhl sitzen und ihn mit seinem Gewicht belasten, damit er nicht umkippte.

Hugo schaute auf. Sein Ausdruck wechselte von Erstaunen zu Bestürzung. Albert und die Großmutter setzten sich wie auf Kommando im gleichen Augenblick in ihren Betten auf. Eliese stand mit dem erhobenen Bügeleisen in der Hand. Sie sagten nichts und schauten auf die beiden, die langsam hereinkamen. Nur Bruno redete. »Ein Neger«, sagte er leise, »ein richtiger Neger!«

»Was denn, was denn!« sagte Hugo.

»Er ist der Sohn eines Häuptlings«, entgegnete Mi-Mo ernsthaft.

»Was fällt dir eigentlich ein!« rief Hugo.

»Ja«, erklärte Mi-Mo trotzig, »der Sohn eines großen Häuptlings! Und außerdem ist er schön!«

»Ob Häuptling oder nicht... Jedenfalls ist er ein schwarzer Neger!«

»Guten Tag«, sagte der Afrikaner. »Guten Tag Mama, guten Tag Papa. Ich bin Student. Aber nix Deutsch.« Er lächelte freundlich und legte das Paket vor Hugo auf den Tisch.

»Ich habe doch gewußt, daß da was faul ist – warum hätte die sich sonst gestern gepudert!« Hugo schlug mit der Faust auf die Tischplatte: »Eine Schande ist das! Mit den Fingern werden sie auf uns deuten! Mein guter Name!« lamentierte er.

»Er hat dir was mitgebracht«, sagte Mi-Mo.

»Ihr wißt genau, daß ich so was nie zulasse!« schrie Hugo. Er blickte auf das Paket. »Ist das für mich? Ich will das nicht! Was ist denn drin?« Er begann das Papier abzuwickeln.

Es war eine Kiste Zigarren und eine Flasche Wein.

»Na ja«, sagte Hugo. »Ein Student. Na ja. Wenn sie wenigstens im Dunkeln mit ihm gekommen wäre.«

FÜNFZEHNTES KAPITEL

Als Fräulein Leisle kam, lag Albert im Bett und trug noch immer einen Verband um den Kopf.

»Ach«, sagte sie, »er ist also wirklich krank.«

»Und ob!« erwiderte Hugo. »Schwer krank ist mein Sohn!«

»Was fehlt ihm denn?«

»Er hat sich das halbe Ohr abgerissen und davon hat er schlimme Kopfschmerzen!«

»Und was war vorher?« fragte das Fräulein. »Er hat in den letzten vier Wochen wieder dreimal unentschuldigt gefehlt.«

»Wir hatten Arbeit«, sagte Hugo. »Ich kann nicht alles allein machen. Ich habe ein Geschäft eröffnet!«

»Ein Geschäft?«

Sie fragte, und er erzählte, wie sich die Sache abgespielt habe, und daß er nun nicht mehr auf die Unterstützung angewiesen sei. Nur die Großmutter beziehe noch Unterstützung, aber das stehe ihr ja auch zu. In der letzten Zeit gehe das Geschäft ein wenig zurück, weil nun nicht mehr so viele Leute umzögen. Aber das mache ich schon wieder. Nein, auf Unterstützung sei er nicht mehr angewiesen.

»Haben Sie das Geschäft angemeldet?« Sie zählte die Ämter auf, wo er es hätte anmelden müssen. Und was wäre, wenn sein Geschäft einginge? Die Festung werde bald geräumt, und da gebe es keine Umzüge mehr, dafür aber Schwierigkeiten mit dem neuen Antrag auf Unterstützung.

»Das mache ich schon«, sagte Hugo.

»Jedenfalls ist das keine Entschuldigung für das Fernbleiben Ihres Sohnes vom Unterricht! Andere Leute haben auch ein Geschäft, aber die Kinder dieser Leute gehen in die Schule und fehlen nicht unentschuldigt. Herr Starosta, wir haben ernstlich erwogen, ob wir Ihren Sohn nicht in Fürsorgeerziehung nehmen!«

»Fürsorgeerziehung? Wer ist denn ›wir‹?«

»Ja«, sagte Fräulein Leisle. »Es sind uns nämlich auch noch andere Dinge zu Ohren gekommen.«

»Uns? Wer ist denn ›uns‹?« schrie Hugo. »Und wer ist der Ehrabschneider, der Ihnen da etwas ins Ohr geblasen hat?«

»Es sind Tatsachen, Herr Starosta. Der Lebenswandel Ihrer Tochter wird offensichtlich von Ihnen geduldet. Und man weiß...«

»Man weiß!« unterbrach sie Hugo, »So, man weiß! Wir haben erwogen! Uns ist zu Ohren gekommen... Ich sage Ihnen: ›Wir‹, ›uns‹ und ›man‹ haben jahrelang mit meiner Familie und mit mir gemacht, was sie wollten! Aber jetzt ist das vorbei! Ich schlage jedem den Schädel ein, der in dieses Zimmer kommt und Hand auf meinen Sohn legt! Fürsorgeerziehung? Nur über meine Leiche!«

Hugo Starosta hatte das Gefühl, daß sich die klebrigen Finger einer anonymen Macht nach seiner Familie ausstreckten. Da saß dieses Fräulein, und für ihn vertrat sie die Macht, die ihm jahrelang Befehle erteilt, für die er eine Uniform angezogen, ein Gewehr in die Hand genommen hatte, und deren Schuld es war, daß er für lange Jahre von seiner Familie getrennt worden war. Für ihn war es noch die gleiche Macht, wenn auch die Namen gewechselt haben. Er kennt alles – was von ›oben‹ kommt, und von da ist für ihn noch nie etwas Gutes gekommen: Sie hatten ihn gegängelt, herumkommandiert, von Lager zu Lager und von da durch stinkende Baracken geschleust –. Und die andern, die zu bestimmen hatten? – Immer von oben herab! Auch ihre Freundlichkeiten kamen von oben herab! – Und die Kinder haben auf den Elendsbetten geschlafen. Sie haben viel gesehen, viel gehört und haben Unglaubliches entbehrt und sind dabei gewachsen. Seltsam, sie sind dabei groß geworden. Und das schien ihm fast ein Wunder. Sie hätten unter diesen Bedingungen eigentlich nicht gedeihen können und zu einem Geschlecht von Zwergen werden müssen. Und das ist das

Wunder: Sie sind gewachsen, haben die normale Größe eines Menschen entwickelt. – Ah, und er selber, er war nicht stärker dabei geworden, gewiß nicht! Das Leben will gemeistert sein. Jaja! Aber sie hatten ihn fertiggemacht. Und dann kamen sie und warfen ihm vor, daß er nicht stärker war. Immer wieder kamen sie, wollten etwas von ihm, beaufsichtigten ihn, drohten ihm.

Er wiederholte: »Nur über meine Leiche bringen Sie meinen Sohn in die Fürsorgeerziehung!«

Er sagte es jetzt ruhig, und das Fräulein schwieg und blickte zu Boden.

»Sie kommen immer nur mit Drohungen«, fuhr er fort. »Sie haben uns noch nie etwas Gutes gebracht! Wissen Sie eigentlich, wie lange uns schon eine Wohnung versprochen wird? Andere haben längst eine Wohnung! Und wenn man die Zeitungen liest, da könnte man meinen, daß es hier allen Menschen ganz großartig geht! Den oberen, ja, denen geht es großartig – aber uns nicht!«

»Herr Starosta, als Sie hierherkamen, hatten sie eine große Familie. Es war nicht leicht mit der Wohnung. Sie haben nicht viel dazu getan. Sie überlassen alles dem Staat. Sie haben nichts getan.«

»Ich? Hahaha! Überlasse es dem Staat. Was, glauben Sie, hat mir der Staat schon alles versprochen. Aber gehalten hat der Staat nie etwas. Mir ist der Staat noch alles schuldig geblieben!«

»Der Staat, das sind auch Sie!«

»Ich? Nein, der Staat, das sind für mich Leute wie Sie! Ich bin doch nur das Lasttier, auf dem der Staat herumreitet! Und ich kriege dann immer wieder die Sporen! Ja, die kriege ich, die waren mir von jeher sicher!«

»Die Festung wird geräumt, Sie erhalten dann auch Ihre Wohnung!«

»Ich glaube es nicht!«

»Sie gehören zu den Leuten, die sich nicht einfügen, die sich nicht einpassen können! Es hat immer Schwierigkeiten gegeben mit Ihnen. Andere haben ihre Wohnung bekommen, ja, sie haben aber auch dazu beigetragen, indem die einzelnen Familienmitglieder arbeiteten und für eine Wohnung zusammenlegten. Den Rest hat der Staat dann übernommen, zinsloses Darlehen, Zuschüsse und so weiter. Aber Ihre Söhne haben Sie ja im Stich gelassen. Kaum hätten sie mitverdienen können, haben sie sich aus dem Staub gemacht. Und Sie haben auch nicht gerade viel gearbeitet. Tausende haben schließlich eine Wohnung bekommen, ohne einen Pfennig, und Sie werden auch eine erhalten.«

Ja, dachte er, meine Söhne, das ist wahr. Sie haben mich im Stich gelassen.

Nun hatte er nur noch Mitleid mit sich selber. Die bittere Schärfe des ehrlichen Zornes verließ ihn wieder. Er jammerte, räsonierte, erging sich in Vorwürfen gegen alles und jeden, und erklärte am Ende: »Ich bin ein kranker Mann!«

»Achten Sie jedenfalls darauf, daß Ihr Sohn zur Schule geht«, sagte das Fräulein Leisle, »und daß Ihre Tochter diesen Lebenswandel aufgibt.« Die Drohung mit der Fürsorgeerziehung wiederholte sie nicht, aber sie nahm sie auch nicht zurück.

Als sie gegangen war, sagte Mi-Mo: »Ich gehe von hier fort! Das lasse ich mir nicht gefallen!«

»Du wirst hierbleiben!« schrie Hugo.

»Nein, ich gehe fort!«

»Ach, ich muß mich hinlegen«, sagte Hugo ächzend und kletterte zu seinem Bett hinauf. »Ich muß mich hinlegen, die Leisle hat mich ganz krank gemacht. Bruno, hol mir einen Zehner-Stumpen.«

Er verstand nichts von zinslosen Darlehen und Zuschüssen und solchen Dingen. Er war mißtrauisch gewesen gegen die Bestrebungen der Leute, die morgens pünktlich zur Arbeit gingen und auch noch ihre Frauen und erwachsenen Kinder zur Arbeit schickten und jeden Pfennig in eine gemeinsame Kasse warfen. Sie hatten eine Interessengemeinschaft gegründet und jahrelang davon gesprochen: zwanzig oder dreißig Familien, die in ein paar Tagen die Festung verlassen würden, um in die neugebauten Wohnungen zu ziehen. Die Banken hatten geholfen und der Staat und wer weiß noch wer! Aber jetzt waren sie in den Klauen von Geldleuten, denen sie verschuldet waren. Und wieviel Jahre mußten sie nun zahlen? Und wer konnte denn das überhaupt bezahlen? Das ist doch alles faul, dachte Hugo. Wenn ich fünf Jahre nur für eine Wohnung arbeiten und sparen muß, dann ist doch etwas faul! Und die Wohnungen gehörten nicht einmal ihnen. Er hatte verfolgt, wie die Preise geklettert und den Sparern davongelaufen waren. Das kam von oben, dachte er, die wuschen sich wieder die Hände in der Not. Aber an seiner Not sollten sie keinen Pfennig verdienen. Diese Gewißheit war ihm eine Genugtuung.

Insgeheim hoffte er auf die Strafe der Großen. Sie schien ihm zwar nicht sicher, aber das war für ihn die einfachste Sache von der Welt: Männer, die jährlich Millionen verdienten, nur der Millionen wegen, während das Brot immer teurer wurde, und die Straßenbahn und die Margarine, die hatten Strafe verdient. Und das Fleisch, das Mehl, die Kartoffeln, das Gemüse – das alles kostete immer mehr.

Strafe! dachte er, Strafe!

Eliese war ängstlich. »Sie werden doch Albert nicht in die Fürsorgeerziehung stecken?«

»Das sollen sie wagen!« rief er.

»Und wenn die Festung geräumt wird, wo gehen wir dann hin?«

»Es findet sich schon was, aber ich glaube nicht, daß die Festung geräumt wird!«

Man sprach davon. Bei Kainrath im Laden sprach man beinahe von nichts anderem. Doch auch Kainrath glaubte nicht daran. »Das dauert noch Jahre«, sagte er. Allerdings gab er seine Bestellungen jetzt kurzfristiger auf als bisher, und mit Krediten war es vorbei. »Es geht wirklich nicht mehr«, sagte er. »Ich brauche jeden Pfennig für mein neues Geschäft.«

Alwina hörte, wie Eliese abgewiesen wurde. »Das Geschäft geht nicht sehr gut bei uns«, sagte sie zu ihr. »Deshalb wollte ich pumpen. Aber du mußt nicht denken, ich hätte kein Geld mehr. Ich habe etwas gespart, das will ich nicht angreifen.«

Sie standen auf der Galerie. Eliese wollte von ihren Sorgen reden, wollte sie vor Alwina ausbreiten und dann ein Urteil darüber hören. Ein Mann ging vorbei, der höflich den Hut zog. Alwina wechselte ein paar Worte mit ihm. Es war von Katalogen für Porzellan die Rede. Er könne in den nächsten Tagen einmal vorbeikommen, wenn es ihm nichts ausmache.

»Gern«, sagte der Mann. »Ich komme in den nächsten Tagen.«

»Du willst doch nicht etwa Porzellan kaufen?« fragte Eliese.

»Vielleicht«, erwiderte Alwina. »Ich will es mir mal ansehen.«

Am Abend sagte Eliese zu Hugo: »Sie will Porzellan kaufen, stell dir das vor!«

»Was die für Rosinen im Kopf hat. Mit der ist Viktor schwer geschlagen. Mit der stimmt etwas nicht«, sagte Hugo. »Frag sie doch mal.«

»Ich soll sie einfach fragen?«

»Das mußt du eben ein bißchen geschickt anfangen. Weiber tratschen doch untereinander. Ich würde ihr schon die Würmer aus der Nase ziehen.«

»Du willst wohl wissen, warum sie nicht mehr mit Viktor ins Bett geht, was?«

»Blödsinn«, knurrte er. »Darüber bin ich erhaben.«

Sie schwiegen beide einen Augenblick, und in diese Stille hinein ertönte plötzlich das Kichern der Großmutter, die auf ihrem Bett saß.

»Was lachst du?« rief Hugo. »Du hörst uns wohl zu? Das geht dich gar nichts an!«

»Nix, nix, nix!« zischelte sie.

Bruno und Albert kamen herein. Bruno sagte: »Vater, Herr Schulz hat nach dir gefragt. Er will nachher zu dir kommen.«

»Was will der von mir? Eliese, schulden wir dem etwas?«

»Wenn du nichts bei ihm geliehen hast, schulden wir ihm nichts.«

Schulz brachte einen Auftrag. »Habt ihr schon gegessen?« fragte er. »Dann setze ich mich einen Augenblick. Edeltraut heiratet in drei Wochen. Deshalb bin ich gekommen.«

»Was, so schnell? Es ist doch erst eine Woche her, daß sie ihn euch vorgestellt hat.«

»Ja, aber sie laufen schon eine ganze Weile miteinander. Ich bin nicht für unklare Sachen. Seid ihr euch einig, habe ich gefragt? Gut, dann heiratet bald! Das hat sich wohl schnell herumgesprochen, daß er bei uns war? Er hat eine gute Stellung und ist ein anständiger Kerl.«

»Aber er hinkt doch wohl?«

»Darauf sieht meine Edeltraut nicht. Die sieht nur auf den Charakter.«

»Du hast mal geglaubt, zwischen ihr und meinem Hermann hätte es was gegeben. Ich habe das auch geglaubt.«

»Das war unbegründet, sie hat es mir selber gesagt. Sie hat deinen Hermann eigentlich nie richtig leiden mögen, aber er ist ihr eben nachgestiegen.«

»So, nachgestiegen? Davon habe ich aber nichts bemerkt. Du hattest immer was gegen ihn, nicht wahr? Aber er hat es weit gebracht. Und mein Ältester auch. Beide haben sie es zu was gebracht!«

»Na, das freut mich. Also, die Sache ist so: Er hat eine Wohnung in Aussicht. Die kostet ein paar Tausend. Er hat die Hälfte gegeben. Die andere Hälfte kommt von uns. Ich und meine Buben haben Zurückgelegtes, und Edeltraut hatte ja auch noch ein bißchen was. Die Wohnung ist also sicher. Wir haben einige Möbel untergestellt, die sollst du dorthin fahren. Zwei Schränke, einen Ausziehtisch, Stühle und so weiter. Das gebe ich ihr zu. Das Heiraten ist ja heute eine schwere Sache, es ist überhaupt verwunderlich, daß noch jemand heiratet. – Also es hat noch Zeit mit den Möbeln, ich wollte nur den Termin schon festlegen. Ich habe übrigens gehört, daß dein Geschäft zurückgegangen ist –. Naja, jetzt hören die Umzüge allmählich auf. Die andern, die nächste Woche hier wegziehen, die hätten dich auch was verdienen lassen können. Aber nein, sie wollten nicht, du bist ihnen zu langsam, und dein Wagen ist ihnen zu klein. Ja, es gibt Luft hier. Wir ziehen auch schon in einem Monat aus. Endlich ist es soweit. Es hat Jahre gedauert. Wir sind hier grau geworden. Du auch und noch mancher andere.«

Als Schulz gegangen war, begann Albert, sich zu entkleiden.

»Willst du schon schlafengehen?« fragte Eliese.

»Ja, ich habe wieder Kopfschmerzen.«

»Sei nur nicht so wehleidig!« rief Hugo. »Da habe ich ganz andere Schmerzen ausgehalten!«

»Wegen deinem Zahn hast du aber tagelang lamentiert, damals.«

»Was! Willst du darauf anspielen? Hier, ich habe ihn aufgehoben!« Er nestelte an dem Uhrtäschchen seiner Hose. »Hier habe ich ihn!« Er hielt ihn zwischen zwei Fingern hoch. »Das ist noch nicht vergessen!«

»Wirf doch endlich den häßlichen Zahn fort«, sagte Eliese.

Albert stieg wortlos hinauf und kleidete sich oben im Bett vollends aus. Er legte sich auf die Seite und schloß die Augen. Möbel – Schränke und Stühle, dachte er. In drei Wochen ... Das Ohr war schief angewachsen. Das Edeltraut-Ohr. Der andere hatte ein steifes Bein. Das Edeltraut-Bein. Sie hat nichts gesagt von der Baracke. Sie wird auch nichts mehr sagen. Sie hat vor mir Angst. Sie laufen schon lange miteinander? Das ist gelogen! Wie die alle lügen! Ob es jemand gibt, der nicht lügt?

»Wo bleibt denn Mi-Mo wieder?« fragte Hugo. »Das hört mir auf, nicht nach Hause zu kommen!«

Mi-Mo ist zu dumm zum Lügen, dachte Albert. Sie ist noch dümmer als ich. – Die Ohrfeige hätte ich Edeltraut zurückgeben müssen. Wenn sie mir begegnet, gebe ich ihr die Ohrfeige. Wenn der das wüßte, der mit dem Stock, daß sie in der Kammer mit mir im Bett gelegen hat. Einen Brief sollte man schreiben. – Auf dem linken Bein, ganz oben, da hat sie den kleinen, braunen Fleck. Muttermal. Damit kann ich beweisen, daß ich bis da obenhin geguckt habe. Ich würde sie nicht heiraten, wenn ich Sie wäre. Da kommt nichts Gutes dabei raus. Nachher wird sie sagen, Sie haben ein steifes Bein. Ich habe kein steifes Bein, aber abstehende Ohren. Und das hat sie mir vorgeworfen, und wie! Und die Brust, die kleinen Dinger, da vorne drauf, die so vorstehen, die wurden auch immer ganz hart. Und da habe ich schon immer gewußt: Aha! Aber mein Bruder hat sie sitzenlassen. Den wollte sie haben, doch den hat sie nicht gekriegt. Hermann hat es richtig gemacht. Der hat gar nicht mehr an sie gedacht. Ich denke ja auch nicht mehr an sie. Auf der Straße, wenn er neben ihr hergeht, macht es immer hunk-punk, hunk-punk! Das ist die Strafe! Wenn sie alt werden, macht es vielleicht fünfzig Jahre lang hunk-punk...

Am Morgen war Albert fort.

Eliese vermutete ihn im Waschraum, und Hugo ging hinaus und rief. Er war nicht dort.

Das ist wieder eine seiner Hinterhältigkeiten, dachte Hugo. So war es auch mit der Hose und all den Frechheiten und dem undurchdringlichen Gebaren dieses Früchtchens. Tückisch!

»Wir hätten ihn doch hören müssen, wenn er zum Waschraum gegangen wäre!«

»Aber wo kann er denn sein?« fragte Eliese.

Beim Frühstück blickte sie auf den leeren Stuhl. Sie hatte eine Tasse an Alberts Platz gestellt und wollte auch Kaffee eingießen. Aber Hugo fuhr sie an. Hatte das einen Sinn, jemandem Kaffee einzugießen, der gar nicht da war?

»Reg dich nicht so auf!« rief Hugo. »Der wird sich irgendwo rumtreiben!«

»Es ist doch wegen der Schule.«

»Ich habe jetzt keine Zeit, ihn zu suchen. Heute mittag werde ich ihm was erzählen, darauf kann er sich verlassen!«

Als Hugo am Mittag zurückkam, sagte Eliese mit einem Gesicht, als habe sie ein schlechtes Gewissen: »Er ist nicht da.«

»So«, sagte Hugo. »Das macht er nur, um uns zu ärgern! Ich kenne ihn!«

»Hugo«, sagte sie. »Es kann ihm etwas passiert sein.« Sie hatte Alberts Habseligkeiten nachgeprüft. Es fehlte nichts.

»Sei nicht dämlich«, sagte Hugo.

»Du kümmerst dich nicht genug um deine Kinder!« rief sie.

»Ich habe mich genug gekümmert! Was soll ich denn machen? Soll ich mich in den Hof stellen und ›Albert! Albert!‹ rufen? Der kommt schon wieder!«

Er kam nicht. Weder am Abend noch am nächsten Tag. Sie hatten überall gefragt, waren bei Kainrath und etlichen Leuten in der Festung gewesen, doch niemand wußte etwas. Aber Kainrath hatte Hugo einen anderen Wink gegeben. Mi-Mo war gesehen worden, wie sie am späten Abend in ein Auto gestiegen war. Auf einer Straße. Das beweise zwar noch nichts, aber man müsse aufpassen. Jaja.

Am vierten Tag begannen sie, still zu werden. Sie redeten nicht mehr viel von Albert und warteten mit betretenen Gesichtern. Hugo sagte zu Mi-Mo auch nur: »Bist du abends irgendwo in ein Auto zugestiegen? Man hat dich gesehen.«

»Ich? Das ist gelogen! Gelogen ist das!«

»Ja, ja, ja, ja, ja«, sagte er nachdenklich.

»Ob wir nicht die Polizei...?« murmelte Eliese.

»Mit der will ich nichts zu tun haben!« sagte Hugo.

Aber am fünften Tag kamen morgens zwei Polizisten. Jemand in der Festung hatte es für richtig gehalten, im Revier anzurufen. Die Polizisten fragten, warum sie bisher keine

Vermißtenanzeige aufgegeben hätten. Das sei doch ihre Pflicht gewesen!

»Jetzt ist es soweit«, sagte Hugo. »Jetzt habe ich auch noch die Polizei im Haus!« Er hatte sich drei Tage nicht rasiert, saß apathisch und mit geröteten Augen am Tisch und hörte zu, wie Eliese die Fragen beantwortete, die ihr gestellt wurden.

SECHZEHNTES KAPITEL

Mi-Mo arbeitete nicht mehr in der Sauerkrautfabrik. Sie hatte sich mit Irene zerstritten, und außerdem – so sagte sie – machte man sich in der Fabrik die Hände kaputt. An dem Streit mit Irene war sie schuldlos gewesen: Thomas hatte ihr an einem Abend den Vorzug gegeben, und das hatte Irene nicht verziehen.

Mi-Mo schlief morgens lange. Am Tag las sie Romane, wenn sie nicht gestört wurde. Abends ging sie fort und sagte, sie besuche ihre Freundin. Hugo drängte darauf, daß sie wieder Arbeit annehme, aber Eliese war mit ihrer arbeitslosen Tochter gar nicht so unzufrieden: Sie konnte ihr tagsüber einen Teil des Schmerzes aufbürden, den sie mit sich herumtrug.

Sie begann gleich morgens, von Albert zu reden, wiederholte jeden Tag die gleichen Sätze und hörte die gleichen beschwichtigenden Antworten von Mi-Mo, deren beruhigende Wirkung meist eine Stunde vorhielt.

Hugo redete wenig. Er war bei Adolf gewesen. Aber Adolf hatte ihm nicht helfen können. Bei Hermann hatte Hugo zweimal vergeblich vor der Tür gestanden; ein drittes Mal hatte er es nicht mehr versucht. Die Polizisten waren noch einmal wiedergekommen, und Eliese und Hugo waren mit einem Bild Alberts auf das Polizeipräsidium bestellt worden.

Als sie die Treppen wieder hinuntergingen, sagte Hugo: »Jetzt wird ein Plakat von ihm gemacht. Das wird ausgehängt.« Eliese begann daraufhin auf der Treppe laut zu weinen. Die Leute schauten sich nach ihnen um, und Hugo zischelte: »Hör doch auf zu heulen! Die denken sonst alle, wir wären hier gewesen, weil wir etwas ausgefressen haben.«

In der Festung erzählte Eliese Mi-Mo gleich von dem Plakat und begann von neuem zu weinen. Später ging sie hinüber zu Alwina und sagte: »Es wird ein Plakat von ihm gemacht, das wird ausgehängt.« Auch dort flossen ihre Tränen reichlich. Und als sie das Plakat auch noch bei Kainrath, bei den Schulzes und einigen anderen Bekannten angekündigt hatte, waren ihre Tränen aufgebraucht.

Hugo hatte im Stall neues Stroh aufgeschüttet und die Futterkrippe gefüllt. Er hatte eigentlich noch ausmisten wollen, aber dann stand er nur neben Max, legte ihm die Hand auf die Kruppe und seufzte.

Als er hinausging, schneuzte er sich in sein Taschentuch und wischte sich über die Augen. Dann lief er aus dem Torbogen den Hügel hinunter und betrat die erste Wirtschaft, die am Wege lag. Er war dort gut bekannt. Beim zweiten Glas Bier murmelte er, ohne den Wirt dabei anzusehen:

»Mein Sohn ist fort. Er ist vermißt. Er hat ein schiefes Ohr und ist fünfzehn. Ich sage es nur so. Sie haben ihn sicher nicht gesehen? Den Scheitel trägt er auf der linken Seite. Er hatte eine braune Jacke an und eine graue Hose. Er sieht mir ähnlich. Jaja, Sie haben ihn sicher nicht gesehen. Ich meinte nur, es hätte zufällig sein können. Albert heißt er, Albert.«

Das sagte er in sieben Wirtschaften. Und in jeder trank er zwei Glas Bier. In der achten Wirtschaft begann er beim dritten Glas zu weinen.

Er stand zwischen einigen Männern an der Theke und wiederholte seinen Spruch: »Albert heißt er. Ein schiefes Ohr ... Den Scheitel auf der linken Seite ... Braune Jacke und graue Hose ...« Jemand klopfte ihm auf die Schulter. »Morgen ist dir wieder besser!«

»Albert heißt er«, schluchzte Hugo.

»Albert?« Ein junger Mann in einer Lederjacke stand neben ihm. »Und er hat ein schiefes Ohr?«

»Ja!« rief Hugo voller Hoffnung.

»Und den Scheitel auf der linken Seite?«

»Ja! Ja!«

»Und er trägt eine braune Jacke und eine graue Hose?«

»Jaja!«

»Und er geht so, wenn er läuft?«

»Ja!«

»Nee«, sagte der junge Mann. »Dann ist er es nicht.«

Hugo stand mit hängenden Armen, und der Unterkiefer sank ihm herunter. »Ach«, ächzte er müde. Er starrte vor sich hin. »Warum lacht ihr denn?«

»Hör mal, du hast doch gar keinen Sohn!«

»Ich keinen Sohn? Und ob ich einen habe! Was wißt ihr denn?«

»Vielleicht war er so schmächtig, daß er durch den Kanalrost gefallen ist?«

»Schmächtig?« sagte Hugo. »Nein, stark war er! Sehr stark! Hier, den Zahn hat er mir ausgeschlagen.« Er hielt ihn zwischen den Fingern. »Ausgeschlagen, nur so im Spaß natürlich, ohne böse Absicht. Aber er hat schon gewackelt.«

»Dein Sohn?«

»Nein, der Zahn!«

»Nee«, sagte der junge Mann wieder. »Er war es nicht.«

Als Hugo endlich merkte, daß sie sich über ihn lustig machten, begann er, die Männer an der Theke zu beschimpfen. Der Wirt verlangte von ihm, daß er seine Zeche bezahle und verschwinde. Er schob ihn zur Tür hinaus. Aber Hugo kam noch einmal herein.

»Raus!« schrie der Wirt.

Hugo stand an der Tür und blickte ratlos umher, als habe er etwas Wichtiges vergessen. Er sagte: »Ich, ich wollte mich nur verabschieden.«

Danach wurde er hinausgeworfen.

In der Festung wartete Fräulein Leisle auf ihn.

»Warum kommst du denn so spät zum Essen?« sagte Eliese vorwurfsvoll.

»Ich hatte zu tun!« Der Gang durch den kalten Abend hatte ihn etwas ernüchtert. »Was wollen Sie denn schon wieder?« fragte er Fräulein Leisle. Natürlich war sie wegen Albert gekommen. Sie wollte alles noch einmal hören, was er schon der Polizei gesagt hatte. Danach fragte sie: »Haben Sie ihn eigentlich aufgeklärt? Ich meine, über sexuelle Dinge? Es gibt doch abnorme Menschen, die...«

»Aufgeklärt? Über solche Sachen spreche ich nicht mit meinen Kindern! Das gehört sich nicht.«

»Wir hätten ihn doch besser in Fürsorgeerziehung nehmen sollen. Es ist Ihre Schuld...«

»So«, sagte er. »So.«

»Sie sind nicht fähig, Ihre Kinder zu erziehen. Sogar heute haben Sie getrunken.«

»Das geht Sie einen Dreck an!«

»Es ist mir ganz gleichgültig, ob Sie trinken, aber wenn Ihr Junge auftaucht, werde ich veranlassen, daß er in Fürsorgeerziehung kommt.«

»Raus!« schrie Hugo. »Raus! Sonst schlage ich dir die Zähne ein!« Er ging drohend auf sie zu.

Sie huschte zur Tür hinaus. Draußen schrie sie: »Ich werde veranlassen...«

Er folgte ihr auf die Galerie hinaus. Sie lief rasch die Treppen hinunter. Als sie sich noch einmal hastig nach ihm umblickte, war ihr Gesicht wie eine weißgeschminkte, im Schreck erstarrte Maske.

»O Gott«, sagte Eliese. »Was hast du gemacht! Das werden wir zu spüren kriegen!«

»Mein Hausrecht!« antwortete Hugo. »So geht es von jetzt an allen, die in meinen vier Wänden kommandieren wollen!« Er schlug mit der Faust auf den Tisch und rief: »Jetzt will ich essen, ich habe Hunger!«

»O Gott«, seufzte Eliese. »O Gott!« Es war nicht nur eine Redensart, sondern ein ernstlicher Hilferuf. Sie hatte den ganzen Tag in diese Richtung gejammert und auf eine Antwort gehofft. Sie hatte ein Angebot gemacht: den Schmerz erbat sie sich in kleineren Dosen, weniger tödlich. Sie war sicher, den Verlust Alberts würde sie nicht überleben, und deshalb hatte sie mit gefalteten Händen vorgeschlagen, eine Art Teilzahlung zu gewähren. Sie hatte an eine schwere Krankheit gedacht, dann an den etwaigen Verlust eines Beines oder der rechten Hand. Sie wollte getrost auf einem Auge blind und auf einem Ohr taub werden. Sie wollte sich nicht um ihr Pensum herumdrücken. Nein. Aber etwas verteilt, lieber Gott, etwas verteilt! Sie war bereit, zehn Jahre zu hungern, fünf Jahre früher zu sterben als im Plan vorgesehen, war bereit, Gliedmaßen einzubüßen, die Treppe herunterzufallen und für den Rest ihres Lebens halb gelähmt zu bleiben... Ihr Angebot war reichhaltig, und sie bat, alles, was schon hinter ihr lag, doch gnädigst als einen geringen Vorschuß ihrer zukünftigen Leistungen anzunehmen.

Sie wartete, bis Hugo gegessen hatte. Dann saß sie am Tisch und hoffte, daß er etwas sagen würde. Aber Hugo sagte nichts mehr. Er hatte die Hände über dem Bauch gefaltet und war auf dem Stuhl eingeschlafen. Sie weckte ihn und sagte, er müsse ins Bett. Das leuchtete ihm ein. Bruno und die Großmutter lagen auch schon im Bett. Eliese sah, wie er seine Hose an den Bettpfosten hängte und wie er sich dann auf die rechte Seite wälzte und die Decke über die Schulter hinaufzog. Er rührte sich nicht mehr.

Eliese ging zu Alwina hinüber. Dort saß zu ihrer Überraschung ein Mann. Sie kannte ihn: Es war der Vertreter. So spät, dachte sie, so spät?

Er saß bei einer Tasse Kaffee, und benutzte Teller standen auf dem Tisch. Er schien hier gegessen zu haben. Eliese hatte mit Alwina ein wenig schwätzen wollen, vor allem über Hugo und seinen Auftritt mit der Leisle. Aber in Anwesenheit des Mannes sagte sie davon nichts. So wußte sie nicht recht, worüber sie jetzt reden sollte.

»Ah, Sie sind die Dame von nebenan«, sagte der Vertreter. »Ja, ich erinnere mich. Ich habe hier gerade meine Kataloge und Prospekte vorbeigebracht.«

»Ja, von nebenan«, sagte Eliese.

»Ich habe mir die Prospekte angesehen«, sagte Alwina.

Als Eliese wieder ging, war sie noch immer darüber erstaunt, daß der Mann noch so spät bei Alwina saß und auch dort gegessen hatte. Das schien ihr bedenklich.

Sie saß im Zimmer neben dem Herd und horchte, ob er bald gehen würde. Doch dann dachte sie an ihre eigenen Verfehlungen, und sie fand es nicht angebracht, allzuviel Kritik an ihren Mitmenschen zu üben.

Sie hörte die Uhr ticken und dachte an die große Finsternis, die vor ihrem Fenster begann, die schwarze Luft, die alles bedeckte, was lebte. Sie hoffte, daß er lebte und die schwarze Luft atmete und in ihr umherging. Sie dachte daran, Radio zu hören: die Musik und Worte, denen jetzt zahllose Ohren in der Dunkelheit geöffnet waren; überall saßen sie in ihren Zimmern und hörten zu.

Sie stellte das Gerät nicht ein, fürchtete, ihre Schläfer zu wecken. Zwei ihrer Schläfer fehlten. Die Welt war ein Wabenhaus. Und in das Wabenhaus drang Musik. Das Radio war ein Wunder. Genau wie das Telefon. Telefonieren, in die Dunkelheit hinaustelefonieren, daß sie hier saß und wartete. Signale geben.

Während sie saß und hoffte, erlebte sie kleine Rückfälle, in denen sie doch wieder hinüberlauschte.

Aber sie hörte nichts, weder die Gespräche noch daß er fortging.

Eliese hätte auch nichts hören können, wenn sie das Ohr an die Wand gelegt hätte. Alwina und der Mann sprachen leise.

Er sagte: »Sie kann noch immer hoffen. Es ist nicht sicher, daß er tot ist. Jedenfalls hat noch niemand seine Leiche gefunden. Wird sie erzählen, daß sie mich hier gesehen hat?«

»Ich weiß nicht«, sagte Alwina langsam.

»Du hast Angst, nicht wahr?«

»Sie können noch hoffen, aber sie können nichts tun. Man kann überhaupt sehr wenig gegen das Unglück tun.«

»Es gibt Menschen, die für das Unglück bestimmt sind.«

»Man kann nichts tun«, sagte sie.

»Die Griechen kannten drei Arten von Ereignissen: erstens diejenigen, die von den Göttern herbeigeführt und auch geändert werden konnten; zweitens die feststehenden, die vorbestimmten Ereignisse, nicht zu ändern durch Götter oder Menschen.«

»Und die dritte Art?«

»Das waren Ereignisse, die sich weder von den Göttern noch von irgendwelchen Gesetzen bestimmen ließen.«

»Der Zufall«, sagte sie, »es ist alles Zufall –«

Sie schwieg und sah vor sich hin. Dann fragte sie: »Gibt es Menschen, die für das Unglück bestimmt sind?«

Er lächelte: »Du bist für den Schmerz geschaffen.«

»Woher willst du das wissen?«

»Du hast Angst, du wartest auf den Schmerz.«

»Vielleicht ist das wahr. Vielleicht habe ich darauf gewartet, die ganze Zeit. Vielleicht habe ich gewußt, es würde auf mich zukommen.«

Das war die Stunde, als Eliese auf dem Stuhl eingenickt war und ihre Tochter Mi-Mo ein fremdes Auto bestieg und sich neben einen Mann setzte, den sie vorher nie gesehen hatte.

Der Wagen hatte neben ihr gehalten. »Na«, hatte der Mann gesagt. Sie war stehengeblieben und hatte mit einem langgezogenen »Jaaa« geantwortet.

Er war der zweite an diesem Abend. Sie wollte danach heimgehen. Man durfte das nicht übertreiben. Überhaupt wollte sie dieses Risiko nur einige Monate eingehen. Dann würde sie genug Geld haben, um die Festung hinter sich zu lassen, eine kleine Wohnung anzahlen und gute Kleider tragen zu können. In einem gekachelten Bad wollte sie sitzen und dann in ihren Morgenrock schlüpfen. In einer modernen Küche wollte sie ein schnelles Frühstück für den Mann bereiten, der nicht wissen sollte, saß sie irgendeinen Makel mit in die Ehe brachte. Sie würde die Wohnung mitbringen – und das würde ihre Mängel verdecken. Mit einem Kuß würde sie sich morgens von ihm verabschieden, wenn er ins Büro ging. Sie war sicher, daß es ein Mann sein würde, der in ein Büro zu gehen hätte.

»Menschenskind«, sagte der Mann im Auto. »Du bist aber

teuer! Dafür mußt du auch was leisten. Ich finde mein Geld nämlich nicht im Dreck.«

»Sie werden zufrieden sein«, sagte Mi-Mo in einem leicht hochmütigen Tonfall, den sie sich zugelegt hatte und der seine Wirkung selten verfehlte. Begabt für diese Art des Umgangs mit Männern, mimte sie jetzt vornehme Distanz. Das war der erste Teil ihrer Rolle, die sie jeden Abend spielte.

»Hör mal, Mädchen, wie lange?«

»Eine Stunde!«

»So einen Stundenlohn möchte ich auch mal haben.«

»Ich gebe Ihnen besser Ihr Geld wieder zurück. Sie bereuen ja die paar Pfennige schon jetzt!«

»Mach keinen Ärger, Mädchen. Ich habe doch nur Spaß gemacht. Nein, ich gebe es dir gern. Hübsch bist du ja.«

Das war in der Stunde, als Edeltraut leise nach der Pulverkammer schlich. Sie trug eine kleine Taschenlampe und zögerte vor der Tür. Sie hatte sich zuerst nicht viel gedacht, als sie hörte, daß Albert vermißt würde. Am dritten und vierten Tag jedoch begann ein Gedanke in ihr zu wachsen, der sie frösteln machte. Sie hatte ihn zu hart angefaßt. Und der war ja zu allem fähig. Die Baracke hatte er angezündet – allerhand, als zwölfjähriges Kind einen Brand zu legen. Wenn er sich irgendwo draußen das Leben genommen hätte, wäre er längst gefunden worden. Wenn er aber in die Kammer gegangen war...

Der Sperrhaken lag noch in der Mauerritze. Oh, sie wußte es. Sie hatte sich sechs Tage lang vor diesem Weg gefürchtet und sich eingeredet, sie würde ihn nicht unbedingt gehen müssen. Aber dann war ihr eingefallen, daß Selbstmörder meist einen Brief hinterlassen, in dem sie ihre Gründe darlegen und eine letzte Anklage vorbringen. Sicher würde in seinem Brief ihr Name stehen und noch einiges andere. Es war schlimm genug, daß er tot war; aber noch schlimmer war der Brief.

Sie begann, gegen die Tür zu drücken, fühlte, wie das kalte Holz nachgab, aber sie öffnete sie noch nicht.

Er war nun schon einige Tage tot. Entsetzlich! dachte sie. Aber dieser Gang war ihr auferlegt, und sie mußte ihn allein gehen. Das war die Strafe: die grauenhafte Erinnerung, die sie aus der Festung mit in ihre Ehe nehmen würde. Den Brief würde sie vernichten und am nächsten Tag den Vorschlag machen, man solle noch einmal genau in der Festung nachsehen, sie habe sich erinnert, daß Albert von einem Raum gesprochen habe, den außer ihm niemand kenne. Sie würde die Suchenden in die ungefähre Richtung schicken.

Langsam, ganz langsam öffnete sie die Tür. Sie hatte noch niemals Tote aus der Nähe gesehen. Nur von weitem. Und dann war sie in einem Bogen um sie herumgegangen. Aber das war schon lange her. Damals lagen die Toten auf der Erde, durch nichts geschützt als den Kreis von Menschen, die stumm auf sie hinunterblickten. Jetzt war der Tod weniger öffentlich, er war eingedämmt, gegen Blicke abgeschirmt. Kleine Zimmer an linoleumglänzenden Korridoren, weiße Tücher, Technik des Sterbens, luftdicht, tiefgekühlt, lautlos. Sie hatte Angst.

Zur gleichen Stunde schlief Hugo, aber sein Schlaf war unruhig. Er ächzte und wälzte sich herum. Wenn sein Schlaf so dünn wurde, daß Gedanken durchschimmerten und er sich fast daran erinnerte, daß er, Hugo Starosta, am Leben war, schien ihm, als erwarte ihn beim Auftauchen aus diesem Schlaf an der Oberfläche unaussprechlicher Schrecken. Er war wie eines jener Tiere, die im Eis Atemlöcher haben und heraufkommen und oben von einem tödlichen Keulenschlag erwartet werden. Eine Robbe war er jetzt, eine Robbe auf dem Weg nach oben. Eine wissende Robbe, die den Jäger am Atemloch spürte. Vorsichtig atmen – vorsichtig –

Eliese saß und hörte ihn. »Vorsichtig!« lallte er.

Sie wagte es nicht, zu schlafen. Die Welt war ein Wabenhaus. Die vielen abgeschlossenen Zellen, in die kein Wissen eindringt... Die vielen verborgenen Plätze... Der Wind war kalt. Es ging einer über das Moor und ertrank. Im Eis wurde er gefunden. Nach dreißig Jahren. Er sah aus wie gestern. Die Siamesischen Zwillinge in der Zeitung sind zusammengewachsen. Keiner braucht den andern zu suchen. Sie wissen immer, wo der Bruder ist. Die Zwillinge leben zusammen. Aber wenn der eine säuft und der andere fromm ist? Ach, Gott. Und es gibt nur diese Rettung, fromm zu sein, wenn man mit niemandem zusammengewachsen ist, wie die fremden Zwillinge? Und es war so eine schwere Geburt. Ich war schwach, und danach hatte ich Appetit auf Kakao und Leberwurstbrötchen. Ich war so schwach.

»Und wie wird es morgen sein und übermorgen? Wir werden guten Tag sagen, uns die Hand geben und bei einer Tasse Kaffee nebeneinandersitzen. Und eines Tages wird es dein Mann erfahren und nicht glauben, daß es so war, daß wir ihn geschont haben.«

»Und was könnte ich tun?« fragte Alwina.

»Du könntest ihm sagen, daß eure Ehe ein Irrtum war, daß du damals allein warst und daß ... Soll ich mit ihm reden?«

»Nein, er würde dich schlagen. Er hat sich an den Irrtum gewöhnt.«

»O ja, ich weiß, er hat ein Recht auf seinen Irrtum. Weil du es ihm einräumst.«

»Aber vielleicht habe auch ich mich an den Irrtum gewöhnt?«

»Du?«

»Ja. Du kommst mir bekannt vor. Von Anfang an. Ich kenne hier niemanden ...«

»So, ich komme dir bekannt vor. Und dein Mann, kommt er dir bekannt vor?«

»Nein.«

»Es ist zum Lachen«, sagte er. »Ich werde doch mit ihm reden!«

»Nein, es ist nicht zum Lachen, und du wirst nicht mit ihm reden!«

»Du bist unter allen Umständen gewillt, aus deinem Leben eine Tragödie zu machen!«

»Gewillt? Nein, aber ich kann nichts tun. Ich bin wie ausgeschaltet –. Vielleicht werde ich mich eines Tages von ihm trennen. Ich will hier raus, aber er hat es nicht so eilig. Später, ja, später...«

Warum hatte sie das Porzellan gekauft? Warum war sie an jenem Tag an der Tür stehengeblieben, so daß er gedacht hatte, nun will sie etwas sagen. Und dann an der Tür, als er nach ihr griff und ihr Mund so willig war, daß er denken mußte, ihr Mund habe seit langem gewartet. Ein einziges Mal! An den anderen Tagen war sie hart gewesen, gegen sich und gegen ihn.

»Bei unserer ersten Begegnung haben wir mit den Augen gesprochen. Und wir haben es beide verstanden.«

Sie war eingeschüchtert und sonderbar reduziert. Und er wußte das. Vor dem Krieg hatte er einige Semester studiert, irgend etwas; jetzt war er Vertreter, denn er verdiente gut mit Tafelsilber und Porzellan. Sie hatten nicht von Liebe gesprochen. Er hatte nicht an Ehe gedacht. Aber er wußte, was sie wert war, eine Frau mit starkem Willen und einer verborgenen Anmut, die aufblühen würde. –

Er sagte: »Ich weiß, wie du sein könntest. Dein Mann ist ein roher Tölpel, aber ich habe noch deinen Schatten erkannt.«

Sie sagte: »Viktor ist verläßlich. Aber vielleicht werde ich mich von ihm trennen.«

Edeltraut hatte Angst. Der Lichtkegel tastete über den Boden, über die Wände, auf das Bett. Der Raum war leer. Sie trat ein, zündete die Petroleumlampe an, ging in der Kammer umher und prüfte jeden Winkel. Leer!

Sie setzte sich auf das Bett und spürte, wie ihr die Knie zitterten. Er war nicht tot! Womöglich befand er sich wirklich auf dem Weg nach Japan? Sie traute ihm zu, daß er töricht genug dazu war.

Sie würde sich nicht mit dunklen Erinnerungen plagen müssen. Und es war ja auch gut für ihn, daß er von dem Kind nie etwas wissen würde. Es wäre nur eine Belastung für ihn.

Kein Brief, kein Toter. Mein Glück, dachte sie. Mein Glück! Mein Glück!

SIEBZEHNTES KAPITEL

Albert erinnerte sich. Zuerst hatte er das Gefühl gehabt, in einen Zug gestiegen zu sein, dessen Ziel er nicht kannte, und der Zug fuhr, und er konnte nicht mehr aussteigen und stand und wartete auf die Endstation. Das war eine andere Sache als damals der Brand der Baracke. Damals waren es Minuten gewesen; und er war unsichtbar geblieben. Dies war eine Herausforderung, er war aus dem Verborgenen herausgetreten. Sie würden es alle als eine Herausforderung auffassen. Und diesmal würde es Folgen haben –

Hermann war nicht zu Hause, aber die Frau sagte: »Sie klappern die Dörfer ab.«

Kehraus, verspätete Kirmes. Dreißig, vierzig Kilometer von der Stadt entfernt.

»Nicht, daß ich Ärger mit Hermann kriege«, sagte die Frau.

»Nein, es ist wichtig, ich muß unbedingt zu ihm!«

Zwei Schießbuden, ein Karussell, die Schiffschaukel, eine Bude, wo Lose verkauft werden, ein Bratwurststand, ein kleines Bierzelt und die Geisterbahn. Das Wetter war diesig. Die Musik aus den Lautsprechern: tröstlicher Lärm, der ihn begrüßte.

Es war nicht schwer gewesen, Hermann zu finden.

Die beiden Burschen waren bei ihm. Sie erkannten ihn gleich. Jetzt trugen sie Lederjacken wie sein Bruder; damals im Zimmer hatten sie gepflegter ausgesehen.

»Was willst du denn hier?« rief Hermann. Er bediente drei Schaukeln. Die beiden arbeiteten neben ihm. »Ist jemand gestorben?«

»Nein! Aber ich muß dir etwas erzählen, etwas Wichtiges!« sagte Albert. »Ich kann nicht heim. Ich bin fortgelaufen.«

»Mensch, mach ja, daß du heimkommst, sonst haue ich dir eine ins Genick!«

»Ich kann nicht heim.«

»Hast du was geklaut?«

Der Verdacht kränkte ihn, gerade Hermann mußte das sagen, der das Bett... Albert wußte selbst nicht genau, wie es gekommen war. Aber er hatte mit seinem Verband um den Kopf im Bett gelegen, hatte am Tag geschlafen und nachts nachgedacht. Er hatte gelitten unter dem Verlust Edeltrauts, hatte sich bedroht gefühlt von ihr und von Fräulein Leisle und von Menschen, die er nicht kannte. Schließlich war es nicht sicher, ob Edeltraut nicht doch von der Baracke erzählen, ob Fräulein Leisle ihn nicht doch in Fürsorgeerziehung bringen würde. Und die Schule! Er hatte wieder gefehlt. Er war umstellt...

»So«, sagte Hermann, »geklaut hast du nichts...«

»Ich soll vielleicht in Fürsorgeerziehung, hat Fräulein Leisle gesagt.«

»Du Vollidiot!« rief sein Bruder. »Jetzt kommst du ganz sicher in Fürsorgeerziehung, weil du abgehauen bist!«

Sie standen zu viert auf dem Bretterboden der Schiffschaukel. Ihr Gespräch wurde immer wieder unterbrochen, wenn eine Schaukel gebremst oder angeschoben werden mußte. Die elektrische Orgel des Karussells dröhnte herüber, aus dem Lautsprecher der Geisterbahn flatterten die Stimmen der Gespenster: Hahaha! Hohoho! Hui! Hui! Die vollbesetzten Wagen knallten durch die Tür und rollten aus mit dem lautlosen Lachen der Besucher, das ihnen langsam aus den Gesichtern glitt.

»Es ist nichts los hier«, sagte einer der beiden, die neben Hermann arbeiteten.

Aus dem Fenster der Kasse, des weißen Holzhäuschens am Eingang der Schiffschaukel, kam ein breitrandiger Hut zum Vorschein, darunter ein barsches Gesicht. »He!« rief der Mann. »He!« Er machte eine ärgerliche Bewegung mit der Hand.

»Mein Bruder!« rief Hermann. »Reg dich nur nicht auf! Mein Bruder!«

Die beiden Freunde seines Bruders hießen Franz und Felix. Sie nannten Albert das »Ohr«. Hermann hatte gesagt: »Was hast du denn mit deinem Ohr gemacht? Das ist ja ganz schief –.« Darauf hatte Franz gesagt: »Schick das Ohr mal nach einer Flasche Bier für uns!«

Das war sein erster Auftrag gewesen.

Sie wohnten in einem Gasthof, hatten ein Zimmer mit zwei Betten und einer Couch. Es koste nicht viel, sagten sie. Im Gastzimmer zählten sie das Kleingeld, das sie in den Taschen trugen. Zum Essen tranken sie Bier und nahmen noch einige Flaschen mit aufs Zimmer.

Franz sagte: »Als ich sechzehn war, sollte ich auch in Fürsorgeerziehung. Aber mein Alter hat sich auf die Hinterbeine gestellt, und da haben sie durch die Röhre geguckt. Mann, der hat schon ganz recht, die sollen ihn nur suchen! Wenn er heimkommt, kann dein Alter sagen: Sehen Sie, Sie haben meinen Sohn derartig verängstigt, daß er geflüchtet ist... Wirbel muß er machen, einen anständigen Radau!«

»Wir müssen eine Karte heimschreiben«, sagte Hermann. »Ein paar Tage kannst du bleiben. Dein Fressen mußt du dir aber selber verdienen. Hier kommt noch ein Sofa rein! Und morgen finde ich was für dich zum Arbeiten.«

»Er kann beim Ab- und Aufbauen helfen«, sagte Felix. »Wenn wir stehen, kann er Lose verkaufen. Die Tombola sucht einen Verkäufer. Der Schillinger nimmt jeden.«

Albert erinnerte sich. Er saß auf der Holztreppe der Bude und wartete. Der Zug fuhr noch, er war noch unterwegs.

»In ein paar Tagen ist Schluß«, sagte Hermann. »Im Winter gehe ich wieder als Schweißer.«

Das hatte er auch damals gesagt, als er aus der Festung fortgegangen war. Er hatte einen Pappkoffer gepackt, und Eliese war um ihn herumgelaufen und hatte gerufen: »Wo willst du denn hingehen?« – »Hier raus«, hatte Hermann ganz ruhig gesagt. »Ich arbeite als Schweißer. Ein Zimmer habe ich auch schon.« Sie stand an der Tür, als wolle sie ihn nicht hinauslassen. »Du kannst doch deine Eltern nicht einfach so verlassen! Du sollst Vater und Mutter ehren.«

»Laß mich in Ruhe.« Er hatte sie mit einer Handbewegung von der Tür weggeschoben, nicht heftig, sondern lässig, wie einen Vorhang, den er zur Seite strich. »Macht's gut«, hatte er noch gesagt. Dann war die Tür zugefallen.

»Servus«, sagte der Mann, als er mit Hermann hierher gegangen war, vor die Bude, für die er Lose verkaufen sollte. »Die Lose sind abgezählt. Das Geld muß stimmen, sonst knallt's!«

Sie hatten abgebaut, waren gefahren und hatten wieder aufgebaut. Es war immer die gleiche winzige Stadt aus Holz und Leinwand und Pappe.

Albert schüttelte den Topf mit den Losen. »Nehmen Sie ein Los!« Das Geld stimmte. Die Geister auf der Grammophonplatte sangen ihr Huihui! Hähähä! Hohoho! Und die törichten Gesichter kamen durch die Klapptür gefahren und verloren ihr Lachen.

»Jede Nummer gewinnt! Nehmen Sie ein Los! Ich habe die Glückstreffer hier in meiner Hand!«

Schillinger hieß der Besitzer. Er bediente die Glocke und grölte in das Mikrofon: »Schon wieder ein Haupttreffer! Aha! Aha! Der glückliche Gewinner hat die Auswahl! Wer wagt, gewinnt! Ja, das ist klug gewählt!« Die Glocke hämmerte.

Albert erinnerte sich. Franz hatte gesagt: »Hier ist auch nichts los. Keine Weiber. Aber am Samstag, da läuft was.«

»Wir müssen endlich eine Karte schreiben«, hatte Hermann gesagt und dann hinzugefügt: »Na ja, in der Festung haben sie sowieso keine Briefkästen.«

Er hatte kaum nach Hugo und Eliese gefragt. Und als er von Pferd und Wagen erfuhr, rief er: »Ein Transportunternehmen? Du wirst sehen, das geht schief! Alles, was Hugo in die Hand nimmt, geht schief. Es gibt Leute, denen das Brot immer auf die beschmierte Seite fällt.«

Sie fuhren in einem weiten Kreis um die Stadt. Sie blieben immer in der gleichen Entfernung zu ihr; die Stadt war das Zentrum.

»Kann ich nicht auch als Schiffschaukler arbeiten, mit euch zusammen?«

»Blödsinn, du siehst doch, daß es gerade für uns langt. Warum du eigentlich ausgerechnet mir nachgelaufen bist, ist mir nicht ganz klar. Du hättest doch auch zu Adolf gehen können?«

»Das Ohr hängt an dir, Mann«, sagte Franz.

»Was?« fragte Hermann verblüfft. »Hängst du an mir?«

»Du bist doch mein Bruder«, sagte Albert zögernd.

»Jetzt wird er auch noch rot!« lachte Franz.

Am Samstag brachten sie zwei Frauen mit aufs Zimmer. Aber sie schalteten gleich das Licht aus.

»Da liegt ja noch einer im Bett!« sagte die größere der Frauen.

Die andere sagte gar nichts. Ihr war es egal.

»Das ist mein kleiner Bruder. An dem braucht ihr euch nicht zu stören. Der ist sowieso doof.«

Am Morgen ging Felix früh hinunter und brachte Eier und Bier nach oben. Die Frauen liefen im Unterrock durchs Zimmer und begannen, sich einen Spaß mit Albert zu machen.

»Gebt doch dem Kleinen auch was zu essen!« sagte die Frauenstimme. Dann standen sie beide vor seinem Lager und schauten auf ihn hinunter.

»Da liegt er, der Kleine, und macht Heiapoppeia. Kommt, gebt ihm auch ein paar Eier. Und Bier muß er haben, davon wächst er schneller. Guck nur, wie er blinzelt! Er schläft gar nicht!«

»Er ist jetzt verlegen, weil zwei Damen im Zimmer sind.«

»Ach Gottchen, so was Unschuldiges.«

»Ja, nimm ihn mal an die Brust und schaukel das Kindchen in Schlaf.«

Sie rüttelten ihn zart. Er wurde zornig, weil sich alle über ihn lustig machten, richtete sich plötzlich auf und rief: »Laßt mich in Ruhe!«

»Ah«, sagte eine der Frauen. »Jetzt ist er wach!«

»Ja«, sagte Hermann. »Zeit wird's ja auch.«

»Wollen wir ihm nicht das kleine Ärschchen versohlen, weil der böse Junge von daheim fortgelaufen ist?« rief Franz.

Sie zogen ihm die Decke weg und patschten auf seinen nackten Hintern. Die Frauen lachten schrill. Eine sagte: »Hat er nicht einen süßen kleinen Popo?«

Albert wehrte sich und strampelte mit den Beinen.

»Guck nur!« rief Franz. »Jetzt zeigt er auch noch sein Hampelmännchen, wo doch zwei Damen im Zimmer sind! Daß er sich gar nicht schämt.«

»Laßt ihn und gebt ihm was zu essen!« sagte Hermann.

»Hör mal«, fragte Franz, als die beiden Frauen gegangen waren, »du nimmst uns doch den kleinen Spaß nicht übel?«

Albert saß im Bett, trank Bier und antwortete nicht.

Albert erinnerte sich der wunderlichen Stationen seiner traumhaften Fahrt. Frau Schillinger ging über die Bohlen. Er hörte, wie sich die Bohlen durchbogen und ächzten. Sie füllte die Lücken in den Budenregalen mit neuen Gewinnen. Sie lief hin und her und sang dabei leise. Die Karte war nicht geschrieben worden. Er hatte Geld in der Tasche, nicht sehr viel, doch mehr als je zuvor. Aber er spürte einen anhaltenden Druck im Magen, ähnlich dem Gefühl, das er auf einer ausschwingenden Luftschaukel empfunden hatte – ein Unbehagen. Nur schlimmer.

Die Frau stand auf einem Hocker und rief: »Ohr, reich mir mal die Sachen da rauf!« Während sie die Körbe und die Flaschen mit dem billigen Sekt und die faden, geschmacklosen Puppen auf die Regale stellte, sang sie wieder. Eliese hatte früher auch gesungen.

»Willst du nie mehr heimkommen?« fragte er am Abend seinen Bruder.

»Mensch, hör auf! Auch du wirst endgültig fortgehen, wenn du alt genug bist. Sie werden alle fortgehen! Auch Mi-Mo und Bruno. Wir sind keine Familie wie andere Familien –«

»Aber wir könnten doch eine Familie werden wie andere auch?«

»Nein, jetzt nicht mehr. Nie mehr!«

Die Karte war immer noch nicht geschrieben. Sie sagten, in ein paar Tagen wären sie ohnehin wieder in der Stadt. Da brauche man nicht mehr zu schreiben.

In der Samstagnacht zählten die drei ihr Geld. Jeder von ihnen hielt ein dünnes Päckchen Banknoten in der Hand. Sie blätterten zärtlich und verglichen ihre Summen. Auf dem Bettrand saßen sie und schwätzten über ihre Müdigkeit weg. Sie würden erst im Frühjahr wieder fahren. Dann knobelten sie, und Albert sah zu. Nachdem Hermann den beiden je zwei Zwanzigmarkscheine abgewonnen hatte, machte es ihnen keinen Spaß mehr.

»Darin ist er nicht zu schlagen«, sagte Franz mißmutig.

»Er ist ein Fuchs und bleibt ein Fuchs.« Felix gähnte.

Hermann lachte. »Köpfchen«, sagte er. »Köpfchen!«

Später gingen sie noch einmal fort. Albert zählte nun auch sein Geld; Schillinger hatte gesagt: »Das Ohr kann wieder zu uns kommen. Man kann ihn gebrauchen.« Dieses Lob glühte in ihm nach und taute jetzt das Frösteln seiner bänglichen Gedanken auf.

Ja, ich bin wieder da, würde er sagen.

Sie fuhren gegen Mittag mit dem Zug. Felix und Franz hatten sich verabschiedet. Sie würden morgen dem Schiffschaukelbesitzer noch helfen, sein Etablissement ins Winterquartier zu bringen.

»Los, trag den Koffer«, sagte Hermann. »Aber sei vorsichtig! Ich habe Schillinger noch fünf Flaschen Sekt abgeknöpft, die sind da drin!«

Der Zug trödelte gemächlich von Station zu Station. Albert litt wieder an dem Grundgefühl dieser ganzen Reise. Die ungewisse Endstation ... Früher, auf der Flucht, waren sie ein paarmal in den falschen Zug gestiegen. Seine Ängste waren wieder in ihm versammelt.

»Was soll ich sagen, wenn ich heimkomme?«

»Nichts«, erwiderte Hermann. »Sag guten Tag.«

»Sie werden über mich herfallen. Und Fräulein Leisle. Kannst du nicht mitkommen?«

»In die Festung? Große Lust habe ich nicht dazu, aber meinetwegen. Mit dir hat man einen Haufen Arbeit!«

»Die Mutter spricht oft von dir«, sagte Albert. »Und weißt du eigentlich, daß Edeltraut heiratet?«

Es war das erstemal, daß er ihren Namen erwähnte. Als Hermann erfuhr, daß der Bräutigam ein Invalide war, meinte er, sicher habe sie den ersten besten genommen. Die habe geglaubt, er würde sie heiraten. Aber so dumm sei er nicht, eine Frau zu heiraten, die keinen Zaster mit in die Ehe bringe. Den ganzen Tag habe sie von Liebe geschwätzt. Aber die Liebe spiele bei so einem Geschäft auf Lebenszeit nicht die entscheidende Rolle. Ein Dreck sei die Liebe, wenn die Finanzen nicht stimmten. Ja, zu einer Plackerei würde so etwas.

»So ganz ohne Liebe?«

»Davon verstehst du noch nichts«, sagte Hermann. »Guck dir nur an, wie sie sich abquälen müssen, bis sie sich in ihre zwei Zimmerchen mit Bad hocken können! Dann denken sie, wer weiß, was sie nun hätten! Stell dir das vor: Hermann nimmt eine kleine Frau, eine kleine Anstellung – und dann arbeitet Hermann auf die zwei Zimmerchen – er wird älter und arbeitet dafür, daß er in den Zimmerchen bleiben darf – und eines Tages ist Hermann verreckt – in den kleinen Zimmerchen! Blödsinn!«

»So«, fragte Albert, »von Liebe hat sie den ganzen Tag geschwätzt?«

»Ja, das Gesäusel hing mir schon zum Hals heraus.«

»Sie hat dich aber schnell vergessen«, sagte Albert.

»Das meinst du nur! Die vergißt mich nicht. Ich war der erste, der sie auf Touren gebracht hat. Ich werde sie nachher ein bißchen auf den Arm nehmen –«

Der Gedanke, sich in der Festung ein wenig bewundern zu lassen, erregte ihn jetzt angenehm. Er würde seine beigefarbene Hose anhaben, dazu den neuen braunen Sakko und darunter die gelbe Weste. Und die rote Krawatte! Den Hut würde er in der Hand tragen, den Trenchcoat geöffnet –. Er würde die Eingesperrten aufsuchen und leichthin sagen: Wie geht's euch denn? Ja, ich komme gerade von einer längeren Reise zurück und wollte mal guten Tag sagen –

Nachdem sie angekommen waren, nahmen sie einen Wagen und fuhren zur Wohnung. Die Frau mit den dicken Knien hing an Hermanns Hals und beschmierte sein Gesicht reichlich mit ihrem Lippenstift. Albert stand dabei und fühlte sich peinlich berührt von den eigentümlichen Lauten, die sie bei diesem hautengen Empfang ausstieß.

»Wir haben keine Zeit, Schatz«, sagte Hermann. »Ich muß den Bankert wieder in die Festung bringen. Am Abend, Schatz, am Abend bin ich wieder da.« Er glättete mit ein paar öligen Worten ihren aufsteigenden Unwillen. »Und morgen abend, Schatz, gehen wir groß aus. Am Montag, wenn die Proleten daheimbleiben.«

Sie flüsterte etwas in sein Ohr.

»Heute abend«, knurrte er leise und grinste. »Heute abend.«

Sie nahmen ein Taxi zur Festung. Neben Hermann stand seine Aktentasche. Er hatte drei Flaschen von dem billigen Sekt mitgenommen. Albert war blaß. Er wartete auf Verhängnisse, die, wie ihm schien, wie Fallgruben für ihn um die Festung gelegt waren.

Hermann grinste. Er ging als erster die Treppe hinauf, und die Vorstellung ihrer verblüfften Gesichter ergötzte ihn im voraus.

Albert trottete schweigend hinter ihm her.

Ihr Auftritt entsprach Hermanns Erwartungen. Sie starrten alle nach der geöffneten Tür, durch die sie eintraten wie zwei Totgeglaubte.

Hugo sperrte den Mund auf. Sein Kinn fiel herunter wie der Holzkiefer eines Nußknackers, dem gerade die geknackte Nuß entnommen wurde. Und da saß Eliese, mit dem dünnen schmutziggrauen Haar und den Kummerfalten im Gesicht, in das immer der Anfang oder der Rest eines Seufzens gezeichnet zu sein schien und für das Hermann jetzt ein grobschlächtiges Mitleid empfand. Sie waren alle da: Bruno und seine Schwester Mi-Mo und die Großmutter, die auf ihrem Bett saß und heftig mit den Augen blinzelte.

Hermann stand im Zimmer und lachte laut auf, als Eliese einen kleinen Schrei ausstieß und auf Albert zustürzte, der stocksteif und mit eingezogenem Genick duldete, daß sie ihn an ihre Brust riß und mit Zärtlichkeiten überschüttete.

Hugo begann mit Vorwürfen, aber Hermann zog seinen Mantel aus, warf ihn auf ein Bett und sagte: »Mach kein Theater, Hugo, der Kleine war mit mir auf der Reise. Wenn du lamentierst, haue ich wieder ab!«

»Er hätte doch wenigstens schreiben können.«

»Ja«, sagte Eliese. »Hätte er nicht wenigstens schreiben können? Ach, Gott, eine Karte, ein paar Worte. Wir haben uns zu Tode gegrämt –«

»Und die Polizei war da!« rief Hugo.

»Jedenfalls habt ihr das Zutodegrämen überlebt. Die Polizei? Da wirst du dich auf die Hinterbeine stellen müssen, Hugo! Du wirst sagen: Das Fräulein vom Amt hat meinen Sohn so verängstigt, daß er zu seinem Bruder geflüchtet ist!«

»Wo seid ihr denn gewesen?« rief Eliese.

»Ah«, sagte Hugo. »Ja, das ist gut, das werde ich sagen. Aber, warum zum Teufel, hast du nicht geschrieben?« schrie er Albert an.

»Ihr habt doch keine Briefkästen –«

»Laß nur, Hugo«, sagte Hermann. »Bei seinem Bruder war Albert in guten Händen. Das kannst du jedem sagen!« Er griff in die Tasche und legte einen Zwanzigmarkschein auf den Tisch. Dann blickte er sich nach Albert um: »Na, los!« befahl er. »Schüttel dich, laß auch einen Zwanziger wachsen! Da staunt ihr, was? Er hat Geld verdient in der Zeit. Gefaulenzt wird nicht, habe ich ihm gesagt!«

»Ist das für mich?« fragte Eliese. Sie blickte auf die vierzig Mark, die auf dem Tisch lagen.

»Natürlich«, sagte Hermann. »Für wen denn sonst!« Er wandte sich zur Großmutter: »Na, alte Schleiereule, du sollst auch einen Fünfer haben! Sparst du noch immer auf deinen Sarg? Hahaha! Du stirbst noch lange nicht!«

Er warf ihr ein Fünfmarkstück zu, das sie katzenschnell in der Luft auffing. Ihre Hand zuckte vor wie eine Kralle, und sie entblößte bei dieser Bewegung einen Unterarm, der dünn war wie ein Vogelbein.

Hermann blickte in die noch immer aufgeregten Gesichter. Er genoß mit wohlwollender Verachtung die Aufregung, die es um ihn und den Bruder gab, den er zurückgebracht hatte. Er gehörte zu dieser Familie, aber er fühlte sich über alle erhaben, klüger und gerissener, und nun war er der Heimkehrer, der Glückbringer, der große König; und er hatte die Getränke gleich mitgebracht, um sich feiern zu lassen.

»Sekt?« sagte Eliese erstaunt. »In meinem Leben habe ich noch keinen Sekt getrunken.« Das waren also die berühmten Flaschen, die auf den Tischen der reichen Leute standen. Ja, dieser Tag war Sekt wert. Ein Sekttag!

Die Großmutter humpelte heran. »Ein Gläschen Wein –«, sagte sie und schmatzte mit den Lippen. »Ein Gläschen Wein –«

»Vorsicht!« rief Mi-Mo. »Das knallt!«

»Ich habe schon oft Sektflaschen aufgemacht!« sagte Hugo wichtig. »Weg da, im Krieg habe ich manche Flasche getrunken.« Obwohl er nur gesehen hatte, wie Offiziere einige Flaschen geleert hatten, glaubte er jetzt daran, damals des öfteren Sekt getrunken zu haben. »Es prickelt, wenn es die Kehle hinunterläuft«, klärte er seine Familie auf.

»Wir haben ja gar keinen Korkenzieher«, warf Mi-Mo ein. »Soll ich bei Viktor einen holen?«

Nein, das war jetzt nicht angebracht. Drüben hatte es wieder Streit gegeben. Schon am frühen Morgen hatten sie durch die Wand gehört, wie Viktor mit Alwina herumgeschrien hatte.

»Geh zum Schulz oder zum Kainrath«, sagte Hugo.

Hermann grinste: »Du willst die Flaschen mit einem Korkenzieher aufmachen?«

»Natürlich«, sagte Hugo. »Weißt du übrigens, daß Edeltraut heiratet?«

»Ja, die soll doch mal rüberkommen. Geh hin und sage ihr, ich wollte gratulieren, Mi-Mo.« Er lachte.

»Eine gelbe Weste hast du an«, sagte Hugo versonnen. »Ich werde mir demnächst einen blauen Anzug für sonntags kaufen. Ich habe einen schönen Regenschirm. Aber, daß er nicht geschrieben hat, das war nicht recht! Eliese, gib mal den Schirm aus dem Schrank, ich will ihn Hermann zeigen!«

»Was denn, da oben steht ja eine Höhensonne!« Hermann deutete nach dem erwähnten Schrank.

»Ja, das ist sehr gesund«, sagte Hugo. »Ich werde mich mal bestrahlen. Nächste Woche fange ich an, bisher hatte ich keine Zeit dazu.«

»Was stehen denn da für Möbel im Hof rum?« fragte Hermann.

»Die ziehen aus«, sagte Hugo. »Morgen zieht hier mal wieder eine Portion aus.«

Eliese sagte: »Alwina meinte immer: ›Solange seine Leiche nicht gefunden wurde, könnt ihr noch hoffen –‹«

Mi-Mo kam zurück. Edeltraut ließe für den Glückwunsch danken, aber sie könne nicht kommen, sie sei mit ihrem Mann verabredet und müsse sich beeilen.

»Was heißt denn das, sie ist doch noch gar nicht verheiratet –. Wer ist denn bei ihr?« fragte Hermann. Niemand wäre bei ihr.

»Na, dann gehe ich schnell mal rüber«, sagte Hermann.

Eliese und auch Hugo waren dagegen. Aber er ließ sich nicht aufhalten. In zwei Minuten sei er wieder zurück.

Edeltraut wurde rot und blaß. »Ja«, sagte er. »Ich bin wieder da. Von der Reise zurück –«

»Schön, daß mit Albert nichts passiert ist«, sagte sie und schaute ihn unsicher an. »Man hat geglaubt, er wäre tot. Hat er dir etwas gesagt? Ich meine, ob er dir erzählt hat, daß ich dich sprechen wollte? Und was sagt er sonst? Man kann ihm ja nicht alles glauben –«

Er weidete sich an ihrer blutübergossenen Verlegenheit. »Ich wollte dich heiraten«, sagte er. »Aber du bist mir untreu geworden –«

»W-was?« stotterte sie.

»Ja, aber jetzt muß ich gehen.«

»Hermann, ist das wahr? Ist das wirklich dein Ernst? Hermann...«

»Ja! Aber ich wünsche dir viel Glück!«

Nach einer Viertelstunde kam er gut gelaunt wieder in das Zimmer. Seine Eitelkeit hatte ein wenig gelitten, als er von der bevorstehenden Heirat gehört hatte. Jetzt hatte er ihr Herz geprüft und noch immer einen Rest der alten Zuneigung darin gefunden. Er hätte sie haben können, noch jetzt, das sah er an den Tränen, die er ihr hervorgelockt hatte. Damit war er zufriedengestellt. Auf dem Rückweg hatte er auch noch Johann Kainrath getroffen und nur leichthin gegrüßt, von oben herab, im Bewußtsein der gelben Weste und all seiner Fähigkeiten, die auf keiner Schule zu erlernen waren.

»Ein Gläschen Wein.« Die Großmutter leckte sich wieder die Lippen.

»Laß Hermann die Flaschen aufmachen«, riet Eliese.

»Du glaubst wohl, ich kann das nicht?«

»Laß doch den Quatsch mit dem Korkenzieher«, sagte Hermann. »Hier, der Draht wird aufgewickelt –«

Sie standen alle um den Tisch herum. Nachdem der Draht gelöst war, schoß der Pfropfen heraus, kaum daß Hugo ihn gelockert hatte. Dann quoll der Schaum. Hugo wollte nichts verlieren; er preßte den Handballen auf die Flaschenöffnung und kämpfte mit der Flasche.

Der erste Strahl schoß Eliese ins Gesicht. Mi-Mo, Bruno und Albert wurden getroffen. Sie stoben davon, in die hinterste Ecke des Raumes. Hugo drückte mit aller Kraft. Ein neuer Strahl spritzte der Großmutter ins Gesicht, ein anderer traf Hugo von unten gegen das Kinn. Hugo rang mit der Flasche, und Hermann lachte, während der Schaumwein über den Tisch floß und von Hugos Kinn heruntertröpfelte. An ihrem Bett stand die Großmutter und wischte sich mit einem Handtuch wieder trocken, wobei sie genießerisch an dem Tuch schnupperte. Schließlich steckte Hugo den Flaschenhals in den Mund. Seine Backen blähten sich, er stand wie ein Trompeter, dem ein verzweifeltes Solo vor Anstrengung die Augen hervorquellen ließ.

Später sagte er: »Das ist sicher eine andere Marke, als die, die ich damals...«

»Schade um den schönen Sekt«, sagte Eliese.

Hugo blickte über den Tisch. Er wußte, daß er wieder ein Schauspiel gegeben hatte, das ihm die anderen nicht verziehen. Deshalb begann er, schnell von seinem Geschäft zu erzählen, das im Augenblick nicht so recht gehe, das er aber im Frühjahr weiter vergrößern werde. Er wolle Reklame machen, mit Hilfe der Zeitung. Das leuchtete Hermann ein. Mit den Zeitungen ließe sich viel machen, sagte er.

Sie tranken aus Wassergläsern, redeten, gestikulierten und füllten die kleine Zelle mit ihrem Lärm. Der Sekt steigerte ihre freundlichen Gedanken, ihre Zuneigungen. Eliese dachte, daß jetzt nur noch Adolf fehle –. Früher hatte der Wein in ihr eine Glut geweckt, ein Fieber ihres Leibes, das nur der Mann stillen konnte. Nun gab es keine Glut mehr, keine Herausforderung, nur noch Wärme; und das erschien ihr als großer Gewinn. Sie wollte mitfühlen, bemitleiden, wärmen, mütterliche Zärtlichkeit ihren Kindern spenden. Eine neue Berechtigung möchte sie sich bestätigen lassen von ihren Kindern, zu denen sie nun auch ihren zahnlosen Hugo rechnete.

Er war der am meisten geliebte. Es war nicht alles glatt gegangen mit ihnen, aber jetzt fühlte sie nur noch Zuneigung und war bereit, sich und den anderen zu verzeihen. Sie hörte die Stimmen ihrer Kinder und lächelte. Aber in ihrem Leibe sitzt schon der Tod. Er läßt ihr noch etwas Zeit. Er ist gerade dabei, sich einzurichten, und sie erkennt ihn noch nicht. Aber von hier aus wird er aufbrechen und sie unterwerfen.

Eliese hält das Glas in der Hand. Der Sekt belebt ihre Hoffnungen. Man könnte sich an Sekt gewöhnen, denkt sie.

ACHTZEHNTES KAPITEL

Am nächsten Morgen holten sie Albert. Die beiden Männer waren weder freundlich noch unfreundlich, aber sie strahlten die Gewißheit aus, daß sie ihren Auftrag unter allen Umständen erfüllen würden. Eliese verlegte sich auf ein kraftloses Bitten, das von den Männern ablief wie Wassertropfen von einer Ölhaut.

»Er war bei seinem großen Bruder in der Stadt. Er ist weggelaufen, weil Fräulein Leisle ihn mit der Fürsorgeerziehung geängstigt hatte, nicht wahr, Albert?«

»Er wird es gut haben in dem Heim«, sagte einer der Männer. »Geben Sie ihm seine Kleider mit, am besten in einem Koffer. Vergessen Sie die Zahnbürste nicht.«

»Mein Mann ist nicht hier, können Sie nicht wiederkommen, wenn mein Mann hier ist? Ich habe auch keinen Koffer. Von wo kommen Sie denn eigentlich? Wer schickt Sie?«

Die Männer wiesen sich aus. »Packen Sie seine Sachen in einen Karton!«

»Er hat doch nichts angestellt!« rief Eliese. »In dem Heim wird er sich nicht wohl fühlen. Daran wird er sich nie gewöhnen!«

Die Großmutter stand am Fenster. Sie bewegte die Lippen, als spreche sie aufgeregt vor sich hin. Mi-Mo lag noch im Bett und schlief. Die Stimmen waren wie ein fernes Geplätscher in ihrem Ohr. Bruno war schon unterwegs zur Schule. Hugo war fortgefahren, nachdem er im Hof gestanden und auf einen Auftrag von den ausziehenden Familien gehofft hatte.

Albert saß, ohne sich zu rühren. Er dachte an die Baracke, an die verbotenen Spiele mit Edeltraut und an ihre Drohungen.

»Los, steh auf, Junge!« Der Mann ergriff seinen Arm. »Wo sind deine Sachen?«

»Das geht doch nicht so ohne weiteres!« rief Eliese. Sie zitterte um die Mundwinkel. »Er hat doch nichts verbrochen!«

»Bis jetzt noch nicht, aber Ihr Sohn hat ausgesprochen asoziale Anlagen! Sind dies deine Sachen? Wir haben einen Koffer mitgebracht, für den Fall, daß Sie auch keinen Karton hätten.«

»Was hat er für Anlagen?« Sie empfand das unverständliche Wort als Beleidigung. Das mußte irgend etwas Gemeines und Schmutziges sein. Einer der Männer war hinuntergegangen und holte den Koffer.

»Gefährliche Anlagen hat er. Man muß ihn erziehen. Hast du keinen Schlafanzug?«

»Gefährliche Anlagen? Aber Sie kennen ihn doch gar nicht!«

»Wir kennen seine Umweltsverhältnisse und seine Neigungen. Der Staat schützt sich, und er schützt auch ihn selber, indem er ihn erzieht.«

»Der Staat schützt«, sagte sie tonlos. »Aber mich hat er nicht geschützt. Er hat uns nie geschützt! Wenn wir ihn gebraucht hätten, war er nie da, der Staat!«

»Das ist eine Täuschung«, sagte der Mann. »Der Staat ist immer da. Übrigens scheinen Sie gar nicht schlecht zu leben. Das sind doch Sektflaschen, nicht wahr?«

»Ich lasse das nicht zu! Er wird nicht mit Ihnen gehen!«

»Nein, ich habe keinen Schlafanzug«, sagte Albert. »Ich will da nicht hin!«

»Frau Starosta, machen Sie uns keinen Ärger! Wir erfüllen unsere Pflicht. Der Junge wird es gut haben!«

»Ich will da nicht hin!« rief Albert.

»Kamm, Zahnbürste, Zahnpasta!«

»Mein Gott«, sagte Eliese. »Das hat uns die Leisle angetan. Das hat die Leisle auf dem Gewissen!«

Mi-Mo war schon seit einiger Zeit wach. Sie hatte sich im Bett aufgesetzt und fragte jetzt: »Was ist denn? Aber was ...«

»Sie können ihn besuchen, und er darf Sie besuchen, wenn

er sich eine Zeitlang gut geführt hat. Sag deiner Mutter auf Wiedersehn!«

»Nein!« rief Eliese.

»Ich will da nicht hin!« Albert wehrte sich, aber die Männer hatten ihre Erfahrungen. Sie umspannten seine Handgelenke und nahmen ihn zwischen sich. Sie waren kräftige Männer, und seine Arme wurden machtlos in ihren Händen. Er begann, nach ihnen zu treten, aber da spannten sich die Hände wie Schraubstöcke. Sie brachten ihn mit dem Schmerz unter ihren Willen. Sie schoben Eliese zur Seite und gingen hinaus. Sie brauchten sich mit ihr keine Mühe zu geben.

Albert ging zwischen ihnen. Auf der Galerie brannte die Lampe. Er ging mit gesenktem Kopf, blickte zu Boden und sah seinen winzigen Schatten zwischen der Übermacht.

Eliese sah sie nicht fortgehen, aber sie hörte, wie draußen ein Wagen anfuhr.

»Was ist denn?« Mi-Mo saß verstört im Bett, die Reste ihres gestrigen Lippenrots auf dem Mund. Sie mußte mehrere Male fragen, bis Eliese sagte: »Sie haben ihn hier weggeholt.« Das wiederholte sie, als müsse sie es aussprechen, um es zu begreifen.

»Wo ist denn Hugo? Er muß sich auf die Hinterbeine stellen!«

»Hugo ist nie da, wenn man ihn braucht!«

Sie begann zu begreifen, daß ihr Sohn getrennt von ihr aufwachsen, daß sie ihn nicht mehr um sich haben, nicht mit ihm leben würde. Und wenn er zurückkam, war er vielleicht schon erwachsen und fremd, wie Adolf und Hermann. Und Hugo, er war nie zur Stelle, wenn sie ihn gebraucht hatte! Sogar die Jahre seiner Gefangenschaft kreidete sie ihm jetzt an wie eine Schuld, mit der er ihre Ehe belastet hatte. Er war nicht verläßlich, das war sein Fehler von jeher gewesen.

»Und du!« rief sie. »Du bist auch nicht verläßlich. Mach, daß du aus dem Bett herauskommst, du faules Aas! Was glaubst du, was die gedacht haben, als sie dich da im Bett liegen sahen?«

»Das geht die einen Dreck an, ob ich im Bett liege oder nicht!« rief Mi-Mo. »Überhaupt bin ich die längste Zeit hiergewesen. Fast jeden Tag steht morgens jemand anderes neben meinem Bett. Erst war's die Polizei und jetzt...«

»Fortgehen? Damit du an nichts gebunden bist! Ich weiß, was du treibst. Du hast Geld in deiner Tasche. Ich habe es gesehen!« Eliese kam mit bösen Augen dicht an Mi-Mos Bett heran. »Du gehst auf den Strich, du elendes Weib! Ich habe es gesehen, in deiner Tasche! Hunderter hattest du da drin, und noch etwas –. Deine teuren Kleider, wo hast du die her? Ich weiß es, aber ich habe mich bis jetzt geschämt, es auszusprechen!«

»Das ist gar nicht wahr, was du da sagst. Ich habe einen Freund, der hat reiche Eltern.«

»Aber was du da in der Tasche hattest, außer dem Geld...«

»Naja, das braucht man doch, wenn man keine Kinder haben will. Was ist denn dabei? Ich bin doch alt genug!«

»Ich glaube dir nicht«, sagte Eliese müde und setzte sich auf einen Stuhl. Mi-Mo gähnte und begann, sich anzuziehen.

»Sie haben ihn weggeholt«, murmelte Eliese. Nach einer Weile wandte sie sich wie hilfesuchend an ihre Tochter: »Wo werden sie ihn hinbringen? Was glaubst du, wo sie ihn hinbringen?«

»In ein Heim oder so«, sagte Mi-Mo. Sie zog den Reißverschluß ihres Rockes zu und strich die Falten hinten und an ihren Oberschenkeln glatt. »Vielleicht hat er's da gar nicht so schlecht.«

»Er hat's überall schlecht, wo er nicht zu Hause ist!« rief Eliese.

»So besonders gut haben wir es ja zu Hause nicht gehabt.«

»Ich habe immer mein Bestes getan!«

»So«, sagte Mi-Mo, »das war dein Bestes?« Sie stand vor dem Spiegel und kämmte sich das Haar.

Eliese starrte ihre Tochter an. Sie sah die Strümpfe, den

teuren Stoff des Rockes. Sie trug eine weiße hauchdünne Bluse, und unter dem Bett standen die Schuhe mit geradezu unanständig hohen Absätzen.

»Du elendes Weib«, murmelte Eliese. Aber in Gedanken entschuldigte sie bereits die Schwäche ihrer Tochter, denn sie sah ihre eigenen Schwächen wiedergeboren, erhöht durch Hugos Anfälligkeit. Sie war unsicher geworden, glaubte halb an die Geschichte mit dem reichen Freund, weil sie daran glauben wollte. Mi-Mo hatte sich verändert. Das Schläfrige, Törichte war aus ihrem Gesicht verschwunden. Es war schärfer geworden, als habe es eine nachträgliche Korrektur erfahren. Das konnte der Einfluß eines Mannes sein –. Sie war froh, daß sie nur eine Tochter geboren hatte.

Sie erinnerte sich an den Vorabend. Da hatte sie sich zu sehr in ihrer Zufriedenheit gesonnt. Und nun wurde sie schon dafür bestraft. Gestern war er gekommen, und heute hatten sie ihn weggeholt – woher wußten die eigentlich, daß er wieder da war?

Vielleicht kann Hugo ihn da rausholen. Er muß hingehen. Ich habe ein Recht darauf, mit meinen Söhnen zusammen zu leben – das wird er sagen! Die Kinder werden eingesperrt. Was hat er denn getan? Er wollte nicht zur Schule gehen. Ich bin auch nicht gern zur Schule gegangen. Sie wollen ihn dazu zwingen, um ihn später gebrauchen zu können. Sie wollen ihn ausbeuten, das ist es! Wenn er dumm ist, können sie ihn nicht gebrauchen und auch nicht ausbeuten. Das ist es! Alle Frauen müßten dumme Kinder kriegen – so dumm, daß sie zu nichts zu gebrauchen sind. Dann wären sie machtlos. Sie könnten ihnen nichts beibringen.

Aber so dumme Kinder gibt es nicht. Sie lernen das alles: das Arbeiten und das Schießen. Was ich in der Schule gelernt habe, das habe ich später nicht mehr gebraucht. Höchstens, um Briefe an Hugo zu schreiben. Wenn ich da ein Wort nicht schreiben konnte, habe ich es nachgeschlagen. Dazu wären nicht acht Jahre Schule nötig gewesen. Aber ein paar Jahre sollten Kinder schon zur Schule gehen, denn wenn die Kinder

Soldaten sind, müssen sie Briefe schreiben können, damit man weiß, wo sie sind. Hugo hatte ja auch immer viele Fehler in seinen Briefen, als er Soldat war. Das haben sie von Hugo, die Fehler beim Schreiben. Bruno macht keine Fehler. Er ist gescheit! Mit Bruno habe ich Glück. Wie die hier hereinkommen, so, als gehöre alles ihnen, die Festung, das Zimmer und die Kinder. Und man kann nichts tun! Sie legen die Hand darauf! Hugo muß sofort hingehen.

Hugo hatte Max eingeschirrt und gewartet. Um fünf Uhr morgens waren die ersten Lastwagen gekommen. Er hoffte wenigstens auf den Abfall, auf einen Küchenherd oder sonst ein unangenehmes Stück Transportgut, das keinen Platz finden oder vielleicht vergessen würde. Aber seine Rechnung ging nicht auf. Die anderen hatten alles gut vorbereitet und haargenau kalkuliert. Dieser Umzug vollzog sich so reibungslos, als wäre er vorher geprobt worden. Um sieben Uhr rollten die letzten Lastwagen zum Tor hinaus. Es waren alles Leute, die Übung im Umziehen hatten, deren ganzes Leben ein einziger Umzug gewesen war: Sie würden das Umziehen nicht mehr verlernen.

Der Verwalter hatte ein paar Worte mit Hugo gesprochen.

»Es wird leer«, sagte der Verwalter. »Vor dem ersten Frost soll hier geräumt sein. Immerhin sind in den letzten Wochen an die vierhundert Leute weggezogen. Wann werden Sie Max verkaufen?«

»So viele?« sagte Hugo und erschrak zum erstenmal nachhaltig. »Ich glaube nicht, daß geräumt wird. Hier ist schon so viel erzählt worden, und nachher war's nix. Ich werde Max nicht verkaufen.«

»Es ist ganz sicher, daß diesmal geräumt wird«, sagte der Verwalter. »Es ist für Sie nicht mehr viel hier zu holen. Sie haben nicht schlecht verdient, aber jetzt müssen Sie das Geschäft auflösen, wenn Sie ohne Verlust bleiben wollen. Kainrath wird auch bald verschwinden. Er sucht einen Dummen, der ihm sein Geschäft abkauft.« Der Verwalter lachte, fragte dann: »Ist wenigstens eine Wohnung bei Ihrem Verdienst rausgesprungen?«

»Nein, wo denken Sie hin! Wir sind doch eine große Familie.«

»Ah, das ist schade. Dann müssen Sie warten, bis Sie drankommen. Ich habe übrigens gehört, Ihr Sohn wäre wieder da. Wo hat er sich denn rumgetrieben?«

»Bei seinem Bruder war er, bei Hermann.« Er stand neben Max, hatte die Hand auf seinen Kamm gelegt und fühlte die Wärme des Tieres. Er sah die Silhouette der Festung, die sich wie ein Scherenschnitt gegen den bleichen Himmel abhob. Es war alles wieder in der Schwebe. Es gab Veränderungen, die noch keine endgültige Form angenommen hatten. Man wartete, wußte nicht, ob Gutes odes Schlechtes dabei herauskommen würde. Hugo hoffte noch immer, daß sich für ihn nicht viel verändern würde. Bald nach sieben Uhr fuhr er hinaus. Er hatte kein Ziel. Der Wagen rumpelte über das Pflaster der Straße, dazwischen klapperten die schnellen, elastischen Tritte des Ponys. Das war ein guter Ton. Die Musik seines Lebens. Ein kleines Pferd, ein kleiner Wagen: Es war das schwächere Echo der Geräusche, die er in seinen jungen Jahren gehört hatte. Diese Klänge lebten in seinem Ohr, wie die Farben Grün und Braun vor seinem inneren Auge. Andere Farben und andere Klänge waren immer ein Provisorium, das er nie anerkennen würde – und wenn man ihn dazu zwingen wollte, blieb auch er ein Provisorium, gelähmt von Unbehagen, Widerwillen und Mißmut.

Vor einer Wirtschaft hielt er den Wagen an. Er ging hinein und bestellte Bier und warme Wurst mit Brot. Dort blieb er lange sitzen.

Er trug da einen kleinen Zettel in der Tasche. Eine Reihe von Namen, die alle mit einer Zahl versehen waren: die Schuldner, von denen die wenigsten gewillt waren, eine nennenswerte Abzahlung zu leisten. Sie hatten ihm lange Geschichten erzählt, wenn er sie überhaupt angetroffen hatte. Sie hatten ihn hereingebeten, hier und da auch eine Tasse

Kaffee auf den Tisch gestellt, aber dann hatten sie doch nur Erklärungen, Beschwichtungen und höchstens zwei, drei Mark gegeben. Freundlich waren sie gewesen, und ihre Gründe waren so einleuchtend vorgebracht worden, daß Hugo nicht mit Nachdruck auf seinen Forderungen bestanden hatte.

An die fünfhundert Mark standen noch auf dem Zettel. Er saß bei seinem Bier und überlegte, ob er nicht heute kassieren gehen solle. Aber die Aussicht auf die vielen Treppen, die er würde steigen müssen, und auf die Tiraden von Schulden und augenblicklichen Notlagen überzeugte ihn schnell, daß heute nicht der richtige Tag zum Kassieren wäre. Doch er faßte einen Entschluß. Er sagte sich: Von jetzt an gebe ich keinen Kredit mehr! Bar müssen sie das Geld auf den Tisch zahlen. Ich will's klimpern hören.

Keinen Kredit mehr!

Er saß einige Stunden vor einigen Glas Bier. Er hatte das Kinn in die Hand gestützt und dachte nach. Und nun kamen sie wieder, die paradiesischen Erinnerungen an den Ort, der Himmelsgasse hieß, und an eine Zeit, die fünfundzwanzig Jahre zurücklag. Er hatte auch den Anflug von Ideen. Reklame mit der Zeitung. Er würde noch einiges unternehmen können. Er saß und hatte das Kinn in die Hand gestützt. Die Vergeblichkeit schien ihm gegenüberzusitzen. Sie war mit am Tisch, und sie war auch in seinem Gesicht.

Am Mittag überfiel ihn Eliese mit dem Verhängnis des Morgens. Sie schrie ihm ins Gesicht: »Du hast keine Gewalt über die Kinder gehabt! Sie sind dir durch die Hände geglitten!«

Er verfärbte sich, brauchte Zeit.

»Was!« sagte er. »Sie haben ihn weggeholt?«

Er saß auf dem Stuhl und hörte einige Minuten ihre Anklagen. Dann faßte er langsam den Gedanken, daß es noch nicht endgültig sei, daß er dabei etwas mitzureden habe. Aber bevor ihn diese Feststellung stärkte, erzählte er ihr, warum er so spät gekommen sei. Er habe kassiert. Ja, er habe schon früh damit angefangen, aber die wenigsten seien daheim gewesen. Zehn Mark könne er ihr jedoch geben. Er versuchte, Eliese mit diesem Zehnmarkschein auf seine Seite zu holen, dann begann er, nach den Einzelheiten zu fragen.

»Sie haben sich ausgewiesen, aber sie haben keinen Grund angegeben. Ein Beschluß oder so was. Albert hat sich gewehrt. Er hat sie gegen die Beine getreten.«

»Hat er sie wenigstens richtig getroffen?« Der Widerstand seines Sohnes beflügelte seinen Zorn.

»Sie haben ihm die Handgelenke zusammengepreßt. Ich habe gesehen, daß es ihm weh tat.«

»Sie werden ihn am Ende noch schlagen!« rief Hugo. Sein Verdacht, daß die Bevollmächtigten des Staates ihre Opfer schlügen, blieb unausrottbar.

»Wir gehen sofort!« rief er.

Aber Eliese gab ihm zu bedenken, daß jetzt Mittag sei und daß er etwas essen müsse. Sie planten gemeinsam. Adolf und Hermann sollten mit ihnen auf das Amt gehen. Sie würden zu viert sein. Hugo würde als erster hineingehen. Wo ist mein Sohn?

Er sprang vom Stuhl auf und lief hin und her und schrie, was er dort schreien würde, nachdem er über die Barriere gesprungen und sein Zorn wie die Spitze eines Messers auf den Leiter des Amtes gerichtet wäre. Nach diesen Bocksprüngen seiner Wut und seiner Ohnmacht zitterten ihm die Knie, und er mußte sich setzen. Eliese stellte einen Teller vor ihn auf den Tisch.

Nach dem Essen fuhr er mit seinem Fahrrad allein in die Stadt. Er war hinuntergegangen und hatte das Fahrrad aufgepumpt. In den Schläuchen war keine Luft. Das Rad hatte lange gestanden, die beiden Mäntel waren an den Druckstellen rissig geworden. Er sah es noch rechtzeitig, gerade in dem Augenblick, als der Mantel des Hinterrades zu platzen begann. Er ließ die Luft heraus und überlegte. In der Satteltasche fand er eine Rolle Isolierband und umwickelte zuerst die

Reißstellen des Hinterrades und dann die des Vorderrades, die ihm weniger gefährdet schienen.

Das Fahrrad rollte den Berg hinunter. Plupp! Plupp! Plupp! Die geschwollenen Stellen der Reifen schlugen hart aufs Pflaster. Er hoffte, daß die Bandagen hielten und die Luft in den Schläuchen bleiben würde. Er hoffte, daß er den richtigen Mann, die richtigen Worte finden würde, denn darauf hatte er sich schließlich mit Eliese geeinigt: Sie wollten es zuerst im guten versuchen.

Schlau mußte man vorgehen. Langsam anschleichen und dann zustoßen! Die Wut mußte man tarnen und sich einen Vorschuß an Vertrauen erschleichen –.

Aber wenn sie Albert geschlagen haben, werden sie sich wundern! Adolf, Hermann und ich. Der Wäscheknüppel. Abends, in der Dunkelheit!

Plupp! Plupp! Hinten ein Stoß, vorn ein Stoß. Er klingelte mit der Fahrradklingel. Er bremste und trat wieder in die Pedale, trieb das Rad vorwärts, durch den feindlichen Verkehr. Die Autos, die Motorräder, die Straßenbahnen: feindlich! Zwischen den Häusern, den Fenstern, Rotlicht, Grünlicht: feindlich!

Plupp! Plupp! Hinten ein Stoß, vorn ein Stoß.

Er fragte sich durch das Haus, wartete vor Zimmern, die nicht die richtigen waren. Das Haus hatte Räume ohne Zahl, aber er fand das Zimmer.

Da saßen sie vor ihm. Ja, dachte er, so sehen sie aus. Runde Gesichter, zwei Glatzen und eine Halbglatze. Zwei Brillen und einer ohne Brille. Weiße Kragen haben sie um den Hals. Vom Hals bis zu den Ohren sind sie glattrasiert, elektrisch rasiert.

Er bleibt nur zehn Minuten: fünf Minuten des Jammerns, der bedächtigen, mitleidheischenden Worte; dann fünf Minuten des Zorns und der fatalen Gewißheit.

Sie hätten lange genug zugesehen. Sie hätten schon längst erwogen, Albert in Fürsorge zu nehmen.

Was denn, lebten er und seine Familie nur auf Abruf zusammen? Sie waren so kleine Tierchen in einem Käfig, und die Brillen schauen von oben auf sie herunter und warten darauf, eingreifen zu können. Und wenn sie lange genug zugesehen und erwogen haben, dann greifen sie ein und schaffen ihre barbarische Ordnung.

»Das können Sie mir und meiner Frau doch nicht antun. Wir werden alt. Wir haben nicht viel von unseren Kindern gehabt. Man weiß ja nicht, wie lange man noch lebt, und man will doch zusammen leben.«

»Er wird es gut haben in dem Heim. Die Schule ist gleich dabei. Es gibt gutes Essen und auch Sport und alles, was er braucht.«

»Alles, was er braucht –. Alles, was er braucht?«

»Ja, dort sind geordnete Verhältnisse, Sauberkeit und verständnisvolles, gutgeschultes Personal.«

»Man könnte es doch noch mal versuchen. Albert würde jetzt bestimmt immer zur Schule gehen. Man könnte doch...«

Die ersten fünf Minuten sind vorbei. Er ist vor ihnen auf dem Bauch gekrochen, und sie hockten da und genossen ihre Wichtigkeit. Und nun erbittert ihn nachträglich, daß er vor ihnen gebettelt und sie erhöht hat.

»Den Grund will ich wissen! Und warum wird er morgens geholt wie ein Verbrecher?«

»Mäßigen Sie Ihren Ton!«

»Ich will meinen Sohn wiederhaben! Wo haben Sie ihn hingeschleppt? Und wie kommen Sie dazu?«

»Die zuständige Fürsorgerin...«

»Ah, die Leisle, der werde ich die Zähne einschlagen!«

»Man kann nicht mit Ihnen reden!«

»O doch, aber nicht so von oben herunter, versteht ihr! Nicht so, wie ihr euch das vorstellt!«

Albert sei in einem Heim, etwa zwanzig Kilometer von der Stadt entfernt. Genaue Auskunft würde ihm zugestellt. Sie sei schon unterwegs. Man habe mit Frau Starosta auch nicht reden können.

»So, durch die Post kriege ich also mitgeteilt, wo mein Sohn ist! Ihr werdet euer blaues Wunder erleben, wenn er nicht bald wieder daheim ist! Und der Leisle, der werde ich...«

»Sie haben unserer Mitarbeiterin Schläge angedroht!«

»Und ob! Den Grund will ich jetzt endlich wissen!«

»Herr Starosta, Sie sind ein Trinker! Es gibt zwar schlimmere Trinker, aber immerhin: Sie arbeiten nicht regelmäßig, Sie haben sich jahrelang vor der Arbeit gedrückt. Ihr Sohn geht nicht zur Schule. Er kommt nicht mit und deshalb schwänzt er. Sie unterstützen das noch. Schließlich flüchtet er! Na, und Ihre Tochter – über die hört man auch nichts Gutes. Die Baracken, dic Festung, dieses ganze asoziale Milieu. Ihr Sohn lebte in denkbar ungünstigen Verhältnissen. Er ist gefährdet, und deshalb schreiten wir ein. Jetzt ist er noch zu retten. Wenn er ein Verbrecher geworden wäre...«

»Ihr Hunde!« schreit Hugo und geht auf die Männer zu. »Ihr fetten, gemästeten Schweine! Ich schlage euch zusammen, daß ihr – daß ihr Knochen kotzt!«

Die zehn Minuten waren voll.

Es wurde nicht mehr viel geredet. Man hielt ihn zurück. Es kamen einige Männer, die ihn mit den Armen umschlangen und seine kraftlosen Versuche, zu den drei Schreibtischen zu gelangen, mit Leichtigkeit verhinderten. Er zappelte wie die Fliege im Netz. Sie wickelten ihn auch noch ein in die Fäden ihrer Worte. Er habe versucht, sie zu schlagen! Und er habe einer Mitarbeiterin Schläge angedroht.

»Sie machen sich strafbar! Darauf steht Gefängnis nicht unter einem Jahr: Körperverletzung in Tateinheit mit Beamtenbeleidigung!«

Er stand vor der Tür, hatte nun das Gefühl, daß er von jeher vor der Tür gestanden hatte. Die dahinter waren, bestimmten, hatten ein Recht auf ihrer Seite, das eigens für sie gemacht war: Niemand würde ihm das jetzt noch ausreden können.

Er bestieg unten auf der Straße sein Fahrrad und fuhr zur

Festung. Als er bei Eliese im Zimmer erschien, rief er: »Ich habe Ihnen die Meinung gesagt, das konnten sie nicht vertragen!«

Eliese holte aus ihm heraus, wie die Unterredung ausgegangen war.

»Man kann nichts gegen sie tun«, sagte er. »Sie haben die Macht. Man kann nichts tun.«

Eliese war jetzt wieder gegen ihn. Sie nahmen es sich gegenseitig übel, daß sie nichts tun konnten.

»Du hast keine Gewalt über die Kinder gehabt. Auf den Ämtern kannst du dich nicht durchsetzen!«

»Ich habe ihnen die Meinung gesagt! Du hättest mich sehen sollen!«

»Jetzt sind nur noch Mi-Mo und Bruno hier. Aber Mi-Mo wird auch eines Tages verschwinden. Sie hat es immer gesagt!«

»Wo ist sie jetzt?«

Das wußte Eliese nicht. Aber sie wußte, daß Mi-Mo erst am Nachmittag aufstand, daß sie sich nachts ins Zimmer schlich und daß sie fast nichts mehr zu Hause aß. Eine Tasse Kaffee mittags, und dann aß sie irgendwo in der Stadt. Aber das sei ihm wohl noch gar nicht aufgefallen. Und auch die teuren Kleider seien ihm wohl nicht aufgefallen. Was bemerkte er überhaupt zur richtigen Zeit?

»Natürlich habe ich das bemerkt, aber hat sie nicht von ihrem Lohn gespart? Und die Kleider, sind die nicht auf Teilzahlung gekauft?«

»Und die Hundertmarkscheine in ihrer Handtasche? Von einem reichen Freund erzählt sie.«

»Und wo ist sie jetzt?« wiederholte Hugo.

»Das weiß ich nicht!« kreischte Eliese. »Vielleicht ist sie auf der Straße, wo die Huren auf und ab gehen!«

Später war Hugo wieder mit dem Fahrrad unterwegs. Er dachte an Mi-Mo. Er hatte seinen Verdacht gehabt, aber so weit war der Verdacht nie gegangen. Tändeleien, eine Liebelei, die Stunde, in der ein Mann sie verführen würde – das hatte er befürchtet. Aber eine Hure? War das möglich?

Er fuhr in der Stadt umher und wußte nicht, wo er sie suchen sollte. Von dieser gewissen Straße hatte er nie gehört. Stimmte es überhaupt? War das nicht auf jeder Straße möglich?

Er fuhr jetzt, in schmierigem Licht, durch Straßen, deren Namen er nicht kannte. Er sah keine Frauen auf und ab gehen.

Das Fahren strengte ihn an. Er keuchte und dachte: Es ist das Herz, das Herz wird schwächer, immer schwächer wird das Herz. Da sind Frauen, aber sie steigen in eine Straßenbahn. Rechts muß ich fahren, immer rechts, daß mich die Autos überholen können. Geht sie nicht dort? Nein, das ist sie nicht. Und überhaupt, wie soll das vor sich gehen? Sie wird sich doch nicht jedem anbieten. Niemals würde sie das tun! Vielleicht ist sie ins Kino gegangen, da kann ich sie natürlich nicht finden. Hier sind zwanzig oder dreißig Kinos. Die Lokale, wo getanzt wird. Aber ich bin nicht rasiert, da kann ich nicht hingehen. Hermann oder Adolf müßten da sein –.

Plupp! Plupp! Hinten ein Stoß, vorn ein Stoß. Er trieb das Rad weiter. Rechts ein Tritt, links ein Tritt.

Ich werde langsamer fahren. Ich kann niemanden nach dieser Straße fragen. Diese Straße gibt es nicht. Eliese hat sie erfunden! Außerdem bin ich müde. Man kann ja doch nichts tun. Da laufen keine Frauen –. Die Straße, wo die...

Es gibt einen lauten Knall, als der Hinterradreifen platzt. Er zuckt auf dem Fahrrad vor Schreck zusammen und spürt, wie er auf die Felge hinuntersackt. Er schiebt das Fahrrad. Er ist müde. Schmutzig sind die Straßen. Er schleppt diesen Tag hinter sich her und denkt an den weiten Weg und an diesen Schrecken in seinen Ohren: Die Straße, wo die Huren auf und ab gehen –

NEUNZEHNTES KAPITEL

Die Straße lief parallel zur Hauptgeschäftsstraße, aber sie zählte schon nicht mehr zum Zentrum, nicht mehr zu dem Teil der Innenstadt, der die Besucher anlockte. Sie war eine der Tangenten am Kreis des nächtlichen Lebens in dieser Stadt.

Hugo war in ihre Nähe gekommen, und damit in die Nähe seiner Tochter. Er hätte sie sehen können, wenn heller Tag gewesen wäre. Doch die Entfernung zwischen ihnen wuchs schnell, denn sie bewegten sich in entgegengesetzten Richtungen.

Mi-Mo hatte nicht lange gebraucht, um die günstige Lage dieser Straße zu erkennen. Die Laternen standen hier in größeren Abständen. Ihre Lichtkreise berührten sich nicht, ließen unscharfe Zwischenräume, während zwei Reihen dickstämmiger Ulmen wie Postenketten die beiden Gehsteige flankierten und abschirmten. Es war hell genug, die Männer sehen zu lassen, daß sie gut gewachsen war, oder ein Gesicht bei einem schnellen Wort zu erfassen, aber sie konnte wieder in den Schatten zurücktreten und hatte hier nicht das Gefühl, sich gänzlich preiszugeben.

Mi-Mo hatte bald bemerkt, daß auch andere Frauen die Vorzüge dieser Straße zu schätzen wußten, aber das störte sie wenig: Platz schien ihr reichlich vorhanden, für sie und die andern.

In der ersten Zeit war sie beherrscht gewesen von ihren Zielen: der kleinen Wohnung mit gekacheltem Bad und der modernen Küche, wo die Hausarbeit mit ein paar Handgriffen mechanisch erledigt wurde, von der Sicherheit einer gepflegten Umgebung hatte sie geträumt. Nun hatten diese Ziele allmählich ihre Dringlichkeit eingebüßt: Sie würde zuerst ein kleines Zimmer mieten, um den Schritt aus der Festung, die Trennung von Eliese und Hugo zu vollziehen. Das war notwendig, dieser Tag hatte es endgültig bewiesen. Sie würde frei sein. – Die moderne Wohnung und der Mann, mit dem sie verheiratet wäre – das war jetzt nur noch die weitentfernte Endstation eines Weges, dessen Freuden sie kosten wollte. Sie verließ jeden Abend die Festung und erhoffte sich ein paar Stunden der Freiheit und war gefangen von der Nacht und der nächtlichen Erwartung.

Mi-Mo war verstimmt, weil Eliese ihr nachgespürt hatte. Wo sollte sie das Geld verstecken? Sie hatte es schon in Hundertmarkscheine umgewechselt, damit es nicht soviel Platz einnahm. Sie müßte es in eine Blechschachtel legen. Vielleicht vergraben? Aber dabei konnte sie beobachtet werden.

Mi-Mo hing mit inniger Zärtlichkeit an diesem dünnen Päckchen aus Scheinen. Sie sah darin nicht so sehr irgendeine Geldsumme als vielmehr die Bestätigung ihrer Person, die sich in kurzer Zeit so überzeugend summiert hatte. Sie wollte diese Bescheinigung ihres Wertes nicht aus der Hand geben. Dabei war sie nicht knauserig; sie gönnte sich etwas. Wenn sie ein Geschäft betrat, um Schuhe oder ein Kleidungsstück zu kaufen, pflegte sie zu sagen: Etwas Teures! In diesen Augenblicken trennte sie sich leicht von einigen Blättern aus dem Bündelchen. Aber die vollkommene Trennung, wenn sie das Geld deponierte oder versteckte, hätte sie als Einbuße empfunden: Sie wollte es bei sich tragen, sich daran erwärmen mit einem fast körperlichen Wohlbehagen.

Das Zimmer muß gemietet werden! dachte Mi-Mo.

Ihre Verstimmung legte sich erst, als sie ein Restaurant betrat und an einem weißgedeckten Tisch Platz nahm. Sie saß mit dem Rücken zum Gastraum; sie liebte es nicht, beim Essen beobachtet zu werden. Während sie sich die Karte ansah, dachte sie an ihren jüngeren Bruder.

Wahrscheinlich ist er jetzt schon in dem Heim. Vielleicht wird er es da ganz gut haben. Ordnung und Sauberkeit und so. Es ist ja auch wahr, er ging einfach nicht zur Schule. Hugo ist schuld daran! Wenn die wüßten, daß er die Baracke angezündet hat! Wahrscheinlich haben sie gedacht, ich wäre häßlich, als sie mich im Bett liegen sahen. Er wird sich daran gewöhnen. Man gewöhnt sich an alles. Gefährliche Anlagen, hat einer gesagt, er muß erzogen werden. Da hat er es doch eigentlich ganz gut, wenn er erzogen wird. Ich war nicht gekämmt, aber man kann ja nicht gekämmt sein, wenn man im Bett liegt und schläft –

Sie aß Schildkrötensuppe, dann Hühnerfrikassee mit Reis und Champignons, danach eine Portion Sahneeis mit Ananasscheiben. Später ging sie ins Kino und kaufte an der Kasse eine Tafel Nußschokolade, die ihr ausgezeichnet schmeckte, während sie auf der Leinwand sah, daß ein Mann eine Frau an einen anderen Mann verlor. Sie ergriff die Partei des Verlassenen.

Kurz nach neun Uhr erreichte sie die Straße, wo die Ulmen standen. Sie war noch leicht ergriffen von der edlen Schwermut des Mannes, der auf seine Frau verzichtete, weil sich herausgestellt hatte, daß er unheilbar erkrankt war. Sie hätte ihn pflegen müssen, unter allen Umständen! Später hätte sie den anderen heiraten können. Sie war nicht ganz zufrieden mit dem Film. Vor allem liebte sie es nicht, Krankheiten auf der Leinwand zu sehen, tröstete sich aber mit der Gewißheit, daß diese Handlung und die Krankheit erdacht waren. Mit dieser Überlegung wischte sie ihre Ergriffenheit fort.

Um elf Uhr hielt der erste Wagen neben ihr. Der Mann verlangte etwas von ihr, auf das sie nicht eingehen wollte. Er war unflätig.

»Nein«, sagte sie. »Das tue ich nicht; nicht bei einem Fremden.«

Der Mann sprach durch das offene Wagenfenster.

»Nein«, sagte sie. »Nein.«

Sie trat zurück, und der Wagen fuhr an. Weit vorn in der Straße sah sie wie Schemen drei oder vier Frauen stehen. Dort hielt der Wagen und eine Frau stieg ein. Die Weiber, dachte sie, die Weiber!

Zweimal wurde sie angesprochen. Es gab auch Männer,

die ohne Wagen kamen, und natürlich viele, die ohne besondere Absicht durch die Straße gingen. Aber man konnte ihnen das nicht gleich ansehen. Es war immer ungewiß, was ein Mann hier wollte.

Sie wartete jetzt, wartete auf das Besondere, das Neue, das Noch-nicht-Gewesene. Sie ging langsam auf und ab, war nicht entmutigt, kannte das Spiel mit der Geduld. Mitunter lief sie in den abschätzenden Blick eines Mannes – angedeutetes Begehren. Sie genoß das Gefühl, eine Frau, ein warmer, weicher Körper zu sein.

Der besonderen Sorte von Frauen wich sie aus, konnte es aber nicht verhindern, daß sie den gleichen Gesichtern zweimal begegnete. Es war etwas in der Haltung dieser Frauen, das sie warnte: die Ungeduld, das Hungrige, die unverhüllte Herausforderung an jedermann. Bei der zweiten Begegnung wurde ihr etwas nachgerufen. Sie sei eine »wilde Biene«, eine von den Nichtregistrierten. Sie ging rasch, wollte nicht mehr an der Gruppe von sechs oder sieben Frauen vorbeigehen. Von jetzt an würde sie auf die andere Straßenseite hinüberwechseln...

Der Mann war noch jung, und sie war überrascht, daß er so jung war. Sie hatte ihre besten Erfahrungen mit Männern zwischen vierzig und fünfzig Jahren gesammelt, und ihre Hoffnungen hatten sich auf diese Altersklasse spezialisiert.

Er fragte, ob er sie einladen dürfe. Wie lange sie Zeit für ihn habe?

»Eine Stunde«, sagte sie.

»Wir müssen uns doch erst kennenlernen –«

»Aber da vergeht zuviel Zeit.«

Er stellte den Motor ab und stieg aus. »Wie«, sagte er. »Zeit? Kommt es Ihnen denn darauf an?«

Sie betrachtete ihn. Trotz seiner Jugend zählte er zu den Männern, denen sie auf Anhieb vertraute. Für sie gab es zwei Sorten von Männern: die vertrauenswürdigen, sympathischen, denen sie ohne Überlegung folgte, und die unangenehmen, die abstießen und nur mit Überwindung und ganz passiv von ihr ertragen wurden. Bei jedem Partner wog sie blitzschnell das Gesicht, das erste Wort, und die Einstufung erfolgte, ohne einen Gedanken, aus der unkontrollierbaren Neigung oder Abneigung.

»Ja«, antwortete sie. Es komme ihr auf die Zeit an, denn eigentlich sei es ja Zeit, die etwas koste. »Das andere...«, sagte sie und ließ den Satz in einer Weise offen, die alles mögliche bedeuten konnte, auch Sympathie.

»Dann will ich eben Zeit von Ihnen. Zwei Stunden, drei Stunden. Es wird mir nicht zu teuer. Sagen Sie...«

»So was«, kicherte sie. »Das ist aber ulkig...«

Sie dachte an die Zahl. Es war, als legte sie ihre Forderung auf eine Waage, fügte noch eine Portion hinzu, prüfte, mit einem Seitenblick auf ihn, nahm ein Quentchen weg und dann noch eins, ließ auspendeln und las das Ergebnis ab. Sie nannte die Zahl, langsam, wie bedauernd, daß sie ihm zugemutet werden müsse.

Er half ihr in den Wagen, schloß die Tür hinter ihr, kam durch die andere Tür herein, saß vor dem Steuer und öffnete seine Brieftasche, noch ehe er den Wagen wieder anließ. Sie erkannte, daß er die Zahl schnell vergessen wollte. Sie nahm das Geld, aber sie zählte es nicht. Sie steckte es wortlos in ihre Handtasche.

»Es ist wegen meinen Eltern«, sagte sie. »Ich darf nicht so spät nach Hause kommen. Sie wissen es nicht.«

»Ach, sie wissen es nicht –. Ich kenne ein Lokal. Wir tanzen ein bißchen. Zwei, drei Stunden Zeit«, sagte er.

Sie war überrascht und erfreut, ließ es sich gern gefallen, daß er am Tisch in dem Tanzlokal ihre Hand streichelte und seine zärtlichen Fragen stellte. Sie erzählte ihm ihre bescheidenen Lügen. Ihr Vater sei ein kleiner Beamter, allerdings nicht zu klein, und sie habe einen Mann geliebt, den sie nicht habe heiraten dürfen. Ja, die Enttäuschung! Aber sie sei erst zweimal dort in der Straße gewesen. Er spendete sein Mitgefühl, und sie fühlte sich aufgefordert, jetzt diese Geschichte weiterzuspinnen, die er offenbar ohne Vorbehalte glaubte.

In der ersten Zeit der nächtlichen Beschäftigung hatte sie weitaus schamloser gelogen, aber sich dabei etwas übernommen. »Mein Vater ist Politiker«, hatte sie gesagt. »Ich bin so leidenschaftlich...« Aber als sie dafür einmal ausgelacht worden war, hatte sie erkannt, daß eine geschickte Lüge fast so prunklos wie eine Wahrheit klingen mußte. Er glaubte alles, und das erhöhte ihre Zuneigung für ihn.

Er war der Sohn eines mittleren Geschäftsmannes, wie er sagte. Er hätte sich zwar den Wagen seines Vaters geliehen, aber das Geld selbst verdient; seinen Schilderungen entnahm sie, daß er außerordentlich tüchtig sein mußte. Er kannte auch Frauen, wie er erklärte, aber angesichts der auf Gleichmaß getrimmten Mädchen seiner Bekanntschaft überfiel ihn eine abgründige Müdigkeit. Er liebe nun einmal das Ungewohnte, das Unvorhergesehene –

»Vielleicht gehe ich nach Afrika«, sagte er.

»Das ist aber weit«, bemerkte Mi-Mo.

»Gerade deshalb«, sagte er.

Die Kapelle spielte *I am so lonely in the night*... Sie tanzten und kokettierten voreinander mit der Tiefe ihres Gefühls und ihren heimlichen Sehnsüchten und Tränen. Später jedoch legte er die Reihenfolge ihrer Zärtlichkeiten genau fest. Er bestellte die verschiedenen Gänge dieser Liebesmahlzeit, wollte sie aber in einer Weise serviert, als käme alles unvorhergesehen und überraschend.

Danach saßen sie still im Fond des Wagens und spürten die Dunkelheit.

»Vielleicht gehe ich bald nach Afrika«, sagte er.

Aber sie wußte, daß er nie nach Afrika oder anderswohin gehen, sondern hierbleiben und sich mit selbstbezahlten Überraschungen längstbekannte Abenteuer beschaffen würde. Sie hatte das Gefühl, daß er ein bißchen verrückt war und noch allerlei Verrücktheiten begehen würde.

Sie beobachtete ihn verstohlen von der Seite und hatte ihn im Verdacht, daß ihn die Unkosten des Abends nachträglich verstimmten. Es schien ihr jetzt unvorteilhaft, bei den nächtlichen Abmachungen ihre Neigungen zu beteiligen und das Unverbindliche, die besondere Leichtigkeit preiszugeben, die sie befähigt hatten, sich ohne Reue mit Männern zu freuen.

Er fuhr den lautlosen Wagen zurück zur Straße. Ihre Sympathien waren merklich erkaltet. Beim Aussteigen gab es nichts mehr zu sagen. Mi-Mo schaute dem davongleitenden Wagen nach, und als sie sich zum Gehen wandte, begegnete sie vier Frauen. Sie standen und schauten zu ihr hin. Es sah so aus, als ob sie lange vergeblich gestanden hätten, als seien sie überhaupt dazu verurteilt, hier immer vergeblich zu stehen.

»Ich sage, das ist sie!« rief eine der Frauen. »Ich erkenne sie wieder!«

Es war zu spät, ihnen auszuweichen.

»Das Dreckmensch!« riefen sie. »Das Dreckmensch serviert uns die Freier ab!«

Das war eine Münze, auf die Mi-Mo nicht herausgeben konnte. Bei Angriffen oder Beschimpfungen war sie von jeher ungelenk gewesen.

»Lassen Sie mich in Ruhe«, sagte sie. »Ich kann doch hier gehen. Jeder darf hier gehen –«

»Du verdammte Biene, du gehst hier wild auf den Strich!«

»Wir schlagen dir die Fresse ein!«

Sie riefen durcheinander, und ihr Zorn schien sich zu steigern.

»Willst du uns weismachen, daß du registriert bist?«

»Absahnen will sie! Uns die Freier abstauben! – Schnappt uns die Freier weg! Dabei habe ich so lange keinen Kerl mehr gehabt, daß ich es fast umsonst machen muß!«

Die drei lachten über diesen Witz der vierten. Sie erkannten die Schwäche ihres Opfers und waren entschlossen, es mit Vergnügen hinzurichten. Sie versperrten ihr den Weg. »Lassen Sie mich gehen«, sagte Mi-Mo kläglich. »Ich bin eine anständige Frau! –«

»Wo ist deine Karte, du Mistbiene?«

»Was für eine Karte?«

Sie beging den Fehler, sich an ihnen vorbeidrängen zu wollen. Sie hielten sie jetzt fest.

»Lassen Sie mich los!«

»Hiergeblieben wird, wenn ein paar anständige Frauen mit dir reden wollen!« – »Jawohl! Wir sind anständige Frauen! Bei uns kann sich ein Mann nichts holen!«

»Wahrscheinlich ist die schon so verseucht, daß man bei der die Gonokokken mit dem Schmetterlingsnetz fangen kann!«

Mi-Mo schaute hilfesuchend auf einige Zuschauer, die aber nicht daran dachten einzugreifen, sondern amüsiert abwarteten. Sie zerrte, versuchte, sich loszureißen. Eine der Frauen begann, mit der Hand nach ihr zu schlagen. Die anderen fielen ein. Sie rissen Mi-Mo an den Haaren und klopften auf sie los. Sie preßte ihre Handtasche fest an den Körper, hatte so nur eine Hand frei, mit der sie sich wehren und schützen konnte. Das Geschrei der Frauen füllte die nächtliche Straße.

Mi-Mo sah plötzlich einen Schatten an ihrer Seite und glaubte, einer der umstehenden Männer habe schließlich ihren Schutz übernommen. Aber dann hörte sie die Stimme, sah, wie eine gewaltige Ohrfeige zu ihrer Verteidigung ausgeteilt wurde, und rief: »Dora!«

»Wollt ihr die Kleine in Ruhe lassen, ihr verdammten Weiber!«

Mi-Mo stand verblüfft. Ja, das war Dora, die in der Festung gewohnt und mit ihr in der Sauerkrautfabrik gearbeitet hatte.

Die Frauen ließen von Mi-Mo ab. Sie standen schweratmend da.

»Das ist eine von denen, die uns das Geschäft kaputtmachen!«

»Das bildet ihr euch ein, ihr Knattertüllen!« rief Dora. »Bei euch beißt bloß keiner mehr an, weil ihr alte Zimtzicken seid!«

Sie wollten nicht so ohne weiteres das Feld räumen, standen wie knurrende Tiere, die auf einen Fehler, auf eine Blöße des Stärkeren hoffen.

Dora hatte einen Schuh ausgezogen, war bereit, mit dem Absatz zuzuschlagen, schwang den Schuh in der Hand und rief:

»Wollt ihr noch was? Dann kommt ran. Aber ihr kennt mich!«

Die Angriffslust der Frauen verwandelte sich sichtbar in Unentschlossenheit und dann in ein zahmes Räsonieren.

»Mach keinen Ärger, Dora, zieh deinen Schuh wieder an. Wir haben der Kleinen halt mal beigebracht, daß sie sich registrieren lassen muß.«

»Wir haben dir doch nicht weiter weh getan, oder?« fragten sie Mi-Mo. »Wenn du auf die Straße willst, mußt du das vertragen können.« – »Sie hat ja nicht mal ein blaues Auge –. Aber mir, Dora, mir hast du eine geknallt. Guck nur, hier, da bin ich morgen grün und blau.« – »Ja, wo die Dora hinhaut, da wächst kein Gras mehr. – Nimmste 'ne Zigarette?«

Sie nahm eine Zigarette aus der Schachtel, ließ sich Feuer geben.

»Also gut«, sagte Dora nach dem ersten Zug. »Ihr wißt, wie ihr dran seid! Jetzt haut ab!«

Sie zündeten Zigaretten an und trollten sich. Einige Männer begannen zu lachen.

»Was lacht ihr?« rief Dora. »Ihr Scheißkerle hättet auch noch zugesehen, wenn sie die Kleine halb totgeprügelt hätten! Ihr habt wohl gehofft, sie würden sich am Boden wälzen und ihr könntet mal ihren Hintern gratis sehen! Los, verschwindet, ihr Säue!«

Es gab keinen Widerspruch. Die Männer schauten sich noch ein paarmal um, aber sie gingen.

»Die Mi-Mo –. Das ist ein Wiedersehen, was! Wie kommst du denn hierher?« fragte Dora.

»Daß es so was gibt!« jammerte Mi-Mo.

»Da bin ich mal wieder richtig gekommen!«

»Ach, Gott, ja, ich bin dir ja auch so dankbar!«

»So! Na schön. Also du läufst hier? Seit wann denn? Hör zu, du mußt dich wirklich registrieren lassen. Das geht nicht, daß du hier als wilde Biene rumschwirrst. Wenn du deine Karte hast, kann dir niemand mehr an den Wagen pissen! Ich hatte am Anfang auch Schwierigkeiten, aber da gab's Funken –. Du stehst also nicht mehr am Krauthobel? War zu anstrengend, was? Das habe ich auch gesagt. Ich will nur noch schnell ein dreistöckiges Häuschen anschaffen, ehe ich zu alt werde. Noch zwei, drei Jahre. – Wie geht's daheim? Wer ist denn noch dort in der Festung?«

»Und dein Herbert?« fragte Mi-Mo ein wenig später.

»Wir haben uns getrennt«, erwiderte Dora, während sie prüfend in ihren Handspiegel schaute und sich das Haar ordnete. »Ja, das Gemeinste, was es gibt, sind Huren, die merken, daß sie alt werden. – Ich denke, mich laust der Affe, wie ich dich da in dem Tumult erkenne.«

Sie gingen langsam weiter. Dora gab Ratschläge. Sie schwätzten, fragten, erörterten, waren wie zwei Vertraute, die sich nach langer Zeit in einem fremden Land wiedergetroffen hatten. Dieses Gefühl ihrer Verbundenheit war männlich wie Freundschaft, hatte etwas von der Kumpanei der Diebe oder der Soldaten oder anderer Minderheiten, die sich in der Gefahr stützen. Mi-Mo fühlte eine fast zärtliche Dankbarkeit für Dora, die sich an dieser Dankbarkeit der jüngeren erwärmte und sich ganz selbstverständlich zu Mi-Mos Schutz verpflichten ließ. Sie schlossen ihr Bündnis auf dem Wege durch die Straße, wo sie gemeinsam gefochten und gesiegt hatten.

»Ich suche ein Zimmer«, sagte Mi-Mo. »Hugo macht Ärger.«

»Laß dir nichts gefallen«, erwiderte Dora. Sie meinte, sie könne Mi-Mo ein Zimmer in dem Haus besorgen, in dem sie jetzt wohnte. Es würde allerdings noch ein paar Tage dauern und auch einiges kosten. Sie gab ihr die Adresse, schrieb sie mit dem Augenbrauenstift auf ein Stück Papier. Außer Dora wohnten dort noch drei Frauen aus der Branche. Eine davon würde ausziehen, wenn man sie etwas dabei verdienen ließe. Das Zimmer neben Dora. Das Haus wäre in Ordnung, niemand würde sich da um einen kümmern. Hohe Miete und völlige Freiheit –

»Ich muß jetzt gehen«, sagte Mi-Mo. »Ich komme morgen zu dir.«

In einer Seitenstraße bestieg sie ein Taxi.

»Mach's gut, mein Mädchen«, sagte Dora und streichelte ihr die Wange.

Mi-Mo hoffte, sie würde sich unbemerkt von Hugo und Eliese ins Bett schleichen können. Aber Hugo war zu ihrem Erstaunen noch auf. Er hatte an Albert geschrieben. Am späten Nachmittag war der Verwalter gekommen und hatte einen Brief abgegeben, den die Großmutter gleich für sich in Anspruch genommen, der sich dann aber als amtliches Schreiben erwiesen hatte, in dem unter anderem die neue Adresse Alberts angegeben war.

Der Brief an Albert war Hugo schwergefallen. Eliese hatte von Zeit zu Zeit vom Bett aus gefragt: »Was hast du jetzt geschrieben?« Er hatte dann die jeweiligen Sätze vorgelesen, und über einige davon hatten sie sich gestritten. »Jetzt steht's da«, hatte Hugo gesagt, »und jetzt wird's nicht mehr geändert!«

Hugo fragte streng, wo Mi-Mo herkomme. Und was sie in der Tasche habe.

»Ich bin alt genug!«

»Ich habe dich gesucht, aber du warst nirgends zu finden!« Er stand vom Stuhl auf und ging dicht an seine Tochter heran. »Gehst du, dich verkaufen? Wo treibst du dich rum? Und wie kommst du an das viele Geld? Den Hals werde ich dir umdrehen!« schrie er.

»Nicht so laut!« zischelte Eliese vom Bett her.

»Ich habe einen Freund!«

»So«, sagte Hugo, »und der hat das viele Geld? Zeig deine Tasche her!«

»Die geht euch nichts an! Ihr wollt ja doch nur Geld von mir!«

»Ich weiß, daß du deine Eltern nicht unterstützen willst! Genau wie die andern! Nur Undank habe ich von meinen Kindern geerntet! Aber jetzt ist es genug! Du gehst wieder arbeiten und abends kommst du mir nicht vor die Tür!«

»Ich werde hier ausziehen«, sagte Mi-Mo ruhig, und Hugo hörte ihre Entschlossenheit.

»Ausziehen?« fragte er entsetzt. »Ausziehen?«

»Ja!« rief sie. »Ich habe es satt, mir sagen zu lassen, ich ginge auf die Straße. Mein Freund...«

»Sie hat's gesagt.« Er deutete auf Eliese. »Sie hat's gesagt!«

»Hört jetzt auf mit dem Krakeel!« rief Eliese. »Morgen ist auch noch Zeit!«

»Ich will mich hinlegen. Mach das Licht aus!« befahl Mi-Mo. Sie hatte gesehen, daß sie Hugos Zorn mit der Drohung, auszuziehen, gebändigt hatte. Sie hatte jetzt die Oberhand.

Hugo war müde. Dieser Tag lag wie ein Berg auf ihm. Und vielleicht hatte sie wirklich einen reichen Freund? Er hatte schließlich nie recht glauben können, daß sie auf die Straße ging. Nein, das konnte nicht sein –

»Nur Undank«, murmelte er. »Nur Undank. Und was haben wir alles für euch getan. Du hast also einen reichen Freund?«

»Ja. Übrigens, morgen gebe ich euch fünfzig Mark.«

»Warte«, sagte Hugo. »Ich lese schnell noch den Brief durch. Er ist an deinen Bruder. Dann kannst du das Licht ausmachen.« Er begann zu lesen. Am Ende wurde er fast zu Tränen gerührt, als er die Sätze las: »... sie haben gesagt, ich wäre ein Trinker, aber dabei weißt Du doch, daß Dein Vater nie mehr als fünf, sechs Glas Bier getrunken hat. Und von wegen Mi-Mo, wo die doch fleißig arbeitet und überhaupt alles in Ordnung ist bei uns. Aber das brauchen wir uns nicht gefallen zu lassen und ich werde die Schritte ergreifen an unser Recht in die Tat umzusetzen. Weil wir doch immer benachteiligt wurden und diese Ungerechtigkeit an den Himmel stinkt und wo wir doch krank sind. Deiner Mutter tut's ja auch wieder im Unterleib weh. Aber wir werden keine Mühen zurückschreken und alle Unkosten in die Wege leiten um Dich wieder zu holen. Ich berufe mich auf meine Kombedendsen denn da gehörst Du hin wo wir auch sind. Wir sprechen immer über Dich.

Dein geliebter Vater und Mutter.«

Er legte das Schreiben zur Seite und hoffte, daß maßgebliche Persönlichkeiten es lesen würden.

Eigentlich wollte er Mi-Mo noch einmal fragen, ob sie wirklich ausziehen wolle, aber er war müde, verschob es auf morgen und schaltete das Licht aus. Mi-Mo entkleidete sich im Dunkeln. Ihre Tasche nahm sie mit ins Bett.

ZWANZIGSTES KAPITEL

Hugo war überrascht, als Viktor ins Zimmer trat. Es war mitten in der Woche und früher Nachmittag. Viktor war sonst nur am Wochenende in die Festung gekommen.

»Es hat zu stark gefroren«, sagte Viktor. »Wir können jetzt keine Kabel legen. Der Schnee bleibt liegen. Wir gehen an eine andere Stelle.«

»Wollen wir Skat spielen?« fragte Hugo.

»Hast du nichts zu tun?«

»Nein, leider nicht. Morgen fahre ich den Schulz hier raus. In einer Woche kommt der Jescheck dran. Dann wieder nichts. Wir könnten Skat spielen.«

»Es geht nicht, Alwina ist nicht da. Ich glaube auch nicht, daß sie zu Mittag hier war. Es brennt kein Feuer im Herd. Ihr habt sie nicht gesehen?«

»Kein Feuer? Nein, gesehen haben wir sie nicht.«

»Ich gehe jetzt erst mal ein Feuer im Ofen anmachen. Komm nachher mal rüber, ich hätte da was mit dir zu reden.«

Viktor erhob sich schwerfällig. Als er die Tür von draußen geschlossen hatte, sagte Eliese: »Bei der Kälte kein Feuer. – Ganz bestimmt war sie auch in der Nacht nicht drüben!«

»Das geht uns nix an.«

»Jetzt ist es soweit! Du wirst sehen, sie hat ihn verlassen! Mit dem Vertreter, der immer zu ihr kam!«

»Woher weißt du denn das?«

»Das weiß doch fast jeder, daß der Vertreter etwas oft zu ihr kam!«

»Halte dich aus den Schwätzereien raus! Ich will keinen Streit mit Viktor!«

Hugo ging schon hinüber, als es drüben noch kalt war. Viktor saß neben dem Ofen und starrte vor sich hin. Er hatte noch seine dicke Joppe an, den Schal um den Hals und den Hut auf dem Kopf.

»Hugo«, sagte er, »wir kennen uns schon lange –. Was weißt du?«

»Ich?«

»Jemand, der etwas wußte, hat mir am Sonntag einen Wink gegeben, verstehst du. Du wohnst nebenan, du siehst sie am Tag –. Du wirst gemerkt haben, daß es in der letzten Zeit mit uns nicht mehr in Ordnung war.«

»In der letzten Zeit hatte ich viel Ärger. Erst war der Albert vermißt, dann haben sie ihn mir weggeholt, das Geschäft geht nicht mehr. Und Mi-Mo – ausziehen will sie! Ich hatte genug mit uns zu tun –«

»Ja, ich weiß, aber Eliese hat doch Kontakt mit ihr. Sie sieht doch auch, was hier am Tag vorgeht. Hol sie rüber, Hugo, ich will das nicht vor deinem Bruno und der Alten bereden!«

Eliese stand mit verschränkten Armen vor Viktor. Sie zeigte ihre Kummermiene.

»Sag die Wahrheit!« grollte Viktor.

»Ich weiß nichts«, sagte sie, »jedenfalls nicht mehr als alle wissen!«

»Und das wäre?«

»Da war so ein Vertreter ein paarmal hier, aber sonst weiß ich nichts.«

»Ja, das Silberbesteck und das Porzellan...« Viktor nahm den Hut herunter und stand auf. »Sie hat von Trennung gesprochen –. Ihr seht, es trifft mich nicht gar so plötzlich. Ich dachte immer, sie wäre nicht von der Art. Nein«, sagte er sinnend, »nicht von dieser Art –«

»Soll ich dir eine Tasse Kaffee machen?« fragte Eliese.

»Wie geht es Albert? Hat er geschrieben?« Er stand mit dem Rücken zu ihnen und starrte zum Fenster hinaus.

»Ja«, sagte Hugo. »Geschrieben hat er. Es geht ihm gar nicht so schlecht. Aber du weißt ja...«

»Eine Tasse Kaffee –«, sagte Eliese beklommen.

»Wir kennen uns seit langem, nicht wahr? Es ist ein Zufall, daß wir uns wiedergetroffen haben und nebeneinander wohnen. Kannst du dich erinnern, Hugo, Bäckermeister Hirt hatte eine Tochter, Frieda hieß sie. Die hätte ich heiraten sollen, aber ich wollte nicht. Ich bin früh von daheim fortgegangen. – Alwina paßte nicht zu mir. Ich hätte sie ja auch nie gekriegt, wenn nicht die Umstände... So, es geht Albert gut, das freut mich. Eine Tasse Kaffee, ja –«

Viktor stand noch immer am Fenster, setzte sich erst, als Eliese mit dem Kaffee kam. »Ich muß morgen wieder weg«, sagte Viktor. »Am Samstag komme ich zurück.«

Viktor rührte in der Kaffeetasse und sagte nichts weiter. Er sagte auch nichts, als die Tür aufging und Alwina hereinkam. Er schaute sie an, doch ohne jeden Ausdruck von Überraschung oder Vorwurf.

»Ja, dann wollen wir mal gehen«, sagte Eliese. »Ich habe ihm schnell eine Tasse Kaffee gemacht«, wandte sie sich an Alwina.

»Ich hatte nicht mit dir gerechnet. Ich dachte, du kämst erst am Samstag. Es war kalt hier, nicht? Du hast Feuer gemacht.« Alwinas Gesicht glühte. Sie stand in der Nähe der Tür und wartete.

»Ich muß rüber«, sagte Eliese. »Komm, Hugo.«

»Wartet noch!« sagte Viktor. »Eliese, da in dem Schrank liegt ein Silberbesteck, vierundzwanzigteilig, das schenke ich dir. Geh und hole es da raus!«

»Ich? Aber...« Eliese stand mit vor Erstaunen geöffnetem Mund.

»Wenn du es nicht nimmst, werfe ich es in den Ofen!«

»Aber Viktor«, sagte Eliese vorwurfsvoll.

»Im Küchenschrank steht ein Porzellangeschirr für sechs Personen. Nimm es raus! Es ist von meinem Geld gekauft, das schenke ich dir auch.« Viktor sprach ruhig, ohne jede Erregung. Eliese schaute auf Alwina, die jetzt mit blutleerem Gesicht nach ihrem Mann blickte. Hugo zuckte mit den Schultern.

»Hugo«, sagte Viktor, »was waren meine Eltern für Leute? Meine Familie, in welchem Ansehen stand sie im Dorf?«

»In gutem Ansehen«, sagte Hugo zögernd und blickte Viktor verwundert an.

»Sag es noch einmal!«

»Ihr standet in gutem Ansehen.«

»Und waren wir alle ehrlich?«

»Ja, ihr wart alle ehrlich.«

»Nimm das Geschirr, ehe ich es auf den Boden schmeiße! Und auch das Besteck!«

»Aber das geht doch nicht!« Eliese wand sich in Verlegenheit.

»Tu, was er dir sagt«, riet Alwina. »Er wird es wahrmachen. Ich weiß. Jemand hat über mich geredet. Er glaubt den anderen mehr als mir. Nimm das Zeug!«

Alwina öffnete den Schrank und nahm die Besteckkästen heraus, holte dann das Porzellangeschirr. Sie half beim Tragen, ging zweimal hin und zurück.

Eliese flüsterte in ihrem Zimmer: »Ich gebe es dir wieder, sobald ihr euch einig seid.«

»Nein, das nimmt er nie wieder!«

»Ich habe ihm nichts gesagt«, flüsterte Eliese, aber Alwina antwortete nicht. Sie schien gar nicht gehört zu haben, schaute über Eliese hinweg mit fremden Augen und ging hinüber zu Viktor, mit diesem Gesicht, das abweisend war wie eine verschlossene Tür.

Nachdem Hugo und Eliese gegangen waren, sagte Viktor: »Der Vertreter –. Was ist mit ihm? Du wirst mir die Wahrheit sagen!«

»Er war ein paarmal hier.«

Viktor saß, Alwina stand halb von ihm abgewandt. Ihr Gesicht war trotzig. Er konnte den Entschluß zum Widerstand darin erkennen.

»War er – war er in der Nacht hier?«

»Nein!«

»Bist du in der Nacht bei ihm gewesen?«

»Nein!«

»Was ist gewesen?«

»Nichts ist gewesen. Er gefiel mir; die Art, wie er lebt, gefiel mir oder wie er mit einer Frau zusammen leben würde. Draußen – nicht in diesem Gefängnis! Ich weiß, was du denkst, aber du hast dich getäuscht! Ich habe hier in dieser Zelle gesessen, und du warst nie da! Und dann kam er ein paarmal. Er war nicht so grob wie du, nicht so hart und auch nicht so fremd. Aber es ist nichts zwischen uns gewesen. Du hast nichts mehr von mir erwartet, aber er hat gesagt: ›Ich weiß, wie du sein könntest.‹ Du hast mich geschlagen! Und jetzt hast du mich vor Hugo und Eliese gedemütigt! Du hast mich so oft gedemütigt, daß ich kein Wort mehr mit dir reden konnte, daß ich es einfach nicht mehr fertigbrachte.«

»Du hast mich gehaßt?«

»Ja, vielleicht habe ich dich manchmal gehaßt – dich und diesen Irrtum in unserer Ehe! Ich habe auch deine guten Seiten gesehen; aber das war nicht genug!«

»Ich weiß, wie du sein könntest«, wiederholte Viktor.

»Ja. Und jetzt hast du einem Schwätzer mehr geglaubt als mir!«

»Wie weit bist du gegangen?«

»Ich habe nichts getan, was ich mit diesem Ring nicht verantworten könnte!« Sie hob die rechte Hand, zeigte den Finger mit dem Trauring. Viktor starrte den Ring an.

»Bist du wegen des Ringes nicht fortgegangen?«

»Nein, weil ich glaubte, es würde besser mit uns, wenn wir hier auszögen. Beinahe wäre ich fortgegangen. Ich war in seiner Wohnung. Nicht jetzt, sondern schon vor ein paar Tagen. Und als ich die Wohnung sah, dachte ich, es wäre ungerecht von mir, dich zu verlassen, ehe ich nicht versucht hätte, mit dir in einer solchen Wohnung zu leben. Wir sind doch alle abhängig von den vier Wänden, in denen wir uns aufhalten müssen! Ich wollte es noch einmal versuchen! Ich habe ihm das gesagt. Dann bin ich allein hierhergegangen.«

»Und war das alles?«

»Ja, das war alles, und es ist jetzt schon ein paar Tage her! Es ist ausgemacht, daß wir uns nicht wiedersehen!«

Viktor erhob sich vom Stuhl. Sie standen sich gegenüber. »Wenn du dich von mir trennen wolltest, würde ich nicht versuchen, dich zu halten. Was du mir da vorgehalten hast – vielleicht ist was dran. Wir hätten darüber reden müssen. Als ich heute kam, sah es so aus, als ob du fortgegangen wärst. Aber dann sah ich, daß deine Sachen noch hier waren. Es sah so aus, als hättest du die Nacht nicht hier verbracht.«

»Ich war am frühen Morgen auf dem Arbeitsamt. Ich habe eine Stelle in einer Bank angenommen. Ich bin dort gewesen, es ist leichte Arbeit. Ich werde angelernt.«

»Bei einer Bank?«

»Ja, ich werde arbeiten gehen. Das Geld werden wir zurücklegen. Wir werden ausziehen, wie die anderen auch, die jetzt alle weggehen!«

»Ja«, sagte er. »Wir werden ausziehen.«

Hugo und Eliese hatten drüben darauf gewartet, etwas von der fälligen Auseinandersetzung zu hören. Hugo hatte angenommen, Viktor würde Alwina prügeln. »Ruhe!« hatte er gerufen. »Seid mal still, man kann ja nichts hören!«

Eliese betrachtete das Besteck und das Porzellan. Die Großmutter und Bruno prüften die glänzenden Gabeln und Löffel, mit denen noch niemand gegessen hatte.

»Schön wär's ja«, sagte Eliese, »wenn das uns gehören würde.«

»Leg das Zeug weg, und bilde dir nicht ein, es gehört dir!« rief Hugo. »Seid doch mal still!«

Er war verblüfft, als Viktor kam und ihn zum Skat spielen holte. Viktor und Alwina erhofften von den Karten eine Ablenkung, einen Zeitgewinn. Sie waren jetzt wie Menschen, die aus ihren alten in neue Kleider geschlüpft waren und sich darin noch ungelenk bewegten. Sie waren beide verletzt, aber sie hofften auf die Heilung.

Beim Kartenspiel waren sie unaufmerksam.

»Ihr habt keine Lust«, sagte Hugo.

»Doch, doch«, erwiderte Viktor, legte jedoch später ganz unvermittelt die Karten auf den Tisch.

»So schlecht habt ihr noch nie gespielt. Na ja, ein kleiner Streit, das legt sich.« Hugo wollte noch einige Erfahrungen aus seiner langjährigen Ehe anbieten, fand jedoch kein Echo. Als er wieder drüben bei Eliese saß, sagte er: »Sie gefallen mir nicht. Hocken sich gegenüber und sagen kein Wort. Sie sind von der Sorte, die alles in sich hineinfrißt.«

»Was werden sie jetzt tun?« fragte Eliese.

»Ins Bett werden sie gehen. Viktor muß morgen zur Arbeit.«

»Na ja«, murmelte Eliese. »Im Bett kommt alles wieder in Ordnung.«

»Sie horchten ein paarmal nach drüben, hörten nichts und vergaßen, daß Viktor und Alwina drüben lagen.

Sie lagen nebeneinander in der Dunkelheit. Plötzlich sagte Viktor: »Du warst bei ihm in der Wohnung.«

Sie horchte auf, erkannte seinen Zweifel. Sie sagte: »Ich dachte, wir hätten uns ausgesprochen.«

»Er hat ›du‹ zu dir gesagt, nicht wahr?«

Alwina hatte das Gefühl, daß in der Tiefe, unter der geglätteten Oberfläche, sich wieder zu rühren begann, was sie bereits gebannt glaubte. Und auch sie zweifelte jetzt... »Ich dachte, du könntest die Wahrheit ertragen«, sagte sie.

Am Morgen begegneten sich Viktor und Hugo unten im Hof. Hugo hatte Max gefüttert und den Wagen aus der Halle hervorgezogen.

»Ich transportiere jetzt die Klamotten vom Schulz in die Stadt«, sagte er. »Wie ist es, seid ihr euch einig geworden?«

»Sicher, sicher«, erwiderte Viktor.

»Dann bringen wir euch das Besteck und das Porzellan wieder rüber.«

»Nein«, sagte Viktor. »Das Zeug gehört jetzt Eliese, ich will es nicht mehr!«

»Du überlegst es dir bestimmt noch.«

»Das ist überlegt, Hugo.«

»Du könntest es ja verkaufen. Eliese bringt es rüber.«

»Du weißt, was ich damit mache, wenn ich das Zeug noch einmal sehe!«

»Wir reden noch mal drüber. Wann kommst du wieder?«

»Am Samstag.«

Viktor ging über den Hof und zur Festung hinaus. Hugo hörte seinen Schritt verklingen, als er an der Tür stand, um hinaufzugehen zu Schulz. Hugo hörte den Schritt, den er gut kannte. In all den Jahren hatte sich Viktors Gangart nicht geändert. Hugo spürte den Frost auf der Haut. Er schaute einen Augenblick über den Hof, auf dem Schnee lag. Er dachte, daß es hier leer und still sein würde wie jetzt. Aber er dachte auch, daß ihn niemand vertreiben könnte, wenn er sich weigerte, hier wegzugehen.

»Es ist kalt«, sagte Schulz. »Wenn wir aufgeladen haben, trinken wir noch einen Schnaps beim Kainrath. Zum Abschied.«

»Zum Abschied, ja«, sagte Hugo. »Ich habe so manchen gehen sehen.«

»Ihr kommt auch noch dran. Es sind viele Leute eingewiesen worden.«

»Das waren kleine Familien, zwei, drei Leute. Unser Antrag ist für acht Personen damals eingereicht worden. Für solche Familien haben die nichts.«

»Du mußt den Antrag ändern lassen!«

»Warum denn«, sagte Hugo. »Warum denn? Ich kann hier nicht weg. Hier habe ich mein Geschäft.«

Sie arbeiteten zu dritt. Ein Sohn von Schulz war nicht in die Fabrik gegangen, um beim Umzug helfen zu können. Hugo streifte in Gedanken seine Söhne. Sie haben sich aus dem Staub gemacht!

Sie zerlegten die Betten, die Schränke und trugen die Einzelteile hinunter zum Wagen. Dann und wann blieben ein

Mann oder eine Frau, die jetzt zur Arbeit gingen, stehen. Sie schüttelten Schulz die Hand; schließlich habe man hier ja lange zusammengelebt.

»Jaja«, sagte Schulz, »seit damals, als die Baracke abbrannte.«

Das erste Glas tranken sie schweigend. Sie hoben an, warfen die Köpfe zurück wie trinkende Hühner, stürzten den Schnaps hinunter und setzten die leeren Gläser fast zur gleichen Zeit hart auf die schmale Holztheke. Kainrath schenkte wieder ein. Sein Gesicht wirkte zerknittert, war noch schwer vom Schlaf.

»Wir haben dich aus den Federn geholt?« fragte Schulz.

»Ausverkauft!« Kainrath wies mit der Hand in seinen leeren Laden. Noch immer roch es hier nach Gewürzen.

»Was soll ich noch früh aufstehen! Der Rest hier wird verkauft, dann wird der Laden geschlossen. Meine Frau und Johann ziehen in vierzehn Tagen in die neue Wohnung.«

»Und ins neue Geschäft. Ein Geschäft ist ja immerhin für dich in der Festung herausgesprungen.«

»Sicher. Aber ich bin nicht der einzige, der hier ein Geschäft gemacht hat.«

»Wer denn noch?« fragte Schulz.

»Hugo«, lächelte Kainrath.

»Ich?« rief Hugo. »Das war einmal! Es geht uns jetzt nicht gut.«

»Aber wenn alles hier beim alten geblieben wäre, hättest du das beste Geschäft gemacht. Ums Haar, Hugo, ums Haar wärst du ein wohlhabender Mann geworden. Ich weiß doch, was du am Anfang verdient hast!«

»Das beste Geschäft hast du gemacht, Kainrath!« sagte Schulz.

»Du bist doch auch fein raus, hast deine Söhne, die mitverdienen, ziehst heute in die neue Wohnung, deine Tochter ist gut verheiratet. Ja, die Edeltraut, die hat's nicht schlecht, wie?«

»Aber was das alles kostet«, sagte Schulz. »Es geht einem durch die Finger, und es bleibt nichts hängen, kein Pfennig!«

»Ich habe kein Glück gehabt«, sagte Hugo. »Sie haben den Albert weggeholt.« Er blätterte gedankenlos in Zeitungen, die auf der Theke lagen. »Hermann und Adolf, na ja. Und Mi-Mo. Und das Geschäft. Nein, es geht uns nicht gut.«

Hugo blätterte wieder eine Seite um. Schulz legte die Hand darauf und sagte: »Laß sehen, was sind das für...«

»Das? – Schlimme Gesichter sind das.«

Schulz betrachtete die Abbildungen. Er prüfte sie: bekannte Gesichter, in denen er nichts finden konnte als Dünkel, Dummheit und Niedertracht.

»Ja«, sagte er. »Schlimme Gesichter.«

Sein Sohn blickte ihm über die Schulter und nickte.

»Eines Tages werden die uns das Wasser teuer verkaufen«, seufzte Schulz.

»Und was werden wir tun?« fragte Hugo.

»Nichts«, lächelte Kainrath. »Wir werden es kaufen.«

»Nein«, drohte Hugo. »Eines Tages wird man die alle zum Teufel jagen!«

»Du nicht, Hugo«, sagte Kainrath. »Du wirst niemanden zum Teufel jagen. Man muß mitmachen und die Hand aufhalten. Du siehst die Dinge falsch: immer von ganz unten.«

»Wie soll ich sie denn sonst sehen?« fragte Hugo. »Ich bin doch ganz unten!«

Am späten Nachmittag kehrte Hugo zurück. Es hatte wieder geschneit, und er hatte sich einige Male den Schnee von den Kleidern klopfen müssen. Er hatte geholfen, die neue Wohnung einzurichten, war mit Schulz in den nach Farbe riechenden leeren Räumen umhergegangen und hatte sich alles genau angesehen. Sogar die Wasserhähne hatte er aufgedreht und auf der Toilette die Spülung ausprobiert. Ihre Stimmen waren schallend von den nackten Wänden auf sie zurückgefallen. Hugo war hungrig geworden auf eine Wohnung wie diese, begehrte sie jetzt heftig und mit einem Anflug von Neid, obwohl er sich sagte, er gönne es den andern, daß sie anständig lebten.

In der Festung sprach er nicht viel von der Wohnung, und Eliese schien auch nicht neugierig zu sein. Von Albert war ein Brief gekommen.

»Die Mutter hat wieder gedacht, der Brief wäre für sie«, sagte Eliese. ›Ein Brief an mich! An mich!‹ hat sie gerufen. Ich habe ihr's erst vorbuchstabieren müssen.«

»Warum glaubst du denn nicht, wenn Eliese dir sagt, der Brief ist nicht für dich? Du kannst doch gar nicht richtig lesen«, rief Hugo nach hinten.

»Nix, nix«, murmelte die Alte und wackelte mit ihrem Unterkiefer, als kaue sie an unhörbaren Worten.

Albert schrieb: »Wie gern wäre ich wieder in der Festung...« Er ginge in dem Heim zur Schule und schlafe in einem Saal mit fünfzehn Jungen. Das Essen wäre nicht schlecht. Es seien auch noch ältere Jungen da, die dort einen Beruf erlernten. »...und kann ich vielleicht hier Elegtriger werden...« Aber viel lieber käme er wieder nach Hause, und ob schon alles in die Wege geleitet sei. Er habe nämlich gleich dem Heimleiter gesagt, daß er nicht lange dableiben könne, weil Hugo ihn im Geschäft brauche. Wie es Max ginge. Und ob Hermann wieder einmal dagewesen sei, denn der Schillinger, »was die Tombola hat«, wollte ihn ja wieder zum Lose verkaufen nehmen, aber wenn er nun doch ›Elegtriger‹ werden müsse, dann ginge das ja nicht...

»Wir fehlen ihm!« sagte Hugo.

»Ja, er hängt an seinen Eltern«, stimmte Eliese zu.

»Hast du das Mi-Mo gezeigt?«

»Sie hat den Brief gelesen, ist aber dann bald fortgegangen.«

Sie lobten ihren Sohn Albert, sprachen von ihm wie von einem Verblichenen, der all seine Schattenseiten mitgenommen hatte, so daß nur Vorzüge sichtbar blieben. Sie besprachen die Möglichkeiten, ihn dort herauszuholen, aber sie spürten doch, daß ihre Gegenwehr lahm geworden war.

»Elektriker«, sagte Hugo, »das ist gar nicht schlecht.«

»Jaja«, murmelte Eliese. »Aber das hätte er ja auch hier lernen können.«

»Er war beliebt«, sagte Hugo. »Sie fragen alle nach ihm. Edeltraut hat mich gleich gefragt, als sie in die Wohnung kam. Schulz und Kainrath sprachen auch von ihm, und gestern hat Viktor...«

»Viktor ist drüben«, warf Eliese ein.

»Er wollte doch erst am Samstag wiederkommen!«

»Nein, er kam sehr früh zurück. Du warst eine Stunde fort, da kam er wieder.«

»Dann ist er nicht arbeiten gegangen«, sagte Hugo nachdenklich.

»Er brüllte mit ihr rum, aber sie ist ihm nichts schuldig geblieben. Einmal hat es gepoltert, als hätten sie sich geschlagen. Warte, ich will mal hören.« Sie ging zur Wand und lauschte. »Sie sprechen miteinander – aber nicht sehr laut.«

»Sie werden sich wieder geeinigt haben«, sagte Hugo.

Eliese trat von der Wand zurück. »Gestern abend«, sagte sie, »das war ein Auftritt! Und ganz ruhig war er dabei. Gestern war er groß.«

»Und heute ist er klein – sonst wäre er nicht schon nach einer Stunde wieder zu ihr hineingelaufen.«

Sie sprachen wieder von Albert. Sie rechneten, daß er drei Jahre lernen müsse. Danach würde er sicherlich aus der Anstalt entlassen.

»Drei Jahre, das ist nicht sehr lange«, meinte Hugo.

»Drei Jahre«, widersprach Eliese heftig, »das ist eine Ewigkeit!«

Als sie beim Essen saßen, zusammen mit Bruno und der Großmutter, hörten sie es drüben laut werden. Sie legten die Gabeln auf die Teller, hoben die Köpfe und horchten. Aber es war schon wieder still.

Sie haben den nächsten Bissen noch nicht richtig auf der Gabel, als Viktor in der Tür steht.

»Hugo!« sagt er. »Hugo!« Seine Stimme klingt kehlig. Er

steht an der Tür, die er weit aufgerissen hat. Er sagt nichts weiter, aber aus seinem Gesicht, aus seiner Haltung bricht die Bitte, ein fast gewalttätiges Flehen, das keinen Aufschub duldet. Sie sind noch nicht drüben, als Viktor Hugos Arm umkrallt: »Ich habe sie nur am Hals gepackt, und jetzt bewegt sie sich nicht mehr! Wir haben uns gestritten.«

Hugo tritt ins Zimmer. Sie liegt am Boden. Er sieht sofort, daß sie tot ist, geht hastig wieder aus dem Raum. Viktor hinter ihm her. »Hugo!« ruft Viktor. »Hugo!«

Als Hugo nicht auf ihn hört, steht er eine Sekunde unschlüssig und läuft dann hinter ihm her, zu den Starostas, wo Hugo gerade sagt: »Er hat sie totgemacht!«

Viktor steht auf der Schwelle. Sie starren ihn an. Er macht eine Bewegung, eine hilflose Gebärde mit der Hand, die wie der Versuch einer kaum gewagten, nicht verstandenen Entschuldigung in sich zusammenfällt. Sie nehmen ihn nicht an. Ihr Schreck ist spröde wie Glas. Eine durchsichtige Wand, hinter der er steht, langsam erkennend, wissend, daß sie ihn nicht aufnehmen können. Dann ist er weg, wie fortgewischt aus dem Rahmen der Tür.

Drüben im Zimmer spielt das Radio leise den langsamen Walzer: *Ich tanze mit dir in den Himmel hinein...*

Sie stehen vor ihr, schauen auf sie hinunter. Hugo und Eliese legen sie auf das Bett. Alwina. Sie haben sie gekannt. Es war das Antlitz einer Statue.

Hugo hatte Bruno zum Verwalter geschickt. Der Mann kam, ging und telefonierte.

Als unten der Wagen der Polizei vorfuhr und die kühlen Gesichter der Beamten im Zimmer auftauchten, hatten sich schon zwei Dutzend Neugierige vor der Tür versammelt.

»Es war ein Unfall!« stammelte Hugo.

Er beantwortete Fragen, die er gleich wieder vergaß. Es mußte ein Unfall sein, ein Zufall, ein Unglücksfall. Er wußte genau, daß es ein Unfall war. Ihm war, als habe sich ein Krater geöffnet, an dessen Rand er verstört umherlief.

Der Arzt sagte etwas von Reflextod. Die unbewegten Gesichter fragten nach Viktor. Sie suchten ihn eine Viertelstunde. Hugo lief mit ihnen über den Hof und durch die verschiedenen Räume der Festung.

»Viktor!« rief er. »Viktor!«

Sie fanden ihn erst am Morgen. Er war von Hugos Tür zum Turm gelaufen, war hinaufgegangen, hatte auf der Brüstung gestanden, so lange wie ein Mann braucht, um ›Herrgott!‹ zu sagen. Dann hatte er den Schritt hinausgetan in den leeren Rachen der Dunkelheit.

Sie sahen, daß er am Boden noch gelebt hatte. Er hatte eine blutige Spur durch den Schnee hinter sich hergezogen, war auf dem Bauch in einen Winkel des Hofes gekrochen, wo schützende, halbhohe Büsche standen: Es war, als habe er in einer letzten Scham dort seinen Tod verbergen wollen.

EINUNDZWANZIGSTES KAPITEL

In dieser Woche sprachen alle von Viktor und Alwina. Sie verstanden es nicht, fanden es ganz und gar unpassend: dieser doppelte Tod schien ihnen geradezu töricht. Sie wollten den Schrecken wie eine Rechnung auflösen, wollten Ursache und Wirkung getrennt nach Hause tragen; sie suchten die Deutung, die sie hätten verstehen und schließlich vergessen können.

Kainrath mußte – was er nicht vorgehabt hatte – bei seinem Lieferanten doch noch eine größere Sendung Bier bestellen. Es gab Bier und Gespräche für eine Woche. Auch für Hugo ergaben sich Vorteile, die er nicht angestrebt hatte. Er war zu einem Mann mit Stimme geworden, wurde mitunter gerufen und mußte erzählen, wobei ihm jeweils zwei oder auch mehrere Flaschen Bier aufgedrängt wurden, die er während seiner Darstellungen und der anschließenden Diskussionen leerte. Immer wieder sagte er: »Es war ein Unfall. Viktor ist kein Mörder!«

Aber warum er dann gleich nach der Tat vom Turm heruntergesprungen sei?

»Aus Verzweiflung«, sagte Hugo.

Er liebte diese Frage nicht, denn sie berührte seine Vorstellung, Viktor sei zu ihm herübergekommen, weil er sich von ihm die Bestätigung eines Unfalls und seiner Schuldlosigkeit erhoffte. Hugo quälte der Gedanke, daß vielleicht ein einziges Wort von ihm genügt hätte, die Tragödie zu halbieren.

Für die Zeitungen war es Mord. Die Festung war abgebildet, der Turm, von dem der Mörder heruntergesprungen war. Die beiden Gesichter: Der Mörder! Die Ermordete! Die Möglichkeit eines unbeabsichtigt harten Zupackens von Händen, die an schwere Arbeit gewöhnt waren, wurde nur angedeutet. Sie kamen nicht sehr gut weg in den Zeitungen, Viktor und Alwina.

Der Vertreter kam und hielt eines der Blätter in der Hand. Er stellte Fragen, begegnete aber der vereinten Ablehnung von Hugo und Eliese. Er sei verhört worden, sagte er. Dann saß er schweigend und schüttelte von Zeit zu Zeit den Kopf.

»Es war ein Unfall!« sagte Hugo wie immer, nur diesmal in barschem Ton. »Man konnte nichts dagegen tun.«

Auch in einem Brief an Albert schrieb er davon. Er habe leider nichts tun können, obwohl es nur einen oder zwei Meter neben ihm geschehen sei. Von den Hintergründen schrieb er nichts, auch nichts von Bemühungen, Albert aus dem Heim nach Hause zu holen.

Nachdem Hugo den Umschlag beleckt und zugeklebt hatte, sagte er: »Albert wird sich freuen. Ich weiß doch, wie man auf Post wartet.«

Der Brief war eine unerwartete Enttäuschung für Albert und gab den Anstoß zu ersten Erwägungen einer Flucht. Der Gedanke daran war schon vorher in ihm wach geworden, aber er hatte nur damit gespielt: Daran zu denken, war eine geheime Genugtuung, ein Gegengewicht gegen die erdrükkende Übermacht. Er hatte sich berauscht an den Möglichkeiten, an dem Ärger, den er ihnen bereiten würde. Und sicher würde seine Flucht auch vorgesetzten Stellen bekanntwerden, worauf dann der Heimleiter zerknirscht vor seinem Nächsthöheren stehen würde, um sich seine Unfähigkeit bescheinigen zu lassen. Aus diesen Gedanken bezog er verborgene Freuden, die ihn zusammen mit den Hoffnungen, die er auf Hugo setzte, bisher daran gehindert hatten, die Flucht tatsächlich vorzubereiten.

Nun aber schrieb Hugo, Elektriker sei kein schlechter Beruf. Nein, im Gegenteil, ein großes Glück sei das, so etwas lernen zu dürfen. Man würde ihn ja besuchen können, so daß ihm der Aufenthalt dort bestimmt nicht so schwerfallen würde. Im Augenblick sei nichts zu machen. »Die haben das schon so gedreht, daß man nicht weiß, wo da der Kopf und der Schwanz ist, aber ich habe ihnen ja schwer die Meinung gesagt. Und was ihnen gar nicht gefallen hat, weil sie so was noch nie gehört haben und es sich merken können. Aber Dein Vater läßt sich ja nichts von denen gefallen...«

Die Vorstellung, daß Viktor und Alwina tot waren, trug Albert als eine dumpfe Beklemmung mit sich herum: Es war noch kein Schmerz, sondern das irritierende Gefühl, daß er sie nie wiedersehen würde und es nun versäumt habe, sich von ihnen zu verabschieden. In diese Regungen mischte sich ein Anklang von Vorwurf gegen sie, die es vorgezogen hatten, aus seinem Leben zu verschwinden. Dabei war er doch ganz sicher gewesen, sie bei seiner Heimkehr anzutreffen, neben Vater, Mutter und Geschwistern, und auch aus ihren Gesichtern abzulesen, daß er erwartet und wiederaufgenommen wurde.

Viktor – das war der ›Onkel‹ gewesen: der Ersatz eines Onkels und in Alberts Augen etwas wie die Entschuldigung seines Vaters und all der Männer, die nicht viel wert gewesen waren.

Der Schmerz kam später, als ihn einer der Zöglinge, dem er von dem seltsamen Sterben Viktors und Alwinas erzählt hatte, auf die Zeitung hinwies, die in der Besuchshalle zwischen anderen Zeitungen auf einem der Tische lag. Er holte sie sich heimlich und las sie auf der Toilette, wo der Verlust und die Tränen blitzartig über ihn kamen. Mit diesen Tränen erledigte er gleich allerlei andere Schmerzen. Ein Bruchteil davon floß für Edeltraut, einiges davon war Heimweh, der Rest gehörte Viktor und Alwina.

Er riß das Zeitungsblatt heraus und trug es bei sich, bis es ihm bei einer Visitation von einem Erzieher aus der Tasche gezogen und um die Ohren geschlagen wurde. Schweigend stand er vor dem Erzieher und schaute zu Boden. Danach schlich er wieder zur Toilette und schloß die Tür hinter sich ab. Die Toilette war ein Ort seiner Zuflucht, der einzige Platz, wo er ihnen und ihren Prüfungen für kurze Zeit entgehen konnte.

Er begehrte nie gegen eine Anordnung auf, wie es die älteren Zöglinge mitunter taten; der Druck seiner neuen Umgebung hatte genügt, ihn zu ducken, ihn vorsichtig zu machen und mit einer fast tierhaften Wachsamkeit auszurüsten. Er witterte die Bedrohungen, erfaßte das bis ins kleinste ausgearbeitete System der gegenseitigen Bespitzelung, auf dem die Ordnung des Heimes zu beruhen schien.

Es gab kleine Gruppen. Da war die Tischgesellschaft, sieben oder zehn Mann an einem Tisch – und der Tischälteste meldete jeden Verstoß. Im Schlafsaal wurden fünfzehn Zöglinge von einem Stubenältesten regiert, der emsig in den Schwächen seiner Untergebenen stocherte. In der Schule gab es die Vertrauensschüler. Die Erzieher waren meist junge Männer, außer zwei alten, die Hilfsdienste versahen. Über allem stand der Heimleiter, ein Mann, der nachsichtig lächelnd umherging, aber alle Verstöße und Vergehen unerbittlich nach einer von ihm geführten Skala mit Strafen belegte. Die Vertrauten – die Verräter, wie die anderen sagten – sonnten sich in seinem Wohlwollen und begegneten dafür der schweigenden oder auch lauten Abwehr der weniger Beliebten, deren ungünstige Prognosen – wie sie alle wußten – fein säuberlich in den Akten lagen und ihre Schatten noch weit in das Leben der so Gezeichneten werfen würden.

Albert zählte zu der Gruppe der Schulpflichtigen. Die anderen waren Lehrlinge oder Landarbeiter. Man sagte, die Landarbeiter hätten wenig Aussicht auf Entlassung, weil die Beschaffung von Arbeitskräften so schwierig sei. Es gab verschiedene Berufe, in denen die Zöglinge ausgebildet werden konnten. Daß Albert nach seiner Schulentlassung Elektriker werden könne, hatte er zwar gehört, doch es war ihm von keiner offiziellen Seite bestätigt worden. Und nun hatte Hugo gleich diese Möglichkeit aufgegriffen und sich davon begeistern lassen, als wäre es ein Geschenk des Himmels, hier Elektriker zu werden. Von Hugo war nichts zu erwarten!

Aus der kalten Ordnung dieses Hauses hatte sich Albert zurückgewünscht zu seiner Mutter und auch in die Nähe von Hugos erwärmender Schlampigkeit und seiner harmlosen

Wutausbrüche. Früher hatte ihn manchmal eine jäh aufschießende Feindschaft von ihm getrennt. Die Entfernung hatte ihn wieder zum Vater gemacht, an den er mit Hoffnung hatte denken können. Nichts war von Hugo zu erwarten.

Albert schrieb einen vorwurfsvollen Brief. Er verbreitete sich über Hugos Fehler; am meisten nahm er ihm übel, daß er damals nicht rechtzeitig zu ihnen heimgekehrt sei. Er war erst gekommen, als sie ihn in Gedanken längst zu Grabe getragen hatten. Und was hatte er dann getan? »Gearbeitet hast Du auch nicht gern, deshalb hast Du immer in der Baracke gesessen und Karten gespielt...« An dieser Stelle dämmerte es ihm, daß es unklug war, allzu viele Fehler seines Vaters zu beschreiben, wenn er sich nicht selber in die Hände der Feindlichen spielen wollte. So beschränkte er sich darauf, Hugo nur noch vorzuwerfen, daß er ihn nicht aus diesem Heim geholt hatte, wo ihm aber auch gar nichts gefiele.

Am Nachmittag wurde er zum Heimleiter gerufen. Albert stand vor dem Schreibtisch in dem geräumigen Zimmer mit den hohen Bücherregalen. Er schaute zu Boden und wartete.

Der Heimleiter lächelte freundlich, doch Albert beeindruckte das nicht. Alle sagten es: die gewinnende Miene gehörte zu seinem Geschäft. Und zu seinem Geschäft gehörte es, sie zu gewinnen. Sie sagten, er verdiene allerhand Geld damit.

»Der Brief«, sagte der Heimleiter. »Nicht wahr, so einen Brief wollen wir doch lieber nicht schreiben. Wir schreiben einen neuen. Was meinst du dazu?«

»Er hat es mir doch versprochen, daß er mich hier rausholen will.«

»Es gefällt dir hier nicht?«

Albert schaute zu Boden.

»Weißt du, was ich glaube? Ich glaube, es ist ein großes Glück für dich, daß du hierhergekommen bist. Wir werden uns hier einleben. Und wir werden einen neuen Brief schreiben, nicht wahr?«

»Ja«, piepste Albert. Einmal hatte er für kurze Zeit bei einer Frau die Rolle des Mannes übernehmen dürfen. Er war kühn gewesen. Ihm schien, das war vor vielen Jahren.

»Wir wollen also auch in Zukunft vernünftig sein. Ich wußte ja, daß wir das einsehen würden. Es gibt viele Wege und natürlich auch Strafen. Weißt du, Strafen hängt zusammen mit Straffen, das verstehen wir? Etwas geradebiegen.«

Der Mann lächelte ihm zu, aber Albert witterte hinter seiner Höflichkeit einen kühlen Willen, der scharf werden konnte wie eine Klinge. Das war ein Mann, so schien es Albert, der Kinder aus fremden Familien herausbrach wie Zähne aus blutendem Gaumenfleisch.

Stumm stand er im Zimmer. Die vielen Bücher, der Schreibtisch, dahinter der Mann, der in der Anmaßung seiner Intelligenz auf ihn herunterlächelte. Albert schauderte vor der Übermacht.

Auf Hugo machte dieser Mann einen überwältigenden Eindruck. Hugo war zu Besuch gekommen, weil unter dem Brief Alberts eine kleine Anmerkung gestanden hatte, in der er gebeten wurde, seinen Sohn Albert doch einmal zu besuchen. Man erhoffte davon eine Auflockerung des verschlossenen Zöglings Albert Starosta.

Hugo war mit dem Fahrrad gekommen.

»Bei dieser Kälte?« fragte Albert.

»Die Fahrt hin und zurück wäre teuer gekommen«, sagte Hugo. »Ich habe dafür einen neuen Fahrradschlauch gekauft. Ja, der alte war geplatzt. So schlimm war es nicht, mir wurde ganz schön warm auf der Fahrt. Sicher willst du hören, wie es mir geht. Also, ich habe in der letzten Zeit wieder Schmerzen. Es ist zuerst ein Stich...«

Sie saßen sich in der Halle gegenüber. Es war Besuchstag. Außer ihnen waren noch etwa zwanzig Personen im Raum: Zöglinge und deren Eltern. Hugo hatte unruhige Augen. Ihre Blicke streiften sich und erkannten die gegenseitige Verlegenheit.

»Du wolltest mich doch bald hier rausholen«, sagte Albert. »Ich will raus hier. Hier ist es nicht gut!«

»Jaja, natürlich«, erwiderte Hugo. »Ich habe alles versucht. Das Geschäft, weißt du, es geht nicht mehr so richtig. Stell dir vor, sie wollten uns wieder in Baracken einweisen, aber ich habe mich geweigert!«

»Viktor«, sagte Albert.

»Ach ja, das war schlimm.« Er schaute umher und seufzte. Dann fügte er hinzu: »Es war ein Unfall!«

Der Heimleiter betrat den Raum. Er ging von Gruppe zu Gruppe, schüttelte Hände, sagte freundliche Worte, führte sein Wohlwollen vor.

»Es geht ihm gut. Es geht ihm gut. Ja, wir werden uns einleben. Wir haben uns schon eingelebt, nicht wahr?«

Albert hörte diese sich wiederholenden Worte in seiner Nähe. Die Worte kamen auf ihn zugekrochen. Er saß auf seinem Stuhl und begann zu schwitzen, dachte, daß sie nun an die Reihe kämen. Er sah Hugos zerbeulten Hut und wünschte, er hätte wenigstens diesen gräßlichen Hut zu Hause gelassen. Dann antwortete Hugo, und nun schämte sich Albert für seinen Vater, weil er keine Zähne hatte und beim Sprechen zischelte.

»Nein, bis jetzt keine Klagen. Wird sich einleben, wir waren ganz manierlich. In der Schule sind wir mit ihm zufrieden. Er ist nicht dumm, wir werden...«

»Aber daheim ist daheim«, sagte Hugo. »Er war immer ordentlich, aber weil ich Streit mit der Fürsorgerin...«

Die Krawatte sitzt schief. An den Hosen hat er noch die Fahrradspangen. Die hätte er doch wenigstens abnehmen können! Und der andere sieht das ganz genau. Die Mutter hätte ihm doch sagen können, wie man sich anzieht für einen Besuch! Mit dem Fahrrad bei dieser Kälte.

»Wissen Sie was?« sagte Hugo. »Am besten, Sie geben ihn mir wieder mit. Geben Sie Ihrem Herzen einen Stoß. Aber warum denn nicht? Sie sagen ja selber, daß er sich gut in die Ordnung... Wieso? Sie sind doch der Mann, der zu sagen hat. Er wird fleißig in die Schule gehen. Also Chef, ich kann Ihnen garantieren. Der Junge hängt an seinen Eltern, kann ich Ihnen sagen!«

»Herr Starosta, Sie werden sehen, in Zukunft wird sicher ohnehin ein Schultypus überwiegen, bei dem Kinder auch im Schulheim wohnen und essen.«

»So?« sagte Hugo.

»Ja, es ist anzunehmen. Die Entwicklung dürfte dahin zielen, daß die Erziehung – natürlich im Kontakt mit den Eltern – immer mehr in die Hände des Staates gelegt werden wird, ganz gleich, ob die Kinder Söhne von Generaldirektoren oder... oder... Was sind Sie doch gleich von Beruf?«

»Transportunternehmer!«

»Ja, oder ob sie die Söhne von Transportarbeitern sind. Und sehen Sie, nicht viel anderes geschieht letzten Endes jetzt mit Ihrem Sohn.«

»Transportunternehmer!«

»Aha! – Sehen Sie, in Amerika hat man solche Schulen schon lange. Und wir...«

»So!« sagte Hugo.

»Wir werden uns eingewöhnen, nicht wahr! Wir werden hier die Schule beenden und dann...«

»Ein freundlicher Mann«, flüsterte Hugo. »Hast du gesehen, beinahe hätte ich ihn soweit gehabt... Den mache ich noch weich. Eines Tages nehme ich dich gleich von hier mit nach Hause. Ich weiß, wie man denen kommen muß.«

Zwei Tage nach dem Besuch Hugos kam ein Brief von Eliese. Albert erhielt ihn morgens. Es beruhige sie sehr, daß es ihm so gut gehe, schrieb Eliese. Es sei doch ein großes Glück, daß er dort so freundliche, ihm wohlgesinnte Menschen angetroffen habe. »... und wie habe ich mich gefreut, als mir Hugo erzählte, Du würdest nicht mehr lange bleiben müssen. Wir werden dann ja nicht mehr hier wohnen, wenn Du kommst. Die Leute werden in neue Baracken eingewiesen. Hugo will nicht, aber er muß. Und wenn es ganz neue Baracken sind, da ist es nicht so schlimm. Das Pony muß er verkaufen, das will er auch nicht und muß doch, weil es uns arm frißt und er nichts mehr damit verdient. Die Großmutter hatte gestern wieder einmal vergessen, daß Du fort bist. Sie fragte nach Dir und warum Du nicht zum Essen kämst. Die neue Adresse schreibe ich Dir gleich, wenn wir umgezogen sind. Es ist jetzt leer geworden, und Mi-Mo will auch ausziehen, aber ohne uns...«

Albert trug den Brief in der Tasche und dachte daran, daß er nicht mehr zur Festung zurückkommen würde. Dort hatte er sich eingelebt, kannte den Geruch der Mauern, die versteckten Gänge und Räume. Seine Gedanken waren jeden Tag auf dem Weg dorthin gewesen. Er hatte es vor sich gesehen, wie er heimkehrte, durch den Torbogen –. Nun war die Festung für ihn wie zugemauert. Stumm würde sie oben am Hügel liegen – und innen drin das Bett in der Pulverkammer –. Albert las den Brief dreimal. Der Entschluß zur Flucht gärte in ihm.

Albert flüchtete kurz vor dem Mittagessen. Einer der Alten vom Hilfspersonal stand vor dem Tor und sah, wie Albert davonrannte. Der Mann lief auf seinen krummen Beinen, schaftstiefelig, hinter ihm her und rief: »Ei, so bleiben doch hier! So bleiben doch hier! Mir hen doch au' heut so e gutes Erbsensüppchen!«

Aber die Aussicht auf eine gute Erbsensuppe konnte ihn nicht halten. Er rannte mit gesenktem Kopf in scheinbar blinder Flucht davon. Es war etwas Wildes in diesem plötzlichen Ausbruch: unnachgiebig, ungezähmt, jäh wie ein Tier, nur auf die Schnelligkeit seiner Beine hoffend, erklärte er ihnen seine Feindschaft. Die Zöglinge und Aufseher, die ihn vom Heim aus sahen, lachten. Für die Erfahrenen war diese Flucht erheiternd wie der tolpatschige Versuch eines jungen Hundes, seinem Herrn zu entlaufen.

Als sie jedoch sahen, daß er von der Straße abbog, in Richtung eines kleinen Wäldchens weiterlief und darin verschwand, wurde ihnen klar, daß doch so etwas wie die Winzigkeit eines Planes im Hirn des entsprungenen Zöglings vorhanden gewesen sein mußte.

Hinter dem Wäldchen führte die Autobahn vorbei. Albert wußte es, und auch die Erzieher dachten daran. Sie telefonierten; aber als ein Wagen der Polizei die Strecke abfuhr, war Albert schon fast in der Stadt. Ein Auto hatte gehalten, er war zugestiegen. Für den Weg zur Festung brauchte er knapp zwei Stunden.

Er ging durch den Torbogen, stieg leise die Treppen hinauf und schlich vor die Tür des Zimmers, wo er Eliese gerade rufen hörte: »Erhebe dich jetzt endlich aus dem Bett, du faules Luder!« Er erkannte, daß sie Mi-Mo beschimpfte und daß niemand dort saß und darauf wartete, ihn wieder zurückzubringen.

Die benutzten Teller standen auf dem Tisch. Hugo lag oben auf seinem Bett und schlief. Eliese, die Großmutter und Bruno blickten erstaunt auf, als Albert eintrat. Bei der Begrüßung erwachte Hugo, und auch Mi-Mo richtete sich im Bett auf und schaute mit dummen Augen umher, bis sie begriffen hatte, daß Albert gekommen war.

»Ja«, sagte Albert, »ich bin wieder da!« Er grinste sie an, ließ sich auf einen Stuhl fallen. Sein schiefes Ohr glühte, betonte die Blässe seines Gesichts.

»Und deine Sachen?« fragte Eliese nach den ersten aufgeregten Worten.

»Ich habe ja gesagt, daß er bald mal auf Urlaub kommen würde!« rief Hugo.

»Meine Sachen sind noch dort«, sagte Albert. »Ich bin nicht entlassen, ich bin auch nicht auf Urlaub –«

»Ja, was denn –?« fragte Hugo.

»Ich bin fortgelaufen! Und ich gehe nicht mehr hin, daß ihr es wißt!« Er sprang von seinem Stuhl auf, deutete auf Hugo: »Er hat euch wieder angeschwindelt! Es ist mir nicht gut gegangen! Und die Leute waren nicht freundlich! Und das Essen... Ich gehe nicht mehr da hin!«

»Aber das war doch so ein freundlicher Mann –«

»Ich habe dir gesagt, daß es nicht gut dort war! Hat er euch das nicht erzählt?«

Nein, das hatte Hugo nicht erzählt. Gepriesen hatte er das Heim, in den Himmel gehoben hatte er es. Als er endgültig erkannt hatte, daß er machtlos war, hatte er die Maßnahme gegen seinen Sohn zu loben begonnen. Es war ihm nie ganz wohl dabei gewesen.

Eliese maß Hugo mit wütenden Augen. Und dann klagte sie ihn an, seine Faulheit, seine Verlogenheit, seine Feigheit – sie entblößte ihn, bis er das Gefühl hatte, nackt vor seinen Kindern zu stehen. Nicht den letzten Fetzen wollte sie ihm lassen, mit dem er seine Blöße hätte decken können. Er kämpfte um diesen Fetzen und rief: »Ich bin ein kranker Mann!«

Aber Eliese schrie weiter: »Er tut nichts mehr. Den ganzen Tag liegt er oben auf seinem Bett! Und was sagt er? Er sagt: Ich mache Augengymnastik! Ja, da hat er sich ein Buch gekauft, dafür hatte er noch Geld! Zehn Mark hat das gekostet!«

»Aber daß ich mit dem Buch für Augengymnastik das Geld für eine Brille gespart habe, das erzählst du nicht!«

»Er lügt!« sagte Eliese mit Bitterkeit. »Aber er hat mich ja dreißig Jahre lang frech belogen. Auf den Ämtern, wo er hätte lügen müssen, da hat er gekuscht!«

»Das ist nicht wahr!« rief Hugo von seinem Bett herunter. »Ich habe auch auf den Ämtern gelogen!«

»Du wirst es erleben, Albert, sie werden dich holen. Und er – er wird nichts dagegen tun!«

»Das wollen wir abwarten! Ich werde sie hier hinauswerfen!«

»Ich habe Hunger«, sagte Albert müde.

Es war nur noch ein kleiner Rest Suppe im Topf – Erbsensuppe.

Eliese trat an Mi-Mos Bett. Hugo, der von oben heruntergestiegen war, folgte ihr. »Gib mal Geld her«, sagte Eliese. »Ja, gib uns was«, pflichtete Hugo bei, in der Hoffnung, diese

Unterstützung ihrer Forderung würde Eliese versöhnlicher stimmen.

Sie schielten alle nach Mi-Mo, warteten auf die Tasche, die Mi-Mo jetzt unter der Bettdecke hervorholte. Die Großmutter und Bruno kamen herbei und stellten sich neben Eliese und Hugo. Mi-Mo drehte ihnen den Rücken zu, schirmte ihre Tasche gegen die Blicke ab.

»Was ich denen in der letzten Zeit schon gegeben habe!« jammerte sie und zog einen Zwanzigmarkschein hervor, den Eliese ohne Dank in Empfang nahm.

Hugo erbot sich, die Besorgung zu machen, und wollte schon nach dem Schein greifen, aber Eliese strafte ihn mit einem Blick, vor dem er sich zurückzog. Sie schickte Bruno nach Wurst und Käse und Brot. Albert saß vor seinem leeren Teller und sagte nichts.

»Kainrath hat nichts mehr in seinem Laden«, sagte Eliese. »Bruno ist in einer Viertelstunde wieder zurück, dann mache ich dir belegte Brote.«

»Ja, in einer Viertelstunde ist Bruno wieder da«, echote Hugo. »Deine Schuhe, wie sehen die denn aus?«

»Ich bin über freies Feld gelaufen.«

»Zieh sie aus, ich werde sie mal putzen«, sagte Hugo.

Albert folgte nur widerstrebend, aber Hugo bestand darauf, die Schuhe seines Sohnes zu putzen. »Über freies Feld bist du gelaufen? Haben Sie dich verfolgt?«

»Bald werden sie dich holen«, sagte Eliese.

»Sie werden mich nicht finden! Ich werde mich verstecken und nur zum Essen hierherkommen.«

»Verstecken? Ach Gott«, seufzte Eliese.

»Ja, hier in der Festung, ich kenne da...«

»Das kommt nicht in Frage«, sagte Hugo. »Jetzt bist du hier, und jetzt bleibst du auch hier! Ich bin der Vater, ich habe zu bestimmen, was mit meinen Kindern geschieht!«

Er ereiferte sich, während er Alberts Schuhe putzte. Er warb mit dieser Verheißung seines Widerstandes um die verlorene Gunst der Familie; er bot sie an als Wiedergutmachung für Dinge, an denen er doch, wie ihm schien, schuldlos war. Wer hatte voraussehen können, daß die Festung geräumt würde, kaum nach der Geschäftseröffnung? Und daran lag alles! Sie nahmen es ihm übel, daß sein Geschäft nicht mehr ging. Sie hatten ihm ihren Respekt im gleichen Tempo entzogen, in dem sein Unternehmen geschrumpft war!

Er begann zu erwägen, welche Aussichten er hatte, seinen Sohn zu verteidigen. Was wollten sie machen, wenn er an der Tür stehen und einfach niemanden hereinlassen würde? Sie würden die Tür eine Weile belagern, dann aber aufgeben. Oder –?

»Es wird natürlich nicht so einfach sein«, sagte er mit einem Gesicht, als ginge er schweren Stunden entgegen, sei jedoch bereit, sich für die Seinen zu opfern.

»Es ist unmöglich«, sagte Eliese.

»Wo hast du den Wäscheknüppel?« fragte er. »Hier, neben der Tür werde ich stehen! Nur über meine Leiche!«

In der nächsten Stunde redete er sich in brennenden Zorn gegen die Ungerechtigkeit, die man ihm von jeher angetan habe.

Eliese und Albert warteten eine Weile, daß sein Grimm sich wie üblich in nichts auflösen würde. Aber dann hatten sie den Eindruck, daß er sich tatsächlich zu einem Entschluß aufgerafft hatte, und ließen sich halbwegs überzeugen. Sie glaubten nicht, daß Hugos Widerstand die Beamten in die Flucht schlagen würde, aber sie hofften, er würde damit veranlassen, daß der Beschluß höheren Orts vielleicht noch einmal überprüft würde. Man konnte das ja nicht wissen, vielleicht würden sich die Leute umstimmen lassen.

Als Hugo bemerkte, daß seine Familie ihn ernst nahm, zumindest eine geringe Hoffnung an ihn knüpfte, rückte er seinen Stuhl neben die Tür. Er saß dort mit dem Wäscheknüppel zwischen den Knien und wartete.

»Das wird ein schönes Theater geben«, sagte Mi-Mo, die

sich in einer Ecke des Zimmers angekleidet hatte. »Ich gehe fort, ich will nicht dabei sein.«

»Geh mir aus den Augen, du Dirne!« rief Hugo mit dem Pathos eines Opernhelden hinter seiner Tochter her, als sie sich an ihm vorbeidrückte.

Er verbat sich alle Zweifel, die von Eliese und Albert geäußert wurden, und blieb beharrlich neben der Tür sitzen. Er schwelgte jetzt in heroischen Träumen, saß neben der Tür bis spät in die Nacht und wartete auf seine Gelegenheit.

Sie kamen morgens um sieben Uhr. Zwei Zivilisten. »Aufmachen!« riefen sie durch die verschlossene Tür. »Aufmachen! Wir wissen, daß Ihr Sohn seit gestern hier ist!«

»Ihr bleibt draußen, ihr Schweine!« rief Hugo und zog sich vor der Tür fertig an.

»Haben Sie das gehört?« sagte einer der Beamten zum anderen. »Das werden wir uns merken!«

»Hahaha!« lachte Hugo. »Das könnt ihr euch getrost merken! Wenn ihr reinkommt, schlage ich euch den Schädel ein. Mein Sohn bleibt hier, und niemand wird ihn hier wegholen!«

Sie flüsterten draußen, Hugo konnte sie nicht verstehen. Eliese, Albert, Bruno und die Großmutter waren zu ihm getreten. Mi-Mo lag im Bett und sagte: »Jetzt geht es los, das Theater, wäre ich doch nur schon ausgezogen –«

»Aufmachen!« riefen sie draußen und pochten gegen die Tür. »Wir haben Polizeigewalt!«

Hugo rief, mit dem Gesicht nahe am Türspalt, hinaus: »Einen Dreck habt ihr! In meiner Stube habt ihr einen Dreck!«

Er schaute sich triumphierend nach Eliese und Albert um. Er sah ihren Respekt, und das beflügelte seine Fantasie: »Da draußen habt ihr Polizeigewalt, aber in meiner Stube habt ihr einen Scheißdreck!«

Er spürte die Woge des lang entbehrten Triumphes. Sie blickten zu ihm auf, erwarteten etwas von ihm, Albert, Eliese,

Bruno, die Großmutter und Mi-Mo; und ihm schien, er könne in diesen Minuten ausgleichen und nachholen, was er in Jahren versäumt hatte.

Die beiden Männer warfen sich krachend gegen die Tür. Hugo sah, daß sie die Tür eindrücken würden.

»Seien Sie vernünftig, Herr Starosta! Machen Sie auf und geben Sie Ihren Sohn heraus! Wir haben Polizeigewalt!«

»Nur über meine Leiche!« schrie Hugo durch die Tür, die sich unter einem zweiten Anlauf nach innen bog.

Er sah die bangen Gesichter seiner Familie, erkannte, daß er jetzt handeln mußte, fühlte, daß dies seine Stunde war.

Leise schloß er auf. Dann stand er mit dem Knüppel und wartete. Die Männer nahmen einen Anlauf. Sie fielen durch die aufspringende Tür dber die Schwelle in das Ziimer. Hugo schwang den oicken Prügel.

»Polizei6ewalt!« schrie er. »Polizeig«walt!« Bei jedem Ruf s ste der Prügel herunter. »dolizeigewalt! Und Polizeigewalt!«

Zwei Hüte kullerten über den Boden, aber die Beamten vergaßen, danach zu greifen. Sie flohen durch die Tür hinaus, wo fünf, sechs Lauscher erschreckt auseinanderstoben.

»Polizeigewalt! Polizeigewalt!«

Er trieb sie mit dem Prügel vor sich her über die Galerie. Er traf den hinteren mit solcher Wucht aufs Gesäß, daß er einen Luftsprung machte.

»Polizeigewalt!«

An der schmalen Treppe behinderten sie sich gegenseitig.

»Polizeigewalt! Polizeigewalt!«

Sie polterten die Treppe hinunter, rannten über den Hof. Hugo kam zurück, schwang noch immer den Knüppel, lief in seinen schlotternden Hosen und mit seltsam starren Augen auf die Neugierigen zu, die sich vor seiner Tür angesammelt hatten.

Sie begannen, sich zurückzuziehen, erst langsam, noch ungläubig, dann hetzten sie vor ihm her, in wilder Flucht. Ein

Mann schrie: »Er ist verrückt geworden! Vorsicht, er ist verrückt geworden!«

»Polizeigewalt!« schrie er und schlug gewaltige Hiebe in die Luft.

»Hugo!« rief Eliese. »Hugo! – Mein Gott, jetzt ist er übergeschnappt!«

Er jagte sie mit dem Knüppel bis hinunter zum Turm, um die Ecke, bis in den anderen Flügel. Dann kam er zurück.

Eliese steht in der Tür. Sie sieht ihn an, sieht ihn kommen, in Hosenträgern, in der Hose, die für einen stärkeren Mann gearbeitet ist. Sie kennt seine Schwächen und die Schwächen seiner schlotternden Hose, aus der ihn, wie Viktor einmal gesagt hat, ein starker Wind hinausblasen könnte. Er geht mit Stolz, trägt in der Hand den Wäscheknüppel und räuspert sich würdevoll, während er ins Zimmer tritt mit einem Gesicht, als würde die wehende Fahne seines Sieges vor ihm hergetragen.

Sie sieht ihn an. Sie ist erschrocken – nicht allein über seine Gewalttat, sondern auch, weil die Möglichkeit dieser Tat in ihm war und weil sie das dreißig Jahre lang übersehen hat.

ZWEIUNDZWANZIGSTES KAPITEL

Sie hörten die Wagen schon von weitem. Zwei Wagen, die dicht hintereinander in den Hof huschten, wo sie scharf bremsten und das Heulen ihrer Sirenen wie ein klägliches Seufzen erstarb. Die Wagen standen nebeneinander, zwillinghaft, spieen zu gleicher Zeit je vier Polizisten aus den aufschnellenden Türen.

»Sie kommen!« rief Hugo und sprang vom Stuhl auf.

»Hugo!« flehte Eliese, aber er war schon nicht mehr erreichbar für ihre Stimme.

»Das Bett!« rief er. »An die Tür! Den Tisch, den Schrank!«

Er arbeitete mit diesem seltsam fanatischen Gesicht, das gegen jeden Widerspruch verschlossen war. Sie halfen ihm: Albert, Bruno und die Großmutter. Eliese stand mit widerwilligem Staunen.

Mi-Mo war aus dem Bett gesprungen, das Hugo und Albert an die Tür herangeschoben hatten. »Ich bin doch noch im Nachthemd!« rief sie. »Wenn die hereinkommen... Ich bin doch noch im Nachthemd!«

Sie pochten draußen gegen die Tür. »Herr Starosta! Nehmen Sie Vernunft an! Das ist Widerstand gegen die Staatsgewalt!«

Hugo, Albert, die Großmutter und Bruno bauten ungerührt an dem Berg aus Möbeln, den sie vor die Tür geschichtet hatten.

Eliese schlug die Hände vors Gesicht: »Das gibt ein Unglück!«

Sie jammerte auch um die Möbel und erinnerte an das kostbare Porzellan, das in dem Schrank stand.

»Wo sind denn meine Kleider?« rief Mi-Mo.

»Nehmen Sie Vernunft an, Herr Starosta, Sie werden sich verantworten müssen!«

Sie versuchten es gütlich, sprachen von Albert, den er herausgeben müsse. Er baute weiter an dem Turm seines Widerstandes. Er hörte das Summen von vielen Stimmen, dachte, daß sie draußen standen mit hungrigen Augen und Ohren – die Zuschauer, die Unbeteiligten.

»Herr Starosta, wenn Sie tätlich werden, müssen wir von der Waffe Gebrauch machen!«

»Mörder!« schrie Hugo. »Mörder!«

Seine Stimme überschlug sich, und von draußen antwortete das Gelächter der Menge. Es waren nur noch dreißig bis vierzig Leute in der Festung, aber sicher standen alle, die heute nicht arbeiteten, auf der Galerie. Ihr Lachen irritierte ihn, weckte die ersten Zweifel, die jedoch sofort von seiner Wut erstickt wurden.

»Hugo!« rief draußen eine Stimme. »Du kannst doch nichts gegen sie tun! Es sind acht Polizisten. Bist du denn ganz und gar verrückt geworden!«

Das ist Kainrath, Kainrath, Kainrath – wie ein Echo klang dieser Satz durch seine Gedanken. Er stand mit dem Wäscheknüppel neben der Tür, die ganz plötzlich aufbrach, aber von den Betten, dem Schrank, dem Tisch und den Stühlen daran gehindert wurde, nach innen zu fallen. Sie stemmten sich gegen den Druck.

»Nicht nachgeben!« rief Hugo.

Sie keuchten, schlossen mit äußerster Anstrengung den Spalt der Tür, die plötzlich wieder im Rahmen zu sitzen schien. Hugo wuchtete sein Gewicht gegen das Bett. Die Großmutter war neben ihm, hatte den Kopf zwischen die Arme gebeugt und drückte mit stummer Verbissenheit. MiMo half nun auch; ihre Kräfte wurden von der Tatsache gesteigert, daß sie noch im Nachthemd war – der Gedanke, von den andern so gesehen zu werden, war ihr schrecklich, denn es war kein besonders schönes Nachtgewand.

Sie wurden hin und her geschüttelt, schoben und drückten, glitten mit den Füßen über den Boden und mußten Zentimeter um Zentimeter nachgeben. Hugo sah den Spalt

»Drückt!« rief er. »Drückt!«

Er stach mit seinem Prügel wie mit einer Lanze durch den Spalt und traf einen Polizisten in die Rippen. Aber dann spürte er, wie der Knüppel ergriffen und hinausgezogen wurde: Das Stück, das er umklammert hielt, wurde kürzer und kürzer. Albert sprang hinzu, und sie konnten für einen Augenblick das sichtbare Stück wieder verlängern, bis es ihnen mit einem mächtigen Ruck aus den Händen und durch den Spalt hinausgerissen wurde.

»Mein Stock!« rief Hugo. Draußen antwortete das Gelächter der Zuschauer.

Während dieses Tauziehens durch die Türspalte hatte der Druck gegen die Tür nachgelassen. Die Alte war an den Herd gelaufen und hatte die Kohlenschaufel geholt. Sie kam und schlug damit wild gegen den Spalt, als könne sie damit noch die Hände treffen, die den Stock hinausgezogen hatten.

»Nehmen Sie jetzt Vernunft an! Herr Starosta!«

»Nur über meine Leiche!« schrie Hugo.

Er sah den Spalt wieder klaffen, sah, daß er bereits den Kopf hätte durchstecken können. Während er sich mit dem Rücken gegen das Bett stemmte, blickte er umher, suchte eine neue Waffe. Ratlosigkeit stand jetzt in seinen Augen. Dann sah er die Kohlenschaufel. Ein wenig später schleuderte er die Glut, die er mit der Schaufel aus dem Herd genommen hatte, durch den Spalt hinaus. Er sah, wie die Uniformierten auseinanderliefen. Die Tür schloß sich wieder. Er lauschte auf Schmerzensschreie, hörte aber nur das Gelächter der Leute.

Die Tür war frei. Er ließ mißtrauisch von dem Bett ab. Sie blickten sich an. Draußen rief eine Stimme: »Hugo, jetzt hast du sie in die Flucht geschlagen! Hugo, der Feuerspeier!«

Es vergingen einige Minuten. Die Alte kauerte vor dem Herd und entfachte neues Feuer aus dem Rest der Glut. Hugo lauschte nach draußen.

»Jetzt hecken sie etwas aus –«

Er war seines Erfolges nicht mehr ganz sicher, blickte besorgt auf Bruno.

»Wäre ich nur von hier weggezogen!« klagte Mi-Mo. »Wo sind denn meine Kleider?«

Als Hugo die Sirene im Hof hörte und den lauten Reden der Gaffer entnahm, daß es nicht ein Wagen der Polizei, sondern ein Löschzug der Feuerwehr war, dachte er zunächst an einen Brand. Dann tauchte ein Gedanke in ihm auf, den er nicht auszudenken wagte, der aber von Albert ausgesprochen wurde: »Die wollen mit Wasser hier hereinspritzen –«

Sie blickten sich an wie Verschüttete, die auf Klopfzeichen hoffen. Draußen redeten sie von Anschlüssen. Es wurde etwas über den Boden geschleift. Sie standen hinter der Tür und wußten, daß es die Schlange eines Wasserschlauches war, die da über den Boden bis zu ihrer Tür hinkroch.

»Die wollen uns naßspritzen!« schrie Mi-Mo auf. Sie rückte von Hugo ab, hielt den Mund dicht an die Tür und rief: »Ich ergebe mich!«

Hugo riß sie am Arm zurück. »Schrei nicht so! Hör nur, wie die lachen –«

»Herr Starosta, zum letzten Male! Nehmen Sie Vernunft an! Geben Sie den Jungen heraus!«

»Nur über meine Leiche!«

Sie wurden in einer knappen Minute aus ihrem Zimmer hinausgespritzt.

Obwohl sie um jeden Zentimeter kämpften, wurde die Tür aufgeschoben, weit genug, daß ein Mensch durch den Spalt gehen konnte. Dann rauschte der Strahl ins Zimmer, spielte über die Wände und warf seine platschenden Wassermassen auf sie herunter. Sie waren eingehüllt in Wasser, wurden von den aufschäumenden Wirbeln bedeckt. Sie konnten der Flut nicht entgehen, diesem tänzelnden Strahl, der von eigenwilligem, feindlichem Leben erfüllt zu sein schien.

Die Tür wurde vollends aufgeschoben, und nun wurden sie einer nach dem andern aus dem Zimmer gespült.

Zuerst traf es Mi-Mo, die laut schreiend an der Tür erschien und ständig wiederholte, sie sei doch nur im Nachthemd. Der dünne Stoff klebte an ihrem Körper, so daß sie so gut wie nackt war. Als sie die vielen lachenden Gesichter erblickte, wollte sie wieder ins Zimmer flüchten, doch die Wucht des Strahls drängte sie ab, traf sie kurz in den Rücken und tiefer, zwischen die Beine, so daß sie sich in widerwilligen kleinen Sprüngen in Bewegung setzen mußte. Für den Bruchteil einer Sekunde sah es so aus, als reite sie auf dem Strahl die Galerie hinunter.

Die Großmutter erschien mit triefenden Röcken und der zum Schlag erhobenen Kohlenschaufel in der Tür. Sie wurde von der weißen Gischt gepackt, herumgedreht und umgeworfen. Am Boden schien sie wie ein Bündel Kleider, das von der Tür weggeschwemmt wurde.

Bruno und Eliese hielten sich an der Hand. Sie waren klatschnaß, konnten aber dem Strahl entgehen. Albert kam heraus, fiel gleich um und wurde vor die Füße seiner Großmutter gerollt, die sich gerade wieder aufgerappelt hatte.

Dann erschien Hugo in der Tür. Die Wut stand wie ein Irrlicht in seinen Augen. Es hatte den Anschein, als wollte er mit dem Strahl kämpfen. Er schlug einen Boxhieb ins kalte Nichts, wurde gepackt, herumgerollt, lag mit dem Gesicht nach unten. Der Strahl fuhr über seinen Rücken, in den Bund seiner Hose und blähte sie auf zu einem gewaltigen Gesäß, aus dem genau an der richtigen Stelle hinten eine Fontäne hinausfuhr.

Als das Rauschen plötzlich verstummte und nur noch das brüllende, glucksende Gelächter der Zuschauer hörbar war, packten sie Hugo: vier, fünf, sechs Polizisten. Sie drehten ihm die Arme nach hinten, ein wenig mehr, als notwendig war, und hielten ihn fest.

»Ihr Hunde!« schrie er. »Ihr Hunde!«

Sein Mund geiferte. Hugo zappelte in ihren Händen, warf die Männer hin und her. Sie hantierten an ihm herum, mußten nachgreifen, neue, härtere Griffe ansetzen.

Bruno stand neben seiner Mutter. Das Entsetzen leuchtete

aus seinem Gesicht. Er stand und sah die ringenden, keuchenden Männer, die über seinem Vater waren, als wollten sie ihn unter sich begraben –

Als Hugos Gesicht, zu einer wilden Grimasse verzerrt, die wieder Lachstürme entfesselte, am Boden zwischen den Beinen eines Polizisten erschien, trat Kainrath heran. Er beugte sich zu ihm herab und rief: »Laß den Blödsinn, Hugo! Du kannst ihnen nicht mehr auskommen!«

Hugo sah ihn an, lag ruhig, so daß die Polizisten ihren Griff lockerten. Er schien zu überlegen.

»Hört jetzt auf«, sagte Kainrath. »Er ist jetzt vernünftig!«

Sie ließen ihn aufstehen, und er tastete an sich herum, sah, daß seine Hosenträger zerrissen waren.

»Ich muß mich setzen«, keuchte er. Er ging vor ihnen her ins Zimmer, stellte einen Stuhl auf, von dem das Wasser in Bächen ablief, setzte sich und holte erschöpft Atem. Plötzlich rief er vorwurfsvoll: »Ihr habt meine Hosenträger kaputtgemacht!«

Mi-Mo erschien; sie hatte einen geliehenen Mantel umhängen. Ihre Zähne klapperten gegeneinander. Albert und Hugo durften sich trockene Kleider anziehen. Eliese weinte. Bruno stand neben der Tür. Die Großmutter blieb draußen. Sie schaute herein, betrat aber das Zimmer nicht, solange die Polizisten darin waren. Hugo sagte kein Wort, als er zwischen den Uniformen zu den Wagen hinuntergehen mußte.

Albert mußte mit. Er dachte an die Feuerwehr. Das war eine besondere Fügung, die Sache mit der Feuerwehr, die nur er verstand. Das war die Rechnung für die alte Sünde, die er jetzt begleichen mußte.

Hugo kam am nächsten Morgen allein zurück. Er sprach nicht viel, schaute umher, sah, daß Eliese und die andern wieder Ordnung geschaffen und das Wasser hinausgefegt hatten, dessen Reste noch in Pfützen auf der Galerie standen.

»Wo ist Albert? Wieder in dem Heim? Und wo bist du in der Nacht gewesen?« fragte Eliese.

»Natürlich ist er wieder im Heim. Wo ich gewesen bin, das geht euch nichts an!« erwiderte er kurz und stieg zu seinem Bett hinauf. Er schlief bis zum Mittag, dann stand er auf, saß vor sich hinbrütend im Zimmer, das er mit seinem Mißmut füllte. Quer durch den Raum war eine Leine gespannt, auf der Kleider und Wäsche zum Trocknen hingen.

Sie sprachen von Albert. »Was werden sie mit ihm machen?« fragte Eliese.

Das war in der gleichen Stunde, in der sie Albert aus dem Heim hinausführten in ein anderes, für renitente Zöglinge. Die beiden Häuser lagen nur eine Viertelstunde auseinander. Über der Tür des Speisesaals war eine Spruchtafel angebracht: »Wie man sich bettet, so liegt man.« Er las es und erinnerte sich an die Worte, die auf ihn heruntergeregnet waren an diesem Morgen, Worte, die er wie eine Last mit sich herumschleppte: »Jetzt kommst du hier nicht mehr heraus, du verwahrloster Bursche – bis zu deinem einundzwanzigsten Jahr! Eine frühere Entlassung werden wir auf jeden Fall verhindern! Du brauchst nicht zu hoffen.« Und Albert gehorchte – er hoffte nicht mehr, würde auch später nicht viel hoffen.

In der Festung lief die Großmutter im Zimmer auf und ab und preßte wieder die Hand an ihren Leib. Sie hustete rasselnd, spie dann und wann in ihr Taschentuch.

»Daß du ja nicht auf den Boden spuckst!« sagte Hugo.

»Das Porzellan!« klagte Eliese. »Das schöne Porzellan ist ganz zerbrochen!«

»Was willst du!« fuhr Hugo sie an. »Du hast doch noch das Silberzeug!«

Später reparierte er die Tür. Er schlug ein paar Nägel ein, wo vorher Schrauben gesessen hatten.

Kainrath kam vorbei. Er lachte. »Das war ja ein Schlamassel. Du hast glühende Kohlen auf ihren Häuptern gesammelt. Aber wie sie dir dann in die Hosen spritzten, Hugo...«

Hugo setzte sich wieder an den Tisch. »So«, sagte er, »das hat dir wohl gefallen!« Er hatte die Arme verschränkt und schaute dumpf vor sich hin.

Kainrath beeilte sich zu sagen: »Aber die beiden ersten, die hast du ganz anständig verdroschen. Wie die Hasen sind sie gesprungen!«

In Hugo erwachte ein Fünkchen Interesse. Kainrath sah es, und nun wollte er wissen, warum Hugo die andern mit dem Knüppel bis in den nächsten Flügel gejagt hatte. Eliese schaute auf, beobachtete ihren Hugo. Auch sie wollte die Antwort hören, die Erklärung. Aber Hugo wußte keine Antwort. Er erinnerte sich nur noch an diesen Rausch seiner plötzlichen Macht, an diesen ersten und einzigen Sieg in der Niederlage, den er in Gedanken wieder und wieder genießen würde.

»Es hat immer nur gesiedet und gebrodelt«, sagte Kainrath. »Aber jetzt ist es gleich zweimal richtig übergekocht. Erst die Geschichte mit Viktor und nun deine Schlacht.«

»Ich habe sie anständig verdroschen, nicht wahr?«

»Und ob«, antwortete Kainrath, »anständig, sehr anständig!«

Der Besuch Kainraths hatte Hugo heiter gestimmt. Es war ihm gestern einiges eröffnet worden, das ihn nachdenklich gemacht hatte. Die Prügelei würde Folgen haben. An diesen möglichen Folgen hatten seine Gedanken herumgeknabbert. Aber nun war Kainrath vorbeigekommen und hatte ihn als Sieger gefeiert.

Vollends lebhaft wurde Hugo, als am Nachmittag ein Reporter und ein Fotograf an seine Tür klopften.

»Von der Zeitung?« fragte Hugo und blickte sie lauernd an. Ja, sie seien vorbeigekommen, um hier mehr über den Zwischenfall zu erfahren. Sie hätten davon im Polizeibericht gelesen, aber man wisse ja, daß die Polizei so etwas oft einseitig darstelle. Immerhin sei es interessant, daß ein Mann sich gegen den Staat zur Wehr setze, nach dem Motto: ›Mein Heim ist meine Festung.‹ Schließlich könne man verstehen, daß er seine Kinder nicht gern in fremde Hände geben wolle. Sein Kampf habe sozusagen etwas Tragisches. Bemerkenswert übrigens die solidarische Haltung der gesamten Familie, diese gewissermaßen patriarchalische Einstellung. Jedenfalls sei es ihnen ein Vergnügen, einen Mann kennenzulernen, der gegen ein Dutzend Polizisten und einen Löschzug der Feuerwehr zu seiner Meinung gestanden habe. Das sei in diesem Lande ziemlich einmalig. Wirklich, in diesem Lande der Ducker außerordentlich beachtenswert.

Sie waren vorher beim Verwalter gewesen und hatten dort alles über Hugo und den Vorfall erfragt. Aber sie ließen Hugo jetzt reden, der fast jeden Satz mit den Worten »Ich habe...« begann. »Ich habe mir geschworen, meinen Sohn hierzubehalten. Ich habe ihnen gesagt: Nur über meine Leiche. Ich habe hier gestanden. Ich habe gesagt: Polizeigewalt? Nicht in meiner Stube. Ich bin Fuhrunternehmer. Ja, ich habe fünf Kinder. Vier Söhne, alle sehr fleißig. Und eine Tochter. Ja, auch fleißig! Wer hat denn hier zu sagen? Ich habe hier zu sagen, sonst niemand! Ja, und meine Mutter ist fast sechsundachtzig. Natürlich! Sie haben sie mit dem Schlauch gespritzt, umgefallen ist sie! Ja, und ob die was mitgemacht hat! Auf der Flucht, da konnte sie nicht mehr laufen. Von den Wagen ist ja keiner runtergegangen und hat ihr Platz gemacht. Da hat man sie mit einem Strick an den Wagen gebunden, rechts und links gehalten. Unten die Beine liefen ganz von selbst. Nicht wahr, Mutter, die Beine liefen ganz von selbst? Nur übers Haff, da war sie eingeschlafen. Aber auf dem Eis, das ging ganz gut. Der Wagen hat sie hinter sich hergezogen wie einen Schlitten. Hier, meine Frau hat's gesehen. Ein Bild? In die Zeitung?«

Die Großmutter wollte nicht fotografiert werden. Sie hatten alle schon ihre gestrige Stellung eingenommen, um die der Reporter gebeten hatte.

»Komm, Mutter, du sollst in die Zeitung. Was denn, du warst doch noch nie in der Zeitung! Komm schon! Sie will nicht«, sagte er. Sie redeten vergeblich auf die Großmutter ein, bis Hugo mit einem Blinzeln sagte: »Sie spart auf ihren Sarg.« Er blinzelte noch ein paarmal.

Nachdem der Reporter ein Fünfmarkstück hervorgeholt hatte, das sie in Empfang nahm, war sie bereit, sich einzureihen.

»Du hierher, Mi-Mo! Bruno, du hast dort gestanden. Ich habe hier gestanden. Und du, Mutter, nimm wieder die Kohlenschaufel! Nur schade, daß Albert fehlt.«

Die Perspektive sei nicht gut, meinte der Fotograf. Zu wenig Raum, aber es ging gerade noch. Sie hatten den Tisch vor die Tür geschoben und zwei Stühle daraufgestellt. Und nun zeigten sie wieder die Kampfgesichter. Aber Hugo unterbrach noch einmal. Er wollte schnell eine Krawatte umbinden, denn mit Krawatte mache sich das Bild in der Zeitung doch besser. Aber davon wollten die beiden nichts wissen.

Achtung. Blitzlicht.

»Na ja, ohne Krawatte«, sagte Hugo. »Aber schreiben Sie, daß ich Fuhrunternehmer bin. Zwei meiner Söhne, die nicht auf dem Bild sind, haben es schon zu was gebracht, und mir geht es auch wieder besser. Jawohl, das war genau hier nebenan. Er ist dann vom Turm runtergesprungen. Ja, es hatte geschneit, aber am nächsten Tag gab's Tauwetter. Die Spur konnten wir noch sehr gut erkennen.«

Die beiden Männer verabschiedeten sich.

»Übrigens«, sagte Hugo an der Tür, »und meine Hosenträger haben sie auch kaputtgemacht.«

Die Zeitung brachte das Bild und einen kleinen Artikel. Das Bild trug die Unterschrift: *Der Rebell und seine Mannschaft*. Der Artikel hieß: *Die Festung in der Festung*. Auf die allen erinnerliche Tragödie in der Festung sei nunmehr die Komödie gefolgt. Ein Mann und seine Familie hätten der Gewalt des Staates getrotzt. Der Anlaß sei der Sohn des Mannes gewesen, ein nach Hause entlaufener Fürsorgezögling, der von seinen Eltern und Geschwistern und von seiner Großmutter gegen den Zugriff der Polizei verteidigt worden sei. Einem Dutzend Polizisten sei es nicht gelungen, diesen

Familienwiderstand zu brechen. Dazu sei erst ein Löschzug der Feuerwehr nötig gewesen. Die Familie habe sich hinter der verbarrikadierten Tür mit Stockhieben und glühenden Kohlen verteidigt. Ein regelrechtes Gefecht sei entbrannt, wobei sich das Wasser aus dem Feuerwehrschlauch schließlich als stärker erwiesen habe. Freilich entbehre diese Wasserschlacht um einen Mann mit patriarchalischen Anschauungen, der von der Unantastbarkeit seiner Wohnung und dem Recht, seine Kinder selber zu erziehen, überzeugt gewesen sei, auch nicht einer gewissen Tragik, zumal hier zweifellos mit Kanonen auf Spatzen geschossen worden sei. Rund zwanzig Mann, Polizei und Feuerwehr, hätten eingesetzt werden müssen, um einen unbewaffneten Familienvater zu überwältigen, dessen ganze Streitmacht aus zwei Kindern und drei Frauen bestanden habe – wobei zu beachten sei, daß die älteste der Frauen sechsundachtzig Jahre zähle.

»Sie haben nichts davon geschrieben, daß ich Fuhrunternehmer bin«, sagte Hugo. Es gab auch noch andere Dinge, die er in dem Artikel vermißte, aber mit dem Bild war er zufrieden.

»Bin ich nicht gut getroffen?«

Auch die Bildunterschrift gefiel ihm. Sie reizte zu Vergleichen, erinnerte ihn an Andreas Hofer oder den andern, der den Apfel vom Kopf seines Sohnes heruntergeschossen hatte. In Gedanken schmuggelte er sich in die Reihen jener unnachgiebigen Männer, von denen er nur wußte, daß sie gegen irgend etwas getrotzt hatten. Ihm schien jetzt, er habe ein kühnes, stolzes Leben geführt. Er hatte sich wieder ein neues Gesicht zugelegt.

Im Gefühl seiner bestätigten Würde stolzierte er durch die Festung und suchte sich mitzuteilen.

Kainrath war nicht da. Er wohnte schon in der Stadt, kam nur noch hierher, um seinen Laden auszuverkaufen. Mit den andern hielt er keine Fühlung, und außerdem hatten sie auch zu sehr gelacht. Nachdem er sich darüber klargeworden war, daß er jetzt keine Zuhörer finden würde, begann wieder das leise Nagen seiner Gedanken. Er prüfte die Folgen, deren Möglichkeiten zu bedrohlichen Bildern gediehen. Er sagte sich, daß er nichts fürchte, daß er nie etwas gefürchtet hätte. Aber es kam da etwas auf ihn zu: Sie flochten schon im geheimen an seiner Schlinge. Er empfand diese Gedanken als äußerst störend, sie waren wie nervöse Zuckungen, die sein neues Gesicht entstellten.

Nachdem er Max, den Bruno täglich spazierenführen mußte, gefüttert hatte, ging Hugo hinauf ins Zimmer.

»Hat jemand nach mir gefragt?«

»Nein«, sagte Eliese. Sie deutete mit einem Kopfnicken nach der Großmutter, die bereits in ihr Bett gekrochen war: »Sie will nichts essen.«

»Warum willst du denn nichts essen?« rief Hugo, aber die Großmutter drehte sich auf die Seite und antwortete nicht.

»Alte Leute brauchen nicht mehr soviel zu essen«, sagte Hugo.

Am nächsten Morgen lag sie im Bett und bewegte sich nicht.

Eliese hatte sie angerufen, und die Großmutter hatte nicht geantwortet. Bruno ging zur Schule und Hugo rauchte einen Zehner-Stumpen. Eliese sagte: »Sie muß was essen!«

»Mutter!« rief Hugo. »Willst du immer noch nichts essen?« Er wartete auf eine Antwort. »Sie will nicht«, sagte er schulterzuckend und begann, in der Zeitung von gestern zu lesen; zuerst die Bildunterschrift, dann wieder den Bericht. Er las die Zeitung aus.

Später sagte Eliese noch einmal, die Mutter müsse etwas essen. Er achtete nicht darauf, hatte auch nicht im Sinn, seine Mutter mit dem Essen zu behelligen. Er wußte, wie sie reagierte, wenn sie sich bedrängt fühlte, wenn jemand ihr seinen Willen aufreden wollte. Er hatte keine Lust, von ihr angespuckt zu werden. Er zündete seinen zweiten morgendlichen Stumpen an.

Plötzlich stieß Eliese einen kleinen Schrei aus.

»Hugo!« Sie stand neben dem Bett, ihre verstörten Augen flackerten. »Sie ist ganz steif.«

»Was?« rief er aufspringend. »Ist sie tot?«

Mi-Mo schnellte mit einem Satz aus dem Bett. Hugos letztes Wort war in ihr Ohr gedrungen und zu einem Dröhnen angeschwollen.

»Uh! Sie ist tot«, sagte sie. Sie stand mit verkrampftem Gesicht an der Tür und begann wie vor zwei Tagen, mit den Zähnen zu klappern. Mit Grauen dachte sie, in dieser Nacht sei der Tod ganz dicht an ihr vorübergeschlichen. In ihrer Vorstellung war er der Knochenmann, die schreckliche Berührung, der pestilenzialische Anfasser.

»Ausgerechnet jetzt muß sie sterben!« rief Hugo. »Wo wir gerade genug Scherereien haben!«

Der Arzt, der später erschien, um den Totenschein auszustellen, sagte, sie sei schon am Abend tot gewesen. Sie war auf eine lautlose, heimliche Art gestorben.

Hugo und Eliese trugen die Leiche hinüber ins leere Zimmer, wo Viktor und Alwina gelebt hatten, und Eliese entkleidete sie. Dabei fand sie das Geld. In einer Art Schärpe zwischen zwei Unterröcken, die sie auch im Bett getragen hatte, waren die Zwei- und Fünfmarkstücke eingenäht. Für Geldscheine hatte die Großmutter an diesem Silbergürtel ein Täschchen angebracht, worin Eliese etliche Banknoten fand, von denen sie gleich eine in ihrer Schürze verschwinden ließ.

»Heb mal, wie schwer das ist«, sagte Eliese zu Hugo. Sie zählten die Geldscheine, außer dem einen, den Eliese aufbewahrte, wie sie zu sich selber gesagt hatte, und fanden auch etwas Geschriebenes; aber es war nicht mehr zu entziffern.

»Die Feuerwehr«, sagte Hugo. »Sie haben das naßgespritzt.«

»Wir müssen den Stoff auftrennen«, sagte Eliese. »Ich gehe mal rüber. Die Schere... Sieh nach, sie muß noch mehr haben!«

Er begann unterdessen, die Silberstücke mit dem Taschenmesser herauszuschneiden; zwei davon steckte er hastig in die Tasche. Dann kam Eliese wieder.

»Hast du auch nichts weggenommen, während ich drüben war?«

»Eliese!« sagte er gekränkt. »Das ist das Sterbegeld meiner Mutter!«

In den nächsten Tagen war Hugo mit den Vorbereitungen für die Beerdigung beschäftigt. Er hätte nie gedacht, daß das so viel Arbeit machte. Ein Bestattungsinstitut übernahm die Einsargung. Dabei stellte er verblüfft fest, daß es Beerdigungen erster, zweiter und dritter Klasse gab. Es war die Vielfalt der Möglichkeiten, die ihn überraschte. Er stand im Sarglager der Firma.

»Den Sarg vielleicht ein bißchen billiger. Nein, nicht so billig. Ja, das wäre recht.«

Ob ein Bläserchor blasen solle?

»Nein, kein Bläserchor.«

»Vielleicht ein Geiger?«

»Nein, nein.«

»Ein Sänger, eine Sängerin, Altstimme?«

»Eine Sängerin?« Hugo überlegte.

»Ja, im Preis inbegriffen. *O Ewigkeit, du Donnerwort*, oder *Ich bin ein Gast auf Erden und hab' hier keinen stand*... Oder *O Welt, ich muß dich lassen*... – *Alle Menschen müssen sterben, alles Fleisch ist gleich wie Heu*...«

Hugo zögerte: »Vielleicht *Alle Menschen*...«

»Schön, schön, das ist sehr erhebend. Sie werden zufrieden sein!«

Er ging nachdenklich durch die Tür dieses notwendigen Unternehmens hinaus, hatte noch den Geruch der gebeizten, feierlichen Holzkisten in der Nase. Er stieg nicht auf sein Fahrrad, sondern schob es langsam durch die Straßen, stieg viel später auf. Die ersten Quellen seiner Trauer waren aufgebrochen.

Der Pfarrer fragte nach der Verstorbenen, wollte ihr Leben erfahren.

»Also, sie war sechsundachtzig Jahre alt«, sagte Hugo. »Manchmal war sie nicht mehr so ganz richtig, aber sie hat noch alles verstanden. Sie war noch munter. Aber vor ein paar Tagen wurde sie von der Feuerwehr naßgespritzt. Nein, die Polizei hatte das angeordnet. Die Aufregung, hat der Arzt gesagt. Ja, in der Zeitung, das sind wir. Ja, ich bin der Mann aus der Festung.«

Als er hinausging, wischte er sich mit dem Taschentuch über die Augen. Sie hätte noch zehn Jahre leben können. Bei uns hat sie es gut gehabt. Sie hat noch alles gegessen. Die Polizei anklagen. Sie haben sie umgebracht! Die Mörder! Aber denen passiert nichts.

Auf dem Weg zur Festung hatte Hugo Starosta eine Idee. Die Zeitung! Er fragte den Verwalter, ob man die Zeitung anrufen könne. Ob er das für ihn machen wolle. Das Sprechen würde er dann selber besorgen.

Er nahm den Hörer aus der Hand des Verwalters: »Ich bin der Mann, der in Ihrer Zeitung abgebildet ist!«

»Welcher Mann?«

»Der Mann aus der Festung.«

Dieses Gespräch hatte Wirkungen. Einen Tag vor der Beerdigung stand im lokalen Teil des Blattes, daß die erwähnte sechsundachtzigjährige Frau, die an der ›Zimmer-Revolte‹ in der Festung beteiligt gewesen sei, verstorben wäre, wahrscheinlich an den Folgen der rohen Behandlung durch die Polizei.

Es wurden Telefongespräche geführt, von denen Hugo Starosta nie erfuhr. Telefongespräche, die auf dem Weg der Instanzen nach oben kletterten. Im letzten und entscheidenden Gespräch sagte ein Mann, man müsse die Anzeige zurückziehen: der Kerl aus der Festung sei äußerst raffiniert vorgegangen. »...wenn wir ihn auf die Anklagebank bringen, würde das allgemeine Empörung auslösen. – Seine Mutter... Ich bin bereits zweimal wegen dieser Sache am

Telefon beschimpft worden –. Anonym –. Ja – zurückziehen!«

Es gab Beileidsbesuche. Selbst einige Männer und Frauen, die schon vor längerer Zeit hier ausgezogen waren, kamen und schüttelten Hugo die Hand.

Er schrieb einen Brief an das Heim. Albert müsse zur Beerdigung kommen. Eilbrief! Die Antwort kam per Telegramm. Genehmigt!

Was sollte er anziehen? Hugo hatte noch eine schwarze Hose, aber keine passende Jacke. Hätte er sich nur den blauen Anzug machen lassen. Jescheck! Der ehemalige Offizier besaß einen Cut. Seine Frau hatte das Stück gerettet, Hugo hatte es beim Umzug gesehen. Ein Schwalbenschwanz, wie er sagte. Ein Cutaway, wie Jescheck sagte.

Hugo fuhr mit dem Fahrrad zu ihm hin. Der Mann saß über seinen Briefmarken.

»Gib ihm den Cut«, sagte er zu seiner Frau.

»Wollen Sie auch den steifen Hut?« fragte die Dame.

Ja, eine Melone, das war notwendig zu dem Schwalbenschwanz. Der Cut müsse gebügelt werden. Er möge ihn nach der Beerdigung zurückbringen.

Eliese und Mi-Mo brauchten schwarze Strümpfe. Und die Kränze. Wenigstens zwei mußten sie noch beisteuern. Der Rest kam vom Institut, im Preis inbegriffen –

»Eliese, du mußt mir was geben.« Er kämpfte mit seinem Gewissen: »Ich gebe auch zehn Mark.« Er zog die beiden Fünfmarkstücke hervor. Eliese ging zum Schrank und brachte einen Zwanzigmarkschein. Es war der Schein aus ihrer Schürze.

»Mi-Mo, fahr zu Adolf und Hermann. Sie müssen auch was geben.«

Kainrath saß im Zimmer. Seine Frau und sein Sohn waren mitgekommen, und die Blicke des Sohnes hingen an Mi-Mo.

»So ein Unglück! Sie hätte noch gut zehn Jahre leben können –«

»Sie hat noch alles gegessen, und die Verdauung war auch noch gut –«

»Jajaja, jajaja –«

Sie ist nicht mehr da. Das Bett steht leer. Hier ist sie immer herumgekrochen. Die Seite hat sie sich gehalten, und gespuckt hat sie ein paarmal. Morgen in die Erde. Zwei Kränze. Und die Kränze vom Institut. Es gibt eine große Beerdigung. Die vielen Leute. Sie war doch beliebt –

Albert kam am Abend. Er redete nicht viel, saß mit seinem blassen Gesicht und dem schiefen Ohr am Tisch.

»Du mußt wieder hingehen«, sagte Eliese. »Nicht wahr, du wirst wieder hingehen?«

»Jaja.«

Am Morgen kam Hermann und bald darauf Adolf, der seine Frau entschuldigte. Adolf trug einen dunklen Anzug, eine schwarze Krawatte, am Mantel den Trauerflor. Er sah nach etwas aus. Sie dachten es alle. Hugo blickte fast schüchtern auf diesen Sohn. Hermann grinste, sagte dann: »Du kannst doch zu dem Frack da kein kariertes Hemd tragen.« Er nahm ein Taxi und holte ein weißes Hemd für Hugo, das er ihm gleich schenkte. Die schwarze Hose, der Cut, die Melone, der Regenschirm für den vornehmen Herrn.

»Jetzt sieht er aus wie Charly Chaplin!« sagte Hermann. »Laß wenigstens den Regenschirm weg!«

»Sei nicht so frech zu deinem Vater!« sagte Eliese. Eliese flüsterte, als Hugo gerade einmal draußen war: »Der Max muß hier weg. Er will sich nicht von ihm trennen, aber es hilft ja nichts. Was soll er denn hier noch rumstehen? Kannst du nichts unternehmen?«

»Zum Roßschlächter?«

»Nein, ach nein, das auf keinen Fall!«

»Ich kenne da einen«, sagte Hermann, »der macht auf den Märkten gebrannte Mandeln. Der Bruder von dem hat drei Pferde und so einen Zirkus mit Sägemehl, du weißt schon. Einmal reiten, fünfzig Pfennig. Den Bruder kenne ich gut von der Schiffschaukel her. Vielleicht...«

»Es muß heimlich geschehen. Er darf es nicht wissen –«

Hugo kam wieder und setzte sich zu ihnen, er hatte schon die Melone auf und hielt den Schirm zwischen den Knien.

»Steh doch auf, Hugo, und laß die Leute sich setzen!« Es waren nicht genug Stühle da: Aus der Festung waren einige Männer und Frauen gekommen.

»Jaja«, sagte Hugo und stand auf. »Also, Albert und Bruno, ihr tragt die Kränze. Dann gibst du mir deinen Kranz, und ich lege ihn nieder. Eliese«, flüsterte er, »gib mir ein Taschentuch, ich glaube, ich muß weinen –«

»Nimm doch den Hut runter, die Beerdigung ist doch erst in zwei Stunden.« Sie schoben ihn herum wie eine Puppe, die überall im Weg war, sahen ihm alle zu, wie er von Zeit zu Zeit begann, unter dem steifen Hut vor sich hinzuflennen.

Es war eine große Beerdigung. Viele Leute waren gekommen. Der Pfarrer sprach von der Familie der Verblichenen. Von den Söhnen, die gefallen und gestorben waren. Von dem Mann, den sie nie vergessen hatte. Von der Heimat, an die sie gedacht hatte. Und von der ewigen Heimat, in die sie nun eingegangen war. Ein schweres Leben, das der Herr nun sanft in seine Hand genommen habe.

Hugo wartete auf die Anklage gegen die Polizei und die Feuerwehr, aber der Pfarrer erwähnte das mit keinem Wort. Doch dann sagte er, sie habe zu den Menschen gezählt, die Unrecht leiden, aber nicht Unrecht tun. Und an dieser Stelle glaubte Hugo, eine Spitze gegen die Polizei und Feuerwehr herauszuhören. Sehr gut, dachte er, sehr gut!

Das Gold werde im Feuer erprobt, der gottgefällige Mensch im Ofen der Trübsal. »Armut hier, macht dorten reich. Tränensaat, die erntet Lachen.« Und sehr schön sagte der Mann im Talar, wie sie geachtet und geliebt von ihrer Familie gelebt habe. Dann sang die Frau mit der Altstimme: *Alle Menschen müssen sterben, alles Fleisch ist gleich wie Heu...*

Sie sang ergreifend, und Hugo verbarg sein Gesicht hinter dem Taschentuch. Als der kleine Wagen mit dem Sarg hinausgeschoben wurde, vergaß er seinen Regenschirm, den er hinter sich an die Banklehne gehängt hatte. Er bemerkte es erst, als sie schon auf die Grube zugingen, und beschloß, ihn später zu holen.

Ja, es war eine große Beerdigung, und es liefen viele Leute in dem Zug mit, die Hugo nicht kannte.

Als sie vom Grab zurückkamen und Hugo in der Trauerhalle nach seinem Schirm suchte, war er nicht mehr dort. Er fragte die Friedhofsbeamten, aber niemand hatte seinen Schirm gesehen.

Der Trauerzug hatte sich zerstreut. Draußen warteten nur noch die Familie und die nächsten Bekannten auf ihn. Er kam heraus und sagte erschüttert: »Er ist nicht mehr drin!«

Das fanden alle unerhört. Er ging mit Eliese an der Spitze des kleinen Zuges, die Rockschöße wehten um seine Beine. Die anderen gingen hinter ihnen her, und während des langsamen Schreitens sprachen sie von dem Schirm. Der gute Schirm!

Hinten gingen Johann und Mi-Mo. Und Johann flüsterte Mi-Mo eine Frage zu.

Mi-Mo antwortete: »Schämst du dich denn nicht, bei einer Beerdigung davon zu sprechen!«

»Die Beerdigung ist doch schon vorbei«, sagte Johann.

In der Festung öffnete Kainrath eine Flasche Weinbrand, die er mitgebracht hatte. Und während sie sich zutranken und Hugo daran dachte, daß er sogar während der Beerdigung seiner Mutter bestohlen worden war, kam der Briefträger und brachte einen Brief.

Hugo schaute ungläubig auf die Adresse und auf den Absender. Die jüngere Schwester seiner Mutter hatte geschrieben. Er hielt den Brief in der Hand, scheute sich, ihn zu öffnen. »Ihr ganzes Leben hat sie auf diesen Brief gewartet«, sagte er. »Jetzt ist sie tot, und jetzt kommt der Brief –«

DREIUNDZWANZIGSTES KAPITEL

Mi-Mo hatte die Festung verlassen. Sie wohnte jetzt in dem Haus der hohen Mieten und der völligen Freiheit. Ihr Zimmer lag neben dem Zimmer Doras; die beiden Räume hatten einen gemeinsamen Eingang. Es war geräumig, gediegen eingerichtet, ein Zimmer zum Wohlfühlen –

Sie hatte auf einen Tag gewartet, an dem Hugo nicht in der Festung war. Dann hatte sie ihre Sachen gepackt. Eliese hatte mit fruchtlosen Worten versucht, sie zurückzuhalten. Bruno hatte geweint. Es werde jetzt ganz leer im Zimmer, hatte er gesagt.

»Ich komme doch manchmal zu Besuch«, hatte Mi-Mo erklärt. »Ihr werdet auch nicht mehr lange hierbleiben.«

Sie hatte sich nicht halten lassen, obwohl sie eine gewisse Beklemmung spürte, als sie die Holztreppe hinunterging, noch den demütig-vorwurfsvollen Blick ihrer Mutter vor Augen.

Natürlich würde sie zu Besuch kommen. Und Bruno würde sie auch nicht vergessen. Sie würde ihm mancherlei zukommen lassen. Er hatte ein gutes Zeugnis aus der Schule nach Hause gebracht. Später würde sie genug Geld haben, um ihm vielleicht den Besuch einer besseren Schule zu ermöglichen. Er war der einzige aus der Familie, der ihr fähig schien, eine solche Schule zu besuchen. – Sie beschwichtigte die leise Stimme der Vorwürfe mit Versprechungen für die Zukunft, während sie über den Hof, durch den Torbogen und dann zur Straßenbahnhaltestelle ging.

Aber das Wispern des Tadels war noch in ihr, als sie schon bei Dora im Zimmer saß, als sie längst ihre Kleider in den neuen Schrank gehängt und ihre Wäsche in das Wäschefach eingeräumt hatte.

»Nein«, sagte sie. »Was ich da alles erlebt habe, in der letzten Zeit –«

»Stell das Radio ein, Schätzchen«, sagte Dora gähnend. »Jetzt hast du's gut.«

»Alles in der letzten Zeit«, sagte Mi-Mo. »Früher ist nie so viel passiert.«

»Früher ist auch was passiert, da war es nur nicht bei euch oder direkt nebenan. Früher hast du es bloß nicht bemerkt. Stell das Radio ein bißchen lauter.«

Die Männerstimme sang: *Warum woinst du, kloines Herz...* Mit Saxophon und gestopfter Trompete.

»Jetzt haben wir's gut«, sagte Dora.

Am Tag saßen sie in dem Zimmer, Mi-Mo meist bei Dora. Mitunter klingelte es, und Dora sagte dann: »Geh jetzt rüber, ich kriege Besuch. Wenn er fort ist, klopfe ich an die Wand –«

Für Mi-Mo kam noch kein Besuch.

»Du mußt dir feste Kunden heranziehen«, sagte Dora. »Du sagst, wann du tagsüber zu erreichen bist. Die tanzen dann schon an.«

Unter den Besuchern, die zu Dora kamen, war mitunter auch ihr eigener Mann.

»Ich dachte, ihr hättet euch getrennt?«

»Na ja, manchmal darf er noch kommen«, sagte Dora. »Aber nicht öfter als zweimal im Monat. Wenn er öfter käme, ginge er mir auf die Nerven. Es ist Schwäche, aber ich bin nun mal gutmütig –«

»Was sagt er denn?« fragte Mi-Mo verblüfft.

»Was Herbert sagt? Wenn er satt ist, sagt er: Kommst du nicht wieder zurück?« Sie äffte ihren Mann nach: »Kommst du nicht wieder zurück? Nicht wieder zurück?«

Eines Tages hörte Mi-Mo das auch von ihm selber. Dora klopfte an die Wand, und als Mi-Mo ins Zimmer kam, saß Herbert in einem Sessel.

»Sie sind auch hier? Ja, richtig, meine Frau hat es mir erzählt.«

Seine Augen waren rot umrandet, als habe er geweint. Mi-Mo beschlich ein Gefühl des Ekels, als sie sich vorstellte, wie er mit diesem Gesicht zwischen den Brüsten Doras gelegen und sich ausgeweint hatte.

»Ja, ich habe Ihr Bild in der Zeitung gesehen«, sagte er. »Und Ihre Großmutter... Das mit Viktor und Alwina, das war schlimm. Daß paßte gar nicht zu denen. Zu uns hätte das besser gepaßt –«

»Nun verschwinde schon«, sagte Dora. »Ich habe noch einiges zu tun!«

Dann sagte er es: »Kommst du nicht wieder zu mir zurück?«

»Siehst du, jetzt gehst du mir wieder auf die Nerven«, sagte sie. »Du bringst es noch so weit, daß ich gar nicht mehr aufmache, wenn du kommst!«

»Fräulein Starosta«, er wandte sich hilfesuchend an Mi-Mo, »sagen Sie ihr doch, daß sie wieder zurückkommen soll –«

Mi-Mo wurde verlegen. Außer dem Ekel spürte sie einen Funken Mitleid, und das verwirrte sie. Sie war froh, als er schließlich ging.

»Warum läßt du dich nicht scheiden?« fragte sie.

»Er würde überschnappen. Vielleicht gehe ich wieder zu ihm zurück, wenn ich alt bin. Im Alter könnte ich ihn ertragen, aber nicht jetzt. Ich weiß, du staunst, weil ich so gutmütig bin –«

»Und warum hast du ihn überhaupt geheiratet?«

»Früher war er nicht so. Merk dir mal: Männer, die aus schlechtem Stoff sind, werden schnell faulig, wenn sie vom Leben in die Zange genommen werden.«

»Ist er denn in die Zange genommen worden?«

»Schätzchen, in der Festung war keiner, auf dem nicht herumgetrampelt worden ist.«

»Und waren sie alle faulig?«

»Nicht alle, nein. Viktor zum Beispiel, das war guter Stoff.«

»Und die Frauen?«

»Ach was«, sagte Dora. »Frauen vertragen alles. Frauen

sind stärker als Männer. Hör mal, es hat geklingelt draußen. Sieh nach, wer es ist.«

Ab und zu kam jetzt Besuch für Mi-Mo. Ihr Zimmer war am Tag noch nicht voll ausgenutzt, wie Dora sagte. Doch Mi-Mo war zufrieden. Das Zimmer brachte Annehmlichkeiten in der Nacht. Es war nicht mehr nötig, in der Kälte auf und ab zu laufen. Sie saß mit Dora in einem kleinen Café in der Nähe der Wohnung und ließ sich zwei-, dreimal während der Nacht erwählen.

Es waren immer einige Frauen dort, die an den Tischen saßen und nach der Tür blickten. Bis fünf Uhr morgens beobachteten sie die Bewegungen des Türvorhangs, der den Eintretenden jedesmal schon ankündigte, ehe er sein Gesicht zeigte. Es war das alte Spiel mit der Geduld, aber es war jetzt angenehmer, behaglicher.

Mi-Mo erwartete noch immer das Neue, das noch nie Gewesene. Sie war wählerischer geworden; sie liebte jetzt Männer mit starken Backenknochen und straffer Haut, mit Konturen im Gesicht. Wenn sie einen Mann sah, wußte sie meist schon im voraus, wie er in der Liebe sein würde; sie hatte gelernt, das zu entziffern, aus den Zügen um Nase, Mund und Kinn, aus unmerklichen Zeichen im Antlitz des Mannes.

»Blödsinn!« sagte Dora. »Du willst dich noch begeistern. Ich weiß schon, auf welche Sorte du spannst!«

Aber von dieser Sorte kamen nur wenige. Bei den meisten dachte sie: schlechter Stoff...

Mi-Mo war die Jüngste in dem kleinen Café, und die Frauen sagten ›Kindchen‹ zu ihr. Dora hatte sie eingeführt: »Daß ihr es wißt, sie steht unter meinem Schutz! So, und jetzt möchte sie euch eine Runde spendieren!

Die Kleine hat nämlich gerade einen Mordsfreier ausgenommen –«

»Aber das stimmt doch gar nicht«, flüsterte Mi-Mo.

»Halt schon die Klappe, du dummes Tier, das macht man

so zur Einführung! Jetzt denken sie, du wärst helle. Schnell gelernt hast du ja, doch, du hast dich entwickelt, aber helle bist du nicht! Ich bin nicht immer hier. Sie müssen Respekt vor dir haben, sonst stecken sie dich in die Tasche!«

Sie wurde respektiert. Die Frauen sprachen fast alle von dem Mann, den sie einmal geliebt hatten, vor Jahren. Das war immer ein Mann von außerordentlichen Qualitäten, ein Mann, der aus ihren Erzählungen aufragte wie ein Denkmal, zu dessen Füßen sie nach dem zehnten Kognak ihre aus Wehmut und Lügen geflochtenen Kränze niederlegten.

Sie waren alle nicht frei davon. Sie priesen und dramatisierten die Vergangenheit, das Verlorene, und gaben sich dann wie Überlebende, die von einer Katastrophe aus einem besseren Dasein hinausgespült worden waren. Immer wieder versuchten sie, ihre Herkunft leuchten zu lassen.

Sogar Dora sprach von ihrem Mann als einem ›Studierten‹. »Er ist Apotheker«, sagte sie. Und dann, zu Mi-Mo gewandt, als wolle sie ihr auch etwas zukommen lassen: »Wenn dein Vater wüßte, daß du hier bist –. Ja«, sagte sie, »der Vater der Kleinen sitzt in der Regierung. – Wenn der das wüßte!«

»Er ist Beamter«, pflichtete Mi-Mo bei. »Natürlich kein sehr hoher.«

»Sei nur nicht so verstockt«, sagte Dora. »Na ja – sie will nicht, daß man erfährt, wer ihr Vater ist!«

Dora war für eine Trennung zwischen den jungen und den älteren Frauen. Diese Trennung wurde auch meist bis um Mitternacht eingehalten. Die jungen, teuer gekleideten und gut verdienenden Frauen wollten unter sich sein. Aber nach Mitternacht mengten sich die alten dazwischen, obwohl Dora und auch einige andere protestierten.

»Die sollen uns vom Hals bleiben!« sagte Dora. »Es läuft ja doch darauf hinaus, daß sie uns anpumpen! Und wenn sie nichts kriegen, erzählen sie lange Geschichten und flennen!«

»Die Alten«, sagte Mi-Mo, »die weinen alle –«

»Kümmere dich nicht drum!« befahl Dora. »Es ist ganz

gut, daß sie weinen, das wird später sowieso ihre einzige Freude!«

Im Café sprachen sie wie die anderen oft von ihrer erdachten Vergangenheit, im Zimmer jedoch oft von der Zukunft.

Dora sagte: »In zwanzig Monaten zahle ich das Haus an!«

Sie hatte sich bereits informiert, in welcher Höhe sie eine Hypothek aufnehmen könne. Ihre Pläne waren fest umrissen. Mi-Mo schien das zu schwierig. Das Geschäft mit dem Haus war so unübersichtlich. Man mußte da einiges wissen: Hypotheken, Steuer, Hauszins. »Ich will kein Haus«, sagte sie. »Mir genügt eine schöne Wohnung. Dann werde ich heiraten –«

»So was Einfältiges!« sagte Dora. »Ich bin zehn Jahre älter als du; wenn ich dein Alter hätte, würde ich mir noch drei Häuser anschaffen! Du dummes Tier, drei Häuser!«

»Sag das doch nicht immer zu mir!«

»Schätzchen, du weißt doch, wie ich es meine. Los, hol Kuchen mit Schlagsahne, ich mache schon derweil den Kaffee!«

Manchmal sprachen sie von der Festung, lullten sich dabei ein in ihre Behaglichkeit, die sie doppelt schätzten, wenn sie an die Festung dachten. Es schien Mi-Mo, sie habe sich fortgeschlichen, auf die bessere Seite des Lebens hinübergerettet. Aber drüben waren noch die andern.

»Ich muß sie mal besuchen«, sagte Mi-Mo. »Aber ich weiß genau, wie das wird. Ich werde nur Vorwürfe zu hören kriegen –«

Den Gedanken, vor Hugo und Eliese als Angeklagte in dem kleinen Zimmer zu sitzen, empfand sie als eine Belastung. Sie wehrte sich dagegen und sagte: »Ich schicke ihnen Geld.«

»Ja«, pflichtete Dora bei. »Laß ihnen was zukommen.«

Nachdem sich Mi-Mo dreimal gegen die erahnte Anklage gewahrt und ihnen jedesmal etwas hatte zukommen lassen, schien ihr, sie habe ihre Buße nun im voraus entrichtet und könne jetzt vor ihnen auftreten. Schließlich war sie zu nichts verpflichtet. Und außerdem hatte sie in einigen Wochen mehr für die Familie getan, als ihre Brüder zusammen in einem Jahr. Sie hatten sich aus dem Staub gemacht. Und Albert würde eines Tages auch seine Wege gehen, wenn er aus dem Heim zurückkäme. Nur Bruno würde da sein, zwischen den beiden Alten, aber der verdiente ja noch lange nichts. Sie würden denken, sie habe das Geld geschenkt bekommen. Aber sie hatte dafür gearbeitet, und wie ihr schien, war es nicht immer leichte Arbeit gewesen.

Sie fuhr an einem Nachmittag zur Festung hinaus. Als sie in das Zimmer trat, sagte sie gleich nach der Begrüßung: »Habt ihr das Geld erhalten, das ich euch geschickt habe?«

Jaja, es war angekommen. Sie bestätigten es mit einem etwas säuerlichen Dank, in dem sie die nicht gewagten Vorwürfe leise anklingen ließen.

»Und Adolf und Hermann, haben die etwas geschickt?«

»Nein, Adolf nicht und Hermann nicht.«

»Seht ihr«, sagte sie.

Das Geld hatte für sie gewirkt. Sie war ihnen jetzt überlegen durch das Geld. Aber während sie vor ihnen saß, beschlich sie eine Art Bängnis, als habe sie die drei auf einer verlorenen Insel zurückgelassen, und sei nun gekommen, um zu sehen, wie sie hier noch umherkrochen, auf seltsame Weise noch am Leben waren.

»So plötzlich«, sagte Hugo. »Du bist so plötzlich fortgegangen –«

»Ich hatte oft genug gesagt, daß ich fortgehen würde.«

»Jaja, das ist wahr«, sagte Hugo. »Nicht nur du, auch die andern. Ihr seid alle plötzlich fortgegangen. Wir waren eine große Familie –«

Sie wußte, woran er dachte. Adolf, Hermann, Albert, die Großmutter... Und Kainrath, Viktor, Alwina, Schulz... All die Namen, die hier an Türen gestanden hatten. Es war alles angekündigt gewesen. Aber jetzt war es doch sonderbar plötzlich leer geworden. Sie wußte, daß er das meinte. Sie hatte das Gewesene auch gespürt, als sie über den Hof gegangen und der Klang ihrer Schritte aus der Stille auf sie zurückgefallen war.

»Es sind noch drei Familien hier. Wir hätten schon gehen können, aber er will nicht«, sagte Eliese.

»Wohin?« fragte Mi-Mo.

»Sie haben da eine Siedlung mit Holzbaracken gebaut. Er will nicht«, sagte Eliese. »Kannst du dir vorstellen, es waren zwei Männer von einem Amt hier, die haben sich das Maul fusselig geredet. Herr Starosta hinten, Herr Starosta vorn. Er sitzt da und sagt: ›Ich will nicht!‹ Es hat ausgesehen, als hätten sie Angst vor ihm gehabt. Kannst du dir das vorstellen? Ja, und dann ist er aufgestanden und hat Max gefüttert, und sie sind neben ihm hergelaufen und haben weitergeredet.«

»Und dann haben sie den Hut vor ihm gezogen!« rief Bruno.

»Jawohl, sie haben den Hut vor mir gezogen«, sagte Hugo. »Wo wohnst du jetzt? Die Straße, die Hausnummer?«

Die Schilderung seiner Frau hatte Hugo an Max erinnert. Und nun ging er, um Max zu füttern. Bruno lief mit ihm hinunter. Die Adresse hatte sich Hugo aufgeschrieben. Er wolle einmal zu Besuch kommen.

»Er wird komisch«, sagte Eliese, als sie allein waren. »Das wird doch hoffentlich nicht schlimmer. Hör mal, du machst doch nichts Unrechtes? Und das viele Geld, ach Gott, aber wir konnten es gut gebrauchen. Er tut nichts mehr, gar nichts. Mit Bruno geht er spazieren, dann kommt er und setzt sich hin und sagt nichts. Er wird komisch. Er wäscht sich auch nicht mehr, wenn ich es ihm nicht sage. Was soll man denn da machen? Am Sonntag sage ich zu ihm: Willst du dich nicht waschen und rasieren und ein frisches Hemd anziehen? Und er sagt: ›Das bißchen Dreck. Das bißchen Dreck.‹ Und nachher steht er unten im Hof, eine Stunde steht er da und guckt so vor sich hin. Dann kommt er herauf und holt den Besen und fängt an, vor dem Stall zu kehren. Stell dir vor, am Sonntag fängt er an zu kehren. Und den Max will er auch nicht hergeben. Er verdient nichts mit ihm, gar nichts, aber fressen tut der Gaul. Bruno muß ihn herumführen, daß er nicht steif wird. Neulich hat er wieder mal eingespannt und ist ein paar Stunden in der Stadt rumgefahren. Einfach so mit dem leeren Wagen durch die Straßen. Den Max wird Hermann holen in den nächsten Tagen, nachts, damit er es nicht merkt. Hermann kennt da jemand, der macht gebrannte Mandeln auf dem Rummelplatz. Der Bruder von dem hat so einen kleinen Reitstall: Einmal reiten fünfzig Pfennig. Den Max nimmt er für die Kinder. Aber er will nur zwei Zentner Zucker für ihn geben, weil er jetzt den Zucker nicht braucht für die gebrannten Mandeln. Was sollen wir nur mit dem vielen Zucker machen? Hermann will mal sehen, ob Kainrath den Zucker vielleicht nimmt –. Das wird ein Theater geben, wenn er merkt, daß Max nicht mehr da ist! Wir haben uns schon was ausgedacht. Wir sagen, es hat ihn jemand gestohlen, aber zur Polizei kannst du nicht gehen, weil du dein Geschäft nicht angemeldet und auch keine Steuern bezahlt hast. Wenn die das merken, wirst du eingesperrt. Und gestern hat er gesagt: ›Jetzt werden sie mich bald holen kommen!‹ Er denkt, er muß noch vor Gericht. Glaubst du, daß er noch vor Gericht muß, wegen der Sache von neulich? Hör mal, du machst doch nichts Unrechtes? Der Schulz war auch mal da zu Besuch. Seine Edeltraut kriegt im Sommer was Kleines. Der Schulz hat sich bitter beklagt über seine Wohnung. In den Wänden wären Risse drin. Jetzt schon Risse. Wie wohnst du denn?«

Hugo und Bruno kamen zurück. »Im Frühjahr wird's besser«, sagte Hugo. »Ich hab' da eine Idee –«

Ehe Mi-Mo ging, öffnete sie ihre Tasche. Sie nahm drei Geldscheine heraus, legte je einen Fünfzigmarkschein vor Eliese und Hugo auf den Tisch und reichte zehn Mark Bruno, der betroffen auf den Geldschein blickte.

»Einteilen«, sagte sie. »Ich komme bald wieder.«

»Ah, das ist schön, daß du an deinen kranken Vater denkst«, sagte Hugo.

»Es fehlt ihm gar nichts!« tadelte Eliese.

»Du gehst doch wohl arbeiten?« Hugo schaute Mi-Mo an.

Natürlich gehe sie arbeiten, aber sie habe außerdem noch ihren Freund.

»Ich komme dich mal besuchen, samstags, wenn du nicht arbeitest. Als was arbeitest du?«

In der Fabrik. Sie habe da eine bevorzugte Stellung durch ihren Freund erhalten. Sie müsse nur eine Tür auf- und zumachen. Beim Chef, wenn die Kunden kämen.

»Das ist ja allerhand. Albert hat auch geschrieben. Ja, es geht ihm gut. Ihr werdet sehen, ihr bringt es alle noch zu was!«

Als Mi-Mo über den Hof ging, vorbei an dem Schild *Hugo Starosta, Transportunternehmen*, sagte Eliese gerade: »Sie läßt uns nicht im Stich. Sie hat ein Herz. Und schlau ist sie geworden. Man sieht ihr direkt an, wie schlau sie geworden ist.« Sie glaubte nicht, was Mi-Mo erzählt hatte, aber sie redete sich ein, daß sie es glaubte. Bei ihrer Tochter sei so etwas wie eine verspätete Intelligenz erwacht, redete sie sich ein, eine Schlauheit, die sie immer übersehen oder unterschätzt habe.

Meine Tochter! dachte Hugo, während er den Schein in das Uhrtäschchen seiner Hose steckte. Er saß am Tisch und schmunzelte vor sich hin. Dann lachte er leise, für sich allein: »He, he, hehehe.« Ja, sie hatten es zu etwas gebracht. Sie würden es alle zu was bringen. Aber Bruno würde sie überflügeln. Keins von seinen Kindern hatte so leicht gelernt wie Bruno. Und jetzt fragte er, was es heute in der Schule gegeben habe, in der ersten, der zweiten, der letzten Stunde. In der letzten Stunde war Religionsunterricht.

»Und was hat es da gegeben?«

»Eine Wiederholung. Die Geschichte mit den Kindern... ›Lasset die Kindlein zu mir kommen...‹«

»Ah«, sagte Hugo, »das ist schön. Ja, das ist wirklich sehr schön –«

»Was hat er denn gesagt, der alte Trottel?« fragte Dora, als

Mi-Mo zurückkam. »Hier hat es eine kleine Aufregung gegeben, während du weg warst. Ich habe Herbert hinausgeworfen. Er hat angefangen zu spinnen. Von Viktor und Alwina hat er gefaselt. Die Sache mit den beiden muß ihm zu Kopf gestiegen sein. Ein bißchen was gesoffen hatte er auch. Und da holt er plötzlich ein Messer heraus, steht vor mir und sagt: ›Denk an Viktor und Alwina!‹ Aber zugestochen hat er nicht. Dazu hat der nicht die Kraft!«

»Mein Gott«, sagte Mi-Mo. »Ein Messer –«

»Ich habe ihm eine saftige Ohrfeige gegeben! Jetzt kommt er mir nicht wieder hier herein! – Und was war in der Festung?«

Mi-Mo sagte: »Hugo will mich besuchen kommen –«

Die Möglichkeit dieses Besuches beunruhigte sie. Sie wünschte sich jetzt einen Freund, den sie ihm hätte zeigen können. Sicher würde Hugo hierherkommen, das gepflegte Zimmer sehen und nach dem Freund fragen. Hugo hatte sich verändert, er schien ihr mürbe, mit einer bleiernen Müdigkeit beladen, aber trotzdem würde er auf die Dauer nicht an einen Freund glauben, den er nicht selbst gesehen hatte. Er war ja immer schon mißtrauisch gewesen. Sie erinnerte sich an seine unbequemen Schnüffeleien, an die plötzlichen Überfälle seines Verdachts, die sie nicht sehr gefürchtet, aber als sehr lästig empfunden hatte.

Sie solle nicht so viel Aufhebens machen, sagte Dora. Was ginge es denn Hugo an, wie sie ihr Geld verdiene! Habe er denn viel getan für sie?

Gewiß hatte Hugo nicht viel getan, aber sie hatte seine Verluste miterlebt, die Vergeblichkeit seiner schwächlichen Bemühungen. Sie hatte die Kette von Niederlagen gesehen, in die er sich verwickelt hatte. Sie fühlte sich als Tochter Hugos; die Trennung hatte ihn nahegerückt. Und sie sah ihn aus ihrer neuerworbenen Kenntnis des Männlichen, das ihr naturhaft mit Schwächen belastet schien. Sie hatte gelernt, sich auf männliche Wünsche einzustellen, zu reden, wie es gewünscht wurde, sich zu kleiden, zu gehen und gewisse Arbeiten der Liebe auf sich zu nehmen, wie es gewünscht wurde, von den Männern, die sie begehrten. Sie prahlten in ihren Maßanzügen und hingen dann diese Uniformen des Erfolges an ihren Bettpfosten. Sie alle waren dem Gesetz des Bettes unterworfen, wie sie es nannte, und sie war etwas wie ein Teil dieses Gesetzes. Sie herrschte, und ihr Triumph war, daß sie sich dabei als Tochter Hugos fühlte – Hugo, der nicht zu den Maßbekleideten zählte. Sie übertrug einen Teil ihres Triumphes auf Hugo; sie beteiligte ihn, als bestünde dazu eine Verpflichtung, nicht in ihren Gedanken, sondern in der Erinnerung ihres Gefühls.

»Ich will nicht, daß er es erfährt«, sagte Mi-Mo. »Ich will es nicht!«

»Schätzchen«, sagte Dora, »eines Tages wird er's doch erfahren. Du weißt doch, wie das so geht. Du wirst gesehen, Hugo hört davon und so weiter –. Es ist alles Zufall.«

»Ich will nicht, daß er davon hört!«

Sie habe da einen Kunden, sagte Dora, der sei Fotograf. Ein Bild... Vielleicht würde Hugo an ein Bild glauben.

VIERUNDZWANZIGSTES KAPITEL

Dora brachte fünf Bilder, unter denen Mi-Mo die Auswahl hatte. Sie entschied sich für einen dunkelhaarigen, ernstblikkenden jungen Mann.

»Das kommt in einen Rahmen, und dann stellen wir es hier auf. Ich schreibe noch eine schöne Widmung drunter«, sagte Dora. »Was soll ich schreiben? Meiner Mi-Mo... Oder: Meiner treuen, lieben Mi-Mo...?« Dora lachte. »Warte, ich muß erst mal probieren.« Sie schrieb die Worte einige Male, ehe sie sie unter das Bild setzte.

»Wie soll er denn heißen? Otto, Fritz, Jürgen, Joachim oder...?«

Sie überlegten. Mi-Mo fand ›Edwin‹ außerordentlich glaubwürdig.

»Edwin, ja, das ist gut. Dein Edwin...«

Das Bild stand auf der Musiktruhe. Sie sah es, wenn sie zu Bett ging und wenn sie gegen Mittag erwachte. Es gab Männer, die nach dem Bild fragten. »Mein Verlobter«, sagte sie und erzählte, daß er im Ausland lebe. Er sei Taucher. Sie schilderte einige Male die Eigenschaften dieses Mannes mit solcher Begeisterung, daß sich einmal ein Besucher vom Bett erhob und das Bild mit dem Gesicht zur Wand drehte. Das machte sie etwas vorsichtiger und von da an erzählte sie maßvoller. Aber das Bild begann in ihr zu leben: ein verborgenes Leben mit Namen Edwin.

Als Hugo zu Besuch kam, konnte sie mit Überzeugung von Edwin sprechen. Hugo stand im Zimmer und blickte sich um. »Donnerwetter«, sagte er andächtig. »Donnerwetter...«

Sie zeigte ihm das Bild: »Das ist er, das ist mein Freund.«

Er hörte ihr zu und bedauerte, daß es jetzt in der Festung niemanden mehr gab, dem er vom Aufstieg seiner Tochter erzählen konnte.

Immerhin konnte er beim Verwalter vorbeigehen und dort

ein wenig vom Verlobten der Tochter berichten. Natürlich war der Verwalter kein Ersatz für seine angestammten Bekannten, aber er war der letzte Mann dort, mit dem sich ein Gespräch lohnte.

Hugo sitzt in einem Sessel. Er hat die Fahrradspangen an den Hosen, hält seinen alten Hut in der Hand. Mi-Mo schenkt ihm ein Glas Kognak ein.

»Ah«, sagte er, »einen Schnaps hast du auch für deinen Vater...«

Mi-Mo erzählt, daß Edwin eigentlich nicht davon begeistert sei, sie in der Fabrik zu wissen, obwohl er ihr diese bevorzugte Stellung vermittelt habe. Aber sie habe sich entschlossen, doch ein wenig zu arbeiten.

»Er sagt immer: ›Ich habe genug Geld; du sollst nicht arbeiten gehen...‹ Er ist jetzt beim Schneider zur Anprobe.«

»So«, sagte Hugo. »Du, er kommt doch wohl nicht gleich?« Er schaut auf seinen Hut, auf die Hose, und nimmt die Spangen ab, steckt sie aber gleich wieder an, als er sieht, daß es die Spangen sind, die seiner Hose so etwas wie eine Form geben – die Fahrradform.

»Nein, er kommt erst in zwei Stunden wieder zurück«, sagt Mi-Mo.

»So, dann bleibe ich noch ein bißchen. Zur Anprobe ist er? Er geht wohl oft zum Schneider?«

Er will fragen, ob er nicht vielleicht einen abgelegten Anzug von Edwin haben könnte. Aber er verkneift sich die Frage, will sie später stellen, beim zweiten oder dritten Besuch. Was macht es dem denn aus, wenn er einen oder auch zwei seiner abgelegten Anzüge herausrückt? Wenn er nicht die richtige Größe hat, kann man die Sachen ja ändern lassen. Was tut so ein Mann eigentlich mit seinen abgelegten Schuhen und Hemden und Anzügen? Er sieht da eine Quelle, die für ihn fließen wird... Noch nicht, noch nicht, erst beim zweiten Besuch. Ein wenig bedrückt ihn die Vorstellung, daß es junge Männer gibt, deren abgelegte Kleider er sonntags tragen würde. Glücksmenschen!

»Was hast du ihm denn von deinem Vater erzählt?«

Mi-Mo spricht von der Gefangenschaft und von den Umständen.

Hugo nickte ihr beifällig zu. Ja, das hatte sie ganz gut gemacht.

»Am besten nimmst du ihn erst mal mit zu Adolf. Da sieht er, daß es auch einer von uns zu was gebracht hat... Jetzt noch nicht in die Festung! Erst im Frühjahr. Ich habe nämlich eine Idee mit Max. Im Frühjahr wird's besser...«

»Was ist mit Max?« fragte sie vorsichtig. »Wie geht es ihm?«

»Max geht es prima, er ist schön rund. – Ja, du nimmst ihn erst mit zu Adolf. Du kannst ihm auch sagen, Gespannführer wäre gar kein schlechter Beruf. Wenn man natürlich kein Gespann hat, ist es ein schlechter Beruf... Aber ich habe eine Idee, im Frühjahr... Du kannst ihm ruhig sagen, mein Vater ist Transportunternehmer. So, sein Vater hat das viele Geld? Da wird er dann ja alles erben... Ob er dich heiratet? Wenn du ein Kind von ihm hättest... Ich meine, du bist ja alt genug, wir können ruhig offen darüber sprechen. Von so einem Mann ein Kind zu kriegen, das ist immer gut... Ah, ja, das ist recht, noch einen Schnaps für deinen Vater... Merkt er das denn nicht? Vielleicht weiß er, wieviel in der Flasche gewesen ist? So, dann schenke mir noch einen ein. Raucht er auch Zigarren? Nur Zigaretten? Ja, die meisten jungen Leute rauchen ja Zigaretten. Du meinst also, er hat sich nicht gemerkt, wieviel in der Flasche... Ja, noch einen kannst du mir geben. Ich werde jetzt öfters mal samstags kommen. Du kannst mir einen Wink geben, wann er nicht hier ist.«

Als er das gesagt hatte, war er ihr schon wieder ein wenig lästig. Seine Gegenwart hatte das Gefühl der Zusammengehörigkeit wieder zerstreut. Sie begleitete ihn zur Tür. Ja, im Frühjahr würde sie Edwin das erstemal in die Festung bringen.

»Und was hat er zu dem Bild gesagt?« fragte Dora.

»Er hat es geglaubt«, sagte Mi-Mo, nachdenklich auf das

Bild schauend. Sie begann, an der unglücklichen Liebe zu Edwin zu leiden. Aber sie wollte diesen intimen Schmerz nicht verlieren. Sie würde sich nun vorstellen, daß es Edwin wäre, den sie nachts mit aufs Zimmer nähme. –

Zwei Wochen nach dem Besuch Hugos kam eine Karte. Eliese hatte geschrieben und bat Mi-Mo, sie solle in der Festung vorbeikommen. Es sei dringend!

»Was denn«, sagte Dora. »Du hast ihnen doch was zukommen lassen?«

»Natürlich«, erwiderte Mi-Mo. »Erst gestern. Ich weiß nicht, was da sein könnte –«

»Du mußt hingehen«, sagte Dora. »Wenn er was gemerkt hat, dann sag: ›Was wollt ihr? Ihr lebt doch von mir!‹ Da werden sie gleich umstecken –«

Sie brauchte das nicht zu sagen, war froh, es nicht sagen zu müssen, als sie in der Festung im Zimmer saß. Max war fortgeholt worden, und Hugo hatte sich danach ins Bett gelegt und wollte nicht mehr aufstehen.

Eliese jammerte: »Am Abend war er noch da, aber am Morgen war er fort. Zur Polizei kann er nicht gehen, weil er sein Geschäft nicht angemeldet hat. Ins Zuchthaus würden sie ihn stecken! Max ist gestohlen worden –«

»Pscht!« zischelte Hugo von oben herunter und machte eine heftige Bewegung mit der Hand, die Eliese zu schweigen befahl. Eliese stand im Zimmer und blinzelte mit einem Auge. Bruno saß am Tisch und hatte ein Schulheft vor sich liegen. Oben in seinem Bett lag Hugo und schaute herunter.

»Seit einer Woche liegt er im Bett«, klagte Eliese. »Er will nicht mehr aufstehen! Rede doch mit ihm. Das geht doch nicht, daß er einfach im Bett liegenbleibt. Da kommt er ja ganz von Kräften! Ich habe an dich geschrieben; Adolf oder Hermann wären wohl nicht gekommen. Du mußt mit ihm reden!«

»Hugo«, sagte Mi-Mo. »Hugo, du mußt aufstehen –«

»Nein«, antwortete er von oben. »Gib dir keine Mühe, ich

bleibe im Bett liegen. Es ist mir ganz egal, was jetzt geschieht, ich bleibe in meinem Bett!«

»Hugo«, sagte Mi-Mo, »das geht doch nicht. Liegt er wirklich schon eine ganze Woche im Bett?« wandte sie sich an Eliese.

»Eine ganze Woche! Er steht nur auf, um zu pinkeln.«

»Das verstehe ich nicht«, sagte Mi-Mo. »Was willst du denn im Bett?«

»Liegen!« rief Hugo. »Liegen!«

»Aber wie lange denn?«

»Von jetzt an immer!«

»Mi-Mo, gestern habe ich einen Arzt geholt, der mußte sich auf den Stuhl stellen, daß er an ihn rankam. Er hat ihn untersucht. Dann hat er die Schultern gezuckt und gesagt: ›Er will nicht, es fehlt ihm nichts, aber er will nicht.‹ Vielleicht ist in der letzten Zeit zuviel passiert. Und mit der Polizei, da steht noch was aus. Er hat doch die zwei Beamten verprügelt. In der letzten Zeit ist viel passiert.«

»Es ist immer viel passiert, nicht nur in der letzten Zeit!« rief Hugo von oben. »Aber jetzt habe ich es satt! Jetzt bleibe ich in meinem Bett!«

»Er wollte zur Polizei gehen«, sagte Eliese, »aber das hätte doch keinen Sinn gehabt, weil er das Geschäft doch nicht angemeldet und auch keine Steuern bezahlt hat. Und wo er sowieso bei ihnen bekannt ist, von...«

»Pscht«, zischelte Hugo wieder ärgerlich und bedeutete ihr zu schweigen. Sie schauten ihn verwundert an.

Später standen Mi-Mo und Eliese draußen auf der Galerie, wo die peinliche Erinnerung durch Mi-Mos Gedanken huschte, daß sie hier zur allgemeinen Belustigung, nur mit dem Nachthemd bekleidet, von der Feuerwehr naßgespritzt worden war.

»Wie entsetzlich still es hier ist«, sagte sie.

»Ja, es sind nur noch zwei Familien hier. Wir und noch zwei ältere Leute, ein Ehepaar, aber die gehen auch schon morgen. Alle andern sind fort. Es kommt auch niemand mehr.« Eliese seufzte: »Wenn ich gewußt hätte, daß es ihn so trifft, hätte ich es nicht getan. Du hättest ihn sehen sollen! Wie ein Verrückter ist er in der Festung rumgerannt und hat Max gesucht. Sogar auf den Turm ist er hinaufgestiegen. Dann wollte er zur Polizei, und wir mußten ihn zurückhalten. Nachher ist er mit dem Fahrrad unterwegs gewesen und hat gesucht. Der Verwalter hat ihm zugeredet, wir hatten ihn eingeweiht. Aber Hugo hat sich nicht beruhigen lassen. Am Abend saß er im Stall und hat geflennt. Dann hat er zwei Tage nichts gegessen und sich ins Bett gelegt. Dabei war er die ganzen Tage vorher so gut in Stimmung gewesen. Als er von dir zurückkam, hat er drei Tage nur von dem Mann erzählt, von dem Edwin. Der würde ihm einige getragene, aber noch gut erhaltene Anzüge schenken, da könnte er auch wieder besser auftreten, meinte er. – Ja, und Bruno hat natürlich auch geflennt. Er weiß nichts. Er hing doch so an Max. – Und nun hat Hermann die zwei Zentner Zucker zu Kainrath ins neue Geschäft gebracht, von dem Mann, der die gebrannten Mandeln macht, aber der eine Sack war feucht. Der hatte im Regen gestanden. Nein, den wollte Kainrath nicht haben. Er war hier und hat mir fünfzig Mark gegeben. Er hat dann doch den Sack genommen, der im Regen gestanden hatte.«

»Vielleicht könnte man Max zurückkaufen?« erwog Mi-Mo.

»Ich habe daran gedacht, aber es hat keinen Sinn. Das Silberbesteck von Viktor hätte ich verkaufen können. Aber wir müssen hier raus! Und wo sollten wir Max unterbringen? Nein, es hat keinen Sinn! Ob er will oder nicht, wir müssen hier raus. Sie haben uns schon angedroht, wenn wir nicht freiwillig gingen, würden sie unseren ganzen Klumpatsch zusammenpacken und in die neue Wohnung fahren. Du kannst dich drauf verlassen, die machen das. Ich glaube, Hugo hat das auch begriffen.«

Sie wollten ihn mit Bier und guten Zigarren locken, wollten ihn in eine angenehme Stimmung bringen, in der er ganz von selbst nach seiner Hose greifen und von oben heruntersteigen würde. Das war Mi-Mos Vorschlag gewesen. Sie war mit ihrem Bruder einkaufen gegangen, hatte eine bauchige Tragtasche mit allerlei Delikatessen angefüllt. Obenauf lag ein Kistchen erlesener Zigarren. Die Bierflaschen klirrten leise gegeneinander, als sie die Tasche ins Zimmer trug.

Hugo schaute interessiert auf: »Was habt ihr denn da in der Tasche?«

Eliese bereitete schweigend ein Mahl. Sie hatten auf der Galerie gestanden und sämtliche Möglichkeiten geprüft, auch die, daß er vielleicht übergeschnappt sei – auf eine leise Art. Verrückte, meinten sie, seien gefährlich, wenn sie ihren Anfall bekämen. Aber Hugo wisse noch genau, was er tue, und gefährlich sei er auch nicht. Nur bei der Erwähnung des nichtangemeldeten Geschäfts und der unbezahlten Steuern reagiere er etwas seltsam. Ja, sein Appetit sei auch wieder normal.

Eliese öffnete die kleinen Dosen, schnitt Schinken und Wurst auf und strich Butter auf die Brote. Sie richtete eine Schlemmerplatte für Hugo, der von oben angespannt die Vorbereitungen verfolgt hatte. »Davon kriege ich doch auch was?« hatte er gerufen. »Was denn, wollt ihr mir nichts davon geben?«

Mi-Mo reichte ihm die Platte hinauf, öffnete auch noch eine Flasche Bier für ihn. »Ah, das ist recht, daß du an deinen Vater denkst. Aber aufstehen tue ich nicht!«

Sie beobachteten sein Behagen und seinen beruhigenden Appetit. Nach dem Essen bot ihm Mi-Mo die zweite Flasche, hielt ihm die geöffnete Zigarrenkiste unter die Nase.

»Ah«, sagte er. »Ah.«

Er setzte sich auf, hielt die Flasche in der Hand und paffte an seiner Zigarre. »Ich habe mir natürlich überlegt, wer es gewesen sein könnte.« Ein Neider, hatte er gedacht, aber sich dann eingestanden, daß es bei ihm nichts zu beneiden gebe. Ein böser Streich. Ein Roßschlächter. Aber davon war er abgekommen. Dann war er auf den Gedanken gekommen, es sei ein Racheakt gewesen. Aber er hatte niemandem etwas getan. Doch, den beiden, den Vertretern der Polizeigewalt, denen hatte er etwas getan. Sein Verdacht umkreiste die Möglichkeit einer amtlichen Rache, die auf heimtückische Weise von oben gegen ihn in die Wege geleitet worden sei. Er traute es ihnen zu, aber er hatte keine Anhaltspunkte. Ich kann nichts beweisen. Man kann ihnen nie etwas beweisen. Er hatte resigniert und sich damit abgefunden, daß er gegen diesen Diebstahl machtlos war. Sie hatten das fein eingefädelt. – Er war sicher, sie warteten nur darauf, daß er sie verdächtigte. Sie würden ihn dann auch wegen des Verdachts anklagen. Womöglich hatten sie Löcher in die Wände gebohrt und hörten jedes Gespräch ab. Man konnte ihnen das zutrauen. Er zuckte deshalb jedesmal zusammen und zischelte ärgerlich, wenn Eliese erwähnte, daß er sein Geschäft nicht angemeldet und keine Steuern bezahlt hatte. Aber jetzt war es wahrscheinlich schon zu spät. Eliese hatte es schon ein paarmal hinausgeplappert. Sie hatten es wohl gehört und die Sache aufgenommen. Höchst lächerlich schien ihm nun die Vorstellung, daß er ums Haar zur Polizei gelaufen wäre und dort den Diebstahl gemeldet hätte.

Bei der dritten Flasche sagte er: »Es war kein gewöhnlicher Dieb.«

»Wer kann es dann gewesen sein?« fragte Mi-Mo.

»Ich weiß es!« sagte er trotzig.

»So?« sagte Eliese und schaute beklommen zu ihm hinauf. Sie bereitete schon eine Entschuldigung vor, suchte nach den Worten, die ihn überzeugen würden. Sie hatte das Notwendige getan. Das mußte er einsehen!

»Wer war es?« fragte Mi-Mo. »Wer hat denn Max gestohlen?«

Er thronte oben in seinem Bett, rechts die Bierflasche, links die erlesene Zigarre. Sie schauten zu ihm hinauf, gespannt auf seine Antwort. Er setzte die Flasche an, sein Adamsapfel zuckte auf und nieder. Er setzte die Flasche wieder ab, schaute sich vorsichtig im Zimmer um, beugte sich dann von oben herab.

»Ich weiß jetzt, wer es war«, flüsterte er. »Das war nur die Polizei.«

Am Samstag erschien Hugo in Mi-Mos Zimmer. Ja, er sei aufgestanden. Er schielte hinüber nach dem kleinen Schrank, wo er die Flasche wußte. Natürlich habe es einen besonderen Grund, daß er wieder aufgestanden sei. »Wir sind jetzt die letzten«, sagte er. »In acht Tagen verlassen wir die Festung. Ja, es waren wieder drei Beamte da. Wir müssen ausziehen. Was kann man da machen? Sie transportieren unsere Möbel und alles dorthin. Es wohnen vier Familien in dem Holzhaus. Zwei große Zimmer kriegen wir, sagen sie. Natürlich haben sie dich mitgerechnet. Aber eine Baracke ist es doch!«

Sie hatten vor seinem Bett gestanden und zu ihm hinaufgesprochen, und er hatte von oben heruntergerufen, daß er nicht ausziehen würde! Sie müßten ihn von hier forttragen, aber sie würden ihn ja ohnehin in den nächsten Tagen holen. In die Gefangenschaft –.

Die Männer hatten Eliese beiseite genommen. Ja, da stehe noch was aus, hatte sie gesagt, wegen der Prügelei.

Die Beamten wußten davon. Sie waren mit der Weisung auf den Weg geschickt worden, ihn mit Vorsicht zu behandeln. Sie hatten auch die Zeitung gelesen und erinnerten sich an seinen tätlichen Widerstand.

Sie gingen zum Verwalter und führten einige Telefongespräche. Dann kamen sie zurück und erklärten, es liege nichts gegen Herrn Starosta vor. Nein, überhaupt nichts.

»Was?« hatte Hugo gesagt. »Es liegt nichts vor? Es liegt gar nichts gegen mich vor?«

Er erzählte jetzt nichts von diesen Einzelheiten. Er sagte: »Wir werden also ausziehen. Wenn ich mich wehrte, käme wieder die Polizei und vielleicht auch die Feuerwehr. Es hat keinen Sinn.«

Er traute ihnen nicht, hatte sich vorgenommen, gleich die Wände der neuen Wohnung zu untersuchen. Vielleicht wollten sie ihn nur aus der Festung herauslocken?

»Du«, sagte er, »ich habe gerade Herbert hier in der Nähe gesehen. Du weißt doch noch, der Mann von Dora. Er stand da rum. Warte mal, wenn ich hier aus dem Fenster sehe… Ja, da steht er noch!«

Ehe er ging, füllte ihm Mi-Mo noch einmal das Glas.

»Hat er nichts gesagt?« fragte er. »Ich meine Edwin, wegen der Flasche.«

Mi-Mo ging gleich hinüber in Doras Zimmer. Sie standen am Fenster und spähten hinunter, um Herbert zu sehen. Er war nicht mehr dort.

»Der Depp soll sich nicht mehr blicken lassen!« sagte Dora. »Zieh dich an, Schätzchen, es ist Samstag.«

Am Abend dachten sie nicht mehr an Herbert. Sie saßen in dem kleinen Café und beobachteten den Türvorhang, der sich an diesem Tag häufiger als sonst bewegte.

Dora hatte sich am Tag vorher ein neues Kostüm gekauft. »Wie sehe ich aus?« fragte sie. »Bin ich hübsch? Sag schon, ich bin doch hübsch? Du wirst sehen, das neue Kostüm bringt mir Glück. Samstags floriert die Arbeit. Jeden Tag könnte man natürlich nicht soviel arbeiten. Werktags sind ja auch die Preise nicht so. Aber für den Samstagnachtpreis kann man schon was auf sich nehmen. So, du meinst, ich bin hübsch. Kennst du eine Filmschauspielerin, die so ähnlich aussieht wie ich? Mit wem würdest du mich vergleichen? Natürlich keine von den ganz jungen. Ich hätte so was Solides, hat der von gestern gesagt, der mit der Brille. Wie ich mich frei mache, steht er da und putzt sich die Brille. Und dann glotzt er und glotzt und sagt: ›Das ist was Solides, das ist was Solides.‹ Der stand auf Gucken.«

Mi-Mo sagte, oben rum sähe Dora der englischen Filmschauspielerin ähnlich, sie wisse doch, die da von dem Vollbärtigen an den Haaren gerissen worden sei. Sie erinnere sich doch noch an den Film? Jaja. Aber unten rum, wollte Dora wissen, wem sehe ich da ähnlich? Doch da wackelte der Vorhang und Mi-Mo wurde weggeholt. Sie begegnete Dora erst wieder nach drei Stunden.

Sie sitzen und schwätzen in dem angenehmen Gefühl, etwas geleistet und dafür gut verdient zu haben. Dora denkt an das Haus, an das sie sich heranarbeitet. Sie kommt näher und näher. Der Tag, an dem sie es anbezahlt... Sie ist ganz auf das Haus eingestellt. Sie spricht mit Männern und denkt: Haus! Sie geht mit ihnen die Treppen hinauf, öffnet die Tür ihres Zimmers. Sie denkt: Haus!

Mi-Mo erwartete immer noch etwas, wenn sie den Vorhang beobachtete. Ihre Hoffnungen hatten sich die Möglichkeit errechnet, daß er hierherkommen könnte – vielleicht nicht direkt Edwin, aber fast Edwin!

»Was meintest du, welcher Filmschauspielerin sehe ich unten rum ähnlich?« fragte Dora.

Der Vorhang bewegte sich. Er bauschte sich leicht, setzte an wie zu einer Verbeugung vor dem Wind. Dann straffte er sich, hing still. Kein Gesicht zerteilte ihn. Aber ein Auge glühte aus seiner Mitte, aus dem zwei Finger breiten Spalt. Es suchte, spähte im Raum umher und zielte dann wie die Mündung einer Waffe auf den Tisch, an dem Dora und Mi-Mo saßen.

Mi-Mo spürte das Auge sofort. »Du...«, sagte sie. Sie legte die Hand auf Doras Arm. Dora bemerkte es noch, sah dann, wie der Vorhang heftig hin und her ruckte in einer fluchtartigen Bewegung.

»Das war bestimmt Herbert!« sagte Dora. »Der soll sich hier ja nicht blicken lassen!«

»Ja«, sagte Mi-Mo. »Das war Herbert.«

Später ging Dora noch einmal mit einem Mann hinaus. Mi-Mo hätte auch noch einmal gehen können, aber sie war schon träge geworden, hatte bei der letzten Verhandlung so wenig Interesse gezeigt, daß der Mann an einen anderen Tisch gegangen war. »Du bist doch wirklich ein faules Luder«, hielt ihr Dora vor, als sie am Morgen nach Hause gingen. »Du machst gleich bei so ein paar Kerlen schlapp. Wieviel Uhr ist es? Fünf? Ja, fünf Uhr.«

Sie hören ihn erst, als er dicht neben ihnen ist. Er erschreckt sie, und in ihren ersten Impulsen ist etwas von der Panik aufgescheuchter Vögel. Doch nach einer Sekunde hat Dora ihren Schreck in Wut umgesetzt.

»Verschwinde!« ruft sie. »Ich lasse mir nicht von dir nachschleichen! Du gehst mir auf die Nerven!«

»Ich will mit dir reden! Dora, ich muß jetzt mit dir reden!«

»Der Kerl ist verrückt! Verschwinde jetzt, sage ich dir!«

»Zum letzten Male, kommst du zurück oder nicht?« Sein jämmerliches Gesicht lodert auf.

»Dora«, sagt Mi-Mo angstvoll. »Dora...«

»Der Kerl kotzt mich an!« sagt Dora.

Er zieht sie am Arm, zieht sie in den schmalen Seitenhof eines Hauses. Dora schlägt nach ihm, aber er hat sie in den Hof gedrängt, versperrt ihr den Rückweg. Dora bückt sich nach ihrem Schuh.

Mi-Mo sieht das Messer, aber sie glaubt nicht daran, versucht, nicht daran zu glauben. Sie sieht den metallischen Schimmer, sieht ihn in Dora hineinzucken. Sie hört den Schrei, einen tierischen Schrei wie aus einer nächtlichen Wildnis. Am Boden. Er ist über ihr. Sie sind eine dunkle Masse, aus der sich der Arm aufhebt und niederfährt, aus der die gurgelnden Schreie aufsteigen, die Mi-Mo davontreiben, die Straße hinunter, wo sie die Schatten von Menschen eilen sieht, die ihr Ruf in Bewegung setzt: »Mörder! Mörder!«

Sie flüchtet. Als sie ihr Zimmer erreicht, hat sie noch die Schreie Doras im Ohr. Das Entsetzen würgt sie, die Vorstellungen ihres Entsetzens. Sie hat früher einmal gesehen, wie ein Schwein abgestochen wurde. Nur einmal hat sie das Schlachten ertragen, das verröchelnde Tier. Ein Mensch! Menschliches Fleisch unter dem Messer! Sie muß sich erbrechen. Sie kann nicht in ihrem Zimmer bleiben. Die Festung! denkt sie, die Festung!

Sie flüchtet, nimmt nur ihre Tasche, läßt sogar das Sparbuch liegen, das sie sich auf Anraten Doras schließlich zugelegt hat. Als sie ein Taxi nimmt, sagt der Fahrer: »Was ist mit Ihnen? Ist Ihnen nicht gut?«

Nach dieser Nacht stotterte Mi-Mo einige Wochen. Sie merkten es nicht gleich. Sie lag zwei Tage im Bett und wurde von Weinkrämpfen geschüttelt. Hugo, Eliese und Bruno schlichen um sie herum.

»Willst du nichts essen? Gar nichts? Ihr habt euch gestritten, nicht wahr?«

Sie nickte, schlief dann wieder ein. Sie saßen mit Respekt vor ihrem Schmerz und ihrer Tasche, die sie nicht anzutasten wagten, obwohl sie gerne den Inhalt erforscht hätten.

Am zweiten Tag stand Mi-Mo auf und aß mit ihnen am Tisch. Ihre Hände zitterten. Sie sahen es. Hugo fragte vorsichtig: »Gestritten habt ihr euch also? Meinst du denn, es ist endgültig?«

Als sie antwortete und die Endgültigkeit bestätigte, merkten sie zum erstenmal, daß sie stotterte. Sie sahen erstaunt auf, senkten jedoch gleich den Blick, um Mi-Mo zu schonen. Eliese erinnerte sich: Das war die alte Schwäche, die jetzt wieder zum Ausbruch gekommen war.

»Ein Kind?« fragte Hugo. »Wenn du wenigstens ein Kind von ihm hättest. So ein Unglück«, sagte er niedergeschlagen, als er erfuhr, daß seine Tochter kein Kind von Edwin erwartete.

»In drei Tagen ziehen wir aus«, sagte Eliese. »Platz ist genug da. Hör mal, du hast doch nichts angestellt?«

Am übernächsten Tag kam Hugo mit einer Zeitung, die er beim Verwalter ausgeliehen hatte, und rief: »Stellt euch vor, was passiert ist! Ich habe ihn noch gesehen, am Samstag!«

Ja, da war das Bild von Herbert, der seine von ihm getrennt lebende Frau, eine Prostituierte, hatte erstechen wollen. Sie hatten ihn am Tatort verhaftet. Seine schwerverletzte Frau war in ein Krankenhaus eingeliefert worden. Außer Lebensgefahr!

Mi-Mo hatte es eilig. Ihr Zimmer! sagte sie. Sie habe etwas vergessen. Ja, sie komme bald wieder zurück.

Sie nahm einen Wagen, fuhr zum Café und fragte, fuhr von

da aus gleich weiter zum Krankenhaus. Sie vergaß, Dora etwas mitzubringen. Sie ging durch die langen Korridore, vorbei an vielen Türen, fand die Nummer, trat ein und sah Dora im Bett liegen, die sie mit mühsam hervorgebrachten Worten empfing: »Das wird aber Zeit, daß du dich blicken läßt!«

Mi-Mo begann zu schluchzen, und Dora sagte: »Hör schon auf, Schätzchen, hör schon auf. Er hat auf mein Herz gezielt, der Schweinehund. Das hat man von seiner Gutmütigkeit.«

Natürlich, es gebe eine große Gerichtsverhandlung. Mi-Mo würde Zeugin sein. Aber schwören dürfe sie nicht. Ja, das sei der einzige Nachteil bei diesem Geschäft, man dürfe nicht schwören. Zwei Stiche waren in den Arm gegangen, zwei durch die Kleider. Aber zwei hatten getroffen. Einer die Lunge.

»Die Brust hat er mir verschandelt, der Dreckfink. Und ich hatte eine schöne Brust, das hat jeder gesagt. Aber dafür muß er ins Zuchthaus. Es ging dicht vorbei. Wenn du nicht geschrien hättest! Da kam einer und hat ihm die Fresse demoliert. Du hast mich gerettet, Schätzchen. Wenn ich mein Haus habe, dann ziehen wir zusammen. Ja, die Zeitung, ich weiß. Jetzt sind wir also auch drin. Was wirst du jetzt tun? Warten, bis ich wiederkomme. Ja, das ist gut.«

Als Mi-Mo zur Festung kam, sagte sie, es sei doch nicht endgültig. Ja, die Versöhnung habe sich angebahnt. Sie bleibe noch diese Nacht bei ihnen, kehre dann aber in ihr Zimmer zurück. Es sei ja ohnehin die letzte Nacht in der Festung.

Am Abend saßen sie zusammen. Sie hatten schon gepackt, während Mi-Mo im Krankenhaus gewesen war. Morgen, gegen Mittag, würden die Möbel geholt. Hugo sprach von Dora und Herbert.

»Er war ein Waschlappen von jeher«, sagte Hugo. »Aber es war Liebe. Sie hat ihn betrogen. Wer weiß«, sagte er, »wenn mich eure Mutter betrogen hätte, hätte ich sie vielleicht auch gestochen. Jetzt muß er dafür bezahlen. Aber sie muß auch bezahlen.«

»M-Man kriegt nichts ge-geschenkt«, sagte Mi-Mo.

Sie ging am Morgen, hatte ihnen wieder etwas zukommen lassen.

Hugo begleitete sie bis zum Torbogen.

Er steht und sieht sie gehen. Dann läuft er in der Festung umher, denkt, daß noch viel Zeit bis zum Mittag ist. Er hat es nicht eilig, von hier fortzukommen. Er hat die Wände der Nebenräume überprüft und keine Löcher gefunden. Man könnte hierbleiben. Er öffnet einige Türen, die nur angelehnt sind und bereitwillig aufschwingen und ihre Leere preisgeben. Es ist still, und die Räume sind wie die verblaßten Erinnerungen an belebte Wohnungen. Wie die Kadaver von Wohnungen sind sie.

Er begegnet dem Verwalter. »Heute mittag schließe ich ab«, sagt der Mann. »Ich kann mein Zimmer ja von vorn erreichen. Aber ich bleibe auch nicht mehr lange hier.«

Hugo geht einmal um die Festung herum. Dann läuft er hinunter und kauft ein Päckchen Zehner-Stumpen. Auf dem Weg zurück bleibt er stehen, dort, wo die Zufahrt eine leichte Biegung macht. Er sieht die Kante der Mauern, die sich an der Ecke treffen. Die Festung ist jetzt über ihm wie der Bug eines Schiffes, das in voller Fahrt auf ihn zukommt.

Vor seinem Stall steht er, sieht das Schild *Hugo Starosta, Transportunternehmen.* Er nimmt das Schild ab und legt es in den Stall, sitzt dann auf einem Strohhaufen und denkt darüber nach, daß hier das letzte Pferd des Gespannführers Starosta stand. Ein kleines Pferd. Er kann ihn noch riechen, den guten Geruch, weiß, daß es das letzte Pferd seines Lebens war.

Er erinnert sich, daß es viele Dinge in seinem Leben gegeben hat, die von Bestand zu sein schienen, die aber dann daraus verschwunden waren. Später hatte er dann gedacht: Wann? Das letztemal? Die fernen Sensen, das Gras, das dort wuchs, wo er nicht wieder sein wird. Einen Heuwagen aufladen. Wann? Kleine Wege. Das Tor, das gequietscht hatte, die Klinke mit dem Löwenmaul. Wann? Das letztemal?

Diesmal weiß er es. Er erinnert sich an seine letzte Fahrt. Er geht umher in seiner lauen Verzweiflung. Sie waren eine große Familie. Ich hatte eine Idee fürs Frühjahr. Er denkt auch daran, daß er nie der Mann war, der er hätte sein können. Aber er weiß nicht recht, welche Art von Mann das eigentlich gewesen wäre. Er kränkt sich nicht sehr darüber.

Er kehrt wieder zum Stall zurück, setzt sich wieder auf das Stroh. Es würde hierbleiben. Das Schild und der Wagen mit Spriegel und Plane würden hierbleiben. Und noch einiges, von dem er nicht wußte: das Bett der Heimlichkeiten, wo der Knabe Starosta einen Knaben gezeugt hatte, den unentdeckten Enkel, von dem er nie wissen würde.

Am Mittag kam der Wagen und holte die Möbel. Der Verwalter stand im Hof. Er sagte, die Festung werde in diesen Tagen zweihundertfünfzig Jahre alt.

»Was geschieht jetzt mit der Festung?« fragte Hugo. »Wird sie abgerissen?«

Nein, daran sei nicht zu denken. Sie sei ein Denkmal. Außerdem könne sie immer mal wieder gebraucht werden, für Gefangene oder so.

Als sie gingen und der Verwalter hinter ihnen abschloß, seufzte Eliese: »Wer weiß, wie es dort sein wird, wo wir jetzt hinkommen? Ich will nicht schon klagen, aber wer weiß –«

Sie gingen über den Hof, durch den Torbogen. Bruno lief vor ihnen her.

»Die Beamten haben gesagt, dort wäre es besser.«

»So schlecht hatten wir's hier gar nicht«, antwortete Eliese.

»Ja«, sagte Hugo, »so schlecht hatten wir's hier nicht. Eigentlich haben wir es doch immer ganz gut getroffen.«